W9-BBS-712

COLLECTION
FOLIO CLASSIQUE

Dostoïevski

Les Frères Karamazov

*Traduction et notes
de Henri Mongault*

PRÉCÉDÉ DE

Dostoïevski et le parricide

par Sigmund Freud

Postface de Pierre Pascal

Gallimard

Traduction de la Bibliothèque de la Pléiade

© *Éditions Gallimard, 1952, pour la traduction et les notes*
des **Frères Karamazov**.
© *Imago Publishing Co., Londres, 1948, avec l'autorisation*
de S. Fischer Verlag, Francfort-sur-le-Main,
pour Dostoïevski et le parricide.
© *Éditions Gallimard, 1973, pour la traduction*
de Dostoïevski et le parricide.

DOSTOÏEVSKI ET LE PARRICIDE

par Sigmund Freud

*Dans la riche personnalité de Dostoïevski, on pourrait distin-
guer quatre aspects : l'écrivain, le névrosé, le moraliste et le
pécheur. Comment s'orienter dans cette déroutante complexité ?*

*L'écrivain est ce qu'il y a de plus incontestable : il a sa place non
loin derrière Shakespeare. Les* Frères Karamazov *sont le roman
le plus imposant qui ait jamais été écrit et on ne saurait surestimer
l'épisode du Grand Inquisiteur, une des plus hautes performances
de la littérature mondiale. Mais l'analyse ne peut malheureusement que déposer les armes devant le problème du créateur
littéraire.*

*Le moraliste, chez Dostoïevski, est ce qu'il y a de plus aisément
attaquable. Si l'on prétend le placer très haut en tant qu'homme
moral, en invoquant le motif que seul atteint le degré le plus élevé
de la moralité celui qui a profondément connu l'état de péché, on
procède hâtivement ; une question se pose en effet. Est moral celui
qui réagit à la tentation dès qu'il la ressent en lui, sans y céder.
Mais celui qui, tour à tour, pèche puis, dans son repentir, met en
avant des exigences hautement morales, s'expose au reproche de
s'être rendu la tâche trop facile. Il n'a pas accompli l'essentiel de
la moralité, qui est le renoncement — la conduite de vie morale
étant un intérêt pratique de l'humanité. Il nous fait penser aux
barbares des invasions qui tuaient puis faisaient pénitence, la
pénitence devenant du coup une technique qui permettait le
meurtre. Ivan le Terrible ne se comportait pas autrement ; en fait,*

cet accommodement avec la moralité est un trait caractéristique des Russes. Le résultat final des luttes morales de Dostoïevski n'a rien non plus de glorieux. Après avoir mené les plus violents combats pour réconcilier les revendications pulsionnelles de l'individu avec les exigences de la communauté humaine, il aboutit à une position de repli, faite de soumission à l'autorité temporelle aussi bien que spirituelle, de respect craintif envers le Tsar et le Dieu des chrétiens, d'un nationalisme russe étroit, position que des esprits de moindre valeur ont rejointe à moindres frais. C'est là le point faible de cette grande personnalité. Dostoïevski n'a pas su être un éducateur et un libérateur des hommes, il s'est associé à ses geôliers; l'avenir culturel de l'humanité lui devra peu de chose. Qu'il ait été condamné à un tel échec du fait de sa névrose, voilà qui paraît vraisemblable. Sa haute intelligence et la force de son amour pour l'humanité auraient pu lui ouvrir une autre voie, apostolique, de vie.

Considérer Dostoïevski comme un pécheur ou comme un criminel ne va pas sans susciter en nous une vive répugnance, qui n'est pas nécessairement fondée sur une appréciation philistine du criminel. Le motif réel en apparaît bientôt; deux traits sont essentiels chez le criminel : un égocentrisme illimité et une forte tendance destructrice. Ce qu'ils ont entre eux de commun et ce qui conditionne leur expression, c'est l'absence d'amour, le manque de valorisation affective des objets (humains). On pense immédiatement à ce qui, chez Dostoïevski, contraste avec ce tableau, à son grand besoin d'amour et à son énorme capacité d'aimer, qui s'expriment dans des manifestations d'excessive bonté et qui le font aimer et porter secours là où il eût eu droit de haïr et de se venger, par exemple dans sa relation avec sa première femme et avec l'amant de celle-ci. On est alors enclin à se demander d'où vient la tentation de ranger Dostoïevski parmi les criminels. Réponse : cela vient du choix que l'écrivain a fait de son matériel, en privilégiant, parmi tous les autres, des caractères violents, meurtriers, égocentriques; cela vient aussi de l'existence de telles tendances au sein de lui-même et de certains faits dans sa propre

*vie, comme sa passion du jeu et, peut-être, l'attentat sexuel
commis sur une fillette (aveu[a]). La contradiction se résout avec
l'idée que la très forte pulsion de destruction de Dostoïevski,
pulsion qui eût pu aisément faire de lui un criminel, est, dans sa
vie, dirigée principalement contre sa propre personne (vers
l'intérieur au lieu de l'être vers l'extérieur), et s'exprime ainsi sous
forme de masochisme et de sentiment de culpabilité. Il reste
néanmoins dans sa personne suffisamment de traits sadiques qui
s'extériorisent dans sa susceptibilité, sa passion de tourmenter, son
intolérance, même envers les personnes aimées, et se manifestent
aussi dans la manière dont, en tant qu'auteur, il traite son lecteur.
Ainsi, dans les petites choses, il était un sadique envers lui-même,
donc un masochiste, autrement dit le plus tendre, le meilleur et le
plus secourable des hommes.*

*De la complexité de la personne de Dostoïevski, nous avons
extrait trois facteurs, un quantitatif et deux qualitatifs : l'intensité
extraordinaire de son affectivité, le fond pulsionnel pervers qui
devait le prédisposer à être un sado-masochiste ou un criminel, et,
ce qui est inanalysable, le don artistique. Cet ensemble pourrait très
bien exister sans névrose ; il existe en effet de complets masochistes
non névrosés. Étant donné le rapport de force entre, d'une part,
les revendications pulsionnelles et, d'autre part, les inhibitions s'y
opposant (sans compter les voies de sublimation disponibles),
Dostoïevski devrait être classé comme ce qu'on appelle un
« caractère pulsionnel ». Mais la situation est obscurcie du fait de
l'interférence de la névrose qui, comme nous l'avons dit, ne serait
pas, dans ces conditions, inévitable mais qui se constitue d'autant*

---

a. Voir la discussion à ce sujet dans *Der Unbekannte Dostojewski* [*Dostoïevski
inconnu* de R. Fülöp-Miller et F. Eckstein, Munich, 1926]. — Stefan Zweig
écrit : « Il ne fut pas arrêté par les barrières de la morale bourgeoise et
personne ne peut dire exactement jusqu'où il a transgressé dans sa vie les
limites juridiques ni combien des instincts criminels de ses héros il a réalisés
en lui-même » (*Trois maîtres*, 1920). Sur les relations étroites entre les personnages
de Dostoïevski et ses propres expériences vécues, voir les remarques de René
Fülöp-Miller dans son introduction à *Dostoïevski à la roulette*, qui s'appuient
sur une étude de Nikolaï Strachoff.

plus facilement qu'est plus forte la complication que doit maîtriser le moi. La névrose n'est en effet qu'un signe que le moi n'a pas réussi une telle synthèse et que dans cette tentative il a perdu son unité.

Par quoi alors la névrose, au sens strict du terme, se révèle-t-elle ? Dostoïevski se qualifiait lui-même d'épileptique et passait pour tel aux yeux des autres, ceci sur la base de ses sévères attaques accompagnées de perte de conscience, de contractions musculaires et d'un abattement consécutif. Il est des plus vraisemblables que cette prétendue épilepsie n'était qu'un symptôme de sa névrose, qu'il faudrait alors classer comme hystéro-épilepsie, c'est-à-dire comme hystérie grave. Une totale certitude ne peut pas être atteinte pour deux raisons : premièrement, parce que les données d'anamnèse concernant ce qu'on appelle l'épilepsie de Dostoïevski sont lacunaires et douteuses, deuxièmement, parce que nous ne sommes pas au clair en ce qui concerne la compréhension des états pathologiques liés à des attaques épilep-toïdes.

Commençons par le second point. Il n'est pas nécessaire de répéter ici toute la pathologie de l'épilepsie, qui n'apporterait d'ailleurs rien de décisif. Du moins, peut-on dire ceci : c'est toujours l'ancien Morbus sacer *qui se manifeste là comme unité clinique apparente, cette étrange maladie avec ses attaques convulsives imprévisibles et apparemment non provoquées, avec sa modification de caractère en irritabilité et en agressivité, avec sa progressive diminution des capacités mentales. Mais tous les traits de ce tableau restent flous et indéterminés. Les attaques, qui se déclenchent brutalement, avec morsure de langue et incontinence d'urine, pouvant aller jusqu'au dangereux* Status epilepticus, *qui occasionne de sérieuses blessures, peuvent aussi se réduire à de courtes absences, à de simples vertiges passagers, et être remplacées par de courtes périodes de temps au cours desquelles le malade, comme s'il était sous la domination de l'inconscient, fait quelque chose qui lui est étranger. Ordinairement provoquées par des conditions purement corporelles mais de façon incompréhensi-*

ble, elles peuvent néanmoins devoir leur première formation à une influence purement psychique (effroi) ou encore réagir à des excitations psychiques. Si caractéristique que soit l'affaiblissement intellectuel dans la très grande majorité des cas, du moins connaissons-nous un cas dans lequel l'affection ne perturba pas une haute capacité intellectuelle (celui d'Helmholtz). (D'autres cas, au sujet desquels on a prétendu la même chose, sont aussi incertains ou suscitent les mêmes doutes que celui de Dostoïevski.) Les personnes qui sont atteintes d'épilepsie peuvent donner une impression d'hébétude, d'un développement inhibé, de même que la maladie accompagne souvent l'idiotie la plus tangible et les déficiences cérébrales les plus importantes, même si ce n'est pas là une composante nécessaire du tableau clinique ; mais ces attaques se rencontrent aussi, avec toutes leurs variations, chez d'autres personnes qui présentent un développement psychique complet et généralement une affectivité excessive et insuffisamment contrôlée. On ne s'étonnera pas qu'on tienne pour impossible, dans ces conditions, de maintenir l'unité de l'affection clinique dite « épilepsie ». La similitude que nous trouvons dans les symptômes manifestes appelle une conception fonctionnelle : c'est comme si un mécanisme de décharge pulsionnelle anormale était préformé organiquement, mécanisme auquel on a recours dans des conditions et des circonstances très différentes : dans le cas de perturbations de l'activité cérébrale dues à de graves affections tissulaires et toxiques et aussi dans le cas d'une domination insuffisante de l'économie psychique, le fonctionnement de l'énergie à l'œuvre dans la psyché atteignant alors un point critique. Sous cette bipartition, on pressent l'identité du mécanisme sous-jacent de la décharge pulsionnelle. Celui-ci ne peut pas non plus être très éloigné des processus sexuels qui, fondamentalement, sont d'origine toxique. Les plus anciens médecins appelaient déjà le coït une petite épilepsie et reconnaissaient ainsi dans l'acte sexuel une atténuation et une adaptation de la décharge d'excitation épileptique.

La « réaction épileptique », comme on peut appeler cet élément commun, se tient sans aucun doute à la disposition de la névrose dont l'essence consiste en ceci : liquider par des moyens somatiques les masses d'excitation dont elle ne vient pas à bout psychiquement. Ainsi l'attaque épileptique devient un symptôme de l'hystérie et est adaptée et modifiée par celle-ci, tout comme elle l'est dans le déroulement sexuel normal. On a donc tout à fait le droit de différencier une épilepsie organique d'une épilepsie « affective ». La signification pratique est la suivante : celui qui est atteint de la première souffre d'une affection cérébrale, celui qui a la seconde est un névrosé. Dans le premier cas, la vie psychique est soumise à une perturbation étrangère venue du dehors ; dans le second cas, la perturbation est une expression de la vie psychique elle-même.

Il est on ne peut plus probable que l'épilepsie de Dostoïevski soit de la seconde sorte. On ne peut pas le prouver absolument ; il faudrait pour ce faire être à même d'insérer la première apparition des attaques et leurs fluctuations ultérieures dans l'ensemble de sa vie psychique, et nous en savons trop peu pour cela. Les descriptions des attaques elles-mêmes ne nous apprennent rien, les informations touchant les relations entre les attaques et les expériences vécues sont lacunaires et souvent contradictoires. L'hypothèse la plus vraisemblable est que les attaques remontent loin dans l'enfance de Dostoïevski, qu'elles ont été remplacées très tôt par des symptômes assez légers et qu'elles n'ont pas pris une forme épileptique avant le bouleversant événement de sa dix-huitième année, l'assassinat de son père[a] Cela nous arrangerait bien si l'on pouvait établir qu'elles ont cessé complètement durant le temps de sa détention en Sibérie, mais d'autres données

---

a. Cf. l'essai de René Fülöp-Miller. « Dostojewskis Heilige Krankheit » « Le mal sacré de Dostoïevski », in *Wissen und Leben* (*Savoir et vivre*), 1924, nº 19-20. D'un particulier intérêt est l'information selon laquelle dans l'enfance de l'écrivain « quelque chose d'effroyable, d'inoubliable et de torturant » survint, à quoi il faudrait ramener les premiers signes de sa maladie (d'après un article de Souvorine dans *Novoïe Vremia*, 1881, cité dans l'introduction à *Dostoïevski à la roulette*). Ferner Orest Miller, dans *Écrits autobiographiques de Dostoïevski*, écrit : « Il existe sur la maladie de Fédor Mikhaïlovitch un autre témoignage qui est en rapport avec sa prime jeunesse et qui met en connexion la maladie avec un événement tragique de la vie familiale des parents de

*contredisent cette hypothèse[a]. La relation évidente entre le
parricide dans* Les Frères Karamazov *et le destin du père de
Dostoïevski a frappé plus d'un de ses biographes et les a conduits
à faire référence à un « certain courant psychologique moderne ».
Le point de vue psychanalytique, car c'est lui qui est ici visé, est
enclin à reconnaître dans cet événement le traumatisme le plus
sévère et dans la réaction consécutive de Dostoïevski la pierre
angulaire de sa névrose.*

*Mais si j'entreprends de fonder psychanalytiquement cette
conception, je risque d'être incompréhensible à ceux qui ne sont
pas familiers avec les modes d'expression et les enseignements de
la psychanalyse.*

*Nous avons un point de départ assuré. Nous connaissons le sens
des premières attaques de Dostoïevski dans ses années de jeunesse,
bien avant l'entrée en scène de l' « épilepsie ». Ces attaques avaient
une signification de mort ; elles étaient annoncées par l'angoisse de
la mort et consistaient en des états de sommeil léthargique. La
maladie le toucha d'abord sous la forme d'une mélancolie
soudaine et sans fondement alors qu'il n'était encore qu'un petit
garçon ; comme il le dit plus tard à son ami Solovieff, il avait
alors le sentiment qu'il allait mourir sur-le-champ ; et, de fait, il
s'ensuivait un état en tout point semblable à la mort réelle... Son
frère André a raconté que Fédor, déjà dans ses jeunes années,
avant de s'endormir, prenait soin de disposer des petits bouts de*

Dostoïevski. Mais, bien que ce témoignage m'ait été donné oralement par un
homme qui était très proche de Fédor Mikhaïlovitch, je ne puis me résoudre à
le reproduire complètement et exactement car je n'ai pas eu confirmation de
cette rumeur par personne d'autre. » Ceux qui s'intéressent aux biographies et
aux névroses ne peuvent être reconnaissants de cette discrétion.

a. La plupart des données, y compris celles fournies par Dostoïevski lui-
même, montrent au contraire que la maladie ne revêtit son caractère final,
épileptique, que durant le séjour en Sibérie. On est malheureusement fondé à
se méfier des informations autobiographiques des névrosés. L'expérience
montre que leur mémoire entreprend des falsifications qui sont destinées à
rompre une connexion causale déplaisante. Il apparaît néanmoins comme
certain que la détention dans la prison sibérienne a modifié de façon marquante
l'état pathologique de Dostoïevski.

papier près de lui : il craignait de tomber, la nuit, dans un sommeil semblable à la mort, et demandait qu'on ne l'enterrât qu'après un délai de cinq jours. (Dostoïevski à la roulette, Introduction, page LX.)

Nous connaissons le sens et l'intention de telles attaques de mort. Elles signifient une identification avec un mort, une personne effectivement morte ou encore vivante, mais dont on souhaite la mort. Le second cas est le plus significatif. L'attaque a alors la valeur d'une punition. On a souhaité la mort d'un autre, maintenant on est cet autre, et on est mort soi-même. La théorie psychanalytique affirme ici que, pour le petit garçon, cet autre est, en principe, le père et qu'ainsi l'attaque — appelée hystérique — est une autopunition pour le souhait de mort contre le père haï.

Le meurtre du père est, selon une conception bien connue, le crime majeur et originaire de l'humanité aussi bien que de l'individu[a]. C'est là en tout cas la source principale du sentiment de culpabilité ; nous ne savons pas si c'est la seule ; l'état des recherches ne permet pas d'établir l'origine psychique de la culpabilité et du besoin d'expiation. Mais il n'est pas nécessaire qu'elle soit unique. La situation psychologique en cause est compliquée et demande une élucidation. La relation du petit garçon à son père est, comme nous disons, une relation ambivalente. A côté de la haine qui pousse à éliminer le père rival, un certain degré de tendresse envers lui est, en règle générale, présent. Les deux attitudes conduisent conjointement à l'identification au père ; on voudrait être à la place du père parce qu'on l'admire et qu'on souhaiterait être comme lui et aussi parce qu'on veut l'éloigner. Tout ce développement va alors se heurter à un obstacle puissant : à un certain moment, l'enfant en vient à comprendre que la tentative d'éliminer le père en tant que rival serait punie de castration par celui-ci. Sous l'effet de l'angoisse de castration, donc dans l'intérêt de préserver sa masculinité, il va renoncer au désir de posséder la mère et d'éliminer le père. Pour

---

a. Voir, de l'auteur, *Totem et tabou.* (*N.d.T.*)

autant que ce désir demeure dans l'inconscient, il forme la base du sentiment de culpabilité. Nous croyons que nous avons décrit là des processus normaux, le destin normal de ce qui est appelé « complexe d'Œdipe » ; nous devons néanmoins y apporter un important complément.

Une autre complication survient quand chez l'enfant le facteur constitutionnel que nous appelons la bisexualité se trouve être plus fortement développé. Alors la menace que la castration fait peser sur la masculinité renforce l'inclination du garçon à se replier dans la direction de la féminité, à se mettre à la place de la mère et à tenir le rôle de l'objet d'amour pour le père. Seulement l'angoisse de castration rend également cette solution impossible. On comprend que l'on doit aussi assumer la castration si l'on veut être aimé de son père comme une femme. Ainsi les deux motions, la haine du père et l'amour pour le père, tombent sous le coup du refoulement. Il y a pourtant une différence psychologique : la haine du père est abandonnée sous l'effet de l'angoisse d'un danger extérieur (la castration), tandis que l'amour pour le père est traité comme un danger pulsionnel interne qui néanmoins, dans son fond, se ramène au même danger extérieur.

Ce qui rend la haine pour le père inacceptable, c'est l'angoisse devant le père ; la castration est effroyable, aussi bien comme punition que comme prix de l'amour. Des deux facteurs qui refoulent la haine du père, c'est le premier, l'angoisse directe de punition et de castration, que nous appelons normal ; le renforcement pathogène semble survenir seulement avec l'autre facteur : l'angoisse devant la position féminine. Une forte prédisposition bisexuelle vient ainsi conditionner ou renforcer la névrose. Une telle prédisposition doit assurément être supposée chez Dostoïevski ; elle se révèle sous une forme virtuelle (homosexualité latente) dans l'importance de ses amitiés masculines au cours de sa vie, dans son comportement, marqué d'une étrange tendresse, avec ses rivaux en amour et dans sa compréhension remarquable pour des situations qui ne s'expliquent que par une homosexualité refoulée, comme le montrent de nombreux exemples de ses nouvelles.

Je regrette, mais sans y pouvoir rien changer, que ces développements sur les attitudes de haine et d'amour envers le père et sur la transformation qu'elles subissent sous l'influence de la menace de castration, paraissent au lecteur, non familier avec la psychanalyse, manquer à la fois de saveur et de crédibilité. Je ne puis que m'attendre à ce que le complexe de castration ne manque pas de susciter la répugnance la plus générale. Mais qu'on me permette d'affirmer que l'expérience psychanalytique a placé précisément ces rapports au-delà de tout doute et nous a appris à y reconnaître la clef de toute névrose. Il nous faut donc tenter de l'appliquer aussi à ce qu'on appelle l'épilepsie de notre auteur. Mais elles sont si éloignées de notre conscience, ces choses par lesquelles notre vie psychique inconsciente est gouvernée! Ce que j'ai dit jusqu'ici n'épuise pas les conséquences, quant au complexe d'Œdipe, du refoulement de la haine pour le père. Quelque chose de nouveau vient s'ajouter, à savoir que l'identification avec le père, finalement, se taille une place permanente dans le moi: elle est reçue dans le moi, elle s'y installe mais comme une instance particulière s'opposant à l'autre contenu du moi. Nous lui donnons alors le nom de surmoi et nous lui assignons, en tant qu'il est l'héritier de l'influence des parents, les fonctions les plus importantes.

Si le père était dur, violent, cruel, alors le surmoi recueille de lui ces attributs et, dans sa relation avec le moi, la passivité, qui précisément devait avoir été refoulée, s'établit de nouveau. Le surmoi est devenu sadique, le moi devient masochique, c'est-à-dire, au fond, féminin passif. Un grand besoin de punition s'institue alors dans le moi qui, pour une part, s'offre comme victime au destin et, pour une autre part, trouve satisfaction dans le mauvais traitement infligé par le surmoi (conscience de culpabilité). Toute punition est bien dans son fond la castration et, comme telle, satisfaction de la vieille attitude passive envers le père. Le destin lui-même n'est en définitive qu'une projection ultérieure du père.

Les processus normaux dans la formation de la conscience

morale doivent être semblables aux processus anormaux décrits ici. Nous n'avons pas encore réussi à déterminer la frontière entre les deux. On remarque qu'ici le rôle majeur dans le dénouement revient à la composante passive de la féminité refoulée. En outre, il importe, au moins comme facteur accidentel, que le père, — qui est craint dans tous les cas — soit ou non particulièrement violent dans la réalité. Il l'était dans le cas de Dostoïevski, et nous pouvons faire remonter son extraordinaire sentiment de culpabilité et son comportement masochique à une composante féminine singulièrement forte. Ainsi la formule pour Dostoïevski est la suivante : une prédisposition bisexuelle particulièrement forte, et une capacité de se défendre avec une particulière intensité contre la dépendance envers un père particulièrement sévère. Nous ajoutons cette caractéristique de bisexualité aux composantes de son être déjà reconnues. Le symptôme précoce d' « attaques de mort » peut alors se comprendre comme une identification du père au niveau du moi, identification qui est autorisée par le surmoi comme punition. « Tu voulais tuer le père afin d'être toi-même le père. Maintenant tu es le père mais le père mort. » C'est là le mécanisme habituel du symptôme hystérique. Et en outre : « Maintenant le père est en train de te tuer. » Pour le moi, le symptôme de mort est, dans le fantasme, une satisfaction du désir masculin et en même temps une satisfaction masochique ; pour le surmoi, c'est une satisfaction punitive, à savoir une satisfaction sadique. Les deux instances, le moi et le surmoi, tiennent à nouveau le rôle du père.

Pour nous résumer, la relation entre la personne et l'objet-père, tout en conservant son contenu, s'est transformée en une relation entre le moi et le surmoi : une nouvelle mise en scène sur une seconde scène. De telles réactions infantiles provenant du complexe d'Œdipe peuvent disparaître si la réalité ne leur apporte aucun aliment. Mais le caractère du père demeura le même ; bien plus, il se détériora avec les années, de sorte que la haine de Dostoïevski envers son père et son vœu de mort contre ce mauvais père demeurèrent aussi les mêmes. Or, il est dangereux que la réa-

lité accomplisse de tels désirs refoulés. Le fantasme est devenu
réalité et toutes les mesures défensives se trouvent alors renforcées.
Les attaques de Dostoïevski revêtent maintenant un caractère
épileptique ; elles ont toujours le sens d'une identification avec le
père comme punition mais elles sont devenues terribles, comme le
fut la mort, effrayante, de son propre père. Quel contenu ont-elles
reçu plus tard, et particulièrement quel contenu sexuel ? Il est
impossible de le deviner.

Une chose est remarquable : à l'aura de l'attaque, un moment
de béatitude suprême est éprouvé, moment qui peut très bien avoir
fixé le triomphe et le sentiment de libération ressentis à la nouvelle
de la mort du père, immédiatement suivie par une punition d'autant
plus cruelle. Une telle séquence de triomphe et de deuil, de fête joyeuse
et de deuil, nous l'avons aussi dévoilée chez les frères de la horde
primitive qui avaient tué le père et nous la trouvons répétée dans la
cérémonie du repas totémique[a]. S'il s'avérait que Dostoïevski ne
souffrît pas d'attaques en Sibérie, cela authentifierait simplement
l'idée que ses attaques étaient sa punition. Il n'en avait plus
besoin dès l'instant qu'il était puni autrement. Mais ceci ne peut
pas être prouvé. Du moins, cette nécessité d'une punition pour
l'économie psychique de Dostoïevski explique-t-elle le fait qu'il
réussit à passer sans être brisé à travers ces années de misère et
d'humiliation. La condamnation de Dostoïevski comme prisonnier politique était injuste et il ne l'ignorait pas, mais il accepta la
punition imméritée infligée par le Tsar, le Petit Père, comme un
substitut de la punition qu'il méritait pour son péché envers le père
réel. Au lieu de se punir lui-même, il se laissa punir par un
remplaçant du père. On a ici un aperçu de la justification
psychologique des punitions infligées par la Société. C'est un fait
que de très nombreux criminels demandent à être punis. Leur
surmoi l'exige, et s'épargne ainsi d'avoir à infliger lui-même la
punition.

Quiconque connaît la transformation compliquée de significa-

<hr />

a. Voir *Totem et tabou*. (*N.d.T.*)

tion que subit le symptôme hystérique, comprendra qu'il ne saurait
être question ici de chercher à approfondir le sens des attaques de
Dostoïevski au-delà d'un tel commencement[a] Il nous suffit de
supposer que leur signification originaire demeura inchangée sous
tout ce qui vint ensuite s'y superposer. Nous avons le droit
d'affirmer que Dostoïevski ne se libéra jamais du poids que
l'intention de tuer son père laissa sur sa conscience. C'est là ce qui
détermina aussi son comportement dans les deux autres domaines
où la relation au père est décisive : son comportement envers
l'autorité de l'État et envers la croyance en Dieu. Dans le premier
de ces domaines, il en vint à une soumission complète au Tsar, le
Petit Père, qui avait une fois joué avec lui, dans la réalité, la
comédie de la mise à mort, que son attaque avait si souvent
représentée en jeu. Ici la pénitence l'emporta. Dans le domaine
religieux, il garda plus de liberté. D'après certains témoignages,
apparemment dignes de confiance, il oscilla jusqu'au dernier
moment de sa vie entre la foi et l'athéisme. Sa grande intelligence
lui interdisait de passer outre les difficultés intellectuelles à quoi
conduit la foi. Par une répétition individuelle d'un développement
accompli dans l'histoire du monde, il espérait trouver dans l'idéal
du Christ une issue et une libération de la culpabilité et même
utiliser ses souffrances pour revendiquer un rôle de Christ. Si, tout
compte fait, il ne parvint pas à la liberté et devint un
réactionnaire, ce fut parce que la culpabilité filiale, qui est
présente en tout être humain et sur quoi s'établit le sentiment
religieux, avait en lui atteint une force supra-individuelle et était
insurmontable, même pour sa grande intelligence. Nous nous

a. Nul mieux que Dostoïevski lui-même n'a rendu compte du sens et du
contenu de ses attaques quand il confiait à son ami Strachoff que son irritation
et sa dépression après une attaque épileptique étaient dues au fait qu'il
s'apparaissait à lui-même comme un criminel et qu'il ne pouvait se délivrer du
sentiment qu'un poids de culpabilité inconnue pesait sur lui, qu'il avait
commis une très mauvaise action qui l'oppressait (Fülöp-Miller, *Le mal sacré
de Dostoïevski*). Dans de telles auto-accusations, la psychanalyse voit une
marque de reconnaissance de la « réalité psychique » et elle tente de rendre
connue à la conscience la culpabilité inconnue.

exposons ici au reproche d'abandonner l'impartialité de l'analyse et de soumettre Dostoïevski à des jugements que pourrait seul justifier le point de vue partisan d'une conception du monde déterminée. Un conservateur prendrait le parti du Grand Inquisiteur et jugerait Dostoïevski autrement. L'objection est fondée et l'on peut seulement dire, pour l'atténuer, que la décision de Dostoïevski paraît bien avoir été déterminée par une inhibition de pensée due à sa névrose.

*Ce n'est guère un hasard si trois des chefs-d'œuvre de la littérature de tous les temps, l'*Œdipe Roi *de Sophocle, le* Hamlet *de* Shakespeare *et* Les Frères Karamazov *de Dostoïevski, traitent tous du même thème, le meurtre du père. Dans les trois œuvres, le motif de l'acte — la rivalité sexuelle pour une femme — est aussi révélé. La représentation la plus franche est certainement celle du drame, qui suit la légende grecque. Là, c'est encore le héros lui-même qui accomplit l'acte. Mais l'élaboration poétique est impossible sans adoucissement et sans voiles. L'aveu sans détours de l'intention de parricide, à quoi nous parvenons dans l'analyse, paraît intolérable en l'absence de préparation analytique. Le drame grec introduit l'indispensable atténuation des faits de façon magistrale en projetant le motif inconscient du héros dans le réel sous la forme d'une contrainte du destin qui lui est étrangère. Le héros commet l'acte involontairement et apparemment sans être influencé par la femme, cette connexion étant cependant prise en considération, car le héros ne peut conquérir la mère reine que s'il a répété son action contre le monstre qui symbolise le père. Après que sa faute a été révélée et rendue consciente, le héros ne tente pas de se disculper en faisant appel à l'idée auxiliaire d'une contrainte du destin. Son crime est reconnu et puni tout comme si c'était un crime pleinement conscient, ce qui peut apparaître injuste à notre réflexion mais ce qui est psychologiquement parfaitement correct. Dans la pièce anglaise, la présentation est plus indirecte ; le héros ne commet pas lui-même l'action : elle est accomplie par quelqu'un d'autre, pour lequel il ne s'agit pas de parricide. Le motif inconvenant de rivalité sexuelle vis-à-*

vis de la femme n'a pas besoin par conséquent d'être déguisé. Bien plus, nous voyons le complexe d'Œdipe du héros, pour ainsi dire dans une lumière réfléchie, en apprenant l'effet sur lui du crime de l'autre. Il devrait venger l'acte commis mais se trouve étrangement incapable de le faire. Nous savons que c'est son sentiment de culpabilité qui le paralyse ; d'une façon absolument conforme aux processus névrotiques, le sentiment de culpabilité est déplacé sur la perception de son incapacité à accomplir cette tâche. Certains signes montrent que le héros ressent sa culpabilité comme supra-individuelle. Il méprise les autres non moins que lui-même : « Si l'on traite chacun selon son mérite, qui pourra échapper au fouet ? »

Le roman du Russe fait un pas de plus dans cette direction. Là aussi, le meurtre est commis par quelqu'un d'autre, mais cet autre est, vis-à-vis de l'homme tué, dans la même relation filiale que le héros Dimitri et, chez lui, le motif de rivalité sexuelle est ouvertement admis. C'est un frère du héros et il est remarquable que Dostoïevski lui ait attribué sa propre maladie, la prétendue épilepsie, comme s'il cherchait à avouer que l'épileptique, le névrosé en lui était un parricide. Puis, dans la plaidoirie au cours du procès, il y a la fameuse dérision de la psychologie — c'est une arme à deux tranchants[a]. Magnifique déguisement, car il nous suffit de le retourner pour découvrir le sens le plus profond de la façon de voir de Dostoïevski. Ce n'est pas la psychologie qui mérite la dérision mais la procédure d'enquête judiciaire. Peu importe de savoir qui effectivement a accompli l'acte. La psychologie se préoccupe seulement de savoir qui l'a voulu dans son cœur et qui l'a accueilli une fois accompli. Pour cette raison, tous les frères, à part la figure qui contraste avec les autres, Aliocha, sont également coupables : le jouisseur soumis à ses pulsions, le cynique sceptique et le criminel épileptique. Dans Les Frères Karamazov, *on rencontre une scène particulièrement*

---

a. Littéralement, en russe et en allemand : un bâton avec deux bouts. (*N.d.T.*)

révélatrice sur Dostoïevski. Le Starets reconnaît au cours de sa conversation avec Dimitri que celui-ci est prêt à commettre le parricide, et il se prosterne devant lui. Il ne peut s'agir là d'une expression d'admiration ; cela doit signifier que le saint rejette la tentation de mépriser ou de détester le meurtrier et, pour cela, s'humilie devant lui. La sympathie de Dostoïevski pour le criminel est en fait sans limite. Elle va bien au-delà de la pitié à laquelle a droit le malheureux ; elle nous rappelle la terreur sacrée avec laquelle, dans l'antiquité, on considérait les épileptiques et les fous. Le criminel est pour lui presque comme un rédempteur ayant pris sur lui la faute qui, sinon, aurait dû être supportée par d'autres. Il n'est plus nécessaire de tuer puisqu'il a déjà tué ; et on doit lui être reconnaissant puisque, sans lui, on aurait été obligé soi-même de tuer. Il ne s'agit pas seulement d'une pitié bienveillante mais d'une identification, sur la base d'impulsions meurtrières semblables, en fait d'un narcissisme légèrement déplacé. La valeur éthique de cette bonté n'a pas pour autant à être contestée car peut-être est-ce là, en règle générale, le mécanisme de ce qui nous fait compatir à la vie des autres, mécanisme qui se laisse facilement discerner dans le cas extrême de l'écrivain dominé par la conscience de la culpabilité. Il n'y a pas de doute que cette sympathie par identification a déterminé de façon décisive le choix que Dostoïevski a fait de ses sujets. Il a d'abord traité du criminel commun (celui qui agit par égoïsme), du criminel politique et religieux, et ce n'est qu'à la fin de sa vie qu'il remonta jusqu'au criminel originel, le parricide, et qu'il fit littérairement à travers lui sa confession.

La publication des écrits posthumes de Dostoïevski et des journaux intimes de sa femme a vivement éclairé un épisode de sa vie, à savoir la période où Dostoïevski, en Allemagne, était obsédé par la passion du jeu (Dostoïevski à la roulette). On ne peut voir là autre chose qu'un accès indiscutable de passion pathologique. Les rationalisations ne manquaient pas pour cette conduite aussi singulière qu'indigne. Le sentiment de culpabilité, ce qui n'est pas rare chez les névrosés, s'était fait remplacer par quelque chose de tangible, le poids d'une dette, et Dostoïevski pouvait alléguer qu'il tentait par ses gains au jeu de rendre possible son retour en Russie en échappant à ses créanciers. Mais ce n'était là qu'un prétexte. Dostoïevski était assez lucide pour s'en apercevoir et assez honnête pour l'avouer. Il savait que l'essentiel était le jeu en lui-même, le jeu pour le jeu[a]. Tous les traits de son comportement irrationnel, marqué de l'emprise des pulsions, le montrent, avec quelque chose de plus : il ne s'arrêtait pas avant d'avoir tout perdu. Le jeu était pour lui aussi une voie vers l'autopunition. Chaque fois il donnait à sa jeune femme sa promesse ou sa parole d'honneur qu'il ne jouerait plus, ou qu'il ne jouerait plus ce jour-ci ; et, comme elle le raconte, il rompait sa promesse presque toujours. Quand ses pertes les avaient conduits l'un et l'autre à la plus grande misère, il en tirait une seconde satisfaction pathologique. Il pouvait alors s'injurier, s'humilier devant elle, l'inciter à le mépriser et à regretter d'avoir épousé un vieux pécheur comme lui ; puis, la conscience ainsi soulagée, il se remettait à jouer le jour suivant. La jeune femme s'habituait à ce cycle car elle avait remarqué que la seule chose dont en réalité on pouvait attendre le salut, la production littéraire, n'allait jamais mieux que lorsqu'ils avaient tout perdu et engagé leurs derniers biens. Bien entendu, elle ne saisissait pas le rapport. Quand le sentiment de culpabilité de Dostoïevski était satisfait par les punitions qu'il s'était infligées à lui-même, alors son inhibition au travail était levée et il s'autorisait à faire quelques pas sur la voie du succès[b].

Quel fragment d'une enfance longtemps enfouie surgit ainsi, se répétant dans la compulsion au jeu ? On le devine sans peine si l'on s'appuie sur une nouvelle d'un écrivain contemporain. Stefan Zweig,

---

a. [En français dans le texte (*N.d.T.*)]. « L'essentiel est le jeu en lui-même, écrit-il dans une de ses lettres. Je vous jure que la cupidité n'a rien à voir là-dedans, bien que j'aie on ne peut plus besoin d'argent. »

b. « Il restait à la table de jeu jusqu'à ce qu'il ait tout perdu, jusqu'à ce qu'il soit totalement ruiné. C'est seulement quand le désastre était tout à fait accompli qu'enfin le démon quittait son âme et laissait la place au génie créateur » (Fülöp-Miller, *Dostoïevski à la roulette*).

qui a consacré une étude à Dostoïevski lui-même (Trois Maîtres),
a inclus dans son recueil de trois nouvelles, La confusion des
sentiments, *une histoire qu'il intitule* « Vingt-quatre heures de la
vie d'une femme ». *Ce petit chef-d'œuvre ne prétend que montrer
à quel point la femme est un être irresponsable, à quels excès
surprenants pour elle-même elle peut être conduite à travers une
expérience inattendue. Mais la nouvelle dit en fait beaucoup plus.
Elle montre, sans chercher d'excuses, quelque chose de tout à fait
autre, de généralement humain, ou plutôt de masculin, une fois
qu'on la soumet à une interprétation analytique. Une telle
interprétation est si manifestement évidente qu'on ne peut la
refuser. Selon un trait propre à la nature de la création artistique,
l'auteur, qui est un de mes amis, a pu m'assurer que l'interprétation que je lui ai communiquée avait été tout à fait étrangère à sa
connaissance et à son intention, bien que maints détails dans le
récit parussent expressément placés pour nous indiquer la trace
secrète. Dans la nouvelle de Zweig, une vieille dame distinguée
raconte à l'auteur une expérience qu'elle a vécue plus de vingt ans
auparavant. Devenue précocement veuve, mère de deux fils
n'ayant plus besoin d'elle, elle n'attendait plus rien de la vie
quand, dans sa quarante-deuxième année, au cours d'un de ses
voyages sans but, elle se trouva dans la salle de jeu du Casino de
Monaco et, parmi les singulières impressions que fait naître ce
lieu, elle fut bientôt fascinée par la vue de deux mains qui
semblaient trahir toutes les sensations du joueur malheureux, avec
une franchise et une intensité bouleversantes. Ces mains apparte-
naient à un beau jeune homme — l'auteur lui donne, comme sans
le vouloir, l'âge du fils aîné de celle qui regarde — qui, après
avoir tout perdu, quitte la salle dans le désespoir le plus profond,
avec l'intention probable de mettre fin à sa vie sans espoir dans les
jardins du Casino. Une sympathie inexplicable la pousse à le
suivre et à tout tenter pour le sauver. Il la prend pour une de ces
femmes importunes qui fréquentent ce lieu et il essaie de s'en
débarrasser, mais elle reste avec lui et se voit, de la manière la
plus naturelle, dans l'obligation de partager sa chambre à l'hôtel*

et finalement son lit. Après cette nuit d'amour improvisée, elle obtient du jeune homme, apparemment calmé, la promesse, faite solennellement, qu'il ne jouera plus jamais ; elle lui donne de l'argent pour son voyage de retour et lui promet de le rencontrer à la gare, avant le départ du train. Mais voici que s'éveille en elle une grande tendresse pour lui, qu'elle veut tout sacrifier pour le garder, et décide de partir en voyage avec lui au lieu de prendre congé de lui. Différents hasards contraires l'en empêchent : elle manque le train. Dans sa nostalgie pour celui qui a disparu, elle retourne à la salle de jeu et elle y découvre à nouveau, à son horreur, les mains qui avaient d'abord éveillé sa brûlante sympathie. L'oublieux du devoir était retourné au jeu. Elle lui rappelle sa promesse mais, tout occupé par sa passion, il la traite de trouble-fête, lui demande de partir et lui jette à la tête l'argent avec lequel elle avait voulu le sauver. Dans une profonde honte, il lui faut s'enfuir et, plus tard, elle peut apprendre qu'elle n'a pas réussi à le préserver du suicide.

Cette histoire brillamment contée, d'un enchaînement sans faille, se suffit assurément à elle-même et ne manque pas de produire un grand effet sur le lecteur. Mais l'analyse nous apprend que son invention provient d'un fantasme de désir de la période de la puberté, fantasme qui reste conscient comme souvenir chez de nombreuses personnes. Le fantasme tient en ceci : la mère pourrait elle-même initier le jeune homme à la vie sexuelle pour le préserver des dangers redoutés de l'onanisme. Les nombreuses œuvres traitant d'une rédemption ont la même origine. Le « vice » de l'onanisme est remplacé par la passion du jeu ; l'accent mis sur l'activité passionnée des mains trahit cette dérivation. Effectivement, la passion du jeu est un équivalent de l'ancienne compulsion à l'onanisme ; c'est le même mot de « jouer » qui est utilisé dans la chambre des enfants pour désigner l'activité des mains sur les organes génitaux. Le caractère irrésistible de la tentation, la résolution solennelle et pourtant toujours démentie de ne plus jamais le faire, l'étourdissant plaisir et la mauvaise conscience — on se détruit (suicide) —, tout cela demeure inaltéré dans la substitution. Il est vrai que la nouvelle de Zweig est racontée par la mère, non par le fils. Cela doit flatter le fils de penser : si la mère savait à quels dangers l'onanisme me conduit, elle m'en préserverait certainement en m'autorisant à diriger toute ma tendresse sur son corps à elle. L'équivalence de la mère avec la putain, effectuée par le jeune homme dans la nouvelle de Zweig, est en connexion avec le même fantasme. Elle rend aisément abordable celle qui est inaccessible ; la mauvaise conscience qui accompagne ce fantasme amène l'issue malheureuse du récit. Il est aussi intéressant de remarquer comment la façade donnée à la nouvelle par l'auteur tente de dissimuler son sens analytique. Car il est très contestable que la vie amoureuse de la femme soit dominée par des impulsions soudaines et énigmatiques. L'analyse découvre au contraire une motivation adéquate pour le comportement surprenant de cette femme qui, jusque-là, s'est détournée de l'amour. Fidèle à la mémoire de l'époux disparu, elle s'était armée contre toutes les demandes de cet ordre mais — et là le fantasme du fils n'a pas tort — elle n'avait pas échappé en tant que mère à son transfert d'amour, tout à fait inconscient, sur le fils ; le destin put la saisir à cette place non surveillée. Si la passion du jeu, avec les vaines luttes pour s'en détourner et les occasions qu'elle offre à l'autopunition, constitue une répétition de la compulsion d'onanisme, alors nous ne serons pas surpris que, dans la vie de Dostoïevski, elle occupe une si grande place. Nous ne trouvons en effet aucun cas de névrose grave où la satisfaction auto-érotique de la prime enfance et de la puberté n'ait joué son rôle et les relations entre les efforts pour la réprimer et l'angoisse envers le père sont trop bien connues pour qu'il soit nécessaire de faire plus que les mentionner[a].

Sigmund Freud.

Traduction de J.-B. Pontalis.

a. La plupart des vues ici exprimées figurent aussi dans l'excellent écrit de Jolan Neufeld, « Dostoïevski, esquisse de sa psychanalyse », *Imago-Bücher*, numéro IV, 1923.

Ce texte de Freud est un texte de circonstance. Il fut publié en 1928 comme introduction à un volume. *Die Urgestalt der Brüder Karamasoff*, qui réunissait les premières versions, les ébauches et les sources des *Frères Karamazov* et qui devait, avec d'autres, compléter l'édition allemande des Œuvres de Dostoïevski. Les éditeurs responsables de ces volumes — R. Fülöp-Miller et F. Eckstein — demandèrent une préface à Freud ; il commença à l'écrire pendant ses vacances en juin 1926 puis s'interrompit, appelé par un autre travail sur la psychanalyse pratiquée par les non-médecins, auquel l'actualité donnait un caractère d'urgence. D'après son biographe, Ernest Jones, Freud ne se remit à « Dostoïevski et le parricide » qu'avec une grande réticence, ayant entre-temps pris connaissance d'un essai de Jolan Neufeld (*Dostoïevski, Esquisse de sa psychanalyse*, 1923) qui lui paraissait avoir dit l'essentiel.

Cette réticence est incontestablement sensible dans le texte qu'on vient de lire. Elle témoigne, selon nous, d'une réserve, ou d'une ambivalence, plus profonde. Elle n'échappa pas, d'ailleurs, à un de ses premiers lecteurs, le psychanalyste Theodor Reik, qui reprocha à Freud tant sa sévérité morale à l'endroit de Dostoïevski que la construction de son essai, et en particulier l'apparente digression finale sur la nouvelle de Stefan Zweig.

Dans une lettre à Reik, Freud reconnaît partiellement le bien-fondé de ces objections — « cet essai fut écrit à contrecœur » — mais il n'en reproche pas moins à Dostoïevski de s'être « limité à la vie psychique anormale » (étrange critique de la part de celui qui se la vit tant de fois adressée !). Et il conclut par cet aveu : « Je n'aime pas réellement Dostoïevski. Cela vient de ce que ma patience envers les natures pathologiques s'épuise entièrement dans l'analyse. »

On peut penser qu'au-delà du motif général invoqué, la « pathologie » propre de Dostoïevski éveillait chez Freud une sorte d'aversion. S'il y *résiste,* n'est-ce pas parce qu'elle met en œuvre, mais aussi en actes, un thème qui a hanté la pensée freudienne : le meurtre du père ? Thème que Freud aborde dans le mythe — d'*Œdipe-Roi* au *Moïse* — alors que Dostoïevski, ce « caractère pulsionnel », l'incarne effectivement. Entre le meurtre symbolique du « père originaire » — l'*Urvater* — et le parricide du père réel, entre les frères Karamazov et les frères de la horde primitive, l'analogie est évidente, et la distance infinie.

J.-B. P

Les Frères Karamazov

A Anna Grigorievna Dostoïevski.

En vérité, en vérité, je vous le dis, si le grain de blé tombé en terre ne meurt pas,

Il demeure seul ; mais s'il meurt, il porte beaucoup de fruit.

Jean, XII, 24, 25,
(Trad. Crampon.)

PRÉFACE

En abordant la biographie de mon héros, Alexéi Fiodorovitch, j'éprouve une certaine perplexité. En effet, bien que je
l'appelle mon héros, je sais qu'il n'est pas un grand homme ;
aussi prévois-je fatalement des questions de ce genre : « En
quoi Alexéi Fiodorovitch est-il remarquable, pour avoir été
choisi comme votre héros ? Qu'a-t-il fait ? De qui est-il connu
et pourquoi ? Ai-je une raison, moi lecteur, de consacrer mon
temps à étudier sa vie ? »

La dernière question est la plus embarrassante, car je ne
puis qu'y répondre : « Peut-être ; vous le verrez vous-même
dans le roman. » Mais si on le lit sans trouver mon héros
remarquable ? Je dis cela, malheureusement, car je prévois la
chose. A mes yeux, il est remarquable, mais je doute fort de
parvenir à convaincre le lecteur. Le fait est qu'il agit,
assurément, mais d'une façon vague et obscure. D'ailleurs, il
serait étrange, à notre époque, d'exiger des gens la clarté !
Une chose, néanmoins, est hors de doute : c'est un homme
étrange, voire un original. Mais loin de conférer un droit à
l'attention, l'étrangeté et l'originalité nuisent, surtout quand
tout le monde s'efforce de coordonner les individualités et de
dégager un sens général de l'absurdité collective. L'original,
dans la plupart des cas, c'est l'individu qui se met à part.
N'est-il pas vrai ?

Au cas où quelqu'un me contredirait sur ce dernier point,

disant : « ce n'est pas vrai » ou « ce n'est pas toujours vrai »,
je reprends courage au sujet de la valeur de mon héros. Car
non seulement l'original n'est « pas toujours » l'individu qui
se met à part, mais il lui arrive de détenir la quintessence du
patrimoine commun, alors que ses contemporains l'ont
répudié pour un temps.

D'ailleurs, au lieu de m'engager dans ces explications
confuses et dénuées d'intérêt, j'aurais commencé tout simplement, sans préface, — si mon œuvre plaît, on la lira — mais
le malheur est que, pour une biographie, j'ai deux romans.
Le principal est le second : il retrace l'activité de mon héros à
l'époque présente. Le premier se déroule il y a treize ans ; à
vrai dire ce n'est qu'un moment de la première jeunesse du
héros ; il est néanmoins indispensable, car, sans lui, bien des
choses resteraient incompréhensibles dans le second. Mais
cela ne fait qu'accroître mon embarras : si moi, biographe, je
trouve qu'un roman eût suffi pour un héros aussi modeste,
aussi vague, comment me présenter avec deux et justifier une
telle prétention ?

Désespérant de résoudre ces questions, je les laisse en
suspens. Naturellement, le lecteur perspicace a déjà deviné
que tel était mon but dès le début, et il m'en veut de perdre
un temps précieux en paroles inutiles. A quoi je répondrai
que je l'ai fait par politesse, et ensuite par ruse, afin qu'on
soit prévenu. Au reste, je suis bien aise que mon roman se
partage de lui-même en deux écrits « tout en conservant son
unité intégrale » ; après avoir pris connaissance du premier,
le lecteur verra lui-même s'il vaut la peine d'aborder le
second. Sans doute, chacun est libre ; on peut fermer le livre
dès les premières pages du premier récit pour ne plus le
rouvrir. Mais il y a des lecteurs délicats qui veulent aller
jusqu'au bout, pour ne pas faillir à l'impartialité ; tels sont,
par exemple, tous les critiques russes. On se sent le cœur plus
léger vis-à-vis d'eux. Malgré leur conscience méthodique, je
leur fournis un argument des plus fondés pour abandonner le

récit au premier épisode du roman. Voilà ma préface finie. Je conviens qu'elle est superflue ; mais, puisqu'elle est écrite, gardons-la.

Et maintenant, commençons.

L'Auteur.

Première partie

HISTOIRE D'UNE FAMILLE

I

FIODOR PAVLOVITCH KARAMAZOV

Alexéi Fiodorovitch Karamazov était le troisième fils d'un propriétaire foncier de notre district, Fiodor Pavlovitch, dont la mort tragique, survenue il y a treize ans, fit beaucoup de bruit en son temps et n'est point encore oubliée. J'en parlerai plus loin et me bornerai pour l'instant à dire quelques mots de ce « propriétaire », comme on l'appelait, bien qu'il n'eût presque jamais habité sa « propriété ». Fiodor Pavlovitch était un de ces individus corrompus en même temps qu'ineptes — type étrange mais assez fréquent — qui s'entendent uniquement à soigner leurs intérêts. Ce petit hobereau débuta avec presque rien et s'acquit promptement la réputation de pique-assiette : mais à sa mort il possédait quelque cent mille roubles d'argent liquide. Cela ne l'empêcha pas d'être, sa vie durant, un des pires extravagants de notre district. Je dis extravagant et non point imbécile, car les gens de cette sorte sont pour la plupart intelligents et rusés : il s'agit là d'une ineptie spécifique, nationale.

Il fut marié deux fois et eut trois fils ; l'aîné, Dmitri, du premier lit, et les deux autres, Ivan et Alexéi [1], du second. Sa première femme appartenait à une famille noble, les Mioussov, propriétaires assez riches du même district. Comment une jeune fille bien dotée, jolie, de plus vive, éveillée, spirituelle, telle qu'on en trouve beaucoup parmi nos contemporaines, avait-elle pu épouser pareil « écervelé », comme on appelait ce triste personnage ? Je crois inutile de l'expliquer trop longuement. J'ai connu une jeune personne, de l'avant-dernière génération « romantique », qui, après plusieurs années d'un amour mystérieux pour un monsieur qu'elle pouvait épouser en tout repos, finit par se forger des obstacles insurmontables à cette union. Par une nuit d'orage, elle se précipita du haut d'une falaise dans une rivière rapide et profonde, et périt victime de son imagination, uniquement pour ressembler à l'Ophélie de Shakespeare. Si cette falaise, qu'elle affectionnait particulièrement, eût été moins pittoresque ou remplacée par une rive plate et prosaïque, elle ne se serait sans doute point suicidée. Le fait est authentique, et je crois que les deux ou trois dernières générations russes ont connu bien des cas analogues. Pareillement, la décision que prit Adélaïde Mioussov fut sans doute l'écho d'influences étrangères, l'exaspération d'une âme captive. Elle voulait peut-être affirmer son indépendance, protester contre les conventions sociales, contre le despotisme de sa famille. Son imagination complaisante lui dépeignit — pour un court moment — Fiodor Pavlovitch, malgré sa réputation de pique-assiette, comme un des personnages les plus hardis et les plus malicieux de cette époque en voie d'amélioration, alors qu'il était, en tout et pour tout, un méchant bouffon. Le piquant de l'aventure fut un enlèvement qui ravit Adélaïde Ivanovna. La situation de Fiodor Pavlovitch le disposait alors à de semblables coups de main : brûlant de faire son chemin à tout prix, il trouva fort plaisant de s'insinuer dans une honnête famille et d'empocher une jolie dot. Quant à l'amour, il n'en était question ni d'un côté ni de l'autre, malgré la beauté de la jeune fille. Cet épisode fut probablement unique dans la vie de Fiodor Pavlovitch, toujours grand amateur du beau sexe, toujours prêt à s'accrocher à n'importe quelle jupe, pourvu qu'elle lui plût : cette femme, en effet, n'exerça sur lui aucun attrait sensuel.

Adélaïde Ivanovna eut tôt fait de constater qu'elle n'éprouvait que du mépris pour son mari. Dans ces conditions, les suites du mariage ne se firent pas attendre. Bien que la famille eût assez vite pris son parti de l'événement et remis sa dot à la fugitive, une existence désordonnée et des scènes continuelles commencèrent. On rapporte que la jeune femme se montra beaucoup plus noble et plus digne que Fiodor Pavlovitch, qui lui escamota dès l'abord, comme on l'apprit plus tard, tout son capital liquide, vingt-cinq mille roubles, dont elle n'entendit plus jamais parler. Pendant longtemps il mit tout en œuvre pour que sa femme lui transmît, par un acte en bonne et due forme, un petit village et une assez belle maison de ville, qui faisaient partie de sa dot. Il y serait certainement parvenu, tant ses extorsions et ses demandes effrontées inspiraient de dégoût à la malheureuse que la lassitude eût poussée à dire oui. Par bonheur, la famille intervint et refréna la rapacité du mari. Il est notoire que les époux en venaient fréquemment aux coups, et on prétend que ce n'est pas Fiodor Pavlovitch qui les donnait, mais bien Adélaïde Ivanovna, femme emportée, hardie, brune irascible, douée d'une étonnante vigueur. Elle finit par s'enfuir avec un séminariste qui crevait de misère, laissant sur les bras, à son mari, un enfant de trois ans, Mitia[1]. le mari s'empressa d'installer un harem dans sa maison et d'organiser des soûleries. Entre-temps, il parcourait la province, se lamentant à tout venant de la désertion d'Adélaïde Ivanovna, avec des détails choquants sur sa vie conjugale. On aurait dit qu'il prenait plaisir à jouer devant tout le monde le rôle ridicule de mari trompé, à dépeindre son infortune en chargeant les couleurs. « On croirait que vous êtes monté en grade, Fiodor Pavlovitch, tant vous paraissez content, malgré votre affliction », lui disaient les railleurs. Beaucoup ajou-

taient qu'il était heureux de se montrer dans sa nouvelle
attitude de bouffon, et qu'à dessein, pour faire rire davantage, il feignait de ne pas remarquer sa situation comique.
Qui sait, d'ailleurs, peut-être était-ce de sa part naïveté ?
Enfin, il réussit à découvrir les traces de la fugitive. La
malheureuse se trouvait à Pétersbourg, où elle avait achevé
de s'émanciper. Fiodor Pavlovitch commença à s'agiter et se
prépara à partir — dans quel dessein ? — lui-même n'en
savait rien. Peut-être eût-il vraiment fait le voyage de
Pétersbourg, mais, cette décision prise, il estima avoir le
droit, pour se donner du cœur, de se soûler dans toutes les
règles. Sur ces entrefaites, la famille de sa femme apprit que
la malheureuse était morte subitement dans un taudis, de la
fièvre typhoïde, disent les uns, de faim, prétendent les
autres. Fiodor Pavlovitch était ivre lorsqu'on lui annonça la
mort de sa femme ; on raconte qu'il courut dans la rue et se
mit à crier, dans sa joie, les bras au ciel : _Maintenant,
Seigneur, tu laisses aller Ton serviteur_ [1]. D'autres prétendent
qu'il sanglotait comme un enfant, au point qu'il faisait peine
à voir, malgré le dégoût qu'il inspirait. Il se peut fort bien
que l'une et l'autre version soient vraies, c'est-à-dire qu'il se
réjouît de sa libération, tout en pleurant sa libératrice. Bien
souvent les gens, même méchants, sont plus naïfs, plus
simples, que nous ne le pensons. Nous aussi, d'ailleurs.

II

KARAMAZOV SE DÉBARRASSE
DE SON PREMIER FILS

On peut se figurer quel père et quel éducateur pouvait être
un tel homme. Comme il était à prévoir, il délaissa complètement l'enfant qu'il avait eu d'Adélaïde Ivanovna, non par
animosité ou par rancune conjugale, mais simplement parce

qu'il l'avait tout à fait oublié. Tandis qu'il excédait tout le monde par ses larmes et ses plaintes et faisait de sa maison un mauvais lieu, le petit Mitia fut recueilli par Grigori[1], un fidèle serviteur ; si celui-ci n'en avait pas pris soin, l'enfant n'aurait peut-être eu personne pour le changer de linge. De plus, sa famille maternelle parut l'oublier. Son grand-père était mort, sa grand-mère, établie à Moscou, trop souffrante, ses tantes s'étaient mariées, de sorte que Mitia dut passer presque une année dans le pavillon où habitait Grigori. D'ailleurs, si son père s'était souvenu de lui (au fait il ne pouvait ignorer son existence), il eût renvoyé l'enfant au pavillon, pour n'être pas gêné dans ses débauches. Mais, sur ces entrefaites, arriva de Paris le cousin de feu Adélaïde Ivanovna, Piotr[2] Alexandrovitch Mioussov, qui devait, par la suite, passer de nombreuses années à l'étranger. A cette époque, il était encore tout jeune et se distinguait de sa famille par sa culture, et ses belles manières. « Occidentaliste » convaincu, il devait, vers la fin de sa vie, devenir un libéral à la façon des années 40 et 50. Au cours de sa carrière, il fut en relation avec de nombreux ultra-libéraux, tant en Russie qu'à l'étranger, et connut personnellement Proudhon et Bakounine. Il aimait à évoquer les trois journées de février 1848, à Paris, donnant à entendre qu'il avait failli prendre part aux barricades ; c'était un des meilleurs souvenirs de sa jeunesse. Il possédait une belle fortune, environ mille âmes, pour compter à la mode ancienne. Sa superbe propriété se trouvait aux abords de notre petite ville et touchait aux terres de notre fameux monastère. Sitôt en possession de son héritage, Piotr Alexandrovitch entama avec les moines un procès interminable au sujet de certains droits de pêche ou de coupe de bois, je ne sais plus au juste, mais il estima de son devoir, en tant que citoyen éclairé, de faire un procès aux « cléricaux ». Quand il apprit les malheurs d'Adélaïde Ivanovna, dont il avait gardé bon souvenir, ainsi que l'existence de Mitia, il prit à cœur cette affaire, malgré l'indignation juvénile et le mépris que lui inspirait Fiodor Pavlovitch. C'est alors qu'il vit celui-ci pour la première fois. Il lui déclara ouvertement son intention de se charger de l'enfant. Longtemps après, il racontait, comme un trait caractéristique, que Fiodor Pavlovitch, lorsqu'il fut question de Mitia, parut un moment ne pas comprendre de quel enfant il s'agissait, et même s'étonner d'avoir un jeune fils quelque part, dans sa maison. Pour exagéré qu'il fût, le récit de Piotr Alexandrovitch n'en devait pas moins contenir une part de vérité. Effectivement, Fiodor Pavlovitch aima toute sa vie à prendre des attitudes, à jouer un rôle, parfois sans nécessité aucune, et même à son détriment, comme dans le cas présent. C'est d'ailleurs là un trait spécial à beaucoup de gens, même point sots. Piotr Alexandrovitch mena l'affaire rondement et fut même tuteur de l'enfant (conjointement avec Fiodor Pavlovitch), sa mère ayant laissé une maison et des terres. Mitia alla demeurer chez ce petit-cousin, qui n'avait pas de famille. Pressé de retourner à Paris, après avoir réglé ses affaires et assuré la rentrée de ses fermages, il confia l'enfant à l'une de ses tantes, qui habitait Moscou. Par la suite, s'étant acclimaté en France, il oublia l'enfant, surtout lorsque éclata la révolution de Février, qui frappa son imagination pour le reste de ses jours. La tante de Moscou étant morte, Mitia fut recueilli par une de ses filles mariées. Il changea, paraît-il, une quatrième fois de foyer. Je ne m'étends pas là-dessus pour le moment, d'autant plus qu'il sera encore beaucoup question de ce premier rejeton de Fiodor Pavlovitch, et je me borne aux détails indispensables, sans lesquels il m'est impossible de commencer mon roman.

Et d'abord, seul des trois fils de Fiodor Pavlovitch, Dmitri grandit dans l'idée qu'il avait quelque fortune et serait indépendant à sa majorité. Son enfance et sa jeunesse furent mouvementées : il quitta le collège avant terme, entra ensuite dans une école militaire, partit pour le Caucase, servit dans l'armée, fut dégradé pour s'être battu en duel, reprit du service, fit la fête, gaspilla pas mal d'argent. Il n'en reçut de son père qu'une fois majeur et il avait, en attendant, contracté pas mal de dettes. Il ne vit pour la première fois Fiodor Pavlovitch qu'après sa majorité, lorsqu'il arriva dans le pays spécialement pour se renseigner sur sa fortune. Son père, semble-t-il, lui déplut dès l'abord ; il ne demeura que peu de temps chez lui et s'empressa de repartir, en emportant une certaine somme, après avoir conclu un arrangement pour les revenus de sa propriété. Chose curieuse, il ne put rien tirer de son père quant au rapport et à la valeur du domaine. Fiodor Pavlovitch remarqua d'emblée — il importe de le noter — que Mitia se faisait une idée fausse et exagérée de sa fortune. Il en fut très content, ayant en vue des intérêts particuliers : il en conclut que le jeune homme était étourdi, emporté, avec des passions vives, et qu'en donnant un os à ronger à ce fêtard, on l'apaiserait jusqu'à nouvel ordre. Il exploita donc la situation, se bornant à lâcher de temps en temps de faibles sommes, jusqu'à ce qu'un beau jour, quatre ans après, Mitia, à bout de patience, reparût dans la localité pour exiger un règlement de comptes définitif. A sa stupéfaction, il apprit qu'il ne possédait plus rien : il avait déjà reçu en espèces, de Fiodor Pavlovitch, la valeur totale de son bien, peut-être même restait-il lui redevoir, tant les comptes étaient embrouillés ; d'après tel et tel arrangement, conclu à telle ou telle date, il n'avait pas le droit de réclamer davantage, etc. Le jeune homme fut consterné ; il soupçonna la supercherie, se mit hors de lui, en perdit presque la raison. Cette circonstance provoqua la catastrophe dont le récit fait l'objet de mon premier roman, ou plutôt son cadre extérieur. Mais avant d'aborder ledit roman, il faut encore parler des deux autres fils de Fiodor Pavlovitch et expliquer leur provenance.

III

NOUVEAU MARIAGE ET SECONDS ENFANTS

Fiodor Pavlovitch, après s'être défait du petit Mitia, contracta bientôt un second mariage qui dura huit ans. Il prit sa seconde femme, également fort jeune, dans une autre province, où il s'était rendu, en compagnie d'un juif, pour traiter une affaire. Quoique fêtard, ivrogne, débauché, il surveillait sans cesse le placement de ses capitaux et faisait presque toujours de bonnes mais peu honnêtes opérations. Fille d'un diacre obscur et orpheline dès l'enfance, Sophie Ivanovna avait grandi dans l'opulente maison de sa bienfaitrice, la veuve haut placée du général Vorokhov, qui l'élevait et la rendait malheureuse. J'ignore les détails, j'ai seulement entendu dire que la jeune fille, douce, patiente et candide, avait tenté de se pendre à un clou dans la dépense, tant l'excédaient les caprices et les éternels reproches de cette vieille, point méchante au fond, mais que son oisiveté rendait insupportable. Fiodor Pavlovitch demanda sa main ; on prit des renseignements sur lui et il fut éconduit. Comme lors de son premier mariage, il proposa alors à l'orpheline de l'enlever. Très probablement, elle eût refusé de devenir sa femme, si elle avait été mieux renseignée sur son compte. Mais cela se passait dans une autre province ; que pouvait d'ailleurs comprendre une jeune fille de seize ans, sinon qu'il valait mieux se jeter à l'eau que de demeurer chez sa tutrice ? La malheureuse remplaça donc sa bienfaitrice par un bienfaiteur. Cette fois-ci, Fiodor Pavlovitch ne reçut pas un sou, car la générale, furieuse, n'avait rien donné, à part sa malédiction. Du reste, il ne comptait pas sur l'argent. La beauté remarquable de la jeune fille et surtout sa candeur l'avaient enchanté. Il en était émerveillé, lui, le voluptueux, jusqu'alors épris seulement de charmes grossiers. « Ces yeux innocents me transperçaient l'âme », disait-il par la suite avec un vilain rire. D'ailleurs, cet être corrompu ne pouvait éprouver qu'un attrait sensuel. Fiodor Pavlovitch ne se gêna pas avec sa femme. Comme elle était pour ainsi dire « coupable » envers lui, qu'il l'avait presque « sauvée de la corde », profitant, en outre, de sa douceur et de sa résignation inouïes, il foula aux pieds la décence conjugale la plus élémentaire. Sa maison devint le théâtre d'orgies auxquelles prenaient part de vilaines femmes. Un trait à noter, c'est que le domestique Grigori, être morne, raisonneur stupide et entêté, qui détestait sa première maîtresse, prit le parti de la seconde, se querellant pour elle avec son maître d'une façon presque intolérable de la part d'un domestique. Un jour, il alla jusqu'à mettre à la porte des donzelles qui festoyaient chez Fiodor Pavlovitch. Plus tard, la malheureuse jeune femme, terrorisée dès l'enfance, fut en proie à une maladie nerveuse fréquente parmi les villageoises et qui leur vaut le nom de « possédées ». Parfois la malade, victime de terribles crises d'hystérie, en perdait la raison. Elle donna pourtant à son mari deux fils : le premier, Ivan, après un an de mariage ; le second, Alexéi, trois ans plus tard. A sa mort, le jeune Alexéi était dans sa quatrième année et, si étrange que cela paraisse, il se rappela sa mère toute sa vie, mais comme à travers un songe. Quand elle fut morte, les deux garçons eurent le même sort que le premier : leur père les oublia, les délaissa totalement, et ils furent recueillis par le même Grigori, dans son pavillon. C'est là que les trouva la vieille générale, la bienfaitrice qui avait élevé leur mère. Elle vivait encore et, durant ces huit années, sa rancune n'avait pas désarmé. Parfaitement au courant de l'existence que menait sa Sophie, en apprenant sa maladie et les scandales qu'elle endurait, elle déclara deux ou trois fois aux parasites de son entourage : « C'est bien fait, Dieu la punit de son ingratitude. » Trois mois exactement après la mort de Sophie Ivanovna, la générale parut dans notre ville et se présenta chez Fiodor Pavlovitch. Son séjour ne dura qu'une demi-heure, mais elle mit le temps à profit. C'était le soir. Fiodor Pavlovitch, qu'elle n'avait pas vu depuis huit ans, se montra en état d'ivresse. On raconte que, dès l'abord, sans explication aucune, elle lui donna deux soufflets retentissants, puis le tira trois fois par son toupet de haut en bas. Sans ajouter un mot, elle alla droit au pavillon où se trouvaient les enfants. Ils n'étaient ni lavés ni tenus proprement ; ce que voyant, l'irascible vieille donna encore un soufflet à Grigori et lui déclara qu'elle emmenait les garçons. Tels qu'ils étaient, elle les enveloppa dans une couverture, les mit en voiture et repartit. Grigori encaissa le soufflet en bon serviteur et s'abstint de toute insolence ; en reconduisant la vieille dame à sa voiture, il dit d'un ton grave, après s'être incliné profondément, que « Dieu la récompenserait de sa bonne action ». « Tu n'es qu'un nigaud », lui cria-t-elle en guise d'adieu. Après examen de l'affaire, Fiodor Pavlovitch se déclara satisfait et accorda par la suite son consentement formel à l'éducation des enfants chez la générale. Il alla en ville se vanter des soufflets reçus.

Peu de temps après, la générale mourut ; elle laissait, par testament, mille roubles à chacun des deux petits « pour leur instruction » ; cet argent devait être dépensé à leur profit intégralement, mais suffire jusqu'à leur majorité, une telle somme étant déjà beaucoup pour de pareils enfants ; si d'autres voulaient faire davantage, libre à eux, etc.

Sans avoir lu le testament, je sais qu'il renfermait un passage bizarre, dans ce goût par trop original. Le principal héritier de la vieille dame était, par bonheur, un honnête homme, le maréchal de la noblesse de notre province, Euthyme Pétrovitch Poliénov. Il échangea quelques lettres avec Fiodor Pavlovitch qui, sans refuser catégoriquement et tout en faisant du sentiment, traînait les choses en longueur. Voyant qu'il ne tirerait jamais rien du personnage, Euthyme Pétrovitch s'intéressa personnellement aux orphelins et conçut une affection particulière pour le cadet, qui demeura longtemps dans sa famille. J'attire sur ce point l'attention du lecteur : c'est à Euthyme Pétrovitch, un noble caractère comme on en rencontre peu, que les jeunes gens furent redevables de leur éducation. Il conserva intact aux enfants leur petit capital, qui, à leur majorité, atteignait deux mille roubles avec les intérêts, les éleva à ses frais, en dépensant pour chacun d'eux bien plus de mille roubles. Je ne ferai pas maintenant un récit détaillé de leur enfance et de leur jeunesse, me bornant aux principales circonstances. L'aîné, Ivan, devint un adolescent morose, renfermé, mais nullement timide ; il avait compris de bonne heure que son frère et lui grandissaient chez des étrangers, par grâce, qu'ils avaient pour père un individu qui leur faisait honte, etc. Ce garçon montra dès sa plus tendre enfance (à ce qu'on raconte, tout au moins) de brillantes capacités pour l'étude. A l'âge de treize ans environ, il quitta la famille d'Euthyme Pétrovitch pour suivre les cours d'un collège de Moscou, et prendre pension chez un fameux pédagogue, ami d'enfance de son bienfaiteur. Plus tard, Ivan racontait que celui-ci avait été inspiré par son « ardeur au bien » et par l'idée qu'un adolescent génialement doué devait être élevé par un éducateur génial. Au reste, ni son protecteur ni l'éducateur de génie n'étaient plus lorsque le jeune homme entra à l'université. Euthyme Pétrovitch ayant mal pris ses dispositions, le versement du legs de la générale traîna en longueur, par suite de diverses formalités et de retards inévitables chez nous ; le jeune homme se trouva donc fort gêné pendant ses deux premières années d'université, et dut gagner sa vie tout en poursuivant ses études. Il faut noter qu'alors il n'essaya nullement de correspondre avec son père ; peut-être était-ce par fierté, par dédain envers lui ; peut-être aussi le froid calcul de sa raison lui démontrait-il qu'il n'avait rien à attendre du bonhomme. Quoi qu'il en fût, le jeune homme ne se troubla pas, trouva du travail, d'abord des leçons à vingt kopeks, ensuite des articles en dix lignes sur les scènes de la rue, signés « Un Témoin oculaire », qu'il portait à divers journaux. Ces articles, dit-on, étaient toujours curieux et spirituels, ce qui assura leur succès. De la sorte, le jeune reporter montra sa supériorité pratique et intellectuelle sur les nombreux étudiants des deux sexes, toujours nécessiteux, qui, tant à Pétersbourg qu'à Moscou, assiègent du matin au soir les bureaux des journaux et des périodiques, n'imaginant rien de mieux que de réitérer leur éternelle demande de copie et de traductions du français. Une fois introduit dans le monde des journaux, Ivan Fiodorovitch ne perdit pas le contact ; durant ses dernières années d'université, il donna avec beaucoup de talent des comptes rendus d'ouvrages spéciaux et se fit ainsi connaître dans les milieux littéraires. Mais ce n'est que vers la fin qu'il réussit, par hasard, à éveiller une attention particulière dans un cercle de lecteurs beaucoup plus étendu. A sa sortie de l'université, et alors qu'il se préparait à partir pour l'étranger avec ses deux mille roubles, Ivan Fiodorovitch publia, dans un grand journal, un article étrange, qui attira même l'attention des profanes. Le sujet lui était apparemment inconnu, puisqu'il avait suivi les cours de la Faculté des sciences, et que l'article traitait la question des tribunaux ecclésiastiques, partout soulevée alors. Tout en examinant quelques opinions émises sur cette matière, il exposait également ses vues personnelles. Ce qui frappait, c'était le ton et l'inattendu de la conclusion. Or, tandis que beaucoup d' « ecclésiastiques » tenaient l'auteur pour leur partisan, les « laïcs », aussi bien que les athées, applaudissaient à ses idées. En fin de compte, quelques personnes décidèrent que l'article entier n'était qu'une effrontée mystification. Si je mentionne cet épisode, c'est surtout parce que l'article en question parvint jusqu'à notre fameux monastère — où l'on s'intéressait à la question des tribunaux ecclésiastiques — et qu'il y provoqua une grande perplexité. Le nom de l'auteur une fois connu, le fait qu'il était originaire de notre ville et le fils de « ce Fiodor Pavlovitch » accrut l'intérêt. Vers la même époque, l'auteur en personne parut.

Pourquoi Ivan Fiodorovitch était-il venu chez son père ? Il me souvient que je me posais dès alors cette question avec une certaine inquiétude. Cette arrivée si fatale, qui engendra de telles conséquences, demeura longtemps pour moi inexpliquée. A vrai dire, il était étrange qu'un homme aussi savant, d'apparence si fière et si réservée, se montrât dans une maison aussi mal famée. Fiodor Pavlovitch l'avait ignoré toute sa vie, et — bien qu'il n'eût donné pour rien au monde de l'argent si on lui en avait demandé — il craignait toujours que ses fils ne vinssent lui en réclamer. Et voilà que le jeune homme s'installe chez un tel père, passe auprès de lui un mois, puis deux, et qu'ils s'entendent on ne peut mieux. Je ne fus pas le seul à m'étonner de cet accord. Piotr Alexandrovitch Mioussov, dont il a déjà été question, et qui, à cette époque, avait élu domicile à Paris, séjournait alors dans sa propriété suburbaine. Plus que tous, il se montrait surpris, ayant fait la connaissance du jeune homme qui l'intéressait fort et avec lequel il rivalisait d'érudition. « Il est fier, nous disait-il, il se tirera toujours d'affaire ; dès maintenant, il a de quoi partir pour l'étranger, que fait-il ici ? Chacun sait qu'il n'est pas venu trouver son père pour de l'argent, que celui-ci lui refuserait d'ailleurs. Il n'aime ni boire ni courir les filles ; pourtant le vieillard ne peut se passer de lui. » C'était vrai ; le jeune exerçait une influence visible sur le vieillard, qui, bien que fort entêté et capricieux, l'écoutait parfois ; il commença même à se comporter plus décemment...

On sut plus tard qu'Ivan était arrivé en partie à la demande et pour les intérêts de son frère aîné, Dmitri, qu'il vit pour la première fois à cette occasion, mais avec lequel il correspondait déjà au sujet d'une affaire importante, dont il sera parlé avec détails en son temps. Même lorsque je fus au courant, Ivan Fiodorovitch me parut énigmatique et son arrivée parmi nous difficile à expliquer.

J'ajouterai qu'il tenait lieu d'arbitre et de réconciliateur entre son père et son frère aîné, alors totalement brouillés, ce dernier ayant même intenté une action en justice.

Pour la première fois, je le répète, cette famille, dont certains membres ne s'étaient jamais vus, se trouva réunie. Seul le cadet, Alexéi, habitait le pays depuis un an déjà. Il est malaisé de parler de lui dans ce préambule, avant de le mettre en scène dans le roman. Je dois pourtant m'étendre à son sujet pour élucider un point étrange, à savoir que mon héros apparaît, dès la première scène, sous l'habit d'un novice. Depuis un an, en effet, il habitait notre monastère et se préparait à y passer le reste de ses jours.

IV

LE TROISIÈME FILS : ALIOCHA[1]

Il avait vingt ans (ses frères, Ivan et Dmitri, étaient alors respectivement dans leur vingt-quatrième et leur vingt-huitième année). Je dois prévenir que ce jeune Aliocha n'était nullement fanatique, ni même, à ce que je crois, mystique. A mon sens, c'était simplement un philanthrope en avance sur son temps, et s'il avait choisi la vie monastique, c'était parce qu'alors elle seule l'attirait et représentait pour lui l'ascension idéale vers l'amour radieux de son âme dégagée des ténèbres et des haines d'ici-bas. Elle l'attirait, cette voie, uniquement parce qu'il y avait rencontré un être exceptionnel à ses yeux, notre fameux *starets*[2] Zosime, auquel il s'était attaché de toute la ferveur novice de son cœur inassouvi. Je conviens qu'il avait, dès le berceau, fait preuve d'étrangeté. J'ai déjà raconté qu'ayant perdu sa mère à quatre ans, il se rappela toute sa vie son visage, ses caresses « comme s'il la voyait vivante ». De pareils souvenirs peuvent persister (chacun le sait), même à un âge plus tendre, mais ils ne demeurent que comme des points lumineux dans les ténèbres, comme le fragment d'un immense tableau qui aurait disparu. C'était le cas pour lui : il se rappelait une douce soirée d'été, la fenêtre ouverte aux rayons obliques du couchant ; dans un coin de la chambre une image sainte avec la lampe allumée, et, devant l'image, sa mère agenouillée, sanglotant avec force gémissements comme dans une crise de nerfs. Elle l'avait saisi dans ses bras, le serrant à l'étouffer et implorait pour lui la sainte Vierge, relâchant son étreinte pour le tendre vers l'image, mais la nourrice était accourue et l'avait arraché, effrayé, des bras de la malheureuse. Aliocha se rappelait le visage de sa mère, exalté, sublime, mais il n'aimait guère à en parler. Dans son enfance et sa jeunesse, il se montra plutôt concentré et même taciturne, non par timidité ou sauvagerie, mais par une sorte de préoccupation intérieure si profonde qu'elle lui faisait oublier son entourage. Cependant il aimait ses semblables, et toute sa vie, sans passer jamais pour nigaud, il eut foi en eux. Quelque chose en lui révélait qu'il ne voulait pas se faire le juge d'autrui. Il paraissait même tout admettre, sans réprobation, quoique souvent avec une profonde mélancolie. Bien plus, il devint dès sa jeunesse inaccessible à l'étonnement et à la frayeur. Arrivé à vingt ans chez son père, dans un foyer de basse débauche, lui, chaste et pur, il se retirait en silence quand la vie lui devenait intolérable, mais sans témoigner à personne ni réprobation ni mépris. Son père, que sa qualité d'ancien parasite rendait fort sensible aux offenses, lui fit d'abord mauvais accueil : « il se tait, disait-il, et n'en pense pas moins » ; mais il ne tarda pas à l'embrasser, à le caresser ; c'étaient, à vrai dire, des larmes et un attendrissement d'ivrogne, mais on voyait qu'il l'aimait de cet amour sincère, profond, qu'il avait été jusque-là incapable de ressentir pour qui que ce fût... Depuis son enfance, Aliocha avait toujours été aimé de tout le monde. Dans la famille de son bienfaiteur, Euthyme Pétrovitch Poliénov, on s'était tellement attaché à lui que tous le considéraient

comme l'enfant de la maison. Or il était entré chez eux à un
âge où l'enfant est encore incapable de calcul et de ruse, où il
ignore les intrigues qui attirent la faveur et l'art de se faire
aimer. Ce don d'éveiller la sympathie était par conséquent
chez lui naturel, spontané, sans artifice. Il en alla de même à
l'école, où les enfants comme Aliocha s'attirent d'ordinaire la
méfiance, les railleries, voire la haine de leurs camarades.
Dès l'enfance, il aimait par exemple à s'isoler pour rêver, à
lire dans un coin ; néanmoins, il fut, durant ses années de
collège, l'objet de l'affection générale. Il n'était guère folâtre,
ni même gai ; à le considérer, on voyait vite que ce n'était pas
de la morosité, mais, au contraire, une humeur égale et
sereine. Il ne voulait jamais se mettre en avant ; pour cette
raison, peut-être, il ne craignait jamais personne et ses
condisciples remarquaient que, loin d'en tirer vanité, il
paraissait ignorer sa hardiesse, son intrépidité. Il ignorait la
rancune : une heure après avoir été offensé, il répondait à
l'offenseur ou lui adressait lui-même la parole, d'un air
confiant, tranquille, comme s'il ne s'était rien passé entre
eux. Loin de paraître avoir oublié l'offense, ou résolu à la
pardonner, il ne se considérait pas comme offensé, et cela lui
gagnait le cœur des enfants. Un seul trait de son caractère
incitait fréquemment tous ses camarades à se moquer de lui,
non par méchanceté, mais par divertissement : il était d'une
pudeur, d'une chasteté exaltée, farouche. Il ne pouvait
supporter certains mots et certaines conversations sur les
femmes qui par malheur sont de tradition dans les écoles.
Des jeunes gens à l'âme et au cœur purs, presque encore des
enfants, aiment souvent à s'entretenir de scènes et d'images
qui parfois répugnent aux soldats eux-mêmes ; d'ailleurs, ces
derniers en savent moins sous ce rapport que les jeunes
garçons de notre société cultivée. Il n'y a pas là encore, je
veux bien, de corruption morale, ni de réel cynisme, mais il y
en a l'apparence, et cela passe fréquemment à leurs yeux pour
quelque chose de délicat, de fin, digne d'être imité. Voyant

« Aliocha Karamazov » se boucher rapidement les oreilles quand on parlait de « cela », ils faisaient parfois cercle autour de lui, écartaient ses mains de force et lui criaient des obscénités. Alexéi se débattait, se couchait par terre en se cachant le visage ; il supportait l'offense en silence et sans se fâcher. A la fin, on le laissa en repos, on cessa de le traiter de « fillette », on éprouva même pour lui de la compassion. Il compta toujours parmi les meilleurs élèves, sans jamais prétendre à la première place.

Après la mort d'Euthyme Pétrovitch, Aliocha passa encore deux ans au collège. La veuve partit bientôt pour un long voyage en Italie, avec toute sa famille, qui se composait de femmes. Le jeune homme alla demeurer chez des parentes éloignées du défunt, deux dames qu'il n'avait jamais vues. Il ignorait dans quelles conditions il séjournait chez elles ; c'était d'ailleurs un de ses traits caractéristiques de ne jamais s'inquiéter aux frais de qui il vivait. A cet égard, il était tout le contraire de son aîné, Ivan, qui avait connu la pauvreté dans ses deux premières années d'université, et qui avait souffert, dès l'enfance, de manger le pain d'un bienfaiteur. Mais on ne pouvait juger sévèrement cette particularité du caractère d'Alexéi, car il suffisait de le connaître un peu pour se convaincre qu'il était de ces innocents capables de donner toute leur fortune à une bonne œuvre, ou même à un chevalier d'industrie. En général il ignorait la valeur de l'argent, au figuré s'entend. Quand on lui donnait de l'argent de poche, il ne savait qu'en faire durant des semaines ou le dépensait en un clin d'œil. Quand Piotr Alexandrovitch Mioussov, fort chatouilleux en ce qui concerne l'honnêteté bourgeoise, eut plus tard l'occasion d'observer Alexéi, il le caractérisa ainsi : « Voilà peut-être le seul homme au monde qui, demeuré sans ressources dans une grande ville inconnue, ne mourrait ni de faim ni de froid, car immédiatement on le nourrirait, on lui viendrait en aide, sinon lui-même se tirerait aussitôt d'affaire, sans peine ni humiliation, et ce serait un plaisir pour les autres de lui rendre service. »

Un an avant la fin de ses études, il déclara soudain à ces dames qu'il partait chez son père pour une affaire qui lui était venue en tête. Celles-ci le regrettèrent beaucoup ; elles ne le laissèrent pas engager la montre que lui avait donnée la famille de son bienfaiteur avant de partir pour l'étranger ; elle le pourvurent d'argent, de linge, de vêtements, mais il leur rendit la moitié de la somme en déclarant qu'il tenait à voyager en troisième. Comme son père lui demandait pourquoi il n'avait pas achevé ses études, il ne répondit rien, mais se montra plus pensif que d'habitude. Bientôt on constata qu'il cherchait la tombe de sa mère. Il avoua même n'être venu que pour cela. Mais ce n'était probablement pas la seule cause de son arrivée. Sans doute n'aurait-il pu expliquer à quelle impulsion soudaine il avait obéi en se lançant délibérément dans une voie nouvelle, inconnue. Fiodor Pavlovitch ne put lui indiquer la tombe de sa mère, car après tant d'années, il en avait totalement oublié la place.

Disons un mot de Fiodor Pavlovitch. Il était demeuré longtemps absent de notre ville. Trois ou quatre ans après la mort de sa seconde femme, il partit pour le midi de la Russie et s'établit à Odessa, où il fit la connaissance, suivant ses propres paroles, de « beaucoup de Juifs, Juives et Juivaillons de tout acabit » et finit par être reçu « non seulement chez les Juifs, mais aussi chez les Israélites ». Il faut croire que durant cette période il avait développé l'art d'amasser et de soutirer de l'argent. Il reparut dans notre ville trois ans seulement avant l'arrivée d'Aliocha. Ses anciennes connaissances le trouvèrent fort vieilli, bien qu'il ne fût pas très âgé. Il se montra plus effronté que jamais : l'ancien bouffon éprouvait maintenant le besoin de rire aux dépens d'autrui. Il aimait à courir la gueuse d'une façon plus répugnante qu'auparavant et, grâce à lui, de nouveaux cabarets s'ouvrirent dans notre district. On lui attribuait une fortune de cent mille roubles,

ou peu s'en faut, et bientôt beaucoup de gens se trouvèrent
ses débiteurs, en échange de solides garanties. Dans les
derniers temps, il s'était ratatiné, commençait à perdre
l'égalité d'humeur et le contrôle de soi-même ; incapable de
se concentrer, il tomba dans une sorte d'hébétude et s'enivra
de plus en plus. Sans Grigori, qui avait aussi beaucoup vieilli
et qui le surveillait parfois comme un mentor, l'existence de
Fiodor Pavlovitch eût été hérissée de difficultés. L'arrivée
d'Aliocha influa sur son moral, et des souvenirs, qui
dormaient depuis longtemps, se réveillèrent dans l'âme de ce
vieillard prématuré : « Sais-tu, répétait-il à son fils en
l'observant, que tu ressembles à la *possédée* ? » C'est ainsi
qu'il appelait sa seconde femme. Ce fut Grigori qui indiqua à
Aliocha la tombe de la « possédée ». Il le conduisit au
cimetière, lui montra dans un coin éloigné une dalle en fonte,
modeste, mais décente, où étaient gravés le nom, la condition, l'âge de la défunte, avec la date sa mort ; en bas
figurait un quatrain, comme on en lit fréquemment sur la
tombe des gens de classe moyenne. Chose étonnante, cette
dalle était l'œuvre de Grigori. C'est lui qui l'avait placée, à ses
frais, sur la tombe de la pauvre « possédée », après avoir
souvent importuné son maître par ses allusions ; celui-ci était
enfin parti pour Odessa, en haussant les épaules sur les
tombes et sur tous ses souvenirs. Devant la tombe de sa
mère, Aliocha ne montra aucune émotion particulière ; il
prêta l'oreille au grave récit que fit Grigori de l'érection de la
dalle, se recueillit quelques instants et se retira sans avoir
prononcé une parole. Depuis, de toute l'année peut-être, il
ne retourna pas au cimetière. Mais cet épisode produisit sur
Fiodor Pavlovitch un effet fort original. Il prit mille roubles
et les porta au monastère pour le repos de l'âme de sa femme,
non pas de la seconde, la « possédée », mais de la première,
celle qui le rossait. Le même soir, il s'enivra et déblatéra
contre les moines en présence d'Aliocha. C'était en effet un
esprit fort, qui n'avait peut-être jamais mis le moindre cierge

devant une image. Les sentiments et la pensée de pareils individus ont parfois des élans aussi brusques qu'étranges.

J'ai déjà dit qu'il s'était fort ratatiné. Sa physionomie portait alors les traces révélatrices de l'existence qu'il avait menée. Aux pochettes qui pendaient sous ses petits yeux toujours effrontés, méfiants, malicieux, aux rides profondes qui sillonnaient son visage gras, venait s'ajouter, sous son menton pointu, une pomme d'Adam charnue, qui lui donnait un air hideusement sensuel. Joignez-y une large bouche de carnassier, aux lèvres bouffies, où apparaissaient les débris noirâtres de ses dents pourries, et qui répandait de la salive chaque fois qu'il prenait la parole. Au reste, il aimait à plaisanter sur sa figure, bien qu'elle lui plût, surtout son nez, pas très grand, mais fort mince et recourbé. « Un vrai nez romain, disait-il ; avec ma pomme d'Adam, je ressemble à un patricien de la décadence. » Il s'en montrait fier.

Quelque temps après avoir découvert la tombe de sa mère, Aliocha lui déclara tout à coup qu'il voulait entrer au monastère où les moines étaient disposés à l'admettre comme novice. Il ajouta que c'était son plus cher désir et qu'il implorait son consentement paternel. Le vieillard savait déjà que le *starets* Zosime avait produit sur son « doux garçon » une impression particulière.

« Ce *starets* est assurément le plus honnête de nos moines, déclara-t-il après avoir écouté Aliocha dans un silence pensif, mais sans se montrer surpris de sa demande. Hum ! Voilà où tu veux aller, mon doux garçon ! — A moitié ivre, il eut un sourire d'ivrogne empreint de ruse et de finesse. — Hum ! Je prévoyais que tu en arriverais là ! Eh bien, soit ! Tu as deux mille roubles, ce sera ta dot ; quant à moi, mon ange, je ne t'abandonnerai jamais et je verserai pour toi ce qu'il faut... si on le demande ; sinon inutile n'est-ce pas, de nous engager ? Il ne te faut pas plus d'argent que de grain à un canari... Hum ! Je connais, sais-tu, auprès d'un certain monastère un hameau habité exclusivement par les « épouses des moines »,

comme on les appelle, il y en a une trentaine, je crois... Je l'ai
visité, c'est intéressant en son genre, ça rompt la monotonie.
Par malheur, on n'y trouve que des Russes, pas une
Française. On pourrait en avoir, ce ne sont pas les fonds qui
manquent. Quand elles le sauront, elles viendront. Ici, il n'y
a pas de femmes, mais deux cents moines. Ils jeûnent
consciencieusement, j'en conviens... Hum ! Ainsi, tu veux
entrer en religion ? Tu me fais de la peine, Aliocha, vraiment,
je m'étais attaché à toi... Du reste, voilà une bonne occasion :
prie pour nous autres, pécheurs à la conscience chargée. Je
me suis souvent demandé : qui priera un jour pour moi ?
Mon cher garçon, je suis tout à fait stupide à cet égard, tu en
doutes, peut-être ? Tout à fait. Vois-tu, malgré ma bêtise, je
réfléchis parfois ; je pense que les diables me traîneront bien
sûr avec leurs crocs, après ma mort. Et je me dis : d'où
viennent-ils, ces crocs ? en quoi sont-ils ? en fer ? Où les
forge-t-on ? Auraient-ils une fabrique ? Les religieux, par
exemple, sont persuadés que l'enfer a un plafond. Je veux
bien, quant à moi, croire à l'enfer, mais à un enfer sans
plafond : c'est plus délicat, plus éclairé, comme chez les
luthériens. Au fond, me diras-tu, qu'importe qu'il y ait ou
non un plafond ? Voilà le hic ! S'il n'y a pas de plafond, il n'y
a pas de crocs ; mais alors qui me traînerait ? et si l'on ne me
traînait pas, où serait la justice, en ce monde ? Il faudrait les
inventer, ces crocs, pour moi spécialement, pour moi seul. Si
tu savais, Aliocha, quel éhonté je suis !...

— Il n'y a pas de crocs là-bas, proféra Aliocha à voix
basse, en regardant sérieusement son père.

— Ah ! il n'y a que des ombres de crocs. Je sais, je sais.
C'est ainsi qu'un Français décrivait l'enfer :

> *J'ai vu l'ombre d'un cocher*
> *Qui,. avec l'ombre d'une brosse,*
> *Frottait l'ombre d'un carrosse*[1].

D'où sais-tu, mon cher, qu'il n'y a pas de crocs ? Une fois chez les moines, tu changeras de note. Au fait, pars, va démêler la vérité et reviens me renseigner, je partirai plus tranquillement pour l'autre monde quand je saurai ce qui s'y passe. Ce sera plus convenable pour toi d'être chez les moines que chez moi, vieil ivrogne, avec des filles... bien que tu sois, comme un ange, au-dessus de tout cela. Il en sera peut-être de même là-bas, et si je te laisse aller, c'est que je compte là-dessus. Tu n'es pas sot. Ton ardeur s'éteindra et tu reviendras guéri. Pour moi, je t'attendrai, car je sens que tu es le seul en ce monde qui ne me blâme point, mon cher garçon ; je ne peux pas ne pas le sentir !... »

Et il se mit à pleurnicher. Il était sentimental. Oui, il était méchant et sentimental.

V

LES STARTSY

Le lecteur se figure peut-être mon héros sous les traits d'un pâle rêveur malingre et extatique. Au contraire, Aliocha était un jeune homme de dix-neuf ans bien fait de sa personne et débordant de santé. Il avait la taille élancée, les cheveux châtains, le visage régulier quoique un peu allongé, les joues vermeilles, les yeux gris foncé, brillants, grands ouverts, l'air pensif et fort calme. On m'objectera que des joues rouges n'empêchent pas d'être fanatique ou mystique ; or, il me semble qu'Aliocha était plus que n'importe qui réaliste. Certes il croyait aux miracles, mais, à mon sens, les miracles ne troubleront jamais le réaliste, car ce ne sont pas eux qui l'inclinent à croire. Un véritable réaliste, s'il est incrédule, trouve toujours en lui la force et la faculté de ne pas croire même au miracle, et si ce dernier se présente comme un fait incontestable, il doutera de ses sens plutôt que d'admettre le fait ; s'il l'admet, ce sera comme un fait naturel, mais inconnu de lui jusqu'alors. Chez le réaliste, ce n'est pas la foi qui naît du miracle, c'est le miracle qui naît de la foi. Si le réaliste acquiert la foi, il lui faut, en vertu de son réalisme, admettre aussi le miracle. L'apôtre Thomas déclara qu'il ne croirait pas avant d'avoir vu ; ensuite il dit : *mon Seigneur et mon Dieu*[1] ! Était-ce le miracle qui l'avait obligé à croire ? Très probablement que non ; il croyait parce qu'il désirait croire et peut-être avait-il déjà la foi entière dans les replis cachés de son cœur, même lorsqu'il déclarait : « je ne croirai pas avant d'avoir vu ».

On dira sans doute qu'Aliocha était peu développé, qu'il n'avait pas achevé ses études. Ce dernier fait est exact, mais il serait fort injuste d'en inférer qu'il était obtus ou stupide. Je répète ce que j'ai déjà dit : il avait choisi cette voie uniquement parce qu'elle seule l'attirait alors et qu'elle représentait l'ascension idéale vers la lumière de son âme dégagée des ténèbres. En outre, ce jeune homme était bien de notre époque, c'est-à-dire loyal, avide de vérité, la cherchant avec foi, et une fois trouvée, voulant y participer de toute la force de son âme, voulant des réalisations immédiates, et prêt à tout sacrifier à cette fin, même sa vie. Par malheur, ces jeunes gens ne comprennent pas qu'il est souvent bien facile de sacrifier sa vie, tandis que consacrer, par exemple, cinq ou six années de sa belle jeunesse à l'étude et à la science — ne fût-ce que pour décupler ses forces afin de servir la vérité et d'atteindre le but qu'on s'est assigné — c'est là un sacrifice qui les dépasse. Aliocha n'avait fait que choisir la voie opposée à toutes les autres, mais avec la même soif de réalisation immédiate. Aussitôt qu'il se fut convaincu, après de sérieuses réflexions, que Dieu et l'immortalité existent, il se dit naturellement : « Je veux vivre pour l'immortalité, je n'admets pas de compromis. » Pareillement, s'il avait conclu qu'il n'y a ni Dieu ni immortalité, il serait devenu tout de suite athée et socialiste (car le socialisme, ce n'est pas seulement la question ouvrière ou celle du quatrième état, mais c'est surtout la question de l'athéisme, de son incarnation contemporaine, la question de la tour de Babel, qui se construit sans Dieu, non pour atteindre les cieux de la terre, mais pour abaisser les cieux jusqu'à la terre). Il paraissait étrange et impossible à Aliocha de vivre comme auparavant. Il est dit : « Si tu veux être parfait, donne tout ce que tu as et suis-moi [1]. » Aliocha se disait : « Je ne peux pas donner au lieu de « tout » deux roubles et au lieu de « suis-moi » aller seulement à la messe. » Parmi les souvenirs de sa petite enfance, il se rappelait peut-être notre monastère, où sa mère avait pu le mener aux offices. Peut-être y eut-il l'influence des rayons obliques du soleil couchant devant l'image vers laquelle le tendait sa mère, la possédée. Il arriva chez nous pensif, uniquement pour voir s'il s'agissait ici de tout ou seulement de deux roubles, et rencontra au monastère ce *starets*.

C'était le *starets* Zosime, comme je l'ai déjà expliqué plus haut ; il faudrait dire ici quelques mots du rôle joué par les *startsy* dans nos monastères, et je regrette de n'avoir pas, dans ce domaine, toute la compétence nécessaire. J'essaierai pourtant de le faire à grands traits. Les spécialistes compétents assurent que l'institution des *startsy* fit son apparition dans les monastères russes à une époque récente, il y a moins d'un siècle, alors que, dans tout l'Orient orthodoxe, surtout au Sinaï et au mont Athos, elle existe depuis bien plus de mille ans. On prétend que les *startsy* existaient en Russie dans des temps fort anciens, ou qu'ils auraient dû exister, mais que, par suite des calamités qui survinrent, le joug tatar, les troubles, l'interruption des anciennes relations avec l'Orient, après la chute de Constantinople, cette institution se perdit parmi nous et les *startsy* disparurent. Elle fut ressuscitée par l'un des plus grands ascètes, Païsius Vélitchkovski, et par ses disciples, mais jusqu'à présent, après un siècle, elle existe peu de monastères, et a même, ou peu s'en faut, été en butte aux persécutions, comme une innovation inconnue en Russie. Elle florissait surtout dans le fameux ermitage de Kozelskaïa Optyne[1]. J'ignore quand et par qui elle fut implantée dans notre monastère, mais il s'y était succédé déjà trois *startsy*, dont Zosime était le dernier. Il succombait presque à la faiblesse et aux maladies, et on ne savait par qui le remplacer. Pour notre monastère, c'était là une grave question, car, jusqu'à présent, rien ne l'avait distingué ; il ne possédait ni reliques saintes ni icônes miraculeuses ; les traditions glorieuses se rattachant à notre histoire, les hauts faits historiques et les services rendus à la patrie lui manquaient également. Il était devenu florissant et fameux dans toute la Russie grâce à ses *startsy*, que les pèlerins venaient en foule voir et écouter de tous les points du pays, à des milliers de verstes. Qu'est-ce qu'un *starets* ? Le *starets*, c'est celui qui absorbe votre âme et votre volonté dans les siennes. Ayant choisi un *starets*, vous abdiquez votre volonté et vous la lui remettez en toute obéissance, avec une entière résignation. Le pénitent subit volontairement cette épreuve, ce dur apprentissage, dans l'espoir, après un long stage, de se vaincre lui-même, de se dominer au point d'atteindre enfin, après avoir obéi toute sa vie, à la liberté parfaite, c'est-à-dire à la liberté vis-à-vis de soi-même, et d'éviter le sort de ceux qui ont vécu sans se trouver en eux-mêmes. Cette invention, c'est-à-dire l'institution des *startsy*, n'est pas théorique, mais tirée, en Orient, d'une pratique millénaire. Les obligations envers le *starets* sont bien autre chose que « l'obéissance » habituelle qui a toujours existé également dans les monastères russes. Là-bas, la confession de tous les militants au *starets* est perpétuelle, et le lien qui rattache le confesseur au confessé indissoluble. On raconte que, dans les temps antiques du christianisme, un novice, après avoir manqué à un devoir prescrit par son *starets*, quitta le monastère pour se rendre dans un autre pays, de Syrie en Égypte. Là, il accomplit des actes sublimes et fut enfin jugé digne de subir

le martyre pour la foi. Quand l'Église allait l'enterrer en le
révérant déjà comme un saint, et lorsque le diacre prononça :
« que les catéchumènes sortent ! » le cercueil qui contenait le
corps du martyr fut enlevé de sa place et projeté hors du
temple trois fois de suite. On apprit enfin que ce saint martyr
avait enfreint l'obédience et quitté son *starets ;* que, par
conséquent, il ne pouvait être pardonné sans le consentement
de ce dernier, malgré sa vie sublime. Mais lorsque le *starets,*
appelé, l'eut délié de l'obédience, on put l'enterrer sans
difficulté. Sans doute, ce n'est qu'une ancienne légende, mais
voici un fait récent : un religieux faisait son salut au mont
Athos, qu'il chérissait de toute son âme, comme un sanctuaire et une paisible retraite, quand son *starets* lui ordonna
soudain de partir pour aller d'abord à Jérusalem saluer les
Lieux Saints, puis retourner dans le Nord, en Sibérie. « C'est
là-bas qu'est ta place, et non ici. » Le moine, consterné et
désolé, alla trouver le patriarche de Constantinople et le
supplia de le relever de l'obédience, mais le chef de l'Église
lui répondit que, non seulement lui, patriarche, ne pouvait le
délier, mais qu'il n'y avait aucun pouvoir au monde capable
de le faire, excepté le *starets* dont il dépendait. On voit de la
sorte que, dans certains cas, les *startsy* sont investis d'une
autorité sans bornes et incompréhensible. Voilà pourquoi,
dans beaucoup de nos monastères, cette institution fut
d'abord presque persécutée. Pourtant le peuple témoigna
tout de suite une grande vénération aux *startsy.* C'est ainsi
que les petites gens et les personnes les plus distinguées
venaient en foule se prosterner devant les *startsy* de notre
monastère et leur confessaient leurs doutes, leurs péchés,
leurs souffrances, implorant conseils et directives. Ce que
voyant, les adversaires des *startsy* leur reprochaient, parmi
d'autres accusations, d'avilir arbitrairement le sacrement de
la confession, bien que les confidences ininterrompues du
novice ou d'un laïc au *starets* n'aient nullement le caractère
d'un sacrement. Quoi qu'il en soit, l'institution des *startsy*

s'est maintenue, et elle s'implante peu à peu dans les monastères russes. Il est vrai que ce moyen éprouvé et déjà millénaire de régénération morale, qui fait passer l'homme de l'esclavage à la liberté, en le perfectionnant, peut aussi devenir une arme à deux tranchants : au lieu de l'humilité et de l'empire sur soi-même, il peut développer un orgueil satanique et faire un esclave au lieu d'un homme libre.

Le *starets* Zosime avait soixante-cinq ans ; il descendait d'une famille de propriétaires ; dans sa jeunesse, il avait servi dans l'armée comme officier au Caucase. Sans doute, Aliocha avait été frappé par un don particulier de son âme ; il habitait la cellule même du *starets*, qui l'aimait fort et l'admettait auprès de lui. Il faut noter qu'Aliocha, vivant au monastère, ne s'était encore lié par aucun vœu ; il pouvait aller où bon lui semblait des journées entières, et s'il portait le froc, c'était volontairement, pour ne se distinguer de personne au monastère. Peut-être l'imagination juvénile d'Aliocha avait-elle été très impressionnée par la force et la gloire qui entouraient son *starets* comme une auréole. A propos du *starets* Zosime, beaucoup racontaient qu'à force d'accueillir depuis de nombreuses années tous ceux qui venaient épancher leur cœur, avides de ses conseils et de ses consolations, il avait, vers la fin, acquis une grande perspicacité. Au premier coup d'œil jeté sur un inconnu, il devinait pourquoi il était venu, ce qu'il lui fallait et même ce qui tourmentait sa conscience. Le pénitent était surpris, confondu, parfois même effrayé de se sentir pénétré avant d'avoir proféré une parole. Aliocha avait remarqué que beaucoup de ceux qui venaient pour la première fois s'entretenir en particulier avec le *starets* entraient chez lui avec crainte et inquiétude ; presque tous en sortaient radieux et le visage le plus morne s'éclairait de satisfaction. Ce qui le surprenait aussi, c'est que le *starets*, loin d'être sévère, paraissait même enjoué. Les moines disaient de lui qu'il s'attachait aux plus grands pécheurs et les chérissait en proportion de leurs péchés.

Même vers la fin de sa vie, le *starets* comptait parmi les
moines des ennemis et des envieux, mais leur nombre
diminuait, bien qu'il comprît des personnalités importantes
du couvent, notamment un des plus anciens religieux, grand
taciturne et jeûneur extraordinaire. Néanmoins, la grande
majorité tenait le parti du *starets* Zosime, et beaucoup
l'aimaient de tout leur cœur, quelques-uns lui étaient même
attachés presque fanatiquement. Ceux-là disaient, mais à
voix basse, que c'était un saint, et, prévoyant sa fin
prochaine, ils attendaient de prompts miracles qui répan-
draient une grande gloire sur le monastère. Alexéi croyait
aveuglément à la force miraculeuse du *starets*, de même qu'il
croyait au récit du cercueil projeté hors de l'église. Parmi les
gens qui amenaient au *starets* des enfants ou des parents
malades pour qu'il leur imposât les mains ou dît une prière à
leur intention, Aliocha en voyait beaucoup revenir bientôt,
parfois le lendemain, pour le remercier à genoux d'avoir
guéri leurs malades. Y avait-il guérison, ou seulement
amélioration naturelle de leur état ? Aliocha ne se posait
même pas la question, car il croyait aveuglément à la force
spirituelle de son maître et considérait la gloire de celui-ci
comme son propre triomphe. Son cœur battait, son visage
rayonnait, surtout lorsque le *starets* sortait vers la foule des
pèlerins qui l'attendaient aux portes de l'ermitage, gens du
peuple venus de tous les points de la Russie pour le voir et
recevoir sa bénédiction. Ils se prosternaient devant lui,
pleuraient, baisaient ses pieds et la place où il se tenait, en
poussant des cris ; les femmes lui tendaient leurs enfants, on
amenait des possédées. Le *starets* leur parlait, faisait une
courte prière, leur donnait sa bénédiction, puis les congédiait. Dans les derniers temps, la maladie l'avait tellement
affaibli que c'est à peine s'il pouvait quitter sa cellule, et les
pèlerins attendaient parfois sa sortie des journées entières.
Aliocha ne se demandait nullement pourquoi ils l'aimaient
tant, pourquoi ils se prosternaient devant lui avec des larmes

d'attendrissement. Il comprenait parfaitement que l'âme résignée du simple peuple russe, ployant sous le travail et le chagrin, mais surtout sous l'injustice et le péché continuels — le sien et celui du monde — ne connaît pas de plus grand besoin, de plus douce consolation que de trouver un sanctuaire ou un saint, de tomber à genoux, de l'adorer : « Si le péché, le mensonge, la tentation sont notre partage, il y a pourtant quelque part au monde un être saint et sublime ; il possède la vérité, il la connaît ; donc, elle descendra un jour jusqu'à nous et régnera sur la terre entière, comme il a été promis. » Aliocha savait que le peuple sent et même raisonne ainsi et que le *starets* fût précisément ce saint, ce dépositaire de la vérité divine aux yeux du peuple, il en était persuadé autant que ces paysans et ces femmes malades qui lui tendaient leurs enfants. La conviction que le *starets*, après sa mort, procurerait une gloire extraordinaire au monastère régnait dans son âme plus forte peut-être que chez les moines. Depuis quelque temps, son cœur s'échauffait toujours davantage à la flamme d'un profond enthousiasme intérieur. Il n'était nullement troublé en voyant dans le *starets* un individu isolé : « Peu importe ; il a dans son cœur le mystère de la rénovation pour tous, cette puissance qui instaurera enfin la justice sur la terre ; alors tous seront saints, tous s'aimeront les uns les autres ; il n'y aura plus ni riches, ni pauvres, ni élevés, ni humiliés ; tous seront comme les enfants de Dieu et ce sera l'avènement du règne du Christ. » Voilà ce dont rêvait le cœur d'Aliocha.

Aliocha avait paru fortement impressionné par l'arrivée de ses deux frères, qu'il ne connaissait pas du tout jusqu'alors. Il s'était lié davantage avec Dmitri, bien que celui-ci fût arrivé plus tard. Quant à Ivan, il s'intéressait beaucoup à lui, mais les deux jeunes gens demeuraient étrangers l'un à l'autre, et pourtant deux mois s'étaient écoulés pendant lesquels ils se voyaient assez souvent. Aliocha était taciturne ; de plus, il paraissait attendre on ne sait quoi, avoir honte de quelque

chose ; bien qu'il eût remarqué au début les regards curieux
que lui jetait son frère, Ivan cessa bientôt de faire attention à
lui. Aliocha en éprouva quelque confusion. Il attribua
l'indifférence de son frère à l'inégalité de leur âge et de leur
instruction. Mais il avait une autre idée. Le peu d'intérêt que
lui témoignait Ivan pouvait provenir d'une cause qu'il
ignorait. Celui-ci paraissait absorbé par quelque chose
d'important, comme s'il visait à un but très difficile, ce qui
eût expliqué sa distraction à son égard. Alexéi se demanda
également s'il n'y avait pas là le mépris d'un athée savant
pour un pauvre novice. Il ne pouvait s'offenser de ce mépris,
s'il existait, mais il attendait avec une vague alarme, que lui-
même ne s'expliquait pas, le moment où son frère voudrait se
rapprocher de lui. Dmitri parlait d'Ivan avec le plus profond
respect, d'un ton pénétré. Il raconta à Aliocha les détails de
l'affaire importante qui avait étroitement rapproché les deux
aînés. L'enthousiasme avec lequel Dmitri parlait d'Ivan
impressionnait d'autant plus Aliocha que, comparé à son
frère, Dmitri était presque un ignorant ; le contraste de leur
personnalité et de leurs caractères était si vif qu'on eût
difficilement imaginé deux êtres aussi dissemblables.

C'est alors qu'eut lieu l'entrevue, ou plutôt la réunion,
dans la cellule du *starets*, de tous les membres de cette famille
mal assortie, réunion qui exerça une influence extraordinaire
sur Aliocha. Le prétexte qui la motiva était en réalité
mensonger. Le désaccord entre Dmitri et son père au sujet de
l'héritage de sa mère atteignait alors à son comble. Les
rapports s'étaient envenimés au point de devenir insupporta-
bles. Ce fut Fiodor Pavlovitch qui suggéra, en plaisantant, de
se réunir tous dans la cellule du *starets* Zosime ; sans recourir
à son intervention, on pourrait s'entendre plus décemment,
la dignité et la personne du *starets* étant capables d'imposer la
réconciliation. Dmitri, qui n'avait jamais été chez lui et ne
l'avait jamais vu, pensa qu'on voulait l'effrayer de cette
façon ; mais comme lui-même se reprochait secrètement

maintes sorties fort brusques dans sa querelle avec son père,
il accepta le défi. Il faut noter qu'il ne demeurait pas, comme
Ivan, chez son père, mais à l'autre bout de la ville. Piotr
Alexandrovitch Mioussov, qui séjournait alors parmi nous,
s'accrocha à cette idée. Libéral à la mode des années quarante
et cinquante, libre penseur et athée, il prit à cette affaire une
part extraordinaire, par ennui, peut-être, ou pour se divertir.
Il lui prit soudain fantaisie de voir le couvent et le « saint ».
Comme son ancien procès avec le monastère durait encore —
le litige avait pour objet la délimitation de leurs terres et
certains droits de pêche et de coupe — il s'empressa de
profiter de cette occasion, sous le prétexte de s'entendre avec
le Père Abbé pour terminer cette affaire à l'amiable. Un
visiteur animé de si bonnes intentions pouvait être reçu au
monastère avec plus d'égards qu'un simple curieux. Ces
considérations firent qu'on insista auprès du *starets*, qui,
depuis quelque temps, ne quittait plus sa cellule et refusait
même, à cause de sa maladie, de recevoir les simples
visiteurs. Il donna son consentement et un jour fut fixé :
« Qui m'a chargé de décider entre eux ? » déclara-t-il seulement à Aliocha avec un sourire.

A l'annonce de cette réunion, Aliocha se montra très
troublé. Si quelqu'un des adversaires aux prises pouvait
prendre cette entrevue au sérieux, c'était assurément son
frère Dmitri, et lui seul ; les autres viendraient dans des
intentions frivoles et peut-être offensantes pour le *starets*.
Aliocha le comprenait fort bien. Son frère Ivan et Mioussov
s'y rendraient poussés par la curiosité, et son père pour faire
le bouffon ; tout en gardant le silence, il connaissait à fond le
personnage, car, je le répète, ce garçon n'était pas aussi naïf
que tous le croyaient. Il attendait avec anxiété le jour fixé.
Sans doute, il avait fort à cœur de voir cesser enfin le
désaccord dans sa famille, mais il se préoccupait surtout du
starets ; il tremblait pour lui, pour sa gloire, redoutant les
offenses, particulièrement les fines railleries de Mioussov et

les réticences de l'érudit Ivan. Il voulait même tenter de prévenir le *starets*, de lui parler au sujet de ces visiteurs éventuels, mais il réfléchit et se tut. A la veille du jour fixé, il fit dire à Dmitri qu'il l'aimait beaucoup et attendait de lui l'exécution de sa promesse. Dmitri, qui chercha en vain à se souvenir d'avoir promis quelque chose, lui répondit par lettre qu'il ferait tout pour éviter une « bassesse » ; quoique plein de respect pour le *starets* et pour Ivan, il voyait là un piège ou une indigne comédie. « Cependant, j'avalerai plutôt ma langue que de manquer de respect au saint homme que tu vénères », disait Dmitri en terminant sa lettre. Aliocha n'en fut guère réconforté.

LIVRE II

UNE RÉUNION DÉPLACÉE

I

L'ARRIVÉE AU MONASTÈRE

Il faisait un beau temps de fin d'août, chaud et clair.
L'entrevue avec le *starets* avait été fixée tout de suite après
la dernière messe, à onze heures et demie. Nos visiteurs
arrivèrent vers la fin de l'office, dans deux équipages. Le
premier, une élégante calèche attelée de deux chevaux de
prix, était occupé par Piotr Alexandrovitch Mioussov et un
parent éloigné, Piotr Fomitch Kalganov. Ce jeune homme
de vingt ans se préparait à entrer à l'université. Mioussov,
dont il était l'hôte, lui proposait de l'emmener à Zurich ou
à Iéna, pour y parfaire ses études; mais il n'avait pas
encore pris de décision. Pensif et distrait, il avait le visage
agréable, une constitution robuste, la taille plutôt élevée et
le regard étrangement fixe, ce qui est le propre des gens
distraits; il vous regardait parfois longtemps sans vous
voir. Taciturne et quelque peu emprunté, il lui arrivait —
seulement en tête à tête — de se montrer tout à coup
loquace, véhément, joyeux, riant de Dieu sait quoi; mais
son imagination n'était qu'un feu de paille, aussi vite
allumé qu'éteint. Il était toujours bien mis et même avec
recherche. Déjà possesseur d'une certaine fortune, il avait

encore de belles espérances. Il entretenait avec Aliocha des relations amicales.

Fiodor Pavlovitch et son fils avaient pris place dans un landau de louage fort délabré, mais spacieux, attelé de deux vieux chevaux pommelés qui suivaient la calèche à distance respectueuse. Dmitri avait été prévenu la veille de l'heure du rendez-vous, mais il était en retard. Les visiteurs laissèrent leurs voitures près de l'enceinte, à l'hôtellerie, et franchirent à pied les portes du monastère. Sauf Fiodor Pavlovitch, aucun d'eux n'avait jamais vu de monastère, et Mioussov n'était pas entré dans une église depuis trente ans. Il regardait avec une certaine curiosité, en prenant un air dégagé. Mais à part l'église et les dépendances, d'ailleurs fort banales, l'intérieur du monastère n'offrait rien à son esprit observateur. Les derniers fidèles sortis de l'église se découvraient en se signant. Parmi le bas peuple se trouvaient des gens d'un rang plus élevé : deux ou trois dames, un vieux général, tous descendus à l'hôtellerie. Des mendiants entourèrent nos visiteurs, mais personne ne leur fit l'aumône. Seul Kalganov tira dix kopeks de son porte-monnaie et, gêné Dieu sait pourquoi, les glissa rapidement à une bonne femme, en murmurant : « Partagez-les. » Aucun de ses compagnons ne lui fit d'observation, ce qui eut pour résultat d'accroître sa confusion.

Chose étrange : on aurait vraiment dû les attendre et même leur témoigner quelques égards ; l'un d'eux venait de faire don de mille roubles, l'autre était un propriétaire fort riche, qui tenait les moines plus ou moins sous sa dépendance en ce qui concerne la pêche, suivant la tournure que prendrait le procès ; pourtant, aucune personnalité officielle ne se trouvait là pour les recevoir. Mioussov contemplait d'un air distrait les pierres tombales disséminées autour de l'église et voulut faire la remarque que les occupants de ces tombes avaient dû payer fort cher le droit d'être enterrés en un lieu aussi « saint », mais il garda le silence : son ironie de libéral faisait place à l'irritation.

« A qui diable s'adresser, dans cette pétaudière ?... Il faudrait le savoir, car le temps passe », murmura-t-il comme à part soi.

Soudain vint à eux un personnage d'une soixantaine d'années, en ample vêtement d'été, dépourvu de cheveux mais doué d'un regard tendre. Le chapeau à la main, il se présenta en zézayant comme le propriétaire foncier Maximov, de la province de Toula. Il prit à cœur l'embarras de ces messieurs.

« Le *starets* Zosime habite l'ermitage à l'écart, à quatre cents pas du monastère, il faut traverser le bosquet...

— Je le sais, répondit Fiodor Pavlovitch, mais nous ne nous souvenons pas bien du chemin, depuis si longtemps.

— Prenez cette porte, puis tout droit par le bosquet. Permettez-moi de vous accompagner... moi-même je... par ici, par ici... »

Ils quittèrent l'enceinte, s'engagèrent dans le bois. Le propriétaire Maximov marchait, ou plutôt courait à leur côté en les examinant tous avec une curiosité gênante. Il écarquillait les yeux.

« Voyez-vous, nous allons chez ce *starets* pour une affaire personnelle, déclara froidement Mioussov ; nous avons, pour ainsi dire, obtenu « une audience » de ce personnage ; aussi, malgré notre gratitude, nous ne vous proposons pas d'entrer avec nous.

— Je l'ai déjà vu... *Un chevalier parfait*[1], répondit le hobereau.

— Qui est *ce chevalier ?* demanda Mioussov.

— Le *starets*, le fameux *starets*... la gloire et l'honneur du monastère, Zosime. Ce *starets*-là, voyez-vous... »

Son bavardage fut interrompu par un moine en cuculle, de petite taille, pâle et défait, qui rejoignit le groupe. Fiodor Pavlovitch et Mioussov s'arrêtèrent. Le moine les salua avec une grande politesse et leur dit :

« Messieurs, le Père Abbé vous invite tous à déjeuner

après votre visite à l'ermitage. C'est pour une heure exactement. Vous aussi, fit-il à Maximov.

— J'irai, s'écria Fiodor Pavlovitch, ravi de l'invitation, je
n'aurai garde d'y manquer. Vous savez que nous avons tous
promis de nous conduire décemment... Et vous, Piotr
Alexandrovitch, viendrez-vous ?

— Certainement. Pourquoi suis-je ici, sinon pour observer leurs usages ? Une seule chose m'embarrasse, Fiodor
Pavlovitch, c'est de me trouver en votre compagnie.

— Oui, Dmitri Fiodorovitch n'est pas encore là.

— Il ferait bien de ne pas venir du tout ; croyez-vous que
cela m'amuse, votre histoire « et vous par-dessus le
marché » ? Nous viendrons déjeuner ; remerciez le Père
Abbé, dit-il au moine.

— Pardon, je dois vous conduire chez le *starets*, répondit
celui-ci.

— Dans ce cas, je vais directement chez le Père Abbé, oui,
je m'en vais pendant ce temps chez le Père Abbé, gazouilla
Maximov.

— Le Père Abbé est très occupé en ce moment, mais ce
sera comme vous voudrez... fit le moine, perplexe.

— Quel crampon que ce vieux ! observa Mioussov, lorsque Maximov fut retourné au monastère.

— Il ressemble à von Sohn [1], prononça tout à coup Fiodor
Pavlovitch.

— C'est tout ce que vous trouvez à dire... En quoi
ressemble-t-il à von Sohn ? Vous-même, l'avez-vous vu ?

— J'ai vu sa photographie. Bien que les traits ne soient pas
identiques, il y a quelque chose d'indéfinissable. C'est tout à
fait le sosie de von Sohn. Je le reconnais rien qu'à la
physionomie.

— C'est possible, vous vous y connaissez. Toutefois,
Fiodor Pavlovitch, vous venez de rappeler que nous avons
promis de nous conduire décemment ; souvenez-vous-en. Je
vous le dis, surveillez-vous. Si vous commencez à faire le

bouffon, je ne veux pas qu'on me mette dans le même panier que vous. Voyez quel homme c'est, dit-il en s'adressant au moine ; j'ai peur d'aller avec lui chez des gens convenables. »

Un pâle sourire, non dépourvu de ruse, apparut sur les lèvres exsangues du moine, qui pourtant ne répondit rien, laissant voir clairement qu'il se taisait par conscience de sa propre dignité. Mioussov fronça encore davantage le sourcil.

« Oh ! que le diable les emporte tous, ces gens à l'extérieur façonné par les siècles, dont le fond n'est que charlatanisme et absurdité ! » se disait-il en lui-même.

« Voici l'ermitage, nous sommes arrivés, cria Fiodor Pavlovitch qui se mit à faire de grands signes de croix devant les saints, peints au-dessus et à côté du portail. Chacun vit comme il lui plaît, insinua-t-il ; et le proverbe russe dit avec raison : « A moine d'un autre ordre, point n'impose ta règle ». Il y a ici vingt-cinq bons Pères qui font leur salut en se contemplant les uns les autres et en mangeant des choux. Ce qui me surprend c'est qu'aucune femme ne franchisse ce portail. Cependant, j'ai entendu dire que le *starets* recevait des dames ; est-ce exact ? demanda-t-il au moine.

— Les femmes du peuple l'attendent là-bas, près de la galerie ; tenez, en voici d'assises par terre. Pour les dames de la société, on a aménagé deux chambres dans la galerie même, mais en dehors de l'enceinte ; ce sont ces fenêtres que vous voyez là ; le *starets* s'y rend par un passage intérieur, quand sa santé le lui permet. Il y a en ce moment une dame Khokhlakov, propriétaire à Kharkhov, qui veut le consulter pour sa fille atteinte de consomption. Il a dû lui promettre de venir, bien que ces derniers temps il soit très faible et ne se montre guère.

— Il y a donc à l'ermitage une porte entrebâillée du côté des dames. Honni soit qui mal y pense, mon père ! Au mont Athos, vous devez le savoir, non seulement les visites féminines ne sont pas admises, mais on ne tolère aucune femme ni femelle, ni poule, ni dinde, ni génisse.

— Fiodor Pavlovitch, je vous laisse, on va vous mettre à la porte, c'est moi qui vous le prédis.

— En quoi est-ce que je vous gêne, Piotr Alexandrovitch ?... Regardez donc, s'exclama-t-il soudain, une fois l'enceinte franchie, regardez dans quelle vallée de roses ils habitent. »

Effectivement, bien qu'il n'y eût pas alors de roses, on apercevait une profusion de fleurs d'automne, magnifiques et rares. Une main expérimentée devait en prendre soin. Il y avait des parterres autour des églises et entre les tombes. Des fleurs aussi entouraient la maisonnette en bois, un rez-de-chaussée précédé d'une galerie, où se trouvait la cellule du *starets*.

« En était-il de même du temps du précédent *starets*, Barsanuphe ? On dit qu'il n'aimait pas l'élégance, qu'il s'emportait et battait même les dames à coups de canne ? s'enquit Fiodor Pavlovitch en montant le perron.

— Si le *starets* Barsanuphe paraissait parfois avoir perdu la raison, on raconte aussi bien des sottises sur son compte ; il n'a jamais battu personne à coups de canne, répondit le moine... Maintenant, messieurs, une minute, je vais vous annoncer.

— Fiodor Pavlovitch, pour la dernière fois, rappelez-vous nos conditions. Comportez-vous bien, sinon gare à vous ! murmura encore une fois Mioussov.

— Je voudrais bien savoir ce qui vous émeut pareillement, insinua Fiodor Pavlovitch, railleur ; ce sont vos péchés qui vous effraient ? On dit que rien qu'au regard il devine à qui il a affaire. Mais comment pouvez-vous faire un tel cas de leur opinion, vous, un Parisien, un progressiste ? Vous me stupéfiez, vraiment ! »

Mioussov n'eut pas le loisir de répondre à ce sarcasme, car on les pria d'entrer. Il éprouva une légère irritation. « Eh bien ! je le sais d'avance, énervé comme je suis, je vais discuter, m'échauffer... m'abaisser, moi et mes idées », se dit-il.

UN VIEUX BOUFFON

Ils entrèrent presque en même temps que le *starets* qui, dès leur arrivée, était sorti de sa chambre à coucher. Ils avaient été précédés dans la cellule par deux religieux de l'ermitage ; l'un était le Père bibliothécaire, l'autre le Père Païsius, maladif, malgré son âge peu avancé, mais érudit, à ce qu'on disait. Il s'y trouvait encore un jeune homme en redingote, qui paraissait âgé de vingt-deux ans. C'était un ancien élève du séminaire, futur théologien, que protégeait le monastère. Il avait la taille assez élevée, le visage frais, les pommettes saillantes, de petits yeux bruns et vifs. Son visage exprimait la déférence, mais sans obséquiosité. Il ne fit pas de salut aux visiteurs, se considérant, non comme leur égal, mais comme un subalterne, et demeura debout pendant toute l'entrevue.

Le *starets* Zosime parut, en compagnie d'un novice et d'Aliocha. Les religieux se levèrent, lui firent une profonde révérence, les doigts touchant la terre, reçurent sa bénédiction et lui baisèrent la main. A chacun d'eux, le *starets* répondit par une révérence pareille, les doigts touchant la terre, leur demandant à son tour leur bénédiction. Cette cérémonie, empreinte d'un grand sérieux et n'ayant rien de l'étiquette banale, respirait une sorte d'émotion. Cependant Mioussov, qui se tenait en avant de ses compagnons, la crut préméditée. Quelles que fussent ses idées, la simple politesse exigeait qu'il s'approchât du *starets* pour recevoir sa bénédiction, sinon pour lui baiser la main. Il s'y était décidé la veille, mais les révérences et les baisers des moines changèrent sa résolution. Il fit une révérence grave et digne, en homme du monde, et alla s'asseoir. Fiodor Pavlovitch fit la même chose,

contrefaisant cette fois-ci Mioussov comme un singe. Le salut
d'Ivan Fiodorovitch fut des plus courtois, mais lui aussi tint
ses bras le long des hanches. Quant à Kalganov, telle était sa
confusion qu'il oublia même de saluer. Le *starets* laissa
retomber sa main prête à les bénir et les invita tous à
s'asseoir. Le sang vint aux joues d'Aliocha ; il avait honte ; ses
mauvais pressentiments se réalisaient.

Le *starets* prit place sur un petit divan de cuir — meuble
fort ancien — et fit asseoir ses hôtes en face de lui, sur quatre
chaises d'acajou, recouvertes d'un cuir fort usé. Les religieux
s'installèrent de côté, l'un à la porte, l'autre à la fenêtre. Le
séminariste, Aliocha et le novice restèrent debout. La cellule
n'était guère vaste et avait l'air fanée. Elle ne contenait que
quelques meubles et objets grossiers, pauvres, le strict
nécessaire : deux pots de fleurs à la fenêtre ; dans un angle,
de nombreuses icônes, dont l'une représentait une Vierge de
grandes dimensions, peinte probablement longtemps avant le
Raskol [1] ; une lampe brûlait devant elle. Non loin, deux
autres icônes aux revêtements étincelants, puis deux chérubins sculptés, de petits œufs en porcelaine, un crucifix en
ivoire, avec une *Mater dolorosa* qui l'étreignait, et quelques
gravures étrangères, reproductions de grands peintres ita-
liens des siècles passés. Auprès de ces œuvres de prix
s'étalaient des lithographies russes à l'usage du peuple,
portraits de saints, de martyrs, de prélats, qui se vendent
quelques kopeks dans toutes les foires. Mioussov jeta un
coup d'œil rapide sur cette imagerie, puis examina le *starets*.
Il se croyait le regard pénétrant, faiblesse excusable, si l'on
considère qu'il avait déjà cinquante ans, âge où un homme du
monde intelligent et riche se prend davantage au sérieux,
parfois même à son insu.

Dès l'abord, le *starets* lui déplut. Il y avait effectivement
dans sa figure quelque chose qui eût paru choquant à bien
d'autres qu'à Mioussov. C'était un petit homme voûté, les
jambes très faibles, âgé de soixante-cinq ans seulement, mais

qui paraissait dix ans de plus, à cause de sa maladie. Tout son visage, d'ailleurs fort sec, était sillonné de petites rides, surtout autour des yeux, qu'il avait clairs, pas très grands, vifs et brillants comme deux points lumineux. Il ne lui restait que quelques touffes de cheveux gris sur les tempes; sa barbe, petite et clairsemée, finissait en pointe; les lèvres, minces comme deux lanières, souriaient fréquemment; le nez aigu rappelait un oiseau.

« Selon toute apparence, une âme malveillante, mesquine, présomptueuse », pensa Mioussov, qui se sentait fort mécontent de lui.

Une petite horloge à poids frappa douze coups; cela rompit la glace.

« C'est l'heure exacte, s'écria Fiodor Pavlovitch, et mon fils, Dmitri Fiodorovitch, qui n'est pas encore là! Je m'excuse pour lui, saint *starets*! (Aliocha tressaillit à ces mots de « saint *starets* ».) Je suis toujours ponctuel, à une minute près, me rappelant que l'exactitude est la politesse des rois.

— Vous n'êtes pas roi, que je sache, marmotta Mioussov, incapable de se contenir.

— C'est ma foi vrai. Et figurez-vous, Piotr Alexandrovitch, que je le savais, ma parole! Que voulez-vous, je parle toujours mal à propos! Votre Révérence, s'exclama-t-il soudain d'un ton pathétique, vous avez devant vous un véritable bouffon. C'est ma façon de me présenter. Une vieille habitude, hélas! Si je hâble parfois hors de saison, c'est à dessein, dans l'intention de faire rire et d'être agréable. Il faut être agréable, n'est-il pas vrai? Il y a sept ans, j'arrivai dans une petite ville pour de petites affaires, de compte à demi avec de petits marchands. Nous allons chez l'*ispravnik*, à qui nous avions quelque chose à demander et que nous voulions inviter à une collation. L'*ispravnik* paraît; c'était un homme de haute taille, gros, blond et morose, — les individus les plus dangereux en pareil cas, car la bile les tourmente. Je l'aborde avec l'aisance d'un homme du monde : « Monsieur l'*ispravnik*[1], fis-je, vous serez, pour ainsi dire, notre *Napravnik*[2] ! — Quel Napravnik ? » dit-il. Je vis immédiatement que ça ne prenait pas, qu'il demeurait grave ; je m'obstinai : « J'ai voulu plaisanter, rendre tout le monde gai, car M. Napravnik est un chef d'orchestre connu ; or, pour l'harmonie de notre entreprise, il nous faut justement une sorte de chef d'orchestre. »... L'explication et la comparaison étaient raisonnables, n'est-ce pas ? « Pardon, dit-il, je suis *ispravnik* et je ne permets pas qu'on fasse des calembours sur ma profession. » Il nous tourna le dos. Je courus après lui en criant : « Oui, oui, vous êtes *ispravnik* et non Napravnik. — Non, répliqua-t-il, vous l'avez dit, je suis Napravnik. » Figurez-vous que cela fit manquer notre affaire !... Je n'en fais jamais d'autres. Je me cause du tort par mon amabilité ! — Une fois, il y a bien des années, je disais à un personnage important : « Votre épouse est une femme chatouilleuse », dans le sens de l'honneur, des qualités morales, pour ainsi dire, à quoi il me répliqua : « Vous l'avez chatouillée ? » Je ne pus y tenir ; faisons l'aimable, pensai-je. « Oui, dis-je, je l'ai chatouillée » ; mais alors ce fut lui qui me chatouilla... Il y a longtemps que c'est arrivé, aussi n'ai-je pas honte de le raconter ; c'est toujours ainsi que je me fais du tort.

— Vous vous en faites en ce moment », murmura Mioussov avec dégoût.

Le *starets* les considérait en silence l'un et l'autre.

« Vraiment ! Figurez-vous que je le savais, Piotr Alexandrovitch, et même, apprenez que je le pressentais, ce que je fais, dès que j'ouvris la bouche, et même, apprenez-le, je pressentais que vous m'en feriez le premier la remarque. A ces moments, quand je vois que ma plaisanterie ne réussit pas, Votre Révérence, mes joues commencent à se dessécher vers les gencives, j'ai comme une convulsion ; cela remonte à ma jeunesse, alors que, parasite chez les nobles, je gagnais mon pain par cette industrie. Je suis un bouffon authentique, inné, Votre Révérence, la même chose qu'un innocent ; je ne nie pas qu'un esprit impur habite peut-être en moi, bien modeste en tout cas ; plus considérable, il se fût logé ailleurs, seulement pas chez vous, Piotr Alexandrovitch, car vous n'êtes pas considérable. En revanche, je crois, je crois en Dieu. Ces derniers temps j'avais des doutes, mais maintenant j'attends de sublimes paroles. Je ressemble au philosophe Diderot, Votre Révérence. Savez-vous, très saint père, comme il se présenta chez le métropolite Platon[1], sous l'impératrice Catherine ? Il entre et dit d'emblée : « Il n'y a point de Dieu. » A quoi le grand prélat répond, le doigt levé : « L'insensé a dit en son cœur : il n'y a point de Dieu ! » Aussitôt Diderot de se jeter à ses pieds : « Je crois, s'écrie-t-il, et je veux être baptisé. » On le baptisa sur-le-champ. La princesse Dachkov[2] fut la marraine, et Potemkine[3] le parrain...

— Fiodor Pavlovitch, c'est intolérable ! Vous savez fort bien que vous mentez et que cette stupide anecdote est fausse ; pourquoi faire le malin ? proféra d'une voix tremblante Mioussov, qui ne pouvait déjà plus se contenir.

— J'ai pressenti toute ma vie que c'était un mensonge ! s'exclama Fiodor Pavlovitch en s'emballant. En revanche, messieurs, je vais vous dire toute la vérité. Éminent *starets*, pardonnez-moi, j'ai inventé la fin, le baptême de Diderot ; cela ne m'était jamais venu à l'esprit auparavant, je l'ai inventé pour donner du piquant. Si je fais le malin, Piotr Alexandrovitch, c'est pour être plus gentil. Au reste, parfois, je ne sais pas moi-même pourquoi. Quant à Diderot, j'ai entendu raconter cela : « L'insensé a dit... », une vingtaine de fois dans ma jeunesse, par les propriétaires fonciers du pays, quand j'habitais chez eux ; je l'ai entendu dire, Piotr Alexandrovitch, à votre tante, Mavra Fominichna. Jusqu'à maintenant, tous sont persuadés que l'impie Diderot a fait visite au métropolite Platon pour discuter de Dieu... »

Mioussov s'était levé, à bout de patience, et comme hors

de lui. Il était furieux et comprenait que sa fureur le rendait ridicule. Ce qui se passait dans la cellule était vraiment intolérable. Depuis quarante ou cinquante ans que des visiteurs s'y réunissaient c'était toujours avec la plus profonde vénération. Presque tous ceux qui y étaient admis comprenaient qu'on leur accordait une insigne faveur. Beaucoup, parmi eux, se mettaient à genoux et le demeuraient durant toute la visite. Des gens d'un rang élevé, des érudits et même des libres penseurs, venus soit par curiosité, soit pour un autre motif, se faisaient un devoir de témoigner au *starets* une profonde déférence et de grands égards durant tout l'entretien — qu'il fût public ou privé — d'autant plus qu'il n'était pas question d'argent. Il n'y avait que l'amour et la bonté, en présence du repentir et de la soif de résoudre un problème moral compliqué, une crise de la vie du cœur. Aussi, les bouffonneries auxquelles s'était livré Fiodor Pavlovitch, choquantes en un tel lieu, avaient-elles provoqué l'embarras et l'étonnement des témoins, de plusieurs d'entre eux, en tout cas. Les religieux, demeurés impassibles, fixaient leur attention sur ce qu'allait dire le *starets*, mais paraissaient déjà prêts à se lever comme Mioussov. Aliocha avait envie de pleurer et courbait la tête. Tout son espoir reposait sur son frère Ivan, le seul dont l'influence fût capable d'arrêter son père, et il était stupéfait de le voir assis, immobile, les yeux baissés, attendant avec curiosité le dénouement de cette scène, comme s'il y était complètement étranger. Aliocha n'osait pas regarder Rakitine (le séminariste), avec lequel il vivait presque sur un pied d'intimité : il connaissait ses pensées (il était d'ailleurs seul à les connaître dans tout le monastère).

« Excusez-moi... commença Mioussov, en s'adressant au *starets*, d'avoir l'air de prendre part à cette indigne plaisanterie. J'ai eu tort de croire que même un individu tel que Fiodor Pavlovitch saurait se tenir à sa place chez un personnage aussi respectable... Je ne pensais pas qu'il faudrait m'excuser d'être venu avec lui... »

Piotr Alexandrovitch n'acheva pas et, tout confus, voulait déjà sortir de la chambre.

« Ne vous inquiétez pas, je vous en prie, dit le *starets* en se dressant sur ses pieds débiles ; et, prenant Piotr Alexandrovitch par les deux mains, il l'obligea à se rasseoir. Calmez-vous, je vous en prie. Vous êtes mon hôte. »

Cela dit, et après une révérence, il retourna s'asseoir sur le divan.

« Éminent *starets*, dites-moi, est-ce que ma vivacité vous offense ? s'exclama soudain Fiodor Pavlovitch, en se cramponnant des deux mains aux bras du fauteuil, comme prêt à en bondir suivant la réponse qui lui serait faite.

— Je vous supplie également de ne pas vous inquiéter et de ne pas vous gêner, prononça le *starets* avec majesté... Ne vous gênez pas, soyez tout à fait comme chez vous. Surtout, n'ayez pas tant honte de vous-même, car tout le mal vient de là.

— Tout à fait comme chez moi ? C'est-à-dire au naturel ? Oh ! c'est trop, c'est beaucoup trop, mais j'accepte avec attendrissement ! Savez-vous, mon vénéré Père, ne me poussez pas à me montrer au naturel, c'est trop risqué... Je n'irai pas moi-même jusque-là ; ce que je vous en dis, c'est pour vous mettre en garde. La suite est encore enfouie dans les ténèbres de l'inconnu, bien que certains voulussent déjà me faire la leçon ; ceci est à votre adresse, Piotr Alexandrovitch. A vous, sainte créature, voici ce que je déclare : « Je déborde d'enthousiasme ! » Il se leva et, les bras en l'air, proféra : « Béni soit le ventre qui t'a porté et les mamelles qui t'ont allaité, les mamelles surtout ! » Par votre remarque, tout à l'heure : « N'ayez pas tant honte de vous-même, car tout le mal vient de là », vous m'avez comme transpercé, vous avez lu en moi. En effet, quand je vais vers les gens, il me semble que je suis le plus vil de tous, et que tout le monde me prend pour un bouffon ; alors je me dis : « Faisons le bouffon, je ne crains pas votre opinion, car vous êtes tous, jusqu'au dernier, plus vils que moi ! » Voilà pourquoi je suis bouffon, par honte, éminent Père, par honte. Ce n'est que par timidité que je fais le crâne. Car si j'étais sûr, en entrant, que tous m'accueillent comme un être sympathique et raisonnable, Dieu, que je serais bon ! Maître — il se mit soudain à genoux — que faut-il faire pour gagner la vie éternelle ? »

Même alors, il était difficile de savoir s'il plaisantait ou cédait à l'attendrissement.

Le *starets* leva les yeux vers lui et prononça en souriant :

« Il y a longtemps que vous-même savez ce qu'il faut faire, vous ne manquez pas de sens : ne vous adonnez pas à la boisson et à l'intempérance de langage, ne vous adonnez pas à la sensualité, surtout à l'amour de l'argent, et fermez vos débits de boisson, au moins deux ou trois, si vous ne pouvez pas les fermer tous. Mais surtout, avant tout, ne mentez pas.

— C'est à propos de Diderot que vous dites cela ?

— Non, ce n'est pas à propos de Diderot. Surtout ne vous mentez pas à vous-même. Celui qui se ment à soi-même et écoute son propre mensonge va jusqu'à ne plus distinguer la vérité ni en soi ni autour de soi ; il perd donc le respect de soi et des autres. Ne respectant personne, il cesse d'aimer, et pour s'occuper et se distraire, en l'absence d'amour, il s'adonne aux passions et aux grossières jouissances ; il va jusqu'à la bestialité dans ses vices, et tout cela provient du mensonge continuel à soi-même et aux autres. Celui qui se ment à soi-même peut être le premier à s'offenser. On éprouve parfois du plaisir à s'offenser, n'est-ce pas ? Un individu sait que personne ne l'a offensé, mais qu'il s'est lui-même forgé une offense, noircissant à plaisir le tableau, qu'il s'est attaché à un mot et a fait d'un monticule une montagne, — il le sait, pourtant il est le premier à s'offenser, jusqu'à en éprouver une grande satisfaction ; par là même il parvient à la véritable haine... Mais levez-vous, asseyez-vous, je vous en conjure ; cela, c'est aussi un geste faux...

— Bienheureux! Laissez-moi vous baiser la main. —
Fiodor Pavlovitch se redressa et posa les lèvres sur la main
décharnée du *starets*. — Vous avez raison, ça fait plaisir de
s'offenser. Je n'avais jamais si bien entendu exprimer cela.
Oui, oui, j'ai pris plaisir toute ma vie aux offenses, pour
l'esthétique, car être offensé, non seulement ça fait plaisir,
mais parfois c'est beau! Voilà ce que vous avez oublié,
éminent *starets* : la beauté! je le noterai dans mon carnet.
Quant à mentir, je n'ai fait que cela toute ma vie, à chaque
jour et à chaque heure. En vérité, je suis mensonge et père du
mensonge! D'ailleurs, je crois que ce n'est pas le père du
mensonge, je m'embrouille dans les textes, eh bien! disons le
fils du mensonge, cela suffit. Seulement... mon ange... on
peut parfois broder sur Diderot! Cela ne fait pas de mal,
alors que certaines paroles peuvent faire du mal. Éminent
starets, à propos, je me rappelle, il y a trois ans, je m'étais
promis de venir ici me renseigner et découvrir avec insistance
la vérité; priez seulement Piotr Alexandrovitch de ne pas
m'interrompre. Voici de quoi il s'agit : Est-ce vrai, mon
révérend Père, ce qu'on raconte quelque part, dans les
Menées [1], d'un saint thaumaturge qui subit le martyre pour la
foi et, après avoir été décapité, releva sa tête et « en la baisant
gentiment », la porta longtemps dans ses bras. Est-ce vrai ou
non, mes Pères?

— Non, ce n'est pas vrai, dit le *starets*.

— Il n'y a rien de semblable dans aucun *Menée*. A propos
de quel saint dites-vous que ce fait est rapporté? demanda le
Père bibliothécaire.

— J'ignore lequel. Je n'en ai pas connaissance. On m'a
induit en erreur. Je l'ai entendu dire et savez-vous par qui?
par ce même Piotr Alexandrovitch Mioussov, qui vient de se
fâcher à propos de Diderot.

— Je ne vous ai jamais raconté cela, pour la bonne raison
que je ne cause jamais avec vous.

— Il est vrai que vous ne l'avez pas raconté à moi

personnellement, mais dans une société où je me trouvais, il y a quatre ans. Si j'ai rappelé le fait, c'est que vous avez ébranlé ma foi par ce récit comique, Piotr Alexandrovitch. Vous l'ignorez, mais je suis revenu chez moi la foi ébranlée, et depuis je chancelle toujours davantage. Oui, Piotr Alexandrovitch, vous avez été cause d'une grande chute. C'est bien autre chose que Diderot ! »

Fiodor Pavlovitch s'échauffait d'une façon pathétique, bien qu'il fût évident pour tous qu'il se donnait de nouveau en spectacle. Mais Mioussov était piqué au vif.

« Quelle absurdité, comme tout le reste d'ailleurs ! murmura-t-il. Si j'ai dit cela ce n'est certes pas à vous. En fait, j'ai entendu à Paris un Français raconter qu'on lit chez nous cet épisode à la messe, dans les *Menées*. C'est un érudit, qui a spécialement étudié la statistique de la Russie, où il a longtemps séjourné. Quant à moi, je n'ai pas lu les *Menées* et je ne les lirai pas… Que ne dit-on pas à table ! Et nous dînions alors…

— Oui, vous dîniez alors, et moi j'ai perdu la foi ! dit pour le taquiner Fiodor Pavlovitch.

— Que m'importe votre foi ! allait crier Mioussov, mais il se contint et proféra avec mépris : Vous souillez littéralement tout ce que vous touchez. »

Le *starets* se leva soudain.

« Excusez-moi, messieurs, de vous laisser seuls quelques instants, dit-il en s'adressant à tous les visiteurs ; mais on m'attendait dès avant votre arrivée. Quant à vous, abstenez-vous de mentir », ajouta-t-il d'un ton plaisant à l'adresse de Fiodor Pavlovitch.

Il quitta la cellule. Aliocha et le novice s'élancèrent pour l'aider à descendre l'escalier. Aliocha étouffait ; il était heureux de sortir, heureux également de voir le *starets* gai et non offensé. Le *starets* se dirigeait vers la galerie pour bénir celles qui l'attendaient, mais Fiodor Pavlovitch l'arrêta à la porte de la cellule.

« Bienheureux ! s'exclama-t-il avec sentiment, permettez-moi de vous baiser encore une fois la main ! Avec vous, on peut causer, on peut vivre. Vous pensez peut-être que je mens sans cesse et que je fais toujours le bouffon ? C'était pour me rendre compte si l'on peut vivre avec vous, s'il y a place pour mon humilité à côté de votre fierté. Je vous délivre un certificat de sociabilité ! Maintenant, je ne soufflerai plus mot. Je vais m'asseoir et garder le silence. Maintenant, à vous de parler, Piotr Alexandrovitch, vous demeurez le personnage principal... pour dix minutes. »

III

LES FEMMES CROYANTES

Au bas de la galerie en bois pratiquée vers le mur extérieur de l'enceinte se pressaient une vingtaine de femmes du peuple. On les avait prévenues que le *starets* allait enfin sortir, et elles s'étaient groupées en l'attendant. Les dames Khokhlakov l'attendaient également, mais dans une chambre de la galerie, réservée aux visiteuses de qualité. Elles étaient deux : la mère et la fille. La première, riche propriétaire, toujours habillée avec goût, était encore assez jeune et d'extérieur fort agréable, avec des yeux vifs et presque noirs. Elle n'avait que trente-trois ans et était veuve depuis cinq ans. Sa fille, âgée de quatorze ans, avait les jambes paralysées. La pauvre fillette ne marchait plus depuis six mois ; on la transportait dans une chaise longue à roulettes. Elle avait un délicieux visage, un peu amaigri par la maladie, mais gai ; des lueurs folâtres brillaient dans ses grands yeux sombres, qu'ombrageaient de longs cils. Depuis le printemps, la mère se disposait à l'emmener à l'étranger, mais des travaux entrepris dans leur domaine les avaient retardées. Elles séjournaient depuis huit jours dans notre ville plus pour affaire que par dévotion ; néanmoins elles avaient déjà rendu visite au *starets*, trois jours auparavant. Elles étaient revenues encore une fois, et tout en sachant que le *starets* ne pouvait presque plus recevoir personne, elles suppliaient qu'on leur accordât « le bonheur de voir le grand guérisseur ». En attendant sa venue, la mère était assise à côté du fauteuil de sa fille ; à deux pas se tenait debout un vieux moine, venu d'un lointain monastère du Nord et qui désirait recevoir la bénédiction du *starets*. Mais celui-ci, apparu sur la galerie, alla droit au peuple. La foule se pressait autour du perron de trois marches qui réunissait la galerie basse au sol. Le *starets* s'arrêta sur la marche supérieure, revêtit l'étole et bénit les femmes qui l'entouraient. On lui amena une possédée qu'on tenait par les deux mains. Dès qu'elle aperçut le *starets*, elle fut prise d'un hoquet, poussant des gémissements et secouée par des spasmes comme dans une crise éclamptique. Lui ayant recouvert la tête de l'étole, le *starets* prononça sur elle une courte prière, et elle s'apaisa aussitôt. J'ignore ce qui se passe maintenant, mais dans mon enfance j'eus souvent l'occasion de voir et d'entendre ces possédées, dans les villages et les monastères. Amenées à la messe, elles glapissaient et aboyaient dans l'église, mais quand on apportait le saint-sacrement et qu'elles s'en approchaient, la « crise démoniaque » cessait aussitôt et les malades s'apaisaient toujours pour un certain temps. Encore enfant, cela m'étonnait et me surprenait fort. J'entendais alors certains propriétaires fonciers et surtout des instituteurs de la ville répondre à mes questions que c'était une simulation pour ne pas travailler, et que l'on pouvait toujours la réprimer en se montrant sévère ; on citait à l'appui diverses anecdotes. Par la suite, j'appris avec étonnement de médecins spécialistes qu'il n'y avait là aucune simulation, que c'était une terrible maladie des femmes, attestant, plus particulièrement en Russie, la dure condition de nos paysannes. Elle provenait de travaux accablants, exécutés trop tôt après des couches laborieuses, mal effectuées, sans aucune aide médicale ; en outre, du désespoir, des mauvais traitements, etc., ce que certaines natures féminines ne peuvent endurer, malgré l'exemple général. La guérison étrange et subite d'une possédée en proie aux convulsions, dès qu'on l'approchait des saintes espèces, guérison attribuée alors à la simulation et, de plus, à un truc employé pour ainsi dire par les « cléricaux » eux-mêmes, s'effectuait probablement aussi de la façon la plus naturelle. Les femmes qui conduisaient la malade, et surtout elle-même, étaient persuadées, comme d'une vérité évidente, que l'esprit impur qui la possédait ne pourrait jamais résister à la présence du saint-sacrement devant lequel on inclinait la malheureuse. Aussi, chez une femme nerveuse, atteinte d'une affection psychique, il se produisait toujours (et cela devait être) comme un ébranlement nerveux de tout l'organisme, ébranlement causé par l'attente du miracle de la guérison et par la foi absolue en son accomplissement. Et il s'accomplissait, ne fût-ce que pour une minute. C'est ce qui eut lieu dès que le *starets* eut recouvert la malade de l'étole.

Beaucoup des femmes qui se pressaient autour de lui versaient des larmes d'attendrissement et d'enthousiasme ; d'autres s'élançaient pour baiser ne fût-ce que le bord de son habit ; quelques-unes se lamentaient. Il les bénissait toutes et conversait avec elles. Il connaissait déjà la possédée, qui habitait un village à une lieue et demie du monastère ; ce n'était pas la première fois qu'on la lui amenait.

« En voilà une qui vient de loin ! » dit-il en désignant une femme encore jeune, mais très maigre et défaite, le visage plutôt noirci que hâlé. Elle était à genoux et fixait le *starets* d'un regard immobile. Son regard avait quelque chose d'égaré.

« Je viens de loin, mon Père, de loin, à trois cents verstes d'ici. De loin, mon Père, de loin », répéta la femme comme un refrain, balançant la tête de droite à gauche, la joue

appuyée sur la paume de sa main. Elle parlait comme en se
lamentant. Il y a dans le peuple une douleur silencieuse et
patiente : elle rentre en elle-même et se tait. Mais il y en a
une autre qui éclate : elle se manifeste par les larmes et se
répand en lamentations, surtout chez les femmes. Elle n'est
pas plus légère que la douleur silencieuse. Les lamentations
n'apaisent qu'en rongeant et en déchirant le cœur. Une
pareille douleur ne veut pas de consolations, elle se repaît de
l'idée d'être inextinguible. Les lamentations ne sont que le
besoin d'irriter davantage la plaie.

« Vous êtes citadine, sans doute ? continua le *starets* en la
regardant avec curiosité.

— Nous habitons la ville, mon Père ; nous sommes de la
campagne, mais nous demeurons en ville. Je suis venue pour
te voir. Nous avons entendu parler de toi, mon Père. J'ai
enterré mon tout jeune fils, j'allais prier Dieu, j'ai été dans
trois monastères et on m'a dit : « Va aussi là-bas, Nastas-
siouchka [1] », c'est-à-dire vers vous, mon Père, vers vous. Je
suis venue, j'étais hier soir à l'église et me voilà.

— Pourquoi pleures-tu ?

— Je pleure mon fils, il était dans sa troisième année, il ne
lui manquait que trois mois. C'est à cause de lui que je me
tourmente. C'était le dernier ; Nikitouchka [2] et moi, nous en
avons eu quatre, mais les enfants ne restent pas chez nous,
bien-aimé, ils ne restent pas. J'ai enterré les trois premiers, je
n'avais pas tant de chagrin ; mais ce dernier, je ne puis
l'oublier. C'est comme s'il était là devant moi, il ne s'en va
pas. J'en ai l'âme desséchée. Je regarde son linge, sa petite
chemise, ses bottines, et je sanglote. J'étale tout ce qui est
resté après lui, chaque chose, je regarde et je pleure. Je dis à
Nikitouchka, mon mari : « Eh ! le maître, laisse-moi aller en
pèlerinage. » Il est cocher, nous avons de quoi, mon père,
nous avons de quoi, nous sommes à notre compte, tout est à
nous, les chevaux et les voitures. Mais à quoi bon maintenant
tout ce bien ? Mon Nikitouchka a dû se mettre à boire sans

moi, c'est sûr, et déjà auparavant, dès que je m'éloignais, il faiblissait. Mais maintenant je ne pense plus à lui, voilà trois mois que j'ai quitté la maison. J'ai tout oublié, je ne veux plus me rappeler ; que ferais-je de lui maintenant ? J'ai fini avec lui et avec tous les autres. Et à présent, je ne voudrais pas voir ma maison et mon bien, et je préférerais même avoir perdu la vue.

— Écoute, mère, proféra le *starets*, un grand saint d'autrefois aperçut dans le temple une mère qui pleurait comme toi, aussi à cause de son fils unique que le Seigneur avait également rappelé à lui. « Ne sais-tu pas, lui dit le saint, comme ces enfantelets sont hardis devant le trône de Dieu ? Il n'y a même personne de plus hardi, dans le royaume des cieux. « Seigneur, Tu nous as donné la vie, disent-ils à Dieu, mais à peine avions-nous vu le jour que Tu nous l'as reprise. » Ils demandent et réclament si hardiment que le Seigneur en fait aussitôt des anges. C'est pourquoi, dit le saint, réjouis-toi et ne pleure pas, ton enfant est maintenant chez le Seigneur dans le chœur des anges. » Voilà ce que dit, dans les temps anciens, le saint à la femme qui pleurait. C'était un grand saint et il ne pouvait rien lui dire qui ne fût vrai. Sache donc, mère, que ton enfant aussi se tient certainement devant le trône du Seigneur, se réjouit, se divertit et prie Dieu pour toi. Tu peux pleurer, mais réjouis-toi. »

La femme l'écoutait, la joue dans la main, inclinée. Elle soupira profondément.

« C'est de la même manière que Nikitouchka me consolait : « Tu n'es pas raisonnable, pourquoi pleurer ? notre fils, bien sûr, chante maintenant avec les anges auprès du Seigneur. » Et, tandis qu'il me disait cela, je le voyais pleurer. Et je lui disais à mon tour : « Eh oui, je le sais bien ; où serait-il, sinon chez le Seigneur ; seulement il n'est plus ici avec nous en ce moment, tout près, comme il restait autrefois. » Oh ! si je pouvais le revoir une fois, rien qu'une fois, sans m'approcher de lui, sans parler, en me cachant dans un coin. Seulement le voir une minute, l'entendre jouer dehors, venir, comme il le faisait parfois, crier de sa petite voix : « Maman, où es-tu ? » Si je pouvais entendre ses petits pieds trotter dans la chambre ; bien souvent, je me rappelle, il courait à moi avec des cris et des rires, si seulement je l'entendais ! Mais il n'est plus là, mon Père, et je ne l'entendrai plus jamais ! Voilà sa ceinture, mais il n'est plus là, et c'est fini pour toujours !... »

Elle tira de son sein la petite ceinture en passementerie de son garçon ; dès qu'elle l'eut regardée, elle fut secouée de sanglots, cachant ses yeux avec ses doigts à travers lesquels coulaient des torrents de larmes.

« Eh ! proféra le *starets*, cela c'est l'antique « Rachel pleurant ses enfants sans pouvoir être consolée, car ils ne sont plus [1] ». Tel est le sort qui vous est assigné en ce monde, ô mères ! Ne te console pas, il ne faut pas te consoler, pleure, mais chaque fois que tu pleures, rappelle-toi que ton fils est un des anges de Dieu, que, de là-haut, il te regarde et te voit, qu'il se réjouit de tes larmes et les montre au Seigneur ; longtemps encore tes pleurs maternels couleront, mais enfin ils deviendront une joie paisible, tes larmes amères seront des larmes d'attendrissement et de purification, laquelle sauve du péché. Je prierai pour le repos de l'âme de ton fils ; comment s'appelait-il ?

— Alexéi, mon Père.

— C'est un beau nom. Il avait pour saint patron Alexéi, « homme de Dieu » ?

— Oui, mon Père, Alexéi, « homme de Dieu [2] ».

— Quel grand saint ! Je prierai pour lui, mère, je n'oublierai pas ton affliction dans mes prières ; je prierai aussi pour la santé de ton mari ; mais c'est un péché de l'abandonner, retourne vers lui, prends-en bien soin. De là-haut, ton fils voit que tu as abandonné son père et pleure sur vous. Pourquoi troubler sa béatitude ? Il vit, car l'âme vit éternellement, il n'est pas dans la maison, mais il se trouve tout près de vous, invisible. Comment viendra-t-il, si tu dis que tu détestes ta demeure ? Vers qui viendra-t-il, s'il ne vous trouve pas à la maison, s'il ne vous trouve pas ensemble, le père et la mère ? Il t'apparaît maintenant et tu es tourmentée ; alors il t'enverra de doux songes. Retourne vers ton mari, mère, et dès aujourd'hui.

— J'irai, bien-aimé, selon ta parole, tu as lu dans mon cœur. Nikitouchka, tu m'attends, mon chéri, tu m'attends », commençait à se lamenter la femme, mais le *starets* se tournait déjà vers une petite vieille, habillée non en pérégrine, mais en citadine. On voyait à ses yeux qu'elle avait une communication à faire. C'était la veuve d'un sous-officier, habitante de notre ville. Son fils Vassili, employé dans un commissariat, était parti pour Irkoutsk, en Sibérie. Il lui avait écrit deux fois, mais depuis un an il ne donnait plus signe de vie ; elle avait fait des démarches et ne savait où se renseigner.

« L'autre jour, Stéphanie Ilinichna Bédriaguine, une riche marchande, m'a dit : « Écris sur un billet le nom de ton fils, Prochorovna [1], va à l'église, et commande des prières pour le repos de son âme. Son âme sera dans l'angoisse et il t'écrira. C'est un moyen sûr et fréquemment éprouvé. » Seulement, j'ai des doutes... Toi qui es notre lumière, dis-moi si c'est bien ou mal ?

— Garde-t'en bien. Tu devrais même avoir honte de le demander. Comment peut-on prier pour le repos d'une âme vivante, et sa propre mère encore ! C'est un grand péché, comme la sorcellerie ; seule ton ignorance te vaut le pardon. Prie plutôt pour sa santé la Reine des Cieux, prompte Médiatrice, Auxiliaire des pécheurs, afin qu'elle te pardonne ton erreur. Et alors, Prochorovna : ou bien ton fils reviendra bientôt vers toi, ou il enverra sûrement une lettre. Sache-le. Va en paix, ton fils est vivant, je te le dis.

— Bien-aimé, que Dieu te récompense, toi notre bienfai teur, qui prie pour nous tous, pour le rachat de nos péchés. »

Mais le *starets* avait déjà remarqué dans la foule le regard
ardent, dirigé vers lui, d'une paysanne à l'air poitrinaire,
accablée bien qu'encore jeune. Elle gardait le silence, ses
yeux imploraient, mais elle paraissait craindre de s'approcher.

« Que veux-tu, ma chère ?

— Soulage mon âme, bien-aimé », murmura-t-elle doucement. Sans hâte, elle se mit à genoux, se prosterna à ses
pieds. « J'ai péché, mon bon père, et je crains mon péché. »

Le *starets* s'assit sur la dernière marche, la femme se
rapprocha de lui, toujours agenouillée.

« Je suis veuve depuis trois ans, commença-t-elle à mi-
voix. La vie n'était pas gaie avec mon mari, il était vieux et
me battait durement. Une fois qu'il était couché, malade, je
songeai en le regardant : « Mais s'il se rétablit et se lève de
nouveau, alors qu'arrivera-t-il ? » Et cette idée ne me quitta
plus...

— Attends », dit le *starets*, en approchant son oreille des
lèvres de la femme. Celle-ci continua d'une voix qu'on
entendait à peine. Elle eut bientôt fini.

« Il y a trois ans ? demanda le *starets*.

— Trois ans. D'abord je n'y pensais pas, mais la maladie
est venue et je suis dans l'angoisse.

— Tu viens de loin ?

— J'ai fait cinq cents verstes.

— T'es-tu confessée ?

— Oui, deux fois.

— As-tu été admise à la communion ?

— Oui. J'ai peur ; j'ai peur de mourir.

— Ne crains rien et n'aie jamais peur, ne te chagrine pas.
Pourvu que le repentir dure, Dieu pardonne tout. Il n'y a pas
de péché sur la terre que Dieu ne pardonne à celui qui se
repent sincèrement. L'homme ne peut pas commettre de
péché capable d'épuiser l'amour infini de Dieu. Car peut-il y
avoir un péché qui dépasse l'amour de Dieu ? Ne songe qu'au

repentir et bannis toute crainte. Crois que Dieu t'aime comme tu ne peux te le figurer, bien qu'il t'aime dans ton péché et avec ton péché. Il y aura plus de joie dans les cieux pour un pécheur qui se repent que pour dix justes[1]. Ne t'afflige pas au sujet des autres et ne t'irrite pas des injures. Pardonne dans ton cœur au défunt toutes ses offenses envers toi, réconcilie-toi avec lui en vérité. Si tu te repens, c'est que tu aimes. Or, si tu aimes, tu es déjà à Dieu... L'amour rachète tout, sauve tout. Si moi, un pécheur comme toi, je me suis attendri, à plus forte raison le Seigneur aura pitié de toi. L'amour est un trésor si inestimable qu'en échange tu peux acquérir le monde entier et racheter non seulement tes péchés, mais ceux des autres. Va et ne crains rien. »

Il fit trois fois sur elle le signe de la croix, ôta de son cou une petite image et la passa au cou de la pécheresse, qui se prosterna en silence jusqu'à terre. Il se leva et regarda gaiement une femme bien portante qui tenait un nourrisson sur les bras.

« Je viens de Vychégorié, bien-aimé.

— Tu as fait près de deux lieues avec cet enfant sur les bras ! Que veux-tu ?

— Je suis venue te voir. Ce n'est pas la première fois, l'as-tu déjà oublié ? Tu as peu de mémoire si tu ne te souviens pas de moi. On disait chez nous que tu étais malade. « Eh bien ! pensai-je, je vais aller le voir ! » Je te vois et tu n'as rien. Tu vivras encore vingt ans, ma parole. Comment pourrais-tu tomber malade quand il y a tant de gens qui prient pour toi !

— Merci de tout cœur, ma chère.

— A propos, j'ai une petite demande à t'adresser : voilà soixante kopecks, donne-les à une autre plus pauvre que moi. En venant je songeais : « Mieux vaut les lui remettre ; il saura à qui les donner. »

— Merci, ma chère, merci, ma bonne, je n'y manquerai pas. Tu me plais. C'est une fillette que tu as dans les bras ?

— Une fillette, bien-aimé, Élisabeth.

— Que le Seigneur vous bénisse toutes les deux, toi et la petite Élisabeth. Tu as réjoui mon cœur, mère. Adieu, mes chères filles. »

Il les bénit toutes et leur fit une profonde révérence.

IV

UNE DAME DE PEU DE FOI

Pendant cette conversation avec les femmes du peuple, la dame de passage versait de douces larmes qu'elle essuyait avec son mouchoir. C'était une femme du monde fort sensible et aux penchants vertueux. Quand le *starets* l'aborda enfin, elle l'accueillit avec enthousiasme.

« J'ai éprouvé une telle impression, en contemplant cette scène attendrissante. — L'émotion lui coupa la parole. — Oh ! je comprends que le peuple vous aime ; moi aussi j'aime le peuple, comment n'aimerait-on pas notre excellent peuple russe, si naïf dans sa grandeur !

— Comment va votre fille ? Vous m'avez fait demander un nouvel entretien ?

— Oh ! je l'ai instamment demandé, j'ai supplié, j'étais prête à me mettre à genoux et à rester trois jours devant vos fenêtres, jusqu'à ce que vous me laissiez entrer. Nous sommes venues, grand guérisseur, vous exprimer notre reconnaissance enthousiaste. Car c'est vous qui avez guéri Lise — tout à fait — jeudi, en priant devant elle et en lui imposant les mains. Nous avions hâte de baiser ces mains, de vous témoigner nos sentiments et notre vénération.

— Je l'ai guérie, dites-vous ? Mais elle est encore couchée dans son fauteuil ?

— Les fièvres nocturnes ont complètement disparu depuis deux jours, à partir de jeudi, dit la dame avec un empressement nerveux. Ce n'est pas tout : ses jambes se sont fortifiées. Ce matin, elle s'est levée en bonne santé ; regardez ses couleurs et ses yeux qui brillent. Elle pleurait constamment ; à présent elle rit, elle est gaie, joyeuse. Aujourd'hui, elle a exigé qu'on la mît debout, et elle s'est tenue une minute toute seule, sans aucun appui. Elle veut parier avec moi que dans quinze jours elle dansera un quadrille. J'ai fait venir le docteur Herzenstube ; il a haussé les épaules et dit : « Cela me surprend, je n'y comprends rien. » Et vous voudriez que nous ne vous dérangions pas, que nous n'accourions pas ici, pour vous remercier. Lise, remercie donc ! »

Le petit visage de Lise devint soudain sérieux. Elle se souleva de son fauteuil autant qu'elle put et, regardant le *starets*, joignit les mains, mais elle ne put y tenir et se mit à rire, malgré qu'elle en eût.

« C'est de lui que je ris », dit-elle en désignant Aliocha.

En observant le jeune homme qui se tenait derrière le *starets*, on eût vu ses joues se couvrir d'une rapide rougeur. Il baissa ses yeux où une flamme avait brillé.

« Elle a une commission pour vous, Alexéi Fiodorovitch... Comment allez-vous ? » continua la mère en s'adressant à Aliocha et en lui tendant une main délicieusement gantée.

Le *starets* se retourna et considéra Aliocha. Celui-ci s'approcha de Lise et lui tendit la main en souriant gauchement. Lise prit un air grave.

« Catherine Ivanovna m'a priée de vous remettre ceci, et elle lui tendit une petite lettre. Elle vous prie de venir la voir le plus tôt possible, et sans faute.

— Elle me prie de venir, moi, chez elle ?... Pourquoi ?... murmura Aliocha avec un profond étonnement. Son visage se fit soucieux.

— Oh ! c'est à propos de Dmitri Fiodorovitch et... de tous ces derniers événements, expliqua rapidement la mère. Catherine Ivanovna s'est arrêtée maintenant à une décision... mais pour cela elle doit absolument vous voir... pourquoi ? Je l'ignore, bien sûr, mais elle vous prie de venir le plus tôt possible. Et vous ne manquerez pas d'y aller ; les sentiments chrétiens vous l'ordonnent.

— Je ne l'ai vue qu'une fois, continua Aliocha toujours perplexe.

— Oh ! c'est une créature si noble, si inaccessible !... Déjà rien que par ses souffrances... considérez ce qu'elle a enduré, ce qu'elle endure maintenant, et ce qui l'attend...tout cela est affreux, affreux !

— C'est bien, j'irai, décida Alexéi,après avoir parcouru le billet court et énigmatique, qui ne contenait aucune explication, à part la prière instante de venir.

— Ah ! comme c'est gentil à vous, s'exclama Lise avec animation. Je disais à maman : « Jamais il n'ira, il fait son salut. » Comme vous êtes bon ! J'ai toujours pensé que vous étiez bon, c'est un plaisir de vous le dire maintenant !

— Lise ! fit gravement la mère qui, d'ailleurs, eut un sourire.

— Vous nous avez oubliées, Alexéi Fiodorovitch, vous ne voulez pas du tout nous rendre visite. Cependant Lise m'a dit deux fois qu'elle ne se trouvait bien qu'avec vous. »

Aliocha leva ses yeux baissés, rougit de nouveau et sourit sans savoir pourquoi. D'ailleurs, le *starets* ne l'observait plus. Il était entré en conversation avec le moine qui attendait sa venue, comme nous l'avons dit, à côté du fauteuil de Lise. C'était, à le voir, un moine d'une condition des plus modestes, aux idées étroites et arrêtées, mais croyant et obstiné en son genre. Il raconta qu'il habitait loin, dans le Nord, près d'Obdorsk[1], Saint-Sylvestre, un pauvre monastère qui ne comptait que neuf moines. Le *starets* le bénit, l'invita à venir dans sa cellule quand bon lui semblerait.

« Comment pouvez-vous tenter de telles choses ? » demanda le moine en montrant gravement Lise. Il faisait allusion à sa « guérison ».

« Il est encore trop tôt pour en parler. Un soulagement n'est pas la guérison complète et peut avoir d'autres causes.

Mais ce qui a pu se passer est dû uniquement à la volonté de Dieu. Tout vient de Lui. Venez me voir, mon Père, ajouta-t-il, je ne pourrai pas toujours vous recevoir, je suis souffrant et sais que mes jours sont comptés.

— Oh ! non, non, Dieu ne vous enlèvera pas à nous, vous vivrez encore longtemps, longtemps, s'écria la mère. Comment seriez-vous malade ? Vous paraissez si bien portant, gai et heureux.

— Je me sens beaucoup mieux aujourd'hui, mais je sais que ce n'est pas pour longtemps. Je connais maintenant à fond ma maladie. Si je vous semble si gai, rien ne peut me faire plus de plaisir que de vous l'entendre dire. Car le bonheur est la fin de l'homme, et celui qui a été parfaitement heureux a le droit de se dire : « J'ai accompli la loi divine sur cette terre. » Les justes, les saints, les martyrs ont tous été heureux.

— Oh ! les hardies, les sublimes paroles ! s'exclama la mère. Elles vous transpercent ! Cependant, le bonheur, où est-il ? Qui peut se dire heureux ? Oh, puisque vous avez eu la bonté de nous permettre de vous voir encore aujourd'hui, écoutez tout ce que je ne vous ai pas dit la dernière fois, ce que je n'osais pas vous dire, ce dont je souffre depuis si longtemps ! Car je souffre, excusez-moi, je souffre... »

Et, dans un élan de ferveur, elle joignit les mains devant lui.

« De quoi souffrez-vous particulièrement ?

— Je souffre... de ne pas croire...

— De ne pas croire en Dieu ?

— Oh, non, non, je n'ose pas penser à cela ; mais la vie future, quelle énigme : personne n'en connaît le mot ! Écoutez-moi, vous qui connaissez l'âme humaine et qui la guérissez ; sans doute, je n'ose pas vous demander de me croire absolument, mais je vous assure, de la façon la plus solennelle, que ce n'est pas par légèreté que je parle en ce moment : cette idée de la vie d'outre-tombe m'émeut jusqu'à

la souffrance, jusqu'à l'épouvante... Et je ne sais à qui
m'adresser, je n'ai jamais osé durant toute ma vie... Maintenant je me permets de m'adresser à vous... O Dieu ! pour qui
allez-vous me prendre ! »

Elle frappa ses mains l'une contre l'autre.

« Ne vous inquiétez pas de mon opinion, répondit le
starets ; je crois parfaitement à la sincérité de votre angoisse.

— Oh, comme je vous suis reconnaissante ! Voyez : je
ferme les yeux et je songe. Si tous croient, d'où cela vient-il ?
On assure que la religion a pour origine l'effroi inspiré par les
phénomènes angoissants de la nature, mais que rien de tout
cela n'existe. Eh bien, me dis-je, j'ai cru toute ma vie ; je
mourrai et il n'y aura rien, et seule « l'herbe poussera sur ma
tombe », comme s'exprime un écrivain. C'est affreux ! Comment recouvrer la foi ? D'ailleurs, je n'ai cru que dans ma
petite enfance, mécaniquement, sans penser à rien... Comment me convaincre ? Je suis venue m'incliner devant vous et
vous prier de m'éclairer. Car si je laisse passer l'occasion
présente, plus jamais on ne me répondra. Comment me
persuader ? D'après quelles preuves ? Que je suis malheureuse ! Autour de moi, personne ne se préoccupe de ces
choses, et je ne saurais endurer cela toute seule. C'est
accablant !

— Assurément ; mais ces choses-là ne peuvent pas se
prouver, on doit s'en persuader.

— Comment, de quelle manière ?

— Par l'expérience de l'amour qui agit. Efforcez-vous
d'aimer votre prochain avec une ardeur incessante. A mesure
que vous progresserez dans l'amour, vous vous convaincrez
de l'existence de Dieu et de l'immortalité de votre âme. Si
vous allez jusqu'à l'abnégation totale dans votre amour du
prochain, alors vous croirez indubitablement, et aucun doute
ne pourra même effleurer votre âme. C'est démontré par
l'expérience.

— L'amour qui agit ? Voilà encore une question, et quelle

question ! Voyez : j'aime tant l'humanité que — le croiriez-vous — je rêve parfois d'abandonner tout ce que j'ai, de quitter Lise et de me faire sœur de charité. Je ferme les yeux, je songe et je rêve ; dans ces moments-là, je sens en moi une force invincible. Aucune blessure, aucune plaie purulente ne me ferait peur, je les panserais, les laverais de mes propres mains, je serais la garde-malade de ces patients, prête à baiser leurs ulcères...

— C'est déjà beaucoup que vous ayez de telles pensées. Par hasard, il vous arrivera vraiment de faire une bonne action.

— Oui, mais pourrais-je longtemps supporter une telle existence ? continua la dame avec passion, d'un air presque égaré. Voilà la question capitale, celle qui me tourmente le plus. Je ferme les yeux et je me demande : « Persisterais-tu longtemps dans cette voie ? Si le malade dont tu laves les ulcères te paie d'ingratitude, s'il se met à te tourmenter de ses caprices, sans apprécier ni remarquer ton dévouement, s'il crie, se montre exigeant, se plaint même à la direction (comme il arrive souvent quand on souffre beaucoup), alors ton amour continuera-t-il ? » Figurez-vous, j'ai déjà décidé avec un frisson : « S'il y a quelque chose qui puisse refroidir sur-le-champ mon amour « agissant » pour l'humanité, c'est uniquement l'ingratitude. » En un mot, je travaille pour un salaire, je l'exige immédiat, sous forme d'éloges et d'amour en échange du mien. Autrement, je ne puis aimer personne. »

Après s'être ainsi fustigée dans un accès de sincérité, elle regarda le *starets* avec une hardiesse provocante.

« C'est exactement, répliqua celui-ci, ce que me racontait, il y a longtemps du reste, un médecin de mes amis, homme d'âge mûr et de belle intelligence ; il s'exprimait aussi ouvertement que vous, bien qu'en plaisantant, mais avec tristesse. « J'aime, me disait-il, l'humanité, mais, à ma grande surprise, plus j'aime l'humanité en général, moins j'aime les gens en particulier, comme individus. J'ai plus d'une fois rêvé passionnément de servir l'humanité, et peut-être fussé-je vraiment monté au calvaire pour mes sembla-bles, s'il l'avait fallu, alors que je ne puis vivre avec personne deux jours de suite dans la même chambre, je le sais par expérience. Dès que je sens quelqu'un près de moi, sa personnalité opprime mon amour-propre et gêne ma liberté. En vingt-quatre heures je puis même prendre en grippe les meilleures gens : l'un parce qu'il reste longtemps à table, un autre parce qu'il est enrhumé et ne fait qu'éternuer. Je deviens l'ennemi des hommes dès que je suis en contact avec eux. En revanche, invariablement, plus je déteste les gens en particulier, plus je brûle d'amour pour l'humanité en géné-ral. »

— Mais que faire ? Que faire en pareil cas ? Il y a de quoi désespérer.

— Non, car il suffit que vous en soyez désolée. Faites ce que vous pouvez et on vous en tiendra compte. Vous avez déjà fait beaucoup pour être capable de vous connaître vous-même, si profondément, si sincèrement. Si vous ne m'avez parlé avec une telle franchise que pour m'entendre la louer, vous n'atteindrez rien, assurément, dans le domaine de l'amour agissant ; tout se bornera à des rêves, et votre vie s'écoulera comme un songe. Alors, bien entendu, vous oublierez la vie future, et vers la fin vous vous tranquilliserez d'une façon ou d'une autre.

— Vous m'accablez ! Je comprends maintenant qu'en vous racontant mon horreur de l'ingratitude, j'escomptais tout bonnement les éloges que me vaudrait ma franchise. Vous m'avez fait lire en moi-même.

— Vous parlez pour de bon ? Eh bien, après un tel aveu, je crois que vous êtes bonne et sincère. Si vous n'atteignez pas au bonheur, rappelez-vous toujours que vous êtes dans la bonne voie et tâchez de n'en pas sortir. Surtout, évitez tout mensonge, le mensonge vis-à-vis de soi en particulier.

Observez votre mensonge, examinez-le à chaque instant. Évitez aussi la répugnance envers les autres et vous-même : ce qui vous semble mauvais en vous est purifié par cela seul que vous l'avez remarqué. Évitez aussi la crainte, bien qu'elle soit seulement la conséquence de tout mensonge. Ne craignez jamais votre propre lâcheté dans la poursuite de l'amour ; ne soyez même pas trop effrayée de vos mauvaises actions à ce propos. Je regrette de ne pouvoir rien vous dire de plus consolant, car l'amour qui agit, comparé à l'amour contemplatif, est quelque chose de cruel et d'effrayant. L'amour contemplatif a soif de réalisation immédiate et de l'attention générale. On va jusqu'à donner sa vie, à condition que cela ne dure pas longtemps, que tout s'achève rapidement, comme sur la scène, sous les regards et les éloges. L'amour agissant, c'est le travail et la maîtrise de soi, et pour certains, une vraie science. Or, je vous prédis qu'au moment même où vous verrez avec effroi que, malgré tous vos efforts, non seulement vous ne vous êtes pas rapprochée du but, mais que vous vous en êtes même éloignée, — à ce moment, je vous le prédis, vous atteindrez le but et verrez au-dessus de vous la force mystérieuse du Seigneur, qui, à votre insu, vous aura guidée avec amour. Excusez-moi de ne pouvoir demeurer plus longtemps avec vous, on m'attend ; au revoir. »

La dame pleurait.

« Et Lise ? Bénissez-la, dit-elle avec élan.

— Elle ne mérite pas d'être aimée, je l'ai vue folâtrer tout le temps, plaisanta le *starets*. Pourquoi vous moquez-vous d'Alexéi ? »

Lise, en effet, s'était livrée tout le temps à un curieux manège. Dès la visite précédente, elle avait remarqué qu'A-liocha se troublait en sa présence, et cela lui parut fort divertissant. Elle prenait donc plaisir à le fixer ; incapable de résister à ce regard obstinément posé sur lui, Aliocha, poussé par une force invincible, la dévisageait à son tour ; aussitôt elle s'épanouissait en un sourire triomphant, qui augmentait la confusion et le dépit d'Aliocha. Enfin, il se détourna tout à fait d'elle et se dissimula derrière le *starets* ; mais, au bout de quelques minutes, comme hypnotisé, il se retourna pour voir si elle le regardait. Lise, presque sortie de son fauteuil, l'observait à la dérobée et attendait impatiemment qu'il levât les yeux sur elle ; en rencontrant de nouveau son regard, elle eut un tel éclat de rire que le *starets* ne put y résister.

« Pourquoi, polissonne, le faites-vous ainsi rougir ? »

Lise devint cramoisie ; ses yeux brillèrent, son visage se fit sérieux, et d'une voix plaintive, indignée, elle dit nerveusement :

« Pourquoi a-t-il tout oublié ? Quand j'étais petite, il me portait dans ses bras, nous jouions ensemble ; c'est lui qui m'a appris à lire, vous savez. Il y a deux ans, en partant, il m'a dit qu'il ne m'oublierait jamais, que nous étions amis pour toujours, pour toujours ! Et le voilà maintenant qui a peur de moi, comme si j'allais le manger. Pourquoi ne s'approche-t-il pas, pourquoi ne veut-il pas me parler ? Pour quelle raison ne vient-il pas nous voir ? Ce n'est pas vous qui le retenez, nous savons qu'il va partout. Les convenances ne me permettent pas de l'inviter, il devrait se souvenir le premier. Mais non, monsieur fait son salut ! Pourquoi l'avez-vous revêtu de ce froc à longs pans, qui le fera tomber s'il s'avise de courir ? »

Soudain, n'y tenant plus, elle se cacha le visage de sa main et éclata d'un rire nerveux, prolongé, silencieux, qui la secouait toute. Le *starets*, qui l'avait écoutée en souriant, la bénit avec tendresse ; en lui baisant la main, elle la serra contre ses yeux et se mit à pleurer.

« Ne vous fâchez pas contre moi, je suis une petite sotte, je ne vaux rien du tout... Aliocha a peut-être raison de ne pas vouloir faire visite à une fille aussi ridicule.

— Je vous l'enverrai sans faute », trancha le *starets*.

V

AINSI SOIT-IL !

L'absence du *starets* avait duré environ vingt-cinq minutes. Il était plus de midi et demi, et Dmitri Fiodorovitch, pour qui on avait convoqué la réunion, n'était pas encore arrivé. On l'avait d'ailleurs presque oublié, et quand le *starets* reparut dans la cellule, il trouva ses hôtes engagés dans une conversation fort animée, à laquelle prenaient surtout part Ivan Fiodorovitch et les deux religieux. Mioussov s'y mêlait avec ardeur, mais sans grand succès ; il restait au second plan et on ne lui répondait guère, ce qui ne faisait qu'accroître son irritabilité. Il avait déjà fait auparavant assaut d'érudition avec Ivan Fiodorovitch et ne pouvait supporter de sang-froid un certain manque d'égards qu'il constatait chez le jeune homme. « Jusqu'alors, tout au moins, j'étais au niveau de tout ce qu'il y a de progressiste en Europe, mais cette nouvelle génération nous ignore totalement », pensait-il à part lui. Fiodor Pavlovitch, qui avait juré de rester assis sans mot dire, garda quelque temps le silence, tout en observant avec un sourire railleur son voisin Piotr Alexandrovitch dont l'irritation le réjouissait fort. Il se disposait depuis longtemps à prendre sa revanche et ne voulait pas laisser passer l'occasion. A la fin, il n'y tint plus, et se penchant vers l'épaule de son voisin il le taquina à mi-voix.

« Pourquoi n'êtes-vous pas parti après l'anecdote du saint, et avez-vous consenti à demeurer en si inconvenante compagnie ? C'est que, vous sentant humilié et offensé, vous êtes resté pour montrer votre esprit ; et vous ne vous en irez pas sans l'avoir montré.

— Vous recommencez ? Je m'en vais à l'instant.

— Vous serez le dernier à partir », lui lança Fiodor Pavlovitch.

Le *starets* revint sur ces entrefaites.

La discussion s'arrêta un instant, mais le *starets*, ayant regagné sa place, promena son regard sur les assistants comme pour les inviter à continuer. Aliocha, qui connaissait chaque expression de son visage, comprit qu'il était épuisé. Dans les derniers temps de sa maladie, il s'évanouissait de faiblesse. La pâleur qui en était le symptôme se répandait maintenant sur son visage, il avait les lèvres exsangues. Mais il ne voulait évidemment pas congédier l'assemblée ; quelles raisons avait-il pour cela ? Aliocha l'observait avec attention.

« Nous commentons un article fort curieux de monsieur, expliqua le Père Joseph, le bibliothécaire, en désignant Ivan Fiodorovitch. Il y a beaucoup d'aperçus neufs, mais la thèse paraît à deux fins. C'est un article en réponse à un prêtre, auteur d'un ouvrage sur les tribunaux ecclésiastiques et l'étendue de leurs droits.

— Malheureusement, je n'ai pas lu votre article, mais j'en ai entendu parler, répondit le *starets* en regardant attentivement Ivan Fiodorovitch.

— Monsieur envisage la question d'un point de vue fort curieux, continua le Père bibliothécaire ; il semble repousser toute séparation de l'Église et de l'État sur ce terrain.

— C'est en effet curieux, mais quels sont vos arguments ? » demanda le *starets* à Ivan Fiodorovitch.

Celui-ci lui répondit enfin, non d'un air hautain, pédant, comme l'appréhendait Aliocha la veille encore, mais d'un ton modeste, discret, excluant toute arrière-pensée.

« Je pars du principe que cette confusion des éléments essentiels de l'Église et de l'État, pris séparément, durera sans doute toujours, bien qu'elle soit impossible et qu'on ne puisse jamais l'amener à un état non seulement normal, mais tant soit peu conciliable, car elle repose sur un mensonge. Un compromis entre l'Église et l'État, dans des questions telles que celles de la justice, par exemple, est, à mon avis, absolument impossible. L'ecclésiastique auquel je réplique soutient que l'Église occupe dans l'État une place précise et définie. Je lui objecte que l'Église, au contraire, loin d'occuper seulement un coin dans l'État, doit absorber l'État entier, et que si cela est actuellement impossible, ce devrait être, par définition, le but direct et principal de tout le développement ultérieur de la société chrétienne.

— Parfaitement juste, déclara d'une voix ferme et nerveuse le Père Païsius, religieux taciturne et érudit.

— C'est de l'ultramontanisme tout pur ! s'écria Mioussov, croisant les jambes dans son impatience.

— Il n'y a pas de monts dans notre pays ! s'exclama le Père Joseph, qui continua en s'adressant au *starets* : Monsieur réfute les principes « fondamentaux et essentiels » de son adversaire, un ecclésiastique, remarquez-le. Les voici. Premièrement : « Aucune association publique ne peut ni ne doit s'attribuer le pouvoir, disposer des droits civils et politiques de ses membres. » Secondement : « Le pouvoir, en matière civile et criminelle, ne doit pas appartenir à l'Église, car il est incompatible avec sa nature, en tant qu'institution divine et qu'association se proposant des buts religieux. » Enfin, en troisième lieu : « L'Église est un royaume qui n'est pas de ce monde. »

— C'est là un jeu de mots tout à fait indigne d'un ecclésiastique ! interrompit de nouveau le Père Païsius avec impatience. J'ai lu l'ouvrage que vous réfutez, dit-il en se tournant vers Ivan Fiodorovitch, et j'ai été surpris des paroles de ce prêtre : « L'Église est un royaume qui n'est pas de ce monde. » Si elle n'est pas de ce monde, elle ne saurait exister sur la terre. Dans le saint Évangile, les mots « pas de ce monde » sont employés dans un autre sens. Il est impossible de jouer avec de semblables paroles. Notre-Seigneur Jésus-Christ est venu précisément établir l'Église sur la terre. Le royaume des cieux, bien entendu, n'est pas de ce monde, mais au ciel, et l'on n'y entre que par l'Église, laquelle a été fondée et établie sur la terre. Aussi les calembours mondains à ce sujet sont-ils impossibles et indignes. L'Église est vraiment un royaume, elle est destinée à régner, et finalement son règne s'étendra sur l'univers entier, nous en avons la promesse... »

Il se tut soudain, comme se contenant. Ivan Fiodorovitch, après l'avoir écouté avec déférence et attention, dans le plus grand calme, continua avec la même simplicité, en s'adressant au *starets*.

« L'idée maîtresse de mon article, c'est que le christianisme, dans les trois premiers siècles de son existence, apparaît sur la terre comme une église et qu'il n'était pas autre chose. Lorsque l'État romain païen eut adopté le christianisme, il arriva que, devenu chrétien, il s'incorpora l'Église, mais continua à demeurer un État païen dans une foule d'attributions. Au fond, cela était inévitable. Rome, en tant qu'État, avait hérité trop de choses de la civilisation et de la sagesse païennes, comme, par exemple, les buts et les bases mêmes de l'État. L'Église du Christ, entrée dans l'État, ne pouvait évidemment rien retrancher de ses bases, de la pierre sur laquelle elle reposait ; elle ne pouvait que poursuivre ses buts, fermement établis et indiqués par le Seigneur lui-même, entre autres : convertir en Église le monde entier et, par conséquent, l'État païen antique. De la sorte (c'est-à-dire en vue de l'avenir), ce n'est pas l'Église qui devait se chercher une place définie dans l'État, comme « toute association publique » ou comme « une association se proposant des buts religieux » (pour employer les termes de l'auteur que je réfute), mais au contraire, tout État terrestre devait par la suite se convertir en Église, ne plus être que cela, renoncer à ses autres buts incompatibles avec ceux de l'Église. Cela ne l'humilie nullement, ne diminue ni son honneur ni sa gloire, en tant que grand État, ni la gloire de ses chefs, mais cela lui fait quitter la fausse voie, encore païenne et erronée, pour la voie juste, la seule qui mène aux buts éternels. Voilà pourquoi l'auteur du livre sur les *Bases de la justice ecclésiasti-*

que eût pensé juste, si en recherchant et en proposant ces bases, il les eût uniquement considérées comme un compromis provisoire, nécessaire encore à notre époque pécheresse et imparfaite. Mais dès que l'auteur ose déclarer que les bases qu'il propose maintenant, et dont le Père Joseph vient d'énumérer une partie, sont inébranlables, primordiales, éternelles, il est en opposition directe avec l'Église et sa prédestination sainte, immuable. Voilà l'exposé complet de mon article.

— Autrement dit, insista le Père Païsius, en appuyant sur chaque parole, certaines théories, qui ne se sont que trop fait jour dans dans notre XIXᵉ siècle, prétendent que l'Église doit se régénérer en État, passer comme d'un type inférieur à un type supérieur, afin de s'absorber ensuite en lui, après avoir cédé à la science, à l'esprit du temps, à la civilisation ; si elle s'y refuse on ne lui réserve dans l'État qu'une petite place en la surveillant, ce qui est partout le cas dans l'Europe de nos jours. Au contraire, d'après la conception et l'espérance russes, ce n'est pas l'Église qui doit se régénérer en État, passer d'un type inférieur à un type supérieur ; c'est, au contraire, l'État qui doit finalement se montrer digne d'être uniquement une Église et rien de plus. Ainsi soit-il ! Ainsi soit-il !

— Eh bien, je l'avoue, vous me réconfortez quelque peu, dit Mioussov en souriant et en croisant de nouveau les jambes. Autant que je le comprends, c'est la réalisation d'un idéal infiniment lointain, lors du retour du Christ. C'est tout ce qu'on veut. Le rêve utopique de la disparition des guerres, des diplomates, des banques, etc. Quelque chose qui ressemble même au socialisme. Or, je pensais que tout cela était sérieux, que l'Église allait *maintenant*, par exemple, juger les criminels, condamner au fouet, au bagne, et même à la peine de mort.

— S'il y avait actuellement un seul tribunal ecclésiastique, l'Église n'enverrait personne au bagne ou au supplice. Le

crime et la manière de l'envisager devraient alors assurément
se modifier, peu à peu, pas tout d'un coup, mais pourtant
assez vite…, déclara d'un ton tranquille Ivan Fiodorovitch.

— Vous parlez sérieusement ? interrogea Mioussov en le
dévisageant.

— Si l'Église absorbait tout, elle excommunierait le
criminel et le réfractaire, mais elle n'abattrait pas les têtes,
continua Ivan Fiodorovitch. Je vous le demande, où irait
l'excommunié ? Car il devrait alors non seulement se séparer
des hommes, mais du Christ. Par son crime, il s'insurgerait
non seulement contre les hommes, mais contre l'Église du
Christ. C'est le cas actuellement, sans doute, dans le sens
strict ; toutefois on ne le proclame pas, et la conscience du
criminel d'aujourd'hui transige souvent : « J'ai volé, dit-elle,
mais je ne m'insurge pas contre l'Église, je ne suis point
l'ennemi du Christ. » Voilà ce que se dit fréquemment le
criminel d'à présent ; eh bien, quand l'Église aura remplacé
l'État, il lui sera difficile de parler ainsi, à moins de nier
l'Église sur la terre entière : « Tous, dirait-il, sont dans
l'erreur, tous ont dévié, leur Église est fausse : moi seul,
assassin et voleur, je suis la véritable Église chrétienne. »
C'est là un langage difficile à tenir, car il suppose des
conditions extraordinaires, des circonstances qui existent
rarement. N'y a-t-il pas d'autre part un reste de paganisme
dans le point de vue actuel de l'Église vis-à-vis du crime ? Au
lieu de vouloir préserver la société en retranchant un membre
gangrené, ne ferait-on pas mieux d'envisager franchement la
régénération et le salut du coupable ?

— Que veut dire cela ? Je cesse de nouveau de comprendre, interrompit Mioussov. Voilà encore un rêve, un rêve
informe, incompréhensible. Qu'est-ce que cette excommunication ? Je crois que vous vous divertissez tout simplement,
Ivan Fiodorovitch.

— Mais il en va de même actuellement, déclara le *starets*,
vers qui tout le monde se tourna. Si l'Église du Christ

n'existait pas, il n'y aurait pour le criminel ni frein à ses forfaits, ni véritable châtiment, j'entends non pas un châtiment mécanique qui, comme monsieur vient de le dire, ne fait le plus souvent qu'irriter, mais un châtiment réel, le seul efficace, le seul qui effraie et apaise, celui qui consiste dans l'aveu de sa propre conscience...

— Comment cela se peut-il, permettez-moi de vous le demander ? questionna Mioussov avec une vive curiosité.

— Voici, poursuivit le *starets.* Ces envois aux travaux forcés, aggravés autrefois de punitions corporelles, n'amendent personne, et surtout n'effraient presque aucun criminel ; plus nous avançons, plus le nombre des crimes augmente, vous devez en convenir. Il en résulte que, de cette façon, la société n'est nullement préservée, car, bien que le membre nuisible soit retranché mécaniquement et envoyé au loin, dérobé à la vue, un autre criminel surgit à sa place, peut-être même deux. Si quelque chose protège encore la société, amende le criminel lui-même et en fait un autre homme, c'est uniquement la loi du Christ qui se manifeste par la voix de la conscience. Ce n'est qu'après avoir reconnu sa faute comme fils de la société du Christ, c'est-à-dire l'Église, que le criminel la reconnaîtra devant la société elle-même, c'est-à-dire devant l'Église ; de la sorte, c'est devant l'Église seule qu'il est capable de reconnaître sa faute, et non devant l'État. Si la justice appartenait à la société en tant qu'Église, elle saurait alors qui relever de l'excommunication, qui admettre dans son sein. Comme actuellement l'Église ne peut que condamner moralement, elle renonce à châtier effectivement le criminel. Elle ne l'excommunie pas, elle l'entoure de son édification paternelle. Bien plus, elle s'efforce même de conserver avec le criminel toutes les relations de chrétien à Église : elle l'admet aux offices, à la communion, elle lui fait la charité, elle le traite plus en égaré qu'en coupable. Et qu'adviendrait-il de lui, Seigneur, si la société chrétienne, c'est-à-dire l'Église, le repoussait comme

le repousse et le retranche la loi civile ? Si l'Église l'excommu-
niait chaque fois que le châtie la loi de l'État ? Il ne saurait y
avoir de plus grand désespoir, tout au moins pour les
criminels russes, car ceux-ci ont encore la foi. D'ailleurs, qui
sait, il arriverait peut-être une chose terrible : la perte de la
foi dans le cœur ulcéré du criminel ? Mais l'Église, telle une
tendre mère, renonce au châtiment effectif, parce que, le
coupable étant déjà trop durement puni par le tribunal
séculier, il faut bien que quelqu'un le prenne en pitié. Elle y
renonce surtout parce que la justice de l'Église étant la seule à
posséder la vérité, elle ne peut se joindre ni essentiellement ni
moralement à aucune autre, même sous forme de compromis
provisoire. Il est impossible de transiger sur ce point. Le
criminel étranger, dit-on, se repent rarement, car les doctrines contemporaines le confirment dans l'idée que son
crime n'est pas un crime, mais une simple révolte contre la
force qui l'opprime injustement. La société le retranche
d'elle-même par une force qui triomphe de lui tout à fait
mécaniquement et accompagne cette exclusion de haine (c'est
ainsi, du moins, qu'on le raconte en Europe) — de haine, dis-
je, et d'une indifférence, d'un oubli complets à l'égard de la
destinée ultérieure de cet homme. De la sorte, tout se passe
sans que l'Église témoigne la moindre pitié, car dans bien des
cas il n'y a déjà plus d'Église là-bas : il ne subsiste que des
ecclésiastiques et des édifices magnifiques ; les Églises elles-
mêmes s'efforcent depuis longtemps de passer du type
inférieur au type supérieur, de devenir des États. Il en est
ainsi du moins, paraît-il, dans les contrées luthériennes. A
Rome, il y a déjà mille ans que l'Église s'est proclamée État.
Aussi le criminel lui-même ne se reconnaît-il pas pour
membre de l'Église ; excommunié, il tombe dans le désespoir. S'il retourne dans la société, c'est fréquemment avec
une telle haine que la société elle-même le retranche spontanément de son sein. Vous pouvez juger comment cela finit.
Dans de nombreux cas, il semble qu'il en aille de même chez

nous ; mais en fait, en plus des tribunaux établis, nous avons l'Église, et cette Église ne perd jamais le contact avec le criminel, qui demeure pour elle un fils toujours cher ; de plus, il existe et subsiste, ne fût-ce qu'en idée, la justice de l'Église, sinon effective maintenant, du moins vivante pour l'avenir, et reconnue certainement par le criminel lui-même, par l'instinct de son âme. Ce que l'on vient de dire ici est juste, à savoir que si la justice de l'Église entrait en vigueur, c'est-à-dire si la société entière se convertissait en Église, alors non seulement la justice de l'Église influerait sur l'amendement du criminel bien autrement qu'à l'heure actuelle, mais les crimes eux-mêmes diminueraient dans une proportion incalculable. Et l'Église, à n'en pas douter, comprendrait à l'avenir, dans bien des cas, le crime et les criminels d'une façon toute différente d'à présent ; elle saurait ramener à elle l'excommunié, prévenir les intentions criminelles, régénérer le déchu. Il est vrai, conclut le *starets* en souriant, que la société chrétienne n'est pas encore prête et ne repose que sur sept justes ; mais comme ils ne faiblissent pas, elle demeure dans l'attente de sa transformation complète d'association presque païenne en Église unique, universelle et régnante. Ainsi sera-t-il, ne fût-ce qu'à la fin des siècles, car cela seul est prédestiné à s'accomplir ! Il n'y a pas à se troubler à propos des temps et des délais, car leur mystère dépend de la sagesse de Dieu, de la prescience de son amour. Et ce qui, à vues humaines, paraît fort éloigné, est peut-être, par la prédestination divine, à la veille de s'accomplir. Ainsi soit-il !

— Ainsi soit-il, confirma respectueusement le Père Païsius.

— C'est étrange, au plus haut degré ! proféra Mioussov sur un ton d'indignation contenue.

— Que trouvez-vous là de si étrange ? s'informa avec précaution le Père Joseph.

— Franchement, qu'est-ce que cela signifie ? s'exclama

Mioussov, devenant soudain agressif. On élimine l'État pour instaurer l'Église à sa place ! C'est de l'ultramontanisme à la deuxième puissance : Grégoire VII lui-même n'avait rien rêvé de semblable !

— Votre interprétation est le contraire de la vérité ! fit sévèrement observer le Père Païsius. Ce n'est pas l'Église qui se convertit en État, notez-le bien, cela c'est Rome et son rêve, c'est la troisième tentation diabolique. Au contraire, c'est l'État qui se convertit en Église, qui s'élève jusqu'à elle et devient une Église sur la terre entière, ce qui est diamétralement opposé à Rome, à l'ultramontanisme, à votre interprétation, et n'est que la mission sublime réservée à l'orthodoxie dans le monde. C'est en Orient que cette étoile commencera à resplendir. »

Mioussov eut un silence significatif. Toute sa personne reflétait une dignité extraordinaire. Un sourire de condescendance apparut sur ses lèvres. Aliocha l'observait, le cœur palpitant. Toute cette conversation l'avait fort ému. Il regarda par hasard Rakitine, immobile à la même place, qui écoutait attentif, les yeux baissés. A sa rougeur, Aliocha devina qu'il était aussi ému que lui ; il savait pourquoi.

« Permettez-moi, messieurs, une anecdote, commença Mioussov, l'air digne et imposant. J'eus l'occasion à Paris, après le coup d'État de décembre, de rendre visite à une de mes connaissances, personnage important, alors au pouvoir. Je rencontrai chez lui un individu fort curieux qui, sans être tout à fait policier, dirigeait une brigade de la police politique, poste assez influent. Profitant de l'occasion, je causai avec lui par curiosité ; reçu en qualité de subalterne qui présente un rapport, et me voyant en bons termes avec son chef, il me témoigna une franchise relative, c'est-à-dire plus de politesse que de franchise, à la manière des Français, d'autant plus qu'il me savait étranger. Mais je le compris parfaitement. Il s'agissait des socialistes révolutionnaires, que l'on poursuivait alors. Négligeant le reste de la conversation, je me contenterai de vous soumettre une remarque fort intéressante qui échappa à ce personnage : « Nous ne craignons pas trop, me déclara-t-il, tous ces socialistes, anarchistes, athées et révolutionnaires ; nous les surveillons et sommes au courant de leurs faits et gestes. Mais il existe parmi eux une catégorie particulière, à la vérité peu nombreuse : ce sont ceux qui croient en Dieu, tout en étant socialistes. Voilà ceux que nous craignons plus que tous, c'est une engeance redoutable ! Le socialiste chrétien est plus dangereux que le socialiste athée. » Ces paroles m'avaient frappé alors, et maintenant, messieurs, auprès de vous elles me reviennent en mémoire.

— C'est-à-dire que vous nous les appliquez et que vous voyez en nous des socialistes ? » demanda sans ambages le Père Païsius.

Mais avant que Piotr Alexandrovitch eût trouvé une réponse, la porte s'ouvrit et Dmitri Fiodorovitch entra, considérablement en retard. A vrai dire, on ne l'attendait plus et son apparition subite causa d'abord une certaine surprise.

VI

POURQUOI UN TEL HOMME EXISTE-T-IL ?

Dmitri Fiodorovitch, jeune homme de vingt-huit ans, de taille moyenne et de figure agréable, paraissait notablement plus âgé. Il était musculeux et l'on devinait en lui une force physique considérable ; pourtant son visage maigre, aux joues affaissées, au teint d'un jaune malsain, avait une expression maladive. Ses yeux noirs, à fleur de tête, avaient un regard vague, bien que paraissant obstiné. Même lorsqu'il était agité et parlait avec irritation, son regard ne correspondait pas à son état d'âme. « Il est difficile de savoir à quoi il

pense », disaient parfois ses interlocuteurs. Certains jours,
son rire subit, attestant des idées gaies et enjouée, surprenait
ceux qui, d'après ses yeux, le croyaient pensif et morose.
D'ailleurs, son expression un peu souffrante n'avait rien que
de naturel ; tout le monde était au courant de sa vie agitée et
des excès auxquels il s'adonnait ces derniers temps, de même
qu'on connaissait l'exaspération qui s'emparait de lui dans
ses querelles avec son père, pour des questions d'argent. Il
circulait en ville des anecdotes à ce sujet. A vrai dire, c'était
une nature irascible, « un esprit saccadé et bizarre », comme
le caractérisa dans une réunion notre juge de paix Simon
Ivanovitch Katchalnikov. Il entra vêtu d'une façon élégante
et irréprochable, la redingote boutonnée, en gants noirs, le
haut-de-forme à la main. Comme officier depuis peu en
retraite, il ne portait pour le moment que les moustaches. Ses
cheveux châtains étaient coupés court et ramenés en avant. Il
marchait à grands pas, d'un air décidé. Il s'arrêta un instant
sur le seuil, parcourut l'assistance du regard et alla droit au
starets, devinant en lui le maître de la maison. Il lui fit un
profond salut et lui demanda sa bénédiction. Le *starets* s'étant
levé pour la lui donner, Dmitri Fiodorovitch lui baisa la main
avec respect et proféra d'un ton presque irrité :

« Veuillez m'excusez de m'être fait tellement attendre.
Mais comme j'insistais pour connaître l'heure de l'entrevue,
le domestique Smerdiakov, envoyé par mon père, m'a
répondu deux fois catégoriquement qu'elle était fixée à une
heure. Et maintenant j'apprends…

— Ne vous tourmentez pas, interrompit le *starets*, vous
êtes un peu en retard, mais cela n'a aucune importance.

— Je vous suis très reconnaissant et n'attendais pas moins
de votre bonté. »

Après ces paroles laconiques, Dmitri Fiodorovitch
s'inclina de nouveau puis, se tournant du côté de son père, lui
fit le même salut profond et respectueux. On voyait qu'il
avait prémédité ce salut, avec sincérité, considérant comme

une obligation d'exprimer ainsi sa déférence et ses bonnes intentions. Fiodor Pavlovitch, bien que pris à l'improviste, s'en tira à sa façon : en réponse au salut de son fils, il se leva de son fauteuil et lui en rendit un pareil. Son visage se fit grave et imposant, ce qui ne laissait pas de lui donner l'air mauvais. Après avoir répondu en silence aux saluts des assistants, Dmitri Fiodorovitch se dirigea de son pas décidé vers la fenêtre et occupa l'unique siège demeuré libre, non loin du Père Païsius ; incliné sur sa chaise, il se prépara à écouter la suite de la conversation interrompue.

La venue de Dmitri Fiodorovitch n'avait pris que deux ou trois minutes, et l'entretien se poursuivit. Mais cette fois Piotr Alexandrovitch ne crut pas nécessaire de répondre à la question pressante et presque irritée du Père Païsius.

« Permettez-moi d'abandonner ce sujet, il est par trop délicat, prononça-t-il avec une certaine désinvolture mondaine. Voyez Ivan Fiodorovitch qui sourit à notre adresse ; il a probablement quelque chose de curieux à dire.

— Rien de particulier, répondit aussitôt Ivan Fiodorovitch. Je ferai seulement remarquer que, depuis longtemps déjà, le libéralisme européen en général, et même notre dilettantisme libéral russe, confondent fréquemment les résultats finals du socialisme avec ceux du christianisme. Cette conclusion extravagante est un trait caractéristique. D'ailleurs, comme on le voit, il n'y a pas que les libéraux et les dilettantes qui confondent dans bien des cas le socialisme et le christianisme, il y a aussi les gendarmes, à l'étranger bien entendu. Votre anecdote parisienne est assez caractéristique à ce sujet, Piotr Alexandrovitch.

— Je demande de nouveau la permission d'abandonner ce thème, répéta Piotr Alexandrovitch. Laissez-moi plutôt vous raconter une autre anecdote fort intéressante et fort caractéristique, à propos d'Ivan Fiodorovitch, celle-ci. Il y a cinq jours, dans une société où figuraient surtout des dames, il déclara solennellement, au cours d'une discussion, que rien au monde n'obligeait les gens à aimer leurs semblables ; qu'aucune loi naturelle n'ordonnait à l'homme d'aimer l'humanité ; que si l'amour avait régné jusqu'à présent sur la terre, cela était dû non à la loi naturelle, mais uniquement à la croyance en l'immortalité. Ivan Fiodorovitch ajouta entre parenthèses que c'est là toute la loi naturelle, de sorte que si vous détruisez dans l'homme la foi en son immortalité, non seulement l'amour tarira en lui, mais aussi la force de continuer la vie dans le monde. Bien plus, il n'y aura alors rien d'immoral ; tout sera autorisé, même l'anthropophagie. Ce n'est pas tout : il termina en affirmant que pour tout individu qui ne croit ni en Dieu ni en sa propre immortalité, la loi morale de la nature devait immédiatement devenir l'inverse absolu de la précédente loi religieuse ; que l'égoïsme, même poussé jusqu'à la scélératesse, devait non seulement être autorisé, mais reconnu pour une issue néces- saire, la plus raisonnable et presque la plus noble. D'après un tel paradoxe, jugez du reste, messieurs, jugez de ce que notre cher excentrique Ivan Fiodorovitch trouve bon de proclamer et de ses intentions éventuelles...

— Permettez, s'écria soudain Dmitri Fiodorovitch, ai-je bien entendu : « La scélératesse doit non seulement être autorisée, mais reconnue pour l'issue la plus nécessaire et la plus raisonnable de tout athée ! » Est-ce bien cela ?

— C'est exactement cela, dit le Père Païsius.

— Je m'en souviendrai. »

Cela dit, Dmitri Fiodorovitch se tut aussi subitement qu'il s'était mêlé à la conversation. Tous le regardèrent avec curiosité.

« Est-il possible que vous envisagiez ainsi les conséquences de la disparition de la croyance à l'immortalité de l'âme ? demanda soudain le *starets* à Ivan Fiodorovitch.

— Oui, je crois qu'il n'y a pas de vertu sans immortalité.

— Vous êtes heureux si vous croyez ainsi ; ou peut-être fort malheureux !

— Pourquoi malheureux ? objecta Ivan Fiodorovitch en souriant.

— Parce que, selon toute apparence, vous ne croyez vous-même ni à l'immortalité de l'âme, ni même à ce que vous avez écrit sur la question de l'Église.

— Peut-être avez-vous raison !… Pourtant je ne crois pas avoir plaisanté tout à fait, déclara Ivan Fiodorovitch, que cet aveu bizarre fit rougir.

— Vous n'avez pas plaisanté tout à fait, c'est vrai. Cette idée n'est pas encore résolue dans votre cœur, et elle le torture. Mais le martyr aussi aime parfois à se divertir de son désespoir. Pour le moment, c'est par désespoir que vous vous divertissez à des articles de revues et à des discussions mondaines, sans croire à votre dialectique et en la raillant douloureusement à part vous. Cette question n'est pas encore résolue en vous, c'est ce qui cause votre tourment, car elle réclame impérieusement une solution…

— Mais peut-elle être résolue en moi, résolue dans le sens positif ? demanda non moins bizarrement Ivan Fiodorovitch, en regardant le *starets* avec un sourire inexplicable.

— Si elle ne peut être résolue dans le sens positif, elle ne le sera jamais dans le sens négatif ; vous connaissez vous-même cette propriété de votre cœur ; c'est là ce qui le torture. Mais remerciez le Créateur de vous avoir donné un cœur sublime, capable de se tourmenter ainsi, « de méditer les choses célestes et de les rechercher, car notre demeure est aux cieux ». Que Dieu vous accorde de rencontrer la solution encore ici-bas, et qu'il bénisse vos voies ! »

Le *starets* leva la main et voulut de sa place faire le signe de la croix sur Ivan Fiodorovitch. Mais celui-ci se leva, alla à lui, reçut sa bénédiction et, lui ayant baisé la main, regagna sa place sans mot dire. Il avait l'air ferme et sérieux. Cette attitude et toute sa conversation précédente avec le *starets*, qu'on n'attendait pas de lui, frappèrent tout le monde par je ne sais quoi d'énigmatique et de solennel ; de sorte qu'un silence général régna pour un instant, et que le visage d'Aliocha exprima presque l'effroi. Mais Mioussov leva les épaules en même temps que Fiodor Pavlovitch se levait.

« Divin et saint *starets*, s'exclama-t-il en désignant Ivan Fiodorovitch, voilà mon fils bien-aimé, la chair de ma chair ! C'est pour ainsi dire mon très révérencieux *Karl Moor*, mais voici mon autre fils qui vient d'arriver, Dmitri Fiodorovitch, contre lequel je demande satisfaction auprès de vous, c'est le très irrévérencieux *Franz Moor*, — tous deux empruntés aux *Brigands* de Schiller — et moi, dans la circonstance, je suis le *Regierender Graf von Moor*[1] ! Jugez-nous et sauvez-nous ! Nous avons besoin non seulement de vos prières, mais de vos pronostics.

— Parlez d'une manière raisonnable et ne commencez pas par offenser vos proches », répondit le *starets* d'une voix exténuée. Sa fatigue augmentait et ses forces décroissaient visiblement.

« C'est une indigne comédie, que je prévoyais en venant ici ! s'écria avec indignation Dmitri Fiodorovitch, qui s'était levé, lui aussi. Excusez-moi, mon Révérend Père, je suis peu instruit et j'ignore même comment on vous appelle, mais votre bonté a été trompée, vous n'auriez pas dû nous accorder cette entrevue chez vous. Mon père avait seulement besoin de scandale. Dans quel dessein ? Je l'ignore, mais il n'agit que par calcul. D'ailleurs, je crois maintenant savoir pourquoi...

— Tout le monde m'accuse, cria à son tour Fiodor Pavlovitch, y compris Piotr Alexandrovitch ! Oui, vous m'avez accusé, Piotr Alexandrovitch ! reprit-il en se retournant vers Mioussov, bien que celui-ci ne songeât nullement à l'interrompre. On m'accuse d'avoir caché l'argent de mon enfant et de ne lui avoir pas payé un rouge liard ; mais, je vous le demande, n'y a-t-il pas des tribunaux ? Là, Dmitri Fiodorovitch, d'après vos quittances, d'après les lettres et les conventions, on vous fera le compte de ce que vous possédiez, de vos dépenses et de ce qui vous reste ! Pourquoi Piotr Alexandrovitch évite-t-il de se prononcer ? Dmitri Fiodorovitch ne lui est pas étranger. C'est parce que tous sont contre moi, que Dmitri Fiodorovitch demeure mon débiteur et non pour une petite somme, mais pour plusieurs milliers de roubles, ce dont je puis faire la preuve. Ses excès défraient les conversations de toute la ville. Dans ses anciennes garnisons, il a dépensé plus d'un millier de roubles pour séduire d'honnêtes filles ; nous le savons, Dmitri Fiodorovitch, de la façon la plus circonstanciée, et je le démontrerai !... Le croiriez-vous, mon Révérend, il a rendu amoureuse de lui une jeune personne des plus distinguées et fort à son aise, la fille de son ancien chef, un brave colonel qui a bien mérité de la patrie, décoré du collier de Sainte-Anne avec glaives. Cette jeune orpheline, qu'il a compromise en lui offrant de l'épouser, habite maintenant ici ; c'est sa fiancée, et sous ses yeux il fréquente une sirène. Bien que cette dernière ait vécu en union libre avec un homme respectable, mais de caractère indépendant, c'est une forteresse imprenable pour tous, car elle est vertueuse, oui, mes Révérends, elle est vertueuse ! Or, Dmitri Fiodorovitch veut ouvrir cette forteresse avec une clef d'or ; voilà pourquoi il fait maintenant le brave avec moi, voilà pourquoi il veut me soutirer de l'argent, car il a déjà gaspillé des milliers de roubles pour cette sirène ; aussi emprunte-t-il sans cesse, et à qui ? Dois-je le dire, Mitia ?

— Taisez-vous ! s'écria Dmitri Fiodorovitch. Attendez que je sois parti, gardez-vous de noircir en ma présence la plus noble des jeunes filles... Je ne le tolérerai pas ! »

Il étouffait.

« Mitia, Mitia, cria Fiodor Pavlovitch, énervé et se contraignant à pleurer, et la bénédiction paternelle, qu'en fais-tu ? Si je te maudis, qu'arrivera-t-il ?

— Tartufe sans vergogne ! rugit Dmitri Fiodorovitch.

— C'est son père qu'il traite ainsi, son propre père ! Que

sera-ce des autres ? Écoutez, messieurs, il y a ici un homme pauvre mais honorable ; un capitaine mis en disponibilité à la suite d'un malheur, mais non en vertu d'un jugement, de réputation intacte, chargé d'une nombreuse famille. Il y a trois semaines, notre Dmitri Fiodorovitch l'a saisi par la barbe dans un cabaret, l'a traîné dans la rue et rossé en public, pour la seule raison que cet homme est secrètement chargé de mes intérêts dans une certaine affaire.

— Mensonge que tout cela ! L'apparence est vérité, le fond mensonge ! dit Dmitri Fiodorovitch tremblant de colère. Mon père, je ne justifie pas ma conduite ; oui, j'en conviens publiquement, j'ai été brutal envers ce capitaine, maintenant je le regrette et ma brutalité me fait horreur, mais ce capitaine, votre chargé d'affaires, est allé trouver cette personne que vous traitez de sirène, et lui a proposé de votre part d'endosser mes billets à ordre, qui sont en votre possession, afin de me poursuivre et de me faire arrêter, au cas où je vous serrerais de trop près à propos de notre règlement de comptes. Si vous voulez me jeter en prison, c'est uniquement par jalousie vis-à-vis d'elle, parce que vous-même vous avez commencé à tourner autour de cette femme — je suis au courant de tout —, elle n'a fait qu'en rire, vous entendez, et c'est en se moquant de vous qu'elle l'a répété. Tel est, mes Révérends Pères, cet homme, ce père qui reproche à son fils son inconduite. Vous qui en êtes témoins, pardonnez-moi ma colère, mais je pressentais que ce perfide vieillard nous avait tous convoqués ici pour provoquer un esclandre. J'étais venu dans l'intention de lui pardonner, s'il m'avait tendu la main, de lui pardonner et de lui demander pardon ! Mais comme il vient d'insulter non seulement moi, mais la jeune fille la plus noble, dont je n'ose prononcer le nom en vain, par respect pour elle, j'ai décidé de le démasquer publiquement, bien qu'il soit mon père. »

Il ne put continuer. Ses yeux étincelaient, il respirait avec difficulté. Tous les assistants étaient émus, excepté le *starets* ;

tous s'étaient levés avec agitation. Les religieux avaient pris un air sévère, mais attendaient la volonté de leur vieux maître. Ce dernier était pâle, non d'émotion, mais de faiblesse maladive. Un sourire suppliant se dessinait sur ses lèvres ; il levait parfois la main comme pour arrêter ces forcenés. Il eût pu, d'un seul geste, mettre fin à la scène ; mais le regard fixe, il cherchait, semblait-il, à comprendre un point qui lui échappait. Enfin, Piotr Alexandrovitch se sentit définitivement atteint dans sa dignité.

« Nous sommes tous coupables du scandale qui vient de se dérouler, déclara-t-il avec passion ; mais je ne prévoyais pas tout cela en venant ici ! Je savais pourtant à qui j'avais affaire... Il faut en finir sans plus tarder. Mon Révérend Père, soyez certain que je ne connaissais pas exactement tous les détails révélés ici ; je ne voulais pas y croire. Le père est jaloux de son fils à cause d'une femme de mauvaise vie et s'entend avec cette créature pour le jeter en prison... Et c'est en cette compagnie que l'on m'a fait venir ici !... On m'a trompé, je déclare avoir été trompé autant que les autres.

— Dmitri Fiodorovitch, glapit soudain Fiodor Pavlovitch d'une voix qui n'était pas la sienne, si vous n'étiez mon fils, je vous provoquerais sur-le-champ en duel... au pistolet à trois pas... à travers un mouchoir, à travers un mouchoir », acheva-t-il en trépignant.

Il y a, chez les vieux menteurs qui ont joué toute leur vie la comédie, des moments où ils entrent tellement dans leur rôle qu'ils tremblent et pleurent vraiment d'émotion, bien qu'au même instant ils puissent se dire (ou tout de suite après) : « Tu mens, vieil effronté, tu continues à jouer un rôle, malgré ta sainte colère. »

Dmitri Fiodorovitch considéra son père avec un mépris indicible.

« Je pensais... fit-il à voix basse, je pensais revenir au pays natal avec cet ange, ma fiancée, pour chérir sa vieillesse, et que vois-je ? un débauché crapuleux et un vil comédien !

— En duel ! glapit de nouveau le vieux, haletant et bavant à chaque mot. Quant à vous, Piotr Alexandrovitch Mioussov, sachez, monsieur, que dans toute votre lignée, il n'y a peut-être pas de femme plus noble, plus honnête — vous entendez, plus honnête — que cette créature, comme vous vous êtes permis de l'appeler ! Pour vous, Dmitri Fiodorovitch, qui avez remplacé votre fiancée par cette « créature », vous avez jugé vous-même que votre fiancée ne valait pas la semelle de ses souliers !

— C'est honteux ! laissa échapper le Père Joseph.

— C'est honteux et infâme ! cria d'une voix juvénile, tremblante d'émotion, Kalganov, qui avait jusqu'alors gardé le silence et dont le visage soudain s'empourpra.

— Pourquoi un tel homme existe-t-il ? rugit sourdement Dmitri Fiodorovitch, que la colère égarait et qui leva les épaules au point d'en paraître bossu... Dites-moi, peut-on encore lui permettre de déshonorer la terre ? »

Il eut un regard circulaire et désigna le vieillard de la main. Il parlait sur un ton lent, mesuré.

« L'entendez-vous, moines, l'entendez-vous, le parricide, s'écria Fiodor Pavlovitch en s'en prenant au Père Joseph. Voilà la réponse à votre « c'est honteux ! » Qu'est-ce qui est honteux ? Cette « créature », cette « femme de mauvaise vie » est peut-être plus sainte que vous tous, messieurs les religieux, qui faites votre salut ! Elle est peut-être tombée dans sa jeunesse, victime de son milieu, mais « elle a beaucoup aimé » ; or le Christ aussi a pardonné à celle qui avait beaucoup aimé [1]...

— Ce n'est pas un amour de ce genre que le Christ a pardonné... laissa échapper dans son impatience le doux Père Joseph.

— Mais si, moines, mais si... Parce que vous faites votre salut en mangeant des choux, vous vous croyez des sages. Vous mangez des goujons, un par jour, et vous pensez acheter Dieu par des goujons.

— C'est intolérable, intolérable ! » s'écria-t-on de tous côtés.

Mais cette scène scandaleuse cessa de la façon la plus inattendue. Soudain, le *starets* se leva. Alexéi, qui avait presque perdu la tête de frayeur pour lui et pour tout le monde, put cependant le soutenir par le bras. Le *starets* se dirigea du côté de Dmitri Fiodorovitch et, arrivé tout près, s'agenouilla devant lui. Aliocha le crut tombé de faiblesse, mais il n'en était rien. Une fois à genoux le *starets* se prosterna aux pieds de Dmitri Fiodorovitch en un profond salut, précis et conscient, son front effleura même la terre. Aliocha fut tellement stupéfait qu'il ne l'aida même pas à se relever. Un faible sourire flottait sur ses lèvres.

« Pardonnez, pardonnez tous ! » proféra-t-il en saluant ses hôtes de tous les côtés.

Dmitri Fiodorovitch demeura quelques instants comme pétrifié ; se prosterner devant lui, que signifiait cela ? Enfin, il s'écria : « ô mon Dieu ! », se couvrit le visage de ses mains et s'élança hors de la chambre. Tous les hôtes le suivirent à la file, si troublés qu'ils en oublièrent de prendre congé du maître de la maison et de le saluer. Seuls les religieux s'approchèrent pour recevoir sa bénédiction.

. . . .

« Pourquoi s'est-il prosterné, est-ce un symbole quelconque ? Fiodor Pavlovitch, soudain calmé, essayait ainsi d'entamer une conversation, n'osant, d'ailleurs, s'adresser à personne en particulier. Ils franchissaient à ce moment l'enceinte de l'ermitage.

— Je ne réponds pas des aliénés, répondit aussitôt Piotr Alexandrovitch avec aigreur ; en revanche, je me débarrasse de votre compagnie, Fiodor Pavlovitch, et croyez que c'est pour toujours. Où est ce moine de tantôt ?... »

« Ce moine », c'est-à-dire celui qui les avait invités à dîner chez le Père Abbé, ne s'était pas fait attendre. Il s'était joint aux hôtes au moment où ceux-ci descendaient le perron, et semblait les avoir guettés tout le temps.

« Ayez la bonté, mon Révérend Père, d'assurer le Père Abbé de mon profond respect, et de lui présenter mes excuses ; par suite de circonstances imprévues, il m'est impossible, malgré tout mon désir, de me rendre à son invitation, déclara Piotr Alexandrovitch au moine avec irritation.

— La circonstance imprévue, c'est moi ! intervint aussitôt Fiodor Pavlovitch. Écoutez, mon Père, Piotr Alexandrovitch ne veut pas rester avec moi, sinon il ne se serait pas fait prier. Allez-y, Piotr Alexandrovitch, et bon appétit ! C'est moi qui me dérobe, et non vous. Je retourne chez moi ; là-bas je pourrai manger, ici je m'en sens incapable, mon bien-aimé parent.

— Je ne suis pas votre parent, je ne l'ai jamais été, vil individu.

— Je l'ai dit exprès pour vous faire enrager, parce que vous répudiez cette parenté, bien que vous soyez mon parent, malgré vos grands airs, je vous le prouverai par l'almanach ecclésiastique. Je t'enverrai la voiture, Ivan, reste aussi, si tu veux. Piotr Alexandrovitch, les convenances vous ordonnent de vous présenter chez le Père Abbé ; il faut s'excuser des sottises que nous avons faites là-bas.

— Est-il vrai que vous partiez ? Ne mentez-vous pas ?

— Piotr Alexandrovitch, comment l'oserais-je, après ce qui s'est passé ! Je me suis laissé entraîner, messieurs, pardonnez-moi ! En outre, je suis bouleversé ! Et j'ai honte. Messieurs, on peut avoir le cœur d'Alexandre de Macédoine ou celui d'un petit chien. Je ressemble au petit chien Fidèle. Je suis devenu timide. Eh bien, comment aller encore dîner après une telle escapade, ingurgiter les ragoûts du monastère ? J'ai honte, je ne peux pas, excusez-moi ! »

« Le diable sait de quoi il est capable ! N'a-t-il pas l'intention de nous tromper ? » Mioussov s'arrêta, irrésolu, suivant d'un regard perplexe le bouffon qui s'éloignait.

Celui-ci se retourna, et voyant que Piotr Alexandrovitch l'observait, lui envoya de la main un baiser.

« Vous allez chez le Père Abbé ? demanda Mioussov à Ivan Fiodorovitch d'un ton saccadé.

— Pourquoi pas ? il m'a fait spécialement inviter dès hier.

— Par malheur, je me sens vraiment presque obligé de paraître à ce maudit dîner, continua Mioussov sur le même ton d'irritation amère, sans même prendre garde que le moinillon l'écoutait. Il faut au moins nous excuser de ce qui s'est passé et expliquer que ce n'est pas nous... Qu'en pensez-vous ?

— Oui, il faut expliquer que ce n'est pas nous. De plus, mon père n'y sera pas, observa Ivan Fiodorovitch.

— Il ne manquerait plus que votre père y fût ! Le maudit dîner ! »

Pourtant tous s'y rendaient. Le moinillon écoutait en silence. En traversant le bois, il fit remarquer que le Père Abbé attendait depuis longtemps et qu'on était en retard de plus d'une demi-heure. On ne lui répondit pas. Mioussov considéra Ivan Fiodorovitch d'un air de haine :

« Il va au dîner comme si rien ne s'était passé, songeait-il. Un front d'airain et une conscience de Karamazov ! »

VII

UN SÉMINARISTE AMBITIEUX

Aliocha conduisit le *starets* dans sa chambre à coucher et le fit asseoir sur le lit. C'était une très petite pièce, avec le mobilier indispensable ; le lit de fer étroit n'avait qu'une couche de feutre en guise de matelas. Dans un coin, sur un lutrin, près des icônes, reposaient la croix et l'Évangile. Le *starets* se laissa choir à bout de forces ; ses yeux brillaient, il haletait. Une fois assis, il regarda fixement Aliocha, comme s'il méditait quelque chose.

« Va, mon cher, va, Porphyre me suffit, dépêche-toi. On a besoin de toi chez le Père Abbé ; tu serviras à table.

— Permettez-moi de rester, proféra Aliocha d'une voix suppliante.

— Tu es plus nécessaire là-bas. La paix n'y règne pas. Tu serviras et tu t'y rendras utile. Viennent les mauvais esprits, récite une prière, sache, mon fils (le *starets* aimait à l'appeler ainsi), qu'à l'avenir ta place ne sera pas ici. Rappelle-toi cela, jeune homme. Dès que Dieu m'aura jugé digne de paraître devant lui, quitte le monastère. Pars tout à fait. »

Aliocha tressaillit.

« Qu'as-tu ? Ta place n'est pas ici pour le moment. Je te bénis en vue d'une grande tâche à accomplir dans le monde. Tu pérégrineras longtemps. Tu devras te marier, il le faut. Tu devras tout supporter jusqu'à ce que tu reviennes. Il y aura beaucoup à faire. Mais je ne doute pas de toi, voilà pourquoi je t'envoie. Que le Christ soit avec toi ! Garde-Le et Il te gardera. Tu éprouveras une grande douleur et en même temps tu seras heureux. Telle est ta vocation : chercher le bonheur dans la douleur. Travaille, travaille sans cesse. Rappelle-toi mes paroles ; je m'entretiendrai encore avec toi, mais mes jours et même mes heures sont comptés. »

Une vive agitation se peignit sur le visage d'Aliocha. Ses lèvres tremblaient.

« Qu'as-tu de nouveau ? sourit doucement le *starets*. Que les mondains pleurent leurs morts ; ici nous nous réjouissons quand un Père agonise. Nous nous réjouissons et nous prions pour lui. Laisse-moi. Je dois prier. Va et dépêche-toi. Demeure auprès de tes frères, et non pas seulement auprès de l'un, mais de tous les deux. »

Le *starets* leva la main pour le bénir. Bien qu'il eût grande envie de rester, Aliocha n'osa faire aucune objection, ni demander ce que signifiait ce prosternement devant son frère

Dmitri. Il savait que s'il l'avait pu, le *starets* le lui eût expliqué de lui-même ; s'il se taisait, c'est qu'il ne voulait rien dire. Or, ce salut jusqu'à terre avait stupéfié Aliocha ; il y voyait un sens mystérieux. Mystérieux et peut-être terrible. Une fois hors de l'enceinte de l'ermitage, son cœur se serra et il dut s'arrêter : il lui semblait entendre de nouveau les paroles du *starets* prédisant sa fin prochaine. Ce qu'avait prédit le *starets* avec une telle exactitude devait certainement s'accomplir, Aliocha le croyait aveuglément. Mais comment demeurerait-il sans lui, sans le voir ni l'entendre ? Et où irait-il ? On lui ordonnait de ne pas pleurer et de quitter le monastère. Seigneur ! Depuis longtemps Aliocha n'avait ressenti une pareille angoisse. Il traversa rapidement le bois qui séparait l'ermitage du monastère et, incapable de supporter les pensées qui l'accablaient, il se mit à contempler les pins séculaires qui bordaient le sentier. Le trajet n'était pas long, cinq cents pas au plus ; on ne pouvait rencontrer personne à cette heure, mais au premier tournant il aperçut Rakitine. Celui-ci attendait quelqu'un.

« Serait-ce moi que tu attends ? demanda Aliocha quand il l'eut rejoint.

— Précisément, dit Rakitine en souriant. Tu te dépêches d'aller chez le Père Abbé. Je sais ; il donne à dîner. Depuis le jour où il a reçu l'évêque et le général Pakhatov, tu te rappelles, il n'y avait pas eu un pareil festin. Je n'y serai pas, mais toi, vas-y, tu serviras les plats. Dis-moi, Alexéi, je voulais te demander ce que signifie ce songe.

— Quel songe ?

— Mais ce prosternement devant ton frère Dmitri. Et comme il s'est cogné le front !

— Tu parles du Père Zosime ?

— Oui.

— Le front ?

— Ah ! Je me suis exprimé irrévérencieusement ! Ça ne fait rien. Eh bien, que signifie ce songe ?

— Je l'ignore, Micha[1].

— J'étais sûr qu'il ne te l'expliquerait pas. Ça n'a rien
d'étonnant, ce sont toujours les mêmes saintes balivernes.
Mais le tour était joué à dessein. Maintenant les bigots vont
en parler dans la ville et le colporter dans la province : « Que
signifie ce songe ? » A mon avis, le vieillard est perspicace ; il
a flairé un crime. Cela empeste, chez vous.

— Quel crime ? »

Rakitine voulait évidemment se délier la langue.

« C'est dans votre famille qu'il aura lieu, ce crime. Entre
tes frères et ton riche papa. Voilà pourquoi le père Zosime
s'est cogné le front à tout hasard. Ensuite, qu'arrivera-t-il ?
« Ah ! cela avait été prédit par le saint ermite ; il a prophé-
tisé. » Pourtant, quelle prophétie y a-t-il à s'être cogné le
front ? Non dira-t-on, c'est un symbole, une allégorie, Dieu
sait quoi encore ! Ce sera divulgué et rappelé : il a deviné le
crime, désigné le criminel. Les « innocents » agissent toujours ainsi ; ils font sur le cabaret le signe de la croix et
lapident le temple. De même ton *starets* : pour un sage des
coups de bâton, mais devant un assassin, des courbettes.

— Quel crime ? Devant quel assassin ? Qu'est-ce que tu
racontes ? »

Aliocha resta comme cloué sur place, Rakitine s'arrêta
également.

« Lequel ? Comme si tu ne savais pas ! Je parie que tu y as
déjà pensé. A propos, c'est curieux ; écoute, Aliocha, tu dis
toujours la vérité bien que tu t'assoies toujours entre deux
chaises ; y as-tu pensé ou non ? réponds.

— J'y ai pensé », répondit Aliocha à voix basse.

Rakitine se troubla.

« Comment, toi aussi tu y as déjà pensé ? s'écria-t-il.

— Je... ce n'est pas que j'y aie pensé, murmura Aliocha,
mais tu viens de dire si à propos des choses si étranges qu'il
m'a semblé l'avoir pensé moi-même.

— Tu vois, tu vois. Aujourd'hui, en regardant ton père et

ton frère Mitia, tu as songé à un crime. Donc, je ne me trompe pas ?

— Attends, attends un peu, l'interrompit Aliocha troublé. A quoi vois-tu tout cela ? Et d'abord, pourquoi cela t'intéresse-t-il tant ?

— Deux questions différentes, mais naturelles. Je répondrai à chacune séparément. A quoi je le vois ? Je n'aurais rien vu, si je n'avais compris aujourd'hui Dmitri Fiodorovitch, ton frère, d'un seul coup et en entier, tel qu'il est, d'après une certaine ligne. Chez ces gens très honnêtes, mais sensuels, il y a une ligne qu'il ne faut pas franchir. Autrement, il frappera même son père avec un couteau. Or, son père est un ivrogne et un débauché effréné, qui n'a jamais connu la mesure en rien ; aucun des deux ne se contiendra, et vlan, tous les deux dans le fossé.

— Non, Micha, si ce n'est que cela, tu me réconfortes. Cela n'ira pas si loin.

— Mais pourquoi trembles-tu tant ? Sais-tu pourquoi ? Pour honnête homme que soit ton Mitia (car il est bête, mais honnête), c'est avant tout un sensuel. Voilà le fond de sa nature. Son père lui a transmis son abjecte sensualité... Dis-moi, Aliocha, il y a une chose qui m'étonne : comment se fait-il que tu sois vierge ? Tu es pourtant un Karamazov ! Dans votre famille, la sensualité va jusqu'à la frénésie... Or, ces trois êtres sensuels s'épient maintenant... le couteau dans la poche. Trois se sont cogné le front pourquoi ne serais-tu pas le quatrième ?

— Tu te trompes au sujet de cette femme. Dmitri la... méprise, proféra Aliocha frémissant.

— Grouchegnka[1] ? Non, mon cher, il ne la méprise pas. Puisqu'il a abandonné publiquement sa fiancée pour elle, c'est donc qu'il ne la méprise pas. Il y a là, mon cher, quelque chose que tu ne comprends pas encore. Qu'un homme s'éprenne du corps d'une femme, même seulement d'une partie de ce corps (un voluptueux me comprendrait tout de suite), il livrera pour elle ses propres enfants, il vendra son père, sa mère et sa patrie ; honnête, il ira voler ; doux, il assassinera ; fidèle, il trahira. Le chantre des pieds féminins, Pouchkine, les a célébrés en vers ; d'autres ne les chantent pas, mais ne peuvent les regarder de sang-froid. Mais il n'y a pas que les pieds… En pareil cas, le mépris est impuissant. Ton frère méprise Grouchegnka, mais il ne peut s'en détacher.

— Je comprends cela, lança soudain Aliocha.

— Vraiment ? Et pour l'avouer dès le premier mot, il faut absolument que tu le comprennes, déclara Rakitine avec une joie mauvaise. Cela t'a échappé par hasard, l'aveu n'en est que plus précieux. Par conséquent, la sensualité est pour toi un sujet connu, tu y as déjà songé ! Ah ! la sainte nitouche ! Tu es un saint, Aliocha, j'en conviens, mais tu es aussi une sainte nitouche, et le diable sait ce à quoi tu n'as pas déjà songé, le diable sait ce que tu connais déjà ! Tu es vierge, mais tu as déjà pénétré bien des choses. Il y a longtemps que je t'observe : tu es un Karamazov, tu l'es tout à fait ; donc, la race et la sélection signifient quelque chose. Tu es sensuel par ton père et « innocent » par ta mère. Pourquoi trembles-tu ? Aurais-je raison ? Sais-tu que Grouchegnka m'a dit : « Amène-le (c'est-à-dire toi), je lui arracherai son froc. » Et comme elle insistait, je me suis demandé pourquoi elle était si curieuse de toi. Sais-tu que c'est aussi une femme extraordinaire ?

— Tu lui diras que je n'irai pas, jure-le-moi, dit Aliocha avec un sourire contraint. Achève ton propos, Micha, je te dirai ensuite mon idée.

— A quoi bon achever, c'est bien clair ! Vieille chanson que tout cela, mon cher ; si tu as un tempérament sensuel, que sera-ce de ton frère Ivan, fils de la même mère ? Car lui aussi est un Karamazov. Or, tous les Karamazov sont de nature sensuels, âpres au gain et déments ! Ton frère Ivan s'amuse maintenant à écrire des articles de théologie, calcul

stupide, puisqu'il est athée, et il avoue cette bassesse. En
outre, il est en train de conquérir la fiancée de son frère Mitia
et paraît près du but. Comment cela ? Avec le consentement
de Mitia lui-même, parce que celui-ci lui cède sa fiancée à
seule fin de se débarrasser d'elle pour rejoindre Grouchegnka. Et tout cela, note-le, nonobstant sa noblesse et son
désintéressement. Ces individus-là sont les plus fatals. Allez-
vous y reconnaître après cela : tout en ayant conscience de sa
bassesse, il se conduit bassement ! Mais écoute la suite : un
vieillard barre la route à Mitia, son propre père. Car celui-ci
est follement épris de Grouchegnka, l'eau lui vient à la
bouche rien qu'à la regarder. C'est uniquement à cause
d'elle, parce que Mioussov avait osé la traiter de créature
dépravée, qu'il vient de faire tout ce scandale. Il est plus
amoureux qu'un chat. Auparavant, elle était seulement à son
service pour certaines affaires louches ; maintenant, après
l'avoir bien examinée, il s'est aperçu qu'elle lui plaisait, il
s'acharne après elle et lui fait des propositions, déshonnêtes
s'entend. Eh bien, c'est ici que le père et le fils se heurtent.
Mais Grouchegnka se réserve, elle hésite encore et taquine les
deux, examine lequel est le plus avantageux, car si on peut
soutirer beaucoup d'argent au père, en revanche, il n'épousera pas et finira peut-être par fermer sa bourse, tandis que ce
gueux de Mitia peut lui offrir sa main. Oui, il en est capable !
Il abandonnera sa fiancée, une beauté incomparable, Catherine Ivanovna riche, noble et fille de colonel, pour se marier
avec Grouchegnka, naguère entretenue par Samsonov, un
vieux marchand, moujik dépravé et maire de la ville. De tout
ceci, il peut vraiment résulter un conflit et un crime. C'est ce
qu'attend ton frère Ivan ; il fait ainsi coup double : il prend
possession de Catherine Ivanovna, pour laquelle il se
consume, et empoche une dot de soixante mille roubles. Pour
un pauvre hère comme lui, ce n'est pas à dédaigner. Et
remarque bien ! Non seulement, ce faisant, il n'offensera pas
Mitia, mais celui-ci lui en saura gré jusqu'à sa mort. Car je

sais de bonne source que la semaine dernière Mitia, se
trouvant ivre dans un restaurant avec des tziganes, s'est écrié
qu'il était indigne de Katineka[1], sa fiancée, mais que son
frère Ivan en était digne. Catherine Ivanovna elle-même
finira par ne pas repousser un charmeur comme Ivan
Fiodorovitch ; elle hésite déjà entre eux. Mais par quoi
diantre cet Ivan a-t-il pu vous séduire, pour que vous soyez
tous en extase devant lui ? Il se rit de vous. « Je suis aux
anges, prétend-il, et je festoie à vos dépens. »

— D'où sais-tu tout cela ? Pourquoi parles-tu avec une
telle assurance ? demanda soudain Aliocha en fronçant le
sourcil.

— Et pourquoi m'interroges-tu tout en craignant à
l'avance ma réponse ? Cela signifie que tu reconnais que j'ai
dit la vérité.

— Tu n'aimes pas Ivan. Ivan ne se laisse pas séduire par
l'argent.

— Vraiment ? Et la beauté de Catherine Ivanovna ? Il ne
s'agit pas seulement d'argent, bien que soixante mille roubles
soient fort attrayants.

— Ivan regarde plus haut. Des milliers de roubles ne
l'éblouiraient pas. Ce n'est ni l'argent, ni la tranquillité qu'il
recherche. Ivan cherche peut-être la souffrance.

— Qu'est-ce encore que ce songe ? Eh, vous autres...
nobliaux !

— Micha, son âme est impétueuse, et son esprit captif. Il
y a en lui une grande pensée dont il n'arrive pas à trouver la
clef. Il est de ceux qui n'ont pas besoin de millions, mais de
résoudre leur pensée.

— C'est un plagiat, Aliocha, tu paraphrases ton *starets*.
Ivan vous a proposé une énigme ! cria avec une visible
animosité Rakitine dont le visage s'altéra et les lèvres se
contractèrent. Et une énigme stupide, il n'y a rien à deviner.
Fais un petit effort et tu comprendras. Son article est ridicule
et inepte. Je viens de l'entendre développer son absurde

théorie : « Pas d'immortalité de l'âme, donc pas de vertu, ce qui veut dire que tout est permis. » Tu te rappelles que ton frère Mitia s'est écrié : « Je m'en souviendrai ! » C'est une théorie séduisante pour les gredins, non, pas les gredins, j'ai tort de m'emporter, mais les fanfarons de l'école doués d' « une profondeur de pensée insoluble ». C'est un hâbleur, et sa sotte théorie n'est pas autre chose que « bonnet blanc et blanc bonnet ». D'ailleurs, sans croire à l'immortalité de l'âme, l'humanité trouve en elle-même la force de vivre pour la vertu. Elle la puise dans son amour de la liberté, de l'égalité, de la fraternité... »

Ratikine, qui s'était échauffé, avait peine à se contenir. Mais tout à coup il s'arrêta, comme s'il se rappelait quelque chose.

« Eh bien, en voilà assez ! fit-il avec un sourire encore plus contraint. Pourquoi ris-tu ? Tu penses que je suis un pied plat ?

— Non, je n'y songeais même pas. Tu es intelligent, mais... Laissons cela, j'ai souri par bêtise. Je comprends que tu t'échauffes, Micha. J'ai deviné à ton emballement que Catherine Ivanovna te plaisait. D'ailleurs, il y a longtemps que je m'en doutais. Voilà pourquoi tu n'aimes pas Ivan. Tu es jaloux de lui ?

— Et aussi de son argent, à elle ? Va jusqu'au bout.

— Non, je ne veux pas t'offenser.

— Je le crois, puisque tu le dis, mais que le diable vous emporte toi et ton frère Ivan ! Aucun de vous ne comprend que, Catherine Ivanovna mise à part, il est fort peu sympathique. Quelle raison aurais-je de l'aimer, sapristi ? Il me fait l'honneur de m'injurier. N'ai-je pas le droit de lui rendre la pareille ?

— Je ne l'ai jamais entendu dire ni bien ni mal de toi.

— Eh bien, on m'a rapporté qu'avant-hier, chez Catherine Ivanovna, il m'a arrangé de la belle manière, tant il s'intéressait à votre serviteur. Après cela, j'ignore, mon cher, lequel est jaloux de l'autre. Il lui a plu d'insinuer que si je ne me résigne pas à la carrière d'archimandrite, si je ne prends pas le froc dans un avenir fort rapproché, je partirai pour Pétersbourg, j'entrerai dans une grande revue en qualité de critique, et finirai au bout d'une dizaine d'années par devenir propriétaire de la revue. Je lui imprimerai alors une tendance libérale et athée, voire un certain vernis de socialisme, mais en prenant mes précautions, c'est-à-dire en nageant entre deux eaux et en donnant le change aux imbéciles. Toujours d'après ton frère, malgré cette teinte de socialisme, je placerai mes bénéfices à la banque, spéculerai à l'occasion par l'entremise d'un juivaillon quelconque, et me ferai finalement bâtir une maison de rapport où j'installerai ma rédaction. Il a même désigné l'emplacement de cet immeuble : ce sera près du nouveau pont de pierre que l'on projette, paraît-il, entre la Perspective Liteinaïa et le quartier de Wyborg…

— Ah ! Micha, cela se réalisera peut-être de point en point ! s'écria Aliocha, qui ne put retenir un rire joyeux.

— Et vous aussi vous raillez, Alexéi Fiodorovitch !

— Non, non, je plaisante, excuse-moi. Je pensais à tout autre chose. Mais, dis-moi, qui a pu te communiquer tous ces détails ? Tu n'étais pas chez Catherine Ivanovna, quand il parlait de toi ?

— Non, mais Dmitri Fiodorovitch s'y trouvait et je l'ai entendu le répéter, c'est-à-dire que j'ai écouté malgré moi, dissimulé dans la chambre à coucher de Grouchegnka, d'où je ne pouvais sortir en sa présence.

— Ah ! oui, j'oubliais, c'est ta parente.

— Ma parente ? Cette Grouchegnka serait ma parente ? s'écria Rakitine tout rouge. As-tu perdu l'esprit ? Tu as le cerveau dérangé.

— Comment ? Ce n'est pas ta parente ? Je l'ai entendu dire.

— Où cela ? Ah ! messieurs Karamazov, vous prenez des airs de haute et vieille noblesse, alors que ton père faisait le bouffon à la table d'autrui et figurait par grâce à la cuisine. Je ne suis qu'un fils de pope, un vil roturier, à côté de vous, soit, mais ne m'insultez pas avec un si joyeux sans-gêne ! J'ai aussi mon honneur, Alexéi Fiodorovitch. Je ne saurais être le parent d'une fille publique ! »

Ratikine était violemment surexcité.

« Excuse-moi, je t'en supplie... Je n'aurais jamais cru, d'ailleurs, qu'elle fût vraiment... une fille, repartit Aliocha devenu cramoisi. Je te le répète, on m'a dit que c'était ta parente. Tu vas souvent chez elle et tu m'as dit toi-même qu'il n'y avait rien entre vous... Je n'aurais jamais cru que tu la méprisais tant ! Le mérite-t-elle vraiment ?

— Si je la fréquente, c'est que j'ai mes raisons pour cela, mais en voilà assez. Quant à la parenté, c'est plutôt dans ta famille que ton frère ou même ton père la feraient entrer. Mais nous voici arrivés. Va vite à la cuisine... Eh ! qu'est-ce qu'il y a ? Qu'arrive-t-il ? Serions-nous en retard ? Mais il ne peuvent pas avoir déjà fini ! A moins que les Karamazov n'aient encore fait des leurs ? Ce doit être cela. Voici ton père, et Ivan Fiodorovitch qui le suit. Ils se sont sauvés de chez le Père Abbé. Voilà le Père Isidore sur le perron qui crie quelque chose dans leur direction. Et ton père qui agite les bras en hurlant sans doute des injures. Voilà Mioussov qui part en calèche ; tu le vois filer. Maximov court comme un dératé. C'est un vrai scandale ; le dîner n'a pas eu lieu ! Auraient-ils battu le Père Abbé ? Les aurait-on rossés ? Ils l'auraient bien mérité !... »

Rakitine avait deviné juste : un scandale inouï s'était déroulé comme « par inspiration ».

VIII

UN SCANDALE

Lorsque Mioussov et Ivan Fiodorovitch arrivèrent chez le
Père Abbé, Piotr Alexandrovitch — qui était un galant
homme — eut honte de sa récente colère. Il comprit qu'au
lieu de s'emporter, il aurait dû estimer à sa juste valeur le
pitoyable Fiodor Pavlovitch, et conserver tout son sang-
froid. « Les moines n'ont rien à se reprocher, décida-t-il
soudain sur le perron de l'Abbé ; s'il y a ici des gens comme il
faut (le Père Nicolas, l'Abbé, appartient, paraît-il, à la
noblesse), pourquoi ne me montrerais-je pas aimable avec
eux ? Je ne discuterai pas, je ferai même chorus, je gagnerai
leur sympathie... enfin, je leur prouverai que je ne suis pas le
compère de cet Ésope, de ce bouffon, de ce saltimbanque, et
que j'ai été trompé tout comme eux... »

Il résolut de leur céder définitivement et sur l'heure ses
droits de coupe et de pêche — et cela d'autant plus volontiers
qu'il s'agissait en fait d'une bagatelle.

Ces bonnes intentions s'affirmèrent encore lorsqu'ils entrèrent dans la salle à manger du Père Abbé. Ce n'en était pas
une, à vrai dire, car il n'avait en tout que deux pièces à lui,
d'ailleurs beaucoup plus spacieuses et plus commodes que
celles du *starets*. L'ameublement ne brillait pas par le
confort : les meubles étaient d'acajou et recouverts en cuir, à
l'ancienne mode de 1820, les planchers n'étaient même pas
peints ; en revanche, tout reluisait de propreté, il y avait aux
fenêtres beaucoup de fleurs chères ; mais la principale
élégance résidait en ce moment dans la table servie avec une
somptuosité relative. La nappe était immaculée, la vaisselle
étincelait ; sur la table reposaient trois sortes d'un pain
parfaitement cuit [1], deux bouteilles de vin, deux pots de
l'excellent hydromel du monastère et une grande carafe

pleine d'un *kvass* [1] réputé aux environs ; il n'y avait pas de *vodka* [2]. Rakitine raconta par la suite que le dîner comprenait cette fois cinq plats : une soupe au sterlet avec des bouchées au poisson ; un poisson au court-bouillon, accommodé d'après une recette spéciale et délicieuse ; des quenelles d'esturgeon ; des glaces et de la compote ; enfin du *kissel* [3] en manière de blanc-manger.

Incapable de se contenir, Rakitine avait flairé tout cela et jeté un coup d'œil à la cuisine du Père Abbé, où il avait des relations. Il en possédait d'ailleurs partout et apprenait ainsi tout ce qu'il voulait savoir. C'était un cœur tourmenté, envieux. Il avait pleine conscience de ses dons indiscutables, et s'en faisait même, dans sa présomption, une idée exagérée. Il se savait destiné à jouer un rôle ; mais Aliocha, qui lui était fort attaché, s'affligeait de le voir dépourvu de conscience, et cela sans que le malheureux s'en rendît compte lui-même ; sachant en effet qu'il ne déroberait jamais de l'argent à sa portée, Rakitine s'estimait parfaitement honnête. A cet égard, ni Aliocha ni personne n'auraient pu lui ouvrir les yeux.

Rakitine était un trop mince personnage pour figurer aux repas ; en revanche, le Père Joseph et le Père Païsius avaient été invités, ainsi qu'un autre religieux. Ils attendaient déjà dans la salle à manger lorsque Piotr Alexandrovitch, Kalganov et Ivan Fiodorovitch firent leur entrée. Le propriétaire Maximov se tenait à l'écart. Le Père Abbé s'avança au milieu de la pièce pour accueillir ses invités. C'était un grand vieillard maigre, mais encore vigoureux, aux cheveux noirs déjà grisonnants, au long visage émacié et grave. Il salua ses hôtes en silence, et ceux-ci vinrent cette fois recevoir sa bénédiction, Mioussov tenta même de lui baiser la main, mais l'Abbé prévint son geste en la retirant. Ivan Fiodorovitch et Kalganov allèrent jusqu'au bout, faisant claquer leurs lèvres à la façon des gens du peuple.

« Nous devons vous faire toutes nos excuses, mon Révérend Père, commença Piotr Alexandrovitch avec un gracieux sourire, mais d'un ton grave et respectueux, car nous arrivons seuls, sans notre compagnon Fiodor Pavlovitch, que vous aviez invité ; il a dû renoncer à nous accompagner et non sans cause. Dans la cellule du Révérend Père Zosime, emporté par sa malheureuse querelle avec son fils, il a prononcé quelques paroles fort déplacées... fort inconvenantes... ce dont Votre Révérence doit avoir déjà connaissance, ajouta-t-il avec un regard du côté des religieux. Aussi, conscient de sa faute et la déplorant sincèrement, il a éprouvé une honte insurmontable et nous a priés, son fils Ivan et moi, de vous exprimer son sincère regret, sa contrition, son repentir... Bref, il espère tout réparer par la suite ; pour le moment il implore votre bénédiction et vous prie d'oublier ce qui s'est passé... »

Mioussov se tut. Arrivé vers la fin de sa tirade, il se sentit si parfaitement content de lui, qu'il en oublia sa récente irritation. Il éprouvait de nouveau un vif et sincère amour pour l'humanité. Le Père Abbé, qui l'avait écouté gravement, inclina la tête et répondit :

« Je regrette vivement son absence. Participant à ce repas, peut-être nous eût-il pris en affection, et nous de même. Messieurs, veuillez prendre place. »

Il se plaça devant l'image et commença une prière. Tous s'inclinèrent respectueusement, et le propriétaire Maximov se plaça même en avant, les mains jointes, en signe de particulière dévotion.

Ce fut alors que Fiodor Pavlovitch vida son sac. Il faut noter qu'il avait eu vraiment l'intention de partir et compris l'impossibilité, après sa honteuse conduite chez le *starets*, d'aller dîner chez le Père Abbé comme si de rien n'était. Ce n'est pas qu'il eût grande honte et se fît d'amers reproches, tout bien au contraire ; néanmoins il sentait l'inconvenance d'aller dîner. Mais à peine sa calèche aux ressorts gémissants fut-elle avancée au perron de l'hôtellerie, qu'il s'arrêta avant

d'y monter. Il se rappela ses propres paroles chez le *starets*.
« Quand je vais chez les gens, il me semble toujours que je
suis le plus vil de tous et que tous me prennent pour un
bouffon ; alors je me dis : faisons vraiment le bouffon, car
tous, jusqu'au dernier, vous êtes plus bêtes et plus vils que
moi. » Il voulait se venger sur tout le monde de ses propres
vilenies. Il se rappela soudain qu'un beau jour, comme on lui
demandait : « Pourquoi détestez-vous tant telle personne ? »
il avait répondu dans un accès d'effronterie bouffonne :
« Elle ne m'a rien fait, c'est vrai ; mais moi, je lui ai joué un
vilain tour et aussitôt après j'ai commencé à la détester. » Ce
souvenir lui arracha un mauvais rire silencieux. Les yeux
étincelants, les lèvres tremblantes, il eut une minute d'hésitation. Mais soudain : « Puisque j'ai commencé, il faut aller
jusqu'au bout », décida-t-il. « Je ne saurais me réhabiliter ;
narguons-les donc jusqu'à l'impudence ; je me fous de vous et
basta ! »

Il ordonna au cocher d'attendre et retourna à grands pas au
monastère, droit chez le Père Abbé. Il ignorait encore ce qu'il
ferait, mais il savait qu'il ne se possédait plus, que la moindre
impulsion lui ferait commettre quelque indigne sortie, sinon
quelque délit dont il aurait à répondre devant les tribunaux.
En effet, il ne dépassait jamais certaines limites, ce qui ne
laissait pas de le surprendre.

Il parut dans la salle à manger au moment où, la prière
finie, on allait se mettre à table. Il s'arrêta sur le seuil,
examina la compagnie en fixant les gens bien en face et éclata
d'un rire prolongé, impudent.

« Ils me croyaient parti, et me voilà ! » cria-t-il d'une voix
retentissante.

Les assistants le considérèrent un instant en silence, et
soudain tous sentirent qu'un scandale était inévitable. Piotr
Alexandrovitch passa brusquement de la quiétude à la plus
méchante humeur. Sa colère éteinte se ralluma, son indignation apaisée gronda tout d'un coup.

« Non, je ne puis supporter cela ! hurla-t-il. J'en suis incapable, absolument incapable ! »

Le sang lui montait à la tête. Il s'embrouillait, mais ce n'était pas le moment de faire du style, et il prit son chapeau.

« De quoi est-il incapable ? s'écria Fiodor Pavlovitch. Votre Révérence, dois-je entrer ou non ? M'acceptez-vous comme convive ?

— Nous vous en prions de tout cœur, répondit l'Abbé. Messieurs, ajouta-t-il, je vous supplie de laisser en repos vos querelles fortuites, de vous réunir dans l'amour et l'entente fraternelle, en implorant le Seigneur, à notre paisible table.

— Non, non, c'est impossible, cria Piotr Alexandrovitch, hors de lui.

— Ce qui est impossible à Piotr Alexandrovitch l'est également à moi : je ne resterai pas. C'est pourquoi je suis venu. Je ne vous quitte plus d'une semelle, Piotr Alexandrovitch : si vous vous en allez, je m'en vais, si vous restez, je reste. Vous l'avez piqué par-dessus tout en parlant d'entente fraternelle, Père Abbé ; il ne veut pas s'avouer mon parent. N'est-ce pas, von Sohn ? Tiens, voilà von Sohn. Bonjour, von Sohn.

— C'est à moi que... murmura Maximov stupéfait.

— A toi, bien sûr. Votre Révérence, savez-vous qui est von Sohn ? C'est le héros d'une cause célèbre : on l'a tué dans un lupanar — c'est ainsi, je crois, que vous appelez ces endroits —, tué et dépouillé, puis, malgré son âge respectable, fourré dans une caisse et expédié de Pétersbourg à Moscou dans le fourgon aux bagages, avec une étiquette. Et pendant l'opération, les filles de joie chantaient des chansons et jouaient du tympanon, c'est-à-dire du piano. Eh bien, ce personnage n'est autre que von Sohn, ressuscité d'entre les morts ; n'est-ce pas, von Sohn ?

— Qu'est-ce à dire ? s'écrièrent plusieurs voix dans le groupe des religieux.

— Allons-nous-en, jeta Piotr Alexandrovitch à Kalganov.

— Non, permettez, glapit Fiodor Pavlovitch, faisant encore un pas dans la chambre, laissez-moi terminer. Là-bas, dans la cellule du *starets*, vous m'avez blâmé d'avoir soi-disant perdu le respect, et cela parce que j'avais parlé de goujons. Piotr Alexandrovitch Mioussov, mon parent, aime qu'il y ait dans le discours *plus de noblesse que de sincérité*[1] ; moi, au contraire, j'aime que mon discours ait *plus de sincérité que de noblesse*, et tant pis pour la *noblesse !* N'est-ce pas, von Sohn ? Permettez, Père Abbé, bien que je sois un bouffon et que j'en tienne le rôle, je suis un chevalier de l'honneur, et je tiens à m'expliquer. Oui, je suis un chevalier de l'honneur, tandis que chez Piotr Alexandrovitch il n'y a que de l'amour-propre offensé. Je suis venu ici, voyez-vous, pour observer ce qui s'y passe et vous dire ma façon de penser. Mon fils Alexéi fait son salut chez vous ; je suis père, je me préoccupe de son sort et c'est mon devoir. Tandis que je me donnais en représentation, j'écoutais tout, je regardais sans avoir l'air, et maintenant je veux vous offrir le dernier acte de la représen-tation. D'ordinaire, chez nous, ce qui tombe reste étendu à jamais. Mais MOI, je veux me relever. Mes Pères, je suis indigné de votre façon d'agir. La confession est un grand sacrement que je vénère, devant lequel je suis prêt à me prosterner ; or, là-bas, dans la cellule, tout le monde s'agenouille et se confesse à haute voix. Est-il permis de se confesser à haute voix ? De toute antiquité les saints Pères ont institué la confession auriculaire et secrète. En effet, com-ment puis-je expliquer devant tout le monde que moi, par exemple, je... ceci et cela, enfin, vous comprenez ? Il est parfois indécent de révéler certaines choses. N'est-ce pas un scandale ? Non, mes Pères, avec vous on peut être entraîné dans la secte des *Khlysty*...[2] A la première occasion, j'écrirai au Synode ; en attendant je retire mon fils de chez vous. »

Notez que Fiodor Pavlovitch avait entendu le son de certaines cloches. A en croire des bruits malveillants, parve-nus naguère jusqu'à l'oreille des autorités ecclésiastiques, dans les monastères où subsistait cette institution on témoignait aux *startsy* un respect exagéré, au préjudice de la dignité de l'Abbé ; ils abusaient du sacrement de la confession ; etc. Accusations ineptes, qui tombèrent d'elles-mêmes, chez nous comme partout. Mais le démon, qui s'était emparé de Fiodor Pavlovitch et l'emportait toujours plus loin dans un abîme de honte, lui avait soufflé cette accusation, à laquelle d'ailleurs il ne comprenait goutte. Il n'avait même pas su la formuler convenablement, d'autant plus que cette fois, dans la cellule du *starets*, personne ne s'était ni agenouillé ni confessé à haute voix. Fiodor Pavlovitch n'avait donc rien pu voir de pareil et rééditait tout bonnement les anciens commérages qu'il se rappelait tant bien que mal. Cette sottise à peine débitée, il en sentit l'absurdité et voulut aussitôt prouver à ses auditeurs, et surtout à lui-même, qu'il n'avait rien dit d'absurde. Et, bien qu'il sût parfaitement que tout ce qu'il dirait ne ferait qu'aggraver cette absurdité, il ne put se contenir et glissa comme sur une pente.

« Quelle vilenie ! cria Piotr Alexandrovitch.

— Excusez, dit soudain le Père Abbé. Il a été dit autrefois : « On a commencé à parler beaucoup de moi, et même à en dire du mal. Après avoir tout écouté, je me dis : c'est un remède envoyé par Jésus pour guérir mon âme vaniteuse. » Aussi nous vous remercions humblement, très cher hôte. »

Et il fit un profond salut à Fiodor Pavlovitch.

« Ta, ta, ta. Bigoterie que tout cela. Vieilles phrases et vieux gestes. Vieux mensonges et formalisme des saluts jusqu'à terre ! Nous les connaissons, ces saluts ! « Un baiser aux lèvres et un poignard au cœur », comme dans les *Brigands* de Schiller. Je n'aime pas la fausseté, mes Pères ; c'est la vérité que je veux ! Mais la vérité ne tient pas dans les goujons, et je l'ai proclamé ! Moines, pourquoi jeûnez-vous ? Pourquoi en attendez-vous une récompense au ciel ? Pour une telle récompense, moi aussi je suis prêt à jeûner ! Non, saint moine, sois vertueux dans la vie, sers la société sans t'enfermer dans un monastère où l'on te défraie de tout et sans attendre de récompense là-haut : ce qui sera plus méritoire ! Comme vous voyez, je sais aussi faire des phrases, Père Abbé... Qu'ont-ils là ? continua-t-il en s'approchant de la table. Du porto vieux de chez Fartori, du médoc de chez les Frères Iélisséiev[1] ! Eh, eh, mes bons Pères, voilà qui ne ressemble pas aux goujons ! Regardez-moi ces bouteilles, hé, hé ! Mais qui vous a procuré tout cela ? C'est le paysan russe, le travailleur qui vous apporte son offrande gagnée avec ses mains calleuses, enlevée à sa famille et aux besoins de l'État ! Vous exploitez le peuple, mes Révérends !

— C'est vraiment indigne de votre part », proféra le Père Joseph.

Le Père Païsius gardait un silence obstiné. Mioussov s'élança hors de la chambre, suivi de Kalganov.

« Eh bien, mes Pères, je vais suivre Piotr Alexandrovitch ! Je ne reviendrai plus, dussiez-vous m'en prier à genoux ; non, plus jamais ! Je vous ai envoyé mille roubles et cela vous a fait ouvrir de grands yeux, hé, hé ! Mais je n'ajouterai rien. Je venge ma jeunesse passée et les humiliations endurées ! — Il frappa du poing sur la table, dans un accès de feinte indignation. — Ce monastère a joué un grand rôle dans ma vie. Que de larmes amères j'ai versées à cause de lui ! Vous avez tourné contre moi ma femme, la possédée. Vous m'avez chargé de malédictions, décrié dans le voisinage ! En voilà assez, mes Révérends, nous vivons à une époque libérale, au siècle des bateaux à vapeur et des chemins de fer. Vous n'aurez rien de moi, ni mille roubles, ni cent, même pas un ! »

Notez encore que jamais notre monastère n'avait tenu une telle place dans sa vie, que jamais il ne lui avait fait verser de larmes amères. Mais Fiodor Pavlovitch s'était tellement emballé à propos de ces larmes imaginaires qu'il fut bien près d'y croire ; il en aurait pleuré d'attendrissement ! Il sentit cependant qu'il était temps de faire machine arrière. Pour toute réponse à son haineux mensonge, le Père Abbé inclina la tête et prononça de nouveau d'un ton grave :

« Il est encore écrit : « Supporte patiemment la calomnie dont tu es victime et ne te trouble pas, loin de détester celui qui en est l'auteur. » Nous agirons en conséquence.

— Ta, ta, ta, le beau galimatias ! Continuez, mes Pères, moi je m'en vais. Je reprendrai définitivement mon fils Alexéi en vertu de mon autorité paternelle. Ivan Fiodorovitch, mon très révérencieux fils, permettez-moi de vous ordonner de me suivre ! Von Sohn, à quoi bon rester ici ? Viens chez moi : ce n'est qu'à une verste d'ici ; on ne s'y ennuie pas ; au lieu d'huile de lin, je te donnerai un cochon de lait farci au sarrasin ; je t'offrirai du cognac, des liqueurs ; il y aura même une jolie fille... Hé, von Sohn, ne laisse pas passer ton bonheur ! »

Il sortit en criant et en gesticulant. C'est à ce moment que Rakitine l'aperçut et le désigna à Aliocha.

« Alexéi, lui cria son père de loin, viens t'installer chez moi dès aujourd'hui ; prends ton oreiller, ton matelas, et qu'il ne reste rien de toi ici. »

Aliocha s'arrêta comme pétrifié, observant attentivement cette scène, sans souffler mot. Fiodor Pavlovitch monta en calèche, suivi d'Ivan Fiodorovitch, silencieux et morne, qui ne se retourna même pas pour saluer son frère. Mais, pour couronner le tout, il se passa alors une scène de saltimbanque, presque invraisemblable. Maximov accourait, tout essoufflé ; dans son impatience, il risqua une jambe sur le marchepied où se trouvait encore celle d'Ivan Fiodorovitch, et, se cramponnant au coffre, il essaya de monter.

« Moi aussi, je vous suis ! cria-t-il en sautillant, avec un rire gai et un air de béatitude. Emmenez-moi !

— Eh bien, n'avais-je pas raison de dire que c'était von Sohn ! s'écria Fiodor Pavlovitch enchanté. Le véritable von Sohn ressuscité d'entre les morts ! Comment t'es-tu sorti de là ? Qu'est-ce que tu y fabriquais et comment as-tu pu renoncer au dîner ? Il faut avoir pour cela un front d'airain ! J'en ai un moi, mais je m'étonne du tien, camarade. Saute, saute plus vite. Laisse-le monter, Ivan, on s'amusera. Il va s'étendre à nos pieds, n'est-ce pas, von Sohn ? Préfères-tu t'installer sur le siège avec le cocher ? Saute sur le siège von Sohn. »

Mais Ivan Fiodorovitch, qui avait déjà pris place sans mot dire, repoussa d'une forte bourrade dans la poitrine Maximov qui recula d'une toise ; s'il ne tomba pas, ce fut un pur hasard.

« En route ! cria d'un ton hargneux Ivan au cocher.

— Eh bien, que fais-tu, que fais-tu ? Pourquoi le traiter ainsi ? » objecta Fiodor Pavlovitch.

La calèche était déjà partie. Ivan ne répondit rien.

« Voilà comme tu es ! reprit Fiodor Pavlovitch, après un silence de deux minutes, en regardant son fils de travers. Car c'est toi qui as imaginé cette visite au monastère, qui l'as provoquée et approuvée. Pourquoi te fâcher maintenant ?

— Trêve d'insanités ! Reposez-vous donc un peu », répliqua Ivan d'un ton rude.

Fiodor Pavlovitch se tut encore deux minutes.

« Un petit verre de cognac me ferait du bien », déclara-t-il alors d'un ton sentencieux.

Ivan ne répondit rien.

« Eh ! quand nous serons arrivés, tu en prendras bien aussi un verre ! »

Ivan ne soufflait toujours mot.

Fiodor Pavlovitch attendit encore deux minutes.

« Bien que cela vous soit fort désagréable, révérencieux *Karl von Moor*, je retirerai pourtant Aliocha du monastère. »

Ivan haussa dédaigneusement les épaules, se détourna, se mit à regarder la route. Ils n'échangèrent plus un mot jusqu'à la maison.

LIVRE III

LES SENSUELS

I

DANS L'ANTICHAMBRE

Fiodor Pavlovitch habitait assez loin du centre une maison quelque peu délabrée, mais encore solide. Cet édifice, peint en gris et protégé par un toit de tôle rouge, était spacieux et confortable ; il comprenait un rez-de-chaussée, un entresol, ainsi que force resserres, recoins et escaliers dérobés. Les rats y pullulaient, mais Fiodor Pavlovitch ne leur en voulait pas trop. « Avec eux, disait-il, les soirées ne sont pas si ennuyeuses, quand on reste seul ! » Il avait, en effet, l'habitude d'envoyer les domestiques passer la nuit dans le pavillon et de s'enfermer dans la maison. Ce pavillon, situé dans la cour, était vaste et solide. Fiodor Pavlovitch y avait installé la cuisine : il n'aimait pas les odeurs de cuisine, et on apportait les plats à travers la cour, hiver comme été. Cette demeure avait été bâtie pour une grande famille, et on aurait pu y loger cinq fois plus de maîtres et de serviteurs. Mais, lors de notre récit, le corps principal n'était habité que par Fiodor Pavlovitch et son fils Ivan, et le pavillon des gens, seulement par trois domestiques : le vieux Grigori, sa femme Marthe et le jeune valet Smerdiakov. Nous aurons à parler plus en détail de ces trois personnages. Il a déjà été question du vieux Grigori Vassiliévitch Koutouzov. C'était un homme ferme et inflexible, allant à son but avec une rectitude obstinée, pourvu que ce but s'offrît à lui, pour des raisons souvent étonnamment illogiques, comme une vérité infaillible. Bref, il était honnête et incorruptible. Bien qu'aveuglément soumise toute sa vie à la volonté de son mari, sa femme l'avait tourmenté, aussitôt après l'affranchissement des serfs, pour quitter Fiodor Pavlovitch et aller entreprendre un petit commerce à Moscou, car ils avaient des économies ; mais Grigori décida, une fois pour toutes, que son épouse avait tort, « toutes les femmes étant toujours déloyales ». Ils ne devaient pas quitter leur ancien maître, quel qu'il fût, « parce que c'est leur devoir maintenant ».

« Comprends-tu ce qu'est le devoir ? demanda-t-il à Marthe Ignatièvna.

— Je le comprends, Grigori Vassiliévitch ; mais en quoi est-ce notre devoir de rester ici, voilà ce que je ne comprends pas, répondit fermement Marthe Ignatièvna.

— Que tu le comprennes ou non, cela sera ! Dorénavant, tais-toi. »

C'est ce qui arriva ; ils restèrent, et Fiodor Pavlovitch leur assigna de modestes gages payés régulièrement. De plus, Grigori savait qu'il exerçait sur son maître une influence incontestable. Bouffon rusé et obstiné, Fiodor Pavlovitch, de caractère très ferme « dans certaines choses de la vie », suivant son expression, était, à son propre étonnement, pusillanime dans quelques autres. Il savait lesquelles et éprouvait bien des craintes. Dans certains cas, il lui fallait se tenir sur ses gardes, il ne pouvait se passer d'un homme sûr ; or, Grigori était d'une fidélité à toute épreuve. A maintes reprises, au cours de sa carrière, Fiodor Pavlovitch risqua d'être battu, et même cruellement ; ce fut toujours Grigori qui le tira d'affaire, tout en lui faisant chaque fois des remontrances. Mais les coups seuls n'eussent pas effrayé Fiodor Pavlovitch ; il y avait des cas plus relevés, parfois même fort délicats, fort compliqués, où, sans qu'il sût trop pourquoi, il éprouvait le besoin d'avoir une personne sûre à ses côtés. C'étaient presque des cas pathologiques : foncièrement corrompu et souvent luxurieux jusqu'à la cruauté, tel un insecte malfaisant, Fiodor Pavlovitch, dans des minutes d'ivresse, ressentait soudain une atroce angoisse. « Il me semble alors que mon âme palpite dans ma gorge », disait-il parfois. Et dans ces moments-là, il aimait avoir auprès de lui, dans son entourage immédiat, un homme dévoué, ferme, point corrompu, qui, bien que témoin de son inconduite et au courant de ses secrets, tolérât tout cela par dévouement, ne lui fît pas de reproches, ne le menaçât d'aucun châtiment, soit dans ce monde, soit dans l'autre, et qui le défendît en cas de besoin. Contre qui ? contre quelqu'un d'inconnu, mais de redoutable. Il lui fallait à tout prix, à proximité, un *autre* homme, dévoué de longue date, qu'il pût appeler dans ses minutes d'angoisse, ne fût-ce que pour contempler son visage ou échanger avec lui quelques mots, même insignifiants ; le voyait-il de bonne humeur, il se sentait soulagé, tandis que dans le cas contraire sa tristesse augmentait. Il arrivait, fort rarement d'ailleurs, à Fiodor Pavlovitch d'aller la nuit réveiller Grigori, pour qu'il vînt un moment auprès de lui ; celui-ci arrivait, son maître lui parlait de bagatelles et le renvoyait bientôt, parfois même en raillant et en plaisantant, puis il se mettait au lit et s'endormait du sommeil du juste. Il se passa quelque chose d'analogue lors de l'arrivée d'Aliocha. Le jeune homme « voyait tout et ne blâmait rien » ; bien plus, loin de lui témoigner le moindre mépris, il faisait preuve envers son père d'une affabilité constante, d'un attachement sincère. Tout cela parut inouï au vieux débauché et lui « transperça le cœur ». Au départ d'Aliocha, il dut s'avouer qu'il avait compris quelque chose qu'il se refusait jusqu'alors à comprendre.

J'ai déjà mentionné, au début de mon récit, que Grigori avait pris en grippe Adélaïde Ivanovna, la première femme de

Fiodor Pavlovitch et la mère de son premier fils Dmitri, et
qu'au contraire, il avait défendu la seconde épouse, la
possédée, Sophie Ivanovna, contre son maître lui-même et
contre quiconque prononçait à son égard une parole malveillante ou inconsidérée. Sa sympathie pour cette malheureuse
était devenue quelque chose de sacré, au point que vingt ans
après il n'eût supporté de personne la moindre allusion
ironique à ce sujet. Grigori était un homme froid et grave,
peu bavard, ne proférant que des paroles probantes,
exemptes de frivolité. Au premier abord, on ne pouvait
deviner s'il aimait ou non sa femme, alors qu'il aimait
vraiment cette douce créature et que celle-ci s'en rendait bien
compte. Cette Marthe Ignatièvna était peut-être plus intelligente que son mari, du moins plus judicieuse dans les affaires
de la vie ; cependant elle lui était aveuglément soumise, et le
respectait sans contredit pour sa hauteur morale. Il faut
remarquer qu'ils n'échangeaient que les strictes paroles
indispensables. Le grave et majestueux Grigori méditant
toujours seul ses affaires et ses soucis, Marthe Ignatièvna
avait depuis longtemps compris que ses conseils l'importune-
raient. Elle sentait que son mari appréciait son silence et y
voyait une preuve d'esprit. Il ne l'avait jamais battue, sauf
une fois, et pas sérieusement. La première année du mariage
d'Adélaïde Ivanovna et de Fiodor Pavlovitch, à la campagne,
les filles et les femmes du village, alors encore serves,
s'étaient rassemblées dans la cour des maîtres pour danser et
chanter. On entonna la chanson *Dans ces prés, dans ces beaux
prés verts* [1]..., et soudain Marthe Ignatièvna, qui était jeune
alors, vint se placer devant le chœur et exécuta la danse russe,
non pas comme les autres, à la mode rustique, mais ainsi
qu'elle l'exécutait lorsqu'elle était fille de chambre chez les
riches Mioussov, sur le théâtre de leur propriété où un maître
de danse venu de Moscou enseignait son art aux acteurs.
Grigori avait vu le pas de sa femme, et une heure après, de
retour au pavillon, il lui donna une leçon en lui houspillant

quelque peu les cheveux. Mais les coups se bornèrent à cela et ne se renouvelèrent jamais plus ; du reste, Marthe Ignatièvna se promit de ne plus danser désormais.

Dieu ne leur avait pas donné d'enfants, sauf un qui mourut en bas âge. Grigori aimait les enfants et ne rougissait pas de le montrer. Lorsque Adélaïde Ivanovna s'enfuit, il recueillit Dmitri, âgé de trois ans, et prit soin de lui presque une année entière, le peignant et le lavant lui-même. Plus tard, il s'occupa aussi d'Ivan et d'Alexéi, ce qui lui valut un soufflet ; mais j'ai déjà narré tout cela. Son propre enfant ne lui donna que la joie de l'attente durant la grossesse de Marthe Ignatièvna ; à peine l'eut-il vu qu'il fut frappé de chagrin et d'horreur, car ce garçon avait six doigts. Grigori garda le silence jusqu'au jour du baptême, et s'en alla exprès se taire au jardin, où pendant trois jours il bêcha des planches dans le potager. L'heure du baptême arrivée, il avait enfin imaginé quelque chose : entrant dans le pavillon où s'étaient rassemblés le clergé, les invités et Fiodor Pavlovitch, venu en qualité de parrain, il annonça qu'« on ne devrait pas du tout baptiser l'enfant » ; cela à voix basse, en articulant à peine un mot après l'autre, et en fixant le prêtre d'un air hébété.

« Pourquoi cela ? s'informa celui-ci avec une surprise amusée.

— Parce que... c'est... un dragon... marmotta Grigori.

— Comment cela, un dragon, quel dragon ? »

Grigori se tut quelque temps.

« Il s'est produit une confusion de la nature... », murmura-t-il d'une façon fort confuse, mais très ferme, témoignant qu'il ne désirait pas s'étendre.

On rit, et, bien entendu, le pauvre enfant fut baptisé. Grigori pria avec ferveur près des fonts baptismaux, mais persista dans son opinion sur le nouveau-né. Du reste, il ne s'opposa à rien ; seulement, durant les deux semaines que vécut ce garçon maladif, il ne le regarda presque pas, affectant même de ne pas le voir et demeurant le plus souvent dehors. Mais quand le bébé mourut des aphtes, il le mit lui-même au cercueil, le contempla avec une profonde angoisse et, la fosse une fois comblée, se mit à genoux et se prosterna jusqu'à terre. Par la suite, il ne parla jamais de ce petit auquel, de son côté, Marthe Ignatièvna ne faisait que rarement allusion, quand son mari était absent et encore à voix basse. Marthe Ignatièvna remarqua qu'après cette mort, il s'intéressa de préférence au « divin », lisant les *Menées*, le plus souvent seul et en silence, à l'aide de ses grandes besicles d'argent. Il lisait rarement à haute voix, tout au plus durant le carême. Il affectionnait le livre de Job, s'était procuré un recueil des homélies et sermons de « notre saint Père Isaac le Syrien [1] » qu'il s'obstina à lire durant des années, presque sans y rien comprendre, mais que pour cette raison peut-être il appréciait par-dessus tout. Dans les derniers temps, il prêta l'oreille à la doctrine des *Khlysty* [2], ayant eu l'occasion de l'approfondir dans le voisinage ; il fut visiblement ébranlé, mais ne se décida pas à adopter la foi nouvelle. Ces pieuses lectures rendaient naturellement sa physionomie encore plus grave.

Peut-être était-il enclin au mysticisme. Or, comme un fait exprès, la venue au monde et la mort de son enfant à six doigts coïncidèrent avec un autre cas fort étrange, inattendu et original qui laissa dans son âme « une empreinte », comme il le dit une fois par la suite. Dans la nuit qui suivit l'enterrement du bébé, Marthe Ignatièvna, s'étant réveillée, crut entendre les pleurs d'un nouveau-né. Elle prit peur et réveilla son mari. Celui-ci, prêtant l'oreille, insinua que c'étaient plutôt des « gémissements de femme ». Il se leva, s'habilla ; c'était une nuit de mai assez chaude. Il sortit sur le perron, reconnut que les gémissements venaient du jardin. Mais, la nuit, le jardin était fermé à clef du côté de la cour, et on ne pouvait y entrer que par là, une haute et solide palissade en faisant le tour. Retournant à la maison, Grigori alluma la lanterne, prit la clef, et, sans prendre garde à l'effroi hystérique de son épouse, persuadée que son enfant l'appelait, il entra en silence au jardin. Là, il se rendit compte que les gémissements partaient des étuves situées non loin de l'entrée. Il en ouvrit la porte et aperçut un spectacle devant lequel il demeura stupéfait : une idiote de la ville, qui rôdait par les rues et que tout le monde connaissait sous le surnom d'Élisabeth Smerdiachtchaïa, venait d'accoucher en cet endroit et se mourait à côté de son enfant. Elle ne lui dit mot, pour la bonne raison qu'elle ne savait pas parler. Mais tout ceci demande des explications.

II

ÉLISABETH SMERDIACHTCHAIA

Il y avait là une circonstance particulière qui impressionna profondément Grigori et acheva de fortifier en lui un soupçon répugnant. Cette Smerdiachtchaïa était une fille de fort petite taille, cinq pieds à peine ; ainsi se la rappelaient avec attendrissement après sa mort, de bonnes vieilles de notre ville. Son visage de vingt ans, sain, large, vermeil, était complètement idiot, avec un regard fixe et désagréable, bien que placide. Hiver comme été, elle allait toujours pieds nus, n'ayant sur elle qu'une chemise de chanvre. Ses cheveux presque noirs, extraordinairement touffus, frisés comme une toison, tenaient sur sa tête à la manière d'un énorme bonnet. En outre, ils étaient souvent souillés de terre, entremêlés de feuilles, de brindilles, de copeaux, car elle dormait toujours sur le sol et dans la boue. Son père, Ilia[1], individu sans domicile, ruiné et valétudinaire, fortement adonné à la boisson, demeurait depuis de longues ann[...] manœuvre, chez les mêmes maîtres, [...] notre ville. Sa mère était morte depuis l[...] maladif et aigri, Ilia battait sans pitié [...]

venait à la maison. Mais elle y venait rarement, étant
accueillie partout en ville comme une « simple d'esprit » sous
la protection de Dieu. Les patrons d'Ilia, lui-même, et
beaucoup de personnes charitables, surtout parmi la classe
marchande, avaient tenté à plusieurs reprises d'habiller
Élisabeth d'une façon plus décente, la revêtant en hiver d'une
pelisse de mouton et lui faisant chausser des bottes ; d'habitude elle se laissait faire docilement, puis, quelque part, de
préférence sous le porche de l'église, elle ôtait tout ce dont on
l'avait gratifiée — que ce fût un mouchoir, une jupe, une
pelisse ou des bottes —, abandonnait tout sur place et s'en
allait nu-pieds, vêtue de sa seule chemise comme auparavant.
Il arriva qu'un nouveau gouverneur, inspectant notre ville,
fut offusqué dans ses meilleurs sentiments à la vue d'Élisabeth et, bien qu'il eût deviné que c'était une innocente,
comme d'ailleurs on le lui exposa, il fit pourtant remarquer
« qu'une jeune fille errant en chemise enfreignait la décence,
et que cela devait cesser à l'avenir ». Mais, le gouverneur
parti, on laissa Élisabeth comme elle était. Enfin, son père
mourut et, en tant qu'orpheline, elle devint encore plus chère
à toutes les personnes pieuses de la ville. En effet, tous
semblaient l'aimer ; les gamins eux-mêmes, engeance chez
nous fort agressive, surtout les écoliers, ne la taquinaient ni
ne la maltraitaient. Elle pénétrait dans des maisons inconnues
et personne ne la chassait ; au contraire, chacun la cajolait et
lui donnait un demi-kopek. Elle emportait aussitôt ces
piécettes pour les glisser dans un tronc quelconque, à l'église
ou à la prison. Recevait-elle au marché un craquelin ou un
petit pain, elle ne manquait pas d'en faire cadeau au premier
enfant qu'elle rencontrait, ou bien elle arrêtait une de nos
dames les plus riches pour le lui offrir ; et celle-ci l'acceptait
avec joie. Elle-même ne se nourrissait que de pain noir et
d'eau. Elle entrait parfois dans une riche boutique, s'asseyait,
ayant auprès d'elle des marchandises de prix, de l'argent ;
mais les patrons ne se défiaient d'elle, sachant qu'elle ne

prendrait pas un kopek, oubliât-on des milliers de roubles à sa portée. Elle allait rarement à l'église, couchait soit sous les porches, soit dans un potager quelconque, après en avoir franchi la haie, car chez nous beaucoup de haies tiennent encore lieu de palissades. Une fois par semaine en été, tous les jours en hiver, elle venait chez les maîtres de son défunt père, mais seulement pour la nuit, qu'elle passait dans le vestibule ou dans l'étable. On s'étonnait qu'elle pût supporter une telle existence, mais elle y était accoutumée ; bien que de petite taille, elle avait une constitution exceptionnellement robuste. Certaines personnes de la société prétendaient qu'elle agissait par fierté, mais cela ne tenait pas debout : elle ne savait pas dire un mot, parfois seulement remuait la langue et mugissait ; que venait faire ici la fierté ? Or, par une nuit de septembre claire et chaude où la lune était dans son plein, à une heure déjà fort tardive pour nos habitudes, une bande de cinq ou six fêtards en état d'ivresse rentraient du club chez eux par le plus court. Des deux côtés, la ruelle qu'ils suivaient était bordée d'une haie derrière laquelle s'étendaient les potagers des maisons riveraines ; elle aboutissait à une passerelle jetée sur la longue mare infecte qu'on baptise parfois chez nous de rivière. Là, parmi les orties et les bardanes, notre compagnie aperçut Élisabeth endormie. Ces messieurs s'arrêtèrent auprès d'elle, éclatèrent de rire, plaisantèrent de la façon la plus cynique. Un fils de famille imagina soudain une question tout à fait excentrique : « Peut-on, demanda-t-il, tenir un tel monstre pour une femme ? » Tous décidèrent avec un noble dégoût qu'on ne le pouvait pas. Mais, Fiodor Pavlovitch, qui faisait partie de la bande, déclara qu'on le pouvait parfaitement, qu'il y avait même là quelque chose de piquant dans son genre, etc. A cette époque, il se complaisait dans son rôle de bouffon, aimait à se donner en spectacle et à divertir les riches, en véritable pitre, malgré l'égalité apparente. Un crêpe à son chapeau, car il venait d'apprendre la mort de sa première

femme, il menait une vie si crapuleuse que certains, même
des libertins endurcis, se sentaient gênés à sa vue. Cette
opinion paradoxale de Fiodor Pavlovitch provoqua l'hilarité
de la bande ; l'un d'eux commença même à le provoquer, les
autres montrèrent encore plus de dégoût, mais toujours avec
une vive gaieté ; enfin tous passèrent leur chemin. Par la
suite, il jura qu'il s'était éloigné avec les autres ; peut-être
disait-il vrai, personne n'a jamais su ce qui en était. Mais cinq
ou six mois plus tard, la grossesse d'Élisabeth excitait
l'indignation de toute la ville, et l'on rechercha qui avait pu
outrager la pauvre créature. Une rumeur terrible circula
bientôt, accusant Fiodor Pavlovitch. D'où venait-elle ? De la
bande joyeuse il ne restait alors en ville qu'un homme d'âge
mûr, respectable conseiller d'État, père de grandes filles,
lequel n'eût rien raconté, même s'il s'était passé quelque
chose ; les autres s'étaient dispersés. Mais la rumeur persistante continuait à désigner Fiodor Pavlovitch. Il ne s'en
formalisa guère et eût dédaigné de répondre à des boutiquiers
et à des bourgeois. Il était fier, alors, et n'adressait la parole
qu'à sa compagnie de fonctionnaires et de nobles, qu'il
divertissait tant. C'est alors que Grigori prit énergiquement
le parti de son maître ; non seulement il le défendit contre
toute insinuation, mais il se querella très fort à ce sujet et
retourna l'opinion de beaucoup. « C'est la faute de cette
créature, affirmait-il, et son séducteur n'était autre que Karp
à la vis » (ainsi se nommait un détenu fort dangereux, qui
s'était évadé de la prison du chef-lieu et caché dans notre
ville). Cette conjecture parut plausible ; on se rappela que
Karp avait rôdé par ces mêmes nuits d'automne et dévalisé
trois personnes. Mais cette aventure et ces bruits, loin de
détourner les sympathies de la pauvre idiote, lui valurent un
redoublement de sollicitude. Une boutiquière assez riche, la
veuve Kondratiev, décida de la recueillir chez elle, à la fin
d'avril, pour y faire ses couches. On la surveillait étroitement. Malgré tout, un soir, le jour même de sa délivrance,

Élisabeth se sauva de chez sa protectrice et vint échouer dans le jardin de Fiodor Pavlovitch. Comment avait-elle pu, dans son état, franchir une si haute palissade ? Cela demeura une énigme. Les uns assuraient qu'on l'avait portée, d'autres voyaient là une intervention surnaturelle. Il semble bien que cela s'effectua d'une manière ingénieuse, mais naturelle et qu'Élisabeth, habituée à pénétrer à travers les haies dans les potagers pour y passer la nuit, grimpa malgré son état sur la palissade de Fiodor Pavlovitch, d'où elle sauta, en se blessant dans le jardin. Grigori courut chercher sa femme pour les premiers soins, puis alla quérir une vieille sage-femme qui demeurait tout près. On sauva l'enfant mais la mère mourut à l'aube. Grigori prit le nouveau-né, le porta dans le pavillon, le déposa sur les genoux de sa femme : « Voici un enfant de Dieu, un orphelin dont nous serons les parents. C'est le petit mort qui nous l'envoie. Il est né d'un fils de Satan et d'une juste. Nourris-le et ne pleure plus désormais. » Marthe éleva donc l'enfant. Il fut baptisé sous le nom de Pavel[1], auquel tout le monde, à commencer par ses parents nourriciers, ajouta Fiodorovitch comme nom patronymique. Fiodor Pavlovitch n'y contredit pas et trouva même la chose plaisante tout en désavouant énergiquement cette paternité. On l'approuva d'avoir recueilli l'orphelin, auquel, plus tard, il donna comme nom de famille celui de Smerdiakov, d'après le surnom de sa mère. Il servait Fiodor Pavlovitch comme second domestique et vivait, au début de notre récit, dans le pavillon, aux côtés du vieux Grigori et de la vieille Marthe. Il tenait l'emploi de cuisinier. Il faudrait lui consacrer un chapitre spécial, mais je me fais scrupule d'arrêter si longtemps l'attention du lecteur sur des valets et je continue, espérant qu'il sera tout naturellement question de Smerdiakov au cours de mon récit.

III

CONFESSION D'UN CŒUR ARDENT. EN VERS

En entendant l'ordre que lui criait son père de la calèche, à son départ du monastère, Aliocha demeura quelque temps immobile et fort perplexe. Enfin, surmontant son trouble, il se rendit aussitôt à la cuisine du Père Abbé, pour tâcher d'apprendre ce qu'avait fait Fiodor Pavlovitch. Puis il se mit en route, espérant résoudre en chemin un problème qui le tourmentait. Disons-le tout de suite : les cris de son père et l'ordre de déménager « avec oreiller et matelas » ne lui inspiraient aucune crainte. Il comprenait parfaitement que cet ordre, crié en gesticulant, avait été donné « par emballement », pour ainsi dire, et même pour la galerie. C'est ainsi que, quelque temps auparavant, un de nos citadins, ayant trop fêté son anniversaire, et furieux de ce qu'on ne lui donnait plus de *vodka*, s'était mis, devant ses invités, à casser sa propre vaisselle, à déchirer ses vêtements et ceux de sa femme, à briser les meubles et les carreaux — tout cela pour la galerie —, puis le lendemain, une fois dégrisé, avait amèrement regretté les tasses et les assiettes cassées. Aliocha savait que son père le laisserait sûrement retourner au monastère, peut-être dès le jour même. De plus, il était convaincu que le bonhomme ne voudrait jamais l'offenser, que jamais personne au monde, non seulement ne le voudrait, mais ne le pourrait. C'était pour lui un axiome, admis une fois pour toutes, et au sujet duquel il n'avait pas le moindre doute.

Mais à ce moment, une crainte d'un tout autre ordre l'agitait, d'autant plus pénible que lui-même n'eût pu la définir, la crainte d'une femme, de cette Catherine Ivanovna, qui insistait tant, dans sa lettre remise le matin par Mme Khokhlakov, pour qu'il vînt la voir. Cette demande et la

nécessité d'y obtempérer lui causaient une impression douloureuse qui, tout l'après-midi, ne fit que s'aggraver, malgré
les scènes et les aventures qui s'étaient déroulées au monastère, etc. Sa crainte ne provenait pas de ce qu'il ignorait ce
qu'elle pouvait bien lui vouloir. Ce n'était pas non plus la
femme en général qu'il redoutait en elle ; certes, il connaissait
peu les femmes, mais n'avait pourtant vécu qu'avec elles
depuis sa tendre enfance jusqu'à son arrivée au monastère.
Mais, dès leur première entrevue, il avait éprouvé *précisément
pour cette femme-là*, une sorte d'épouvante. Il l'avait rencon-
trée deux ou trois fois au plus, et n'avait échangé que
quelques mots avec elle. Il se la rappelait comme une belle
jeune fille, fière et impérieuse. Ce n'était pas sa beauté qui le
tourmentait, mais quelque chose d'autre, et son impuissance
à expliquer la peur qu'elle lui inspirait augmentait cette peur.
Le but que poursuivait la jeune fille était à coup sûr des plus
nobles : elle s'efforçait de sauver Dmitri coupable envers
elle, et cela par pure générosité. Néanmoins, malgré son
admiration pour ces nobles sentiments, un frisson le parcourait à mesure qu'il approchait de chez elle.

Il s'avisa qu'il ne trouverait pas en sa compagnie Ivan, son
intime, alors retenu certainement par leur père. Dmitri ne
pouvait pas davantage être chez Catherine Ivanovna, et il en
pressentait la raison. Leur conversation aurait donc lieu en
tête à tête ; mais auparavant, Aliocha désirait voir Dmitri et,
sans lui montrer la lettre, échanger avec lui quelques mots.
Or, Dmitri demeurait loin et n'était sans doute pas chez lui
en ce moment. Après une minute de réflexion et un signe de
croix hâtif, il eut un sourire mystérieux et se dirigea
résolument vers la terrible personne.

Il connaissait sa maison. Mais en passant par la Grand-
Rue, puis en traversant la place, etc., il eût mis un certain
temps, à l'atteindre. Sans être grande, notre ville est fort
dispersée et les distances considérables. De plus, son père se
souvenait peut-être de l'ordre qu'il lui avait donné et était

capable de faire des siennes. Il fallait donc se hâter. En vertu de ces considérations, Aliocha résolut d'abréger, en prenant par les derrières ; il connaissait tous ces passages comme sa poche. Par les derrières, cela signifiait longer des clôtures désertes, franchir parfois des haies, traverser des cours où d'ailleurs chacun le connaissait et le saluait. Il pouvait ainsi atteindre la Grand-Rue en deux fois moins de temps. A un certain endroit, il dut passer tout près de la maison paternelle, précisément à côté du jardin contigu au leur, qui dépendait d'une petite maison à quatre fenêtres, délabrée et penchée de guingois. Cette masure appartenait à une vieille femme impotente, qui vivait avec sa fille, ancienne femme de chambre dans la capitale, récemment encore en service chez des gens huppés, revenue à la maison depuis un an à cause de la maladie de sa mère, et paradant dans des robes élégantes. Ces deux femmes étaient pourtant tombées dans une profonde misère et allaient même chaque jour, en tant que voisines, chercher du pain et de la soupe à la cuisine de Fiodor Pavlovitch. Marthe Ignatièvna leur faisait bon accueil. Mais la fille, tout en venant chercher de la soupe, n'avait vendu aucune de ses robes ; l'une d'elles avait même une traîne fort longue. Aliocha tenait ce détail de son ami Rakitine, auquel rien n'échappait dans notre petite ville ; bien entendu, il l'avait oublié aussitôt. Arrivé devant le jardin de la voisine, il se rappela cette traîne, releva rapidement sa tête courbée, pensive, et... fit soudain la rencontre la plus inattendue.

Derrière la haie, debout sur un monticule et visible jusqu'à la poitrine, son frère Dmitri l'appelait à grands gestes, tout en évitant, non seulement de crier, mais même de dire un mot, de peur d'être entendu. Aliocha accourut vers la haie.

« Par bonheur, tu as levé les yeux, sinon j'aurais été obligé de crier, chuchota joyeusement Dmitri. Saute-moi cette haie, vivement ! Comme tu arrives à propos ! je pensais à toi... »

Aliocha n'était pas moins content, mais il ne savait trop

comment franchir la haie. Dmitri, de sa main d'athlète, le souleva par le coude et l'aida à sauter, ce qu'il fit, le froc retroussé, avec l'agilité d'un gamin.

« Et maintenant, en avant, marche ! murmura Dmitri transporté de joie.

— Mais où ? fit Aliocha, regardant de tous côtés et se voyant dans un jardin désert, où il n'y avait qu'eux. Le jardin était petit, mais la maison se trouvait au moins à cinquante pas. — Il n'y a personne ici, pourquoi parlons-nous à voix basse ?

— Pourquoi ? Et que le diable m'emporte si je le sais ? s'exclama soudain Dmitri à pleine voix. Regarde comme on peut être absurde. Je suis ici pour épier un secret. Les explications viendront après, mais, sous l'impression du mystère, je me suis mis à parler secrètement, à chuchoter comme un sot, sans raison. Allons, viens et tais-toi. Mais je veux t'embrasser.

> *Gloire à l'Éternel sur la terre.*
> *Gloire à l'Éternel en moi...*

Voilà ce que je répétais tout à l'heure, assis à cette place... »

Le jardin, grand d'environ deux arpents, n'était planté d'arbres que sur le pourtour, le long des clôtures ; il y avait là des pommiers, des érables, des tilleuls, des bouleaux, ainsi que des buissons de groseilliers et de framboisiers. Le centre formait comme une petite prairie où l'on récoltait du foin, en été. La propriétaire louait ce jardin, dès le printemps, pour quelques roubles. Le potager, cultivé depuis peu, se trouvait près de la maison. Dmitri conduisit son frère dans le coin le plus reculé du jardin. Là, parmi les tilleuls fort rapprochés et d'anciens massifs de groseilliers, de sureau, de boules-de-neige et de lilas, on découvrait comme les ruines d'un antique pavillon vert, noirci et déjeté, aux murs à claire-voie, mais encore couvert et où l'on pouvait s'abriter de la pluie. D'après la tradition, ce pavillon avait été construit, il y a cinquante ans, par un ancien propriétaire du domaine, Alexandre Karlovitch von Schmidt, lieutenant-colonel en retraite. Tout tombait en poussière, le plancher était pourri, les ais branlaient, le bois sentait l'humidité. Il y avait une table de bois peinte en vert, enfoncée en terre, entourée de bancs qui pouvaient encore servir. Aliocha avait remarqué l'enthousiasme de son frère ; en entrant dans le pavillon, il aperçut sur la table une demi-bouteille et un petit verre.

« C'est du cognac ! dit Mitia avec un éclat de rire. Tu vas penser : « Il continue à boire. » Ne te fie pas aux apparences.

> *Ne crois pas la foule vaine et menteuse,*
> *Renonce à tes soupçons*[1]...

Je ne m'enivre pas, je « sirote », comme dit ce cochon de Rakitine, ton ami, et il le dira encore, quand il sera devenu conseiller d'État. Assieds-toi, Aliocha ; je voudrais te serrer dans mes bras, à t'écraser, car, dans le monde entier, crois-moi, en vérité, en vé-ri-té, je n'aime que toi ! »

Il prononça les derniers mots dans une sorte de frénésie.

« Toi, et encore une coquine dont je me suis amouraché, pour mon malheur. Mais s'amouracher, ce n'est pas aimer. On peut s'amouracher et haïr. Rappelle-toi cela. Jusqu'à présent, je parle gaiement. Assieds-toi à table, près de moi, que je te voie. Tu m'écouteras en silence, et je te dirai tout, car le moment de parler est arrivé. Mais sais-tu, j'ai réfléchi, il faut vraiment parler bas parce qu'ici... il y a peut-être des oreilles aux écoutes. Tu sauras tout, j'ai dit : la suite viendra. Pourquoi, depuis cinq jours que je suis ici, avais-je une telle envie de te voir ? C'est que tu m'es nécessaire... et qu'à toi seul je dirai tout... c'est que demain une vie finit pour moi, tandis qu'une autre commence. As-tu jamais éprouvé en rêve la sensation de rouler dans un précipice ? Eh bien, moi j'y tombe réellement. Oh! inutile de t'effrayer, je n'ai pas peur... c'est-à-dire si, j'ai peur, mais c'est une peur douce qui tient de l'ivresse... Et puis, je m'en fiche! Esprit fort, esprit faible, esprit de femme, qu'importe? Louons la nature! Vois quel beau soleil, quel ciel pur, partout de verts feuillages; c'est vraiment encore l'été. Nous sommes à quatre heures de l'après-midi, il fait calme!... Où allais-tu?

— J'allais chez mon père et je voulais voir, en passant, Catherine Ivanovna.

— Chez elle et chez le vieux? Quelle coïncidence! Car, pourquoi t'ai-je appelé, pourquoi t'ai-je désiré du fond du cœur, de toutes les fibres de mon être? Précisément pour t'envoyer chez le vieux, puis chez elle, afin d'en finir avec l'une et avec l'autre. Envoyer un ange! J'aurais pu envoyer n'importe qui, mais il me fallait un ange. Et voilà que tu y allais de toi-même.

— Vraiment! tu voulais m'y envoyer?... dit Aliocha avec une expression douloureuse.

— Attends, tu le savais. Je vois que tu as tout compris; mais tais-toi. Ne me plains pas, ne pleure pas! »

Dmitri se leva, l'air songeur :

« C'est elle qui t'a appelé; elle a dû t'écrire, sinon tu n'y serais pas allé...

— Voici son billet, dit Aliocha en le tirant de sa poche.

Dmitri le parcourut rapidement.

— Et tu prenais par le plus court! O dieux! Je vous remercie de l'avoir dirigé de ce côté et amené vers moi, tel le petit poisson d'or qui échut au vieux pêcheur d'après le conte[1]. Écoute, Aliocha, écoute, mon frère. Maintenant, j'ai résolu de tout te dire. Il faut que je m'épanche, enfin! Après m'être confessé à un ange du ciel, je vais me confesser à un ange de la terre. Car tu es un ange[2]. Tu vas m'écouter et me pardonner... J'ai besoin d'être absous par un être plus noble que moi. Écoute donc. Supposons que deux êtres s'affranchissent des servitudes terrestres, et planent dans une région supérieure, l'un d'eux, tout au moins. Que celui-ci, avant de s'envoler ou de disparaître, s'approche de l'autre et lui dise : « fais pour moi ceci ou cela », des choses qu'il n'est jamais d'usage d'exiger, qu'on ne demande que sur le lit de mort. Est-ce que celui qui reste refuserait, si c'est un ami, un frère ?

— Je le ferais, mais dis-moi de quoi il s'agit.

— Vite... Hum ! Ne te dépêche pas, Aliocha ; en se dépêchant, on se tourmente. Inutile de se hâter, maintenant. Le monde entre dans une ère nouvelle. Quel dommage, Aliocha, que tu ne t'enthousiasmes jamais. Mais que dis-je ? C'est moi qui manque d'enthousiasme ! Nigaud que je suis !

Homme, sois noble !

De qui est ce vers [1] ? »

Aliocha résolut d'attendre. Il avait compris que peut-être en effet toute son activité se déploierait en ce lieu. Dmitri demeura un moment songeur, accoudé sur la table, le front dans la main. Tous deux se taisaient.

« Aliocha, toi seul m'écouteras sans rire. Je voudrais commencer... ma confession... par un hymne à la joie, comme Schiller, *An die Freude !* Mais je ne connais pas l'allemand, je sais seulement que c'est : *An die Freude* [2]. Ne va pas t'imaginer que je bavarde sous l'empire de l'ivresse. Il me faut deux bouteilles de cognac pour m'enivrer.

Tel Silène vermeil
Sur son âne trébuchant.

Or, je n'ai pas bu un quart de bouteille, et je ne suis pas Silène. Non, pas Silène, mais Hercule, car j'ai pris une résolution héroïque. Pardonne-moi ce rapprochement de mauvais goût ; tu auras bien d'autres choses à me pardonner

aujourd'hui. Ne t'inquiète pas, je ne brode pas, je parle
sérieusement et vais droit au fait. Je ne serai pas dur à la
détente comme un juif. Attends, comment est-ce donc ? »

Il leva la tête, réfléchit, puis commença avec enthousiasme :

Timide, sauvage et nu se cachait
Le Troglodyte dans les cavernes ;
Le nomade errait dans les champs
Et les ravageait ;
Le chasseur avec sa lance et ses flèches,
Terrible, parcourait les forêts ;
Malheur aux naufragés jetés par les vagues
Sur ces rivages inhospitaliers

Des hauteurs de l'Olympe
Descend une mère, Cérès, à la recherche
De Proserpine à son amour ravie ;
Le monde s'étale dans toute son horreur.
Pas d'asile, nulles offrandes
Ne sont présentées à la déesse.
Ici, le culte des dieux
Est ignoré, point de temple.

Les fruits des champs, les grappes douces
N'embellissent aucun festin ;
Seuls fument les restes des victimes
Sur les autels ensanglantés.
Et n'importe où Cérès
Promène son regard éploré,
Partout elle aperçoit
L'homme dans une humiliation profonde.

Des sanglots s'échappèrent de la poitrine de Mitia, il saisit
Aliocha par la main.

« Ami, ami, oui, dans l'humiliation, et dans l'humiliation jusqu'à nos jours ! L'homme endure sur la terre des maux sans nombre. Ne pense pas que je sois seulement un fantoche costumé en officier, bon à boire et à faire la noce. L'humiliation, partage de l'homme, voilà, frère, presque l'unique objet de ma pensée. Dieu me préserve de mentir et de me vanter. Je songe à cet homme humilié, car c'est moi-même.

> *Pour que l'homme puisse sortir de l'abjection*
> *Par la force de son âme,*
> *Il doit conclure une alliance éternelle*
> *Avec l'antique mère, la Terre.*

Seulement, voilà, comment conclure cette alliance éternelle ? Je ne féconde pas la terre en ouvrant son sein ; me ferai-je laboureur ou berger ? Je marche sans savoir où je vais, vers la lumière radieuse ou la honte infecte. C'est là le malheur, car tout est énigme en ce monde. Alors que j'étais plongé dans la plus abjecte dégradation (et je l'ai presque toujours été), j'ai toujours relu ces vers sur Cérès et la misère de l'homme. M'ont-ils corrigé ? Non pas ! Parce que je suis un Karamazov. Parce que, quand je roule dans l'abîme, c'est tout droit, la tête la première ; il me plaît même de tomber ainsi, je vois de la beauté dans cette chute. Et du sein de la honte j'entonne un hymne. Je suis maudit, vil et dégradé, mais je baise le bas de la robe où s'enveloppe mon Dieu ; je suis la route diabolique, tout en restant Ton fils, Seigneur, et je T'aime, je ressens la joie sans laquelle le monde ne saurait subsister.

> *La joie éternelle anime*
> *L'âme de la création.*
> *Transmet la flamme de la vie*
> *Par la force mystérieuse des germes ;*
> *C'est elle qui a fait surgir l'herbe,*

> *Transformé le chaos en soleils*
> *Dispersés dans les espaces*
> *Non soumis à l'astronome.*
> *Tout ce qui respire*
> *Puise la joie au sein de la bonne Nature ;*
> *Elle entraîne à sa suite les êtres et les peuples ;*
> *C'est elle qui nous a donné*
> *Des amis dans l'adversité,*
> *Le jus des grappes, les couronnes des Grâces,*
> *Aux insectes, la sensualité...*
> *Et l'ange se tient devant Dieu.*

Mais assez de vers. Laisse-moi pleurer. Que ce soit une niaiserie raillée par tout le monde, excepté par toi. Voilà tes yeux qui brillent. Assez de vers. Je veux maintenant te parler des « insectes », de ceux que Dieu a gratifiés de la sensualité. J'en suis un moi-même, et ceci s'applique à moi. Nous autres, Karamazov, nous sommes tous ainsi ; cet insecte vit en toi, qui es un ange, et y soulève des tempêtes. Car la sensualité est une tempête, et même quelque chose de plus. La beauté, c'est une chose terrible et affreuse. Terrible, parce qu'indéfinissable, et on ne peut la définir, car Dieu n'a créé que des énigmes. Les extrêmes se rejoignent, les contradictions vivent accouplées. Je suis fort peu instruit, frère, mais j'ai beaucoup songé à ces choses. Que de mystères accablent l'homme ! Pénètre-les et reviens intact. Par exemple la beauté. Je ne puis supporter qu'un homme de grand cœur et de haute intelligence commence par l'idéal de la Madone, pour finir par celui de Sodome. Mais le plus affreux, c'est, tout en portant dans son cœur l'idéal de Sodome, de ne pas répudier celui de la Madone, de brûler pour lui comme dans ses jeunes années d'innocence. Non, l'esprit humain est trop vaste ; je voudrais le restreindre. Comment diable s'y reconnaître ? Le cœur trouve la beauté jusque dans la honte, dans l'idéal de Sodome, celui de l'immense majorité. Connaissais-tu ce mystère ? C'est le duel du diable et de Dieu, le cœur humain étant le champ de bataille. Au reste, on parle de ce qui vous fait souffrir. Arrivons donc au fait. »

IV

CONFESSION D'UN CŒUR ARDENT. ANECDOTES

« Je faisais la fête. Notre père prétendait tantôt que j'ai dépensé des milliers de roubles pour séduire des jeunes filles. Imagination de pourceau ! C'est un mensonge, car mes conquêtes ne m'ont jamais rien coûté. Pour moi l'argent n'est que l'accessoire, la mise en scène. Aujourd'hui, je suis l'amant d'une grande dame, demain d'une fille des rues. Je divertis les deux, prodiguant l'argent à poignées, avec musique et tziganes. S'il le faut, je leur en donne, car à vrai dire l'argent ne leur déplaît pas ; elles vous remercient. Les petites dames ne m'aimaient pas toutes, mais bien souvent. J'affectionnais les ruelles, les impasses sombres et désertes, théâtre d'aventures, de surprises, parfois de perles dans la boue. Je m'exprime allégoriquement, frère, ces ruelles n'existaient qu'au figuré. Si tu étais pareil à moi, tu comprendrais. J'aimais la débauche pour son abjection même. J'aimais la cruauté ; ne suis-je pas une punaise, un insecte malfaisant ? Un Karamazov, c'est tout dire ! Une fois, il y eut un grand pique-nique, où l'on se rendit en sept *troïkas*[1], l'hiver, par un temps sombre ; en traîneau, je couvris de baisers ma voisine — une fille de fonctionnaire sans fortune, charmante et timide —; dans l'obscurité, elle me permit des caresses fort libres. La pauvrette s'imaginait que le lendemain je viendrais la demander en mariage (car on faisait cas de moi comme fiancé) ; mais je restai cinq mois sans lui dire un mot. Souvent, quand on dansait, je la voyais me suivre du regard dans un coin du salon, les yeux brûlant

d'une tendre indignation. Ce jeu ne faisait que délecter ma
sensualité perverse. Cinq mois après, elle épousa un fonctionnaire et partit... furieuse et peut-être m'aimant encore. Ils
vivent heureux, maintenant. Remarque que personne n'en
sait rien, sa réputation est intacte ; malgré mes vils instincts
et mon amour de la bassesse, je ne suis pas malhonnête. Tu
rougis. Tes yeux étincellent. Tu en as assez de cette fange.
Pourtant, ce ne sont là que des guirlandes à la Paul de Kock.
J'ai, frère, tout un album de souvenirs. Que Dieu les garde,
les chères créatures. Au moment de rompre, j'évitais les
querelles. Je n'en ai jamais vendu ni compromis une seule.
Mais cela suffit. Crois-tu que je t'aie appelé seulement pour
te débiter ces horreurs ? Non, c'est afin de te raconter
quelque chose de plus curieux ; mais ne sois pas surpris que
je n'aie pas honte devant toi, je me sens même à l'aise.

— Tu fais allusion à ma rougeur, déclara soudain Aliocha.
Ce ne sont pas tes paroles ni même tes actions qui me font
rougir d'être pareil à toi.

— Toi ? Tu vas un peu loin.

— Non, je n'exagère pas, proféra Aliocha avec chaleur.
(On voyait qu'il était en proie à cette idée depuis longtemps.)
L'échelle du vice est la même pour tous. Je me trouve sur le
premier échelon, tu es plus haut, au treizième, mettons.
J'estime que c'est absolument la même chose : une fois le
pied sur le premier échelon, il faut les gravir tous.

— Le mieux, donc, est de ne pas s'y engager ?

— Évidemment, si c'est possible.

— Eh bien, en es-tu capable ?

— Je crois que non.

— Tais-toi, Aliocha, tais-toi, mon cher, j'ai envie de te
baiser la main d'attendrissement. Ah ! cette coquine Grouchegnka connaît les hommes ; elle m'a dit, une fois, qu'un
jour ou l'autre elle t'avalerait. C'est bien, je me tais ! Mais
quittons ce terrain sali par les mouches pour en venir à ma
tragédie, salie, elle aussi, par les mouches, c'est-à-dire par

toutes sortes de bassesses possibles. Bien que le vieux ait menti au sujet de mes prétendues séductions, cela m'est arrivé pourtant, mais une fois seulement : encore n'y eut-il pas de mise à exécution. Lui, qui me reprochait des choses imaginaires, n'en sait rien ; je n'ai raconté la chose à personne, tu es le premier à qui j'en parle, Ivan excepté, bien entendu. Lui sait tout depuis longtemps. Mais Ivan est muet comme la tombe.

— Comme la tombe ?

— Oui. »

Aliocha redoubla d'attention.

« Bien qu'enseigne dans un bataillon de ligne, j'étais l'objet d'une surveillance, à la manière d'un déporté. Mais on m'accueillait fort bien dans la petite ville. Je prodiguais l'argent, on me croyait riche, et je croyais l'être. Je devais d'ailleurs plaire aussi pour d'autres raisons. Tout en hochant la tête à cause de mes fredaines, on avait de l'affection pour moi. Mon lieutenant-colonel, un vieillard, me prit soudain en grippe. Il se mit à me tracasser, mais j'avais le bras long ; toute la ville prit mon parti ; il ne pouvait pas grand-chose. C'était ma faute ; par une sotte fierté, je ne lui rendais pas les honneurs auxquels il avait droit. Le vieil entêté, bon homme au fond et très hospitalier, avait été marié deux fois. Il était veuf. Sa première femme, de basse condition, lui avait laissé une fille simple comme elle. Elle avait alors vingt-quatre ans et vivait avec son père et sa tante maternelle. Loin d'avoir la naïveté silencieuse de sa tante, elle y joignait beaucoup de vivacité. Je n'ai jamais rencontré plus charmant caractère de femme. Elle s'appelait Agathe, imagine-toi, Agathe Ivanovna. Assez jolie, dans le goût russe, grande, bien en chair, de beaux yeux, mais l'expression un peu vulgaire. Restée fille, malgré deux demandes en mariage, elle conservait toute sa gaieté. Je me liai d'amitié avec elle, en tout bien, tout honneur. Car je nouai plus d'une amitié féminine, parfaitement pure. Je lui tenais des propos fort libres, elle ne faisait qu'en rire. Beaucoup de femmes aiment cette liberté de langage, note-le ; de plus, c'était fort divertissant avec une jeune fille comme elle. Un trait encore : on ne pouvait la qualifier de demoiselle. Sa tante et elle vivaient chez son père, dans une sorte d'abaissement volontaire, sans s'égaler au reste de la société. On l'aimait, on appréciait ses talents de couturière, car elle ne se faisait pas payer, travaillant par gentillesse pour ses amies, sans toutefois refuser l'argent quand on lui en offrait. Quant au colonel, c'était un des notables de l'endroit. Il vivait largement. Toute la ville était reçue chez lui ; on soupait, on dansait. Lors de mon entrée au bataillon, il n'était question, en ville, que de la prochaine arrivée de la seconde fille du colonel. Renommée pour sa beauté, elle sortait d'une pension aristocratique de la capitale. C'est Catherine Ivanovna, la fille de la seconde femme du colonel. Cette dernière était noble, de grande maison, mais n'avait apporté aucune dot à son mari ; je le tiens de bonne source. Des espérances, peut-être, mais rien d'effectif. Pourtant, quand la jeune personne arriva, la petite ville en fut comme galvanisée ; nos dames les plus distinguées, deux Excellences, une colonelle, et toutes les autres, à la suite, se la disputaient ; on lui faisait fête, c'était la reine des bals, des pique-niques ; on organisa des tableaux vivants au profit de je ne sais quelles institutrices. Quant à moi, je ne soufflais mot et faisais la fête ; c'est alors que j'imaginai un tour de ma façon, qui fit jaser toute la ville. Un soir, chez le commandant de la batterie, Catherine Ivanovna me toisa du regard ; je ne m'approchai pas d'elle, dédaignant de faire sa connaissance. Je l'abordai quelque temps après, également à une soirée. Elle me regarda à peine, les lèvres dédaigneuses. « Attends un peu, pensai-je, je me vengerai ! » J'éais alors un vrai casse-cou, et je le sentais. Je sentais surtout que, loin d'être une naïve pensionnaire, « Katineka » avait du caractère, de la fierté, de la vertu, surtout beaucoup d'intelligence et d'instruction, ce qui me manquait totalement. Tu penses que

je voulais demander sa main ? Pas du tout. Je voulais
seulement me venger de son indifférence à mon égard. Ce fut
alors une noce à tout casser. Enfin, le lieutenant-colonel
m'infligea trois jours d'arrêts. A ce moment, le vieux
m'envoya six mille roubles contre une renonciation formelle à
tous mes droits et prétentions à la fortune de ma mère. Je n'y
entendais rien alors ; jusqu'à mon arrivée ici, frère, jusqu'à
ces derniers jours et peut-être même maintenant, je n'ai rien
compris à ces démêlés d'argent entre mon père et moi. Mais
au diable tout cela, on en reparlera. Déjà en possession de ces
six mille roubles, la lettre d'un ami m'apprit une chose fort
intéressante, à savoir qu'on était mécontent de notre lieutenant-colonel, soupçonné de malversations, que ses ennemis
lui préparaient une surprise. En effet, le commandant de la
division vint lui adresser une vigoureuse réprimande. Peu
après, il fut obligé de démissionner. Je ne te raconterai pas
tous les détails de cette affaire ; il avait, en effet, des
ennemis ; ce fut dans la ville un brusque refroidissement
envers lui et toute sa famille ; tout le monde les lâchait. C'est
alors que je servis mon premier tour. Comme je rencontrais
un jour Agathe Ivanovna, dont j'étais toujours l'ami, je lui
dis : « Il manque à votre père quatre mille cinq cents roubles
dans sa caisse... — Comment ? Quand le général est venu,
récemment, la somme était au complet... — Elle l'était alors,
mais plus maintenant. » Elle prit peur. « Ne m'effrayez pas,
je vous en prie, d'où tenez-vous cela ? — Rassurez-vous, lui
dis-je, je n'en parlerai à personne, vous savez qu'à cet égard
je suis muet comme la tombe. Je voulais seulement vous dire
ceci, à tout hasard : quand on réclamera à votre père ces
quatre mille cinq cents roubles qui lui manquent, plutôt que
de le laisser passer en jugement à son âge, envoyez-moi votre
sœur secrètement ; je viens de recevoir de l'argent, je lui
remettrai la somme et personne n'en entendra parler. — Ah !
quel gredin vous êtes ! quel méchant gredin ! Comment avez-
vous le front de dire de pareilles choses ? » Elle s'en alla,

suffoquée d'indignation et je lui criai par-derrière que le secret serait inviolablement gardé. Ces deux femmes, Agathe et sa tante, étaient de véritables anges ; elles adoraient la fière Katia, la servaient humblement. Agathe fit part à sa sœur de notre conversation, comme je l'appris par la suite. C'était justement ce qu'il me fallait.

« Sur ces entrefaites arrive un nouveau chef de bataillon. Le vieux tombe malade ; il garde la chambre deux jours entiers et ne rend pas ses comptes. Le docteur Kravtchenko assure que la maladie n'est pas simulée. Mais voici ce que je savais à coup sûr, et depuis longtemps : après chaque revision de ses chefs, le bonhomme faisait disparaître une certaine somme pour quelque temps, cela remontait à quatre ans. Il la prêtait à un homme de toute confiance, un marchand, veuf barbu, à lunettes d'or, Trifonov. Celui-ci allait à la foire, s'en servait pour ses affaires et la restituait aussitôt au colonel, avec un cadeau et une bonne commission. Mais cette fois-ci, Trifonov, à son retour de la foire, n'avait rien rendu (je l'appris par hasard de son fils, un morveux, gamin perverti s'il en fut). Le colonel accourut : « Je n'ai jamais rien reçu de vous », répondit le fourbe. Le malheureux ne bouge plus de chez lui, la tête entourée d'un bandage, les trois femmes lui appliquant de la glace sur le crâne. Arrive une ordonnance avec l'ordre de remettre la caisse immédiatement dans les deux heures. Il signa, j'ai vu plus tard sa signature sur le registre, se leva, disant qu'il allait mettre son uniforme, passa dans sa chambre à coucher. Là il prit son fusil de chasse, le chargea à balle, déchaussa son pied droit, appuya l'arme contre sa poitrine, tâtonnant du pied pour presser la détente. Mais Agathe, qui n'avait pas oublié mes paroles, soupçonnait quelque chose, et le guettait. Elle se précipita, l'entoura de ses bras, par-derrière ; le coup partit en l'air, sans blesser personne ; les autres accoururent et lui arrachèrent l'arme... Je me trouvais alors chez moi, au crépuscule, sur le point de sortir, habillé, coiffé, le mouchoir parfumé ; j'avais pris ma casquette ; soudain la porte s'ouvre et je vois entrer Catherine Ivanovna.

« Il y a des choses bizarres : personne ne l'avait remarquée dans la rue, quand elle allait chez moi, ni vu ni connu. Je logeais chez deux femmes de fonctionnaires, personnes âgées ; elles faisaient le service, m'écoutaient pour tout avec déférence et gardèrent sur mon ordre un secret absolu. Je compris à l'instant de quoi il s'agissait. Elle entra, le regard fixé sur moi ; ses yeux sombres exprimaient la décision, l'audace même, mais la moue de ses lèvres décelait la perplexité.

« Ma sœur m'a dit que vous donneriez quatre mille cinq cents roubles, si je venais les chercher... moi-même. Me voici... donnez l'argent !... » Elle suffoquait, prise de peur ; sa voix s'éteignit, ses lèvres tremblaient... Aliocha, tu m'écoutes ou tu dors ?

— Dmitri, je sais que tu me diras toute la vérité, repartit Aliocha ému.

— Tu peux y compter, je ne me ménagerai pas. Ma première pensée fut celle d'un Karamazov. Un jour, frère, je fus piqué par un mille-pattes et dus rester quinze jours au lit, avec la fièvre ; eh bien, je sentis alors au cœur la piqûre du mille-pattes, un méchant animal, sais-tu. Je la toisai. Tu l'as vue ? C'est une beauté. Mais elle était belle alors par sa noblesse morale, sa grandeur d'âme et son dévouement filial, à côté de moi, vil et répugnant personnage. C'est pourtant de moi qu'elle dépendait *toute*, corps et âme, comme encerclée. Je te l'avouerai : cette pensée, la pensée du mille-pattes, me saisit le cœur avec une telle intensité que je crus expirer d'angoisse. Aucune lutte ne semblait possible : je n'avais qu'à me conduire bassement, comme une méchante tarentule, sans l'ombre de pitié... Cela me traversa même l'esprit. Le lendemain, bien entendu, je serais venu demander sa main, pour en finir de la façon la plus noble, et personne n'aurait rien su de cette affaire. Car si j'ai des instincts bas, je

suis loyal. Et soudain, j'entends murmurer à mon oreille :
« Demain, quand tu iras lui offrir ta main, elle ne se
montrera pas et te fera chasser par le cocher. Tu peux me
diffamer par la ville, dira-t-elle, je ne te crains pas ! » Je
regardai la jeune fille pour voir si cette voix ne mentait pas.
L'expression de son visage ne laissait aucun doute, on me
mettrait à la porte. La colère me prit ; j'eus envie de lui jouer
le tour le plus vil, une crasse de boutiquier : la regarder
ironiquement et, pendant qu'elle se tiendrait devant moi, la
consterner, en prenant l'intonation dont seuls sont capables
les boutiquiers. « Quatre mille roubles ! Mais je plaisantais !
Vous avez compté trop facilement là-dessus, mademoiselle !
Deux cents roubles, avec plaisir et bien volontiers, mais
quatre mille, c'est de l'argent, cela, on ne les donne pas à la
légère. Vous vous êtes dérangée pour rien. »

« Vois-tu, j'aurais tout perdu, elle se serait enfuie, mais
cette vengeance infernale eût compensé le reste. Je lui aurais
joué ce tour, quitte à le regretter ensuite toute ma vie ! Le
croiras-tu, à de semblables minutes, je n'ai jamais regardé
une femme, quelle qu'elle fût, d'un air de haine. Eh bien, je
le jure sur la croix, pendant quelques secondes je la
contemplai avec une haine intense, celle qu'un cheveu seul
sépare de l'amour le plus ardent. Je m'approchai de la
fenêtre, appuyai le front à la vitre glacée, je me souviens que
le froid me faisait l'effet d'une brûlure. Je ne la retins pas
longtemps, sois tranquille ; j'allai à ma table, j'ouvris un
tiroir, et en tirai une obligation de cinq mille roubles au
porteur, qui se trouvait dans mon dictionnaire français. Sans
dire un mot, je la lui montrai, la pliai, la lui remis, puis
j'ouvris moi-même la porte de l'antichambre et lui fis un
profond salut. Elle tressaillit toute, me regarda fixement une
seconde, devint blanche comme un linge et, sans proférer
une parole, sans brusquerie, mais tendrement, doucement,
se prosterna à mes pieds, le front à terre, pas comme une
pensionnaire, mais à la russe ! Elle se releva et s'enfuit. Après

son départ, je tirai mon épée et voulus m'en percer,
pourquoi ? je n'en sais rien ; sans doute par enthousiasme ;
c'eût été absurde, évidemment. Comprends-tu qu'on puisse
se tuer de joie ? Mais je me bornai à baiser la lame et la remis
au fourreau... J'aurais bien pu ne pas t'en parler. Il me
semble, d'ailleurs, que j'ai un peu brodé, pour me vanter, en
te racontant les luttes de ma conscience. Mais qu'importe, au
diable tous les espions du cœur humain ! Voilà toute mon
aventure avec Catherine Ivanovna. Tu es seul, avec Ivan, à la
connaître. »

Dmitri se leva, fit quelques pas avec hésitation, tira son
mouchoir, s'essuya le front, puis se rassit, mais à une autre
place, sur le banc qui longeait l'autre mur, de sorte qu'Aliocha dut se tourner tout à fait de son côté.

V

CONFESSION D'UN CŒUR ARDENT
LA TÊTE EN BAS

« Eh bien, dit Aliocha, je connais maintenant la première
partie de l'affaire.

— C'est-à-dire un drame, qui s'est passé là-bas. La
seconde partie sera une tragédie et se déroulera ici.

— Je ne comprends rien à cette seconde partie.

— Et moi, est-ce que j'y comprends quelque chose ?

— Écoute, Dmitri, il y a un point important. Dis-moi, es-
tu encore fiancé ?

— Je ne me fiançai pas tout de suite, mais seulement trois
mois après cet événement. Le lendemain, je me dis que
c'était liquidé, terminé, qu'il n'y aurait pas de suite. Aller la
demander en mariage me parut une bassesse. De son côté,
elle ne me donna pas signe de vie durant les six semaines
qu'elle passa encore dans la ville. A part une exception,

cependant : le lendemain de sa visite, leur femme de chambre se glissa chez moi, et, sans dire un mot, me remit une enveloppe à mon adresse. Je l'ouvre, elle contenait le reliquat des cinq mille roubles. Il avait fallu en restituer quatre mille cinq cents, la perte en vendant l'obligation dépassait deux cents roubles. Elle m'en rendait deux cent soixante, je crois — je ne me rappelle pas exactement — et sans un mot d'explication. Je cherchai dans le paquet un signe quelconque au crayon, rien ! Je fis la noce avec ce qui restait de mon argent, si bien que le nouveau major fut obligé de me faire des remontrances. Le lieutenant-colonel avait rendu sa caisse intacte, à l'étonnement général, car on croyait la chose impossible. Après quoi, il tomba malade, resta trois semaines alité et succomba en cinq jours à un ramollissement du cerveau. On l'enterra avec tous les honneurs militaires, car il n'avait pas encore été mis à la retraite. Dix jours après les funérailles, Catherine Ivanovna, sa sœur et leur tante, partirent pour Moscou. Le jour de leur départ seulement (je ne les avais pas revues), je reçus un billet bleu, avec cette seule ligne écrite au crayon : « Je vous écrirai. Attendez. C. »

« A Moscou, leurs affaires s'arrangèrent d'une manière aussi rapide qu'inattendue, comme dans un conte des *Mille et Une Nuits*. La principale parente de Catherine Ivanovna, une générale, perdit brusquement ses deux nièces, ses plus proches héritières, mortes dans la même semaine de la petite vérole. Bouleversée, elle s'attacha à Katia comme à sa propre fille, voyant en elle son dernier espoir, refit son testament en sa faveur et lui donna de la main à la main quatre-vingt mille roubles comme dot, pour en disposer à sa guise. Elle est hystérique ; j'eus l'occasion plus tard de l'observer à Moscou. Un beau matin, je reçois par la poste quatre mille cinq cents roubles, à mon extrême surprise, bien entendu. Trois jours après arrive la lettre promise. Je l'ai encore, je la conserverai jusqu'à ma mort ; veux-tu que je te la montre ? Ne manque pas de la lire : elle s'offre elle-même à partager ma vie. « Je

vous aime follement ; que vous ne m'aimiez pas, cela m'est
égal, contentez-vous d'être mon mari. Ne vous effrayez pas,
je ne vous gênerai en rien ; je serai un de vos meubles, le tapis
sur lequel vous marchez... Je veux vous aimer éternellement,
je vous sauverai de vous-même... » Aliocha, je suis indigne
même de rapporter ces lignes dans mon vil langage, du ton
dont je n'ai jamais pu me corriger ! Jusqu'à maintenant, cette
lettre m'a percé le cœur, et crois-tu que je me sente à mon
aise, aujourd'hui ? Je lui répondis aussitôt, car il m'était
impossible d'aller à Moscou. J'écrivis avec mes larmes. Je
rougirai éternellement de lui avoir rappelé qu'elle était
maintenant riche et dotée — et moi sans ressources. J'aurais
dû me contenir, mais ma plume me trahit. J'écrivis aussi à
Ivan, alors à Moscou, et lui expliquai tout ce qu'il était
possible, une lettre de six pages ; j'envoyai Ivan chez elle.
Qu'as-tu à me regarder ? Oui, Ivan est tombé amoureux de
Katia, il est toujours épris d'elle, je le sais. J'ai fait une
sottise, au point de vue du monde, mais c'est peut-être cette
sottise qui nous sauvera tous. Ne vois-tu pas qu'elle l'honore,
qu'elle l'estime ? Peut-elle, après nous avoir comparés, aimer
un homme tel que moi, surtout après ce qui s'est passé ici ?

— Je suis persuadé que c'est un homme comme toi qu'elle
doit aimer, et non pas un homme comme lui.

— C'est sa propre vertu qu'elle aime, et non pas moi,
laissa échapper Dmitri malgré lui, avec irritation. — Il se mit
à rire, mais soudain ses yeux étincelèrent ; il devint tout
rouge et donna un violent coup de poing sur la table. — Je le
jure, Aliocha, s'écria-t-il dans un accès de fureur non jouée
contre lui-même, tu peux le croire ou non, aussi vrai que
Dieu est saint et que le Christ est Dieu, et, bien que j'aie
raillé ses nobles sentiments, je ne doute pas de leur angélique
sincérité ; je sais que mon âme est un million de fois plus vile
que la sienne. C'est dans cette certitude que consiste la
tragédie. Le beau malheur, que l'on déclame quelque peu !
Moi aussi, je déclame et pourtant je suis parfaitement

sincère. Quant à Ivan, j'imagine qu'il doit maudire la nature, lui si intelligent ! Qui a eu la préférence ? Un monstre tel que moi, qui n'ai pu m'arracher à la débauche, quand tous m'observaient, et cela sous les yeux de ma fiancée ! Et c'est moi qu'on préfère ! Mais pourquoi ? Parce que cette jeune fille veut, par reconnaissance, se contraindre à une existence malheureuse ! C'est absurde ! Je n'ai jamais parlé à Ivan dans ce sens, et lui, bien entendu, n'y a jamais fait la moindre allusion ; mais le destin s'accomplira ; à chacun selon ses mérites ; le réprouvé s'enfoncera définitivement dans le bourbier qu'il affectionne. Je radote, les mots ne rendent pas ma pensée, mais ce que j'ai fixé se réalisera. Je me noierai dans la fange et elle épousera Ivan.

— Frère, attends, interrompit Aliocha dans une agitation extraordinaire ; il y a un point que tu ne m'as pas encore expliqué. Tu restes son fiancé : comment veux-tu rompre, si elle s'y oppose ?

— Oui, je suis son fiancé, nous avons reçu la bénédiction officielle, à Moscou, en grande cérémonie, avec les icônes. La générale nous bénit ; figure-toi qu'elle félicita même Katia : « Tu as bien choisi, dit-elle, je lis dans son cœur. » Quant à Ivan, il ne lui plut pas ; elle ne lui adressa aucun compliment. A Moscou, j'eus de longues causeries avec Katia ; je me peignis noblement, tel que j'étais, en toute sincérité. Elle écouta tout :

> *Ce fut un trouble charmant.*
> *Ce furent de tendres paroles...*

Il y eut aussi des paroles fières. Elle m'arracha la promesse de me corriger. Je promis. Et voilà où j'en suis.

— Eh bien, quoi ?

— Je t'ai appelé, je t'ai amené ici aujourd'hui, rappelle-toi, pour t'envoyer ce même jour chez Catherine Ivanovna, et...

— Quoi donc ?

— Lui dire que je n'irai plus jamais chez elle, en la saluant de ma part.

— Est-ce possible ?

— Non, c'est impossible, aussi je te prie d'y aller à ma place, je ne pourrais pas lui dire cela moi-même.

— Et toi, où iras-tu ?

— Je retournerai à mon bourbier.

— C'est-à-dire chez Grouchegnka ? s'écria tristement Aliocha en joignant les mains — Rakitine avait donc raison. Et moi qui croyais que c'était seulement une liaison passagère !

— Un fiancé, avoir une liaison ! Est-ce possible, avec une telle fiancée et aux yeux de tous ? Je n'ai pas perdu tout honneur. Du moment où je fréquentai Grouchegnka, je cessai d'être fiancé et honnête homme, je m'en rends compte. Qu'as-tu à me regarder ? La première fois que je suis allé chez elle c'était dans l'intention de la battre. J'avais appris, et je sais maintenant de source sûre, que ce capitaine, délégué par mon père, avait remis à Grouchegnka un billet à ordre signé de moi ; il s'agissait de me poursuivre en justice, dans l'espoir de me mater et d'obtenir mon désistement ; on voulait me faire peur. J'avais déjà eu l'occasion de l'entrevoir : c'est une femme qui ne frappe pas dès l'abord. Je connais l'histoire de ce vieux marchand, son amant, qui n'en a plus pour longtemps, mais qui lui laissera une jolie somme. Je la savais cupide, prêtant à usure, fourbe et coquine, sans pitié ! J'allais donc chez elle pour la corriger et… j'y restai. Cette femme-là, vois-tu, c'est la peste ! Je me suis contaminé, je l'ai dans la peau. Tout est fini désormais, il n'y a plus d'autre perspective. Le cycle des temps est révolu. Voilà où j'en suis. Comme par un fait exprès, j'avais alors trois mille roubles en poche. Nous sommes allés à Mokroïé, à vingt-cinq verstes d'ici, j'ai fait venir des tziganes, j'ai offert le champagne à tous les paysans, aux femmes et aux filles de l'endroit. Trois jours après, j'étais à sec. Tu penses que j'ai obtenu la moindre faveur ? Elle ne m'a rien montré. Elle est toute en replis, je t'assure. La friponne, son corps rappelle une couleuvre, cela se voit à ses jambes, jusqu'au petit doigt de son pied gauche qui en porte la marque. Je l'ai vu et baisé, mais c'est tout, je te le jure. Elle m'a dit : « Veux-tu que je t'épouse, bien que pauvre. Si tu me promets de ne pas me battre et de me laisser faire tout ce que je voudrai, je me marierai peut-être ! » Et elle s'est mise à rire, elle en rit encore maintenant ! »

Dmitri Fiodorovitch se leva en proie à une sorte de fureur. Il avait l'air ivre. Ses yeux étaient injectés de sang.

« Tu comptes sérieusement l'épouser ?

— Si elle consent, je l'épouserai tout de suite ; si elle refuse, je resterai quand même avec elle, je serai son valet. Quant à toi, Aliocha... — Il s'arrêta devant lui et se mit à le secouer violemment par les épaules. — Sais-tu, innocent, que tout ceci est un vrai délire, un délire inconcevable, car il y a là une tragédie ! Apprends, Aliocha, que je puis être un homme perdu, aux passions viles, mais que Dmitri Karamazov ne sera jamais un voleur, un vulgaire filou. Eh bien, apprends maintenant que je suis ce voleur, ce filou ! Comme je me disposais à aller chez Grouchegnka pour la châtier, Catherine Ivanovna me fit venir et me pria en grand secret (j'ignore pour quel motif) d'aller au chef-lieu envoyer trois mille roubles à sa sœur à Moscou. Personne ne devait le savoir en ville. Je me rendis donc chez Grouchegnka avec ces trois mille roubles en poche, et ils servirent à payer notre excursion à Mokroïé. Ensuite je fis semblant d'être allé au chef-lieu, d'avoir envoyé l'argent ; quant au récépissé, j'ai « oublié » de le lui porter malgré ma promesse. Maintenant, qu'en penses-tu ? Tu iras lui dire : « Il vous fait saluer. » Elle te demandera : « Et l'argent ? » Tu lui répondras : « C'est un être bassement sensuel, une créature vile, incapable de se contenir. Au lieu d'envoyer votre argent, il l'a gaspillé, ne

pouvant résister à la tentation. » Mais si tu pouvais ajouter :
« Dmitri Fiodorovitch n'est pas un voleur, voici vos trois
mille roubles qu'il restitue, envoyez-les vous-même à Agathe
Ivanovna et recevez ses hommages », il n'y aurait que demi-
mal, tandis que si elle te demande : « Où est l'argent ? »

— Dmitri, tu es malheureux, mais moins que tu ne
penses ; ne te tue pas de désespoir !

— Penses-tu que je vais me brûler la cervelle, si je n'arrive
pas à rembourser ces trois mille roubles ? Pas du tout. Je n'en
ai pas la force ; plus tard, peut-être... Mais pour le moment je
vais chez Grouchegnka... J'y laisserai ma peau !

— Et alors ?

— Je l'épouserai, si elle veut bien de moi ; quand ses
amants viendront, je passerai dans la chambre voisine. Je
serai là pour cirer leurs chaussures, préparer le samovar, faire
les commissions...

— Catherine Ivanovna comprendra tout, déclara solennellement Aliocha : elle comprendra ton profond chagrin et te
pardonnera. Elle a l'esprit élevé, elle verra qu'on ne peut pas
être plus malheureux que toi.

— Elle ne pardonnera pas. Il y a là une chose impardonna-
ble aux yeux de toute femme.

— Sais-tu ce qu'il vaut mieux faire ?

— Et quoi ?

— Lui rendre les trois mille roubles.

— Où les prendre ?...

— Écoute, j'en ai deux mille, Ivan t'en donnera mille, cela
fait le compte.

— Quand les aurai-je, tes trois mille roubles ? Tu es
encore mineur, au surplus, et il faut absolument que tu
rompes avec elle en mon nom aujourd'hui même, en rendant
l'argent ou non, car, au point où en sont les choses, je ne puis
traîner plus longtemps. Demain, ce serait trop tard. Va chez
le vieux.

— Chez notre père ?

— Oui, chez lui d'abord. Demande-lui la somme.

— Dmitri, jamais il ne la donnera.

— Parbleu, je le sais bien ! Alexéi, sais-tu ce que c'est que le désespoir ?

— Oui.

— Écoute : juridiquement il ne me doit rien. J'ai reçu ma part, je le sais ; mais moralement, me doit-il oui ou non quelque chose ? C'est avec les vingt-huit mille roubles de ma mère qu'il en a gagné cent mille. Qu'il me donne seulement trois mille roubles, pas davantage, il aura sauvé mon âme de l'enfer et beaucoup de péchés lui seront pardonnés. Je me contenterai de cette somme, je te le jure, il n'entendra plus parler de moi. Je lui fournis une dernière fois l'occasion d'être un père. Dis-lui que c'est Dieu qui la lui offre.

— Dmitri, il ne les donnera à aucun prix.

— Je le sais bien, j'en suis sûr. Maintenant surtout ! Mais il y a mieux. Ces jours-ci, il a appris pour la première fois *sérieusement* (remarque cet adverbe) que Grouchegnka ne plaisantait pas et se déciderait peut-être à faire le saut, à m'épouser. Il connaît son caractère, à cette chatte. Eh bien, me donnerait-il de l'argent par-dessus le marché, pour favoriser la chose, alors qu'il est fou d'elle ? Ce n'est pas tout ; écoute ceci : depuis cinq jours déjà, il a mis de côté trois mille roubles en billets de cent, dans une grande enveloppe avec cinq cachets, nouée d'une faveur rose. Tu vois comme je suis au courant ! L'enveloppe porte ceci : « Pour mon ange, Grouchegnka, si elle consent à venir chez moi. » Il a griffonné cela lui-même, à la dérobée, et tout le monde ignore qu'il a cet argent, excepté le valet Smerdiakov dont il est aussi sûr que de lui-même. Voilà trois ou quatre jours, qu'il attend Grouchegnka, dans l'espoir qu'elle viendra chercher l'enveloppe ; elle lui a fait « savoir qu'elle viendrait peut-être ». Si elle va chez le vieux, je ne pourrai plus l'épouser. Comprends-tu maintenant pourquoi je me cache ici et qui je guette ?

— Elle ?

— Oui. Ces garces ont cédé une chambrette à Foma [1], un ancien soldat de mon bataillon. Il est à leur service, monte la garde la nuit et tire les coqs de bruyère dans la journée. Je me suis installé chez lui ; ces femmes et lui ignorent mon secret, à savoir que je suis ici pour guetter.

— Smerdiakov seul le sait ?

— Oui. C'est lui qui m'avertira, si Grouchegnka va chez le vieux.

— C'est lui qui t'a parlé du paquet ?

— En effet. C'est un grand secret. Ivan lui-même n'est au courant de rien. Le vieux l'a envoyé promener à Tchermachnia pour deux ou trois jours ; un acheteur s'est présenté, pour le bois, il en offre huit mille roubles ; le vieux a prié Ivan de l'aider, d'y aller à sa place. Il veut l'éloigner pour recevoir Grouchegnka.

— Il l'attend par conséquent aujourd'hui ?

— Non, d'après certains indices, elle ne viendra pas aujourd'hui, sûrement pas ! s'écria Dmitri. C'est aussi le sentiment de Smerdiakov. Le vieux est maintenant attablé avec Ivan, en train de boire. Va donc, Alexéi, demande-lui ces trois mille roubles.

— Mitia, mon cher, qu'as-tu donc ! s'exclama Aliocha en bondissant de sa place pour examiner le visage égaré de Dmitri. Il crut un instant que son frère était devenu fou.

— Eh bien ! quoi ? Je n'ai pas perdu l'esprit, proféra celui-ci, le regard fixe et presque solennel. N'aie crainte. Je sais ce que je dis, je crois aux miracles.

— Aux miracles ?

— Aux miracles de la Providence. Dieu connaît mon cœur. Il voit mon désespoir. Est-ce qu'il laisserait s'accomplir une telle horreur ? Aliocha, je crois aux miracles, va !

— J'irai. Dis-moi, tu m'attendras ici ?

— Bien sûr. Je comprends que ce sera long, on ne peut pas l'aborder carrément. Il est ivre à présent. J'attendrai ici

trois, quatre, cinq heures, mais sache qu'aujourd'hui, même
à minuit, tu dois aller chez Catherine, *avec ou sans argent,* et
lui dire : « Dmitri Fiodorovitch m'a prié de vous saluer. » Je
veux que tu répètes cette phrase exactement.

— Mitia, et si Grouchegnka vient aujourd'hui... ou
demain, ou après-demain ?

— Grouchegnka ? Je surveillerai, je forcerai la porte et
j'empêcherai.

— Mais si...

— Alors, je tuerai. Je ne le supporterai pas.

— Qui tueras-tu ?

— Le vieux. Elle, je ne la toucherai pas.

— Frère, que dis-tu ?

— Je ne sais pas, je ne sais pas... Peut-être le tuerai-je,
peut-être ne le tuerai-je pas. Je crains de ne pouvoir
supporter son visage *à ce moment-là*. Je hais sa pomme
d'Adam, son nez, ses yeux, son sourire impudent. Il me
dégoûte. Voilà ce qui m'effraie, je ne pourrai pas me
contenir.

— Je vais, Mitia. Je crois que Dieu arrangera tout pour le
mieux, et nous épargnera ces choses horribles.

— Et moi, j'attendrai le miracle. Mais, s'il ne s'accomplit
pas, alors... »

Aliocha, pensif, s'en alla chez son père.

VI

SMERDIAKOV

Il trouva Fiodor Pavlovitch encore à table. Comme d'habitude, le couvert était mis dans le salon et non dans la salle à
manger. C'était la plus grande pièce de la maison, meublée
avec une certaine prétention surannée. Les meubles, fort
anciens, étaient blancs, recouverts d'une étoffe rouge mi-soie

mi-coton. Il y avait des trumeaux aux cadres prétentieux, sculptés à la vieille mode, également blancs et dorés. Aux murs, dont la tapisserie blanche était fendue en maints endroits, figuraient deux grands portraits, celui d'un ancien gouverneur de la province, et celui d'un prélat, mort lui aussi depuis longtemps. Dans l'angle qui faisait face à la porte d'entrée se trouvaient plusieurs icônes, devant lesquelles brûlait une lampe pendant la nuit, moins par dévotion que pour éclairer la chambre. Fiodor Pavlovitch se couchait fort tard, à trois ou quatre heures du matin, et jusque-là se promenait de long en large ou méditait dans son fauteuil. C'était devenu une habitude. Il passait souvent la nuit seul, après avoir congédié les domestiques, mais la plupart du temps le valet Smerdiakov dormait dans l'antichambre, couché sur un long coffre.

A l'arrivée d'Aliocha le dîner s'achevait, on avait servi les confitures et le café. Fiodor Pavlovitch aimait les douceurs après le dîner avec du cognac. Ivan prenait le café avec son père. Les domestiques, Grigori et Smerdiakov, se tenaient près de la table. Maîtres et serviteurs étaient visiblement de joyeuse humeur. Fiodor Pavlovitch riait aux éclats ; Aliocha, dès le vestibule, reconnut son rire glapissant qui lui était si familier. Il en conclut que son père, encore éloigné de l'ivresse, se trouvait dans d'heureuses dispositions.

« Le voilà enfin ! s'écria Fiodor Pavlovitch, enchanté de l'arrivée d'Aliocha. Viens t'asseoir avec nous. Veux-tu du café noir, il est bouillant et fameux ? Je ne t'offre pas de cognac, puisque tu jeûnes. Mais si tu en veux... Non, je te donnerai plutôt une de ces liqueurs. Smerdiakov, va au buffet, tu la trouveras sur le second rayon, à droite, voici les clefs, oust ! »

Aliocha commença par refuser.

« On la servira quand même, pour nous, sinon pour toi. Dis-moi, as-tu dîné ? »

Aliocha répondit que oui ; en réalité, il avait mangé un

morceau de pain et bu un verre de *kvass*, à la cuisine du Père Abbé.

« Je prendrai volontiers une tasse de café.

— Ah! le gaillard! il ne refuse pas le café! Faut-il le réchauffer? Non, il est encore bouillant. C'est du fameux café, préparé par Smerdiakov. Il est passé maître pour le café, les tourtes et la soupe au poisson. Tu viendras un jour manger la soupe au poisson chez nous. Avertis-moi à l'avance. A propos, ne t'ai-je pas dit de transporter ici ton matelas et tes oreillers, aujourd'hui même? Est-ce fait? hé, hé!

— Non, je ne les ai pas apportés, répondit Aliocha, souriant aussi.

— Ah! Ah! et cependant tu as eu peur, avoue que tu as eu peur! Suis-je capable de te faire de la peine, mon chéri? Écoute, Ivan, quand il me regarde dans les yeux en riant, je ne peux pas y résister. La joie me dilate les entrailles, rien qu'à le voir. Je l'aime! Aliocha, viens recevoir ma bénédiction. »

Aliocha se leva, mais Fiodor Pavlovitch s'était ravisé.

« Non, je ferai seulement un signe de croix, comme ça, va t'asseoir. A propos, tu vas être content : l'ânesse de Balaam a parlé, et sur un sujet qui te tient à cœur. Écoute un peu son langage : cela te fera rire. »

L'ânesse de Balaam n'était autre que le valet. Smerdiakov, jeune homme de vingt-quatre ans, insociable, taciturne, arrogant et qui paraissait mépriser tout le monde. Le moment est venu de dire quelques mots du personnage. Élevé par Marthe Ignatièvna et Grigori Vassiliévitch, le gamin, « nature ingrate », selon l'expression de Grigori, avait grandi sauvage dans son coin. Il prenait plaisir à pendre les chats, puis à les enterrer en grande cérémonie : il s'affublait d'un drap de lit en guise de chasuble, et chantait en agitant un simulacre d'encensoir au-dessus du cadavre; tout cela dans le plus grand mystère. Grigori le surprit un jour et le

fouetta rudement. Pendant une semaine, le gamin se blottit
dans un coin, en regardant de travers. « Il ne nous aime pas,
le monstre, disait Grigori à Marthe. D'ailleurs, il n'aime
personne. — Es-tu vraiment un être humain ? demanda-t-il
une fois à Smerdiakov. Non, tu es né de l'humidité des
étuves... » Smerdiakov, comme on le vit par la suite, ne lui
avait jamais pardonné ces paroles. Grigori lui apprit à lire et
lui enseigna l'histoire sainte dès sa douzième année. Mais
cette tentative fut malheureuse. Un jour, à une des premières
leçons, le gamin se mit à rire.

« Qu'as-tu ? demanda Grigori en le regardant sévèrement
par-dessus ses lunettes.

— Rien. Dieu a créé le monde le premier jour, le soleil, la
lune et les étoiles le quatrième jour. D'où venait donc la
lumière le premier jour ? »

Grigori demeura stupide. Le gamin considérait son maître
d'un air ironique, son regard semblait même le provoquer.
Grigori ne put se contenir : « Voilà d'où elle est venue »,
s'écria-t-il en le soufflant violemment. L'enfant ne broncha
pas, mais se blottit de nouveau dans son coin pour plusieurs
jours. Une semaine après, il eut une première crise d'épilepsie, maladie qui ne le quitta plus désormais. Fiodor Pavlovitch changea aussitôt sa manière d'être envers le gamin.
Jusqu'alors il le regardait avec indifférence, bien qu'il ne le
grondât jamais et lui donnât un kopek chaque fois qu'il le
rencontrait ; quand il était de bonne humeur, il lui envoyait
du dessert de sa table. La maladie de l'enfant provoqua sa
sollicitude ; il fit venir un médecin, on essaya un traitement,
mais Smerdiakov était incurable. Il avait en moyenne une
crise tous les mois, à intervalles irréguliers. Les attaques
variaient d'intensité, tantôt faibles, tantôt violentes. Fiodor
Pavlovitch défendit formellement à Grigori de battre le
gamin et donna à celui-ci accès dans sa maison. Il interdit
également toute étude jusqu'à nouvel ordre. Un jour —
Smerdiakov avait alors quinze ans — Fiodor Pavlovitch

l'aperçut en train de lire les titres des ouvrages à travers les vitres de la bibliothèque. Fiodor Pavlovitch possédait une centaine de volumes, mais on ne l'avait jamais vu y toucher. Il donna aussitôt les clefs à Smerdiakov. « Tiens, dit-il, tu seras mon bibliothécaire ; assieds-toi et lis, cela vaudra mieux que de flâner dans la cour. Prends ceci. » Et Fiodor Pavlovitch lui tendit les *Soirées à la ferme près de Dikanka*[1].

Ce livre ne plut pas au garçon, qui l'acheva d'un air maussade, sans avoir ri une seule fois.

« Eh bien, ce n'est pas amusant ? » lui demanda Fiodor Pavlovitch.

Smerdiakov garda le silence.

« Réponds donc, imbécile.

— Il n'y a que des mensonges, là-dedans, marmotta Smerdiakov en souriant.

— Va-t'en au diable, faquin ! Attends, voici l'*Histoire universelle*, de Smaragdov[2]. Ici tout est vrai, lis. »

Mais Smerdiakov n'en lut pas dix pages, il trouvait cela assommant. Il ne fut plus question de la bibliothèque. Bientôt Marthe et Grigori rapportèrent à Fiodor Pavlovitch que Smerdiakov était devenu très difficile, qu'il faisait le dégoûté ; en contemplation devant son assiette de soupe, il l'examinait, en puisait une cuillerée, la regardait à la lumière.

« Il y a un cafard, peut-être ? demandait parfois Grigori.

— Ou bien une mouche ? » insinuait Marthe.

Le méticuleux jeune homme ne répondait jamais, mais il procédait de même avec le pain, la viande, tous les mets ; prenant un morceau avec sa fourchette, il l'étudiait à la lumière comme au microscope, et, après réflexion, se décidai à le porter à sa bouche. « On dirait un fils à papa », murmurait Grigori en le regardant. Fiodor Pavlovitch, mis au courant de cette manie de Smerdiakov, décréta aussitôt qu'il avait la vocation de cuisinier et l'envoya apprendre son art à Moscou. Il y passa plusieurs années et revint fort changé d'aspect : vieilli hors de proportion avec son âge, ridé, jauni, il ressemblait à un *skopets*[1]. Moralement il était presque le même qu'avant son départ ; toujours un vrai sauvage qui fuyait la société. On apprit plus tard qu'à Moscou il n'avait guère desserré les lèvres ; la ville elle-même l'avait fort peu intéressé ; une soirée passée au théâtre lui avait déplu. Il rapportait des vêtements et du linge convenables, brossait soigneusement ses habits deux fois par jour, et aimait beaucoup à cirer ses bottes élégantes, en veau, avec un cirage anglais spécial, qui les faisait reluire comme un miroir. Il se révéla excellent cuisinier. Fiodor Pavlovitch lui assigna des gages qui passaient presque entièrement en vêtements, pommades, parfums, etc. Il paraissait faire aussi peu de cas des femmes que des hommes, se montrait avec elles gourmé et presque inabordable. Fiodor Pavlovitch se mit à le considérer d'un point de vue un peu différent. Ses crises devenant plus fréquentes, Marthe Ignatièvna le remplaçait ces jours-là à la cuisine, ce qui ne convenait nullement à son maître.

« Pourquoi as-tu des crises plus souvent qu'autrefois ? demandait-il au nouveau cuisinier en le dévisageant. Tu devrais prendre femme ; veux-tu que je te marie ? »

Mais Smerdiakov ne répondait rien à ces propos qui le rendaient blême de dépit. Fiodor Pavlovitch s'en allait en haussant les épaules. Il le savait foncièrement honnête, incapable de dérober quoi que ce fût, et c'était l'essentiel. Fiodor Pavlovitch, étant ivre, perdit dans sa cour trois billets de cent roubles qu'il venait de recevoir et ne s'en aperçut que le lendemain ; comme il fouillait dans ses poches, il les vit sur la table. Smerdiakov les avait trouvés et rapportés la veille. « Je n'ai jamais rencontré ton pareil, mon brave », dit laconiquement Fiodor Pavlovitch, et il lui fit cadeau de dix roubles. Il faut ajouter que non seulement il était sûr de son honnêteté, mais qu'il avait pour lui de l'affection, bien que le jeune homme lui fît la mine comme aux autres. Si l'on s'était demandé en le regardant : « à quoi s'intéresse ce jeune homme, qu'est-ce qui le préoccupe principalement ? » on n'aurait pu trouver de réponse. Cependant, tant à la maison, que dans la cour ou dans la rue, il arrivait à Smerdiakov de demeurer plongé dans ses songes pendant une dizaine de minutes. Son visage n'eût alors rien révélé à un physionomiste ; aucune pensée, du moins, mais seulement les indices d'une sorte de contemplation. Il y a un remarquable tableau du peintre Kramskoï[1], intitulé le *Contemplateur*. C'est l'hiver, dans la forêt ; sur la route se tient un paysan en houppelande déchirée et en bottes de tille, qui paraît réfléchir ; en réalité il ne pense pas, il « contemple » quelque chose. Si on le heurtait, il tressaillirait et vous regarderait comme au sortir du sommeil, mais sans comprendre. A vrai dire, il se remettrait aussitôt ; mais qu'on lui demande à quoi il songeait, sûrement il ne se rappellerait rien, tout en s'incorporant l'impression sous laquelle il se trouvait durant sa contemplation. Ces impressions lui sont chères et elles s'accumulent en lui, imperceptiblement, à son insu, sans qu'il sache à quelle fin. Un jour, peut-être, après les avoir emmagasinées durant des années, il quittera tout et s'en ira à Jérusalem, faire son salut, à moins qu'il ne mette le feu à son village natal ! Peut-être même fera-t-il l'un et l'autre. Il y a beaucoup de contemplateurs dans notre peuple. Smerdiakov était certainement un type de ce genre, et il emmagasinait avidement ses impressions, sans savoir pourquoi.

VII

UNE CONTROVERSE

Or, l'ânesse de Balaam se mit à parler soudain, et sur un thème bizarre. Le matin, Grigori, se trouvant dans la boutique du marchand Loukianov, l'avait entendu raconter ceci : un soldat russe fut fait prisonnier dans une région éloignée par des Asiatiques qui le sommèrent, sous la menace

de la torture et de la mort, d'abjurer le christianisme et de
se convertir à l'Islam. Ayant refusé de trahir sa foi, il subit
le martyre, se laissa écorcher, mourut en glorifiant le
Christ. Cette fin héroïque était relatée dans le journal reçu
le matin même. Grigori en parla à table. Fiodor Pavlovitch
avait toujours aimé, au dessert, plaisanter et bavarder,
même avec Grigori. Il était cette fois d'humeur enjouée,
éprouvant une détente agréable. Après avoir écouté la
nouvelle en sirotant son cognac, il insinua qu'on aurait dû
canoniser ce soldat et transférer sa peau dans un monastère. « Le peuple la couvrirait d'argent. » Grigori se renfro-
gna, en voyant que, loin de s'amender, Fiodor Pavlovitch
continuait à railler les choses saintes. A ce moment, Smerdiakov, qui se tenait près de la porte, sourit. Déjà, auparavant, il était souvent admis dans la salle à manger, vers la
fin du repas ; mais depuis l'arrivée d'Ivan Fiodorovitch, il
y venait presque tous les jours.

« Eh bien, quoi ? demanda Fiodor Pavlovitch, comprenant que ce sourire visait Grigori.

— Je pense à ce brave soldat, dit soudain Smerdiakov à
voix haute ; son héroïsme est sublime, mais, à mon sens, il
n'y aurait eu, en pareil cas, aucun péché à renier le nom
du Christ et le baptême, pour sauver ainsi sa vie et la
consacrer aux bonnes œuvres, qui rachèteraient un moment
de faiblesse.

— Comment, aucun péché ? Tu mens, cela te vaudra
d'aller en enfer où l'on te rôtira comme un mouton »,
répliqua Fiodor Pavlovitch.

C'est alors que survint Aliocha, à la grande satisfaction
de Fiodor Pavlovitch, comme on l'a vu.

« Il est question de ton thème favori, reprit-il dans un
ricanement joyeux en faisant asseoir Aliocha.

— Sottises que tout cela ! il n'y aura aucune punition, il
ne doit pas y en avoir, en toute justice, affirma Smerdiakov.

— Comment, en toute justice ! s'écria Fiodor Pavlovitch redoublant de gaieté et poussant Aliocha du genou.

— Un gredin, voilà ce qu'il est ! laissa échapper Grigori, fixant Smerdiakov avec colère.

— Un gredin, comme vous y allez, Grigori Vassiliévitch ! répliqua Smerdiakov en conservant son sang-froid. Songez plutôt que, tombé au pouvoir de ceux qui torturent les chrétiens, et sommé par eux de maudire le nom de Dieu et de renier mon baptême, ma propre raison m'y autorise pleinement, car il ne peut y avoir là aucun péché.

— Tu l'as déjà dit, ne t'étends pas, mais prouve-le ! cria Fiodor Pavlovitch.

— Gâte-sauce ! murmura Grigori avec mépris.

— Gâte-sauce, tant que vous voulez, mais sans gros mots, jugez vous-même, Grigori Vassiliévitch. Car, à peine ai-je dit à mes bourreaux : « non, je ne suis pas chrétien et je maudis le vrai Dieu », qu'aussitôt je deviens anathème aux yeux de la justice divine ; je suis retranché de la sainte Église, tel un païen ; par conséquent à l'instant même où je profère, ou plutôt où je songe à proférer ces paroles, je suis excommunié. Est-ce vrai, oui ou non, Grigori Vassiliévitch ? »

Smerdiakov s'adressait avec une satisfaction visible à Grigori, tout en ne répondant qu'aux questions de Fiodor Pavlovitch ; il s'en rendait parfaitement compte, mais feignait de croire que c'était Grigori qui lui posait ces questions.

« Ivan, s'écria Fiodor Pavlovitch, penche-toi à mon oreille... C'est pour toi qu'il pérore, il veut recevoir tes éloges. Fais-lui ce plaisir. »

Ivan écouta avec un grand sérieux la remarque de son père.

« Attends une minute, Smerdiakov, reprit Fiodor Pavlovitch. Ivan, approche-toi de nouveau. »

Ivan se pencha, toujours avec le même sérieux.

« Je t'aime autant qu'Aliocha. Ne va pas croire que je ne t'aime pas. Un peu de cognac ? »

— Volontiers... « Tu parais avoir ton compte », se dit

Ivan en fixant son père. Il observait Smerdiakov avec une extrême curiosité.

— Tu es dès maintenant maudit en anathème, éclata Grigori. Comment oses-tu encore discuter, gredin !

— Pas d'injures, Grigori, calme-toi ! interrompit Fiodor Pavlovitch.

— Patientez un tant soit peu, Grigori Vassiliévitch, car je n'ai pas fini. Au moment où je renie Dieu, à cet instant même, je suis devenu une sorte de païen, mon baptême est effacé et ne compte pour rien, n'est-ce pas ?

— Dépêche-toi de conclure, mon brave, le stimula Fiodor Pavlovitch, en sirotant son cognac avec délices.

— Si je ne suis plus chrétien, je n'ai donc pas menti à mes bourreaux, quand ils me demandaient : « Es-tu chrétien ou non ? », car j'étais déjà « déchristianisé » par Dieu même, par suite seulement de mon intention et avant d'avoir ouvert la bouche. Or, si je suis déchu, comment et de quel droit me demandera-t-on des comptes dans l'autre monde, en qualité de chrétien, pour avoir abjuré le Christ, alors que pour la seule préméditation, j'aurais déjà été « débaptisé » ? Si je ne suis plus chrétien je ne puis plus abjurer le Christ, car ce sera déjà fait. Qui donc, même au ciel, demandera à un Tatar de n'être pas né chrétien, et qui voudra l'en punir ? Le proverbe ne dit-il pas que l'on ne saurait écorcher deux fois le même taureau ? Si le Tout-Puissant demande des comptes à un Tatar à sa mort, je suppose qu'il le punira légèrement (ne pouvant l'absoudre tout à fait), car il ne saurait vraiment lui reprocher d'être païen, de parents qui l'étaient. Le Seigneur peut-il prendre de force un Tatar et prétendre qu'il était chrétien ? Ce serait contraire à la vérité. Or, peut-il proférer le plus petit mensonge, lui qui règne sur la terre et dans les cieux ? »

Grigori demeura stupide et considéra l'orateur, les yeux écarquillés. Bien qu'il ne comprît pas très bien ce dont il était question, il avait saisi une partie de ce galimatias et ressem-

blait à un homme qui s'est heurté le front à un mur. Fiodor
Pavlovitch acheva son petit verre et éclata d'un rire aigu.

« Aliocha, Aliocha, quel homme ! Ah ! le casuiste ! Il a dû
fréquenter les jésuites, n'est-ce pas, Ivan ? Tu sens le jésuite,
mon cher ; qui donc t'a appris ces belles choses ? Mais tu
mens effrontément, casuiste, tu divagues. Ne te désole pas,
Grigori, nous allons le réduire en poudre. Réponds à ceci,
ânesse : tu as raison devant tes bourreaux, soit, mais tu as
abjuré la foi dans ton cœur et tu dis toi-même que tu as
aussitôt été frappé d'anathème. Or, comme tel, on ne te
passera pas, que je sache, la main dans les cheveux, en enfer.
Qu'en penses-tu, mon bon père jésuite ?

— Il est hors de doute que j'ai abjuré dans mon cœur ;
pourtant il n'y a là, tout au plus, qu'un péché fort véniel.

— Comment, fort véniel ?

— Tu mens, maudit ! murmura Grigori.

— Jugez-en vous-même, Grigori Vassiliévitch, continua
posément Smerdiakov, conscient de sa victoire, mais faisant
le généreux avec un adversaire abattu, jugez-en vous-même ;
il est dit dans l'Écriture que si vous avez la foi, fût-ce la
valeur d'un grain de sénevé, et que vous disiez à une
montagne de se précipiter dans la mer, elle obéira sans la
moindre hésitation[1]. Eh bien, Grigori Vassiliévitch, si je ne
suis pas croyant et que vous le soyez au point de m'injurier
sans cesse, essayez donc de dire à cette montagne de se jeter,
non pas dans la mer (c'est trop loin d'ici), mais tout
simplement dans cette rivière infecte qui coule derrière notre
jardin, vous verrez qu'elle ne bougera pas et qu'aucun
changement ne se produira, si longtemps que vous criiez.
Cela signifie que vous ne croyez pas de la façon qui convient,
Grigori Vassiliévitch, et qu'en revanche vous accablez votre
prochain d'invectives. Supposons encore que personne, à
notre époque, personne absolument, depuis les gens les plus
haut placés jusqu'au dernier manant, ne puisse pousser les
montagnes dans la mer, à part un homme ou deux au plus,

qui peut-être font secrètement leur salut dans les déserts de
l'Égypte où on ne saurait les découvrir ; s'il en est ainsi, si
tous les autres sont incroyants, est-il possible que ceux-ci,
c'est-à-dire la population du monde entier hormis deux
anachorètes, soient maudits par le Seigneur, et qu'il ne fasse
grâce à aucun d'eux, en dépit de sa miséricorde infinie ? Non,
n'est-ce pas ? J'espère donc que mes doutes me seront
pardonnés, quand je verserai des larmes de repentir.

— Attends ! glapit Fiodor Pavlovitch au comble de
l'enthousiasme. Tu supposes qu'il y a deux hommes capables
de remuer les montagnes ? Ivan, remarque ce trait, note-le ;
tout le Russe tient là-dedans.

— Votre remarque est très exacte, c'est là un trait de la foi
populaire, fit Ivan Fiodorovitch avec un sourire d'approbation.

— Tu es d'accord avec moi ! C'est donc vrai. Est-ce exact,
Aliocha ? Cela ressemble-t-il parfaitement à la foi russe ?

— Non, Smerdiakov n'a pas du tout la foi russe, déclara
Aliocha d'un ton sérieux et ferme.

— Je ne parle pas de sa foi, mais de ce trait, de ces deux
anachorètes, rien que de ce trait : n'est-ce pas bien russe ?

— Oui, ce trait est tout à fait russe, concéda Aliocha en
souriant.

— Cette parole mérite une pièce d'or, ânesse, et je te
l'enverrai aujourd'hui même ; mais pour le reste tu mens, tu
divagues : sache, imbécile, que, si nous autres nous ne
croyons plus, c'est par pure frivolité : les affaires nous
absorbent, les jours n'ont que vingt-quatre heures, on n'a pas
le temps, non seulement de se repentir, mais de dormir son
soûl. Mais toi, tu as abjuré devant les bourreaux, alors que tu
n'avais à penser qu'à la foi, et qu'il fallait précisément la
témoigner ! Cela constitue un péché, mon brave, je pense ?

— Oui, mais un péché véniel, jugez-en vous-même,
Grigori Vassiliévitch. Si j'avais alors cru à la vérité comme il
importe d'y croire, c'eût été vraiment un péché de ne pas

subir le martyre et de me convertir à la maudite religion de
Mahomet. Mais je n'aurais pas subi le martyre, car il me
suffisait de dire à cette montagne : marche et écrase le
bourreau, pour qu'elle se mît aussitôt en mouvement et
l'écrasât comme un cafard, et je m'en serais allé comme si de
rien n'était, glorifiant et louant Dieu. Mais si à ce moment je
l'avais déjà tenté et que j'eusse crié à la montagne : écrase les
bourreaux, sans qu'elle le fît, comment alors, dites-moi,
n'eussé-je pas douté à cette heure redoutable de frayeur
mortelle ? Comment ! je sais déjà que je n'obtiendrai pas
entièrement le royaume des cieux, car si la montagne ne s'est
pas ébranlée à ma voix, c'est que ma foi n'est guère en crédit
là-haut, et que la récompense qui m'attend dans l'autre
monde n'est pas fort élevée ! Et vous voulez que par-dessus le
marché, je me laisse écorcher en pure perte ! Car, même
écorché jusqu'au milieu du dos, mes paroles ou mes cris ne
déplaceront pas cette montagne. A pareille minute, non
seulement le doute peut vous envahir, mais la frayeur peut
vous ôter la raison. Par conséquent, suis-je bien coupable, si,
ne voyant nulle part ni profit ni récompense, je sauve tout au
moins ma peau ? Voilà pourquoi, confiant en la miséricorde
divine, j'espère être entièrement pardonné... »

VIII

EN PRENANT LE COGNAC

La discussion avait pris fin, mais, chose étrange, Fiodor
Pavlovitch, si gai jusqu'alors, s'assombrit. Il vida un petit
verre qui était déjà de trop.

« Allez-vous-en, jésuites, hors d'ici ! cria-t-il aux serviteurs. Va-t'en, Smerdiakov, tu recevras aujourd'hui la pièce
d'or promise. Ne te désole pas, Grigori, va trouver Marthe,
elle te consolera, te soignera. Ces canailles ne vous laissent
pas en repos, fit-il avec dépit, quand les domestiques furent

sortis sur son ordre. Smerdiakov vient maintenant tous les
jours après le dîner, c'est toi qui l'attires, tu as dû le cajoler ?
demanda-t-il à Ivan Fiodorovitch.

— Pas du tout, répondit celui-ci, il lui a pris fantaisie de
me respecter. C'est un faquin, un goujat. Il fera partie de
l'avant-garde quand le moment sera venu.

— L'avant-garde ?

— Il y en aura d'autres et de meilleurs, mais il y en aura
comme lui.

— Et quand le moment viendra-t-il ?

— La fusée brûlera, mais peut-être pas jusqu'au bout.
Pour le moment, le peuple n'aime guère écouter ces gâte-
sauce.

— En effet, cette ânesse de Balaam pense à n'en plus finir,
et Dieu sait jusqu'où cela peut aller.

— Il emmagasine des idées, fit observer Ivan en souriant.

— Vois-tu, je sais qu'il ne peut me souffrir, ni moi ni les
autres, toi, le premier, bien que tu croies qu' « il lui a pris
fantaisie de te respecter ». Quant à Aliocha, il le méprise.
Mais il n'est ni voleur, ni cancanier, il ne colporte rien au-
dehors, il fait d'excellentes tourtes de poisson... Et puis,
après tout, que le diable l'emporte ! Vaut-il la peine de parler
de lui ?

— Certainement non.

— Quant à ses pensées de derrière la tête, j'ai toujours été
d'avis que le moujik a besoin d'être fouetté. C'est un fripon,
indigne de pitié, et on a raison de le battre encore de temps en
temps. Le bouleau a fait la force de la terre russe, elle périra
avec les forêts. Je suis pour les gens d'esprit. Par libéralisme,
nous avons cessé de rosser les moujiks, mais ils continuent de
se fouetter eux-mêmes. Et ils font bien. « On se servira
envers vous de la même mesure dont vous vous serez
servis [1]. » C'est bien cela, n'est-ce pas ?... Mon cher, si tu
savais comme je hais la Russie..., c'est-à-dire non, pas la
Russie, mais tous ses vices..., et peut-être aussi la Russie.

Tout cela, c'est de la cochonnerie[1]. Sais-tu ce que j'aime ? j'aime l'esprit.

— Vous avez repris un verre, n'aviez-vous pas déjà assez bu ?

— Attends, je vais encore en prendre un, puis un autre et ce sera tout. Pourquoi m'as-tu interrompu ? Dernièrement, de passage à Mokroïé, je me suis entretenu avec un vieillard : « Nous aimons plus que tout, m'a-t-il dit, condamner les filles au fouet, et nous chargerons les jeunes gars d'exécuter la sentence. Ensuite, le jeune homme prend pour fiancée celle qu'il a fouettée, de sorte que c'est devenu chez nous une coutume pour les filles. » Quels sadiques, hein ? Tu auras beau dire, c'est spirituel. Si nous allions voir ça, hein ? Aliocha, tu rougis ? N'aie pas honte, mon enfant. C'est dommage qu'aujourd'hui je ne sois pas resté à dîner chez le Père Abbé, j'aurais parlé aux moines des filles de Mokroïé. Aliocha, ne m'en veuille pas d'avoir offensé le Père Abbé. La colère me prend. Car, s'il y a un Dieu, s'il existe, évidemment je suis coupable, et je répondrai de ma conduite ; mais s'il n'existe pas, quel besoin a-t-on encore de tes Pères ? Dans ce cas-là il faudrait leur couper la tête ; encore ne serait-ce pas un châtiment suffisant, car ils arrêtent le progrès. Crois-tu, Ivan, que cette question me tourmente ? Non, tu ne le crois pas, je le vois à tes yeux. Tu crois que je ne suis qu'un bouffon, comme on le prétend. Aliocha, crois-tu cela, toi ?

— Non, je ne le crois pas.

— Je suis persuadé que tu parles sincèrement, et que tu vois juste. Ce n'est pas comme Ivan. Ivan est un présomptueux... Pourtant, je voudrais en finir une bonne fois avec ton monastère. Il faudrait supprimer d'un coup cette engeance mystique sur toute la terre, pour convertir tous les imbéciles à la raison. Combien d'argent et d'or afflueraient alors à la Monnaie !

— Mais pourquoi supprimer les monastères ? s'enquit Ivan.

— Afin que la vérité resplendisse plus vite.

— Quand elle resplendira, cette vérité, on vous dépouillera d'abord, puis... on vous supprimera.

— Bah! mais tu as peut-être raison. Quel âne je suis! s'écria Fiodor Pavlovitch en se grattant le front. Paix à ton monastère, Aliocha, s'il en est ainsi. Et quant à nous, gens d'esprit, restons au chaud et buvons du cognac. C'est sans doute la volonté expresse de Dieu. Ivan, dis-moi, y a-t-il un Dieu, oui ou non? Attends, réponds-moi sérieusement! Pourquoi ris-tu encore?

— Je me rappelle votre remarque spirituelle sur la foi de Smerdiakov en l'existence de deux ermites capables de mouvoir les montagnes.

— Ai-je dit quelque chose du même genre?

— Tout à fait.

— Eh bien, c'est que je suis aussi bien russe. Toi aussi tu l'es, philosophe, il peut t'échapper des traits du même genre... Veux-tu que je t'attrape? Parions que ce sera dès demain. Mais dis-moi pourtant, y a-t-il un Dieu ou non? Seulement, il faut me parler sérieusement.

— Non, il n'y pas de Dieu.

— Aliocha, Dieu existe-t-il?

— Oui, il existe.

— Ivan, y a-t-il une immortalité? si petite soit-elle, la plus modeste?

— Non, il n'y en a pas.

— Aucune?

— Aucune.

— C'est-à-dire un zéro absolu, ou une parcelle? N'y aurait-il pas une parcelle?

— Un zéro absolu.

— Aliocha, y a-t-il une immortalité?

— Oui.

— Dieu et l'immortalité ensemble?

— Oui. C'est sur Dieu que repose l'immortalité.

— Hum. Ce doit être Ivan qui a raison. Seigneur, quand on pense combien de foi et d'énergie cette chimère a coûté à l'homme, en pure perte, depuis des milliers d'années ! Qui donc se moque ainsi de l'humanité ? Ivan, pour la dernière fois et catégoriquement : y a-t-il un Dieu, oui ou non ?

— Non, pour la dernière fois.

— Qui donc se moque du monde, Ivan ?

— Le diable, sans doute, ricana Ivan.

— Le diable existe-t-il ?

— Non.

— Tant pis. Je ne sais pas ce que je ferai au premier fanatique qui a inventé Dieu. Le pendre ne suffirait pas !

— Sans cette invention, il n'y aurait pas de civilisation.

— Vraiment ?

— Oui. Et il n'y aurait pas de cognac non plus. Il va falloir vous le retirer.

— Attends, attends ! Encore un petit verre ! J'ai offensé Aliocha. Tu ne m'en veux pas, mon cher petit ?

— Non, je ne vous en veux pas. Je connais vos pensées. Votre cœur vaut mieux que votre tête.

— Mon cœur vaut mieux que ma tête ! Et c'est toi qui dis cela !... Ivan, aimes-tu Aliocha ?

— Oui, je l'aime.

— Aime-le (Fiodor Pavlovitch était de plus en plus gris). Écoute, Aliocha, j'ai été grossier tantôt envers ton *starets*, mais j'étais surexcité. C'est un homme d'esprit, qu'en penses-tu, Ivan ?

— Cela se pourrait.

— Certainement, *il y a du Piron là-dedans*[1]. C'est un jésuite russe. La nécessité de jouer la comédie, de revêtir un masque de sainteté, l'indigne *in petto*, car c'est un noble caractère.

— Mais il croit en Dieu.

— Pas pour un kopek. Ne le savais-tu pas ? Il l'avoue à tout le monde, ou plutôt à tous les gens d'esprit qui viennent

le voir. Il a déclaré sans détour au gouverneur Schultz :
« *Credo*, mais j'ignore à quoi. »

— Vraiment ?

— C'est textuel. Mais je l'estime. Il y a en lui quelque
chose de Méphistophélès, ou mieux du *Héros de notre
temps*[1]!... Arbénine, est-ce bien son nom[2]?... Vois-tu, c'est
un sensuel, et à tel point que je ne serais pas tranquille, même
maintenant, si ma femme ou ma fille allaient se confesser à
lui. Quand il commence à raconter des histoires, si tu savais
ce qu'il peut dire... Il y a trois ans, il nous invita à prendre le
thé, avec des liqueurs, car les dames lui envoient des
liqueurs ; il se mit à décrire sa vie d'autrefois, on se pâmait de
rire... et comment il s'y prit pour guérir une dame... « Si je
n'avais pas mal aux jambes, nous dit-il, je vous danserais une
certaine danse. » Hein ! quel gaillard ! « Moi aussi, j'ai mené
joyeuse vie », ajouta-t-il... Il a escroqué soixante mille
roubles au marchand Démidov.

— Comment, escroqué ?

— L'autre les lui avait confiés, comme à un homme
d'honneur. « Gardez-les-moi, demain on perquisitionnera
chez moi. » Le saint homme garda tout. « C'est à l'Église que
tu les as donnés », dit-il. Je le traitai de gredin. « Non,
répliqua-t-il, mais j'ai les idées larges... » Du reste, c'est d'un
autre qu'il s'agit. J'ai confondu... sans m'en douter. Encore
un petit verre et ce sera tout ; enlève la bouteille, Ivan.
Pourquoi ne m'as-tu pas arrêté dans mes mensonges ?

— Je savais que vous vous arrêteriez de vous-même.

— C'est faux, c'est par méchanceté que tu n'as rien dit.
Tu me méprises, au fond. Tu es venu chez moi pour me
montrer ton mépris.

— Je m'en vais ; le cognac commence à vous monter à la
tête.

— Je t'ai instamment prié d'aller pour un ou deux jours à
Tchermachnia, tu t'en es bien gardé.

— Je partirai demain, puisque vous y tenez tant.

— Il n'y a pas de danger. Tu veux m'espionner, voilà ce qui te retient ici, maudit. »

Le vieux ne se calmait pas. Il en était à ce point où certains ivrognes, jusqu'alors paisibles, tiennent tout à coup à se montrer dans leur méchanceté.

« Qu'as-tu à me regarder ainsi ? Tes yeux me disent : « vilain ivrogne ». Ils respirent la méfiance et le mépris. Tu es un rusé gaillard. Le regard d'Alexéi est rayonnant. Il ne me méprise pas, lui. Alexéi, garde-toi d'aimer Ivan.

— Ne vous fâchez pas contre mon frère, vous l'avez assez offensé comme ça, proféra Aliocha d'un ton ferme.

— Soit. Ah ! que j'ai mal à la tête ! Ivan, enlève le cognac, voilà trois fois que je te le dis. — Il se prit à songer et eut tout à coup un sourire rusé — Ne te fâche pas, Ivan, contre un pauvre vieux. Tu ne m'aimes guère, je le sais, — pourquoi m'aimerais-tu ? — mais ne te fâche pas. Tu vas partir pour Tchermachnia. Je te montrerai une fillette que je guigne depuis longtemps, là-bas. Elle va encore nu-pieds, mais ne t'effraie pas des filles aux pieds nus, il ne faut pas en faire fi, ce sont des perles !... »

Il mit un baiser sur sa main, et s'animant tout à coup, comme si son thème favori le dégrisait :

« Ah ! mes enfants, reprit-il, mes petits cochons... pour moi... je n'ai jamais trouvé une femme laide, voilà ma maxime ! Comprenez-vous ? Non, vous ne le pouvez pas. Ce n'est pas du sang, c'est du lait qui coule dans vos veines, vous n'avez pas tout à fait brisé votre coquille ! D'après moi, toute femme offre quelque chose de fort intéressant, particulier à elle seule ; seulement il faut savoir le découvrir, voilà le hic ! C'est un talent spécial ! Pour moi, il n'y a pas de laideron. Le sexe à lui seul fait déjà beaucoup... Mais cela vous dépasse ! Même chez les vieilles filles, on trouve parfois des charmes tels, qu'on se demande comment des imbéciles ont pu les laisser vieillir sans les remarquer ! Il faut d'abord étonner une va-nu-pieds, voilà comment il faut s'y prendre. Tu ne le

savais pas ? Il faut qu'elle soit émerveillée et confuse de voir
un « monsieur » amoureux d'un museau comme le sien. Par
chance, il y a et il y aura toujours des maîtres pour tout oser,
et des servantes pour leur obéir, cela suffit au bonheur de
l'existence ! A propos, Aliocha, j'ai toujours étonné ta
défunte mère, mais d'une autre façon. Parfois, après l'avoir
privée de caresses, je m'épanchais devant elle à un moment
donné, je tombais à ses genoux en lui baisant les pieds, et je
l'amenais toujours à un petit rire convulsif, perçant, mais
sans éclat. Elle ne riait pas autrement. Je savais que sa crise
commençait toujours ainsi, que le lendemain elle crierait
comme une possédée, que ce petit rire n'exprimait que
l'apparence d'un transport ; mais c'était toujours ça ! On
trouve toujours quand on sait s'y prendre. Un jour, un
certain Béliavski, bellâtre riche, qui lui faisait la cour et
fréquentait notre maison, me souffleta en sa présence. Elle,
douce comme une agnelle, je crus qu'elle allait me battre :
« Tu as été battu, il t'a giflé ! disait-elle, tu me vendais à lui...
Comment a-t-il pu se permettre, devant moi ! Garde-toi de
reparaître à mes yeux ; cours le provoquer en duel !... » Je la
conduisis alors au monastère, où l'on fit des prières sur elle
pour la calmer, mais, je te le jure devant Dieu, Aliocha, je
n'ai jamais offensé ma petite possédée. Une fois seulement,
c'était la première année de notre mariage, elle priait trop,
observait strictement les fêtes de la Vierge, et me refusait
l'entrée de sa chambre. Je vais la guérir de son mysticisme !
pensai-je... « Tu vois, dis-je, cette icône que tu tiens pour
miraculeuse ; je l'enlève, je vais cracher dessus en ta présence, et je n'en serai pas puni ! » Dieu ! Elle va me tuer, me
dis-je, mais elle s'élança seulement, joignit les mains, cacha
son visage, fut prise d'un tremblement et s'abattit sur le
plancher... Aliocha, Aliocha, qu'as-tu ? qu'as-tu ? »

Le vieillard se dressa, effrayé. Depuis qu'on parlait de sa
mère, le visage d'Aliocha s'altérait peu à peu ; il rougit, ses
yeux étincelèrent, ses lèvres tremblèrent... Le vieil ivrogne

n'avait rien remarqué, jusqu'au moment où Aliocha eut une
crise étrange reproduisant trait pour trait ce qu'il venait de
raconter de la « possédée ». Soudain il se leva de table,
exactement comme sa mère, d'après le récit, joignit les
mains, s'en cacha le visage, s'affaissa sur sa chaise, secoué
tout entier par une crise d'hystérie accompagnée de larmes
silencieuses.

« Ivan, Ivan, vite de l'eau ! C'est tout à fait comme sa
mère. Prends de l'eau dans la louche pour l'en asperger,
comme je le faisais avec elle ; c'est à cause de sa mère, à cause
de sa mère... murmurait-il à Ivan.

— Sa mère était aussi la mienne, je suppose, qu'en pensez-
vous ? » ne put s'empêcher de dire Ivan, avec un mépris
courroucé.

Son regard étincelant fit tressaillir le vieux, qui, chose
bizarre, parut pour un instant perdre de vue que la mère
d'Aliocha était aussi celle d'Ivan...

« Comment, ta mère ? murmura-t-il sans comprendre.
Pourquoi dis-tu cela ? A propos de quelle mère ? Est-ce
qu'elle... Ah ! diable ! c'est aussi la tienne ! Eh bien, où avais-
je la tête, excuse-moi, mais je croyais, Ivan... Hé, hé, hé ! »

Il s'arrêta avec un sourire hébété d'ivrogne. Au même
instant, un vacarme retentit dans le vestibule, des cris furieux
s'élevèrent, la porte s'ouvrit et Dmitri Fiodorovitch fit
irruption dans la salle. Le vieillard épouvanté se précipita
vers Ivan :

« Il va me tuer ! Ne me livre pas ! » s'écria-t-il accroché aux
pans de l'habit d'Ivan.

IX

LES SENSUELS

Grigori et Smerdiakov accouraient à la suite de Dmitri. Ils avaient lutté avec lui dans le vestibule, pour l'empêcher d'entrer, conformément aux instructions données par Fiodor Pavlovitch quelques jours auparavant. Profitant de ce que Dmitri s'était arrêté une minute pour s'orienter, Grigori fit le tour de la table, ferma les deux battants de la porte du fond, qui conduisait aux chambres intérieures, et se tint devant cette porte, les bras étendus en croix, prêt à en défendre l'entrée jusqu'à son dernier souffle. Ce que voyant, Dmitri rugit plutôt qu'il ne cria, et se précipita sur Grigori.

« Ainsi elle est là ! C'est là qu'on l'a cachée ! Arrière, gredin ! »

Il voulut écarter Grigori, mais celui-ci le repoussa. Fou de rage, Dmitri leva la main et frappa Grigori de toute sa force. Le vieillard s'affaissa comme fauché, et Dmitri, enjambant son corps, força la porte. Smerdiakov, pâle et tremblant, était resté à l'autre bout de la table, serré contre Fiodor Pavlovitch.

« Elle est ici, cria Dmitri, je viens de la voir se diriger vers la maison, mais je n'ai pu la rejoindre. Où est-elle ? Où est-elle ? »

Ce cri, « Elle est ici » fit une impression inexplicable sur Fiodor Pavlovitch, toute sa frayeur disparut.

« Arrêtez-le, arrêtez-le ! » glapit-il en se précipitant à la suite de Dmitri.

Cependant Grigori s'était relevé, mais restait encore abasourdi. Ivan et Aliocha coururent pour rattraper leur père. On entendit dans la chambre voisine le fracas d'un objet brisé en tombant. C'était un grand vase de peu de valeur, placé sur un piédestal en marbre que Dmitri avait heurté en passant.

« Au secours ! » hurla le vieux.

Ivan et Aliocha le rejoignirent et le ramenèrent de force dans la salle à manger.

« Pourquoi le poursuivez-vous ? Il serait capable de vous tuer, s'écria Ivan avec colère.

— Ivan, Aliocha ! Grouchegnka est ici, il dit qu'il l'a vue entrer. »

Fiodor Pavlovitch perdait l'haleine. Pour cette fois il n'attendait pas Grouchegnka, et la nouvelle imprévue de sa présence troublait sa raison. Il était tout tremblant, il avait comme perdu l'esprit.

« Vous avez vu vous-même qu'elle n'est pas venue, cria Ivan.

— Mais peut-être par l'autre entrée ?

— Elle est fermée, cette entrée, et vous en avez la clef... »

Dmitri reparut dans la salle à manger. Naturellement, il avait trouvé, lui aussi, l'autre entrée fermée, et c'était bien Fiodor Pavlovitch qui en avait la clef dans sa poche. Toutes les fenêtres étaient également closes ; Grouchegnka n'avait donc pu ni entrer ni sortir par aucune issue.

« Arrêtez-le, hurla Fiodor Pavlovitch dès qu'il aperçut Dmitri, il a volé de l'argent dans ma chambre à coucher ! »

En s'arrachant des bras d'Ivan, il s'élança de nouveau sur Dmitri. Celui-ci leva les mains, saisit le vieillard par les deux seules touffes de cheveux qui lui restaient aux tempes, le fit pirouetter, le jeta violemment sur le plancher et lui donna encore deux ou trois coups de talon au visage. Le vieillard poussa un gémissement aigu. Ivan, quoique plus faible que Dmitri, le saisit par les bras et l'éloigna de leur père. Aliocha, l'aidant de toutes ses forces, avait empoigné son frère par-devant.

« Tu l'as tué, dément ! cria Ivan.

— Il a ce qu'il mérite, s'exclama Dmitri, haletant. Si je ne l'ai pas tué, je viendrai l'achever. Vous ne le sauverez pas.

— Dmitri, hors d'ici tout de suite ! cria impérieusement Aliocha.

— Alexéi, je n'ai confiance qu'en toi ; dis-moi si Grouchegnka était ici tout à l'heure ou non. Je l'ai vue moi-même longer la haie et disparaître dans cette direction. Je l'ai appelée, elle s'est enfuie...

— Je te jure qu'elle n'était pas ici, et que personne ne l'attendait !

— Mais je l'ai vue... donc elle... Je saurai tout à l'heure où elle est... Au revoir, Alexéi ! Pas un mot à Ésope au sujet de l'argent, mais va tout de suite chez Catherine Ivanovna, et dis-lui : « Il m'a ordonné de vous saluer, précisément de vous saluer et resaluer ! Décris-lui la scène. »

Sur ces entrefaites, Ivan et Grigori avaient relevé et installé le vieillard sur un fauteuil. Son visage était ensanglanté, mais il avait sa connaissance. Il lui semblait toujours que Grouchegnka se trouvait quelque part dans la maison. Dmitri lui jeta un regard de haine en s'en allant.

« Je ne me repens pas d'avoir versé ton sang, s'exclamat-il. Prends garde, vieillard, surveille ton rêve, car moi aussi j'en ai un. Je te maudis et te renie pour toujours... »

Il s'élança hors de la chambre.

« Elle est ici, elle est sûrement ici, râla le vieux d'une voix à peine perceptible, en faisant signe à Smerdiakov.

— Non, elle n'est pas ici, vieillard insensé, cria rageusement Ivan. Bon ! le voilà qui s'évanouit ! De l'eau, une serviette ! Smerdiakov, vite ! »

Smerdiakov courut chercher de l'eau. Le vieux, une fois déshabillé, fut transporté dans la chambre à coucher et mis au lit. On lui entoura la tête d'une serviette mouillée. Affaibli par le cognac, les émotions violentes et les coups, il ferma les yeux et s'assoupit dès qu'il eut la tête sur l'oreiller. Ivan et Aliocha retournèrent au salon. Smerdiakov emporta les débris du vase brisé, Grigori se tenait près de la table, morne, la tête baissée.

« Tu devrais aussi te mouiller la tête et te coucher, lui dit Aliocha ; mon frère t'a frappé violemment à la tête...

— Il a osé ! proféra Grigori d'un air morne.

— Il a « osé » aussi contre son père, fit observer Ivan, la bouche contractée.

— Je l'ai lavé tout petit, et il a levé la main sur moi ! répéta Grigori.

— Si je ne l'avais pas retenu, il l'aurait tué. Il n'en faut pas beaucoup pour Ésope, murmura Ivan à Aliocha.

— Que Dieu le préserve ! s'exclama Aliocha.

— Pourquoi ? continua Ivan sur le même ton, le visage haineusement contracté. La destinée des reptiles est de se dévorer entre eux ! »

Aliocha frissonna.

« Bien entendu, je ne laisserai pas s'accomplir un meurtre. Reste ici, Aliócha, je vais faire les cent pas dans la cour, je commence à avoir mal à la tête. »

Aliocha passa dans la chambre à coucher, et demeura une heure au chevet de son père, derrière le paravent. Soudain, le vieillard ouvrit les yeux et le regarda longtemps en silence, s'efforçant de rassembler ses souvenirs. Une agitation extraordinaire se peignit sur son visage.

« Aliocha, chuchota-t-il avec appréhension, où est Ivan ?

— Dans la cour ; il a mal à la tête. Il nous garde.

— Donne-moi le petit miroir qui est là-bas. »

Aliocha lui tendit un petit miroir ovale, qui se trouvait sur la commode. Le vieillard s'y regarda. Le nez avait enflé et sur le front, au-dessus du sourcil gauche, s'étalait une ecchymose pourpre.

« Que dit Ivan ? Aliocha, mon cher, mon unique fils, j'ai peur d'Ivan ; je le crains plus que l'autre. Il n'y a que toi dont je n'ai pas peur.

— Ne craignez pas Ivan non plus ; il se fâche, mais il vous défendra.

— Aliocha, et l'autre ? Il a couru chez Grouchegnka ? Mon ange, dis-moi la vérité : Grouchegnka était-elle ici ?

— Personne ne l'a vue. C'est une illusion, elle n'était pas là !

— Sais-tu que Dmitri veut l'épouser ?

— Elle ne voudra pas de lui.

— Non, non, elle ne voudra pas de lui, s'écria le vieillard frémissant de joie, comme si on ne pouvait rien lui dire de plus agréable. — Dans son enthousiasme, il saisit la main d'Aliocha et la serra contre son cœur. Des larmes même brillèrent dans ses yeux. — Prends cette image de la Vierge dont j'ai parlé tantôt, reprit-il ; emporte-la avec toi. Et je te permets de retourner au monastère... Je plaisantais, ne te fâche pas. La tête me fait mal, Aliocha... tranquillise-moi, sois mon bon ange, dis-moi la vérité !

— Toujours la même idée ? fit tristement Aliocha.

— Non, non, je te crois ; mais va chez Grouchegnka ou tâche de la voir ; demande-lui au plus tôt — pénètre son secret — qui elle préfère : lui ou moi ? Le peux-tu ?

— Si je la vois, je lui demanderai, murmura Aliocha confus.

— Bon, elle ne te le dira pas, interrompit le vieillard, c'est une enfant terrible. Elle commencera par t'embrasser en disant que c'est toi qu'elle veut. Elle est fourbe et effrontée ; non, tu ne peux pas aller chez elle.

— En effet, mon père, ce ne serait pas convenable.

— Où t'envoyait-il, il a crié : « va » en se sauvant ?

— Chez Catherine Ivanovna.

— Pour lui demander de l'argent ?

— Non, pas pour cela.

— Il n'a pas le sou. Écoute, Aliocha, je réfléchirai pendant la nuit. Va-t'en... tu la rencontreras peut-être. Viens me voir demain matin sans faute. J'ai quelque chose à te dire. Viendras-tu ?

— Oui.

— Tu auras l'air de passer prendre de mes nouvelles. Ne dis à personne que je t'ai prié de venir. Pas un mot à Ivan.

— Entendu.

— Adieu, mon ange. Tu as pris ma défense, tout à l'heure, je ne l'oublierai jamais. Je te dirai un mot demain... mais cela demande réflexion.

— Comment vous sentez-vous, maintenant ?

— Demain, je serai sur pied, tout à fait rétabli, en parfaite santé !... »

Dans la cour, Aliocha trouva Ivan assis sur un banc, près de la porte cochère ; il notait quelque chose au crayon dans son carnet. Aliocha l'informa que le vieillard avait repris connaissance et lui laissait passer la nuit au monastère.

« Aliocha, je serais heureux de te voir demain matin, dit Ivan d'un ton aimable auquel Aliocha ne s'attendait pas.

— Je serai demain chez les dames Khokhlakov, peut-être aussi chez Catherine Ivanovna, si je ne la trouve pas chez elle maintenant.

— Tu y vas quand même ? C'est pour « la saluer et la resaluer », dit Ivan en souriant.

Aliocha se troubla.

« Je pense avoir compris les exclamations de Dmitri et un peu ce qui s'est passé. Il t'a prié d'aller la voir pour lui dire qu'il... eh bien... en un mot, pour prendre congé.

— Frère, comment ce cauchemar finira-t-il pour Dmitri et notre père ? s'exclama Aliocha.

— Il est difficile de le deviner. Peut-être que cette affaire tombera à l'eau. Cette femme est un monstre. En tout cas, il faut que le vieux reste à la maison et que Dmitri n'y entre pas.

— Frère, permets-moi encore une question. Se peut-il que chacun ait le droit de juger ses semblables, de décider qui est digne de vivre et qui en est indigne ?

— Que vient faire ici l'appréciation des mérites ? Pour trancher cette question, le cœur humain ne se préoccupe guère des mérites, mais d'autres motifs bien plus naturels. Quant au droit, qui donc n'a pas le droit de souhaiter ?

— Pas la mort d'autrui.

— Et pourquoi pas la mort ? A quoi bon mentir à soi-même, alors que tous vivent ainsi et ne peuvent sans doute vivre autrement. Tu penses à ce que j'ai dit tout à l'heure, que « la destinée des reptiles est de se dévorer entre eux » ? Me crois-tu capable, comme Dmitri, de verser le sang d'Ésope, de le tuer, enfin ?

— Que dis-tu Ivan ? Jamais cette idée ne m'est venue ! Et je ne crois pas que Dmitri...

— Merci, dit Ivan en souriant. Sache que je le défendrai toujours. Mais dans ce cas particulier, je laisse le champ libre à mes désirs. A demain. Ne me juge pas, ne me tiens pas pour un scélérat », ajouta-t-il.

Ils se serrèrent les mains plus cordialement qu'ils n'avaient jamais fait. Aliocha comprit que son frère se rapprochait de lui avec une intention secrète.

X

LES DEUX ENSEMBLE

Aliocha sortit de chez son père plus abattu qu'à son arrivée. Ses idées étaient fragmentaires, confuses ; lui-même se rendait compte qu'il craignait de les rassembler, de tirer une conclusion générale des contradictions douloureuses dont cette journée était faite. Il éprouvait un sentiment voisin du désespoir, ce qui ne lui était jamais arrivé. Une question dominait les autres, fatale et insoluble : qu'adviendrait-il de son père et de Dmitri, en présence de cette femme redoutable ? Il les avait vus aux prises. Le seul vraiment malheureux, c'était son frère Dmitri ; la fatalité le guettait. D'autres se trouvaient mêlés à tout cela, et peut-être davantage que ne le croyait Aliocha auparavant. Il y avait là une sorte d'énigme. Ivan lui avait fait des avances, attendues depuis longtemps, et maintenant il en éprouvait une appréhension. Autre bizarrerie : alors que tantôt il se rendait chez Catherine Ivanovna dans un trouble extraordinaire, il n'en ressentait à présent aucun ; il se hâtait même, comme s'il attendait d'elle une indication. Pourtant, la commission était encore plus pénible à faire : la question des trois mille roubles était réglée, et Dmitri, se sentant déshonoré définitivement, tomberait de plus en plus bas. En outre, Aliocha devait narrer à Catherine Ivanovna la scène qui venait de se dérouler chez son père.

Il était sept heures et la nuit tombait lorsque Aliocha arriva chez Catherine Ivanovna, qui habitait une confortable maison dans la Grand-Rue. Il savait qu'elle vivait avec deux tantes. L'une, la tante de sa sœur Agathe, était cette personne silencieuse qui avait pris soin d'elle après sa sortie de pension. L'autre était une dame de Moscou, fort digne, mais sans fortune. Toutes deux se soumettaient en tout à Catherine Ivanovna et ne demeuraient auprès d'elle que pour le décorum. Catherine Ivanovna ne dépendait que de sa bienfaitrice, la générale, que sa santé retenait à Moscou et à qui elle était dans l'obligation d'écrire deux fois par semaine des lettres très détaillées.

Lorsque Aliocha, dans le vestibule, se fit annoncer par la femme de chambre qui lui avait ouvert, il lui parut évident qu'on connaissait déjà au salon son arrivée (peut-être l'avait-on aperçu de la fenêtre) ; toujours est-il qu'il entendit du bruit, des pas précipités résonnèrent avec un frou-frou de robes, deux ou trois femmes avaient dû s'échapper. Aliocha trouva étrange que son arrivée produisît une telle agitation. On le fit entrer aussitôt au salon, une grande pièce meublée avec élégance, qui n'avait rien de provincial : des canapés et des chaises longues, des tables et des guéridons, des tableaux

aux murs, des vases et des lampes, beaucoup de fleurs, jusqu'à
un aquarium près de la fenêtre. Le crépuscule assombrissait la
chambre. Aliocha aperçut sur un canapé une mantille de soie
abandonnée, et sur la table en face, deux tasses où il restait du
chocolat, des biscuits, une coupe de cristal avec des raisins
secs, une autre avec des bonbons. En voyant cette collation,
Aliocha devina qu'il y avait des invités et fronça les sourcils.
Mais aussitôt la portière se souleva, et Catherine Ivanovna
entra d'un pas rapide, en lui tendant les deux mains avec un
joyeux sourire. En même temps, une servante apporta et posa
sur la table deux bougies allumées.

« Dieu soit loué, vous voilà enfin ! Toute la journée j'ai prié
Dieu pour que vous veniez ! Asseyez-vous. »

La beauté de Catherine Ivanovna avait déjà frappé Aliocha,
trois semaines auparavant, quand Dmitri l'avait conduit chez
elle pour le présenter, car elle désirait beaucoup faire sa
connaissance. Ils n'avaient guère causé lors de cette entrevue :
croyant Aliocha fort gêné, Catherine Ivanovna voulut le
mettre à l'aise et conversa tout le temps avec Dmitri. Aliocha
avait gardé le silence, mais observé bien des choses. Le
maintien noble, l'aisance fière, l'assurance de la hautaine
jeune fille le frappèrent. Ses grands yeux noirs brillants lui
parurent en parfaite harmonie avec la pâleur mate de son
visage ovale. Mais ses yeux, ses lèvres tremblantes, si capables
qu'ils fussent d'exciter l'amour de son frère, ne pourraient
peut-être pas le retenir longtemps. Il s'en ouvrit presque à
Dmitri, lorsque celui-ci, après la visite, insista, le suppliant de
ne pas cacher l'impression que lui avait produite sa fiancée.

« Tu seras heureux avec elle, mais peut-être pas d'un
bonheur calme.

— Frère, ces femmes demeurent pareilles à elles-mêmes ;
elles ne se résignent pas devant la destinée. Ainsi, tu penses
que je ne l'aimerai pas toujours ?

— Non, tu l'aimeras toujours, sans doute, mais tu ne seras
peut-être pas toujours heureux avec elle... »

Aliocha exprima cette opinion en rougissant, dépité d'avoir, pour céder aux prières de son frère, formulé des idées aussi « sottes », car aussitôt émise, son opinion lui parut à lui-même fort sotte. Et il eut honte de s'être exprimé si catégoriquement sur une femme.

Sa surprise fut d'autant plus grande en sentant, au premier regard jeté maintenant sur Catherine Ivanovna, qu'il s'était peut-être trompé dans son jugement. Cette fois-ci, le visage de la jeune fille rayonnait d'une bonté ingénue, d'une sincérité ardente. De la « fierté », de la « hauteur » qui avaient alors tant frappé Aliocha, il ne restait qu'une noble énergie, une confiance sereine en soi-même. Au premier regard, aux premières paroles, Aliocha comprit que le tragique de sa situation à l'égard de l'homme qu'elle aimait tant ne lui échappait point et que, peut-être, elle savait déjà tout. Néanmoins, son visage radieux exprimait la foi en l'avenir. Aliocha se sentit coupable envers elle, vaincu et captivé tout ensemble. En outre, il remarqua, à ses premières paroles, qu'elle se trouvait dans une violente agitation, peut-être insolite chez elle, et qui confinait même à l'exaltation.

« Je vous attendais, car c'est de vous seul, à présent, que je puis savoir toute la vérité.

— Je suis venu... bredouilla Aliocha, je... il m'a envoyé.

— Ah ! il vous a envoyé ; eh bien, je le pressentais ! Maintenant, je sais tout, tout ! dit Catherine Ivanovna, les yeux étincelants. Attendez, Alexéi Fiodorovitch, je vais vous dire pourquoi je désirais tant vous voir. J'en sais peut-être plus long que vous-même ; ce ne sont pas des nouvelles que je réclame de vous. Je veux connaître votre dernière impression sur Dmitri, je veux que vous me racontiez le plus franchement, le plus grossièrement que vous pourrez (oh ! ne vous gênez pas), ce que vous pensez de lui maintenant et de sa situation après votre entrevue d'aujourd'hui. Cela vaudra peut-être mieux qu'une explication entre nous deux, puisqu'il ne veut plus venir me voir. Avez-vous compris ce que j'attends de vous ? Maintenant, pour quelle raison vous a-t-il envoyé ; parlez franchement, ne mâchez pas les mots !...

— Il m'a chargé de vous... saluer, de vous dire qu'il ne viendrait plus jamais et de vous saluer.

— Saluer ? Il a dit comme ça, c'est ainsi qu'il s'est exprimé ?

— Oui.

— Il s'est peut-être trompé, par hasard, et n'a pas employé le mot qu'il fallait ?

— Non, il a insisté précisément pour que je vous répète ce mot « saluer ». Il me l'a recommandé trois fois. »

Le sang monta au visage de Catherine Ivanovna.

« Aidez-moi, Alexéi Fiodorovitch, j'ai maintenant besoin de vous. Voici ma pensée, dites-moi si j'ai tort ou raison : s'il vous avait chargé de me saluer à la légère, sans insister sur la transmission du mot, sans le souligner, tout serait fini. Mais s'il a appuyé particulièrement sur ce terme, s'il vous a enjoint de me transmettre ce *salut*, c'est qu'il était surexcité, hors de lui peut-être. La décision qu'il a prise l'aura effrayé lui-même ! Il ne m'a pas quittée avec assurance, il a dégringolé la pente. Le soulignement de ce mot a le sens d'une bravade...

— C'est cela, c'est cela, affirma Aliocha ; j'ai la même impression que vous.

— Dans ce cas, tout n'est pas perdu ! Il n'est que désespéré, je puis encore le sauver. Ne vous a-t-il pas parlé d'argent, de trois mille roubles ?

— Non seulement il m'en a parlé, mais c'est peut-être ce qui l'accablait le plus. Il dit que tout lui est devenu indifférent depuis qu'il a perdu son honneur, répondit Aliocha qui se sentait renaître à l'espérance en entrevoyant la possibilité de sauver son frère. Mais savez-vous... ce qui en est de cet argent ? ajouta-t-il, et il demeura court.

— Je suis fixée depuis longtemps. J'ai télégraphié à Moscou où l'on n'avait rien reçu. Il n'a pas envoyé l'argent, mais je me suis tue. J'ai appris la semaine dernière qu'il était à court... Je n'ai qu'un but, en tout ceci, c'est qu'il sache à qui s'adresser et où trouver l'amitié la plus fidèle. Mais il ne veut pas croire que son plus fidèle ami, c'est moi ; il ne considère que la femme en moi. Je me suis tourmentée toute la semaine : comment faire pour qu'il ne rougisse pas devant moi d'avoir gaspillé ces trois mille roubles ? Qu'il ait honte devant tous, et vis-à-vis de lui-même, mais pas devant moi ! Comment ignore-t-il jusqu'à maintenant tout ce que je puis endurer pour lui ? Comment peut-il me méconnaître, après tout ce qui s'est passé ? Je veux le sauver pour toujours. Qu'il cesse de voir en moi sa fiancée ! Il craint pour son honneur vis-à-vis de moi ? Mais il n'a pas craint de s'ouvrir à vous, Alexéi Fiodorovitch. Pourquoi n'ai-je pas encore mérité sa confiance ? »

Des larmes lui vinrent aux yeux tandis qu'elle prononçait ces derniers mots.

« Je dois vous dire, reprit Aliocha d'une voix tremblante, qu'il vient d'avoir une scène terrible avec mon père. Et il raconta tout : comment Dmitri l'avait envoyé demander de l'argent, puis avait fait irruption dans la maison, battu Fiodor Pavlovitch, et, là-dessus, recommandé avec insistance à Aliocha d'aller la « saluer »... Il est allé chez cette femme..., ajouta tout bas Aliocha.

— Vous pensez que je ne supporterai pas sa liaison avec cette femme ? Il le pense aussi, mais il ne l'épousera pas, déclara-t-elle avec un rire nerveux. Un Karamazov peut-il brûler d'une ardeur éternelle ? C'est un emballement, ce n'est pas de l'amour. Il ne l'épousera pas, car elle ne voudra pas de lui, dit-elle avec le même rire étrange.

— Il l'épousera peut-être, dit tristement Aliocha, les yeux baissés.

— Il ne l'épousera pas, vous dis-je ! Cette jeune fille est un ange ! Le savez-vous, le savez-vous ? s'exclama Catherine Ivanovna avec une chaleur extraordinaire. C'est la plus fantastique des créatures. Elle est séduisante, assurément, mais elle a un caractère noble et bon. Pourquoi me regardez-vous ainsi, Alexéi Fiodorovitch ? Mes paroles vous étonnent, vous ne me croyez pas ? Agraféna Alexandrovna, mon ange, cria-t-elle soudain, les yeux tournés vers la pièce voisine, venez ici, ce gentil garçon est au courant de toutes nos affaires, montrez-vous donc !

— Je n'attendais que votre appel », fit une voix douce et même doucereuse.

La portière se souleva et... Grouchegnka en personne, rieuse, joyeuse, apparut. Aliocha éprouva une commotion ; les yeux fixés sur cette apparition il ne pouvait s'en détacher. « La voilà donc, se disait-il, cette femme redoutable, « ce monstre », comme Ivan l'a appelée il y a une demi-heure ! » Pourtant il avait devant lui l'être le plus ordinaire, le plus simple à première vue, une femme charmante et bonne, jolie, certes, mais ressemblant à toutes les jolies femmes « ordinaires ». A vrai dire, elle était même belle, fort belle, une beauté russe, celle qui suscite tant de passions. La taille assez élevée, sans égaler pourtant Catherine Ivanovna, qui était très grande, forte, avec des mouvements doux et silencieux, comme alanguis dans une douceur en accord avec sa voix. Elle s'avança, non pas comme Catherine Ivanovna, d'un pas ferme et assuré, mais sans bruit. On ne l'entendait pas marcher. Elle s'enfonça dans un fauteuil, avec un bruissement doux de son élégante robe en soie noire, recouvrit frileusement d'un châle de laine son cou blanc comme neige et ses larges épaules. Son visage indiquait juste son âge : vingt-deux ans. Sa peau était très blanche, avec un teint à reflets rose pâle, l'ovale du visage un peu large, la mâchoire inférieure un peu saillante, la lèvre supérieure était mince, celle de dessous qui avançait, deux fois plus forte et comme enflée ; une magnifique chevelure châtain très abondante, des sourcils sombres, d'admirables yeux gris d'azur aux longs cils : le plus indifférent, le plus distrait des hommes, égaré dans la foule, à la promenade, n'eût pas manqué de s'arrêter devant ce visage et de se le rappeler longtemps. Ce qui frappa le plus Aliocha, ce fut son expression enfantine et ingénue. Elle avait un regard et des joies d'enfant, elle s'était approchée de la table vraiment « réjouie », comme si elle attendait quelque chose, curieuse et impatiente. Son regard égayait l'âme. Aliocha le sentait. Il y avait encore en elle un je ne sais quoi dont il n'aurait pu ou su rendre compte, mais qu'il sentait peut-être inconsciemment, cette mollesse des mouvements, cette légèreté féline de son corps, pourtant puissant et gras. Son châle dessinait des épaules pleines, une ferme poitrine de toute jeune femme. Ce corps promettait peut-être les formes de la Vénus de Milo, mais dans des proportions que l'on devinait quelque peu outrées. En examinant Grouchegnka, des connaisseurs de la beauté russe auraient prédit avec certitude qu'à l'approche de la trentaine, cette beauté si fraîche encore perdrait son harmonie ; le visage s'empâterait ; des rides se formeraient rapidement sur le front et autour des yeux ; le teint se flétrirait, s'empourprerait peut-être ; bref, c'était la beauté du diable, beauté éphémère, si fréquente chez la femme russe. Aliocha, bien entendu, ne pensait pas à ces choses, mais, quoique sous le charme, il se demandait avec malaise et comme à regret : « Pourquoi traîne-t-elle ainsi les mots et ne peut-elle parler naturellement ? » Grouchegnka trouvait sans doute de la beauté dans ce grasseyement et ces intonations chantantes. Ce n'était qu'une habitude de mauvais ton, indice d'une éducation inférieure, d'une fausse notion des convenances. Néanmoins, ce parler affecté semblait à Aliocha presque incompatible avec cette expression ingénue et radieuse, ce rayonnement des yeux riant d'une joie de bébé.

Catherine Ivanovna la fit asseoir en face d'Aliocha et baisa à plusieurs reprises les lèvres souriantes de cette femme dont elle semblait s'être amourachée.

« C'est la première fois que nous nous voyons, Alexéi Fiodorovitch, dit-elle ravie. Je voulais la connaître, la voir, aller chez elle, mais elle est venue elle-même à mon premier appel. J'étais sûre que nous arrangerions tout. Mon cœur le pressentait... On m'avait priée de renoncer à cette démarche, mais j'en prévoyais l'issue, et je ne me suis pas trompée. Grouchegnka m'a expliqué toutes ses intentions; elle est venue comme un bon ange m'apporter la paix et la joie...

— Vous ne m'avez pas dédaignée, chère mademoiselle, dit Grouchegnka d'une voix traînante, avec son doux sourire.

— Gardez-vous de me dire de telles paroles, charmante magicienne! Vous dédaigner? Je vais encore embrasser votre jolie lèvre. Elle a l'air enflée et voilà qui la fera enfler encore... Voyez comme elle rit, Alexéi Fiodorovitch; c'est une joie pour le cœur de regarder cet ange... »

Aliocha rougissait et frissonnait légèrement.

« Vous me choyez, chère mademoiselle, mais je ne mérite peut-être pas vos caresses.

— Elle ne les mérite pas! s'exclama avec la même chaleur Catherine Ivanovna. Sachez, Alexéi Fiodorovitch, que nous sommes une tête fantasque, indépendante, mais un cœur fier, oh! très fier! nous sommes noble et généreuse, Alexéi Fiodorovitch, le saviez-vous? Nous n'avons été que malheureuse, trop prête à nous sacrifier à un homme peut-être indigne ou léger. Nous avons aimé un officier, nous lui avons tout donné, il y a longtemps de cela, cinq ans, et il nous a oubliée, il s'est marié. Devenu veuf, il a écrit, il est en route, c'est lui seul, sachez-le, que nous aimons et que nous avons toujours aimé! Il arrive, et de nouveau Grouchegnka sera heureuse, après avoir souffert pendant cinq ans. Que peut-on lui reprocher, qui peut se vanter de ses bonnes grâces? Ce vieux marchand impotent mais c'était plutôt un père, un ami, un protecteur; il nous a trouvée désespérée, tourmentée, abandonnée... Car elle voulait se noyer, ce vieillard l'a sauvée, il l'a sauvée!

— Vous me défendez par trop chaleureusement, chère mademoiselle, vous allez un peu loin, traîna de nouveau Grouchegnka.

— Je vous défends ! Est-ce à moi de vous défendre, et avez-vous besoin de l'être ? Grouchegnka, mon ange, donnez-moi votre main ; regardez cette petite main potelée, cette délicieuse main, Alexéi Fiodorovitch ; la voyez-vous, c'est elle qui m'a apporté le bonheur, qui m'a ressuscitée, je vais la baiser des deux côtés... Et voilà, et voilà. »

Elle embrassa trois fois, comme transportée, la main vraiment charmante, peut-être trop potelée, de Grouchegnka. Celle-ci se laissait faire, avec un rire nerveux et sonore ; tout en observant la « chère demoiselle »... « Peut-être s'exalte-t-elle trop », pensa Aliocha. Il rougit, son cœur n'était pas tranquille.

« Vous voulez me faire rougir, chère mademoiselle, en baisant ma main devant Alexéi Fiodorovitch.

— Moi, vous faire rougir ? proféra Catherine Ivanovna un peu étonnée. Ah ! ma chère, que vous me comprenez mal !

— Mais peut-être ne me comprenez-vous pas non plus, chère mademoiselle. Je suis pire que je ne vous parais. J'ai mauvais cœur, je suis capricieuse. C'est uniquement pour me moquer du pauvre Dmitri Fiodorovitch que j'ai fait sa conquête.

— Mais vous allez maintenant le sauver, vous me l'avez promis. Vous lui ferez comprendre, vous lui révélerez que depuis longtemps vous en aimez un autre prêt à vous épouser...

— Mais non, je ne vous ai rien promis de pareil. C'est vous qui avez dit tout cela, et pas moi.

— Je vous ai donc mal comprise, murmura Catherine Ivanovna, qui pâlit légèrement. Vous m'avez promis...

— Ah ! non, angélique demoiselle, je ne vous ai rien promis, interrompit Grouchegnka avec la même expression gaie, paisible, innocente. Voyez, digne mademoiselle,

comme je suis mauvaise et volontaire. Ce qui me plaît, je
le fais ; tout à l'heure, je vous ai peut-être fait une promesse, et maintenant je me dis : « si Mitia allait me plaire
de nouveau », car une fois déjà il m'a plu presque une
heure. Peut-être vais-je aller lui dire de demeurer chez moi
à partir d'aujourd'hui... Voyez comme je suis incons-
tante...

— Tout à l'heure vous parliez autrement... murmura
Catherine Ivanovna.

— Oui ! Mais j'ai le cœur tendre, je suis sotte ! Rien
qu'à penser à tout ce qu'il a enduré pour moi, si, de retour
chez moi, j'ai pitié de lui, qu'arrivera-t-il ?

— Je ne m'attendais pas...

— Oh ! mademoiselle, que vous êtes bonne et noble à
côté de moi. Et peut-être, maintenant, allez-vous cesser de
m'aimer en voyant mon caractère, demanda-t-elle tendrement, et elle prit avec respect la main de Catherine Ivanovna. Je vais baiser votre main, chère mademoiselle,
comme vous avez fait de la mienne. Vous m'avez donné
trois baisers, je vous en devrais bien trois cents pour être
quitte. Il en sera ainsi, et après à la grâce de Dieu ; peut-
être serai-je votre esclave et voudrai-je vous complaire en
tout, qu'il en soit ce que Dieu voudra, sans aucunes
conventions ni promesses. Donnez-moi votre main, votre
jolie main, chère mademoiselle, belle entre toutes ! »

Elle porta doucement cette main à ses lèvres, dans
l'étrange dessein de « s'acquitter » des baisers reçus. Catherine Ivanovna ne retira pas sa main. Elle avait écouté avec
un timide espoir la dernière promesse de Grouchegnka, si
étrangement exprimée fût-elle, de lui « complaire aveuglément » ; elle la regardait avec anxiété dans les yeux ; elle y
voyait la même expression ingénue et confiante, la même
gaieté sereine... « Elle est peut-être trop naïve ! » se dit
Catherine Ivanovna dans une lueur d'espoir. Cependant
Grouchegnka, charmée de cette « jolie petite main », la

portait lentement à ses lèvres. Elle y touchait presque, lorsqu'elle la retint pour réfléchir.

« Savez-vous, mon ange, traîna-t-elle de sa voix la plus doucereuse, tout compte fait, je ne vous baiserai pas la main. — Et elle eut un petit rire gai.

— Comme vous voudrez... Qu'avez-vous ? tressaillit Catherine Ivanovna.

— Souvenez-vous de ceci : vous avez baisé ma main, mais moi je n'ai pas baisé la vôtre. »

Une lueur brilla dans ses yeux. Elle fixait obstinément Catherine Ivanovna.

« Insolente ! » proféra celle-ci, qui commençait à comprendre. Elle se leva vivement, en proie à la colère.

Sans se hâter, Grouchegnka en fit autant.

« Je vais raconter à Mitia que vous m'avez baisé la main, mais que je n'ai pas voulu baiser la vôtre. Cela le fera bien rire.

— Hors d'ici, coquine !

— Ah ! quelle honte ! Une demoiselle comme vous ne devrait pas employer de pareils mots.

— Hors d'ici, fille vendue ! hurla Catherine Ivanovna. Tout son visage convulsé tremblait.

— Vendue, soit. Vous-même, ma belle, vous alliez le soir chercher fortune chez des jeunes gens et trafiquer de vos charmes ; je sais tout. »

Catherine Ivanovna poussa un cri, voulut se jeter sur elle, mais Aliocha la retint de toutes ses forces.

« Ne bougez pas, ne lui répondez rien, elle partira d'elle-même. »

Les deux parents de Catherine Ivanovna et la femme de chambre accoururent à son cri. Elles se précipitèrent vers elle.

« Eh bien, je m'en vais, déclara Grouchegnka en prenant sa mantille sur le divan. Aliocha, mon chéri, accompagne-moi ! »

— Allez-vous-en plus vite, implora Aliocha les mains
jointes.

— Aliocha chéri, accompagne-moi. En route je te dirai
quelque chose qui te fera plaisir. C'est pour toi, Aliocha, que
j'ai joué cette scène. Viens, mon cher, tu ne le regretteras
pas. »

Aliocha se détourna en se tordant les mains. Grouchegnka
s'enfuit dans un rire sonore.

Catherine Ivanovna eut une attaque de nerfs ; elle sanglotait, des spasmes l'etouffaient. On s'empressait autour
d'elle.

« Je vous avais prévenue, lui dit l'aînée des tantes. Vous
êtes trop vive... Peut-on risquer pareille démarche ! Vous ne
connaissez pas ces créatures, et on dit de celle-ci que c'est la
pire de toutes... Vous n'en faites qu'à votre tête ! »

— C'est une tigresse ! vociféra Catherine Ivanovna. Pourquoi m'avez-vous retenue, Alexéi Fiodorovitch, je l'aurais
battue, battue. »

Elle était incapable de se contenir devant Alexéi, peut-être
ne le voulait-elle pas.

« Elle mériterait d'être fouettée en public, de la main du
bourreau. »

Alexéi se rapprocha de la porte.

« Oh ! mon Dieu, s'écria Catherine Ivanovna en joignant
les mains, mais *lui* ! Il a pu être si déloyal, si inhumain ! Car
c'est lui qui a raconté à cette créature ce qui s'est passé en ce
jour fatal et à jamais maudit ! « Vous alliez trafiquer de vos
charmes, ma belle ! » Elle sait tout. Votre frère est un gredin,
Alexéi Fiodorovitch ! »

Aliocha voulut dire quelque chose, mais il ne trouva pas un
mot ; son cœur se serrait à lui faire mal.

« Allez-vous-en, Alexéi Fiodorovitch ! J'ai honte, c'est
affreux ! Demain... Je vous en prie à genoux, venez demain.
Ne me jugez pas, pardonnez-moi, je ne sais pas de quoi je
suis capable ! »

Aliocha sortit en chancelant. Il aurait voulu pleurer comme elle ; soudain la femme de chambre le rattrapa.

« Mademoiselle a oublié de vous remettre cette lettre de Mme Khokhlakov ; elle l'avait depuis le dîner. »

Aliocha prit la petite enveloppe rose et la glissa presque inconsciemment dans sa poche.

XI

ENCORE UNE RÉPUTATION PERDUE

De la ville au monastère, il n'y avait guère plus d'une verste. Aliocha marchait rapidement sur la route, déserte à cette heure. Il faisait presque nuit et il était difficile, à trente pas, de distinguer les objets. A mi-chemin, au centre d'un carrefour, s'élevait une silhouette. A peine Aliocha était-il arrivé à cet endroit que la silhouette se détacha de l'arbre et se jeta sur lui en criant :

« La bourse ou la vie !

— Comment, c'est toi, Mitia ! s'exclama Aliocha fortement ému.

— Ha, ha ! tu ne t'y attendais pas ? Je me demandais où t'attendre. Près de sa maison ? Il y a trois chemins qui partent de là et je pouvais te manquer. J'ai eu l'idée enfin d'attendre ici, car tu devais nécessairement y passer, il n'y a pas d'autre route pour aller au monastère. Eh bien, dis-moi la vérité, écrase-moi comme un cafard... Qu'as-tu donc ?

— Ce n'est rien, frère, c'est la peur. Ah ! Dmitri ! Tantôt, ce sang de notre père... (Aliocha se mit à pleurer, il en avait envie depuis longtemps, il lui semblait que quelque chose se déchirait en lui.) Tu l'as presque tué, tu l'as maudit... Et voilà que maintenant... Tu plaisantes...

— Ah oui ! C'est indécent ? Cela ne convient pas à la situation ?

— Non, je disais ça...

— Attends, regarde cette nuit sombre, ces nuages, ce vent qui s'est levé. Caché sous le saule, je t'attendais et tout à coup je me suis dit (j'en prends Dieu à témoin) : « A quoi bon souffrir encore, pourquoi attendre ? Voilà un saule, j'ai mon mouchoir et ma chemise, la corde sera bientôt tressée, avec mes bretelles par-dessus le marché... Je m'en vais débarrasser la terre de ma présence ! » Et soudain je t'entends marcher. Seigneur, ce fut comme si un rayon descendait sur moi ! « Il y a pourtant un homme que j'aime ; le voici, ce petit homme, mon cher petit frère que j'aime plus que tout au monde et que j'aime uniquement ! » Si vive était mon affection, à cette minute, que je songeai à me jeter à ton cou ! Mais il me vient une idée stupide : « pour le divertir, je vais lui faire peur » et j'ai crié comme un imbécile : « La bourse ou la vie ! » Pardonne ma sottise ; c'est absurde, mais au fond de l'âme, je suis convenable... Eh bien, parle, que s'est-il passé là-bas ? Qu'a-t-elle dit ? Écrase-moi, frappe-moi, ne me ménage pas ! Elle est exaspérée ?

— Non... ce n'est pas du tout cela, Mitia. Je les ai rencontrées toutes deux.

— Qui cela, toutes deux ?

— Grouchegnka était chez Catherine Ivanovna. »

Dmitri demeura stupide.

« C'est impossible ! s'écria-t-il. Tu divagues ! Grouchegnka chez elle ? »

En un récit dépourvu d'art, mais non de clarté, Aliocha exposa l'essentiel de ce qui s'était passé en y joignant ses propres impressions. Son frère l'écoutait en silence, le fixant d'un air impassible, mais Aliocha voyait clairement qu'il avait déjà tout compris, élucidé toute l'affaire. A mesure que le récit avançait, son visage se faisait presque menaçant. Il fronçait le sourcil, les dents serrées, le regard encore plus fixe, plus terrible dans son obstination... Le changement subit qui s'opéra sur ses traits courroucés n'en fut que plus

inattendu ; ses lèvres crispées se détendirent, et il éclata
d'un rire franc, irrésistible, qui pendant un bon moment
l'empêcha de parler.

« Ainsi, elle ne lui a pas baisé la main ! Elle s'est sauvée
sans lui baiser la main ! s'écria-t-il dans un transport maladif,
qu'on eût pu qualifier d'impudent s'il n'eût pas été si ingénu.

— Et l'autre l'a appelée tigresse ? C'en est bien une ! Elle
devrait monter sur l'échafaud ? Certainement, c'est mon
opinion de longue date. Mais avant tout, frère, il faut
recouvrer la santé. Elle est tout entière dans ce baisement de
main, cette créature infernale, cette princesse, cette reine de
toutes les furies ! De quoi enthousiasmer à sa manière ! Elle
est partie chez elle ? A l'instant je... j'y cours ! Aliocha, ne
m'accuse pas, je conviens que ce serait peu de l'étouffer...

— Et Catherine Ivanovna ? dit tristement Aliocha.

— Celle-là aussi je la comprends, et mieux que jamais !
C'est la découverte des quatre parties du monde, des cinq,
veux-je dire ! Oser pareille démarche ! C'est bien la même
Katineka, la pensionnaire qui n'a pas craint d'aller trouver
un officier malappris, dans le noble dessein de sauver son
père, au risque de subir le pire des affronts. Toujours la
fierté, la soif du danger, le défi à la destinée, poussés
jusqu'aux dernières limites ! Sa tante, dis-tu, voulait l'en
empêcher ? C'est une femme despotique, la sœur de cette
générale de Moscou ; elle faisait beaucoup d'embarras, mais
son mari a été convaincu de malversations, il a tout perdu,
et sa fière épouse a dû baisser le ton. Ainsi, elle retenait
Katia, mais celle-ci ne l'a pas écoutée. « Je puis tout
vaincre, tout m'est soumis, j'ensorcellerai Grouchegnka si je
veux ! » Elle le croyait bien sûr et elle a forcé ses talents ; à
qui la faute ? Tu penses que c'est à dessein qu'elle a baisé la
première la main de Grouchegnka, par calcul et par ruse ?
Non, elle s'est éprise pour de bon de Grouchegnka, c'est-à-
dire pas d'elle, mais de son rêve, de son désir, tout
simplement parce que ce rêve, ce désir étaient *les siens !*

Aliocha, comment as-tu échappé à de pareilles femmes ? Tu
t'es sauvé en retroussant ton froc, hein ? Ha ! Ha !

— Frère, tu n'as pas songé, je crois, à l'offense que tu as
faite à Catherine Ivanovna en racontant à Grouchegnka sa
visite chez toi ; celle-ci lui a jeté à la face qu' « elle allait
furtivement trafiquer de ses charmes ». Y a-t-il une pire
injure, frère ? »

L'idée que son frère se réjouissait de l'humiliation de
Catherine Ivanovna tourmentait Aliocha, quoique bien à
tort, évidemment.

« Ah bah ! fit Dmitri en fronçant les sourcils et en se
frappant le front. — Il venait seulement d'y prendre garde,
bien qu'Aliocha eût tout raconté à la fois, l'injure et le cri de
Catherine Ivanovna : « Votre frère est un gredin ! » — Oui,
en effet, j'ai dû parler à Grouchegnka de « ce jour fatal »,
comme dit Katia. Vraiment, je le lui ai raconté, je me
rappelle ! C'était à Mokroïë, pendant que les tziganes chantaient ; j'étais ivre... Mais alors je sanglotais, je priais à
genoux devant l'image de Katia. Grouchegnka me comprenait, elle pleurait même... Pouvait-il en aller autrement ?
Alors elle pleurait, à présent « elle enfonce un poignard dans
le cœur ». Voilà bien les femmes ! »

Il se mit à réfléchir, la tête baissée.

« Oui, je suis un véritable gredin, proféra-t-il soudain
d'une voix morne. Le fait d'avoir pleuré ne change rien à
l'affaire. Dis-lui que j'accepte cette appellation, si cela peut la
consoler. Eh bien, en voilà assez, à quoi bon bavarder ! Ce
n'est pas gai. Suivons chacun notre route. Je ne veux plus te
revoir avant le dernier moment. Adieu, Alexéi ! »

Il serra fortement la main de son frère et, sans relever la
tête, tel qu'un évadé, il se dirigea à grands pas vers la ville.
Aliocha le suivit du regard, ne pouvant croire qu'il fût parti
tout à fait. En effet il rebroussa chemin.

« Attends, Alexéi, encore un aveu, pour toi seul ! Regarde-
moi bien en face : ici, vois-tu, ici une infamie exécrable se

prépare. (En disant *ici*, Dmitri se frappait la poitrine d'un air étrange, comme si l'infamie était en dépôt dans sa poitrine ou suspendue à son cou.) Tu me connais déjà comme un gredin avéré. Mais, sache-le, quoi que j'aie fait, quoi que je puisse faire à l'avenir, rien n'égale en bassesse l'infamie que je porte maintenant dans ma poitrine, et que je pourrais réprimer, mais je ne le ferai pas, sache-le. J'aime mieux la commettre. Je t'ai tout raconté tantôt, hormis cela, je n'en avais pas le courage ! Je puis encore m'arrêter et, de la sorte, recouvrer demain la moitié de mon honneur, mais je n'y renoncerai pas, j'accomplirai mon noir dessein, tu pourras témoigner que j'en parle à l'avance et sciemment ! Perdition et ténèbres ! Inutile de t'expliquer, tu l'apprendras en son temps. La fange est une furie ! Adieu. Ne prie pas pour moi, je n'en suis pas digne et je n'ai besoin d'aucune prière… Ôte-toi de mon chemin !… »

Et il s'éloigna, cette fois, définitivement. Aliocha s'en alla au monastère. « Comment, je ne le verrai plus ! qu'est-ce qu'il raconte ? » Cela lui parut bizarre : « Il faudra que je me mette demain à sa recherche, que veut-il dire ? »

Il contourna le monastère et alla droit à l'ermitage à travers le bois de pins. On lui ouvrit, bien qu'on ne laissât entrer personne à cette heure. Il entra dans la cellule du *starets* le cœur palpitant. « Pourquoi était-il parti ? Pourquoi l'avait-on envoyé dans le monde ? Ici, la paix, la sainteté, là-bas, le trouble, les ténèbres dans lesquelles on s'égare… »

Dans la cellule se trouvaient le novice Porphyre et un religieux, le Père Païsius, qui était venu toutes les heures prendre des nouvelles du Père Zosime, dont l'état empirait, comme l'apprit Aliocha avec effroi. L'entretien du soir n'avait pu avoir lieu. D'ordinaire, après l'office, la communauté, avant de se livrer au repos, se réunissait dans la cellule du *starets* ; chacun lui confessait tout haut ses transgressions de la journée, les rêves coupables, les tentations, même les querelles entre moines, s'il y en avait eu ; d'aucuns se confessaient à genoux. Le *starets* absolvait, apaisait, enseignait, imposait des pénitences, bénissait et congédiait. C'est contre ces « confessions » fraternelles que s'élevaient les adversaires du *starets* ; ils y voyaient une profanation de la confession, en tant que sacrement, presque un sacrilège, bien que ce fût en réalité tout autre chose. On représentait même à l'autorité diocésaine que, loin d'atteindre leur but, ces réunions étaient une source de péchés, de tentations. Beaucoup, parmi la communauté, répugnaient à aller chez le *starets* et s'y rendaient malgré eux, afin de ne point passer pour fiers et révoltés en esprit. On racontait que certains moines s'entendaient entre eux à l'avance : « Je dirai que je me suis fâché contre toi ce matin, tu le confirmeras », cela afin d'avoir quelque chose à dire et de se tirer d'affaire. Aliocha savait que parfois les choses se passaient ainsi. Il savait également que certains s'indignaient fort de l'usage d'après lequel les lettres mêmes des parents, reçues par les solitaires, étaient portées d'abord au *starets*, pour qu'il les décachetât et les lût avant leurs destinataires. Bien entendu, ces pratiques étaient censées s'accomplir librement, sincèrement, à des fins d'édification, de soumission volontaire ; en fait, elles n'étaient pas exemptes d'une certaine hypocrisie. Mais les plus religieux, les plus âgés, les plus expérimentés persistaient dans leur idée, estimant que « ceux qui avaient franchi l'enceinte pour faire sincèrement leur salut trouvaient dans cette obéissance et cette abdication d'eux-mêmes un profit des plus salutaires ; que ceux au contraire qui murmuraient n'avaient pas la vocation et auraient mieux fait de demeurer dans le monde ».

« Il s'affaiblit, il somnole, murmura le Père Païssius à l'oreille d'Aliocha. On a de la peine à le réveiller. A quoi bon d'ailleurs ? Il s'est réveillé pour cinq minutes et a demandé qu'on transmît sa bénédiction à la communauté, dont il réclame les prières. Demain matin, il a l'intention de communier de nouveau. Il s'est souvenu de toi, Alexéi, il a demandé où tu étais, on lui a dit que tu étais parti à la ville. « Ma bénédiction l'y accompagne ; sa place est là-bas et non ici. » Tu es l'objet de son amour et de sa sollicitude, comprends-tu cet honneur ? Mais pourquoi t'assigne-t-il un stage dans le monde ? C'est qu'il pressent quelque chose dans ta destinée ! Si tu retournes dans le monde, c'est pour remplir une tâche imposée par ton *starets*, comprends-le, Alexéi, et non pour te livrer à la vaine agitation et aux œuvres du siècle… »

Le Père Païsius sortit. Alexéi ne doutait pas que la fin du *starets* ne fût proche, bien qu'il pût vivre encore un jour ou deux. Il se jura, malgré les engagements pris envers son père, les dames Khokhlakov, son frère, Catherine Ivanovna, de ne pas quitter le monastère jusqu'au dernier moment du *starets*. Son cœur brûlait d'amour et il se reprochait amèrement d'avoir pu oublier un instant, là-bas, celui qu'il avait laissé sur son lit de mort et qu'il vénérait par-dessus tout. Il passa dans la chambre à coucher, s'agenouilla, se prosterna devant la couche. Le *starets* reposait paisiblement ; on entendait à peine sa respiration ; son visage était calme.

Retournant dans la chambre voisine, où avait eu lieu la réception du matin, Aliocha se contenta de retirer ses bottes et s'étendit sur l'étroit et dur divan de cuir où il avait pris l'habitude de dormir, n'apportant avec lui qu'un oreiller. Depuis longtemps il avait renoncé au matelas dont parlait son père. Il n'enlevait que son froc qui lui servait de couverture. Avant de s'endormir, il s'agenouilla et demanda à Dieu, dans une fervente prière, de l'éclairer, anxieux de retrouver l'apaisement qu'il éprouvait toujours naguère après avoir loué et glorifié Dieu, comme il le faisait ordinairement dans sa prière du soir. La joie qui le pénétrait lui procurait un sommeil léger et tranquille. En priant, il sentit dans sa poche la petite enveloppe rose, que lui avait remise la femme de chambre de Catherine Ivanovna, quand elle l'avait rattrapé dans la rue. Il en fut troublé, mais n'en acheva pas moins sa prière. Puis il décacheta l'enveloppe après quelque hésitation. Elle contenait un billet à son adresse, signé Lise, la fille de Mme Khokhlakov, qui s'était moquée de lui dans la matinée, en présence du *starets*.

« Alexéi Fiodorovitch, je vous écris à l'insu de tous, et de ma mère, et je sais que c'est mal. Mais je ne puis vivre plus longtemps sans vous dire ce qui est né dans mon cœur, et que personne à part nous deux ne doit savoir jusqu'à nouvel ordre. On prétend que le papier ne rougit pas ; quelle erreur ! Je vous assure que maintenant nous sommes tout rouges l'un et l'autre. Cher Aliocha, je vous aime, je vous aime depuis mon enfance, depuis Moscou, alors que vous étiez bien différent d'à présent. Je vous ai élu dans mon cœur pour m'unir à vous et achever nos jours ensemble. Bien entendu, c'est à condition que vous quittiez le monastère. Quant à notre âge, nous attendrons autant que la loi l'exige. D'ici là, je me serai rétablie, je marcherai, je danserai. Cela ne fait aucun doute.

» Vous voyez que j'ai tout calculé, mais il y a une chose que je ne puis m'imaginer : que penserez-vous de moi en lisant ces lignes ? Je ris, je plaisante, je vous ai fâché tantôt, mais je vous assure qu'avant de prendre la plume, j'ai prié devant l'image de la Vierge, et que j'ai presque pleuré.

» Mon secret est entre vos mains, et quand vous viendrez, demain, je ne sais comment je pourrai vous regarder. Alexéi Fiodorovitch, qu'adviendra-t-il si je ne puis me défendre de rire en vous voyant, comme ce matin ? Vous me prendrez pour une moqueuse impitoyable et vous douterez de ma lettre. Aussi je vous supplie, mon chéri, de ne pas me regarder trop en face quand vous viendrez, car il se peut que j'éclate de rire à la vue de votre longue robe... Dès maintenant, mon cœur se glace rien que d'y penser ; portez vos regards, pour commencer, sur maman ou sur la fenêtre...

» Voilà que je vous ai écrit une lettre d'amour ; mon Dieu, qu'ai-je fait ? Aliocha, ne me méprisez pas ; si j'ai mal agi et

que je vous peine, excusez-moi. Maintenant, le sort de ma
réputation, peut-être perdue, est entre vos mains.

» Je pleurerai pour sûr aujourd'hui. Au revoir, jusqu'à
cette entrevue *terrible...*

» Lise. »

« P.-S. — Aliocha, ne manquez pas de venir, n'y manquez
pas ! Lise. »

Aliocha lut deux fois cette lettre avec surprise, demeura
songeur, puis rit doucement de plaisir. Il tressaillit, ce rire lui
paraissait coupable. Mais, au bout d'un instant, il eut le
même rire heureux. Il remit la lettre dans l'enveloppe, fit un
signe de croix et se coucha. Son âme avait retrouvé le calme.
« Seigneur, pardonne-leur à tous, protège ces malheureux et
ces agités, guide-les, maintiens-les dans la bonne voie. Toi
qui es l'Amour, accorde-leur à tous la joie ! » Et Aliocha
s'endormit d'un sommeil paisible.

Deuxième partie

LIVRE IV

LES DÉCHIREMENTS

I

LE PÈRE THÉRAPONTE

Aliocha s'éveilla avant l'aube. Le *starets* ne dormait plus et se sentait très faible ; néanmoins il voulut se lever et s'asseoir dans un fauteuil. Il avait toute sa connaissance ; son visage, quoique épuisé, reflétait une joie sereine ; le regard gai, affable, attirait à lui. « Peut-être ne verrai-je pas la fin de ce jour », dit-il à Aliocha. Il voulut aussitôt se confesser et communier ; son directeur habituel était le Père Païsius. Puis on lui administra l'extrême-onction. Les religieux se réunirent, la cellule, peu à peu, se remplit ; le jour était venu ; il en vint aussi du monastère. Après l'office, le *starets* voulut faire ses adieux à tout le monde, et les embrassa tous. Vu l'exiguïté de la cellule, les premiers arrivés cédaient la place aux autres. Aliocha se tenait auprès du *starets*, de nouveau assis dans son fauteuil. Il parlait et enseignait selon ses forces ; sa voix, quoique faible, était encore assez nette. « Depuis tant d'années que je vous instruis par la parole, c'est devenu pour moi une habitude si invétérée que, même dans mon état de faiblesse actuel, le silence me serait presque pénible, mes Chers Pères et frères », plaisanta-t-il en regardant d'un air attendri ceux qui se pressaient autour de lui. Aliocha se rappela ensuite certaines de ses paroles. Mais, bien que sa voix fût distincte et suffisamment ferme, son discours était assez décousu. Il parla beaucoup, comme s'il avait voulu, à cette heure suprême, exprimer tout ce qu'il n'avait pu dire durant sa vie, dans le dessein non seulement d'instruire, mais de faire partager à tous sa joie et son extase, d'épancher une dernière fois son cœur...

« Aimez-vous les uns les autres, mes Pères, enseignait le *starets* (d'après les souvenirs d'Aliocha). Aimez le peuple chrétien. Pour être venus nous enfermer dans ces murs, nous ne sommes pas plus saints que les laïcs ; au contraire, tous ceux qui sont ici ont reconnu, par le seul fait de leur présence, qu'ils étaient pires que les autres hommes... Et plus le religieux vivra dans sa retraite, plus il devra avoir conscience de cette vérité ; autrement, ce n'était pas la peine qu'il vînt ici. Quand il comprendra que non seulement il est pire que tous les laïcs, mais coupable de tout envers tous, de tous les péchés collectifs et individuels, alors seulement le but de notre union sera atteint. Car sachez, mes Pères, que chacun de nous est assurément coupable ici-bas de tout envers tous, non seulement par la faute collective de l'humanité, mais chacun individuellement, pour tous les autres sur la terre entière. Cette conscience de notre culpabilité est le couronnement de la carrière religieuse, comme d'ailleurs de toutes les carrières humaines ; car les religieux ne sont point des hommes à part, ils sont l'image de ce que devraient être tous les gens en ce monde. Alors seulement votre cœur sera pénétré d'un amour infini, universel, jamais assouvi. Alors chacun de vous sera capable de gagner le monde entier par l'amour et d'en laver les péchés par ses pleurs... Que chacun rentre en lui-même et se confesse inlassablement. Ne craignez pas votre péché, même si vous en avez conscience, pourvu que vous vous repentiez, mais ne posez pas de conditions à Dieu. Je vous le répète, ne vous enorgueillissez pas, ni devant les petits ni devant les grands. Ne haïssez pas

ceux qui vous repoussent et vous déshonorent, ceux qui vous
insultent et vous calomnient. Ne haïssez pas les athées, les
professeurs du mal, les matérialistes, même les méchants
d'entre eux, car beaucoup sont bons, surtout à notre époque.
Souvenez-vous d'eux dans vos prières ; dites : « Sauve,
Seigneur, ceux pour qui personne ne prie ; sauve ceux qui ne
veulent pas Te prier. » Et ajoutez : « Ce n'est pas par fierté
que je T'adresse cette prière, Seigneur, car je suis moi-même
vil entre tous... » Aimez le peuple chrétien, n'abandonnez
pas votre troupeau aux étrangers, car si vous vous endormez
dans la cupidité on viendra de tous les pays vous enlever
votre troupeau. Ne vous lassez pas d'expliquer l'Évangile au
peuple... Ne vous adonnez pas à l'avarice... Ne vous attachez
pas à l'or et à l'argent... Ayez la foi, tenez ferme et haut
l'étendard... »

Le *starets*, d'ailleurs, s'exprimait d'une façon plus décousue qu'on ne l'a exposé ci-dessus et qu'Aliocha ne l'écrivit
ensuite. Parfois il s'arrêtait complètement, comme pour
rassembler ses forces, il haletait, mais demeurait en extase.
On l'écoutait avec attendrissement, bien que beaucoup
s'étonnassent de ses paroles et les trouvassent obscures... Par
la suite, tous se les rappelèrent. Lorsque Aliocha quitta la
cellule pour un instant, il fut frappé de l'agitation générale et
de l'attente de la communauté qui se pressait dans la cellule
et à l'entour. Cette attente était chez certains presque
anxieuse, chez d'autres, solennelle. Tous escomptaient quelque prodige immédiatement après le trépas du *starets*. Bien
qu'en un sens cette attente fût frivole, les moines les plus
sévères y étaient sujets. Le visage le plus sérieux était celui du
Père Païsius. Aliocha ne s'était absenté que parce qu'un
moine le demandait de la part de Rakitine, qui venait
d'apporter une lettre de Mme Khokhlakov à son adresse. Elle
communiquait une curieuse nouvelle qui arrivait fort à
propos. La veille, parmi les femmes du peuple venues pour
rendre hommage au *starets* et recevoir sa bénédiction, se

trouvait une bonne vieille de la ville, Prokhorovna, veuve d'un sous-officier. Elle avait demandé au *starets* si l'on pouvait mentionner comme défunt, à la prière des morts, son fils Vassili, parti pour affaires de service à Irkoutsk, en Sibérie, et dont elle était sans nouvelles depuis un an. Il le lui avait sévèrement défendu, traitant cette pratique de quasi-sorcellerie. Mais, indulgent à son ignorance, il avait ajouté une consolation « comme s'il voyait dans le livre de l'avenir » (suivant l'expression de Mme Khokhlakov) : Vassili était certainement vivant, il arriverait bientôt ou lui écrivait, elle n'avait qu'à l'attendre chez elle. Et alors, ajoutait Mme Khokhlakov, enthousiasmée, « la prophétie s'est accomplie à la lettre et même au-delà ». A peine la bonne femme était-elle rentrée chez elle qu'on lui remit une lettre de Sibérie, qui l'attendait. Bien plus, dans cette lettre écrite d'Iékatérinenbourg, Vassili informait sa mère qu'il revenait en Russie, en compagnie d'un fonctionnaire, et que deux ou trois semaines après réception de cette lettre « il espérait embrasser sa mère ». Mme Khokhlakov priait instamment Aliocha de communiquer le nouveau « miracle de cette prédiction » au Père Abbé et à toute la communauté. « Il importe que tous le sachent ! » s'exclamait-elle à la fin de sa lettre, écrite à la hâte, et dont chaque ligne reflétait l'émotion. Mais Aliocha n'eut rien à communiquer à la communauté, tous étaient déjà au courant. Rakitine, en envoyant le moine à sa recherche, l'avait chargé, en outre, d' « informer respectueusement Sa Révérence, le Père Païsius, qu'il avait à lui communiquer sans retard, une affaire de première importance, et le priait humblement d'excuser sa hardiesse ». Comme le moine avait d'abord transmis au Père Païsius la requête de Rakitine, il ne restait à Aliocha, après avoir lu la lettre, qu'à la communiquer au Père, à titre documentaire. Or, en lisant, les sourcils froncés, la nouvelle du « miracle », cet homme rude et méfiant ne put dominer son sentiment intime. Ses yeux brillèrent, il eut un sourire grave, pénétrant.

« Nous en verrons bien d'autres, laissa-t-il échapper.

— Nous en verrons bien d'autres ! » répétèrent les moines ; mais le Père Païsius, fronçant de nouveau les sourcils, pria tout le monde de n'en parler à personne, « jusqu'à ce que cela se confirme, car il y a beaucoup de frivolité dans les nouvelles du monde, et ce cas peut être arrivé naturellement », conclut-il comme par acquit de conscience, mais presque sans ajouter foi lui-même à sa réserve, ce que remarquèrent fort bien ses auditeurs. Au même instant, bien entendu, le « miracle » était connu de tout le monastère, et même de beaucoup de laïcs, qui étaient venus assister à la messe. Le plus impressionné paraissait être le moine arrivé la veille de Saint-Sylvestre, petit monastère situé près d'Obdorsk, dans le Nord lointain, celui qui avait rendu hommage au *starets* aux côtés de Mme Khokhlakov, et lui avait demandé d'un air pénétrant, en désignant la fille de cette dame : « Comment pouvez-vous tenter de telles choses ? »

Il était maintenant en proie à une certaine perplexité et ne savait presque plus qui croire. La veille au soir, il avait rendu visite au Père Théraponte dans sa cellule particulière, derrière le rucher, et rapporté de cette entrevue une impression lugubre. Le Père Théraponte était ce vieux moine, grand jeûneur et observateur du silence, que nous avons déjà cité comme adversaire du *starets* Zosime, et surtout du « *starétisme* », qu'il estimait une nouveauté nuisible et frivole. Bien qu'il ne parlât presque à personne, c'était un adversaire fort redoutable, en raison de la sincère sympathie que lui témoignaient la plupart des religieux ; beaucoup de laïcs aussi le vénéraient comme un juste et un ascète, tout en le tenant pour insensé : sa folie captivait. Le Père Théraponte n'allait jamais chez le *starets* Zosime. Bien qu'il vécût à l'ermitage, on ne lui imposait pas trop la règle, eu égard à sa simplicité d'esprit. Il avait soixante-quinze ans, sinon davantage, et habitait derrière le rucher, à l'angle du mur, une cellule en bois, tombant presque en ruine, édifiée il y a fort longtemps, encore au siècle dernier, pour un autre grand jeûneur et grand taciturne, le Père Jonas, qui avait vécu cent cinq ans et dont les exploits faisaient encore l'objet de récits fort curieux, tant au monastère qu'aux environs. Le Père Théraponte avait obtenu d'être installé dans cette cellule isolée, une simple masure, mais qui ressemblait fort à une chapelle, car elle contenait une masse d'icônes, devant lesquelles des lampes brûlaient perpétuellement ; elles provenaient de dons et le Père Théraponte semblait chargé de leur surveillance. Il ne mangeait que deux livres de pain en trois jours, pas davantage ; c'était le gardien du rucher qui les lui apportait, mais il échangeait rarement un mot avec cet homme. Ces quatre livres, avec le pain bénit du dimanche, que lui envoyait régulièrement le Père Abbé, constituaient sa nourriture de la semaine. On renouvelait tous les jours l'eau de sa cruche. Il assistait rarement à l'office. Ses admirateurs le trouvaient parfois des journées entières en prière, toujours agenouillé et sans regarder autour de lui. Entrait-il en conversation avec eux, il se montrait laconique, saccadé, bizarre et presque toujours grossier. Dans certains cas, fort rares, il daignait répondre à ses visiteurs, mais le plus souvent il se contentait de prononcer un ou deux mots étranges qui intriguaient toujours son interlocuteur, mais qu'en dépit de toutes les prières il se refusait à expliquer. Il n'avait jamais été ordonné prêtre. S'il fallait en croire un bruit étrange, qui circulait, à vrai dire, parmi les plus ignorants, le Père Théraponte était en relations avec les esprits célestes et ne s'entretenait qu'avec eux, ce qui expliquait son silence avec les gens. Le moine d'Obdorsk, qui était entré dans le rucher d'après l'indication du gardien, moine également taciturne et morose, se dirigea vers l'angle où se dressait la cellule du Père Théraponte. « Peut-être voudra-t-il te parler en tant qu'étranger, peut-être aussi ne tireras-tu rien de lui », l'avait prévenu le gardien. Le moine s'approcha, comme il le raconta plus tard, avec une grande frayeur. Il se faisait déjà tard. Le Père Théraponte était assis sur un petit banc, devant sa cellule. Au-dessus de sa tête un vieil orme gigantesque agitait doucement sa ramure. La fraîcheur du soir tombait. Le moine se prosterna devant le reclus et lui demanda sa bénédiction.

« Veux-tu, moine, que moi aussi je me prosterne devant toi ? proféra le Père Théraponte. Lève-toi. »

Le moine se leva.

« Bénissant et béni, assieds-toi là. D'où viens-tu ? »

Ce qui frappa le plus le pauvre petit moine, c'est que le Père Théraponte, en dépit de son grand âge et de ses jeûnes prolongés, semblait encore un vigoureux vieillard, de haute stature et de constitution athlétique. Il avait le visage frais, bien qu'émacié, la barbe et les cheveux touffus et encore noirs par places, de grands yeux bleus lumineux mais fort saillants. Il accentuait fortement les *o*[1]. Son costume consistait en une longue blouse roussâtre, de drap grossier, comme en portent les prisonniers, avec une corde en guise de ceinture. Le cou et la poitrine étaient nus. Une chemise de toile fort épaisse, presque noircie, qu'il gardait durant des mois, apparaissait sous la blouse. On disait qu'il portait sur lui des chaînes d'une trentaine de livres. Il était chaussé de vieux souliers presque effondrés.

« J'arrive du petit monastère d'Obdorsk, de Saint-Sylvestre, répondit d'un ton humble le nouveau venu, tout en observant l'ascète de ses yeux vifs et curieux, mais un peu inquiets.

— J'ai été chez ton Sylvestre. J'y ai vécu. Est-ce qu'il se porte bien ? »

Le moine se troubla.

« Vous êtes des gens bornés ! quel jeûne observez-vous ?

— Notre table est réglée d'après l'ancien usage des ascétères. Durant le carême, les lundi, mercredi et vendredi, on ne sert aucun aliment. Le mardi et le jeudi, on donne à la communauté du pain blanc, une tisane au miel, des mûres sauvages ou des choux salés, et de la farine d'avoine. Le samedi, de la soupe aux choux, du vermicelle aux pois, du sarrasin à l'huile de chènevis. Le dimanche, on ajoute à la soupe du poisson sec et du sarrasin. La Semaine Sainte, du lundi au samedi soir, du pain, de l'eau, et seulement des légumes non cuits, en quantité modérée ; encore ne doit-on pas manger, chaque jour, mais se conformer aux instructions données pour la première semaine [1]. Le vendredi saint, jeûne complet ; le samedi, jusqu'à trois heures, où l'on peut prendre un peu de pain et d'eau, et boire une tasse de vin. Le jeudi saint, nous mangeons des aliments cuits sans beurre, nous buvons du vin et observons la xérophagie. Car déjà le concile de Laodicée s'exprime ainsi sur le jeudi saint : « Il ne convient pas de rompre le jeûne le jeudi de la dernière semaine et de déshonorer ainsi tout le carême. » Voilà ce qui se passe chez nous. Mais qu'est-ce que cela en comparaison de vous, éminent Père, ajouta le moine qui avait repris courage, car toute l'année, même à Pâques, vous ne vous nourrissez que de pain et d'eau ; le pain que nous consommons en deux jours vous suffit pour la semaine entière. Votre abstinence est vraiment merveilleuse.

— Et les mousserons ? demanda soudain le Père Théraponte.

— Les mousserons ? répéta le moine, stupéfait.

— Oui. Je me passerai de leur pain, je n'en ai nul besoin ; s'il le faut, je me retirerai dans la forêt, je m'y nourrirai de mousserons ou de baies. Mais eux ne peuvent pas se passer de pain, ils sont donc liés au diable. Au jour d'aujourd'hui, les mécréants prétendent qu'il est inutile de tellement jeûner. C'est là un raisonnement arrogant et impie.

— Hélas oui ! soupira le moine.

— As-tu vu les diables chez eux ? demanda le Père Théraponte.

— Chez qui ? s'informa timidement le moine.

— L'année dernière, je suis allé chez le Père Abbé à la Pentecôte, je n'y suis pas retourné depuis. J'ai vu alors un diable caché sur la poitrine d'un moine, sous le froc, seules les cornes apparaissaient ; un second moine en avait un dans sa poche, qui épiait, les yeux vifs, parce que je lui faisais peur ; un troisième donnait asile à un diablotin dans ses entrailles impures ; enfin un autre en portait un, suspendu à son cou, accroché, sans le voir.

— Vous les avez vus ? insista le moine d'Obdorsk.

— Oui, te dis-je, de mes yeux vus. En quittant le Père Abbé, j'aperçus un diable qui se cachait de moi derrière la porte, un gaillard long d'une aune ou davantage, la queue épaisse et fauve ; le bout se prit dans la fente, je fermai violemment la porte et lui pinçai la queue. Mon diable de gémir, de se débattre, je fis sur lui trois fois le signe de la croix. Il creva sur place comme une araignée écrasée. Il a dû pourrir dans un coin ; il empeste, mais eux, ils ne le voient ni ne le sentent. Voilà un an que je n'y vais plus. A toi seul, en tant qu'étranger, je révèle ces choses.

— Vos paroles sont terribles ! Dites-moi, éminent et bienheureux Père, est-il vrai, comme on le prétend dans les terres les plus lointaines, que vous seriez en relation permanente avec le Saint-Esprit ?

— Il descend parfois sur moi.

— Sous quelle forme ?

— Sous la forme d'un oiseau.

— D'une colombe, sans doute ?

— Ça c'est le Saint-Esprit ; mais je parle de l'Esprit Saint, qui est différent. Il peut descendre sous la forme d'un autre oiseau : une hirondelle ou un chardonneret, parfois une mésange.

— Comment pouvez-vous le reconnaître ?

— Il parle.

— Quelle langue parle-t-il ?

— La langue des hommes.

— Et que vous dit-il ?

— Aujourd'hui, il m'a annoncé la visite d'un imbécile qui me poserait des questions oiseuses. Tu es bien curieux, moine.

— Vos paroles sont redoutables, bienheureux et vénéré Père. »

Le moine hochait la tête, mais la méfiance apparaissait dans ses yeux craintifs.

« Vois-tu cet arbre ? demanda, après une pause, le Père Théraponte.

— Je le vois, bienheureux Père.

— Pour toi, c'est un orme, mais pour moi, tout autre chose.

— Et quoi donc ? s'enquit le moine anxieux.

— Tu vois ces deux branches ? La nuit, parfois, ce sont les bras du Christ qui s'étendent vers moi, qui me cherchent ; je les vois clairement et je frémis. Oh ! c'est terrible !

— Pourquoi terrible, si c'est le Christ lui-même ?

— Une nuit, il me saisira, m'enlèvera.

— Vivant ?

— Tu ne sais donc rien de la gloire d'Élie ? Il vous étreint et vous enlève... »

Après cette conversation, le moine d'Obdorsk regagna la cellule qu'on lui avait assignée ; il était assez perplexe, mais son cœur l'inclinait davantage vers le Père Théraponte que vers le Père Zosime. Notre moine prisant par-dessus tout le jeûne, il n'était pas surpris qu'un aussi grand jeûneur que le Père Théraponte « vît des merveilles ». Ses paroles semblaient absurdes, évidemment, mais Dieu savait ce qu'elles signifiaient, et souvent les innocents, pour l'amour du Christ, parlent et agissent d'une manière encore plus étrange. Il prenait plaisir à croire sincèrement au diable, et à sa queue pincée, non seulement dans le sens allégorique, mais littéral. De plus, dès avant son arrivée au monastère, il avait une grande prévention contre le *starétisme*, qu'il considérait avec beaucoup d'autres comme une innovation nuisible. Pendant la journée passée au monastère, il avait pu remarquer le secret murmure de certains groupes frivoles, opposés à cette institution. En outre, c'était une nature insinuante et subtile, qui témoignait pour toutes choses une grande curiosité. Aussi la nouvelle du nouveau « miracle » accompli par le *starets* Zosime le plongea-t-elle dans une profonde perplexité. Plus tard, Aliocha se rappela, parmi les religieux qui se pressaient autour du *starets* et de sa cellule, la fréquente apparition de cet hôte curieux qui se faufilait partout, prêtant l'oreille et interrogeant tout le monde. Il n'y fit guère attention sur le moment, car il avait autre chose en tête. Le *starets*, qui s'était recouché, éprouvant de la lassitude, se souvint de lui à son réveil et réclama sa présence. Aliocha accourut. Autour du mourant, il n'y avait alors que le Père Païsius, le Père Joseph et le novice Porphyre. Le vieillard, fixant Aliocha de ses yeux fatigués, lui demanda :

« Est-ce que les tiens t'attendent, mon fils ? »

Aliocha se troubla.

« N'ont-ils pas besoin de toi ? As-tu promis à quelqu'un d'aller le voir aujourd'hui ?

— J'ai promis à mon père... à mes frères... à d'autres aussi...

— Tu vois ! Vas-y tout de suite et ne t'afflige pas. Sache-le, je ne mourrai point sans avoir prononcé devant toi mes suprêmes paroles ici-bas. C'est à toi que je les léguerai, mon cher fils, car je sais que tu m'aimes. Et maintenant, va tenir ta promesse. »

Aliocha se soumit immédiatement, bien qu'il lui en coûtât de s'éloigner. Mais la promesse d'entendre les dernières paroles de son maître, tel un legs personnel, le transportait d'allégresse. Il se hâta, afin de pouvoir revenir plus vite, après avoir tout terminé. Quand ils eurent quitté la cellule, le Père Païsius lui adressa, sans aucun préambule, des paroles qui l'impressionnèrent profondément.

« Souviens-toi toujours, jeune homme, que la science du monde s'étant développée, en ce siècle principalement, elle a disséqué nos livres saints et, après une analyse impitoyable, n'en a rien laissé subsister. Mais en disséquant les parties, les savants ont perdu de vue l'ensemble, et leur aveuglement a de quoi étonner. L'ensemble se dresse devant leurs yeux, aussi inébranlable qu'auparavant, et l'enfer ne prévaudra pas contre lui. L'Évangile n'a-t-il pas dix-neuf siècles d'existence, ne vit-il pas encore maintenant dans les âmes des individus comme dans les mouvements des masses ? Il subsiste même, toujours inébranlable, dans les âmes des athées destructeurs de toute croyance ! Car ceux qui ont renié le christianisme et se révoltent contre lui, ceux-là mêmes sont demeurés au fond fidèles à l'image du Christ, car ni leur sagesse ni leur passion n'ont pu créer pour l'homme un modèle qui fût supérieur à celui indiqué autrefois par le Christ. Toute tentative en ce sens a honteusement avorté. Souviens-toi de cela, jeune homme, car ton *starets* mourant t'envoie dans le monde. Peut-être qu'en te rappelant ce grand jour tu n'oublieras point ces paroles, que je t'adresse pour ton bien, car tu es jeune, grandes sont les tentations du monde, et tu n'as sans doute pas la force de les supporter. Et maintenant va, pauvre orphelin. »

Sur ce, le Père Païssius lui donna sa bénédiction. En réfléchissant à ces paroles imprévues, Aliocha comprit qu'il avait trouvé un nouvel ami et un guide indulgent dans ce moine jusqu'alors rigoureux et rude à son égard. Sans doute, le *starets,* se sentant à l'article de la mort, avait-il recommandé son jeune ami aux soins spirituels du Père Païssius, dont cette homélie attestait le zèle : il se hâtait d'armer ce jeune esprit pour la lutte contre les tentations et de préserver cette jeune âme qu'on lui léguait, en élevant autour d'elle le rempart le plus solide qu'il pût imaginer.

II

ALIOCHA CHEZ SON PÈRE

Aliocha commença par se rendre chez son père. En approchant, il se rappela que Fiodor Pavlovitch lui avait recommandé la veille d'entrer à l'insu d'Ivan. « Pourquoi ? se demanda-t-il. Si mon père veut me faire une confidence, est-ce une raison pour entrer furtivement ? Il voulait sans doute, dans son émotion, me dire autre chose et il n'a pas pu. » Néanmoins il fut bien aise d'apprendre de Marthe Ignatièvna, qui lui ouvrit la porte du jardin (Grigori était couché, malade), qu'Ivan était sorti depuis deux heures.

« Et mon père ?

— Il s'est levé, il prend son café », répondit la vieille.

Aliocha entra. Le vieux, assis à sa table en pantoufles et en veston usé, examinait des comptes pour se distraire, sans y prendre, du reste, grand intérêt : son attention était ailleurs. Il se trouvait seul à la maison, Smerdiakov étant parti aux provisions. Bien qu'il se fût levé de bonne heure et qu'il fît le brave, il paraissait fatigué, affaibli. Son front, où s'étaient formées pendant la nuit des ecchymoses, était entouré d'un foulard rouge. Le nez, fortement enflé, donnait à son visage une expression particulièrement méchante, irritée. Le vieillard, qui s'en rendait compte, accueillit Aliocha d'un regard peu amical.

« Le café est froid, dit-il d'un ton sec, je ne t'en offre pas. Aujourd'hui, mon cher, je n'ai qu'une soupe de poisson et je n'invite personne. Pourquoi es-tu venu ?

— Je suis venu prendre de vos nouvelles, proféra Aliocha.

— Oui. D'ailleurs, je t'avais prié hier de venir. Sottises que tout cela ! Tu t'es dérangé en vain. Je savais bien que tu viendrais. »

Ses paroles reflétaient le sentiment le plus malveillant.

Cependant il s'était levé et examinait anxieusement son nez au miroir (pour la quarantième fois peut-être depuis le matin). Il arrangea avec coquetterie son foulard rouge.

« Le rouge me va mieux, le blanc rappelle l'hôpital, déclara-t-il sur un ton sentencieux. Eh bien ! Quoi de nouveau ? Que devient ton *starets* ?

— Il va très mal, il mourra peut-être aujourd'hui, dit Aliocha ; mais son père n'y prit pas garde.

— Ivan est sorti, dit-il soudain. Il s'efforce de chiper à Mitia sa fiancée, c'est pour cela qu'il reste ici, ajouta-t-il rageur, la bouche contractée, en regardant Aliocha.

— Vous l'a-t-il dit lui-même ?

— Depuis longtemps, il y a déjà trois semaines. Ce n'est pas pour m'assassiner en cachette qu'il est venu, il a donc un but.

— Comment ! Pourquoi dites-vous cela ? fit Aliocha avec angoisse.

— Il ne demande pas d'argent, c'est vrai ; d'ailleurs, il n'aura rien. Voyez-vous, mon très cher Alexéi Fiodorovitch, j'ai l'intention de vivre le plus longtemps possible, prenez-en note ; j'ai donc besoin de tout mon argent, et plus j'avancerai en âge, plus il m'en faudra, continua Fiodor Pavlovitch, les mains dans les poches de son veston taché, en calmande jaune. A cinquante-cinq ans, j'ai conservé ma force virile, et je compte bien que cela durera encore vingt ans ; or, je vieillirai, je deviendrai repoussant, les femmes ne viendront plus de bon cœur, j'aurai donc besoin d'argent. Voilà pourquoi j'en amasse le plus possible, pour moi seul, mon cher fils Alexéi Fiodorovitch, sachez-le bien, car je veux vivre jusqu'à la fin dans le libertinage. Rien ne vaut ce mode d'existence ; tout le monde déblatère contre lui et tout le monde le pratique, mais en cachette, tandis que moi je m'y adonne au grand jour. C'est à cause de ma franchise que tous les gredins me sont tombés dessus. Quant à ton paradis, Alexéi Fiodorovitch, tu sauras que je n'en veux pas ; en admettant qu'il existe, il ne saurait convenir à un homme comme il faut. On s'endort pour ne plus se réveiller, voilà mon idée. Faites dire une messe pour moi si vous voulez ; sinon, que le diable vous emporte ! Voilà ma philosophie. Hier, Ivan a bien parlé à ce sujet, pourtant nous étions soûls. C'est un hâbleur dépourvu d'érudition... Il n'a guère d'instruction, sais-tu ? il se tait et rit de vous en silence, voilà tout son talent. »

Aliocha écoutait sans mot dire.

« Pourquoi ne me parle-t-il pas ? Et quand il parle, il fait le malin ; c'est un misérable, ton Ivan ! J'épouserai tout de suite Grouchegnka, si je veux. Car avec de l'argent, il suffit de vouloir, Alexéi Fiodorovitch, on a tout. C'est ce dont Ivan a peur, il me surveille et, pour empêcher mon mariage, il pousse Mitia à me devancer ; de la sorte, il entend me préserver de Grouchegnka (dans l'espoir d'hériter si je ne l'épouse pas !) ; d'autre part, si Mitia se marie avec elle, Ivan lui souffle sa riche fiancée, voilà son calcul ! C'est un misérable, ton Ivan.

— Comme vous êtes irascible ! C'est la suite d'hier ; vous devriez vous coucher, dit Aliocha.

— Tes paroles ne m'irritent pas, observa le vieillard, tandis que venant d'Ivan elles me fâcheraient, ce n'est qu'avec toi que j'ai eu de bons moments, car je suis méchant.

— Vous n'êtes pas méchant, vous avez l'esprit faussé, objecta Aliocha, souriant.

— Je voulais faire arrêter ce brigand de Mitia, et maintenant je ne sais quel parti prendre. Sans doute, cela passe aujourd'hui pour un préjugé de respecter père et mère ; néanmoins les lois ne permettent pas encore de traîner un père par les cheveux, de le frapper au visage à coups de botte, dans sa propre maison, et de le menacer, devant témoins, de venir l'achever. Si je voulais, je le materais et je pourrais le faire arrêter pour la scène d'hier.

— Alors vous ne voulez pas porter plainte ?

— Ivan m'en a dissuadé. Je me moque d'Ivan, mais il y a une chose... »

Il se pencha vers Aliocha et continua d'un ton confidentiel :

« Que je le fasse arrêter, le gredin, elle le saura et accourra vers lui ! Mais qu'elle apprenne qu'il m'a à moitié assommé, moi, débile vieillard, elle l'abandonnera peut-être et viendra me voir... Tel est son caractère ; elle n'agit que par contradiction ; je la connais à fond ! Tu ne veux pas de cognac ? Prends donc du café froid, je te verserai dedans un peu de cognac, un quart de petit verre ; cela donne bon goût.

— Non, merci. J'emporterai ce pain si vous le permettez, dit Aliocha, en prenant un petit pain mollet, qu'il glissa dans la poche de son froc. Vous ne devriez plus boire de cognac, conseilla-t-il d'un ton timide, en jetant un coup d'œil furtif sur le vieillard.

— Tu as raison, cela m'irrite. Mais rien qu'un petit verre... »

Il ouvrit le buffet, se versa un petit verre, referma le meuble et en remit la clef dans sa poche.

« Cela suffit, je ne crèverai pas d'un petit verre.

— Vous voilà meilleur !

— Hum ! Je t'aime même sans cognac, et je suis une canaille pour les canailles. Ivan ne part pas pour Tchermachnia, c'est afin de m'espionner. Il veut savoir combien je donnerai à Grouchegnka, si elle vient. Ce sont tous des misérables ! D'ailleurs, je renie Ivan, je ne le comprends pas. D'où vient-il ? Son âme n'est pas faite comme la nôtre. Il compte sur mon héritage. Mais je ne laisserai pas de testament, sachez-le. Quant à Mitia, je l'écraserai comme un cafard ; je les fais craquer la nuit sous ma pantoufle, et ton Mitia craquera de même. Je dis *ton* Mitia parce que tu l'aimes, mais cela ne me fait pas peur. Si c'était Ivan qui l'aimât, je craindrais pour moi-même. Mais Ivan n'aime personne, il n'est pas des nôtres, les gens comme lui, mon cher, ne sont pas pareils à nous, c'est de la poussière... Que le vent souffle, et cette poussière s'envole !... C'est une fantaisie qui m'a pris hier quand je t'ai dit de venir aujourd'hui ; je voulais me renseigner par ton intermédiaire au sujet de Mitia ; est-ce qu'en échange de mille ou deux mille roubles, ce gueux, ce vaurien, consentirait à s'en aller d'ici pour cinq ans, ou mieux pour trente-cinq ans, et à renoncer à Grouchka ? Hein ?

— Je... je lui demanderai, murmura Aliocha. Pour trois mille roubles, peut-être qu'il...

— Nenni ! I! ne faut rien demander maintenant ! Je me suis ravisé. C'est une lubie qui m'a pris hier. Je ne lui donnerai rien, pas une obole, j'ai besoin de mon argent, répéta le vieux avec un geste expressif. De toute façon, je l'écraserai comme un cafard. Ne lui dis rien, il compterait encore là-dessus. Mais tu n'as rien à faire chez moi, va-t'en. Et sa fiancée, Catherine Ivanovna, qu'il m'a toujours cachée si soigneusement, l'épousera-t-elle, oui ou non ? Tu es allé la voir hier, je crois ?

— Elle ne veut l'abandonner à aucun prix.

— Voilà les individus qu'aiment ces tendres demoiselles ! Des noceurs, des gredins ! Elles ne valent rien, ces pâles créatures ! Si j'avais sa jeunesse et ma figure d'alors (car à vingt-huit ans, j'étais mieux que lui), je remporterais même succès. Canaille, va !... Mais il n'aura pas Grouchegnka, il ne l'aura pas... Je le broierai... »

Il redevint hargneux à ces dernières paroles.

« Va-t'en aussi, tu n'as rien à faire chez moi aujourd'hui », dit-il sèchement.

Aliocha s'approcha pour lui dire adieu et le baisa à l'épaule.

« Pourquoi ? demanda le vieux surpris. Crois-tu donc que nous nous voyons pour la dernière fois ?

— Pas du tout, c'est par hasard...

— Moi aussi... je dis cela comme ça... fit le vieillard en le

regardant. Écoute, écoute, cria-t-il derrière lui, reviens
bientôt, il y aura une soupe de poisson fameuse, pas comme
aujourd'hui. Viens demain, entends-tu ? »

Aussitôt qu'Aliocha fut sorti, il retourna au buffet et
absorba un demi-verre de cognac.

« En voilà assez ! » marmotta-t-il en soufflant.

Il referma le buffet, remit la clef dans sa poche, puis, à
bout de forces, alla s'étendre sur son lit où il s'endormit
aussitôt.

III

LA RENCONTRE AVEC LES ÉCOLIERS

« Quel bonheur que mon père ne m'ait pas questionné au
sujet de Grouchegnka, se disait Aliocha en se dirigeant vers la
maison de Mme Khokhlakov ; il aurait fallu lui raconter ma
rencontre d'hier. » Il pensait avec chagrin que, durant la
nuit, les adversaires avaient repris des forces, que leurs cœurs
étaient de nouveau endurcis. « Mon père est irrité et
méchant, il demeure ancré dans son idée. Dmitri s'est lui
aussi affermi et doit avoir un plan... Il faut absolument que je
le rencontre aujourd'hui... »

Mais les réflexions d'Aliocha furent interrompues par un
incident qui, malgré son peu d'importance, ne laissa pas de le
frapper. Comme il approchait de la rue Saint-Michel,
parallèle à la Grand-Rue dont elle n'est séparée que par un
ruisseau (notre ville en est sillonnée), il aperçut en bas,
devant la passerelle, un petit groupe d'écoliers, enfants de
neuf à douze ans au plus. Ils retournaient chez eux après la
classe, avec leurs sacs en bandoulière ; d'autres le portaient
fixé au dos par des courroies ; les uns n'avaient qu'une veste,
d'autres des pardessus ; quelques-uns portaient des bottes
plissées, de ces bottes dans lesquelles aiment à parader les

enfants gâtés par des parents à leur aise. Le groupe discutait avec animation et semblait tenir conseil. Aliocha s'intéressait toujours aux enfants qu'il rencontrait, c'était le cas à Moscou, et bien qu'il préférât les bébés dans les trois ans, les écoliers de dix à onze ans lui plaisaient beaucoup. Aussi, malgré ses préoccupations, voulut-il les aborder, entrer en conversation avec eux. En s'approchant, il considérait leurs visages vermeils et remarqua que tous les garçons tenaient une ou deux pierres à la main. Au-delà du ruisseau, à environ trente pas, se tenait, adossé à une palissade, un écolier avec son sac sur la hanche, paraissant dix ans au plus, pâle, l'air maladif, avec des yeux noirs qui étincelaient. Il scrutait du regard les six écoliers, ses camarades, avec lesquels il semblait fâché. Aliocha s'avança et s'adressant à un garçon frisé, blond, vermeil, en veston noir, il fit observer, en le regardant :

« Quand j'avais votre âge, on portait le sac du côté gauche, afin de l'atteindre de la main droite ; mais le vôtre est du côté droit, ce ne doit pas être commode. »

Sans aucune préméditation, Aliocha avait commencé par cette remarque pratique ; un adulte ne peut procéder autrement s'il veut gagner la confiance d'un enfant et surtout d'un groupe d'enfants. Il fallait débuter sérieusement, pratiquement, pour se mettre sur un pied d'égalité. D'instinct, Aliocha s'en rendit compte.

« Il est gaucher », répondit aussitôt un autre garçon de onze ans, à l'air résolu.

Les cinq autres fixaient Aliocha.

« Il lance les pierres de la main gauche », fit remarquer un troisième.

Au même instant, une pierre fut jetée sur le groupe, effleurant le gaucher, mais elle alla se perdre, quoique envoyée avec adresse et vigueur. Elle avait été lancée par le garçon posté au-delà du ruisseau.

« Hardi, cogne dessus, Smourov ! crièrent-ils tous. Le gaucher ne se fit pas prier et rendit aussitôt la pareille ; il n'eut pas de succès et sa pierre frappa le sol. L'adversaire riposta par un caillou qui atteignit assez rudement Aliocha à l'épaule. On voyait à trente pas que ce gamin avait les poches de son pardessus gonflées de pierres.

— C'est vous qu'il visait, car vous êtes un Karamazov, s'écrièrent les garçons en éclatant de rire. Allons, tous à la fois sur lui, feu ! »

Six pierres volèrent ensemble. Atteint à la tête, le gamin tomba, mais pour se relever aussitôt, et riposta avec acharnement. Des deux côtés ce fut un bombardement ininterrompu ; beaucoup, dans le groupe, avaient aussi leurs poches pleines de projectiles.

« Y pensez-vous ? N'avez-vous pas honte, mes amis ? Six contre un ! Vous allez le tuer ! » s'écria Aliocha.

Il courut en avant s'exposer aux projectiles pour protéger ainsi le gamin au-delà du ruisseau. Trois ou quatre s'arrêtèrent pour une minute.

« C'est lui qui a commencé ! cria d'une voix irritée un garçon en blouse rouge. C'est un vaurien ; tantôt il a blessé en classe Krassotkine avec son canif, le sang a coulé, Krassotkine n'a pas voulu rapporter ; mais lui, il faut le battre...

— Pourquoi donc ? Vous devez le taquiner vous-mêmes ?

— Il vous a encore envoyé une pierre dans le dos, il vous connaît, s'écrièrent les enfants. C'est vous qu'il vise, maintenant. Allons, tous encore sur lui ; ne le manque pas, Smourov !... »

Le bombardement recommença, cette fois impitoyable. Le gamin isolé reçut une pierre à la poitrine ; il poussa un cri, se mit à pleurer, et s'enfuit par la montée vers la rue Saint-Michel. Dans le groupe on s'écria : « Ha ! il a eu peur, il s'est sauvé, le torchon de tille ! »

« Vous ne savez pas encore, Karamazov, comme il est vil ; ce serait peu de le tuer, répéta le garçon aux yeux ardents, qui paraissait être le plus âgé.

— C'est un rapporteur ? » demanda Aliocha.

Les garçons échangèrent des regards d'un air moqueur.

« Vous allez par la rue Saint-Michel ? continua le même. Alors, rattrapez-le... Voyez, il s'est arrêté de nouveau, il attend et vous regarde.

— Il vous regarde, il vous regarde ! reprirent les gamins.

— Demandez-lui donc s'il aime un torchon de tille défait. Vous entendez, demandez-lui ça. »

Ce fut un éclat de rire général. Aliocha et les enfants croisaient leurs regards.

« N'y allez pas, il vous blessera, cria obligeamment Smourov.

— Mes amis, je ne le questionnerai pas à propos du torchon de tille, car vous devez le taquiner de cette manière, mais je m'informerai auprès de lui pourquoi vous le haïssez tant...

— Informez-vous, informez-vous », crièrent les gamins en riant.

Aliocha franchit la passerelle et gravit la montée le long de la palissade, droit au réprouvé.

« Attention, lui cria-t-on, il ne vous craint pas, il va vous frapper en traître, comme Krassotkine. »

Le garçon l'attendait immobile. Arrivé tout près, Aliocha se trouva en présence d'un enfant de neuf ans, faible, chétif, au visage ovale, pâle, maigre, avec de grands yeux sombres qui le regardaient haineusement. Il était vêtu d'un vieux pardessus, devenu trop court. Ses bras nus sortaient de ses manches. Il avait une grande pièce au genou droit de son pantalon et un trou à son soulier droit, à la place du gros orteil, dissimulé avec de l'encre. Les poches du pardessus étaient gonflées de pierres. Aliocha s'arrêta à deux pas et le regarda d'un air interrogateur. Le gamin, devinant aux yeux d'Aliocha qu'il n'avait pas l'intention de le battre, reprit courage et parla le premier.

« J'étais seul contre six... Je les assommerai tous, dit-il, le regard étincelant.

— Une pierre a dû vous faire très mal, observa Aliocha.

— J'ai atteint Smourov à la tête, moi, répliqua-t-il.

— Ils m'ont dit que vous me connaissiez et que vous m'aviez lancé une pierre à dessein », demanda Aliocha. L'enfant le regardait d'un air sombre.

« Je ne vous connais pas. Est-ce que vous me connaissez ? continua-t-il.

— Laissez-moi tranquille ! s'écria soudain le garçon d'une voix irritée et le regard hostile, mais sans quitter sa place ; il semblait attendre quelque chose.

— C'est bien, je m'en vais, fit Aliocha, mais je ne vous connais pas et ne veux pas vous taquiner. Pourtant vos camarades m'ont dit comment il fallait faire. Adieu.

— Espèce d'ensoutané ! cria le gamin en suivant Aliocha du même regard haineux et provocant. Il se mit sur la défensive, croyant que celui-ci allait se jeter sur lui, mais Aliocha se retourna, le regarda, et suivit son chemin. Il n'avait pas fait trois pas qu'il reçut dans le dos le plus gros des cailloux qui remplissaient la poche du pardessus.

— Comment, par-derrière ! C'est donc vrai, ce qu'ils disent, que vous attaquez en traître ? »

Aliocha se retourna ; visé à la figure, il eut le temps de se garer et un nouveau projectile l'atteignit au coude.

« N'avez-vous pas honte ? Que vous ai-je fait ? » s'écria-t-il.

Le gamin attendait, silencieux et agressif, persuadé que cette fois Aliocha riposterait ; voyant que sa victime ne bougeait toujours pas, il devint furieux comme un petit fauve et s'élança. Avant qu'Aliocha eût pu faire un mouvement, le drôle lui avait empoigné la main gauche et cruellement mordu un doigt. Aliocha poussa un cri de douleur, et tâcha de se dégager. Le gamin le lâcha enfin, recula à l'ancienne distance. La morsure, près de l'ongle, était profonde ; le sang coulait. Aliocha sortit son mouchoir, en enveloppa solidement sa main blessée. Cela prit environ une minute. Cependant le gamin attendait. Aliocha leva sur lui son paisible regard.

« Eh bien, dit-il, voyez comme vous m'avez mordu cruellement. Ça suffit, je pense ! Maintenant, dites-moi ce que je vous ai fait. »

Le garçon le considéra avec surprise.

« Je ne vous connais pas du tout et vous vois pour la première fois, poursuivit Aliocha, avec le même calme, mais je dois vous avoir fait quelque chose, vous ne m'auriez pas tourmenté pour rien. Alors, dites-moi, que vous ai-je fait, en quoi suis-je coupable devant vous ? »

En guise de réponse, l'enfant se mit à sangloter et se sauva. Aliocha le suivit lentement dans la rue Saint-Michel et l'aperçut encore longtemps, qui courait en pleurant, sans se retourner. Il se promit, dès qu'il aurait le temps, de le retrouver et d'éclaircir cette énigme.

IV

CHEZ LES DAMES KHOKHLAKOV

Il arriva bientôt chez Mme Khokhlakov, dont la maison, à deux étages et en pierre, était une des plus belles de notre ville. Bien qu'elle habitât plus souvent un domaine situé dans une autre province, ou sa maison de Moscou, elle en possédait une dans notre ville, qui lui venait de sa famille. Au reste, la plus grande de ses trois propriétés se trouvait dans notre district, mais elle n'était encore venue que fort rarement chez nous. Elle accourut à la rencontre d'Aliocha dans le vestibule.

« Vous avez reçu ma lettre à propos du nouveau miracle ? demanda-t-elle nerveusement.

— Oui, je l'ai reçue.

— Vous l'avez fait circuler, montrée à tout le monde ? Il a rendu un fils à sa mère ?

— Il mourra sans doute aujourd'hui, dit Aliocha.

— Je le sais. Oh ! comme je voudrais parler de tout cela, avec vous ou avec un autre ! Non, avec vous, avec vous ! Et dire que je ne peux pas le voir, quel dommage ! Toute la ville est en émoi, tout le monde est dans l'attente. A propos... savez-vous que Catherine Ivanovna est en ce moment chez nous ?

— Ah ! l'heureuse rencontre ! s'exclama Aliocha. Elle m'a recommandé d'aller la voir aujourd'hui.

— Je sais, je sais. On m'a raconté en détail ce qui s'est passé hier... cette scène horrible avec cette... créature. *C'est tragique* [1], et, à sa place je ne sais pas ce que j'aurais fait. Et votre frère Dmitri, quel homme, mon Dieu ! Alexéi Fiodorovitch, je m'embrouille ; figurez-vous que votre frère est ici, c'est-à-dire pas ce terrible personnage, mais l'autre, Ivan. Il a un entretien solennel avec Catherine Ivanovna... Si vous saviez ce qui se passe entre eux, c'est affreux, c'est déchirant, c'est invraisemblable ! Ils se tourmentent à plaisir, ils le savent, et en tirent une âpre jouissance. Je vous attendais, j'avais soif de vous ! Je ne puis supporter cela. Je vais tout vous raconter. Ah ! j'allais oublier l'essentiel. Dites-moi, pourquoi Lise a-t-elle une crise nerveuse ? Ça l'a prise dès qu'elle a été informée de votre arrivée.

— Maman, c'est vous qui avez une crise, ce n'est pas moi », gazouilla soudain la voix de Lise qui venait de la chambre voisine, à travers l'entrebâillement. L'ouverture était toute petite et la voix aiguë, tout à fait comme lorsqu'on a une violente envie de rire et qu'on s'efforce de la réprimer. Aliocha avait remarqué cette fente, par où Lise devait l'examiner de son fauteuil, sans qu'il pût s'en rendre compte.

« Tes caprices pourraient bien en effet me donner une crise ! Et pourtant, Alexéi Fiodorovitch, elle a été malade toute la nuit, la fièvre, des gémissements, que sais-je encore !

Avec quelle impatience j'ai attendu le jour, et l'arrivée du docteur Herzenstube ! Il dit qu'il n'y comprend rien, qu'il faut attendre. Quand il vient, il répète toujours la même chose. Dès que vous êtes entré, elle a poussé un cri et a voulu être transportée dans son ancienne chambre...

— Maman, je ne savais pas du tout qu'il allait venir, ce n'est pas pour l'éviter que j'ai voulu passer chez moi.

— Ce n'est pas vrai, Lise ; Julie guettait Alexéi Fiodorovitch et a couru t'annoncer son arrivée.

— Chère petite maman, voilà qui n'est pas malin de votre part. Vous feriez mieux de dire à notre cher visiteur qu'il a prouvé son peu d'esprit en se décidant à venir chez nous après la journée d'hier, alors que tout le monde se moque de lui.

— Tu vas trop loin, Lise, et je t'assure que je recourrai à des mesures de rigueur. Personne ne se moque de lui ; je suis fort heureuse qu'il soit venu ; il m'est nécessaire, indispensable. Oh ! Alexéi Fiodorovitch, que je suis malheureuse !

— Qu'avez-vous donc, ma petite maman ?

— Ce qui me tue, Lise, ce sont tes caprices, ton inconstance, ta maladie, cette terrible nuit de fièvre, cet affreux et éternel Herzenstube, enfin tout, tout... Et puis ce miracle ! Oh ! comme il m'a frappée, remuée, cher Alexéi Fiodorovitch ! Et cette tragédie au salon, ou plutôt cette comédie. Dites-moi, le *starets* Zosime vivra-t-il jusqu'à demain ? O, mon Dieu, que m'arrive-t-il ? Je ferme les yeux à chaque instant et je me dis que tout cela est absurde, absurde.

— Je vous serais bien obligé, l'interrompit soudain Aliocha, de me donner un petit chiffon pour panser mon doigt qui me fait très mal ; je me suis blessé. »

Aliocha découvrit son doigt mordu, le mouchoir plein de sang. Mme Khokhlakov poussa un cri, ferma les yeux.

« Mon Dieu, quelle blessure, c'est affreux ! »

Dès que Lise eut aperçu le doigt d'Aliocha à travers la fente, elle ouvrit la porte toute grande.

« Venez, venez, dit-elle d'une voix impérieuse. Maintenant, trêve de bêtises ! Mon Dieu, pourquoi êtes-vous resté si
longtemps sans rien dire ? Il aurait pu perdre tout son sang,
maman ! Où et comment cela vous est-il arrivé ? Avant tout
de l'eau, de l'eau ! Il faut laver la blessure, plonger le doigt
dans l'eau froide pour faire cesser la douleur et l'y tenir
longtemps... Vite, de l'eau, maman, dans un bol ! Plus vite,
voyons, fit-elle d'un mouvement nerveux. La blessure
d'Aliocha la consternait.

— Ne faut-il pas envoyer chercher Herzenstube ? s'écria la
mère.

— Maman, vous me faites mourir, votre docteur viendra
pour dire qu'il n'y comprend rien ! De l'eau, de l'eau !
maman, pour l'amour de Dieu, allez vous-même stimuler
Julie qui s'est attardée je ne sais où ; elle ne peut jamais venir
à temps ! Plus vite, maman, ou je meurs...

— Mais c'est une bêtise ! » s'exclama Aliocha, effrayé de
leur émoi.

Julie accourut avec de l'eau, Aliocha y trempa son doigt.

« Maman, je vous en supplie, apportez de la charpie et de
cette eau trouble pour les coupures, comment l'appelle-t-on ?
Nous en avons, nous en avons... maman, vous savez où est le
flacon, dans votre chambre à coucher, l'armoire à droite ; il y
a un grand flacon et de la charpie.

— Tout de suite, Lise, mais ne crie pas, ne t'énerve pas.
Tu vois avec quel courage Alexéi Fiodorovitch supporte sa
douleur. Où vous êtes-vous blessé ainsi, Alexéi Fiodorovitch ? »

Elle sortit aussitôt. Lise n'attendait que cela.

« Avant tout, répondez à ma question, dit-elle rapidement.
Où avez-vous pu vous blesser ainsi ? Puis nous parlerons
d'autre chose. Allez-y ! »

Aliocha, devinant que le temps était précieux, lui fit un
récit exact, bien qu'abrégé, de son étrange rencontre avec les
écoliers. Après l'avoir écouté, Lise joignit les mains.

« Comment pouvez-vous, et encore dans cet habit, vous commettre avec des gamins ! s'écria-t-elle d'un ton courroucé, comme si elle avait des droits sur lui. Après cela, vous n'êtes vous-même qu'un gamin, le plus petit d'entre eux. Pourtant, ne manquez pas de vous informer de ce drôle, et racontez-moi tout : il doit y avoir là un secret. Autre chose, maintenant. Pouvez-vous, malgré la douleur, parler sensément de bagatelles ?

— Mais oui, d'ailleurs cela ne me fait plus si mal.

— C'est parce que votre doigt est dans l'eau. Il faut la changer tout de suite, elle s'échaufferait. Julie, va chercher un morceau de glace à la cave, et un nouveau bol d'eau. La voilà partie, j'aborde le sujet. Mon cher Alexéi Fiodorovitch, veuillez me rendre immédiatement ma lettre ; maman peut rentrer d'une minute à l'autre, et je ne veux pas...

— Je ne l'ai pas sur moi.

— Ce n'est pas vrai, vous l'avez, j'étais sûre que vous me feriez cette réponse. J'ai tant regretté, toute la nuit, cette stupide plaisanterie. Rendez-moi ma lettre à l'instant. Rendez-la-moi !

— Elle est restée chez moi !

— Vous devez me prendre pour une fillette, après la sotte plaisanterie de ma lettre, je vous en demande pardon ! Mais, rendez-la-moi ; si vraiment vous ne l'avez pas sur vous, apportez-la aujourd'hui sans faute.

— Aujourd'hui, c'est impossible, car je retourne au monastère, et je ne viendrai pas vous voir pendant deux jours, trois, quatre peut-être, parce que le *starets* Zosime...

— Quatre jours, quelle sottise ! Écoutez, avez-vous beaucoup ri de moi ?

— Pas le moins du monde.

— Pourquoi donc ?

— Parce que je vous ai crue, aveuglément.

— Vous m'offensez !

— Pas du tout. J'ai pensé tout de suite après avoir lu, que

cela se réaliserait, car dès que le *starets* sera mort, il me faudra quitter le monastère. Ensuite, j'achèverai mes études, je passerai mes examens, et après le délai légal nous nous marierons. Je vous aimerai bien. Quoique je n'aie pas encore eu le temps d'y songer, j'ai réfléchi que je ne trouverai jamais une femme meilleure, que vous, et le *starets* m'ordonne de me marier...

— Je suis un monstre, on me roule sur un fauteuil, objecta en riant Lise, les joues empourprées.

— Je vous roulerai moi-même, mais je suis sûr que d'ici là vous serez rétablie.

— Mais vous êtes fou ! proféra Lise nerveusement. Tirer une telle conclusion d'une simple plaisanterie !... Voici maman, peut-être fort à propos. Maman, comment avez-vous pu rester si longtemps ! Et voilà Julie qui apporte la glace.

— Ah ! Lise, ne crie pas, je t'en supplie. J'ai la tête rompue... Est-ce ma faute si tu as changé la charpie de place... J'ai cherché, cherché... Je soupçonne que tu l'as fait exprès.

— Je ne pouvais pas deviner qu'il arriverait avec un doigt mordu ; sinon je l'aurais peut-être fait exprès. Ma chère maman, vous commencez à dire des choses fort spirituelles.

— Spirituelles, soit, mais de quels sentiments, Lise, à l'égard du doigt d'Alexéi Fiodorovitch et de tout ceci ! Oh ! mon cher Alexéi Fiodorovitch, ce ne sont pas les détails qui me tuent, ni un Herzenstube quelconque, mais le tout ensemble, le tout réuni, voilà ce que je ne puis supporter.

— En voilà assez sur Herzenstube, maman, reprit Lise dans un joyeux rire, donnez-moi vite l'eau et la charpie. C'est de l'eau blanche, Alexéi Fiodorovitch, le nom me revient, un excellent remède. Maman, figurez-vous qu'il s'est battu avec des gamins, dans la rue, et qu'un d'eux l'a mordu ! N'est-il pas lui-même un petit bonhomme, et peut-il se marier, maman, après cette aventure, car figurez-vous qu'il veut se marier ? Le voyez-vous marié, n'est-ce pas à mourir de rire ? »

Lise riait de son petit rire nerveux, en regardant malicieusement Aliocha.

« Que racontes-tu là, Lise, c'est fort déplacé de ta part !... D'autant plus que ce gamin était peut-être enragé !

— Ah ! maman, comme s'il y avait des enfants enragés.

— Pourquoi pas, Lise ? Ce gamin a été mordu par un chien enragé, il l'est devenu lui-même et il a mordu quelqu'un à son tour... Comme elle vous a bien pansé, Alexéi Fiodorovitch, je n'aurais jamais su le faire comme ça. Avez-vous mal ?

— Très peu.

— N'avez-vous pas peur de l'eau ? demanda Lise.

— Assez, Lise, j'ai parlé peut-être trop vite de rage, à propos de ce garçon, et tu en conclus Dieu sait quoi. Catherine Ivanovna vient d'apprendre votre arrivée, Alexéi Fiodorovitch, elle désire ardemment vous voir.

— Ah ! maman, allez-y seule ; il ne peut pas encore, il souffre trop.

— Je ne souffre pas du tout, je puis très bien y aller, protesta Aliocha.

— Comment, vous partez ? Ah, c'est comme ça !

— Eh bien, quand j'aurai fini, je reviendrai et nous pourrons bavarder autant qu'il vous plaira. J'ai hâte de voir Catherine Ivanovna, car je désire rentrer le plus tôt possible au monastère.

— Maman, emmenez-le vite. Alexéi Fiodorovitch, ne prenez pas la peine de revenir vers moi après avoir vu Catherine Ivanovna, allez tout droit à votre monastère, c'est là votre vocation ! Quant à moi, j'ai envie de dormir, je n'ai pas fermé l'œil de la nuit.

— Ah ! Lise, tu plaisantes, bien sûr ; cependant si tu t'endormais, pour de bon ?

— Je resterai bien encore trois minutes, même cinq si vous le voulez, marmotta Aliocha.

— Emmenez-le donc plus vite, maman, c'est un monstre.

— Lise, tu as perdu la tête. Allons-nous-en, Alexéi Fiodorovitch, elle est par trop capricieuse aujourd'hui, j'ai peur de l'énerver. Oh ! quel malheur qu'une femme nerveuse ! Mais peut-être a-t-elle réellement envie de dormir ? Comme votre présence l'a vite inclinée au sommeil, et que c'est bien !

— Maman, que vous parlez gentiment ! Je vous embrasse pour cela.

— Moi de même, Lise. Écoutez, Alexéi Fiodorovitch, chuchota-t-elle d'un air mystérieux, en s'éloignant avec le jeune homme, je ne veux pas vous influencer, ni soulever le voile ; allez voir vous-même ce qui se passe : c'est terrible. La comédie la plus fantastique qui se puisse rêver. Elle aime votre frère Ivan et tâche de se persuader qu'elle est éprise de Dmitri. C'est affreux ! Je vous accompagne et, si on le veut bien, j'attendrai. »

V

LE DÉCHIREMENT AU SALON

L'entretien au salon était terminé ; Catherine Ivanovna, surexcitée, avait pourtant un air résolu. Lorsque Aliocha et Mme Khokhlakov entrèrent, Ivan Fiodorovitch se levait pour partir. Il était un peu pâle et son frère le considéra avec inquiétude. Aliocha trouvait maintenant la solution d'une énigme qui le tourmentait depuis quelque temps. A différentes reprises, depuis un mois, on lui avait suggéré que son frère Ivan aimait Catherine Ivanovna, et surtout qu'il était décidé à la « souffler » à Mitia. Jusqu'alors cela avait paru monstrueux à Aliocha, tout en l'inquiétant fort. Il aimait ses deux frères et s'effrayait de leur rivalité. Cependant Dmitri lui avait déclaré la veille qu'il était heureux d'avoir son frère pour rival, que cela lui rendait grand service. En quoi ? Pour se marier avec Grouchegnka ? Mais c'était là un parti désespéré. En outre, Aliocha avait cru fermement jusqu'à la veille au soir à l'amour passionné et opiniâtre de Catherine Ivanovna pour Dmitri. Il lui semblait qu'elle ne pouvait aimer un homme comme Ivan, mais qu'elle aimait Dmitri tel qu'il était, malgré l'étrangeté d'un pareil amour. Mais durant la scène avec Grouchegnka, ses impressions avaient changé. Le mot « déchirement », que venait d'employer Mme Khokhlakov, le troublait, car ce matin même en s'éveillant à l'aube, il l'avait prononcé deux fois, probablement sous l'impression de ses rêves, car toute la nuit il avait revu cette scène. L'affirmation catégorique de Mme Khokhlakov, que la jeune fille aimait Ivan, que son amour pour Dmitri n'était qu'un leurre, un amour d'emprunt qu'elle s'infligeait par jeu, par « déchirement », sous l'empire de la reconnaissance, cette affirmation frappait Aliocha. « C'est peut-être vrai ! » Mais alors, quelle était la situation d'Ivan ? Aliocha devinait qu'un caractère comme celui de Catherine Ivanovna avait besoin de dominer ; or, cette domination ne pouvait s'exercer que sur Dmitri, et non sur Ivan. Car seul Dmitri pourrait peut-être un jour se soumettre à elle « pour son bonheur » (ce qu'Aliocha désirait même). Ivan en serait incapable ; d'ailleurs cette soumission ne l'eût pas rendu heureux, d'après l'idée qu'Aliocha se faisait de lui. Ces réflexions poursuivaient le jeune homme quand il entra dans le salon ; soudain une autre idée s'imposa à lui : « Et si elle n'aimait ni l'un ni l'autre ? » Remarquons qu'Aliocha avait honte de telles pensées et se les était toujours reprochées, lorsque parfois elles lui étaient venues, au cours du dernier mois : « Qu'est-ce que j'entends à l'amour et aux femmes, et comment puis-je tirer pareilles conclusions ? » se disait-il après chaque conjecture. Cependant la réflexion s'imposait. Il devinait que cette rivalité était capitale dans la destinée de ses deux frères. « Les reptiles se dévoreront entre eux », avait dit hier Ivan dans son irritation, à propos de leur père et de Dmitri ; ainsi, depuis longtemps peut-être, Dmitri était un reptile à ses yeux. N'était-ce pas depuis qu'il avait fait lui-même la connaissance de Catherine Ivanovna ? Ces paroles lui avaient sans doute échappé involontairement, mais c'était d'autant plus grave. Dans ces conditions, quelle paix pouvait dorénavant régner dans leur famille alors que surgissaient de nouveaux motifs de haine ? Surtout, qui devait-il plaindre, lui, Aliocha ? Il les aimait également, mais que souhaiter à chacun d'eux, parmi de si redoutables contradictions ? Il y avait où s'égarer dans ce labyrinthe, et le cœur d'Aliocha ne pouvait supporter l'incertitude, car son amour avait toujours un caractère actif. Incapable d'aimer passivement, son affection se traduisait toujours par une aide. Mais pour cela, il fallait avoir un but, savoir clairement ce qui convenait à chacun et les aider en conséquence. Au lieu de but, il ne voyait que confusion et brouillamini. On avait parlé de « déchirement ». Mais que pouvait-il comprendre, même à ce déchirement ? Non, décidément, le mot de l'énigme lui échappait.

En voyant Aliocha, Catherine Ivanovna dit vivement à Ivan Fiodorovitch, qui s'était levé pour partir :

« Un instant ! Je veux avoir l'opinion de votre frère, en qui j'ai pleine confiance. Catherine Ossipovna, restez aussi », continua-t-elle en s'adressant à Mᵐᵉ Khokhlakov. Celle-ci s'installa à côté d'Ivan Fiodorovitch, et Aliocha en face, près de la jeune fille.

« Vous êtes mes amis, les seuls que j'aie au monde, commença-t-elle d'une voix ardente où tremblaient des larmes de sincère douleur, et qui lui attira de nouveau les sympathies d'Aliocha. Vous, Alexéi Fiodorovitch, vous avez assisté hier à cette scène terrible, vous m'avez vue. J'ignore ce que vous avez pensé de moi, mais je sais que dans les mêmes circonstances, mes paroles et mes gestes seraient identiques.

Vous vous souvenez de m'avoir retenue... (En disant cela, elle rougit et ses yeux étincelèrent.) Je vous déclare, Alexéi Fiodorovitch, que je ne sais quel parti prendre. J'ignore si je l'aime maintenant, *lui*. Il me fait pitié, c'est une mauvaise marque d'amour. Si je l'aimais toujours, ce n'est pas de la pitié mais de la haine que j'éprouverais à présent... »

Sa voix tremblait, des larmes brillaient dans ses cils. Aliocha était ému. « Cette jeune fille est loyale, sincère, pensait-il, et.... elle n'aime plus Dmitri. »

« C'est cela, c'est bien cela ! s'exclama Mme Khokhlakov.

— Attendez, chère Catherine Ossipovna. Je ne vous ai pas dit l'essentiel, le parti que j'ai pris cette nuit. Je sens que ma résolution est peut-être terrible, — pour moi, mais je pressens que je n'en changerai à aucun prix. Mon cher et généreux conseiller, mon confident, le meilleur ami que j'aie au monde, Ivan Fiodorovitch, m'approuve entièrement et loue ma résolution.

— Oui, je l'approuve, dit Ivan d'une voix basse mais ferme.

— Mais je désire qu'Aliocha — excusez-moi de vous appeler ainsi —, je désire qu'Alexéi Fiodorovitch me dise maintenant, devant mes deux amis, si j'ai tort ou raison. Je devine que vous, Aliocha, mon cher frère (car vous l'êtes), répétait-elle avec transport, en saisissant sa main glacée d'une main brûlante, je devine que votre décision, votre approbation me tranquilliseront, malgré mes souffrances, car après vos paroles je m'apaiserai et me résignerai, je le pressens !

— J'ignore ce que vous allez me demander, dit Aliocha en rougissant, je sais seulement que je vous aime et que je vous souhaite en ce moment plus de bonheur qu'à moi-même !... Mais je n'entends rien à de telles affaires... se hâta-t-il d'ajouter sans savoir pourquoi...

— L'essentiel dans tout ceci, c'est l'honneur et le devoir, et quelque chose de plus haut, qui dépasse peut-être le devoir lui-même. Mon cœur me dicte ce sentiment irrésistible et il m'entraîne. Bref, ma décision est prise. Même s'il épouse cette... créature, à qui je ne pourrai jamais pardonner, *je ne l'abandonnerai pourtant pas !* Désormais, je ne l'abandonnerai jamais ! dit-elle, en proie à une exaltation maladive. Bien entendu, je n'ai pas l'intention de courir après lui, de lui imposer ma présence, de l'importuner, oh non ! je m'en irai dans une autre ville, n'importe où, mais je ne cesserai pas de m'intéresser à lui. Quand il sera malheureux avec l'autre — et cela ne tardera guère — qu'il vienne à moi, il trouvera une amie, une sœur... Une sœur seulement, certes, et cela pour la vie, une sœur aimante, qui lui aura sacrifié son existence. Je parviendrai, à force de persévérance, à me faire enfin apprécier de lui, à être sa confidente, sans qu'il en rougisse ! s'écria-t-elle comme égarée. Je serai son Dieu, à qui il adressera ses prières, c'est le moins qu'il me doive pour m'avoir trahie et pour tout ce que j'ai enduré hier à cause de lui. Et il verra que, malgré sa trahison, je demeurerai éternellement fidèle à la parole donnée. Je ne serai que le moyen, l'instrument de son bonheur, pour toute sa vie, pour toute sa vie ! Voilà ma décision. Ivan Fiodorovitch m'approuve hautement. »

Elle étouffait. Peut-être aurait-elle voulu exprimer sa pensée avec plus de dignité, de naturel, mais elle le fit avec trop de précipitation et sans voile. Il y avait dans ses paroles beaucoup d'exubérance juvénile, elles reflétaient l'irritation de la veille, le besoin de s'enorgueillir ; elle-même s'en rendait compte. Soudain, son visage s'assombrit, son regard devint mauvais. Aliocha s'en aperçut et la compassion s'éveilla en lui. Son frère ajouta quelques mots.

« C'est, en effet, l'expression de ma pensée. Chez toute autre que vous cela eût paru de l'outrance, mais vous avez raison là où une autre aurait eu tort. Je ne sais comment motiver cela, mais je vous crois tout à fait sincère, voilà pourquoi vous avez raison.

— Mais ce n'est que pour un instant... C'est l'effet du

ressentiment d'hier, ne put s'empêcher de dire avec justesse Mme Khokhlakov, malgré son désir de ne pas intervenir.

— Eh oui ! fit Ivan avec une sorte d'irritation et visiblement vexé d'avoir été interrompu, c'est cela, chez une autre cet instant ne serait qu'une impression passagère mais avec le caractère de Catherine Ivanovna cela durera toute sa vie. Ce qui pour d'autres ne serait qu'une promesse en l'air sera pour elle un devoir éternel, pénible, maussade peut-être, mais incessant. Et elle se repaîtra du sentiment de ce devoir accompli ! Votre existence, Catherine Ivanovna, se consumera maintenant dans une douloureuse contemplation de votre chagrin et de vos sentiments héroïques. Mais avec le temps cette souffrance se calmera, vous vivrez dans la douce contemplation d'un dessein ferme et fier, réalisé une fois pour toutes, désespéré à vrai dire, mais dont vous serez venue à bout. Cet état d'esprit vous procurera enfin la satisfaction la plus complète et vous réconciliera avec tout le reste... »

Il s'était exprimé avec une sorte de rancune, et sans chercher à dissimuler son intention ironique.

« O Dieu, que tout cela est faux ! s'exclama de nouveau Mme Khokhlakov.

— Alexéi Fiodorovitch, parlez ! Il me tarde de connaître votre opinion ! » dit Catherine Ivanovna en fondant en larmes.

Aliocha se leva.

« Ce n'est rien, ce n'est rien ! poursuivit-elle en pleurant, c'est l'énervement, l'insomnie, mais avec des amis comme votre frère et vous, je me sens fortifiée..., car je sais que vous ne m'abandonnerez jamais...

— Malheureusement, je devrai peut-être partir demain pour Moscou, vous quitter pour longtemps... Ce voyage est indispensable... proféra Ivan Fiodorovitch.

— Demain, pour Moscou ! s'exclama Catherine Ivanovna, le visage crispé... Mon Dieu, quel bonheur ! » reprit-elle d'une voix soudain changée, en refoulant ses larmes dont il ne resta pas trace. Ce changement étonnant, qui frappa fort Aliocha, fut vraiment subit ; la malheureuse jeune fille offensée, pleurant, le cœur déchiré, fit place tout à coup à une femme parfaitement maîtresse d'elle-même, et de plus satisfaite comme après une joie subite.

« Ce n'est pas votre départ qui me réjouit, bien sûr, rectifia-t-elle avec le charmant sourire d'une mondaine, un ami tel que vous ne peut le croire ; je suis, au contraire, très malheureuse que vous me quittiez (elle s'élança vers Ivan Fiodorovitch et, lui saisissant les deux mains, les pressa avec chaleur) ; mais ce qui me réjouit, c'est que vous pourrez maintenant exposer, à ma tante et à Agathe, ma situation dans toute son horreur, franchement avec Agathe, mais en ménageant ma chère tante, comme vous êtes capable de le faire. Vous ne pouvez vous figurer combien je me suis torturée hier et ce matin, me demandant comment leur annoncer cette terrible nouvelle... A présent, il me sera plus facile de le faire, car vous serez chez elle en personne pour tout expliquer. Oh, que je suis heureuse ! mais de cela seulement, je vous le répète. Vous m'êtes indispensable, assurément... Je cours écrire une lettre, conclut-elle, en faisant un pas pour sortir de la chambre.

— Et Aliocha ? Et l'opinion d'Alexéi Fiodorovitch que vous désirez si vivement connaître ? s'écria Mme Khokhlakov avec une intonation sarcastique et irritée.

— Je ne l'ai pas oublié, fit Catherine Ivanovná en s'arrêtant ; mais pourquoi êtes-vous si malveillante pour moi en un tel moment, Catherine Ossipovna ? ajouta-t-elle d'un ton d'amer reproche. Je confirme ce que j'ai dit. J'ai besoin de savoir son opinion, bien plus, sa décision ! Elle sera une loi pour moi, tant j'ai soif de vos paroles, Alexéi Fiodorovitch... Mais qu'avez-vous ?

— Je n'aurais jamais cru cela, je ne peux pas me le figurer ! dit Aliocha d'un air affligé.

— Quoi donc ?

— Comment, il part pour Moscou et vous faites exprès de témoigner votre joie ! Ensuite vous expliquez que ce n'est pas son départ qui vous réjouit, que vous le regrettez, au contraire, que vous perdez... un ami ; mais là encore, vous jouiez la comédie !...

— La comédie ?... Que dites-vous ? s'exclama Catherine Ivanovna stupéfaite. — Elle rougit, fronça les sourcils.

— Quoique vous affirmiez regretter en lui l'ami, vous lui déclarez carrément que son départ est un bonheur pour vous... proféra Aliocha haletant. — Il restait debout près de la table.

— Que voulez-vous dire ? Je ne comprends pas...

— Je ne sais pas moi-même... C'est comme une illumination soudaine... Je sais que j'ai tort de parler, mais je le ferai quand même, poursuivit-il, d'une voix tremblante, entrecoupée. Vous n'avez peut-être jamais aimé Dmitri... Lui non plus, sans doute, ne vous aime pas, il vous estime, voilà tout... Vraiment, je ne sais comment j'ai l'audace... mais il faut bien que quelqu'un dise la vérité, puisque personne ici n'ose le faire.

— Quelle vérité ? s'écria Catherine Ivanovna avec exaltation.

— La voici, balbutia Aliocha, prenant son parti comme s'il se précipitait dans le vide. Envoyez chercher Dmitri, je le trouverai, s'il le faut ; qu'il vienne ici prendre votre main et celle de mon frère Ivan pour les unir. Car vous faites souffrir Ivan uniquement parce que vous l'aimez... et que votre amour pour Dmitri est un douloureux mensonge... auquel vous tâchez de croire à tout prix. »

Aliocha se tut brusquement.

« Vous... vous êtes un jeune fou, entendez-vous », répliqua Catherine Ivanovna, pâle, les lèvres crispées.

Ivan Fiodorovitch se leva, le chapeau à la main.

« Tu t'es trompé, mon bon Aliocha, dit-il avec une expression que son frère ne lui avait jamais vue, une expression de sincérité juvénile, d'irrésistible franchise. Jamais Catherine Ivanovna ne m'a aimé ! Elle connaît depuis longtemps mon amour pour elle, bien que je ne lui en aie jamais parlé, mais elle n'y a jamais répondu. Je n'ai pas été davantage son ami, à aucun moment, sa fierté n'avait pas besoin de mon amitié. Elle me gardait près d'elle pour se venger sur moi des offenses continuelles que lui infligeait Dmitri depuis leur première rencontre, car celle-ci est demeurée dans son cœur, comme une offense. Mon rôle a consisté à l'entendre parler de son amour pour lui. Je pars enfin, mais sachez, Catherine Ivanovna, que vous n'aimez, en réalité, que lui. Et cela en proportion de ses offenses. Voilà ce qui vous déchire. Vous l'aimez tel qu'il est, avec ses torts envers vous. S'il s'amendait, vous l'abandonneriez aussitôt et cesseriez de l'aimer. Mais il vous est nécessaire pour contempler en lui votre fidélité héroïque et lui reprocher sa trahison. Tout cela par orgueil ! Vous êtes humiliée et abaissée, mais votre fierté est en cause... Je suis trop jeune, je vous aimais trop. Je sais que je n'aurais pas dû vous parler ainsi, qu'il eût été plus digne de ma part de vous quitter simplement ; c'eût été moins blessant pour vous. Mais je pars au loin et ne reviendrai jamais... Je ne veux pas respirer cette atmosphère d'outrance... D'ailleurs, je n'ai plus rien à vous dire, c'est tout... Adieu, Catherine Ivanovna, ne soyez pas fâchée contre moi, car je suis cent fois plus puni que vous, puni par le seul fait que je ne vous reverrai plus. Adieu. Je ne veux pas prendre votre main. Vous m'avez fait souffrir trop sciemment pour que je puisse vous pardonner à l'heure actuelle. Plus tard, peut-être, mais pour le moment je ne veux pas de votre main.

Den Dank, Dame, Begehr'ich nicht [1] »,

ajouta-t-il avec un sourire contraint, prouvant ainsi qu'il connaissait Schiller par cœur, ce qu'Aliocha eût refusé de croire auparavant.

Il sortit sans même saluer la maîtresse de la maison. Aliocha joignit les mains.

« Ivan, lui cria-t-il éperdu, reviens, Ivan ! Non, maintenant il ne reviendra pour rien au monde ! s'écria-t-il dans un pressentiment désolé, mais c'est ma faute, c'est moi qui ai commencé ! Ivan a parlé injustement, sous l'empire de la colère. Il faut qu'il revienne... » s'exclamait Aliocha, comme déséquilibré.

Catherine Ivanovna passa dans une autre pièce.

« Vous n'avez rien à vous reprocher ; votre conduite est celle d'un ange, murmura au triste Aliocha Mme Khokhlakov enthousiasmée. Je ferai tout mon possible pour empêcher Ivan Fiodorovitch de partir... »

La joie illuminait son visage, à la grande mortification d'Aliocha, mais Catherine Ivanovna reparut soudain. Elle tenait deux billets de cent roubles.

« J'ai un grand service à vous demander, Alexéi Fiodorovitch, commença-t-elle d'une voix calme et égale, comme si rien ne s'était passé. Il y a huit jours environ, Dmitri Fiodorovitch s'est laissé aller à une action injuste et scandaleuse. Il y a ici un cabaret mal famé, où il rencontra cet officier en retraite, ce capitaine que votre père employait à certaines affaires. Irrité contre ce capitaine pour un motif quelconque, Dmitri Fiodorovitch le saisit par la barbe et le traîna dans cette posture humiliante jusque dans la rue, où il continua encore longtemps à le houspiller. On dit que le fils de ce malheureux, un jeune écolier, courait à ses côtés en sanglotant, demandait grâce et priait les passants de défendre son père, mais que tout le monde riait. Excusez-moi, Alexéi Fiodorovitch, je ne puis me rappeler sans indignation cette action honteuse... dont seul Dmitri Fiodorovitch est capable, lorsqu'il est en proie à la colère... et à ses passions ! Je ne puis la raconter en détail, cela me fait mal... je m'embrouille. J'ai pris des renseignements sur ce malheureux, et j'ai appris qu'il est fort pauvre, il s'appelle Sniéguiriov. Il s'est rendu coupable d'une faute dans son service, on l'a révoqué, je ne puis vous donner de détails, et maintenant, avec sa malheureuse famille, les enfants malades, la femme folle, paraît-il, il est tombé dans une profonde misère. Il habite ici depuis longtemps, il avait un emploi de copiste qu'il a perdu. J'ai jeté les yeux sur vous... c'est-à-dire j'ai pensé, ah ! je m'embrouille, je voulais vous prier, mon cher Alexéi Fiodorovitch, d'aller chez lui sous un prétexte quelconque, et, délicatement, prudemment, comme vous seul en êtes capable (Aliocha rougit), de lui remettre ce secours, ces deux cents roubles... Il les acceptera certainement... c'est-à-dire, persuadez-le de les accepter... Voyez-vous, ce n'est pas une indemnité, pour éviter qu'il porte plainte (car il voulait le faire, à ce qu'il paraît), mais simplement une marque de sympathie, le désir de lui venir en aide, en mon nom, comme fiancée de Dmitri Fiodorovitch, et non au sien... J'y serais bien allée moi-même, mais vous vous y prendrez mieux que moi. Il habite rue du Lac, dans la maison de Mme Kalmykov... Pour l'amour de Dieu, Alexéi Fiodorovitch, faites cela, à présent... je suis un peu... fatiguée. Au revoir... »

Elle disparut si rapidement derrière la portière qu'Aliocha n'eut pas le temps de dire un mot. Il aurait voulu demander pardon, s'accuser, dire quelque chose enfin, car son cœur débordait, et il ne pouvait se résoudre à s'éloigner ainsi. Mais Mme Khokhlakov le prit par le bras et l'emmena. Dans le vestibule, elle l'arrêta une fois de plus.

« Elle est fière, elle lutte contre elle-même, mais c'est une nature bonne, charmante, généreuse ! murmura-t-elle à mi-voix. Oh comme je l'aime, par moments, et que je suis de nouveau contente ! Mon cher Alexéi Fiodorovitch, savez-vous que nous toutes, ses deux tantes, moi et même Lise, nous n'avons qu'un désir depuis un mois, nous la supplions d'abandonner votre favori Dmitri, qui ne l'aime pas du tout, et d'épouser Ivan, cet excellent jeune homme si instruit dont elle est l'idole. Nous avons ourdi un véritable complot, et c'est peut-être la seule raison qui me retienne encore ici.

— Mais elle a pleuré, elle est de nouveau offensée ! s'écria Aliocha.

— Ne croyez pas aux larmes d'une femme, Alexéi Fiodorovitch ! Je suis toujours contre les femmes dans ce cas, et du côté des hommes. »

La voix aigrelette de Lise retentit derrière la porte :

« Maman, vous le gâtez !

— C'est moi qui suis cause de tout, je suis très coupable ! répéta Aliocha qui, le visage caché dans ses mains, éprouvait une honte douloureuse de sa sortie.

— Au contraire, vous avez agi comme un ange, comme un ange, je suis prête à le redire mille fois.

— Maman, en quoi a-t-il agi comme un ange ? demanda de nouveau Lise.

— Je me suis imaginé, je ne sais pourquoi, poursuivit Aliocha, comme s'il n'entendait pas Lise, qu'elle aimait Ivan, et j'ai lâché cette sottise... Que va-t-il arriver ?

— De quoi s'agit-il ? s'exclama Lise. Maman, vous voulez donc me faire mourir : je vous interroge, et vous ne me répondez pas. »

A ce moment, la femme de chambre accourut.

« Catherine Ivanovna se trouve mal..., elle pleure, elle a une attaque de nerfs.

— Qu'y a-t-il ? cria Lise, la voix alarmée. Maman, c'est moi qui vais avoir une attaque !

— Lise, pour l'amour de Dieu, ne crie pas, tu me tues ! A ton âge, tu ne peux pas tout savoir comme les grandes personnes ; à mon retour je te raconterai ce qu'on peut te dire. O mon Dieu ! j'y cours... Une attaque, c'est bon signe, Alexéi Fiodorovitch, c'est très bon signe. En pareil cas, je suis toujours contre les femmes, leurs attaques et leurs larmes. Julie, cours dire que j'arrive. Si Ivan Fiodorovitch est parti comme ça, c'est sa faute à elle. Mais il ne partira pas. Lise, pour l'amour de Dieu, ne crie pas. Eh ! ce n'est pas toi qui cries, c'est moi, pardonne à ta mère. Mais je suis enthousiasmée, ravie ! Avez-vous remarqué, Alexéi Fiodorovitch, comme votre frère est parti d'un air dégagé après lui avoir dit son fait. Un savant universitaire parler avec tant de chaleur, de franchise juvénile, d'inexpérience charmante ! Tout cela est adorable, tout à fait dans votre genre !... Et ce vers allemand qu'il a cité !... Mais je cours, Alexéi Fiodorovitch ; dépêchez-vous de faire cette commission et revenez bien vite... Lise, tu n'as besoin de rien ? Pour l'amour de Dieu, ne retiens pas Alexéi Fiodorovitch, il va revenir te voir. »

Mᵐᵉ Khokhlakov s'en alla enfin. Aliocha, avant de sortir, voulut ouvrir la porte de Lise.

« Pour rien au monde je ne veux vous voir, Alexéi Fiodorovitch, s'écria Lise. Parlez-moi à travers la porte. Comment êtes-vous devenu un ange ? c'est tout ce que je désire savoir.

— Par mon affreuse bêtise, Lise. Adieu !

— Voulez-vous bien ne pas partir ainsi ! cria-t-elle.

— Lise, j'ai un chagrin sérieux ! Je reviens tout de suite, mais j'ai un grand, grand chagrin. »

Il sortit en courant.

VI

LE DÉCHIREMENT DANS L'IZBA

Aliocha avait rarement éprouvé un chagrin aussi sérieux : il était intervenu mal à propos dans une affaire de sentiment ! « Que puis-je connaître à ces choses ? Ma honte n'est d'ailleurs qu'une punition méritée ; le malheur, c'est que je vais être certainement la cause de nouvelles calamités... Et dire que le *starets* m'a envoyé pour réconcilier et unir ! Est-ce ainsi qu'on unit ? » Il se rappela alors comment il avait « uni les mains », et la honte le reprit. « Bien que j'aie agi de bonne foi, il faudra être plus intelligent à l'avenir », conclut-il, sans même sourire de sa conclusion.

La commission de Catherine Ivanovna le conduisait à la rue du Lac, et son frère habitait précisément dans une ruelle voisine. Aliocha décida de passer d'abord chez lui, à tout hasard, tout en pressentant qu'il ne le trouverait pas à la maison. Il soupçonnait Dmitri de vouloir peut-être se cacher de lui maintenant, mais il fallait le découvrir à tout prix. Le temps passait ; l'idée du *starets* mourant ne l'avait pas quitté une minute depuis son départ du monastère.

Dans le récit de Catherine Ivanovna figurait une circonstance qui l'intéressait fort : quand la jeune fille avait parlé du petit écolier, fils du capitaine, qui courait en sanglotant à côté de son père, l'idée était venue soudain à Aliocha que ce devait être le même qui l'avait mordu au doigt, lorsqu'il lui demandait en quoi il l'avait offensé ; il en était maintenant presque sûr, sans savoir encore pourquoi. Ces préoccupations étrangères détournèrent son attention ; il résolut de ne plus « penser » au « mal » qu'il venait de faire, de ne pas se tourmenter par le repentir, mais d'agir ; tant pis pour ce qui pourrait arriver là-bas ! Cette idée lui rendit tout son courage. En entrant dans la ruelle où demeurait Dmitri, il eut faim et tira de sa poche le petit pain qu'il avait pris chez son père. Il le mangea en marchant ; cela le réconforta.

Dmitri n'était pas chez lui. Les maîtres de la maisonnette — un vieux menuisier, sa femme et son fils — regardèrent Aliocha d'un air soupçonneux. « Voilà déjà trois jours qu'il ne passe pas la nuit ici, il est peut-être parti quelque part », répondit le vieux à ses questions. Aliocha comprit qu'il se conformait aux instructions reçues. Lorsqu'il demanda si Dmitri n'était pas chez Grouchegnka, ou de nouveau caché chez Foma (Aliocha parlait ainsi ouvertement à dessein), tous le regardèrent d'un air craintif. « Ils l'aiment donc, ils tiennent son parti, pensa-t-il, tant mieux ! »

Enfin il découvrit dans la rue du Lac la masure de la mère Kalmykov, délabrée et affaissée, avec trois fenêtres sur la rue, une cour sale, au milieu de laquelle se tenait une vache. On entrait par la cour dans le vestibule ; à gauche habitait la vieille propriétaire avec sa fille, également âgée, toutes deux sourdes, à ce qu'il semblait. A la question plusieurs fois répétée : où demeurait le capitaine ? l'une d'elles, comprenant enfin qu'on demandait les locataires, lui désigna du doigt, à travers le vestibule, la porte qui menait à la plus belle pièce de l'izba. L'appartement du capitaine ne consistait en effet qu'en cette pièce. Aliocha avait mis la main sur la poignée afin d'ouvrir la porte, quand il fut frappé par le silence complet qui régnait à l'intérieur. Il savait pourtant, d'après le récit de Catherine Ivanovna, que le capitaine avait de la famille. « Ils dorment tous, sans doute, ou bien ils m'ont entendu venir et ils attendent que j'ouvre ; mieux vaut frapper d'abord. » Il frappa. On entendit une réponse, mais au bout de dix secondes seulement.

« Qui est-ce ? » cria une grosse voix irritée.

Aliocha ouvrit, franchit le seuil. Il se trouvait dans une salle assez spacieuse, mais fort encombrée de gens et de hardes. A gauche, il y avait un grand poêle russe. Du poêle à la fenêtre de gauche, une corde tendue à travers toute la chambre supportait divers chiffons. De chaque côté se trouvait un lit avec des couvertures tricotées. Sur l'un d'eux, celui de gauche, quatre oreillers étagés, plus petits l'un que l'autre ; sur le lit de droite, on n'en voyait qu'un, fort petit. Plus loin, il y avait un espace restreint, séparé par un rideau ou un drap, fixé à une corde tendue en travers de l'angle ; derrière apparaissait un lit improvisé sur un banc et une chaise placée auprès. Une table rustique, carrée, était installée vers la fenêtre du milieu. Les trois fenêtres, aux carreaux couverts de moisissures verdâtres, étaient ternes et hermétiquement fermées, de sorte qu'on étouffait dans la pièce à demi obscure. Sur la table, une poêle avec un reste d'œufs sur le plat, une tranche de pain entamée, un demi-litre d'eau-de-vie, presque vide de son contenu. Près du lit de gauche se tenait sur une chaise une femme, vêtue d'une robe d'indienne et qui avait l'air d'une dame. Elle était fort maigre, fort jaune ; ses joues creuses attestaient au premier coup d'œil son état maladif ; mais ce qui frappa surtout Aliocha, ce fut le regard de ses grands yeux bruns, interrogateur et arrogant tout ensemble. A côté de la fenêtre de gauche, se tenait debout une jeune fille au visage ingrat, aux cheveux roux clairsemés, vêtue d'une manière pauvre quoique très propre ; elle n'accorda au nouveau venu qu'une œillade dédaigneuse. A droite, également près du lit, était assise une personne du sexe féminin, une pauvre créature jeune encore, d'une vingtaine d'années, mais bossue et impotente, les pieds desséchés, comme on l'expliqua ensuite à Aliocha ; on voyait ses béquilles dans un coin, entre le lit et le mur ; les magnifiques yeux de la pauvre fille se posèrent sur Aliocha avec douceur. Attablé et achevant l'omelette, on remarquait un personnage de quarante-cinq ans, de petite taille, de faible constitution, maigre, roux et dont la barbe clairsemée ressemblait fort à un torchon de tille défait (cette comparaison et surtout le mot de « torchon » surgirent au premier coup d'œil dans l'esprit d'Aliocha). C'était lui, évidemment, qui avait répondu de l'intérieur, car il n'y avait pas d'autre homme dans la chambre. Quand Aliocha entra, le personnage se leva brusquement, s'essuya avec une serviette trouée, et s'empressa à sa rencontre.

« Un moine qui quête pour son monastère, il a trouvé à qui s'adresser ! » proféra la jeune fille qui se tenait dans l'angle de gauche.

L'individu qui était accouru au-devant d'Aliocha pirouetta sur ses talons et lui répondit d'un ton saccadé :

« Non, Varvara[1] Nicolaïevna, ce n'est pas cela, vous

n'avez pas deviné ! Permettez-moi de vous demander, fit-il en
se tournant vers Aliocha, ce qui vous a engagé à visiter...
cette retraite ? »

Aliocha le considéra avec attention : ce personnage, qu'il
voyait pour la première fois, avait quelque chose de pointu,
d'irrité. Il était légèrement éméché. Son visage reflétait une
impudence caractérisée, et en même temps — chose étrange
— une couardise visible. On devinait un homme longtemps
assujetti, mais avide de faire des siennes ; ou mieux encore,
un homme qui brûlerait d'envie de vous frapper, tout en
craignant vos coups. Dans ses propos, dans l'intonation de sa
voix plutôt perçante, on distinguait une sorte d'humour
bizarre, tantôt méchant, tantôt timide, intermittent et de ton
inégal. Il avait parlé de la « retraite » en tremblant, les yeux
écarquillés, et en se tenant si près d'Aliocha que celui-ci fit
machinalement un pas en arrière. Le personnage portait un
paletot de nankin, sombre, en fort mauvais état, rapiécé,
taché. Son pantalon à carreaux très clair, comme on n'en
porte plus depuis longtemps, d'une étoffe fort mince, fripé
en bas, remontait au point de lui donner l'air d'un garçon qui
a grandi.

« Je suis... Alexéi Karamazov... répondit Aliocha.

— Je le sais bien, repartit l'autre, donnant à entendre qu'il
connaissait l'identité de son visiteur. Et moi, je suis le
capitaine en second Sniéguiriov ; mais il importe de savoir ce
qui vous amène...

— Je suis venu comme ça. Au fait, je voudrais vous dire
un mot, en mon nom... si vous le permettez...

— En ce cas, voici une chaise, veuillez vous asseoir,
comme on disait dans les vieilles comédies. »

D'un geste prompt le capitaine saisit une chaise libre (une
simple chaise en bois) qu'il plaça presque au milieu de la
chambre ; il en prit une autre pour lui et s'assit en face
d'Aliocha, de nouveau si près que leurs genoux se touchaient
presque.

« Nicolas Ilitch Sniéguiriov, ex-capitaine en second de l'infanterie russe, avili par ses vices, mais pourtant capitaine [1]... Toutefois, je me demande en quoi ai-je pu exciter votre curiosité, car je vis dans des conditions qui ne permettent guère de recevoir des visites.

— Je suis venu pour cette affaire...

— Pour quelle affaire ? interrompit le capitaine d'un ton impatient.

— A propos de votre rencontre avec mon frère Dmitri, répliqua Aliocha, gêné.

— De quelle rencontre ? Ne serait-ce pas au sujet du torchon de tille ? Et il s'avança tellement cette fois que ses genoux heurtèrent ceux d'Aliocha. Ses lèvres serrées formaient une ligne mince.

— Quel torchon de tille ? murmura Aliocha.

— C'est pour se plaindre de moi, papa, qu'il est venu ! retentit une voix derrière le rideau, une voix déjà connue d'Aliocha, celle du garçon de tantôt. Je lui ai mordu le doigt aujourd'hui ! »

Le rideau s'écarta et Aliocha aperçut son récent ennemi, dans le coin sous les icônes, sur un lit formé d'un banc et d'une chaise. L'enfant gisait, recouvert de son petit pardessus et d'une vieille couverture ouatée. A en juger par ses yeux brûlants, il devait avoir la fièvre. Intrépide, il regardait Aliocha avec l'air de dire : « Ici, tu ne peux rien me faire. »

« Comment, quel doigt a-t-il mordu ? sursauta le capitaine. C'est le vôtre ?

— Oui, le mien. Tantôt, il se battait à coups de pierres dans la rue avec ses camarades ; ils étaient six contre lui. Je me suis approché, il m'en a jeté une, puis une autre à la tête. Et comment je lui demandais ce que je lui avais fait, il s'est élancé et m'a mordu cruellement au doigt, j'ignore pourquoi.

— Je vais le fouetter ! s'exclama le capitaine qui bondit de sa chaise.

— Mais je ne me plains pas, je vous raconte seulement ce

qui s'est passé... Je ne veux pas que vous le fouettiez !
D'ailleurs, je crois qu'il est malade...

— Et vous pensiez que j'allais le faire ? Que j'allais
empoigner Ilioucha [1] et le fouetter devant vous ? Il vous faut
ça tout de suite ? proféra le capitaine, se tournant vers
Aliocha avec un geste menaçant, comme s'il voulait se jeter
sur lui. Je plains votre doigt, monsieur, mais ne voulez-vous
pas qu'avant de fouetter Ilioucha je me tranche les quatre
doigts sous vos yeux, avec ce couteau, pour votre juste
satisfaction ? Je pense que quatre doigts vous suffiront, vous
ne réclamerez pas le cinquième, pour apaiser votre soif de
vengeance ?... »

Il s'arrêta soudain, comme suffoqué. Chaque trait de son
visage remuait et se contractait, son regard était des plus
provocants. Il était égaré.

« Maintenant, j'ai tout compris, dit Aliocha, d'un ton doux
et triste, sans se lever. Ainsi, vous avez un bon fils, il aime
son père et s'est jeté sur moi comme étant le frère de votre
offenseur... Je comprends, à présent, répéta-t-il, songeur.
Mais mon frère, Dmitri, regrette son acte, je le sais, et s'il
peut venir chez vous, ou, encore mieux, vous rencontrer à la
même place, il vous demandera pardon devant tout le
monde... si vous le désirez.

— C'est-à-dire qu'après m'avoir tiré la barbe, il me fait
des excuses... Il croit ainsi me donner pleine et entière
satisfaction, n'est-ce pas ?

— Oh non ! Au contraire, il fera tout ce qui vous plaira et
comme il vous plaira !

— De sorte que si je priais son Altesse Sérénissime de
s'agenouiller devant moi, dans ce même cabaret, le cabaret *A
la Capitale*, comme on l'appelle, ou sur la place, il le ferait ?

— Oui, il le ferait.

— Vous me touchez jusqu'aux larmes. La générosité de
votre frère me confond. Permettez-moi de vous présenter ma
famille, mes deux filles et mon fils, ma portée. Si je meurs,

qui les aimera ? Et tant que je vis, qui m'aimera avec tous mes défauts, sinon eux ? Le Seigneur a bien fait les choses pour chaque homme de mon espèce, car même un homme de ma sorte doit être aimé par un être quelconque...

— Ah ! c'est parfaitement vrai ! s'exclama Aliocha.

— Trêve de pitreries, vous nous bafouez devant le premier imbécile venu ! s'écria soudain la jeune fille qui se tenait vers la fenêtre, en s'adressant à son père, la mine méprisante.

— Attendez un peu, Varvara Nicolaïevna, permettez-moi de continuer mon idée, lui cria son père d'un ton impérieux tout en la regardant avec approbation. Tel est son caractère, dit-il, se retournant vers Aliocha.

Et dans la nature entière
Il ne voulait rien bénir [1].

C'est-à-dire il faudrait mettre au féminin : elle ne voulait rien bénir. Et maintenant, permettez-moi de vous présenter à mon épouse, Irène Pétrovna, une dame impotente de quarante-trois ans ; elle marche, mais fort peu. Elle est de basse condition ; Irène Pétrovna, faites-vous belle que je vous présente Alexéi Fiodorovitch — il le prit par le bras, et avec une force dont on ne l'eût pas cru capable, il le souleva. — On vous présente à une dame, il faut vous lever. Ce n'est pas ce Karamazov, maman, qui... hum ! etc., mais son frère, reluisant de vertus pacifiques. Permettez, Irène Pétrovna, permettez, maman, de vous baiser d'abord la main. »

Il baisa la main de sa femme avec respect, avec tendresse même. La jeune fille, vers la fenêtre, tournait le dos à cette scène avec indignation ; le visage arrogant et interrogateur de la mère exprima soudain une grande affabilité.

« Bonjour, asseyez-vous, monsieur Tchernomazov, proféra-t-elle.

— Karamazov, maman, Karamazov... Nous sommes de basse condition, souffla-t-il de nouveau.

— Eh, Karamazov ou autrement, peu importe, moi je dis toujours Tchernomazov... Asseyez-vous, pourquoi vous a-t-il soulevé ? Une dame sans pieds, qu'il dit, j'en ai, des pieds, mais ils sont enflés comme des seaux, et moi je suis desséchée. Autrefois, j'étais d'une grosseur énorme et maintenant on dirait que j'ai avalé une aiguille...

— Nous sommes de basse condition, de bien basse, répéta le capitaine.

— Papa, ah, papa ! prononça soudain la bossue, demeurée jusqu'alors silencieuse, et qui se couvrit brusquement les yeux de son mouchoir.

— Bouffon ! lança la jeune fille vers la fenêtre.

— Voyez ce qui se passe chez nous, reprit la mère, en désignant ses filles, c'est comme si des nuages passaient, ils passent et notre musique reprend. Auparavant, quand nous étions militaires, il nous venait beaucoup d'hôtes comme vous. Je ne fais pas de comparaison, monsieur, il faut aimer tout le monde. La femme du diacre vient parfois et dit : « Alexandre Alexandrovitch est un brave homme, mais Anastasie Pétrovna est un suppôt de Satan. — Eh bien ! que je lui réponds, ça dépend qui on aime, tandis que toi, tu n'es qu'un petit tas, mais infect. — Toi, qu'elle me dit, il faut te serrer la vis. — Ah ! noiraude, à qui viens-tu faire la leçon ? — Moi, dit-elle, je laisse entrer l'air pur, et toi le mauvais air. — Demande, que je lui réponds, à messieurs les officiers si l'air est mauvais chez moi. » J'avais cela sur le cœur quand tantôt, assise comme je suis maintenant, j'ai vu entrer ce général, qui était venu ici pour Pâques. « Eh bien ! lui dis-je, Votre Excellence, une dame noble peut-elle laisser entrer l'air du dehors ? — Oui, répond-il, vous devriez ouvrir la porte ou le vasistas, car l'air n'est pas pur chez vous. » Et tous sont pareils ! Pourquoi en veulent-ils à mon air ? Les morts sentent encore plus mauvais. Je ne corromps pas l'air chez vous, je me ferai faire des souliers et je m'en irai. Mes enfants, n'en veuillez pas à votre mère ! Nicolas Ilitch, mon ami, ai-je cessé de te plaire ? Je n'ai plus qu'Ilioucha pour m'aimer, quand il revient de l'école. Hier, il m'a apporté une pomme. Pardonnez à votre mère, mes bons amis, pardonnez à une pauvre délaissée ! En quoi mon air vous dégoûte-t-il ? »

La pauvre démente éclata en sanglots, ses larmes ruisselaient. Le capitaine se précipita vers elle.

« Maman, chère maman, assez ; tu n'es pas délaissée ; tous t'aiment et t'adorent. »

Il recommença à lui baiser les mains et se mit à lui caresser le visage, à essuyer ses larmes avec une serviette. Il avait lui-même les yeux humides ; c'est du moins ce qu'il sembla à Aliocha, vers qui il se tourna soudain pour lui dire d'un ton courroucé en désignant la pauvre démente :

« Eh bien, vous avez vu et entendu ?

— Je vois et j'entends, murmura Aliocha.

— Papa, papa, comment peux-tu ?... Laisse-le, papa ! cria le garçon dressé sur son lit, avec un regard ardent.

— Assez fait le pitre, comme ça ! Laissez donc vos stupides manigances, qui ne mènent jamais à rien ! cria de son coin Varvara Nicolaïevna, exaspérée ; elle tapa même du pied.

— Vous avez tout à fait raison, cette fois, de vous mettre en colère, Varvara Nicolaïevna, et je vais vous donner satisfaction. Couvrez-vous, Alexéi Fiodorovitch, je prends ma casquette, et sortons. J'ai à vous parler sérieusement, mais pas ici. Cette jeune personne assise, c'est ma fille Nina Nicolaïevna, j'ai oublié de vous la présenter. Un ange incarné... descendu chez les mortels... si tant est que vous puissiez comprendre cela.

— Le voilà tout secoué, comme s'il avait des convulsions, continua Varvara Nicolaïevna indignée.

— Celle qui vient de taper du pied et de me traiter de pitre, c'est aussi un ange incarné, elle m'a donné le nom qui convient. Allons, Alexéi Fiodorovitch, il faut en finir... »

Et, prenant Aliocha par le bras, il le conduisit dehors.

VII

ET AU GRAND AIR

« L'air est pur, ici, tandis que dans mes appartements, il ne l'est guère, sous tous les rapports. Marchons un peu, monsieur, je voudrais bien que ma personne vous intéressât.

— J'ai une importante communication à vous faire, déclara Aliocha ; seulement je ne sais par où commencer.

— Je m'en doutais bien. Vous n'alliez pas vous déranger uniquement pour vous plaindre de mon garçon, n'est-ce pas ? A propos du petit, il faut que je vous décrive la scène, je n'ai pas pu tout vous raconter là-bas. Voyez-vous, il y a huit jours, le torchon de tille était plus fourni — c'est de ma barbe que je parle ; on l'a surnommée ainsi, les écoliers surtout. — Eh bien, quand votre frère s'est mis à me traîner par la barbe, le long de la place, à me faire des violences pour une bagatelle, c'était justement l'heure où les écoliers sortaient de classe, et parmi eux Ilioucha. Dès qu'il m'aperçut dans cette posture, il s'élança vers moi en criant : « Papa, papa ! » Il s'accroche à moi, m'étreint, veut me dégager, crie à mon agresseur : « Lâchez-le, lâchez-le, c'est mon papa, pardonnez-lui ! » Avec ses petits bras il le saisit et lui baisa la main, cette même main, qui... Je me rappelle l'expression de son visage à ce moment, je ne l'oublierai jamais !...

— Je vous jure, s'écria Aliocha, que mon frère vous exprimera un complet repentir, de la façon la plus sincère, fût-ce à genoux sur cette même place... Je l'y obligerai ; sinon il cessera d'être mon frère !

— Ah, ah, c'est encore à l'état de projet ! Cela ne vient pas de lui, mais de la noblesse de votre cœur généreux. Vous auriez dû le dire tout de suite. Dans ce cas, permettez-moi de vous exposer l'esprit chevaleresque dont votre frère a fait preuve ce jour-là. Il s'arrêta de me traîner par la barbe et me lâcha : « Tu es officier, me dit-il, et moi aussi ; si tu peux trouver comme témoin un homme comme il faut, envoie-le-moi, je te donnerai satisfaction, bien que tu sois un coquin ! » Et voilà ! Un esprit vraiment chevaleresque, n'est-ce pas ? Nous nous éloignâmes avec Ilioucha, et cette scène de famille est restée à jamais gravée dans la mémoire du pauvre petit. A quoi nous sert d'appartenir à la noblesse ? D'ailleurs, jugez-en vous-même ; vous sortez de mes appartements, qu'avez-vous vu ? Trois femmes, dont l'une est impotente et faible d'esprit ; l'autre, impotente et bossue ; la troisième, valide mais trop intelligente ; c'est une étudiante, elle brûle de retourner à Pétersbourg découvrir sur les bords de la Néva les droits de la femme russe. Je ne parle pas d'Ilioucha, il n'a que neuf ans, il est entièrement seul, car si je meurs, qu'adviendra-t-il de mon foyer, je vous le demande ? Dans ces conditions, si je provoque votre frère en duel et qu'il me tue, qu'arrivera-t-il ? Que deviendront-ils, eux tous ? S'il m'estropie seulement, ce sera encore pis ; je serai incapable de travailler, mais il faudra manger ; qui me nourrira, qui les nourrira tous ? Faudra-t-il envoyer tous les jours Ilioucha demander l'aumône, au lieu d'aller à l'école ? Voilà, monsieur, ce que signifie pour moi une provocation en duel ; c'est une absurdité, rien de plus.

— Il vous demandera pardon, il se jettera à vos pieds au beau milieu de la place, s'écria de nouveau Aliocha, le regard enflammé.

— Je voulais l'assigner, continua le capitaine, mais ouvrez notre Code, puis-je m'attendre à recevoir une juste satisfaction de mon offenseur ? Sur ce, Agraféna Alexandrovna m'a fait venir et menacé : « Si tu portes plainte, je m'arrangerai à faire constater publiquement qu'il t'a châtié de ta friponnerie, et alors c'est toi qu'on poursuivra. » Or, Dieu seul sait qui est l'auteur de cette friponnerie, et sous les ordres de qui j'ai agi en comparse ; n'est-ce pas d'après ses instructions et

celles de Fiodor Pavlovitch ? « De plus, ajouta-t-elle, je te
chasserai pour tout de bon et tu ne gagneras plus rien à mon
service. Je le dirai aussi à mon marchand (c'est ainsi qu'elle
appelle son vieux), de sorte que lui aussi te renverra
également. » Et je me dis : si ce marchand me renvoie aussi,
comment pourrai-je gagner ma vie ? Car il ne me reste que ces
deux protecteurs, vu que votre père m'a retiré sa confiance
pour un autre motif, et veut même, muni de mes reçus, me
traîner en justice. Pour ces raisons, je me suis tenu tranquille,
et vous avez vu ma retraite. Maintenant, dites-moi, est-ce
qu'Ilioucha vous a fait bien mal en vous mordant ? Je ne
pouvais pas entrer dans des détails en sa présence.

— Oui, très mal ; il était très irrité. Il a vengé votre offense
sur moi, en qualité de Karamazov, je le comprends maintenant. Mais si vous l'aviez vu se battre à coups de pierres avec
ses camarades ! C'est très dangereux, ils peuvent le tuer ; les
enfants sont stupides, une pierre a vite fait de fracasser la
tête.

— Oui, il en a reçu une, pas à la tête, mais à la poitrine,
au-dessus du cœur ; il a un bleu, il est rentré en larmes,
geignant, et le voilà malade.

— Savez-vous qu'il attaque les autres le premier ? Il est
devenu mauvais à cause de vous ; ses camarades racontent
qu'il a donné tantôt un coup de canif dans le côté au jeune
Krassotkine...

— Je le sais ; le père était fonctionnaire ici, et cela peut
nous attirer des désagréments...

— Je vous conseillerais, continua avec chaleur Aliocha, de
ne pas l'envoyer à l'école pendant quelque temps, jusqu'à ce
qu'il se calme... et que sa colère passe...

— La colère ! reprit le capitaine, c'est bien ça. Une grande
colère dans un petit être. Vous ne savez pas tout, permettez-
moi de vous expliquer les choses en détail. Après l'événement, les écoliers se mirent à le taquiner, en l'appelant
torchon de tille. Cet âge est sans pitié ; pris séparément, ce

sont des anges, mais tous ensemble sont impitoyables, surtout à l'école. Ils le persécutaient et un noble sentiment s'éveilla en Ilioucha. Un garçon ordinaire, faible comme lui, se fût résigné ; il aurait eu honte de son père ; mais lui s'est dressé contre tous, pour son père, pour la vérité, pour la justice. Car ce qu'il a enduré, depuis qu'il a baisé la main de votre frère en lui criant : « Pardonnez à papa, pardonnez à papa ! » Dieu seul et moi le savons. Et ainsi nos enfants, pas les vôtres, les nôtres, les enfants des mendiants méprisés, mais nobles, apprennent à connaître la vérité, dès l'âge de neuf ans. Comment les riches l'apprendraient-ils ? Ils ne pénètrent jamais ces profondeurs, tandis que mon Ilioucha a sondé toute la vérité, à la minute où sur la place il baisait la main qui me frappait. Elle est entrée en lui, cette vérité ; elle l'a meurtri pour toujours ! proféra avec passion le capitaine, l'air égaré, en se frappant la main gauche de son poing, comme s'il voulait montrer matériellement la meurtrissure faite à Ilioucha par la « vérité ». Ce jour-là, il eut la fièvre et le délire pendant la nuit. Il resta silencieux toute la journée ; je remarquai qu'il m'observait de son coin, faisant semblant d'apprendre ses leçons, mais ce n'étaient point les leçons qui l'occupaient. Le lendemain, je m'enivrai de chagrin, si bien que j'ai oublié beaucoup de choses. Maman aussi se mit à pleurer — je l'aime beaucoup —, alors, de douleur, je me soûlai avec mes derniers sous. Ne me méprisez pas, monsieur. En Russie, les pires ivrognes sont les meilleures des gens, et réciproquement. J'étais couché et ne pensais guère à Ilioucha ; mais, ce même jour, les gamins s'égayèrent à ses dépens, dès le matin. « Eh ! torchon de tille ! lui criait-on, on a traîné ton père par sa barbe hors du cabaret ; toi, tu courais à côté en demandant grâce. » C'était le surlendemain ; il rentra de l'école pâle et défait. « Qu'as-tu ? » lui dis-je. Il ne répondit rien. Impossible de causer à la maison ; sa mère et ses sœurs s'en seraient mêlées tout de suite, les jeunes filles avaient appris l'affaire dès le premier jour. Varvara Nicolaïevna commençait déjà à grogner : « Bouffons, pitres, pouvez-vous faire quelque chose de sensé ? — C'est vrai, dis-je, Varvara Nicolaïevna, pouvons-nous faire quelque chose de sensé ? » Je m'en tirai ainsi pour cette fois. Dans la soirée, j'allai me promener avec le petit. Il faut vous dire que, depuis quelque temps, nous allions nous promener tous les soirs, par le même chemin que voici, jusqu'à cette énorme pierre isolée, là-bas près de la haie, où commencent les pâtis communaux : un endroit désert et charmant. Nous cheminions la main dans la main, comme d'habitude ; il a une toute petite main, aux doigts minces, glacés, car il souffre de la poitrine. « Papa, fit-il, papa ! — Eh bien ! lui dis-je (je voyais ses yeux étinceler). — Comme il t'a traité, papa ! — Que faire, Ilioucha ! — Ne fais pas la paix avec lui, papa, garde-t'en bien. Mes camarades racontent qu'il t'a donné dix roubles pour ça. — Non, mon petit, pour rien au monde je n'accepterai de l'argent de lui, maintenant. » Il se mit à trembler, me saisit la main dans les siennes, m'embrassa. « Papa, provoque-le en duel ; à l'école on me taquine en disant que tu es lâche, que tu ne te battras pas, mais que tu accepteras de lui dix roubles. — Je ne puis le provoquer en duel, Ilioucha », lui répondis-je, et je lui exposai brièvement ce que je viens de vous dire à ce sujet. Il m'écouta jusqu'au bout. « Papa, dit-il pourtant, ne fais pas la paix avec cet homme ; quand je serai grand, je le provoquerai moi-même et je le tuerai ! » Ses yeux brûlaient d'un éclat intense. Malgré tout, j'étais son père, et il fallut lui dire un mot de vérité : « C'est un péché, expliquai-je, de tuer son prochain, même en duel. — Papa, je le terrasserai, une fois grand, je lui ferai sauter son sabre des mains et je me jetterai sur lui en brandissant le mien, et lui dirai : je pourrais te tuer, mais je te pardonne ! » Voyez, monsieur, voyez quel travail s'est opéré dans sa petite tête, durant ces deux jours ; il ne fait que penser à la vengeance et il a dû en parler dans son délire. Quand, avant-hier, il est revenu de l'école, cruellement battu, j'ai tout appris. Vous avez raison, il n'y retournera plus. Il se dresse contre la classe entière, il les provoque tous ; il s'est exaspéré, son cœur brûle de haine, j'ai peur pour lui. Nous retournâmes nous promener. « Papa, me demanda-t-il, les riches sont les plus forts en ce monde ? — Oui, Ilioucha, il n'y a pas plus puissant que le riche. — Papa, dit-il, je deviendrai riche, je serai officier et je battrai tous les ennemis, le tsar me récompensera, je reviendrai auprès de toi, et alors personne n'osera... » Après un silence, il reprit, les lèvres tremblantes comme auparavant : « Papa, quelle vilaine ville que la nôtre. — Oui, Ilioucha, c'est une vilaine ville. — Papa, allons nous établir dans une autre, où l'on ne nous connaît pas. — Je veux bien, Ilioucha, allons-y ; seulement il faut amasser de l'argent. » Je me réjouissais de pouvoir ainsi le distraire de ses sombres pensées ; nous nous mîmes à faire des projets sur l'installation dans une autre ville, l'achat d'un cheval et d'une charrette. « Ta maman et tes sœurs monteront dedans, nous les couvrirons bien, nous-mêmes nous marcherons à côté, tu monteras de temps en temps, tandis que j'irai à pied, car il faut ménager le cheval ; c'est ainsi que nous voyagerons. » Il fut enchanté, surtout d'avoir un cheval qui le conduirait. Comme vous le savez, un petit garçon russe ne voit rien de plus beau qu'un cheval. Nous bavardâmes longtemps. « Dieu soit loué, pensais-je, je l'ai distrait et consolé. » Mais hier, il est rentré de l'école fort sombre ; le soir, à la promenade, il ne disait rien. Le vent s'éleva, le soleil disparut, on sentait l'automne et il faisait déjà sombre ; nous étions tristes. « Eh bien, mon garçon, comment allons-nous faire nos préparatifs ? » Je pensais reprendre la conversation de la veille. Pas un mot. Mais ses petits doigts tremblaient dans ma main. « Ça va mal, me dis-je, il y a du nouveau. » Nous arrivâmes, comme maintenant, jusqu'à cette pierre ; je m'assis dessus, on avait lancé des cerfs-volants qui claquaient au vent, il y en avait bien une trentaine. C'est maintenant la saison. « Nous devrions nous aussi, Iliboucha, lancer le cerf-volant de l'année dernière. Je le réparerai, qu'en as-tu fait ? » Il ne disait toujours rien et détournait le regard. Soudain, le vent se mit à bruire, soulevant du sable... Il eut un élan vers moi, ses deux bras passés autour de mon cou, et m'étreignit. Voyez-vous, monsieur, quand les enfants sont taciturnes et fiers, ils retiennent longtemps leurs larmes, mais lorsqu'elles jaillissent, lors d'un grand chagrin, elles ne coulent pas, elles ruissellent. Ses pleurs brûlants m'inondèrent le visage. Il sanglotait, secoué de convulsions, me serrait contre lui. « Papa, criait-il, mon cher papa, comme il t'a humilié ! » Alors les sanglots me prirent à mon tour et nous étions là tous deux à gémir, enlacés sur cette pierre. Personne ne nous voyait alors, excepté Dieu ; peut-être m'en tiendra-t-il compte. Remerciez votre frère, Alexéi Fiodorovitch. Non, je ne fouetterai pas mon garçon pour votre satisfaction ! »

Il termina de la même façon bizarre et entortillée que tout à l'heure. Pourtant Aliocha, touché jusqu'aux larmes, sentait que cet homme avait confiance en lui et qu'il n'eût pas fait cette confidence à quelqu'un d'autre.

« Ah ! comme je voudrais faire la paix avec votre garçon ! s'exclama-t-il. Si vous vous en chargiez...

— Certainement, murmura le capitaine.

— Mais, maintenant, ce n'est pas de cela qu'il s'agit, écoutez ! poursuivit Aliocha. J'ai une commission à vous faire : mon frère, ce Dmitri, a insulté aussi sa fiancée, une noble fille dont vous avez dû entendre parler. J'ai le droit de vous révéler cette insulte, je dois même le faire, car, ayant appris l'offense que vous avez subie, et votre situation malheureuse, elle m'a chargé tantôt... de vous remettre ce secours de sa part seulement, pas au nom de Dmitri, qui l'a abandonnée, ni de moi, de son frère, ni de personne, mais uniquement de sa part à elle ! Elle vous supplie d'accepter son aide... Vous avez été offensés tous deux par le même homme... Elle s'est souvenue de vous seulement lorsqu'elle

eut souffert de Dmitri une injure tout aussi grave que la
vôtre. C'est donc une sœur qui vient en aide à un frère... Elle
m'a précisément chargé de vous convaincre d'accepter ces
deux cents roubles de sa part, comme d'une sœur qui connaît
votre gêne. Personne ne le saura, nuls commérages malveillants ne sont à redouter... Voici ces deux cents roubles et, je
vous le jure, vous devez les accepter, sinon, il n'y aurait que
des ennemis dans le monde ! Mais il y a aussi des frères...
Vous avez l'âme noble... Vous devez le comprendre !... »

Et Aliocha lui tendit deux billets de cent roubles tout
neufs. Tous deux se trouvaient alors justement près de la
grande pierre, près de la haie ; il n'y avait personne alentour.
Les billets parurent faire au capitaine une impression profonde ; il tressaillit, mais ce fut d'abord uniquement de
surprise ; il ne s'attendait point à pareil dénouement et
n'avait jamais rêvé d'une aide quelconque. Il prit les billets
et, pendant presque une minute, fut incapable de répondre ;
une expression nouvelle apparut sur son visage.

« C'est pour moi, tant d'argent, deux cents roubles ! Juste
ciel ! Depuis quatre ans je n'avais pas vu tant d'argent,
Seigneur ! Et elle dit qu'elle est une sœur... C'est vrai, c'est
bien vrai ?

— Je vous jure que tout ce que j'ai dit est la pure vérité ! »
s'écria Aliocha.

Le capitaine rougit.

« Écoutez, mon cher monsieur, écoutez ; si j'accepte, ne
serai-je pas un lâche ? A vos yeux, Alexéi Fiodorovitch, ne le
serai-je pas ? Écoutez, écoutez, répétait-il à chaque instant en
touchant Aliocha, vous me persuadez d'accepter sous le
prétexte que c'est une « sœur » qui l'envoie, mais en vous-
même, n'éprouverez-vous pas du mépris pour moi, si
j'accepte, hein ?

— Non, mille fois, non ! Je vous le jure sur mon salut ! Et
personne ne le saura jamais, sauf nous : vous, moi, elle et
encore une dame, sa grande amie.

— Qu'importe la dame ! Écoutez, Alexéi Fiodorovitch, écoutez, c'est indispensable, car vous ne pouvez même pas comprendre ce que représentent pour moi ces deux cents roubles, poursuivit le malheureux, gagné peu à peu par une exaltation farouche, et s'exprimant avec une grande hâte, comme s'il appréhendait qu'on ne le laissât pas tout dire. A part le fait que cet argent provient d'une source honnête, d'une « sœur » aussi respectée, savez-vous que je puis soigner maintenant la mère et ma petite Nina, mon angélique bossue ? Le docteur Herzenstube est venu chez moi, par bonté d'âme ; il les a examinées une heure entière : « Je n'y comprends rien », m'a-t-il dit, pourtant l'eau minérale qu'il lui a prescrite lui fait certainement du bien ; il lui a aussi ordonné des bains de pieds avec des remèdes. L'eau minérale coûte trente kopeks, il faut en boire peut-être quarante bouteilles. J'ai pris l'ordonnance et l'ai mise sur la tablette, au-dessous de l'icône ; elle y reste. Pour Nina, il a prescrit des bains chauds dans une solution spéciale, tous les jours, matin et soir ; comment pourrions-nous suivre un pareil traitement, logés comme nous sommes, sans domestique, sans aide, ni eau ni ustensiles ? La pauvre Nina est percluse de rhumatismes, je ne vous l'avais pas dit ; la nuit, tout le côté lui fait mal, elle souffre le martyre, et croiriez-vous que cet ange se raidit, pour ne pas nous inquiéter, qu'elle se retient de gémir, pour ne pas nous réveiller ? Nous mangeons ce qui nous tombe sous la main ; eh bien, elle prend le dernier morceau, bon à jeter au chien. « Je ne mérite pas ce morceau, je vous prive, je suis à votre charge. » Voilà ce que veut exprimer son regard céleste. Nous la servons et cela lui pèse. « Je ne mérite pas ces égards ; je suis une impotente, une bonne à rien. » Elle ne les mérite pas, quand sa douceur angélique est une bénédiction pour tous ! Sans sa douce parole, la maison serait un enfer, elle a attendri jusqu'à Varvara. Ne la condamnez pas non plus, celle-là ; c'est aussi un ange, elle aussi est malheureuse. Elle est arrivée chez nous en été, avec seize

roubles, gagnés à donner des leçons et destinés à payer son
retour à Pétersbourg au mois de septembre, c'est-à-dire
maintenant. Or, nous avons mangé son argent et elle n'a plus
de quoi s'en retourner, voilà ce qui en est. D'ailleurs, elle ne
pourrait pas partir, car elle travaille pour nous comme un
galérien, nous en avons fait une bête de somme, elle vaque à
tout ; c'est elle qui raccommode, lave, balaie, elle couche la
mère ; et la mère est capricieuse, pleurarde, vous comprenez,
une folle !... Maintenant, avec ces deux cents roubles, je puis
prendre une domestique, Alexéi Fiodorovitch, je puis soigner ces chères créatures ; j'enverrai l'étudiante à Pétersbourg, j'achèterai de la viande, j'établirai un nouveau régime.
Seigneur, mais c'est un rêve ! »

Aliocha était ravi d'avoir apporté tant de bonheur et de
voir que le pauvre diable voulait bien consentir à être
heureux.

« Attendez, Alexéi Fiodorovitch, attendez, reprit de plus
belle le capitaine, se cramponnant à un nouveau rêve. Savez-
vous qu'avec Ilioucha nous réaliserons peut-être, maintenant, notre projet ; nous achèterons un cheval et une
charrette, un cheval noir, il l'a demandé expressément, et
nous partirons comme nous l'avons décidé avant-hier. Je
connais un avocat dans la province de K..., un ami
d'enfance ; on m'a fait savoir par un homme sûr que si
j'arrivais là-bas, il me donnerait une place de secrétaire ; qui
sait, il me la donnera peut-être ?... Alors, la mère et Nina
monteraient dedans, Ilioucha conduirait, moi, j'irais à pied,
toute la famille serait ainsi transportée... Seigneur, si je
pouvais seulement recouvrer une créance douteuse, cela
suffirait même pour ce voyage !

— Cela suffira, cela suffira ! s'écria Aliocha, Catherine
Ivanovna vous enverra encore de l'argent autant que vous en
voudrez. J'en ai aussi, prenez ce qu'il vous faut, je vous
l'offre comme à un frère, comme à un ami, vous me le
rendrez plus tard, car vous deviendrez riche ! Vous ne

pourrez jamais imaginer rien de mieux que ce déplacement !
Ce serait le salut, surtout pour votre garçon ; vous devriez
partir plus vite, avant l'hiver, avant les froids ; vous nous
écririez de là-bas, nous resterions frères... Non, ce n'est pas
un songe ! »

Aliocha aurait voulu l'étreindre, tant il était content. Mais
après l'avoir regardé il s'arrêta brusquement : le capitaine, le
cou et les lèvres tendus, le visage blême et exalté, remuait les
lèvres comme s'il voulait dire quelque chose, mais aucun son
ne sortait.

« Qu'avez-vous ? s'enquit Aliocha dans un tressaillement
subit.

— Alexéi Fiodorovitch... je... vous... murmura le capitaine, par saccades, en le fixant d'un air étrange et farouche,
l'air d'un homme qui va s'élancer dans le vide, en même
temps que ses lèvres souriaient. Je... vous... voulez-vous que
je vous montre un tour de passe-passe ? chuchota-t-il soudain, d'un ton ferme, rapide.

— Quel tour ?

— Vous allez voir, répéta le capitaine, la bouche crispée,
l'œil gauche clignotant, le regard rivé sur Aliocha.

— Qu'avez-vous donc, de quel tour parlez-vous ? s'écria
Aliocha, effrayé pour de bon.

— Le voici, regardez ! » vociféra le capitaine.

Et, lui montrant les deux billets que durant ses discours il
avait tenus entre le pouce et l'index, il les saisit avec rage et
les froissa dans son poing serré.

« Vous avez vu, vous avez vu ! cria-t-il, blême, frénétique.
Il leva le poing et, de toute sa force, jeta les deux billets
chiffonnés sur le sable. Avez-vous vu ? hurla-t-il de nouveau
en les montrant du doigt, eh bien, voilà... »

Il se mit à les fouler sous son talon avec un acharnement
sauvage. Il haletait et s'exclamait à chaque coup :

« Voilà ce que j'en fais, de votre argent, voilà ce que j'en
fais ! »

Soudain il bondit en arrière et se dressa devant Aliocha. Toute sa personne respirait une fierté indicible.

« Allez dire à ceux qui vous ont envoyé que le torchon de tille ne vend pas son honneur ! » s'écria-t-il, le bras tendu.

Puis il tourna rapidement les talons et se mit à courir. Il n'avait pas fait cinq pas qu'il se retourna vers Aliocha, en lui faisant de la main un signe d'adieu. Au bout de cinq autres pas, il se retourna de nouveau ; cette fois son visage n'était plus crispé par le rire, mais secoué par les larmes. Il bredouilla d'un ton larmoyant, saccadé :

« Qu'aurais-je dit à mon garçon, si j'avais accepté la rançon de notre honte ? »

Après quoi il reprit sa course, cette fois sans se retourner. Aliocha le suivit des yeux avec une indicible tristesse : il comprenait que jusqu'au dernier moment le malheureux ne savait pas qu'il froisserait et jetterait les billets. Aliocha ne voulut ni le poursuivre ni l'appeler ; quand le capitaine fut hors de vue il ramassa les deux billets froissés, aplatis, enfoncés dans le sable, mais encore intacts ; ils craquèrent même quand Aliocha les déploya et les déplissa. Après les avoir pliés, il les mit dans sa poche et s'en fut rendre compte à Catherine Ivanovna du résultat de sa démarche.

LIVRE V

PRO ET CONTRA

I

LES FIANÇAILLES

Ce fut Mme Khokhlakov qui reçut de nouveau Aliocha, tout affairée ; la crise de Catherine Ivanovna s'était terminée par un évanouissement, suivi d' « un profond accablement. Maintenant elle délirait, en proie à la fièvre. On avait envoyé chercher Herzenstube et les tantes. Celles-ci étaient déjà là. On attendait anxieusement, tandis qu'elle gisait sans connaissance. Pourvu que ce ne fût pas une fièvre chaude ! »

Ce disant, la bonne dame avait l'air sérieux et inquiet. « C'est sérieux, cette fois, sérieux », ajoutait-elle à chaque mot, comme si tout ce qui lui était arrivé jusqu'alors ne comptait pas. Aliocha l'écoutait avec chagrin ; il voulut lui raconter son aventure, mais elle l'interrompit dès les premiers mots ; elle n'avait pas le temps, et le priait de tenir compagnie à Lise en l'attendant.

« Mon cher Alexéi Fiodorovitch, lui chuchota-t-elle presque à l'oreille, Lise m'a surprise tantôt, mais aussi attendrie ; c'est pourquoi mon cœur lui pardonne tout. Figurez-vous qu'aussitôt après votre départ, elle a témoigné un sincère regret de s'être moquée de vous hier et aujourd'hui : ce n'étaient pourtant que de simples plaisanteries. Elle en

pleurait presque, ce qui m'a fort surprise... Jamais auparavant, elle ne se repentait sérieusement de ses moqueries à
mon égard, bien qu'il lui arrive à chaque instant de rire de
moi. Mais maintenant, c'est sérieux, elle fait grand cas de
votre opinion, Alexéi Fiodorovitch ; si c'est possible, ména-
gez-la, ne lui gardez pas rancune. Moi-même, je ne fais que la
ménager, elle est si intelligente ! Elle me disait tout à l'heure
que vous étiez son ami d'enfance « le plus sérieux » ; que fait-
elle donc de moi ? Elle a toujours des sentiments, des
souvenirs délicieux, des phrases, des petits mots, qui jaillissent quand on s'y attend le moins. Récemment, à propos
d'un pin, par exemple. Il y avait un pin dans notre jardin,
lorsqu'elle était toute petite ; peut-être existe-t-il encore
d'ailleurs et ai-je tort de parler au passé ; les pins ne sont pas
comme les gens, ils restent longtemps sans changer.
« Maman ! me dit-elle, je me rappelle ce pin comme en rêve,
sosna kak so sna [1]. » Elle a dû s'exprimer autrement ; il y a une
confusion ; *sosna* est un mot bête ; en tout cas, elle m'a dit à ce
sujet quelque chose d'original, que je ne me charge pas de
rendre. D'ailleurs, j'ai tout oublié. Eḩ bien, au revoir, je suis
tout émue, c'est à perdre la tête. Alexéi Fiodorovitch, j'ai été
folle deux fois et l'on m'a guérie. Allez voir Lise. Réconfor-
tez-la comme vous savez si bien le faire. Lise, cria-t-elle en
approchant de la porte, je t'amène ta victime, Alexéi
Fiodorovitch, il n'est nullement fâché, je t'assure, au
contraire, il s'étonne que tu aies pu le croire.

— *Merci maman* [2]. Entrez, Alexéi Fiodorovitch. »

Aliocha entra. Lise le regarda d'un air confus et rougit
jusqu'aux oreilles. Elle paraissait honteuse et, comme on fait
en pareil cas, elle aborda aussitôt un autre sujet auquel elle
feignit de s'intéresser exclusivement.

« Maman vient de me raconter, Alexéi Fiodorovitch,
l'histoire de ces deux cents roubles et votre mission... auprès
de ce pauvre officier... Elle m'a décrit cette scène affreuse,
comment on l'a insulté, et savez-vous, bien que maman

raconte fort mal... d'une façon décousue... j'ai versé des larmes à ce récit. Eh bien, lui avez-vous remis cet argent, et comment ce malheureux...

— Justement, je ne l'ai pas remis, c'est toute une histoire » répondit Aliocha, qui parut, de son côté, uniquement préoccupé de cette affaire ; pourtant Lise remarquait que lui aussi détournait les yeux et avait visiblement l'esprit ailleurs. Aliocha prit place et commença son récit ; dès les premiers mots, sa gêne disparut et il captiva Lise à son tour. Encore sous l'influence de la vive émotion qu'il venait de ressentir, il raconta sa visite avec force détails impressionnants. Déjà à Moscou, lorsque Lise était encore enfant, il aimait à venir la trouver, soit pour raconter une récente aventure, une lecture qui l'avait frappé, soit pour rappeler un épisode de son enfance. Parfois ils rêvaient ensemble et composaient à eux deux de véritables nouvelles, le plus souvent gaies et comiques. Ils revivaient maintenant ces souvenirs, vieux de deux ans. Lise fut vivement touchée de son récit. Aliocha lui peignit avec chaleur Ilioucha. Lorsqu'il eut décrit en détail la scène où le malheureux avait foulé l'argent, Lise joignit les mains et s'écria :

« Alors, vous ne lui avez pas donné l'argent, vous l'avez laissé partir ! Vous auriez dû courir après lui, le rattraper...

— Non, Lise, c'est mieux comme ça, fit Aliocha, qui se leva et se mit à marcher, l'air préoccupé.

— Comment mieux, en quoi mieux ? Ils vont mourir de faim, maintenant !

— Ils ne mourront pas, car ces deux cents roubles les atteindront de toute façon. Il les acceptera demain, j'en suis sûr. Voyez-vous, Lise, dit Aliocha en s'arrêtant brusquement devant elle, j'ai commis une erreur, mais elle a eu un heureux résultat.

— Quelle erreur, et pourquoi un heureux résultat ?

— Voici pourquoi. Cet homme est un poltron, un caractère faible, un brave cœur accablé. Je ne cesse de me demander ce qui l'a soudain poussé à prendre la mouche, car, je vous l'assure, jusqu'à la dernière minute il ne se doutait pas qu'il piétinerait l'argent. Eh bien, je crois discerner plusieurs motifs à sa conduite. D'abord il n'a pas su dissimuler la joie que lui causait la vue de l'argent. S'il avait fait des façons, comme d'autres en pareil cas, il se fût finalement résigné. Mais après avoir trop crûment étalé sa joie, force lui fut de regimber. Voyez-vous, Lise, dans de pareilles situations, la sincérité ne vaut rien. Le malheureux parlait d'une voix si faible, si rapide, qu'il semblait tout le temps rire ou pleurer. Il a vraiment pleuré d'allégresse... Il m'a parlé de ses filles, de la place qu'on lui donnerait dans une autre ville, et après s'être épanché il a eu soudain honte de m'avoir dévoilé son âme. Aussitôt il m'a détesté. Il est de ces pauvres honteux, dont la fierté est extrême. Il s'est offensé surtout de m'avoir pris trop vite pour son ami ; après s'être jeté sur moi pour m'intimider, il finit par m'étreindre et me caresser à la vue des billets. Dans cette posture il devait ressentir toute son humiliation, et c'est alors que j'ai commis une erreur grave. Je lui ai déclaré que s'il n'avait pas assez d'argent pour se rendre dans une autre ville, on lui en donnerait encore, que je lui en donnerais moi-même, de mes propres ressources. Voilà ce qui l'a blessé : pourquoi venais-je, moi aussi, à son secours ? Voyez-vous, Lise, rien n'est plus pénible pour un malheureux que de voir tous les gens se considérer comme des bienfaiteurs... ; je l'ai entendu dire au *starets* ! Je ne sais comment exprimer cela, mais je l'ai souvent remarqué moi-même. Et j'éprouve le même sentiment. Mais surtout, bien qu'il ignorât jusqu'au dernier moment qu'il piétinerait les billets, il le pressentait fatalement. Voilà pourquoi il éprouvait une telle allégresse... Et voilà comment, si fâcheux que cela paraisse, tout est pour le mieux.

— Comment est-ce possible ? s'écria Lise, en regardant Aliocha avec stupéfaction.

— Lise, si au lieu de piétiner cet argent il l'avait accepté, il

est presque sûr qu'arrivé chez lui, une heure après, il eût
pleuré d'humiliation. Et demain, il serait venu me le jeter à la
face, il l'eût foulé aux pieds, peut-être, comme tantôt.
Maintenant au contraire il est parti en triomphe, bien qu'il
sache qu' « il se perd ». Donc rien n'est plus facile, à présent,
que de le contraindre à accepter ces deux cents roubles et pas
plus tard que demain, car il a satisfait à l'honneur, en
piétinant l'argent. Mais il a un besoin urgent de cette somme,
et si fier qu'il soit encore, il va songer au secours dont il s'est
privé. Il y songera encore davantage cette nuit, il en rêvera ;
demain matin peut-être, il sera prêt à accourir vers moi et à
s'excuser. C'est alors que je me présenterai : « Vous êtes fier,
vous l'avez montré ; eh bien, acceptez maintenant, pardon-
nez-nous. » Alors il acceptera. »

C'est avec une sorte d'ivresse qu'Aliocha prononça ces
mots : « Alors il acceptera ! » Lise battit des mains.

« Ah ! c'est vrai, j'ai compris tout d'un coup ! Aliocha,
comment savez-vous tout cela ? Si jeune, et déjà connaisseur
du cœur humain. Je ne l'aurais jamais cru.

— Il importe de le convaincre qu'il est avec nous tous sur
un pied d'égalité, bien qu'il accepte de l'argent, poursuivit
Aliocha avec exaltation. Et non seulement sur un pied
d'égalité, mais même de supériorité...

— « Un pied de supériorité ! » C'est charmant, Alexéi
Fiodorovitch, mais parlez, parlez !

— C'est-à-dire je me suis mal exprimé... en fait de pied...
mais ça ne fait rien... car...

— Mais ça ne fait rien, bien sûr, rien du tout ! Pardonnez-
moi, cher Aliocha... Jusqu'à présent, je n'avais presque pas
de respect pour vous... c'est-à-dire si, j'en avais, mais sur un
pied d'égalité ; dorénavant ce sera sur un pied de supériorité... Mon chéri, ne vous fâchez pas si je fais de l'esprit,
reprit-elle aussitôt avec chaleur. Je suis une petite moqueuse,
mais vous, vous !... Dites-moi, Alexéi Fiodorovitch, n'y a-t-il
pas dans toute notre discussion... du dédain pour ce malheu-

reux... car nous disséquons son âme avec une certaine
hauteur, il me semble ?

— Non, Lise, il n'y a là aucun dédain, répondit fermement Aliocha, comme s'il prévoyait cette question. J'y ai déjà
songé en venant ici. Jugez vous-même : quel dédain peut-il y
avoir, quand nous sommes tous pareils à lui, quand tous le
sont. Car nous ne valons pas mieux. Fussions-nous meilleurs,
nous serions pareils dans sa situation. J'ignore ce qui en est
de vous, Lise, mais j'estime avoir l'âme mesquine pour bien
des choses. Son âme à lui n'est pas mesquine, mais fort
délicate... Non, Lise, mon *starets* a dit une fois : « Il faut bien
souvent traiter les gens comme des enfants, et certains
comme des malades. »

— Cher Alexéi Fiodorovitch, voulez-vous que nous trai-
tions les gens comme des malades ?

— Entendu, Lise, j'y suis disposé, mais pas tout à fait ;
parfois je suis fort impatient ou bien je ne remarque rien.
Vous, vous n'êtes pas comme ça.

— Non, je ne le crois pas. Alexéi Fiodorovitch, que je suis
heureuse !

— Quel plaisir de vous entendre dire cela, Lise !

— Alexéi Fiodorovitch, vous êtes d'une bonté surprenante, mais parfois vous avez l'air pédant... Néanmoins, on
voit que vous ne l'êtes pas. Allez sans bruit ouvrir la porte et
regardez si maman ne nous écoute pas », chuchota rapidement Lise.

Aliocha fit ce qu'elle demandait et déclara que personne
n'écoutait.

« Venez ici, Alexéi Fiodorovitch, poursuivit Lise en
rougissant de plus en plus ; donnez-moi votre main, comme
ça. Écoutez, j'ai un grand aveu à vous faire : ce n'est pas pour
plaisanter que je vous ai écrit hier, mais... sérieusement... »

Et elle se couvrit les yeux de sa main. On voyait que cet
aveu lui coûtait beaucoup. Soudain elle saisit la main
d'Aliocha, et la baisa trois fois, impétueusement.

« Ah, Lise, c'est parfait ! s'écria Aliocha tout joyeux. Je savais bien que c'était sérieux...

— Regardez un peu quelle assurance ! »

Elle repoussa sa main sans toutefois la lâcher, rougit, eut un petit rire de bonheur. « Je lui baise la main, et il trouve cela « parfait ».

Reproche injuste, d'ailleurs : Aliocha aussi était fort troublé.

« Je voudrais vous plaire toujours, Lise, mais je ne sais comment faire, murmura-t-il en rougissant à son tour.

— Aliocha, mon cher, vous êtes froid et présomptueux. Voyez-vous ça ! Il a daigné me choisir pour épouse et le voilà tranquille ! Il était sûr que je lui avais écrit sérieusement. Mais c'est de la présomption, cela !

— Avais-je tort d'être sûr ? dit Aliocha en riant.

— Mais non, au contraire. »

Lise le regarda tendrement. Aliocha avait gardé sa main dans la sienne. Tout à coup il se pencha et l'embrassa sur la bouche.

« Qu'est-ce que c'est ? Qu'avez-vous ? » s'exclama Lise.

Aliocha parut tout décontenancé.

« Pardonnez-moi... j'ai peut-être fait une sottise... Vous me trouviez froid, et moi je vous ai embrassée... Mais je vois que c'était une sottise... »

Lise éclata de rire et se cacha le visage de ses mains.

« Et dans cet habit ! laissa-t-elle échapper en riant ; mais soudain elle s'arrêta, devint sérieuse, presque sévère.

— Non, Aliocha, à plus tard les baisers, car tous deux nous ne savons pas encore, et il faut attendre encore longtemps, conclut-elle. Dites-moi plutôt pourquoi vous choisissez comme femme une sotte et une malade telle que moi, vous si intelligent, si réfléchi, si pénétrant ? Aliocha, je suis très heureuse, car je suis indigne de vous.

— Mais non, Lise ! Bientôt je quitterai tout à fait le monastère. En rentrant dans le monde, je devrai me marier.

Je le sais. *Il* me l'a ordonné. Qui trouverais-je de mieux que
vous... et qui voudrait de moi, sinon vous ? J'y ai déjà
réfléchi. D'abord, vous me connaissez depuis l'enfance ; en
second lieu, vous avez beaucoup de facultés qui me manquent totalement. Vous êtes plus gaie que moi ; surtout, plus
naïve, car moi j'ai déjà effleuré bien des choses... Ah ! vous
ne savez pas, je suis aussi un Karamazov ! Qu'importe que
vous riiez et plaisantiez, et même à mes dépens, j'en suis si
content... Mais vous riez comme une petite fille et vous vous
tourmentez en pensant trop.

— Comment, je me tourmente ? Comment cela ?

— Oui, Lise, votre question de tout à l'heure : « N'y a-t-il
pas du dédain envers ce malheureux, à disséquer ainsi son
âme ? » est une question douloureuse... Voyez-vous, je ne
sais pas m'expliquer, mais ceux qui se posent de telles
questions sont capables de souffrir. Dans votre fauteuil, vous
devez remuer bien des pensées...

— Aliocha, donnez-moi votre main, pourquoi la retirez-
vous ? murmura Lise d'une voix affaiblie par le bonheur.
Écoutez, comment vous habillerez-vous en quittant le
monastère ? Ne riez pas et gardez-vous de vous fâcher, c'est
très important pour moi.

— Quant au costume, Lise, je n'y ai pas encore songé,
mais je choisirai celui qui vous plaira.

— Je voudrais vous voir porter un veston de velours bleu
foncé, un gilet de piqué blanc et un chapeau de feutre gris...
Dites-moi, avez-vous cru tantôt que je ne vous aimais pas,
quand j'ai désavoué ma lettre d'hier ?

— Non, je ne l'ai pas cru.

— Oh, l'insupportable, l'incorrigible !

— Voyez-vous, je savais que vous... m'aimiez, mais j'ai
fait semblant de croire que vous ne m'aimiez plus, pour vous
être... agréable...

— C'est encore pis ! Tant pis et tant mieux. Aliocha, je
vous adore. Avant votre arrivée, je me suis dit : « Je vais lui

demander la lettre d'hier, et s'il me la remet sans difficulté (comme on peut l'attendre de sa part), cela signifie qu'il ne m'aime pas du tout, qu'il ne sent rien, que c'est tout simplement un sot gamin, et je suis perdue. » Mais vous avez laissé la lettre dans la cellule et cela m'a rendu courage ; n'était-ce pas parce que vous pressentiez que je vous la redemanderais, et afin de ne pas me la rendre ?

— Ce n'est pas cela du tout, Lise, car j'ai la lettre sur moi, comme je l'avais tantôt ; elle est dans cette poche, la voici. »

Aliocha sortit la lettre en riant et la lui montra de loin.

« Seulement vous ne l'aurez pas. Contentez-vous de la regarder.

— Comment, vous avez menti ? Vous, un moine, mentir !

— Il est vrai que j'ai menti, mais c'était pour ne pas vous rendre la lettre. Elle m'est précieuse, ajouta-t-il avec ferveur, en rougissant de nouveau, et je ne la donnerai à personne. »

Lise le considérait, enchantée.

« Aliocha, chuchota-t-elle, allez voir si maman ne nous écoute pas.

— Bien, Lise, je vais regarder, mais ne serait-il pas préférable de ne pas le faire ? Pourquoi soupçonner votre mère d'une telle bassesse ?

— Comment ? Mais elle a bien le droit de surveiller sa fille, je ne vois là aucune bassesse. Soyez sûr, Alexéi Fiodorovitch, que quand je serai mère et que j'aurai une fille comme moi, je la surveillerai également.

— Vraiment, Lise ! Ce n'est pas bien.

— Mon Dieu, quelle bassesse y a-t-il à cela ? Si elle écoutait une conversation mondaine, ce serait vil, mais il s'agit de sa fille en tête à tête avec un jeune homme... Sachez, Aliocha, que je vais vous surveiller dès que nous serons mariés, je décachetterai toutes vos lettres pour les lire... Vous voilà prévenu...

— Certainement, si vous y tenez... murmura Aliocha, mais ce ne sera pas bien...

— Quel dédain ! Aliocha, mon cher, ne nous querellons pas dès le début, je préfère vous parler franchement : c'est mal, bien sûr, d'écouter aux portes, j'ai tort et vous avez raison, mais cela ne m'empêchera pas d'écouter.

— Faites. Vous ne m'attraperez jamais, dit en riant Aliocha.

— Autre chose : m'obéirez-vous en tout ? Il faut aussi décider cela à l'avance.

— Très volontiers, Lise, sauf dans les choses essentielles. Dans ces cas-là, même si vous n'êtes pas d'accord avec moi, je ne me soumettrai qu'à ma conscience.

— C'est ce qu'il faut. Sachez que non seulement je suis prête à vous obéir dans les cas graves, mais que je vous céderai en tout, je vous le jure dès maintenant, en tout et pour toute la vie, cria Lise passionnément, et cela avec bonheur, avec joie ! De plus, je vous jure de ne jamais écouter aux portes et de ne pas lire vos lettres, car vous avez raison. Si forte que soit ma curiosité, j'y résisterai, puisque vous trouvez cela vil. Vous êtes maintenant ma Providence... Dites-moi, Alexéi Fiodorovitch, pourquoi êtes-vous si triste, ces jours-ci ? je sais que vous avez des ennuis, des peines, mais je remarque encore en vous une tristesse cachée...

— Oui, Lise, j'ai une tristesse cachée. Je vois que vous m'aimez, puisque vous l'avez deviné.

— Quelle tristesse ? A quel propos ? Peut-on savoir ? demanda timidement Lise.

— Plus tard, Lise, je vous le dirai... Aliocha se troubla... Maintenant vous ne comprendriez pas. Et moi-même, je ne saurais pas l'expliquer.

— Je sais aussi que vous vous tourmentez au sujet de vos frères et de votre père.

— Oui, mes frères, proféra Aliocha, songeur.

— Je n'aime pas votre frère Ivan. »

Cette remarque surprit Aliocha, mais il ne la releva pas.

« Mes frères se perdent, poursuivit-il, mon père également. Ils en entraînent d'autres avec eux. C'est la *force de la terre*, spéciale aux Karamazov, selon l'expression du Père Païsius, une force violente et brute... J'ignore même si l'esprit de Dieu domine cette force. Je sais seulement que je suis moi-même un Karamazov... Je suis un moine, un moine... Vous disiez tout à l'heure que je suis un moine.

— Oui, je l'ai dit.

— Or, je ne crois peut-être pas en Dieu.

— Vous ne croyez pas, que dites-vous ? » murmura Lise avec réserve.

Mais Aliocha ne répondit pas. Il y avait dans ces brusques paroles quelque chose de mystérieux, de trop subjectif peut-être, que lui-même ne s'expliquait pas et qui le tourmentait.

« De plus, mon ami se meurt ; le plus éminent des hommes va quitter la terre. Si vous saviez, Lise, les liens moraux qui m'attachent à cet homme ! Je vais rester seul... Je reviendrai vous voir, Lise... Désormais nous serons toujours ensemble...

— Oui, ensemble, ensemble ! Dès à présent et pour toute la vie. Embrassez-moi, je vous le permets. »

Aliocha l'embrassa.

« Maintenant, allez-vous-en ! Que le Christ soit avec vous ! (elle fit sur lui le signe de la croix.) Allez *le* voir pendant qu'il est temps. J'ai été cruelle de vous retenir. Aujourd'hui je prierai pour lui et pour vous. Aliocha, nous serons heureux, n'est-ce pas ?

— Je crois que oui, Lise. »

Aliocha n'avait pas l'intention d'entrer chez Mme Khokhlakov en sortant de chez Lise, mais il la rencontra dans l'escalier. Dès les premiers mots il devina qu'elle l'attendait.

« C'est affreux, Alexéi Fiodorovitch. C'est un enfantillage et une sottise. J'espère que vous n'allez pas rêver... Des bêtises, des bêtises ! s'écria-t-elle, courroucée.

— Seulement ne le lui dites pas, cela l'agiterait et lui ferait du mal.

— Voilà la parole sage d'un jeune homme raisonnable. Dois-je entendre que vous consentiez uniquement par pitié pour son état maladif, par crainte de l'irriter en la contredisant ?

— Pas du tout, je lui ai parlé très sérieusement, déclara avec fermeté Aliocha.

— Sérieusement ? C'est impossible. D'abord, ma maison vous sera fermée, ensuite je partirai et je l'emmènerai, sachez-le !

— Mais pourquoi ? dit Aliocha. C'est encore loin, dix-huit mois peut-être à attendre.

— C'est vrai, Alexéi Fiodorovitch, et en dix-huit mois vous pouvez mille fois vous quereller et vous séparer. Mais je suis si malheureuse ! Ce sont des bêtises, d'accord, mais ça m'a consternée. Je suis comme Famoussov dans la scène de la comédie[1] ; vous êtes Tchatski, elle, c'est Sophie. Je suis accourue ici, pour vous rencontrer. Dans la pièce aussi, les péripéties se passent dans l'escalier. J'ai tout entendu, je me contenais à peine. Voilà donc l'explication de cette mauvaise nuit et des récentes crises nerveuses ! L'amour pour la fille, la mort pour la mère ! Maintenant, un second point, essentiel : qu'est-ce que cette lettre que Lise vous a écrite, montrez-la-moi tout de suite !

— Non, à quoi bon ? Donnez-moi des nouvelles de Catherine Ivanovna, cela m'intéresse fort.

— Elle continue à délirer et n'a pas repris connaissance ; ses tantes sont ici à se lamenter, avec leurs grands airs. Herzenstube est venu, il a tellement pris peur que je ne savais que faire, je voulais même envoyer chercher un autre médecin. On l'a emmené dans ma voiture. Et pour m'achever, vous voilà avec cette lettre ! Il est vrai que dix-huit mois nous séparent de tout cela. Au nom de ce qu'il y a de plus sacré, au nom de votre *starets* qui se meurt, montrez-moi cette lettre, à moi la mère. Tenez-la, si vous voulez, je la lirai à distance.

— Non, je ne vous la montrerai pas, Catherine Ossipovna ; même si elle me le permettait, je refuserais. Je
viendrai demain, et nous causerons, si vous voulez. Maintenant, adieu. »

Et Aliocha sortit précipitamment.

II

SMERDIAKOV ET SA GUITARE

Il n'avait pas de temps à perdre. En prenant congé de Lise,
une idée lui était venue ; comment faire pour rejoindre
immédiatement son frère Dmitri, qui semblait l'éviter ? Il
était déjà trois heures de l'après-midi. Aliocha éprouvait un
vif désir de retourner au monastère vers l' « illustre » mourant, mais le besoin de voir Dmitri l'emporta ; le pressentiment d'une catastrophe imminente grandissait dans son
esprit. De quelle nature était-elle et qu'aurait-il voulu dire à
présent à son frère, il n'en avait pas lui-même une idée bien
nette. « Que mon bienfaiteur meure sans moi ! Du moins, je
ne me reprocherai pas toute ma vie de n'avoir pas sauvé
quelqu'un, quand je pouvais peut-être le faire, d'avoir passé
outre dans ma hâte de rentrer chez moi. D'ailleurs, j'obéis
ainsi à sa volonté... »

Son plan consistait à surprendre Dmitri à l'improviste ;
voici comment : en escaladant la haie comme la veille, il
pénétrerait dans le jardin et s'installerait dans le pavillon.
« S'il n'est pas là, sans rien dire à Foma ni aux propriétaires,
je resterai caché, à l'attendre jusqu'à la nuit. Si Dmitri guette
encore la venue de Grouchegnka, il viendra probablement
dans ce pavillon... » D'ailleurs, Aliocha ne s'arrêta guère aux
détails du plan, mais il résolut de l'exécuter, dût-il ne pas
rentrer ce soir-là au monastère.

Tout se passa sans encombre ; il franchit la haie presque à

la même place que la veille et se dirigea secrètement vers le pavillon. Il ne désirait pas être remarqué ; la propriétaire, ainsi que Foma (s'il était là), pouvaient tenir le parti de son frère et se conformer à ses instructions, donc ne pas le laisser pénétrer dans le jardin ou avertir à temps Dmitri de sa présence. Il s'assit à la même place et se mit à attendre, la journée était aussi belle, mais le pavillon lui parut plus délabré que la veille. Le petit verre de cognac avait laissé un rond sur la table verte. Des idées oiseuses lui venaient à l'esprit, comme il arrive toujours lors d'une attente ennuyeuse : pourquoi s'était-il assis précisément à la même place, et non ailleurs ? Une vague inquiétude le gagnait. Il attendait depuis un quart d'heure à peine, lorsque les accords d'une guitare montèrent des buissons, à une vingtaine de pas tout au plus. Aliocha se souvint avoir entrevu la veille, près de la clôture, à gauche, un vieux banc rustique. C'est de là que partaient les sons. Une voix de ténorino chantait en s'accompagnant de la guitare et avec des enjolivures de faquin :

> *Une force obstinée*
> *M'attache à ma bien-aimée,*
> *Seigneur, ayez pitié*
> *Et d'elle et de moi !*
> *Et d'elle et de moi !*

La voix s'arrêta. Une autre, une voix de femme, caressante et timide, proféra en minaudant :

« Pourquoi vous voit-on si rarement, Pavel Fiodorovitch, pourquoi nous négligez-vous ?

— Mais non », répondit la voix d'homme, avec une dignité ferme, bien que courtoise. On voyait que c'était l'homme qui dominait, que la femme lui faisait des avances. « Ce doit être Smerdiakov, pensa Aliocha, d'après la voix, du moins ; la femme est sûrement la fille de la propriétaire, celle qui est revenue de Moscou et qui va en robe à traîne chercher de la soupe chez Marthe Ignatièvna... »

« J'adore les vers, quand ils sont harmonieux, poursuivit la voix de femme. Continuez. »

La voix de ténor reprit :

> *De la couronne il ne m'est rien*
> *Si mon amie se porte bien,*
> *Seigneur ayez pitié*
> *Et d'elle et de moi !*
> *Et d'elle et de moi !*

« La dernière fois, c'était bien mieux, insinua la femme. Vous chantiez, à propos de la couronne : *Si ma chérie se porte bien.* C'était plus tendre.

— Les vers ne sont que balivernes ! trancha Smerdiakov.

— Oh ! non, j'adore les vers.

— Les vers, il n'y a rien de plus sot. Jugez vous-même ; est-ce qu'on parle en rimes ? Si nous parlions tous en rimes, même sur l'ordre des autorités, serait-ce pour longtemps ? Les vers, ce n'est pas sérieux, Marie Kondratievna.

— Comme vous êtes intelligent ! Où avez-vous appris tout cela ? reprit la voix, de plus en plus caressante.

— J'en saurais bien davantage, si la chance ne m'avait pas toujours été contraire. Sans quoi je tuerais en duel celui qui me traiterait de gueux parce que je n'ai pas de père et que je suis né d'une *puante*[1]. Voilà ce qu'on m'a jeté à la face, à Moscou, où on l'a su par Grigori Vassiliévitch. Il me reproche de me révolter contre ma naissance : « Tu lui as déchiré les entrailles. » Soit, mais j'aurais préféré qu'on me tue dans le ventre de ma mère, plutôt que de venir au monde. On disait au marché — et votre mère me l'a raconté aussi avec son manque de délicatesse — que ma mère avait la plique et à peine cinq pieds de haut[2]... Je hais la Russie entière, Marie Kondratievna.

— Si vous étiez hussard, vous ne parleriez pas ainsi, vous tireriez votre sabre pour la défense de la Russie.

— Non seulement je ne voudrais pas être hussard, Marie Kondratievna, mais je désire au contraire la suppression de tous les soldats.

— Et si l'ennemi vient, qui nous défendra ?

— A quoi bon ? En 1812, la Russie a vu la grande invasion de l'empereur des Français, Napoléon Ier, le père de celui d'aujourd'hui, c'est grand dommage que ces Français ne nous aient pas conquis ; une nation intelligente eût subjugué un peuple stupide. Tout aurait marché autrement.

— Avec ça, qu'ils valent mieux que nous ? Je ne donnerais pas un de nos élégants pour trois jeunes Anglais, déclara d'une voix tendre Marie Kondratievna, en accompagnant sans doute ses paroles du regard le plus langoureux.

— Ça dépend des goûts.

— Vous êtes comme un étranger parmi nous, le plus noble des étrangers, je vous le dis sans honte.

— A vrai dire, pour la perversité, les gens de là-bas et ceux d'ici se ressemblent. Ce sont tous des fripons, avec cette différence qu'un étranger porte des bottes vernies, tandis que notre gredin national croupit dans la misère et ne s'en plaint pas. Il faut fouetter le peuple russe, comme le disait avec raison hier Fiodor Pavlovitch, bien qu'il soit fou ainsi que ses enfants.

— Pourtant, vous respectez fort Ivan Fiodorovitch, vous me l'avez dit vous-même.

— Mais il m'a traité de faquin malodorant. Il me prend pour un révolté. Il se trompe. Si j'avais quelque argent, il y a longtemps que j'aurais filé. Par sa conduite, Dmitri Fiodorovitch est pire qu'un laquais ; c'est un panier percé, un propre-à-rien, et pourtant tous l'honorent. Je ne suis qu'un gâte-sauce, soit ; mais, avec de la chance, je pourrais ouvrir un café-restaurant à Moscou, rue Saint-Pierre ; en effet, je cuisine sur commande, et aucun de mes confrères, à Moscou,

n'en est capable, sauf les étrangers. Dmitri Fiodorovitch est
un va-nu-pieds, mais qu'il provoque en duel un fils de comte,
celui-ci ira sur le terrain. Or, qu'a-t-il de plus que moi ? Il est
infiniment plus bête. Combien d'argent a-t-il gaspillé sans
rime ni raison ?

— Ça doit être fort intéressant, un duel, fit observer Marie
Kondratievna.

— Comment cela ?

— C'est effrayant, une telle bravoure, surtout quand de
jeunes officiers échangent des balles pour une belle. Quel
tableau ! Ah ! si les femmes pouvaient y assister, je voudrais
tant...

— Ça va encore quand on vise, mais quand votre gueule
sert de cible, la sensation manque de charme. Vous prendriez
la fuite, Marie Kondratievna.

— Et vous, vous sauveriez-vous ?

Smerdiakov ne daigna pas répondre. Après une pause, un
nouvel accord retentit et la voix de fausset entonna le dernier
couplet :

> *Malgré que j'en aie,*
> *Je vais m'éloigner*
> *Pour joui-i-r de la vie,*
> *M'établir dans la capitale,*
> *Et point ne me lamenterai,*
> *Non, non, point ne me lamenterai...*

A ce moment survint un incident. Aliocha éternua ; le
silence se fit sur le banc. Il se leva et marcha de leur côté.
C'était en effet Smerdiakov, tiré à quatre épingles, pom-
madé, je crois même frisé, en bottines vernies. Il avait sa
guitare à côté de lui. La dame était Marie Kondratievna, la
fille de la propriétaire, une personne pas laide, mais au visage
trop rond, semé de taches de rousseur ; elle portait une robe
bleu clair avec une traîne qui n'en finissait plus.

« Mon frère Dmitri viendra-t-il bientôt ? » demanda Aliocha du ton le plus calme possible.

Smerdiakov se leva lentement ; sa compagne l'imita.

« Comment puis-je connaître les allées et venues de Dmitri Fiodorovitch ? Je ne suis pas son gardien, répondit paisiblement Smerdiakov avec une nuance de dédain.

— Je demandais simplement si vous saviez, expliqua Aliocha.

— J'ignore où il se trouve et je ne veux pas le savoir.

— Mon frère m'a dit que vous l'informiez de tout ce qui se passe dans la maison et que vous aviez promis de lui annoncer la venue d'Agraféna Alexandrovna. »

Smerdiakov, impassible, leva les yeux sur Aliocha.

« Comment avez-vous fait pour entrer ? Voilà une heure que le verrou est mis à la porte.

— J'ai escaladé la clôture. J'espère que vous m'excuserez, dit-il à Marie Kondratievna, j'étais pressé de voir mon frère.

— Ah ! peut-on vous en vouloir ! murmura la jeune fille, flattée. Dmitri Fiodorovitch s'introduit souvent de cette manière dans le pavillon ; il est déjà installé avant qu'on l'ait vu.

— Je suis à sa recherche, je voudrais bien le voir. Vous ne pourriez pas me dire où il est en ce moment ? C'est pour une affaire sérieuse qui le concerne.

— Il ne nous dit pas où il va, balbutia-t-elle.

— Même ici, chez mes connaissances, votre frère me harcèle de questions sur mon maître ; que se passe-t-il chez lui, qui vient, qui s'en va, n'ai-je rien à lui communiquer ? Deux fois, il m'a menacé de mort.

— Est-ce possible ? s'étonna Aliocha.

— Pensez-vous qu'il se gênerait, avec son caractère ? Vous avez pu en juger hier : « Si je manque Agraféna Alexandrovna, et qu'elle passe la nuit chez le vieux, je ne réponds pas de ta vie », m'a-t-il dit. J'ai grand-peur de lui, et si j'osais, je devrais le dénoncer aux autorités. Dieu sait de quoi il est capable.

— L'autre jour, il lui a dit : « Je te pilerai dans un mortier », ajouta Marie Kondratievna.

— Ce n'est peut-être qu'un propos en l'air... observa Aliocha. Si je pouvais le voir, je lui parlerais à ce sujet.

— Voici tout ce que je peux vous communiquer, dit Smerdiakov après avoir réfléchi. Je viens fréquemment ici en voisin, pourquoi pas ? D'autre part, Ivan Fiodorovitch m'a envoyé aujourd'hui de bonne heure chez Dmitri Fiodorovitch, à la rue du Lac, pour lui dire de venir sans faute dîner avec lui au cabaret de la place. J'y suis allé, mais je ne l'ai pas trouvé, il était déjà huit heures. « Il est venu, puis il est reparti », m'a dit textuellement son logeur. On dirait qu'ils se sont donné le mot. En ce moment, il est peut-être attablé avec Ivan Fiodorovitch, car celui-ci n'est pas rentré dîner ; quant à Fiodor Pavlovitch, voilà déjà une heure qu'il a dîné et maintenant il fait la sieste. Mais je vous prie instamment de garder tout cela pour vous ; il est capable de me tuer pour une bagatelle.

— Mon frère Ivan a donné rendez-vous à Dmitri au cabaret, aujourd'hui ? insista Aliocha.

— Oui.

— Au cabaret *A la Capitale*, sur la place ?

— Précisément.

— C'est fort possible ! s'exclama Aliocha avec agitation. Je vous remercie, Smerdiakov ; la nouvelle est d'importance ; j'y vais tout de suite.

— Ne me trahissez pas.

— Non, je me présenterai comme par hasard, soyez tranquille.

— Où allez-vous donc ? Je vais vous ouvrir la porte, cria Marie Kondratievna.

— Non, c'est plus court par ici, je vais franchir la haie. »

Cette nouvelle avait impressionné Aliocha, qui courut au cabaret. Il eût été inconvenant d'y entrer dans son costume, mais il pouvait se renseigner et appeler ses frères dans l'escalier. A peine s'approchait-il du cabaret qu'une fenêtre s'ouvrit et qu'Ivan lui cria :

« Aliocha, peux-tu venir me trouver ? Tu m'obligeras infiniment.

— Je ne sais si, avec cette robe...

— Je suis dans un cabinet particulier, monte le perron, je vais à ta rencontre. »

Un instant après, Aliocha était assis à côté de son frère. Ivan dînait tout seul.

III

LES FRÈRES FONT CONNAISSANCE

A vrai dire, la table d'Ivan, près de la fenêtre, était simplement protégée par un paravent contre les regards indiscrets. Elle se trouvait à côté du comptoir, dans la première salle, où les garçons circulaient à tout moment. Seul un vieux militaire en retraite prenait le thé dans un coin. Dans les autres salles, on entendait le brouhaha habituel à ces établissements : des appels, les bouteilles qu'on débouchait, le choc des billes sur le billard. Un orgue jouait. Aliocha savait que son frère n'aimait guère les cabarets et n'y allait presque jamais. Sa présence ne s'expliquait donc que par le rendez-vous assigné à Dmitri.

« Je vais te commander une soupe au poisson ou autre chose, tu ne vis pas de thé seulement, dit Ivan qui parut enchanté de la compagnie d'Aliocha. Il achevait de dîner et prenait le thé.

— Entendu, et ensuite du thé, j'ai faim, dit joyeusement Aliocha.

— Et des confitures de cerises ? Te rappelles-tu comme tu les aimais, dans ton enfance, chez Poliénov ?

— Ah ! tu t'en souviens ! Je veux bien, je les aime encore. »

Ivan sonna, commanda une soupe au poisson, du thé, des confitures.

« Je me rappelle tout, Aliocha. Tu avais onze ans et moi quinze. La camaraderie entre frères n'est pas possible à cet âge, avec quatre ans de différence. Je ne sais même pas si je t'aimais. Les premières années de mon séjour à Moscou, je ne pensais pas à toi. Puis, lorsque tu y es venu à ton tour, nous nous sommes rencontrés une seule fois, je crois. Et depuis plus de trois mois que je vis ici, nous n'avons guère causé. Je pars demain, et je songeais tout à l'heure aux moyens de te voir pour te faire mes adieux. Tu tombes bien.

— Tu désirais beaucoup me voir ?

— Beaucoup. Je veux que nous apprenions à nous connaître mutuellement. Ensuite, nous nous quitterons. A mon avis, il vaut mieux faire connaissance avant de se séparer. J'ai remarqué comme tu m'observais, durant ces trois mois ; une attente continuelle se lisait dans tes yeux, et c'est ce qui me tenait à distance. Enfin, j'ai appris à t'estimer : voilà, pensais-je, un petit homme qui a de la fermeté. Note que je parle sérieusement, tout en riant. Car tu es ferme, n'est-ce pas ? J'aime qu'on soit ferme pour n'importe quel motif, et même à ton âge. Enfin, ton regard anxieux cessa de me déplaire, il me devint même sympathique. On dirait que tu as de l'affection pour moi, Aliocha ?

— Certainement, Ivan. Dmitri dit que tu es un tombeau. Moi, je dis que tu es une énigme. Tu l'es encore maintenant pour moi ; pourtant je commence à te comprendre, depuis ce matin seulement.

— Que veux-tu dire ? fit Ivan en riant.

— Tu ne te fâcheras pas, au moins ? dit Aliocha, riant à son tour.

— Eh bien ?

— Eh bien, j'ai découvert qu'à vingt-trois ans tu es un

jeune homme pareil à tous les autres, un garçon aussi frais, aussi gentiment naïf, bref un vrai blanc-bec. Mes paroles ne t'offusquent pas ?

— Au contraire, je suis frappé d'une coïncidence, s'écria Ivan avec élan. Le croiras-tu, depuis notre entrevue de ce matin, je ne pense qu'à la naïveté de mes vingt-trois ans, et c'est par là que tu commences, comme si tu l'avais deviné. Sais-tu ce que je me disais, tout à l'heure : si je n'avais plus foi en la vie, si je doutais d'une femme aimée, de l'ordre universel, persuadé au contraire que tout n'est qu'un chaos infernal et maudit — et fussé-je en proie aux horreurs de la désillusion — même alors je voudrais vivre quand même. Après avoir goûté à la coupe enchantée, je ne la quitterai qu'une fois vidée. D'ailleurs, vers trente ans, il se peut que je la regrette, même inachevée, et j'irai... je ne sais où. Mais, jusqu'à trente ans, j'en ai la certitude, ma jeunesse triomphera de tout, désenchantement, dégoût de vivre, etc. Souvent je me suis demandé s'il y avait au monde un désespoir capable de vaincre en moi ce furieux appétit de vivre, inconvenant peut-être, et je pense qu'il n'en existe pas, avant mes trente ans, tout au moins. Cette soif de vivre, certains moralistes morveux et poitrinaires la traitent de vile, surtout les poètes. Il est vrai que c'est un trait caractéristique des Karamazov, cette soif de vivre à tout prix ; elle se retrouve en toi, mais pourquoi serait-elle vile ? Il y a encore beaucoup de force centripète sur notre planète, Aliocha. On veut vivre, et je vis, même en dépit de la logique. Je ne crois pas à l'ordre universel, soit ; mais j'aime les tendres pousses au printemps, le ciel bleu, j'aime certaines gens, sans savoir pourquoi. J'aime l'héroïsme, auquel j'ai peut-être cessé de croire depuis longtemps, mais que je vénère par habitude. Voilà qu'on t'apporte la soupe au poisson, bon appétit ; elle est excellente, on la prépare bien, ici. Je veux voyager en Europe, Aliocha. Je sais que je n'y trouverai qu'un cimetière, mais combien cher ! De chers morts y reposent, chaque pierre atteste leur vie ardente, leur foi passionnée dans leur idéal, leur lutte pour la vérité et la science. Oh ! je tomberai à genoux devant ces pierres, je les baiserai en versant des pleurs. Convaincu d'ailleurs, intimement, que tout cela n'est qu'un cimetière, et rien de plus. Et ce ne seront pas des larmes de désespoir, mais de bonheur. Je m'enivre de mon propre attendrissement. J'aime les tendres pousses au printemps et le ciel bleu. L'intelligence et la logique n'y sont pour rien, c'est le cœur qui aime, c'est le ventre, on aime ses première forces juvéniles... Comprends-tu quelque chose à mon galimatias, Aliocha ? conclut-il dans un éclat de rire.

— Je comprends trop, Ivan ; on voudrait aimer par le cœur et par le ventre, tu l'as fort bien dit. Je suis ravi de ton ardeur à vivre. Je pense qu'on doit aimer la vie par-dessus tout.

— Aimer la vie, plutôt que le sens de la vie ?

— Certainement. L'aimer avant de raisonner, sans logique, comme tu dis ; alors seulement on en comprendra le sens. Voilà ce que j'entrevois depuis longtemps. La moitié de ta tâche est accomplie et acquise, Ivan : tu aimes la vie. Occupe-toi de la seconde partie, là est le salut.

— Tu es bien pressé de me sauver ; peut-être ne suis-je pas encore perdu. En quoi consiste-t-elle, cette seconde partie ?

— A ressusciter tes morts, qui sont peut-être encore vivants. Donne-moi du thé. Je suis content de notre entretien, Ivan.

— Je vois que tu es en verve. J'aime ces *professions de foi*[1] de la part d'un novice. Oui, tu as de la fermeté, Alexéi. Est-il vrai que tu veuilles quitter le monastère ?

— Oui, mon *starets* m'envoie dans le monde.

— Alors, nous nous reverrons avant mes trente ans, quand je commencerai à délaisser la coupe. Notre père, lui, ne veut pas y renoncer avant soixante-dix ou quatre-vingts ans. Il l'a dit très sérieusement, quoique ce soit un bouffon. Il tient à sa sensualité comme à un roc... A vrai dire, après

trente ans, il n'y a pas d'autre ressource, peut-être. Mais il est
vil de s'y adonner jusqu'à soixante-dix ans. Mieux vaut cesser
à trente ans. On conserve une apparence de noblesse, tout en
se dupant soi-même. Tu n'as pas vu Dmitri, aujourd'hui ?

— Non, mais j'ai vu Smerdiakov. »

Et Aliocha fit à son frère un récit détaillé de sa rencontre
avec Smerdiakov. Ivan écoutait d'un air soucieux, il insista
sur certains points.

« Il m'a prié de ne pas répéter à Dmitri ce qu'il a dit de
lui », ajouta Aliocha.

Ivan fronça les sourcils, devint soucieux.

« C'est à cause de Smerdiakov que tu t'es assombri ?

— Oui. Que le diable l'emporte ! Je voulais, en effet, voir
Dmitri ; maintenant, c'est inutile... proféra Ivan à contrecœur.

— Tu pars vraiment si tôt, frère ?

— Oui.

— Comment tout cela finira-t-il, avec Dmitri et notre
père ? demanda Aliocha avec inquiétude.

— Tu y reviens toujours ! Que puis-je y faire ? Suis-je le
gardien de mon frère Dmitri ? » répliqua Ivan avec irritation.
Soudain il eut un sourire amer. « C'est la réponse de Caïn à
Dieu. Tu y penses peut-être en ce moment, hein ? Mais, que
diable ! je ne peux pourtant pas rester ici pour les surveiller !
Mes affaires sont terminées, je pars. Tu ne vas pas croire que
j'étais jaloux de Dmitri, que je cherchais à lui prendre sa
fiancée, durant ces trois mois ? Eh ! non, j'avais mes affaires.
Les voilà terminées, je pars. Tu as vu ce qui s'est passé ?

— Chez Catherine Ivanovna ?

— Bien sûr. Je me suis dégagé d'un coup. Que m'importe
Dmitri ? Il n'est pour rien là-dedans. J'avais mes propres
affaires avec Catherine Ivanovna. Tu sais toi-même que
Dmitri s'est conduit comme s'il était de connivence avec moi.
Je ne lui ai rien demandé ; c'est lui-même qui me l'a
solennellement transmise, avec sa bénédiction. C'est risible.

Aliocha, si tu savais comme je me sens léger, à présent ! Ici, en dînant, je voulais demander du champagne pour fêter ma première heure de liberté. Pouah ! Six mois de servitude, presque, et tout à coup me voilà débarrassé ! Hier encore, je ne me doutais pas qu'il était si aisé d'en finir.

— Tu veux parler de ton amour, Ivan ?

— Oui, c'est de l'amour, si tu veux. Je me suis amouraché d'une pensionnaire, et nous nous faisions mutuellement souffrir. Je ne songeais qu'à elle... et soudain tout s'écroule. Tantôt je parlais d'un air inspiré, mais le croirais-tu ? je suis sorti en riant aux éclats. C'est la vérité pure.

— Tu en parles encore maintenant avec gaieté, remarqua Aliocha en considérant le visage épanoui de son frère.

— Mais comment pouvais-je savoir que je ne l'aimais pas du tout ? C'était pourtant la vérité. Mais qu'elle me plaisait, et hier encore, quand je discourais ! Même à présent, elle me plaît beaucoup, cependant je la quitte le cœur léger. Tu penses peut-être que je fais le fanfaron ?

— Non, peut-être n'était-ce pas l'amour.

— Aliocha, dit Ivan en riant, ne raisonne pas sur l'amour, cela ne te convient pas. Comme tu t'es mis en avant, hier ! J'ai oublié de t'embrasser pour ça... Comme elle me tourmentait ! C'était un véritable déchirement. Oh ! elle savait que je l'aimais ! C'est moi qu'elle aimait, et non Dmitri, affirma gaiement Ivan. Dmitri ne lui sert qu'à se torturer. Tout ce que je lui ai dit est la vérité pure. Seulement, il lui faudra peut-être quinze ou vingt ans pour se rendre compte qu'elle n'aime nullement Dmitri, mais seulement moi, qu'elle fait souffrir. Peut-être même ne le devinera-t-elle jamais, malgré la leçon d'aujourd'hui. Cela vaut mieux. Je l'ai quittée pour toujours. A propos, que devient-elle ? Que s'est-il passé après mon départ ? »

Aliocha lui raconta que Catherine Ivanovna avait eu une crise de nerfs et que maintenant elle délirait.

« Elle ne ment pas, cette Khokhlakov ?

— Je ne crois pas.

— Il faut prendre de ses nouvelles. On ne meurt pas d'une crise de nerfs... D'ailleurs, c'est par bonté que Dieu en a gratifié les femmes. Je n'irai pas chez elle. A quoi bon ?

— Tu lui as dit pourtant qu'elle ne t'avait jamais aimé.

— C'était exprès, Aliocha. Je vais demander du champagne, buvons à ma liberté ! Si tu savais comme je suis content !

— Non, frère, ne buvons pas ; d'ailleurs, je me sens triste.

— Oui, tu es triste, je m'en suis aperçu depuis longtemps.

— Alors, tu pars décidément demain matin ?

— Demain, mais je n'ai pas dit le matin... D'ailleurs, ça se peut. Me croiras-tu ? aujourd'hui j'ai dîné ici uniquement pour éviter le vieux, tellement il me dégoûte. S'il n'y avait que lui, je serais parti depuis longtemps. Pourquoi t'inquiètes-tu tant de mon départ ? Nous avons encore du temps d'ici là, toute une éternité !

— Comment cela, si tu pars demain ?

— Qu'est-ce que ça peut bien faire ? Nous aurons toujours le temps de traiter le sujet qui nous intéresse. Pourquoi me regardes-tu avec étonnement ? Réponds, pourquoi nous sommes-nous réunis ici ? Pour parler de l'amour de Catherine Ivanovna, du vieux ou de Dmitri ? De la politique étrangère ? De la fatale situation de la Russie ? De l'empereur Napoléon ? Est-ce pour cela ?

— Non.

— Donc, tu comprends toi-même pourquoi. Nous autres, blancs-becs, nous avons pour tâche de résoudre les questions éternelles, voilà notre but. A présent, toute la jeune Russie ne fait que disserter sur ces questions primordiales, tandis que les vieux se bornent aux questions pratiques. Pourquoi m'as-tu regardé durant trois mois d'un air anxieux, sinon pour me demander : « As-tu la foi ou ne l'as-tu pas ? » Voilà ce qu'exprimaient vos regards, Alexéi Fiodorovitch ; n'est-il pas vrai ?

— Cela se peut bien, fit Aliocha en souriant. Mais tu ne te moques pas de moi, en ce moment, frère ?

— Me moquer de toi ? Je ne voudrais pas chagriner mon jeune frère, qui m'a scruté durant trois mois avec tant d'anxiété. Aliocha, regarde-moi en face : je suis un petit garçon pareil à toi, sauf que tu es novice. Comment procède la jeunesse russe, une partie du moins ? Elle va dans un cabaret empesté, tel que celui-ci, et s'installe dans un coin. Ces jeunes gens ne se connaissaient pas et resteront quarante ans sans se retrouver. De quoi discutent-ils au cours de ces minutes brèves ? Seulement des questions essentielles : si Dieu existe, si l'âme est immortelle. Ceux qui ne croient pas en Dieu discourent sur le socialisme, l'anarchie, sur la rénovation de l'humanité ; or, ces questions sont les mêmes, mais envisagées sous une autre face. Et une bonne partie de la jeunesse russe, la plus originale, s'hypnotise sur ces questions. N'est-ce pas vrai ?

— Oui, pour les vrais Russes, les questions de l'existence de Dieu, de l'immortalité de l'âme, ou, comme tu dis, ces mêmes questions envisagées sous une autre face, sont primordiales, et c'est tant mieux, dit Aliocha en regardant son frère avec un sourire scrutateur.

— Aliocha, être Russe, ce n'est pas toujours une preuve d'intelligence. Il n'y a rien de plus sot que les occupations actuelles de la jeunesse russe. Pourtant, il y a un adolescent russe que j'aime beaucoup.

— Comme tu as bien exposé tout cela ! fit Aliocha en riant.

— Eh bien, dis-moi par où commencer. Par l'existence de Dieu ?

— Comme tu voudras, tu peux même commencer par « l'autre face ». Tu as proclamé hier que Dieu n'existait pas, dit Aliocha en plongeant son regard dans celui de son frère.

— J'ai dit ça chez le vieux, exprès pour t'irriter, j'ai vu tes yeux étinceler. Mais, maintenant, je suis disposé à m'entretenir sérieusement avec toi. Je désire m'entendre avec toi, Aliocha, car je n'ai pas d'ami et je veux en avoir un. Figure-toi que j'admets peut-être Dieu, dit Ivan, en riant ; tu ne t'y attendais pas, hein ?

— Sans doute, si tu ne plaisantes pas en ce moment.

— Allons donc ! C'était hier, chez le *starets*, qu'on pouvait prétendre que je plaisantais. Vois-tu, mon cher, il y avait un vieux pécheur, au XVIIIᵉ siècle, qui a dit : *Si Dieu n'existait pas, il faudrait l'inventer* [1]. Et, en effet, c'est l'homme qui a inventé Dieu. Et ce qui est étonnant, ce n'est pas que Dieu existe en réalité, mais que cette idée de la nécessité de Dieu soit venue à l'esprit d'un animal féroce et méchant comme l'homme, tant elle est sainte, touchante, sage, tant elle fait honneur à l'homme. Quant à moi, j'ai renoncé depuis longtemps à me demander si c'est Dieu qui a créé l'homme, ou l'homme qui a créé Dieu. Bien entendu, je ne passerai pas en revue tous les axiomes que les adolescents russes ont déduits des hypothèses européennes, car ce qui, en Europe, est une hypothèse devient aussitôt un axiome pour lesdits adolescents, et non seulement pour eux, mais pour leurs professeurs, qui souvent leur ressemblent. Aussi j'écarte toutes les hypothèses : quel est, en effet, notre dessein ? Mon dessein est de t'expliquer le plus rapidement possible l'essence de mon être, ma foi et mes espérances. Aussi je déclare admettre Dieu, purement et simplement. Il faut noter pourtant que si Dieu existe, s'il a créé vraiment la terre, il l'a faite, comme on sait, d'après la géométrie d'Euclide, et n'a donné à l'esprit humain que la notion des trois dimensions de l'espace. Cependant, il s'est trouvé, il se trouve encore des géomètres et des philosophes, même éminents, pour douter que tout l'univers et même tous les mondes aient été créés seulement suivant les principes d'Euclide. Ils osent même supposer que deux parallèles, qui suivant les lois d'Euclide ne peuvent jamais se rencontrer sur la terre, peuvent se rencontrer quelque part, dans l'infini. J'ai décidé, étant incapable de comprendre même cela, de ne pas chercher à comprendre Dieu. J'avoue humblement mon incapacité à résoudre de telles questions : j'ai essentiellement l'esprit d'Euclide, un esprit terrestre : à quoi bon vouloir résoudre ce qui n'est pas de ce monde ? Et je te conseille de ne jamais te creuser la tête là-dessus, mon ami Aliocha, surtout au sujet de Dieu. Existe-t-il ou non ? Ces questions sont hors de la portée d'un esprit qui n'a que la notion des trois dimensions. Ainsi, j'admets non seulement Dieu, mais encore sa sagesse, son but qui nous échappe ; je crois à l'ordre, au sens de la vie, à l'harmonie éternelle, où l'on prétend que nous nous fondrons un jour : je crois au Verbe où tend l'univers qui est en Dieu et qui est lui-même Dieu, à l'infini. Suis-je dans la bonne voie ? Figure-toi qu'en définitive, ce monde de Dieu, je ne l'accepte pas, et quoique je sache qu'il existe, je ne l'admets pas. Ce n'est pas Dieu que je repousse, note bien, mais la création, voilà ce que je me refuse à admettre. Je m'explique : je suis convaincu, comme un enfant, que la souffrance disparaîtra, que la comédie révoltante des contradictions humaines s'évanouira comme un piteux mirage, comme la manifestation vile de l'impuissance mesquine, comme un atome de l'esprit d'Euclide ; qu'à la fin du drame, quand apparaîtra l'harmonie éternelle, une révélation se produira, précieuse au point d'attendrir tous les cœurs, de calmer toutes les indignations, de racheter tous les crimes et le sang versé ; de sorte qu'on pourra, non seulement pardonner, mais justifier tout ce qui s'est passé sur la terre. Que tout cela se réalise, soit, mais je ne l'admets pas et ne veux pas l'admettre. Que les parallèles se rencontrent sous mes yeux, je le verrai et dirai qu'elles se sont rencontrées ; pourtant je ne l'admettrai pas. Voilà l'essentiel, Aliocha, voilà ma thèse. J'ai commencé exprès notre entretien on ne peut plus bêtement, mais je l'ai mené jusqu'à ma confession, car c'est ce que tu attends. Ce n'est pas la question de Dieu qui t'intéressait, mais la vie spirituelle de ton frère affectionné. J'ai dit. »

Ivan acheva sa longue tirade avec une émotion singulière, inattendue.

« Mais pourquoi as-tu commencé « on ne peut plus bêtement » ? demanda Aliocha en le regardant d'un air pensif.

— D'abord, par couleur locale : les conversations des Russes sur ce thème s'engagent toujours bêtement. Ensuite, la bêtise rapproche du but et de la clarté. Elle est concise et ne ruse pas, tandis que l'esprit use de détours et se dérobe. L'esprit est déloyal, il y a de l'honnêteté dans la bêtise. Plus je confesserai bêtement le désespoir qui m'accable, mieux cela vaudra pour moi.

— M'expliqueras-tu pourquoi « tu n'admets pas le monde » ?

— Certainement, ce n'est pas un secret, et j'y venais. Mon petit frère, je n'ai pas l'intention de te pervertir ni d'ébranler ta foi, c'est plutôt moi qui voudrais me guérir à ton contact, dit Ivan avec le sourire d'un petit enfant. »

Aliocha ne l'avait jamais vu sourire ainsi.

IV

LA RÉVOLTE

« Je dois t'avouer une chose, commença Ivan, je n'ai jamais pu comprendre comment on peut aimer son prochain. C'est précisément, à mon idée, le prochain qu'on ne peut aimer ; du moins ne peut-on l'aimer qu'à distance. J'ai lu quelque part, à propos d'un saint, « Jean le Miséricordieux [1] », qu'un passant affamé et transi, vint un jour le supplier de le réchauffer ; le saint se coucha sur lui, le prit dans ses bras et se mit à insuffler son haleine dans la bouche purulente du malheureux, infecté par une horrible maladie. Je suis persuadé qu'il fit cela avec effort, en se mentant à lui-même, dans un sentiment d'amour dicté par le devoir, et par esprit de pénitence. Il faut qu'un homme soit caché pour qu'on puisse l'aimer ; dès qu'il montre son visage, l'amour disparaît.

— Le *starets* Zosime a plusieurs fois parlé de cela, observa Aliocha. Il disait aussi que souvent, pour des âmes inexpérimentées, le visage de l'homme est un obstacle à l'amour. Il y a pourtant beaucoup d'amour dans l'humanité, un amour presque pareil à celui du Christ, je le sais par expérience, Ivan...

— Eh bien, moi, je ne le sais pas encore et ne peux pas le comprendre ; beaucoup sont dans le même cas. Il s'agit de savoir si cela provient des mauvais penchants, ou si c'est inhérent à la nature humaine. A mon avis, l'amour du Christ pour les hommes est une sorte de miracle impossible sur la terre. Il est vrai qu'il était Dieu ; mais nous ne sommes pas des dieux. Supposons, par exemple, que je souffre profondément ; un autre ne pourra jamais connaître à quel point je souffre, car c'est un autre, et pas moi. De plus, il est rare qu'un individu consente à reconnaître la souffrance de son prochain (comme si c'était une dignité !) Pourquoi cela, qu'en penses-tu ? Peut-être parce que je sens mauvais, que j'ai l'air bête ou que j'aurai marché un jour sur le pied de ce monsieur ! En outre, il y a diverses souffrances : celui qui humilie, la faim, par exemple, mon bienfaiteur voudra bien l'admettre, mais dès que ma souffrance s'élève, qu'il s'agit d'une idée, par exemple, il n'y croira que par exception car, peut-être, en m'examinant, il verra que je n'ai pas le visage que son imagination prête à un homme souffrant pour une idée. Aussitôt il cessera ses bienfaits, et cela sans méchanceté. Les mendiants, surtout ceux qui ont quelque noblesse, ne devraient jamais se montrer, mais demander l'aumône par l'intermédiaire des journaux. En théorie, encore, on peut aimer son prochain, et même de loin : de près, c'est presque impossible. Si, du moins, tout se passait comme sur la scène, dans les ballets où les pauvres en loques de soie et en dentelles déchirées mendient en dansant gracieusement, on pourrait encore les admirer. Les admirer, mais non pas les aimer... Assez là-dessus. Je voulais seulement te placer à mon point de vue. Je voulais parler des souffrances de l'humanité en général, mais il vaut mieux se borner aux souffrances des enfants. Mon argumentation sera réduite au dixième, mais cela vaut mieux. J'y perds, bien entendu. D'abord, on peut aimer les enfants de près, même sales, même laids (il me semble, pourtant, que les enfants ne sont jamais laids). Ensuite, si je ne parle pas des adultes, c'est que non seulement ils sont repoussants et indignes d'être aimés, mais qu'ils ont une compensation : ils ont mangé le fruit défendu, discerné le bien et le mal, et sont devenus « semblables à des dieux ». Ils continuent à le manger. Mais les petits enfants n'ont rien mangé et sont encore innocents. Tu aimes les enfants, Aliocha ? Je sais que tu les aimes, et tu comprendras pourquoi je ne veux parler que d'eux. Ils souffrent beaucoup, eux aussi, sans doute, c'est pour expier la faute de leurs pères, qui ont mangé le fruit ; mais c'est le raisonnement d'un autre monde, incompréhensible au cœur humain ici-bas. Un innocent ne saurait souffrir pour un autre, surtout un petit être ! Cela te surprendra, Aliocha, mais moi aussi j'adore les enfants. Remarque que les hommes cruels, doués de passions sauvages, les Karamazov, aiment parfois beaucoup les enfants. Jusqu'à sept ans, les enfants diffèrent énormément de l'homme ; c'est comme un autre être, avec une autre nature. J'ai connu un bandit, un bagnard ; durant sa carrière, lorsqu'il s'introduisait nuitamment dans les maisons pour piller, il avait assassiné des familles entières, y compris les enfants. Pourtant, en prison, il les aimait étrangement ; il ne faisait que regarder ceux qui jouaient dans la cour et devint l'ami d'un petit garçon qu'il voyait jouer sous sa fenêtre... Tu ne sais pas pourquoi je dis tout cela, Aliocha ? J'ai mal à la tête et je me sens triste.

— Tu as l'air bizarre, tu ne me parais pas dans ton état normal, insinua Aliocha avec inquiétude.

— A propos, continua Ivan comme s'il n'avait pas entendu son frère, un Bulgare m'a récemment conté à Moscou les atrocités que commettent les Turcs et les Tcherkesses dans son pays : craignant un soulèvement général des Slaves, ils incendient, égorgent, violent les femmes et les enfants ; ils clouent les prisonniers aux palissades par les oreilles, les abandonnent ainsi jusqu'au matin, puis les pendent, etc. On compare parfois la cruauté de l'homme à celle des fauves ; c'est faire injure à ces derniers. Les fauves n'atteignent jamais aux raffinements de l'homme. Le tigre déchire sa proie et la dévore ; c'est tout. Il ne lui viendrait pas à l'idée de clouer les gens par les oreilles, même s'il pouvait le faire. Ce sont les Turcs qui torturent les enfants avec une jouissance sadique, arrachent les bébés du ventre maternel, les lancent en l'air pour les recevoir sur les baïonnettes, sous les yeux des mères, dont la présence constitue le principal plaisir. Voici une autre scène qui m'a frappé. Pense donc : un bébé encore à la mamelle, dans les bras de sa mère tremblante, et autour d'eux, les Turcs. Il leur vient une plaisante idée : caressant le bébé, ils parviennent à le faire rire ; puis l'un d'eux braque sur lui un revolver à bout portant. L'enfant tend ses menottes pour saisir le joujou ; soudain, l'artiste presse la détente et lui casse la tête. Les Turcs aiment, dit-on, les douceurs.

— Frère, à quoi bon tout cela ?

— Je pense que si le diable n'existe pas, s'il a été créé par l'homme, celui-ci l'a fait à son image.

— Comme Dieu, alors ?

— Tu sais fort bien « retourner les mots », comme dit Polonius dans *Hamlet,* reprit Ivan en riant. Tu m'as pris au mot, soit ; mais il est beau, ton Dieu, si l'homme l'a fait à son image. Tu me demandais tout à l'heure : à quoi bon tout cela ? Vois-tu, je suis un dilettante, un amateur de faits et d'anecdotes ; je les recueille dans les journaux, je note ce qu'on me raconte ; cela forme déjà une jolie collection. Les Turcs y figurent, naturellement, avec d'autres étrangers, mais j'ai aussi des cas nationaux qui les surpassent. Chez les Russes, les verges et le fouet sont surtout en honneur ; on ne cloue personne par les oreilles, parbleu, nous sommes des Européens, mais notre spécialité est de fouetter, et on ne saurait nous la ravir. A l'étranger, on dirait que cette pratique a disparu, par suite de l'adoucissement des mœurs, ou bien parce que les lois naturelles interdisent à l'homme de fouetter son semblable. En revanche, il existe là-bas comme ici une coutume à ce point nationale qu'elle serait presque impossible en Russie, bien qu'elle s'implante aussi chez nous, surtout à la suite du mouvement religieux dans la haute société. Je possède une charmante brochure traduite du français, où l'on raconte l'exécution à Genève, il y a cinq ans, d'un assassin nommé Richard, qui se convertit au christianisme avant de mourir, à l'âge de vingt-quatre ans. C'était un enfant naturel, *donné* par ses parents, quand il avait six ans, à des bergers suisses, qui l'élevèrent pour le faire travailler. Il grandit comme un petit sauvage, sans rien apprendre ; à sept ans, on l'envoya paître le troupeau, au froid et à l'humidité, à peine vêtu et affamé. Ces gens n'éprouvaient aucun remords à le traiter ainsi ; au contraire, ils estimaient en avoir le droit, car on leur avait fait don de Richard comme d'un objet, et ils ne jugeaient même pas nécessaire de le nourrir. Richard lui-même raconte qu'alors, tel l'enfant prodigue de l'Évangile, il eût bien voulu manger la pâtée destinée aux pourceaux qu'on engraissait, mais il en était privé et on le battait lorsqu'il la dérobait à ces animaux : c'est ainsi qu'il passa son enfance et sa jeunesse, jusqu'à ce que, devenu grand et fort, il se mît à voler. Ce sauvage gagnait sa vie à Genève comme journalier, buvait son salaire, vivait comme un monstre, et finit par assassiner un vieillard pour le dévaliser. Il fut pris, jugé et condamné à mort. On n'est pas sentimental dans cette ville !

En prison, il est aussitôt entouré par les pasteurs, les membres d'associations religieuses, les dames patronnesses. Il apprit à lire et à écrire, on lui expliqua l'Évangile, et, à force de l'endoctriner et de le catéchiser, on finit par lui faire avouer solennellement son crime. Il adressa au tribunal une lettre déclarant qu'il était un monstre, mais que le Seigneur avait daigné l'éclairer et lui envoyer sa grâce. Tout Genève fut en émoi, la Genève philanthropique et bigote. Tout ce qu'il y avait de noble et de bien pensant accourut dans sa prison. On l'embrasse, on l'étreint : « Tu es notre frère ! Tu as été touché par la grâce ! » Richard pleure d'attendrissement : « Oui. Dieu m'a illuminé ! Dans mon enfance et ma jeunesse, j'enviais la pâtée des pourceaux ; maintenant, la grâce m'a touché, je meurs dans le Seigneur ! — Oui, Richard, tu as versé le sang et tu dois mourir. Tu n'es pas coupable d'avoir ignoré Dieu, lorsque tu dérobais la pâtée des pourceaux et qu'on te battait pour cela (d'ailleurs, tu avais grand tort, car il est défendu de voler), mais tu as versé le sang et tu dois mourir. » Enfin le dernier jour arrive. Richard, affaibli, pleure et ne fait que répéter à chaque instant : « Voici le plus beau jour de ma vie, car je vais à Dieu ! — Oui, s'écrient pasteurs, juges et dames patronnesses, c'est le plus beau jour de ta vie, car tu vas à Dieu ! » La troupe se dirige vers l'échafaud, derrière la charrette ignominieuse qui emmène Richard. On arrive au lieu du supplice. « Meurs, frère, crie-t-on à Richard, meurs dans le Seigneur ; sa grâce t'accompagne. » Et, couvert de baisers, le frère Richard monte à l'échafaud, on l'étend sur la bascule et sa tête tombe, au nom de la grâce divine. — C'est caractéristique. Ladite brochure a été traduite en russe par les luthériens de la haute société et distribuée comme supplément gratuit à divers journaux et publications, pour instruire le peuple.

» L'aventure de Richard est intéressante parce que nationale. En Russie, bien qu'il soit absurde de décapiter un frère pour la seule raison qu'il est devenu des nôtres et que la grâce l'a touché, nous avons presque aussi bien. Chez nous, torturer en battant constitue une tradition historique, une jouissance prompte et immédiate. Nékrassov raconte dans l'un de ses poèmes [1] comment un moujik frappe de son fouet les yeux de son cheval. Qui n'a vu cela ? c'est bien russe. Le poète montre le petit cheval surchargé, embourbé avec sa charrette qu'il ne peut dégager. Alors, le moujik le bat avec acharnement, frappe sans comprendre ce qu'il fait, les coups pleuvent dans une sorte d'ivresse. « Tu ne peux pas tirer, tu tireras tout de même ; meurs, mais tire. » La rosse sans défense se débat désespérément, cependant que son maître fouette ses « doux yeux » où roulent des larmes. Enfin, elle arrive à se dégager et s'en va tremblante, privée de souffle, d'une allure saccadée, contrainte, honteuse. Chez Nékrassov, cela produit une impression épouvantable. Mais aussi, ce n'est qu'un cheval, et Dieu ne l'a-t-il pas créé pour être fouetté ? C'est ce que nous ont expliqué les Tatars, et ils nous ont légué le knout. Pourtant, on peut aussi fouetter les gens. Un monsieur cultivé et sa femme prennent plaisir à fustiger leur fillette de sept ans. Et le papa est heureux que les verges aient des épines. « Cela lui fera plus mal », dit-il. Il y a des êtres qui s'excitent à chaque coup, jusqu'au sadisme, progressivement. On bat l'enfant une minute, puis cinq, puis dix, toujours plus fort. Elle crie ; enfin, à bout de forces, elle suffoque : « Papa, mon petit papa, pitié ! » L'affaire devient scandaleuse et va jusqu'au tribunal. On prend un avocat. Il y a longtemps que le peuple russe appelle l'avocat « une conscience à louer ». Le défenseur plaide pour son client : « L'affaire est simple ; c'est une scène de famille, comme on en voit tant. Un père a fouetté sa fille, c'est une honte de le poursuivre ! » Le jury est convaincu, il se retire et rapporte un verdict négatif. Le public exulte de voir acquitter ce bourreau. Hélas ! je n'assistais pas à l'audience. J'aurais proposé de fonder une bourse en l'honneur de ce bon père de famille !... Voilà un joli tableau ! Cependant, j'ai encore mieux, Aliocha, et toujours à propos d'enfants russes. Il s'agit d'une fillette de cinq ans, prise en aversion par ses père et mère, « d'honorables fonctionnaires instruits et bien élevés ». Je le répète, beaucoup de gens aiment à torturer les enfants, mais rien que les enfants. Envers les autres individus, ces bourreaux se montrent affables et tendres, en Européens instruits et humains, mais ils prennent plaisir à faire souffrir les enfants, c'est leur façon de les aimer. La confiance angélique de ces créatures sans défense séduit les êtres cruels. Ils ne savent où aller, ni à qui s'adresser, et cela excite les mauvais instincts. Tout homme recèle un démon en lui : accès de colère, sadisme, déchaînement des passions ignobles, maladies contractées dans la débauche, ou bien la goutte, l'hépatite, cela varie. Donc, ces parents instruits exerçaient maints sévices sur la pauvre fillette. Ils la fouettaient, la piétinaient sans raison ; son corps était couvert de bleus. Ils imaginèrent enfin un raffinement de cruauté : par les nuits glaciales, en hiver, ils enfermaient la petite dans les lieux d'aisances, sous prétexte qu'elle ne demandait pas à temps, la nuit, qu'on la fît sortir (comme si, à cet âge, une enfant qui dort profondément pouvait toujours demander à temps). On lui barbouillait le visage de ses excréments et sa mère la forçait à les manger, sa propre mère ! Et cette mère dormait tranquille, insensible aux cris de la pauvre enfant enfermée dans cet endroit répugnant ! Vois-tu d'ici ce petit être, ne comprenant pas ce qui lui arrive, au froid et dans l'obscurité, frapper de ses petits poings sa poitrine haletante et verser d'innocentes larmes, en appelant le « bon Dieu » à son secours ? Comprends-tu cette absurdité ? a-t-elle un but, dis-moi, toi mon ami et mon frère, toi le pieux novice ? On dit que tout cela est indispensable pour établir la distinction du bien et du mal dans l'esprit de l'homme. A quoi bon cette distinction diabolique, payée si cher ? Toute la science du monde ne vaut pas les larmes des enfants. Je ne parle pas des souffrances des adultes, ils ont mangé le fruit défendu, que le

diable les emporte ! Mais les enfants ! Je te fais souffrir,
Aliocha, tu as l'air mal à l'aise. Veux-tu que je m'arrête ?

— Non, je veux souffrir, moi aussi. Continue.

— Encore un petit tableau caractéristique. Je viens de le
lire dans les *Archives russes* ou *l'Antiquité russe*[1], je ne sais
plus. C'était à l'époque la plus sombre du servage, au début
du xixe siècle. Vive le Tsar libérateur[2] ! Un ancien général,
avec de hautes relations, riche propriétaire foncier, vivait
dans un de ses domaines dont dépendaient deux mille âmes.
C'était un de ces individus (à vrai dire déjà peu nombreux
alors) qui, une fois retirés du service, étaient presque
convaincus de leur droit de vie et de mort sur leurs serfs.
Plein de morgue, il traitait de haut ses modestes voisins,
comme s'ils étaient ses parasites et ses bouffons. Il avait une
centaine de piqueurs, tous montés, tous en uniformes, et
plusieurs centaines de chiens courants. Or, voici qu'un jour,
un petit serf de huit ans, qui s'amusait à lancer des pierres,
blessa à la patte un de ses chiens favoris. Voyant son chien
boiter, le général en demanda la cause. On lui expliqua
l'affaire en désignant le coupable. Il fit immédiatement saisir
l'enfant, qu'on arracha des bras de sa mère et qui passa la
nuit au cachot. Le lendemain, dès l'aube, le général en grand
uniforme monte à cheval pour aller à la chasse, entouré de ses
parasites, de ses veneurs, de ses chiens, de ses piqueurs. On
rassemble toute la domesticité pour faire un exemple et la
mère du coupable est amenée, ainsi que le gamin. C'était une
matinée d'automne, brumeuse et froide, excellente pour la
chasse. Le général ordonne de déshabiller complètement le
bambin, ce qui fut fait ; il tremblait, fou de peur, n'osant dire
un mot. « Faites-le courir, ordonne le général. — Cours,
cours, lui crient les piqueurs. » Le garçon se met à courir.
« Taïaut ! » hurle le général, qui lance sur lui toute sa meute.
Les chiens mirent l'enfant en pièces sous les yeux de sa mère.
Le général, paraît-il, fut mis sous tutelle. Eh bien, que
méritait-il ? Fallait-il le fusiller ? Parle, Aliocha.

— Certes ! proféra doucement Aliocha, tout pâle, avec un sourire convulsif.

— Bravo ! s'écria Ivan enchanté ; si tu le dis, toi, c'est que... Voyez-vous l'ascète ! Tu as donc aussi un diablotin dans le cœur, Aliocha Karamazov ?

— J'ai dit une bêtise, mais...

— Oui, *mais*... Sache, novice, que les bêtises sont nécessaires au monde ; c'est sur elles qu'il est fondé : sans ces bêtises, il ne se passerait rien ici-bas. On sait ce qu'on sait.

— Que sais-tu ?

— Je n'y comprends rien, poursuivit Ivan comme en rêve, je ne veux rien comprendre maintenant, je m'en tiens aux faits. En essayant de comprendre, j'altère les faits...

— Pourquoi me tourmentes-tu ? fit douloureusement Aliocha. Me le diras-tu, enfin ?

— Certes, je me préparais à te le dire. Tu m'es cher et je ne veux pas t'abandonner à ton Zosime. »

Ivan se tut un instant et son visage s'attrista soudain.

« Écoute, je me suis borné aux enfants pour être plus clair. Je n'ai rien dit des larmes humaines dont la terre est saturée, abrégeant à dessein mon sujet. J'avoue humblement ne pas comprendre la raison de cet état de choses. Les hommes sont seuls coupables : on leur avait donné le paradis ; ils ont convoité la liberté et ravi le feu du ciel, sachant qu'ils seraient malheureux ; ils ne méritent donc aucune pitié. D'après mon pauvre esprit terrestre, je sais seulement que la souffrance existe, qu'il n'y a pas de coupables, que tout s'enchaîne, que tout passe et s'équilibre. Ce sont là sornettes d'Euclide, je le sais, mais je ne puis consentir à vivre en m'appuyant là-dessus. Qu'est-ce que tout cela peut bien me faire ? Ce qu'il me faut, c'est une compensation, sinon je me détruirai. Et non une compensation quelque part, dans l'infini, mais ici-bas, une compensation que je voie moi-même. J'ai cru, je veux être témoin, et si je suis déjà mort, qu'on me ressuscite ; si tout se passait sans moi, ce serait trop affligeant. Je ne veux pas que mon corps avec ses souffrances et ses fautes serve uniquement à fumer l'harmonie future, à l'intention de je ne sais qui. Je veux voir de mes yeux la biche dormir près du lion, la victime embrasser son meurtrier. C'est sur ce désir que reposent toutes les religions, et j'ai la foi. Je veux être présent quand tous apprendront le pourquoi des choses. Mais les enfants, qu'en ferai-je? Je ne peux résoudre cette question. Si tous doivent souffrir afin de concourir par leur souffrance à l'harmonie éternelle, quel est le rôle des enfants? On ne comprend pas pourquoi ils devraient souffrir, eux aussi, au nom de l'harmonie. Pourquoi serviraient-ils de matériaux destinés à la préparer? Je comprends bien la solidarité du péché et du châtiment, mais elle ne peut s'appliquer aux petits innocents, et si vraiment ils sont solidaires des méfaits de leurs pères, c'est une vérité qui n'est pas de ce monde et que je ne comprends pas. Un mauvais plaisant objectera que les enfants grandiront et auront le temps de pécher, mais il n'a pas grandi, ce gamin de huit ans, déchiré par les chiens. Aliocha, je ne blasphème pas. Je comprends comment tressaillira l'univers, lorsque le ciel et la terre s'uniront dans le même cri d'allégresse, lorsque tout ce qui vit ou a vécu proclamera : « Tu as raison, Seigneur, car tes voies nous sont révélées ! », lorsque le bourreau, la mère, l'enfant s'embrasseront et déclareront avec des larmes : « Tu as raison, Seigneur ! » Sans doute alors, la lumière se fera et tout sera expliqué. Le malheur, c'est que je ne puis admettre une solution de ce genre. Et je prends mes mesures à cet égard, tandis que je suis encore sur la terre. Crois-moi, Aliocha, il se peut que je vive jusqu'à ce moment ou que je ressuscite alors, et je m'écrierai peut-être avec les autres, en regardant la mère embrasser le bourreau de son enfant : « Tu as raison, Seigneur ! » mais ce sera contre mon gré. Pendant qu'il est encore temps, je me refuse à accepter cette harmonie supérieure. Je prétends qu'elle ne vaut pas une larme d'enfant, une larme de cette petite victime qui se frappait la

poitrine et priait le « bon Dieu » dans son coin infect ; non,
elle ne les vaut pas, car ces larmes n'ont pas été rachetées.
Tant qu'il en est ainsi, il ne saurait être question d'harmonie.
Or, comment les racheter, c'est impossible. Les bourreaux
souffriront en enfer, me diras-tu ? Mais à quoi sert ce
châtiment puisque les enfants aussi ont eu leur enfer ?
D'ailleurs, que vaut cette harmonie qui comporte un enfer ?
Je veux le pardon, le baiser universel, la suppression de la
souffrance. Et si la souffrance des enfants sert à parfaire la
somme des douleurs nécessaires à l'acquisition de la vérité,
j'affirme d'ores et déjà que cette vérité ne vaut pas un tel
prix. Je ne veux pas que la mère pardonne au bourreau ; elle
n'en a pas le droit. Qu'elle lui pardonne sa souffrance de
mère, mais non ce qu'a souffert son enfant déchiré par les
chiens. Quand bien même son fils pardonnerait, elle n'en
aurait pas le droit. Si le droit de pardonner n'existe pas, que
devient l'harmonie ? Y a-t-il au monde un être qui ait ce
droit ? C'est par amour pour l'humanité que je ne veux pas de
cette harmonie. Je préfère garder mes souffrances non
rachetées et mon indignation persistante, *même si j'avais tort !*
D'ailleurs, on a surfait cette harmonie ; l'entrée coûte trop
cher pour nous. J'aime mieux rendre mon billet d'entrée. En
honnête homme, je suis même tenu à le rendre au plus tôt.
C'est ce que je fais. Je ne refuse pas d'admettre Dieu, mais
très respectueusement je lui rends mon billet [1].

— Mais c'est de la révolte, prononça doucement Aliocha,
les yeux baissés.

— De la révolte ? Je n'aurais pas voulu te voir employer ce
mot. Peut-on vivre révolté ? Or, je veux vivre. Réponds-moi
franchement. Imagine-toi que les destinées de l'humanité
sont entre tes mains, et que pour rendre définitivement les
gens heureux, pour leur procurer enfin la paix et le repos, il
soit indispensable de mettre à la torture ne fût-ce qu'un seul
être, l'enfant qui se frappait la poitrine de son petit poing, et
de fonder sur ses larmes le bonheur futur. Consentirais-tu,

dans ces conditions, à édifier un pareil bonheur ? Réponds
sans mentir.

— Non, je n'y consentirais pas.

— Alors, peux-tu admettre que les hommes consentiraient
à accepter ce bonheur au prix du sang d'un petit martyr ?

— Non, je ne puis l'admettre, mon frère, prononça
Aliocha, les yeux étincelants. Tu as demandé s'il existe dans
le monde entier un Être qui aurait le droit de pardonner.
Oui, cet Être existe. Il peut tout pardonner, tous et *pour tout*,
car c'est Lui qui a versé son sang innocent pour tous et pour
tout. Tu l'as oublié, c'est lui la pierre angulaire de l'édifice, et
c'est à lui de crier : « Tu as raison, Seigneur, car tes voies
nous sont révélées. »

— Ah! oui, « le seul sans péché » et « qui a versé son
sang ». Non, je ne l'ai pas oublié, je m'étonnais, au contraire,
que tu ne l'aies pas encore mentionné, car dans les discussions les vôtres commencent par le mettre en avant, d'habitude. Sais-tu, mais ne ris pas, que j'ai composé un poème,
l'année dernière ? Si tu peux m'accorder encore dix minutes,
je te le raconterai.

— Tu as écrit un poème ?

— Non, fit Ivan en riant, car je n'ai jamais fait deux vers
dans ma vie. Mais j'ai rêvé ce poème et je m'en souviens. Tu
seras mon premier lecteur, ou plutôt mon premier auditeur.
Pourquoi ne pas profiter de ta présence ? Veux-tu ?

— Je suis tout oreilles.

— Mon poème s'intitule *le Grand Inquisiteur*, il est
absurde, mais je veux te le faire connaître. »

V

LE GRAND INQUISITEUR

« Un préambule est nécessaire au point de vue littéraire. L'action se passe au XVIe siècle. Tu sais qu'à cette époque il était d'usage de faire intervenir dans les poèmes les puissances célestes. Je ne parle pas de Dante. En France, les clercs de la basoche et les moines donnaient des représentations où l'on mettait en scène la Madone, les anges, les saints, le Christ et Dieu le Père. C'étaient des spectacles naïfs. Dans *Notre-Dame de Paris*[1], de Victor Hugo, en l'honneur de la naissance du dauphin, sous Louis XI, à Paris, le peuple est convié à une représentation édifiante et gratuite : *le Bon jugement de la très sainte et gracieuse Vierge Marie*[2]. Dans ce mystère, la Vierge paraît en personne et prononce son *bon jugement*. Chez nous, à Moscou, avant Pierre le Grand, on donnait de temps en temps des représentations de ce genre, empruntées surtout à l'Ancien Testament[3]. En outre, il circulait une foule de récits et de poèmes où figuraient, suivant les besoins, les saints, les anges, l'armée céleste. Dans nos monastères, on traduisait, on copiait ses poèmes, on en composait même de nouveaux, et cela sous la domination tatare. Par exemple, il existe un petit poème monastique, sans doute traduit du grec : *la Vierge chez les damnés*[4], avec des tableaux d'une hardiesse dantesque. La Vierge visite l'enfer, guidée par saint Michel, archange. Elle voit les damnés et leurs tourments. Entre autres, il y a une catégorie très intéressante de pécheurs dans un lac de feu. Quelques-uns s'enfoncent dans ce lac et ne paraissent plus ; « ceux-là sont oubliés de Dieu même », expression d'une profondeur et d'une énergie remarquables. La Vierge éplorée tombe à genoux devant le trône de Dieu et demande grâce pour tous les pécheurs qu'elle a vus en enfer, sans distinction. Son

dialogue avec Dieu est d'un intérêt extraordinaire. Elle
supplie, elle insiste, et quand Dieu lui montre les pieds et les
mains de son fils percés de clous et lui demande : « Comment
pourrais-je pardonner à ses bourreaux ? » — elle ordonne à
tous les saints, à tous les martyrs, à tous les anges de tomber à
genoux avec elle et d'implorer la grâce des pécheurs, sans
distinction. Enfin, elle obtient la cessation des tourments,
chaque année, du vendredi saint à la Pentecôte, et les
damnés, du fond de l'enfer, remercient Dieu et s'écrient :
« Seigneur, ta sentence est juste ! » Eh bien, mon petit poème
eût été dans ce goût, s'il avait paru à cette époque. Dieu
apparaît ; il ne dit rien et ne fait que passer. Quinze siècles se
sont écoulés, depuis qu'il a promis de revenir dans son
royaume, depuis que son prophète a écrit : « Je reviendrai
bientôt ; quant au jour et à l'heure, le Fils même ne les
connaît pas, mais seulement mon Père qui est aux cieux [1] »,
suivant ses propres paroles sur cette terre. Et l'humanité
l'attend avec la même foi que jadis, une foi plus ardente
encore, car quinze siècles ont passé depuis que le ciel a cessé
de donner des gages à l'homme :

> *Crois ce que te dira ton cœur,*
> *Les cieux ne donnent point de gages [2].*

» Il est vrai que de nombreux miracles se produisaient
alors : des saints accomplissaient des guérisons merveilleuses, la Reine des cieux visitait certains justes, à en croire
leur biographie. Mais le diable ne sommeille pas ; l'humanité
commença à douter de l'authenticité de ces prodiges. A ce
moment naquit en Allemagne une terrible hérésie qui niait
les miracles. « Une grande étoile ardente comme un flambeau
(l'Église évidemment !), tomba sur les sources des eaux qui
devinrent amères [3]. » La foi des fidèles ne fit que redoubler.
Les larmes de l'humanité s'élèvent vers lui comme autrefois,
on l'attend, on l'aime, on espère en lui comme jadis... Depuis

tant de siècles, l'humanité prie avec ardeur : « Seigneur
Dieu, daigne nous apparaître », depuis tant de siècles elle
crie vers lui, qu'il a voulu, dans sa miséricorde infinie,
descendre vers ses fidèles. Auparavant, il avait déjà visité des
justes, des martyrs, de saints anachorètes, comme le rapportent leurs biographes. Chez nous, Tioutchev, qui croyait
profondément à la vérité de ses paroles, a proclamé que

> *Accablé sous le faix de sa croix,*
> *Le Roi des cieux, sous une humble apparence,*
> *T'a parcourue, terre natale,*
> *Tout entière en te bénissant* [1].

» Mais voilà qu'il a voulu se montrer pour un instant au
moins au peuple souffrant et misérable, au peuple croupis-
sant dans le péché, mais qui l'aime naïvement. L'action se
passe en Espagne, à Séville, à l'époque la plus terrible de
l'Inquisition, lorsque chaque jour s'allumaient des bûchers à
la gloire de Dieu et que

> *Dans de superbes autodafés*
> *On brûlait d'affreux hérétiques* [2].

» Oh ! ce n'est pas ainsi qu'il a promis de revenir, à la fin
des temps, dans toute sa gloire céleste, subitement, « tel un
éclair qui brille de l'Orient à l'Occident [3] ». Non, il a voulu
visiter ses enfants, au lieu où crépitaient précisément les
bûchers des hérétiques. Dans sa miséricorde infinie, il
revient parmi les hommes sous la forme qu'il avait durant les
trois ans de sa vie publique. Le voici qui descend vers les rues
brûlantes de la ville méridionale, où justement, la veille, en
présence du roi, des courtisans, des chevaliers, des cardinaux
et des plus charmantes dames de la cour, le grand inquisiteur
a fait brûler une centaine d'hérétique *ad majorem Dei gloriam*.
Il est apparu doucement, sans se faire remarquer, et — chose

étrange — tous le reconnaissent. Ce serait un des plus beaux passages de mon poème que d'en expliquer la raison. Attiré par une force irrésistible, le peuple se presse sur son passage et s'attache à ses pas. Silencieux, il passe au milieu de la foule avec un sourire d'infinie compassion. Son cœur est embrasé d'amour, ses yeux dégagent la Lumière, la Science, la Force, qui rayonnent et éveillent l'amour dans les cœurs, Il leur tend les bras, Il les bénit, une vertu salutaire émane de son contact et même de ses vêtements. Un vieillard, aveugle depuis son enfance, s'écrie dans la foule : « Seigneur, guéris-moi, et je te verrai. » Une écaille tombe de ses yeux et l'aveugle voit. Le peuple verse des larmes de joie et baise la terre sur ses pas. Les enfants jettent des fleurs sur son passage ; on chante, on crie : « Hosanna ! » C'est lui, ce doit être Lui, s'écrie-t-on, ce ne peut être que Lui ! Il s'arrête sur le parvis de la cathédrale de Séville au moment où l'on apporte un petit cercueil blanc où repose une enfant de sept ans, la fille unique d'un notable. La morte est couverte de fleurs. « Il ressuscitera ton enfant », crie-t-on dans la foule à la mère en larmes. L'ecclésiastique venu au-devant du cercueil regarde d'un air perplexe et fronce le sourcil. Soudain un cri retentit, la mère se jette à ses pieds : « Si c'est Toi, ressuscite mon enfant ! » et elle lui tend les bras. Le cortège s'arrête, on dépose le cercueil sur les dalles. Il le contemple avec pitié, sa bouche profère doucement une fois encore : « *Talitha koumi* et la jeune fille se leva [1]. » La morte se soulève, s'assied et regarde autour d'elle, souriante, d'un air étonné. Elle tient le bouquet de roses blanches qu'on avait déposé dans son cercueil. Dans la foule, on est troublé, on crie, on pleure. A ce moment passe sur la place le cardinal grand inquisiteur [2]. C'est un grand vieillard, presque nonagénaire, avec un visage desséché, des yeux caves, mais où luit encore une étincelle. Il n'a plus le pompeux costume dans lequel il se pavanait hier devant le peuple, tandis qu'on brûlait les ennemis de l'Église romaine ; il a repris son vieux froc grossier. Ses mornes auxiliaires et la

garde du Saint-Office le suivent à une distance respectueuse.
Il s'arrête devant la foule et observe de loin. Il a tout vu, le
cercueil déposé devant Lui, la résurrection de la fillette, et
son visage s'est assombri. Il fronce ses épais sourcils et ses
yeux brillent d'un éclat sinistre. Il le désigne du doigt et
ordonne aux gardes de le saisir. Si grande est sa puissance et
le peuple est tellement habitué à se soumettre, à lui obéir en
tremblant, que la foule s'écarte devant les sbires ; au milieu
d'un silence de mort, ceux-ci l'empoignent et l'emmènent.
Comme un seul homme ce peuple s'incline jusqu'à terre
devant le vieil inquisiteur, qui le bénit sans mot dire et
poursuit son chemin. On conduit le Prisonnier au sombre et
vieux bâtiment du Saint-Office, on l'y enferme dans une
étroite cellule voûtée. La journée s'achève, la nuit vient, une
nuit de Séville, chaude et étouffante. L'air est embaumé des
lauriers et des citronniers. Dans les ténèbres, la porte de fer
du cachot s'ouvre soudain et le grand inquisiteur paraît, un
flambeau à la main. Il est seul, la porte se referme derrière
lui. Il s'arrête sur le seuil, considère longuement la Sainte
Face. Enfin, il s'approche, pose le flambeau sur la table et lui
dit : « C'est Toi, Toi ? » Ne recevant pas de réponse, il ajoute
rapidement : « Ne dis rien, tais-toi. D'ailleurs, que pourrais-
tu dire ? Je ne le sais que trop. Tu n'as pas le droit d'ajouter
un mot à ce que tu as dit jadis. Pourquoi es-tu venu nous
déranger ? Car tu nous déranges, tu le sais bien. Mais sais-tu
ce qui arrivera demain ? J'ignore qui tu es et ne veux pas le
savoir : est-ce Toi ou seulement Son apparence ? mais
demain je te condamnerai et tu seras brûlé comme le pire des
hérétiques, et ce même peuple qui aujourd'hui te baisait les
pieds, se précipitera demain, sur un signe de moi, pour
alimenter ton bûcher. Le sais-tu ? Peut-être », ajoute le
vieillard, pensif, les yeux toujours fixés sur son Prisonnier.

— Je ne comprends pas bien ce que cela veut dire, Ivan,
objecta Aliocha, qui avait écouté en silence. Est-ce une
fantaisie, une erreur du vieillard, un quiproquo étrange ?

— Admets cette dernière supposition, dit Ivan en riant, si le réalisme moderne t'a rendu à ce point réfractaire au surnaturel. Qu'il en soit comme tu voudras. C'est vrai, mon inquisiteur a quatre-vingt-dix ans, et son idée a pu, de longue date, lui déranger l'esprit. Enfin, c'est peut-être un simple délire, la rêverie d'un vieillard avant sa fin, l'imagination échauffée par le récent autodafé. Mais quiproquo ou fantaisie, que nous importe ? Ce qu'il faut seulement noter, c'est que l'inquisiteur révèle enfin sa pensée, dévoile ce qu'il a tu durant toute sa carrière.

— Et le Prisonnier ne dit rien ? Il se contente de le regarder ?

— En effet. Il ne peut que se taire. Le vieillard lui-même lui fait observer qu'il n'a pas le droit d'ajouter un mot à ses anciennes paroles. C'est peut-être le trait fondamental du catholicisme romain, à mon humble avis : « Tout a été transmis par toi au pape, tout dépend donc maintenant du pape ; ne viens pas nous déranger, avant le temps du moins. » Telle est leur doctrine, celle des jésuites, en tout cas. Je l'ai trouvée chez leurs théologiens. « As-tu le droit de nous révéler un seul des secrets du monde d'où tu viens ? » demande le vieillard, qui répond à sa place : « Non, tu n'en as pas le droit, car cette révélation s'ajouterait à celle d'autrefois, et ce serait retirer aux hommes la liberté que tu défendais tant sur la terre. Toutes tes révélations nouvelles porteraient atteinte à la liberté de la foi, car elles paraîtraient miraculeuses ; or, tu mettais au-dessus de tout, il y a quinze siècles, cette liberté de la foi. N'as-tu pas dit bien souvent : « Je veux vous rendre libres. » Eh bien ! Tu les a vus, les hommes « libres », ajoute le vieillard d'un air sarcastique. Oui, cela nous a coûté cher, poursuit-il en le regardant avec sévérité, mais nous avons enfin achevé cette œuvre en ton nom. Il nous a fallu quinze siècles de rude labeur pour instaurer la liberté ; mais c'est fait, et bien fait. Tu ne le crois pas ? Tu me regardes avec douceur, sans même me faire l'honneur de t'indigner ? Mais sache que jamais les hommes ne se sont crus aussi libres qu'à présent, et pourtant, leur liberté, ils l'ont humblement déposée à nos pieds. Cela est notre œuvre, à vrai dire ; est-ce la liberté que tu rêvais ? »

— De nouveau, je ne comprends pas, interrompit Aliocha ; il fait de l'ironie, il se moque ?

— Pas du tout ! Il se vante d'avoir, lui et les siens, supprimé la liberté, dans le dessein de rendre les hommes heureux. « Car c'est maintenant pour la première fois (il parle, bien entendu, de l'Inquisition), qu'on peut songer au bonheur des hommes. Ils sont naturellement révoltés ; est-ce que des révoltés peuvent-être heureux ? Tu étais averti, lui dit-il, les conseils ne t'ont pas manqué, mais tu n'en as pas tenu compte, tu as rejeté l'unique moyen de procurer le bonheur aux hommes ; heureusement qu'en partant tu nous a transmis l'œuvre, tu as promis, tu nous as solennellement accordé le droit de lier et de délier, tu ne saurais maintenant songer à nous retirer ce droit. Pourquoi donc es-tu venu nous déranger ? »

— Que signifie ceci : « les avertissements et les conseils ne t'ont pas manqué » ? demanda Aliocha.

— Mais c'est le point capital dans le discours du vieillard : « L'Esprit terrible et profond, l'Esprit de la destruction et du néant, reprend-il, t'a parlé dans le désert, et les Écritures rapportent qu'il t'a « tenté ». Est-ce vrai ? Et pouvait-on rien dire de plus pénétrant que ce qui te fut dit dans les trois questions ou, pour parler comme les Écritures, les « tentations » que tu as repoussées ? Si jamais il y eut sur terre un miracle authentique et retentissant, ce fut le jour de ces trois tentations. Le seul fait d'avoir formulé ces trois questions constitue un miracle. Supposons qu'elles aient disparu des Écritures, qu'il faille les reconstituer, les imaginer à nouveau pour les y replacer, et qu'on réunisse à cet effet tous les sages de la terre, hommes d'États, prélats, savants, philosophes, poètes, en leur disant : imaginez, rédigez trois questions, qui non seulement correspondent à l'importance de l'événement, mais encore expriment en trois phrases toute l'histoire de l'humanité future, crois-tu que cet aréopage de la sagesse humaine pourrait imaginer rien d'aussi fort et d'aussi profond que les trois questions que te proposa alors le puissant Esprit ? Ces trois questions prouvent à elles seules que l'on a affaire à l'Esprit éternel et absolu et non à un esprit humain transitoire. Car elles résument et prédisent en même temps toute l'histoire ultérieure de l'humanité ; ce sont les trois formes où se cristallisent toutes les contradictions insolubles de la nature humaine. On ne pouvait pas s'en rendre compte alors, car l'avenir était voilé, mais maintenant, après quinze siècles écoulés, nous voyons que tout avait été prévu dans ces trois questions et s'est réalisé au point qu'il est impossible d'y ajouter ou d'en retrancher un seul mot.

» Décide donc toi-même qui avait raison : toi, ou celui qui t'interrogeait ? Rappelle-toi la première question, le sens sinon la teneur : tu veux aller au monde les mains vides, en prêchant aux hommes une liberté que leur sottise et leur ignominie naturelles les empêchent de comprendre, une liberté qui leur fait peur, car il n'y a et il n'y a jamais rien eu de plus intolérable pour l'homme et la société ! Tu vois ces pierres dans ce désert aride ? Change-les en pains, et l'humanité accourra sur tes pas, tel qu'un troupeau docile et reconnaissant, tremblant pourtant que ta main se retire et qu'ils n'aient plus de pain.

» Mais tu n'as pas voulu priver l'homme de la liberté, et tu as refusé, estimant qu'elle était incompatible avec l'obéissance achetée par des pains. Tu as répliqué que l'homme ne vit pas seulement de pain, mais sais-tu qu'au nom de ce pain terrestre, l'Esprit de la terre s'insurgera contre toi, luttera et te vaincra, que tous le suivront en s'écriant : « Qui est semblable à cette bête, elle nous a donné le feu du ciel ? » Des siècles passeront et l'humanité proclamera par la bouche de ses savants et de ses sages qu'il n'y a pas de crimes, et, par

conséquent, pas de péché ; qu'il n'y a que des affamés.
« Nourris-les, et alors exige d'eux qu'ils soient « vertueux » !
Voilà ce qu'on inscrira sur l'étendard de la révolte qui abattra
ton temple. A sa place un nouvel édifice s'élèvera, une
seconde tour de Babel, qui restera sans doute inachevée,
comme la première ; mais tu aurais pu épargner aux hommes
cette nouvelle tentative et mille ans de souffrance. Car ils
viendront nous trouver, après avoir peiné mille ans à bâtir
leur tour ! Ils nous chercheront sous terre comme jadis, dans
les catacombes où nous serons cachés (on nous persécutera de
nouveau) et ils clameront : « Donnez-nous à manger, car
ceux qui nous avaient promis le feu du ciel ne nous l'ont pas
donné. » Alors, nous achèverons leur tour, car il ne faut pour
cela que la nourriture, et nous les nourrirons, soi-disant en
ton nom, nous le ferons accroire. Sans nous, ils seront
toujours affamés. Aucune science ne leur donnera du pain,
tant qu'ils demeureront libres, mais ils finiront par la déposer
à nos pieds, cette liberté, en disant : « Réduisez-nous plutôt
en servitude, mais nourrissez-nous. » Ils comprendront enfin
que la liberté est inconciliable avec le pain de la terre à
discrétion, parce que jamais ils ne sauront le répartir entre
eux ! Ils se convaincront aussi de leur impuissance à se faire
libres, étant faibles, dépravés, nuls et révoltés. Tu leur
promettais le pain du ciel ; encore un coup, est-il comparable
à celui de la terre aux yeux de la faible race humaine,
éternellement ingrate et dépravée ? Des milliers et des
dizaines de milliers d'âmes te suivront à cause de ce pain,
mais que deviendront les millions et les milliards qui
n'auront pas le courage de préférer le pain du ciel à celui de la
terre ? Ne chérirais-tu que les grands et les forts, à qui les
autres, la multitude innombrable, qui est faible mais qui
t'aime, ne servirait que de matière exploitable ? Ils nous sont
chers aussi, les êtres faibles. Quoique dépravés et révoltés, ils
deviendront finalement dociles. Ils s'étonneront et nous
croiront des dieux pour avoir consenti, en nous mettant à leur

tête, à assurer la liberté qui les effrayait et à régner sur eux, tellement à la fin ils auront peur d'être libres. Mais nous leur dirons que nous sommes tes disciples, que nous régnons en ton nom. Nous les tromperons de nouveau, car alors nous ne te laisserons pas approcher de nous. Et c'est cette imposture qui constituera notre souffrance, car il nous faudra mentir. Tel est le sens de la première question qui t'a été posée dans le désert, et voilà ce que tu as repoussé au nom de la liberté, que tu mettais au-dessus de tout. Pourtant elle recelait le secret du monde. En consentant au miracle des pains, tu aurais calmé l'éternelle inquiétude de l'humanité — individus et collectivité —, savoir : « devant qui s'incliner ? » Car il n'y a pas pour l'homme, demeuré libre, de souci plus constant, plus cuisant que de chercher un être devant qui s'incliner. Mais il ne veut s'incliner que devant une force incontestée, que tous les humains respectent par un consentement universel. Ces pauvres créatures se tourmentent à chercher un culte qui réunisse non seulement quelques fidèles, mais dans lequel *tous ensemble* communient, unis par la même foi. Ce besoin de la *communauté* dans l'adoration est le principal tourment de chaque individu et de l'humanité tout entière, depuis le commencement des siècles. C'est pour réaliser ce rêve qu'on s'est exterminé par le glaive. Les peuples ont forgé des dieux et se sont défiés les uns les autres : « Quittez vos dieux, adorez les nôtres ; sinon, malheur à vous et à vos dieux ! » Et il en sera ainsi jusqu'à la fin du monde, même lorsque les dieux auront disparu ; on se prosternera devant les idoles. Tu n'ignorais pas, tu ne pouvais pas ignorer ce secret fondamental de la nature humaine, et pourtant tu as repoussé l'unique drapeau infaillible qu'on t'offrait et qui aurait courbé sans conteste tous les hommes devant toi, le drapeau du pain terrestre ; tu l'as repoussé au nom du pain céleste et de la liberté ! Vois ce que tu fis ensuite, toujours au nom de la liberté ! Il n'y a pas, je te le répète, de souci plus cuisant pour l'homme que de trouver au plus tôt un être à qui déléguer ce don de la liberté que le malheureux apporte en naissant. Mais pour disposer de la liberté des hommes, il faut leur donner la paix de la conscience. Le pain te garantissait le succès ; l'homme s'incline devant qui le donne, car c'est une chose incontestée, mais qu'un autre se rende maître de la conscience humaine, il laissera là même ton pain pour suivre celui qui captive sa conscience. En cela tu avais raison, car le secret de l'existence humaine consiste, non pas seulement à vivre, mais encore à trouver un motif de vivre. Sans une idée nette du but de l'existence, l'homme préfère y renoncer et fût-il entouré de monceaux de pain, il se détruira plutôt que de demeurer sur terre. Mais qu'est-il advenu ? Au lieu de t'emparer de la liberté humaine, tu l'as encore étendue ? As-tu donc oublié que l'homme préfère la paix et même la mort à la liberté de discerner le bien et le mal ? Il n'y a rien de plus séduisant pour l'homme que le libre arbitre, mais aussi rien de plus douloureux. Et au lieu de principes solides qui eussent tranquillisé pour toujours la conscience humaine, tu as choisi des notions vagues, étranges, énigmatiques, tout ce qui dépasse la force des hommes, et par là tu as agi comme si tu ne les aimais pas, toi, qui étais venu donner ta vie pour eux ! Tu as accru la liberté humaine au lieu de la confisquer et tu as ainsi imposé pour toujours à l'être moral les affres de cette liberté. Tu voulais être librement aimé, volontairement suivi par les hommes charmés. Au lieu de la dure loi ancienne, l'homme devait désormais, d'un cœur libre, discerner le bien et le mal, n'ayant pour se guider que ton image, mais ne prévoyais-tu pas qu'il repousserait enfin et contesterait même ton image et ta vérité, étant accablé sous ce fardeau terrible : la liberté de choisir ? Ils s'écrieront enfin que la vérité n'était pas en toi, autrement tu ne les aurais pas laissés dans une incertitude aussi angoissante avec tant de soucis et de problèmes insolubles. Tu as ainsi préparé la ruine de ton royaume ; n'accuse donc personne de cette ruine. Cependant, était-ce là ce qu'on te proposait ? Il y a trois forces, les seules qui puissent subjuguer à jamais la conscience de ces faibles révoltés, ce sont : le miracle, le mytère, l'autorité ! Tu les as repoussées toutes trois, donnant ainsi un exemple. L'Esprit terrible et profond t'avait transporté sur le pinacle du Temple et t'avait dit : « Veux-tu savoir si tu es le fils de Dieu ? Jette-toi en bas, car il est écrit que les anges le soutiendront et le porteront, il ne se fera aucune blessure, tu sauras alors si tu es le Fils de Dieu et tu prouveras ainsi ta foi en ton Père[1]. » Mais tu as repoussé cette proposition, tu ne t'es pas précipité. Tu montras alors une fierté sublime, divine, mais les hommes, race faible et révoltée, ne sont pas des dieux ! Tu savais qu'en faisant un pas, un geste pour te précipiter, tu aurais tenté le Seigneur et perdu la foi en lui. Tu te serais brisé sur cette terre que tu venais sauver, à la grande joie du tentateur. Mais y en a-t-il beaucoup comme toi ? Peux-tu admettre un instant que les hommes auraient la force d'endurer une semblable tentation ? Est-ce le propre de la nature humaine de repousser le miracle, et dans les moments graves de la vie, devant les questions capitales et doulou-reuses, de s'en tenir à la libre décision du cœur ? Oh ! tu savais que ta fermeté serait relatée dans les Écritures, traverserait les âges, atteindrait les régions les plus lointaines, et tu espérais que, suivant ton exemple, l'homme se contente-rait de Dieu, sans recourir au miracle. Mais tu ignorais que l'homme repousse Dieu en même temps que le miracle, car c'est surtout le miracle qu'il cherche. Et comme il ne saurait s'en passer, il s'en forge de nouveaux, les siens propres, il s'inclinera devant les prodiges d'un magicien, les sortilèges d'une sorcière, fût-il même un révolté, un hérétique, un impie avéré. Tu n'es pas descendu de la croix, quand on se moquait de toi et qu'on te criait, par dérision : « Descends de la croix, et nous croirons en toi. » Tu ne l'as pas fait, car de nouveau tu n'as pas voulu asservir l'homme par un miracle ; tu désirais une foi qui fût libre et non point inspirée par le merveilleux. Il te fallait un libre amour, et non les serviles transports d'un esclave terrifié. Là encore, tu te faisais une trop haute idée des hommes, car ce sont des esclaves, bien qu'ils aient été créés rebelles. Vois et juge, après quinze siècles révolus ; qui as-tu élevé jusqu'à toi ? Je le jure, l'homme est plus faible et plus vil que tu ne pensais. Peut-il, peut-il accomplir la même chose que toi ? La grande estime que tu avais pour lui a fait tort à la pitié. Tu as trop exigé de lui, toi pourtant qui l'aimais plus que toi-même ! En l'estimant moins, tu lui aurais imposé un fardeau plus léger, plus en rapport avec ton amour. Il est faible et lâche. Qu'importe qu'à présent il s'insurge partout contre notre autorité et soit fier de sa révolte ? C'est la fierté de jeunes écoliers mutinés qui ont chassé leur maître. Mais l'allégresse des gamins prendra fin et leur coûtera cher. Ils renverseront les temples et inonderont la terre de sang ; mais ils s'apercevront enfin, ces enfants stupides, qu'ils ne sont que de faibles mutins, incapables de se révolter longtemps. Ils verseront de sottes larmes et comprendront que le créateur, en les faisant rebelles, a voulu se moquer d'eux, assurément. Ils le crieront avec désespoir et ce blasphème les rendra encore plus malheureux, car la nature humaine ne supporte pas le blasphème et finit toujours par en tirer vengeance. Ainsi, l'inquiétude, le trouble, le malheur, tel est le partage des hommes, après les souffrances que tu as endurées pour leur liberté ! Ton éminent prophète dit, dans sa vision symbolique, qu'il a vu tous les participants à la première résurrection et qu'il y en avait douze mille pour chaque tribu [1]. Pour être si nombreux, ce devait être plus que des hommes, presque des dieux. Ils ont supporté ta croix et l'existence dans le désert, se nourrissant de sauterelles et de racines ; certes, tu peux être fier de ces enfants de la liberté, du libre amour, de leur sublime sacrifice en ton nom. Mais rappelle-toi, ils n'étaient que quelques milliers, et presque des dieux ; mais le reste ? Est-ce leur faute, aux autres, aux faibles humains, s'ils n'ont pu supporter ce qu'endurent les forts ? L'âme faible est-elle coupable de ne pouvoir contenir des dons si terribles ? N'es-tu vraiment venu que pour les élus ? Alors, c'est un mystère, incompréhensible pour nous, et nous aurions le droit de le prêcher aux hommes, d'enseigner que ce n'est pas la libre décision des cœurs ni l'amour qui importent, mais le mystère, auquel ils doivent se soumettre aveuglément, même contre le gré de leur conscience. C'est ce que nous avons fait. Nous avons corrigé ton œuvre en la fondant sur le *miracle*, le *mystère*, l'*autorité*. Et les hommes se sont réjouis d'être de nouveau menés comme un troupeau et délivrés de ce don funeste qui leur causait de tels tourments. Avions-nous raison d'agir ainsi, dis-moi ? N'était-ce pas aimer l'humanité que de comprendre sa faiblesse, d'alléger son fardeau avec amour, de tolérer même le péché à sa faible nature, pourvu que ce fût avec notre permission ? Pourquoi donc venir entraver notre œuvre ? Pourquoi gardes-tu le silence en me fixant de ton regard tendre et pénétrant ? Fâche-toi plutôt, je ne veux pas de ton amour, car moi-même je ne t'aime pas. Pourquoi le dissimulerais-je ? Je sais à qui je parle, tu connais ce que j'ai à te dire, je le vois dans tes yeux. Est-ce à moi à te cacher notre secret ? Peut-être veux-tu l'entendre de ma bouche, le voici. Nous ne sommes pas avec toi, mais avec *lui*, depuis longtemps déjà. Il y a juste huit siècles que nous avons reçu de *lui* ce dernier don que tu repoussas avec indignation, lorsqu'*il* te montrait tous les royaumes de la terre ; nous avons accepté Rome et le glaive de César, et nous nous sommes déclarés les seuls rois de la terre, bien que jusqu'à présent nous n'ayons pas encore eu le temps de parachever notre œuvre. Mais à qui la faute ? Oh ! l'affaire n'est qu'au début, elle est loin d'être terminée, et la terre aura encore beaucoup à souffrir, mais nous atteindrons notre but, nous serons César, alors nous songerons au bonheur universel.

» Cependant, tu aurais pu alors prendre le glaive de César. Pourquoi as-tu repoussé ce dernier don ? En suivant ce troisième conseil du puissant Esprit, tu réalisais tout ce que les hommes cherchent sur la terre : un maître devant qui s'incliner, un gardien de leur conscience et le moyen de s'unir finalement dans la concorde en une commune fourmilière, car le besoin de l'union universelle est le troisième et dernier tourment de la race humaine. L'humanité a toujours tendu dans son ensemble à s'organiser sur une base universelle. Il y a eu de grands peuples à l'histoire glorieuse, mais à mesure qu'ils se sont élevés, ils ont souffert davantage, éprouvant plus fortement que les autres le besoin de l'union universelle. Les grands conquérants, les Tamerlan et les Gengis-Khan, qui ont parcouru la terre comme un ouragan, incarnaient, eux aussi, sans en avoir conscience, cette aspiration des peuples vers l'unité. En acceptant la pourpre de César, tu aurais fondé l'empire universel et donné la paix au monde. En effet, qui est qualifié pour dominer les hommes, sinon ceux qui dominent leur conscience et disposent de leur pain ? Nous avons pris le glaive de César et, ce faisant, nous t'avons abandonné pour *le* suivre. Oh ! il s'écoulera encore des siècles de licence intellectuelle, de vaine science et d'anthropophagie, car c'est par là qu'ils finiront, après avoir édifié leur tour de Babel sans nous. Mais alors la bête viendra vers nous en rampant, léchera nos pieds, les arrosera de larmes de sang. Et nous monterons sur elle, nous élèverons en l'air une coupe où sera gravé le mot : « Mystère ! » Alors seulement la paix et le bonheur régneront sur les hommes. Tu es fier de tes élus, mais ce n'est qu'une élite, tandis que nous donnerons le repos à tous. D'ailleurs, parmi ces forts destinés à devenir des élus, combien se sont lassés enfin de t'attendre, combien ont porté et porteront encore autre part les forces de leur esprit et l'ardeur de leur cœur, combien finiront par s'insurger contre toi au nom de la *liberté !* Mais c'est toi qui la leur auras donnée. Nous rendrons tous les hommes heureux, les révoltes et les massacres inséparables de ta liberté cesseront. Oh ! nous les persuaderons qu'ils ne seront vraiment libres qu'en abdiquant leur liberté en notre faveur. Eh bien, dirons-nous la vérité ou mentirons-nous ? Ils se convaincront eux-mêmes que nous disons vrai, car ils se rappelleront dans quelle servitude, dans quel trouble les avait plongés ta liberté. L'indépendance, la libre pensée, la science les auront égarés dans un tel labyrinthe, mis en présence de tels prodiges, de telles énigmes, que les uns, rebelles furieux, se détruiront eux-mêmes, les autres, rebelles, mais faibles, foule lâche et misérable, se traîneront à nos pieds en criant : « Oui, vous aviez raison, vous seuls possédiez son secret et nous revenons à vous ; sauvez-nous de nous-mêmes ! » Sans doute, en recevant de nous les pains, ils verront bien que nous prenons les leurs, gagnés par leur propre travail, pour les distribuer, sans aucun miracle ; ils verront bien que nous n'avons pas changé les pierres en pain, mais ce qui leur fera plus de plaisir que le pain lui-même, ce sera de le recevoir de nos mains ! Car ils se souviendront que jadis le pain même, fruit de leur travail, se changeait en pierre dans leurs mains, tandis que, lorsqu'ils revinrent à nous, les pierres se muèrent en pain. Ils comprendront la valeur de la soumission définitive. Et tant que les hommes ne l'auront pas comprise, ils seront malheureux. Qui a le plus contribué à cette incompréhension, dis-moi ? Qui a divisé le troupeau et l'a dispersé sur des routes inconnues ? Mais le troupeau se reformera, il rentrera dans l'obéissance et ce sera pour toujours. Alors nous leur donnerons un bonheur doux et humble, un bonheur adapté à de faibles créatures comme eux. Nous les persuaderons, enfin, de ne pas s'enorgueillir, car c'est toi, en les élevant, qui le leur as enseigné ; nous leur prouverons qu'ils sont débiles, qu'ils sont de pitoyables enfants, mais que le bonheur puéril est le plus délectable. Ils deviendront timides, ne nous perdront pas de vue et se serreront contre nous avec effroi, comme une tendre couvée sous l'aile de la mère. Ils éprouveront une surprise craintive et se montreront fiers de cette énergie, de cette intelligence qui nous auront permis de dompter la foule innombrable des rebelles. Notre courroux les fera trembler, la timidité les envahira, leurs yeux deviendront larmoyants comme ceux des enfants et des femmes ; mais, sur un signe de nous, ils passeront aussi facilement au rire et à la gaieté, à la joie radieuse des enfants. Certes, nous les astreindrons au travail, mais aux heures de loisir nous organiserons leur vie comme un jeu d'enfant, avec des chants, des chœurs, des danses innocentes. Oh ! nous leur permettrons même de pécher, car ils sont faibles, et à cause de cela, ils nous aimeront comme des enfants. Nous leur dirons que tout péché sera racheté, s'il est commis avec notre permission ; c'est par amour que nous leur permettrons de pécher et nous en prendrons la peine sur nous. Ils nous chériront comme des bienfaiteurs qui se chargent de leurs péchés devant Dieu. Ils n'auront nuls secrets pour nous. Suivant leur degré d'obéissance, nous leur permettrons ou leur défendrons de vivre avec leurs femmes ou leurs maîtresses, d'avoir des enfants ou de n'en pas avoir, et ils nous écouteront avec joie. Ils nous soumettront les secrets les plus pénibles de leur conscience, nous résoudrons tous les cas et ils accepteront notre décision avec allégresse, car elle leur épargnera le grave souci de choisir eux-mêmes librement. Et tous seront heureux, des millions de créatures, sauf une centaine de mille, leurs directeurs, sauf nous, les dépositaires du secret. Les heureux se compteront par milliards et il y aura cent mille martyrs chargés de la connaissance maudite du bien et du mal. Ils mourront paisiblement, ils s'éteindront doucement en ton nom, et dans l'au-delà ils ne trouveront que la mort. Mais nous garderons le secret ; nous les bercerons, pour leur bonheur, d'une récompense éternelle dans le ciel. Car s'il y avait une autre vie, ce ne serait certes pas pour des êtres comme eux. On prophétise que tu reviendras pour vaincre de nouveau, entouré de tes élus, puissants et fiers ; nous dirons qu'ils n'ont sauvé qu'eux-mêmes, tandis que nous avons sauvé tout le monde. On prétend que la fornicatrice, montée sur la bête et tenant dans ses mains la *coupe du mystère*, sera déshonorée, que les faibles se révolteront de noûveau, déchireront sa pourpre et dévoileront son corps « impur [1] ». Je me lèverai alors et je te montrerai les milliards d'heureux qui n'ont pas connu le péché. Et nous, qui nous serons chargés de leurs fautes, pour leur bonheur, nous nous dresserons devant toi, en disant : « Je ne te crains point ; moi aussi, j'ai été au désert, j'ai vécu de sauterelles et de racines ; moi aussi j'ai béni la liberté dont tu gratifias les hommes, et je me préparais à figurer parmi tes élus, les puissants et les forts en brûlant de « compléter le nombre ». Mais je me suis ressaisi et n'ai pas voulu servir une cause insensée. Je suis revenu me joindre à ceux qui ont *corrigé ton œuvre*. J'ai quitté les fiers, je suis revenu aux humbles, pour faire leur bonheur. Ce que je te dis s'accomplira et notre empire s'édifiera. Je te le répète, demain, sur un signe de moi, tu verras ce troupeau docile apporter des charbons ardents au bûcher où tu monteras, pour être venu entraver notre œuvre. Car si quelqu'un a mérité plus que tous le bûcher, c'est toi. Demain, je te brûlerai. *Dixi.* »

Ivan s'arrêta. Il s'était exalté en discourant ; quand il eut terminé, un sourire apparut sur ses lèvres.

Aliocha avait écouté en silence, avec une émotion extrême. A plusieurs reprises il avait voulu interrompre son frère, mais s'était contenu.

« Mais... c'est absurde ! s'écria-t-il en rougissant. Ton poème est un éloge de Jésus, et non un blâme... comme tu le voulais. Qui croira ce que tu dis de la liberté ? Est-ce ainsi qu'il faut la comprendre ? Est-ce la conception de l'Église orthodoxe ?... C'est Rome, et encore pas tout entière, ce sont les pires éléments du catholicisme, les inquisiteurs, les Jésuites !... Il n'existe pas de personnage fantastique, comme ton inquisiteur. Quels sont ces péchés d'autrui dont on prend la charge ? Quels sont ces détenteurs du mystère, qui se

chargent de l'anathème pour le bonheur de l'humanité ?
Quand a-t-on vu cela ? Nous connaissons les Jésuites, on dit
d'eux beaucoup de mal, mais sont-ils pareils aux tiens ?
Nullement !... C'est simplement l'armée romaine, l'instrument de la future domination universelle, avec un empereur,
le pontife romain, à sa tête... Voilà leur idéal, il n'y a là aucun
mystère, aucune tristesse sublime... la soif de régner, la
vulgaire convoitise des vils biens terrestres... une sorte de
servage futur où ils deviendraient propriétaires fonciers...
voilà tout. Peut-être même ne croient-ils pas en Dieu. Ton
inquisiteur n'est qu'une fiction.

— Arrête, arrête ! dit en riant Ivan. Comme tu
t'échauffes ! Une fiction, dis-tu ? Soit, évidemment. Néanmoins, crois-tu vraiment que tout le mouvement catholique
des derniers siècles ne soit inspiré que par la soif du pouvoir,
qu'il n'ait en vue que les seuls biens terrestres ? N'est-ce pas
le Père Païsius qui t'enseigne cela ?

— Non, non, au contraire. Le Père Païsius a bien parlé
une fois dans ton sens... mais ce n'était pas du tout la même
chose.

— Ah, ah, voilà un précieux renseignement, malgré ton
« pas du tout la même chose » ! Mais pourquoi les Jésuites et
les inquisiteurs se seraient-ils unis seulement en vue du
bonheur terrestre ? Ne peut-on rencontrer parmi eux un
martyr, qui soit en proie à une noble souffrance et qui aime
l'humanité ? Suppose que parmi ces êtres assoiffés uniquement des biens matériels, il s'en trouve un seul comme mon
vieil inquisiteur, qui a vécu de racines dans le désert et s'est
acharné à vaincre ses sens pour se rendre libre, pour atteindre
la perfection ; pourtant il a toujours aimé l'humanité. Tout à
coup il voit clair, il se rend compte que c'est un bonheur
médiocre de parvenir à la liberté parfaite, quand des millions
de créatures demeurent toujours disgraciées, trop faibles
pour user de leur liberté, que ces révoltés débiles ne pourront
jamais achever leur tour, et que ce n'est pas pour de telles

oies que le grand idéaliste a rêvé son harmonie. Après avoir
compris tout cela, mon inquisiteur retourne en arrière et... se
rallie aux gens d'esprit. Est-ce donc impossible ?

— A qui se rallier, à quels gens d'esprit ? s'écria Aliocha
presque fâché. Ils n'ont pas d'esprit, ne détiennent ni
mystères ni secrets... L'athéisme, voilà leur secret. Ton
inquisiteur ne croit pas en Dieu.

— Eh bien, quand cela serait ? Tu as deviné, enfin. C'est
bien cela, voilà tout le secret, mais n'est-ce pas une souffrance, au moins pour un homme comme lui qui a sacrifié sa
vie à son idéal dans le désert et n'a pas cessé d'aimer
l'humanité ? Au déclin de ses jours il se convainc clairement
que seuls les conseils du grand et terrible Esprit pourraient
rendre supportable l'existence des révoltés débiles, « ces
êtres avortés, créés par dérision ». Il comprend qu'il faut
écouter l'Esprit profond, cet Esprit de mort et de ruine, et
pour ce faire, admettre le mensonge et la fraude, mener
sciemment les hommes à la mort et à la ruine, en les trompant
durant toute la route, pour leur cacher où on les mène, et
pour que ces pitoyables aveugles aient l'illusion du bonheur.
Note ceci : la fraude au nom de Celui auquel le vieillard a cru
ardemment durant toute sa vie ! N'est-ce pas un malheur ? Et
s'il se trouve, ne fût-ce qu'un seul être pareil, à la tête de cette
armée « avide du pouvoir en vue des seuls biens vils », cela
ne suffit-il pas à susciter une tragédie ? Bien plus, il suffit
d'un seul chef pareil pour incarner la véritable idée directrice
du catholicisme romain, avec ses armées et ses jésuites, l'idée
supérieure. Je te le déclare, je suis persuadé que ce type
unique n'a jamais manqué parmi ceux qui sont à la tête du
mouvement. Qui sait, il y en a peut-être eu quelques-uns
parmi les pontifes romains ? Qui sait ? Peut-être que ce
maudit vieillard, qui aime si obstinément l'humanité, à sa
façon, existe encore maintenant en plusieurs exemplaires, et
cela non par l'effet du hasard, mais sous la forme d'une
entente, d'une ligue secrète, organisée depuis longtemps

pour garder le mystère, le dérober aux malheureux et aux faibles, pour les rendre heureux. Il doit sûrement en être ainsi, c'est fatal. J'imagine même que les francs-maçons ont un mystère analogue à la base de leur doctrine, et c'est pourquoi les catholiques haïssent tant les francs-maçons ; ils voient en eux une concurrence, la diffusion de l'idée unique, alors qu'il doit y avoir un seul troupeau sous un seul pasteur. D'ailleurs, en défendant ma pensée, j'ai l'air d'un auteur qui ne supporte pas ta critique. Assez là-dessus.

— Tu es peut-être toi-même un franc-maçon, laissa échapper soudain Aliocha. Tu ne crois pas en Dieu, ajouta-t-il avec une profonde tristesse. Il lui avait semblé, en outre, que son frère le regardait d'un air railleur. Comment finit ton poème ? reprit-il, les yeux baissés. Est-ce là tout ?

— Non, voilà comment je voulais le terminer : L'inquisiteur se tait, il attend un moment la réponse du Prisonnier. Son silence lui pèse. Le Captif l'a écouté tout le temps en le fixant de son pénétrant et calme regard, visiblement décidé à ne pas lui répondre. Le vieillard voudrait qu'il lui dît quelque chose, fût-ce des paroles amères et terribles. Tout à coup, le Prisonnier s'approche en silence du nonagénaire et baise ses lèvres exsangues. C'est toute la réponse. Le vieillard tressaille, ses lèvres remuent ; il va à la porte, l'ouvre et dit : « Va-t'en et ne reviens plus... plus jamais ! » Et il le laisse aller dans les ténèbres de la ville. Le Prisonnier s'en va.

— Et le vieillard ?

— Le baiser lui brûle le cœur, mais il persiste dans son idée.

— Et tu es avec lui, toi aussi ! s'écria amèrement Aliocha.

— Quelle absurdité, Aliocha ! Ce n'est qu'un poème dénué de sens, l'œuvre d'un blanc-bec d'étudiant qui n'a jamais fait de vers. Penses-tu que je veuille me joindre aux Jésuites, à ceux qui ont corrigé son œuvre ? Eh, Seigneur, que m'importe ! je te l'ai déjà dit ; que j'atteigne mes trente ans et puis je briserai ma coupe.

— Et les tendres pousses, les tombes chères, le ciel bleu, la femme aimée ? Comment vivras-tu, quel sera ton amour pour eux ? s'exclama Aliocha avec douleur. Peut-on vivre avec tant d'enfer au cœur et dans la tête ? Oui, tu les rejoindras ; sinon, tu te suicideras, à bout de forces.

— Il y a en moi une force qui résiste à tout ! déclara Ivan avec un froid sourire.

— Laquelle ?

— Celle des Karamazov... la force qu'ils empruntent à leur bassesse.

— Et qui consiste, n'est-ce pas, à se plonger dans la corruption, à pervertir son âme ?

— Cela se pourrait aussi... Peut-être y échapperai-je jusqu'à trente ans, et puis...

— Comment pourras-tu y échapper ? C'est impossible, avec tes idées.

— De nouveau en Karamazov !

— C'est-à-dire que « tout est permis » n'est-ce pas ? »

Ivan fronça le sourcil et pâlit étrangement.

« Ah, tu as saisi au vol ce mot, hier, qui a tant offensé Mioussov... et que Dmitri a répété si naïvement. Soit, « tout est permis » du moment qu'on l'a dit. Je ne me rétracte pas. D'ailleurs, Mitia a assez bien formulé la chose. »

Aliocha le considérait en silence.

« A la veille de partir, frère, je pensais n'avoir que toi au monde ; mais je vois maintenant, mon cher ermite, que, même dans ton cœur, il n'y a plus de place pour moi. Comme je ne renierai pas cette formule que « tout est permis », alors c'est toi qui me renieras, n'est-ce pas ? »

Aliocha vint à lui et le baisa doucement sur les lèvres.

« C'est un plagiat ! s'écria Ivan, soudain exalté, tu as emprunté cela à mon poème. Je te remercie pourtant. Il est temps de partir, Aliocha, pour toi comme pour moi. »

Ils sortirent. Sur le perron, ils s'arrêtèrent.

« Écoute, Aliocha, prononça Ivan d'un ton ferme, si je

puis encore aimer les pousses printanières, ce sera grâce à ton souvenir. Il me suffira de savoir que tu es ici, quelque part, pour reprendre goût à la vie. Es-tu content ? Si tu veux, prends ceci pour une déclaration d'amour. A présent, allons chacun de notre côté. En voilà assez, tu m'entends. C'est-à-dire que si je ne partais pas demain (ce n'est guère probable) et que nous nous rencontrions de nouveau, plus un mot sur ces questions. Je te le demande formellement. Et quant à Dmitri, je te prie aussi de ne plus jamais me parler de lui. Le sujet est épuisé, n'est-ce pas ? En échange, je te promets, vers trente ans, lorsque je voudrai « jeter ma coupe », de revenir causer encore avec toi, où que tu sois, et fussé-je en Amérique. Cela m'intéressera beaucoup alors de voir ce que tu seras devenu. Voilà une promesse solennelle : nous nous disons adieu pour dix ans, peut-être. Va retrouver ton *Pater seraphicus*, il se meurt ; s'il succombait en ton absence, tu m'en voudrais de t'avoir retenu. Adieu ; embrasse-moi encore une fois ; et maintenant, va-t'en... »

Ivan s'éloigna et suivit son chemin sans se retourner. C'est ainsi que Dmitri était parti la veille, dans de tout autres conditions, il est vrai. Cette remarque bizarre traversa comme une flèche l'esprit attristé d'Aliocha. Il demeura quelques instants à suivre son frère du regard. Tout à coup, il remarqua, pour la première fois, qu'Ivan se dandinait en marchant et qu'il avait, vu de dos, l'épaule droite plus basse que l'autre. Mais soudain Aliocha fit volte-face et se dirigea presque en courant vers le monastère. La nuit tombait, un pressentiment indéfinissable l'envahissait. Comme la veille, le vent s'éleva, et les pins centenaires bruissaient lugubrement quand il entra dans le bois de l'ermitage. Il courait presque. « *Pater seraphicus*, où a-t-il pris ce nom[1] ? Ivan, pauvre Ivan, quand te reverrai-je... Voici l'ermitage, Seigneur ! Oui, c'est lui, le *Pater seraphicus*, qui me sauvera... de lui pour toujours ! »

Plusieurs fois dans la suite, il s'étonna d'avoir pu, après le départ d'Ivan, oublier si totalement Dmitri, qu'il s'était promis, le matin même, de rechercher et de découvrir, dût-il passer la nuit hors du monastère.

VI

OÙ L'OBSCURITÉ RÈGNE ENCORE

De son côté, après avoir quitté Aliocha, Ivan Fiodorovitch se rendit chez son père. Chose étrange, il éprouva tout à coup une anxiété intolérable, qui grandissait à mesure qu'il approchait de la maison. Ce n'était pas la sensation qui l'étonnait, mais l'impossibilité de la définir. Il connaissait l'anxiété par expérience et n'était pas surpris de la ressentir au moment où, après avoir rompu avec tout ce qui le retenait en ces lieux, il allait s'engager dans une voie nouvelle et inconnue, toujours aussi solitaire, plein d'espoir sans objet, de confiance excessive dans la vie, mais incapable de préciser son attente et ses espérances. Mais, en cet instant, bien qu'il appréhendât l'inconnu, ce n'était point ce qui le tourmentait. « Ne serait-ce pas le dégoût de la maison paternelle ? » pensait-il.

« On le dirait vraiment, tant elle me répugne, bien que j'en franchisse aujourd'hui le seuil pour la dernière fois... Mais non, ce n'est pas ça. Ce sont peut-être les adieux avec Aliocha, après notre entretien. Je me suis tu si longtemps, sans daigner parler, et voilà que j'accumule tant d'absurdités. » En réalité, ce pouvait être le dépit de l'inexpérience et de la vanité juvéniles, dépit de n'avoir pas révélé sa pensée, surtout avec un être tel qu'Aliocha, dont il attendait certainement beaucoup dans son for intérieur. Sans doute, ce dépit existait, c'était fatal, mais il y avait autre chose. « Être anxieux jusqu'à la nausée et ne pouvoir préciser ce que je veux. Ne pas penser, peut-être... »

Ivan Fiodorovitch essaya de « ne pas penser », mais rien n'y fit. Ce qui l'irritait surtout, c'est que cette anxiété avait une cause fortuite, extérieure, il le sentait. Un être ou un objet l'obsédait vaguement, de même qu'on a parfois devant les yeux, sans s'en rendre compte, durant un travail ou une conversation animée, quelque chose qui vous irrite jusqu'à la souffrance, jusqu'à ce que l'idée vous vienne enfin d'écarter l'objet fâcheux, souvent une bagatelle : une chose qui n'est pas en place, un mouchoir tombé à terre, un livre non rangé, etc. Ivan, de fort méchante humeur, arriva à la maison paternelle ; à quinze pas de la porte il leva les yeux et devina tout d'un coup le motif de son trouble.

Assis sur un banc, près de la porte cochère, le valet Smerdiakov prenait le frais. Au premier regard Ivan comprit que ce Smerdiakov lui pesait et que son âme ne pouvait le supporter. Ce fut comme un trait de lumière. Tantôt, tandis qu'Aliocha lui racontait sa rencontre avec Smerdiakov, il avait ressenti une morne répulsion, et, par contrecoup, de l'animosité. Ensuite, durant la conversation, il n'y songea plus, mais, dès qu'il se retrouva seul, la sensation oubliée émergea de l'inconscient. « Est-il possible que ce misérable m'inquiète à ce point ? » pensait-il exaspéré.

En effet, depuis peu, surtout les derniers jours, Ivan Fiodorovitch avait pris cet homme en aversion. Lui-même avait fini par remarquer cette antipathie grandissante. Ce qui l'aggravait peut-être, c'est qu'au début de son séjour parmi nous, Ivan Fiodorovitch éprouvait pour Smerdiakov une sorte de sympathie. Il l'avait trouvé d'abord très original, et conversait habituellement avec lui, tout en le jugeant un peu borné ou plutôt inquiet, et sans comprendre ce qui pouvait bien tourmenter constamment « ce contemplateur ». Ils s'entretenaient aussi de questions philosophiques, se demandant même pourquoi la lumière luisait le premier jour, alors que le soleil, la lune et les étoiles n'avaient été créés que le quatrième, et cherchant une solution à ce problème. Mais

bientôt Ivan Fiodorovitch se convainquit que Smerdiakov
s'intéressait médiocrement aux astres et qu'il lui fallait autre
chose. Il manifestait un amour-propre excessif et offensé.
Cela déplut fort à Ivan et engendra son aversion. Plus tard
survinrent des incidents fâcheux, l'apparition de Grouchen-
gnka, les démêlés de Dmitri avec son père ; il y eut des tracas.
Bien que Smerdiakov en parlât toujours avec agitation, on ne
pouvait jamais savoir ce qu'il désirait pour lui-même. Certains de ses désirs, quand il les formulait involontairement,
frappaient par leur incohérence. C'étaient constamment des
questions, des allusions qu'il n'expliquait pas, s'interrompant ou parlant d'autre chose au moment le plus animé.
Mais, ce qui exaspérait Ivan et avait achevé de lui rendre
Smerdiakov antipathique, c'était la familiarité choquante que
celui-ci lui témoignait de plus en plus. Non qu'il fût impoli,
au contraire ; mais Smerdiakov en était venu, Dieu sait
pourquoi, à se croire solidaire d'Ivan Fiodorovitch, s'exprimait toujours comme s'il existait entre eux une entente
secrète connue d'eux seuls et incompréhensible à leur
entourage. Ivan Fiodorovitch fut longtemps à comprendre la
cause de sa répulsion croissante, et ne s'en était rendu compte
que tout dernièrement. Il voulait passer irrité et dédaigneux
sans rien dire à Smerdiakov, mais celui-ci se leva et ce geste
révéla à Ivan Fiodorovitch son désir de lui parler en
particulier. Il le regarda et s'arrêta, et le fait d'agir ainsi, au
lieu de passer outre comme il en avait l'intention, le
bouleversa. Il considérait avec colère et répulsion cette figure
d'eunuque, aux cheveux ramenés sur les tempes, avec une
mèche qui se dressait. L'œil gauche clignait malicieusement,
comme pour lui dire : « Tu ne passeras pas, tu vois bien que
nous autres, gens d'esprit, nous avons à causer. » Ivan
Fiodorovitch en frémit.

 « Arrière, misérable ! Qu'y a-t-il de commun entre nous,
imbécile ! » voulut-il s'écrier ; mais au lieu de cette algarade
et à son grand étonnement, il proféra tout autre chose :

« Mon père dort-il encore ? » demanda-t-il d'un ton résigné et, sans y penser, il s'assit sur le banc.

Un instant, il eut presque peur, il se le rappela après coup. Smerdiakov, debout devant lui, les mains derrière le dos, le regardait avec assurance, presque avec sérénité.

« Il repose encore, dit-il sans se presser. (C'est lui qui m'a adressé le premier la parole !) Vous m'étonnez, monsieur, ajouta-t-il après un silence, les yeux baissés avec affectation, en jouant du bout de sa bottine vernie, le pied droit en avant.

— Qu'est-ce qui t'étonne ? demanda sèchement Ivan Fiodorovitch, s'efforçant de se contenir, mais écœuré de ressentir une vive curiosité, qu'il voulait satisfaire à tout prix.

— Pourquoi n'allez-vous pas à Tchermachnia ? demanda Smerdiakov avec un sourire familier. « Tu dois comprendre mon sourire si tu es un homme d'esprit », semblait dire son œil gauche.

— Qu'irais-je faire à Tchermachnia ? » s'étonna Ivan Fiodorovitch.

Il y eut un silence.

« Fiodor Pavlovitch vous en a instamment prié, dit-il enfin, sans se presser, comme s'il n'attachait aucune importance à sa réponse : Je t'indique un motif de troisième ordre, uniquement pour dire quelque chose.

— Eh diable ! parle plus clairement. Que veux-tu ? » s'écria Ivan Fiodorovitch que la colère rendait grossier.

Smerdiakov ramena son pied droit vers la gauche, se redressa, toujours avec le même sourire flegmatique.

« Rien de sérieux... C'était pour dire quelque chose. »

Nouveau silence. Ivan Fiodorovitch comprenait qu'il aurait dû se lever, se fâcher ; Smerdiakov se tenait devant lui et semblait attendre : « Voyons, te fâcheras-tu ou non ? » Il en avait du moins l'impression. Enfin il fit un mouvement pour se lever. Smerdiakov saisit l'instant.

« Une terrible situation que la mienne, Ivan Fiodorovitch ;

je ne sais comment me tirer d'affaire » dit-il d'un ton ferme ;
après quoi il soupira. Ivan se rassit.

« Tous deux ont perdu la tête, on dirait des enfants. Je
parle de votre père et de votre frère Dmitri Fiodorovitch.
Tout à l'heure, Fiodor Pavlovith va se lever et me demander
à chaque instant jusqu'à minuit et même après : « Pourquoi
n'est-elle pas venue ? » Si Agraféna Alexandrovna ne vient
pas (je crois qu'elle n'en a pas du tout l'intention), il s'en
prendra encore à moi demain matin : Pourquoi n'est-elle pas
venue ? Quand viendra-t-elle ? » Comme si c'était ma faute !
De l'autre côté, c'est la même histoire ; à la nuit tombante,
parfois avant, votre frère survient, armé : « Prends garde,
coquin, gâte-sauce, si tu la laisses passer sans me prévenir, je
te tuerai le premier ! » Le matin, il me tourmente comme
Fiodor Pavlovitch, si bien que je parais aussi responsable
devant lui de ce que sa dame n'est pas venue. Leur colère
grandit tous les jours, au point que je songe parfois à m'ôter
la vie, tellement j'ai peur. Je n'attends rien de bon.

— Pourquoi t'es-tu mêlé de cela ? Pourquoi es-tu devenu
l'espion de Dmitri ?

— Comment faire autrement ? D'ailleurs, je ne me suis
mêlé de rien, si vous voulez le savoir. Au début je me taisais,
n'osant répliquer. Il a fait de moi son serviteur. Depuis ce sont
des menaces continuelles : « Je te tuerai, coquin, si tu la laisses
passer. » Je suis sûr, monsieur, d'avoir demain une longue crise.

— Quelle crise ?

— Mais une longue crise. Elle durera plusieurs heures, un
jour ou deux, peut-être. Une fois, elle a duré trois jours, où je
suis resté sans connaissance. J'étais tombé du grenier. Fiodor
Pavlovitch envoya chercher Herzenstube, qui prescrivit de la
glace sur le crâne, puis un autre remède. J'ai failli mourir.

— Mais on dit qu'il est impossible de prévoir les crises
d'épilepsie. D'où peux-tu savoir que ce sera demain ?
demanda Ivan Fiodorovitch avec une curiosité où il entrait de
la colère.

— C'est vrai.

— De plus, tu étais tombé du grenier cette fois-là.

— Je peux en tomber demain, car j'y monte tous les jours. Si ce n'est pas au grenier, je tomberai à la cave. J'y descends aussi chaque jour. »

Ivan le considéra longuement.

« Tu manigances quelque chose que je ne comprends pas bien, fit-il à voix basse, mais d'un air menaçant. N'as-tu pas l'intention de simuler une crise pour trois jours ?

— Si je pouvais simuler — ce n'est qu'un jeu quand on en a l'expérience — j'aurais pleinement le droit de recourir à ce moyen pour sauver ma vie, car lorsque je suis dans cet état, même si Agraféna Alexandrovna venait, votre frère ne pourrait pas demander des comptes à un malade. Il aurait honte.

— Eh diable ! s'écria Ivan Fiodorovitch, les traits contractés par la colère, qu'as-tu à craindre toujours pour ta vie ? Les menaces de Dmitri sont les propos d'un homme furibond, rien de plus. Il tuera quelqu'un, mais pas toi.

— Il me tuerait comme une mouche, moi le premier. Je crains davantage de passer pour son complice, s'il attaquait follement son père.

— Pourquoi t'accuserait-on de complicité ?

— Parce que je lui ai révélé en secret... les signaux.

— Quels signaux ? Que le diable t'emporte ! Parle clairement.

— Je dois avouer, traîna Smerdiakov d'un air doctoral, que nous avons un secret, Fiodor Pavlovitch et moi. Vous savez sans doute que depuis quelques jours il se verrouille sitôt la nuit venue. Ces temps, vous rentrez de bonne heure, vous montez tout de suite chez vous ; même vous n'êtes pas sorti du tout ; aussi vous ignorez peut-être avec quel soin il se barricade. Si Grigori Vassiliévitch venait, il ne lui ouvrirait qu'en reconnaissant sa voix. Mais Grigori Vassiliévitch ne vient pas, parce que maintenant je suis seul à son service dans ses appartements — il en a décidé ainsi depuis cette intrigue avec Agraféna Alexandrovna ; d'après ses instructions je passe la nuit dans le pavillon ; jusqu'à minuit je dois monter la garde, surveiller la cour au cas où elle viendrait ; depuis quelques jours l'attente le rend fou. Il raisonne ainsi : on dit qu'elle a peur de lui (de Dmitri Fiodorovitch, s'entend), donc elle viendra la nuit par la cour ; guette-la jusqu'à minuit passé. Dès qu'elle sera là, cours frapper à la porte ou à la fenêtre dans le jardin, deux fois doucement, comme ça, puis trois fois plus vite, toc, toc, toc. Alors je comprendrai que c'est elle et t'ouvrirai doucement la porte. Il m'a donné un autre signal pour les cas extraordinaires, d'abord deux coups vite, toc toc, puis, après un intervalle, une fois fort. Il comprendra qu'il y a du nouveau et m'ouvrira, je ferai mon rapport. Cela au cas où l'on viendrait de la part d'Agraféna Alexandrovna, ou si Dmitri Fiodorovitch survenait, afin de signaler son approche. Il a très peur de lui et même s'il était enfermé avec sa belle et que l'autre arrive, je suis tenu de l'en informer immédiatement, en frappant trois fois. Le premier signal, cinq coups, veut donc dire : « Agraféna Alexandrovna est arrivée » ; le second trois coups, signifie « Affaire urgente ». Il m'en a fait la démonstration plusieurs fois. Et comme personne au monde ne connaît ces signes, excepté lui et moi, il m'ouvrira sans hésiter ni appeler (il craint fort de faire du bruit). Or, Dmitri Fiodorovitch est au courant de ces signaux.

— Pourquoi ? C'est toi qui les as transmis ? Comment as-tu osé ?

— J'avais peur. Pouvais-je garder le secret ? Dmitri Fiodorovitch insistait chaque jour : « Tu me trompes, tu me caches quelque chose ! Je te romprai les jambes. » J'ai parlé pour lui prouver ma soumission et le persuader que je ne le trompe pas, bien au contraire.

— Eh bien, si tu penses qu'il veut entrer au moyen de ce signal, empêche-le !

— Et si j'ai ma crise, comment l'en empêcherai-je, en admettant que je l'ose ? Il est si violent !

— Que le diable t'emporte ! pourquoi es-tu si sûr d'avoir une crise demain ? Tu te moques de moi !

— Je ne me le permettrais pas ; d'ailleurs, ce n'est pas le moment de rire. Je pressens que j'aurai une crise, rien que la peur la provoquera.

— Si tu es couché, c'est Grigori qui veillera. Préviens-le, il l'empêchera d'entrer.

— Je n'ose pas révéler les signaux à Grigori Vassiliévitch sans la permission de Monsieur. D'ailleurs, Grigori Vassiliévitch est souffrant depuis hier et Marthe Ignatièvna se prépare à le soigner. C'est fort curieux : elle connaît et tient en réserve une infusion très forte, faite avec une certaine herbe, c'est un secret. Trois fois par an, elle donne ce remède à Grigori Vassiliévitch, quand il a son lumbago et qu'il est comme paralysé. Elle prend une serviette imbibée de cette liqueur et lui en frotte le dos une demi-heure, jusqu'à ce qu'il ait la peau rougie et même enflée. Puis elle lui donne à boire le reste du flacon, en récitant une prière. Elle en prend elle-même un peu. Tous deux, n'ayant pas l'habitude de boire, tombent sur place et s'endorment d'un profond sommeil qui dure longtemps. Au réveil, Grigori Vassiliévitch est presque toujours guéri, tandis que sa femme a la migraine. De sorte que si demain Marthe Ignatièvna met son projet à exécution, ils n'entendront guère Dmitri Fiodorovitch et le laisseront entrer. Ils dormiront.

— Tu radotes. Tout s'arrangera comme exprès : toi tu auras ta crise, les autres seront endormis. C'est à croire que tu as des intentions..., s'exclama Ivan Fiodorovitch en fronçant le sourcil.

— Comment pourrais-je arranger tout cela... et à quoi bon, alors que tout dépend uniquement de Dmitri Fiodorovitch ?... S'il veut agir, il agira, sinon je n'irai pas le chercher pour le pousser chez son père.

— Mais pourquoi viendrait-il, et en cachette encore, si Agraféna Alexandrovna ne vient pas, comme tu le dis toi-même, poursuivit Ivan Fiodorovitch pâle de colère. Moi aussi, j'ai toujours pensé que c'était une fantaisie du vieux, que jamais cette créature ne viendrait chez lui. Pourquoi donc Dmitri forcerait-il la porte ? Parle, je veux connaître ta pensée.

— Vous savez vous-même pourquoi il viendra, que vous importe ce que je pense ? Il viendra par animosité ou par défiance, si je suis malade, par exemple ; il aura des doutes et voudra explorer lui-même l'appartement, comme hier soir, voir si elle ne serait pas entrée à son insu. Il sait aussi que Fiodor Pavlovitch a préparé une grande enveloppe contenant trois mille roubles, scellée de trois cachets et nouée d'un ruban. Il a écrit de sa propre main : « Pour mon ange, Grouchegnka, si elle veut venir. » Trois jours après, il a ajouté : « Pour ma poulette. »

— Quelle absurdité ! s'écria Ivan Fiodorovitch hors de lui. Dmitri n'ira pas voler de l'argent et tuer son père en même temps. Hier, il aurait pu le tuer comme un fou furieux à cause de Grouchegnka, mais il n'ira pas voler.

— Il a un extrême besoin d'argent, Ivan Fiodorovitch. Vous ne pouvez même pas vous en faire une idée, expliqua Smerdiakov avec un grand calme et très nettement. D'ailleurs, il estime que ces trois mille roubles lui appartiennent et m'a déclaré : « Mon père me redoit juste trois mille roubles. » De plus, Ivan Fiodorovitch, considérez ceci : il est presque sûr qu'Agraféna Alexandrovna, si elle le veut bien, obligera Fiodor Pavlovitch à l'épouser. Je dis comme ça qu'elle ne viendra pas, mais peut-être voudra-t-elle davantage, c'est-à-dire devenir une dame. Je sais que son amant, le marchand Samsonov, lui a dit franchement que ce ne serait pas une mauvaise affaire. Elle-même n'est pas sotte ; elle n'a aucune raison d'épouser un gueux comme Dmitri Fiodorovitch. Dans ce cas, Ivan Fiodorovitch, vous pensez bien que ni vous ni vos frères n'hériterez de votre père, pas un rouble, car si Agraféna Alexandrovna l'épouse, c'est pour mettre tout à son nom. Que votre père meure maintenant, vous recevrez chacun quarante mille roubles, même Dmitri Fiodorovitch qu'il déteste tant, car son testament n'est pas encore fait... Dmitri Fiodorovitch est au courant de tout cela... »

Les traits d'Ivan se contractèrent. Il rougit.

« Pourquoi donc, interrompit-il brusquement, me conseillais-tu de partir à Tchermachnia ? Qu'entendais-tu par là ? Après mon départ, il arrivera ici quelque chose. »

Il haletait.

« Tout juste, dit posément Smerdiakov, tout en fixant Ivan Fiodorovitch.

— Comment, tout juste ? répéta Ivan Fiodorovitch, tâchant de se contenir, le regard menaçant.

— J'ai dit cela par pitié pour vous. A votre place, je lâcherais tout... pour m'écarter d'une mauvaise affaire », répliqua Smerdiakov d'un air dégagé.

Tous deux se turent.

« Tu m'as l'air d'un fameux imbécile... et d'un parfait gredin ! »

Ivan Fiodorovitch se leva d'un bond. Il voulait franchir la petite porte, mais s'arrêta et revint vers Smerdiakov. Alors il se passa quelque chose d'étrange : Ivan Fiodorovitch se mordit les lèvres, serra les poings et faillit se jeter sur Smerdiakov. L'autre s'en aperçut à temps, frissonna, se rejeta en arrière. Mais rien de fâcheux n'arriva et Ivan Fiodorovitch, silencieux et perplexe, se dirigea vers la porte.

« Je pars demain pour Moscou, si tu veux le savoir, demain matin, voilà tout ! cria-t-il hargneusement, surpris après coup d'avoir pu dire cela à Smerdiakov.

— C'est parfait, répliqua l'autre, comme s'il s'y attendait. Seulement, on pourrait vous télégraphier à Moscou, s'il arrivait quelque chose. »

Ivan Fiodorovitch se retourna de nouveau, mais un

changement subit s'était opéré en Smerdiakov. Sa familiarité nonchalante avait disparu ; tout son visage exprimait une attention et une attente extrêmes, bien que timides et serviles. « N'ajouteras-tu rien ? » lisait-on dans son regard fixé sur Ivan Fiodorovitch.

« Est-ce qu'on ne me rappellerait pas aussi de Tchermachnia, s'il arrivait quelque chose ? s'écria Ivan Fiodorovitch, élevant la voix sans savoir pourquoi.

— A Tchermachnia aussi on vous avisera..., murmura Smerdiakov à voix basse, sans cesser de regarder Ivan dans les yeux.

— Seulement Moscou est loin, Tchermachnia est près ; regrettes-tu les frais du voyage, que tu insistes pour Tchermachnia, ou me plains-tu d'avoir à faire un grand détour ?

— Tout juste », murmura Smerdiakov, d'une voix mal assurée et avec un sourire vil, s'apprêtant de nouveau à bondir en arrière.

Mais, à sa grande surprise, Ivan Fiodorovitch éclata de rire. La porte passée, il riait encore. Qui l'eût observé en cet instant n'aurait pas attribué ce rire à la gaieté. Lui-même n'aurait pu expliquer ce qu'il éprouvait. Il marchait machinalement.

VII

IL Y A PLAISIR À CAUSER
AVEC UN HOMME D'ESPRIT

Il parlait de même. Rencontrant Fiodor Pavlovitch au salon, il lui cria en gesticulant : « Je monte chez moi, je n'entre pas chez vous... au revoir ! » Et il passa en évitant de regarder son père. Sans doute, son dégoût pour le vieux l'emporta en cet instant, mais cette animosité manifestée avec un tel sans-gêne surprit Fiodor Pavlovitch lui-même. Il avait évidemment quelque chose de pressé à dire à son fils et était venu à sa rencontre dans cette intention ; à ce gracieux accueil, il se tut et le suivit d'un regard ironique jusqu'à ce qu'il eût disparu.

« Qu'a-t-il donc ? demanda-t-il à Smerdiakov qui survenait.

— Il est fâché, Dieu sait pourquoi, répondit évasivement Smerdiakov.

— Au diable sa bouderie ! Dépêche-toi de donner le samovar et va-t'en. Rien de nouveau ? »

Ce furent alors les questions dont Smerdiakov venait de se plaindre à Ivan Fiodorovitch, concernant la visiteuse attendue, et nous les passons sous silence. Une demi-heure après, la maison était close, et le vieux toqué se mit à marcher de long en large, le cœur palpitant, attendant le signal convenu. Parfois, il regardait les fenêtres sombres, mais il ne voyait que la nuit.

Il était déjà fort tard et Ivan Fiodorovitch ne dormait pas. Il méditait et ne se coucha qu'à deux heures. Nous n'exposerons pas le cours de ses pensées ; le moment n'est pas venu d'entrer dans cette âme ; elle aura son tour. La tâche sera d'ailleurs malaisée, car ce n'étaient pas des pensées qui le harcelaient mais une sorte d'agitation vague. Lui-même sentait qu'il perdait pied. Des désirs étranges le tourmentaient : ainsi, après minuit, il éprouva une envie irrésistible de descendre, d'ouvrir la porte et d'aller dans le pavillon rosser Smerdiakov, mais si on lui avait demandé pourquoi, il n'aurait pas pu indiquer un seul motif, sauf peut-être que ce faquin lui était devenu odieux, comme le pire offenseur qui existât. D'autre part, une timidité inexplicable, humiliante, l'envahit à plusieurs reprises, paralysant ses forces physiques. La tête lui tournait. Une sensation de haine l'aiguillonnait, un désir de se venger de quelqu'un. Il haïssait même Aliocha, en se rappelant leur récente conversation, et, par instants, il se détestait lui-même. Il avait oublié Catherine

Ivanovna et s'en étonna par la suite, se rappelant que la veille, lorsqu'il se vantait devant elle de partir le lendemain pour Moscou, il se disait à lui-même : « C'est absurde, tu ne partiras pas, et tu ne rompras pas si facilement, fanfaron ! » Longtemps après, Ivan Fiodorovitch se souvint avec répulsion que cette nuit-là il allait doucement, comme s'il craignait d'être aperçu, ouvrir la porte, sortait sur le palier et écoutait son père aller et venir au rez-de-chaussée ; il écoutait longtemps, avec une bizarre curiosité, retenant son souffle et le cœur battant ; lui-même ignorait pourquoi il agissait ainsi. Toute sa vie il traita ce « procédé » d' « indigne », le considérant au fond de son âme comme le plus vil qu'il eût à se reprocher. Il n'éprouvait alors aucune haine pour Fiodor Pavlovitch, mais seulement une curiosité intense ; que pouvait-il bien faire en bas ? Il le voyait regardant les fenêtres sombres, s'arrêtant soudain au milieu de la chambre pour écouter si l'on ne frappait pas. Deux fois, Ivan Fiodorovitch sortit ainsi sur le palier. Vers deux heures, quand tout fut calme, il se coucha, avide de sommeil, car il se sentait exténué. En vérité, il s'endormit profondément, sans rêves, et quand il se réveilla, il faisait déjà jour. En ouvrant les yeux, il fut surpris de se sentir une énergie extraordinaire, se leva, s'habilla rapidement, et se mit à faire sa malle. Justement, la blanchisseuse lui avait rapporté son linge et il souriait en pensant que rien ne s'opposait à son brusque départ. Il était brusque, en effet. Bien qu'Ivan Fiodorovitch eût déclaré la veille à Catherine Ivanovna, à Aliocha, à Smerdiakov, qu'il partait le lendemain pour Moscou, il se rappelait qu'en se mettant au lit il ne pensait pas à partir ; du moins il ne se doutait pas qu'en se réveillant il commencerait par faire sa malle. Enfin, elle fut prête, ainsi que son sac de voyage ; il était déjà neuf heures lorsque Marthe Ignatièvna vint lui demander comme d'habitude : « Prendrez-vous le thé chez vous, ou descendrez-vous ? » Il descendit presque gai, bien que ses paroles et ses gestes trahissent une certaine agitation.

Il salua affablement son père, s'informa même de sa santé, mais sans attendre sa réponse, lui déclara qu'il partait dans une heure pour Moscou, et pria qu'on commandât des chevaux. Le vieillard l'écouta sans le moindre étonnement, négligea même de prendre par convenance un air affligé ; en revanche, il se trémoussa, se rappelant fort à propos une affaire importante pour lui.

« Ah ! comme tu es bizarre ! Tu ne m'as rien dit hier. N'importe, il n'est pas trop tard. Fais-moi un grand plaisir, mon cher, passe par Tchermachnia. Tu n'as qu'à tourner à gauche à la station de Volovia, une douzaine de verstes au plus, et tu y es.

— Excusez, je ne puis ; il y a quatre-vingts verstes jusqu'à la station, le train de Moscou part à sept heures du soir, j'ai juste le temps.

— Tu as bien le temps de regagner Moscou ; aujourd'hui va à Tchermachnia. Qu'est-ce que ça te coûte de tranquilliser ton père ? Si je n'étais pas occupé, j'y serais allé moi-même depuis longtemps, car l'affaire est urgente, mais... ce n'est pas le moment de m'absenter... Vois-tu, je possède des bois, en deux lots, à Béguitchev et à Diatchkino, dans les landes. Les Maslov, père et fils, des marchands, n'offrent que huit mille roubles pour la coupe ; l'année dernière, il s'est présenté un acheteur, il en donnait douze mille, mais il n'est pas d'ici, note bien. Car il n'y a pas preneur chez les gens d'ici. Les Maslov, qui ont des centaines de mille roubles, font la loi : il faut accepter leurs conditions, personne n'ose enchérir sur eux. Or, le Père Ilinski m'a signalé, jeudi dernier, l'arrivée de Gorstkine, un autre marchand ; je le connais, il a l'avantage de n'être pas d'ici, mais de Pogrébov, il ne craint donc pas les Maslov. Il offre onze mille roubles, tu m'entends ? Il ne restera là-bas qu'une semaine au plus, m'écrit le pope. Tu irais négocier l'affaire avec lui...

— Écrivez donc au pope, il s'en chargera.

— Il ne saura pas, voilà le hic. Ce pope n'y entend rien. Il

vaut son pesant d'or, je lui confierais vingt mille roubles sans
reçu, mais il n'a pas de flair, on dirait un enfant. Pourtant
c'est un érudit, figure-toi. Ce Gorstkine a l'air d'un croquant,
il porte une blouse bleue, mais c'est un parfait coquin ; et par
malheur, il ment, et parfois à tel point qu'on se demande
pourquoi. Une fois, il a raconté que sa femme était morte et
qu'il s'était remarié ; il n'y avait pas un mot de vrai ; sa
femme est toujours là et le bat régulièrement. Il s'agit donc,
maintenant, de savoir s'il est vraiment preneur à onze mille
roubles.

— Mais, moi non plus, je n'entends rien à ces sortes
d'affaires.

— Attends, tu t'en tireras, je vais te donner son signale-
ment, à ce Gorstkine, il y a longtemps que je suis en relations
d'affaires avec lui. Vois-tu, il faut regarder sa barbe, qu'il a
rousse et vilaine. Quand elle s'agite et que lui-même se fâche
en parlant, ça va bien, il dit la vérité et veut conclure ; mais
s'il caresse sa barbe de la main gauche en souriant, c'est qu'il
veut vous rouler, il triche. Inutile de regarder ses yeux, c'est
de l'eau trouble ; regarde sa barbe. Son vrai nom n'est pas
Gorstkine, mais Liagavi ; seulement, ne l'appelle pas Liagavi, il s'offenserait [1]. Si tu vois que l'affaire s'arrange, écris-
moi un mot. Maintiens le prix de onze mille roubles, tu peux
baisser de mille, mais pas davantage. Pense donc, huit et
onze, cela fait trois mille de différence. C'est pour moi de
l'argent trouvé, et j'en ai extrêmement besoin. Si tu m'an-
nonces que c'est sérieux, je trouverai bien le temps d'y aller
et de terminer. A quoi bon me déplacer maintenant, si le
pope se trompe ? Eh bien ! iras-tu ou non ?

— Eh ! je n'ai pas le temps, dispensez-moi.

— Rends ce service à ton père, je m'en souviendrai. Vous
êtes tous des sans-cœur. Qu'est-ce pour toi qu'un jour ou
deux ? Où vas-tu maintenant, à Venise ? Elle ne va pas
s'écrouler, ta Venise. J'aurais bien envoyé Aliocha, mais est-
ce qu'il s'y connaît ? Tandis que toi, tu es malin, je le vois

bien. Tu n'es pas marchand de bois, mais tu as des yeux. Il s'agit de voir si cet homme parle sérieusement ou non. Je le répète, regarde sa barbe : si elle remue, c'est sérieux.

— Alors, vous me poussez vous-même à cette maudite Tchermachnia », s'écria Ivan avec un mauvais sourire.

Fiodor Pavlovitch ne remarqua pas ou ne voulut pas remarquer la méchanceté et ne retint que le sourire.

« Ainsi, tu y vas, tu y vas ? Je vais te donner un billet.

— Je ne sais pas, je déciderai cela en route.

— Pourquoi en route, décide maintenant. L'affaire réglée, écris-moi deux lignes, remets-les au pope, qui me fera parvenir ton billet. Après quoi, tu seras libre de partir pour Venise. Le pope te conduira en voiture à la station de Volovia. »

Le vieillard exultait ; il écrivit un mot, on envoya chercher une voiture, on servit un petit déjeuner, du cognac. La joie le rendait ordinairement expansif, mais cette fois il semblait se contenir. Pas un mot au sujet de Dmitri. Nullement affecté par la séparation, il ne trouvait rien à dire. Ivan Fiodorovitch en fut frappé : « Je l'ennuyais », pensait-il. En accompagnant son fils, le vieux s'agita comme s'il voulait l'embrasser. Mais Ivan Fiodorovitch s'empressa de lui tendre la main, visiblement désireux d'éviter le baiser. Il comprit aussitôt et s'arrêta.

« Dieu te garde, répéta-t-il du perron. Tu reviendras bien une fois ? Cela me fera toujours plaisir de te voir. Que le Christ soit avec toi ! »

Ivan Fiodorovitch monta dans le *tarantass*[1].

« Adieu, Ivan, ne m'en veuille pas ! » lui cria une dernière fois son père.

Les domestiques, Smerdiakov, Marthe, Grigori, étaient venus lui faire leurs adieux. Ivan leur donna à chacun dix roubles. Smerdiakov accourut pour arranger le tapis.

« Tu vois, je vais à Tchermachnia... laissa tout à coup échapper Ivan comme malgré lui et avec un rire nerveux. Il se le rappela longtemps ensuite.

— C'est donc vrai, ce qu'on dit : il y a plaisir à causer avec un homme d'esprit », répliqua Smerdiakov avec un regard pénétrant.

Le *tarantass* partit au galop. Le voyageur était préoccupé, mais il regardait avidement les champs, les coteaux, une bande d'oies sauvages qui volaient haut dans le ciel clair. Tout à coup, il éprouva une sensation de bien-être. Il essaya de causer avec le voiturier et s'intéressa fort à une réponse du moujik ; mais bientôt il se rendit compte que son esprit était ailleurs. Il se tut, respirant avec délices l'air pur et frais. Le souvenir d'Aliocha et de Catherine Ivanovna lui traversa l'esprit ; il sourit doucement, souffla sur ces chers fantômes, et ils s'évanouirent. « Plus tard ! » pensa-t-il. On atteignit vivement le relais, on remplaça les chevaux pour se diriger sur Volovia. « Pourquoi y a-t-il plaisir à causer avec un homme d'esprit, qu'entendait-il par là ? se demanda-t-il soudain. Pourquoi lui ai-je dit que j'allais à Tchermachnia ? »

Arrivé à la station de Volovia, Ivan descendit, les voituriers l'entourèrent ; il fit le prix pour Tchermachnia, douze verstes par un chemin vicinal. Il ordonna d'atteler, entra dans le local, regarda la préposée, ressortit sur le perron.

« Je ne vais pas à Tchermachnia. Ai-je le temps, les gars, d'arriver à sept heures à la gare ?

— A votre service. Faut-il atteler ?

— A l'instant même. Est-ce que l'un de vous va demain à la ville ?

— Oui. Dmitri y va.

— Pourrais-tu, Dmitri, me rendre un service ? Va chez mon père, Fiodor Pavlovitch Karamazov, et dis-lui que je ne suis pas allé à Tchermachnia.

— Pourquoi pas ? Nous connaissons Fiodor Pavlovitch depuis longtemps.

— Tiens, voici un pourboire, car il ne faut pas compter sur lui... dit gaiement Ivan Fiodorovitch.

— C'est bien vrai, fit Dmitri en riant. Merci, monsieur, je ferai votre commission... »

A sept heures du soir, Ivan monta dans le train de Moscou. « Arrière tout le passé ! C'est fini pour toujours. Que je n'en entende plus parler ! Vers un nouveau monde, vers de nouvelles terres, sans regarder en arrière ! » Mais soudain son âme s'assombrit et une tristesse telle qu'il n'en avait jamais ressenti lui étreignit le cœur. Il médita toute la nuit. Le matin seulement, en arrivant à Moscou, il se ressaisit.

« Je suis un misérable ! » se dit-il.

Après le départ de son fils, Fiodor Pavlovitch se sentit le cœur léger. Pendant deux heures, il fut presque heureux, le cognac aidant, lorsque survint un incident fâcheux qui le consterna : Smerdiakov, en se rendant à la cave, dégringola de la première marche de l'escalier. Marthe Ignatièvna, qui se trouvait dans la cour, ne vit pas la chute, mais entendit son cri, le cri bizarre de l'épileptique en proie à une crise, elle le connaissait bien. Avait-il eu une attaque en descendant les marches qui l'avait fait rouler jusqu'en bas sans connaissance, ou bien était-ce la chute et la commotion qui l'avaient provoquée, on n'en savait rien. Toujours est-il qu'on le trouva au fond de la cave, se tordant dans d'horribles convulsions, l'écume aux lèvres. D'abord on crut qu'il s'était contusionné, fracturé un membre, mais « le Seigneur l'avait préservé », suivant l'expression de Marthe Ignatièvna. Il était indemne ; pourtant ce fut toute une affaire de le remonter. On y parvint avec l'aide des voisins. Fiodor Pavlovitch, qui assistait à l'opération, donna un coup de main. Il était bouleversé. Le malade demeurait sans connaissance : la crise, qui avait cessé, recommença ; on en conclut que les choses se passeraient comme l'année précédente, lorsqu'il était tombé du grenier. On lui avait alors mis de la glace sur le crâne ; il en restait dans la cave que Marthe Ignatièvna utilisa. Vers le soir, Fiodor Pavlovitch envoya chercher le docteur Herzenstube, qui arriva aussitôt. Après avoir examiné attentivement le malade (c'était le médecin le plus méticuleux du gouvernement, un petit vieux respectable), il conclut que c'était une crise extraordinaire, « pouvant amener des complications » ; que, pour le moment, il ne comprenait pas bien, mais que, le lendemain matin, si les remèdes prescrits n'avaient pas agi, il tenterait un autre traitement. On coucha le malade dans le pavillon, dans une petite chambre attenante à celle de Grigori. Ensuite, Fiodor Pavlovitch n'eut que des désagréments. Le potage préparé par Marthe Ignatièvna était de « l'eau de vaisselle » à côté de l'ordinaire ; la poule, desséchée, immangeable. Aux amers reproches, d'ailleurs justifiés, de son maître, la bonne femme répliqua que c'était une vieille poule et qu'elle-même n'était pas cuisinière de profession. Dans la soirée, autre tracas. Fiodor Pavlovitch apprit que Grigori, souffrant depuis l'avant-veille, s'était alité, en proie au lumbago. Il se hâta de prendre le thé et s'enferma, extrêmement agité. C'était ce soir qu'il attendait, presque à coup sûr, la visite de Grouchegnka ; du moins Smerdiakov lui avait assuré le matin même qu' « elle avait promis de venir ». Le cœur de l'incorrigible vieillard battait violemment ; il allait et venait dans les chambres vides en prêtant l'oreille. Il fallait être aux aguets : peut-être Dmitri l'épiait-il aux alentours, et dès qu'elle frapperait à la fenêtre (Smerdiakov affirmait qu'elle connaissait le signal), il faudrait lui ouvrir aussitôt, ne pas la retenir dans le vestibule, de peur qu'elle ne s'effrayât et ne prît la fuite. Fiodor Pavlovitch était tracassé, mais jamais plus douce espérance n'avait bercé son cœur : il était presque sûr que cette fois-ci *elle* viendrait.

LIVRE VI

UN RELIGIEUX RUSSE

I

LE « STARETS » ZOSIME ET SES HÔTES

Lorsque Aliocha entra, anxieux, dans la cellule du *starets*, sa surprise fut grande. Il craignait de le trouver moribond, peut-être sans connaissance, et l'aperçut assis dans un fauteuil, affaibli, mais l'air gai, dispos, entouré de visiteurs avec lesquels il s'entretenait paisiblement. Le vieillard s'était levé un quart d'heure au plus avant l'arrivée d'Aliocha ; les visiteurs rassemblés dans la cellule attendaient son réveil, sur la ferme assurance du Père Païsius que « le maître se lèverait certainement pour s'entretenir encore une fois avec ceux qu'il aimait, comme il l'avait promis le matin ». Le Père Païsius croyait fermement à cette promesse, comme à tout ce que disait le moine, au point que s'il l'avait vu sans connaissance et même sans souffle, il aurait douté de la mort et se fût attendu à ce qu'il revînt à lui pour tenir parole. Le matin même, le *starets* Zosime lui avait dit, en allant se reposer : « Je ne mourrai pas sans m'entretenir encore une fois avec vous, mes bien-aimés ; je verrai vos chers visages, je m'épancherai pour la dernière fois. » Ceux qui s'étaient rassemblés pour cet ultime entretien étaient les meilleurs amis du *starets* depuis de longues années. On en comptait quatre : les Pères

Joseph, Païsius et Michel, ce dernier supérieur de l'ascétère, homme d'un certain âge, bien moins savant que les autres, de condition modeste, mais d'esprit ferme, à la fois solide et candide, l'air rude, mais au cœur tendre, bien qu'il dissimulât pudiquement cette tendresse. Le quatrième était un vieux moine simple, fils de pauvres paysans, le frère Anthyme, fort peu instruit, taciturne et doux, le plus humble entre les humbles, paraissant toujours sous l'impression d'une grande frayeur qui l'aurait accablé. Cet homme craintif était fort aimé du *starets* Zosime qui eut toute sa vie beaucoup d'estime pour lui, bien qu'ils n'échangeassent que de rares paroles. Pourtant ils avaient parcouru ensemble la sainte Russie durant des années. Cela remontait à quarante ans, aux débuts de l'apostolat du *starets* ; peu après son entrée dans un monastère pauvre et obscur de la province de Kostroma, il avait accompagné le frère Anthyme dans ses quêtes au profit dudit monastère. Les hôtes se tenaient dans la chambre à coucher du *starets*, fort exiguë, comme on l'a déjà dit, de sorte qu'il y avait juste place pour eux quatre assis autour de son fauteuil, le novice Porphyre restant debout. Il faisait déjà sombre, la chambre était éclairée par les veilleuses et les cierges allumés devant les icônes. A la vue d'Aliocha, s'arrêtant embarrassé sur le seuil, le *starets* eut un sourire joyeux et lui tendit la main :

« Bonjour, mon doux ami, te voilà. Je savais que tu viendrais. »

Aliocha s'approcha, s'inclina jusqu'à terre et se prit à pleurer. Il éprouvait un serrement de cœur, son âme frémissait, des sanglots l'oppressaient.

« Attends encore pour me pleurer, dit le *starets* en le bénissant ; tu vois, je cause, tranquillement assis ; peut-être vivrai-je encore vingt ans, comme me l'a souhaité hier cette brave femme de Vychegorié, avec sa fillette Élisabeth. Seigneur, souviens-toi d'elles ! (et il se signa). Porphyre, as-tu porté son offrande là où je t'ai dit ? »

Il s'agissait des soixante kopeks donnés avec joie par cette femme, pour les remettre « à une plus pauvre qu'elle ». De telles offrandes sont une pénitence qu'on s'impose volontairement ; elles doivent provenir du travail personnel de leur auteur. Le *starets* avait envoyé Porphyre chez une pauvre veuve, réduite à la mendicité avec ses enfants, après un incendie. Le novice répondit aussitôt qu'il avait fait le nécessaire et remis ce don, suivant l'ordre reçu, « de la part d'une bienfaitrice inconnue ».

« Lève-toi, mon bien cher, poursuivit le *starets*, que je te regarde. As-tu fait visite à ta famille, as-tu vu ton frère ? »

Il parut étrange à Aliocha qu'il le questionnât expressément au sujet d'un de ses frères, mais lequel ? c'était donc pour ce frère, peut-être, qu'il l'avait par deux fois envoyé en ville.

« J'ai vu l'un d'eux, répondit-il.

— Je veux parler de l'aîné, devant qui je me suis prosterné.

— Je l'ai vu hier, mais il m'a été impossible de le rencontrer aujourd'hui, dit Aliocha.

— Dépêche-toi de le trouver ; retourne demain, toute affaire cessante. Il se peut que tu aies le temps de prévenir un affreux malheur. Hier, je me suis incliné devant sa profonde souffrance future. »

Il se tut soudain, l'air pensif. Ces paroles étaient étranges. Le Père Joseph, témoin de la scène de la veille, échangea un regard avec le Père Païsius. Aliocha n'y tint plus.

« Mon père et mon maître, fit-il, en proie à une grande agitation, vos paroles manquent de clarté. Quelle souffrance l'attend ?

— Ne sois pas curieux. Hier, j'ai eu une impression terrible ; il m'a semblé lire toute sa destinée. Il a eu un regard... qui m'a fait frémir en songeant au sort que cet homme se préparait. Une fois ou deux dans ma vie, j'ai vu chez certaines personnes une expression de ce genre, qui paraissait révéler leur destinée, et celle-ci s'est accomplie, hélas ! Je t'ai envoyé auprès de lui, Alexéi, dans l'idée que ta présence fraternelle le soulagerait. Mais tout vient du Seigneur, et nos destinées dépendent de lui. *Si le grain de blé tombé en terre ne meurt pas, il demeure seul, mais s'il meurt, il porte beaucoup de fruit*[1]. Souviens-t'en. Quant à toi, Alexéi, je t'ai souvent béni en pensée à cause de ton visage, sache-le, proféra le *starets* avec un doux sourire. Voici mon idée à ton sujet : tu quitteras ces murs, tu séjourneras dans le monde comme un religieux. Tu auras de nombreux adversaires, mais tes ennemis eux-mêmes t'aimeront. La vie t'apportera beaucoup de malheurs, mais dans l'infortune tu trouveras la félicité, tu béniras la vie et tu obligeras les autres à la bénir, ce qui est l'essentiel. Mes Pères, continua-t-il avec un aimable sourire à l'adresse de ses hôtes, je n'ai jamais dit jusqu'à présent, même à ce jeune homme, pourquoi son visage était si cher à mon âme. Il fut pour moi comme un souvenir et comme un présage. A l'aurore de la vie, j'avais un frère aîné qui mourut sous mes yeux, âgé de dix-sept ans à peine. Par la suite, au cours des années, je me suis convaincu peu à peu que ce frère fut dans ma destinée comme une indication, un décret de la Providence, car sans lui, bien sûr, je ne me serais pas fait religieux, je ne me serais pas engagé dans cette voie précieuse. Cette première manifestation se produisit dans mon enfance, et au terme de ma carrière j'en ai sous les yeux comme la répétition. Le miracle, mes Pères, c'est que, sans lui ressembler beaucoup de visage, Alexéi me parut tellement semblable à lui spirituellement que je l'ai souvent considéré comme mon jeune frère, venu me retrouver à la fin de ma route, en souvenir du passé, si bien que je me suis même étonné de cette étrange illusion. Tu entends, Porphyre, poursuivit-il, en se tournant vers le novice attaché à son service, je t'ai souvent vu chagriné de ce que je te préférais Aliocha. Tu en connais maintenant la raison, mais je t'aime, sache-le, et ton chagrin m'a souvent peiné. Je veux vous parler, mes chers hôtes, de mon jeune frère, car il ne s'est rien passé dans ma vie de plus significatif ni de plus touchant. J'ai le cœur attendri, et toute mon existence m'apparaît en cet instant comme si je la revivais... »

Je dois remarquer que ce dernier entretien du *starets* avec ses visiteurs le jour de sa mort fut conservé en partie par écrit. Ce fut Alexéi Fiodorovitch Karamazov qui le rédigea de mémoire quelque temps après. Est-ce une reproduction intégrale ou bien fit-il des emprunts à d'autres entretiens avec son maître, je ne saurais le dire. D'ailleurs, dans ce manuscrit, le discours du *starets* est pour ainsi dire ininterrompu, comme s'il faisait un récit de sa vie destiné à ses amis, alors que certainement, d'après ce qu'on raconta ensuite, ce fut un entretien général, auquel les hôtes prirent part en y mêlant leurs propres souvenirs. Aussi bien, ce récit ne pouvait être ininterrompu, car le *starets* suffoquait parfois, perdait la voix, s'étendait sur son lit pour se reposer, tout en demeurant éveillé, les visiteurs restant à leur place. Deux fois le Père Païsius lut l'Évangile dans l'intervalle. Chose curieuse, personne ne s'attendait à ce qu'il mourût au cours de la nuit ; en effet, après avoir dormi profondément dans la journée, il avait comme puisé en lui-même une force nouvelle, qui le soutint durant ce long entretien avec ses amis. Mais cette animation incroyable, due à l'émotion, fut brève, car il s'éteignit brusquement... J'ai préféré, sans entrer dans les détails, me borner au récit du *starets*, d'après le manuscrit d'Alexéi Fiodorovitch Karamazov. Il sera plus court et moins fatigant, bien que, je le répète, Aliocha ait fait de nombreux emprunts à des entretiens antérieurs.

II

BIOGRAPHIE DU « STARETS » ZOSIME, MORT EN DIEU, RÉDIGÉE D'APRÈS SES PAROLES PAR ALEXÉI FIODOROVITCH KARAMAZOV

a) *Le jeune frère du* starets *Zosime.*

« Mes chers Pères, je naquis dans une lointaine province du Nord, à V..., d'un père noble, mais de condition modeste. Il mourut quand j'avais deux ans et je ne me le rappelle pas du tout. Il laissa à ma mère une maison en bois et un capital suffisant pour vivre avec les enfants à l'abri du besoin. Nous étions deux : mon frère aîné Marcel et moi, Zénob. De huit ans plus âgé que moi, Marcel était emporté, irascible, mais bon, sans malice, et étrangement taciturne, surtout à la maison, avec notre mère, les domestiques et moi. Au collège, c'était un bon élève ; il ne se liait pas avec ses camarades, mais ne se querellait pas non plus avec eux, aux dires de ma mère. Six mois avant sa fin, à dix-sept ans révolus, il se mit à fréquenter un déporté, exilé de Moscou dans notre ville pour ses idées libérales. C'était un savant et un philosophe fort estimé dans le monde universitaire. Il se prit d'affection pour Marcel qu'il recevait chez lui. Durant tout l'hiver, le jeune homme passa des soirées entières en sa compagnie, jusqu'au moment où le déporté fut rappelé à Pétersbourg pour occuper un poste officiel, sur sa propre demande, car il avait des protecteurs. Survint le carême et Marcel refusa de jeûner, se répandit en moqueries : « Ce sont des absurdités, Dieu n'existe pas » — ce qui faisait frémir notre mère, les domestiques et moi aussi, car bien que je n'eusse que neuf ans, de tels propos me terrifiaient. Nous avions quatre domestiques, tous serfs, achetés à un propriétaire foncier de nos connaissances. Je me souviens que ma mère vendit pour soixante roubles assignats l'un des quatre, la cuisinière Euphémie, boiteuse et âgée, et engagea à sa place une servante de condition libre. La semaine de la Passion, mon frère se sentit subitement plus mal ; de faible constitution, sujet à la tuberculose, il était de taille moyenne, mince et débile, le visage distingué. Il prit froid et bientôt le médecin dit tout bas à ma mère que c'était la phtisie galopante et que Marcel ne passerait pas le printemps. Notre mère se mit à pleurer, à prier mon frère avec précaution de faire ses Pâques, car il était encore debout alors. A ces paroles, il se fâcha, déblatéra contre l'Église, mais pourtant se prit à réfléchir ; il devina qu'il était dangereusement malade et que pour cette raison notre mère l'envoyait communier tandis qu'il en avait la force. D'ailleurs, il se savait depuis long-temps condamné ; un an auparavant il nous avait dit une fois à table : « Je ne suis pas fait pour vivre en ce monde avec vous, je n'en ai peut-être pas pour un an. » Ce fut comme une prédiction. Trois jours s'écoulèrent, la semaine sainte com-mença. Mon frère alla à l'église dès le mardi. « Je fais cela pour vous, mère, afin de vous être agréable et de vous rassurer », lui dit-il. Notre mère en pleura de joie et de chagrin : « Pour qu'il s'opère en lui un tel changement, il faut que sa fin soit proche. » Mais bientôt il s'alita, de sorte qu'il se confessa et communia à la maison. Le temps était devenu clair et serein, l'air embaumé ; Pâques tombait tard cette année-là. Il toussait toute la nuit, dormait mal, le matin il s'habillait, essayait de se mettre dans un fauteuil. Je le revois assis, doux et calme, souriant, malade, mais le visage gai et joyeux. Il avait tout à fait changé moralement, c'était surprenant. La vieille bonne entrait dans sa chambre. « Laisse-moi, mon chéri, allumer la lampe devant l'image. » Autrefois, il s'y opposait, l'éteignait même. — « Allume, ma bonne, j'étais un monstre de vous le défendre auparavant. Ce que tu fais est une prière, de même la joie que j'en éprouve. Donc nous prions un seul et même Dieu. » Ces paroles nous parurent bizarres ; ma mère alla pleurer dans sa chambre ; en revenant auprès de lui elle s'essuya les yeux. « Ne pleure pas, chère mère, disait-il parfois, je vivrai encore longtemps, je me divertirai avec vous, la vie est si gaie, si joyeuse. — Hélas ! mon chéri, comment peux-tu parler de gaieté, quand tu as la fièvre toute la nuit, que tu tousses comme si ta poitrine allait se rompre ? — Maman, ne pleure pas, la vie est un paradis où nous sommes tous, mais nous ne voulons pas le savoir, sinon demain la terre entière deviendrait un paradis. » Ses paroles surprenaient tout le monde par leur étrangeté et leur décision ; on était ému jusqu'aux larmes. Des connaissances venaient chez nous : « Chers amis, disait-il, en quoi ai-je mérité votre amour ? pourquoi m'aimez-vous tel que je suis ? autrefois je l'ignorais, votre affection, je ne savais pas l'apprécier. » — Aux domestiques qui entraient, il disait à chaque instant : « Mes bien-aimés, pourquoi me servez-vous, suis-je digne d'être servi ? Si Dieu me faisait grâce et me laissait la vie, je vous servirais moi-même, car tous doivent se servir les uns les autres. » Notre mère, en l'écoutant, hochait la tête : « Mon chéri, c'est la maladie qui te fait parler ainsi. — Mère adorée, il doit y avoir des maîtres et des serviteurs, mais je veux servir les miens comme ils me servent. Je te dirai encore, mère, que chacun de nous est coupable devant tous pour tous et pour tout, et moi plus que les autres. » Notre mère à cet instant souriait à travers ses larmes : « Comment peux-tu être plus que tous coupable devant tous ? Il y a des assassins, des brigands ; quels péchés as-tu commis pour t'accuser plus que tous ? — Ma chère maman, ma joie adorée (il avait de ces mots caressants, inattendus), sache qu'en vérité chacun est coupable devant tous pour tous et pour tout. Je ne sais comment te l'expliquer, mais je sens que c'est ainsi, cela me tourmente. Comment pouvions-nous vivre sans savoir cela ? » Chaque jour il se réveillait plus attendri, plus joyeux, frémissant d'amour. Le docteur Eisenschmidt, un vieil Allemand, le

visitait : « Eh bien ! docteur, vivrai-je encore un jour ?
plaisantait-il parfois. — Vous vivrez bien plus d'un jour, des
mois et des années, répliquait le médecin. — Qu'est-ce que
des mois et des années ! s'écriait-il. Pourquoi compter les
jours, il suffit d'un jour à l'homme pour connaître tout le
bonheur. Mes bien-aimés, à quoi bon nous quereller, nous
garder rancune les uns aux autres ? Allons plutôt nous
promener, nous ébattre au jardin ; nous nous embrasserons,
nous bénirons la vie. — Votre fils n'est pas destiné à vivre,
disait le médecin à notre mère, quand elle l'accompagnait
jusqu'au perron ; la maladie lui fait perdre la raison. » Sa
chambre donnait sur le jardin, planté de vieux arbres ; les
bourgeons avaient poussé, les oiseaux étaient arrivés, ils
chantaient sous ses fenêtres, lui prenait plaisir à les regarder,
et voilà qu'il se mit à leur demander aussi pardon : « Oiseaux
du bon Dieu, joyeux oiseaux, pardonnez-moi, car j'ai péché
aussi envers vous. » Aucun de nous ne put alors le comprendre, et il pleurait de joie : « Oui, la gloire de Dieu m'entourait : les oiseaux, les arbres, les prairies, le ciel ; moi seul je
vivais dans la honte, déshonorant la création, je n'en
remarquais ni la beauté ni la gloire. — Tu te charges de bien
des péchés, soupirait parfois notre mère. — Mère chérie,
c'est de joie et non de chagrin que je pleure, j'ai envie d'être
coupable envers eux, je ne puis te l'expliquer, car je ne sais
comment les aimer. Si j'ai péché envers tous, tous me
pardonneront, voilà le paradis. N'y suis-je pas maintenant ? »
Il dit encore bien des choses que j'ai oubliées. Je me souviens
qu'un jour j'entrai seul dans sa chambre : c'était le soir, le
soleil couchant éclairait la pièce de ses rayons obliques. Il me
fit signe d'approcher, mit ses mains sur mes épaules, me
regarda avec tendresse durant une minute, sans dire un mot :
« Eh bien ! va jouer maintenant, vis pour moi ! » Je sortis et
allai jouer. Par la suite, je me suis souvent rappelé cette
parole en pleurant. Il dit encore beaucoup de choses étonnantes, admirables, que nous ne pouvions pas comprendre

alors. Il mourut trois semaines après Pâques, ayant toute sa
connaissance et, bien qu'il ne parlât plus, il demeura le même
jusqu'à la fin ; la gaieté brillait dans ses yeux, il nous
cherchait du regard, nous souriait, nous appelait. Même en
ville, on parla beaucoup de sa mort. J'étais bien jeune alors,
mais tout cela laissa dans mon cœur une empreinte ineffaça-
ble, et qui devait se manifester plus tard. »

b) *L'Écriture Sainte dans la vie du* starets *Zosime.*

« Nous restâmes seuls, ma mère et moi. De bons amis lui
représentèrent bientôt qu'elle ferait bien de m'envoyer à
Pétersbourg, qu'en me gardant auprès d'elle elle entravait
peut-être ma carrière. Ils lui conseillèrent de me mettre au
Corps des Cadets, pour entrer ensuite dans la garde. Ma mère
hésita longtemps à se séparer de son dernier fils ; elle s'y
décida enfin, non sans beaucoup de larmes, pensant contribuer à mon bonheur. Elle me conduisit à Pétersbourg et me
plaça comme on lui avait dit. Je ne la revis jamais ; elle
mourut en effet au bout de trois ans passés dans la tristesse et
l'anxiété. Je n'ai gardé que d'excellents souvenirs de la
maison paternelle ; ce sont pour l'homme les plus précieux de
tous, pourvu que l'amour et la concorde règnent tant soit peu
dans la famille. On peut même conserver un souvenir ému de
la pire famille, si l'on a une âme capable d'émotion. Parmi ces
souvenirs, une place appartient à l'histoire sainte, qui
m'intéressait beaucoup, malgré mon tout jeune âge. J'avais
alors un livre avec de magnifiques gravures, intitulé : *Cent
quatre histoires saintes tirées de l'Ancien et du Nouveau Testament*. Ce livre, où j'ai appris à lire, je le conserve encore
comme une relique. Mais avant de savoir lire, à huit ans,
j'éprouvais, il m'en souvient, une certaine impression des
choses spirituelles. Le lundi saint, ma mère me mena à la
messe. C'était une journée claire, je revois l'encens monter
lentement vers la voûte ; par une étroite fenêtre de la coupole,

les rayons du soleil descendaient jusqu'à nous, les nuages
d'encens semblaient s'y fondre. Je regardai avec attendrissement, et pour la première fois mon âme reçut consciemment
la semence de la Parole Divine. Un adolescent s'avança au
milieu du temple avec un grand livre, si grand qu'il me
paraissait le porter avec peine ; il le déposa sur le lutrin,
l'ouvrit, se mit à lire ; je compris alors qu'on lisait dans un
temple consacré à Dieu. Il y avait au pays de Hus un homme
juste et pieux, qui possédait de grandes richesses, tant de
chameaux, tant de brebis et d'ânes ; ses enfants se divertis-
saient, il les chérissait et priait Dieu pour eux, peut-être
qu'en se divertissant ils péchèrent. Et voici que le diable
monta auprès de Dieu en même temps que les enfants de
Dieu, et dit au Seigneur qu'il avait parcouru toute la terre,
dessus et dessous. « As-tu vu mon serviteur Job ? » lui
demanda Dieu. Et il fit au diable l'éloge de son noble
serviteur. Le diable sourit à ces paroles : « Livre-le-moi, et
tu verras que ton serviteur murmurera contre toi et maudira
ton nom. » Alors Dieu livra à Satan le juste qu'il chérissait.
Le diable frappa ses enfants et son bétail, anéantit ses
richesses avec une rapidité foudroyante, et Job déchira ses
vêtements, se jeta la face contre terre, s'écria : « Je suis sorti
nu du ventre de ma mère, je retournerai nu dans la terre ;
Dieu m'avait tout donné ; Dieu m'a tout repris, que son nom
soit béni maintenant et à jamais ! » Mes Pères, excusez mes
larmes, car c'est toute mon enfance qui surgit devant moi, il
me semble que j'ai huit ans, je suis comme alors étonné,
troublé, ravi. Les chameaux frappaient mon imagination, et
Satan, qui parle ainsi à Dieu, et Dieu qui voue son serviteur à
la ruine, et celui-ci qui s'écrie : « Que ton nom soit béni,
malgré ta rigueur ! » Puis le chant doux et suave dans le
temple : « Que ma prière soit exaucée », et de nouveau
l'encens et la prière à genoux ! Depuis lors — et cela m'est
arrivé hier encore — je ne puis lire cette très sainte histoire
sans verser des larmes. Quelle grandeur, quel mystère

inconcevable ! J'ai entendu par la suite les railleurs et les détracteurs dire : « Comment le Seigneur pouvait-il livrer au diable un juste qu'il chérissait, lui enlever ses enfants, le couvrir d'ulcères, le réduire à nettoyer ses plaies avec un tesson, et tout cela pour se vanter devant Satan : « Voilà ce que peut endurer un saint pour l'amour de Moi ! » Mais ce qui fait la grandeur du drame, c'est le mystère, c'est qu'ici l'apparence terrestre et la vérité éternelle se sont confrontées. La vérité terrestre voit s'accomplir la vérité éternelle. Ici le Créateur, approuvant son œuvre comme aux premiers jours de la création, regarde Job et se vante de nouveau de sa créature. Et Job, en le louant, sert non seulement le Seigneur, mais toute la création, de génération en génération et aux siècles des siècles, car il y était prédestiné. Seigneur, quel livre et quelles leçons ! Quelle force miraculeuse l'Écriture Sainte donne à l'homme ! C'est comme la représentation du monde, de l'homme et de son caractère. Que de mystères résolus et dévoilés : Dieu relève Job, lui restitue sa richesse, des années s'écoulent, et il a d'autres enfants, il les aime. — Comment pouvait-il chérir ces nouveaux enfants, après avoir perdu les premiers ? Le souvenir de ceux-ci permet-il d'être parfaitement heureux, comme autrefois, si chers que soient les nouveaux ? — Mais bien sûr ; la douleur ancienne se transforme mystérieusement peu à peu en une douce joie ; à l'impétuosité juvénile succède la sérénité de la vieillesse ; je bénis chaque jour le lever du soleil, mon cœur lui chante un hymne comme jadis, mais je préfère son coucher aux rayons obliques, évoquant de doux et tendres souvenirs, de chères images de ma longue vie bienheureuse ; et, dominant tout, la vérité divine qui apaise, réconcilie, absout ! Me voici au terme de mon existence, je le sais, et je sens tous les jours ma vie terrestre se rattacher déjà à la vie éternelle, inconnue, mais toute proche et dont le pressentiment fait vibrer mon âme d'enthousiasme, illumine ma pensée, attendrit mon cœur...

Amis et maîtres, j'ai souvent entendu dire, et maintenant plus que jamais on assure que les prêtres, surtout ceux de la campagne, maugréent contre leur abaissement, contre l'insuffisance de leur traitement ; ils affirment même qu'ils n'ont pas le loisir d'expliquer l'Écriture au peuple, vu leurs faibles ressources, que si les luthériens surviennent et que ces hérétiques se mettent à détourner leurs ouailles, ils n'en pourront mais, car ils ne gagnent pas assez. Que Dieu leur assure le traitement si précieux à leurs yeux (car leur plainte est légitime), mais en vérité, ne sommes-nous pas en partie responsables de cet état de choses ! Admettons que le prêtre ait raison, qu'il soit accablé par le travail et par son ministère, il trouvera toujours ne fût-ce qu'une heure par semaine pour se souvenir de Dieu. D'ailleurs, il n'est pas occupé toute l'année. Qu'il réunisse chez lui, une fois par semaine, le soir, les enfants pour commencer, leurs pères le sauront et viendront ensuite. Inutile de construire un local à cet effet, il n'a qu'à les recevoir dans sa maison ; n'y restant qu'une heure, ils ne la saliront point. Qu'on ouvre la Bible pour leur faire la lecture, sans paroles savantes, sans morgue ni ostentation, mais avec une douce simplicité, dans la joie d'être écouté et compris d'eux, en s'arrêtant parfois pour expliquer un terme ignoré des simples ; n'ayez crainte, ils vous comprendront, un cœur orthodoxe comprend tout ! Lisez-leur l'histoire d'Abraham et de Sara, d'Isaac et de Rebecca, comment Jacob alla chez Laban et lutta en songe avec le Seigneur, disant : « ce lieu est terrible », et vous frapperez l'esprit pieux du peuple. Racontez-leur, aux enfants surtout, comment le jeune Joseph, futur interprète des songes et grand prophète, fut vendu par ses frères, qui dirent à leur père que son fils avait été déchiré par une bête féroce, et lui montrèrent ses vêtements ensanglantés ; comment, par la suite, ses frères arrivèrent en Égypte pour chercher du blé, et comment Joseph, haut dignitaire, qu'ils ne reconnurent pas, les persécuta, les accusa de vol et retint son frère Benjamin, bien qu'il les aimât, car il se rappelait toujours que ses frères l'avaient vendu aux marchands, au bord d'un puits, quelque part dans le désert brûlant, tandis qu'il pleurait et les suppliait, les mains jointes, de ne pas le vendre comme esclave en terre étrangère ; en les revoyant après tant d'années, il les aima de nouveau ardemment, mais les fit souffrir et les persécuta, tout en les aimant. Il se retira enfin n'y tenant plus, se jeta sur son lit, et fondit en larmes ; puis il s'essuya le visage et revint radieux leur déclarer : « Je suis Joseph, votre frère ! » Et la joie du vieux Jacob, en apprenant que son fils bien-aimé était vivant ! Il fit le voyage d'Égypte, abandonna sa patrie, mourut sur la terre étrangère, en léguant aux siècles des siècles, une grande parole, gardée mystérieusement toute sa vie dans son cœur timide, savoir que de sa race, de la tribu de Juda, sortirait l'espoir du monde, le Réconciliateur et le Sauveur ! Pères et maîtres, veuillez m'excuser de vous raconter comme un petit garçon ce que vous pourriez m'enseigner avec bien plus d'art. C'est l'enthousiasme qui me fait parler, pardonnez mes larmes, car ce Livre m'est cher ; si le prêtre en verse aussi, il verra son émotion partagée par ses auditeurs. Il suffit d'une minuscule semence ; une fois jetée dans l'âme des simples, elle ne périra pas et y restera jusqu'à la fin, parmi les ténèbres et l'infection du péché, comme un point lumineux et un sublime souvenir. Pas de longs commentaires, d'homélies, il comprendra tout simplement. En doutez-vous ? Lisez-lui l'histoire touchante, de la belle Esther et de l'orgueilleuse Vasthi, ou le merveilleux récit de Jonas dans le ventre de la baleine. N'oubliez pas non plus les paraboles du Seigneur, surtout dans l'Évangile selon saint Luc (ainsi que je l'ai toujours fait), ensuite dans les Actes des Apôtres, la conversion de Saül (ceci sans faute) ; enfin, dans les Menées ne serait-ce que la vie d'Alexis, homme de Dieu, et de la martyre sublime entre toutes, Marie l'Égyptienne. Ces récits naïfs toucheront le cœur populaire ; et cela ne vous prendra qu'une heure par semaine. Le prêtre s'apercevra que notre peuple miséricordieux, reconnaissant, lui rendra ses bienfaits au centuple ; se rappelant le zèle de son pasteur et ses paroles émues, il l'aidera dans son champ, à la maison, lui témoignera plus de respect qu'auparavant ; et alors son casuel s'accroîtra. C'est une chose si simple que parfois on n'ose pas l'exprimer par crainte des moqueries, et cependant rien n'est plus vrai ! Celui qui ne croit pas en Dieu ne croit pas à son peuple. Qui a cru au peuple de Dieu verra Son sanctuaire, même s'il n'y avait pas cru jusqu'alors. Seul le peuple et sa force spirituelle future convertiront nos athées détachés de la terre natale. Et qu'est-ce que la parole du Christ sans l'exemple ? Sans la Parole de Dieu, le peuple périra, car son âme est avide de cette Parole et de toute noble idée.

Dans ma jeunesse, il y aura bientôt quarante ans, nous parcourions la Russie, le frère Anthyme et moi, quêtant pour notre monastère ; nous passâmes une fois la nuit avec des pêcheurs, au bord d'un grand fleuve navigable ; un jeune paysan de bonne mine, au regard doux et limpide, âgé de quelque dix-huit ans, vint s'asseoir auprès de nous ; il se hâtait d'arriver le lendemain à son poste pour haler une barque marchande. C'était par une belle nuit de juillet, calme et chaude, des vapeurs montaient du fleuve et nous rafraîchissaient, de temps en temps un poisson émergeait ; les oiseaux s'étaient tus, tout respirait la paix, la prière. Nous étions seuls à ne pas dormir, ce jeune homme et moi, nous parlâmes de la beauté du monde et de son mystère. Chaque herbe, chaque insecte, une fourmi, une abeille dorée, tous connaissent leur voie d'une façon étonnante, par instinct, tous attestent le mystère divin et l'accomplissent eux-mêmes continuellement. Je vis que le cœur de ce gentil jeune homme s'échauffait. Il me confia qu'il aimait la forêt et les oiseaux qui l'habitent ; il était oiseleur, comprenait leurs chants, savait attirer chacun d'eux. « Rien ne vaut la vie dans la forêt, me dit-il, quoique selon moi tout soit parfait. — C'est vrai, lui répondis-je, tout est parfait et magnifique, car tout est vérité. Regarde le cheval, noble animal, familier à l'homme, ou le bœuf, qui le nourrit et travaille pour lui, courbé, pensif ; considère leur physionomie : quelle douceur, quel attachement à leur maître, qui souvent les bat sans pitié, quelle mansuétude, quelle confiance, quelle beauté ! On est ému de les savoir sans péché, car tout est parfait, innocent, excepté l'homme, et le Christ est en premier lieu avec les animaux. — Est-il possible, demanda l'adolescent, que le Christ soit aussi avec eux ? — Comment pourrait-il en être autrement ? répliquai-je, car le Verbe est destiné à tous ; toutes les créatures, jusqu'à la plus humble feuille, aspirent au Verbe, chantent la gloire de Dieu, gémissent inconsciemment vers le Christ ; c'est le mystère de leur existence sans péché. Là-bas, dans la forêt, erre un ours redoutable, menaçant et féroce, sans qu'il y ait de sa faute. » Et je lui racontai comment un grand saint, qui faisait son salut dans la forêt, où il avait sa cellule, reçut un jour la visite d'un ours. Il s'attendrit sur la bête, l'aborda sans crainte, lui donna un morceau de pain. « Va, lui dit-il, que le Christ soit avec toi ! » Et le fauve se retira docilement, sans lui faire de mal. Le jeune homme fut touché de savoir l'ermite indemne et que le Christ était aussi avec l'ours. « Que c'est bien, comme toutes les œuvres de Dieu sont bonnes et merveilleuses ! » Il se plongea dans une douce rêverie. Je vis qu'il avait compris. Il s'endormit à mes côtés d'un sommeil léger, innocent. Que le Seigneur bénisse la jeunesse ! Je priai pour lui avant de m'endormir. Seigneur, envoie la paix et la lumière aux Tiens ! »

c) *Souvenirs de jeunesse du* starets *Zosime*
encore dans le monde. Le duel.

« Je passai presque huit ans à Pétersbourg, au Corps des Cadets ; cette éducation nouvelle étouffa beaucoup d'impres-

sions de mon enfance, mais sans me les faire oublier. En
échange, j'acquis une foule d'habitudes et même d'opinions
nouvelles, qui firent de moi un individu presque sauvage,
cruel et sot. J'acquis un vernis de politesse et l'usage du
monde en même temps que le français, mais tous nous
considérions les soldats qui nous servaient au Corps comme
de véritables brutes, et moi peut-être davantage que les
autres, car de tous mes camarades j'étais le plus impressionnable. Devenus officiers, nous étions prêts à verser notre
sang pour venger l'honneur de notre régiment ; quant au
véritable honneur, aucun de nous n'en avait la moindre
notion, et s'il l'avait apprise, il eût été le premier à en rire.
L'ivresse, la débauche, l'impudence nous rendaient presque
fiers. Je ne dirai pas que nous fussions pervertis ; tous ces
jeunes gens avaient une bonne nature, mais se conduisaient
mal, moi surtout. J'étais en possession de ma fortune, aussi
vivais-je à ma fantaisie, avec toute l'ardeur de la jeunesse,
sans nulle contrainte ; je naviguais toutes voiles déployées.
Mais voici de quoi étonner : je lisais parfois, et même avec un
grand plaisir ; je n'ouvris presque jamais la Bible en ce temps-
là, mais elle ne me quittait point ; je la portais partout avec
moi, je conservais ce livre, sans m'en rendre compte, « pour
le jour et l'heure, pour le mois et l'année ». Après quatre ans
de service, je me trouvai enfin dans la ville de K..., où notre
régiment tenait garnison. La société y était variée, divertis-
sante, accueillante et riche ; je fus bien reçu partout, étant gai
de nature ; de plus, je passais pour avoir de la fortune, ce qui
ne nuit jamais dans le monde. Survint une circonstance qui
fut le point de départ de tout le reste. Je m'attachai à une
jeune fille charmante, intelligente, distinguée, et noble de
caractère. Ses parents, riches et influents, me faisaient bon
accueil. Il me sembla que cette jeune fille avait de l'inclination pour moi, mon cœur s'enflamma à cette idée. Je compris
par la suite que, probablement, je ne l'aimais pas avec tant de
passion, mais que l'élévation de son caractère m'inspirait du

respect, ce qui était inévitable. Pourtant, l'égoïsme m'empêcha alors de demander sa main ; il me paraissait trop dur de
renoncer aux séductions de la débauche, à mon indépendance
de célibataire jeune et riche. Je fis pourtant des allusions,
mais je remis à plus tard toute démarche décisive. Je fus alors
envoyé en service commandé dans un autre district ; de
retour, après deux mois d'absence, j'appris que la jeune fille
avait épousé un riche propriétaire des environs, plus âgé que
moi, mais jeune encore, ayant des relations dans la meilleure
société, ce dont j'étais dépourvu, homme fort aimable et
instruit, alors que je ne l'étais pas du tout. Ce dénouement
inattendu me consterna au point de me troubler l'esprit,
d'autant plus que, comme je l'appris alors, ce jeune propriétaire était son fiancé depuis longtemps ; je l'avais souvent
rencontré dans la maison, sans rien remarquer, aveuglé par
ma fatuité. C'est cela surtout qui me vexait : comment
presque tout le monde était-il au courant, alors que je ne
savais rien ? Et j'éprouvai soudain un ressentiment intolérable. Rouge de colère, je me rappelai lui avoir plus d'une fois
déclaré mon amour ou presque, et comme elle ne m'avait ni
arrêté ni prévenu, j'en conclus qu'elle s'était moquée de moi.
Par la suite, évidemment, je me rendis compte de mon
erreur ; je me souvins qu'elle mettait fin en badinant à de
telles conversations, mais, sur le moment, je fus incapable de
raisonner et brûlai de me venger. Je me rappelle avec surprise
que mon animosité et ma colère me répugnaient à moi-même,
car avec mon caractère léger j'étais incapable de demeurer
longtemps fâché contre quelqu'un ; aussi m'excitais-je artificiellement jusqu'à l'extravagance. J'attendis l'occasion et,
dans une nombreuse société, je réussis à offenser mon
« rival », pour un motif tout à fait étranger, en raillant son
opinion à propos d'un événement alors important [1] — on était
en 1826 — et en le persiflant avec esprit, à ce qu'on
prétendit. Ensuite, je provoquai une explication de sa part et
me montrai si grossier à cette occasion qu'il releva le gant,

malgré l'énorme différence qui nous séparait, car j'étais plus jeune que lui, insignifiant et de rang inférieur. Plus tard, j'appris de source certaine qu'il avait lui aussi accepté ma provocation par jalousie envers moi ; déjà auparavant mes relations avec sa femme, alors sa fiancée, lui avaient porté quelque ombrage ; il se dit que si elle apprenait maintenant que je l'avais insulté sans qu'il me provoquât en duel, elle le mépriserait involontairement et que son amour en serait ébranlé. Je trouvai bientôt comme témoin un camarade, lieutenant de notre régiment. Bien que les duels fussent alors sévèrement réprimés, c'était comme une mode parmi les militaires, tellement se développent et s'enracinent d'absurdes préjugés. Juin touchait à sa fin ; notre rencontre était fixée au lendemain matin, à sept heures, hors de la ville, et voici qu'il m'arriva quelque chose de vraiment fatal. Le soir, en rentrant de fort méchante humeur, je m'étais fâché contre mon ordonnance, Athanase, et l'avais frappé violemment au visage, au point de le mettre en sang. Il était depuis peu à mon service et je l'avais déjà frappé, mais jamais avec une telle sauvagerie. Le croiriez-vous, mes bien-aimés, quarante ans ont passé depuis lors et je me rappelle encore cette scène avec honte et douleur. Je me couchai, et quand je m'éveillai au bout de trois heures, il faisait déjà jour. Je me levai, n'ayant plus envie de dormir ; j'allai à la fenêtre, qui donnait sur un jardin ; le soleil était levé, le temps magnifique, les oiseaux gazouillaient. Qu'y a-t-il ? pensai-je ; j'éprouve comme un sentiment d'infamie et de bassesse. « N'est-ce pas le fait que je vais répandre le sang ? Non, ce n'est pas cela. Aurais-je peur de la mort, peur d'être tué ? Non, pas du tout, loin de là... » Et je devinai soudain que c'étaient les coups donnés à Athanase, la veille au soir. Je revis la scène comme si elle se répétait : le pauvre garçon, debout devant moi qui le frappe au visage à tour de bras, ses mains à la couture du pantalon, la tête droite, les yeux grands ouverts, tressaillant à chaque coup, n'osant même pas lever les bras pour se garer ! Comment un homme peut-il être réduit à cet état, battu par un autre homme ! Quel crime ! Ce fut comme une aiguille qui me transperça l'âme. J'étais comme insensé, et le soleil luisait, les feuilles égayaient la vue, les oiseaux louaient le Seigneur. Je me couvris le visage de mes mains, m'étendis sur le lit et éclatai en sanglots. Je me rappelai alors mon frère Marcel et ses dernières paroles aux domestiques : « Mes bien-aimés, pourquoi me servez-vous, pourquoi m'aimez-vous, suis-je digne d'être servi ? » « Oui, en suis-je digne ? », me demandai-je tout à coup. En effet, à quel titre mérité-je d'être servi par un autre homme, créé comme moi à l'image de Dieu ? Cette question me traversa l'esprit pour la première fois. « Mère chérie, en vérité, chacun est coupable devant tous pour tous, seulement les hommes l'ignorent ; s'ils l'apprenaient, ce serait aussitôt le paradis ! » « Seigneur, serait-ce vrai, pensais-je en pleurant, je suis peut-être le plus coupable de tous les hommes, le pire qui existe ! » Et soudain ce que j'allais faire m'apparut en pleine lumière, dans toute son horreur : j'allais tuer un homme de bien, noble, intelligent, sans aucune offense de sa part, et rendre ainsi sa femme à jamais malheureuse, la torturer, la faire mourir. J'étais couché à plat ventre, la face contre l'oreiller, ayant perdu la notion du temps. Tout à coup entra mon camarade, le lieutenant, qui venait me chercher avec des pistolets : « Voilà qui est bien, dit-il, tu es déjà levé, il est temps, allons. » Mes idées s'égarèrent, je perdis la tête ; pourtant nous sortîmes pour monter en voiture. « Attends-moi, lui dis-je, je reviens tout de suite, j'ai oublié mon porte-monnaie. » Je retournai en courant au logis, dans la chambrette de mon ordonnance. « Athanase, hier je t'ai frappé deux fois au visage, pardonne-moi ! » Il tressaillit comme s'il avait peur ; je vis que ce n'était pas assez et me prosternai à ses pieds en lui demandant pardon. Il en demeura stupide. « Votre Honneur... est-ce que je mérite ?... » Il se mit à pleurer comme moi tout à l'heure, le visage caché dans ses

mains, et se tourna vers la fenêtre, secoué par des sanglots ; je
courus rejoindre mon camarade, nous partîmes : « Voici le
vainqueur, lui criai-je, regarde-moi ! » J'étais rempli d'allégresse, riant tout le temps, je bavardais sans discontinuer, je
ne me souviens plus de quoi. Le lieutenant me regardait :
« Eh bien ! camarade, tu es un brave ; je vois que tu
soutiendras l'honneur de l'uniforme. » Nous arrivâmes sur le
terrain, où l'on nous attendait. On nous plaça à douze pas
l'un de l'autre, mon adversaire devait tirer le premier ; je me
tenais en face de lui, gaiement, sans cligner les yeux, le
considérant avec affection. Il tira, je fus seulement éraflé à la
joue et à l'oreille : « Dieu soit loué, dis-je, vous n'avez pas
tué un homme ! » Quant à moi, je me tournai en arrière et
jetai mon arme en l'air. Puis, faisant face à mon adversaire :
« Monsieur, pardonnez à un stupide jeune homme de vous
avoir offensé et obligé de tirer sur moi. Vous valez dix fois
plus que moi, vous m'êtes supérieur. Rapportez mes paroles
à la personne que vous respectez le plus au monde. » A peine
eus-je parlé que tous les trois s'exclamèrent : « Permettez, fit
mon adversaire courroucé, si vous ne vouliez pas vous battre,
pourquoi nous avoir dérangés ? — Hier encore, j'étais
stupide, aujourd'hui, je suis devenu plus raisonnable, lui
répondis-je gaiement. — Je vous crois pour hier, mais, quant
à aujourd'hui, il est difficile de vous donner raison. — Bravo,
fis-je en battant des mains, je suis d'accord avec vous là-
dessus, je l'ai mérité ! — Monsieur, voulez-vous tirer, oui ou
non ? — Je ne tirerai pas, tirez encore une fois si vous voulez,
mais vous feriez mieux de vous abstenir. » Les témoins de
crier, surtout le mien : « Peut-on déshonorer le régiment en
demandant pardon sur le terrain ; si seulement j'avais su ! »
Je déclarai alors à tout le monde, d'un ton sérieux :
« Messieurs, est-il si étonnant à notre époque de rencontrer
un homme qui se repente de sa sottise et qui reconnaisse
publiquement ses torts ? — Non, mais pas sur le terrain,
reprit mon témoin. — Voilà qui est étonnant ! J'aurais dû

faire amende honorable dès notre arrivée ici, avant que
monsieur tire, et ne pas l'induire en péché mortel ; mais nos
usages sont si absurdes qu'il m'était presque impossible
d'agir ainsi, car mes paroles ne peuvent avoir de valeur à ses
yeux, que si je les prononce après avoir essuyé son coup de
feu à douze pas : avant, il m'eût pris pour un lâche, indigne
d'être écouté. Messieurs, m'écriai-je de tout cœur, regardez
les œuvres de Dieu : le ciel est clair, l'air pur, l'herbe tendre,
les oiseaux chantent dans la nature magnifique et innocente ;
seuls, nous autres, impies et stupides ne comprenons pas que
la vie est un paradis, nous n'aurions qu'à vouloir le comprendre pour le voir apparaître dans toute sa beauté, et nous nous
étreindrions alors en pleurant... » Je voulus continuer, mais
je ne pus, la respiration me manqua, je ressentis un bonheur
tel que je n'en ai jamais éprouvé depuis. « Voilà de sages et
pieuses paroles, dit mon adversaire ; en tout cas, vous êtes un
original. — Vous riez, lui dis-je en souriant, plus tard vous
me louerez. — Je vous loue dès maintenant et je vous tends la
main, car vous paraissez vraiment sincère. — Non pas
maintenant, plus tard quand je serai devenu meilleur et que
j'aurai mérité votre respect, vous me la tendrez et vous ferez
bien. » Nous retournâmes à la maison ; mon témoin gromme-
lait tout le temps, et moi je l'embrassais. Mes camarades, mis
au courant, se réunirent le jour même pour me juger : « Il a
déshonoré l'uniforme, il doit démissionner. » Je trouvai des
défenseurs : « Il a pourtant essuyé un coup de feu. — Oui,
mais il a eu peur des autres et a demandé pardon sur le
terrain. — S'il avait eu peur, répliquaient mes défenseurs, il
eût d'abord tiré avant de demander pardon, tandis qu'il a jeté
son pistolet encore chargé dans la forêt ; non, il s'est passé
quelque chose d'autre, d'original. » J'écoutais, me divertissant à les regarder : « Chers amis et camarades, ne vous
tourmentez pas au sujet de ma démission, c'est déjà fait ; je
l'ai envoyée ce matin et, dès qu'elle sera acceptée, j'entrerai
au couvent ; voilà pourquoi je démissionne. » A ces mots,

tous éclatèrent de rire : « Tu aurais dû commencer par nous avertir ; maintenant, tout s'explique, on ne peut pas juger un moine. » Ils ne s'arrêtaient pas de rire, mais sans se moquer, avec une douce gaieté ; tous m'avaient pris en affection, même mes plus fougueux accusateurs ; ensuite, durant le dernier mois, jusqu'à ma mise à la retraite, ce fut comme si on me portait en triomphe : « Ah ! le moine ! » disait-on. Chacun avait pour moi une parole gentille, on se mit à me dissuader, à me plaindre même : « Que vas-tu faire ? — Non, c'est un brave, il a essuyé un coup de feu et pouvait tirer lui-même, mais il avait eu un songe la veille, qui l'incitait à se faire moine, voilà le mot de l'énigme. » Il en alla presque de même dans la société locale : jusqu'alors je n'attirais guère l'attention, on me recevait cordialement, rien de plus ; maintenant, c'était à qui ferait ma connaissance et m'inviterait : on riait de moi, tout en m'aimant. Bien qu'on parlât ouvertement de notre duel, l'affaire n'eut pas de suite, car mon adversaire était proche parent de notre général, et comme il n'y avait pas eu d'effusion de sang et que j'avais démissionné, on tourna la chose en plaisanterie. Je me mis alors à parler tout haut et sans crainte, malgré les railleries, car elles n'étaient pas bien méchantes. Ces conversations avaient lieu surtout le soir en compagnie de dames ; les femmes aimaient davantage à m'écouter et obligeaient les hommes à en faire autant. « Comment se peut-il que je sois coupable pour tous ? disait chacun en me riant au nez ; voyons, puis-je être coupable pour vous, par exemple ? — D'où le sauriez-vous ? leur répondais-je, alors que le monde entier est depuis longtemps engagé dans une autre voie, que nous prenons le mensonge pour la vérité et exigeons d'autrui le même mensonge. Une fois dans ma vie j'ai résolu d'agir sincèrement, et tous vous me croyez toqué ; tout en m'aimant, vous riez de moi. — Comment ne pas aimer un homme comme vous ? » me dit la maîtresse de maison en riant tout haut. Il y avait chez elle nombreuse compagnie. Tout à coup,

je vois se lever la jeune personne qui était cause de mon duel
et dont j'avais voulu faire ma fiancée peu de temps auparavant ; je n'avais pas remarqué son arrivée. Elle vint à moi et
me tendit la main : « Permettez-moi, dit-elle, de vous
déclarer que, loin de rire de vous, je vous remercie avec
émotion et vous respecte pour votre façon d'agir. » Son mari
s'approcha, je devins le centre de la réunion, on m'embrassait presque, et je m'en réjouissais. C'est alors que mon
attention fut attirée par un monsieur d'un certain âge, qui
m'avait également abordé ; je ne le connaissais que de nom
sans avoir jamais échangé un mot avec lui. »

d) *Le mystérieux visiteur.*

« C'était un fonctionnaire qui occupait depuis longtemps
un poste en vue dans notre ville. Homme respecté de tous,
riche, réputé pour sa bienfaisance, il avait fait don d'une
somme importante à l'hospice et à l'orphelinat et accompli
beaucoup de bien en secret, ce qui fut révélé après sa mort.
Âgé d'environ cinquante ans, il avait l'air presque sévère,
parlait peu ; marié depuis dix ans à une femme encore
jeune, il avait trois enfants en bas âge. Le lendemain soir,
j'étais chez moi lorsque la porte s'ouvrit et ce monsieur
entra.

Il faut noter que je n'habitais plus le même logement ;
aussitôt ma démission donnée, je m'étais installé chez une
personne âgée, veuve d'un fonctionnaire, dont la domestique me servait, car le jour même de mon duel j'avais
renvoyé Athanase dans sa compagnie, rougissant de le
regarder en face après ce qui s'était passé, tellement un laïc
non préparé est enclin à avoir honte de l'action la plus juste.

« Voilà plusieurs jours que je vous écoute avec une grande
curiosité, me dit-il en entrant ; j'ai désiré faire enfin votre
connaissance pour m'entretenir avec vous plus en détail.
Pouvez-vous me rendre, monsieur, ce grand service ?

— Très volontiers, et je le regarderai comme un honneur particulier » lui répondis-je.

J'étais presque effrayé tant il me frappa dès l'abord ; car, bien qu'on m'écoutât avec curiosité, personne ne m'avait encore montré une mine aussi sérieuse, aussi sévère ; de plus, il était venu me trouver chez moi.

« Je remarque en vous, poursuivit-il, après s'être assis, une grande force de caractère, car vous n'avez pas craint de servir la vérité dans une affaire où vous risquiez, par votre franchise, de vous attirer le mépris général.

— Vos éloges sont peut-être fort exagérés, lui dis-je.

— Pas du tout ; soyez sûr qu'un tel acte est bien plus difficile à accomplir que vous ne le pensez. Voilà ce qui m'a frappé et c'est pourquoi je suis venu vous voir. Si ma curiosité peut-être indiscrète ne vous choque pas, décrivez-moi vos sensations au moment où vous vous décidâtes à demander pardon, lors de votre duel, en admettant que vous vous en souveniez. N'attribuez pas ma question à la frivolité ; au contraire, en vous la posant j'ai un but secret que je vous expliquerai probablement par la suite, s'il plaît à Dieu de nous rapprocher encore. »

Tandis qu'il parlait, je le fixais et j'éprouvai soudain pour lui une entière confiance, en même temps qu'une vive curiosité, car je sentais que son âme gardait un secret.

« Vous désirez connaître mes sensations au moment où je demandai pardon à mon adversaire, lui répondis-je ; mais il vaut mieux vous raconter d'abord les faits encore ignorés des autres. » Je lui narrai alors toute la scène avec Athanase et comment je m'étais prosterné devant lui.

« Vous pouvez voir vous-même d'après cela, conclus-je, que durant le duel je me sentais déjà plus à l'aise, car j'avais déjà commencé chez moi et, une fois entré dans cette voie, je continuai non seulement sans peine, mais avec joie. »

Il m'écouta avec attention et sympathie.

« Tout cela est fort curieux, conclut-il, je reviendrai vous voir. »

Depuis lors, il me rendit visite presque tous les soirs. Et nous serions devenus de grands amis, s'il m'avait parlé de lui. Mais il se bornait à m'interroger sur moi-même. Pourtant, je le pris en affection et lui confiai tous mes sentiments, pensant : « Je n'ai pas besoin de ses secrets pour savoir que c'est un juste... De plus, un homme si sérieux et bien plus âgé que moi qui vient me trouver et fait cas d'un jeune homme... » J'appris de lui bien des choses utiles, car c'était un homme d'une haute intelligence.

« Je pense aussi depuis longtemps que la vie est un paradis, je ne pense qu'à cela, me dit-il un jour, tandis qu'il me regardait en souriant. J'en suis encore plus convaincu que vous-même ; plus tard vous saurez pourquoi. »

Je l'écoutais en me disant : il a sûrement une révélation à me faire.

« Le paradis, reprit-il, est caché au fond de chacun de nous ; en ce moment je le recèle en moi et, si je veux, il se réalisera demain pour toute ma vie. Il parlait avec attendrissement, en me regardant d'un air mystérieux, comme s'il m'interrogeait. Quant à la culpabilité de chacun pour tous et pour tout, en plus de ses péchés, vos considérations à ce sujet sont parfaitement justes, et il est étonnant que vous ayez pu embrasser cette idée avec une telle ampleur. Lorsque les hommes la comprendront, ce sera certainement pour eux l'avènement du royaume des cieux, non en rêve, mais en réalité.

— Mais quand cela arrivera-t-il ? m'écriai-je avec douleur. Peut-être n'est-ce qu'un rêve ?

— Comment, vous ne croyez pas vous-même à ce que vous prêchez ! Sachez que ce rêve, comme vous dites, se réalisera sûrement, mais pas maintenant, car tout est régi par des lois. C'est un phénomène moral, psychologique. Pour rénover le monde, il faut que les hommes eux-mêmes changent de voie. Tant que chacun ne sera pas vraiment le frère de son prochain, il n'y aura pas de fraternité. Jamais les hommes ne sauront, au nom de la science ou de l'intérêt, répartir paisiblement entre eux la propriété et les droits. Personne ne s'estimera satisfait, et tous murmureront, s'envieront, s'extermineront les uns les autres. Vous demandez quand cela se réalisera ? Cela viendra, mais seulement quand sera terminée la période d'*isolement* humain.

— Quel isolement ? demandai-je.

— Il règne partout à l'heure actuelle, mais il n'est pas achevé et son terme n'est pas encore arrivé. Car à présent, chacun aspire à séparer sa personnalité des autres, chacun veut goûter lui-même la plénitude de la vie ; cependant, loin d'atteindre le but, tous les efforts des hommes n'aboutissent qu'à un suicide total, car, au lieu d'affirmer pleinement leur personnalité, ils tombent dans une solitude complète. En effet, en ce siècle, tous se sont fractionnés en unités. Chacun s'isole dans son trou, s'écarte des autres, se cache, lui et son bien, s'éloigne de ses semblables et les éloigne de lui. Il amasse de la richesse tout seul, se félicite de sa puissance, de son opulence ; il ignore, l'insensé, que plus il amasse plus il s'enlise dans une impuissance fatale. Car il est habitué à ne compter que sur lui-même et s'est détaché de la collectivité ; il s'est accoutumé à ne pas croire à l'entraide, à son prochain, à l'humanité et tremble seulement à l'idée de perdre sa fortune et les droits qu'elle lui confère. Partout, de nos jours, l'esprit humain commence ridiculement à perdre de vue que la véritable garantie de l'individu consiste, non dans son effort personnel isolé, mais dans la solidarité. Cet isolement terrible prendra certainement fin un jour, tous comprendront à la fois combien leur séparation mutuelle était contraire à la nature, tous s'étonneront d'être demeurés si longtemps dans les ténèbres, sans voir la lumière. Alors apparaîtra dans le ciel le signe du Fils de l'Homme... Mais, jusqu'alors, il faut garder l'étendard et — fût-on seul à agir — prêcher d'exemple et sortir de l'isolement pour se rapprocher de ses

frères, même au risque de passer pour dément. Cela afin
d'empêcher une grande idée de périr. »

Ces entretiens passionnants remplissaient nos soirées.
J'abandonnai même la société, et mes visites se firent plus
rares ; en outre, je commençais à passer de mode. Je ne le dis
pas pour m'en plaindre, car on continuait à m'aimer et à me
faire bon visage, mais il faut convenir que la mode a un grand
empire dans le monde. Je finis par être enthousiasmé de mon
mystérieux visiteur, car son intelligence me ravissait ; en
outre, j'avais l'intuition qu'il nourrissait un projet et se
préparait à une action peut-être héroïque. Sans doute me
savait-il gré de ne pas chercher à connaître son secret et de
n'y faire aucune allusion. Je remarquai enfin que le désir de
me faire une confidence le tourmentait. Cela devint évident
au bout d'un mois environ.

« Savez-vous, me demanda-t-il une fois, que l'on s'intéresse beaucoup à nous en ville et que l'on s'étonne de mes
fréquentes visites ; soit, *bientôt tout s'expliquera.* »

Parfois il était soudain en proie à une agitation extraordinaire ; alors presque toujours il se levait et s'en allait. Il lui
arrivait de me fixer longtemps d'un regard pénétrant, je
pensais : « il va parler » ; mais il s'arrêtait et discourait sur un
sujet ordinaire. Il commença à se plaindre de maux de tête.
Un jour qu'il avait devisé longtemps et avec passion, je le vis
tout à coup pâlir, son visage se contracta, il me fixait d'un œil
hagard.

« Qu'avez-vous, fis-je, vous sentez-vous mal ?

— Je... savez-vous... j'ai... commis un assassinat. »

Il souriait en parlant, blanc comme un linge. Une pensée
me traversa l'esprit avant que j'eusse rassemblé mes idées :
« pourquoi sourit-il ? » Et je pâlis moi-même.

« Que dites-vous ? m'écriai-je.

— Voyez-vous, me répondit-il avec le même sourire triste,
le premier mot m'a coûté. Maintenant que j'ai commencé, je
puis continuer. »

Je ne le crus pas tout de suite, mais seulement au bout de trois jours, lorsqu'il m'eut raconté tous les détails. Je le croyais fou ; pourtant, à ma douloureuse surprise, je finis par me convaincre qu'il disait vrai. Il avait assassiné, quatorze ans auparavant, une jeune dame riche et charmante, veuve d'un propriétaire foncier, qui possédait un pied-à-terre dans notre ville. Il éprouva pour elle une vive passion, lui fit une déclaration et voulut la décider à devenir sa femme. Mais elle avait déjà donné son cœur à un autre, officier distingué, alors en campagne, dont elle attendait le prochain retour. Elle repoussa sa demande et le pria de cesser ses visites. Éconduit et connaissant la disposition de sa maison, il s'y introduisit une nuit, par le jardin et le toit, avec une audace extraordinaire, au risque d'être découvert. Mais, comme il arrive fréquemment, les crimes audacieux réussissent mieux que les autres. Il pénétra dans le grenier par une lucarne, et descendit dans les chambres par un petit escalier, sachant que les domestiques ne fermaient pas toujours à clef la porte de communication. Il comptait à juste raison sur leur négligence. Dans l'obscurité, il se dirigea vers la chambre à coucher où brûlait une veilleuse. Comme par un fait exprès, les deux femmes de chambre étaient sorties en cachette, invitées chez une de leurs amies dont c'était la fête. Les autres domestiques couchaient au rez-de-chaussée. En la voyant endormie, sa passion se réveilla, puis une fureur vindicative et jalouse s'empara de lui, et, ne se possédant plus, il lui plongea un couteau dans le cœur, sans qu'elle poussât un cri. Avec une astuce infernale, il s'arrangea à détourner les soupçons sur les domestiques ; il ne dédaigna pas de prendre le porte-monnaie de sa victime, ouvrit la commode au moyen des clefs trouvées sous son oreiller, et déroba, comme un domestique ignorant, l'argent et les bijoux d'après leur volume, laissant de côté les plus précieux ainsi que les valeurs. Il s'appropria aussi quelques souvenirs dont je reparlerai. Son forfait accompli, il s'en retourna par le même chemin. Ni le lendemain, quand l'alarme fut donnée, ni plus tard, personne n'eut l'idée de soupçonner le véritable coupable. On ignorait son amour pour la victime, car il avait toujours été taciturne, renfermé et ne possédait pas d'amis. Il passait pour une simple connaissance de la défunte, qu'il n'avait d'ailleurs pas vue depuis quinze jours. On soupçonna aussitôt un certain Pierre, domestique serf de la victime, et aussitôt toutes les circonstances contribuèrent à confirmer ce soupçon, car il savait sa maîtresse décidée à le faire enrôler parmi les recrues qu'elle devait fournir, vu qu'il était célibataire et de mauvaise conduite. Il l'avait menacée de mort, au cabaret, étant ivre. Il s'était sauvé deux jours avant l'assassinat et, le lendemain, on le trouva ivre mort sur la route, aux abords de la ville, un couteau dans sa poche, la main droite ensanglantée. Il prétendit qu'il avait saigné du nez, mais on ne le crut pas. Les servantes avouèrent qu'elles s'étaient absentées et qu'elles avaient laissé la porte d'entrée ouverte jusqu'à leur retour. Il y eut d'autres indices analogues, qui provoquèrent l'arrestation de ce domestique innocent. On instruisit son procès, mais au bout d'une semaine, il contracta la fièvre chaude et mourut à l'hôpital, sans avoir repris connaissance. L'affaire fut classée, on s'en rapporta à la volonté de Dieu, et tous, juges, autorités, public, demeurèrent convaincus que ce domestique était l'assassin. Alors commença le châtiment. Cet hôte mystérieux, devenu mon ami, me confia qu'au début il n'avait éprouvé aucun remords. Il regrettait seulement d'avoir tué une femme qu'il aimait et, en la supprimant, d'avoir supprimé son amour, alors que le feu de la passion lui brûlait les veines. Mais il oubliait presque alors le sang innocent répandu, l'assassinat d'un être humain. L'idée que sa victime aurait pu devenir la femme d'un autre lui paraissait impossible ; aussi demeura-t-il longtemps persuadé qu'il ne pouvait agir autrement. L'arrestation du domestique le troubla, mais sa maladie et sa mort le tranquillisèrent, car cet individu avait succombé à coup sûr — pensait-il — non à la peur causée par son arrestation, mais au refroidissement contracté en gisant une nuit entière sur la terre humide. Les objets et l'argent dérobés ne l'inquiétaient guère, car il n'avait pas volé par cupidité, mais pour détourner les soupçons. La somme était insignifiante, et bientôt il en fit don, en l'augmentant considérablement, à un hospice qui se fondait dans notre ville. Il agit ainsi pour apaiser sa conscience et, chose curieuse, il y parvint pour un temps assez long. Il redoubla d'activité dans son service, se fit confier une mission ardue qui lui prit deux ans, et, grâce à la fermeté de son caractère, il oublia presque ce qui s'était passé, chassant délibérément cette pensée importune. Il se consacra à la bienfaisance, s'occupa de bonnes œuvres dans notre ville, se signala dans les capitales, fut élu à Pétersbourg et à Moscou membre de sociétés philanthropiques. Enfin, il fut envahi par une rêverie douloureuse excédant ses forces. Il s'éprit alors d'une jeune fille charmante, qu'il épousa bientôt, dans l'espoir que le mariage dissiperait son angoisse solitaire et qu'en s'acquittant scrupuleusement de ses devoirs envers sa femme et ses enfants, il bannirait les souvenirs d'autrefois. Mais il arriva précisément le contraire de ce qu'il attendait. Dès le premier mois de son mariage, une idée le tourmentait sans cesse : « Ma femme m'aime, mais qu'adviendrait-il si elle savait ? » Lorsqu'elle fut enceinte de son premier enfant et le lui apprit, il se troubla : « Voici que je donne la vie, moi qui l'ai ôtée ! » Les enfants vinrent au monde : « Comment oserai-je les aimer, les instruire, les éduquer, comment leur parlerai-je de la vertu ? j'ai versé le sang. » Il eut de beaux enfants, il avait envie de les caresser : « Je ne puis regarder leurs visages innocents ; je n'en suis pas digne. » Enfin il eut la vision menaçante et lugubre du sang de sa victime, qui criait vengeance, de la jeune vie qu'il avait anéantie. Des songes affreux lui apparurent. Ayant le cœur ferme, il endura longtemps ce supplice. « J'expie mon crime en souffrant secrètement. » Mais c'était un vain espoir ; sa souffrance ne faisait que s'aggraver avec le temps. Le monde le respectait pour son activité bienfaisante, bien que son caractère morne et sévère inspirât la crainte ; mais plus ce respect grandissait, plus il lui devenait intolérable. Il m'avoua qu'il avait songé au suicide. Mais un autre rêve se mit à le hanter, un rêve jugé d'abord impossible et insensé, qui finit pourtant par s'incorporer à son être au point de ne pouvoir l'en arracher ; il rêvait de faire l'aveu public de son crime. Il passa trois ans en proie à cette obsession, qui se présentait sous diverses formes. Enfin, il crut de tout son cœur que cet aveu soulagerait sa conscience et lui rendrait le repos pour toujours. Malgré cette assurance, il fut rempli d'effroi : comment s'y prendre, en effet ? Survint alors cet incident à mon duel.

« En vous regardant, conclut-il, j'ai pris mon parti.

— Est-il possible, m'écriai-je en joignant les mains, qu'un incident aussi insignifiant ait pu engendrer une semblable détermination ?

— Ma détermination était conçue depuis trois ans, cet incident lui a servi d'impulsion. En vous regardant, je me suis fait des reproches et je vous ai envié, proféra-t-il avec rudesse.

— Mais au bout de quatorze ans, on ne vous croira pas.

— J'ai des preuves accablantes. Je les produirai. »

Je me mis alors à pleurer, je l'embrassai.

« Décidez sur un point, un seul ! me dit-il, comme si tout dépendait de moi maintenant. Ma femme, mes enfants ! Elle en mourra de chagrin, peut-être ; mes enfants conserveront leur rang, leur fortune, mais ils seront pour toujours les fils d'un forçat. Et quel souvenir de moi garderont-ils dans leur cœur ! »

Je me taisais.

« Comment me séparer d'eux, les quitter pour toujours ? »

J'étais assis, murmurant à part moi une prière. Je me levai, enfin, épouvanté.

« Eh bien ! insista-t-il en me fixant.

— Allez, dis-je, faites votre aveu. Tout passe, la vérité seule demeure. Vos enfants, devenus grands, comprendront la noblesse de votre détermination. »

En me quittant, sa résolution paraissait prise. Mais il vint me voir pendant plus de quinze jours tous les soirs, toujours se préparant, sans pouvoir se décider. Il m'angoissait. Parfois, il arrivait résolu, disant d'un air attendri :

« Je sais que, dès que j'aurai avoué, ce sera pour moi le paradis. Durant quatorze ans, j'ai été en enfer. Je veux souffrir. J'accepterai la souffrance et commencerai à vivre. Maintenant, je n'ose aimer ni mon prochain ni même mes enfants. Seigneur, ils comprendront peut-être ce que m'a coûté ma souffrance et ne me blâmeront pas !

— Tous comprendront votre acte plus tard, sinon maintenant, car vous aurez servi la vérité, la vérité supérieure, qui n'est pas de ce monde… »

Il me quittait, consolé en apparence, et revenait le lendemain fâché, pâle, le ton ironique.

« Chaque fois que je viens, vous me dévisagez curieusement : « Tu n'as encore rien avoué ? » Attendez, ne me méprisez pas trop. Ce n'est pas si facile à faire que vous pensez. Peut-être ne le ferai-je pas. Vous n'irez pas me dénoncer, hein ? »

Le dénoncer, moi qui, loin d'éprouver une curiosité déraisonnable, craignais même de le regarder ! Je souffrais, j'étais navré, j'avais l'âme pleine de larmes. J'en perdais le sommeil.

« J'étais avec ma femme tout à l'heure, reprit-il. Comprenez-vous ce que c'est qu'une femme ? En partant, les enfants m'ont crié : « Au revoir papa, revenez vite nous faire la lecture. » Non, vous ne pouvez le comprendre. Malheur d'autrui n'instruit pas. »

Ses yeux étincelaient, ses lèvres frémissaient. Soudain,

cet homme si calme d'ordinaire frappa du poing sur la table ; les objets qui s'y trouvaient en tremblèrent.

« Dois-je me dénoncer ? Faut-il le faire ? Personne n'a été condamné, personne n'est allé au bagne à cause de moi, le domestique est mort de maladie. J'ai expié par mes souffrances le sang versé. D'ailleurs, on ne me croira pas, on n'ajoutera pas foi à mes preuves. Faut-il avouer ? Je suis prêt à expier mon crime jusqu'à la fin, pourvu qu'il ne rejaillisse pas sur ma femme et mes enfants. Est-ce juste de les perdre avec moi ? N'est-ce pas une faute ? Où est la vérité ? Ces gens sauront-ils la reconnaître, l'apprécier ? »

« Seigneur, pensais-je, il songe à l'estime publique dans un pareil moment ! » Il m'inspirait une telle pitié que j'eusse partagé son sort, ne fût-ce que pour le soulager. Il avait l'air égaré. Je frémis, car non seulement je comprenais, mais je sentais ce que coûte une pareille détermination.

« Décidez de mon sort ! s'écria-t-il.

— Allez vous dénoncer », murmurai-je d'un ton ferme bien que la voix me manquât. Je pris sur la table l'Évangile et lui montrai le verset 24 du chapitre XII de saint Jean : *En vérité, en vérité, je vous le dis, si le grain de blé tombé en terre ne meurt pas, il demeure seul ; mais, s'il meurt, il porte beaucoup de fruit.* Je venais de lire ce verset avant son arrivée.

Il le lut.

« C'est vrai, avoua-t-il, mais avec un sourire amer. C'est effrayant ce qu'on trouve dans ces livres, fit-il après une pause ; il est facile de les fourrer sous le nez. Et qui les a écrits, seraient-ce les hommes ?

— C'est le Saint-Esprit.

— Il vous est facile de bavarder », dit-il souriant de nouveau, mais presque avec haine.

Je repris le livre, l'ouvris à une autre page et lui montrai l'Épître aux Hébreux, chapitre X verset 31. Il lut :

C'est une chose terrible que de tomber entre les mains du Dieu vivant.

Il rejeta le livre, tout tremblant.

« Voilà un verset terrible ; ma parole, vous avez su le choisir. Il se leva. Eh bien ! adieu, peut-être ne reviendrai-je pas... Nous nous reverrons en paradis. Donc, voilà quatorze ans que « je suis tombé entre les mains du Dieu vivant ». Demain, je prierai ces mains de me laisser aller... »

J'aurais voulu l'étreindre, l'embrasser, mais je n'osai ; son visage contracté faisait peine à voir. Il sortit. « Seigneur, pensai-je, où va-t-il ? » Je tombai à genoux devant l'icône et implorai pour lui la sainte Mère de Dieu, médiatrice, auxiliatrice. Une demi-heure se passa dans les larmes et la prière ; il était déjà tard, environ minuit. Soudain la porte s'ouvre, c'était encore lui. Je me montrai surpris.

« Où étiez-vous ? lui demandai-je.

— Je crois que j'ai oublié quelque chose... mon mouchoir... Eh bien ! même si je n'ai rien oublié, laissez-moi m'asseoir... »

Il s'assit. Je restai debout devant lui.

« Asseyez-vous aussi. »

J'obéis. Nous restâmes ainsi deux minutes ; il me dévisageait ; tout à coup, il sourit, puis il m'étreignit, m'embrassa...

« Souviens-toi que je suis revenu te trouver. Tu m'entends, souviens-toi ! »

C'était la première fois qu'il me tutoyait. Il partit. « Demain », pensai-je.

J'avais deviné juste. J'ignorais alors, n'étant allé nulle part ces derniers jours, que son anniversaire tombait précisément le lendemain. A cette occasion, il y avait chez lui une réception où assistait toute la ville. Elle eut lieu comme de coutume. Après le repas, il s'avança au milieu de ses invités, tenant en main un papier adressé à ses chefs. Comme ils étaient présents, il en donna lecture à tous les assistants : c'était un récit détaillé de son crime ! « Comme un monstre, je me retranche de la société ; Dieu m'a visité, concluait-il, je

veux souffrir. » En même temps, il déposa sur la table les
pièces à conviction gardées durant quatorze ans : des bijoux
de la victime dérobés pour détourner les soupçons, un
médaillon et une croix retirés de son cou, son carnet et deux
lettres ; une de son fiancé l'informant de sa prochaine arrivée,
et celle qu'elle avait commencée en réponse pour l'expédier le
lendemain. Pourquoi avoir pris ces deux lettres et les avoir
conservées durant quatorze ans, au lieu de les détruire,
comme des preuves ? Qu'arriva-t-il ? tous furent saisis de
surprise et d'effroi, mais personne ne voulut le croire, bien
qu'on l'écoutât avec une curiosité extraordinaire, comme un
malade ; quelques jours après, on tomba d'accord que le
malheureux était fou. Ses chefs et la justice furent contraints
de donner suite à l'affaire, mais bientôt on la classa ; bien que
les objets présentés et les lettres donnassent à penser, on
estima que, même si ces pièces étaient authentiques, elles ne
pouvaient servir de base à une accusation formelle. La
défunte pouvait les lui avoir confiées elle-même. J'appris
ensuite que leur authenticité avait été vérifiée par de
nombreuses connaissances de la victime, et qu'il ne subsistait
aucun doute. Mais, de nouveau, cette affaire ne devait pas
aboutir. Cinq jours plus tard, on sut que l'infortuné était
tombé malade et qu'on craignait pour sa vie. Je ne puis
expliquer la nature de sa maladie, attribuée à des troubles
cardiaques ; on apprit qu'à la demande de sa femme les
médecins avaient examiné son état mental et conclu à la folie.
Je ne fus témoin de rien, pourtant on m'accablait de
questions, et quand je voulus le visiter, on me le défendit
longtemps, surtout sa femme. « C'est vous, me dit-elle, qui
l'avez démoralisé ; il était déjà morose, la dernière année son
agitation extraordinaire et les bizarreries de sa conduite ont
frappé tout le monde, et vous l'avez perdu ; c'est vous qui
l'avez endoctriné, il ne vous quittait pas durant ce mois. » Et
non seulement sa femme, mais tout le monde en ville
m'accusait : « C'est votre faute », disait-on. Je me taisais, le

cœur joyeux de cette manifestation et de la miséricorde divine envers un homme qui s'était condamné lui-même. Quant à sa folie, je ne pouvais y croire. On m'admit enfin auprès de lui, il l'avait demandé avec insistance pour me faire ses adieux. Au premier abord, je vis que ses jours étaient comptés. Affaibli, le teint jaune, les mains tremblantes, il suffoquait, mais il y avait de la joie, de l'émotion dans son regard.

« Cela s'est accompli ! prononça-t-il ; il y a longtemps que je désirais te voir, pourquoi n'es-tu pas venu ? »

Je lui dissimulai qu'on m'avait consigné sa porte.

« Dieu me prend en pitié et me rappelle à lui. Je sais que je vais mourir, mais je me sens calme et joyeux, pour la première fois depuis tant d'années. Après ma confession, ce fut dans mon âme le paradis. Maintenant j'ose aimer mes enfants et les embrasser. On ne me croit pas, personne ne m'a cru, ni ma femme ni mes juges ; mes enfants ne le croiront jamais. J'y vois la preuve de la miséricorde divine envers eux. Ils hériteront d'un nom sans tache. A présent, je pressens Dieu, mon cœur exulte comme en paradis... J'ai accompli mon devoir... »

Incapable de parler, il haletait, me serrait la main, me regardait d'un air exalté. Mais nous ne causâmes pas longtemps, sa femme nous surveillait furtivement. Il put cependant murmurer :

« Te rappelles-tu que je suis retourné chez toi à minuit ? Je te recommandai même de t'en souvenir. Sais-tu pourquoi je venais ? Je venais pour te tuer ! »

Je frissonnai.

« Après t'avoir quitté, je rôdai dans les ténèbres, en lutte avec moi-même. Tout à coup je ressentis pour toi une haine presque intolérable. « Maintenant, pensai-je, il me tient, c'est mon juge, je suis forcé de me dénoncer, car il sait tout. » Non que je craignisse ta dénonciation (je n'y songeais pas), mais je me disais : « Comment oserai-je le regarder, si je ne m'accuse pas ? » Et quand tu aurais été aux antipodes, la seule idée que tu existes et me juges, sachant tout, m'eût été insupportable. Je te pris en haine, comme responsable de tout. Je retournai chez toi, me rappelant que tu avais un poignard sur ta table. Je m'assis et te priai d'en faire autant ; durant une minute je réfléchis. En te tuant, je me perdais, même sans avouer l'autre crime. Mais je n'y songeais pas, je ne voulais pas y songer à cet instant. Je te haïssais et brûlais de me venger de toi. Mais le Seigneur l'emporta sur le diable dans mon cœur. Sache, pourtant, que tu n'as jamais été si près de la mort. »

Il mourut au bout d'une semaine. Toute la ville suivit son cercueil. Le prêtre prononça une allocution émue. On déplora la terrible maladie qui avait mis fin à ses jours. Mais tout le monde se dressa contre moi lors de ses funérailles, on cessa même de me recevoir. Pourtant, quelques personnes, de plus en plus nombreuses, admirent la vérité de ses allégations ; on vint souvent m'interroger avec une maligne curiosité, car la chute et le déshonneur du juste causent de la satisfaction. Mais je gardai le silence et quittai bientôt tout à fait la ville ; cinq mois après, le Seigneur me jugea digne d'entrer dans la bonne voie, et je le bénis de m'avoir si visiblement guidé. Quant à l'infortuné Michel, je le mentionne chaque jour dans mes prières. »

III

EXTRAIT DES ENTRETIENS ET DE LA DOCTRINE DU « STARETS » ZOSIME

e) *Du religieux russe et de son rôle possible.*

« Pères et maîtres, qu'est-ce qu'un religieux ? De nos jours, dans les milieux éclairés, on prononce ce terme avec ironie, parfois même comme une injure. Et cela va en augmentant. Il est vrai, hélas ! qu'on compte, même parmi les moines, bien des fainéants, sensuels et paillards, bien d'effrontés vagabonds. « Vous n'êtes que des paresseux, des membres inutiles de la société, vivant du travail d'autrui, des mendiants sans vergogne. » Cependant, combien de moines sont humbles et doux, combien aspirent à la solitude pour s'y livrer à de ferventes prières. On ne parle guère d'eux, on les passe même sous silence, et j'étonnerais bien des gens en disant que ce sont eux qui sauveront peut-être encore une fois la terre russe ! Car ils sont vraiment prêts pour « le jour et l'heure, le mois et l'année ». Ils gardent dans leur solitude l'image du Christ, splendide et intacte, dans la pureté de la vérité divine, léguée par les Pères de l'Église, les apôtres et les martyrs, et quand l'heure sera venue, ils la révéleront au monde ébranlé. C'est une grande idée. Cette étoile brillera à l'Orient.

Voilà ce que je pense des religieux ; se peut-il que je me trompe, que ce soit de la présomption ? Regardez tous ces gens qui se dressent au-dessus du peuple chrétien, n'ont-ils pas altéré l'image de Dieu et sa vérité ? Ils ont la science, mais une science assujettie aux sens. Quant au monde spirituel, la moitié supérieure de l'être humain, on le repousse, on le bannit allégrement, même avec haine. Le monde a proclamé la liberté, ces dernières années surtout ; mais que représente cette liberté ! Rien que l'esclavage et le suicide ! Car le monde dit : « Tu as des besoins, assouvis-les, tu possèdes les mêmes droits que les grands, et les riches. Ne crains donc pas de les assouvir, accrois-les même » ; voilà ce qu'on enseigne maintenant. Telle est leur conception de la liberté. Et que résulte-t-il de ce droit à accroître les besoins ? Chez les riches, la *solitude* et le suicide *spirituel ;* chez les pauvres, l'envie et le meurtre, car on a conféré des droits, mais on n'a pas encore indiqué les moyens d'assouvir les besoins. On assure que le monde, en abrégeant les distances, en transmettant la pensée dans les airs, s'unira toujours davantage, que la fraternité

régnera. Hélas ! ne croyez pas à cette union des hommes.
Concevant la liberté comme l'accroissement des besoins et
leur prompte satisfaction, ils altèrent leur nature, car ils font
naître en eux une foule de désirs insensés, d'habitudes et
d'imaginations absurdes. Ils ne vivent que pour s'envier
mutuellement, pour la sensualité et l'ostentation. Donner des
dîners, voyager, posséder des équipages, des grades, des
valets, passe pour une nécessité à laquelle on sacrifie jusqu'à
sa vie, son honneur et l'amour de l'humanité, on se tuera
même, faute de pouvoir la satisfaire. Il en est de même chez
ceux qui ne sont pas riches ; quant aux pauvres, l'inassouvis-
sement des besoins et l'envie sont pour le moment noyés dans
l'ivresse. Mais bientôt, au lieu de vin, ils s'enivreront de
sang, c'est le but vers lequel on les mène. Dites-moi si un tel
homme est libre. Un « champion de l'idée » me racontait un
jour qu'étant en prison on le priva de tabac et que cette
privation lui fut si pénible qu'il faillit trahir son « idée » pour
en obtenir. Or, cet individu prétendait « lutter pour l'humanité ». De quoi peut-il être capable ? Tout au plus d'un effort
momentané, qu'il ne soutiendra pas longtemps. Rien d'étonnant à ce que les hommes aient rencontré la servitude au lieu
de la liberté, et qu'au lieu de servir la fraternité et l'union ils
soient tombés dan la désunion et la solitude, comme me le
disait jadis mon hôte mystérieux et mon maître. Aussi l'idée
du dévouement à l'humanité, de la fraternité, de la solidarité
disparaît-elle graduellement dans le monde ; en réalité, on
l'accueille même avec dérision, car comment se défaire de ses
habitudes, où ira ce prisonnier des besoins innombrables que
lui-même a inventés ? Dans la solitude, il se soucie fort peu
de la collectivité. En fin de compte, les biens matériels se sont
accrus et la joie a diminué.

Bien différente est la vie du religieux. On se moque de
l'obéissance, du jeûne, de la prière ; cependant c'est la seule
voie qui conduise à la vraie liberté ; je retranche les besoins
superflus, je dompte et je flagelle par l'obéissance ma volonté

égoïste et hautaine, je parviens ainsi, avec l'aide de Dieu, à la liberté de l'esprit et avec elle à la gaieté spirituelle ! Lequel d'entre eux est plus capable d'exalter une grande idée, de se mettre à son service, le riche isolé ou le religieux affranchi de la tyrannie des habitudes ? On fait au religieux un grief de son isolement : « En te retirant dans un monastère pour faire ton salut, tu désertes la cause fraternelle de l'humanité. » Mais voyons qui sert le plus la fraternité. Car l'isolement est de leur côté, non du nôtre, mais ils ne le remarquent pas. C'est de notre milieu que sortirent jadis les hommes d'action du peuple, pourquoi n'en serait-il pas ainsi de nos jours ? Ces jeûneurs et ces taciturnes doux et humbles se lèveront pour servir une noble cause. C'est le peuple qui sauvera la Russie. Le monastère russe fut toujours avec le peuple. Si le peuple est isolé, nous le sommes aussi. Il partage notre foi, et un homme politique incroyant ne fera jamais rien en Russie, fût-il sincère et doué de génie. Souvenez-vous-en. Le peuple terrassera l'athée et la Russie sera unifiée dans l'orthodoxie. Préservez le peuple et veillez sur son cœur. Instruisez-le dans la paix. Voilà notre mission de religieux, car ce peuple porte Dieu en lui. »

f) *Des maîtres et des serviteurs peuvent-ils devenir mutuellement des frères en esprit ?*

« Il faut avouer que le peuple aussi est en proie au péché. La corruption augmente visiblement tous les jours. L'isolement envahit le peuple ; les accapareurs et les sangsues font leur apparition. Déjà le marchand est toujours plus avide d'honneurs, il aspire à montrer son instruction, sans en avoir aucune ; à cet effet, il dédaigne les anciens usages, rougit même de la foi de ses pères ; il va chez les princes, tout en n'étant qu'un moujik dépravé. Le peuple est démoralisé par l'ivrognerie et ne peut s'en guérir. Que de cruautés dans la famille, envers la femme et même les enfants, causées par elle ! J'ai vu dans les usines des enfants de neuf ans, débiles, atrophiés, voûtés et déjà corrompus. Un local étouffant, le bruit des machines, le travail incessant, les obscénités, l'eau-de-vie, est-ce là ce qui convient à l'âme d'un jeune enfant ? Il lui faut le soleil, les jeux de son âge, de bons exemples et un minimum de sympathie. Il faut que cela cesse ; religieux, mes frères, les souffrances des enfants doivent prendre fin, levez-vous et prêchez. Mais Dieu sauvera la Russie, car si le bas peuple est perverti et croupit dans le péché, il sait que Dieu a le péché en horreur et qu'il est coupable devant Lui. De sorte que notre peuple n'a pas cessé de croire à la vérité ; il reconnaît Dieu et verse des larmes d'attendrissement. Il n'en va pas de même chez les grands. Adeptes de la science, ils veulent s'organiser équitablement par leur seule raison, sans le Christ ; déjà ils ont proclamé qu'il n'y a pas de crime ni de péché. Ils ont raison à leur point de vue, car sans Dieu, où est le crime ? En Europe, le peuple se soulève déjà contre les riches ; partout ses chefs l'incitent au meurtre et lui enseignent que sa colère est juste. Mais « maudite est leur colère, car elle est cruelle ». Quant à la Russie, le Seigneur la sauvera comme il l'a sauvée maintes fois. C'est du peuple que viendra le salut, de sa foi, de son humilité. Mes Pères, préservez la foi du peuple, je ne rêve pas : toute ma vie j'ai été frappé de la noble dignité de notre grand peuple, je l'ai vue, je puis l'attester. Il n'est pas servile, après un esclavage de deux siècles. Il est libre d'allure et de manières, mais sans vouloir offenser personne. Il n'est ni vindicatif ni envieux. « Tu es distingué, riche, intelligent, tu as du talent — soit, que Dieu te bénisse. Je te respecte, mais sache que moi aussi je suis un homme. Le fait que je te respecte sans t'envier te révèle ma dignité humaine. » En vérité, s'ils ne le disent pas (car ils ne savent pas encore le dire), ils agissent ainsi, je l'ai vu, je l'ai éprouvé moi-même, et, le croirez-vous ? plus l'homme russe est pauvre et humble, plus on remarque en lui cette noble vérité, car les riches parmi eux, les accapareurs et les sangsues sont déjà pervertis pour la plupart, et notre négligence, notre indifférence y sont pour beaucoup. Mais Dieu sauvera les siens, car la Russie est grande par son humilité. Je songe à notre avenir, il me semble le voir apparaître, car il arrivera que le riche le plus dépravé finira par rougir de sa richesse vis-à-vis du pauvre, et le pauvre, voyant son humilité, comprendra et répondra joyeusement, amicalement, à sa noble confusion. Soyez sûrs de ce dénouement ; on y tend ! Il n'y a d'égalité que dans la dignité spirituelle, et cela n'est compris que chez nous. Qu'il y ait des frères, la fraternité régnera, et sans la fraternité, on ne pourra jamais partager les biens. Nous gardons l'image du Christ et elle resplendira aux yeux du monde entier comme un diamant précieux... Ainsi soit-il !

Pères et maîtres, il m'est arrivé une fois quelque chose de touchant. Lors de mes pérégrinations, je rencontrai dans la ville de K... mon ancienne ordonnance Athanase, huit ans après m'être séparé de lui. M'ayant aperçu, par hasard, au marché, il me reconnut, accourut tout joyeux : « Père, c'est bien vous ? Se peut-il que je vous voie ? » Il me conduisit chez lui. Libéré du service, il s'était marié et avait déjà deux jeunes enfants. Sa femme et lui vivaient d'un petit commerce à l'éventaire. Leur chambre était pauvre, mais propre et gaie. Il me fit asseoir, prépara le samovar, envoya chercher sa femme, comme si je lui faisais une fête en venant chez lui. Il me présenta ses deux enfants : « Bénissez-les, mon Père. — Est-ce à moi de les bénir, répondis-je, je ne suis qu'un humble religieux, je prierai Dieu pour eux ; quant à toi, Athanase Pavlovitch, je ne t'oublie jamais dans mes prières, depuis ce fameux jour, car tu es cause de tout. » Je lui expliquai la chose de mon mieux. Il me regardait sans pouvoir se faire à l'idée que son ancien maître, un officier, se trouvait maintenant devant lui dans cet habit ; il en pleura même. « Pourquoi pleures-tu, lui dis-je, toi que je ne puis oublier. Réjouis-toi plutôt avec moi, mon bien cher, car ma route est illuminée de bonheur. » Il ne parlait guère, mais soupirait et hochait la tête avec attendrissement. « Qu'avez-vous fait de votre fortune ? — Je l'ai donnée au monastère, nous vivons en communauté. » Après le thé, je leur fis mes adieux ; il me donna cinquante kopeks, une offrande pour le monastère, et je le vois qui m'en met cinquante autres dans la main, hâtivement. « C'est pour vous, me dit-il, qui voyagez ; cela peut vous servir, mon Père. » J'acceptai sa pièce, le saluai, lui et sa femme, et m'en allai joyeux pensant en chemin : « Tous deux sans doute, lui dans sa maison et moi qui marche, nous soupirons et nous sourions joyeusement, le cœur content, en nous rappelant comment Dieu nous fit nous rencontrer. J'étais son maître, il était mon serviteur, et voici qu'en nous embrassant avec émotion, nous nous sommes confondus dans une noble union. » Je ne l'ai jamais revu depuis, mais j'ai beaucoup songé à ces choses et à présent je me dis : est-il inconcevable que cette grande et franche union puisse se réaliser partout à son heure, parmi les Russes ? Je crois qu'elle se réalisera et que l'heure est proche.

A propos des serviteurs, j'ajouterai ce qui suit. Quand j'étais jeune, je m'irritais fréquemment contre eux : « La cuisinière a servi trop chaud, l'ordonnance n'a pas brossé mes habits. » Mais je fus éclairé par la pensée de mon cher frère, à qui j'avais entendu dire dans mon enfance : « Suis-je digne d'être servi par un autre ? Ai-je le droit d'exploiter sa misère et son ignorance ? » Je m'étonnai alors que les idées les plus simples, les plus évidentes, nous viennent si tard à l'esprit. On ne peut se passer de serviteurs en ce monde, mais faites en sorte que le vôtre se sente chez vous plus libre moralement que s'il n'était pas un serviteur. Pourquoi ne serais-je pas le serviteur du mien, et pourquoi ne le verrait-il pas, sans nulle fierté de ma part ni défiance de la sienne ? Pourquoi mon serviteur ne serait-il pas comme mon parent que j'admettrais enfin avec joie dans ma famille ? D'ores et déjà, cela est réalisable et servira de base à la magnifique union de l'avenir, quand l'homme ne voudra plus transformer en serviteurs ses semblables, comme à présent, mais désirera ardemment, au contraire, devenir lui-même le serviteur de tous selon l'Évangile. Serait-ce un rêve de croire que finalement l'homme trouvera sa joie uniquement dans les œuvres de civilisation et de charité et non, comme de nos jours, dans les satisfactions brutales, la gloutonnerie, la fornication, l'orgueil, la vantardise, la suprématie jalouse des uns sur les autres ? Je suis persuadé que ce n'est pas un rêve et que les temps sont proches ? On rit, on demande : quand ces temps viendront-ils ? est-il probable qu'ils viennent ? Je pense que nous accomplirons cette grande œuvre avec le Christ. Combien d'idées en ce monde, dans l'histoire de l'humanité, étaient irréalisables dix ans auparavant, lesquelles apparurent soudain quand leur terme mystérieux fut arrivé, et se répandirent sur toute la terre ! Il en sera de même pour nous ; notre peuple brillera devant le monde et tous diront : « La pierre que les architectes avaient rejetée est devenue la pierre angulaire. » On pourrait demander aux railleurs : si nous rêvons, quand élèverez-vous votre édifice, quand vous organiserez-vous équitablement par votre seule raison, sans le Christ ? S'ils affirment tendre aussi à l'union, il n'y a vraiment que les plus naïfs d'entre eux pour le croire, si bien qu'on peut s'étonner de cette naïveté. En réalité, il y a plus de fantaisie chez eux que chez nous. Ils peuvent s'organiser selon la justice, mais ayant repoussé le Christ ils finiront par inonder le monde de sang, car le sang appelle le sang, et celui qui a tiré l'épée périra par l'épée. Sans la promesse du Christ, ils s'extermineraient jusqu'à ce qu'il n'en restât que deux. Et dans leur orgueil, ceux-ci ne pourraient se contenir, le dernier supprimerait l'avant-dernier et lui-même ensuite. Voilà ce qui adviendrait sans la promesse du Christ d'arrêter cette lutte pour l'amour des doux et des humbles. Après mon duel, portant encore l'uniforme, il m'arriva de parler des serviteurs en société ; je me souviens que j'étonnai tout le monde. « Eh quoi, il faudrait d'après vous installer nos serviteurs dans un fauteuil et leur offrir du thé ! » Je leur répondis : « Pourquoi pas, ne serait-ce que de temps en temps ? » Ce fut un éclat de rire général. Leur question était frivole et ma réponse manquait de clarté ; mais je pense qu'elle renfermait une certaine vérité. »

g) *De la prière, de l'amour, du contact avec les autres mondes.*

« Jeune homme, n'oublie pas la prière. Toute prière, si elle est sincère, exprime un nouveau sentiment, elle est la source d'une idée nouvelle que tu ignorais et qui te réconforteras, et tu comprendras que la prière est une éducation. Souviens-toi encore de répéter chaque jour, et toutes les fois que tu peux, mentalement : « Seigneur, aie pitié de tous ceux qui comparaissent maintenant devant toi. » Car à chaque heure, des milliers d'êtres terminent leur existence terrestre et leurs âmes arrivent devant le Seigneur ; combien parmi eux ont quitté la terre dans l'isolement, ignorés de tous, tristes et angoissés de l'indifférence générale. Et peut-être qu'à l'autre bout du monde, ta prière pour lui montera à Dieu, sans que vous vous soyez connus. L'âme saisie de crainte en présence du Seigneur, il sera touché d'avoir lui aussi sur la terre quelqu'un qui l'aime et qui intercède pour lui. Et Dieu vous regardera tous deux avec plus de miséricorde, car si tu as une telle pitié de cette âme, Il en aura d'autant plus, Lui dont la miséricorde et l'amour sont infinis. Et Il lui pardonnera à cause de toi.

Mes frères, ne craignez pas le péché, aimez l'homme même dans le péché, c'est là l'image de l'amour divin, il n'y en a pas de plus grand sur la terre. Aimez toute la création dans son ensemble et dans ses éléments, chaque feuille, chaque rayon, les animaux, les plantes. En aimant chaque chose, vous comprendrez le mystère divin dans les choses. L'ayant une fois compris, vous le connaîtrez toujours davantage, chaque jour. Et vous finirez par aimer le monde entier d'un amour universel. Aimez les animaux, car Dieu leur a donné le principe de la pensée et une joie paisible. Ne la troublez pas, ne les tourmentez pas en leur ôtant cette joie, ne vous opposez pas au plan de Dieu. Homme, ne te dresse pas au-dessus des animaux ; ils sont sans péché, tandis qu'avec ta grandeur tu souilles la terre par ton apparition, laissant après toi une trace de pourriture, c'est le sort de presque chacun de nous, hélas ! Aimez particulièrement les enfants, car eux aussi sont sans péché, comme les anges, ils existent pour toucher nos cœurs, les purifier, ils sont pour nous comme une indication. Malheur à qui offense un de ces petits ! C'est le frère Anthyme qui m'a appris à les aimer ; sans rien dire, avec les kopeks qu'on nous donnait dans nos pérégrinations, il achetait parfois du sucre d'orge et du pain d'épice pour les leur distribuer ; il ne pouvait passer près des enfants sans être ému.

On se demande parfois, surtout en présence du péché : « Faut-il recourir à la force ou à l'humble amour ? » N'employez jamais que cet amour, vous pourrez ainsi soumettre le monde entier. L'humanité pleine d'amour est une force redoutable, à nulle autre pareille. Chaque jour, à chaque instant, surveillez-vous, gardez une attitude digne. Vous avez passé à côté d'un petit enfant en blasphémant, sous l'empire de la colère, sans le remarquer ; mais lui vous a vu, et il garde peut-être dans son cœur innocent votre image avilissante. Sans le savoir vous avez peut-être semé dans son âme un mauvais germe qui risque de se développer, et cela parce que vous vous êtes oublié devant cet enfant, parce que vous n'avez pas cultivé en vous l'amour actif, réfléchi. Mes frères, l'amour est un maître, mais il faut savoir l'acquérir, car il s'acquiert difficilement, au prix d'un effort prolongé ; il faut aimer, en effet, non pour un instant, mais jusqu'au bout. N'importe qui, même un scélérat, est capable d'un amour

fortuit. Mon frère demandait pardon aux oiseaux ; cela
semble absurde, mais c'est juste, car tout ressemble à
l'Océan, où tout s'écoule et communique, on touche à une
place et cela se répercute à l'autre bout du monde. Admettons que ce soit une folie de demander pardon aux oiseaux,
mais les oiseaux, et l'enfant, et chaque animal qui vous
entoure se sentiraient plus à l'aise, si vous-même étiez plus
digne que vous ne l'êtes maintenant, si peu que ce fût. Alors
vous prieriez les oiseaux ; possédé tout entier par l'amour
dans une sorte d'extase, vous les prieriez de vous pardonner
vos péchés. Chérissez cette extase, si absurde qu'elle paraisse
aux hommes.

Mes amis, demandez à Dieu la joie. Soyez gais comme les
enfants, comme les oiseaux des cieux. Ne vous laissez pas
troubler dans votre apostolat par le péché ; ne craignez pas
qu'il ternisse votre œuvre et vous empêche de l'accomplir ; ne
dites pas : « Le péché, l'impiété, le mauvais exemple sont
puissants, tandis que nous sommes faibles, isolés ; le mal
triomphera, étouffera le bien. » Ne vous laissez pas abattre
ainsi, mes enfants ! Il n'y a qu'un moyen de salut : prends à
ta charge tous les péchés des hommes. En effet, mon ami, dès
que tu répondras sincèrement pour tous et pour tout, tu
verras aussitôt qu'il en est vraiment ainsi, que tu es coupable
pour tous et pour tout. Mais en rejetant ta paresse et ta
faiblesse sur les autres, tu deviendras finalement d'un orgueil
satanique, et tu murmureras contre Dieu. Voici ce que je
pense de cet orgueil ; il nous est difficile de le comprendre ici-
bas, c'est pourquoi on tombe si facilement dans l'erreur, on
s'y abandonne, en s'imaginant accomplir quelque chose de
grand, de noble. Parmi les sentiments et les mouvements les
plus violents de notre nature, il y en a beaucoup que nous ne
pouvons pas encore comprendre ici-bas ; ne te laisse pas
séduire, ne pense pas que cela puisse te servir en quoi que ce
soit de justification, car le souverain Juge te demandera
compte de ce que tu pouvais comprendre, et non du reste ; tu

t'en convaincras toi-même, car tu discerneras tout exactement et ne feras pas d'objections. Sur la terre, nous sommes
errants, et si nous n'avions pas la précieuse image du Christ
pour nous guider, nous succomberions et nous égarerions
tout à fait, comme le genre humain avant le déluge. Bien des
choses nous sont cachées en ce monde ; en revanche, nous
avons la sensation mystérieuse du lien vivant qui nous
rattache au monde céleste ; les racines de nos sentiments et de
nos idées ne sont pas ici, mais ailleurs. Voilà pourquoi les
philosophes disent qu'il est impossible sur la terre de
comprendre l'essence des choses. Dieu a emprunté les
semences aux autres mondes pour les semer ici-bas et a
cultivé son jardin. Tout ce qui pouvait pousser l'a fait, mais
les plantes que nous sommes vivent seulement par le
sentiment de leur contact avec ces mondes mystérieux ;
lorsque ce sentiment s'affaiblit ou disparaît, ce qui avait
poussé en nous périt. Nous devenons indifférents à l'égard de
la vie, nous la prenons même en aversion. C'est du moins
mon idée. »

h) *Peut-on être le juge de ses semblables ?*
De la foi jusqu'au bout.

« Souviens-toi que tu ne peux être le juge de personne. Car
avant de juger un criminel, le juge doit savoir qu'il est lui-
même aussi criminel que l'accusé, et peut-être plus que tous
coupable de son crime. Quand il l'aura compris, il peut être
juge. Si absurde que cela semble, c'est la vérité. Car si j'étais
moi-même un juste, peut-être n'y aurait-il pas de criminel
devant moi. Si tu peux te charger du crime de l'accusé que tu
juges dans ton cœur, fais-le immédiatement et souffre à sa
place ; quant à lui, laisse-le aller sans reproche. Et même si la
loi t'a institué son juge, autant qu'il est possible, rends la
justice aussi dans cet esprit, car une fois parti il se condamnera encore plus sévèrement que ton tribunal. S'il s'en va

insensible à tes bons traitements et en se moquant de toi, n'en sois pas impressionné ; c'est que son heure n'est pas encore venue, mais elle viendra ; et dans le cas contraire, un autre à sa place comprendra, souffrira, se condamnera, s'accusera lui-même, et la vérité sera accomplie. Crois fermement à cela, c'est là-dessus que reposent l'espérance et la foi des saints. Ne te lasse pas d'agir. Si tu te souviens la nuit, avant de t'endormir, que tu n'as pas accompli ce qu'il fallait, lève-toi aussitôt pour l'accomplir. Si ton entourage, par malice et indifférence, refuse de t'écouter, mets-toi à genoux et demande-lui pardon, car en vérité, c'est ta faute s'il ne veut pas t'écouter. Si tu ne peux parler à ceux qui sont aigris, sers-les en silence et dans l'humilité, sans jamais désespérer. Si tous te quittent et qu'on te chasse avec violence, demeuré seul, prosterne-toi, baise la terre, arrose-la de tes larmes, et ces larmes porteront des fruits, quand bien même personne ne te verrait, ne t'entendrait dans ta solitude. Crois jusqu'au bout, même si tous les hommes s'étaient fourvoyés et que tu fusses seul demeuré fidèle ; apporte alors ton offrande et loue Dieu, ayant seul gardé la foi. Et si deux hommes tels que toi s'assemblent, alors voilà la plénitude de l'amour vivant, embrassez-vous avec effusion et louez le Seigneur ; car sa vérité s'est accomplie, ne fût-ce qu'en vous deux.

Si tu as péché toi-même et que tu en sois mortellement affligé, réjouis-toi pour un autre, pour un juste, réjouis-toi de ce que lui, en revanche, est juste et n'a pas péché.

Si tu es indigné et navré de la scélératesse des hommes, jusqu'à vouloir en tirer vengeance, redoute par-dessus tout ce sentiment ; impose-toi la même peine que si tu étais toi-même coupable de leur crime. Accepte cette peine et endure-la, ton cœur s'apaisera, tu comprendras que toi aussi, tu es coupable, car tu aurais pu éclairer les scélérats même en qualité de seul juste, et tu ne l'as pas fait. En les éclairant, tu leur aurais montré une autre voie, et l'auteur du crime ne l'eût peut-être pas commis, grâce à la lumière. Si même les hommes restent insensibles à cette lumière malgré tes efforts, et qu'ils négligent leur salut, demeure ferme et ne doute pas de la puissance de la lumière céleste ; sois persuadé que s'ils n'ont pas été sauvés maintenant, ils le seront plus tard. Sinon, leurs fils seront sauvés à leur place, car ta lumière ne périra pas, même si tu étais mort. Le juste disparaît, mais sa lumière reste. C'est après la mort du sauveur que l'on se sauve. Le genre humain repousse ses prophètes, il les massacre, mais les hommes aiment leurs martyrs et vénèrent ceux qu'ils ont fait périr. C'est pour la collectivité que tu travailles, pour l'avenir que tu agis. Ne cherche jamais de récompense, car tu en as déjà une grande sur cette terre : ta joie spirituelle, que seul le juste a en partage. Ne crains ni les grands ni les puissants, mais sois sage et toujours digne. Observe la mesure, connais les termes, instruis-toi à ce sujet. Retiré dans la solitude, prie. Prosterne-toi avec amour et baise la terre. Aime inlassablement, insatiablement, tous et tout, recherche cette extase et cette exaltation. Arrose la terre de larmes d'allégresse, aime ces larmes. Ne rougis pas de cette extase, chéris-la, car c'est un grand don de Dieu, accordé seulement aux élus. »

i) *De l'enfer et du feu éternel. Considération mystique.*

« Mes Pères, je me demande : « Qu'est-ce que l'enfer ? » Je le définis ainsi : « la souffrance de ne plus pouvoir aimer ». Une fois, dans l'infini de l'espace et du temps, un être spirituel, par son apparition sur la terre, a eu la possibilité de dire : « je suis et j'aime ». Une fois seulement lui a été accordé un moment d'amour actif et *vivant* ; à cette fin lui a été donnée la vie terrestre, bornée dans le temps ; or, cet être heureux a repoussé ce don inestimable, ne l'a ni apprécié ni aimé, l'a considéré ironiquement, y est resté insensible. Un tel être, ayant quitté la terre, voit le sein d'Abraham, s'entretient avec lui comme il est dit dans la

parabole de Lazare et du mauvais riche, il contemple le
paradis, peut s'élever jusqu'au Seigneur, mais ce qui le
tourmente précisément, c'est qu'il se présente sans avoir
aimé, qu'il entre en contact avec ceux qui ont aimé, et dont il
a dédaigné l'amour. Car il a une claire notion des choses et se
dit : « Maintenant j'ai la connaissance et, malgré ma soif
d'amour, cet amour sera sans valeur, ne représentera aucun
sacrifice, car la vie terrestre est terminée et Abraham ne
viendra pas apaiser — fût-ce par une goutte d'eau vive — ma
soif ardente d'amour spirituel, dont je brûle maintenant,
après l'avoir dédaigné sur la terre. La vie et le temps sont à
présent révolus. Je donnerais avec joie ma vie pour les autres,
mais c'est impossible, car la vie que l'on pouvait sacrifier à
l'amour est écoulée, un abîme la sépare de l'existence
actuelle. » On parle du feu de l'enfer au sens littéral ; je crains
de sonder ce mystère, mais je pense que si même il y avait de
véritables flammes, les damnés s'en réjouiraient, car ils
oublieraient dans les tourments physiques, ne fût-ce qu'un
instant, la plus horrible torture morale. Il est impossible de
les en délivrer, car ce tourment est en eux, non à l'extérieur.
Et si on le pouvait, je pense qu'ils n'en seraient que plus
malheureux. Car même si les justes du paradis leur pardon-
naient à la vue de leurs souffrances et les appelaient à eux
dans leur amour infini, ils ne feraient qu'accroître ces
souffrances, excitant en eux cette soif ardente d'un amour
correspondant, actif et reconnaissant, désormais impossible.
Dans la timidité de mon cœur, je pense pourtant que la
conscience de cette impossibilité finirait par les soulager, car
ayant accepté l'amour des justes sans pouvoir y répondre,
leur humble soumission créerait une sorte d'image et d'imita-
tion de cet amour actif dédaigné par eux sur la terre... Je
regrette, frères et amis, de ne pouvoir formuler clairement
ceci. Mais malheur à ceux qui se sont détruits eux-mêmes,
malheur aux suicidés ! Je pense qu'il ne peut pas y avoir de
plus malheureux qu'eux. C'est un péché, nous dit-on, de

prier Dieu pour eux, et l'Église les repousse en apparence, mais ma pensée intime est qu'on pourrait prier pour eux aussi. L'amour ne saurait irriter le Christ. Toute ma vie j'ai prié dans mon cœur pour ces infortunés, je vous le confesse, mes Pères, maintenant encore je prie pour eux.

Oh! il y a en enfer des êtres qui demeurent fiers et farouches, malgré leur connaissance incontestable et la contemplation de la vérité inéluctable; il y en a de terribles, devenus totalement la proie de Satan et de son orgueil. Ce sont des martyrs volontaires qui ne peuvent se rassasier de l'enfer. Car ils se sont maudits eux-mêmes, ayant maudit Dieu et la vie. Ils se nourrissent de leur orgueil irrité, comme un affamé dans le désert se met à sucer son propre sang. Mais ils sont insatiables aux siècles des siècles et repoussent le pardon. Ils maudissent Dieu qui les appelle et voudraient que Dieu s'anéantît, lui et toute sa création. Et ils brûleront éternellement dans le feu de leur colère, ils auront soif de la mort et du néant. Mais la mort les fuira... »

Ici se termine le manuscrit d'Alexéi Fiodorovitch Karamazov. Je le répète : il est incomplet et fragmentaire. Les renseignements biographiques, par exemple, n'embrassent que la première jeunesse du *starets*. On a emprunté à son enseignement et à ses opinions, pour les résumer en un tout, des choses dites évidemment en plusieurs fois, à des occasions différentes. Les propos tenus par le *starets* dans ses dernières heures ne sont pas précisés, on donne seulement une idée de l'esprit et du caractère de cet entretien, comparé aux extraits des autres leçons, dans le manuscrit d'Alexéi Fiodorovitch. La fin du *starets* survint d'une façon vraiment inattendue, car, bien que tous les assistants se rendissent compte que sa mort approchait, on ne pouvait se figurer qu'elle aurait lieu si subitement; au contraire, comme nous l'avons déjà remarqué, ses amis, en le voyant si dispos, si loquace, crurent à un mieux sensible, ne fût-il que passager. Cinq minutes avant son décès, on ne pouvait encore rien prévoir. Il éprouva soudain une douleur aiguë à la poitrine, pâlit, appuya ses mains sur son cœur. Tous s'empressèrent autour de lui ; souriant malgré ses souffrances, il glissa de son fauteuil, se mit à genoux, se prosterna la face penchée vers le sol, étendit les bras, puis comme en extase, baisant la terre et priant (lui-même l'avait enseigné), il rendit doucement, allégrement, son âme à Dieu. La nouvelle de sa mort se répandit aussitôt dans l'ermitage et atteignit le monastère. Les intimes du défunt et ceux que leur rang désignait à cet office procédèrent à la toilette funèbre d'après l'antique rite ; la communauté se rassembla à l'église. Avant le jour, la nouvelle fut connue en ville et devint le sujet de toutes les conversations ; beaucoup de gens se rendirent au monastère. Mais nous en parlerons dans le livre suivant : disons seulement, par anticipation, que durant cette journée, il survint un événement si inattendu et, d'après l'impression qu'il produisit parmi les moines et en ville, à tel point étrange et déconcertant, que jusqu'à maintenant, après tant d'années, on a gardé dans notre ville le plus vivant souvenir de cette journée mouvementée...

Troisième partie

LIVRE VII

ALIOCHA

I

L'ODEUR DÉLÉTÈRE

Le corps du Père Zosime fut préparé pour l'inhumation d'après le rite établi. On ne lave pas les moines et les ascètes décédés, le fait est notoire. « Lorsqu'un moine est rappelé au Seigneur, lit-on dans le Grand Rituel, le frère préposé à cet effet frotte son corps à l'eau tiède, traçant au préalable, avec l'éponge, une croix sur le front du mort, sur la poitrine, les mains, les pieds et les genoux, rien de plus. » Ce fut le Père Païsius qui procéda à cette opération. Ensuite, il revêtit le défunt de l'habit monastique et l'enveloppa dans une chape, en la fendant un peu, comme il est prescrit, pour rappeler la forme de la croix. On lui posa sur la tête un capuce terminé par une croix à huit branches, le visage étant recouvert d'un voile noir, et dans les mains une icône du Sauveur. Le cadavre ainsi habillé fut mis vers le matin dans un cercueil préparé depuis longtemps. On décida de le laisser pour la journée dans la grande chambre qui servait de salon. Comme le défunt avait le rang de *iéroskhimonakh* [1], il convenait de lire à son intention, non le Psautier mais l'Évangile. Après l'office des morts, le Père Joseph commença la lecture ; quant au Père Païsius, qui voulait le remplacer ensuite pour le reste de la journée et pour la nuit, il était en ce moment fort occupé et soucieux, ainsi que le supérieur de l'ermitage. On constatait, en effet, parmi la communauté et les laïcs survenus en foule, une agitation inouïe, inconvenante même, une attente fiévreuse. Les deux religieux faisaient tout leur possible pour calmer les esprits surexcités. Quand il fit suffisamment clair, on vit arriver des fidèles amenant avec eux leurs malades, surtout les enfants, comme s'ils n'attendaient que ce moment, espérant une guérison immédiate, qui ne pouvait tarder de s'opérer, d'après leur croyance. Ce fut alors seulement qu'on constata à quel point tous avaient l'habitude de considérer le défunt *starets*, dès son vivant, comme un véritable saint. Et les nouveaux venus étaient loin d'appartenir tous au bas peuple. Cette anxieuse attente des croyants, qui se manifestait ouvertement, avec une impatience presque impérieuse, paraissait scandaleuse au Père Païsius et dépassait ses prévisions. Rencontrant des religieux tout émus, il leur parla ainsi :

« Cette attente frivole et immédiate de grandes choses n'est possible que parmi les laïcs et ne sied pas à nous autres. »

Mais on ne l'écoutait guère, et le Père Païsius s'en apercevait avec inquiétude, bien que lui-même (pour ne rien celer), tout en réprouvant des espoirs trop prompts qu'il trouvait frivoles et vains, les partageât secrètement dans le fond de son cœur, presque au même degré, ce dont il se rendait compte. Pourtant, certaines rencontres lui déplaisaient fort et excitaient des doutes en lui, par une sorte de pressentiment. C'est ainsi que, dans la foule qui encombrait la cellule, il remarqua avec répugnance (et se le reprocha aussitôt) la présence de Rakitine et du religieux d'Obdorsk, qui s'attardait au monastère. Tous deux parurent tout à coup suspects au Père Païsius, bien qu'ils ne fussent pas les seuls à cet égard. Au milieu de l'agitation générale, le moine d'Obdorsk se démenait plus que tous ; on le voyait partout en train de questionner, l'oreille aux aguets, chuchotant d'un air mystérieux. Il paraissait impatient et comme irrité de ce que le miracle si longtemps attendu ne se produisait point. Quant à Rakitine, il se trouvait de si bonne heure à l'ermitage, comme on l'apprit plus tard, d'après les instructions de Mme Khokhlakov. Dès que cette femme, bonne mais dépourvue de caractère, qui n'avait pas accès à l'ascétère, eut appris la nouvelle en s'éveillant, elle fut saisie d'une telle curiosité qu'elle envoya aussitôt Rakitine, avec mission de la tenir au courant par écrit, toutes les demi-heures environ, de *tout ce qui arriverait*. Elle tenait Rakitine pour un jeune homme d'une piété exemplaire, tant il était insinuant et savait se faire valoir aux yeux de chacun, pourvu qu'il y trouvât le moindre intérêt. Comme la journée s'annonçait belle, de nombreux fidèles se pressaient autour des tombes, dont la plupart avoisinaient l'église, tandis que d'autres étaient disséminées çà et là. Le Père Païsius, qui faisait le tour de l'ascétère, songea soudain à Aliocha, qu'il n'avait pas vu depuis longtemps. Il l'aperçut au même instant, dans le coin le plus reculé, près de l'enceinte, assis sur la pierre tombale d'un religieux, mort depuis bien des années et que son ascétisme avait rendu célèbre. Il tournait le dos à l'ermitage, faisant face à l'enceinte, et le monument le dissimulait presque. En s'approchant, le Père Païsius vit qu'il avait caché son visage dans ses mains et pleurait amèrement, le corps secoué par les sanglots. Il le considéra un instant.

« Assez pleuré, cher fils, assez, mon ami, dit-il enfin avec sympathie. Pourquoi pleures-tu ? Réjouis-toi, au contraire. Ignores-tu donc que ce jour est un jour sublime pour *lui* ? Pense seulement au lieu où il se trouve maintenant, à cette minute ! »

Aliocha regarda le moine, découvrit son visage gonflé de larmes comme celui d'un petit enfant, mais se détourna aussitôt et le recouvrit de ses mains.

« Peut-être as-tu raison de pleurer, proféra le Père Païsius d'un air pensif. C'est le Christ qui t'a envoyé ces larmes.

« Tes larmes d'attendrissement ne sont qu'un repos de l'âme et serviront à te distraire le cœur », ajouta-t-il à part soi, en songeant avec affection à Aliocha. Il se hâta de s'éloigner, sentant que lui aussi allait pleurer en le regardant.

Cependant le temps s'écoulait, les services funèbres se succédaient. Le Père Païsius remplaça le Père Joseph auprès du cercueil et poursuivit la lecture de l'Évangile. Mais avant trois heures de l'après-midi il arriva ce dont j'ai parlé à la fin du livre précédent, un événement si inattendu, si contraire à l'espérance générale que, je le répète, notre ville et ses environs s'en souviennent encore à l'heure actuelle. J'ajouterai qu'il me répugne presque de parler de cet événement scandaleux, au fond des plus banaux et des plus naturels, et je l'aurais certainement passé sous silence, s'il n'avait pas influé d'une façon décisive sur l'âme et le cœur du principal *quoique futur* héros de mon récit, Aliocha, provoquant en lui une sorte de révolution qui agita sa raison, mais l'affermit définitivement pour un but déterminé.

Lorsque, avant le jour, le corps du *starets* fut mis en bière et transporté dans la première chambre, quelqu'un demanda s'il fallait ouvrir les fenêtres. Mais cette question, posée incidemment, demeura sans réponse et presque inaperçue, sauf de quelques-uns. L'idée qu'un tel mort pût se corrompre et sentir mauvais leur parut absurde et fâcheuse (sinon comique), à cause du peu de foi et de la frivolité qu'elle révélait, car on attendait précisément le contraire. Un peu après midi commença une chose remarquée d'abord en silence par ceux qui allaient et venaient, chacun craignant visiblement de faire part à d'autres de sa pensée ; vers trois heures, cela fut constaté avec une telle évidence que la nouvelle se répandit parmi tous les visiteurs de l'ermitage, gagna le monastère où elle plongea tout le monde dans l'étonnement, et bientôt après atteignit la ville, agita les croyants et les incrédules. Ceux-ci se réjouirent ; quant aux croyants, il s'en trouva parmi eux pour se réjouir encore

davantage, car « la chute du juste et sa honte font plaisir »,
comme disait le défunt dans une de ses leçons. Le fait est que
le cercueil se mit à exhaler une odeur délétère, qui alla en
augmentant. On chercherait en vain dans les annales de notre
monastère un scandale pareil à celui qui se déroula parmi les
religieux eux-mêmes, aussitôt après la constatation du fait, et
qui eût été impossible en d'autres circonstances. Bien des
années plus tard, certains d'entre eux se remémorant les
incidents de cette journée, se demandaient avec effroi
comment le scandale avait pu atteindre de telles proportions.
Car, déjà auparavant, des religieux irréprochables, d'une
sainteté reconnue, étaient décédés, et leurs cercueils avaient
répandu une odeur délétère qui se manifestait naturellement,
comme chez tous les morts, mais sans causer de scandale, ni
même aucune émotion. Sans doute, d'après la tradition, les
restes d'autres religieux, décédés depuis longtemps, avaient
échappé à la corruption, ce dont la communauté conservait
un souvenir ému et mystérieux, y voyant un fait miraculeux
et la promesse d'une gloire encore plus grande provenant de
leurs tombeaux, si telle était la volonté divine. Parmi eux, on
gardait surtout la mémoire du *starets* Job, mort vers 1810, à
l'âge de cent cinq ans, fameux ascète, grand jeûneur et
silenciaire, dont la tombe était montrée avec vénération à tous
les fidèles qui arrivaient pour la première fois au monastère,
avec des allusions mystérieuses aux grandes espérances
qu'elle suscitait. (C'était la tombe où le Père Païsius avait
rencontré Aliocha, le matin.) A part lui, on citait également
le Père Barsanuphe, le *starets* auquel avait succédé le Père
Zosime, que, de son vivant, tous les fidèles fréquentant le
monastère tenaient pour « innocent ». La tradition prétendait que ces deux personnages gisaient dans leur cercueil
comme vivants, qu'on les avait inhumés intacts, que leurs
visages même étaient en quelque sorte lumineux. D'autres
rappelaient avec insistance que leurs corps exhalaient une
odeur suave. Pourtant, malgré des souvenirs aussi suggestifs,

il serait difficile d'expliquer exactement comment une scène aussi absurde, aussi choquante put se passer auprès du cercueil du Père Zosime. Quant à moi, je l'attribue à différentes causes qui agirent toutes ensemble. Ainsi, cette haine invétérée du *starétisme*, tenu pour une innovation pernicieuse, qui existait encore chez de nombreux moines. Ensuite, il y avait surtout l'envie qu'on portait à la sainteté du défunt, si solidement établie de son vivant qu'il était comme défendu de la discuter. Car, bien que le *starets* gagnât une foule de cœurs par l'amour plus que par les miracles et eût constitué comme une phalange de ceux qui l'aimaient, il s'était pourtant attiré, par là même, des envieux, puis des ennemis, tant déclarés que cachés, non seulement au monastère, mais parmi les laïcs. Bien qu'il n'eût causé de tort à personne, on disait : « Pourquoi passe-t-il pour saint ? » Et cette seule question, à force d'être répétée, avait fini par engendrer une haine inextinguible. Aussi, je pense que beaucoup, en apprenant qu'il sentait mauvais au bout de si peu de temps — car il n'y avait pas un jour qu'il était mort — furent ravis ; de même, cet événement fut presque un outrage et une offense personnelle pour certains des partisans du *starets* qui l'avaient révéré jusqu'alors. Voici dans quel ordre les choses se passèrent.

Dès que la corruption se fut déclarée, à l'air seul des religieux qui pénétraient dans la cellule, on pouvait deviner le motif qui les amenait. Celui qui entrait ressortait au bout d'un moment pour confirmer la nouvelle à la foule des autres qui l'attendaient. Les uns hochaient la tête avec tristesse, d'autres ne dissimulaient pas leur joie, qui éclatait dans leurs regards malveillants. Et personne ne leur faisait de reproches, personne n'élevait la voix en faveur du défunt, chose d'autant plus étrange que ses partisans formaient la majorité au monastère ; mais on voyait que le Seigneur lui-même permettait à la minorité de triompher provisoirement. Bientôt parurent dans la cellule, des laïcs, pour la plupart gens instruits, envoyés également comme émissaires. Le bas peuple n'entrait guère, bien qu'il se pressât en foule aux portes de l'ermitage. Il est incontestable que l'affluence des laïcs augmenta notablement après trois heures, par suite de cette nouvelle scandaleuse. Ceux qui ne seraient peut-être pas venus ce jour-là arrivaient maintenant à dessein, et parmi eux quelques personnes d'un rang notable. D'ailleurs, la décence n'était pas encore ouvertement troublée, et le Père Païsius, l'air sévère, continuait à lire l'Évangile à part, avec fermeté, comme s'il ne remarquait rien de ce qui se passait, bien qu'il eût déjà observé quelque chose d'insolite. Mais des voix d'abord timides, qui s'affermirent peu à peu et prirent de l'assurance, parvinrent jusqu'à lui : « Ainsi donc, le jugement de Dieu n'est pas celui des hommes ! » Cette réflexion fut formulée d'abord par un laïc, fonctionnaire de la ville, homme d'un certain âge, passant pour fort pieux ; il ne fit d'ailleurs que répéter à haute voix ce que les religieux se disaient depuis longtemps à l'oreille. Le pire, c'est qu'ils prononçaient cette parole pessimiste avec une sorte de satisfaction qui allait grandissant. Bientôt, la décence commença d'être troublée, on aurait dit que tous se sentaient autorisés à agir ainsi. « Comment *cela* a-t-il pu se produire ? disaient quelques-uns, d'abord comme à regret ; il n'était pas corpulent, rien que la peau et les os, pourquoi sentirait-il mauvais ? — C'est un avertissement de Dieu, se hâtaient d'ajouter d'autres, dont l'opinion prévalait, car ils indiquaient que si l'odeur eût été naturelle, comme pour tout pécheur, elle se fût manifestée plus tard, après vingt-quatre heures au moins, mais ceci a devancé la nature, donc il faut y voir le doigt de Dieu. » Ce raisonnement était irréfutable. Le doux Père Joseph, le bibliothécaire, favori du défunt, se mit à objecter à certains médisants qu' « il n'en était pas partout ainsi », que l'incorruptibilité du corps des justes n'était pas un dogme de l'orthodoxie, mais seulement une opinion, et que dans les régions les plus orthodoxes, au mont Athos, par

exemple, on attache moins d'importance à l'odeur délétère ;
ce n'est pas l'incorruptibilité physique qui passe là-bas pour
le principal signe de la glorification des justes, mais la couleur
de leurs os, après que leurs corps ont séjourné de longues
années dans la terre : « Si les os deviennent jaunes comme la
cire, cela signifie que le Seigneur a glorifié un juste ; mais s'ils
sont noirs, c'est que le Seigneur ne l'en a pas jugé digne ;
voilà comme on procède au mont Athos, sanctuaire où se
conservent dans toute leur pureté les traditions de l'orthodoxie », conclut le Père Joseph. Mais les paroles de l'humble
Père ne firent pas impression et provoquèrent même des
reparties ironiques : « Tout ça, c'est de l'érudition et des
nouveautés, inutile de l'écouter », décidèrent entre eux les
religieux. « Nous gardons les anciens usages ; faudrait-il
imiter toutes les nouveautés qui surgissent ? » ajoutaient
d'autres. « Nous avons autant de saints qu'eux. Au mont
Athos, sous le joug turc, ils ont tout oublié. L'orthodoxie
s'est altérée chez eux depuis longtemps, ils n'ont même pas
de cloches », renchérissaient les plus ironiques. Le Père
Joseph se retira chagriné, d'autant plus qu'il avait exprimé
son opinion avec peu d'assurance et sans trop y ajouter foi. Il
prévoyait, dans son trouble, une scène choquante et un
commencement d'insubordination. Peu à peu, à la suite du
Père Joseph, toutes les voix raisonnables se turent. Comme
par une sorte d'accord, tous ceux qui avaient aimé le défunt,
accepté avec une tendre soumission l'institution du *starétisme*,
furent soudain saisis d'effroi et se bornèrent à échanger de
timides regards quand ils se rencontraient. Les ennemis du
starétisme, en tant que nouveauté, relevaient fièrement la
tête : « Non seulement le Père Barsanuphe ne sentait pas,
mais il répandait une odeur suave, rappelaient-ils avec une
joie maligne. Ses mérites et son rang lui avaient valu cette
justification. » Ensuite, le blâme et même les accusations ne
furent pas épargnés au défunt : « Il enseignait à tort que la
vie est une grande joie et non une humiliation douloureuse »,

disaient quelques-uns parmi les plus bornés. « Il croyait d'après la nouvelle mode, n'admettait pas le feu matériel en enfer », ajoutaient d'autres encore plus obtus. « Il ne jeûnait pas rigoureusement, se permettait des douceurs, prenait des confitures de cerises avec le thé; il les aimait beaucoup, les dames lui en envoyaient. Convient-il à un ascète de prendre du thé? » disaient d'autres envieux. « Il trônait plein d'orgueil, rappelaient avec acharnement les plus malveillants; il se croyait un saint, on s'agenouillait devant lui, il l'acceptait comme une chose due. » « Il abusait du sacrement de la confession », chuchotaient malignement les plus fougueux adversaires du *starétisme,* et parmi eux des religieux âgés, d'une dévotion rigoureuse, de vrais jeûneurs taciturnes, qui avaient gardé le silence durant la vie du défunt, mais ouvraient maintenant la bouche, chose déplorable, car leurs paroles influaient fortement sur les jeunes religieux, encore hésitants. Le moine de Saint-Sylvestre d'Obdorsk était tout oreilles, soupirait profondément, hochait la tête : « Le Père Théraponte avait raison hier », songeait-il à part lui, et juste à ce moment celui-ci parut, comme pour redoubler la confusion.

Nous avons déjà dit qu'il quittait rarement sa cellule du rucher, qu'il restait même longtemps sans aller à l'église et qu'on lui passait ces fantaisies comme à un soi-disant toqué, sans l'astreindre au règlement. Pour tout dire, on était bien obligé de se montrer tolérant envers lui. Car on se serait fait un scrupule d'imposer formellement la règle commune à un aussi grand jeûneur et silentiaire, qui priait jour et nuit, s'endormant même à genoux. « Il est plus saint que nous tous et ses austérités dépassent la règle, disaient les religieux; s'il ne va pas à l'église, il sait lui-même quand y aller, il a sa propre règle. » C'était donc pour éviter un scandale qu'on laissait le Père Théraponte en repos. Comme tous le savaient, il éprouvait une véritable aversion pour le Père Zosime; et soudain il apprit dans sa cellule que « le jugement de Dieu

n'était pas celui des hommes et avait devancé la nature ».
On peut croire que le moine d'Obdorsk, revenu plein
d'effroi de sa visite la veille, était accouru un des premiers lui annoncer la nouvelle. J'ai mentionné aussi que
le Père Païsius, qui lisait impassible l'Évangile devant le
cercueil, sans voir ni entendre ce qui se passait au-dehors,
avait pourtant pressenti l'essentiel, car il connaissait à
fond son milieu. Il n'était pas troublé et, prêt à toute
éventualité, observait d'un regard pénétrant l'agitation
dont il prévoyait déjà le résultat. Tout à coup, un bruit
insolite et inconvenant dans le vestibule frappa son oreille.
La porte s'ouvrit toute grande et le Père Théraponte
parut sur le seuil.

De la cellule, on distinguait nettement de nombreux
moines qui l'avaient accompagné et se pressaient au bas
du perron, et parmi eux des laïcs. Pourtant ils n'entrèrent
pas, mais attendirent ce que dirait et ferait le Père Théraponte, car ils prévoyaient, non sans crainte malgré leur
hardiesse, que celui-ci n'était pas venu pour rien. S'arrêtant sur le seuil, le Père Théraponte leva les bras, démas-
quant les yeux perçants et curieux de l'hôte d'Obdorsk,
incapable de se retenir et monté seul derrière lui à cause
de son extrême curiosité. Les autres, dès que la porte
s'ouvrit avec fracas, reculèrent au contraire, en proie à
une peur subite. Les bras levés, le père Théraponte vociféra :

« Je chasse les démons ! »

Il se mit aussitôt, en se tournant successivement aux
quatre coins de la cellule, à faire le signe de la croix.
Ceux qui l'accompagnaient comprirent aussitôt le sens de
son acte, sachant que n'importe où il allait, avant de
s'asseoir et de parler, il exorcisait le malin.

« Hors d'ici, Satan, hors d'ici ! répétait-il à chaque
signe de croix. Je chasse les démons ! » hurla-t-il de nouveau. Son froc grossier était ceint d'une corde, sa chemise

de chanvre laissait voir sa poitrine velue. Il avait les pieds entièrement nus. Dès qu'il agita les bras, on entendit cliqueter les lourdes chaînes qu'il portait sous le froc.

Le Père Païssius s'arrêta de lire, s'avança et se tint devant lui dans l'attente.

« Pourquoi es-tu venu, Révérend Père ? Pourquoi troubler l'ordre ? Pourquoi scandaliser l'humble troupeau ? proféra-t-il enfin en le regardant avec sévérité.

— Pourquoi je suis venu ? Que demandes-tu ? Que crois-tu ? cria le Père Thérapóntè d'un air égaré. Je suis venu chasser vos hôtes, les démons impurs. Je verrai si vous en avez hébergé beaucoup en mon absence. Je veux les balayer.

— Tu chasses le malin et peut-être le sers-tu toi-même, poursuivit intrépidement le Père Païssius. Qui peut dire de lui-même : « je suis saint ». Est-ce toi, mon Père ?

— Je suis souillé et non saint. Je ne m'assieds pas dans un fauteuil et je ne veux pas être adoré comme une idole ! tonna le Père Thérapóntè. A présent, les hommes ruinent la sainte foi. Le défunt, votre saint — et il se retourna vers la foule et désignant du doigt le cercueil — rejetait les démons. Il donnait une drogue contre eux. Et les voici qui pullulent chez vous, comme les araignées dans les coins. Maintenant, lui-même empeste. Nous voyons là un sérieux avertissement du Seigneur. »

C'était une allusion à un fait réel. Le malin était apparu à l'un des religieux, d'abord en songe, puis à l'état de veille. Épouvanté, il rapporta la chose au *starets* Zosime, qui lui prescrivit un jeûne rigoureux et des prières ferventes. Comme rien n'y faisait, il lui conseilla de prendre un remède, sans renoncer à ces pieuses pratiques. Beaucoup alors en furent choqués et discoururent entre eux en hochant la tête, surtout le Père Thérapóntè, auquel certains détracteurs s'étaient empressés de rapporter cette prescription « insolite » du *starets*.

« Va-t'en, Père ! dit impérieusement le Père Païssius, ce

n'est pas aux hommes de juger, mais à Dieu. Peut-être voyons-nous ici un « avertissement » que personne n'est capable de comprendre, ni toi, ni moi. Va-t'en, Père, et ne scandalise pas le troupeau ! répéta-t-il d'un ton ferme.

— Il n'observait pas le jeûne prescrit aux profès, voilà d'où vient cet avertissement. Ceci est clair, c'est un péché de le dissimuler ! poursuivit le fanatique se laissant emporter par son zèle extravagant. — Il adorait les bonbons, les dames lui en apportaient dans leurs poches ; il sacrifiait à son ventre, il le remplissait de douceurs, il nourrissait son esprit de pensées arrogantes... Aussi a-t-il subi cette ignominie...

— Tes paroles sont futiles, Père ; j'admire ton ascétisme, mais tes paroles sont futiles, telles que les prononceraient dans le monde un jeune homme inconstant et étourdi. Va-t'en. Père, je te l'ordonne ! conclut le Père Païsius d'une voix tonnante.

— Je m'en vais ! proféra le Père Théraponte, comme déconcerté, mais toujours courroucé ; vous vous enorgueillissez de votre science devant ma nullité. Je suis arrivé ici peu instruit, j'y ai oublié ce que je savais, le Seigneur lui-même m'a préservé, moi chétif, de votre grande sagesse... »

Le Père Païsius, immobile devant lui, attendait avec fermeté.

Le Père Théraponte se tut quelques instants et soudain s'assombrit, porta la main droite à sa joue, et prononça d'une voix traînante, en regardant le cercueil du *starets* :

« Demain on chantera pour lui : *Aide et Protecteur*, hymne glorieux, et pour moi, quand je crèverai, seulement : *Quelle vie bienheureuse*, médiocre verset [1], dit-il d'un ton de regret. Vous vous êtes enorgueillis et enflés, ce lieu est désert ! » hurla-t-il comme un insensé.

Puis, agitant les bras, il se détourna rapidement et descendit à la hâte les degrés du perron. La foule qui l'attendait hésita ; quelques-uns le suivirent aussitôt, d'autres tardèrent, car la cellule restait ouverte et le Père Païsius, sorti sur le perron, observait, immobile. Mais le vieux fanatique n'avait pas fini : à vingt pas il se tourna vers le soleil couchant, leva les bras en l'air et — comme fauché — s'écroula sur le sol en criant : « Mon Seigneur a vaincu ! Le Christ a vaincu le soleil couchant ! »

Il poussait des cris de forcené, les bras tendus vers le soleil et la face contre terre ; puis il se mit à pleurer comme un petit enfant, secoué par les sanglots, écartant les bras par terre.

Tous alors s'élancèrent vers lui, des exclamations retentirent, des sanglots... Une sorte de délire s'était emparé d'eux tous.

« Voilà un saint ! Voilà un juste ! s'écriait-on sans crainte ; il mérite d'être *starets*, ajoutaient d'autres avec emportement.

— Il ne voudra pas être *starets*... lui-même refusera... Il ne servira pas cette nouveauté maudite... Il n'ira pas imiter leurs folies », reprirent d'autres voix.

Il est difficile de se figurer ce qui serait arrivé, mais juste à ce moment la cloche appela au service divin. Tous se signèrent. Le Père Théraponte se releva, se signa lui aussi, puis se dirigea vers sa cellule sans se retourner, en tenant des propos incohérents. Un petit nombre le suivit, mais la plupart se dispersèrent, pressés d'aller à l'office. Le Père Païsius céda la place au Père Joseph et sortit. Les clameurs des fanatiques ne pouvaient l'ébranler, mais il sentit soudain une tristesse particulière lui envahir le cœur. Il comprit que cette angoisse provenait, en apparence, d'une cause insignifiante. Le fait est que, dans la foule qui se pressait à l'entrée de la cellule, il avait aperçu Aliocha parmi les agités et se souvenait d'avoir éprouvé alors une sorte de souffrance. « Ce jeune homme tiendrait-il maintenant une telle place dans mon cœur ? » se demanda-t-il avec surprise. A cet instant, Aliocha passa à côté de lui, se hâtant on ne savait où, mais pas du côté de l'église. Leurs regards se rencontrèrent. Aliocha détourna les yeux et les baissa ; rien qu'à son air le Père Païsius devina le profond changement qui s'opérait en lui en ce moment.

« As-tu aussi été séduit ? s'écria le Père Païsius. Serais-tu avec les gens de peu de foi ? » ajouta-t-il tristement.

Aliocha s'arrêta, le regarda vaguement, puis de nouveau il détourna les yeux et les baissa. Il se tenait de côté, sans faire face à son interlocuteur. Le Père Païsius l'observait avec attention.

« Où vas-tu si vite ? On sonne pour l'office, demanda-t-il encore, mais Aliocha ne répondit rien.

— Est-ce que tu quitterais l'ermitage sans autorisation, sans recevoir la bénédiction ? »

Tout à coup Aliocha eut un sourire contraint, jeta un regard des plus étranges sur le Père qui le questionnait, celui auquel l'avait confié, avant de mourir, son ancien directeur, le maître de son cœur et de son esprit, son *starets* bien-aimé ; puis, toujours sans répondre, il agita la main comme s'il n'avait cure de la déférence et se dirigea à pas rapides vers la sortie de l'ermitage.

« Tu reviendras ! » murmura le Père Païsius en le suivant des yeux avec une douloureuse surprise.

II

UNE TELLE MINUTE

Le Père Païsius ne se trompait pas en décidant que son « cher garçon » reviendrait ; peut-être même avait-il soupçonné, sinon compris, le véritable état d'âme d'Aliocha. Néanmoins, j'avoue qu'il me serait maintenant très difficile de définir exactement ce moment étrange de la vie de mon jeune et sympathique héros. A la question attristée que le Père Païsius posait à Aliocha : « Serais-tu aussi avec les gens de peu de foi ? » je pourrais certes répondre avec fermeté à sa place : « Non, il n'est pas avec eux. » Bien plus, c'était même tout le contraire : son trouble provenait précisément de sa foi ardente. Il existait pourtant, ce trouble, et si douloureux que même longtemps après Aliocha considérait cette triste journée comme une des plus pénibles, des plus funestes de sa vie. Si l'on demande : « Est-il possible qu'il éprouvât tant d'angoisse et d'agitation uniquement parce que le corps de son *starets,* au lieu d'opérer des guérisons, s'était au contraire rapidement décomposé ? » je répondrai sans ambages : « Oui, c'est bien cela. » Je prierai toutefois le lecteur de ne pas trop se hâter de rire de la simplicité de mon jeune homme. Non seulement je n'ai pas l'intention de demander pardon pour lui ou d'excuser sa foi naïve, soit par sa jeunesse, soit par les faibles progrès réalisés dans ses études, etc., mais je déclare, au contraire, éprouver un sincère respect pour la nature de son cœur. Assurément, un autre jeune homme, accueillant avec réserve les impressions du cœur, tiède et non ardent dans ses affections, loyal, mais d'esprit trop judicieux pour son âge, un tel jeune homme, dis-je, eût évité ce qui arriva au mien ; mais dans certains cas il est plus honorable de céder à un entraînement déraisonnable, provoqué par un grand amour, que d'y résister. A plus forte raison dans la jeunesse, car selon moi un jeune homme constamment judicieux ne vaut pas grand-chose. « Mais, diront peut-être les gens raisonnables, tout jeune homme ne peut pas croire à un tel préjugé, et le vôtre n'est pas un modèle pour les autres. » A quoi je répondrai : « Oui, mon jeune homme croyait avec ferveur, totalement, mais je ne demanderai pas pardon pour lui. »

Bien que j'aie déclaré plus haut (peut-être avec trop de hâte) ne pas vouloir excuser ni justifier mon héros, je vois qu'une explication est nécessaire pour l'intelligence ultérieure du récit. Il ne s'agissait pas ici d'attendre des miracles avec une impatience frivole. Et ce n'est pas pour le triomphe de certaines convictions qu'Aliocha avait alors besoin de miracles, ni pour celui de quelque idée préconçue sur une autre, en aucune façon ; avant tout, au premier plan, surgissait devant lui la figure de son *starets* bien-aimé, du juste pour qui il avait un culte. C'est sur lui, sur lui seul que se concentrait parfois, au moins dans ses plus vifs élans, tout l'amour qu'il portait dans son jeune cœur « pour tous et tout ». A vrai dire, cet être incarnait depuis si longtemps à ses yeux l'idéal absolu, qu'il y aspirait de toutes les forces de sa jeunesse, exclusivement, jusqu'à en oublier, par moments, « tous et tout ». (Il se rappela par la suite avoir complètement oublié, en cette pénible journée, son frère Dmitri, dont il se préoccupait tant la veille ; oublié aussi de porter les deux cents roubles au père d'Ilioucha, comme il se l'était promis.) Ce n'étaient pas des miracles qu'il lui fallait, mais seulement la « justice suprême », violée à ses yeux, ce qui le navrait. Qu'importe que cette « justice » attendue par Aliocha prît par la force des choses la forme de miracles opérés immédiatement par la dépouille de son ancien directeur qu'il adorait ? C'est ce que pensait et attendait tout le monde, au monastère, même ceux devant lesquels il s'inclinait, le Père Païsius par exemple ; Aliocha, sans se laisser troubler par le doute, rêvait de la même façon qu'eux. Une année entière de vie monastique l'y avait préparé, son cœur était accoutumé à cette attente. Toutefois il n'avait pas seulement soif de miracles, mais encore de justice. Et celui qui aurait dû, d'après son espérance, être élevé au-dessus de tous, se trouvait abaissé et couvert de honte ! Pourquoi cela ? Qui était juge ? Ces questions tourmentaient son cœur innocent. Il avait été offensé et même irrité de voir le juste entre les justes livré aux railleries malveillantes de la foule frivole, si inférieure à lui. Qu'aucun miracle n'ait eu lieu, que l'attente générale ait été déçue, passe encore ! Mais pourquoi cette honte, cette décomposition hâtive qui « devançait la nature », comme disaient les méchants moines ? Pourquoi cet « avertissement » dont ils triomphaient avec le Père Théraponte, pourquoi s'y croyaient-ils autorisés ? Où était donc la Providence ? Pourquoi, pensait Aliocha, s'était-elle retirée « au moment décisif », paraissant se soumettre aux lois aveugles et impitoyables de la nature ?

Aussi le cœur d'Aliocha saignait ; comme nous l'avons déjà dit, il s'agissait de l'être qu'il chérissait le plus au monde, et qui était « couvert de honte et d'infamie ! » Plaintes futiles et déraisonnables, mais, je le répète pour la troisième fois (et peut-être avec frivolité, j'y consens) : je suis content que mon jeune homme ne se soit pas montré judicieux en un pareil moment, car le jugement vient toujours en son temps, quand on n'est pas sot ; mais quand viendra l'amour, s'il n'y en a pas dans un jeune cœur à un moment exceptionnel ? Il faut mentionner pourtant un phénomène étrange, mais passager, qui se manifesta dans l'esprit d'Aliocha à cet instant critique. C'était par intervalles une impression douloureuse résultant de la conversation de la veille avec son frère Ivan, qui l'obsédait maintenant. Non que ses croyances fondamentales fussent en rien ébranlées : en dépit de ses murmures subits, il aimait son Dieu et croyait fermement en lui. Pourtant une impression confuse, mais pénible et mauvaise, surgit dans son âme, et tendit à s'imposer de plus en plus.

A la nuit tombante, Rakitine, qui traversait le bois de pins pour aller au monastère, aperçut Aliocha, étendu sous un arbre, la face contre terre, immobile et paraissant dormir. Il s'approcha, l'interpella.

« C'est toi, Alexéi ? Est-il possible que tu… » proféra-t-il étonné, mais il n'acheva pas. Il voulait dire : Est-il possible que tu *en sois là ?* » Aliocha ne tourna pas la tête, mais d'après un mouvement qu'il fit, Rakitine devina qu'il l'entendait et le comprenait. « Qu'as-tu donc ? poursuivit-il surpris, mais un sourire ironique apparaissait déjà sur ses lèvres. Écoute, je te cherche depuis plus de deux heures. Tu as disparu tout à coup. Que fais-tu donc ici ? Regarde-moi, au moins ! »

Aliocha releva la tête, s'assit en s'adossant à l'arbre. Il ne pleurait pas, mais son visage exprimait la souffrance ; on lisait dans ses yeux de l'irritation. D'ailleurs, il ne regardait pas Rakitine, mais à côté.

« Mais tu n'as plus le même visage ! Ta fameuse douceur a disparu. Te serais-tu fâché contre quelqu'un ? On t'a fait un affront ?

— Laisse-moi ! fit soudain Aliocha sans le regarder, avec un geste de lassitude.

— Oh, oh ! voilà comme nous sommes ! Un ange, crier comme les simples mortels ! Eh bien, Aliocha, franchement tu me surprends, moi que rien n'étonne. Je te croyais plus cultivé. »

Aliocha le regarda enfin, mais d'un air distrait, comme s'il le comprenait mal.

« Et tout ça, parce que ton vieux sent mauvais ! Croyais-tu sérieusement qu'il allait faire des miracles ? s'écria Rakitine avec un étonnement sincère.

— Je l'ai cru, je le crois, je veux le croire toujours ! Que te faut-il de plus ? fit Aliocha avec irritation.

— Rien du tout, mon cher. Que diable, les écoliers de treize ans n'y croient plus ! Alors, tu t'es fâché, te voilà maintenant en révolte contre ton Dieu : monsieur n'a pas reçu d'avancement, monsieur n'a pas été décoré ! Quelle misère ! »

Aliocha le regarda longuement, les yeux à demi fermés ; un éclair y passa... mais ce n'était pas de la colère contre Rakitine.

— Je ne me révolte pas contre mon Dieu, seulement je n'accepte pas son univers », fit-il avec un sourire contraint.

— Comment, tu n'acceptes pas l'univers ? répéta Rakitine après un instant de réflexion. Quel est ce galimatias ? »

Aliocha ne répondit pas.

« Laissons ces niaiseries ; au fait ! As-tu mangé aujourd'hui ?

— Je ne me souviens pas... Je crois que oui.

— Tu dois te restaurer, tu as l'air épuisé, cela fait peine à voir. Tu n'as pas dormi cette nuit, à ce qu'il paraît ; vous aviez une séance. Ensuite tout ce remue-ménage, ces simagrées. Bien sûr, tu n'as bouffé que du pain bénit. J'ai dans ma poche un saucisson que j'ai apporté tantôt de la ville à tout hasard, mais tu n'en voudrais pas...

— Donne.

— Hé ! hé ! Alors, c'est la révolte ouverte, les barricades ! Eh bien, frère, ne perdons pas de temps. Viens chez moi... Je boirais volontiers un verre d'eau-de-vie, je suis harassé. La *vodka*, bien sûr, ne te tente pas. Y goûterais-tu ?

— Donne toujours.

— Ah bah ! C'est bizarre ! s'exclama Rakitine en lui lançant un regard stupéfait. Quoi qu'il en soit, eau-de-vie ou saucisson ne sont pas à dédaigner, allons ! »

Aliocha se leva sans mot dire et suivit Rakitine.

« Si ton frère Ivan te voyait, c'est lui qui serait surpris ! A propos, sais-tu qu'il est parti ce matin pour Moscou ?

— Je le sais », dit Aliocha avec indifférence.

Soudain, l'image de Dmitri lui apparut, la durée d'un instant ; il se rappela vaguement une affaire urgente, un devoir impérieux à remplir, mais ce souvenir ne lui fit aucune impression, ne parvint pas jusqu'à son cœur, s'effaça aussitôt de sa mémoire. Par la suite, il devait longtemps s'en souvenir.

« Ton frère Ivan m'a traité une fois de « ganache libérale ». Toi-même m'as donné un jour à entendre que j'étais « malhonnête »... Soit. On va voir maintenant vos capacités et votre honnêteté (ceci fut chuchoté par Rakitine, à part soi). Écoute, reprit-il à haute voix, évitons le monastère, le sentier nous mène droit à la ville... Hem ! je dois passer chez la Khokhlakov. Je lui ai écrit les événements ; figure-toi qu'elle m'a répondu par un billet au crayon (elle adore écrire, cette dame) qu' « elle n'aurait jamais attendu une pareille conduite

de la part d'un *starets* aussi respectable que le Père Zosime ! »
Sic. Elle aussi s'est fâchée ; vous êtes tous les mêmes !
Attends ! »

Il s'arrêta brusquement et, la main sur l'épaule d'Aliocha :

« Sais-tu, Aliocha, dit-il d'un ton insinuant en le regardant
dans les yeux, sous l'impression d'une idée subite qu'il
craignait visiblement de formuler, malgré son air rieur, tant il
avait peine à croire aux nouvelles dispositions d'Aliocha ;
sais-tu où nous ferions bien d'aller ?

— Où tu voudras… ça m'est égal.

— Allons chez Grouchegnka, hein ! Veux-tu ? dit enfin
Rakitine tout tremblant d'attente.

— Allons », répondit tranquillement Aliocha.

Rakitine s'attendait si peu à ce prompt consentement qu'il
faillit faire un bond en arrière.

« A la bonne heure ! » allait-il s'écrier, mais il saisit Aliocha
par le bras et l'entraîna rapidement, craignant de le voir
changer d'avis.

Ils marchaient en silence, Rakitine avait peur de parler.

« Comme elle sera contente… » voulut-il dire, mais il se
tut. Ce n'était certes pas pour faire plaisir à Grouchegnka
qu'il lui amenait Aliocha ; un homme sérieux comme lui
n'agissait que par intérêt. Il avait un double but : se venger
d'abord, contempler « la honte du juste » et la « chute »
probable d'Aliocha, « de saint devenu pécheur », ce dont il se
réjouissait d'avance ; en outre, il avait en vue un avantage
matériel dont il sera question plus loin.

« Voilà une occasion qu'il faut saisir aux cheveux »,
songeait-il avec une gaieté maligne.

III

L'OIGNON

Grouchegnka habitait le quartier le plus animé, près de la place de l'Église, chez la veuve du marchand Morozov, où elle occupait dans la cour un petit pavillon en bois. La maison Morozov, une bâtisse en pierre, à deux étages, était vieille et laide ; la propriétaire, une femme âgée, y vivait seule avec deux nièces, des vieilles filles. Elle n'avait pas besoin de louer son pavillon, mais on savait qu'elle avait admis Grouchegnka comme locataire (quatre ans auparavant) pour complaire à son parent, le marchand Samsonov, protecteur attitré de la jeune fille. On disait que le vieux jaloux, en installant chez elle sa « favorite », comptait sur la vigilance de la vieille femme pour surveiller la conduite de sa locataire. Mais cette vigilance devint bientôt inutile, de sorte que Mme Morozov ne voyait que rarement Grouchegnka et avait cessé de l'importuner en l'espionnant. A vrai dire, quatre ans s'étaient déjà écoulés depuis que le vieillard avait ramené du chef-lieu cette jeune fille de dix-huit ans, timide, gênée, fluette, maigre, pensive et triste, et beaucoup d'eau avait passé sous les ponts. On ne savait rien de précis sur elle dans notre ville, on n'en apprit pas davantage plus tard, même lorsque beaucoup de personnes commencèrent à s'intéresser à la beauté accomplie qu'était devenue Agraféna Alexandrovna. On racontait qu'à dix-sept ans elle avait été séduite par un officier qui l'avait aussitôt abandonnée pour se marier, laissant la malheureuse dans la honte et la misère. On disait d'ailleurs que, malgré tout, Grouchegnka sortait d'une famille honorable et d'un milieu ecclésiastique, étant la fille d'un diacre en disponibilité, ou quelque chose d'approchant. En quatre ans, l'orpheline sensible, malheureuse, chétive, était devenue florissante, vermeille, une beauté russe, au caractère énergique, fière, effrontée, habile à manier l'argent, avare et avisée, qui avait su, honnêtement ou non, amasser un certain capital. Une seule chose ne laissait aucun doute, c'est que Grouchegnka était inaccessible et qu'à part le vieillard, son protecteur, personne, durant ces quatre années, n'avait pu se vanter de ses faveurs. Le fait était certain, car bien des soupirants s'étaient présentés, surtout les deux dernières années. Mais toutes les tentatives échouèrent et quelques-uns durent même battre en retraite, couverts de ridicule, grâce à la résistance de cette jeune personne au caractère énergique. On savait encore qu'elle s'occupait d'affaires, surtout depuis un an, et qu'elle y manifestait des capacités remarquables, si bien que beaucoup avaient fini par la traiter de juive. Non qu'elle prêtât à usure ; mais on savait, par exemple, qu'en compagnie de Fiodor Pavlovitch Karamazov elle avait racheté, pendant quelque temps, des billets à vil prix, au dixième de leur valeur, recouvrant ensuite, dans certains cas, la totalité de la créance. Le vieux Samsonov, que ses pieds enflés ne portaient plus depuis un an, veuf qui tyrannisait ses fils majeurs, capitaliste d'une avarice impitoyable, était tombé pourtant sous l'influence de sa protégée, qu'il avait tenue de court au début, à la portion congrue, « à l'huile de chènevis », disaient les railleurs. Mais Grouchegnka avait su s'émanciper, tout en lui inspirant une confiance sans bornes quant à sa fidélité. Ce vieillard, grand homme d'affaires, avait aussi un caractère remarquable : avare et dur comme pierre, bien que Grouchegnka l'eût subjugué au point qu'il ne pouvait se passer d'elle, il ne lui reconnut pas de capital important et, même si elle l'avait menacé de le quitter, il fût demeuré inflexible. En revanche, il lui réserva une certaine somme, et, quand on l'apprit, cela surprit tout le monde. « Tu n'es pas sotte, dit-il en lui assignant huit mille roubles, opère toi-même, mais sache qu'à part ta pension annuelle, comme auparavant, tu ne recevras rien de plus jusqu'à ma mort et que je ne te laisserai rien par testament. » Il tint

parole, et ses fils, qu'il avait toujours gardés chez lui comme
des domestiques avec leurs femmes et leurs enfants, héritè-
rent de tout ; Grouchegnka ne fut même pas mentionnée dans
le testament. Par ses conseils sur la manière de faire valoir
son capital, il l'aida notablement et lui indiqua des
« affaires ». Quand Fiodor Pavlovitch Karamazov, entré en
relation avec Grouchegnka à propos d'une opération « fortuite », finit par tomber amoureux d'elle jusqu'à en perdre la
raison, le vieux Samsonov, qui avait déjà un pied dans la
tombe, s'amusa beaucoup. Mais lorsque Dmitri Fiodorovitch
se mit sur les rangs, le vieux cessa de rire. « S'il faut choisir
entre les deux, lui dit-il une fois sérieusement, prends le
père, mais à condition que le vieux coquin t'épouse et te
reconnaisse au préalable un certain capital. Ne te lie pas avec
le capitaine, tu n'en tirerais aucun profit. » Ainsi parla le
vieux libertin, pressentant sa fin prochaine ; il mourut en
effet cinq mois plus tard. Soit dit en passant, bien qu'en ville
la rivalité absurde et choquante des Karamazov père et fils
fût connue de bien des gens, les véritables relations de
Grouchegnka avec chacun d'eux demeuraient ignorées de la
plupart. Même ses servantes (après le drame dont nous
parlerons) témoignèrent en justice qu'Agraféna Alexandrovna recevait Dmitri Fiodorovitch uniquement par
crainte, car « il avait menacé de la tuer ». Elle en avait deux,
une cuisinière fort âgée, depuis longtemps au service de sa
famille, maladive et presque sourde, et sa petite-fille, alerte
femme de chambre de vingt ans.

Grouchegnka vivait fort chichement, dans un intérieur des
plus modestes, trois pièces meublées en acajou par la
propriétaire, dans le style de 1820. A l'arrivée de Rakitine et
d'Aliocha, il faisait déjà nuit, mais on n'avait pas encore
allumé. La jeune femme était étendue au salon, sur son
canapé au dossier d'acajou, recouvert de cuir dur, déjà usé et
troué, la tête appuyée sur deux oreillers. Elle reposait sur le
dos, immobile, les mains derrière la tête, portant une robe de

soie noire, avec une coiffure en dentelle qui lui seyait à
merveille ; sur les épaules, un fichu agrafé par une broche en
or massif. Elle attendait quelqu'un, inquiète et impatiente, le
teint pâle, les lèvres et les yeux brûlants, son petit pied
battant la mesure sur le bras du canapé. Au bruit que firent
les visiteurs en entrant, elle sauta à terre, criant d'une voix
effrayée :

« Qui va là ? »

La femme de chambre s'empressa de rassurer sa maîtresse.

« Ce n'est pas lui, n'ayez crainte. »

« Que peut-elle bien avoir ? » murmura Rakitine en
menant par le bras Aliocha au salon.

Grouchegnka restait debout, encore mal remise de sa
frayeur. Une grosse mèche de ses cheveux châtains, échappée
de sa coiffure, lui tombait sur l'épaule droite, mais elle n'y
prit pas garde et ne l'arrangea pas avant d'avoir reconnu ses
hôtes.

« Ah ! c'est toi Rakitka ? Tu m'as fait peur ! Avec qui es-
tu ? Seigneur, voilà qui tu m'amènes ! s'écria-t-elle en
apercevant Aliocha.

— Fais donc donner de la lumière ! dit Rakitine, du ton
d'un familier qui a le droit de commander dans la maison.

— Certainement... Fénia [1], apporte-lui une bougie... Tu
as trouvé le bon moment pour l'amener ! »

Elle fit un signe de tête à Aliocha et arrangea ses cheveux
devant la glace. Elle paraissait mécontente.

« Je tombe mal ? demanda Rakitine, l'air soudain vexé.

— Tu m'as effrayée, Rakitka, voilà tout. »

Grouchegnka se tourna en souriant vers Aliocha.

« N'aie pas peur de moi, mon cher Aliocha, reprit-elle, je
suis charmée de ta visite inattendue. je croyais que c'était
Mitia qui voulait entrer de force. Vois-tu, je l'ai trompé tout à
l'heure, il m'a juré qu'il me croyait et je lui ai menti. Je lui ai
dit que j'allais chez mon vieux Kouzma [2] Kouzmitch faire les
comptes toute la soirée. J'y vais, en effet, une fois par

semaine. Nous nous enfermons à clef : il pioche ses comptes et j'écris dans les livres, il ne se fie qu'à moi. Comment Fénia vous a-t-elle laissés entrer ? Fénia, cours à la porte cochère, regarde si le capitaine ne rôde pas aux alentours. Il est peut-être caché et nous épie, j'ai une peur affreuse !

— Il n'y a personne, Agraféna Alexandrovna ; j'ai regardé partout, je vais voir à chaque instant par les fentes, j'ai peur moi aussi.

— Les volets sont-ils fermés ? Fénia, baisse les rideaux, autrement il verrait la lumière. Je crains aujourd'hui ton frère Mitia, Aliocha. »

Grouchegnka parlait très haut, l'air inquiet et surexcité.

« Pourquoi cela ? demanda Rakitine ; il ne t'effraie pas d'ordinaire, tu le fais marcher comme tu veux.

— Je te dis que j'attends une nouvelle, de sorte que je n'ai que faire de Mitia, maintenant. Il n'a pas cru que j'allais chez Kouzma Kouzmitch, je le sens. A présent, il doit monter la garde chez Fiodor Pavlovitch, dans le jardin. S'il est embusqué là-bas, il ne viendra pas ici, tant mieux ! J'y suis allée vraiment, chez le vieux. Mitia m'accompagnait ; je lui ai fait promettre de venir me chercher à minuit. Dix minutes après, je suis ressortie et j'ai couru jusqu'ici ; je tremblais qu'il me rencontrât.

— Pourquoi es-tu en toilette ? Tu as un bonnet fort curieux.

— Tu es toi-même fort curieux, Rakitka ! Je te répète que j'attends une nouvelle. Sitôt reçue, je m'envolerai, vous ne me verrez plus. Voilà pourquoi je me suis parée.

— Et où t'envoleras-tu ?

— Si on te le demande, tu diras que tu n'en sais rien.

— Comme elle est gaie !... Je ne t'ai jamais vue ainsi. Elle est attifée comme pour un bal ! s'exclama Rakitine en l'examinant avec surprise.

— Es-tu au courant des bals ?

— Et toi ?

— J'en ai vu un, moi. Il y a trois ans, lorsque Kouzma Kouzmitch a marié son fils ; je regardais de la tribune. Mais pourquoi causerais-je avec toi quand j'ai un prince pour hôte ? Mon cher Aliocha, je n'en crois pas mes yeux ; comment se peut-il que tu sois venu ? A vrai dire, je ne t'attendais pas, je n'ai jamais cru que tu puisses venir. Le moment est mal choisi, pourtant je suis bien contente. Assieds-toi sur le canapé, ici, mon bel astre ! Vraiment, je n'en reviens pas encore... Rakitka, si tu l'avais amené hier ou avant-hier !... Eh bien, je suis contente comme ça. Mieux vaut peut-être que ce soit maintenant, à une telle minute... »

Elle s'assit vivement à côté d'Aliocha et le regarda avec extase. Elle était vraiment contente et ne mentait pas. Ses yeux brillaient, elle souriait, mais avec bonté. Aliocha ne s'attendait pas à lui voir une expression aussi bienveillante... Il s'était fait d'elle une idée terrifiante ; sa sortie perfide contre Catherine Ivanovna l'avait bouleversé l'avant-veille, maintenant il s'étonnait de la voir toute changée. Si accablé qu'il fût par son propre chagrin, il l'examinait malgré lui avec attention. Ses manières s'étaient améliorées ; les intonations doucereuses, la mollesse des mouvements avaient presque disparu, faisant place à de la bonhomie, à des gestes prompts et sincères ; mais elle était surexcitée.

« Seigneur, quelles choses étranges se passent aujourd'hui, ma parole ! Pourquoi suis-je si heureuse de te voir, Aliocha, je l'ignore.

— Est-ce bien vrai ? dit Rakitine en souriant. Auparavant, tu avais un but en insistant pour que je l'amène.

— Oui, un but qui n'existe plus maintenant, le moment est passé. Et maintenant, je vais vous bien traiter. Je suis devenue meilleure, à présent, Rakitka. Assieds-toi aussi. Mais c'est déjà fait, il ne s'oublie pas. Vois-tu, Aliocha, il est vexé que je ne l'aie pas invité le premier à s'asseoir. Il est susceptible, ce cher ami. Ne te fâche pas, Rakitka, je suis

bonne en ce moment. Pourquoi es-tu si triste, Aliocha ?
Aurais-tu peur de moi ? »

Grouchegnka sourit malicieusement en le regardant dans
les yeux.

« Il a du chagrin. Un refus de grade.

— Quel grade ?

— Son *starets* sent mauvais.

— Comment cela ? Tu radotes ; encore quelque vilenie,
sans doute. Aliocha, laisse-moi m'asseoir sur tes genoux,
comme ça. »

Et aussitôt elle s'installa sur ses genoux, telle qu'une
chatte caressante, le bras droit tendrement passé autour de
son cou.

« Je saurai bien te faire rire, mon gentil dévot ! Vraiment,
tu me laisses sur tes genoux, ça ne te fâche pas ? Tu n'as
qu'à le dire, je me lève. »

Aliocha se taisait. Il n'osait bouger, ne répondait pas aux
paroles entendues, mais il n'éprouvait pas ce que pouvait
imaginer Rakitine, qui l'observait d'un air égrillard. Son
grand chagrin absorbait les sensations possibles, et s'il avait
pu en ce moment s'analyser, il aurait compris qu'il était
cuirassé contre les tentations. Néanmoins, malgré l'incons-
cience de son état et la tristesse qui l'accablait, il s'étonna
d'éprouver une sensation étrange : cette femme « terrible »
ne lui inspirait plus l'effroi inséparable dans son cœur de
l'idée de la femme. Au contraire, installée sur ses genoux et
l'enlaçant, elle éveillait en lui un sentiment inattendu, une
curiosité candide sans la moindre frayeur. Voilà ce qui le
surprenait malgré lui.

« Assez causé pour ne rien dire ! s'écria Rakitine. Fais
plutôt servir du champagne, tu sais que j'ai ta parole.

— C'est vrai, Aliocha, je lui ai promis du champagne s'il
t'amenait. Fénia, apporte la bouteille que Mitia a laissée,
dépêche-toi. Bien que je sois avare, je donnerai une bouteille, pas pour toi, Rakitine, tu n'es qu'un pauvre sire, mais

pour lui. Je n'ai pas le cœur à ça ; mais n'importe, je veux boire avec vous.

— Quelle est donc cette « nouvelle » ? peut-on le savoir, est-ce un secret ? insista Rakitine, sans prendre garde en apparence aux brocards qu'on lui lançait.

— Un secret dont tu es au courant, dit Grouchegnka d'un air préoccupé : mon officier arrive.

— Je l'ai entendu dire, mais est-il si proche ?

— Il est maintenant à Mokroïé, d'où il enverra un exprès ; je viens de recevoir une lettre. J'attends.

— Tiens ! Pourquoi à Mokroïé ?

— Ce serait trop long à raconter ; en voilà assez.

— Mais alors, et Mitia, le sait-il ?

— Il n'en sait pas le premier mot. Sinon, il me tuerait. D'ailleurs, je n'ai plus peur de lui, maintenant. Tais-toi, Rakitka, que je n'entende plus parler de lui ; il m'a fait trop de mal. J'aime mieux songer à Aliocha, le regarder... Souris donc, mon chéri, déride-toi tu me feras plaisir... Mais il a souri ! Vois comme il me regarde d'un air caressant. Sais-tu, Aliocha, je croyais que tu m'en voulais à cause de la scène d'hier, chez cette demoiselle. J'ai été rosse... Pourtant, c'était réussi, en bien et en mal, dit Grouchegnka pensivement, avec un sourire mauvais, Mitia m'a dit qu'elle criait : « Il faut la fouetter ! » Je l'ai gravement offensée. Elle m'a attirée, elle a voulu me séduire avec son chocolat... Non, ça s'est bien passé comme ça. » Elle sourit de nouveau. « Seulement, je crains que tu ne sois fâché...

— En vérité, Aliocha, elle te craint, toi, le petit poussin, intervint Rakitine avec une réelle surprise.

— C'est pour toi, Rakitine, qu'il est un petit poussin, car tu n'as pas de conscience. Moi, je l'aime. Le crois-tu, Aliocha, je t'aime de toute mon âme.

— Ah ! l'effrontée ! Elle te fait une déclaration, Aliocha.

— Eh bien quoi, je l'aime.

— Et l'officier ? Et l'heureuse nouvelle de Mokroïé ?

— Ce n'est pas la même chose.

— Voilà la logique des femmes !

— Ne me fâche pas, Rakitine. Je te dis que ce n'est pas la même chose. J'aime Aliocha autrement. A vrai dire, Aliocha, j'ai eu de mauvais desseins à ton égard. Je suis vile, je suis violente ; mais à certains moments je te regardais comme ma conscience. Je me disais : « Comme il doit me mépriser, maintenant ! » J'y pensais avant-hier en me sauvant de chez cette demoiselle. Depuis longtemps je t'ai remarqué, Aliocha ; Mitia le sait, il me comprend. Le croiras-tu, parfois je suis saisie de honte en te regardant. Comment suis-je venue à penser à toi, et depuis quand ? je l'ignore. »

Fénia entra, posa sur la table un plateau avec une bouteille débouchée et trois verres pleins.

« Voilà le champagne ! s'écria Rakitine. Tu es excitée, Agraféna Alexandrovna. Après avoir bu, tu te mettras à danser. Quelle maladresse ! ajouta-t-il : il est déjà versé et tiède, et il n'y a pas de bouchon. »

Il n'en vida pas moins son verre d'un trait et le remplit à nouveau.

« On a rarement l'occasion, déclara-t-il en s'essuyant les lèvres ; allons, Aliocha, prends ton verre, et sois brave. Mais, à quoi boirons-nous ? Prends le tien, Groucha, et buvons aux portes du paradis.

— Qu'entends-tu par là ? »

Elle prit un verre, Aliocha but une gorgée du sien et le reposa.

« Non, j'aime mieux m'abstenir, dit-il avec un doux sourire.

— Ah ! tu te vantais ! cria Rakitine.

— Moi aussi, alors, fit Grouchegnka. Achève la bouteille, Rakitka. Si Aliocha boit, je boirai.

— Voilà les effusions qui commencent ! goguenarda Rakitine. Et elle est assise sur ses genoux ! Lui a du

chagrin, j'en conviens, mais toi, qu'as-tu ? Il est en révolte
contre son Dieu, il allait manger du saucisson !

— Comment cela ?

— Son *starets* est mort aujourd'hui, le vieux Zosime, le
saint.

— Ah ! il est mort. Je n'en savais rien, dit-elle en se
signant. Seigneur, et moi qui suis sur ses genoux ! »

Elle se leva vivement et s'assit sur le canapé. Aliocha la
considéra avec surprise et son visage s'éclaira.

« Rakitine, proféra-t-il d'un ton ferme, ne m'irrite pas en
disant que je me suis révolté contre mon Dieu. Je n'ai pas
d'animosité contre toi ; sois donc meilleur, toi aussi. J'ai fait
une perte inestimable, et tu ne peux me juger en ce moment.
Regarde-la, elle ; tu as vu sa mansuétude à mon égard ? J'étais
venu ici trouver une âme méchante, poussé par mes mauvais
sentiments : j'ai rencontré une véritable sœur, une âme
aimante, un trésor... Agraféna Alexandrovna, c'est de toi que
je parle. Tu as régénéré mon âme. »

Aliocha oppressé se tut, les lèvres tremblantes.

« On dirait qu'elle t'a sauvé ! railla Rakitine. Mais sais-tu
qu'elle voulait te manger ?

— Assez, Rakitine ! Taisez-vous tous les deux. Toi,
Aliocha, parce que tes paroles me font honte : tu me crois
bonne, je suis mauvaise. Toi, Rakitka, parce que tu mens. Je
m'étais proposé de le manger, mais c'est du passé, cela. Que
je ne t'entende plus parler ainsi, Rakitka ! »

Grouchegnka s'était exprimée avec une vive émotion.

« Ils sont enragés ! murmura Rakitine en les considérant
avec surprise, on se croirait dans une maison de santé. Tout à
l'heure ils vont pleurer, pour sûr !

— Oui, je pleurerai, oui, je pleurerai ! affirma Grouchegnka ; il m'a appelée sa sœur, je ne l'oublierai jamais ! Si
mauvaise que je sois, Rakitka, j'ai pourtant donné un oignon.

— Quel oignon ? Diable, ils sont toqués pour de bon ! »

Leur exaltation étonnait Rakitine, qui aurait dû compren-

dre que tout concourait à le...
exceptionnelle. Mais Rakitine, su...
lui, démêlait mal les sentiments et...
proches, autant par égoïsme que par i...

« Vois-tu, Aliocha, reprit Grouchegnka avec...
veux, je me suis vantée à Rakitine d'avoir donné un oignon.
Je vais t'expliquer la chose en toute humilité. Ce n'est qu'une
légende : Matrone, la cuisinière, me la racontait quand j'étais
enfant : « Il y avait une mégère qui mourut sans laisser
derrière elle une seule vertu. Les diables s'en saisirent et la
jetèrent dans le lac de feu. Son ange gardien se creusait la tête
pour lui découvrir une vertu et en parler à Dieu. Il se rappela
et dit au Seigneur : « Elle a arraché un oignon au potager
pour le donner à une mendiante. » Dieu lui répondit :
« Prends cet oignon, tends-le à cette femme dans le lac,
qu'elle s'y cramponne. Si tu parviens à la retirer, elle ira en
paradis : si l'oignon se rompt, elle restera où elle est. »
L'ange courut à la femme, lui tendit l'oignon. « Prends, dit-
il, tiens bon. » Il se mit à la tirer avec précaution, elle était
déjà dehors. Les autres pécheurs, voyant qu'on la retirait du
lac, s'agrippèrent à elle, voulant profiter de l'aubaine. Mais la
femme, qui était fort méchante, leur donnait des coups de
pied : « C'est moi qu'on tire et non pas vous ; c'est mon
oignon, non le vôtre. » A ces mots, l'oignon se rompit. La
femme retomba dans le lac où elle brûle encore. L'ange partit
en pleurant. » Voilà cette légende, Aliocha ; ne me crois pas
bonne, c'est tout le contraire ; tes éloges me feraient honte. Je
désirais tellement ta venue, que j'ai promis vingt-cinq
roubles à Rakitka s'il t'amenait. Un instant. »

Elle alla ouvrir un tiroir, prit son porte-monnaie et en
sortit un billet de vingt-cinq roubles.

« C'est absurde ! s'écria Rakitine embarrassé.

— Tiens, Rakitka, je m'acquitte envers toi ; tu ne refuse-
ras pas, tu l'as demandé toi-même. »

Elle lui jeta le billet.

omment donc, répliqua-t-il, s'efforçant de cacher sa onfusion, c'est tout profit, les sots existent dans l'intérêt des gens d'esprit.

— Et maintenant, tais-toi, Rakitka. Ce que je vais dire ne s'adresse pas à toi. Tu ne nous aimes pas.

— Et pourquoi vous aimerais-je ? » dit-il brutalement.

Il avait compté être payé à l'insu d'Aliocha, dont la présence lui faisait honte et l'irritait. Jusqu'alors, par politique, il avait ménagé Grouchegnka, malgré ses mots piquants, car elle paraissait le dominer. Mais la colère le gagnait. « On aime pour quelque chose. Qu'avez-vous fait pour moi tous les deux ?

— Aime pour rien, comme Aliocha.

— Comment t'aime-t-il et que t'a-t-il témoigné ? En voilà des embarras ! »

Grouchegnka, debout au milieu du salon, parlait avec chaleur, d'une voix exaltée.

« Tais-toi, Rakitka, tu ne comprends rien à nos sentiments. Et cesse de me tutoyer, je te le défends ; d'où te vient cette audace ? Assieds-toi dans un coin et plus un mot !... Maintenant, Aliocha, je vais me confesser à toi seul, pour que tu saches qui je suis. Je voulais te perdre, j'y étais décidée, au point d'acheter Rakitine pour qu'il t'amenât. Et pourquoi cela ? Tu n'en savais rien, tu te détournais de moi, tu passais les yeux baissés. Moi, j'interrogeais les gens sur ton compte. Ta figure me poursuivait. « Il me méprise, pensais-je, et ne veut même pas me regarder. » A la fin, je me demandai avec surprise : « Pourquoi craindre ce gamin ? je le mangerai, ça m'amusera. » J'étais exaspérée. Crois-moi, personne ici n'oserait manquer de respect à Agraféna Alexandrovna ; je n'ai que ce vieillard auquel je me suis vendue, c'est Satan qui nous a unis, mais personne d'autre. J'avais donc décidé que tu serais ma proie, c'était un peu pour moi. Voilà la détestable créature que tu as traitée de sœur. Maintenant mon séducteur est arrivé, j'attends des nouvelles. Sais-tu ce

qu'il était pour moi ? Il y a cinq ans, lorsque Kouzma
m'amena ici, je me cachais parfois pour n'être ni vue, ni
entendue ; comme une sotte, je sanglotais, je ne dormais
plus, me disant : « Où est-il, le monstre ? Il doit rire de moi
avec une autre. Oh ! comme je me vengerai si jamais je le
rencontre ! » Dans l'obscurité, je sanglotais sur mon oreiller,
je me torturais le cœur à dessein. « Il me le paiera ! » criais-je.
En pensant que j'étais impuissante, que lui se moquait de
moi, qu'il m'avait peut-être complètement oubliée, je glissais
de mon lit sur le plancher, inondée de larmes, en proie à une
crise de nerfs. Tout le monde me devint odieux. Ensuite,
j'amassai un capital, je m'endurcis, je pris de l'embonpoint.
Tu penses que je suis devenue plus raisonnable ? Pas du tout.
Personne ne s'en doute, mais quand vient la nuit, il m'arrive,
comme il y a cinq ans, de grincer des dents et de m'écrier en
pleurant : « Je me vengerai, je me vengerai ! » Tu m'as
suivie ? Alors, que penses-tu de ceci ? Il y a un mois, je reçois
une lettre m'annonçant son arrivée. Devenu veuf, il veut me
voir. Je suffoquai. Seigneur, il va venir et m'appeler, je
ramperai vers lui comme un chien battu, comme une
coupable ! Je ne puis y croire moi-même : « Aurai-je ou non
la bassesse de courir à lui ? » Et une colère contre moi-même
m'a prise, ces dernières semaines, plus violente qu'il y a cinq
ans. Tu vois mon exaspération, Aliocha ; je me suis confessée
à toi. Mitia n'était qu'une diversion. Tais-toi, Rakitka, ce
n'est pas à toi de me juger. Avant votre arrivée, j'attendais, je
songeais à mon avenir, et vous ne connaîtrez jamais mon état
d'âme. Aliocha, dis à cette demoiselle de ne pas m'en vouloir
pour la scène d'avant-hier !... Personne au monde ne peut
comprendre ce que j'éprouve maintenant... Peut-être empor-
terai-je un couteau, je ne suis pas encore fixée. »

Incapable de se contenir, Grouchegnka s'interrompit, se
couvrit le visage de ses mains, s'abattit sur le canapé, sanglota
comme une enfant. Aliocha se leva et s'approcha de Rakitine.

« Micha, dit-il, elle t'a offensé, mais ne sois pas fâché. Tu l'as entendue ? On ne peut pas trop demander à une âme, il faut être miséricordieux. »

Aliocha prononça ces paroles dans un élan irrésistible. Il avait besoin de s'épancher et les aurait dites même seul. Mais Rakitine le regarda ironiquement et Aliocha s'arrêta.

« Tu as la tête pleine de ton *starets* et tu me bombardes à sa manière, Alexéi, homme de Dieu, dit-il avec un sourire haineux.

— Ne te moque pas, Rakitine, ne parle pas du mort, il était supérieur à tous sur la terre, s'écria Aliocha avec des larmes dans la voix. Ce n'est pas en juge que je te parle, mais comme le dernier des accusés. Que suis-je devant elle ? J'étais venu ici pour me perdre, par lâcheté. Mais elle, après cinq ans de souffrances, pour une parole sincère qu'elle entend, pardonne, oublie tout et pleure ! Son séducteur est revenu, il l'appelle, elle lui pardonne et court joyeusement à lui. Car elle ne prendra pas de couteau, non. Je ne suis pas comme ça, Micha ; j'ignore si tu l'es, toi. C'est une leçon pour moi... Elle nous est supérieure... Avais-tu entendu auparavant ce qu'elle vient de raconter ? Non, sans doute, car tu aurais tout compris depuis longtemps... Elle pardonnera aussi, celle qui a été offensée avant-hier, quand elle saura tout... Cette âme n'est pas encore réconciliée ; il faut la ménager... elle recèle peut-être un trésor... »

Aliocha se tut, car la respiration lui manquait. Malgré son irritation, Rakitine le regardait, avec surprise. Il ne s'attendait pas à une pareille tirade du paisible Aliocha.

« Quel avocat ! Serais-tu amoureux d'elle ? Agraféna Alexandrovna, tu as tourné la tête à notre ascète ! » s'écria-t-il dans un rire impudent.

Grouchegnka releva la tête, sourit doucement à Aliocha, le visage encore gonflé des larmes qu'elle venait de répandre.

« Laisse-le, Aliocha, mon chérubin, tu vois comme il est, à quoi bon lui parler. Mikhaïl Ossipovitch, je voulais te demander pardon, maintenant j'y renonce. Aliocha, viens t'asseoir ici (elle lui prit la main et le regardait, radieuse), dis-moi, est-ce que je l'aime, oui ou non, mon séducteur ? Je me le demandais, ici, dans l'obscurité. Éclaire-moi, l'heure est venue, je ferai ce que tu diras. Faut-il pardonner ?

— Mais tu as déjà pardonné.

— C'est vrai, dit Grouchegnka, songeuse. Oh ! le lâche cœur ! Je vais boire à ma lâcheté. »

Elle prit un verre qu'elle vida d'un trait, puis le lança à terre. Il y avait de la cruauté dans son sourire.

« Peut-être n'ai-je pas encore pardonné, dit-elle d'un air menaçant, les yeux baissés, comme se parlant à elle-même. Peut-être que mon cœur pense seulement à pardonner. Vois-tu, Aliocha, ce sont mes cinq années de larmes que je chérissais ; c'est mon offense, et non pas lui.

— Eh bien, je ne voudrais pas être dans sa peau ! dit Rakitine.

— Mais tu n'y seras jamais, Rakitka. Tu décrotteras mes souliers, voilà à quoi je t'emploierai. Une femme comme moi n'est pas faite pour toi... Et peut-être pas pour lui...

— Alors, pourquoi cette toilette ?

— Ne me reproche pas cette toilette, Rakitka, tu ne connais pas mon cœur ! Il ne tient qu'à moi de l'arracher à l'instant. Tu ne sais pas pourquoi je l'ai mise. Peut-être irai-je lui dire : « M'as tu jamais vue si belle ? » Quand il m'a quittée, j'étais une gamine de dix-sept ans, malingre et pleureuse. Je le cajolerai, je l'allumerai : « Tu vois ce que je suis devenue ; eh bien, mon cher, assez causé, ça te met l'eau à la bouche, va boire ailleurs ! » Voilà peut-être, Rakitka, à quoi servira cette toilette. Je suis emportée, Aliocha. Je puis déchirer cette toilette, me défigurer, aller mendier. Je suis capable de rester chez moi maintenant, de rendre demain à Kouzma son argent, ses cadeaux, et d'aller travailler à la journée. Tu penses que le courage me manquerait, Rakitka ? Il suffit qu'on me pousse à bout... Quant à l'autre, je le chasserai, je lui ferai la nique... »

Ces dernières paroles proférées comme dans une crise, elle couvrit son visage de ses mains, et se jeta sur les coussins en sanglotant de nouveau. Rakitine se leva.

« Il se fait tard, dit-il ; on ne nous laissera pas entrer au monastère. »

Grouchegnka sursauta.

« Comment, Aliocha, tu veux me quitter ? s'écria-t-elle avec une douloureuse surprise. Y penses-tu ? Tu m'as bouleversée, et maintenant voici de nouveau la nuit, la solitude.

— Il ne peut cependant pas passer la nuit chez toi. Mais s'il veut, soit, je m'en irai seul ! dit malignement Rakitine.

— Tais-toi, méchant, cria Grouchegnka courroucée ; tu ne m'as jamais parlé comme il vient de le faire.

— Que t'a-t-il dit de si extraordinaire ?

— Je ne sais pas, mais il m'a retourné le cœur... Il a été le premier, le seul à avoir pitié de moi. Que n'es-tu venu plus tôt, mon chérubin ! » Elle tomba à genoux devant Aliocha, comme en extase. « Toute ma vie, j'ai attendu quelqu'un comme toi, qui m'apporterait le pardon. J'ai cru qu'on m'aimerait pour autre chose que ma honte !

— Qu'ai-je fait pour toi ? répondit Aliocha avec un tendre sourire, en se penchant sur elle et en lui prenant les mains ; j'ai donné un oignon, le plus petit, voilà tout !... »

Les larmes le gagnèrent. A ce moment, on entendit du bruit ; quelqu'un entrait dans le vestibule ; Grouchegnka se leva effrayée ; Fénia fit une bruyante irruption dans la chambre.

« Madame, ma bonne chère madame, le courrier est arrivé, s'écria-t-elle gaiement, tout essoufflée. Le *tarantass* vient de Mokroïé, avec le postillon Timothée, on va changer les chevaux... Une lettre, madame, voici une lettre ! »

Elle brandissait la lettre en criant. Grouchegnka s'en saisit, l'approcha de la bougie. C'était un billet de quelques lignes ; elle les lut en un instant.

« Il m'appelle ! » Elle était pâle, la figure contractée par un sourire maladif. « Il me siffle : rampe, petit chien ! »

Mais elle ne resta qu'un moment indécise ; le sang lui monta soudain au visage.

« Je pars ! Adieu, mes cinq années ! Adieu, Aliocha, le sort en est jeté... Écartez-vous tous, allez-vous-en, que je ne vous voie plus ! Grouchegnka vole vers une vie nouvelle... Ne me garde pas rancune, Rakitka. C'est peut-être à la mort que je vais ! Oh ! je suis comme ivre ! »

Elle se précipita dans la chambre à coucher.

« Maintenant elle n'a que faire de nous, grommela Rakitine. Allons-nous-en, cette musique pourrait bien recommencer ; j'en ai les oreilles rebattues... »

Aliocha se laissa emmener machinalement.

Dans la cour, c'étaient des allées et venues à la lueur d'une lanterne ; on changeait l'attelage de trois chevaux. A peine les jeunes gens avaient-ils quitté le perron que la fenêtre de la chambre à coucher s'ouvrit ; la voix de Grouchegnka s'éleva, sonore.

« Aliocha, salue ton frère Mitia, dis-lui qu'il ne garde pas un mauvais souvenir de moi. Répète-lui mes paroles : « C'est à un misérable que s'est donnée Grouchegnka, et non à toi, qui es noble ! » Ajoute que Grouchegnka l'a aimé pendant une heure, rien qu'une heure ; qu'il se souvienne toujours de cette heure ; désormais, c'est Grouchegnka qui le lui ordonne... toute sa vie... »

Elle acheva avec des sanglots dans la voix. La fenêtre se referma.

« Hum ! murmura Rakitine en riant ; elle égorge Mitia, et veut qu'il s'en souvienne toute sa vie. Quelle férocité ! »

Aliocha ne parut pas avoir entendu. Il marchait rapidement à côté de son compagnon ; il avait l'air hébété. Rakitine eut soudain la sensation qu'on lui mettait un doigt sur une plaie vive : en emmenant Aliocha chez Grouchegnka, il s'était attendu à tout autre chose, et sa déception était grande.

« C'est un Polonais, son officier, reprit-il en se contenant ;
d'ailleurs, il n'est plus officier, maintenant ; il a été au service
de la douane en Sibérie, à la frontière chinoise ; ce doit être
un pauvre diable, on dit qu'il a perdu sa place. Il a sans doute
eu vent que Grouchegnka a le magot et le voilà qui
rapplique ; cela explique tout. »

De nouveau Aliocha ne parut pas avoir entendu. Rakitine
n'y tint plus.

« Alors, tu as converti une pécheresse ? Tu as mis une
femme de mauvaise vie dans la bonne voie ? Tu as chassé les
démons, hein ! Les voilà, les miracles que nous attendions ;
ils se sont réalisés ?

— Cesse donc, Rakitine ! dit Aliocha, l'âme douloureuse.

— Tu me « méprises » à présent à cause des vingt-cinq
roubles que j'ai reçus ? J'ai vendu un véritable ami. Mais tu
n'es pas le Christ, et je ne suis pas Judas.

— Rakitine, je t'assure que je n'y pensais plus ; c'est toi
qui me le rappelles. »

Mais Rakitine était exaspéré.

« Que le diable vous emporte tous ! s'écria-t-il soudain.
Pourquoi, diable, me suis-je lié avec toi ? Dorénavant, je ne
veux plus te connaître. Va-t'en seul, voilà ton chemin. »

Il tourna dans une ruelle, abandonnant Aliocha dans les
ténèbres. Aliocha sortit de la ville et regagna le monastère par
les champs.

IV

LES NOCES DE CANA

Il était déjà très tard pour le monastère, lorsque Aliocha
arriva à l'ermitage ; le frère portier l'introduisit par une
entrée particulière. Neuf heures avaient sonné, l'heure du

repos après une journée aussi agitée. Aliocha ouvrit timidement la porte et pénétra dans la cellule du *starets*, où se
trouvait maintenant son cercueil. Il n'y avait personne, sauf
le Père Païsius, lisant l'Évangile devant le mort, et le jeune
novice Porphyre, épuisé par l'entretien de la dernière nuit et
les émotions de la journée ; il dormait du profond sommeil de
la jeunesse, couché par terre dans la pièce voisine. Le Père
Païsius, qui avait entendu Aliocha entrer, ne tourna même
pas la tête. Aliocha s'agenouilla dans un coin et se mit à prier.
Son âme débordait, mais ses sensations demeuraient
confuses, l'une chassant l'autre dans une sorte de mouvement
giratoire uniforme. Chose étrange, il éprouvait un sentiment
de bien-être et ne s'en étonnait pas. Il contemplait de
nouveau ce mort qui lui était si cher, mais la pitié éplorée et
douloureuse du matin avait disparu. En entrant, il était
tombé à genoux devant le cercueil comme devant un
sanctuaire ; pourtant la joie rayonnait dans son âme. Un air
frais entrait par la fenêtre ouverte. « Il faut donc que l'odeur
ait augmenté pour qu'on se soit décidé à ouvrir une fenêtre »,
pensa Aliocha. Mais il n'était plus angoissé, ni indigné par
cette idée de la corruption. Il se mit à prier doucement ;
bientôt il s'aperçut que c'était presque machinal. Des
fragments d'idées surgissaient, tels que des feux follets ; en
revanche, régnaient dans son âme une certitude, un apaisement dont il avait conscience. Il se mettait à prier avec
ferveur, plein de reconnaissance et d'amour... Bientôt il
passait à autre chose, se prenait à réfléchir, oubliant finalement la prière et les divagations qui l'avaient interrompue. Il
prêta l'oreille à la lecture du Père Païsius, mais finit par
somnoler, épuisé...

*Trois jours après, il se fit des noces à Cana, en Galilée, et la
mère de Jésus y était.*
Et Jésus fut aussi convié aux noces, avec ses disciples[1].

« Les noces ?... Cette idée tourbillonnait dans l'esprit d'Aliocha. — Elle aussi est heureuse... elle est allée à un festin... Non, certes, elle n'a pas pris de couteau... C'était seulement une parole « fâcheuse... ». Il faut toujours pardonner les paroles fâcheuses. Elles consolent l'âme... Sans elles la douleur serait insupportable. Rakitine a pris la ruelle. Tant qu'il songera à ses griefs, il prendra toujours la ruelle... Mais la route, la grande route droite, claire, cristalline, avec le soleil resplendissant, au bout... Que lit-on ?

... Et le vin venant à manquer, la mère de Jésus lui dit : Ils n'ont point de vin...

— Ah ! oui, j'ai manqué le commencement, c'est dommage, j'aime ce passage : les noces de Cana, le premier miracle... Quel beau miracle ! Il fut consacré à la joie et non au deuil... « Qui aime les hommes aime aussi leur joie... » Le défunt le répétait à chaque instant, c'était une de ses principales idées... « On ne peut pas vivre sans joie », affirme Mitia... Tout ce qui est vrai et beau respire toujours le pardon ; il le disait aussi.

... Jésus lui dit : Femme, qu'y a-t-il entre vous et moi ? Mon heure n'est pas encore venue.
Sa mère dit à ceux qui servaient : Faites tout ce qu'il vous dira...

— Faites... Procurez la joie à de très pauvres gens... Fort pauvres, assurément, puisque même à leurs noces le vin manqua... Les historiens racontent qu'autour du lac de Génézareth et dans la région était alors disséminée la population la plus pauvre qu'on puisse imaginer... Et sa mère au grand cœur savait qu'il n'était pas venu seulement

accomplir sa mission sublime, mais qu'il partageait la
joie naïve des gens simples et ignorants qui l'invitaient
cordialement à leurs humbles noces. « Mon heure n'est
pas encore venue. » Il parle avec un doux sourire (oui, il
a dû lui sourire tendrement). En réalité, se peut-il qu'il
soit venu sur terre pour multiplier le vin à de pauvres
noces ? Mais il a fait ce qu'elle lui demandait...

*... Jésus leur dit : Remplissez d'eau ces urnes. Et ils les
remplirent jusqu'au bord.*

*Alors Jésus leur dit : Puisez maintenant et portez-en au
maître d'hôtel. Et ils lui en portèrent.*

*Dès que le maître d'hôtel eut goûté l'eau changée en vin,
ne sachant d'où venait ce vin, quoique les serviteurs qui
avaient puisé l'eau le sussent bien, il appela l'époux.*

*Et lui dit : Tout homme sert d'abord le bon vin ; puis,
après qu'on en a beaucoup bu, il en sert de moins bon ;
mais toi tu as réservé le bon vin jusqu'à maintenant.*

— Mais qu'arrive-t-il ? Pourquoi la chambre oscille-
t-elle ? Ah ! oui... ce sont les noces, le mariage... bien
sûr. Voici les invités, les jeunes époux, la foule joyeuse
et... où est donc le sage maître d'hôtel ? Qui est-ce ? La
chambre oscille de nouveau... Qui se lève à la grande
table ? Comment... lui aussi est ici ? Mais il était dans
son cercueil... Il s'est levé, il m'a vu, il vient ici... Seigneur !... »

En effet, il s'est approché, le petit vieillard sec, au
visage sillonné de rides, riant doucement. Le cercueil a
disparu ; il est habillé comme hier, en leur compagnie,
quand ses visiteurs se réunirent ; il a le visage découvert,
les yeux brillants. Est-ce possible, lui aussi prend part au
festin, lui aussi est invité aux noces de Cana ?

« Tu es aussi invité, mon cher, dans toutes les règles,

dit sa voix paisible. Pourquoi te cacher ici ?... on ne te voit pas... Viens vers nous. »

C'est sa voix, la voix du *starets* Zosime... Comment ne serait-ce pas lui, puisqu'il l'appelle ? Le *starets* prit la main d'Aliocha, qui se releva.

« Réjouissons-nous, poursuivit le vieillard, buvons le vin nouveau, le vin de la grande joie ; vois-tu tous ces invités ? Voici le fiancé et la fiancée ; voici le sage maître d'hôtel, il goûte le vin nouveau. Pourquoi es-tu surpris de me voir ? J'ai donné un oignon, et me voici. Beaucoup parmi eux n'ont donné qu'un oignon, un tout petit oignon... Que sont nos œuvres, mon bien cher ! Vois-tu notre Soleil, L'aperçois-tu ? aujourd'hui donner un oignon à une affamée. Commence ton œuvre, mon bien cher ! Vois-tu notre Soleil, L'aperçois-tu ?

— J'ai peur... je n'ose pas regarder... balbutia Aliocha.

— N'aie pas peur de Lui. Sa majesté est terrible, sa grandeur nous écrase, mais sa miséricorde est sans bornes ; par amour il s'est fait semblable à nous et se réjouit avec nous ; il change l'eau en vin, pour ne pas interrompre la joie des invités ; il en attend d'autres ; il les appelle continuellement et aux siècles des siècles. Et voilà qu'on apporte le vin nouveau ; tu vois les vaisseaux... »

Une flamme brûlait dans le cœur d'Aliocha ; il le sentait plein à déborder ; des larmes de joie lui échappèrent... Il étendit les bras, poussa un cri, s'éveilla...

De nouveau le cercueil, la fenêtre ouverte et la lecture calme, grave, rythmée de l'Évangile. Mais Aliocha n'écoutait plus. Chose étrange, il s'était endormi à genoux et se trouvait maintenant debout. Soudain, comme soulevé de sa place, il s'approcha en trois pas du cercueil, il heurta même de l'épaule le Père Païsius sans le remarquer. Celui-ci leva les yeux, mais reprit aussitôt sa lecture, se rendant compte que le jeune homme n'était pas dans son état normal. Aliocha contempla un instant le cercueil, le mort qui y était allongé, le visage recouvert, l'icône sur la poitrine, le capuce sur-

monté de la croix à huit branches. Il venait d'entendre sa
voix, elle retentissait à ses oreilles. Il écouta encore, attendit... Soudain il se tourna brusquement et quitta la cellule.

Il descendit le perron sans s'arrêter. Son âme exaltée avait
soif de liberté, d'espace. Au-dessus de sa tête, la voûte céleste
s'étendait à l'infini, les calmes étoiles scintillaient. Du zénith
à l'horizon apparaissait, indistincte, la voie lactée. La nuit
sereine enveloppait la terre. Les tours blanches et les
coupoles dorées se détachaient sur le ciel de saphir. Autour
de la maison les opulentes fleurs d'automne s'étaient endor-
mies jusqu'au matin. Le calme de la terre paraissait se
confondre avec celui des cieux ; le mystère terrestre confinait
à celui des étoiles. Aliocha, immobile, regardait ; soudain,
comme fauché, il se prosterna.

Il ignorait pourquoi il étreignait la terre ; il ne comprenait
pas pourquoi il aurait voulu, irrésistiblement, l'embrasser
tout entière ; mais il l'embrassait en sanglotant, en l'inondant
de ses larmes, et il se promettait avec exaltation de l'aimer, de
l'aimer toujours. « Arrose la terre de larmes de joie et aime-
les... » Ces paroles retentissaient dans son âme. Sur quoi
pleurait-il ? Oh ! dans son extase, il pleurait même sur ces
étoiles qui scintillaient dans l'infini, et « n'avait pas honte de
cette exaltation ». On aurait dit que les fils de ces mondes
innombrables convergeaient dans son âme et que celle-ci
frémissait toute, « en contact avec les autres mondes ». Il
aurait voulu pardonner, à tous et pour tout, et demander
pardon, non pour lui, mais pour les autres et pour tout ; « les
autres le demanderont pour moi », ces mots aussi lui
revenaient en mémoire. De plus en plus, il sentait d'une
façon claire et quasi tangible qu'un sentiment ferme et
inébranlable pénétrait dans son âme, qu'une idée s'emparait
à jamais de son esprit. Il s'était prosterné faible adolescent et
se releva lutteur solide pour le reste de ses jours, il en eut
conscience à ce moment de sa crise. Et plus jamais, par la
suite, Aliocha ne put oublier cet instant. « Mon âme a été

visitée à cette heure », disait-il plus tard, en croyant fermement à la vérité de ses paroles.

Trois jours après, il quitta le monastère, conformément à la volonté de son *starets,* qui lui avait ordonné de « séjourner dans le monde ».

LIVRE VIII

MITIA

I

KOUZMA SAMSONOV

Dmitri Fiodorovitch, à qui Grouchegnka, en volant vers
une vie nouvelle, avait fait transmettre son dernier adieu,
voulant qu'il se souvînt toute sa vie d'une heure d'amour,
était en ce moment aux prises avec les pires difficultés.
Comme lui-même le dit par la suite, il passa ces deux jours
sous la menace d'une congestion cérébrale. Aliocha n'avait
pu le découvrir la veille, et il n'était pas venu au rendez-vous
assigné par Ivan au cabaret. Conformément à ses instructions, ses logeurs gardèrent le silence. Durant ces deux jours
qui précédèrent la catastrophe, il fut littéralement aux abois,
« luttant avec sa destinée pour se sauver », suivant sa propre
expression. Il s'absenta même quelques heures de la ville
pour une affaire urgente, malgré sa crainte de laisser
Grouchegnka sans surveillance. L'enquête ultérieure précisa
l'emploi de son temps de la façon la plus formelle ; nous nous
bornerons à noter les faits essentiels.

Bien que Grouchegnka l'eût aimé pendant une heure, elle
le tourmentait impitoyablement. D'abord, il ne pouvait rien
connaître de ses intentions ; impossible de les pénétrer par la
douceur ou la violence ; elle se serait fâchée et détournée de
lui tout à fait. Il avait l'intuition qu'elle se débattait dans

l'incertitude sans parvenir à prendre une décision ; aussi pensait-il non sans raison qu'elle devait parfois le détester, lui et sa passion. Tel était peut-être le cas ; mais il ne pouvait comprendre exactement ce qui causait l'anxiété de Grouchegnka. A vrai dire, toute la question qui le tourmentait se ramenait à une alternative : « Lui, Mitia, ou Fiodor Pavlovitch. » Ici il faut noter un fait certain : il était persuadé que son père ne manquerait pas d'offrir à Grouchegnka de l'épouser (si ce n'était déjà fait), et ne croyait pas un instant que le vieux libertin espérât s'en tirer avec trois mille roubles. Il connaissait en effet le caractère de la donzelle. Voilà pourquoi il lui semblait parfois que le tourment de Grouchegnka et son indécision provenaient uniquement de ce qu'elle ne savait qui choisir, ignorant lequel lui rapporterait davantage. Quant au prochain retour de l' « officier », de l'homme qui avait joué un rôle fatal dans sa vie, et dont elle attendait l'arrivée avec tant d'émotion et d'effroi — chose étrange —, il n'y pensait même pas. Il est vrai que Grouchegnka avait gardé le silence là-dessus pendant ces derniers jours. Pourtant, Mitia connaissait la lettre reçue un mois auparavant et même une partie de son contenu. Grouchegnka la lui avait alors montrée dans un moment d'irritation, sans qu'il y attachât d'importance, ce qui la surprit. Il eût été difficile d'expliquer pourquoi ; peut-être simplement parce que, accablé par sa funeste rivalité avec son père, il ne pouvait rien imaginer de plus dangereux à ce moment. Il ne croyait guère à un fiancé surgi on ne sait d'où, après cinq ans d'absence, ni à sa prochaine arrivée, annoncée d'ailleurs en termes vagues. La lettre était nébuleuse, emphatique, sentimentale, et Grouchegnka lui avait dissimulé les dernières lignes, qui parlaient plus clairement de retour. De plus, Mitia se rappela par la suite l'air de dédain avec lequel Grouchegnka avait reçu ce message venu de Sibérie. Elle borna là ses confidences sur ce nouveau rival, de sorte que peu à peu il oublia l'officier. Il croyait seulement à l'imminence d'un conflit avec Fiodor Pavlovitch. Plein d'anxiété, il attendait à chaque instant la décision de

Grouchegnka et pensait qu'elle viendrait brusquement, par inspiration. Si elle allait lui dire : « Prends-moi, je suis à toi pour toujours », tout serait terminé ; il l'emmènerait le plus loin possible, sinon au bout du monde, du moins au bout de la Russie ; ils se marieraient et s'installeraient *incognito*, ignorés de tous. Alors commencerait une vie nouvelle, régénérée, « vertueuse », dont il rêvait avec passion. Le bourbier où il s'était enlisé volontairement lui faisait horreur et, comme beaucoup en pareil cas, il comptait surtout sur le changement de milieu ; échapper à ces gens, aux circonstances, s'envoler de ce lieu maudit, ce serait la rénovation complète, l'existence transformée. Voilà ce qui le faisait languir.

Il y avait bien une autre solution, une autre issue, terrible celle-là. Si tout à coup, elle lui disait : « Va-t'en ; j'ai choisi Fiodor Pavlovitch, je l'épouserai, je n'ai pas besoin de toi. » Alors... oh ! alors... Mitia ignorait d'ailleurs ce qui arriverait alors, et il l'ignora jusqu'au dernier moment, on doit lui rendre cette justice. Il n'avait pas d'intentions arrêtées ; le crime ne fut pas prémédité. Il se contentait de guetter, d'espionner, se tourmentait, mais n'envisageait qu'un heureux dénouement. Il repoussait même toute autre idée. C'est ici que commençait un nouveau tourment, que surgissait une nouvelle circonstance, accessoire, mais fatale et insoluble.

Au cas où elle lui dirait : « Je suis à toi, emmène-moi », comment l'emmènerait-il ? Où prendrait-il l'argent ? Précisément alors, les revenus qu'il tirait depuis des années des versements réguliers de Fiodor Pavlovitch étaient épuisés. Certes, Grouchegnka avait de l'argent, mais Mitia se montrait à cet égard d'une fierté farouche ; il voulait l'emmener et commencer une existence nouvelle avec ses ressources personnelles et non avec celles de son adorée. L'idée même qu'il pût recourir à sa bourse lui inspirait un profond dégoût. Je ne m'étendrai pas sur ce fait, je ne l'analyserai pas, me bornant à le noter ; tel était à ce moment son état d'âme. Cela pouvait provenir inconsciemment des remords secrets qu'il éprouvait pour s'être approprié l'argent de Catherine Ivanovna. « Je suis un misérable aux yeux de l'une, je le serai de nouveau aux yeux de l'autre », se disait-il alors, comme lui-même l'avoua par la suite. « Si Grouchegnka l'apprend, elle ne voudra pas d'un pareil individu. Donc, où trouver des fonds, où prendre ce fatal argent ? Sinon tout échouera, faute de ressources ; quelle honte ! »

Il savait peut-être où trouver cet argent. Je n'en dirai pas davantage pour le moment, car tout s'éclaircira, mais j'expliquerai sommairement en quoi consistait pour lui la pire difficulté ; pour se procurer ces ressources, pour *avoir le droit* de les prendre, il fallait d'abord rendre à Catherine Ivanovna ses trois mille roubles, sinon « je suis un escroc, un gredin, et je ne veux pas commencer ainsi une vie nouvelle », décida Mitia, et il résolut de tout bouleverser au besoin, mais de restituer *d'abord* et à tout prix cette somme à Catherine Ivanovna. Il s'arrêta à cette décision pour ainsi dire aux dernières heures de sa vie, après la dernière entrevue avec Aliocha, sur la route. Instruit par son frère de la façon dont Grouchegnka avait insulté sa fiancée, il reconnut qu'il était un misérable et le pria de l'en informer, « si cela pouvait la soulager ». La même nuit, il sentit dans son délire qu'il valait mieux « tuer et dévaliser quelqu'un, mais s'acquitter envers Katia ». « Je serai un assassin et un voleur pour tout le monde, soit ; j'irai en Sibérie plutôt que de laisser Katia dire que j'ai dérobé son argent pour me sauver avec Grouchegnka et commencer une vie nouvelle ! Ça, c'est impossible ! » Ainsi parlait Mitia en grinçant des dents, et il y avait de quoi appréhender par moments une congestion cérébrale. Mais il luttait encore...

Chose étrange : on aurait dit qu'avec une pareille résolution il ne lui restait que le désespoir en partage, car où diantre un gueux comme lui pourrait-il prendre une pareille somme ? Cependant il espéra jusqu'au bout se procurer ces trois mille roubles, comptant qu'ils lui tomberaient dans les mains d'une façon quelconque, fût-ce du ciel. C'est ce qui arrive à ceux qui, comme Dmitri, ne savent que gaspiller leur patrimoine, sans avoir aucune idée de la façon dont on

acquiert l'argent. Depuis la rencontre avec Aliocha, toutes
ses idées s'embrouillaient, une tempête soufflait dans son
crâne. Aussi commença-t-il par la tentative la plus bizarre,
car il se peut qu'en pareil cas les entreprises les plus
extravagantes paraissent les plus réalisables à de pareilles
gens. Il résolut d'aller trouver le marchand Samsonov,
protecteur de Grouchegnka, et de lui soumettre un plan
d'après lequel celui-ci avancerait aussitôt la somme désirée. Il
était sûr de son plan au point de vue commercial, et se
demandait seulement comment Samsonov accueillerait sa
démarche. Mitia ne connaissait ce marchand que de vue et ne
lui avait jamais parlé. Mais depuis longtemps il avait la
conviction que ce vieux libertin, dont la vie ne tenait plus
qu'à un fil, ne s'opposerait pas à ce que Grouchegnka refît la
sienne en épousant un homme sûr, que même il le désirait et
faciliterait les choses, le cas échéant. Par ouï-dire, ou d'après
certaines paroles de Grouchegnka, il concluait également que
le vieillard l'eût peut-être préféré à Fiodor Pavlovitch comme
mari de la jeune femme. De nombreux lecteurs trouveront
peut-être cynique que Dmitri Fiodorovitch attendît un pareil
secours et consentît à recevoir sa fiancée des mains du
protecteur de cette jeune personne. Je puis seulement faire
remarquer que le passé de Grouchegnka paraissait définitivement enterré aux yeux de Mitia. Il n'y songeait plus qu'avec
miséricorde et avait décidé dans l'ardeur de sa passion que,
dès que Grouchegnka lui aurait dit qu'elle l'aimait, qu'elle
allait l'épouser, ils seraient aussitôt régénérés l'un et l'autre :
ils se pardonneraient mutuellement leurs fautes et commen-
ceraient une nouvelle existence. Quant à Kouzma Samsonov,
il voyait en lui un homme fatal dans le passé de Grouchegnka,
qui ne l'avait pourtant jamais aimé, un homme maintenant
« passé », lui aussi, et qui ne comptait plus. Il ne pouvait
porter ombrage à Mitia, ce vieillard débile dont la liaison était
devenue paternelle, pour ainsi dire, et cela depuis près d'un
an. En tout cas, Mitia faisait preuve d'une grande naïveté, car
avec tous ses vices c'était un homme fort naïf. Cette naïveté le
persuadait que le vieux Kouzma, sur le point de quitter ce

monde, éprouvait un sincère repentir pour sa conduite envers
Grouchegnka, qui n'avait pas de protecteur et d'ami plus
dévoué que ce vieillard désormais inoffensif.

Le lendemain de sa conversation avec Aliocha, Mitia, qui
n'avait presque pas dormi, se présenta vers dix heures du
matin chez Samsonov et se fit annoncer. La maison était
vieille, maussade, spacieuse, avec des dépendances et un
pavillon. Au rez-de-chaussée habitaient ses deux fils mariés,
sa sœur fort âgée et sa fille. Deux commis, dont l'un avait une
nombreuse famille, occupaient le pavillon. Tout ce monde
manquait de place, tandis que le vieillard vivait seul au
premier, ne voulant même pas de sa fille, qui le soignait et
devait monter chaque fois qu'il avait besoin d'elle, malgré
son asthme invétéré. Le premier se composait de grandes
pièces d'apparat, meublées, dans le vieux style marchand,
avec d'interminables rangées de fauteuils massifs et de
chaises en acajou le long des murs, des lustres de cristal
recouverts de housses et des trumeaux. Ces pièces étaient
vides et inhabitées, le vieillard se confinant dans sa petite
chambre à coucher tout au bout, où le servaient une vieille
domestique en serre-tête et un garçon qui se tenait sur un
coffre dans le vestibule. Ne pouvant presque plus marcher à
cause de ses jambes enflées, il ne se levait que rarement de
son fauteuil, soutenu par la vieille, pour faire un tour dans la
chambre. Même avec elle il se montrait sévère et peu
communicatif. Quand on l'informa de la venue du « capitaine », il refusa de le recevoir. Mitia insista et se fit de
nouveau annoncer. Kouzma Kouzmitch s'informa alors de
l'air du visiteur, s'il avait bu ou faisait du tapage. « Non,
répondit le garçon, mais il ne veut pas s'en aller. » Sur un
nouveau refus, Mitia, qui avait prévu le cas et pris ses
précautions, écrivit au crayon : « Pour une affaire urgente,
concernant Agraféna Alexandrovna », et envoya le papier au
vieillard. Après avoir réfléchi un instant, celui-ci ordonna de
conduire le visiteur dans la grande salle et fit transmettre à
son fils cadet l'ordre de monter immédiatement. Cet homme
de haute taille et d'une force herculéenne, qui se rasait et

s'habillait à l'européenne (le vieux Samsonov portait un caftan et la barbe), arriva aussitôt. Tous tremblaient devant le père. Celui-ci l'avait fait venir non par crainte du capitaine — il n'avait pas froid aux yeux — mais à tout hasard, plutôt comme témoin. Accompagné de son fils qui l'avait pris sous le bras, et du garçon, il se traîna jusqu'à la salle. Il faut croire qu'il éprouvait une assez vive curiosité. La pièce où attendait Mitia était immense et lugubre, avec une galerie, des murs imitant le marbre, et trois énormes lustres recouverts de housses. Mitia, assis près de l'entrée, attendait impatiemment son sort. Quand le vieillard parut à l'autre bout, à une vingtaine de mètres, Mitia se leva brusquement et marcha à grands pas de soldat à sa rencontre. Il était habillé correctement, la redingote boutonnée, son chapeau à la main, ganté de noir, comme l'avant-veille au monastère, chez le *starets*, lors de l'entrevue avec Fiodor Pavlovitch et ses frères. Le vieillard l'attendait debout d'un air grave et Mitia sentit qu'il l'examinait. Son visage fort enflé ces derniers temps, avec sa lippe pendante, surprit Mitia. Il fit à celui-ci un salut grave et muet, lui indiqua un siège et, appuyé sur le bras de son fils, prit place en gémissant sur un canapé en face de Mitia. Celui-ci, témoin de ses efforts douloureux, éprouva aussitôt un remords et une certaine gêne en pensant à son néant vis-à-vis de l'important personnage qu'il avait dérangé.

« Que désirez-vous, monsieur ? » fit le vieillard une fois assis, d'un ton froid, quoique poli.

Mitia tressaillit, se dressa, mais reprit sa place. Il se mit à parler haut, vite, avec exaltation, en gesticulant. On sentait que cet homme aux abois cherchait une issue, prêt à en finir en cas d'échec. Le vieux Samsonov dut comprendre tout cela en un instant, bien que son visage demeurât impassible.

« Le respectable Kouzma Kouzmitch a probablement entendu parler plus d'une fois de mes démêlés avec mon père, Fiodor Pavlovitch Karamazov, à propos de l'héritage de ma mère... Cela défraie ici toutes les conversations, les gens se mêlant de ce qui ne les regarde pas... Il a pu également en être informé par Grouchegnka, pardon, par

Agraféna Alexandrovna, par la très honorée et très respectable Agraféna Alexandrovna... »

Ainsi débuta Mitia, qui resta court dès les premiers mots.
Mais nous ne citerons pas intégralement ses paroles, nous
bornant à les résumer. Le fait est que lui, Mitia, avait
conféré, il y a trois mois, au chef-lieu avec un avocat, « un
célèbre avocat, Pavel Pavlovitch Kornéplodov, dont vous
avez dû entendre parler, Kouzma Kouzmitch. Un vaste
front, presque l'esprit d'un homme d'État... lui aussi vous
connaît... il a parlé de vous dans les meilleurs termes... »
Mitia resta court une seconde fois ; mais il ne s'arrêta pas
pour si peu, passa outre, discourut de plus belle. Cet avocat,
d'après les explications de Mitia et l'examen des documents
(Mitia s'embrouilla et passa rapidement là-dessus), fut d'avis,
au sujet du village de Tchermachnia, qui aurait dû lui
appartenir après sa mère, qu'on pouvait intenter un procès et
mater ainsi le vieil énergumène, « car toutes les issues ne sont
pas fermées et la justice sait se frayer un chemin ». Bref, on
pouvait espérer tirer de Fiodor Pavlovitch un supplément de
six à sept mille roubles, « car Tchermachnia en vaut au moins
vingt-cinq mille, que dis-je, vingt-huit mille, trente, Kouzma
Kouzmitch, et figurez-vous que ce bourreau ne m'en a pas
donné dix-sept mille ! J'abandonnai alors cette affaire,
n'entendant rien à la chicane, et à mon arrivée ici je fus
abasourdi par une action reconventionnelle (ici Mitia
s'embrouilla de nouveau et fit un saut). Eh bien, respectable
Kouzma Kouzmitch, ne voulez-vous pas que je vous cède
tous mes droits sur ce monstre, et cela pour trois mille
roubles seulement ?... Vous ne risquez rien, rien du tout, je
vous le jure sur mon honneur ; au contraire, vous pouvez
gagner six ou sept mille roubles, au lieu de trois... Et surtout,
je voudrais terminer cette affaire aujourd'hui même. Nous
irions chez le notaire, ou bien... Bref, je suis prêt à tout, je
vous donnerai tous les papiers que vous voudrez, je signe-
rai... nous dresserions l'acte aujourd'hui, ce matin même, si
possible... Vous me donneriez ces trois mille roubles...
n'êtes-vous pas le plus gros de nos richards ?... et vous me

sauveriez ainsi... me permettant d'accomplir une action
sublime... car je nourris les plus nobles sentiments envers
une personne que vous connaissez bien et que vous entourez
d'une sollicitude paternelle. Autrement je ne serais pas venu.
On peut dire que trois fronts se sont heurtés, car le destin est
une chose terrible, Kouzma Kouzmitch. Or, comme vous ne
comptez plus depuis longtemps, il reste deux fronts, suivant
mon expression peut-être gauche, mais je ne suis pas
littérateur : le mien et celui de ce monstre. Ainsi, choisissez :
moi ou un monstre ! Tout est maintenant entre vos mains,
trois destinées et deux dés... Excusez-moi, je me suis
embrouillé, mais vous me comprenez... je vois à vos yeux que
vous m'avez compris... Sinon, il ne me reste qu'à disparaître,
voilà ! »

Mitia arrêta net son discours extravagant avec ce « voilà »
et, s'étant levé, attendit une réponse à son absurde proposition. A la dernière phrase, il avait senti soudain que l'affaire
était manquée et surtout qu'il avait débité un affreux
galimatias. « C'est étrange, en venant ici j'étais sûr de moi, et
maintenant je bafouille ! » Tandis qu'il parlait, le vieillard
demeurait impassible, l'observant d'un air glacial. Au bout
d'une minute, Kouzma Kouzmitch dit enfin d'un ton
catégorique et décourageant :

« Excusez, des affaires de ce genre ne nous intéressent
pas. »

Mitia sentit ses jambes se dérober sous lui.

« Que vais-je devenir, Kouzma Kouzmitch ! murmura-t-il
avec un pâle sourire ; je suis perdu maintenant, qu'en pensez-
vous ?

— Excusez... »

Mitia, debout et immobile, remarqua un changement dans
la physionomie du vieillard. Il tressaillit.

« Voyez-vous, monsieur, de telles affaires sont délicates ;
j'entrevois un procès, des avocats, le diable et son train ! Mais
il y a quelqu'un à qui vous devriez vous adresser.

— Mon Dieu, qui est-ce ?... Vous me rendez la vie,
Kouzma Kouzmitch, balbutia Mitia.

— Il n'est pas ici en ce moment. C'est un paysan, un trafiquant de bois, surnommé Liagavi. Il mène depuis un an des pourparlers avec Fiodor Pavlovitch pour votre bois de Tchermachnia, ils ne sont pas d'accord sur le prix, peut-être en avez-vous entendu parler. Justement il se trouve maintenant là-bas et loge chez le Père Ilinski, au village d'Ilinski, à douze verstes de la gare de Volovia. Il m'a écrit au sujet de cette affaire, demandant conseil. Fiodor Pavlovitch veut lui-même aller le trouver. Si vous le devanciez en faisant à Liagavi la même proposition qu'à moi, peut-être qu'il...

— Voilà une idée de génie ! interrompit Mitia enthousiasmé. C'est justement ce qu'il lui faut, à cet homme. Il est acquéreur, on lui demande cher, et voilà un document qui le rend propriétaire, ha ! ha ! »

Mitia éclata d'un rire sec, inattendu, qui surprit Samsonov.

« Comment vous remercier, Kouzma Kouzmitch !

— Il n'y a pas de quoi, répondit Samsonov en inclinant la tête.

— Mais si, vous m'avez sauvé. Oh ! c'est un pressentiment qui m'a amené chez vous !... Donc, allons voir ce pope !

— Inutile de me remercier.

— J'y cours... J'abuse de votre santé... Jamais je n'oublierai le service que vous me rendez, c'est un Russe qui vous le dit, Kouzma Kouzmitch ! »

Mitia voulut saisir la main du vieillard pour la serrer, mais celui-ci eut un mauvais regard. Mitia retira sa main, tout en se reprochant sa méfiance. « Il doit être fatigué... », pensa-t-il.

« C'est pour elle, Kouzma Kouzmitch ! Vous comprenez que c'est pour elle ! » dit-il d'une voix retentissante.

Il s'inclina, fit demi-tour, se hâta vers la sortie à grandes enjambées. Il palpitait d'enthousiasme. « Tout semblait perdu, mais mon ange gardien m'a sauvé, songeait-il. Et si un homme d'affaires comme ce vieillard (quel noble vieillard, quelle prestance !) m'a indiqué cette voie... sans doute le succès est assuré. Il n'y a pas une minute à perdre. Je reviendrai cette nuit, mais j'aurai gain de cause. Est-il possible que le vieillard se soit moqué de moi ? »

Ainsi monologuait Mitia en retournant chez lui, et il ne pouvait se figurer les choses autrement : ou c'était un conseil pratique — venant d'un homme expérimenté, qui connaissait ce Liagavi (quel drôle de nom !) — ou bien le vieillard s'était moqué de lui ! Hélas ! la dernière hypothèse était la seule vraie. Par la suite, longtemps après le drame, le vieux Samsonov avoua en riant s'être moqué du « capitaine ». Il avait l'esprit malin et ironique, avec des antipathies maladives. Fut-ce l'air enthousiaste du capitaine, la sotte conviction de « ce panier percé » que lui, Samsonov, pouvait prendre au sérieux son « plan » absurde, ou bien un sentiment de jalousie vis-à-vis de Grouchegnka au nom de laquelle cet « écervelé » lui demandait de l'argent, — j'ignore ce qui inspira le vieillard ; mais, lorsque Mitia se tenait devant lui, sentant ses jambes fléchir et s'écriant stupidement qu'il était perdu, il le regarda avec méchanceté et imagina de lui jouer un tour. Après le départ de Mitia, Kouzma Kouzmitch, pâle de colère, s'adressa à son fils, lui ordonnant de faire le nécessaire pour que ce gueux ne remît jamais les pieds chez lui, sinon...

Il n'acheva pas sa menace, mais son fils, qui l'avait pourtant souvent vu courroucé, trembla de peur. Une heure après, le vieillard était encore secoué par la colère ; vers le soir, il se sentit indisposé et envoya chercher le « guérisseur ».

II

LIAGAVI

Donc, il fallait « galoper », et Mitia n'avait pas de quoi payer la course : vingt kopeks, voilà ce qui lui restait de son ancienne prospérité ! Il possédait une vieille montre en argent, qui ne marchait plus depuis longtemps. Un horloger

juif, installé dans une boutique, au marché, en donna six
roubles. « Je ne m'y attendais pas ! » s'écria Mitia enchanté
(l'enchantement continuait). Il prit ses six roubles et courut
chez lui. Là il compléta la somme en empruntant trois
roubles à ses logeurs, qui les lui donnèrent de bon cœur, bien
que ce fût leur dernier argent, tant ils l'aimaient. Dans son
exaltation, Mitia leur révéla que son sort se décidait et
expliqua — à la hâte bien entendu — presque tout le plan
qu'il venait d'exposer à Samsonov, la décision de ce dernier,
ses futurs espoirs, etc. Auparavant déjà, ces gens étaient au
courant de beaucoup de ses secrets et le regardaient comme
des *leurs,* un *barine* nullement fier. Ayant de la sorte
rassemblé neuf roubles, Mitia envoya chercher des chevaux
de poste jusqu'à la station de Volovia. Mais de cette façon on
constata et on se souvint qu' « à la veille d'un certain
événement Mitia n'avait pas le sou, que pour se procurer de
l'argent il avait vendu une montre et emprunté trois roubles à
ses logeurs, tout cela devant témoins ».

Je note le fait, on comprendra ensuite pourquoi.

En roulant vers Volovia, Mitia, radieux à l'idée de
débrouiller enfin et de terminer « toutes ces affaires »,
tressaillit pourtant d'inquiétude : qu'adviendrait-il de Grouchegnka durant son absence ? Se déciderait-elle aujourd'hui à
aller trouver Fiodor Pavlovitch ? Voilà pourquoi il était parti
sans la prévenir, en recommandant aux logeurs de ne rien
dire au cas où l'on viendrait le demander. « Il faut rentrer ce
soir sans faute, répétait-il, cahoté dans la télègue, et ramener
ce Liagavi... pour dresser l'acte... » Mais hélas ! ses rêves
n'étaient pas destinés à se réaliser suivant son « plan ».

D'abord il perdit du temps en prenant à Volovia le chemin
vicinal : le parcours se trouva être de dix-huit et non de
douze verstes. Ensuite il ne trouva pas chez lui le Père
Ilinski, qui s'était rendu au village voisin. Pendant que Mitia
partait à sa recherche avec les mêmes chevaux, déjà fourbus,
la nuit était presque venue. Le prêtre, petit homme timide à
l'air affable, lui expliqua aussitôt que ce Liagavi, qui avait
logé d'abord chez lui, était maintenant à Soukhoï Posiélok et

passerait la nuit dans l'izba du garde forestier, car il trafiquait aussi par là-bas. Sur la prière instante de Mitia de le conduire immédiatement auprès de Liagavi et « de le sauver ainsi », le prêtre consentit, après quelque hésitation, à l'accompagner à Soukhoï Posiélok, la curiosité s'en mêlant ; par malheur, il conseilla d'aller à pied, car « il n'y avait qu'un peu plus d'une verste ». Mitia accepta, bien entendu, et marcha comme toujours à grands pas de sorte que le pauvre ecclésiastique avait peine à le suivre. C'était un homme encore jeune et fort réservé. Mitia se mit aussitôt à parler de ses plans, demanda nerveusement des conseils au sujet de Liagavi, causa tout le long du chemin. Le prêtre l'écoutait avec attention, mais ne conseillait guère. Il répondait évasivement aux questions de Mitia : « je ne sais pas ; d'où le saurais-je ? », etc. Lorsque Mitia parla de ses démêlés avec son père au sujet de l'héritage, le prêtre s'effraya, car il dépendait à certains égards de Fiodor Pavlovitch. Il s'informa avec surprise pourquoi Mitia appelait Liagavi le paysan Gorstkine, et lui expliqua que, bien que ce nom de Liagavi fût le sien, il s'en offensait cruellement, et qu'il fallait le nommer Gorstkine, « sinon vous n'en pourrez rien tirer et il ne vous écoutera pas ». Mitia s'étonna quelque peu et expliqua que Samsonov lui-même l'avait appelé ainsi. A ces mots, le prêtre changea de conversation ; il aurait dû faire part de ses soupçons à Dmitri Fiodorovitch : si Samsonov l'avait adressé à ce moujik sous le nom de Liagavi, n'était-ce pas par dérision, n'y avait-il pas là quelque chose de louche ? Du reste Mitia n'avait pas le temps de s'arrêter à « de pareilles bagatelles ». Il cheminait toujours, et s'aperçut seulement en arrivant à Soukhoï Posiélok qu'on avait fait trois verstes au lieu d'une et demie. Il dissimula son mécontentement. Ils entrèrent dans l'izba dont le garde forestier, qui connaissait le prêtre, occupait la moitié ; l'étranger était installé dans l'autre, séparée par le vestibule. C'est là qu'ils se dirigèrent en allumant une chandelle. L'izba était surchauffée. Sur une table en bois de pin, il y avait un samovar éteint, un plateau avec des tasses, une bouteille de rhum vide, un carafon d'eau-de-vie presque vide et les restes d'un pain de froment. L'étranger reposait sur le banc, son vêtement roulé sous sa tête en guise d'oreiller, et ronflait pesamment. Mitia était perplexe. « Certainement, il faut le réveiller : mon affaire est trop importante, je me suis tant dépêché, j'ai hâte de m'en retourner aujourd'hui même », murmurait-il inquiet. Il s'approcha et se mit à le secouer, mais le dormeur ne se réveilla pas. « Il est ivre, conclut Mitia. Que faire, mon Dieu, que faire ? » Dans son impatience, il commença à le tirer par les mains, par les pieds, à le soulever, à l'asseoir sur le banc, mais il n'obtint, après de longs efforts, que de sourds grognements et des invectives énergiques, bien que confuses.

« Vous feriez mieux d'attendre, dit enfin le prêtre, vous ne tirerez rien de lui maintenant.

— Il a bu toute la journée, fit observer le garde.

— Mon Dieu ! s'écria Mitia, si vous saviez comme j'ai besoin de lui et dans quelle situation je me trouve !

— Mieux vaut attendre jusqu'à demain matin, répéta le prêtre.

— Jusqu'au matin ? Mais c'est impossible ! »

Dans son désespoir, il allait encore secouer l'ivrogne, mais s'arrêta aussitôt, comprenant l'inutilité de ses efforts. Le prêtre se taisait, le garde ensommeillé était maussade.

« Quelles tragédies on rencontre dans la vie réelle ! » proféra Mitia désespéré.

La sueur ruisselait de son visage. Le prêtre profita d'une minute de calme pour lui expliquer sagement que même s'il parvenait à réveiller le dormeur, celui-ci ne pourrait discuter avec lui, étant ivre ; « puisqu'il s'agit d'une affaire importante, c'est plus sûr de le laisser tranquille jusqu'au matin... » Mitia en convint.

« Je resterai ici, mon Père, à attendre l'occasion. Dès qu'il s'éveillera, je commencerai... Je te paierai la chandelle et la nuitée, dit-il au gardien, tu te souviendras de Dmitri Karamazov. Mais vous, mon Père, où allez-vous coucher ?

— Ne vous inquiétez pas, je retourne chez moi sur sa

jument, dit-il en désignant le garde. Sur quoi, adieu et bonne chance. »

Ainsi fut fait. Le prêtre enfourcha la jument, heureux de s'être dégagé, mais vaguement inquiet et se demandant s'il ne ferait pas bien d'informer le lendemain Fiodor Pavlovitch de cette curieuse affaire, « sinon il se fâchera en l'apprenant et me retirera sa faveur ». Le garde, après s'être gratté, retourna sans mot dire dans sa chambre ; Mitia prit place sur le banc pour attendre l'occasion, comme il disait. Une profonde angoisse l'étreignait, telle qu'un épais brouillard. Il songeait sans parvenir à rassembler ses idées. La chandelle brûlait, un grillon chantait, on étouffait dans la chambre surchauffée. Il se représenta soudain le jardin, l'entrée ; la porte de la maison de son père s'ouvrait mystérieusement et Grouchegnka accourait. Il se leva vivement.

« Tragédie ! » murmura-t-il en grinçant des dents.

Il s'approcha machinalement du dormeur et se mit à l'examiner. C'était un moujik efflanqué, encore jeune, aux cheveux bouclés, à la barbiche rousse, il portait une blouse d'indienne et un gilet noir, avec la chaîne d'une montre en argent au gousset. Mitia considérait cette physionomie avec une véritable haine ; les boucles surtout l'exaspéraient, Dieu sait pourquoi. Le plus humiliant, c'est que lui, Mitia, restait là devant cet homme avec son affaire urgente, à laquelle il avait tout sacrifié, à bout de forces, et ce fainéant, « dont dépend maintenant mon sort, ronfle comme si de rien n'était, comme s'il venait d'une autre planète ! » Mitia, perdant la tête, s'élança de nouveau pour réveiller l'ivrogne. Il y mit une sorte d'acharnement, le houspilla, alla jusqu'à le battre, mais au bout de cinq minutes, n'obtenant aucun résultat, il se rassit en proie à un désespoir impuissant.

« Sottise, sottise ! que tout cela est donc pitoyable ! » Il commençait à avoir la migraine : « Faut-il tout abandonner, m'en retourner ? » songeait-il. « Non, je resterai jusqu'au matin, exprès ! Pourquoi être venu ici ? Et je n'ai pas de quoi m'en retourner ; comment faire ? Oh ! que tout cela est donc absurde ! »

Cependant son mal de tête augmentait. Il resta immobile et s'assoupit insensiblement, puis s'endormit assis. Au bout de deux heures, il fut réveillé par une douleur intolérable à la tête, ses tempes battaient. Il fut longtemps à revenir à lui, et à se rendre compte de ce qui se passait. Il comprit enfin que c'était un commencement d'asphyxie dû au charbon et qu'il aurait pu mourir. L'ivrogne ronflait toujours ; la chandelle avait coulé et menaçait de s'éteindre. Mitia poussa un cri et se précipita en chancelant chez le garde, qui fut bientôt réveillé. En apprenant de quoi il s'agissait, il alla faire le nécessaire, mais accueillit la chose avec un flegme surprenant, ce dont Mitia fut vexé.

« Mais il est mort, il est mort, alors... que faire ? » s'écria-t-il dans son exaltation.

On donna de l'air, on déboucha le tuyau. Mitia apporta du vestibule un seau d'eau dont il s'arrosa la tête, puis il trempa un chiffon qu'il appliqua sur celle de Liagavi. Le garde continuait à montrer une indifférence dédaigneuse ; après avoir ouvert la fenêtre, il dit d'un air maussade : « ça va bien comme ça », puis retourna se coucher en laissant à Mitia une lanterne allumée. Durant une demi-heure, Mitia s'empressa autour de l'ivrogne, renouvelant la compresse, résolu à veiller toute la nuit ; à bout de forces, il s'assit pour reprendre haleine, ses yeux se fermèrent aussitôt ; il s'allongea inconsciemment sur le banc et s'endormit d'un sommeil de plomb.

Il se réveilla fort tard, vers neuf heures. Le soleil brillait aux deux fenêtres de l'izba. Le personnage aux cheveux bouclés était installé devant un samovar bouillant et un nouveau carafon, dont il avait déjà bu plus de la moitié. Mitia se leva en sursaut et s'aperçut aussitôt que le gaillard était de nouveau ivre, irrémédiablement ivre. Il le considéra une minute, écarquillant les yeux. L'autre le regardait en silence, d'un air rusé et flegmatique, et même avec arrogance, à ce que crut Mitia. Il s'élança vers lui :

« Permettez, voyez-vous... je... Le garde a dû vous dire qui je suis : le lieutenant Dmitri Karamazov, fils du vieillard avec qui vous êtes en pourparlers pour une coupe.

— Tu mens ! répliqua l'ivrogne d'un ton décidé.

— Comment ça ? Vous connaissez Fiodor Pavlovitch ?

— Je ne connais aucun Fiodor Pavlovitch, proféra le bonhomme, la langue pâteuse.

— Mais vous marchandez son bois ; réveillez-vous, remettez-vous. C'est le Père Pavel Ilinski qui m'a conduit ici... Vous avez écrit à Samsonov, il m'adresse à vous... »

Mitia haletait.

« Tu m... mens ! » répéta Liagavi.

Mitia se sentit défaillir.

« De grâce, ce n'est pas une plaisanterie. Vous êtes ivre, sans doute. Vous pouvez enfin parler, comprendre... sinon... c'est moi qui n'y comprends rien !

— Tu es teinturier !

— Permettez, je suis Karamazov, Dmitri Karamazov ; j'ai une proposition à vous faire... une proposition très avantageuse... précisément à propos du bois. »

L'ivrogne se caressait la barbe d'un air important.

« Non, tu as traité à forfait et tu es un gredin !

— Je vous assure que vous vous trompez ! » hurla Mitia en se tordant les mains.

Le manant se caressait toujours la barbe ; soudain il cligna de l'œil d'un air rusé.

« Cite-moi une loi qui permette de commettre des vilenies, entends-tu ? Tu es un gredin, comprends-tu ? »

Mitia recula d'un air sombre, il eut « la sensation d'un coup sur le front », comme il le dit par la suite. Ce fut soudain un trait de lumière, il comprit tout. Il demeurait stupide, se demandant comment lui, un homme pourtant sensé, avait pu prendre au sérieux une telle absurdité, s'engager dans une pareille aventure, s'empresser autour de ce Liagavi, lui mouiller la tête... « Cet individu est soûl et se soûlera encore une semaine, à quoi bon attendre ? Et si Samsonov s'était joué de moi ? Et si elle... Mon Dieu, qu'ai-je fait ?... »

Le croquant le regardait et riait dans sa barbe. En d'autres circonstances, Mitia, de colère, eût assommé cet imbécile, mais maintenant il se sentait faible comme un enfant. Sans dire un mot, il prit son pardessus sur le banc, le revêtit, passa dans l'autre pièce. Il n'y trouva personne et laissa sur la table cinquante kopeks pour la nuitée, la chandelle et le dérangement. En sortant de l'izba il se trouva en pleine forêt. Il partit à l'aventure, ne se rappelant même pas quelle direction prendre, à droite ou à gauche de l'izba. La veille, dans sa précipitation, il n'avait pas remarqué le chemin. Il n'éprouvait aucun sentiment de vengeance, pas même envers Samsonov, et suivait machinalement l'étroit sentier, « la tête perdue » et sans s'inquiéter où il allait. Le premier enfant venu l'aurait terrassé, tant il était épuisé. Il parvint pourtant à sortir de la forêt : les champs moissonnés et dénudés s'étendaient à perte de vue. « Partout le désespoir, la mort ! » répétait-il en cheminant.

Par bonheur, il rencontra un vieux marchand qu'un voiturier conduisait à la station de Volovia. Ils prirent avec eux Mitia qui avait demandé son chemin. On arriva trois heures après. A Volovia, Mitia commanda des chevaux pour la ville et s'aperçut qu'il mourait de faim. Pendant qu'on attelait, on lui prépara une omelette. Il la dévora, ainsi qu'un gros morceau de pain, du saucisson, et avala trois petits verres d'eau-de-vie. Une fois restauré, il reprit courage et recouvra sa lucidité ! Il allait à grand-erre ; pressait le voiturier, ruminait un nouveau plan « infaillible » pour se procurer le jour même « ce maudit argent ». « Dire que la destinée peut dépendre de trois mille malheureux roubles ! » s'écriait-il dédaigneusement. « Je me déciderai aujourd'hui ! » Et sans la pensée continuelle de Grouchegnka, et l'inquiétude qu'il éprouvait à son sujet, il aurait peut-être été tout à fait gai. Mais cette pensée le transperçait à chaque instant comme un poignard. Enfin on arriva et Mitia courut chez elle.

III

LES MINES D'OR

C'était précisément la visite dont Grouchegnka avait parlé avec tant d'effroi à Rakitine. Elle attendait alors un courrier et se réjouissait de l'absence de Mitia, espérant qu'il ne viendrait peut-être pas avant son départ, quand soudain il avait paru. On sait le reste ; pour le dépister elle s'était fait accompagner par lui chez Kouzma Samsonov, où soi-disant elle devait faire les comptes ; en prenant congé de Mitia elle lui fit promettre de venir la chercher à minuit. Il était satisfait de cet arrangement : « Elle reste chez Kouzma, donc elle n'ira pas chez Fiodor Pavlovitch... Pourvu qu'elle ne mente pas », ajouta-t-il aussitôt. Il la croyait sincère. Sa jalousie consistait à imaginer, loin de la femme aimée, toutes sortes de « trahisons » ; il revenait auprès d'elle, bouleversé, persuadé de son malheur, mais au premier regard jeté sur ce doux visage, une révolution s'opérait en lui, il oubliait ses soupçons et avait honte d'être jaloux. Il se hâta de rentrer chez lui, il avait encore tant à faire ! Du moins il avait le cœur plus léger. « Il faut maintenant m'informer auprès de Smerdiakov s'il n'est rien arrivé hier soir, si elle n'est pas venue chez Fiodor Pavlovitch. Ah !... » De sorte qu'avant même d'être à la maison, la jalousie s'insinuait de nouveau dans son cœur inquiet.

La jalousie ! « Othello n'est pas jaloux, il est confiant », a dit Pouchkine [1]. Cette observation atteste la profondeur de notre grand poète. Othello est bouleversé parce qu'*il a perdu son idéal*. Mais il n'ira pas se cacher, espionner, écouter aux portes : il est confiant. Au contraire, il a fallu le mettre sur la voie, l'exciter à grand-peine pour qu'il se doute de la trahison. Tel n'est pas le vrai jaloux. On ne peut s'imaginer l'infamie et la dégradation dont un jaloux est capable de s'accommoder sans aucun remords. Et ce ne sont pas toujours des âmes viles qui agissent de la sorte. Au contraire,

tout en ayant des sentiments élevés, un amour pur et dévoué,
on peut se cacher sous les tables, acheter des coquins, se
prêter au plus ignoble espionnage. Othello n'aurait jamais pu
se résigner à une trahison — je ne dis pas pardonner, mais s'y
résigner — bien qu'il eût la douceur et l'innocence d'un petit
enfant. Bien différent est le vrai jaloux. On a peine à se
figurer les compromis et l'indulgence dont certains sont
capables. Les jaloux sont les premiers à pardonner, toutes les
femmes le savent. Ils pardonneraient (après une scène
terrible, bien entendu) une trahison presque flagrante, les
étreintes et les baisers dont ils ont été témoins, si c'était « la
dernière fois », si leur rival disparaissait, s'en allait au bout
du monde, et si eux-mêmes partaient avec la bien-aimée dans
un lieu où elle ne rencontrera plus l'autre. La réconciliation,
naturellement, n'est que de courte durée, car en l'absence
d'un rival, le jaloux en inventerait un second. Or, que vaut
un tel amour, objet d'une surveillance incessante ? Mais un
vrai jaloux ne le comprendra jamais. Il y a pourtant parmi
eux des gens aux sentiments élevés et, chose étonnante, alors
qu'ils sont aux écoutes dans un réduit, tout en comprenant la
honte de leur conduite, ils n'éprouvent sur le moment aucun
remords. A la vue de Grouchegnka la jalousie de Mitia
disparaissait ; il redevenait confiant et noble, se méprisait
même pour ses mauvais sentiments. Cela signifiait seulement
que cette femme lui inspirait un amour plus élevé qu'il ne le
croyait, où il y avait autre chose que la sensualité, l'attrait
charnel dont il parlait à Aliocha. Mais Grouchegnka partie,
Mitia recommençait à soupçonner en elle toutes les bassesses,
toutes les perfidies de la trahison, sans éprouver le moindre
remords.

　　Ainsi donc la jalousie le tourmentait derechef. En tout cas,
le temps pressait. Il fallait d'abord se procurer une petite
somme, les neuf roubles de la veille ayant passé presque
entiers au déplacement, et chacun sait que sans argent on ne
va pas loin. Il y avait songé dans la télègue qui le ramenait, en
même temps qu'au nouveau plan. Il possédait deux excellents pistolets qu'il n'avait pas encore engagés, y tenant par-

dessus tout. Au cabaret « A la Capitale », il avait fait la connaissance d'un jeune fonctionnaire et appris que, célibataire et fort à son aise, celui-ci avait la passion des armes. Il achetait pistolets, revolvers, poignards, dont il faisait des panoplies qu'il montrait avec vanité, habile à expliquer le système d'un revolver, la manière de le charger, de tirer, etc. Sans hésiter, Mitia alla lui offrir ses pistolets en gage pour dix roubles. Le fonctionnaire enchanté voulait absolument les acheter, mais Mitia n'y consentit pas ; l'autre lui donna dix roubles, déclarant qu'il ne prendrait pas d'intérêts. Ils se quittèrent bons amis. Mitia se hâtait ; il se rendit à son pavillon, derrière la maison de Fiodor Pavlovitch, pour appeler Smerdiakov. Mais de cette façon on constata de nouveau que, trois ou quatre heures avant un certain événement dont il sera question, Mitia était sans le sou et avait engagé un objet auquel il tenait, tandis que trois heures plus tard il se trouvait en possession de milliers de roubles... Mais n'anticipons pas. Chez Marie Kondratievna, la voisine de Fiodor Pavlovitch, il apprit avec consternation la maladie de Smerdiakov. Il écouta le récit de la chute dans la cave, la crise qui suivit, l'arrivée du médecin, la sollicitude de Fiodor Pavlovitch ; on l'informa aussi du départ de son frère Ivan pour Moscou, le matin même. « Il a dû passer avant moi par Volovia », songea-t-il, mais Smerdiakov l'inquiétait fort. « Que faire maintenant, qui veillera pour me renseigner ? » Il questionna avidement ces femmes, pour savoir si elles n'avaient rien remarqué la veille. Celles-ci comprirent fort bien ce qu'il entendait et le rassurèrent : « Tout s'était passé normalement. » Mitia réfléchit. Assurément, il fallait veiller aussi aujourd'hui, mais où : ici ou à la porte de Samsonov ? Il décida que ce serait aux deux endroits, à son gré, et en attendant... il y avait ce nouveau « plan », sûr, conçu en route et dont il était impossible de différer l'exécution. Mitia résolut d'y consacrer une heure. « En une heure je saurai tout, et alors j'irai d'abord chez Samsonov m'informer si Grouchegnka y est, puis je reviendrai ici jusqu'à onze heures, et je retournerai là-bas pour la reconduire. »

Il courut chez lui et après avoir fait sa toilette se rendit chez Mme Khokhlakov. Hélas ! tel était son fameux « plan ». Il avait résolu d'emprunter trois mille roubles à cette dame, persuadé qu'elle ne les lui refuserait pas. On s'étonnera peut-être que, dans ce cas, il ne se soit pas d'abord adressé à quelqu'un de son monde, au lieu d'aller trouver Samsonov dont le tour d'esprit lui était étranger, et avec qui il ne savait pas s'exprimer. Mais c'est que depuis un mois il avait presque rompu avec elle ; il la connaissait peu d'ailleurs et savait qu'elle ne pouvait pas le souffrir, car il était le fiancé de Catherine Ivanovna. Elle aurait voulu que la jeune fille le quittât pour épouser « le cher Ivan Fiodorovitch, si instruit, qui avait de si belles manières ». Celles de Mitia lui déplaisaient fort. Il se moquait d'elle et avait dit une fois que « cette dame était aussi vive et désinvolte que peu instruite ». Mais le matin, en télègue, il avait eu comme un trait de lumière : « Si elle s'oppose à mon mariage avec Catherine Ivanovna (et il la savait irréconciliable), pourquoi me refuserait-elle maintenant ces trois mille roubles qui me permettraient d'abandonner Katia et de partir définitivement ? Quand ces grandes dames comblées ont un caprice en tête, elles n'épargnent rien pour arriver à leurs fins. Elle est d'ailleurs si riche ! » Quant au plan, il était le même que précédemment, c'est-à-dire l'abandon de ses droits sur Tchermachnia, non à des fins commerciales comme pour Samsonov, ni sans vouloir tenter cette dame, comme le marchand, par la possibilité d'une bonne affaire, d'un gain de quelques milliers de roubles, mais simplement en garantie de sa dette. En développant cette nouvelle idée, Mitia s'enthousiasmait, comme il arrivait toujours lors de ses entreprises et de ses nouvelles décisions. Tout nouveau projet le passionnait. Néanmoins, en arrivant au perron, il éprouva un frisson subit ; à cet instant il comprit avec une précision mathématique que c'était là son dernier espoir, qu'en cas d'échec il n'aurait plus qu'à « égorger quelqu'un pour le dévaliser »... Il était sept heures et demie quand il sonna.

D'abord, tout marcha à souhait, il fut reçu sur-le-champ.

« On dirait qu'elle m'attend », songea Mitia. Sitôt introduit au salon, la maîtresse du logis parut et lui déclara qu'elle l'attendait.

« Je ne pouvais supposer que vous viendriez, convenez-en ; et cependant je vous attendais. Admirez mon instinct, Dmitri Fiodorovitch ; je comptais sur votre visite aujourd'hui.

— C'est vraiment bizarre, madame, dit Mitia en s'asseyant gauchement, mais je suis venu pour une affaire très importante... oui, de la plus haute importance en ce qui me concerne au moins... et je m'empresse...

— Je sais, Dmitri Fiodorovitch, il ne s'agit plus de pressentiments, de penchant rétrograde pour les miracles (avez-vous entendu parler du *starets* Zosime ?), c'était fatal, vous deviez venir après tout ce qui s'est passé avec Catherine Ivanovna.

— C'est du réalisme, cela, madame... Mais permettez-moi de vous expliquer...

— Précisément, du réalisme, Dmitri Fiodorovitch. Il n'y a que ça qui compte à mes yeux, je suis revenue des miracles. Vous avez appris la mort du *starets* Zosime ?

— Non, madame, je n'en savais rien », répondit Mitia un peu surpris. Le souvenir d'Aliocha lui revint.

« Il est mort cette nuit même, et imaginez-vous...

— Madame, interrompit Mitia, je m'imagine seulement que je suis dans une situation désespérée, et que si vous ne me venez pas en aide tout s'écroulera, moi le premier. Pardonnez-moi la vulgarité de l'expression, la fièvre me brûle.

— Oui, je sais que vous avez la fièvre, il ne peut en être autrement ; quoi que vous disiez, je le sais d'avance. Il y a longtemps que je m'occupe de votre destinée, Dmitri Fiodorovitch, je la suis, je l'étudie. Je suis un médecin expérimenté, croyez-le.

— Je n'en doute pas, madame, en revanche je suis, moi, un malade expérimenté, répliqua Mitia en s'efforçant d'être aimable, et j'ai le pressentiment que si vous suivez avec un tel intérêt ma destinée, vous ne me laisserez pas succomber.

Mais permettez-moi enfin de vous exposer le plan qui m'amène... et ce que j'attends de vous... Je suis venu, madame...

— A quoi bon ces explications, ça n'a pas d'importance. Vous n'êtes pas le premier à qui je serai venue en aide, Dmitri Fiodorovitch. Vous avez dû entendre parler de ma cousine Belmessov, son mari était perdu. Eh bien, je lui ai conseillé l'élevage des chevaux, et maintenant il prospère. Vous connaissez-vous en élevage, Dmitri Fiodorovitch ?

— Pas du tout, madame, pas du tout ! s'écria Mitia qui se leva dans son impatience. Je vous supplie, madame, de m'écouter ; laissez-moi parler deux minutes seulement pour vous expliquer mon projet. De plus, je suis très pressé !... cria Mitia avec exaltation, comprenant que la brave dame allait encore parler et dans l'espoir de crier plus fort qu'elle... Je suis désespéré, je suis venu vous emprunter trois mille roubles contre un gage sûr, offrant pleine garantie ! Laissez-moi seulement vous dire...

— Après, après ! fit Mme Khokhlakov en agitant la main. Je sais déjà tout ce que vous voulez me dire. Vous me demandez trois mille roubles, je vous donnerai bien davantage, je vous sauverai, Dmitri Fiodorovitch, mais il faut m'obéir. »

Mitia sursauta.

« Auriez-vous cette bonté, madame ! s'écria-t-il d'un ton pénétré. Seigneur ! vous sauvez un homme de la mort, du suicide... Mon éternelle reconnaissance...

— Je vous donnerai infiniment plus de trois mille roubles ! répéta Mme Khokhlakov, qui contemplait, souriante, l'enthousiasme de Mitia.

— Mais il ne m'en faut pas tant ! J'ai besoin seulement de cette fatale somme, trois mille roubles ; je vous offre une garantie et vous remercie. Mon plan...

— Assez, Dmitri Fiodorovitch, c'est dit, c'est fait, trancha Mme Khokhlakov, avec la modestie triomphante d'une bienfaitrice. J'ai promis de vous sauver et je vous sauverai, comme Belmessov. Que pensez-vous des mines d'or ?

— Les mines d'or, madame ! Je n'y ai jamais pensé !

— Mais moi j'y pense pour vous. Voilà un mois que je vous observe. Quand vous passez, je me dis toujours : voilà un homme énergique, dont la place est aux mines. J'ai même étudié votre démarche et je suis persuadée que vous découvrirez des filons.

— D'après ma démarche, madame ?

— Pourquoi pas ? Comment, vous niez qu'on puisse connaître le caractère d'après la démarche, Dmitri Fiodorovitch ? Les sciences naturelles confirment le fait. Oh ! je suis réaliste. Dès aujourd'hui, après cette histoire au monastère qui m'a tant affectée, je suis devenue tout à fait réaliste et veux me livrer à une activité pratique. Je suis guérie du mysticisme. *Assez*[1], comme dit Tourguéniev.

— Mais madame, ces trois mille roubles que vous m'avez promis si généreusement...

— Ils ne vous échapperont pas, c'est comme si vous les aviez dans votre poche. Et non pas trois mille, mais trois millions, à bref délai. Voilà mon idée : vous découvrirez des mines, vous gagnerez des millions, à votre retour vous serez devenu un homme d'action capable de nous guider vers le bien. Faut-il donc tout abandonner aux Juifs ? Vous construirez des édifices, vous fonderez diverses entreprises, vous secourrez les pauvres et ils vous béniront. Nous sommes au siècle des voies ferrées. Vous serez connu et remarqué au ministère des Finances, dont la détresse est, vous le savez, immense. La chute de notre monnaie fiduciaire m'empêche de dormir, Dmitri Fiodorovitch ; on me connaît mal sous ce rapport.

— Madame, madame, interrompit de nouveau Dmitri inquiet, je suivrai très probablement votre sage conseil... J'irai peut-être là-bas... dans ces mines... je reviendrai en causer avec vous ; mais maintenant ces trois mille roubles que vous m'avez si généreusement offerts, ils me libéreraient, et si possible aujourd'hui... Je n'ai pas une heure à perdre.

— Écoutez, Dmitri Fiodorovitch, en voilà assez ! Une

question : partez-vous pour les mines d'or, oui ou non ? répondez-moi catégoriquement.

— J'irai, madame, ensuite... J'irai où vous voudrez... mais maintenant...

— Attendez donc ! »

Elle se dirigea vivement vers un magnifique bureau et fouilla dans les tiroirs avec précipitation.

« Les trois mille roubles ! pensa Mitia crispé par l'attente, et cela tout de suite, sans papier, sans formalités... Quelle grandeur d'âme ! L'excellente femme ! Si seulement elle parlait moins... »

« Voilà, s'écria-t-elle rayonnante en revenant vers Mitia, voilà ce que je cherchais. »

C'était une petite icône en argent, avec un cordon, comme on en porte parfois sous le linge.

« Elle vient de Kiev, Dmitri Fiodorovitch, dit Mme Khokhlakov avec respect ; elle a touché les reliques de sainte Barbe, la mégalomartyre. Permettez-moi de vous passer moi-même cette petite icône autour du cou et de vous bénir à la veille d'une vie nouvelle. »

Et la lui ayant passée autour du cou, elle se mit en devoir de l'ajuster. Mitia, très gêné, s'inclina et lui vint en aide. Enfin, l'icône fut placée comme il fallait.

« Maintenant, vous pouvez partir, dit-elle en se rasseyant triomphante.

— Madame, je suis touché... et ne sais comment vous remercier... de votre sollicitude ; mais... si vous saviez comme je suis pressé. Cette somme que j'attends de votre générosité... Oh ! madame, puisque vous êtes si bonne, si généreuse — et Mitia eut une inspiration — permettez-moi de vous révéler... ce que, d'ailleurs, vous savez déjà... j'aime une personne. J'ai trahi Katia, Catherine Ivanovna, veux-je dire... Oh ! j'ai été inhumain, malhonnête, mais j'en aimais une autre... une femme que vous méprisez peut-être, car vous êtes au courant, mais que je ne puis abandonner, aussi ces trois mille roubles...

— Abandonnez tout, Dmitri Fiodorovitch, interrompit

d'un ton tranchant Mme Khokhlakov. Surtout les femmes. Votre but, ce sont les mines. Inutile d'y mener des femmes. Plus tard, quand vous reviendrez riche et célèbre, vous trouverez une amie de cœur dans la plus haute société. Ce sera une jeune fille moderne, savante et sans préjugés. A cette époque précisément, le féminisme se sera développé et la femme nouvelle apparaîtra...

— Madame, ce n'est pas cela, ce n'est pas cela..., fit Dmitri Fiodorovitch en joignant les mains d'un air suppliant.

— Mais si, Dmitri Fiodorovitch, c'est précisément cela qu'il vous faut, ce dont vous êtes altéré sans le savoir. Je m'intéresse fort au féminisme. Le développement de la femme et même son rôle politique dans l'avenir le plus rapproché, voilà mon idéal. J'ai une fille, Dmitri Fiodorovitch, on l'oublie souvent. J'ai écrit là-dessus à Chtchédrine. Cet écrivain m'a ouvert de tels horizons sur la mission de la femme que je lui ai adressé l'année dernière ces deux lignes : « Je vous presse contre mon cœur et vous embrasse au nom de la femme moderne, continuez. » Et j'ai signé : « Une mère. » J'aurais voulu signer « une mère contemporaine [1] » mais j'ai hésité ; en fin de compte je me suis bornée à « une mère », c'est plus beau moralement, Dmitri Fiodorovitch, et le mot de « contemporaine » aurait pu lui rappeler le *Contemporain,* souvenir amer vu la censure actuelle. Mon Dieu, qu'avez-vous ?

— Madame, dit Mitia debout, les mains jointes, vous allez me faire pleurer, si vous remettez encore ce que si généreusement...

— Pleurez, Dmitri Fiodorovitch, pleurez ! C'est très bien... dans la voie qui vous attend. Les larmes soulagent. Plus tard, une fois revenu de Sibérie, vous vous réjouirez avec moi...

— Mais permettez, hurla soudain Mitia, je vous en supplie pour la dernière fois, dites-moi si je puis recevoir de vous aujourd'hui la somme promise. Sinon, quand faudra-t-il venir la chercher ?

— Quelle somme, Dmitri Fiodorovitch ?

— Mais les trois mille roubles que vous m'avez si généreusement promis.

— Trois mille quoi… trois mille roubles ? Mais je ne les ai pas, dit-elle avec quelque surprise.

— Comment ?… Vous avez dit que c'était comme si je les avais dans ma poche…

— Oh ! non, vous m'avez mal comprise, Dmitri Fiodorovitch. Je parlais des mines. Je vous ai promis bien plus de trois mille roubles, je me souviens maintenant, mais c'étaient uniquement les mines que j'avais en vue.

— Mais l'argent ? les trois mille roubles ?

— Oh ! si vous comptiez sur de l'argent, je n'en ai pas du tout en ce moment, Dmitri Fiodorovitch. J'ai même des difficultés avec mon régisseur et je viens d'emprunter cinq cents roubles à Mioussov. Si j'en avais, d'ailleurs, je ne vous en donnerais pas. D'abord, je ne prête à personne. Qui débiteur a, guerre a. Mais à vous particulièrement j'aurais refusé, parce que je vous aime et qu'il s'agit de vous sauver. Car il ne vous faut qu'une seule chose : les mines et les mines !

— Oh ! que le diable…, hurla Mitia en donnant un violent coup de poing sur la table.

— Aïe, aïe ! » s'écria Mᵐᵉ Khokhlakov, effrayée, en se réfugiant à l'autre bout du salon.

Mitia cracha de dépit et sortit précipitamment. Il allait comme un fou dans les ténèbres, en se frappant la poitrine à la même place que deux jours plus tôt devant Aliocha, lors de leur dernière rencontre sur la route. Pourquoi se frappait-il juste à la *même place* ? que signifiait ce geste ? Il n'avait encore révélé à personne ce secret, pas même à Aliocha, un secret qui recelait le déshonneur, et même sa perte et le suicide, car telle était sa résolution au cas où il ne trouverait pas trois mille roubles pour s'acquitter envers Catherine Ivanovna et ôter de sa poitrine, de « cette place », le déshonneur qu'il portait et qui torturait sa conscience. Tout cela s'éclaircira par la suite. Après la ruine de son dernier espoir, cet homme si robuste fondit soudain en larmes comme un enfant. Il

marchait, hébété, en essuyant ses larmes de son poing, quand
soudain il heurta quelqu'un. Une vieille femme qu'il avait
failli renverser poussa un cri aigu.

« Seigneur, il m'a presque tuée! Fais donc attention,
espèce de vaurien!

— Ah! c'est vous? cria Mitia en examinant la vieille dans
l'obscurité. C'était la domestique de Kouzma Samsonov qu'il
avait aperçue la veille.

— Et qui êtes-vous, monsieur? proféra la vieille d'un
autre ton, je ne vous reconnais pas.

— Ne servez-vous pas chez Kouzma Samsonov?

— Parfaitement... Mais je ne peux pas vous reconnaître.

— Dites-moi, ma bonne, est-ce qu'Agraféna Alexandrovna est chez vous en ce moment? Je l'y ai conduite moi-
même.

— Oui, monsieur, elle est restée un instant et partie.

— Comment, partie? Quand?

— Elle n'est pas restée longtemps. Elle a diverti Kouzma
Kouzmitch en lui faisant un conte, puis elle s'est sauvée.

— Tu mens, maudite! cria Mitia.

— Seigneur, mon Dieu! » fit la vieille.

Mais Mitia avait disparu; il courait à toutes jambes vers la
maison où demeurait Grouchegnka. Elle était partie depuis
un quart d'heure pour Mokroïé. Fénia était dans la cuisine,
avec sa grand-mère, la cuisinière Matrone, quand arriva le
« capitaine ». A sa vue, Fénia cria de toutes ses forces.

« Tu cries? fit Mitia. Où est-elle? »

Et sans attendre la réponse de Fénia paralysée par la peur,
il tomba à ses pieds.

« Fénia, au nom du Christ, notre Sauveur, dis-moi où elle
est!

— Je ne sais rien, cher Dmitri Fiodorovitch, rien du tout.
Quand vous me tueriez sur place, je ne peux rien dire. Mais
vous l'avez accompagnée...

— Elle est revenue...

— Non, elle n'est pas revenue, je le jure par tous les
saints.

— Tu mens ! hurla Mitia. Rien qu'à ta frayeur, je devine où elle est... »

Il sortit en courant. Fénia épouvantée se félicitait d'en être quitte à si bon compte, tout en comprenant que cela aurait pu mal tourner, s'il avait eu le temps. En s'échappant, il eut un geste qui étonna les deux femmes. Sur la table se trouvait un mortier avec un pilon en cuivre ; Mitia, qui avait déjà ouvert la porte, saisit ce pilon au vol et le fourra dans sa poche.

« Seigneur, il veut tuer quelqu'un ! » gémit Fénia.

IV

DANS LES TÉNÈBRES

Où courait-il ? On s'en doute : « Où peut-elle être, sinon chez le vieux ? Elle y est allée directement de chez Samsonov, c'est clair. Toute cette intrigue saute aux yeux... » Les idées se heurtaient dans sa tête. Il n'alla pas dans la cour de Marie Kondratievna : « Inutile de donner l'éveil, elle doit être du complot, ainsi que Smerdiakov ; tous sont achetés ! » Sa résolution était prise ; il fit un grand détour, franchit la passerelle, déboucha dans une ruelle qui donnait sur les derrières, ruelle déserte et inhabitée, bornée d'un côté par la haie du potager voisin, de l'autre, par la haute palissade qui entourait le jardin de Fiodor Pavlovitch. Il choisit pour l'escalader précisément la place par où avait grimpé, d'après la tradition, Élisabeth Smerdiachtchaïa. « Si elle a pu passer par là, songeait-il, pourquoi n'en ferais-je pas autant ? » D'un bond il se suspendit à la palissade, fit un rétablissement et se trouva assis dessus à califourchon. Tout près s'élevaient les étuves, mais il voyait de sa place les fenêtres éclairées de la maison. « C'est cela, il y a de la lumière dans la chambre à coucher du vieux, elle y est ! » Et il sauta dans le jardin. Bien qu'il sût que Grigori et peut-être Smerdiakov étaient malades, que personne ne pouvait l'entendre, il resta immobile instinctivement et prêta l'oreille. Partout un silence de mort, un calme absolu, pas le moindre souffle. « On n'entend que le silence… », ce vers lui revint à la mémoire : « Pourvu qu'on ne m'ait pas entendu ! je pense que non. » Alors il se mit à marcher dans l'herbe à pas de loup, l'oreille tendue, évitant les arbres et les buissons. Il se souvenait qu'il y avait sous les fenêtres d'épais massifs de sureaux et de viornes. La porte qui donnait accès au jardin, du côté gauche de la façade, était fermée, il le constata en passant. Enfin il atteignit les massifs et s'y dissimula. Il retenait son souffle. « Il faut attendre. S'ils m'ont entendu, ils écoutent à présent… Pourvu que je n'aille pas tousser ou éternuer !… »

Il attendit deux minutes. Son cœur battait, par moments il étouffait presque. « Ces palpitations ne cesseront pas, je ne puis plus attendre. » Il se tenait dans l'ombre, derrière un massif à moitié éclairé. « Une viorne, comme ses baies sont rouges ! » murmura-t-il machinalement. A pas de loup, il s'approcha de la fenêtre et se dressa sur la pointe des pieds. La chambre à coucher de Fiodor Pavlovitch lui apparaissait tout entière, une petite pièce séparée en deux par des paravents rouges, « chinois », comme les appelait leur propriétaire. « Grouchegnka est là derrière », pensa Mitia. Il se mit à examiner son père… celui-ci portait une robe de chambre en soie rayée, qu'il ne lui connaissait pas, avec une cordelière terminée par des glands ; le col rabattu laissait voir une chemise élégante en fine toile de Hollande, ornée de boutons en or ; sa tête était enveloppée du même foulard rouge que lui avait vu Aliocha. « Il s'est fait beau. » Fiodor Pavlovitch se tenait près de la fenêtre, l'air rêveur. Soudain il tourna la tête, tendit l'oreille et, n'entendant rien, s'approcha de la table, se versa un demi-verre de cognac qu'il but. Puis il poussa un profond soupir et de nouveau s'immobilisa quelques instants. Après quoi, il s'en alla d'un pas distrait vers la glace, releva un peu son foulard pour examiner les bleus et les escarres. « Il est seul très probablement. » Le vieillard quitta la glace, revint à la fenêtre. Mitia recula vivement dans l'ombre.

« Peut-être dort-elle déjà derrière les paravents. » Fiodor

Pavlovitch se retira de la fenêtre. « C'est elle qu'il attend, donc elle n'est pas ici ; sinon, pourquoi regarderait-il dans l'obscurité ? C'est l'impatience qui le dévore. » Mitia se remit en observation. Le vieux était assis devant la table, sa tristesse sautait aux yeux ; enfin, il s'accouda, la joue appuyée sur la main droite. Mitia regardait avidement. « Seul, seul ! si elle était ici, il aurait un autre air. » Chose étrange ; il éprouva soudain un dépit bizarre de ce qu'elle n'était pas là. « Ce qui me fâche, ce n'est pas son absence, mais de ne pas savoir à quoi m'en tenir », s'expliqua-t-il à lui-même. Par la suite, Mitia se rappela que son esprit était alors extraordinairement lucide et qu'il se rendait compte des moindres détails. Mais l'angoisse provenant de l'incertitude grandissait dans son cœur. « Est-elle ici, enfin, oui ou non ? » Soudain il se décida, étendit le bras, frappa à la fenêtre. Deux coups doucement, puis trois autres plus vite : toc, toc, toc, signal convenu entre le vieillard et Smerdiakov, pour annoncer que « Grouchegnka était arrivée ». Le vieillard tressaillit, leva la tête et s'élança à la fenêtre. Mitia rentra dans l'ombre. Fiodor Pavlovitch ouvrit, se pencha.

« Grouchegnka, est-ce toi ? dit-il d'une voix tremblante. Où es-tu, ma chérie, mon ange, où es-tu ? » Très ému, il haletait.

« Seul. »

« Où es-tu donc ? répéta le vieux, le buste penché au-dehors pour regarder de tous côtés. Viens ici, je t'ai préparé un cadeau, viens le voir ! »

« L'enveloppe avec les trois mille roubles. »

« Mais où es-tu donc ? Es-tu à la porte ? Je vais ouvrir... »

Fiodor Pavlovitch risquait de tomber en regardant vers la porte qui menait au jardin ; il scrutait les ténèbres ; il allait certainement s'empresser d'ouvrir la porte, sans attendre la réponse de Grouchegnka. Mitia ne broncha point. La lumière éclairait nettement le profil détesté du vieillard, avec sa pomme d'Adam, son nez recourbé, ses lèvres souriant dans une attente voluptueuse. Une colère furieuse bouillonna soudain dans le cœur de Mitia : « Le voilà, mon rival, le bourreau de ma vie ! » C'était un accès irrésistible, l'emportement dont il avait parlé à Aliocha, lors de leur conversation dans le pavillon, en réponse à la question : « Comment peux-tu dire que tu tueras ton père ? »

« Je ne sais pas, avait dit Mitia, peut-être le tuerai-je, peut-être ne le tuerai-je pas. Je crains de ne pouvoir supporter *son visage à ce moment-là*. Je hais sa pomme d'Adam, son nez, ses yeux, son sourire impudent. Il me dégoûte. Voilà ce qui m'effraie ; je ne pourrai pas me contenir... »

Le dégoût devenait intolérable. Mitia hors de lui sortit de sa poche le pilon de cuivre.

. . . .

« Dieu m'a préservé à ce moment », devait dire plus tard Mitia ; à ce moment en effet, Grigori, souffrant, se réveilla. Avant de se coucher, il avait employé le remède dont Smerdiakov parlait à Ivan Fiodorovitch. Après s'être frotté, aidé par sa femme, avec de l'eau-de-vie mélangée à une infusion secrète très forte, il but le reste de la drogue, tandis que Marthe Ignatièvna récitait une prière. Elle en prit aussi et, n'ayant pas l'habitude, s'endormit d'un sommeil de plomb à côté de son mari. Tout à coup, celui-ci s'éveilla, réfléchit un instant et, bien qu'il ressentît une douleur aiguë dans les reins, se leva et s'habilla à la hâte. Peut-être se reprochait-il de dormir, la maison restant sans gardien « en un temps si dangereux ». Smerdiakov, épuisé par sa crise, gisait sans mouvement dans le cabinet voisin. Marthe Ignatièvna n'avait pas bougé ; « elle est lasse », pensa Grigori après l'avoir regardée, et il sortit en geignant sur le perron. Il voulait seulement jeter un coup d'œil, n'ayant pas la force d'aller plus loin, tant les reins et la jambe droite lui faisaient mal. Soudain, il se rappela qu'il n'avait pas fermé à clef la petite porte du jardin. C'était un homme méticuleux, esclave de l'ordre établi et des habitudes invétérées. En boitant et avec des contorsions de douleur, il descendit le perron et se dirigea vers le jardin. En effet, la porte était grande ouverte ; il entra machinalement ; avait-il cru apercevoir ou entendre quelque chose, mais en regardant à gauche, il remarqua la fenêtre ouverte où personne ne se tenait. « Pourquoi est-ce

ouvert ? on n'est plus en été », songea Grigori. Au même
instant, droit devant lui, à quarante pas, une ombre se
déplaçait rapidement, quelqu'un courait dans l'obscurité.
« Seigneur ! » murmura-t-il, et, oubliant son lumbago, il se
mit à la poursuite du fugitif. Il prit par le plus court,
connaissant mieux le jardin que l'autre. Celui-ci se dirigea
vers les étuves, les contourna, se jeta vers le mur. Grigori ne
le perdait pas de vue tout en courant et atteignit la palissade
au moment où Dmitri l'escaladait. Hors de lui, Grigori
poussa un cri, s'élança et le saisit par une jambe. Son
pressentiment ne l'avait pas trompé, il le reconnut, c'était
bien lui, « l'exécrable parricide ».

« Parricide », glapit le vieux, mais il n'en dit pas davantage
et tomba foudroyé. Mitia sauta de nouveau dans le jardin et
se pencha vers lui. Machinalement, il se débarrassa du pilon
qui tomba à deux pas sur le sentier, bien en évidence. Grigori
avait la tête en sang ; Mitia le tâta, anxieux de savoir s'il avait
fracassé le crâne du vieillard ou s'il l'avait seulement étourdi
avec le pilon. Le sang tiède ruisselait, inondant ses doigts
tremblants. Il tira de sa poche le mouchoir immaculé qu'il
avait pris pour aller chez Mme Khokhlakov, et le lui appliqua
sur la tête, s'efforçant stupidement d'étancher le sang. Le
mouchoir en fut bientôt imbibé. « Mon Dieu, à quoi bon ?
Comment savoir ce qui en est... et qu'importe à présent ! Le
vieux a son compte ; si je l'ai tué, tant pis pour lui », proféra-
t-il tout haut. Alors il escalada la palissade, sauta dans la
ruelle et se mit à courir, tout en fourrant dans la poche de sa
redingote le mouchoir ensanglanté qu'il serrait dans sa main
droite. Quelques passants se rappelèrent plus tard avoir
rencontré cette nuit-là un homme qui courait à perdre
haleine. Il se dirigea à nouveau vers la maison de Mme Morozov. Après son départ, Fénia s'était précipitée chez le portier,
Nazaire Ivanovitch, le suppliant de « ne plus laisser entrer le
capitaine, ni aujourd'hui, ni demain ». Celui-ci, mis au
courant, y consentit, mais dut monter chez la propriétaire qui
l'avait fait appeler. Il chargea de le remplacer son neveu, un
gars de vingt ans, récemment arrivé de la campagne, mais

oublia de mentionner le capitaine. Le gars, qui gardait bon souvenir des pourboires de Mitia, le reconnut et lui ouvrit aussitôt. En souriant, il se hâta de l'informer obligeamment qu' « Agraféna Alexandrovna n'était pas chez elle ». Mitia s'arrêta.

« Où est-elle donc, Prochor ?

— Y a tantôt deux heures qu'elle est partie pour Mokroïé avec Timothée.

— Pour Mokroïé ! s'écria Mitia. Mais qu'y va-t-elle faire ?

— J'pourrais pas vous dire au juste, j'crois qu'c'est pour rejoindre un officier qui l'a envoyé chercher en voiture. »

Mitia se précipita comme un fou dans la maison.

V

UNE DÉCISION SUBITE

Fénia se tenait dans la cuisine avec sa grand-mère, les deux femmes s'apprêtaient à se coucher, et se fiant au portier, elles n'avaient pas fermé la porte. Sitôt entré, Mitia saisit Fénia à la gorge.

« Dis-moi tout de suite... avec qui elle est à Mokroïé », hurla-t-il.

Les deux femmes poussèrent un cri.

« Aïe, je vais vous le dire, aïe, cher Dmitri Fiodorovitch, je vous dirai tout, je ne cacherai rien ! bredouilla Fénia épouvantée. Elle est allée voir un officier.

— Quel officier ?

— Celui qui l'a abandonnée il y a cinq ans. »

Dmitri lâcha Fénia. Il était mortellement pâle et sans voix, mais on voyait à son regard qu'il avait tout compris à demi-mot, deviné jusqu'au moindre détail. La pauvre Fénia évidemment ne pouvait s'en rendre compte. Elle demeurait assise sur le coffre, toute tremblante, les bras tendus comme pour se défendre, sans un mouvement. Les prunelles dilatées par l'effroi, elle fixait Mitia qui avait les mains ensanglantées.

En route, il avait dû les porter à son visage pour essuyer la sueur, car le front était taché ainsi que la joue droite. Fénia risquait d'avoir une crise de nerfs ; la vieille cuisinière, prête à perdre connaissance, ouvrait tout grands les yeux comme une folle. Dmitri s'assit machinalement auprès de Fénia.

Sa pensée errait dans une sorte de stupeur. Mais tout s'expliquait ; il était au courant, Grouchegnka elle-même lui avait parlé de cet officier, ainsi que de la lettre reçue un mois auparavant. Ainsi, depuis un mois, cette intrigue s'était menée à son insu, jusqu'à l'arrivée de ce nouveau prétendant, et il n'avait pas songé à lui. Comment cela se pouvait-il ? Cette question surgissait devant lui comme un monstre et le glaçait d'effroi.

Soudain, oubliant qu'il venait d'effrayer et de malmener Fénia, il se mit à lui parler d'un ton fort doux, à la questionner avec une précision surprenante vu l'état où il se trouvait. Bien que Fénia regardât avec stupeur les mains ensanglantées du capitaine, elle répondit avec empressement à chacune de ses questions. Peu à peu elle prit même plaisir à lui exposer tous les détails, non pour l'attrister, mais comme si elle voulait de tout son cœur lui rendre service. Elle lui raconta la visite de Rakitine et d'Aliocha, tandis qu'elle faisait le guet, le salut dont sa maîtresse avait chargé Aliocha pour lui, Mitia, qui devait « se souvenir toujours qu'elle l'avait aimé une petite heure ». Mitia sourit, ses joues s'empourprèrent. Fénia, chez qui la crainte avait fait place à la curiosité, se risqua à lui dire :

« Vous avez du sang aux mains, Dmitri Fiodorovitch.

— Oui », fit-il en les regardant distraitement.

Il y eut un silence prolongé. Son effroi était passé, une résolution inflexible le possédait. Il se leva d'un air pensif.

« Monsieur, que vous est-il arrivé ? » insista Fénia en désignant ses mains.

Elle parlait avec commisération, comme la personne la plus proche de lui dans son chagrin.

« C'est du sang, Fénia, du sang humain... Mon Dieu, pourquoi l'avoir versé ?... Il y a une barrière, déclara-t-il en regardant la jeune fille comme s'il lui proposait une énigme, une barrière haute et redoutable, mais demain, au lever du soleil, Mitia la franchira... Tu ne comprends pas, Fénia, de quelle barrière il s'agit; n'importe... Demain tu apprendras tout; maintenant, adieu! Je ne serai pas un obstacle, je saurai me retirer. Vis, mon adorée... tu m'as aimé une heure, souviens-toi toujours de Mitia Karamazov... »

Il sortit brusquement, laissant Fénia presque plus effrayée que tout à l'heure, quand il s'était jeté sur elle.

Dix minutes plus tard, il se présenta chez Piotr Ilitch Perkhotine, le jeune fonctionnaire à qui il avait engagé ses pistolets pour dix roubles. Il était déjà huit heures et demie, et Piotr Ilitch, après avoir pris le thé, venait de mettre sa redingote pour aller jouer une partie de billard. En apercevant Mitia et son visage taché de sang, il s'écria :

« Mon Dieu, qu'avez-vous ?

— Voici, dit vivement Mitia, je suis venu dégager mes pistolets. Merci. Je suis pressé, Piotr Ilitch, veuillez faire vite. »

Piotr Ilitch s'étonnait de plus en plus. Mitia était entré, une liasse de billets de banque à la main, qu'il tenait d'une façon insolite, le bras tendu, comme pour les montrer à tout le monde. Il avait dû les porter ainsi dans la rue, d'après ce que raconta ensuite le jeune domestique qui lui ouvrit. C'étaient des billets de cent roubles qu'il tenait de ses doigts ensanglantés. Piotr Ilitch expliqua plus tard aux curieux qu'il était difficile d'évaluer la somme à vue d'œil, il pouvait y avoir deux à trois mille roubles. Quant à Dmitri, « sans avoir bu, il n'était pas dans son état normal, paraissait exalté, fort distrait et en même temps absorbé, comme s'il méditait sur une question sans parvenir à la résoudre. Il se hâtait, répondait avec brusquerie, d'une façon bizarre; par moments il avait l'air gai et nullement affligé ».

« Mais qu'avez-vous donc ? cria de nouveau Piotr Ilitch

en l'examinant avec stupeur. Comment avez-vous pu vous salir ainsi ; êtes-vous tombé ? Regardez ! »

Il le mena devant la glace. A la vue de son visage souillé, Mitia tressaillit, fronça les sourcils

« Sapristi ! il ne manquait plus que cela ! »

Il passa les billets de sa main droite dans la gauche et tira vivement son mouchoir. Plein de sang coagulé, il formait une boule qui restait collée. Mitia le lança à terre.

« Zut ! N'auriez-vous pas un chiffon... pour m'essuyer ?

— Alors, vous n'êtes pas blessé ? Vous feriez mieux de vous laver. Je vais vous donner de l'eau.

— C'est parfait... mais où mettrai-je cela ? »

Il désignait avec embarras la liasse de billets comme si c'était à Piotr Ilitch de lui dire où mettre son argent.

« Dans votre poche, ou bien déposez-les sur la table. Personne n'y touchera.

— Dans ma poche ? Ah ! oui, c'est bien... D'ailleurs, tout cela n'a pas d'importance. Finissons-en d'abord, au sujet des pistolets. Rendez-les-moi ; voici l'argent... J'en ai extrêmement besoin... et je n'ai pas une minute à perdre. »

Et, détachant de la liasse le premier billet, il le tendit au fonctionnaire.

« Je n'ai pas de quoi vous rendre. N'avez-vous pas de monnaie ?

— Non. »

Comme pris d'un doute, Mitia vérifia quelques billets.

« Ils sont tous pareils..., déclara-t-il en regardant de nouveau Piotr Ilitch d'un air interrogateur.

— Où avez-vous fait fortune ? demanda celui-ci. Un instant, je vais envoyer mon galopin chez les Plotnikov. Ils ferment tard, ils nous donneront la monnaie. Hé, Micha ! cria-t-il dans le vestibule.

— C'est cela, chez les Plotnikov, voilà une fameuse idée ! fit Mitia.

— Micha, reprit-il en s'adressant au gamin qui venait d'entrer, cours chez les Plotnikov, dis-leur que Dmitri Fiodorovitch les salue et va venir tout à l'heure. Écoute encore ; qu'ils me préparent du champagne, trois douzaines de bouteilles, emballées comme lorsque je suis allé à Mokroïe... J'en avais pris alors quatre douzaines, ajouta-t-il à l'adresse de Piotr Ilitch... Ils sont au courant, ne te tourmente pas, Micha. Et puis qu'on ajoute du fromage, des pâtés de Strasbourg, des lavarets fumés, du jambon, du caviar, enfin de tout ce qu'ils ont, pour cent ou cent vingt roubles environ. Qu'on n'oublie pas de mettre des bonbons, des poires, deux ou trois pastèques, non, une suffira, du chocolat, du sucre d'orge, des caramels, enfin, comme l'autre fois. Avec le champagne cela doit faire dans les trois cents roubles. N'oublie rien, Micha... C'est bien Micha qu'on l'appelle ? demanda-t-il à Piotr Ilitch.

— Attendez, fit celui-ci qui l'observait avec inquiétude, il vaut mieux que vous y alliez vous-même ; Micha s'embrouillerait.

— J'en ai peur ! Eh, Micha, moi qui voulais t'embrasser pour la peine !... Si tu ne t'embrouilles pas, il y aura dix roubles, pour toi, va vite... Qu'on n'oublie pas le champagne, puis du cognac, du vin rouge, du vin blanc, enfin tout comme la dernière fois... Ils savent ce qu'il y avait.

— Écoutez donc ! interrompit Piotr Ilitch impatienté cette fois. Que le gamin aille seulement faire de la monnaie et dire qu'on ne ferme pas, vous commanderez vous-même. Donnez votre billet, et dépêche-toi, Micha ! »

Piotr Ilitch avait hâte d'expédier Micha, car le gamin restait bouche bée devant le visiteur, les yeux écarquillés à la vue du sang et de la liasse de billets qui tremblait entre ses doigts ; il n'avait pas dû comprendre grand-chose aux instructions de Mitia.

« Et maintenant, allez vous laver, dit brusquement Piotr Ilitch. Mettez l'argent sur la table ou dans votre poche... C'est cela. Otez votre redingote. »

En l'aidant à retirer sa redingote, il s'exclama de nouveau :

« Regardez, il y a du sang à votre redingote.

— Mais non. Seulement un peu à la manche, et puis ici, à la place du mouchoir... ça aura coulé à travers la poche,

quand je me suis assis sur mon mouchoir, chez Fénia »,
expliqua Mitia d'un air confiant.

Piotr Ilitch l'écoutait, les sourcils froncés.

« Vous voilà bien arrangé, vous avez dû vous battre »,
murmura-t-il.

Il tenait le pot à eau et versait au fur et à mesure. Dans sa
précipitation Mitia se lavait mal, ses mains tremblaient. Piotr
Ilitch lui prescrivit de savonner et de frotter davantage. Il
avait pris sur Mitia une sorte d'ascendant qui s'affirmait de
plus en plus. A noter que ce jeune homme n'avait pas froid
aux yeux.

« Vous n'avez pas nettoyé sous les ongles ; à présent, lavez-
vous la figure, ici, près de la tempe, à l'oreille... C'est avec
cette chemise que vous partez ? Où allez-vous ? Toute la
manche droite est tachée.

— C'est vrai, dit Mitia en l'examinant.

— Mettez-en une autre.

— Je n'ai pas le temps. Mais regardez... continua Mitia
toujours confiant, en s'essuyant et en remettant sa redingote,
je vais relever la manchette comme cela, on ne la verra pas.

— Dites-moi maintenant ce qui s'est passé. Vous êtes-
vous battu de nouveau au cabaret, comme l'autre fois ? Avez-
vous encore rossé le capitaine ? » Piotr Ilitch évoquait la
scène d'un ton de reproche. « Qui avez-vous encore battu...
ou tué, peut-être ?

— Sottises !

— Comment, sottises ?

— Laissez donc, fit Mitia qui se mit à rire. Je viens
d'écraser une vieille femme sur la place.

— Écraser ? Une vieille femme ?

— Un vieillard ! corrigea Mitia qui fixa Piotr Ilitch, en
riant et en criant comme si l'autre était sourd.

— Que diable ! un vieillard, une vieille femme... Vous
avez tué quelqu'un ?

— Nous nous sommes réconciliés après nous être colletés.
Nous nous sommes quittés bons amis. Un imbécile !... Il m'a
sûrement pardonné, à présent... S'il s'était relevé, il ne

m'aurait pas pardonné, dit Mitia en clignant de l'œil, mais qu'il aille au diable ! vous entendez, Piotr Ilitch ? Laissons cela, je ne veux pas en parler pour le moment ! conclut Mitia d'un ton tranchant.

— Ce que j'en dis, c'est que vous aimez à vous commettre avec n'importe qui... comme alors pour des bagatelles, avec ce capitaine. Vous venez de vous battre et vous courez faire la noce ! Voilà tout votre caractère. Trois douzaines de bouteilles de champagne ! A quoi bon une telle quantité ?

— Bravo ! Donnez-moi maintenant les pistolets. Le temps presse. Je voudrais bien causer avec toi, mon cher, mais je n'ai pas le temps. D'ailleurs, inutile, c'est trop tard. Ah ! où est l'argent, qu'en ai-je fait ? »

Il se mit à fouiller dans ses poches.

« Vous l'avez mis vous-même sur la table... le voici. Vous l'aviez oublié ? Vous ne semblez guère faire attention à l'argent. Voici vos pistolets. C'est bizarre, à cinq heures vous les engagez pour dix roubles, et maintenant vous avez combien, deux, trois mille roubles, peut-être ?

— Trois, peut-être », acquiesça en riant Mitia.

Et il fourra les billets dans ses poches.

« Vous allez les perdre comme ça. Auriez-vous des mines d'or ?

— Des mines d'or ! s'exclama Mitia en éclatant de rire. Voulez-vous aller aux mines, Perkhotine ? Il y a ici une dame qui vous donnera trois mille roubles rien que pour vous y rendre. Elle me les a donnés, à moi, tant les mines lui tiennent à cœur ! Vous connaissez Mme Khokhlakov ?

— De vue seulement, mais j'ai entendu parler d'elle. Vraiment, c'est elle qui vous a fait cadeau de ces trois mille roubles ? comme ça de but en blanc ? s'enquit Piotr Ilitch en le regardant avec méfiance.

— Demain, quand le soleil se lèvera, quand resplendira Phébus éternellement jeune, allez chez elle en glorifiant le Seigneur et demandez-lui si oui ou non elle me les a donnés. Renseignez-vous.

— J'ignore vos relations... Puisque vous êtes si affirmatif, il faut bien le croire… Maintenant que vous avez la galette, ce n'est pas la Sibérie qui vous tente… Sérieusement, où allez-vous ?

— A Mokroïé.

— A Mokroïé ? Mais il fait nuit.

— J'avais tout, je n'ai plus rien…, dit tout à coup Mitia.

— Comment, plus rien ? Vous avez des milliers de roubles, et vous appelez cela, plus rien ?

— Je ne parle pas d'argent. L'argent, je m'en fiche ! Je parle du caractère des femmes.

… *Les femmes ont le caractère crédule, versatile, dépravé.* C'est Ulysse qui le dit, il a bien raison.

— Je ne vous comprends pas !

— Je suis donc ivre ?

— Pis que ça.

— Moralement ivre, Piotr Ilitch, moralement… Et en voilà assez !

— Comment ? Vous chargez votre pistolet ?

— Je charge mon pistolet. »

En effet, Mitia, ayant ouvert la boîte, prit de la poudre qu'il versa dans une cartouche. Avant de mettre la balle dans le canon, il l'examina à la lumière de la bougie.

« Pourquoi regardez-vous cette balle ? demanda Piotr Ilitch intrigué.

— Comme ça. Une idée qui me vient. Toi, si tu songeais à te loger une balle dans le cerveau, la regarderais-tu avant de la mettre dans le pistolet ?

— Pourquoi la regarder ?

— Elle me traversera le crâne, alors ça m'intéresse de voir comment elle est faite… D'ailleurs, sottises que tout cela ! Voilà qui est fait, ajouta-t-il, une fois la balle introduite et calée avec de l'étoupe. Mon cher Piotr Ilitch, si tu savais combien tout cela est absurde ! Donne-moi un morceau de papier.

— Voici.

— Non, du propre, c'est pour écrire. C'est cela. »

Et Mitia, prenant une plume, écrivit vivement deux lignes,

puis il plia le papier en quatre et le mit dans son gousset. Il rangea les pistolets dans la boîte qu'il ferma à clef et garda en main. Puis il regarda Piotr Ilitch en souriant d'un air pensif.

« Allons, maintenant ! dit-il.

— Où cela ? Non, attendez... Alors vous voulez vous loger cette balle dans le cerveau ?... s'enquit Piotr Ilitch, inquiet.

— Mais non, quelle sottise ! Je veux vivre, j'aime la vie. Sachez-le. J'aime le blond Phébus et sa chaude lumière... Mon cher Piotr Ilitch, saurais-tu t'écarter ?

— Comment cela ?

— Laisser le chemin libre à l'être cher et à celui que tu hais... chérir même celui que tu haïssais... et leur dire : « Dieu vous garde ! Allez, passez, et moi... »

— Et vous ?

— Cela suffit, allons.

— Ma foi, je vais tout raconter, pour qu'on vous empêche de partir, déclara Piotr Ilitch en le fixant. Qu'allez-vous faire à Mokroïé ?

— Il y a une femme là-bas, une femme... En voilà assez pour toi, Piotr Ilitch ; motus !

— Écoutez, bien que vous soyez sauvage, vous m'avez toujours plu... et je suis inquiet.

— Merci, frère. Je suis sauvage, dis-tu. C'est vrai. Je ne fais que me le répéter : sauvage ! Ah ! voilà Micha, je l'avais oublié. »

Micha accourait avec une liasse de menus billets ; il annonça que tout allait bien chez les Plotnikov : on emballait les bouteilles, le poisson, le thé ; tout serait prêt. Mitia prit un billet de dix roubles et le tendit à Piotr Ilitch, puis il en jeta un à Micha.

« Je vous le défends ! Je ne veux pas de ça chez moi, ça gâte les domestiques. Ménagez votre argent, pourquoi le gaspiller ? Demain vous viendrez me demander dix roubles. Pourquoi le mettez-vous toujours dans cette poche ? Vous allez le perdre.

— Écoute, mon cher, viens à Mokroïé avec moi.

— Qu'irais-je faire là-bas ?

— Veux-tu que nous vidions une bouteille, que nous buvions à la vie ! J'ai soif, je veux boire avec toi. Nous n'avons jamais bu ensemble, hein ?

— Eh bien, allons au cabaret.

— Pas le temps, mais chez les Plotnikov, dans l'arrière-boutique. Veux-tu que je te propose une énigme ?

— Faites. »

Mitia tira de son gilet le petit papier et le montra à Piotr Ilitch. Il y avait écrit dessus lisiblement : « Je me châtie en expiation de ma vie tout entière. »

« Vraiment, je vais tout dire à quelqu'un, fit Piotr Ilitch.

— Tu n'aurais pas le temps, mon cher, allons boire. »

La boutique des Plotnikov — de riches commerçants — située tout près de chez Piotr Ilitch (au coin de la rue), était la principale épicerie de notre ville. On y trouvait de tout, comme dans les grands magasins de la capitale : du vin « de la cave des Frères Iélisséiev », des fruits, des cigares, du thé, du café, etc. Il y avait toujours trois commis et deux garçons pour les courses. Notre région s'est appauvrie, les propriétaires se sont dispersés, le commerce languit, mais l'épicerie prospère de plus en plus, les chalands ne manquant jamais pour ces produits. On attendait Mitia avec impatience, car on se souvenait que trois ou quatre semaines auparavant, il avait fait des emplettes pour plusieurs centaines de roubles payés comptant (on ne lui aurait rien livré à crédit) ; alors comme aujourd'hui, il avait en main une liasse de gros billets qu'il prodiguait à tort et à travers sans marchander ni s'inquiéter de la quantité de ses achats. On disait en ville que dans son excursion avec Grouchegnka à Mokroïé « il avait dissipé trois mille roubles en vingt-quatre heures et qu'il était revenu de la fête sans un sou comme sa mère l'avait mis au monde ». Il avait engagé une troupe de tziganes qui campaient alors dans nos parages et profitèrent de son ivresse pour lui soutirer de l'argent et boire des vins fins à tire-larigot. On racontait en riant qu'à Mokroïé, il avait offert le champagne aux rustres, régalé de bonbons et de pâtés de Strasbourg des filles et des femmes de la campagne. On riait aussi, surtout au cabaret, mais par prudence en l'absence de Mitia, en songeant que, de son propre aveu public, la seule faveur que lui avait value cette « escapade » avec Grouchegnka était « la permission de lui baiser le pied, et rien de plus ».

Lorsque Mitia et Piotr Ilitch arrivèrent à la boutique, une télègue attelée de trois chevaux, avec un tapis et des grelots, attendait déjà, conduite par le cocher André. On avait déjà emballé une caisse de marchandises et l'on n'attendait plus que l'arrivée de Mitia pour la fermer et la mettre en place. Piotr Ilitch s'étonna.

« D'où vient cette *troïka* ? demanda-t-il.

— En allant chez toi, j'ai rencontré André et je lui ai dit de venir droit ici. Il n'y a pas de temps à perdre ! La dernière fois, j'ai fait route avec Timothée, mais aujourd'hui il m'a devancé avec une magicienne. André, serons-nous bien en retard ?

— Ils nous précéderont d'une heure tout au plus, se hâta de répondre André, un cocher dans la force de l'âge, roux et sec. Je sais comment va Timothée, je m'en vais vous mener autrement vite, Dmitri Fiodorovitch. Ils n'auront pas une heure d'avance !

— Cinquante roubles de pourboire, si nous n'avons qu'une heure de retard.

— J'en réponds, Dmitri Fiodorovitch. »

Mitia, tout en s'agitant, donna des ordres d'une façon étrange, sans suite. Piotr Ilitch jugea à propos d'intervenir.

« Pour quatre cents roubles, exactement comme l'autre fois, commandait Mitia. Quatre douzaines de bouteilles de champagne, pas une de moins.

— Pourquoi une telle quantité, à quoi bon ? Halte ! s'exclama Piotr Ilitch. Que contient cette caisse ? Est-ce possible qu'il y en ait pour quatre cents roubles ? »

Les commis, qui s'empressaient avec des intonations doucereuses, lui expliquèrent aussitôt qu'il n'y avait dans cette première caisse qu'une demi-douzaine de bouteilles de champagne et « tout ce qu'il fallait pour commencer », hors-d'œuvre, bonbons, etc. Les principales « denrées » seraient expédiées à part, comme l'autre fois, dans une télègue à trois chevaux, qui arriverait « une heure au plus après Dmitri Fiodorovitch ».

« Pas plus tard qu'une heure, et mettez le plus possible de bonbons et de caramels ; les filles aiment ça, là-bas, insista Mitia.

— Des caramels, soit. Mais, pourquoi quatre douzaines de bouteilles ? Une seule suffit », dit Piotr Ilitch presque en colère.

Il se mit à marchander, à exiger une facture, ne sauva pourtant qu'une centaine de roubles. On tomba d'accord que les marchandises livrées ne montaient qu'à trois cents roubles.

« Après tout que le diable t'emporte ! s'écria-t-il, comme se ravisant. Qu'est-ce que ça peut bien me faire ? Jette l'argent, s'il ne t'a rien coûté !

— Viens ici, lésineur, avance, ne te fâche pas ! dit Mitia en l'entraînant dans l'arrière-boutique. On va nous servir à boire. J'aime les gentils garçons comme toi. »

Mitia s'assit devant une petite table recouverte d'une serviette malpropre. Piotr Ilitch prit place en face de lui et l'on apporta du champagne. On demanda si ces messieurs ne voulaient pas des huîtres, « les premières huîtres reçues tout récemment ».

« Au diable les huîtres ! Je n'en mange pas, et d'ailleurs je ne veux rien prendre, répondit grossièrement Piotr Ilitch.

— Pas de temps pour les huîtres, observa Mitia ; d'ailleurs, je n'ai pas d'appétit. Sais-tu, mon ami, que je n'ai jamais aimé le désordre.

— Mais qui donc l'aime ? Miséricorde ! Trois douzaines de bouteilles de champagne pour des croquants, il y a de quoi gendarmer n'importe qui.

— Ce n'est pas de ça que je veux parler, mais de l'ordre supérieur. Il n'existe pas en moi, cet ordre... Du reste, tout est fini, inutile de s'affliger. Il est trop tard. Toute ma vie fut désordonnée, il est temps de l'ordonner. Je fais des calembours, hein ?

— Tu divagues plutôt.

> — *Gloire au Très-Haut dans le monde,*
> *Gloire au Très-Haut en moi !*

Ces vers, ou plutôt ces larmes, se sont échappés un jour de mon âme. Oui, c'est moi qui les ai faits... mais pas en traînant le capitaine par la barbe...

— Pourquoi parles-tu du capitaine ?

— Je n'en sais rien. Qu'importe ! Tout finit, tout aboutit au même total.

— Tes pistolets me poursuivent.

— Qu'importe encore ! Bois et laisse là tes rêveries. J'aime la vie, je l'ai trop aimée, jusqu'au dégoût. En voilà assez. Buvons à la vie, mon cher. Pourquoi suis-je content de moi ? Je suis vil, ma bassesse me tourmente, mais je suis content de moi. Je bénis la création, je suis prêt à bénir Dieu et ses œuvres, mais... il faut détruire un insecte malfaisant, pour l'empêcher de gâter la vie des autres... Buvons à la vie, frère ! Qu'y a-t-il de plus précieux ? Buvons aussi à la reine des reines !

— Soit ! Buvons à la vie et à ta reine ! »

Ils vidèrent un verre. Mitia, malgré son exaltation, était triste. Il paraissait en proie à un lourd souci.

« Micha... c'est Micha ? Eh ! mon cher, viens ici, bois ce verre en l'honneur de Phébus aux cheveux d'or qui se lèvera demain...

— A quoi bon lui offrir ? s'écria Piotr Ilitch, irrité.

— Laisse, je le veux.

— Hum ! »

Micha but, salua, sortit.

« Il se souviendra plus longtemps de moi. Une femme, j'aime une femme ! Qu'est-ce que la femme ? La reine de la terre ! Je suis triste, Piotr Ilitch. Tu te rappelles Hamlet : « Je me sens triste, bien triste, Horatio... Hélas, le pauvre Yorick[1] ! » C'est peut-être moi, Yorick. Justement, je suis maintenant Yorick, et ensuite un crâne. »

Piotr Ilitch l'écoutait en silence ; Mitia se tut également.

« Quel chien avez-vous là ? demanda-t-il d'un air distrait au commis, en remarquant dans un coin un joli petit épagneul aux yeux noirs.

— C'est l'épagneul de Varvara Alexéievna, notre patronne, répondit le commis ; elle l'a oublié ici, il faudra le ramener chez elle.

— J'en ai vu un pareil... au régiment... fit Mitia, d'un air rêveur, mais il avait une patte de derrière cassée... Piotr Ilitch, je voulais te demander : as-tu jamais volé ?

— Pourquoi cette question ?

— Comme ça... vois-tu, le bien d'autrui, ce qu'on prend dans la poche ? Je ne parle pas du Trésor, tout le monde le pille, et toi aussi, bien sûr...

— Va-t'en au diable !

— As-tu jamais dérobé, dans la poche, le porte-monnaie de quelqu'un ?

— J'ai chipé une fois vingt kopeks à ma mère, quand j'avais neuf ans. Je les ai pris tout doucement sur la table et les ai serrés dans ma main.

— Et alors ?

— On n'avait rien vu. Je les ai gardés trois jours, puis j'ai eu honte, j'ai avoué et je les ai rendus.

— Et alors ?

— On m'a donné le fouet, naturellement. Mais toi, est-ce que tu as volé ?

— Oui, dit Mitia en clignant de l'œil d'un air malin.

— Et quoi donc ?

— Vingt kopeks à ma mère, j'avais neuf ans, je les ai rendus au bout de trois jours. »

Et il se leva.

« Dmitri Fiodorovitch, il faudrait se hâter, cria André à la porte de la boutique.

— Tout est prêt ? Partons ! Encore un mot et... à André un verre de vodka, puis du cognac, tout de suite ! Cette boîte (avec les pistolets) sous le siège. Adieu, Piotr Ilitch, ne garde pas mauvais souvenir de moi.

« — Mais tu reviens demain ?

— Oui, sans faute.

— Monsieur veut-il régler ? intervint le commis.

— Régler ? Mais certainement ! »

Il tira de nouveau de sa poche une liasse de billets, en jeta trois sur le comptoir et sortit. Tous l'accompagnèrent en le saluant et en lui souhaitant bon voyage. André, enroué par le cognac qu'il venait d'absorber, monta sur le siège. Mais au moment où Mitia s'installait, Fénia se dressa devant lui. Elle accourait essoufflée, joignit les mains et se jeta à ses pieds :

« Dmitri Fiodorovitch, ne perdez pas ma maîtresse ! Et moi qui vous ai tout raconté !... Ne lui faites pas de mal, à lui, c'est son premier amour. Il est revenu de Sibérie pour épouser Agraféna Alexandrovna... Ne brisez pas une vie !

— Hé, hé, voilà le mot de l'énigme ! murmura Piotr Ilitch, il va y avoir du grabuge là-bas ! Dmitri Fiodorovitch, donne-moi tout de suite tes pistolets si tu veux être un homme, tu entends ?

— Mes pistolets ? Attends, mon cher, je les jetterai en route dans une mare. Fénia, lève-toi, ne reste pas à mes pieds. Dorénavant Mitia, ce sot, ne perdra plus personne. Écoute, Fénia, cria-t-il une fois assis, je t'ai offensée tout à l'heure, pardonne-moi... Si tu refuses, tant pis, je m'en fiche ! En route André, et vivement ! »

André fit claquer son fouet, la clochette tinta.

« Au revoir, Piotr Ilitch ! A toi ma dernière larme ! »

« Il n'est pas ivre ; pourtant quelles sornettes il débite ! » pensa Piotr Ilitch. Il avait l'intention de rester pour surveiller l'expédition du reste des provisions, se doutant qu'on allait tromper Mitia, mais soudain, fâché contre lui-même, il cracha de dépit et partit jouer au billard.

« C'est un imbécile, mais un bon garçon..., se disait-il en chemin. J'ai entendu parler de cet « ancien » officier de Grouchegnka. S'il est arrivé... Ah ! ces pistolets ! Mais que diable ! suis-je son mentor ? A leur aise ! D'ailleurs, il ne se passera rien, ce sont des braillards. Une fois soûls, ils se battront, puis se réconcilieront. Sont-ce des hommes

d'action ? Que veut-il dire ce « je m'écarte, je me châtie » ?
Non, il n'y aura rien ! Étant ivre, au cabaret, il a tenu vingt
fois des propos de ce style. Maintenant, il est « ivre
moralement ». Suis-je son mentor ? Il a dû se battre, il avait
le visage ensanglanté. Avec qui ?... Son mouchoir aussi est
plein de sang. Pouah ! il est resté chez moi sur le plancher...
Zut ! »

Il arriva au cabaret de fort méchante humeur et commença
aussitôt une partie, ce qui le dérida. Il en joua une autre et
raconta que Dmitri Karamazov était de nouveau en fonds,
qu'il lui avait vu en mains dans les trois mille roubles, que le
gaillard était reparti pour Mokroïé faire la fête avec Grouchegnka. Ses auditeurs l'écoutèrent avec curiosité et d'un air
sérieux. On cessa même de jouer.

« Trois mille roubles ? Où les aurait-il pris ? »

On le questionna. La nouvelle que cet argent venait de
Mme Khokhlakov fut accueillie avec scepticisme.

« N'aurait-il pas dévalisé le vieux ?

— Trois mille roubles ! C'est louche.

— Il s'est vanté à haute voix qu'il tuerait son père, tous ici
l'ont entendu. Il parlait de trois mille roubles... »

Piotr Ilitch devint soudain laconique. Il ne dit pas un mot
du sang qui souillait le visage et les mains de Mitia, et dont en
venant il avait l'intention de parler. On commença une
troisième partie ; peu à peu la conversation se détourna de
Mitia ; la partie terminée, Piotr Ilitch n'eut plus envie de
jouer, posa sa queue et partit, sans souper comme il en avait
eu l'intention. Sur la place, il demeura perplexe, songea à se
rendre immédiatement chez Fiodor Pavlovitch pour s'informer s'il n'était rien arrivé. « Non, décida-t-il, je n'irai pas
pour une bagatelle réveiller la maison et faire du scandale.
Que diable, suis-je leur mentor ? »

Il s'en retournait chez lui fort mal disposé, quand soudain
il se rappela Fénia : « Sapristi, j'aurais dû l'interroger,
songea-t-il dépité, je saurais tout. » Et il éprouva brusquement une impatience et un désir si vif de lui parler et de se
renseigner qu'à mi-chemin il fit un détour vers la maison de

Mme Morozov où demeurait Grouchegnka. Arrivé à la porte cochère, il frappa et le coup qui résonna dans la nuit le dégrisa, tout en l'irritant. Personne ne répondit, tout le monde dormait dans la maison. « Je vais faire du scandale ! » songea-t-il avec malaise ; mais, loin de s'en aller, il frappa de plus belle. Le bruit résonna dans toute la rue. « Il faudra bien qu'on m'ouvre ! » se disait-il, exaspéré contre lui-même, tandis qu'il redoublait ses coups.

VI

C'EST MOI QUI ARRIVE !

Cependant Dmitri Fiodorovitch volait vers Mokroïé. La distance était de vingt verstes environ, et la *troïka* d'André galopait de façon à la franchir en une heure et quart. La rapidité de la course rafraîchit Mitia. L'air était vif, le ciel étoilé. C'était la même nuit, peut-être la même heure, où Aliocha, étreignant la terre, « jurait avec transport de l'aimer toujours ». L'âme de Mitia était trouble, et malgré son anxiété il n'avait de pensée à ce moment que pour son idole qu'il voulait revoir une dernière fois. Son cœur n'hésita pas une minute. On croira difficilement que ce jaloux n'éprouvait aucune jalousie envers ce personnage nouveau, ce rival surgi brusquement. Il n'en eût pas été de même pour n'importe quel autre, dans le sang duquel il eût peut-être trempé ses mains, mais envers le premier amant il ne ressentait à présent ni haine jalouse, ni animosité d'aucune sorte ; il est vrai qu'il ne l'avait pas encore vu. « C'est leur droit incontestable, c'est son premier amour, elle ne l'a pas oublié après cinq ans, elle n'a donc aimé que lui tout le temps, pourquoi suis-je venu me mettre à la traverse ? Que viens-je faire ici ? Écarte-toi, Mitia, laisse la route libre ! D'ailleurs, tout est fini maintenant, même sans cet officier... »

Voilà en quels termes il eût pu exprimer ses sensations, s'il avait pu raisonner. Mais il en était incapable. Sa résolution était née spontanément ; elle avait été conçue, adoptée avec toutes ses conséquences dès les premières paroles de Fénia. Pourtant, il éprouvait un trouble douloureux : la résolution ne lui avait pas donné le calme. Trop de souvenirs le tourmentaient. Par moments cela lui semblait étrange ; lui-même avait écrit sa sentence : « Je me châtie et j'expie » ; le papier était dans sa poche, le pistolet chargé ; il avait décidé d'en finir demain au premier rayon de « Phébus aux cheveux d'or » ; cependant il ne pouvait rompre avec son accablant passé et cette idée faisait son désespoir. Un moment il eut envie de faire arrêter, de descendre, de prendre son pistolet et d'en finir sans attendre le jour. Mais ce ne fut qu'un éclair. La *troïka* « dévorait l'espace », et à mesure qu'il approchait du but, *elle seule* le possédait de plus en plus et bannissait de son cœur les pensées funèbres. Il désirait tant la voir, ne fût-ce qu'en passant et de loin ! « Je verrai comment elle se comporte maintenant avec *lui*, son premier amour ; il ne m'en faut pas davantage. » Jamais il n'avait ressenti tant d'amour pour cette femme fatale, un sentiment nouveau, inéprouvé, qui allait jusqu'à l'imploration, jusqu'à disparaître devant elle ! « Et je disparaîtrai ! » proféra-t-il soudain dans une sorte d'extase.

On roulait depuis une heure environ. Mitia se taisait et André, garçon bavard pourtant, n'avait pas dit un mot, comme s'il craignait de parler, se bornant à stimuler ses chevaux bais, efflanqués, mais fringants. Soudain, Mitia s'écria avec une vive inquiétude :

« André, et s'ils dorment ? »

Jusqu'alors il n'y avait pas songé.

« Ça se pourrait bien, Dmitri Fiodorovitch. »

Mitia fronça les sourcils : il accourait avec de tels sentiments... et on dormait... elle aussi, peut-être avec lui... La colère bouillonna dans son cœur.

« Fouette, André, vivement ! »

— Peut-être qu'ils ne sont pas encore couchés, suggéra André après un silence. Tout à l'heure Timothée disait qu'y avait comme ça nombreuse compagnie.

— Au relais ?

— Non, à l'auberge, chez les Plastounov.

— Je sais. Comment, une nombreuse compagnie ? Qui est-ce ? »

Cette nouvelle inattendue inquiétait fort Mitia.

« D'après Timothée, ce sont tous des messieurs : deux de la ville, j'ignore lesquels, puis deux étrangers, et peut-être encore un autre. Paraît qu'ils jouent aux cartes.

— Aux cartes ?

— Alors peut-être bien qu'ils ne dorment pas encore. Il doit être onze heures, au plus.

— Fouette, André, fouette, répéta nerveusement Mitia.

— Je vous demanderais bien quelque chose, monsieur, reprit André au bout d'un moment, si je ne craignais point de vous fâcher.

— Que veux-tu ?

— Tout à l'heure, Fédossia Marcovna vous a supplié à genoux de ne pas faire de mal à sa maîtresse et encore à un autre... Alors, n'est-ce pas, comme je vous conduis là-bas... Pardonnez-moi, monsieur, par conscience j'ai peut-être bien dit une sottise. »

Mitia le prit brusquement par les épaules.

« Tu es voiturier, n'est-ce pas ?

— Oui.

— Alors, tu sais qu'il faut laisser le chemin libre. Parce qu'on est cocher, a-t-on le droit d'écraser le monde pour passer ? Non, cocher, il ne faut pas écraser le monde, il ne faut pas gâter la vie d'autrui ; si tu l'as fait, si tu as brisé la vie de quelqu'un, châtie-toi, disparais ! »

Mitia parlait au comble de l'exaltation. André, malgré son étonnement, poursuivit la conversation.

« C'est vrai, Dmitri Fiodorovitch, vous avez raison, il ne faut tourmenter personne, les bêtes non plus, ce sont aussi des créatures du bon Dieu. Les chevaux, par exemple, y a des cochers qui les brutalisent sans raison ; rien ne les arrête ; ils vont un train d'enfer.

— En enfer, interrompit Mitia avec un brusque éclat de

rire. André, âme simple, dis-moi, demanda-t-il en le saisis
sant de nouveau par les épaules, d'après toi, Dmitri Fiodorovitch Karamazov ira-t-il en enfer, oui ou non ?

— Je ne sais pas, cela dépend de vous... Voyez-vous,
monsieur, quand le Fils de Dieu mourut sur la croix, il alla
droit en enfer et délivra tous les damnés. Et l'enfer gémit à la
pensée qu'il ne viendrait plus de pécheurs. Notre Seigneur
dit alors à l'enfer : « Ne gémis pas, enfer, tu hébergeras des
grands seigneurs, des ministres, des juges, des richards, et tu
seras de nouveau rempli comme tu le fus toujours, jusqu'à ce
que je revienne. » Telles furent ses paroles...

— Voilà une belle légende populaire ! Fouette le cheval de
gauche, André !

— Voilà, monsieur, ceux à qui l'enfer est destiné ; quant à
vous, nous vous regardons comme un petit enfant... Vous
avez beau être violent, le Seigneur vous pardonnera à cause
de votre simplicité.

— Et toi, André, me pardonnes-tu ?

— Moi ? Mais vous ne m'avez rien fait.

— Non, pour tous, toi seul, pour les autres, maintenant,
sur la route, me pardonnes-tu ? Parle, âme simple !

— Oh ! monsieur, comme vous parlez drôlement ! Savez-
vous que vous me faites peur ! »

Mitia n'entendit pas. Il priait avec exaltation.

« Seigneur, reçois-moi dans mon iniquité, mais ne me juge
pas. Laisse-moi entrer sans jugement, car je me suis
condamné moi-même, ne me juge pas, car je t'aime, mon
Dieu ! Je suis vil, mais je t'aime : en enfer même, si tu m'y
envoies, je proclamerai mon amour pour l'éternité. Mais
laisse-moi achever d'aimer... ici-bas... encore cinq heures,
jusqu'au lever de ton soleil... Car j'aime la reine de mon âme,
je ne puis m'empêcher de l'aimer. Tu me vois tout entier. Je
tomberai à genoux devant elle... « Tu as raison, lui dirai-je,
de poursuivre ton chemin... Adieu, oublie ta victime, n'aie
aucune inquiétude ! »

« Mokroïé ! » cria André, en montrant le village de son
fouet.

A travers l'obscurité blême apparaissait la masse noire des constructions qui s'étendaient sur un espace considérable. Le bourg de Mokroïé comptait deux mille âmes, mais à cette heure tout dormait ; seules de rares lumières trouaient l'ombre.

« Vite, André, vite, j'arrive, s'écria Mitia, comme en délire.

— On ne dort pas ! fit de nouveau André en désignant l'auberge des Plastounov située à l'entrée et dont les six fenêtres sur la rue étaient éclairées.

— On ne dort pas ! Fais du bruit, André, va au galop, fais tinter les grelots. Que tout le monde sache qui arrive ! C'est moi, moi en personne ! » s'exclama Mitia de plus en plus excité.

André mit sa *troïka* au galop et arriva avec fracas au bas du perron, où il arrêta l'attelage fourbu. Mitia sauta à terre. Juste à ce moment le patron de l'auberge, prêt à se coucher, eut la curiosité de regarder qui arrivait à cette allure.

« Tryphon Borissytch, c'est toi ? »

Le patron se pencha, regarda, descendit vivement, obséquieux et enchanté.

« Dmitri Fiodorovitch, vous voici de nouveau ? »

Ce Tryphon Borissytch était un gaillard trapu, robuste, dont le visage un peu bouffi affectait avec les moujiks de Mokroïé des airs implacables mais savait prendre l'expression la plus obséquieuse quand il flairait une aubaine. Il portait la blouse russe à col rabattu et avait du foin dans ses bottes, mais ne songeait qu'à s'élever encore. Il tenait la moitié des paysans dans ses griffes. Il louait de la terre aux gros propriétaires, en achetait même et la faisait travailler par les pauvres diables en amortissement de leur dette, dont ils ne pouvaient jamais se libérer. Sa défunte moitié lui avait laissé quatre filles ; l'une, déjà veuve, vivait chez son père avec ses deux enfants en bas âge et travaillait pour lui à la journée. La seconde était mariée à un fonctionnaire, dont on voyait parmi d'autres, à l'auberge, la photographie minuscule, en uniforme et en épaulettes. Les deux cadettes mettaient, lors de la

fête communale ou pour aller en visite, des robes à la
mode bleu ciel ou vertes, avec une traîne longue d'une
aune, mais le lendemain, levées dès l'aube comme de
coutume, elles balayaient les chambres, vidaient les eaux,
nettoyaient les chambres des voyageurs. Bien qu'il eût déjà
fait sa pelote, Tryphon Borissytch aimait fort à rançonner
les fêtards. Il se rappelait qu'un mois auparavant la bombance de Dmitri Fiodorovitch avec Grouchegnka lui avait
rapporté, en un jour, près de trois cents roubles, et il
l'accueillait maintenant avec un joyeux empressement, flai-
rant une nouvelle aubaine rien qu'à la façon dont Mitia
avait abordé le perron.

« Alors, comme ça, Dmitri Fiodorovitch, vous voici de
nouveau parmi nous ?

— Un instant, Tryphon Borissytch ! D'abord où est-
elle ?

— Agraféna Alexandrovna ? devina aussitôt le patron en
lui jetant un regard pénétrant. Elle est ici...

— Avec qui ? Avec qui ?

— Avec des voyageurs... Il y a un fonctionnaire, qui
doit être Polonais, d'après sa façon de parler, c'est lui qui
l'a envoyé chercher ; puis un autre, son camarade ou son
compagnon de route, qui sait ? Ils sont en civil...

— Et ils font bombance ? Ce sont des richards ?

— Bombance ! C'est des pas grand-chose, Dmitri Fiodorovitch.

— Des pas grand-chose ? Et les autres ?

— Deux messieurs de la ville qui se sont arrêtés en
revenant de Tchernaïa. Le plus jeune est un parent de
M. Mioussov, j'ai oublié son nom... Vous devez connaître
l'autre, M. Maximov, ce propriétaire qui est allé en pèlerinage à votre monastère.

— C'est tout ?

— C'est tout.

— Suffit, Tryphon Borissytch, dis-moi maintenant, que
fait-elle ?

— Elle vient d'arriver, elle est avec eux.

— Est-elle gaie ? Elle rit ?

— Non, pas trop... Elle paraît même s'ennuyer. Elle passait la main dans les cheveux du plus jeune.

— Le Polonais, l'officier ?

— Mais il n'est ni jeune, ni officier ; non, pas à lui, au neveu de Mioussov... j'ai oublié son nom.

— Kalganov ?

— Oui, c'est ça, Kalganov.

— C'est bien, je verrai. On joue aux cartes ?

— Ils ont joué, puis ils ont pris du thé. Le fonctionnaire a demandé des liqueurs.

— Suffit, Tryphon Borissytch, suffit, mon cher, je prendrai moi-même une décision. Y a-t-il des tziganes ?

— On n'entend plus parler d'eux, Dmitri Fiodorovitch, les autorités les ont chassés. Mais il y a des Juifs qui jouent de la cithare et du violon. Il est tard, mais on peut quand même les faire venir.

— C'est ça, envoie-les chercher. Et les filles, peut-on les faire lever, Marie surtout, Stépanide, Irène ? Deux cents roubles pour le chœur !

— Pour cette somme je ferai lever tout le village, bien qu'ils pioncent tous à c'te heure. Mais a-t-on idée de gaspiller l'argent pour de pareilles brutes ! Vous avez donné des cigares à nos gars et maintenant ils empestent, les coquins ! Quant aux filles, elles ont toutes des poux. Je ferai plutôt lever gratis les miennes qui viennent de se coucher, je m'en vas les réveiller à coups de pied et elles vous chanteront tout ce que vous voudrez. Dire que vous avez offert du champagne aux manants ! »

Tryphon Borissytch avait tort de plaindre Mitia. L'autre fois, il lui avait chipé une demi-douzaine de bouteilles de champagne et gardé un billet de cent roubles ramassé sous la table.

« Tryphon Borissytch, j'ai dépensé ici plus d'un millier de roubles, te rappelles-tu ?

— Certes, comment l'oublier, vous avez bien laissé trois mille roubles chez nous.

— Eh bien, j'arrive avec autant, cette fois, regarde. »

Et il mit sous le nez du patron sa liasse de billets de banque.

« Écoute et saisis bien : dans une heure arriveront du vin, des provisions, des bonbons; il faudra porter tout cela en haut. De même la caisse qui est dans la voiture; qu'on l'ouvre tout de suite et qu'on serve le champagne... Surtout qu'il y ait des filles, Marie en premier lieu. »

Il sortit de dessous le siège la boîte aux pistolets.

« Voici ton compte, André! Quinze roubles pour la course et cinquante pour boire... pour ton dévouement. Rappelle-toi le *barine* Karamazov!

— J'ai peur, monsieur, cinq roubles de pourboire suffisent, je ne prendrai pas davantage. Tryphon Borissytch en sera témoin. Pardonnez-moi mes sottes paroles...

— De quoi as-tu peur? demanda Mitia en le toisant. Eh bien, puisque c'est comme ça, va-t'en au diable! cria-t-il en lui jetant cinq roubles. Maintenant, Tryphon Borissytch, conduis-moi doucement là où je pourrai voir sans être vu. Où sont-ils? dans la chambre bleue? »

Tryphon Borissytch regarda Mitia avec appréhension, mais s'exécuta docilement; il le mena dans le vestibule, entra dans une salle contiguë à celle où se tenait la compagnie et en retira la bougie. Puis il introduisit Mitia et le plaça dans un coin d'où il pouvait observer à son aise le groupe qui ne le voyait pas. Mais Mitia ne put regarder longtemps; dès qu'il aperçut Grouchegnka, son cœur se mit à battre, sa vue se troubla. Elle était dans un fauteuil, près de la table. A côté d'elle, sur le canapé, le jeune et beau Kalganov; elle lui tenait la main et riait, tandis que, sans la regarder, il parlait d'un air dépité à Maximov, assis en face de la jeune femme. Sur le canapé, *lui;* sur une chaise, à côté, un autre inconnu. Celui qui se prélassait sur le canapé fumait la pipe; c'était un petit homme corpulent, large de visage, l'air contrarié. Son compagnon parut à Mitia d'une taille fort élevée; mais il ne put en voir davantage, le souffle lui manquait. Il ne resta pas une minute, déposa la boîte sur la commode et, le cœur défaillant, entra dans la chambre bleue.

« Aïe ! » gémit Grouchegnka qui l'avait aperçu la première.

VII

CELUI D'AUTREFOIS

Mitia s'approcha à grands pas de la table.

« Messieurs, commença-t-il à haute voix, mais en bégayant à chaque mot, je... ce n'est rien, n'ayez pas peur ! Ce n'est rien, dit-il en se tournant vers Grouchegnka qui, penchée du côté de Kalganov, se cramponnait à son bras, je... je voyage aussi. Je m'en irai le matin venu. Messieurs, est-ce qu'un voyageur... peut rester avec vous dans cette chambre, jusqu'au matin seulement ? »

Ces dernières paroles s'adressaient au personnage obèse assis sur le canapé. Celui-ci retira gravement sa pipe de ses lèvres et dit d'un ton sévère :

« *Panie*[1], nous sommes ici en particulier. Il y a d'autres chambres.

— C'est vous, Dmitri Fiodorovitch, s'écria Kalganov. Prenez place, soyez le bienvenu !

— Bonjour, ami cher... et incomparable ! Je vous ai toujours estimé..., répliqua Mitia avec un joyeux empressement, en lui tendant la main par-dessus la table.

— Aïe, vous m'avez brisé les doigts, dit Kalganov en riant.

— C'est sa manière de serrer la main », observa gaiement Grouchegnka avec un sourire timide.

Elle avait compris à l'air de Mitia qu'il ne ferait pas de tapage et l'observait avec une curiosité mêlée d'inquiétude. Quelque chose en lui la frappait, d'ailleurs elle ne s'attendait pas à une telle attitude de sa part.

« Bonjour », dit d'un ton doucereux le propriétaire foncier Maximov.

Mitia se tourna vers lui.

« Bonjour, vous voilà aussi, ça me fait plaisir. Messieurs, messieurs, je... (Il s'adressa de nouveau au *pan* à la pipe, le prenant pour le principal personnage.) J'ai voulu passer mes dernières heures dans cette chambre... où j'ai adoré ma reine !... Pardonne-moi, *panie !* Je suis accouru et j'ai fait serment... Oh ! n'ayez crainte, c'est ma dernière nuit ! Buvons amicalement, *panie !* On va nous servir du vin... J'ai apporté ceci. (Il sortit sa liasse de billets.) Je veux de la musique, du bruit, comme l'autre fois... Mais le ver inutile qui rampe à terre va disparaître ! Je me rappellerai ce moment de joie dans ma dernière nuit. »

Il suffoquait ; il aurait voulu dire beaucoup de choses, mais ne proférait que de bizarres exclamations. Le *pan* impassible regardait tour à tour Mitia, sa liasse de billets et Grouchegnka ; il paraissait perplexe.

« *Jezeli powolit moja Krôlowa* [1]... », commença-t-il.

Mais Grouchegnka l'interrompit.

« Ce qu'ils m'agacent avec leur jargon !... Assieds-toi, Mitia. Qu'est-ce que tu racontes, toi aussi ! Ne me fais pas peur, je t'en prie. Tu le promets ? Oui ; alors, je suis contente de te voir.

— Moi, te faire peur ? s'écria Mitia en levant les bras. Oh ! passez, passez ! Je ne suis pas un obstacle !... »

Soudain, sans qu'on s'y attendît, il se laissa tomber sur une chaise et fondit en larmes, la tête tournée vers le mur et se cramponnant au dossier.

« Allons, ça recommence ! dit Grouchegnka d'un ton de reproche. Il vient comme ça chez moi, il me tient des discours et je ne comprends rien à ce qu'il dit. Une fois, il s'est mis à pleurer, voilà que ça recommence. Quelle honte ! Pourquoi pleures-tu ? *S'il y avait de quoi, encore !* ajouta-t-elle d'un air énigmatique, en appuyant sur les derniers mots.

— Je... je ne pleure pas... Allons, bonjour ! »

Il se retourna et se mit à rire, pas de son rire saccadé

habituel, mais d'un long rire contenu, nerveux, qui le
secouait tout entier.

« Ça continue... Sois donc plus gai ! Je suis très contente
que tu sois venu, Mitia, entends-tu, très contente. Je veux
qu'il reste avec nous, dit-elle impérieusement en s'adressant
au personnage qui occupait le canapé. Je le veux, et s'il s'en
va, je m'en irai ! ajouta-t-elle, les yeux étincelants.

— Les désirs de ma reine sont des ordres ! déclara le *pan*
en baisant la main de Grouchegnka. Je prie le *pan* de se
joindre à nous ! » dit-il gracieusement à Mitia.

Celui-ci se leva dans l'intention de débiter une nouvelle
tirade, mais il resta court et dit seulement :

« Buvons, *panie !* »

Tout le monde éclata de rire.

« Et moi qui croyais qu'il allait encore discourir ! fit
Grouchegnka. Tu entends, Mitia, reste tranquille. Tu as bien
fait d'apporter du champagne, j'en boirai, je ne puis souffrir
les liqueurs. Mais tu as encore mieux fait d'être venu toi-
même, car on s'ennuie ferme ici... Tu comptes faire la noce ?
Cache ton argent dans ta poche ! Où as-tu trouvé cela ? »

Les billets que Mitia tenait froissés dans sa main attiraient
l'attention, surtout des Polonais ; il les fourra rapidement
dans sa poche et rougit. A ce moment, le patron apporta sur
un plateau une bouteille débouchée et des verres. Mitia saisit
la bouteille, mais il était si confus qu'il ne sut qu'en faire. Ce
fut Kalganov qui remplit les verres à sa place.

« Encore une bouteille ! » cria Mitia au patron et, oubliant
de trinquer avec le *pan* qu'il avait si solennellement invité à
boire, il vida son verre sans attendre.

Sa physionomie changea aussitôt : de solennelle, de tragique, elle devint enfantine. Il parut s'humilier, s'abaisser. Il
regardait tout le monde avec une joie timide, avec de petits
rires nerveux, de l'air reconnaissant d'un petit chien rentré
en grâce après une faute. Il semblait avoir tout oublié et riait
tout le temps en regardant Grouchegnka dont il s'était
rapproché. Puis il examina aussi les deux Polonais. Celui du
canapé le frappa par son air digne, son accent et surtout sa

pipe. « Eh bien, quoi, il fume la pipe, c'est parfait ! » songea
Mitia. Le visage un peu ratatiné du *pan* presque quadragé-
naire, son nez minuscule encadré par des moustaches cirées
qui lui donnaient l'air impertinent, parurent tout naturels à
Mitia. Même la méchante perruque faite en Sibérie, qui lui
couvrait bêtement les tempes, ne l'étonna guère : « Ça doit
lui convenir », se dit-il. L'autre *pan*, plus jeune, assis près du
mur, regardait la compagnie d'un air provocant, écoutait la
conversation dans un silence dédaigneux ; il ne surprit Mitia
que par sa taille fort élevée, contrastant avec celle du *pan* assis
sur le canapé. Il songea aussi que ce géant devait être l'ami et
l'acolyte du *pan* à la pipe, quelque chose comme « son garde
du corps », et que le petit commandait sans doute au grand.
Mais tout cela paraissait à Mitia naturel et indiscutable. Le
petit chien n'avait plus l'ombre de jalousie. Sans avoir encore
rien compris au ton énigmatique de Grouchegnka, il voyait
qu'elle était gracieuse envers lui et qu'elle lui avait « pardonné ». Il la regardait boire en se pâmant d'aise. Le silence
général le surprit pourtant et il se mit à examiner la
compagnie d'un air interrogateur : « Qu'attendons-nous ?
Pourquoi restons-nous là à ne rien faire ? » semblait dire son
regard.

« Ce vieux radoteur nous fait bien rire », dit soudain
Kalganov en désignant Maximov, comme s'il eût deviné la
pensée de Mitia.

Mitia les considéra l'un après l'autre, puis éclata de son rire
bref et sec.

« Ah, bah !

— Oui. Figurez-vous qu'il prétend que tous nos cavaliers
ont épousé, dans les « années vingt », des Polonaises ; c'est
absurde, n'est-ce pas ?

— Des Polonaises ? » reprit Mitia enchanté.

Kalganov comprenait fort bien les relations de Mitia avec
Grouchegnka, il devinait celles du *pan*, mais cela ne l'intéressait guère, Maximov seul l'occupait. C'est par hasard qu'il
était venu avec lui dans cette auberge où il avait fait la
connaissance des Polonais. Il était allé une fois chez Grou-

chegnka, à qui il avait déplu. A présent, elle s'était montrée
caressante envers lui avant l'arrivée de Mitia, mais il y
demeurait insensible. Agé de vingt ans, élégamment vêtu,
Kalganov avait un gentil visage, de beaux cheveux blonds,
de charmants yeux bleus à l'expression pensive et parfois
au-dessus de son âge, bien qu'il eût par moments des allures
enfantines, ce qui ne le gênait nullement. En général il était
fort original et même capricieux, mais toujours câlin. Parfois, son visage prenait une expression concentrée ; il vous
regardait et vous écoutait tout en paraissant absorbé dans un
rêve intérieur. Tantôt il faisait preuve de mollesse, d'indolence, tantôt il s'agitait pour la cause la plus futile.

« Figurez-vous que je le traîne après moi depuis quatre
jours, poursuivit Kalganov en pesant un peu sur les mots,
mais sans aucune fatuité. Depuis que votre frère l'a
repoussé de la voiture, vous vous souvenez. Je me suis alors
intéressé à lui et l'ai emmené à la campagne, mais il ne dit
que des sottises à vous faire honte. Je le ramène...

— *Pan polskiej pani nie widzial* [1], et dit des choses qui ne
sont pas, déclara le *pan* à la pipe.

— Mais j'ai été marié à une Polonaise, répliqua en riant
Maximov.

— Oui, mais avez-vous servi dans la cavalerie ? C'est
d'elle que vous parliez. Êtes-vous cavalier ? intervint Kalganov.

— Ah ! oui, est-il cavalier ? Ha ! ha ! cria Mitia qui était
tout oreilles et fixait chaque interlocuteur comme s'il en
attendait des merveilles.

— Non, voyez-vous, dit Maximov en se tournant vers
lui, je veux parler de ces *panienki*, qui, dès qu'elles ont
dansé une mazurka avec un de nos uhlans, sautent sur ses
genoux comme des chattes blanches sous les yeux et avec le
consentement de père et mère... Le lendemain le uhlan va
faire sa demande en mariage... et le tour est joué... hi ! hi !

— *Pan lajdak* [2] », grommela le *pan* à la haute taille en
croisant les jambes.

Mitia ne remarqua que son énorme botte cirée à la

semelle épaisse et sale. D'ailleurs, les deux Polonais avaient une tenue plutôt malpropre.

« Bon, un misérable ! Pourquoi des injures ? dit Grouchegnka irritée.

— *Pani Agrippina*, le *pan* n'a connu en Pologne que des filles de basse condition, et non des jeunes filles nobles.

— *Mozesz a to rachowac*[1], fit dédaigneusement le *pan* aux longues jambes.

— Encore ! Laissez-le parler ! Pourquoi empêcher les gens de parler ? Il dit des choses amusantes, répliqua Grouchegnka.

— Je n'empêche personne, *pani* », fit observer le *pan* à la perruque avec un regard expressif ; après quoi il se remit à fumer.

Kalganov s'échauffa de nouveau comme s'il s'agissait d'une affaire importante.

« Non, non, le *pan* a dit vrai. Maximov n'est pas allé en Pologne, comment peut-il en parler ? Vous ne vous êtes pas marié en Pologne ?

— Non, c'est dans la province de Smolensk. Ma future y avait d'abord été amenée par un uhlan, escortée de sa mère, d'une tante et d'une parente avec un grand fils, des Polonais pur sang... et il me l'a cédée. C'était un lieutenant, un fort gentil garçon. Il voulait d'abord l'épouser, mais il y renonça, car elle était boiteuse...

— Alors vous avez épousé une boiteuse ? s'exclama Kalganov.

— Oui. Tous deux me dissimulèrent la chose. Je croyais qu'elle sautillait... et que c'était de joie...

— La joie de vous épouser ? cria Kalganov d'une voix sonore.

— Parfaitement. Mais c'était pour une cause toute différente. Une fois mariés, le même soir, elle m'avoua tout et me demanda pardon. En sautant une mare, dans son enfance, elle s'était estropiée, hi ! hi ! »

Kalganov éclata d'un rire enfantin et se laissa tomber

sur le canapé. Grouchegnka riait aussi. Mitia était au comble
du bonheur.

« Il ne ment plus maintenant, dit Kalganov à Mitia. Il a été
marié deux fois, c'est de sa première femme qu'il parle ; la
seconde s'est enfuie et vit encore, le saviez-vous ?

— Vraiment ? dit Mitia en se tournant vers Maximov d'un
air fort surpris.

— Oui, j'ai eu ce désagrément, elle s'est sauvée avec un
Moussié. Elle avait, au préalable, fait transférer mon bien à
son nom. « Tu es un homme instruit, me dit-elle, tu
trouveras toujours de quoi manger. » Puis elle m'a planté là.
Un respectable ecclésiastique m'a dit un jour à ce sujet : « Si
ta première femme boitait, la seconde avait le pied par trop
léger. » Hi ! hi !

— Savez-vous, dit vivement Kalganov, que s'il ment, c'est
uniquement pour faire plaisir ; il n'y a là nulle bassesse. Il
m'arrive par instants de l'aimer. Il est vil, mais avec
franchise. Qu'en pensez-vous ? Un autre s'avilit par intérêt,
mais lui, c'est par naturel... Par exemple, il prétend que
Gogol l'a mis en scène dans les *Ames mortes*[1]. Vous vous
rappelez, on y voit le propriétaire foncier Maximov fouetté
par Nozdriov, qui est poursuivi « pour offense personnelle au
propriétaire Maximov, avec des verges, en état d'ivresse ». Il
prétend que c'est de lui qu'il s'agit et qu'on l'a fouetté. Est-ce
possible ? Tchitchikov voyageait vers 1830, au plus tard, de
sorte que les dates ne concordent pas. Il n'a pu être fouetté, à
cette époque. »

L'excitation de Kalganov, difficile à expliquer, n'en était
pas moins sincère. Mitia prenait franchement son parti.

« Après tout, si, on l'a fouetté ! dit-il en riant.

— Ce n'est pas qu'on m'ait fouetté, mais comme ça,
intervint Maximov.

— Qu'entends-tu par « comme ça » ? As-tu été fouetté,
oui ou non ?

— *Ktora godzina, panie*[2] ? » demanda d'un air d'ennui le
pan à la pipe au *pan* aux longues jambes.

Celui-ci haussa les épaules ; aucun d'eux n'avait de montre.

« Laissez donc parler les autres ! Si vous vous ennuyez, ce n'est pas une raison pour imposer silence à tout le monde », fit Grouchegnka d'un air agressif.

Mitia commençait à comprendre. Le *pan* répondit cette fois avec une irritation visible.

« *Panie, ja nic nie mowie przeciw, nic nie powiedzilem*[1].

— C'est bien, continue, cria-t-elle à Maximov. Pourquoi vous taisez-vous tous ?

— Mais il n'y a rien à raconter, ce sont des bêtises, reprit Maximov avec satisfaction et en minaudant un peu ; dans Gogol, tout cela est allégorique, car ses noms sont tous symboliques : Nozdriov ne s'appelait pas Nozdriov, mais Nossov ; quant à Kouvchinnikov, ça ne ressemble pas du tout, car il avait nom Chkvorniez. Fénardi s'appelait bien ainsi, seulement ce n'était pas un Italien, mais un Russe, Pétrov ; mam'selle Fénardi était jolie dans son maillot, sa jupe de paillettes courtes, et elle a bien pirouetté, mais pas quatre heures, seulement quatre minutes... et enchanté tout le monde.

— Mais pourquoi t'a-t-on fouetté ? hurla Kalganov.

— A cause de Piron, répondit Maximov.

— Quel Piron ? dit Mitia.

— Mais le célèbre écrivain français Piron. Nous avions bu, en nombreuse compagnie, dans un cabaret, à cette même foire. On m'avait invité, et je me mis à citer des épigrammes : « C'est toi, Boileau, quel drôle de costume ! » Boileau répond qu'il va au bal masqué, c'est-à-dire au bain, hi ! hi ! et ils prirent cela pour eux. Et moi d'en citer vite une autre, mordante et bien connue des gens instruits :

> *Tu es Sapho et moi Phaon, j'en conviens,*
> *Mais à mon grand chagrin*
> *De la mer tu ignores le chemin*[2]

Ils s'offensèrent encore davantage et me dirent des sottises ; par malheur, pensant arranger les choses, je leur contai comment Piron, qui ne fut pas reçu à l'Académie, fit graver sur son tombeau cette épitaphe pour se venger :

> *Ci-gît Piron qui ne fut rien,*
> *Pas même académicien* [1].

C'est alors qu'ils me fustigèrent.

— Mais pourquoi, pourquoi ?

— A cause de mon savoir. Il y a bien des motifs pour lesquels on peut fouetter un homme, conclut sentencieusement Maximov.

— Assez, c'est idiot, j'en ai plein le dos ; moi qui croyais que ce serait drôle ! » trancha Grouchegnka.

Mitia s'effara et cessa de rire. Le *pan* aux longues jambes se leva et se mit à marcher de long en large, de l'air arrogant d'un homme qui s'ennuie dans une compagnie qui n'est pas la sienne.

« Comme il marche ! » fit Grouchegnka d'un air méprisant.

Mitia s'inquiéta ; de plus, il avait remarqué que le *pan* à la pipe le regardait avec irritation.

« *Panie*, s'écria-t-il, buvons ! »

Il invita aussi l'autre qui se promenait et remplit trois verres de champagne.

« A la Pologne, *panowie* [2], je bois à votre Pologne !

— *Bardzo mi to milo, panie, wypijem* [3], dit le *pan* à la pipe d'un air important, mais affable.

— Et l'autre *pan* aussi ; comment s'appelle-t-il ?... Prenez un verre, *Jasnie Wielmozny* [4].

— Pan Wrublewski », souffla l'autre.

Pan Wrublewski s'approcha de la table en se dandinant.

« A la Pologne, *panowie*, hourra ! » cria Mitia en levant son verre.

Ils trinquèrent. Mitia remplit de nouveau les trois verres.

« Maintenant, à la Russie, *panowie*, et soyons frères.

— Verse-nous-en aussi, dit Grouchegnka, je veux boire à la Russie.

— Moi aussi, fit Kalganov.

— Et moi donc, appuya Maximov, je boirai à la vieille petite grand-maman.

— Nous allons tous boire à sa santé, cria Mitia. Patron, une bouteille ! »

On apporta les trois bouteilles qui restaient.

« A la Russie ! hourra ! »

Tous burent, sauf les *panowie*. Grouchegnka vida son verre d'un trait.

« Eh bien ! *Panowie*, c'est ainsi que vous êtes ? »

Pan Wrublewski prit son verre, l'éleva et dit d'une voix aiguë :

« A la Russie dans ses limites de 1772 !

— *O to bardzo piçknie* [1] ! » approuva l'autre *pan*.

Tous deux vidèrent leurs verres.

« Vous êtes des imbéciles, *panowie !* dit brusquement Mitia.

— *Panie !* s'exclamèrent les deux Polonais en se dressant comme des coqs. *Pan* Wrublewski surtout était indigné.

— *Ale nie mozno mice slabosc do swego kraju* [2] ?

— Silence ! pas de querelle ! » cria impérieusement Grouchegnka en tapant du pied.

Elle avait le visage enflammé, les yeux étincelants. L'effet du vin se faisait sentir. Mitia prit peur.

« *Panowie*, pardonnez. C'est ma faute. *Pan* Wrublewski, je ne le ferai plus !...

— Mais tais-toi donc, assieds-toi, imbécile ! » ordonna Grouchegnka.

Tout le monde s'assit et se tint coi.

« Messieurs, je suis cause de tout ! reprit Mitia, qui n'avait rien compris à la sortie de Grouchegnka. Eh bien, qu'allons-nous faire... pour nous égayer ?

— En effet, on s'embête ici, dit nonchalamment Kalganov.

— Si l'on jouait aux cartes, comme tout à l'heure... hi ! hi !

— Aux cartes ? Bonne idée ! approuva Mitia... Si les *panowie* y consentent.

— *Pozno, panie* [1], répondit de mauvaise grâce le *pan* à la pipe.

— C'est vrai, appuya *pan* Wrublewski.

— Quels tristes convives ! s'exclama Grouchegnka dépitée. Ils distillent l'ennui et veulent l'imposer aux autres. Avant ton arrivée, Mitia, ils n'ont pas soufflé mot, ils faisaient les fiers.

— Ma déesse, répliqua le *pan* à la pipe, *co mowisz to sie stanie. Widze nielaskie, jestem smutny. Jestem gotow* [2], dit-il à Mitia.

— Commence, *panie*, dit celui-ci en détachant de sa liasse deux billets de cent roubles qu'il mit sur la table. Je veux te faire gagner beaucoup d'argent. Prends les cartes et tiens la banque !

— Il faut jouer avec les cartes du patron, dit gravement le petit *pan*.

— *To najlepsz y sposob* [3], approuva *pan* Wrublewski.

— Les cartes du patron, soit ! C'est très bien, *panowie* ! Des cartes. »

Le patron apporta un jeu de cartes cacheté et annonça à Mitia que les filles se rassemblaient, que les Juifs allaient bientôt venir, mais que la charrette aux provisions n'était pas encore arrivée. Mitia courut aussitôt dans la chambre voisine pour donner des ordres. Il n'y avait encore que trois filles, et Marie n'était pas encore là. Il ne savait trop que faire et prescrivit seulement de distribuer aux filles les friandises et les bonbons de la caisse.

« Et de la *vodka* pour André ! ajouta-t-il, je l'ai offensé. »

C'est alors que Maximov, qui l'avait suivi, le toucha à l'épaule en chuchotant :

« Donnez-moi cinq roubles, je voudrais jouer aussi, hi ! hi !

— Parfaitement. En voilà dix. Si tu perds, reviens me trouver...

— Très bien », murmura tout joyeux Maximov, qui rentra au salon.

Mitia revint peu après et s'excusa de s'être fait attendre. Les *panowie* avaient déjà pris place et décacheté le jeu, l'air beaucoup plus aimable et presque gracieux. Le petit *pan* fumait une nouvelle pipe et se préparait à battre les cartes ; son visage avait quelque chose de solennel.

« *Na miejsca, panowie* [1] ! » s'écria *pan* Wrublewski.

— Je ne veux plus jouer, déclara Kalganov, j'ai déjà perdu cinquante roubles tout à l'heure.

— Le *pan* a été malheureux, mais la chance peut tourner, insinua le *pan* à la pipe.

— Combien y a-t-il en banque ? demanda Mitia.

— *Slucham, pante, moze sto, moze dwiescie* [2], autant que tu voudras ponter.

— Un million ! dit Mitia en riant.

— Le capitaine a peut-être entendu parler de *pan* Podwysocki ?

— Quel Podwysocki ?

— A Varsovie, la banque tient tous les enjeux. Survient Podwysocki, il voit des milliers de pièces d'or, il ponte. Le banquier dit : « *Panie* Podwysocki, joues-tu avec de l'or, ou *na honor* [3] ? — *Na honor, panie*, dit Podwysocki. — Tant mieux. » Le banquier coupe, Podwysocki ramasse les pièces d'or. « Attends, *panie* », dit le banquier. Il ouvre un tiroir et lui donne un million : « Prends, voilà ton compte ! » La banque était d'un million. — « Je l'ignorais, dit Podwysocki. — *Panie* Podwysocki, fit le banquier, nous avons joué tous les deux *na honor*. » Podwysocki prit le million.

— Ce n'est pas vrai, dit Kalganov.

— *Panie* Kalganov, *w slachetnoj kompanji tak mowic nieprzystoi* [4].

— Comme si un joueur polonais allait donner comme ça un million ! s'exclama Mitia, mais il se reprit aussitôt. Pardon, *panie*, j'ai de nouveau tort, certainement il donnera un million *na honor*, l'honneur polonais. Voici dix roubles sur le valet.

— Et moi un rouble sur la dame de cœur, la jolie petite *panienka* », déclara Maximov, et, comme pour la dissimuler aux regards, il s'approcha de la table et fit dessus un signe de croix.

Mitia gagna, le rouble aussi.

« Je double ! cria Mitia.

— Et moi, encore un petit rouble, un simple petit rouble, murmura béatement Maximov, enchanté d'avoir gagné.

— Perdu ! cria Mitia. Je double ! »

Il perdit encore.

« Arrêtez-vous », dit tout à coup Kalganov.

Mitia doublait toujours sa mise, mais perdait à chaque coup. Et les « petits roubles » gagnaient toujours.

« Tu as perdu deux cents roubles, *panie*. Est-ce que tu pontes encore ? demanda le *pan* à la pipe.

— Comment, déjà deux cents ? Soit, encore deux cents ! »

Mitia allait poser les billets sur la dame, lorsque Kalganov la couvrit de sa main.

« Assez ! cria-t-il de sa voix sonore.

— Qu'avez-vous ? fit Mitia.

— Assez, je ne veux pas ! Vous ne jouerez plus.

— Pourquoi ?

— Parce que. Cessez, allez-vous-en ! Je ne vous laisserai plus jouer. »

Mitia le regardait avec étonnement.

« Laisse, Mitia, il a peut-être raison ; tu as déjà beaucoup perdu », proféra Grouchegnka d'un ton singulier.

Les deux *panowie* se levèrent, d'un air très offensé.

— *Zartujesz, panie*[1] ? fit le plus petit en fixant sévèrement Kalganov.

— *Jak pan smisz to robic*[2] ? s'emporta à son tour Wrublewski.

— Pas de cris, pas de cris ! Ah ! les coqs d'Inde ! » s'écria Grouchegnka.

Mitia les regardait tous à tour de rôle ; il lut sur le visage de Grouchegnka une expression qui le frappa, en même temps qu'une idée nouvelle et étrange lui venait à l'esprit.

« *Pani Agrippina !* » commença le petit *pan* rouge de colère.

Tout à coup Mitia s'approcha de lui et le frappa à l'épaule.

— *Jasnie Wielmozny*, deux mots.

— *Czego checs, panie*[1] ?

— Passons dans la pièce voisine, je veux te dire deux mots qui te feront plaisir. »

Le petit *pan* s'étonna et regarda Mitia avec appréhension ; mais il consentit aussitôt, à condition que *pan* Wrublewski l'accompagnerait.

« C'est ton garde du corps ? Soit, qu'il vienne aussi, sa présence est d'ailleurs nécessaire... Allons, *panowie !*

— Où allez-vous ? demanda Grouchegnka inquiète.

— Nous reviendrons dans un instant », répondit Mitia.

Son visage respirait la résolution et le courage, il avait un tout autre air qu'une heure auparavant, à son arrivée. Il conduisit les *panowie* non dans la pièce à droite où se rassemblait le chœur, mais dans une chambre à coucher, encombrée de malles, de coffres, avec deux grands lits et une montagne d'oreillers. Dans un coin, une bougie brûlait sur une petite table. Le *pan* et Mitia s'y installèrent vis-à-vis l'un de l'autre, *pan* Wrublewski à côté d'eux, les mains derrière le dos. Les Polonais avaient l'air sévère, mais intrigué.

« *Czem mogie panu sluz yc*[2] ? murmura le plus petit.

— Je serai bref, *panie ;* voici de l'argent — il exhiba sa liasse —, si tu veux trois mille roubles, prends-les et va-t'en. »

Le *pan* le regardait attentivement.

« *Trz y tysiace, panie*[3] ? Il échangea un coup d'œil avec Wrublewski.

— Trois mille, *panowie*, trois mille ! Écoute, je vois que tu es un homme avisé. Prends trois mille roubles et va-t'en au diable avec Wrublewski, entends-tu ? Mais tout de suite, à l'intant même et pour toujours ! Tu sortiras par cette porte. Je te porterai ton pardessus ou ta pelisse. On attellera pour toi une *troïka*, et bonsoir, hein ? »

Mitia attendait la réponse avec assurance. Le visage du *pan* prit une expression des plus décidées.

« Et les roubles ?

— Voici, *panie :* cinq cents roubles d'arrhes, tout de

suite et deux mille cinq cents demain à la ville. Je jure sur
l'honneur que tu les auras, fallût-il les prendre sous terre ! »

Les Polonais échangèrent un nouveau regard. Le visage du
plus petit devint hostile.

— Sept cents, sept cents tout de suite ! ajouta Mitia,
sentant que l'affaire tournait mal. Eh bien, *panie*, tu ne me
crois pas ? Je ne puis te donner les trois mille roubles à la fois.
Tu reviendrais demain auprès d'elle. D'ailleurs, je ne les ai
pas sur moi, ils sont en ville, balbutia-t-il, perdant courage à
chaque mot, ma parole, dans une cachette... »

Un vif sentiment d'amour-propre brilla sur le visage du
petit *pan*.

« *Cz ynie potrzebujesz jeszcze czego*[1] *?* demanda-t-il ironiquement. Fi ! quelle honte ! il cracha de dégoût. *Pan*
Wrublewski l'imita.

— Tu craches, *panie*, fit Mitia, désolé de son échec, parce
que tu penses tirer davantage de Grouchegnka. Vous êtes des
idiots tous les deux !

— *Jestem do z ywego dotkniety*[2] *! »* dit le petit *pan*, rouge
comme une écrevisse.

Au comble de l'indignation, il sortit de la chambre avec
Wrublewski qui se dandinait. Mitia les suivit tout confus. Il
craignait Grouchegnka, pressentant que le *pan* allait se
plaindre. C'est ce qui arriva. D'un air théâtral, il se campa
devant Grouchegnka et répéta :

« *Pani Agrippina, jestem do z ywego dotkniety ! »*

Mais Grouchegnka, comme piquée au vif, perdit patience,
et rouge de colère :

« Parle russe, tu m'embêtes avec ton polonais ! Tu parlais
russe autrefois, l'aurais-tu oublié en cinq ans ?

— *Pani Agrippina*...

— Je m'appelle Agraféna, je suis Grouchegnka ! Parle
russe si tu veux que je t'écoute ! »

Le *pan* suffoqué bredouilla avec emphase, en écorchant les
mots :

« *Pani* Agraféna, je suis venu pour oublier le passé et tout
pardonner jusqu'à ce jour...

— Comment pardonner ? C'est pour me pardonner que tu es venu ? l'interrompit Grouchegnka en se levant.

— Oui, *pani*, car j'ai le cœur généreux. Mais *ja bylem zdiwiony* [1], à la vue de tes amants. *Pan* Mitia m'a offert trois mille roubles pour que je m'en aille. Je lui ai craché à la figure.

— Comment ? Il t'offrait de l'argent pour moi ? C'est vrai, Mitia ? Tu as osé ? Suis-je donc à vendre ?

— *Panie, panie*, fit Mitia, elle est pure et je n'ai jamais été son amant ! Tu as menti...

— Tu as le front de me défendre devant lui ? Ce n'est pas par vertu que je suis restée pure, ni par crainte de Kouzma, c'était pour avoir le droit de traiter un jour cet homme de misérable. A-t-il vraiment refusé ton argent ?

— Au contraire, il l'acceptait ; seulement il voulait les trois mille roubles tout de suite, et je ne lui donnais que sept cents roubles d'arrhes.

— C'est clair ; il a appris que j'ai de l'argent, voilà pourquoi il veut m'épouser !

— *Pani Agrippina*, je suis un chevalier, un *szlachcic* polonais, et non un *lajdak*. Je suis venu pour t'épouser, mais je ne trouve plus la même *pani* ; celle d'aujourd'hui est *uparty* [2] et effrontée.

— Retourne d'où tu viens ! Je vais dire qu'on te chasse d'ici ! Sotte que j'étais de me tourmenter pendant cinq ans ! Mais ce n'était pas pour lui que je me tourmentais, c'était ma rancune que je chérissais. D'ailleurs, mon amant n'était pas comme ça. On dirait son père ! Où t'es-tu commandé une perruque ? L'autre riait, chantait, c'était un faucon, tu n'es qu'une poule mouillée ! Et moi qui ai passé cinq ans dans les larmes ! Quelle sotte créature j'étais ! »

Elle retomba sur le fauteuil et cacha son visage dans ses mains. A ce moment, dans la salle voisine, le chœur des filles enfin rassemblé entonna une chanson de danse hardie.

« Quelle abomination ! s'exclama *pan* Wrublewski. Patron, chasse-moi ces effrontées ! »

Devinant aux cris qu'on se querellait, le patron qui guettait depuis longtemps à la porte, entra aussitôt.

« Qu'est-ce que tu as à brailler ? demanda-t-il à Wrublewski.

— Espèce d'animal !

— Animal ? Avec quelles cartes jouais-tu tout à l'heure ? Je t'ai donné un jeu tout neuf, qu'en as-tu fait ? Tu as employé des cartes truquées ! Ça pourrait te mener en Sibérie, sais-tu, car cela vaut la fausse monnaie... »

Il alla tout droit au canapé, mit la main entre le dossier et un coussin, en retira le jeu cacheté.

— Le voilà, mon jeu, intact ! » Il l'éleva en l'air et le montra aux assistants. « Je l'ai vu opérer et substituer ses cartes aux miennes. Tu es un coquin, et non un *pan*.

— Et moi, j'ai vu l'autre *pan* tricher deux fois ! » dit Kalganov.

Grouchegnka joignit les mains en rougissant.

« Seigneur, quel homme est-il devenu ! Quelle honte, quelle honte !

— Je m'en doutais », fit Mitia.

Alors *pan* Wrublewski, confus et exaspéré, cria à Grouchegnka, en la menaçant du poing :

« Putain ! »

Mitia s'était déjà jeté sur lui ; il le saisit à bras-le-corps, le souleva, le porta en un clin d'œil dans la chambre où ils étaient déjà entrés.

« Je l'ai déposé sur le plancher ! annonça-t-il en rentrant essoufflé. Il se débat, la canaille, mais il ne reviendra pas !... »

Il ferma un battant de la porte et, tenant l'autre ouvert, il cria au petit *pan* :

« *Jasnie Wielmozny*, si vous voulez le suivre, je vous en prie !

— Dmitri Fiodorovitch, dit Tryphon Borissytch, reprends-leur donc ton argent ! C'est comme s'ils t'avaient volé.

— Moi, je leur fais cadeau de mes cinquante roubles, déclara Kalganov.

— Et moi, de mes deux cents. Que ça leur serve de consolation !

— Bravo, Mitia ! Brave cœur ! » cria Grouchegnka d'un ton où perçait une vive irritation.

Le petit *pan*, rouge de colère, mais qui n'avait rien perdu de sa dignité, se dirigea vers la porte ; tout à coup il s'arrêta et dit à Grouchegnka :

« *Panie, jezeli chec pojsc za mno, idzmy, jezeli nie, bywaj zdrowa* [1]. »

Suffoquant d'indignation et d'amour-propre blessé, il sortit d'un pas grave. Sa vanité était extrême ; même après ce qui s'était passé, il espérait encore que la *pani* le suivrait. Mitia ferma la porte.

« Enfermez-les à clef », dit Kalganov.

Mais la serrure grinça de leur côté, ils s'étaient enfermés eux-mêmes.

« Parfait ! cria Grouchegnka impitoyable. Ils ne l'ont pas volé ! »

VIII

DÉLIRE

Alors commença presque une orgie, une fête à tout casser. Grouchegnka, la première, demanda à boire :

« Je veux m'enivrer comme l'autre fois, tu te souviens, Mitia, lorsque nous fîmes connaissance ! »

Mitia délirait presque, il pressentait « son bonheur ». D'ailleurs, Grouchegnka le renvoyait à chaque instant :

« Va t'amuser, dis-leur de danser et de se divertir, comme alors ! »

Elle était surexcitée. Le chœur se rassemblait dans la pièce voisine. Celle où ils se tenaient était exiguë, séparée en deux par un rideau d'indienne ; derrière, un immense lit avec un édredon et une montagne d'oreillers. Toutes les pièces d'apparat de cette maison possédaient un lit. Grouchegnka s'installa à la porte : c'est de là qu'elle regardait le chœur et les danses, lors de leur première fête. Les mêmes filles se trouvaient là, les Juifs avec leurs violons et leurs cithares étaient arrivés, ainsi que la fameuse charrette aux provisions. Mitia se démenait parmi tout ce monde. Des hommes et des femmes survenaient, qui s'étaient réveillés et flairaient un régal monstre, comme l'autre fois. Mitia saluait et embrassait les connaissances, versait à boire à tout venant. Seules les filles appréciaient le champagne, les gars préféraient le rhum et le cognac, surtout le punch. Mitia ordonna de faire du chocolat pour les filles et de tenir bouillants toute la nuit trois samovars pour offrir le thé et le punch à tous ceux qui en voudraient. Bref, ce fut une ribote extravagante. Mitia se sentait là dans son élément et s'animait à mesure que le désordre augmentait. Si un de ses invités lui avait alors demandé de l'argent, il eût sorti sa liasse et distribué à droite et à gauche sans compter. Voilà sans doute pourquoi le patron Tryphon Borissytch, qui avait renoncé à se coucher, ne le quittait presque pas. Il ne buvait guère (un verre de punch en tout), veillant soigneusement, à sa façon, aux intérêts de Mitia. Quand il le fallait, il l'arrêtait, câlin et obséquieux, et le sermonnait, l'empêchant de distribuer comme « alors » aux croquants « des cigares, du vin du Rhin » et, Dieu préserve, de l'argent. Il s'indignait de voir les filles croquer des bonbons, siroter des liqueurs.

« Elles sont pleines de poux, Dmitri Fiodorovitch, si je leur flanquais mon pied quelque part, ce serait encore leur faire honneur. »

Mitia se rappela André et lui fit porter du punch : « Je l'ai offensé tout à l'heure », répétait-il d'une voix attendrie. Kalganov refusa d'abord de boire et le chœur lui déplut beaucoup, mais après avoir absorbé deux verres de champagne, il devint fort gai et trouva tout parfait, les chants comme la musique. Maximov, béat et gris, était collé à ses semelles. Grouchegnka, à qui le vin montait à la tête, désignait Kalganov à Mitia : « Quel gentil garçon ! » Et Mitia courait les embrasser tous les deux. Il pressentait bien des choses ; elle ne lui avait encore rien dit de pareil et retardait le moment des aveux ; parfois seulement elle lui jetait un regard ardent. Tout à coup, elle le prit par la main, le fit asseoir à côté d'elle.

« Comment es-tu entré tout à l'heure ? J'ai eu si peur ! Tu voulais me céder à lui, hein ? Est-ce vrai ?

— Je ne voulais pas troubler ton bonheur ! »

Mais elle ne l'écoutait pas.

« Eh bien va, amuse-toi, ne pleure pas, je t'appellerai de nouveau. »

Il la quitta, elle se remit à écouter les chansons, à regarder les danses, tout en le suivant des yeux ; au bout d'un quart d'heure, elle le rappela.

« Mets-toi là, raconte-moi comment tu as appris mon départ, qui t'en a informé le premier ? »

Mitia entama un récit incohérent ; parfois il fronçait les sourcils et s'arrêtait.

« Qu'as-tu ? lui demandait-elle.

— Rien... J'ai laissé là-bas un malade. Pour qu'il guérisse, pour savoir qu'il guérira, je donnerais dix ans de ma vie !

— Laisse-le tranquille, ton malade. Alors tu voulais te tuer demain, nigaud ; pourquoi ? J'aime les écervelés comme toi, murmura-t-elle, la voix un peu pâteuse. Alors tu es prêt à tout pour moi ? Hein ? Et tu voulais vraiment en finir demain ? Attends, je te dirai peut-être un gentil petit mot... pas aujourd'hui, demain. Tu préférerais aujourd'hui ? Non, je ne veux pas... Va t'amuser. »

Une fois pourtant elle l'appela d'un air soucieux.

« Pourquoi es-tu triste ? Car tu es triste, je le vois, ajouta-t-elle, les yeux dans les siens. Tu as beau embrasser les moujiks, te démener, je m'en aperçois. Puisque je suis gaie, sois-le aussi... J'aime quelqu'un ici, devine qui ?... Regarde, il s'est endormi, le pauvre, il est gris. »

Elle parlait de Kalganov qui sommeillait sur le canapé, en proie aux fumées de l'ivresse et plus encore à une angoisse indéfinissable. Les chansons des filles, qui, à mesure qu'elles buvaient, devenaient par trop lascives et effrontées, avaient fini par le dégoûter. De même les danses ; deux filles, déguisées en ours, étaient « montrées » par Stépanide, une gaillarde armée d'un bâton. « Hardi, Marie, criait-elle, sinon, gare ! » Finalement, les ours roulèrent sur le plancher d'une façon indécente, aux éclats de rire d'un public grossier.

« Qu'ils s'amusent, qu'ils s'amusent ! dit sentencieusement Grouchegnka d'un air de béatitude, c'est leur jour, pourquoi ne se divertiraient-ils pas ? »

Kalganov regardait d'un air dégoûté :

« Comme ces mœurs populaires sont basses ! » déclara-t-il en s'écartant.

Il fut choqué surtout par une chanson « nouvelle » avec un refrain gai, où un seigneur en voyage questionnait les filles :

> *Le Seigneur demanda aux filles :*
> *M'aimez-vous, m'aimez-vous, les filles ?*

Mais celles-ci trouvent qu'on ne peut l'aimer .

> *Le seigneur me rossera.*
> *Moi, je ne l'aimerai pas.*

Puis ce fut le tour d'un tzigane, qui n'est pas plus heureux :

> *Le tzigane sera un voleur,*
> *Moi, je verserai des pleurs*

D'autres personnages défilent, posant la même question, jusqu'à un soldat, repoussé avec mépris :

> *Le soldat portera le sac,*
> *Moi, derrière lui, je...*

Suivait un vers des plus cyniques, chanté ouvertement et qui faisait fureur parmi les auditeurs. On finissait par le marchand :

Le marchand demanda aux filles :
M'aimez-vous, m'aimez-vous, les filles ?

Elles l'aiment beaucoup, car

Le marchand trafiquera,
Moi, je serai la maîtresse.

Kalganov se fâcha :

« Mais c'est une chanson toute récente ! qui diantre la leur a apprise ! Il n'y manque qu'un Juif ou un entrepreneur de chemins de fer : ils l'eussent emporté sur tous les autres ! »

Presque offensé, il déclara qu'il s'ennuyait, s'assit sur le canapé et s'assoupit. Son charmant visage, un peu pâli, reposait sur le coussin.

« Regarde comme il est gentil, dit Grouchegnka à Mitia : je lui ai passé la main dans les cheveux, on dirait du lin... »

Elle se pencha sur lui avec attendrissement et le baisa au front. Kalganov ouvrit aussitôt les yeux, la regarda, se leva, demanda d'un air préoccupé :

« Où est Maximov ?

— Voilà qui il lui faut ! dit Grouchegnka en riant. Reste avec moi une minute. Mitia, va lui chercher son Maximov. »

Celui-ci ne quittait pas les filles, sauf pour aller se verser des liqueurs. Il avait bu deux tasses de chocolat. Il accourut, le nez écarlate, les yeux humides et doux, et déclara qu'il allait danser la « sabotière ».

« Dans mon enfance on m'a enseigné ces danses mondaines...

— Suis-le, Mitia, je le regarderai danser d'ici.

— Moi aussi, je vais le regarder, s'exclama Kalganov, déclinant naïvement l'invitation de Grouchegnka à rester avec elle.

Et tous allèrent voir. Maximov dansa, en effet, mais n'eut guère de succès, sauf auprès de Mitia. Sa danse consistait à sautiller avec force contorsions, les semelles en l'air ; à chaque saut, il frappait sa semelle de la main. Cela déplut à Kalganov, mais Mitia embrassa le danseur.

« Merci. Tu dois être fatigué : veux-tu des bonbons ? un cigare, peut-être ?

— Une cigarette.

— Veux-tu boire ?

— J'ai pris des liqueurs... N'avez-vous pas des bonbons au chocolat ?

— Il y en a un monceau sur la table, choisis, mon ange !

— Non, j'en voudrais à la vanille... pour les vieillards... hi ! hi !

— Non, frère, il n'y en a pas comme ça.

— Écoutez, fit le vieux en se penchant à l'oreille de Mitia, cette fille-là, Marie, hi ! hi ! je voudrais bien faire sa connaissance, grâce à votre bonté...

— Voyez-vous ça ! Tu veux rire, camarade.

— Je ne fais de mal à personne, murmura piteusement Maximov.

— Ça va bien. Ici, camarade, on se contente de chanter et de danser. Après tout, si le cœur t'en dit ! En attendant, régale-toi, bois, amuse-toi. As-tu besoin d'argent ?

— Après, peut-être, avoua Maximov en souriant.

— Bien, bien. »

Mitia avait la tête en feu. Il sortit sur la galerie qui entourait une partie du bâtiment. L'air frais lui fit du bien. Seul dans l'obscurité, il se prit la tête à deux mains. Ses idées éparses se groupèrent soudain, et tout s'éclaira d'une terrible lumière... « Si je dois me tuer, c'est maintenant ou jamais », songea-t-il.

Prendre un pistolet et en finir dans ce coin sombre ! Il demeura près d'une minute indécis. En venant à Mokroïé, il avait sur la conscience la honte, le vol commis, le sang versé ; néanmoins il se sentait plus à l'aise : tout était fini, Grouchegnka, cédée à un autre, n'existait plus pour lui. Sa décision avait été facile à prendre, elle paraissait du moins inévitable, car pourquoi eût-il vécu désormais ? Mais la situation n'était plus la même. Ce fantôme terrible, cet

homme fatal, l'amant d'autrefois, avait disparu sans laisser de
traces. L'apparition redoutable devenait un fantoche grotes-
que qu'on enfermait à clef. Grouchegnka avait honte et il
devinait à ses yeux qui elle aimait. Il suffisait maintenant de
vivre, et c'était impossible, ô malédiction ! « Seigneur, priait-
il mentalement, ressuscite celui qui gît près de la palissade !
Éloigne de moi cet amer calice ! Car tu as fait des miracles
pour des pécheurs comme moi !... Et si le vieillard vit
encore ? Oh alors, je laverai la honte qui pèse sur moi, je
restituerai l'argent dérobé, je le prendrai sous terre... L'infamie n'aura laissé de traces que dans mon cœur pour toujours.
Mais non, ce sont des rêves impossibles ! Ô malédiction ! »

Un rayon d'espoir lui apparaissait pourtant dans les
ténèbres. Il courut dans la chambre vers elle, vers sa reine
pour l'éternité. « Une heure, une minute de son amour ne
valent-elles pas le reste de la vie, fût-ce dans les tortures de la
honte ? La voir, l'entendre, ne penser à rien, oublier tout, au
moins pour cette nuit, pour une heure, pour un instant ! » En
rentrant il rencontra le patron, qui lui parut morne et
soucieux.

« Eh bien, Tryphon, tu me cherchais ? »

Le patron parut gêné.

« Mais non, pourquoi vous chercherais-je ? Où étiez-vous ?

— Que signifie cet air maussade ? Serais-tu fâché ?
Attends, tu vas pouvoir te coucher... Quelle heure est-il ?

— Il doit être trois heures passées.

— Nous finissons, nous finissons.

— Mais ça ne fait rien Amusez-vous tant que vous
voudrez... »

« Qu'est-ce qu'il lui prend ? » songea Mitia, en courant
dans la salle de danse.

Grouchegnka n'y était plus. Dans la chambre bleue
Kalganov sommeillait sur le canapé. Mitia regarda derrière
les rideaux. Assise sur une malle, la tête penchée sur le lit,
elle pleurait à chaudes larmes en s'efforçant d'étouffer ses
sanglots. Elle fit signe à Mitia d'approcher et lui prit la main.

« Mitia, Mitia, je l'aimais ! Je n'ai pas cessé de l'aimer

durant cinq ans. Était-ce lui ou ma rancune ? C'était lui, oh, c'était lui ! J'ai menti en disant le contraire !... Mitia, j'avais dix-sept ans alors, il était si tendre, si gai, il me chantait des chansons... Ou bien était-ce moi, sotte gamine, qui le voyais ainsi ?... Maintenant, ce n'est plus du tout le même. Sa figure a changé, je ne le reconnaissais pas. En venant ici, je songeais tout le temps : « Comment vais-je l'aborder, que lui dirai-je, quels regards échangerons-nous ?... » Mon âme défaillait... et ce fut comme si je recevais un baquet d'eau sale. On aurait dit un maître d'école qui fait des embarras, si bien que je demeurai stupide. Je crus d'abord que la présence de son long camarade le gênait. Je songeais en les regardant : « Pourquoi ne trouvé-je rien à lui dire ? » Sais-tu, c'est sa femme qui l'a gâté, celle pour laquelle il m'a lâchée... Elle l'a changé du tout au tout. Mitia, quelle honte ! Oh ! que j'ai honte, Mitia, honte pour toute ma vie ! Maudites soient ces cinq années ! »

Elle fondit de nouveau en larmes, sans lâcher la main de Mitia.

« Mitia, mon chéri, ne t'en va pas, je veux te dire un mot, murmura-t-elle en relevant la tête. Écoute, dis-moi qui j'aime. J'aime quelqu'un ici, qui est-ce ? » Un sourire brilla sur son visage gonflé de pleurs. « A son entrée, mon cœur a défailli. Sotte, voici celui que tu aimes », me dit mon cœur. Tu parus et tout s'illumina. « De qui a-t-il peur ? » pensai-je. Car tu avais peur, tu ne pouvais pas parler. « Ce n'est pas d'eux qu'il a peur, est-ce qu'un homme peut l'effrayer ? C'est de moi, de moi seule. » Car Fénia t'a raconté, nigaud, ce que j'avais crié à Aliocha par la fenêtre : « J'ai aimé Mitia durant une heure et je pars aimer... un autre. » Mitia, comment ai-je pu penser que j'en aimerais un autre après toi ? Me pardonnes-tu, Mitia ? M'aimes-tu ? M'aimes-tu ? »

Elle se leva, lui mit ses mains aux épaules. Muet de bonheur, il contemplait ses yeux, son sourire ; tout à coup il la prit dans ses bras.

« Tu me pardonnes de t'avoir fait souffrir ? C'est par méchanceté que je vous torturais tous. C'est par méchanceté

que j'ai affolé le vieux... Te rappelles-tu le verre que tu as
cassé chez moi ? Je m'en suis souvenue, j'en ai fait autant
aujourd'hui en buvant à « mon cœur vil ». Mitia, pourquoi
ne m'embrasses-tu pas ? Après un baiser tu me regardes, tu
m'écoutes... A quoi bon ? Embrasse-moi plus fort, comme
ça. Il ne faut pas aimer à moitié ! Je serai maintenant ton
esclave, ton esclave pour la vie ! Il est doux d'être esclave !
Embrasse-moi ! Fais-moi souffrir, fais de moi ce qu'il te
plaira... Oh ! il faut me faire souffrir... Arrête, attends,
après, pas comme ça. » Et elle le repoussa tout à coup.
« Va-t'en, Mitia, je vais boire, je veux m'enivrer, je danserai ivre, je le veux, je le veux. »

Elle se dégagea et sortit. Mitia la suivit en chancelant.
« Quoi qu'il arrive, n'importe, je donnerais le monde entier
pour cet instant », pensait-il. Grouchegnka but d'un trait
un verre de champagne qui l'étourdit. Elle s'assit dans un
fauteuil en souriant de bonheur. Ses joues se colorèrent et
sa vue se troubla. Son regard passionné fascinait : Kalganov lui-même en subit le charme et s'approcha d'elle.

« As-tu senti quand je t'ai embrassé tout à l'heure,
pendant que tu dormais ? murmura-t-elle. Je suis ivre
maintenant, et toi ? Pourquoi ne bois-tu pas, Mitia ? j'ai
bu, moi...

— Je suis déjà ivre... de toi, et je veux l'être de vin. »

Il but encore un verre et, à sa grande surprise, ce
dernier verre le grisa tout à coup, lui qui avait supporté la
boisson jusqu'alors. A partir de ce moment, tout tourna
autour de lui, comme dans le délire. Il marchait, riait,
parlait à tout le monde, ne se connaissait plus. Seul un
sentiment ardent se manifestait en lui par moments : il
croyait avoir « de la braise dans l'âme », ainsi qu'il se le
rappela par la suite. Il s'approchait d'elle, la contemplait,
l'écoutait... Elle devint fort loquace, appelant chacun, atti-
rant quelque fille du chœur, qu'elle renvoyait après l'avoir
embrassée, ou parfois avec un signe de croix. Elle était
prête à pleurer. Le « petit vieux », comme elle appelait
Maximov, la divertissait fort. A chaque instant il venait lui

baiser la main, et il finit par danser de nouveau en s'accompagnant d'une vieille chanson au refrain entraînant :

> *Le cochon, khriou, khriou, khriou,*
> *La génisse, meuh, meuh, meuh,*
> *Le canard, coin, coin, coin,*
> *L'oie, ga, ga, ga,*
> *La poulette courait dans la chambre,*
> *Tiouriou-riou s'en allait chantant.*

« Donne-lui quelque chose, Mitia, il est pauvre. Ah ! les pauvres, les offensés !... Sais-tu quoi, Mitia ? je veux entrer au couvent. Sérieusement, j'y entrerai. Je me rappellerai toute ma vie ce que m'a dit Aliocha aujourd'hui. Dansons maintenant. Demain au couvent, aujourd'hui au bal. Je veux faire des folies, bonnes gens, Dieu me le pardonnera. Si j'étais Dieu, je pardonnerais à tout le monde : « Mes chers pécheurs, je fais grâce à tous. » J'irai implorer mon pardon : « Pardonnez à une sotte, bonnes gens. » Je suis une bête féroce, voilà ce que je suis. Mais je veux prier. J'ai donné un petit oignon. Une misérable telle que moi veut prier ! Mitia, ne les empêche pas de danser. Tout le monde est bon, sais-tu, tout le monde. La vie est belle. Si méchant qu'on soit, il fait bon vivre... Nous sommes bons et mauvais tout à la fois... Dites-moi, je vous prie, pourquoi suis-je si bonne ? Car je suis très bonne... »

Ainsi divaguait Grouchegnka à mesure que l'ivresse la gagnait. Elle déclara qu'elle voulait danser, se leva en chancelant.

« Mitia, ne me donne plus de vin, même si j'en demande. Le vin me trouble et tout tourne, jusqu'au poêle. Mais je veux danser. On va voir comme je danse bien... »

C'était une intention arrêtée ; elle exhiba un mouchoir de batiste qu'elle prit par un bout pour l'agiter en dansant. Mitia s'empressa, les filles se turent, prêtes à entonner, au premier signal, l'air de la danse russe. Maximov, apprenant que Grouchegnka voulait danser, poussa un cri de joie, sautilla devant elle en chantant :

Jambes fines, flancs rebondis,
La queue en trompette.

Mais elle l'écarta d'un grand coup de mouchoir.

« Chut ! Que tout le monde vienne me regarder. Mitia, appelle aussi ceux qui sont enfermés... Pourquoi les avoir enfermés ? Dis-leur que je danse, qu'ils viennent me voir... »

Mitia cogna vigoureusement à la porte des Polonais.

« Hé ! vous autres... Podwysocki ! Sortez. Elle va danser et vous appelle.

— *Lajdak !* grommela un des Polonais.

— Misérable toi-même ! Fripouille !

— Si vous cessiez de railler là Pologne ! bougonna Kalganov, également gris.

— C'est bon, jeune homme ! Ce que j'ai dit s'adresse à lui et non à la Pologne. Un misérable ne la représente pas. Tais-toi, beau gosse, croque des bonbons.

— Quels êtres ! Pourquoi ne veulent-ils pas faire la paix ? » murmura Grouchegnka qui s'avança pour danser.

Le chœur retentit. Elle entrouvrit les lèvres, agita son mouchoir et, après avoir tangué, s'arrêta au milieu de la salle.

« Je n'ai pas la force... murmura-t-elle d'une voix éteinte ; excusez-moi, je ne peux pas..., pardon. »

Elle salua le chœur, fit des révérences à droite et à gauche.

« Elle a bu, la jolie madame, dirent des voix.

— Madame a pris une cuite, expliqua en ricanant Maximov aux filles.

— Mitia, emmène-moi... prends-moi... »

Mitia la saisit dans ses bras et alla déposer son précieux fardeau sur le lit. « Maintenant, je m'en vais », songea

Kalganov, et, quittant la salle, il referma sur lui la porte de la chambre bleue. Mais la fête n'en continua que plus bruyante. Grouchegnka étant couchée, Mitia colla ses lèvres aux siennes.

« Laisse-moi, implora-t-elle, ne me touche pas avant que je sois à toi... J'ai dit que je serai tienne... épargne-moi... Près de lui, c'est impossible, cela me ferait horreur.

— J'obéis ! Pas même en pensée... je te respecte ! Oui, ici cela me répugne. »

Sans relâcher son étreinte, il s'agenouilla près du lit.

« Bien que tu sois sauvage, je sais que tu es noble... Il faut que nous vivions honnêtement désormais... Soyons honnêtes et bons, ne ressemblons pas aux bêtes... Emmène-moi bien loin, tu entends... Je ne veux pas rester ici, je veux aller loin, loin...

— Oui, oui, dit Mitia en l'étreignant, je t'emmènerai, nous partirons... Oh ! je donnerais toute ma vie pour une année avec toi afin de savoir ce qui en est de ce sang.

— Quel sang ?

— Rien, fit Mitia en grinçant des dents. Groucha, tu veux que nous vivions honnêtement, et je suis un voleur. J'ai volé Katka. Ô honte ! ô honte !

— Katka ? cette demoiselle ? Non, tu ne lui as rien pris. Rembourse-la, prends mon argent... Pourquoi cries-tu ? Tout ce qui est à moi est à toi. Qu'importe l'argent ? Nous le gaspillons sans pouvoir nous en empêcher. Nous irons plutôt labourer la terre. Il faut travailler, entends-tu ? Aliocha l'a ordonné. Je ne serai pas ta maîtresse, mais ta femme, ton esclave, je travaillerai pour toi. Nous irons saluer la demoiselle, lui demander pardon, et nous partirons. Si elle refuse, tant pis. Rends-lui son argent et aime-moi... Oublie-la. Si tu l'aimes encore, je l'étranglerai... Je lui crèverai les yeux avec une aiguille...

— C'est toi que j'aime, toi seule, je t'aimerai en Sibérie.

— Pourquoi en Sibérie ? Soit, en Sibérie, si tu veux, qu'importe ?... Nous travaillerons... Il y a de la neige... J'aime voyager sur la neige... J'aime les tintements de la

clochette... Entends-tu, en voilà une qui tinte... Où est-ce ?
Des voyageurs qui passent... Elle s'est tue. »

Elle ferma les yeux et parut s'endormir. Une clochette, en
effet, avait tinté dans le lointain. Mitia pencha la tête sur la
poitrine de Grouchegnka. Il ne remarquait pas que le
tintement avait cessé et qu'aux chansons et au chahut avait
succédé dans la maison un silence de mort. Grouchegnka
ouvrit les yeux.

« Qu'y a-t-il ? J'ai dormi ? Ah ! oui, la clochette... J'ai rêvé
que je voyageais sur la neige... la clochette tintait et je me suis
assoupie. Nous allions tous les deux, loin, loin. Je t'embrassais, je me pressais contre toi, j'avais froid et la neige
étincelait... Tu sais, au clair de lune, comme elle étincelle ? Je
me croyais ailleurs que sur la terre. Je me réveille avec mon
bien-aimé près de moi, comme c'est bon !

— Près de toi » murmura Mitia, en couvrant de baisers la
poitrine et les mains de son amie.

Soudain il lui sembla qu'elle regardait droit devant elle,
par-dessus sa tête, d'un regard étrangement fixe. La surprise,
presque l'effroi, se peignit sur sa figure.

« Mitia, qui est-ce qui nous regarde ? » chuchota-t-elle.

Mitia se retourna et vit quelqu'un qui avait écarté les
rideaux et les examinait. Il se leva et s'avança vivement vers
l'indiscret.

« Venez ici, je vous prie » fit une voix décidée.

Mitia sortit de derrière les rideaux et s'arrêta, en voyant la
chambre pleine de nouveaux personnages. Il sentit un frisson
lui courir dans le dos, car il les avait tous reconnus. Ce
vieillard de haute taille, en pardessus, avec une cocarde à sa
casquette d'uniforme, c'est l'*ispravnik*, Mikhaïl Makarovitch.
Ce petit-maître « poitrinaire, aux bottes irréprochables »,
c'est le substitut. « Il a un chronomètre de quatre cents
roubles, il me l'a montré. » Ce petit jeune homme à
lunettes... Mitia a oublié son nom, mais il le connaît, il l'a
vu : c'est le juge d'instruction, « frais émoulu de l'École de
Droit ». Celui-ci, c'est le *stanovoï* [1], Mavriki [2] Mavrikiévitch,
une de ses connaissances. Et ceux-là, avec leurs plaques de

métal, que font-ils ici ? Et puis deux manants... Au fond, près de la porte, Kalganov et Tryphon Borissytch...

« Messieurs... Qu'y a-t-il, messieurs ? murmura d'abord Mitia, pour reprendre aussitôt d'une voix forte : Je comprends ! »

Le jeune homme aux lunettes s'approcha de lui et déclara d'un air important, mais avec un peu de hâte :

« Nous avons deux mots à vous dire. Veuillez venir ici, près du canapé...

— Le vieillard, s'écria Mitia exalté, le vieillard sanglant !... Je comprends ! »

Et il se laissa tomber sur un siège.

« Tu comprends ? Tu as compris ! Parricide, monstre, le sang de ton vieux père crie contre toi ! » hurla tout à coup le vieil *ispravnik* en s'approchant de Mitia. Il était hors de lui, rouge, tremblant de colère.

« Mais c'est impossible ! s'exclama le petit jeune homme. Mikhaïl Makarovitch, voyons, je n'aurais jamais attendu pareille chose de vous !...

— C'est du délire, messieurs, du délire ! reprit l'*ispravnik*. Regardez-le donc : la nuit, ivre avec une fille de joie, souillé du sang de son père... C'est du délire !...

— Je vous prie instamment, mon cher Mikhaïl Makarovitch, de modérer vos sentiments, bredouilla le substitut ; sinon je serai obligé de prendre... »

Le petit juge d'instruction l'interrompit, proféra d'un ton ferme et grave :

« Monsieur le lieutenant en retraite Karamazov, je dois vous prévenir que vous êtes accusé d'avoir tué votre père, Fiodor Pavlovitch, qui a été assassiné cette nuit. »

Il ajouta quelque chose, le substitut également, mais Mitia écoutait sans comprendre. Il les regardait tous d'un air hagard.

LIVRE IX

L'INSTRUCTION PRÉPARATOIRE

I

LES DÉBUTS
DU FONCTIONNAIRE PERKHOTINE

Piotr Ilitch Perkhotine, que nous avons laissé frappant de toutes ses forces à la porte cochère de la maison Morozov, finit naturellement par se faire ouvrir. En entendant un pareil vacarme, Fénia, encore mal remise de sa frayeur, faillit avoir une crise de nerfs ; bien qu'elle eût assisté à son départ, elle s'imagina que c'était Dmitri Fiodorovitch qui revenait, car lui seul pouvait frapper si « insolemment ». Elle accourut vers le portier, réveillé par le bruit, et le supplia de ne pas ouvrir. Mais celui-ci ayant appris le nom du visiteur et son désir de voir Fédossia Marcovna pour une affaire importante, se décida à le laisser entrer. Piotr Ilitch se mit à interroger la jeune fille et découvrit aussitôt le fait le plus important : en se lançant à la recherche de Grouchegnka, Dmitri Fiodorovitch avait emporté un pilon et était revenu les mains vides, mais ensanglantées. « Le sang en dégouttait », s'exclama Fénia, imaginant dans son trouble cette affreuse circonstance. Piotr Ilitch les avait vues, ces mains, et aidé à les laver ; il ne s'agissait pas de savoir si elles avaient séché rapidement, mais si Dmitri Fiorodovitch était allé vraiment chez son père avec le pilon. Piotr Ilitch insista sur ce point et, bien qu'il n'eût en

somme rien appris de certain, il demeura presque convaincu
que Dmitri Fiodorovitch n'avait pu se rendre que chez son
père et que, par conséquent, il avait dû se passer là-bas
quelque chose.

« A son retour, ajouta Fénia, et lorsque je lui eus tout
avoué, je lui ai demandé : « Dmitri Fiodorovitch, pourquoi
avez-vous les mains en sang ? » Il m'a répondu que c'était du
sang humain et qu'il venait de tuer quelqu'un, puis il est sorti
en courant comme un fou. Je me suis prise à songer : « Où
peut-il bien aller, maintenant ? A Mokroïe tuer sa maîtresse. » Alors j'ai couru chez lui pour le supplier de
l'épargner. En passant devant la boutique des Plotnikov, je
l'ai vu prêt à partir, et j'ai remarqué qu'il avait les mains
propres... »

La grand-mère confirma le récit de sa petite-fille. Piotr
Ilitch quitta la maison encore plus troublé qu'il n'y était
entré.

Le plus simple semblait maintenant d'aller tout droit chez
Fiodor Pavlovitch s'enquérir s'il n'était rien arrivé ; puis, une
fois édifié, de se rendre chez l'*ispravnik*. Piotr Ilitch y était
bien résolu. Mais la nuit était sombre, la porte cochère
massive, il ne connaissait que fort peu Fiodor Pavlovitch ; si,
à force de frapper, on lui ouvrait, et qu'il ne se fût rien passé,
demain le malicieux Fiodor Pavlovitch irait raconter en ville,
comme une anecdote, qu'à minuit le fonctionnaire Perkhotine, qu'il ne connaissait pas, avait forcé sa porte pour
s'informer si on ne l'avait pas tué. Ça ferait un beau scandale !
Or, Piotr Ilitch redoutait par-dessus tout le scandale. Néanmoins, le sentiment qu'il l'entraînait était si puissant qu'a-
près avoir tapé du pied avec colère et s'être dit des injures, il
s'élança dans une autre direction, chez Mme Khokhlakov. Si
elle répondait négativement à la question des trois mille
roubles donnés à telle heure à Dmitri Fiodorovitch, il irait
trouver l'*ispravnik*, sans passer chez Fiodor Pavlovitch ;
sinon, il remettrait tout au lendemain et retournerait chez lui.
On comprend bien que la décision du jeune homme de se
présenter à onze heures du soir chez une femme du monde

inconnue, de la faire lever peut-être pour lui poser une
question singulière, risquait de provoquer un bien autre
scandale qu'une démarche auprès de Fiodor Pavlovitch. Mais
il arrive souvent que les gens les plus flegmatiques prennent
en pareil cas des décisions de ce genre. Or, à ce moment-là,
Piotr Ilitch n'était pas du tout flegmatique ! Il se rappela
toute sa vie comment le trouble insurmontable qui s'était
emparé de lui dégénéra en supplice et l'entraîna contre sa
volonté. Bien entendu, il s'injuria tout le long du chemin
pour cette sotte démarche, mais « j'irai jusqu'au bout ! »
répétait-il pour la dixième fois en grinçant des dents, et il tint
parole.

Onze heures sonnaient quand il arriva chez Mme Khokhlakov. Il pénétra assez facilement dans la cour, mais le portier
ne put lui dire avec certitude si Madame était déjà couchée,
comme elle en avait l'habitude à cette heure.

« Faites-vous annoncer, vous verrez bien si on vous reçoit
ou non. »

Piotr Ilitch monta, mais alors les difficultés commencèrent. Le valet ne voulait pas l'annoncer ; il finit par appeler la
femme de chambre. D'un ton poli, mais ferme, Piotr Ilitch la
pria de dire à sa maîtresse que le fonctionnaire Perkhotine
désirait lui parler au sujet d'une affaire importante, sans quoi
il ne se serait pas permis de la déranger.

« Annoncez-moi en ces termes », insista-t-il.

Il attendit dans le vestibule. Mme Khokhlakov se trouvait
déjà dans sa chambre à coucher. La visite de Mitia l'avait
retournée, elle pressentait pour la nuit une migraine ordinaire en pareil cas. Elle refusa avec irritation de recevoir le
jeune fonctionnaire, bien que la visite d'un inconnu, à
pareille heure, surexcitât sa curiosité féminine. Mais Piotr
Ilitch s'entêta cette fois comme un mulet ; se voyant
repoussé, il insista impérieusement et fit dire dans les mêmes
termes « qu'il s'agissait d'une affaire fort importante et que
Madame regretterait peut-être ensuite de ne pas l'avoir
reçu. » La femme de chambre le considéra avec étonnement
et retourna faire la commission. Mme Khokhlakov fut

stupéfaite, réfléchit, demanda quel air avait le visiteur et apprit qu' « il était bien mis, jeune, fort poli ». Notons en passant que Piotr Ilitch était beau garçon et qu'il le savait. Mme Khokhlakov se décida à se montrer. Elle était en robe de chambre et en pantoufles, mais jeta un châle noir sur ses épaules. On pria le fonctionnaire d'entrer au salon. La maîtresse du logis parut, l'air interrogateur et, sans faire asseoir le visiteur, l'invita à s'expliquer.

« Je me permets de vous déranger, madame, au sujet de notre connaissance commune, Dmitri Fiodorovitch Karamazov », commença Perkhotine ; mais à peine avait-il prononcé ce nom qu'une vive irritation se peignit sur le visage de son interlocutrice. Elle étouffa un cri et l'interrompit avec colère.

« Va-t-on me tourmenter encore longtemps avec cet affreux personnage ? Comment avez-vous le front de déranger à pareille heure une dame que vous ne connaissez pas... pour lui parler d'un individu qui, ici même, il y a trois heures, est venu m'assassiner, a frappé du pied, est sorti d'une façon scandaleuse ? Sachez, monsieur, que je porterai plainte contre vous ; veuillez vous retirer sur-le-champ... Je suis mère, je vais... je...

— Alors il voulait vous tuer aussi ?

— Est-ce qu'il a déjà tué quelqu'un ? demanda impétueusement Mme Khokhlakov.

— Veuillez m'accorder une minute d'attention, madame, et je vous expliquerai tout, répondit avec fermeté Perkhotine. Aujourd'hui, à cinq heures de relevée, M. Karamazov m'a emprunté dix roubles en camarade, et je sais positivement qu'il était sans argent ; à neuf heures, il est venu chez moi tenant en main une liasse de billets de cent roubles, pour deux ou trois mille roubles environ. Il avait l'air d'un fou, les mains et le visage ensanglantés. A ma question : d'où provenait tant d'argent, il répondit textuellement qu'il l'avait reçu de vous et que vous lui avanciez une somme de trois mille roubles pour partir soi-disant aux mines d'or. »

Le visage de Mme Khokhlakov exprima une émotion soudaine.

« Mon Dieu ! C'est son vieux père qu'il a tué ! s'exclama-t-elle en joignant les mains. Je ne lui ai pas donné d'argent, pas du tout ! Oh ! courez, courez !... N'en dites pas davantage ! Sauvez le vieillard, courez vers son père !

— Permettez, madame... Ainsi vous ne lui avez pas donné d'argent ? Vous êtes bien sûre de ne lui avoir avancé aucune somme ?

— Aucune, aucune. J'ai refusé, car il ne savait pas apprécier mes sentiments. Il est parti furieux en frappant du pied. Il s'est jeté sur moi, je me suis rejetée en arrière... Figurez-vous — car je ne veux rien vous cacher — qu'il a craché sur moi ! Mais pourquoi rester debout ? Asseyez-vous... Excusez, je... Ou courez plutôt sauver ce malheureux vieillard d'une mort affreuse ?

— Mais s'il l'a déjà tué ?

— En effet, mon Dieu ! Qu'allons-nous faire maintenant ? Que pensez-vous qu'on doive faire ? »

Cependant elle avait fait asseoir Piotr Ilitch et pris place en face de lui, il lui exposa brièvement les faits dont il avait été témoin, raconta sa récente visite chez Fénia et parla du pilon. Tous ces détails bouleversèrent la dame qui poussa un cri, mit la main devant ses yeux.

« Figurez-vous que j'ai pressenti tout cela ! C'est un don chez moi, tous mes pressentiments se réalisent. Combien de fois j'ai regardé ce terrible homme en songeant : « Il finira par me tuer. » Et voilà que c'est arrivé... Ou plutôt, s'il ne m'a pas tuée maintenant comme son père, c'est grâce à Dieu qui m'a protégée ; de plus, il a eu honte, car je lui avais attaché au cou, ici même, une petite image provenant des reliques de sainte Barbe, martyre... J'ai été bien près de la mort à cette minute, je m'étais approchée tout à fait de lui, il me tendait le cou ! Savez-vous, Piotr Ilitch (vous avez dit, je crois, qu'on vous appelle ainsi), je ne crois pas aux miracles, mais cette image, ce miracle évident en ma faveur, cela m'impressionne et je recommence à croire à n'importe quoi. Avez-vous entendu parler du *starets* Zosime ?... D'ailleurs, je ne sais pas ce que je dis... Figurez-vous qu'il a craché sur moi avec cette image au cou... Craché seulement, sans me tuer, et... et voilà où il a couru ! Qu'allons-nous faire maintenant, dites, qu'allons-nous faire ? »

Piotr Ilitch se leva et déclara qu'il allait tout raconter à l'*ispravnik*, et que celui-ci agirait à sa guise.

« Ah ! je le connais, c'est un excellent homme. Allez vite le trouver. Que vous êtes ingénieux, Piotr Ilitch ; à votre place je n'y aurais jamais songé !

— D'autant plus que je suis moi-même en bons termes avec l'*ispravnik*, insinua Piotr Ilitch, visiblement désireux d'échapper à cette dame expansive qui ne lui laissait pas prendre congé.

— Savez-vous, venez me raconter ce que vous aurez vu et appris... Les constatations... ce qu'on fera de lui... Dites-moi, la peine de mort n'existe pas chez nous ? Venez sans faute, fût-ce à trois ou quatre heures du matin... Faites-moi réveiller, secouer, si je ne me lève pas... D'ailleurs, je ne dormirai pas, sans doute. Et si je vous accompagnais ?

— Non, mais si vous certifiiez par écrit, à tout hasard, que vous n'avez pas donné d'argent à Dmitri Fiodorovitch, cela pourrait servir... à l'occasion...

— Certainement ! approuva Mme Khokhlakov en s'élançant à son bureau. Votre ingéniosité, votre savoir-faire me confondent. Vous êtes employé ici ? Cela me fait grand plaisir... »

Tout en parlant, elle avait à la hâte tracé ces quelques lignes, en gros caractères :

« Je n'ai jamais prêté trois mille roubles au malheureux Dmitri Fiodorovitch Karamazov, ni aujourd'hui, ni auparavant ! Je le jure par ce qu'il y a de plus sacré.

« Khokhlakov. »

« Voilà qui est fait ! fit-elle en se retournant vers Piotr Ilitch. Allez, sauvez son âme. C'est un grand exploit que vous accomplissez. »

Elle fit trois fois sur lui le signe de la croix, et le reconduisit jusqu'au vestibule.

« Que je vous suis reconnaissante ! Vous ne pouvez vous imaginer comme je vous suis reconnaissante d'être venu d'abord me trouver. Comment se fait-il que nous ne nous soyons jamais rencontrés ? Je serai charmée de vous recevoir dorénavant. Je constate avec plaisir que vous remplissez vos devoirs avec une exactitude, une ingéniosité remarquables... Mais on doit vous apprécier, vous comprendre, enfin, et tout ce que je pourrai faire pour vous, soyez sûr... Oh ! j'aime la jeunesse, j'en suis éprise. Les jeunes gens sont l'espoir de notre malheureuse Russie... Allez, allez !... »

Piotr Ilitch s'était déjà sauvé, sinon elle ne l'aurait pas laissé partir si vite. D'ailleurs, Mme Khokhlakov lui avait produit une impression assez agréable, qui adoucissait même son appréhension de s'être engagé dans une affaire aussi scabreuse. On sait que les goûts sont fort variés. « Et elle n'est pas si âgée, songeait-il avec satisfaction ; au contraire, je l'aurais prise pour sa fille. »

Quant à Mme Khokhlakov, elle était tout bonnement aux anges. « Un tel savoir-faire, une telle précision chez un si jeune homme, avec ses manières et son extérieur. On prétend que les jeunes gens d'aujourd'hui ne sont bons à rien, voilà un exemple, etc. » Si bien qu'elle oublia même « cet affreux événement » ; une fois couchée, elle se rappela vaguement qu'elle avait été « près de la mort » et murmura : « Ah ! c'est affreux, affreux ! » Mais elle s'endormit aussitôt d'un profond sommeil. Je ne me serais d'ailleurs pas étendu sur des détails aussi insignifiants, si cette rencontre singulière du jeune fonctionnaire avec une veuve encore fraîche n'avait influé, par la suite, sur toute la carrière de ce jeune homme méthodique. On s'en souvient même avec étonnement dans notre ville et nous en dirons peut-être un mot en terminant la longue histoire des Frères Karamazov.

II

L'ALARME

Notre *ispravnik* Mikhaïl Makarovitch, lieutenant-colonel en retraite devenu « conseiller de cour [1] », était un brave homme. Établi chez nous depuis trois ans seulement, il s'était attiré la sympathie générale parce qu' « il savait réunir la société ». Il y avait toujours du monde chez lui, ne fût-ce qu'une ou deux personnes à dîner ; il n'aurait pu vivre sans cela. Les prétextes les plus variés motivaient les invitations. La chère n'était pas délicate, mais copieuse, les tourtes de poisson excellentes, l'abondance des vins compensait leur médiocrité. Dans la première pièce se trouvait un billard, avec des gravures de courses anglaises encadrées de noir, ce qui constitue, comme on sait, l'ornement nécessaire de tout billard chez un célibataire. On jouait tous les soirs aux cartes. Mais souvent la meilleure société de notre ville se réunissait pour danser, les mères amenaient leurs filles. Mikhaïl Makarovitch, bien que veuf, vivait en famille, avec sa fille veuve et ses deux petites-filles. Celles-ci, qui avaient terminé leurs études, étaient assez gentilles et gaies et, bien que sans dot, attiraient chez leur grand-père la jeunesse mondaine. Bien que borné et peu instruit Mikhaïl Makarovitch remplissait ses fonctions aussi bien que beaucoup d'autres. Il avait toutefois des vues erronées sur certaines réformes du présent règne [2], et cela plus par indolence que par incapacité, car il ne trouvait pas le temps de les étudier. « J'ai l'âme d'un militaire plutôt que d'un civil », se disait-il en parlant de lui-même. Bien qu'il eût des terres au soleil, il ne s'était pas encore formé une idée très nette de la réforme paysanne et n'apprenait à la connaître que peu à peu, par la pratique et malgré lui.

Sûr de trouver du monde chez Mikhaïl Makarovitch, Piotr Ilitch y rencontra en effet le procureur, venu faire une partie, le jeune médecin du *zemstvo* [3], Varvinski, récemment arrivé de Pétersbourg, où il était sorti un des premiers de l'École de Médecine. Le procureur — c'est-à-dire le substitut, mais tous l'appelaient ainsi — Hippolyte Kirillovitch, était un homme à part, encore jeune, trente-cinq ans, mais disposé à la tuberculose, marié à une femme obèse et stérile, rempli d'amour-propre, irascible, tout en possédant de solides qualités. Par malheur, il se faisait beaucoup d'illusions sur ses mérites, ce qui le rendait constamment inquiet. Il avait même des penchants artistiques, une certaine pénétration psychologique appliquée aux criminels et au crime ; c'est pourquoi il se croyait victime de passe-droits, bien convaincu qu'on ne l'appréciait pas à sa valeur dans les hautes sphères. Aux heures de découragement, il menaçait même de se faire avocat d'assises. L'affaire Karamazov le galvanisa tout entier : « Une affaire qui pouvait passionner la Russie ! » Mais j'anticipe.

Dans la pièce voisine se tenait, avec les demoiselles, le jeune juge d'instruction Nicolas Parthénovitch Nelioudov, arrivé depuis deux mois de Pétersbourg. On s'étonna plus tard que ces personnages se fussent réunis comme exprès le soir du « crime », dans la maison du pouvoir exécutif. Cependant, il n'y avait rien là que de fort naturel : la femme d'Hippolyte Kirillovitch souffrant des dents depuis la veille, il avait dû se soustraire à ses plaintes ; le médecin ne pouvait passer la soirée que devant un tapis vert. Quant à Nélioudov, il avait projeté de rendre visite ce soir-là à Mikhaïl Makarovitch, soi-disant par hasard, afin de surprendre la fille de celui-ci, Olga Mikhaïlovna, dont c'était l'anniversaire : il connaissait ce secret, que, d'après lui, elle dissimulait pour ne pas organiser de sauterie. A son âge, qu'elle craignait de révéler, cela prêtait à des allusions moqueuses ; demain il en parlerait à tout le monde, etc. Ce gentil garçon était, à cet égard, un grand polisson ; ainsi l'avaient surnommé nos dames, et il ne s'en plaignait pas. De bonne compagnie, de famille honorable, bien élevé, ce jouisseur était inoffensif et toujours correct. De petite taille et de complexion délicate, il portait toujours à ses doigts frêles quelques grosses bagues.

Dans l'exercice de sa charge, il devenait très grave, car il avait une haute idée de son rôle et de ses obligations. Il savait surtout confondre, lors des interrogatoires, les assassins et autres malfaiteurs du bas peuple, et suscitait en eux un certain étonnement, sinon du respect pour sa personne.

En arrivant chez l'*ispravnik*, Piotr Ilitch fut stupéfait de voir que tout le monde était au courant. En effet, on avait cessé de jouer, tous discutaient la nouvelle, Nicolas Parthénovitch prenait même des airs belliqueux. Piotr Ilitch apprit avec stupeur que le vieux Fiodor Pavlovitch avait effectivement été assassiné ce soir chez lui, assassiné et dévalisé. Voici comment on venait d'apprendre la triste nouvelle.

Marthe Ignatièvna, la femme de Grigori, malgré le profond sommeil où elle était plongée, se réveilla tout à coup, sans doute aux cris de Smerdiakov qui gisait dans la chambrette voisine. Elle n'avait jamais pu s'habituer à ces cris de l'épileptique, précurseurs de la crise et qui l'épouvantaient. Encore à moitié endormie, elle se leva et entra dans le cabinet de Smerdiakov. Dans l'obscurité, on entendait le malade râler, se débattre. Prise de peur, elle appela son mari, mais réfléchit que Grigori n'était pas là à son réveil. Elle revint tâter le lit qu'elle trouva vide. Elle courut sur le perron et appela timidement son mari. En guise de réponse, elle entendit, dans le silence nocturne, des gémissements lointains. Elle prêta l'oreille : les gémissements se répétèrent, ils partaient bien du jardin. « Seigneur, on dirait les plaintes d'Élisabeth Smerdiachtchaïa ! » Elle descendit, aperçut la petite porte du jardin ouverte : « Il doit être là-bas, le pauvre ! » Elle s'approcha, entendit distinctement Grigori l'appeler : « Marthe, Marthe ! » d'une voix faible et dolente. « Seigneur, viens à notre secours ! » murmura Marthe qui s'élança dans la direction de Grigori.

Elle le trouva à vingt pas de la palissade, où il était tombé. Revenu à lui, il avait dû se traîner longtemps en perdant plusieurs fois connaissance. Elle remarqua aussitôt qu'il était tout en sang et se mit à crier. Grigori murmurait faiblement des paroles entrecoupées : « Tué... tué son père... Pourquoi

cries-tu, sotte ?... Cours, appelle... » Marthe Ignatièvna ne se
calmait pas ; soudain, apercevant la fenêtre de son maître
ouverte et éclairée, elle y courut et se mit à l'appeler. Mais un
regard dans la chambre lui révéla un affreux spectacle :
Fiodor Pavlovitch gisait sur le dos, inerte ; sa robe de
chambre et sa chemise blanche étaient inondées de sang. La
bougie, demeurée sur une table, éclairait vivement le visage
du mort. Affolée, Marthe Ignatièvna sortit en courant du
jardin, ouvrit la porte cochère, se précipita chez Marie
Kondratievna. Les deux voisines, la mère et la fille, dormaient ; les coups redoublés frappés aux volets les réveillèrent. En paroles incohérentes, Marthe Ignatièvna leur conta
la chose et les appela au secours. Foma, d'humeur vaga-
bonde, couchait chez elles cette nuit-là. On le fit lever
aussitôt, et tous se rendirent sur le lieu du crime. En chemin,
Marie Kondratievna se rappela avoir entendu, vers neuf
heures, un cri perçant. C'était précisément le « Parricide ! »
de Grigori, lorsqu'il avait empoigné par la jambe Dmitri
Fiodorovitch déjà monté sur la palissade. Arrivées auprès de
Grigori, les deux femmes, avec l'aide de Foma, le transportè-
rent dans le pavillon. A la lumière, on constata que Smerdiakov était toujours en proie à sa crise, les yeux révulsés,
l'écume aux lèvres. On lava la tête du blessé avec de l'eau et
du vinaigre, ce qui le ranima complètement. Sa première
question fut pour savoir si Fiodor Pavlovitch était encore
vivant. Les deux femmes et le soldat retournèrent au jardin et
virent que non seulement la fenêtre, mais la porte de la
maison étaient grandes ouvertes, alors que depuis une
semaine le *barine* s'enfermait à double tour chaque soir et ne
permettait même pas à Grigori de frapper sous aucun
prétexte. Ils n'osèrent entrer « de peur de s'attirer des
désagréments ». Sur l'ordre de Grigori, Marie Kondratievna
courut chez l'*ispravnik* donner l'alarme. Elle précéda de cinq
minutes Piotr Ilitch, de sorte que celui-ci arriva comme un
témoin oculaire, confirmant par son récit les soupçons contre
l'auteur présumé du crime, que jusqu'alors, au fond de son
cœur, il avait refusé de croire coupable.

On résolut d'agir énergiquement. Les autorités judiciaires se rendirent sur les lieux et procédèrent à une enquête. Le médecin du *Zemstvo*, un débutant, s'offrit de lui-même à les accompagner. Je résume les faits. Fiodor Pavlovitch avait la tête fracassée, mais avec quelle arme ? Probablement la même qui avait servi ensuite à assommer Grigori. Celui-ci, après avoir reçu les premiers soins, fit, malgré sa faiblesse, un récit assez suivi de ce qui lui était arrivé. En cherchant avec une lanterne près de la palissade, on trouva dans une allée, bien en vue, le pilon de cuivre. Il n'y avait aucun désordre dans la chambre de Fiodor Pavlovitch, sauf que derrière le paravent, près du lit, on trouva une enveloppe de grand format, en papier fort, avec l'inscription : « Trois mille roubles pour mon ange, Grouchegnka, si elle veut venir. » Plus bas, Fiodor Pavlovitch avait ajouté : « Et pour ma poulette. » L'enveloppe, qui portait trois grands cachets de cire rouge, était déchirée et vide. On retrouva à terre la faveur rose qui l'entourait. Dans la déposition de Piotr Ilitch, une chose attira l'attention des magistrats : la supposition que Dmitri Fiodorovitch se suiciderait le lendemain matin, d'après ses propres paroles, le pistolet chargé, le billet qu'il avait écrit, etc. Comme Piotr Ilitch, incrédule, le menaçait d'une dénonciation pour l'en empêcher, Mitia avait répliqué en souriant : « Tu n'auras pas le temps. » Il fallait donc se rendre en toute hâte à Mokroïé pour arrêter le criminel avant qu'il eût mis fin à ses jours. « C'est clair, c'est clair », répétait le procureur surexcité, « de pareilles têtes brûlées agissent toujours ainsi : ils font la noce avant d'en finir. » Le récit des emplettes de Dmitri l'échauffa davantage. « Rappelez-vous, messieurs, l'assassin du marchand Olsoufiev, qui s'empara de quinze cents roubles. Son premier soin fut de se friser, puis d'aller chez des filles, sans prendre la peine de dissimuler l'argent. » Mais l'enquête, les formalités demandaient du temps ; on dépêcha donc à Mokroïé le *stanovoï* Mavriki Mavrikiévitch Chmertsov, venu en ville toucher son traitement. Il reçut pour instructions de surveiller discrètement le « criminel » jusqu'à l'arrivée des autorités compétentes, de former une escorte, etc. Gardant l'incognito, il mit seulement au courant d'une partie de l'affaire Tryphon Borissytch, une ancienne connaissance. C'est alors que Mitia avait rencontré sur la galerie le patron qui le cherchait et remarqué un changement dans l'expression et le ton du personnage. Mitia et ses compagnons ignoraient donc la surveillance dont ils étaient l'objet ; quant à la boîte aux pistolets, le patron l'avait depuis longtemps mise en lieu sûr. A cinq heures seulement, presque à l'aube, arrivèrent les autorités, dans deux voitures. Le médecin était resté chez Fiodor Pavlovitch, pour faire l'autopsie et surtout parce que l'état de Smerdiakov l'intéressait fort. « Des crises d'épilepsie aussi violentes et aussi longues, durant deux jours, sont fort rares et appartiennent à la science », déclara-t-il à ses partenaires lors de leur départ, et ceux-ci le félicitèrent, en riant, de cette trouvaille. Il avait même affirmé que Smerdiakov ne vivrait pas jusqu'au matin.

Après cette digression un peu longue, mais nécessaire, nous reprenons notre récit à l'endroit où nous l'avons laissé.

III

LES TRIBULATIONS D'UNE ÂME.
PREMIÈRE TRIBULATION

Mitia regardait les assistants d'un air hagard, sans comprendre ce qu'on disait. Tout à coup il se leva, tendit les bras vers le ciel et s'écria :

« Je ne suis pas coupable ! Je n'ai pas versé le sang de mon père… Je voulais le tuer, mais je suis innocent. Ce n'est pas moi ! »

A peine finissait-il de parler que Grouchegnka surgit de derrière les rideaux et tomba aux pieds de l'*ispravnik*.

« C'est moi, maudite, qui suis coupable, cria-t-elle éplorée, les mains tendues, c'est à cause de moi qu'il a tué. Ce pauvre vieillard, qui n'est plus, je l'ai torturé. C'est moi la principale coupable.

« — Oui, c'est toi, criminelle ! Tu es une coquine, une fille dépravée », vociféra l'*ispravnik* en la menaçant du poing.

On le fit taire aussitôt, le procureur le saisit même à bras-le-corps.

« C'est du désordre, Mikhaïl Makarovitch ! Vous gênez l'enquête... vous gâtez l'affaire... »

Il suffoquait presque.

« Il faut prendre des mesures... il faut prendre des mesures, criait de son côté Nicolas Parthénovitch ; on ne peut pas tolérer cela.

— Jugez-nous ensemble ! continuait Grouchegnka toujours à genoux. Exécutez-nous ensemble, je suis prête à mourir avec lui.

— Groucha, ma vie, mon sang, mon trésor sacré ! dit Mitia en s'agenouillant à côté d'elle et en l'étreignant. Ne la croyez pas, elle est innocente, complètement innocente ! »

On les sépara de force, on emmena la jeune femme. Il défaillit et ne revint à lui qu'assis à table, entouré de gens à plaque de métal[1]. En face, sur le divan, se tenait Nicolas Parthénovitch, le juge d'instruction, qui l'exhortait de la façon la plus courtoise à boire un peu d'eau : « Cela vous rafraîchira, vous calmera, n'ayez crainte, ne vous inquiétez pas. » Mitia s'intéressait fort à ses grosses bagues ornées, l'une d'une améthyste, l'autre d'une pierre jaune clair, d'un éclat magnifique. Longtemps après il se rappela avec étonnement que ces bagues le fascinaient durant les pénibles heures de l'interrogatoire et qu'il ne pouvait en détacher les yeux. A gauche de Mitia siégeait le procureur, à droite un jeune homme en veston de chasse fort usé, devant un encrier et du papier. C'était le greffier du juge d'instruction. A l'autre extrémité de la chambre, près de la fenêtre, se tenaient l'*ispravnik* et Kalganov.

« Buvez de l'eau, répétait doucement, pour la dixième fois, le juge d'instruction.

— J'ai bu, messieurs, j'ai bu... Eh bien, écrasez-moi, condamnez-moi, décidez de mon sort ! s'écria Mitia en le fixant.

— Donc, vous affirmez être innocent de la mort de votre père, Fiodor Pavlovitch ?

— Oui. J'ai versé le sang de l'autre vieillard, mais pas celui de mon père. Et je le déplore ! J'ai tué… mais il est dur de se voir accuser d'un crime horrible qu'on n'a pas commis. C'est une terrible accusation, messieurs, un coup de massue ! Mais qui donc a tué mon père ? Qui pouvait le tuer, sinon moi ? C'est prodigieux, c'est inconcevable !…

— Je vais vous le dire… » commença le juge ; mais le procureur (nous appellerons ainsi le substitut), après avoir échangé un coup d'œil avec lui, dit à Mitia :

« Vous vous tourmentez inutilement au sujet du vieux domestique Grigori Vassiliev. Sachez qu'il est vivant. Il a repris connaissance, et malgré le coup terrible que vous lui avez porté, d'après vos dépositions à tous deux, il en réchappera certainement. Tel est du moins l'avis du médecin.

— Vivant ? Il est vivant ! s'exclama Mitia, les mains jointes, le visage rayonnant. Seigneur, je te rends grâce pour ce miracle insigne accordé au pécheur, au scélérat que je suis, à ma prière !… Car j'ai prié toute la nuit !… »

Et il se signa trois fois.

« Ce même Grigori a fait à votre sujet une déposition d'une telle gravité que…, poursuivit le procureur, mais Mitia se leva brusquement.

— Un instant, messieurs, de grâce, rien qu'un instant ; je cours vers elle…

— Permettez ! c'est impossible maintenant ! » s'exclama Nicolas Parthénovitch qui se leva aussi.

Les individus aux plaques de métal appréhendèrent Mitia ; il se rassit d'ailleurs de bonne grâce…

« C'est dommage. Je voulais seulement lui annoncer que ce sang qui m'a angoissé toute la nuit est lavé et que je ne suis pas un assassin ! Messieurs, c'est ma fiancée ! dit-il avec respect en regardant tous les assistants. Oh ! je vous remercie ! Vous m'avez rendu à la vie… Ce vieillard m'a porté dans ses bras, c'est lui qui me lavait dans une auge quand j'avais trois ans, quand j'étais abandonné de tous. Il m'a servi de père !...

— Donc, vous... reprit le juge.

— Permettez, messieurs, encore un instant, interrompit Mitia, en s'accoudant sur la table, le visage caché dans ses mains, laissez-moi me recueillir, laissez-moi respirer. Tout cela me bouleverse ; on ne frappe pas sur un homme comme sur un tambour, messieurs !

— Vous devriez boire un peu d'eau... »

Mitia se découvrit le visage et sourit. Il avait le regard vif et paraissait transformé. Ses manières aussi avaient changé, il se sentait de nouveau l'égal de ces gens, de ses anciennes connaissances, comme s'ils s'étaient rencontrés la veille dans le monde, avant l'événement. Notons que Mitia avait d'abord été reçu cordialement chez l'*ispravnik*, mais que, par la suite, le dernier mois surtout, il avait presque cessé de fréquenter chez lui. L'*ispravnik*, quand il le rencontrait dans la rue, fronçait les sourcils et ne le saluait que par politesse, ce qui n'échappait pas à Mitia. Il connaissait encore moins le procureur, mais rendait parfois visite, sans trop savoir pourquoi, à sa femme, personne nerveuse et fantasque ; elle le recevait toujours gracieusement et lui témoignait de l'intérêt. Quant au juge, il avait échangé, une ou deux fois avec lui, des propos sur les femmes.

« Vous êtes, Nicolas Parthénovitch, un juge d'instruction fort habile, à ce que je vois, dit gaiement Mitia ; d'ailleurs je vais vous aider. Oh ! messieurs, je suis ressuscité... Ne vous formalisez pas de ma franchise, aussi bien je suis un peu ivre, je l'avoue. Il me semble avoir eu l'honneur... l'honneur et le plaisir de vous rencontrer, Nicolas Parthénovitch, chez mon parent Mioussov... Messieurs, je ne prétends pas à l'égalité, je comprends ma situation vis-à-vis de vous. Il pèse sur moi, si Grigori m'accuse, il pèse sur moi, bien sûr, une charge terrible. Je le comprends très bien. Mais, au fait, messieurs, je suis prêt et nous en aurons bientôt fini. Si je suis sûr de mon innocence, ce ne sera pas long, n'est-ce pas ? »

Mitia parlait vite, avec expansion, comme s'il prenait ses auditeurs pour ses meilleurs amis.

« Ainsi, nous notons en attendant que vous niez formellement l'accusation portée contre vous, dit d'un ton grave Nicolas Parthénovitch, et il dicta à demi-voix au greffier le nécessaire.

— Noter ? Vous voulez noter ça ? Soit, j'y consens, je donne mon plein consentement, messieurs... Seulement, voyez... Attendez, écrivez ceci : il est coupable de voies de fait, d'avoir asséné des coups violents à un pauvre vieillard. Et puis, dans mon for intérieur, au fond du cœur, je me sens coupable, mais cela il ne faut pas l'écrire, c'est ma vie privée, messieurs, cela ne vous regarde pas, ce sont les secrets du cœur... Quant à l'assassinat de mon vieux père, j'en suis innocent ! C'est une idée monstrueuse !... Je vous le prouverai, vous serez convaincus tout de suite. Vous rirez vous-mêmes de vos soupçons !...

— Calmez-vous, Dmitri Fiodorovitch, dit le juge. Avant de poursuivre l'interrogatoire, je voudrais, si vous consentez à répondre, que vous me confirmiez un fait : vous n'aimiez pas le défunt, paraît-il, vous aviez constamment des démêlés avec lui... Ici, tout au moins, il y a un quart d'heure, vous avez déclaré avoir eu l'intention de le tuer : « Je ne l'ai pas tué, avez-vous dit, mais j'ai voulu le tuer ! »

— J'ai dit cela ? Oh ! c'est bien possible ! Oui, plusieurs fois, j'ai voulu le tuer... malheureusement !

— Vous le vouliez. Consentez-vous à nous expliquer les motifs de cette haine contre votre père ?

— A quoi bon des explications, messieurs ? fit Mitia d'un air morne en haussant les épaules. Je ne cachais pas mes sentiments, toute la ville les connaît. Il n'y a pas longtemps, je les ai manifestés au monastère, dans la cellule du *starets* Zosime... Le soir du même jour, j'ai battu et presque assommé mon père, en jurant devant témoins que je viendrais le tuer. Oh ! les témoins ne manquent pas, j'ai crié cela durant un mois... Le fait est patent, mais les sentiments, c'est une autre affaire. Voyez-vous, messieurs, j'estime que

vous n'avez pas le droit de m'interroger là-dessus. Malgré
l'autorité dont vous êtes revêtus, c'est une affaire intime, qui
ne regarde que moi... Mais, puisque je n'ai pas caché mes
sentiments auparavant... j'en ai parlé à tout le monde au
cabaret, alors... alors je n'en ferai pas un mystère maintenant. Voyez-vous, messieurs, je comprends qu'il y a contre
moi des charges accablantes : j'ai dit à tous que je le tuerais,
et voilà qu'on l'a tué : n'est-ce pas moi le coupable, en pareil
cas ? Ha ! ha ! Je vous excuse, messieurs, je vous excuse
complètement. Je suis moi-même stupéfait. Qui donc est
l'assassin, dans ce cas, sinon moi ? N'est-ce pas vrai ? Si ce
n'est pas moi, qui est-ce donc ? Messieurs, je veux savoir,
j'exige que vous me disiez où il a été tué, comment, avec
quelle arme. »

Il regarda longuement le juge et le procureur.

« Nous l'avons trouvé gisant sur le plancher, dans son
bureau, la tête fracassée, dit le procureur.

— C'est terrible, messieurs ! »

Mitia frémit, s'accouda à la table, se cacha le visage de sa
main droite.

« Continuons, dit Nicolas Parthénovitch. Alors, quels
motifs inspiraient votre haine ? Vous avez, je crois, déclaré
publiquement qu'elle provenait de la jalousie ?

— Eh oui, la jalousie, et autre chose encore.

— Des démêlés d'argent ?

— Eh oui, l'argent jouait aussi un rôle.

— Il s'agissait, je crois, de trois mille roubles que vous
n'aviez pas touchés sur votre héritage ?

— Comment, trois mille ! Davantage, plus de six mille,
plus de dix mille, peut-être. Je l'ai dit à tout le monde, je l'ai
crié partout ! Mais j'étais décidé, pour en finir, à transiger à
trois mille roubles. Il me les fallait à tout prix... de sorte que
ce paquet caché sous un coussin, et destiné à Grouchegnka, je
le considérais comme ma propriété qu'on m'avait volée, oui,
messieurs, comme étant à moi ».

Le procureur échangea un coup d'œil significatif avec le
juge.

« Nous reviendrons là-dessus, dit aussitôt le juge ; pour le moment, permettez-nous de noter ce point : que vous considériez l'argent enfermé dans cette enveloppe comme votre propriété.

— Écrivez, messieurs ; je comprends que c'est une nouvelle charge contre moi, mais cela ne me fait pas peur, je m'accuse moi-même. Vous entendez, moi-même. Voyez-vous, messieurs, je crois que vous vous méprenez du tout au tout sur mon compte, ajouta-t-il tristement. L'homme qui vous parle est loyal ; il a commis maintes bassesses, mais il est toujours demeuré noble au fond de lui-même... Bref, je ne sais pas m'exprimer... Cette soif de noblesse m'a toujours tourmenté ; je la recherchais avec la lanterne de Diogène, et pourtant je n'ai fait que des vilenies, comme nous tous, messieurs... c'est-à-dire comme moi seul, je me trompe, je suis le seul de mon espèce !... Messieurs, j'ai mal à la tête. Voyez-vous, tout me dégoûtait en lui : son extérieur, je ne sais quoi de malhonnête, sa vantardise et son mépris pour tout ce qui est sacré, sa bouffonnerie et son irréligion. Mais maintenant qu'il est mort, je pense autrement.

— Comment cela, autrement ?

— C'est-à-dire non, pas autrement, mais je regrette de l'avoir tant détesté.

— Vous éprouvez des remords ?

— Non, pas des remords, ne notez pas cela. Moi-même, messieurs, je ne brille ni par la bonté ni par la beauté ; aussi n'avais-je pas le droit de le trouver répugnant. Vous pouvez noter cela. »

Ayant ainsi parlé, Mitia parut fort triste. Il devenait de plus en plus morne à mesure qu'il répondait aux questions du juge. C'est à ce moment que se déroula une scène inattendue. Bien qu'on eût éloigné Grouchegnka, elle se trouvait dans une chambre proche de celle où avait lieu l'interrogatoire, en compagnie de Maximov, abattu et terrifié, qui s'attachait à elle comme à une ancre de salut. Un individu à plaque de métal gardait la porte. Grouchegnka pleurait ; tout à coup, incapable de résister à son chagrin, après avoir crié :

« Malheur, malheur ! » elle courut hors de la chambre vers son bien-aimé, si brusquement que personne n'eut le temps de l'arrêter. Mitia, qui l'avait entendue, frémit, se précipita à sa rencontre. Mais on les empêcha de nouveau de se rejoindre. On le saisit par les bras, il se débattit avec acharnement, il fallut trois ou quatre hommes pour le maintenir. On s'empara aussi de Grouchegnka et il la vit qui lui tendait les bras tandis qu'on l'emmenait. La scène passée, il se retrouva à la même place, en face du juge.

« Pourquoi la faire souffrir ? s'écria-t-il. Elle est innocente !... »

Le procureur et le juge s'efforcèrent de le calmer. Dix minutes s'écoulèrent ainsi.

Mikhaïl Makarovitch, qui était sorti, rentra et dit tout ému :

« Elle est en bas. Me permettez-vous, messieurs, de dire un mot à ce malheureux ? En votre présence, bien entendu.

— Comme il vous plaira, Mikhaïl Makarovitch, nous n'y voyons aucun inconvénient, dit le juge.

— Dmitri Fiodorovitch, écoute, mon pauvre ami, commença le brave homme, dont le visage exprimait une compassion presque paternelle. Agraféna Alexandrovna se trouve en bas, avec les filles du patron ; le vieux Maximov ne la quitte pas. Je l'ai rassurée, je lui ai fait comprendre que tu devais te justifier, qu'il ne fallait pas te troubler, sinon tu aggraverais les charges contre toi, comprends-tu ? Bref, elle a saisi, elle est intelligente et bonne, elle voulait me baiser les mains, demandant grâce pour toi. C'est elle qui m'a envoyé te rassurer, il faut que je puisse lui dire que tu es tranquille à son sujet. Calme-toi donc. Je suis coupable devant elle, c'est une âme tendre et innocente. Puis-je lui dire, Dmitri Fiodorovitch, que tu seras calme ? »

Le bonhomme était ému de la douleur de Grouchegnka, il avait même les larmes aux yeux. Mitia s'élança vers lui.

« Pardon, messieurs, permettez, je vous en prie. Vous êtes un ange, Mikhaïl Makarovitch, merci pour elle. Je serai calme, je serai gai ; dites-le-lui dans votre bonté ; je vais

même me mettre à rire, sachant que vous veillez sur elle. Je
terminerai bientôt cela, sitôt libre je cours à elle, qu'elle
prenne patience ! Messieurs, je vais vous ouvrir mon cœur,
nous allons terminer tout cela gaiement, nous finirons par
rire ensemble, n'est-ce pas ? Messieurs, cette femme, c'est la
reine de mon âme ! Oh ! laissez-moi vous le dire... Je crois
que vous êtes de nobles cœurs. Elle éclaire et ennoblit ma vie.
Oh ! si vous saviez ! Vous avez entendu ses cris : « J'irais avec
toi à la mort ! » Que lui ai-je donné, moi qui n'ai rien ?
Pourquoi un pareil amour ? Suis-je digne, moi, vile créature,
d'être aimé au point qu'elle me suive au bagne ? Tout à
l'heure, elle se traînait à vos pieds pour moi, elle si fière et
innocente ! Comment ne pas l'adorer, ne pas m'élancer vers
elle ? Messieurs, pardonnez-moi ! Maintenant, me voilà
consolé ! »

Il tomba sur une chaise et, se couvrant le visage de ses
mains, se mit à sangloter. Mais c'étaient des larmes de joie.
Le vieil *ispravnik* paraissait ravi, les juges également ; ils
sentaient que l'interrogatoire entrait dans une phase nouvelle. Quand l'*ispravnik* fut sorti, Mitia devint gai.

« Eh bien, messieurs, à présent je suis tout à vous...
N'étaient tous ces détails, nous nous entendrions aussitôt.
Messieurs, je suis à vous, mais il faut qu'une confiance
mutuelle règne entre nous, sinon nous n'en finirons jamais.
C'est pour vous que je parle. Au fait, messieurs, au fait !
surtout ne fouillez pas dans mon âme, ne la torturez pas avec
des bagatelles, tenez-vous-en à l'essentiel, et je vous donnerai
satisfaction. Au diable les détails ! »

Ainsi parla Mitia. L'interrogatoire recommença.

IV

DEUXIÈME TRIBULATION

« Vous ne sauriez croire combien votre bonne volonté nous
réconforte, Dmitri Fiodorovitch, dit Nicolas Parthénovitch,

dont les yeux gris clair, des yeux de myope, à fleur de tête, brillaient de satisfaction. Vous avez parlé avec raison de cette confiance mutuelle, indispensable dans les affaires d'une telle importance, si l'inculpé désire, espère et peut se justifier. De notre côté, nous ferons tout ce qui dépendra de nous, vous avez pu voir comment nous menons cette affaire... Vous êtes d'accord, Hippolyte Kirillovitch ?

— Certes », approuva le procureur, toutefois sur un ton un peu sec.

Notons une fois pour toutes que Nicolas Parthénovitch témoignait, depuis sa récente entrée en fonctions, un profond respect au procureur, pour qui il éprouvait de la sympathie. Il était presque seul à croire aveuglément au remarquable talent psychologique et oratoire d'Hippolyte Kirillovitch, dont il avait entendu parler dès Pétersbourg. En revanche, le jeune Nicolas Parthénovitch était le seul homme au monde que notre malchanceux procureur aimât sincèrement. En chemin, ils avaient pu se concerter au sujet de l'affaire qui s'annonçait, et maintenant l'esprit aigu du juge saisissait au vol et interprétait chaque signe, chaque jeu de physionomie de son collègue.

« Messieurs, reprit Mitia, laissez-moi vous raconter les choses sans m'interrompre à propos de bagatelles ; ce ne sera pas long.

— Très bien, mais avant de vous entendre, permettez-moi de constater ce petit fait très curieux pour nous. Vous avez emprunté dix roubles hier au soir à cinq heures, en laissant vos pistolets en gage à votre ami Piotr Ilitch Perkhotine.

— Oui, messieurs, je les ai engagés pour dix roubles à mon retour de voyage, et puis ?

— Vous reveniez de voyage ? Vous aviez quitté la ville ?

— J'étais allé à quarante verstes, messieurs ; vous n'en saviez rien ? »

Le procureur et le juge échangèrent un regard.

« Vous feriez bien de commencer votre récit en décrivant méthodiquement votre journée dès le matin. Veuillez nous dire, par exemple, pourquoi vous vous êtes absenté, le moment de votre départ et de votre retour...

— Il fallait me le demander tout de suite, dit Mitia en riant ; si vous voulez, je remonterai à avant-hier, alors vous comprendrez le sens de mes démarches. Ce jour-là, dès le matin, je suis allé chez le marchand Samsonov pour lui emprunter trois mille roubles contre de sûres garanties ; il me fallait cette somme au plus vite.

— Permettez, interrompit d'un ton poli le procureur, pourquoi aviez-vous besoin tout à coup d'une pareille somme ?

— Eh ! messieurs, que de détails ! Comment, quand, pourquoi, pour quelle raison une pareille somme et non une autre ? Verbiage que tout cela. De ce train-là, trois volumes n'y suffiraient pas, il faudrait un épilogue ! »

Mitia parlait avec la bonhomie familière d'un homme animé des meilleures intentions et désireux de dire toute la vérité.

« Messieurs, reprit-il, veuillez excuser ma brusquerie, soyez sûrs de mes sentiments respectueux à votre égard. Je ne suis plus ivre. Je comprends la différence qui nous sépare : je suis, à vos yeux, un criminel que vous devez surveiller ; vous ne me passerez pas la main dans les cheveux pour Grigori, on ne peut pas assommer impunément un vieillard. Cela me vaudra six mois ou un an de prison, mais sans déchéance civique, n'est-ce pas, procureur ? Je comprends tout cela... Mais avouez que vous déconcerteriez Dieu lui-même avec ces questions : « Où es-tu allé, comment et quand ? pourquoi ? » Je m'embrouillerai de cette façon, vous en prendrez note aussitôt, et qu'est-ce qui en résultera ? Rien ! Enfin, si j'ai commencé à mentir, j'irai jusqu'au bout, et vous me le pardonnerez étant donné votre instruction et la noblesse de vos sentiments. Pour terminer, je vous prie de renoncer à ce procédé officiel qui consiste à poser des questions insignifiantes : « comment t'es-tu levé ? qu'as-tu mangé ? où as-tu craché ? » et « l'attention de l'inculpé étant endormie », à le bouleverser en lui demandant : « qui as-tu tué ? qui as-tu volé ? » Ha ! ha ! Voilà votre procédé classique, voilà sur quoi se fonde toute votre ruse ! Employez ce truc avec des croquants, mais pas avec moi ! J'ai servi, je connais les choses, ha ! ha ! Vous n'êtes pas fâchés, messieurs, vous me pardonnez mon insolence ? — Il les regardait avec une étrange bonhomie. — On peut avoir plus d'indulgence pour Mitia Karamazov que pour un homme d'esprit ! ha ! ha ! »

Le juge riait. Le procureur restait grave, ne quittait pas Mitia des yeux, observait attentivement ses moindres gestes, ses moindres mouvements de physionomie.

« Pourtant, dit Nicolas Parthénovitch en continuant de rire, nous ne vous avons pas dérouté d'abord par des questions telles que : « comment vous êtes-vous levé ce matin ? qu'avez-vous mangé ? » Nous sommes même allés trop vite au but.

— Je comprends, j'apprécie toute votre bonté. Nous sommes tous les trois de bonne foi ; il doit régner entre nous la confiance réciproque de gens du monde liés par la noblesse et l'honneur. En tout cas, laissez-moi vous regarder comme mes meilleurs amis dans ces pénibles circonstances ! Cela ne vous offense pas, messieurs ?

— Pas du tout, vous avez bien raison, Dmitri Fiodorovitch, approuva le juge.

— Et les détails, messieurs, toute cette procédure chicanière, laissons cela de côté, s'exclama Mitia très exalté ; autrement nous n'aboutirons à rien.

— Vous avez tout à fait raison, intervint le procureur, mais je maintiens ma question. Il nous est indispensable de savoir pourquoi vous aviez besoin de ces trois mille roubles ?

— Pour une chose ou une autre... qu'importe ? pour payer une dette.

— A qui ?

— Cela, je refuse absolument de vous le dire, messieurs ! Ce n'est pas par crainte ni timidité, car il s'agit d'une bagatelle, mais par principe. Cela regarde ma vie privée, et je ne permets pas qu'on y touche. Votre question n'a pas trait à l'affaire, donc elle concerne ma vie privée. Je voulais acquitter une dette d'honneur, je ne dirai pas envers qui.

— Permettez-nous de noter cela, dit le procureur.

— Je vous en prie. Écrivez que je refuse de le dire, estimant que ce serait malhonnête. On voit bien que le temps ne vous manque pas pour écrire !

— Permettez-moi, monsieur, de vous prévenir, de vous rappeler encore, si vous l'ignorez, dit d'un ton sévère le procureur, que vous avez le droit absolu de ne pas répondre à nos questions, que, d'autre part, nous n'avons nullement le droit d'exiger des réponses que vous ne jugez pas à propos de faire. Mais nous devons attirer votre attention sur le tort que vous vous causez en refusant de parler. Maintenant, veuillez continuer.

— Messieurs, je ne me fâche pas... je... bredouilla Mitia un peu confus de cette observation ; voyez-vous, ce Samsonov chez qui je suis allé... »

Bien entendu nous ne reproduirons pas son récit des faits que le lecteur connaît déjà. Dans son impatience, le narrateur voulait tout raconter en détail, bien que rapidement. Mais on notait au fur et à mesure ses déclarations, il fallait donc l'arrêter. Dmitri Fiodorovitch s'y résigna en maugréant. Il s'écriait parfois : « Messieurs, il y a de quoi exaspérer Dieu lui-même », ou : « Messieurs, savez-vous que vous m'agacez sans raison ? » mais malgré ces exclamations il restait expansif. C'est ainsi qu'il raconta comment Samsonov l'avait mystifié (il s'en rendait parfaitement compte maintenant). La vente de la montre pour six roubles, afin de se procurer l'argent du voyage, intéressa fort les magistrats qui l'ignoraient encore ; à l'extrême indignation de Mitia, on jugea nécessaire de consigner en détail ce fait, qui établissait à nouveau que la veille aussi il était déjà presque sans le sou. Peu à peu, Mitia devenait morne. Ensuite, après avoir décrit sa visite chez Liagavi, la nuit passée dans l'izba, et le commencement d'asphyxie, il aborda son retour en ville et se

mit de lui-même à décrire ses tourments jaloux au sujet de
Grouchegnka. Les juges l'écoutaient en silence et avec
attention, notant surtout le fait que depuis longtemps il avait
un poste d'observation dans le jardin de Marie Kondratievna,
pour le cas où Grouchegnka viendrait chez Fiodor Pavlovitch, et que Smerdiakov lui transmettait des renseignements ; ceci fut mentionné en bonne place. Il parla longuement de sa jalousie, malgré sa honte d'étaler ses sentiments
les plus intimes, pour ainsi dire, « au déshonneur public »,
mais il la surmontait afin d'être véridique. La sévérité
impassible des regards fixés sur lui, durant son récit, finit par
le troubler assez fort : « Ce gamin, avec qui je bavardais sur
les femmes, il y a quelques jours, et ce procureur maladif ne
méritent pas que je leur raconte cela, songeait-il tristement ;
quelle honte ! » « Supporte, résigne-toi, tais-toi [1] »,
concluait-il, tout en s'affirmant pour continuer. Arrivé à la
visite chez Mme Khokhlakov, il redevint gai et voulut même
raconter sur elle une anecdote récente, hors de propos ; mais
le juge l'interrompit et l'invita à passer « à l'essentiel ».
Ensuite, ayant décrit son désespoir et parlé du moment où,
en sortant de chez cette dame, il avait même songé à
« égorger quelqu'un pour se procurer trois mille roubles »,
on l'arrêta pour consigner la chose. Enfin, il raconta comment il avait appris le mensonge de Grouchegnka, repartie
aussitôt de chez Samsonov, tandis qu'elle devait, affirmait-
elle, rester chez le vieillard jusqu'à minuit. « Si je n'ai pas tué
alors cette Fénia, messieurs, c'est uniquement parce que le
temps me manquait », laissa-t-il échapper. Cela aussi fut
noté. Mitia attendit d'un air morne et allait expliquer
comment il était entré dans le jardin de son père, lorsque le
juge l'interrompit, et ouvrant une grande serviette qui se
trouvait auprès de lui, sur le divan, en sortit un pilon de
cuivre.

« Connaissez-vous cet objet ?

— Ah ! oui. Comment donc ! Donnez que je le voie... Au
diable ! c'est inutile.

— Vous avez oublié d'en parler.

— Que diable ! Pensez-vous que je vous l'aurais caché ? Je l'ai oublié, voilà tout.

— Veuillez nous raconter comment vous vous êtes procuré cette arme.

— Volontiers, messieurs. »

Et Mitia conta comment il avait pris le pilon et s'était sauvé.

« Mais quelle était votre intention en vous emparant de cet instrument ?

— Quelle intention ? Aucune. Je l'ai pris et me suis enfui.

— Pourquoi donc, si vous n'aviez pas d'intention ? »

L'irritation gagnait Mitia. Il fixait le « gamin » avec un mauvais sourire, regrettait la franchise qu'il avait montrée « à de telles gens » à propos de sa jalousie.

« Je m'en fiche, du pilon !

— Pourtant...

— Eh bien, c'est contre les chiens ! Il faisait sombre... à tout hasard.

— Auparavant, quand vous sortiez la nuit, aviez-vous aussi une arme, puisque vous craignez tant l'obscurité ?

— Sapristi, messieurs, il n'y a pas moyen de causer avec vous ! s'écria Mitia exaspéré, et s'adressant, rouge de colère, au greffier : écris tout de suite : « Il a pris le pilon pour aller tuer son père... pour lui fracasser la tête ! » Êtes-vous contents, messieurs ? dit-il d'un air provocant.

— Nous ne pouvons tenir compte d'une telle déposition, inspirée par la colère. Nos questions vous paraissent futiles et vous irritent, alors qu'elles sont très importantes, dit sèchement le procureur.

— De grâce, messieurs ! J'ai pris ce pilon... Pourquoi prend-on quelque chose en pareil cas ? Je l'ignore. Je l'ai pris et me suis sauvé. Voilà tout. C'est honteux, messieurs ; *passons*[1], sinon je vous jure que je ne dirai plus mot. »

Il s'accouda, la tête dans la main. Il était assis de côté, par rapport à eux, et regardait le mur, s'efforçant de surmonter un mauvais sentiment. Il avait, en effet, grande envie de se lever, de déclarer qu'il ne dirait plus un mot, « dût-on le mener au supplice ».

« Voyez-vous, messieurs, en vous écoutant, il me semble faire un rêve, comme ça m'arrive parfois... Je rêve souvent que quelqu'un me poursuit, quelqu'un dont j'ai grand-peur et qui me cherche dans les ténèbres. Je me cache honteusement derrière une porte, derrière une armoire. L'inconnu sait parfaitement où je me trouve, mais il feint de l'ignorer, afin de me torturer plus longtemps, de jouir de ma frayeur... C'est ce que vous faites maintenant !

— Vous avez de pareils rêves ? s'informa le procureur.

— Oui, j'en ai... Ne voulez-vous pas le noter ?

— Non, mais vous avez d'étranges rêves.

— Maintenant, ce n'est plus un rêve ! C'est la réalité, messieurs, le réalisme de la vie ! Je suis le loup, vous êtes les chasseurs !

— Votre comparaison est injuste..., dit doucement le juge.

— Pas du tout, messieurs ! fit Mitia avec irritation, bien que sa brusque explosion de colère l'eût soulagé. Vous pouvez refuser de croire un criminel ou un inculpé que vous torturez avec vos questions, mais non un homme animé de nobles sentiments (je le dis hardiment). Vous n'en avez pas le droit. Mais

> *Silence, mon cœur,*
> *Supporte, résigne-toi, tais-toi !*

... Faut-il continuer ? demanda-t-il d'un ton revêche.

— Comment donc, je vous en prie » dit le juge.

V

TROISIÈME TRIBULATION

Tout en parlant avec brusquerie, Mitia parut encore plus désireux de n'omettre aucun détail. Il raconta comment il avait escaladé la palissade, marché jusqu'à la fenêtre et tout ce qui s'était alors passé en lui. Avec précision et clarté, il exposa les sentiments qui l'agitaient quand il brûlait de savoir si Grouchegnka était ou non chez son père. Chose étrange, le procureur et le juge écoutaient avec une extrême réserve, l'air rébarbatif, ne posant que de rares questions. Mitia ne pouvait rien augurer de leurs visages. « Ils sont irrités et offensés, pensa-t-il, tant pis ! » Lorsqu'il raconta qu'il avait fait à son père le *signal* annonçant l'arrivée de Grouchegnka, les magistrats n'accordèrent aucune attention au mot *signal*, comme s'ils n'en comprenaient pas la portée dans la circonstance. Mitia remarqua ce détail. Arrivé au moment où, à la vue de son père penché hors de la fenêtre, il avait frémi de haine et sorti le pilon de sa poche, il s'arrêta subitement, comme à dessein. Il regardait le mur et sentait les regards de ses juges, fixés sur lui.

« Eh bien, dit Nicolas Parthénovitch, vous avez saisi votre arme et... et que s'est-il passé ensuite ?

— Ensuite ? J'ai tué... j'ai porté à mon père un coup de pilon qui lui a fendu le crâne... D'après vous, c'est ainsi, n'est-ce pas ? »

Ses yeux étincelaient. Sa colère apaisée se rallumait dans toute sa violence.

« D'après nous, mais d'après vous ? »

Mitia baissa les yeux, fit une pause.

« D'après moi, messieurs, d'après moi, voici ce qui est arrivé, reprit-il doucement : est-ce ma mère qui implorait Dieu pour moi, un esprit céleste qui m'a baisé au front à ce moment ? je ne sais, mais le diable a été vaincu. Je m'écartai de la fenêtre et courus vers la palissade. Mon père, qui m'aperçut alors, prit peur, poussa un cri et recula vivement, je me rappelle fort bien... J'avais déjà grimpé sur la barrière quand Grigori me saisit... »

Mitia leva enfin les yeux sur ses auditeurs qui le regardaient d'un air impassible. Un frémissement d'indignation le parcourut.

« Messieurs, vous vous raillez de moi !

— D'où concluez-vous cela ? demanda Nicolas Parthénovitch.

— Vous ne croyez pas un mot de ce que je dis ! Je comprends très bien que je suis arrivé au point capital ; le vieillard gît maintenant, la tête fracassée, et moi, après avoir tragiquement décrit ma volonté de le tuer, le pilon déjà en main, je m'enfuis de la fenêtre... Un sujet de poème à mettre en vers ! On peut croire sur parole un tel gaillard ! Vous êtes des farceurs, messieurs ! »

Il se tourna brusquement sur sa chaise qui craqua.

« N'avez-vous pas remarqué, dit le procureur, paraissant ignorer l'agitation de Mitia, quand vous avez quitté la fenêtre, la porte qui donne accès au jardin, à l'autre bout de la façade, était-elle ouverte ?

— Non, elle n'était pas ouverte.

— Bien sûr ?

— Elle était fermée, au contraire. Qui aurait pu l'ouvrir ? Bah ! la porte, attendez ! — il parut se raviser et tressaillit — l'avez-vous trouvée ouverte ?

— Oui.

— Mais qui a pu l'ouvrir, si ce n'est pas vous ?

— La porte était ouverte, l'assassin de votre père a suivi ce chemin pour entrer et pour sortir, dit le procureur, en scandant les mots. C'est très clair pour nous. L'assassinat a été commis évidemment dans la chambre, *et non à travers la fenêtre*. Cela résulte de l'examen des lieux et de la position du corps. Il n'y a aucun doute à ce sujet. »

Mitia était confondu.

« Mais c'est impossible, messieurs ! s'écria-t-il tout à fait dérouté, je... je ne suis pas entré... Je vous affirme que la

porte est restée fermée durant tout le temps que j'étais
au jardin, et lorsque je me suis enfui... Je me tenais
sous la fenêtre et je n'ai vu mon père que de l'extérieur... Je me rappelle jusqu'à la dernière minute. Si
même je ne me rappelais pas, j'en suis sûr, car les
signaux n'étaient connus que de moi, de Smerdiakov et
du défunt, et sans signaux il n'aurait ouvert à personne
au monde !

— Quels signaux ? » demanda avec une ardente curiosité le procureur, dont la réserve disparut aussitôt.

Il interrogeait avec une sorte d'hésitation, pressentant
un fait important, et tremblait que Mitia refusât de
l'expliquer.

« Ah ! vous ne saviez pas ! dit Mitia en clignant de
l'œil avec un sourire ironique. Et si je refusais de répondre ? Qui vous renseignerait ? Le défunt, Smerdiakov et
moi étions seuls à connaître le secret ; Dieu aussi le sait,
mais il ne vous le dira pas. Or, le fait est curieux, on
peut échafauder là-dessus à plaisir, ha ! ha ! Consolez-
vous, messieurs, je vous le révélerai, vos craintes sont
vaines. Vous ne savez pas à qui vous avez affaire ! L'accusé dépose contre lui-même. Oui, car je suis un chevalier d'honneur, mais pas vous ! »

Dans son impatience d'apprendre le fait nouveau, le
procureur avalait ces pilules. Mitia expliqua en détail les
signaux imaginés par Fiodor Pavlovitch pour Smerdiakov, le sens de chaque coup à la fenêtre ; il les reprodui-
sit même sur la table. Nicolas Parthénovitch lui ayant
demandé s'il avait fait alors au vieillard le signal convenu
pour l'arrivée de Grouchegnka, Mitia répondit affirmativement.

« Maintenant, échafaudez là-dessus une hypothèse !
trancha-t-il en se détournant avec dédain.

— Ainsi, votre défunt père, le domestique Smerdiakov
et vous connaissiez seuls ces signaux ? insista le juge.

— Oui, le domestique Smerdiakov, et puis Dieu.
Notez ceci. Vous devrez vous-mêmes recourir à Dieu. »

On en prit note, bien entendu, mais à ce moment le procureur dit, comme s'il lui venait une idée :

« Dans ce cas, et puisque vous affirmez votre innocence, ne serait-ce pas Smerdiakóv qui se fit ouvrir la porte par votre père, en donnant le signal, et ensuite... l'assassina ? »

Mitia lui jeta un regard chargé d'ironie et de haine, le fixa si longtemps que le procureur battit des paupières.

« Vous vouliez encore attraper le renard, vous lui avez pincé la queue, hé ! hé ! Vous pensiez que j'allais me raccrocher à ce que vous insinuez et m'écrier à pleine gorge : « Ah ! oui, c'est Smerdiakov, voilà l'assassin ! » Avouez que vous l'avez pensé, avouez-le, alors je continuerai. »

Le procureur n'avoua rien. Il attendit en silence.

« Vous vous êtes trompé, je n'accuserai pas Smerdiakov, déclara Mitia.

— Et vous ne le soupçonnez même pas ?

— Est-ce que vous le soupçonnez, vous ?

— Nous l'avons aussi soupçonné. »

Mitia baissa les yeux.

« Trêve de plaisanteries, écoutez : dès le début, presque au moment où je suis sorti de derrière ce rideau, cette idée m'était déjà venue : « C'est Smerdiakov ! » Assis à cette table, alors que je criais mon innocence, la pensée de Smerdiakov me poursuivait. Maintenant, enfin, j'ai songé à lui, mais l'espace d'une seconde, aussitôt je me suis dit : « Non, ce n'est pas Smerdiakov ! » Ce crime n'est pas son œuvre, messieurs !

— Ne soupçonnez-vous pas, alors, quelque autre personnage ? demanda avec précaution Nicolas Parthénovitch.

— Je ne sais qui, Dieu ou Satan, mais pas Smerdiakov ! dit résolument Mitia.

— Mais pourquoi affirmez-vous avec une telle insistance que ce n'est pas lui ?

— Par conviction. Parce que Smerdiakov est une nature vile et lâche, ou plutôt le composé de toutes les lâchetés cheminant sur deux pieds. Il est né d'une poule. Quand il me parlait, il tremblait de frayeur, pensant que j'allais le tuer,

alors que je ne levais même pas la main. Il se jetait à mes
pieds en pleurant, il baisait mes bottes en me suppliant de ne
pas lui faire peur, entendez-vous ? de ne pas lui faire peur. Et
je lui ai même offert des cadeaux. C'est une poule épileptique, un esprit faible ; un gamin de huit ans le rosserait. Non,
ce n'est pas Smerdiakov. Il n'aime pas l'argent, il refusait
mes cadeaux... D'ailleurs, pourquoi aurait-il tué le vieillard ?
Il est peut-être son fils naturel ; savez-vous cela ?

— Nous connaissons cette légende. Mais vous êtes aussi le
fils de Fiodor Pavlovitch, pourtant vous avez dit à tout le
monde que vous vouliez le tuer.

— Encore une pierre dans mon jardin ! C'est abominable.
Mais je n'ai pas peur. Messieurs, vous devriez avoir honte de
me dire cela en face ! Car c'est moi qui vous en ai parlé. Non
seulement j'ai voulu tuer, mais je le pouvais, je me suis même
accusé d'avoir failli tuer. Mais mon ange gardien m'a sauvé
du crime, voilà ce que vous ne pouvez pas comprendre...
C'est ignoble de votre part, ignoble ! Car je n'ai pas tué, pas
tué ! Vous entendez, procureur : pas tué ! »

Il suffoquait. Durant l'interrogatoire il n'avait jamais été
dans une pareille agitation.

« Et que vous a dit Smerdiakov ? conclut-il après une
pause. Puis-je le savoir ?

— Vous pouvez nous questionner sur tout ce qui concerne
les faits, répondit froidement le procureur, et je vous répète
que nous sommes tenus de répondre à vos questions. Nous
avons trouvé le domestique Smerdiakov dans son lit, sans
connaissance, en proie à une violente crise d'épilepsie, la
dixième peut-être depuis la veille. Le médecin qui nous
accompagnait a déclaré, après avoir examiné le malade, qu'il
ne passerait peut-être pas la nuit.

— Alors, c'est le diable qui a tué mon père ! laissa
échapper Mitia, comme si son dernier doute disparaissait.

— Nous reviendrons là-dessus, conclut Nicolas Parthénovitch ; veuillez continuer votre déposition. »

Mitia demanda à se reposer, ce qui lui fut accordé avec
courtoisie. Ensuite il reprit son récit, mais ce fut avec une

peine visible. Il était las, froissé, ébranlé moralement. De plus, le procureur, comme à dessein, l'irritait à chaque instant en s'arrêtant à des « minuties ». Mitia finissait de décrire comment, à califourchon sur la palissade, il avait frappé d'un coup de pilon à la tête Grigori, cramponné à sa jambe gauche, puis sauté auprès du blessé, lorsque le procureur le pria d'expliquer avec plus de détails comment il se tenait sur la palissade. Mitia s'étonna.

« Eh bien, j'étais assis comme ça, à cheval, une jambe de chaque côté...

— Et le pilon ?

— Je l'avais à la main.

— Il n'était pas dans votre poche ? Vous vous rappelez ce détail ? Vous avez dû frapper de haut.

— C'est probable. Pourquoi cette remarque ?

— Si vous vous placiez sur votre chaise comme alors sur la palissade, pour bien nous montrer comment et de quel côté vous avez frappé ?

— Est-ce que vous ne vous moquez pas de moi ? » demanda Mitia en toisant l'interrogateur ; mais celui-ci ne broncha pas.

Mitia se mit à cheval sur la chaise et leva le bras :

« Voilà comment j'ai frappé ! Comment j'ai tué ! Êtes-vous satisfaits ?

— Je vous remercie. Ne voulez-vous pas nous expliquer maintenant pourquoi vous avez de nouveau sauté dans le jardin, dans quelle intention ?

— Eh diable ! pour voir le blessé... Je ne sais pas pourquoi !

— Dans un trouble pareil et en train de fuir ?

— Oui, dans un trouble pareil et en train de fuir.

— Vous vouliez lui venir en aide ?

— Oui, peut-être, je ne me rappelle pas.

— Vous ne vous rendiez pas compte de vos actes ?

— Oh ! je m'en rendais bien compte. Je me rappelle les moindres détails. J'ai sauté pour voir et j'ai essuyé son sang avec mon mouchoir.

— Nous avons vu votre mouchoir. Vous espériez ramener le blessé à la vie ?

— Je ne sais pas... Je voulais simplement m'assurer s'il vivait encore.

— Ah ! vous vouliez vous assurer ? Eh bien ?

— Je ne suis pas médecin, je ne pus en juger. Je m'enfuis en pensant l'avoir tué.

— Très bien, je vous remercie. C'est tout ce qu'il me fallait. Veuillez continuer. »

Hélas ! Mitia n'eut pas l'idée de raconter — il s'en souvenait pourtant — qu'il avait sauté par pitié et prononcé des paroles de compassion devant sa victime : « Le vieux a son compte ; tant pis, qu'il y reste ! » Le procureur en conclut que l'accusé avait sauté « en un tel moment et dans un trouble pareil » seulement pour s'assurer si l'*unique* témoin de son crime vivait encore. Quels devaient donc être l'énergie, la résolution, le sang-froid de cet homme, etc. Le procureur était satisfait : « J'ai exaspéré cet homme irritable avec des minuties et il s'est trahi. »

Mitia poursuivit péniblement. Cette fois, ce fut Nicolas Parthénovitch qui l'interrompit :

« Comment avez-vous pu aller chez la domestique Fédossia Marcovna avec les mains et le visage ensanglantés ?

— Mais je ne m'en doutais pas.

— C'est vraisemblable, cela arrive, dit le procureur en échangeant un coup d'œil avec Nicolas Parthénovitch.

— Vous avez raison, procureur », approuva Mitia.

Ensuite il raconta sa décision de « s'écarter », de « laisser le chemin libre aux amants ».

Mais il ne put se résoudre, comme tout à l'heure, à étaler ses sentiments, parler de « la reine de son cœur ». Cela lui répugnait devant ces êtres froids. Aussi, aux questions réitérées, il répondit laconiquement :

« Eh bien, j'avais résolu de me tuer. A quoi bon vivre ? L'ancien amant de Grouchegnka, son séducteur venait, après cinq ans, réparer sa faute en l'épousant. Je compris que tout était fini pour moi... Derrière moi la honte, et puis ce sang, le

sang de Grigori. Pourquoi vivre ? J'allai dégager mes pistolets afin de me loger une balle dans la tête, à l'aube...

— Et, cette nuit une fête à tout casser.

— Vous l'avez dit. Que diable, messieurs, finissons-en
plus vite ! J'étais décidé à me tuer, là-bas, au bout du village
à cinq heures du matin. J'ai même dans ma poche un billet
écrit chez Perkhotine en chargeant mon pistolet. Le voici,
lisez-le. Ce n'est pas pour vous que je raconte ! » ajouta-t-il,
dédaigneux.

Il jeta sur la table le billet que les juges lurent avec
curiosité et, comme de juste, joignirent au dossier.

« Et vous n'avez pas pensé à vous laver les mains, même
avant d'aller chez M. Perkhotine ? Vous ne craigniez donc
pas les soupçons ?

— Quels soupçons ? Je me souciais peu des soupçons. Je
me serais suicidé à cinq heures, avant qu'on ait le temps
d'agir. Sans la mort de mon père, vous ne sauriez rien et
vous ne seriez pas venus ici. Oh ! c'est l'œuvre du diable,
c'est lui qui a tué mon père, qui vous a si promptement
renseignés. Comment avez-vous pu arriver si vite ? C'est
fantastique !

— M. Perkhotine nous a informés qu'en entrant chez lui
vous teniez dans vos mains... dans vos mains ensanglantées... une grosse somme... une liasse de billets de cent
roubles. Son jeune domestique aussi l'a vu.

— C'est vrai, messieurs, je m'en souviens.

— Une petite question, dit avec une grande douceur
Nicolas Parthénovitch. Pourriez-vous nous indiquer où vous
avez pris tant d'argent, alors qu'il est démontré que vous
n'avez pas eu le temps d'aller chez vous ? »

Le procureur fronça les sourcils à cette question ainsi
posée de front, mais n'interrompit pas Nicolas Parthénovitch.

« Non, je ne suis pas entré chez moi, dit Mitia tranquillement, mais les yeux baissés.

— Permettez-moi, dans ce cas, de répéter ma question,
insinua le juge. Où avez-vous trouvé tout à coup une

pareille somme, alors que, d'après vos propres aveux, à cinq heures, le même jour...

— J'avais besoin de dix roubles, j'ai engagé mes pistolets chez Perkhotine, puis je suis allé chez Mme Khokhlakov pour lui emprunter trois mille roubles qu'elle ne m'a pas donnés, etc. Eh oui ! messieurs, j'étais sans ressources, et tout à coup me voilà avec des billets de mille ! Savez-vous, messieurs, vous avez peur, tous les deux maintenant ; qu'arrivera-t-il s'il ne nous indique pas la provenance de cet argent ? Eh bien, je ne vous le dirai pas, messieurs, vous avez deviné juste, vous ne le saurez pas, dit Mitia en martelant la dernière phrase.

— Comprenez, monsieur Karamazov, qu'il est essentiel pour nous de le savoir, dit doucement Nicolas Parthéno-vitch.

— Je le comprends, mais je ne le dirai pas. »

Le procureur, à son tour, rappela que l'inculpé pouvait ne pas répondre aux questions, s'il le jugeait préférable, mais que, vu le tort qu'il se faisait par son silence, vu surtout l'importance des questions...

« Et ainsi de suite, messieurs, et ainsi de suite ! J'en ai assez, j'ai déjà entendu cette litanie. Je comprends la gravité de l'affaire : c'est là le point capital, pourtant je ne parlerai pas.

— Qu'est-ce que cela peut nous faire ? C'est à vous que vous nuisez, insinua nerveusement Nicolas Parthénovitch.

— Trêve de plaisanteries, messieurs. J'ai pressenti dès le début que nous nous heurterions sur ce point. Mais alors, quand j'ai commencé à déposer, tout était pour moi trouble et flottant, j'ai même eu la simplicité de vous proposer « une confiance mutuelle ». Maintenant, je vois que cette confiance était impossible, puisque nous devions arriver à cette barrière maudite, et nous y sommes. D'ailleurs, je ne vous reproche rien, je comprends bien que vous ne pouvez pas me croire sur parole ! »

Mitia se tut, l'air sombre.

« Ne pourriez-vous pas, sans renoncer à votre résolution

de taire l'essentiel, nous renseigner sur ce point : quels sont les motifs assez puissants pour vous contraindre au silence dans un moment si critique ? »

Mitia sourit tristement.

« Je suis meilleur que vous ne le pensez, messieurs, je vous dirai ces motifs, bien que vous ne le méritiez pas. Je me tais parce qu'il y a là pour moi un sujet de honte. La réponse à la question sur la provenance de l'argent implique une honte pire que si j'avais assassiné mon père pour le voler. Voilà pourquoi je me tais. Eh ! quoi, messieurs, vous voulez noter cela ?

— Oui, nous allons le noter, bredouilla Nicolas Parthéno-vitch.

— Vous ne devriez pas mentionner ce qui concerne « la honte ». Si je vous en ai parlé, alors que je pouvais me taire, c'est uniquement par complaisance. Eh bien, écrivez, écrivez ce que vous voulez, conclut-il d'un air dégoûté, je ne vous crains pas et... je garde ma fierté devant vous.

— Ne nous expliquerez-vous pas de quelle nature est cette honte ? » demanda timidement Nicolas Parthénovitch.

Le procureur fronça les sourcils.

« *N-i-ni, c'est fini* [1], n'insistez pas. Inutile de s'avilir. Je me suis déjà avili à votre contact. Vous ne méritez pas que je parle, ni vous ni personne. Assez, messieurs, je m'arrête. »

C'était catégorique. Nicolas Parthénovitch n'insista plus mais comprit, aux regards d'Hippolyte Kirillovitch, que celui-ci ne désespérait pas encore.

« Ne pouvez-vous pas dire, au moins, la somme que vous aviez en arrivant chez M. Perkhotine ?

— Non, je ne peux pas.

— Vous avez parlé à M. Perkhotine de trois mille roubles soi-disant prêtés par Mme Khokhlakov.

— C'est possible. En voilà assez, messieurs, je ne dirai pas la somme.

— Alors, veuillez nous dire comment vous êtes venu à Mokroïé, et tout ce que vous avez fait.

— Oh ! vous n'avez qu'à interroger les gens qui sont ici. D'ailleurs, je vais vous le raconter. »

Nous ne reproduirons pas son récit, fait rapidement et avec sécheresse. Il passa sous silence l'ivresse de son amour, tout en expliquant comment il avait renoncé à se suicider « par suite de faits nouveaux ». Il narrait sans donner les motifs, sans entrer dans les détails. Les magistrats lui posèrent d'ailleurs peu de questions ; cela ne les intéressait que médiocrement.

« Nous reviendrons là-dessus lors des dépositions des témoins qui auront lieu, bien entendu, en votre présence, déclara Nicolas Parthénovitch en terminant l'interrogatoire. Pour l'instant, veuillez déposer sur la table tout ce que vous avez sur vous, surtout votre argent.

— L'argent, messieurs ? A vos ordres, je comprends que c'est nécessaire. Je m'étonne que vous n'y ayez pas songé plus tôt. Le voici, mon argent, comptez, prenez, tout y est, je crois. »

Il vida ses poches, y compris la menue monnaie, tira deux pièces de dix kopeks de son gousset. On fit le compte, il y avait huit cent trente-six roubles et quarante kopeks.

« C'est tout ? demanda le juge.

— Tout.

— D'après votre déposition, vous avez dépensé trois cents roubles chez Plotnikov ; donné dix roubles à Perkhotine, vingt au voiturier. Vous en avez perdu deux cents aux cartes, ensuite... »

Nicolas Parthénovitch refit le compte, aidé de Mitia. On y comprit jusqu'aux kopeks.

« Avec ces huit cents, vous deviez avoir, par conséquent, dans les quinze cents roubles.

— Tout juste.

— Tout le monde affirme que vous aviez beaucoup plus.

— Libre à eux.

— Vous aussi, d'ailleurs.

— Moi aussi.

— Nous vérifierons tout cela par les dépositions d'autres témoins. Soyez sans inquiétude au sujet de votre argent, il sera déposé en lieu sûr et mis à votre disposition... à l'issue de l'affaire... s'il est démontré que vous y avez droit. Maintenant... »

Nicolas Parthénovitch se leva et déclara à Mitia qu'il était « tenu et obligé » d'examiner minutieusement ses habits et le reste.

« Soit, messieurs, je retournerai mes poches, si vous voulez. »

Et il se mit en devoir de le faire.

« Il faut même ôter vos habits.

— Comment ? Me déshabiller ? Que diable ! Ne pouvez-vous pas me fouiller comme ça ?

— Impossible, Dmitri Fiodorovitch, il faut ôter vos habits.

— Comme vous voudrez, consentit Mitia d'un air morne, seulement pas ici, je vous en prie ; derrière le rideau. Qui procédera à l'examen ?

— Certainement, derrière le rideau », approuva d'un signe de tête Nicolas Parthénovitch, dont le petit visage respirait la gravité.

VI

LE PROCUREUR CONFOND MITIA

Il se passa alors une scène à laquelle Mitia ne s'attendait guère. Il n'aurait jamais supposé, dix minutes auparavant, qu'on oserait le traiter ainsi, lui, Mitia Karamazov. Surtout il se sentait humilié, en butte « à l'arrogance et au dédain ». Ça lui était égal d'ôter sa redingote, mais on le pria de se déshabiller entièrement. Ou plutôt on le lui ordonna, il s'en rendait bien compte. Il se soumit sans murmure, par fierté dédaigneuse. Outre les juges, quelques manants le suivirent derrière le rideau, « sans doute pour prêter main-forte », songea Mitia, « peut-être encore dans quelque autre intention ». « Faut-il ôter aussi ma chemise ? » demanda-t-il brusquement ; mais Nicolas Parthénovitch ne lui répondit pas : le procureur et lui étaient absorbés par l'examen de la redingote, du pantalon, du gilet et de la casquette, qui paraissaient les intéresser fort. « Quel sans gêne ! ils n'observent même pas la politesse requise. »

« Je vous demande pour la seconde fois si je dois ôter ma chemise, oui ou non ? dit Mitia avec irritation.

— Ne vous inquiétez pas, nous vous préviendrons », répondit Nicolas Parthénovitch d'un ton qui parut autoritaire à Mitia.

Le procureur et le juge s'entretenaient à mi-voix. La redingote portait, surtout au pan gauche, d'énormes taches de sang coagulé, ainsi que le pantalon. De plus, Nicolas Parthénovitch tâta, en présence des témoins instrumentaires, le col, les parements, les coutures, cherchant s'il n'y avait pas d'argent caché. On donna à entendre à Mitia qu'il était bien capable d'avoir cousu de l'argent dans ses vêtements. « Ils me traitent en voleur et non en officier », grommela-t-il à part lui. Ils échangeaient leurs impressions en sa présence avec une franchise singulière. C'est ainsi que le greffier, qui se trouvait aussi derrière le rideau et faisait l'empressé, attira l'attention de Nicolas Parthénovitch sur la casquette, qu'on tâtait également : « Rappelez-vous le scribe Gridenka ; il était allé en été toucher les appointements pour toute la chancellerie et prétendit à son retour avoir perdu l'argent en état d'ivresse ; où le retrouva-t-on ? Dans le liséré de sa casquette, où les billets de cent roubles étaient enroulés et cousus. » Le juge et le procureur se rappelaient parfaitement ce fait, aussi mit-on de côté la casquette de Mitia pour être soumise, ainsi que les vêtements, à un examen approfondi.

« Permettez, s'écria soudain Nicolas Parthénovitch en apercevant le poignet de la manche droite de la chemise de Mitia, retroussé et taché de sang, permettez, c'est du sang ?

— Oui.

— Quel sang ? Et pourquoi votre manche est-elle retroussée ? »

Mitia expliqua qu'il s'était taché en s'occupant de Grigori

et qu'il avait retroussé la manche chez Perkhotine, en se lavant les mains.

« Il faudra aussi ôter votre chemise, c'est très important pour les pièces à conviction. »

Mitia rougit et se fâcha.

« Alors, je vais rester tout nu !

— Ne vous inquiétez pas, nous arrangerons cela. Ayez l'obligeance d'ôter aussi vos chaussettes.

— Vous ne plaisantez pas ? C'est vraiment indispensable ?

— Nous ne sommes pas en train de plaisanter, répliqua sévèrement Nicolas Parthénovitch.

— Eh bien, s'il le faut... je... » murmura Mitia qui, s'asseyant sur le lit, se mit à retirer ses chaussettes.

Il était très gêné et, chose étrange, se sentait comme coupable, lui nu, devant ces gens habillés, trouvant presque qu'ils avaient maintenant le droit de le mépriser, comme inférieur. « La nudité en soi n'a rien de choquant, la honte naît du contraste, songeait-il. On dirait un rêve, j'ai parfois éprouvé en songe des sensations de ce genre. » Il lui était pénible d'ôter ses chaussettes, assez malpropres, ainsi que son linge, et maintenant tout le monde l'avait vu. Ses pieds surtout lui déplaisaient, il avait toujours trouvé ses orteils difformes, particulièrement celui du pied droit, plat, l'ongle recourbé, et tous le voyaient. Le sentiment de sa honte le rendit plus grossier, il ôta sa chemise avec rage.

« Ne voulez-vous pas chercher ailleurs, si vous n'avez pas honte ?

— Non, c'est inutile pour le moment.

— Alors, je dois rester comme ça, nu ?

— Oui, c'est nécessaire... Veuillez vous asseoir en attendant, vous pouvez vous envelopper dans une couverture du lit, et moi... je m'occuperai de ça. »

Les effets ayant été montrés aux témoins instrumentaires et le procès-verbal de leur examen rédigé, le juge et le procureur sortirent ; on emporta les vêtements ; Mitia demeura en compagnie des manants qui ne le quittaient pas des yeux. Il avait froid et s'enveloppa de la couverture, trop courte pour couvrir ses pieds nus. Nicolas Parthénovitch se fit longtemps attendre. « Il me prend pour un gamin », murmura Mitia en grinçant des dents. « Cette ganache de procureur est sorti aussi, par mépris sans doute, ça le dégoûtait de me voir nu. » Mitia s'imaginait qu'on lui rendrait ses habits après l'examen. Quelle fut son indignation lorsque Nicolas Parthénovitch reparut avec un autre costume, qu'un croquant portait derrière lui.

« Voici des vêtements, dit-il d'un air dégagé, visiblement satisfait de sa trouvaille. C'est M. Kalganov qui vous les prête, ainsi qu'une chemise propre. Par bonheur, il en avait de rechange. Vous pouvez garder vos chaussettes.

— Je ne veux pas des habits des autres, s'écria Mitia exaspéré. Rendez-moi les miens !

— Impossible.

— Donnez-moi les miens ! Au diable Kalganov et ses habits ! »

On eut de la peine à lui faire entendre raison. On lui expliqua tant bien que mal que ses habits tachés de sang devaient « figurer parmi les pièces à conviction ; nous n'avons même pas le droit de vous les laisser... vu la tournure que peut prendre l'affaire ». Mitia finit par le comprendre, se tut, s'habilla à la hâte. Il fit seulement remarquer que le costume qu'on lui prêtait était plus riche que le sien et qu'il ne voudrait pas « en profiter ». De plus, « ridiculement étroit. Dois-je être affublé comme un bouffon... pour vous divertir ? »

On lui rétorqua qu'il exagérait, que le pantalon seul était un peu long. Mais la redingote le gênait aux épaules.

« Zut, c'est difficile à boutonner, grommela de nouveau Mitia. Ayez l'obligeance de dire à M. Kalganov que ce n'est pas moi qui ai demandé ce costume et qu'on m'a déguisé en bouffon.

— Il le comprend fort bien et regrette... c'est-à-dire, pas son costume, mais cet incident... marmotta Nicolas Parthénovitch.

— Je m'en moque, de son regret ! Eh bien ? Où aller maintenant ? Faut-il rester ici ? »

On le pria de repasser de l'autre côté. Mitia sortit, l'air morose, s'efforçant de ne regarder personne. Dans ce costume étranger, il se sentait humilié, même aux yeux des manants et de Tryphon Borissytch, dont la figure apparut à la porte : « Il vient voir mon accoutrement », songea Mitia. Il se rassit à la même place, comme sous l'impression d'un cauchemar ; il lui semblait n'être pas dans son état normal.

« Maintenant, allez-vous me faire fustiger ? Il ne vous reste plus que ça ! » dit-il en s'adressant au procureur.

Il évitait de se tourner vers Nicolas Parthénovitch, dédaignant de lui adresser la parole. « Il a examiné trop minutieusement mes chaussettes, il les a même fait retourner, le monstre, pour que tout le monde voie comme elles sont sales ! »

« Il faut maintenant entendre les témoins, proféra le juge, comme en réponse à la question de Mitia.

— Oui, dit le procureur d'un air absorbé.

— Dmitri Fiodorovitch, nous avons fait notre possible en votre faveur, poursuivit le juge, mais comme vous avez refusé catégoriquement de nous expliquer la provenance de la somme trouvée sur vous, nous sommes maintenant...

— En quoi est votre bague ? interrompit Mitia comme sortant d'une rêverie et désignant une des bagues qui ornaient la main de Nicolas Parthénovitch.

— Ma bague ?

— Oui, celle-ci... au majeur, dont la pierre est veinée, insista Mitia, comme un enfant entêté.

— C'est une topaze fumée, dit Nicolas Parthénovitch en souriant, voulez-vous l'examiner, je l'ôterai...

— Non, non, gardez-la ! s'écria rageusement Mitia, se ravisant et furieux contre lui-même. Ne l'ôtez pas, c'est inutile... Au diable !... Messieurs, vous m'avez avili ! Croyez-vous que je le dissimulerais, si j'avais tué mon père, que je recourrais à la ruse et au mensonge ? Non, ce n'est pas dans mon caractère, et si j'étais coupable, je vous jure que je n'aurais pas attendu votre arrivée et le lever du soleil, comme j'en avais d'abord l'intention ; je me serais suicidé avant l'aurore ! Je le sens bien maintenant. En vingt ans, j'aurais moins appris que durant cette nuit maudite !... Et serais-je comme ça, assis auprès de vous, parlerais-je de la sorte, avec les mêmes gestes, les mêmes regards, si j'étais vraiment un parricide, alors que le meurtre accidentel de Grigori m'a tourmenté toute la nuit, non par crainte, non par la seule crainte du châtiment ! O honte ! Et vous voulez qu'à des farceurs tels que vous, qui ne voyez rien et ne croyez rien, qui êtes aveugles comme des taupes, je dévoile une nouvelle bassesse, une honte nouvelle, fût-ce pour me disculper ? J'aime mieux aller au bagne ! Celui qui a ouvert la porte pour entrer chez mon père, c'est lui l'assassin et le voleur. Qui est-ce ? je me perds en conjectures, mais ce n'est pas Dmitri Karamazov, sachez-le, voilà tout ce que je peux vous dire, assez, n'insistez pas... Envoyez-moi au bagne ou à l'échafaud, mais ne me tourmentez pas davantage. Je me tais. Appelez vos témoins ! »

Le procureur, qui avait observé Mitia pendant qu'il débitait son monologue, lui dit soudain, du ton le plus calme et comme s'il s'agissait de choses toutes naturelles :

« A propos de cette porte ouverte dont vous venez de parler, nous avons reçu une déposition très importante du vieux Grigori Vassiliev. Il affirme positivement que lorsqu'il se décida, en entendant du bruit, à pénétrer dans le jardin par la petite porte restée ouverte, il aperçut à gauche la porte de la maison grande ouverte, ainsi que la fenêtre, alors que vous assuriez que ladite porte resta fermée tout le temps que vous étiez au jardin. A ce moment il ne vous avait pas encore vu dans l'obscurité quand vous vous enfuyiez, suivant votre récit, de la fenêtre où vous aviez regardé votre père. Je ne vous cache pas que Vassiliev en conclut formellement et déclare que vous avez dû vous sauver par cette porte, bien qu'il ne vous ait pas vu en sortir. Il vous a aperçu à une certaine distance, dans le jardin, alors que vous couriez du côté de la palissade... »

Mitia s'était levé.

« C'est un impudent mensonge. Il n'a pas pu voir la porte ouverte, car elle était fermée... Il ment.

— Je me crois obligé de vous répéter que sa déposition est catégorique et qu'il y persiste. Nous l'avons interrogé à plusieurs reprises.

— C'est précisément moi qui l'ai interrogé, confirma Nicolas Parthénovitch.

— C'est faux, c'est faux ! C'est une calomnie ou l'hallucination d'un fou ; il lui aura semblé voir cela dans le délire causé par sa blessure.

— Mais il avait remarqué la porte ouverte avant d'être blessé, lorsqu'il venait d'entrer au jardin.

— Ce n'est pas vrai, ça ne se peut pas ! Il me calomnie par méchanceté... il n'a pas pu voir... Je n'ai pas passé par cette porte », dit Mitia haletant.

Le procureur se tourna vers Nicolas Parthénovitch et lui dit :

« Montrez donc.

— Connaissez-vous cet objet ? » dit le juge en posant sur la table une grande enveloppe qui portait encore trois cachets. Elle était vide et déchirée sur un côté. Mitia écarquilla les yeux.

« C'est... c'est l'enveloppe de mon père, murmura-t-il, celle qui renfermait les trois mille roubles... si la suscription correspond, permettez : « A ma poulette », c'est cela, « trois mille », voyez-vous, trois mille ?

— Assurément, nous le voyons, mais nous n'avons pas trouvé l'argent. L'enveloppe était à terre, près du lit, derrière le paravent. »

Mitia resta quelques secondes comme abasourdi.

« Messieurs, c'est Smerdiakov ! s'écria-t-il soudain de toutes ses forces, c'est lui qui a tué, c'est lui qui a volé ! Lui seul savait où le vieillard cachait cette enveloppe... C'est lui, sans aucun doute !

— Mais vous saviez aussi que cette enveloppe était cachée sous l'oreiller.

— Jamais de la vie ! C'est la première fois que je la vois,

j'en avais seulement entendu parler par Smerdiakov... Lui seul connaissait la cachette du vieillard, moi je l'ignorais...

— Pourtant vous avez déposé tout à l'heure que l'enveloppe se trouvait sous l'oreiller du défunt. « Sous l'oreiller », donc vous saviez où elle était.

— Nous l'avons noté ! confirma Nicolas Parthénovitch.

— C'est absurde ! Je l'ignorais totalement. D'ailleurs, ce n'était peut-être pas sous l'oreiller... J'ai dit ça sans réfléchir... Que dit Smerdiakov ? L'avez-vous interrogé à ce sujet ? Que dit-il ? C'est là le principal... Moi, j'ai blagué exprès... J'ai dit, sans y penser, que c'était sous l'oreiller, et maintenant vous... Vous savez bien qu'on laisse échapper des inexactitudes. Mais Smerdiakov seul le savait, et personne d'autre !... Il ne m'a pas révélé la cachette ! Mais c'est lui, incontestablement, c'est lui l'assassin, maintenant c'est pour moi clair comme le jour, clama Mitia avec une exaltation croissante. Dépêchez-vous de l'arrêter... Il a tué pendant que je m'enfuyais et que Grigori gisait sans connaissance, c'est évident... Il a fait le signal et mon père lui a ouvert... Car lui seul connaissait les signaux, et sans signal mon père n'aurait pas ouvert...

— Vous oubliez de nouveau, remarqua le procureur avec le même calme, l'air déjà triomphant, qu'il n'y avait pas besoin de faire de signal, si la porte était déjà ouverte lorsque vous vous trouviez encore dans le jardin...

— La porte, la porte, murmura Mitia en fixant le procureur ; il se laissa retomber sur sa chaise, il y eut un silence...

— Oui, la porte... C'est un fantôme ! Dieu est contre moi ! s'exclama-t-il, les yeux hagards.

— Vous voyez, dit gravement le procureur, jugez vous-même, Dmitri Fiodorovitch. D'un côté, cette déposition accablante pour vous, la porte ouverte par où vous êtes sorti. De l'autre, votre silence incompréhensible, obstiné, relativement à la provenance de votre argent, alors que trois heures auparavant vous aviez engagé vos pistolets pour dix roubles. Dans ces conditions, jugez vous-même à quelle conviction

nous devons nous arrêter. Ne dites pas que nous sommes
« de froids et cyniques railleurs », incapables de comprendre
les nobles élans de votre âme… Mettez-vous à notre place… »

Mitia éprouvait une émotion indescriptible. Il pâlit.

« C'est bien, s'écria-t-il tout à coup, je vais vous révéler
mon secret, vous dire où j'ai pris l'argent… Je dévoilerai ma
honte, pour n'accuser ensuite ni vous, ni moi.

— Et croyez, Dmitri Fiodorovitch, dit avec un joyeux
empressement Nicolas Parthénovitch, qu'une confession
sincère et complète de votre part, en cet instant, peut
beaucoup améliorer votre situation par la suite, et même… »

Mais le procureur le poussa légèrement du pied sous la
table et il s'arrêta. D'ailleurs, Mitia n'écoutait pas.

VII

LE GRAND SECRET DE MITIA. ON LE RAILLE

« Messieurs, commença-t-il avec émotion, cet argent… je
veux tout raconter… cet argent était *à moi*. »

Les figures du procureur et du juge s'allongèrent, ils ne
s'attendaient pas à cela.

« Comment, à vous ? fit Nicolas Parthénovitch, alors qu'à
cinq heures du soir encore, d'après votre propre aveu…

— Au diable ces cinq heures du soir, au diable mon
propre aveu, il ne s'agit plus de cela ! Cet argent était à moi,
c'est-à-dire non… je l'avais volé… Il y avait quinze cents
roubles que je portais toujours sur moi…

— Mais où les avez-vous pris ?

— Sur ma poitrine, messieurs… ils se trouvaient là cousus
dans un chiffon, suspendus à mon cou. Depuis longtemps,
depuis un mois, je les portais comme un témoignage de mon
infamie !

— Mais à qui était cet argent que vous… vous êtes
approprié ?

— Vous voulez dire : « volé ». Parlez donc franchement.

Oui, j'estime que c'est comme si je l'avais volé, ou si vous voulez, je me le suis, en effet, « approprié ». Hier soir, je l'ai volé définitivement.

— Hier soir ? Mais vous venez de dire qu'il y a déjà un mois que vous... vous l'êtes procuré.

— Oui, mais ce n'est pas à mon père que je l'ai volé, rassurez-vous, c'est à elle. Laissez-moi raconter sans m'interrompre. C'est pénible. Voyez-vous, il y a un mois, Catherine Ivanovna Verkhovtsev, mon ex-fiancée, m'appela... Vous la connaissez !

— Comment donc !

— Je sais que vous la connaissez. Une âme noble entre toutes, mais elle me hait depuis très longtemps, et à juste titre.

— Catherine Ivanovna ? » demanda le juge avec étonnement.

Le procureur était aussi fort surpris.

« Oh ! ne prononcez pas son nom en vain ! Je suis un misérable de la mettre en cause... Oui, j'ai vu qu'elle me haïssait... depuis longtemps, dès le premier jour, lorsqu'elle vint chez moi, là-bas... Mais en voilà assez, vous n'êtes pas dignes de le savoir, c'est inutile... Je dirai seulement qu'il y a un mois elle me remit trois mille roubles pour les envoyer à sa sœur et à une autre parente, à Moscou (comme si elle ne pouvait le faire elle-même !) Et moi... c'était précisément à l'heure fatale de ma vie où... Bref, je venais de m'éprendre d'une autre, d'*elle*, de Grouchegnka, ici présente. Je l'emmenai ici, à Mokroïé, et dissipai en deux jours la moitié de ce maudit argent, je gardai le reste. Eh bien, ce sont ces quinze cents roubles que je portais sur ma poitrine comme une amulette. Hier, j'ai ouvert le paquet et entamé la somme. Les huit cents roubles qui restent sont entre vos mains.

— Permettez, vous avez dépensé ici, il y a trois mois, trois mille roubles et non quinze cents, tout le monde le sait.

— Qui le sait ? Qui a compté mon argent ?

— Mais vous avez dit vous-même que vous aviez dépensé juste trois mille roubles.

— C'est vrai, je l'ai dit à tout venant, on l'a répété, toute la ville l'a cru. Pourtant je n'ai dépensé que quinze cents roubles et cousu l'autre moitié dans un sachet. Voilà d'où provient l'argent d'hier...

— Cela tient du prodige, murmura Nicolas Parthéno-vitch.

— N'avez-vous pas parlé de cela, auparavant, à quel-qu'un... je veux dire de ces quinze cents roubles mis de côté ? demanda le procureur.

— Non, à personne.

— C'est étrange. Vraiment, à personne au monde ?

— A personne au monde.

— Pourquoi ce silence ? Qu'est-ce qui vous obligeait à faire de cela un mystère ? Bien que ce secret vous paraisse si « honteux », cette appropriation, d'ailleurs temporaire, de trois mille roubles n'est, à mon avis, qu'une peccadille, étant donné surtout votre caractère. Admettons que ce soit une action des plus répréhensibles, je le veux bien, mais non honteuse... D'ailleurs, bien des gens avaient deviné la provenance de ces trois mille roubles sans que vous l'avouiez, j'en ai moi-même entendu parler, Mikhaïl Makarovitch également... En un mot, c'est le secret de Polichinelle. De plus, il y a des indices, sauf erreur, comme quoi vous aviez confié à quelqu'un que cet argent venait de Mlle Verkhovtsev. Aussi pourquoi entourer d'un tel mystère le fait d'avoir mis de côté une partie de la somme, en y attachant une sorte d'horreur ?... Il est difficile de croire que ce secret vous coûte tant à avouer... vous venez de vous écrier, en effet : plutôt le bagne ! »

Le procureur se tut. Il s'était échauffé et ne cachait pas son dépit, sans même songer à « châtier son style ».

« Ce n'est pas les quinze cents roubles qui constituaient la honte, mais le fait d'avoir divisé la somme, dit avec fierté Mitia.

— Mais enfin, dit le procureur avec irritation, qu'y a-t-il de honteux à ce que vous ayez divisé ces trois mille roubles acquis malhonnêtement ? Ce qui importe, c'est l'appropriation de cette somme et non l'usage que vous en avez fait. A propos, pourquoi avez-vous opéré cette division ? Dans quelle intention ? Pouvez-vous nous l'expliquer ?

— Oh ! messieurs, c'est l'intention qui fait tout ! J'ai fait cette division par bassesse, c'est-à-dire par calcul, car ici le calcul est une bassesse... Et cette bassesse a duré tout un mois !

— C'est incompréhensible.

— Vous m'étonnez. D'ailleurs, je vais préciser ; c'est peut-être, en effet, incompréhensible. Suivez-moi bien : Je m'approprie trois mille roubles confiés à mon honneur, je fais la noce, je dépense la somme entière ; le matin, je vais chez elle lui dire : « Pardon, Katia, j'ai dépensé tes trois mille roubles. » Est-ce bien cela ? Non, c'est malhonnête et lâche, c'est le fait d'un monstre, d'un homme incapable de se dominer, n'est-ce pas ? Mais ce n'est pas un vol, convenez-en, ce n'est pas un vol direct. J'ai gaspillé l'argent, je ne l'ai pas volé. Voici un cas encore plus favorable ; suivez-moi, car je risque de m'embrouiller, la tête me tourne. Je dépense quinze cents roubles seulement sur trois mille. Le lendemain, je vais chez elle lui rapporter le reste : « Katia, je suis un misérable, prends ces quinze cents roubles, car j'ai dépensé les autres, ceux-ci y passeront également, préserve-moi de la tentation. » Que suis-je en pareil cas ? Tout ce que vous voulez, un monstre, un scélérat, mais pas un voleur avéré, car un voleur n'aurait sûrement pas rapporté la somme, il se la serait appropriée. Elle voit ainsi que puisque j'ai restitué la moitié de l'argent, je travaillerai au besoin toute ma vie pour rendre le reste, mais je me le procurerai. De cette façon, je suis malhonnête, je ne suis pas un voleur.

— Admettons qu'il y ait une nuance, dit le procureur avec un sourire froid ; il est cependant étrange que vous y voyiez une différence fatale.

— Oui, j'y vois une différence fatale. Chacun peut être malhonnête, je crois même que chacun l'est, mais, pour voler, il faut être un franc coquin. Et puis je me perds dans ces subtilités... En tout cas, le vol est le comble de la

malhonnêteté. Pensez : voilà un mois que je garde cet argent,
demain je puis me décider à le rendre et je cesse d'être
malhonnête. Mais je ne puis m'y résoudre, bien que je
m'exhorte chaque jour à prendre un parti. Et voilà un mois
que cela dure ! Est-ce bien, d'après vous ?

— J'admets que ce n'est guère bien, je ne le conteste pas…
Mais cessons de discuter sur ces différences subtiles ; venez
au fait, je vous en prie. Vous ne nous avez pas encore
expliqué les motifs qui vous ont incité à partager ainsi au
début ces trois mille roubles. A quelles fins avez-vous
dissimulé la moitié, quel usage comptiez-vous en faire ?
J'insiste là-dessus, Dmitri Fiodorovitch.

— Ah ! oui, s'écria Mitia en se frappant le front, pardon
de vous tenir en suspens au lieu d'expliquer le principal, vous
auriez tout de suite compris, car c'est le but de mon action
qui en fait la honte. Voyez-vous, le défunt ne cessait
d'obséder Agraféna Alexandrovna, j'étais jaloux, je croyais
qu'elle hésitait entre lui et moi. Je songeais tous les jours : et
si elle allait se décider, si elle me disait tout à coup : « C'est
toi que j'aime, emmène-moi au bout du monde. » Or, je
possédais en tout et pour tout vingt kopeks ; comment
l'emmener ? que faire alors ? j'étais perdu. Car je ne la
connaissais pas encore, je croyais qu'il lui fallait de l'argent,
qu'elle ne me pardonnerait pas ma pauvreté. Alors je compte
la moitié de la somme, de sang-froid je la couds dans un
chiffon, de propos délibéré, et je vais faire la bombe avec le
reste. C'est ignoble ! Avez-vous compris, maintenant ? »

Les juges se mirent à rire.

« A mon avis, vous avez fait preuve de sagesse et de
moralité en vous modérant, en ne dépensant pas tout, dit
Nicolas Parthénovitch ; qu'y a-t-il là de si grave ?

— Il y a que j'ai volé ! Je suis effrayé de voir que vous ne
comprenez pas. Depuis que je porte ces quinze cents roubles
sur ma poitrine, je me disais chaque jour : « Tu es un voleur,
tu es un voleur ! » Ce sentiment a inspiré mes violences
durant ce mois, voilà pourquoi j'ai rossé le capitaine au
cabaret et battu mon père. Je n'ai pas même osé révéler ce

secret à mon frère Aliocha, tant je me sentais scélérat et fripon ! Et pourtant, je songeais : « Dmitri Fiodorovitch, tu n'es peut-être pas encore un voleur... Tu pourrais demain aller rendre ces quinze cents roubles à Katia. » Et c'est hier soir seulement que je me suis décidé à déchirer mon sachet, c'est à ce moment que je suis devenu un voleur sans conteste. Pourquoi ? Parce qu'avec mon sachet j'ai détruit en même temps mon rêve d'aller dire à Katia : « Je suis malhonnête, mais non voleur. » Comprenez-vous, maintenant ?

— Et pourquoi est-ce justement hier au soir que vous avez pris cette décision ? interrompit Nicolas Parthénovitch.

— Quelle question ridicule ! Mais parce que je m'étais condamné à mort à cinq heures du matin, ici, à l'aube : « Qu'importe, pensais-je, de mourir honnête ou malhonnête ! » Mais il se trouva que ce n'était pas la même chose. Le croirez-vous, messieurs, ce qui me torturait surtout, cette nuit, ce n'était pas le meurtre de Grigori, ni la crainte de la Sibérie, et cela au moment où mon amour triomphait, où le ciel s'ouvrait de nouveau devant moi ! Sans doute, cela me tourmentait, mais moins que la conscience d'avoir enlevé de ma poitrine ce maudit argent pour le gaspiller, et d'être devenu ainsi un voleur avéré ! Messieurs, je vous le répète, j'ai beaucoup appris durant cette nuit ! J'ai appris que non seulement il est impossible de vivre en se sentant malhonnête, mais aussi de mourir avec ce sentiment-là... Il faut être honnête pour affronter la mort !... »

Mitia était blême.

« Je commence à vous comprendre, Dmitri Fiodorovitch, dit le procureur avec sympathie, mais, voyez-vous, tout ceci vient des nerfs... vous avez les nerfs malades. Pourquoi, par exemple, pour mettre fin à vos souffrances, n'êtes-vous pas allé rendre ces quinze cents roubles à la personne qui vous les avait confiés et vous expliquer avec elle ? Ensuite, étant donné votre terrible situation, pourquoi n'avoir pas tenté une combinaison qui semble toute naturelle ? Après avoir avoué noblement vos fautes, vous lui auriez demandé la somme dont vous aviez besoin ; vu la générosité de cette personne et votre embarras, elle ne vous aurait certainement pas refusé, surtout en lui proposant les gages offerts au marchand Samsonov et à Mme Khokhlakov. Ne considérez-vous pas encore maintenant cette garantie comme valable ? »

Mitia rougit.

« Me croyez-vous vil à ce point ? Il est impossible que vous parliez sérieusement, dit-il avec indignation.

— Mais je parle sérieusement... Pourquoi en doutez-vous ? s'étonna à son tour le procureur.

— Mais ce serait ignoble. Messieurs, savez-vous que vous me tourmentez ! Soit, je vous dirai tout, j'avouerai ma pensée infernale, et vous verrez, pour votre honte, jusqu'où les sentiments humains peuvent descendre. Sachez que, moi aussi, j'ai envisagé cette combinaison dont vous parlez, procureur. Oui, messieurs, j'étais presque résolu à aller chez Katia, tant j'étais malhonnête ! Mais lui annoncer ma trahison et, pour les dépenses qu'elle entraîne, lui demander de l'argent, à elle, Katia (demander, vous entendez), et m'enfuir aussitôt avec sa rivale, avec celle qui la hait et l'a offensée, voyons, procureur, vous êtes fou !

— Je ne suis pas fou, mais je n'ai pas songé tout d'abord à cette jalousie de femme... si elle existait, comme vous l'affirmez... oui, il peut bien y avoir quelque chose dans ce genre, acquiesça le procureur en souriant.

— Mais cela aurait été une bassesse sans nom ! hurla Mitia en frappant du poing sur la table. Elle m'aurait donné cet argent par vengeance, par mépris, car elle a aussi une âme infernale et de grandes colères. Moi, j'aurais pris l'argent, pour sûr, je l'aurais pris, et alors toute ma vie... ô Dieu ! Pardonnez-moi, messieurs, de crier si fort, il n'y a pas longtemps que je pensais encore à cette combinaison, l'autre nuit, quand je soignais Liagavi, et toute la journée d'hier, je me souviens, jusqu'à cet événement.

— Jusqu'à quel événement ? demanda Nicolas Parthéno-vitch, mais Mitia n'entendit point.

— Je vous ai fait un terrible aveu, sachez l'apprécier, messieurs, comprenez-en toute la valeur. Mais si vous en êtes incapables, c'est que vous me méprisez, et je mourrai de honte de m'être confessé à des gens tels que vous ! Oh ! je me tuerai ! Et je vois déjà, je vois que vous ne me croyez pas ! Comment, vous voulez noter cela ? s'écria-t-il avec effroi.

— Mais oui, répliqua Nicolas Parthénovitch étonné, nous notons que jusqu'à la dernière heure vous songiez à aller chez Mlle Verkhovtsev pour lui demander cette somme… Je vous assure que cette déclaration est très importante pour nous, Dmitri Fiodorovitch… et surtout pour vous.

— Voyons, messieurs, ayez au moins la pudeur de ne pas consigner cela ! J'ai mis mon âme à nu devant vous et vous en profitez pour y fouiller !… O mon Dieu ! »

Il se couvrit le visage de ses mains.

« Ne vous inquiétez pas tant, Dmitri Fiodorovitch, conclut le procureur, on vous donnera lecture de tout ce qui est écrit, en modifiant le texte là où vous ne serez pas d'accord. Maintenant, je vous demande pour la troisième fois, est-il bien vrai que personne, pas une âme, n'ait entendu parler de cet argent cousu dans le sachet ?

— Personne, personne, je l'ai dit, vous n'avez donc pas compris. Laissez-moi tranquille.

— Soit, ce point devra être éclairci ; en attendant, réfléchissez ; nous avons peut-être une dizaine de témoignages affirmant que vous-même avez toujours parlé d'une dépense de trois mille roubles, et non de quinze cents. Et maintenant, à votre arrivée ici, vous avez déclaré à beaucoup que vous apportiez encore trois mille roubles…

— Vous avez entre les mains des centaines de témoignages analogues, un millier de gens l'ont entendu !

— Eh bien, vous voyez, tous sont unanimes. Le mot *tous* signifie donc quelque chose.

— Ça ne signifie rien du tout. J'ai menti et tous ont dit comme moi.

— Pourquoi avez-vous menti ?

— Le diable sait pourquoi ! Par vantardise, peut-être… la gloriole d'avoir dépensé une telle somme… peut-être pour oublier l'argent que j'avais caché… oui, justement, voilà pourquoi... Et puis zut... combien de fois m'avez-vous déjà posé cette question ? J'ai menti, voilà tout, et je n'ai pas voulu me dédire. Pourquoi ment-on, parfois ?

— C'est bien difficile à expliquer, Dmitri Fiodorovitch, fit gravement le procureur. Mais dites-nous, ce sachet, comme vous l'appelez, était grand ?

— Non.

— De quelle grandeur, par exemple ?

— Comme un billet de cent roubles plié en deux.

— Vous feriez mieux de nous montrer les morceaux ; vous les avez probablement sur vous.

— Quelle bêtise ! Je ne sais pas où ils sont.

— Permettez : où et quand l'avez-vous retiré de votre cou ? Vous n'êtes pas rentré chez vous, d'après votre déclaration.

— C'est en allant chez Perkhotine, après avoir quitté Fénia, que je l'ai détaché pour sortir l'argent.

— Dans l'obscurité ?

— A quoi bon une bougie ? Le chiffon a vite été déchiré.

— Sans ciseaux, dans la rue ?

— Sur la place, je crois.

— Qu'en avez-vous fait ?

— Je l'ai jeté là-bas.

— Où ?

— Quelque part, sur la place, le diable sait où. Qu'est-ce que ça peut vous faire ?

— C'est très important, Dmitri Fiodorovitch ; il y a là une pièce à conviction en votre faveur, ne le comprenez-vous pas ? Qui vous a aidé à le coudre, il y a un mois ?

— Personne. Je l'ai cousu moi-même.

— Vous savez coudre ?

— Un soldat doit savoir coudre ; d'ailleurs, il n'y a pas besoin d'être adroit pour cela.

— Et où avez-vous pris l'étoffe, c'est-à-dire ce chiffon ?

— Vous voulez rire.

— Pas du tout, nous ne sommes pas en train de rire, Dmitri Fiodorovitch.

— Je ne me rappelle pas où.

— Comment pouvez-vous avoir oublié ?

— Ma foi, je ne m'en souviens pas, j'ai peut-être déchiré un morceau de linge.

— C'est très intéressant : on pourrait trouver demain chez vous, la pièce, la chemise, peut-être, dont vous avez pris un morceau. En quoi était ce chiffon : en coton ou en toile ?

— Le diable le sait. Attendez... Il me semble que je n'ai rien déchiré. C'était, je crois, du calicot. J'ai dû coudre dans le bonnet de ma logeuse.

— Le bonnet de votre logeuse ?

— Oui, je le lui ai dérobé.

— Comment dérobé ?

— Voyez-vous, je me rappelle, en effet, avoir dérobé un bonnet pour avoir des chiffons, peut-être comme essuie-plume. Je l'avais pris furtivement, car c'était un chiffon sans valeur, et je m'en suis servi pour coudre ces quinze cents roubles... Je crois bien que c'est ça, un vieux morceau de calicot, mille fois lavé.

— Et vous en êtes sûr ?

— Je ne sais pas. Il me semble. D'ailleurs, je m'en moque.

— Dans ce cas, votre logeuse pourrait avoir constaté la disparition de cet objet.

— Non, elle ne l'a pas remarquée. Un vieux chiffon, vous dis-je, un chiffon qui ne valait pas un kopek.

— Et l'aiguille, le fil, où les avez-vous pris ?

— Je m'arrête, en voilà assez ! coupa court Mitia fâché.

— Il est étrange que vous ne vous rappeliez pas où vous avez jeté ce sachet, sur la place.

— Faites balayer la place, demain, peut-être que vous le trouverez. Assez, messieurs, assez ! proféra Mitia d'un ton accablé. Je le vois bien, vous ne croyez pas un mot de ce que je vous dis ! C'est ma faute et non la vôtre, je n'aurais pas dû me laisser aller. Pourquoi me suis-je dégradé en révélant mon secret ! Cela vous paraît drôle, je le vois à vos yeux ! C'est vous qui m'y avez poussé, procureur ! Triomphez, maintenant... Soyez maudits, bourreaux ! »

Il pencha la tête, couvrit son visage de ses mains. Le procureur et le juge se taisaient. Au bout d'une minute, il releva la ête et les regarda inconsciemment. Sa physionomie exprimait le désespoir à son dernier degré, il avait l'air égaré.

Cependant il fallait en finir, procéder à l'interrogatoire des témoins. Il était huit heures du matin, on avait éteint les bougies depuis longtemps. Mikhaïl Makarovitch et Kalganov, qui allaient et venaient durant l'interrogatoire, étaient maintenant sortis tous les deux. Le procureur et le juge semblaient harassés. Il faisait mauvais temps, le ciel était couvert, la pluie tombait à torrents. Mitia regardait vaguement à travers les vitres.

« Puis-je regarder par la fenêtre ? demanda-t-il à Nicolas Parthénovitch.

— Autant que vous voudrez » répondit celui-ci.

Mitia se leva, s'approcha de la fenêtre. La pluie fouettait les petites vitres verdâtres. On voyait la route boueuse et, plus loin, les rangées d'izbas, sombres et pauvres, que la pluie rendait plus misérables encore. Mitia se rappela « Phébus aux cheveux d'or » et son intention de se tuer « dès ses premiers rayons ». Une pareille matinée aurait encore mieux convenu. Il sourit amèrement et se tourna vers ses « bourreaux ».

« Messieurs, je vois que je suis perdu. Mais elle ? dites-moi je vous en supplie, doit-elle subir le même sort ? Elle est innocente, elle avait perdu la tête, hier, pour crier qu' « elle était coupable de tout ». Elle est complètement innocente ! Après cette nuit d'angoisse, ne pouvez-vous pas me dire ce que vous ferez d'elle ?

— Tranquillisez-vous là-dessus, Dmitri Fiodorovitch, s'empressa de répondre le procureur, nous n'avons pour l'instant aucun motif pour inquiéter la personne à laquelle vous vous intéressez. J'espère qu'il en sera de même ultérieurement. Au contraire, nous ferons tout notre possible en sa faveur.

— Messieurs, je vous remercie, je savais que vous étiez

justes et honnêtes, malgré tout. Vous m'ôtez un poids de l'âme... Que voulez-vous faire, maintenant ? Je suis prêt.

— Il faut procéder tout de suite à l'interrogatoire des témoins qui doit avoir lieu en votre présence, aussi...

— Si nous prenions du thé ? interrompit Nicolas Parthénovitch, je crois que nous l'avons bien mérité. »

On décida de prendre un verre de thé et de poursuivre l'enquête sans désemparer, en attendant, pour se restaurer, une heure plus favorable. Mitia, qui avait d'abord refusé le verre que lui offrait Nicolas Parthénovitch, le prit ensuite de lui-même et but avec avidité. Il paraissait exténué. Avec sa robuste constitution, semblait-il, que pouvait lui faire une nuit de fête, même accompagnée des plus fortes sensations ? Mais il se tenait à peine sur sa chaise et parfois croyait voir les objets tourner devant lui. « Encore un peu et je vais délirer », pensait-il.

VIII

DÉPOSITIONS DES TÉMOINS. LE « PETIOT »

L'interrogatoire des témoins commença. Mais nous ne poursuivrons pas notre récit d'une façon aussi détaillée que jusqu'à maintenant, laissant de côté la façon dont Nicolas Parthénovitch rappelait à chaque témoin qu'il devait déposer selon la vérité et sa conscience, et répéter plus tard sa déposition sous serment, etc. Nous remarquerons seulement que le point essentiel aux yeux du juge, était la question de savoir si Dmitri Fiodorovitch avait dépensé trois mille roubles ou quinze cents lors de son premier séjour à Mokroïé, un mois auparavant, ainsi que la veille. Hélas ! tous les témoignages, sans exception, furent défavorables à Mitia, quelques-uns apportèrent même des faits nouveaux, presque accablants, qui infirmaient ses déclarations. Le premier interrogé fut Tryphon Borissytch. Il se présenta sans la moindre frayeur, au contraire, rempli d'indignation contre l'inculpé, ce qui lui conféra un grand air de véracité et de dignité. Il parla peu, avec réserve, attendant les questions, auxquelles il répondait avec fermeté, en réfléchissant. Il déclara, sans ambages, qu'un mois auparavant l'accusé avait dû dépenser au moins trois mille roubles, que les paysans en témoigneraient, ils avaient entendu Dmitri Fiodorovitch le dire lui-même. « Combien d'argent a-t-il jeté aux tziganes ! Rien qu'à elles, je crois que ça fait plus de mille roubles. »

« Je ne leur en ai peut-être pas donné cinq cents, rétorqua Mitia ; seulement je n'ai pas compté alors, j'étais ivre, c'est dommage. »

Mitia écoutait d'un air morne, il paraissait triste et fatigué et semblait dire : « Eh ! racontez ce que vous voulez, maintenant je m'en fiche. »

« Les tziganes vous ont coûté plus de mille roubles, Dmitri Fiodorovitch, vous jetiez l'argent sans compter et elles le ramassaient. C'est une engeance de fripons, ils volent les chevaux, on les a chassés d'ici, sinon ils auraient peut-être déclaré à combien montait leur gain. J'ai vu moi-même alors la somme entre vos mains — vous ne me l'avez pas donnée à compter, c'est vrai ; mais à vue d'œil, je me souviens, il y avait bien plus de quinze cents roubles... Nous aussi, nous savons ce que c'est que l'argent. »

Quant à la somme d'hier, Dmitri Fiodorovitch lui avait déclaré, dès son arrivée, qu'il apportait trois mille roubles.

« Voyons, Tryphon Borissytch, ai-je vraiment déclaré que j'apportais trois mille roubles ?

— Mais oui, Dmitri Fiodorovitch, vous l'avez dit en présence d'André. Il est encore ici, appelez-le. Et dans la salle, lorsque vous régaliez le chœur, vous vous êtes écrié que vous laissiez ici votre sixième billet de mille, en comptant l'autre fois, bien entendu. Stépane et Sémione l'ont entendu, Piotr Fomitch Kalganov se tenait alors à côté de vous, peut-être s'en souvient-il aussi... »

La déclaration relative au sixième billet de mille impressionna les juges et leur plut par sa clarté : trois mille alors, trois mille maintenant, cela faisait bien six mille.

On interrogea les moujiks Stépane et Sémione, le voiturier André, qui confirmèrent la déposition de Tryphon Borissytch. En outre, on nota la conversation qu'André avait eue en route avec Mitia, demandant s'il irait au ciel ou en enfer et si on lui pardonnerait dans l'autre monde. Le « psychologue » Hippolyte Kirillovitch, qui avait écouté en souriant, recommanda de joindre cette déclaration au dossier.

Quand ce fut son tour, Kalganov arriva à contrecœur, l'air morose, capricieux, et causa avec le procureur et Nicolas Parthénovitch comme s'il les voyait pour la première fois, alors qu'il les connaissait depuis longtemps. Il commença par dire qu'« il ne savait rien et ne voulait rien savoir ». Mais il avait entendu Mitia parler du sixième billet de mille et reconnut qu'il se trouvait à côté de lui. Il ignorait la somme que Mitia pouvait avoir et affirma que les Polonais avaient triché aux cartes. Après des questions réitérées, il expliqua que, les Polonais ayant été chassés, Mitia était rentré en faveur auprès d'Agraféna Alexandrovna et qu'elle avait déclaré l'aimer. Sur le compte de cette dernière, il s'exprima avec déférence, comme si elle appartenait à la meilleure société, et ne se permit pas une seule fois de l'appeler « Grouchegnka ». Malgré la répugnance visible du jeune homme à déposer, Hippolyte Kirillovitch le retint longtemps et apprit de lui seulement ce qui constituait, pour ainsi dire, le « roman » de Mitia cette nuit. Pas une fois, Mitia n'interrompit Kalganov, qui se retira sans cacher son indignation.

On passa aux Polonais. Ils s'étaient couchés dans leur chambrette, mais n'avaient pas fermé l'œil de la nuit ; à l'arrivée des autorités, ils s'habillèrent rapidement, comprenant qu'on allait les demander. Ils se présentèrent avec dignité, mais non sans appréhension. Le petit *pan*, le plus important, était fonctionnaire de douzième classe en retraite, il avait servi comme vétérinaire en Sibérie, et s'appelait Musalowicz. *Pan* Wrublewski était dentiste. Aux questions de Nicolas Parthénovitch, ils répondirent d'abord en s'adressant à Mikhaïl Makarovitch qui se tenait de côté ; ils le

prenaient pour le personnage le plus important et l'appelaient
pan pulkownik[1] à chaque phrase. On parvint à leur faire
comprendre leur erreur ; d'ailleurs ils parlaient correctement
le russe, sauf la prononciation de certains mots. En parlant de
ses relations avec Grouchegnka, *pan* Musalowicz y mit une
ardeur et une fierté qui exaspérèrent Mitia ; il s'écria qu'il ne
permettrait pas à un « gredin » de s'exprimer ainsi en sa
présence. *Pan* Musalowicz releva le terme et pria de le
mentionner au procès-verbal. Mitia bouillait de colère.

« Oui, un gredin ! Notez-le, ça ne m'empêchera pas de
répéter qu'il est un gredin. »

Nicolas Parthénovitch fit preuve de beaucoup de tact à
l'occasion de ce fâcheux incident ; après une sévère remon-
trance à Mitia, il renonça à enquêter sur le côté romanesque
de l'affaire et passa au fond. Les juges s'intéressèrent fort à la
déposition des Polonais d'après laquelle Mitia avait offert
trois mille roubles à *pan* Musalowicz pour renoncer à
Grouchegnka ; sept cents comptant et le reste « demain matin
en ville ». Il affirmait sur l'honneur n'avoir pas sur lui, à
Mokroïé, la somme entière. Mitia déclara d'abord qu'il
n'avait pas promis de s'acquitter le lendemain en ville, mais
pan Wrublewski confirma la déposition, et Mitia, après
réflexion, convint qu'il avait pu parler ainsi dans son
exaltation. Le procureur fit grand cas de cette déposition ; il
devenait clair pour l'accusation qu'une partie des trois mille
roubles tombés aux mains de Mitia avait pu rester cachée en
ville, peut-être même à Mokroïé. Ainsi s'expliquait une
circonstance embarrassante pour l'accusation, le fait qu'on
avait trouvé seulement huit cents roubles sur Mitia ; c'était
jusqu'alors, la seule qui parlât en sa faveur, si insignifiante
fût-elle. Maintenant, cet unique témoignage s'écroulait. A la
question du procureur : « Où aurait-il pris les deux mille
trois cents roubles promis au *pan* pour le lendemain, alors
que lui-même affirmait n'avoir en sa possession que quinze
cents, tout en ayant donné sa parole d'honneur », Mitia
répondit qu'il avait l'intention de proposer au *pan*, au lieu
d'argent, le transfert par acte notarié de ses droits sur la

propriété de Tchermachnia, déjà offerts à Samsonov et à Mme Khokhlakov. Le procureur sourit de « la naïveté du subterfuge ».

« Et vous pensez qu'il aurait consenti à accepter ces « droits » au lieu de deux mille trois cents roubles en espèces ?

— Certainement, car ça lui aurait rapporté non pas deux mille, mais quatre et même six mille roubles. Il aurait mobilisé ses avocats juifs et polonais, qui eussent fait rendre gorge au vieux. »

Naturellement, la déposition de *pan* Musalowicz fut transcrite *in extenso* au procès-verbal, après quoi lui et son camarade purent se retirer. Le fait qu'ils avaient triché aux cartes fut passé sous silence ; Nicolas Parthénovitch leur était reconnaissant et ne voulait pas les inquiéter pour des bagatelles, d'autant plus qu'il s'agissait d'une querelle entre joueurs ivres, et rien de plus. D'ailleurs, le scandale n'avait pas manqué cette nuit... Les deux cents roubles restèrent ainsi dans la poche des Polonais.

On appela ensuite le vieux Maximov. Il entra timidement, à petits pas, l'air triste et en désordre. Il s'était réfugié tout ce temps auprès de Grouchegnka, assis à côté d'elle en silence, « prêt à pleurnicher en s'essuyant les yeux avec son mouchoir à carreaux », comme raconta ensuite Mikhaïl Makarovitch, si bien que ce fut elle qui le calmait et le consolait. Les larmes aux yeux, le vieillard s'excusa d'avoir emprunté dix roubles à Dmitri Fiodorovitch, vu sa pauvreté, et se déclara prêt à les restituer... Nicolas Parthénovitch lui ayant demandé combien il pensait que Dmitri Fiodorovitch avait d'argent, vu qu'il pouvait l'observer de près en lui empruntant, Maximov répondit catégoriquement : vingt mille roubles.

« Avez-vous jamais vu vingt mille roubles ? demanda Nicolas Parthénovitch en souriant.

— Comment donc ! Bien sûr. C'est-à-dire non pas vingt mille roubles, mais sept mille, lorsque mon épouse engagea ma propriété. A vrai dire, elle ne me les montra que de loin, ça faisait une forte liasse de billets de cent roubles. Dmitri Fiodorovitch aussi avait des billets de cent roubles… »

On ne le retint pas longtemps. Enfin arriva le tour de Grouchegnka. Les juges craignaient l'impression que son arrivée pouvait produire sur Dmitri Fiodorovitch, et Nicolas Parthénovitch lui adressa même quelques mots d'exhortation, auxquels Mitia répondit d'un signe de tête, indiquant ainsi qu'il ne se produirait pas de désordre. Ce fut Mikhaïl Makarovitch qui amena Grouchegnka. Elle entra, le visage rigide et morne, l'air presque calme, et prit place en face de Nicolas Parthénovitch. Elle était très pâle et s'enveloppait frileusement dans son beau châle noir. Elle sentait, en effet, le frisson de la fièvre, début de la longue maladie qu'elle contracta cette nuit-là. Son air rigide, son regard franc et sérieux, le calme de ses manières, produisirent l'impression la plus favorable. Nicolas Parthénovitch fut même séduit, il raconta plus tard qu'alors seulement il avait compris combien cette femme était charmante ; auparavant, il voyait en elle « une hétaïre de sous-préfecture ». « Elle a les manières de la meilleure société », laissa-t-il échapper une fois avec enthousiasme dans un cercle de dames. On l'écouta avec indignation et on le traita aussitôt de « polisson », ce qui le ravit. En entrant, Grouchegnka jeta sur Mitia un regard furtif ; il la considéra à son tour avec inquiétude, mais son air le tranquillisa. Après les questions d'usage, Nicolas Parthénovitch, avec quelque hésitation, mais de l'air le plus poli, lui demanda « quelles étaient ses relations avec le lieutenant en retraite Dmitri Fiodorovitch Karamazov » ?

« De simples relations d'amitié, et c'est en ami que je l'ai reçu tout ce mois. »

En réponse à d'autres questions, elle déclara franchement qu'elle n'aimait pas alors Mitia, bien qu'il lui plût « par moments » ; elle l'avait séduit par méchanceté ainsi que le bonhomme ; la jalousie de Mitia vis-à-vis de Fiodor Pavlovitch et de tous les hommes la divertissait. Jamais elle n'avait songé à aller chez Fiodor Pavlovitch, dont elle se jouait. « Durant tout ce mois, je ne m'intéressais guère à eux ; j'en attendais un autre, coupable envers moi... Seulement j'estime que vous n'avez pas à m'interroger là-dessus et que je n'ai pas à vous répondre ; ma vie privée ne vous concerne pas. »

Nicolas Parthénovitch laissa immédiatement de côté les points « romanesques » et aborda la question capitale des trois mille roubles. Grouchegnka répondit que c'était bien la somme dépensée à Mokroïé un mois auparavant, d'après les dires de Dmitri, car elle-même n'avait pas compté les billets.

« Vous a-t-il dit cela en particulier ou devant des tiers, ou bien l'avez-vous seulement entendu le dire à d'autres ? » demanda aussitôt le procureur.

Grouchegnka répondit affirmativement à ces trois questions.

« L'avez-vous entendu le dire en particulier une fois ou plusieurs ? »

Elle répondit que c'était plusieurs fois.

Hippolyte Kirillovitch demeura fort satisfait de cette déposition. On établit ensuite que Grouchegnka savait que l'argent venait de Catherine Ivanovna.

« N'avez-vous pas entendu dire que Dmitri Fiodorovitch avait dissipé alors moins de trois mille roubles et gardé la moitié pour lui ?

— Non, jamais. »

Au contraire, depuis un mois Mitia lui avait déclaré à plusieurs reprises être sans argent. « Il s'attendait toujours à en recevoir de son père », conclut Grouchegnka.

« N'a-t-il pas dit devant vous... incidemment ou dans un moment d'irritation, demanda tout à coup Nicolas Parthénovitch, qu'il avait l'intention d'attenter à la vie de son père ?

— Oui, je l'ai entendu, dit Grouchegnka.

— Une fois ou plusieurs ?

— Plusieurs fois, toujours dans des accès de colère.

— Et vous croyiez qu'il mettrait ce projet à exécution ?

— Non, jamais ! répondit-elle avec fermeté ; je comptais sur la noblesse de ses sentiments.

— Messieurs, un instant, s'écria Mitia, permettez-moi de

dire, en votre présence, un mot seulement à Agraféna Alexandrovna.

— Faites, consentit Nicolas Parthénovitch.

— Agraféna Alexandrovna, dit Mitia en se levant, je le jure devant Dieu : je suis innocent de la mort de mon père ! »

Mitia se rassit. Grouchegnka se leva, se signa pieusement devant l'icône.

« Dieu soit loué ! » dit-elle avec effusion, et elle ajouta, en s'adressant à Nicolas Parthénovitch : « Croyez ce qu'il dit ! Je le connais, il est capable de dire je ne sais quoi par plaisanterie ou par entêtement, mais il ne parle jamais contre sa conscience. Il dit toute la vérité, soyez-en sûr !

— Merci, Agraféna Alexandrovna, tu me donnes du courage », dit Mitia d'une voix tremblante.

Au sujet de l'argent d'hier, elle déclara ne pas connaître la somme, mais avoir entendu Dmitri répéter fréquemment qu'il avait apporté trois mille roubles. Quant à sa provenance, il lui a dit à elle seule l'avoir « volé » à Catherine Ivanovna, à quoi elle répondit que ce n'était pas un vol et qu'il fallait rendre l'argent dès le lendemain. Le procureur insistant pour savoir ce que Dmitri entendait par argent volé, celui d'hier ou celui d'il y a un mois, Grouchegnka déclara qu'il avait parlé de l'argent d'alors et qu'elle le comprenait ainsi.

L'interrogatoire terminé, Nicolas Parthénovitch dit avec empressement à Grouchegnka qu'elle était libre de retourner en ville et que, s'il pouvait lui être utile en quelque chose, par exemple en lui procurant des chevaux ou en la faisant accompagner, il ferait...

« Merci, dit Grouchegnka en le saluant. Je partirai avec le vieux propriétaire. Mais, si vous le permettez, j'attendrai ici votre décision au sujet de Dmitri Fiodorovitch. »

Elle sortit. Mitia était calme et avait l'air réconforté, mais cela ne dura qu'un instant. Une étrange lassitude l'envahissait de plus en plus. Ses yeux se fermaient malgré lui. L'interrogatoire des témoins était enfin terminé. On procéda à la rédaction définitive du procès-verbal. Mitia se leva et alla s'étendre dans un coin, sur une grande malle recouverte d'un tapis. Il s'endormit aussitôt et eut un rêve étrange, sans rapport avec les circonstances.

... Il voyage dans la steppe, dans une région où il avait passé jadis, étant au service. Un paysan le conduit en télègue à travers la plaine boueuse. Il fait froid, on est aux premiers jours de novembre, la neige tombe à gros flocons qui fondent aussitôt. Le voiturier fouette vigoureusement ses chevaux, il a une longue barbe rousse, c'est un homme d'une cinquantaine d'années, vêtu d'un méchant caftan gris. Ils approchent d'un village dont on aperçoit les izbas noires, très noires, la moitié ont brûlé, seules des poutres carbonisées se dressent encore. Sur la route, à l'entrée du village, une foule de femmes sont alignées, toutes maigres et décharnées, le visage basané. En voici une, au bord, osseuse, de haute taille, paraissant quarante ans, peut-être n'en a-t-elle que vingt, sa figure est longue et défaite, elle tient dans ses bras un petit enfant qui pleure, pleure toujours, il tend ses petits bras nus, ses petits poings bleus de froid.

« Pourquoi pleure-t-il ? demanda Mitia en passant au galop.

— C'est le petiot, répond le voiturier, le petiot qui pleure. »

Et Mitia est frappé qu'il ait dit, à la façon des paysans, le « petiot » et non pas le petit. Cela lui plaît, cela lui semble plus compatissant.

« Mais pourquoi pleure-t-il ? s'obstine à demander Mitia. Pourquoi ses petits bras sont-ils nus, pourquoi ne le couvre-t-on pas ?

— Il est transi, le petiot, ses vêtements sont gelés, ils ne réchauffent pas.

— Comment cela ? insiste Mitia, stupide.

— Mais ils sont pauvres, leurs izbas sont brûlées, ils manquent de pain.

— Non, non, poursuit Mitia qui paraît toujours ne pas comprendre, dis-moi pourquoi ces malheureuses se tiennent-

elles ici, pourquoi cette détresse, ce pauvre petiot, pourquoi
la steppe est-elle nue, pourquoi ces gens ne s'embrassent-ils
pas en chantant des chansons joyeuses, pourquoi sont-ils si
noirs, pourquoi ne donne-t-on pas à manger au petiot ? »

Il sent bien que ses questions sont absurdes, mais qu'il ne
peut s'empêcher de les poser et qu'il a raison ; il sent aussi
qu'un attendrissement le gagne, qu'il va pleurer ; il voudrait
consoler le petiot et sa mère aux seins taris, sécher les larmes
de tout le monde, et cela tout de suite, sans tenir compte de
rien, avec toute la fougue d'un Karamazov.

« Je suis avec toi, je ne te quitterai plus », lui dit
tendrement Grouchegnka. Son cœur s'embrase et vibre à une
lumière lointaine, il veut vivre, suivre le chemin qui mène à
cette lumière nouvelle, cette lumière qui l'appelle...

« Quoi ? Où suis-je ? » s'écria-t-il en ouvrant les yeux.

Il se dressa sur sa malle comme au sortir d'un évanouissement, avec un radieux sourire. Devant lui se tenait Nicolas
Parthénovitch, qui l'invita à entendre la lecture du procès-
verbal et à le signer.

Mitia se rendit compte qu'il avait dormi une heure ou
davantage, mais il n'écoutait pas le juge. Il était stupéfait de
trouver sous sa tête un coussin qui n'y était pas, lorsqu'il
s'était allongé épuisé sur la malle.

« Qui a mis ce coussin ? Qui a eu tant de bonté ? » s'écria-t-
il avec exaltation, d'une voix émue, comme s'il s'agissait d'un
bienfait inestimable.

Le brave cœur qui avait eu cette attention demeura
inconnu, mais Mitia était touché jusqu'aux larmes. Il s'approcha de la table et déclara qu'il signerait tout ce qu'on
voudrait.

« J'ai fait un beau rêve, messieurs » dit-il d'une voix
étrange, le visage comme illuminé de joie.

IX

ON EMMÈNE MITIA

Le procès-verbal une fois signé, Nicolas Parthénovitch s'adressa solennellement à l'accusé et lui donna lecture d'une « ordonnance », aux termes de laquelle lui, juge d'instruction... ayant interrogé le prévenu... (suivaient les chefs d'accusation), attendu que celui-ci, tout en se déclarant innocent des crimes qu'on lui reprochait, n'avait rien produit pour se justifier, que cependant les témoins... et les circonstances... l'inculpaient entièrement, vu les articles... du Code pénal, ordonnait, afin d'empêcher le susnommé de se soustraire à l'enquête et au jugement, de l'incarcérer et de donner copie de la présente au substitut, etc. Bref, on déclara à Mitia qu'il était désormais en état d'arrestation, qu'on allait le ramener à la ville et lui assigner une résidence fort peu agréable. Mitia haussa les épaules.

« C'est bien, messieurs, je ne vous en veux pas, je suis prêt... Je comprends qu'il ne vous reste pas autre chose à faire. »

Nicolas Parthénovitch lui expliqua qu'il allait être emmené par Mavriki Mavrikiévitch, qui se trouvait sur les lieux.

« Attendez », interrompit Mitia, et sous une impulsion irrésistible il s'adressa à tous les assistants : « Messieurs, nous sommes tous cruels, tous des monstres, c'est à cause de nous que pleurent les mères et les petits enfants, mais parmi tous, je le proclame, c'est moi le pire ! Chaque jour, en me frappant la poitrine, je jurais de m'amender, et chaque jour je commettais les mêmes vilenies. Je comprends maintenant qu'à des êtres tels que moi il faut un coup de la destinée et son lasso, une force extérieure qui les maîtrise. Jamais je n'aurais pu me relever moi-même ! Mais la foudre a éclaté. J'accepte les tortures de l'accusation, la honte publique. Je veux souffrir et me racheter par la souffrance ! Peut-être y parviendrai-je, n'est-ce pas, messieurs ? Entendez-le pour-

tant une dernière fois : je n'ai pas versé le sang de mon
père ! J'accepte le châtiment, non pour l'avoir tué, mais
pour avoir voulu le tuer, et peut-être même l'aurais-je fait !
Je suis résolu néanmoins à lutter contre vous, je vous le
déclare. Je lutterai jusqu'au bout, et ensuite à la grâce de
Dieu ! Adieu, messieurs, pardonnez-moi mes vivacités
durant l'interrogatoire, j'étais encore insensé alors... Dans
un instant je serai un prisonnier, et pour la dernière fois
Dmitri Karamazov, comme un homme encore libre, vous
tend la main. En vous faisant mes adieux, c'est au monde
que je les fais !.. »

Sa voix tremblait, il tendit en effet la main, mais Nicolas
Parthénovitch, qui se trouvait le plus près de lui, cacha la
sienne d'un geste convulsif. Mitia s'en aperçut, tressaillit. Il
laissa retomber son bras.

« L'enquête n'est pas encore terminée, dit le juge un peu
confus, elle va se poursuivre à la ville, et, de mon côté, je
vous souhaite de parvenir... à vous justifier... Personnellement, Dmitri Fiodorovitch, je vous ai toujours considéré
comme plus malheureux que coupable... Tous ici, si j'ose
me faire leur interprète, nous sommes disposés à voir en
vous un jeune homme noble au fond, mais hélas ! entraîné
par ses passions d'une façon excessive... »

Ces dernières paroles furent prononcées par le petit juge
avec une grande dignité. Il sembla tout à coup à Mitia que
ce « gamin » allait le prendre sous le bras, l'emmener dans
un coin et continuer leur récente conversation sur les
« fillettes ». Mais, qui sait les idées intempestives qui viennent parfois, même à un criminel qu'on mène au supplice.

« Messieurs, vous êtes bons, humains ; puis-je la revoir,
lui dire un dernier adieu ?

— Sans doute, mais... en notre présence...

— D'accord. »

On amena Grouchegnka, mais l'adieu fut laconique et
déçut Nicolas Parthénovitch. Grouchegnka fit un profond
salut à Mitia.

« Je t'ai dit que je suis à toi, je t'appartiens pour toujours,

je te suivrai partout où l'on t'enverra. Adieu, toi qui t'es
perdu sans être coupable. »

Ses lèvres tremblaient, elle pleurait.

« Pardonne-moi, Groucha, de t'aimer, d'avoir aussi causé
ta perte par mon amour. »

Mitia voulait parler encore, mais il s'arrêta et sortit.
Aussitôt il fut entouré par des gens qui ne le perdaient pas
de vue. Deux télègues attendaient au bas du perron, où il
était arrivé la veille avec un tel fracas dans la *troïka*
d'André. Mavriki Mavrikiévitch, trapu et robuste, le visage
ratatiné, était irrité de quelque désordre inattendu et criait.
D'un ton cassant, il invita Mitia à monter en télègue.
« Jadis quand je lui payais à boire au cabaret, le personnage avait une autre mine », songea Mitia. Tryphon Borissytch descendait le perron. Près de la porte cochère se
pressaient des manants, des femmes, les voituriers, tous
examinaient Mitia.

« Adieu, bonnes gens ! leur cria Mitia déjà en télègue.

— Adieu, dirent deux ou trois voix.

— Adieu, Tryphon Borissytch ! »

Celui-ci était trop occupé pour se retourner. Il criait
aussi et se trémoussait. Tout en mettant son caftan,
l'homme désigné pour conduire la deuxième télègue, où
devait monter l'escorte, soutenait énergiquement que ce
n'était pas à lui de partir, mais à Akim. Akim n'était pas
là ; on courait à sa recherche ; le paysan insistait, suppliait
d'attendre.

« C'est une engeance effrontée que nous avons là,
Mavriki Mavrikiévitch ! s'écria Tryphon Borissytch. Il y a
trois jours, Akim t'a donné vingt-cinq kopeks, tu les as
bus et maintenant tu cries. Je m'étonne seulement de votre
bonté envers de tels gaillards.

— Qu'avons-nous besoin d'une deuxième *troïka* ? intervint Mitia, voyageons avec une seule, Mavriki Mavrikiévitch, je ne me révolterai ni ne m'enfuirai, qu'as-tu à faire
d'une escorte ?

— Apprenez à me parler, monsieur, veuillez ne pas me

Les Frères Karamazov

tutoyer et gardez vos conseils pour une autre fois », répliqua hargneusement Mavriki Mavrikiévitch, comme heureux d'exhaler sa mauvaise humeur.

Mitia se tut, rougit. Un instant après, il sentit vivement le froid. La pluie avait cessé, mais le ciel était couvert de nuages, un vent aigre soufflait au visage. « J'ai des frissons », songea Mitia en se pelotonnant. Enfin Mavriki Mavrikiévitch monta à son tour, s'assit pesamment, bien à l'aise, refoula Mitia sans paraître y prendre garde. A vrai dire il était mal disposé et fort mécontent de la mission dont on l'avait chargé.

« Adieu, Tryphon Borissytch ! » cria de nouveau Mitia, sentant que cette fois ce n'était pas de bon cœur, mais de colère, malgré lui, qu'il criait.

L'aubergiste, l'air rogue, les mains derrière le dos, fixa Mitia d'un regard sévère et ne lui répondit pas. Mais une voix retentit soudain.

« Adieu, Dmitri Fiodorovitch, adieu ! »

Accourant sans casquette vers la télègue, Kalganov tendit à Mitia une main, que celui-ci eut encore le temps de serrer.

« Adieu, mon brave ami, je n'oublierai pas votre générosité ! » dit-il avec chaleur.

Mais la télègue s'ébranla, leurs mains se dénouèrent, les grelots tintèrent : on emmenait Mitia.

Kalganov courut au vestibule, s'assit dans un coin, courba la tête, se cacha la figure dans ses mains et pleura longtemps, comme un petit garçon. Il était presque convaincu de la culpabilité de Mitia. « Qu'est-ce que les gens peuvent valoir, après cela ! », murmurait-il, tout désemparé. Il ne voulait même plus vivre. « Est-ce que ça vaut la peine ? » s'écriait-il dans son chagrin.

Quatrième partie

LIVRE X

LES GARÇONS

I

KOLIA KRASSOTKINE

Nous sommes aux premiers jours de novembre, par onze degrés de froid et temps de verglas. Pendant la nuit, il est tombé un peu de neige, que le vent « sec et piquant » soulève et balaie à travers les rues mornes de notre petite ville, surtout sur la place du marché. Il fait sombre ce matin, mais la neige a cessé. Non loin de la place, près de la boutique des Plotnikov, se trouve la petite maison, fort proprette tant à l'extérieur qu'à l'intérieur, de Mᵐᵉ Krassotkine, veuve d'un fonctionnaire. Il y aura bientôt quatorze ans que le secrétaire de gouvernement[1] Krassotkine est mort, mais sa veuve, encore gentille et dans la trentaine, vit de ses rentes dans sa maisonnette. Douce et gaie, elle mène une existence modeste mais digne. Restée veuve à dix-huit ans, avec un fils qui venait de naître, elle se consacra tout entière à l'éducation de Kolia[2]. Elle l'aimait aveuglément, mais l'enfant lui causa certainement plus de peines que de joies car elle vivait dans la crainte perpétuelle de le voir tomber malade, prendre froid, polissonner, se blesser en jouant, etc. Lorsque Kolia alla au collège, sa mère se mit à étudier toutes les matières, afin de l'aider à faire ses devoirs ; elle lia connaissance avec les professeurs et leurs femmes, cajola même les camarades de son fils, pour éviter qu'on se moquât de lui ou qu'on le battît. Ce fut au point que les écoliers commencèrent vraiment à se moquer de Kolia, à taquiner « le petit chéri à sa maman ». Mais le garçon sut se faire respecter. Il était hardi et passa bientôt en classe pour « rudement fort », avec cela adroit, de caractère opiniâtre, d'esprit audacieux et entreprenant. C'était un bon élève; le bruit courait même que pour l'arithmétique et l'histoire universelle il damait le pion à son maître Dardanélov. Mais Kolia, tout en affectant un air de supériorité, était bon camarade et pas fier. Il acceptait comme dû le respect des écoliers et observait envers eux une attitude amicale. Il avait surtout le sens de la mesure, savait se retenir à l'occasion, et ne dépassait jamais à l'égard des professeurs la dernière limite au-delà de laquelle l'espièglerie, devenant du désordre et de l'insubordination, ne saurait être tolérée. Cependant il était toujours prêt à polissonner comme le dernier des gamins, quand l'occasion s'en présentait, ou plutôt à faire le malin, à épater la galerie. Rempli d'amour-propre, il avait su prendre de l'ascendant jusque sur sa mère, qui subissait depuis longtemps son despotisme. Seule l'idée que son fils l'aimait peu lui était insupportable : Kolia lui paraissait toujours « insensible » envers elle et parfois dans une crise de larmes elle lui reprochait sa froideur. Le garçon n'aimait pas cela, et plus on exigeait de lui des effusions, plus il s'y dérobait. C'était là d'ailleurs un effet de son caractère et non de sa volonté. Sa mère se trompait; il la chérissait, seulement il détestait « les tendresses de veau », comme il disait dans son langage d'écolier. Son père ayant laissé une bibliothèque, Kolia, qui adorait la lecture, restait parfois, à la grande surprise de sa mère, plongé des heures entières dans les livres, au lieu d'aller jouer. Il lut ainsi des choses au-dessus de son âge. Dans les derniers temps ses polissonneries — sans être perverses — épouvantaient sa mère par leur extravagance. Durant les vacances, en juillet, la mère et le fils allèrent passer huit jours chez une parente dont le mari était employé de chemin de fer à la gare la plus rapprochée de notre ville. (C'est là, à soixante-dix verstes, qu'Ivan Fiodoro-

vitch Karamazov avait pris le train pour Mosco
auparavant.) Kolia commença par examiner en
chemin de fer et son fonctionnement, afin de pouvo
éblouir ses camarades par ses nouvelles connaissan
même temps, il se lia avec six ou sept gamins du vo
âgés de douze à quinze ans, parmi lesquels deux vena
notre ville. Ils polissonnaient en commun et bientôt la t
joyeuse eut l'idée de faire un pari vraiment stupide,
l'enjeu était de deux roubles. Kolia, un des plus jeunes et
conséquent un peu dédaigné par les plus âgés, poussé p
l'amour-propre ou la témérité, paria de rester couché ent
les rails, sans bouger, pendant que le train de onze heures du
soir passerait sur lui à toute vapeur. A vrai dire, un examen
préalable lui avait permis de constater que la chose était
faisable, qu'on pouvait réellement s'aplatir entre les rails sans
être même effleuré par le train. Mais quelle minute pénible à
passer ! Kolia jura partout qu'il le ferait. On commença par
se moquer de lui, on le traita de fanfaron, ce qui l'excita
davantage. Ces garçons de quinze ans se montraient vraiment
par trop arrogants ; n'avaient-ils pas refusé d'abord de
considérer ce « gosse » comme un camarade ! Offense intolérable. Par une nuit sans lune, on décida de se rendre à une
verste de la gare, où le train roulerait déjà rapidement. A
l'heure dite, Kolia se coucha entre les rails. Les cinq autres
parieurs, le cœur défaillant, bientôt saisis d'effroi et de
remords, attendaient dans les broussailles au bas du talus.
Bientôt on entendit le train démarrer. Deux lanternes rouges
brillèrent dans les ténèbres, le monstre approchait avec
fracas. « Sauve-toi ! sauve-toi ! » crièrent-ils épouvantés.
Trop tard, le train passa et disparut. Ils se précipitèrent vers
Kolia qui gisait, inerte, se mirent à le secouer, à le soulever.
Tout à coup il se redressa et déclara qu'il avait simulé un
évanouissement pour leur faire peur. En réalité, il s'était
évanoui pour de bon, comme lui-même l'avoua longtemps
après à sa mère. De la sorte, sa renommée de « casse-cou »
fut définitivement établie. Il revint à la maison blanc comme
un linge. Le lendemain, il eut une fièvre nerveuse mais se

montra très gai, très content. L'événement fut divulgué dans notre ville et parvint à la connaissance des autorités scolaires. La maman de Kolia les supplia de pardonner à son fils ; enfin un maître estimé et influent, Dardanélov, parla en sa faveur et eut gain de cause. L'affaire n'eut pas de suites. Ce Dardanélov, célibataire encore jeune, était depuis longtemps amoureux de Mme Krassotkine ; un an auparavant, le cœur plein d'appréhension, il s'était risqué à lui offrir sa main ; elle avait refusé, craignant de trahir son fils en convolant. Néanmoins certains indices permettaient au prétendant de rêver qu'il n'était pas foncièrement antipathique à cette veuve charmante, mais chaste et délicate à l'excès. La folle équipée de Kolia dut rompre la glace, car après l'intervention de Dardanélov on donna à entendre à celui-ci qu'il pouvait nourrir quelque espoir, mais comme il était lui-même un phénomène de pureté et de délicatesse, cet espoir lointain suffisait à son bonheur. Il aimait le jeune garçon, mais eût trouvé humiliant de vouloir l'amadouer ; il se montrait donc pour lui sévère et exigeant. Kolia lui-même tenait son maître à distance, préparait très bien ses devoirs, occupait la deuxième place, et toute la classe était persuadée que pour l'histoire universelle, il « damait le pion » à Dardanélov en personne. En effet, Kolia lui demanda une fois qui avait fondé Troie. A quoi le maître répondit par des considérations sur les peuples et leurs migrations, sur la nuit des temps, la Fable, mais ne put répondre à la question précise sur la fondation de Troie ; il la trouva même oiseuse. Les élèves demeurèrent convaincus que Dardanélov n'en savait rien. Kolia s'était renseigné là-dessus dans Smaragdov, qui figurait parmi les livres de son père. Finalement, tous s'intéressèrent à la fondation de Troie, mais Krassotkine garda son secret, et son prestige demeura intact.

Après l'incident du chemin de fer, il se produisit un changement dans l'attitude de Kolia envers sa mère. Lorsque Anne Fiodorovna apprit la prouesse de son fils, elle faillit en perdre la raison. Elle eut de violentes crises de nerfs durant plusieurs jours, si bien que Kolia, sérieusement effrayé, lui donna sa parole d'honneur de ne jamais recommencer pareilles polissonneries. Il le jura à genoux devant l'icône et sur la mémoire de son père, comme Mme Krassotkine l'exigeait ; l'émotion de cette scène fit pleurer l' « intrépide » Kolia comme un enfant de six ans : la mère et le fils passèrent la journée à se jeter dans les bras l'un de l'autre en versant des larmes. Le lendemain, Kolia se réveilla de nouveau « insensible », mais devint plus silencieux, plus modeste, plus réfléchi. Six semaines plus tard, il récidivait, et son nom alla jusqu'au juge de paix, mais cette fois il s'agissait d'une polissonnerie toute différente, ridicule même et stupide, commise par d'autres et où il n'était qu'impliqué. Nous en reparlerons. Sa mère continua à trembler et à se tourmenter, et l'espoir de Dardanélov grandissait dans la mesure de ses alarmes. Il faut noter que Kolia comprenait et devinait à cet égard Dardanélov et, bien entendu, le méprisait profondément pour ses « sentiments » ; auparavant, il avait même l'indélicatesse d'exprimer son mépris devant sa mère, en faisant des allusions vagues aux intentions du soupirant. Mais après l'incident du chemin de fer il changea aussi de conduite sur ce point : il ne se permit plus aucune allusion et parla avec plus de respect de Dardanélov devant sa mère, ce que la sensible Anne Fiodorovna comprit tout de suite avec une gratitude infinie ; au moindre mot sur Dardanélov dit en présence de Kolia, fût-ce par un étranger, elle devenait rouge comme une cerise. Dans ces moments-là Kolia regardait par la fenêtre d'un air maussade ou examinait l'état de ses chaussures, ou encore appelait rageusement « Carillon », un chien à longs poils, d'assez grande taille et laid, qu'il avait recueilli depuis un mois et gardait au secret, sans le montrer à ses camarades. Il le tyrannisait, lui enseignait différents tours, si bien que le pauvre animal hurlait quand son maître partait au collège et aboyait joyeusement à son retour, gambadait comme un fou, faisait le beau, le mort, etc., bref, montrait les tours qu'on lui avait appris, cela non au commandement, mais dans l'ardeur de son enthousiasme et de son attachement.

A propos, j'ai oublié de dire que Kolia Krassotkine était le garçon auquel Ilioucha, déjà connu du lecteur, fils du capitaine en retraite Sniéguiriov, avait donné un coup de canif en défendant son père que les écoliers tournaient en ridicule en l'appelant « torchon de tille ».

II

LES GOSSES

Donc, par cette matinée glaciale et brumeuse de novembre, le jeune Kolia Krassotkine restait à la maison. C'était dimanche, il n'y avait pas de classe. Mais onze heures venaient de sonner, il lui fallait à tout prix sortir « pour une affaire très importante » ; néanmoins il demeurait seul à garder la maison, car les grandes personnes avaient dû s'absenter par suite d'une circonstance extraordinaire. La veuve Krassotkine louait un logement de deux pièces, le seul de la maison, à la femme d'un médecin qui avait deux jeunes enfants. Cette dame était du même âge qu'Anne Fiodorovna et sa grande amie ; quant au praticien, parti pour Orenbourg, puis pour Tachkent, on était sans nouvelles de lui depuis six mois, de sorte que la délaissée eût passé son temps à pleurer si l'amitié de Mme Krassotkine n'avait pas adouci son chagrin. Pour comble d'infortune, l'unique servante de la doctoresse avait déclaré brusquement à sa maîtresse, durant la nuit, qu'elle se préparait à accoucher le matin. Il était presque miraculeux que personne n'eût remarqué la chose jusqu'alors. La doctoresse, stupéfaite, décida, pendant qu'il était encore temps, de transporter Catherine chez une sage-femme qui prenait des pensionnaires. Comme elle tenait fort à cette servante, elle mit aussitôt son projet à exécution et resta même auprès d'elle. Ensuite, le matin, il fallut recourir au concours et à l'aide de Mme Krassotkine, qui pouvait à cette occasion tenter une démarche et exercer une certaine protection. Ainsi les deux dames étaient absentes, la servante

de Mme Krassotkine, Agathe, partie au marché, et Kolia se
trouvait provisoirement le gardien des « mioches », le petit
garçon et la fillette de la doctoresse, restés seuls. La garde de
la maison n'effrayait pas Kolia, surtout avec Carillon ; celui-
ci avait reçu l'ordre de se coucher sous un banc, dans le
vestibule, « sans bouger », et chaque fois que son maître
passait, il dressait la tête, frappait le plancher de sa queue
d'un air suppliant, mais hélas ! aucun appel ne retentissait.
Kolia lançait des regards sévères à l'infortuné caniche, qui
retombait dans son immobilité complète. Mais Kolia n'était
préoccupé que des « mioches ». Alors que l'aventure de
Catherine lui inspirait un profond mépris, il aimait fort les
petits et leur avait déjà apporté un livre amusant. Nastia
l'aînée, huit ans, savait lire et le cadet, Kostia [1], sept ans,
aimait à l'écouter. Bien entendu, Krassotkine aurait pu les
intéresser en jouant avec eux aux soldats ou à cache-cache,
par toute la maison. Il ne dédaignait pas de le faire à
l'occasion, si bien que le bruit se répandit en classe que
Krassotkine jouait chez lui à la *troïka* avec ses petits
locataires, faisait le cheval de volée, galopait, tête baissée.
Krassotkine repoussait fièrement cette accusation en faisant
remarquer qu'avec des camarades de son âge il eût été
honteux, en effet, « à notre époque », de jouer aux chevaux,
mais qu'il faisait ça pour les « mioches » parce qu'il les
aimait, et personne n'avait le droit de lui demander compte
de ses sentiments. En revanche, les deux « mioches » l'adoraient. Mais cette fois-ci il ne s'agissait pas de jeux ; il avait à
s'occuper d'une affaire très importante et quasi mystérieuse.
Cependant, le temps passait et Agathe, à qui on aurait pu
confier les enfants, ne daignait pas rentrer du marché.
Plusieurs fois il avait traversé le vestibule, ouvert la porte de
la locataire, observé avec sollicitude les mioches en train de
lire sur son injonction ; chaque fois qu'il se montrait, les
enfants lui adressaient un large sourire, s'attendant à le voir
entrer et faire quelque drôlerie. Mais Kolia était soucieux et
n'entrait pas. Enfin, onze heures sonnèrent et il décida
fermement que si, dans dix minutes, la « maudite » Agathe

n'était pas de retour, il sortirait sans l'attendre, bien entendu après avoir fait promettre aux « mioches » de ne pas avoir peur en son absence, de ne pas faire de bêtises, de ne pas pleurnicher. Dans ces dispositions il mit son petit pardessus ouaté, jeta son sac sur son épaule et, bien que sa mère lui eût maintes fois enjoint de ne jamais sortir « par un froid pareil » sans mettre ses caoutchoucs, il se contenta de leur jeter un regard dédaigneux en passant dans le vestibule. Carillon, le voyant habillé pour sortir, battit le plancher de sa queue en se trémoussant et allait même pousser un gémissement plaintif, mais Kolia jugea une telle ardeur contraire à la discipline : il tint le caniche encore une minute sous le banc et ne le siffla qu'en ouvrant la porte du vestibule. La bête s'élança comme une folle et se mit à gambader de joie. Kolia alla voir ce que faisaient les « mioches ». Ils avaient cessé de lire et discutaient avec animation, comme ça leur arrivait fréquemment ; Nastia, en qualité d'aînée, l'emportait toujours, et si Kostia ne se rangeait pas à son avis, il en appelait presque toujours à Kolia Krassotkine, dont la sentence était définitive pour les deux parties. Cette fois, la discussion des « mioches » avait quelque intérêt pour Kolia qui resta sur le seuil à écouter, ce que voyant, les enfants redoublèrent d'ardeur dans leur controverse.

« Jamais, jamais je ne croirai, soutenait Nastia, que les sages-femmes trouvent les petits enfants dans les choux. Nous sommes en hiver, il n'y a pas de choux et la bonne femme n'a pas pu apporter une fillette à Catherine.

— Fi ! murmura Kolia.

— Si elles les apportent de quelque part, c'est seulement à celles qui se marient. »

Kostia fixait sa sœur, écoutait gravement, réfléchissait.

« Nastia, que tu es sotte ! dit-il enfin d'un ton calme, comment Catherine peut-elle avoir un enfant, puisqu'elle n'est pas mariée ? »

Nastia s'irrita.

« Tu ne comprends rien ; peut-être avait-elle un mari, mais on l'a mis en prison.

— Est-ce qu'elle a vraiment un mari en prison ? demanda le positif Kostia.

— Ou bien voilà, reprit impétueusement Nastia abandonnant sa première hypothèse ; elle n'a pas de mari, tu as raison, mais elle veut se marier, elle s'est mise à songer comment faire, elle y a songé et songé, si bien qu'elle a fini par avoir, au lieu d'un mari, un petit enfant.

— C'est possible, acquiesça Kostia, subjugué, mais comment pouvais-je le savoir, puisque tu ne m'en as jamais rien dit ?

— Eh bien, marmaille, proféra Kolia en s'avançant, vous êtes gent dangereuse, à ce que je vois !

— Carillon est avec vous ? dit en souriant Kostia qui se mit à faire claquer ses doigts et à l'appeler.

— Mioches, je suis dans l'embarras, commença Krassotkine d'un ton solennel, venez à mon aide ; Agathe a dû se casser la jambe, puisqu'elle ne revient pas, c'est sûr et certain ; j'ai à sortir, me laisserez-vous aller ? »

Les enfants se regardèrent soucieux, leurs visages souriants exprimèrent l'inquiétude. Ils ne comprenaient pas encore bien ce qu'on leur voulait.

« Vous ne ferez pas de bêtises en mon absence ? Vous ne grimperez pas sur l'armoire pour vous casser une jambe ? Vous ne pleurerez pas de frayeur, tout seuls ? »

L'angoisse apparut sur les petits visages.

« En revanche, je pourrais vous montrer quelque chose, un petit canon en cuivre qui se charge avec de la vraie poudre. »

Les petits visages s'éclairèrent.

« Montrez le canon », dit Kostia radieux.

Krassotkine tira de son sac un petit canon en bronze qu'il posa sur la table.

« Regarde, il est sur roues, dit-il en faisant rouler le jouet, on peut le charger avec de la grenaille et tirer.

— Et il tue ?

— Il tue tout le monde, il suffit de le pointer. »

Krassotkine expliqua où il fallait mettre la poudre, la grenaille, indiqua une petite ouverture qui représentait la lumière, exposa qu'il y avait un recul. Les enfants écoutaient avec une ardente curiosité. Le recul surtout frappait leur imagination.

« Et vous avez de la poudre ? s'informa Nastia.

— Oui.

— Montrez-nous aussi la poudre », dit-elle avec un sourire implorant.

Krassotkine tira de son sac une petite fiole où il y avait en effet un peu de vraie poudre et quelques grains de plomb enveloppés dans du papier. Il déboucha même la fiole, versa un peu de poudre dans sa main.

« Voilà, seulement gare au feu, sinon elle sautera et nous périrons tous », dit-il pour les impressionner.

Les enfants examinaient la poudre avec une crainte respectueuse qui accroissait le plaisir. Les grains de plomb surtout plaisaient à Kostia.

« Le plomb ne brûle pas ? demanda-t-il.

— Non.

— Donnez-moi un peu de plomb, dit-il d'un ton suppliant.

— En voilà un peu, prends, seulement ne le montre pas à ta mère avant mon retour, elle croirait que c'est de la poudre, elle mourrait de frayeur et vous donnerait le fouet.

— Maman ne nous donne jamais les verges, fit remarquer Nastia.

— Je sais, j'ai dit ça seulement pour la beauté du style. Et vous, ne trompez jamais votre maman, sauf cette fois, jusqu'à ce que je revienne. Donc, mioches, puis-je m'en aller, oui ou non ? Vous ne pleurerez pas de frayeur en mon absence ?

— Si, nous pleu-re-rons, dit lentement Kostia, se préparant déjà à le faire.

— Nous pleurerons, c'est sûr, appuya Nastia, craintive.

— Oh ! mes enfants, quel âge dangereux est le vôtre ! Allons, il n'y a rien à faire, il me faudra rester avec vous je ne sais combien de temps. Et le temps est précieux.

— Commandez à Carillon de faire le mort, demanda Kostia.

— C'est cela, recourons à Carillon. Ici, Carillon ! »

Kolia ordonna au chien de montrer ses talents. C'était un chien à longs poils d'un gris violâtre, de la taille d'un mâtin ordinaire, borgne de l'œil droit, et l'oreille gauche fendue. Il faisait le beau, marchait sur les pattes de derrière, se couchait sur le dos les pattes en l'air et restait inerte, comme mort. Durant ce dernier exercice la porte s'ouvrit et la grosse servante Agathe, une femme de quarante ans, grêlée, parut sur le seuil, son filet de provisions à la main, et s'arrêta à regarder. Kolia, si pressé qu'il fût, n'interrompit pas la représentation, et lorsqu'il siffla enfin Carillon, l'animal se mit à gambader dans la joie du devoir accompli.

« En voilà un chien ! dit Agathe avec admiration.

— Et pourquoi es-tu restée si longtemps, sexe féminin ? demanda sévèrement Krassotkine.

— Sexe féminin ! voyez-vous ce morveux !

— Morveux ?

— Oui, morveux. De quoi te mêles-tu ? Si je suis en retard, c'est qu'il le fallait, marmotta Agathe en commençant à fourrager autour du poêle, d'un ton nullement irrité et comme joyeuse de pouvoir se prendre de bec avec ce jeune maître si enjoué.

— Écoute, vieille écervelée, peux-tu me jurer par tout ce qu'il y a de sacré en ce monde que tu surveilleras ces mioches en mon absence ? Je m'en vais.

— Et pourquoi te jurer ? dit Agathe en riant. Je veillerai sur eux comme ça.

— Non, il faut que tu le jures sur ton salut éternel. Sinon je ne m'en vais pas.

— A ton aise. Qu'est-ce que ça peut me faire, il gèle, reste à la maison.

— Mioches, cette femme restera avec vous jusqu'à mon retour ou à celui de votre maman, qui devrait déjà être là. En outre, elle vous donnera à déjeuner. N'est-ce pas, Agathe ?

— Ça peut se faire.

— Au revoir, enfants, je m'en vais le cœur tranquille. Toi, grand-maman, dit-il gravement à mi-voix en passant à côté d'Agathe, j'espère que tu ne leur raconteras pas de bêtises au sujet de Catherine ; tu ménageras leur innocence, hein ? Ici, Carillon.

— Veux-tu bien te taire ! dit Agathe, irritée cette fois pour de bon. On devrait te fouetter pour des mots pareils. »

III

L'ÉCOLIER

Mais Kolia n'entendit pas. Enfin, il était libre. En franchissant la porte cochère, il haussa les épaules et après avoir dit : « Quel froid ! » se dirigea vers la place du marché. En route, il s'arrêta devant une maison, tira un sifflet de sa poche, siffla de toutes ses forces, comme pour un signal convenu. Au bout d'une minute, on vit sortir un garçon de onze ans, au teint vermeil, vêtu également d'un pardessus chaud et même élégant. C'était le jeune Smourov, élève de la classe préparatoire (alors que Kolia était déjà en sixième), fils d'un fonctionnaire aisé, à qui ses parents défendaient de fréquenter Krassotkine, à cause de sa réputation de polisson, de sorte que Smourov venait de s'absenter furtivement. Ce Smourov, si le lecteur s'en souvient, faisait partie du groupe qui lançait des pierres à Ilioucha, deux mois auparavant, et c'est lui qui avait parlé d'Ilioucha à Aliocha Karamazov.

« Voilà une heure que je t'attends, Krassotkine », proféra Smourov d'un ton résolu.

Les deux garçons prirent le chemin de la place.

« Si je suis en retard, répliqua Krassotkine, c'est la faute aux circonstances. On ne te fouettera pas pour être venu avec moi ?

— Quelle idée ! Est-ce qu'on me fouette ! Carillon est avec toi ?

— Mais oui.

— Tu l'emmènes là-bas ?

— Je l'emmène.

— Ah ! si c'était Scarabée !

— Impossible. Scarabée n'existe plus. Il a disparu on ne sait où.

— Mais, dit Smourov en s'arrêtant tout à coup, puisque Ilioucha prétend que Scarabée avait aussi de longs poils gris de fumée, comme Carillon, ne pourrait-on pas dire que c'est lui, Scarabée ? Il le croirait peut-être ?

— Écolier, exècre le mensonge, et d'un ; même pour une bonne œuvre, et de deux. Surtout j'espère que tu n'as soufflé mot de mon arrivée.

— Dieu merci, je comprends les choses. Mais on ne le consolera pas avec Carillon, soupira Smourov. Son père, le capitaine, Torchon de tille, nous a dit qu'on lui apporterait aujourd'hui un jeune chien, un véritable molosse, avec le museau noir ; il pense consoler ainsi Ilioucha, mais c'est peu probable.

— Comment va-t-il, Ilioucha ?

— Mal, mal ! Je le crois phtisique. Il a toute sa connaissance, mais sa respiration est bien mauvaise. L'autre jour il a demandé qu'on le promène un peu, on lui a mis ses souliers, il est tombé au bout de quelques pas. « Ah ! papa, je t'avais bien dit que ces souliers sont mauvais, j'ai toujours eu de la peine à marcher avec. » Il pensait tomber à cause des souliers, et c'était simplement de faiblesse. Il ne passera pas la semaine. Herzenstube le visite. Ils ont de nouveau beaucoup d'argent.

— Canailles !

— Qui cela ?

— Les docteurs, et toute la racaille médicale, en général et en particulier. Je renie la médecine, elle ne sert à rien. D'ailleurs, j'approfondirai la question. Dites-moi, vous êtes devenus bien sentimentaux, là-bas. Toute la classe s'y rend en corps, je crois ?

— Pas toute, mais une dizaine d'entre nous y vont tous les jours.

— Ce qui me surprend, dans tout ceci, c'est le rôle d'Alexéi Karamazov ; on va juger demain ou après-demain son frère pour un crime épouvantable et il trouve moyen de faire du sentiment avec des écoliers !

— Mais personne ne fait de sentiment. Ne vas-tu pas toi-même te réconcilier avec Ilioucha ?

— Me réconcilier ? Drôle d'expression. D'ailleurs, je ne permets à personne d'analyser mes actes.

— Comme Ilioucha sera content de te voir ! Il ne se doute pas que tu viens. Pourquoi as-tu si longtemps refusé d'aller le voir ? s'exclama tout à coup Smourov avec chaleur.

— Mon cher, c'est mon affaire et non la tienne. J'y vais de moi-même, parce que telle est ma volonté, tandis que c'est Alexéi Karamazov qui vous a tous menés là-bas ; il y a donc une différence. Et qu'en sais-tu, je n'y vais peut-être pas du tout pour me réconcilier ? Quelle stupide expression.

— Karamazov n'est pour rien là-dedans. Les copains ont simplement pris l'habitude d'aller là-bas, au début bien sûr avec Karamazov. D'abord l'un, puis l'autre. Mais tout s'est passé sans niaiseries. Le père était ravi de nous voir. Tu sais, il perdra la raison si Ilioucha meurt. Il voit que son fils est perdu. Ça lui fait tant plaisir que nous nous soyons réconciliés avec Ilioucha. Ilioucha s'est informé de toi, mais sans rien ajouter. Son père deviendra fou ou se pendra. Déjà auparavant il avait les allures d'un insensé. C'est un brave homme, sais-tu, victime d'une erreur. Ce parricide a eu grand tort de le battre l'autre jour.

— Pourtant Karamazov demeure pour moi une énigme. J'aurais pu faire depuis longtemps sa connaissance, mais, dans certains cas, j'aime à me tenir sur la réserve. De plus, je me suis fait sur lui une opinion qu'il me faudra vérifier. »

Sur ce, Kolia observa un silence plein de gravité et Smourov de même. Bien entendu, Smourov respectait Kolia Krassotkine et ne songeait même pas à se comparer à lui. Maintenant il était très intrigué, car Kolia avait expliqué qu'il venait « de lui-même » ; il devait y avoir un mystère dans cette décision soudaine d'aller aujourd'hui chez Ilioucha. Ils suivaient la place du marché, encombrée de charrettes et de volailles. Sous les auvents des boutiques, des bonnes femmes vendaient des craquelins, du fil, etc. Dans notre ville, ces rassemblements du dimanche sont appelés naïvement des foires et il y en a beaucoup dans l'année. Carillon courait de l'humeur la plus joyeuse, s'écartait constamment à droite ou à gauche pour flairer quelque chose. Quant à ses congénères rencontrés en chemin, il les flairait très volontiers, selon les règles en usage parmi les chiens.

« J'aime à observer la réalité, Smourov, dit soudain Kolia. Tu as remarqué comme les chiens se flairent en s'abordant ? C'est là, chez eux, une loi générale de la nature.

— Oui, une loi ridicule.

— Mais non, tu as tort. Il n'y a rien de ridicule dans la nature, quoi qu'en pense l'homme avec ses préjugés. Si les chiens pouvaient raisonner et critiquer, ils trouveraient sûrement autant de ridicule, sinon davantage, dans les rapports sociaux de leurs maîtres, sinon davantage, je le répète, car je suis persuadé qu'il y a bien plus de sottises chez nous. C'est l'idée de Rakitine, une idée remarquable. Je suis socialiste, Smourov.

— Qu'est-ce que le socialisme ? demanda Smourov.

— L'égalité pour tous, communauté d'opinions, suppression du mariage, libre à chacun d'observer la religion et les lois qui lui conviennent, etc., etc. Tu es encore trop jeune pour comprendre ces questions... Il fait froid, dis donc !

— Oui, douze degrés. Mon père a regardé le thermomètre tout à l'heure.

— As-tu remarqué, Smourov, qu'au milieu de l'hiver, avec quinze ou même dix-huit degrés, le froid paraît moins vif que maintenant, au début, lorsqu'il gèle tout à coup à douze degrés et qu'il y a encore peu de neige ? Cela signifie que les gens n'y sont pas encore habitués. Chez eux, tout est habitude, dans tout, même en politique... Ce qu'il est drôle, ce croquant ! »

Kolia désigna un paysan de haute taille, en *touloupe*[1], à l'air bonasse, qui, à côté de sa charrette, se réchauffait en frappant ses mains l'une contre l'autre dans ses mitaines. Sa barbe était couverte de givre.

« Ta barbe est gelée, mon brave, dit Kolia à haute voix et sur un ton taquin, en passant à côté de lui.

— Il y en a bien d'autres de gelées, répliqua l'homme sentencieusement.

— Ne le taquine pas, supplia Smourov.

— Ça ne fait rien, il ne se fâchera pas, c'est un brave homme. Adieu, Mathieu.

— Adieu.

— T'appelles-tu Mathieu pour de bon ?

— Mais oui. Tu ne le savais pas ?

— Non ; j'ai dit ça au hasard.

— Voyez-vous ça ! Tu es peut-être écolier ?

— Tout juste.

— Est-ce qu'on te fouette ?

— Bien sûr.

— Fort ?

— Ça arrive.

— La vie n'est pas gaie, soupira le bonhomme de tout son cœur.

— Adieu, Mathieu.

— Adieu. Tu es un gentil petit gars. »

Les deux garçons continuèrent leur chemin.

« C'est un bon type, dit Kolia à Smourov. J'aime à parler au peuple, à lui rendre justice.

— Pourquoi lui as-tu fait croire qu'on nous fouettait ? demanda Smourov.

— Pour lui faire plaisir.

— Comment ça ?

— Vois-tu, Smourov, je n'aime pas qu'on insiste, quand on ne comprend pas au premier mot. Il y a des choses impossibles à expliquer. Dans l'idée du bonhomme, on doit fouetter les écoliers ; qu'est-ce qu'un écolier qu'on ne fouette pas ? Et si je lui dis que non, ça lui fera de la peine. D'ailleurs, tu ne peux pas comprendre ça. Il faut savoir parler au peuple.

— Seulement, pas de taquineries, je t'en prie, ça ferait encore une histoire, comme avec cette oie.

— Tu as peur ?

— Garde-t'en bien, Kolia, en vérité, j'ai peur. Mon père serait furieux. On m'a expressément défendu de sortir avec toi.

— N'aie crainte, cette fois il n'arrivera rien. Bonjour, Natacha, cria-t-il à une marchande.

— Natacha ? C'est Marie, que je m'appelle, glapit la marchande, une femme encore jeune.

— Va pour Marie. C'est un beau nom ! Adieu, Marie.

— Ah, le polisson ! C'est pas plus haut qu'une botte, et de quoi que ça se mêle !

— Je n'ai pas le temps, tu me conteras ça dimanche prochain, fit Kolia en gesticulant, comme si c'était elle qui l'importunait.

— Et qu'est-ce que je te raconterai dimanche prochain ? C'est toi qui m'as cherché chicane, espèce de morveux ! Tu mérites une bonne fessée, on te connaît, garnement ! »

Un rire s'éleva parmi les marchandes voisines de Marie, quand tout à coup surgit d'une arcade un individu excité, l'air d'un commis de boutique, d'ailleurs étranger à notre ville, vêtu d'un caftan à longues basques, coiffé d'une casquette à visière, encore jeune, les cheveux châtains bouclés, le visage pâle et grêlé. Il paraissait agité sans savoir pourquoi et se mit aussitôt à menacer Kolia du poing.

« J'te connais, hurlait-il, j'te connais ! »

Kolia le dévisagea. Il ne se souvenait pas de s'être chamaillé avec cet homme ; d'ailleurs il avait eu trop souvent des altercations dans la rue pour se les rappeler toutes.

« Tu me connais ? demanda-t-il ironiquement.

— J'te connais, j'te connais ! rabâchait l'individu.

— Tu as bien de la chance. Mais je suis pressé, adieu !

— T'as pas fini de faire l'insolent ? J'te connais, mon gars.

— Si je fais l'insolent, l'ami, ce n'est pas ton affaire ! proféra Kolia en s'arrêtant, les yeux toujours fixés sur lui.

— Comment ça ?

— Comme ça.

— De qui que c'est l'affaire, alors ? Dis voir..

— De Tryphon Nikititch.

— De qui ? »

Le gars, toujours échauffé, fixa Kolia d'un air stupide.
Celui-ci le toisa gravement.

« Es-tu allé à l'église de l'Ascension ? demanda-t-il sur
un ton impérieux.

— Où ça ? Pour quoi faire ? Non, j'y suis point allé, fit
le gars déconcerté.

— Connais-tu Sabanéiev ? dit Kolia sur le même ton.

— Sabanéiev ? Non, j'le connais point.

— Alors va te faire fiche ! trancha Kolia, qui tournant à
droite, s'éloigna d'un pas rapide, comme dédaignant de
parler à un nigaud qui ne connaissait même pas Sabanéiev.

— Attends voir ! Quel Sabanéiev ? se ravisa le gars, de
nouveau agité. De qui parlait-il ? » demanda-t-il aux marchandes, en les regardant d'un air hébété.

Les bonnes femmes éclatèrent de rire.

« Il est futé, ce gamin, fit l'une d'elles.

— De quel Sabanéiev parlait-il ? s'acharnait à répéter le
gars en gesticulant.

— Ça doit être le Sabanéiev qui travaillait chez les
Kouzmitchev, voilà ce qui en est », conjectura une bonne
femme.

Le gars la considéra avec effarement.

« Kouz-mi-tchev ? reprit une autre. Alors, c'est pas Tryphon, c'est Kouzma qu'il s'appelle. Mais le petit gars a dit
Tryphon Nikititch ; c'est pour sûr pas lui.

— Non, c'est pas Tryphon et c'est pas non plus Sabanéiev, c'est Tchijov, intervint une troisième marchande,
qui avait écouté sérieusement, Alexéi Ivanovitch Tchijov.

— T'as raison, c'est Tchijov », confirma une quatrième.

Le gars abasourdi regardait tantôt l'une, tantôt l'autre.

« Mais pourquoi qu'il m'a demandé ça, dites voir, mes
bonnes gens ? s'exclama-t-il presque désespéré. « Connais-
tu Sabanéiev ? » Qui diable que ça peut bien être, Sabanéiev ?

— T'as la tête dure, on te dit que c'est pas Sabanéiev,

mais Tchijov, Alexéi Ivanovitch, comprends-tu ? dit gravement une marchande.

— Quel Tchijov ? Dis-moi-le, puisque tu le sais.

— Un grand, qu'a les cheveux longs ; on le voyait au
marché c'été.

— Que veux-tu que je fasse de ton Tchijov, hein ! bonnes
gens ?

— Et qu'est-ce que j'en sais moi-même ?

— Qui peut savoir ce que tu lui veux ? reprit une autre.
Tu dois le savoir toi-même, puisque tu brailles. Car c'est à toi
qu'on parlait, pas à nous, nigaud... Alors comme ça, tu le
connais pas ?

— Qui ça ?

— Tchijov.

— Que le diable emporte Tchijov et toi avec ! Je le
rosserai, ma parole ! Il s'est fichu de moi !

— Toi, rosser Tchijov ? C'est lui qui te rossera, espèce de
serin !

— C'est pas Tchijov, méchante gale, c'est le gamin que je
rosserai. Amenez-le, amenez-le, il s'est fichu de moi ! »

Les bonnes femmes éclatèrent de rire. Kolia était déjà loin
et cheminait d'un air vainqueur. Smourov, à ses côtés, se
retournait parfois vers le groupe criard. Lui aussi s'amusait
beaucoup, tout en appréhendant d'être mêlé à une histoire
avec Kolia.

« De quel Sabanéiev lui parlais-tu ? demanda-t-il à Kolia,
en se doutant de la réponse.

— Qu'est-ce que j'en sais ? Maintenant, ils vont se cha-
mailler jusqu'au soir. J'aime à mystifier les imbéciles dans
toutes les classes de la société... Tiens, voilà encore un
nigaud. Note ceci ; on dit : « Il n'est pire sot qu'un sot
français », mais une physionomie russe se trahit également.
Regarde-moi ce bonhomme-là : n'est-ce pas écrit sur son
front qu'il est un imbécile ?

— Laisse-le tranquille, Kolia, passons notre chemin.

— Jamais de la vie, je suis parti, maintenant. Hé !
bonjour, mon gars ! »

Un robuste individu, qui marchait lentement et semblait pris de boisson, la figure ronde et naïve, la barbe grisonnante, leva la tête et dévisagea l'écolier.

« Bonjour, si tu ne plaisantes pas, répondit-il sans se presser.

— Et si je plaisante ? dit Kolia en riant.

— Alors, plaisante, si le cœur t'en dit. On peut toujours plaisanter, ça ne fait de mal à personne.

— Excuse-moi, j'ai plaisanté.

— Eh bien, que Dieu te pardonne !

— Et toi, me pardonnes-tu ?

— De grand cœur. Passe ton chemin.

— Tu m'as l'air d'un gars pas bête.

— Moins bête que toi, répondit l'autre avec le même sérieux.

— J'en doute, fit Kolia un peu déconcerté.

— C'est pourtant vrai.

— Après tout, ça se peut bien.

— Je sais ce que je dis.

— Adieu, mon gars.

— Adieu.

— Il y a des croquants de différentes sortes, déclara Kolia après une pause. Pouvais-je savoir que je tomberais sur un sujet intelligent ? »

Midi sonna à l'horloge de l'église. Les écoliers pressèrent le pas et ne parlèrent presque plus durant le trajet, encore assez long. A vingt pas de la maison, Kolia s'arrêta, dit à Smourov d'aller le premier et d'appeler Karamazov.

« Il faut, au préalable, se renseigner, lui dit-il.

— A quoi bon le faire venir ? objecta Smourov. Entre tout droit, on sera ravi de te voir. Pourquoi lier connaissance dans la rue, par ce froid ?

— Je sais pourquoi je le fais venir ici au froid », répliqua Kolia d'un ton despotique qu'il aimait prendre avec ces « mioches ».

Smourov courut aussitôt exécuter les ordres de Krassotkine.

IV

SCARABÉE

Kolia, l'air important, s'adossa à la barrière, attendant l'arrivée d'Aliocha. Il avait beaucoup entendu parler de lui par ses camarades, mais toujours témoigné une indifférence méprisante à ce qu'ils lui rapportaient à son sujet. Néanmoins dans son for intérieur il désirait beaucoup faire sa connaissance ; il y avait, dans tout ce qu'on racontait d'Aliocha, tant de traits qui attiraient la sympathie ! Aussi le moment était-il grave ; il s'agissait de sauvegarder sa dignité, de faire preuve d'indépendance : « Sinon, il me prendra pour un gamin comme ceux-ci. Que sont-ils pour lui ? Je le lui demanderai quand nous aurons fait connaissance. C'est dommage que je sois de si petite taille. Touzikov est plus jeune que moi et il a la moitié de la tête en plus. Je ne suis pas beau, je sais que ma figure est laide, mais intelligente. Il ne faut pas non plus trop m'épancher ; en me jetant tout de suite dans ses bras il croirait... Fi, quelle honte, s'il allait croire... »

Ainsi s'agitait Kolia tout en s'efforçant de prendre un air dégagé. Sa petite taille le tourmentait plus encore que sa « laideur ». A la maison, dès l'année précédente, il avait marqué sa taille au crayon sur le mur, et tous les deux mois, le cœur battant, il se mesurait pour voir s'il avait grandi. Hélas ! il grandissait fort lentement, ce qui le mettait parfois au désespoir. Quant à son visage, il n'était nullement « laid », mais au contraire assez gentil, pâle, semé de taches de rousseur. Les yeux gris et vifs regardaient hardiment et brillaient souvent d'émotion. Il avait les pommettes un peu larges ; de petites lèvres plutôt minces, mais très rouges ; le nez nettement retroussé, « tout à fait camus, tout à fait camus ! » murmurait en se regardant au miroir Kolia, qui se retirait toujours avec indignation. « Et je ne dois même pas

avoir l'air intelligent », songeait-il parfois, doutant même
de cela. Il ne faudrait d'ailleurs pas croire que le souci de
sa figure et de sa taille l'absorbât tout entier. Au
contraire, si vexantes que fussent les stations devant le
miroir, il les oubliait bientôt et pour longtemps, « en se
consacrant tout entier aux idées et à la vie réelle », ainsi
que lui-même définissait son activité.

Aliocha parut bientôt et s'avança rapidement vers
Kolia ; celui-ci remarqua de loin qu'il avait l'air radieux.
« Est-il vraiment si content de me voir ? » songeait Kolia
avec satisfaction. Notons, en passant, qu'Aliocha avait
beaucoup changé depuis que nous l'avons quitté ; il avait
abandonné le froc et portait maintenant une redingote de
bonne coupe, un feutre gris, les cheveux courts. Il avait
gagné au change et paraissait un beau jeune homme. Son
charmant visage respirait toujours la gaieté, mais une
gaieté douce et tranquille. Kolia fut surpris de le voir
sans pardessus ; il avait dû se dépêcher. Il tendit la main
à l'écolier.

« Vous voilà enfin, dit-il ; nous vous attendions avec
impatience.

— Mon retard avait des causes que vous apprendrez.
En tout cas, je suis heureux de faire votre connaissance.
J'en attendais l'occasion, on m'a beaucoup parlé de vous,
murmura Kolia, un peu gêné.

— Nous aurions fait de toute façon connaissance ; moi
aussi j'ai beaucoup entendu parler de vous, mais ici vous
venez trop tard.

— Dites-moi, comment cela va-t-il, ici ?

— Ilioucha va très mal, il ne s'en tirera pas.

— Est-ce possible ? Convenez que la médecine est une
infamie, Karamazov, dit Kolia avec chaleur.

— Ilioucha s'est souvenu de vous bien des fois, même
dans son délire. On voit que vous lui étiez très cher
auparavant... jusqu'à l'incident du canif. Il doit y avoir
une autre cause... Ce chien est à vous ?

— Oui, c'est Carillon.

— Ah, ce n'est pas Scarabée ? dit Aliocha en regardant tristement Kolia dans les yeux. L'autre a vraiment disparu ?

— Je sais que vous voudriez tous avoir Scarabée, on m'a tout raconté, répliqua Kolia avec un sourire énigmatique. Écoutez, Karamazov, je vais tout vous dire, c'est d'ailleurs pour vous expliquer la situation que je vous ai fait venir avant d'entrer, commença-t-il avec animation. Au printemps, Ilioucha est entré en préparatoire. Vous savez ce que sont les élèves de cette classe : des moutards, de la marmaille. Ils se mirent aussitôt à le taquiner. Je suis deux classes plus haut et, bien entendu, je les observe de loin. Je vois un petit garçon chétif, qui ne se soumet pas, se bat même avec eux ; il est fier, ses yeux brillent. J'aime ces caractères-là. Les autres redoublent. Le pire, c'est qu'il avait alors un méchant costume, un pantalon qui remontait, des souliers percés. Raison de plus pour l'humilier. Cela me déplut, je pris aussitôt sa défense et je leur donnai une leçon, car je les bats et ils m'adorent, vous savez cela, Karamazov ? dit Kolia avec une fierté expansive. En général, j'aime les marmots. J'ai maintenant, à la maison, deux gosses sur les bras, ce sont eux qui m'ont retenu aujourd'hui. On cessa de battre Ilioucha et je le pris sous ma protection. C'est un garçon fier, je vous assure, mais il finit par m'être servilement dévoué, exécuta mes moindres ordres, m'obéit comme à Dieu, s'efforça de m'imiter. Aux récréations, il venait me trouver et nous nous promenions ensemble, le dimanche également. Au collège, on se moque de voir un grand se lier ainsi avec un petit, mais c'est un préjugé. Telle est ma fantaisie, et *basta*, n'est-ce pas ? Je l'instruis, je le forme, j'en ai bien le droit, n'est-ce pas ? Ainsi, vous, Karamazov, qui vous êtes lié avec tous ces gosses, vous voulez, n'est-ce pas, influer sur la jeune génération, la former, vous rendre utile ? Et, je l'avoue, ce trait de votre caractère, que je connaissais par ouï-dire, m'a fort intéressé, plus qu'aucun autre. Mais venons au fait : je remarque que ce garçon devient sensible, sentimental à l'excès ; or, sachez que depuis ma naissance je suis l'ennemi décidé des « tendresses de veau ». De plus, il se contredit : tantôt il se

montre servilement dévoué, tantôt ses yeux étincellent, il ne
veut pas tomber d'accord avec moi, il discute, il se fâche.
J'exposais parfois certaines idées ; ce n'est pas qu'il y fût
opposé, mais je voyais qu'il se révoltait contre moi personnellement, parce que je répondais à ses tendresses par de la
froideur. Afin de le dresser, je me montrai d'autant plus froid
qu'il devenait plus tendre ; je le faisais exprès, telle était ma
conviction. Je me proposais de former son caractère, de
l'égaliser, de faire de lui un homme... enfin, vous m'entendez
à demi-mot. Tout à coup, je le vois plusieurs jours de suite
troublé, affligé, non à cause des tendresses, mais pour
quelque chose d'autre, de plus fort, de supérieur. « Quelle
est cette tragédie ? », pensai-je. En le pressant de questions,
j'appris la chose : il avait lié connaissance avec Smerdiakov,
le domestique de feu votre père (qui vivait encore à cette
époque). Celui-ci lui enseigna une plaisanterie stupide, c'est-
à-dire cruelle et lâche ; il s'agissait de prendre de la mie de
pain, d'y enfoncer une épingle et de la jeter à un mâtin, un de
ces chiens affamés qui avalent d'un seul coup, pour regarder
ce qui en résulterait. Ils préparèrent donc une boulette et la
jetèrent à ce Scarabée, un chien aux longs poils qu'on ne
nourrissait pas et qui aboyait au vent toute la journée.
(Aimez-vous ce stupide aboiement, Karamazov ? Moi, je ne
puis le souffrir.) La bête se jeta dessus, l'avala, gémit, puis se
mit à tourner et à courir ; « elle courait en hurlant et
disparut », me décrivit Ilioucha. Il avouait en pleurant,
m'étreignait, secoué de sanglots : « Le chien courait et
gémissait. » Il ne faisait que répéter cela, tant cette scène
l'avait frappé. Il avait des remords. Je pris la chose au
sérieux. Je voulais surtout lui apprendre à vivre pour sa
conduite ultérieure, de sorte que j'usai de ruse, je l'avoue, et
feignis une indignation que je n'éprouvais peut-être nullement. « Tu as commis une action lâche, lui dis-je, tu es un
misérable, je ne divulguerai pas la chose, bien sûr, mais pour
le moment je cesse toute relation avec toi. Je vais réfléchir et
te faire savoir par Smourov (celui qui m'a accompagné
aujourd'hui et qui m'est dévoué) ma décision définitive. » Il

en fut consterné. Je sentis que j'avais été un peu loin, mais
que faire ? c'était alors mon idée. Le lendemain, je lui fis dire
par Smourov que je ne lui « parlais » plus, c'est l'expression
en usage lorsque deux camarades rompent les relations. Mon
intention secrète était de lui tenir rigueur quelques jours,
puis, à la vue de son repentir, de lui tendre la main. J'y étais
fermement décidé. Mais, le croirez-vous, après avoir entendu
Smourov, voilà ses yeux qui étincellent et il s'écrie : « Dis à
Krassotkine de ma part que maintenant je vais jeter à tous les
chiens des boulettes avec des épingles, à tous, à tous ! »
« Ah ! pensai-je, il devient capricieux, il faut le corriger ! » Et
je me mis à lui témoigner un parfait mépris, à me détourner
ou à sourire ironiquement à chaque rencontre. Et voilà que
survint cet incident avec son père, vous vous souvenez, le
torchon de tille ? Vous comprenez qu'ainsi il était déjà prêt à
s'exaspérer. Voyant que je l'abandonnais, ses camarades le
taquinèrent de plus belle : « Torchon de tille, torchon de
tille ! » C'est alors que commencèrent entre eux des batailles
que je regrette énormément, car je crois qu'une fois il fut
roué de coups. Il lui arriva de se jeter sur les autres en sortant
de classe, je me tenais à dix pas et je le regardais. Je ne me
souviens pas d'avoir ri alors, au contraire, il me faisait grande
pitié, j'étais sur le point de m'élancer pour le défendre. Il
rencontra mon regard, j'ignore ce qu'il s'imagina, mais il
saisit un canif, se jeta sur moi et me le planta dans la cuisse
droite. Je ne bougeai pas, je suis brave à l'occasion,
Karamazov, je me bornai à le regarder avec mépris, comme
pour lui dire : « Ne veux-tu pas recommencer, en souvenir
de notre amitié ? je suis à ta disposition. » Mais il ne me
frappa plus, il ne put y tenir, prit peur, jeta le canif, s'enfuit
en pleurant. Bien entendu, je ne le dénonçai pas, j'ordonnai à
tous de se taire, afin que la chose ne parvînt pas à l'oreille des
maîtres ; je n'en parlai à ma mère qu'une fois la blessure
cicatrisée, ce n'était qu'une éraflure. J'appris ensuite que le
même jour il s'était battu à coups de pierres et qu'il vous avait
mordu le doigt, vous comprenez dans quel état il se trouvait.
Lorsqu'il tomba malade, j'eus tort de ne pas aller lui

pardonner, c'est-à-dire de me réconcilier avec lui, je le
regrette maintenant. Mais c'est alors qu'il me vint une idée.
Eh bien, voilà toute l'histoire... Seulement, je crois que j'ai
eu tort...

— Ah ! quel dommage, dit Aliocha ému, que je n'aie pas
connu vos relations antérieures avec Ilioucha ; il y a longtemps que je vous aurais prié de m'accompagner chez lui.
Figurez-vous que dans la fièvre et le délire il parle de vous.
J'ignorais combien vous lui êtes cher ! Est-il possible que
vous n'ayez pas essayé de retrouver ce Scarabée ? Son père et
ses camarades l'ont recherché dans toute la ville. Le croirez-
vous, malade et pleurant, il a répété trois fois devant moi :
« C'est parce que j'ai tué Scarabée que je suis malade, papa ;
c'est Dieu qui m'a puni ! » On ne peut pas lui ôter cette idée !
Et si vous aviez maintenant amené Scarabée et prouvé qu'il
est vivant, je crois que la joie l'aurait ressuscité. Nous
comptions tous sur vous.

— Dites-moi, pourquoi espériez-vous que je retrouverais
Scarabée ? demanda Kolia avec une vive curiosité. Pourquoi
comptiez-vous sur moi et non sur un autre ?

— Le bruit a couru que vous le recherchiez et que vous
l'amèneriez. Smourov a parlé dans ce sens. Nous nous
efforçons tous de faire croire à Ilioucha que Scarabée est
vivant, qu'on l'a aperçu. Ses camarades lui ont apporté un
levraut, il l'a regardé avec un faible sourire et a demandé
qu'on lui rendît la liberté : nous l'avons fait. Son père vient
de rentrer avec un tout jeune molosse, il pensait le consoler
ainsi, mais je crois que c'est pire...

— Dites-moi encore, Karamazov, son père, quel homme
est-ce ? Je le connais, mais que pensez-vous de lui : c'est un
bouffon, un pitre ?

— Oh ! non ; il y a des gens à l'âme sensible, mais qui sont
comme accablés par le sort. Leur bouffonnerie est une sorte
d'ironie méchante envers ceux à qui ils n'osent pas dire la
vérité en face, par suite de l'humiliation et de la timidité
qu'ils éprouvent depuis longtemps. Croyez, Krassotkine,
qu'une pareille bouffonnerie est parfois des plus tragiques.

Maintenant, Iliboucha est tout pour lui, et, s'il meurt, le pauvre homme perdra la raison ou se tuera. J'en suis presque sûr, quand je le regarde !

— Je vous comprends, Karamazov, je vois que vous connaissez l'homme.

— En vous voyant avec un chien, j'ai cru que c'était Scarabée.

— Attendez, Karamazov, peut-être retrouverons-nous Scarabée, mais celui-ci c'est Carillon. Je vais le laisser entrer, et peut-être fera-t-il plus plaisir à Iliboucha que le jeune molosse... Attendez, Karamazov, vous allez apprendre quelque chose. Ah ! mon Dieu, à quoi pensais-je ! s'écria tout à coup Kolia. Vous êtes sans pardessus par un froid pareil et moi qui vous retiens ! Voyez comme je suis égoïste ! Nous sommes tous égoïstes, Karamazov !

— Ne vous inquiétez pas ; il fait froid, mais je ne suis pas frileux. Allons, pourtant. A propos, quel est votre nom, je sais seulement que vous vous appelez Kolia.

— Nicolas, Nicolas Ivanovitch Krassotkine, ou, comme on dit administrativement, le fils Krassotkine. »

Kolia sourit, mais ajouta : « Il va sans dire que je déteste mon prénom.

— Pourquoi ?

— Il est banal.

— Vous avez treize ans ? demanda Aliocha.

— Quatorze dans quinze jours. Je dois vous avouer une faiblesse, Karamazov, comme entrée en matière, pour que vous voyiez d'emblée toute ma nature : je déteste qu'on me demande mon âge... enfin... On me calomnie en disant que j'ai joué au voleur avec les gosses de la préparatoire, la semaine dernière. Je l'ai fait, c'est vrai, mais prétendre que j'ai joué pour mon plaisir, c'est une calomnie. J'ai des raisons de croire que vous en êtes informé ; or, je n'ai pas joué pour moi, mais pour les gosses, car ils ne savent rien imaginer sans moi. Et, chez nous, on raconte toujours des niaiseries. C'est la ville des cancans, je vous assure.

— Et même si vous aviez joué par plaisir, qu'est-ce que ça ferait ?

— Mais voyons, vous ne joueriez pas au cheval fondu ?

— Vous devez vous dire ceci, fit soudain Aliocha : les grandes personnes vont au théâtre, par exemple, où l'on représente aussi les aventures de différents héros, parfois aussi des scènes de brigandage et de guerre ; or, n'est-ce pas la même chose, dans son genre bien entendu ? Et quand les jeunes gens jouent à la guerre ou au voleur, durant la récréation, c'est aussi de l'art naissant, un besoin artistique qui se développe dans les jeunes âmes, et parfois ces jeux sont plus réussis que les représentations théâtrales ; la seule différence, c'est qu'on va au théâtre voir les acteurs, tandis que la jeunesse elle-même joue le rôle d'acteurs. Mais c'est tout naturel [1].

— Vous croyez, vous en êtes sûr ? dit Kolia en le fixant. Vous avez exprimé une idée assez curieuse ; je vais la ruminer une fois rentré. Je savais bien que l'on peut apprendre quelque chose de vous. Je suis venu m'instruire en votre compagnie, Karamazov, dit Kolia avec expansion.

— Et moi dans la vôtre. »

Aliocha sourit, lui serra la main. Kolia était enchanté d'Aliocha. Ce qui le frappait, c'était de se trouver sur un pied d'égalité parfaite avec ce jeune homme, qui lui parlait comme à « une grande personne ».

« Je vais vous montrer un numéro, Karamazov, une représentation théâtrale en son genre, dit-il avec un rire nerveux ; c'est pour ça que je suis venu.

— Entrons d'abord à gauche, chez la propriétaire ; vos camarades y ont laissé leurs pardessus, car dans la chambre on est à l'étroit et il fait chaud.

— Oh ! je ne resterai pas longtemps, je garderai mon pardessus. Carillon m'attendra dans le vestibule. « Ici, Carillon, couche et meurs ! » Vous voyez, il est mort. J'entrerai d'abord voir ce qui se passe, puis, le moment venu, je le sifflerai : « Ici, Carillon ! » Vous le verrez se précipiter. Seulement, il faut que Smourov n'oublie pas d'ouvrir la porte à ce moment. Je donnerai mes instructions, et vous verrez un curieux numéro... »

V

AU CHEVET D'ILIOUCHA

On était fort à l'étroit ce jour-là dans l'appartement du capitaine Sniéguiriov. Bien que les garçons qui se trouvaient là fussent prêts, comme Smourov, à nier qu'Aliocha les eût réconciliés avec Ilioucha et menés chez lui, il en était pourtant ainsi. Toute son habileté avait consisté à les amener l'un après l'autre, sans « tendresses de veau » et comme par hasard. Cela avait apporté un grand soulagement à Ilioucha dans ses souffrances. L'amitié presque tendre et l'intérêt que lui témoignaient ses anciens ennemis le touchèrent beaucoup. Seul Krassotkine manquait, et son absence lui était fort pénible. Dans les tristes souvenirs d'Ilioucha, l'épisode le plus amer était l'incident avec Krassotkine, son unique ami et son défenseur, sur lequel il s'était jeté alors avec un canif. C'est ce que pensait le jeune Smourov, garçon intelligent qui était venu le premier se réconcilier avec Ilioucha. Mais Krassotkine, pressenti vaguement par Smourov au sujet de la visite d'Aliocha « pour affaire », avait coupé court en faisant répondre à « Karamazov » qu'il savait ce qu'il avait à faire, qu'il ne demandait de conseil à personne et que s'il visitait le malade, ce serait à son idée, « ayant un plan ». Cela se passait quinze jours avant le dimanche en question. Voilà pourquoi Aliocha n'était pas allé le trouver lui-même, comme il en avait l'intention. D'ailleurs, tout en l'attendant, il avait envoyé à deux reprises Smourov chez Krassotkine. Mais chaque fois celui-ci avait refusé sèchement, en faisant dire à Aliocha que s'il venait le chercher, lui-même n'irait jamais chez Ilioucha ; il priait donc qu'on le laissât en repos. Jusqu'au dernier jour, Smourov lui-même ignorait que Kolia eût décidé de se rendre chez Ilioucha et la veille au soir

seulement, en prenant congé de lui, Kolia lui avait dit
brusquement de l'attendre à la maison le lendemain matin,
parce qu'il l'accompagnerait chez les Sniéguiriov, mais qu'il
se gardât de parler à personne de sa visite, car il voulait
arriver à l'improviste. Smourov obéit. Il se flattait que
Krassotkine ramènerait Scarabée disparu : n'avait-il pas
prétendu un jour qu' « ils étaient tous des ânes de ne pouvoir
retrouver ce chien s'il vivait encore ». Mais, lorsque Smourov
avait fait part timidement de ses conjectures, Krassotkine
s'était fâché tout rouge : « Suis-je assez stupide pour chercher des chiens étrangers par la ville, quand j'ai Carillon ?
Peut-on espérer que cette bête soit restée en vie après avoir
avalé une épingle ? Ce sont des « tendresses de veau », voilà
tout ! »

Cependant, depuis deux semaines, Ilioucha n'avait presque pas quitté son petit lit, dans un coin, près des saintes
images. Il n'allait plus en classe depuis le jour où il avait
mordu le doigt d'Aliocha. Sa maladie datait de là ; pourtant,
durant un mois encore, il put se lever parfois, pour marcher
dans la chambre et le vestibule. Enfin, ses forces l'abandon-
nèrent tout à fait, et il lui fut impossible de se mouvoir sans
l'aide de son père. Celui-ci tremblait pour Ilioucha ; il cessa
même de boire ; la crainte de perdre son fils le rendait
presque fou et souvent, surtout après l'avoir soutenu à
travers la chambre et recouché, il se sauvait dans le vestibule.
Là, dans un coin sombre, le front au mur, il étouffait
convulsivement ses sanglots, pour n'être pas entendu du petit
malade. De retour dans la chambre, il se mettait d'ordinaire à
divertir et à consoler son cher enfant, lui racontait des
histoires, des anecdotes comiques, ou contrefaisait des gens
drôles qu'il avait rencontrés, imitait même les cris des
animaux. Mais les grimaces et les bouffonneries de son père
déplaisaient fort à Ilioucha. Bien qu'il s'efforçât de dissimuler son malaise, il sentait, le cœur serré, que son père était
humilié en société, et le souvenir du « torchon de tille » et de
cette « terrible journée » le poursuivait sans cesse. La sœur
infirme d'Ilioucha, la douce Nina, n'aimait pas non plus les

grimaces de son père (Varvara Nicolaievna était partie depuis
longtemps suivre les cours à Pétersbourg) ; en revanche, la
maman faible d'esprit s'amusait beaucoup, riait de tout son
cœur lorsque son époux représentait quelque chose ou faisait
des gestes comiques. C'était sa seule consolation ; le reste du
temps elle se plaignait en pleurant que tout le monde
l'oubliait, qu'on lui manquait d'égards, etc. Mais, les derniers jours, elle aussi parut changer. Elle regardait souvent
Ilioucha dans son coin et se mettait à songer. Elle devint plus
silencieuse, se calma, ne pleurant plus que doucement, pour
qu'on ne l'entendît pas. Le capitaine remarquait ce changement avec une douloureuse perplexité. Les visites des
écoliers lui déplurent et l'irritèrent tout d'abord, mais peu à
peu les cris joyeux des enfants et leurs récits la divertirent,
elle aussi, et finirent par lui plaire au point qu'elle se serait
terriblement ennuyée sans eux. Elle battait des mains, riait
en les regardant jouer, appelait certains d'entre eux pour les
embrasser ; elle affectionnait particulièrement le jeune Smourov. Quant au capitaine, les visites des enfants le remplissaient d'allégresse ; elles firent même naître en lui l'espoir
que le petit cesserait maintenant de se tourmenter, qu'il se
rétablirait peut-être plus vite. Malgré son inquiétude, il
demeura persuadé jusqu'aux derniers jours que son fils allait
recouvrer la santé. Il accueillait les jeunes visiteurs avec
respect, se mettant à leur service, prêt à les porter sur son
dos, et commença même à le faire, mais ces jeux déplurent à
Ilioucha et furent abandonnés. Il achetait à leur intention des
friandises, du pain d'épice, des noix, leur offrait le thé avec
des tartines. Il faut noter que l'argent ne lui manquait pas. Il
avait accepté les deux cents roubles de Catherine Ivanovna,
tout comme Aliocha le prévoyait. Ensuite, la jeune fille,
informée plus exactement de leur situation et de la maladie
d'Ilioucha, était venue chez eux, avait fait connaissance avec
toute la famille et même charmé la pauvre démente. Depuis
lors, sa générosité ne s'était pas ralentie, et le capitaine,
tremblant à l'idée de perdre son fils, avait oublié son
ancienne fierté et recevait humblement la charité. Durant

tout ce temps, le docteur Herzenstube, mandé par Catherine
Ivanovna, avait visité régulièrement le malade tous les deux
jours, mais sans grand résultat, bien qu'il le bourrât de
remèdes. Ce même dimanche, le capitaine attendait un
nouveau médecin arrivé de Moscou, où il passait pour une
célébrité. Catherine Ivanovna l'avait fait venir à grands frais,
dans un dessein dont il sera question plus loin, et prié par la
même occasion de visiter Ilioucha, ce dont le capitaine était
prévenu. Il ne se doutait nullement que Krassotkine allait
venir, bien qu'il désirât depuis longtemps la visite de ce
garçon, au sujet duquel Ilioucha se tourmentait tant.

Lorsque Kolia entra, tous se pressaient autour du lit du
malade et examinaient un molosse minuscule, né de la veille,
que le capitaine avait retenu depuis une semaine pour
distraire et consoler Ilioucha, toujours chagriné de la disparition de Scarabée, qui devait avoir péri. Ilioucha savait depuis
trois jours qu'on lui ferait cadeau d'un jeune chien, un
véritable molosse (ce qui était fort important) et, quoique par
délicatesse il parût ravi, son père et ses camarades voyaient
bien que ce nouveau chien ne faisait que réveiller dans son
cœur les souvenirs du malheureux Scarabée, qu'il avait fait
souffrir. La petite bête remuait à côté de lui ; avec un faible
sourire, il la caressait de sa main diaphane ; on voyait que le
chien lui plaisait, mais... ce n'était pas Scarabée ! S'il avait eu
les deux ensemble, rien n'aurait manqué à son bonheur !

« Krassotkine ! » cria un des garçons, qui avait vu le
premier Kolia entrer.

Il y eut un certain émoi, les enfants s'écartèrent des deux
côtés du lit, découvrant ainsi Ilioucha. Le capitaine se
précipita au-devant de Kolia.

« Soyez le bienvenu, cher hôte ! Ilioucha, M. Krassotkine
est venu te voir... »

Krassotkine, lui ayant tendu la main, montra aussitôt sa
bonne éducation. Il se tourna d'abord vers la femme du
capitaine, assise dans son fauteuil (elle était justement fort
mécontente et maugréait parce que les enfants lui cachaient le
lit d'Ilioucha et l'empêchaient de regarder le chien), et lui fit

une révérence polie, puis, s'adressant à Nina, il la salua de la même façon. Ce procédé impressionna favorablement la malade.

« On reconnaît tout de suite un jeune homme bien élevé, dit-elle tout en écartant les bras ; ce n'est pas comme ceux-ci : ils entrent l'un sur l'autre.

— Comment ça, maman, l'un sur l'autre, que voulez-vous dire ? balbutia le capitaine un peu inquiet.

— C'est comme ça qu'ils font leur entrée. Dans le vestibule l'un monte à cheval sur les épaules de l'autre, et ils se présentent ainsi dans une famille honorable. A quoi est-ce que ça ressemble ?

— Mais qui donc, maman, qui est entré comme ça ?

— En voilà un qui portait l'autre, et encore ces deux-là... »

Mais Kolia était déjà au chevet d'Ilitoucha. Le malade avait pâli. Il se dressa, regarda fixement Kolia. Celui-ci, qui n'avait pas vu son petit ami depuis deux mois, s'arrêta consterné ; il ne s'attendait pas à trouver un visage si jaune, si amaigri, des yeux si brûlants de fièvre, si démesurément agrandis, des mains si frêles. Avec une douloureuse surprise il voyait qu'Ilitoucha avait la respiration pénible et précipitée, les lèvres desséchées. Il s'approcha, lui tendit la main et proféra, embarrassé :

« Eh bien, mon vieux... comment ça va ? »

Mais sa voix s'étrangla, son visage se contracta, il eut un léger tremblement près des lèvres. Iliioucha, encore incapable de prononcer une parole, lui souriait tristement, Kolia lui passa tout à coup la main dans les cheveux.

« Ça ne va pas mal ! » répondit-il machinalement.

Ils se turent un instant.

« Alors tu as un nouveau chien ? demanda Kolia d'un ton indifférent.

— Ou-ii, dit Iliioucha, qui haletait.

— Il a le nez noir, il sera méchant », dit Kolia d'un ton grave, comme s'il s'agissait d'une chose très importante.

Il s'efforçait de dominer son émotion, pour ne pas pleurer comme un « gosse », mais il n'y arrivait pas.

« Une fois grand il faudra le mettre à la chaîne, j'en suis sûr.

— Il sera énorme ! s'exclama un des jeunes garçons.

— Bien sûr, un molosse, ça atteint la taille d'un veau.

— La taille d'un veau, d'un vrai veau, intervint le capitaine ; j'en ai cherché exprès un comme ça, le plus méchant qui soit, ses parents aussi sont énormes et féroces... Asseyez-vous, sur le lit d'Ilioucha ou bien sur le banc. Soyez le bienvenu, cher hôte, il y a longtemps qu'on vous attendait. Vous êtes venu avec Alexéi Fiodorovitch ? »

Krassotkine s'assit sur le lit, aux pieds d'Ilioucha. Il avait peut-être préparé en chemin une entrée en matière, mais maintenant il perdait le fil.

« Non... Je suis avec Carillon... J'ai un chien qui s'appelle comme ça, maintenant. Il attend là-bas... Je siffle et il accourt. Moi aussi j'ai un chien. »

Il se tourna vers Ilioucha : « Te souviens-tu de Scarabée, mon vieux ? » lui demanda-t-il à brûle-pourpoint.

Le petit visage d'Ilioucha se contracta. Il regarda Kolia avec douleur. Aliocha, qui se tenait près de la porte, fronça le sourcil, fit signe à la dérobée à Kolia de ne pas parler de Scarabée, mais celui-ci ne le remarqua pas ou ne voulut pas le remarquer.

« Où est donc... Scarabée ? demanda Ilioucha d'une voix brisée.

— Ah, mon vieux, ton Scarabée a disparu ! »

Ilioucha se tut, mais regarda de nouveau Kolia fixement. Aliocha, qui avait rencontré le regard de Kolia, lui fit un nouveau signe, mais de nouveau il détourna les yeux, feignant de n'avoir pas compris.

« Il s'est sauvé sans laisser de traces. On pouvait s'y attendre, après une pareille boulette, dit l'impitoyable Kolia, qui cependant paraissait lui-même haletant. En revanche, j'ai Carillon... Je te l'ai amené...

— C'est inutile ! dit Ilioucha.

— Non, non, au contraire, il faut que tu le voies... Ça te distraira. Je l'ai amené exprès... une bête à longs poils comme l'autre... Vous permettez, madame, que j'appelle mon chien, demanda-t-il à Mme Sniéguiriov avec une agitation incompréhensible.

— Non, non, ce n'est pas la peine ! » s'écria Iliioucha d'une voix déchirante. Le reproche brillait dans ses yeux.

« Vous auriez dû, intervint le capitaine qui se leva précipitamment du coffre où il était assis près du mur, vous auriez dû... attendre... »

Mais Kolia, inflexible, cria à Smourov :

« Smourov, ouvre la porte ! »

Dès qu'elle fut ouverte il donna un coup de sifflet. Carillon se précipita dans la chambre.

« Saute, Carillon, fais le beau, fais le beau ! » ordonna Kolia.

Le chien, se dressant sur les pattes de derrière, se tint devant le lit d'Iliioucha. Il se passa quelque chose d'inattendu. Iliioucha tressaillit, se pencha avec effort vers Carillon et l'examina, défaillant.

« C'est... Scarabée ! s'écria-t-il d'une voix brisée par la souffrance et le bonheur.

— Qui pensais-tu que c'était ? » cria de toutes ses forces Krassotkine radieux.

Il passa les bras autour du chien et le souleva.

« Regarde, vieux, tu vois : un œil borgne, l'oreille gauche fendue, tout à fait les signes que tu m'avais indiqués. C'est d'après eux que je l'ai cherché. Ça n'a pas été long. Il n'appartenait en effet à personne. Il s'était réfugié chez les Fédotov, dans l'arrière-cour, mais on ne le nourrissait pas ; c'est un chien errant, qui s'est sauvé d'un village... Tu vois, vieux, il n'a pas dû avaler ta boulette. Sinon, il serait mort, pour sûr ! Donc il a pu la recracher, puisqu'il est vivant. Tu ne l'as pas remarqué. Pourtant il s'est piqué à la langue, voilà pourquoi il gémissait. Il courait en gémissant, tu as cru qu'il avait avalé la boulette. Il a dû se faire très mal, car les chiens ont la peau fort sensible dans la bouche... bien plus sensible que l'homme ! »

Kolia parlait très haut, l'air échauffé et radieux. Ilioucha ne pouvait rien dire. Il regardait Kolia de ses grands yeux écarquillés et était devenu blanc comme un linge. Si Kolia, qui ne se doutait de rien, avait su le mal que pouvait faire au petit malade une telle surprise, il ne se fût jamais décidé à ce coup de théâtre. Mais dans la chambre, Aliocha était peut-être seul à comprendre. Quant au capitaine, on aurait dit un petit garçon.

« Scarabée ! Alors c'est Scarabée ! criait-il avec bonheur, Ilioucha, c'est Scarabée, ton Scarabée ! Maman, c'est Scarabée ! Il pleurait presque.

— Et moi qui n'ai pas deviné ! dit tristement Smourov. Je savais bien que Krassotkine trouverait Scarabée ; il a tenu parole.

— Il a tenu parole ! fit une voix joyeuse.

— Bravo, Krassotkine ! dit un troisième.

— Bravo, Krassotkine ! s'écrièrent tous les enfants qui se mirent à applaudir.

— Attendez, attendez, dit Krassotkine, s'efforçant de dominer le tumulte ; je vais vous raconter comment la chose s'est faite. Après l'avoir retrouvé, je l'ai amené à la maison et soustrait à tous les regards. Seul Smourov l'a aperçu, il y a quinze jours, mais je lui ai fait croire que c'était Carillon, il ne s'est douté de rien. Dans l'intervalle, j'ai dressé Scarabée ; vous allez voir les tours qu'il connaît ! Je l'ai dressé, vieux, pour te l'amener déjà instruit. N'avez-vous pas un morceau de bouilli, il vous fera un tour à mourir de rire ? »

Le capitaine courut chez les propriétaires, où se préparait le repas de la famille. Kolia, pour ne pas perdre un temps précieux, cria aussitôt à Carillon : « Fais le mort ! » Celui-ci se mit à tourner, se coucha sur le dos, s'immobilisa, les quatre pattes en l'air. Les enfants riaient ; Ilioucha regardait avec le même sourire douloureux ; mais la plus contente, c'était « maman ». Elle éclata de rire à la vue du chien et se mit à faire claquer ses doigts en appelant :

« Carillon, Carillon ! »

— Pour rien au monde il ne se lèvera, dit Kolia d'un air triomphant et avec une juste fierté ; quand bien même vous l'appelleriez tous ! Mais à ma voix il sera sur pied. Ici, Carillon ! »

Le chien se dressa, se mit à gambader avec des cris de joie. Le capitaine accourut avec un morceau de bouilli.

« Il n'est pas chaud ? s'informa aussitôt Kolia d'un air entendu. Non ; c'est bien, car les chiens n'aiment pas le chaud. Regardez tous ; Ilioucha, regarde donc, vieux, à quoi penses-tu ? C'est pour lui que je l'ai amené, et il ne regarde pas ! »

Le nouveau tour consistait à mettre un morceau de viande sur le museau tendu du chien immobile. La malheureuse bête devait le garder aussi longtemps qu'il plaisait à son maître, fût-ce une demi-heure. L'épreuve de Carillon ne dura qu'une courte minute.

« Pille ! » cria Kolia, et, en un clin d'œil, le morceau passa du museau de Carillon dans sa gueule.

Le public, bien entendu, exprima une vive admiration.

« Est-il possible que vous ayez tant tardé uniquement pour dresser le chien ? s'exclama Aliocha d'un ton de reproche involontaire.

— Tout juste, s'écria Kolia avec ingénuité. Je voulais le montrer dans tout son éclat.

— Carillon ! Carillon ! cria Ilioucha en faisant claquer ses doigts frêles, pour attirer le chien.

— A quoi bon ! Qu'il saute plutôt lui-même sur ton lit. Ici, Carillon ! »

Kolia frappa sur le lit et Carillon s'élança comme une flèche vers Ilioucha. Celui-ci prit la tête à deux mains, en échange de quoi Carillon lui lécha aussitôt la joue. Ilioucha se serra contre lui, s'étendit sur le lit, se cacha la figure dans la toison épaisse.

« Mon Dieu, mon Dieu ! » s'exclama le capitaine.

Kolia s'assit de nouveau sur le lit d'Ilioucha.

« Ilioucha, je vais te montrer encore quelque chose. Je t'ai apporté un petit canon. Te souviens-tu, je t'en ai parlé une fois et tu m'as dit : « Ah ! comme je voudrais le voir ! » Eh bien ! je l'ai apporté. »

Et Kolia tira à la hâte de son sac le petit canon de bronze. Il se dépêchait parce qu'il était lui-même très heureux. Une autre fois, il eût attendu que l'effet produit par Carillon fût passé, mais maintenant il se hâtait, au mépris de toute retenue : « Vous êtes déjà heureux, eh bien, voilà encore du bonheur ! » Lui-même était ravi.

« Il y a longtemps que je lorgnais ceci chez le fonctionnaire Morozov, à ton intention, vieux, à ton intention. Il ne s'en servait pas, ça lui venait de son frère, je l'ai échangé contre un livre de la bibliothèque de papa : *le Cousin de Mahomet ou la Folie salutaire* [1]. C'est une œuvre libertine d'il y a cent ans, quand la censure n'existait pas encore à Moscou. Morozov est amateur de ces choses-là. Il m'a même remercié… »

Kolia tenait le canon à la main, de sorte que tout le monde pouvait le voir et l'admirer. Ilioucha se souleva et, tout en continuant à étreindre Carillon de la main droite, il contemplait le jouet avec délices. L'effet atteignit son comble lorsque Kolia déclara qu'il avait aussi de la poudre et qu'on pouvait tirer, « si toutefois cela ne dérange pas les dames ! » « Maman » demanda qu'on la laissât regarder le jouet de plus près, ce qui fut fait aussitôt. Le petit canon de bronze muni de roues lui plut tellement qu'elle se mit à le faire rouler sur ses genoux. Comme on lui demandait la permission de tirer, elle y consentit aussitôt, sans comprendre, d'ailleurs, de quoi il s'agissait. Kolia exhiba la poudre et la grenaille. Le capitaine, en qualité d'ancien militaire, s'occupa de la charge, versa un peu de poudre, priant de réserver la grenaille pour une autre fois. On mit le canon sur le plancher, la gueule tournée vers un espace libre ; on introduisit dans la lumière quelques grains de poudre et on l'enflamma avec une allumette. Le coup partit très bien. « Maman » avait tressailli, mais se mit aussitôt à rire. Les enfants regardaient dans un silence solennel, le capitaine surtout exultait en regardant Ilioucha. Kolia releva le canon, et en fit cadeau sur-le-champ à Ilioucha, ainsi que de la poudre et de la grenaille.

« C'est pour toi, pour toi ! Je l'ai préparé depuis longtemps à ton intention, répéta-t-il au comble du bonheur.

— Ah ! donnez-le-moi, plutôt, donnez-le-moi », demanda tout à coup « maman » d'une voix d'enfant.

Elle avait l'air inquiet, appréhendant un refus. Kolia se troubla. Le capitaine s'agita.

« Petite mère, le canon est à toi, mais Ilioucha le gardera parce qu'on le lui a donné ; c'est la même chose, Ilioucha te laissera toujours jouer avec, il sera à vous deux...

— Non, je ne veux pas qu'il soit à nous deux, mais à moi seule et non à Ilioucha, continua la maman, prête à pleurer.

— Maman, prends-le, le voici, prends-le ! cria Ilioucha. Krassotkine, puis-je le donner à maman ? » Et il se tourna d'un air suppliant vers Krassotkine, comme s'il craignait de l'offenser en donnant son cadeau à un autre.

« Mais certainement ! » consentit aussitôt Krassotkine, qui prit le canon des mains d'Ilioucha, et le remit lui-même à « maman », en s'inclinant avec une révérence polie. Elle en pleura d'attendrissement.

« Ce cher Ilioucha, il aime bien sa maman ! s'écria-t-elle, touchée, et elle se mit de nouveau à faire rouler le jouet sur ses genoux.

— Maman, je vais te baiser la main, dit son époux en passant aussitôt des paroles aux actes.

— Le plus gentil jeune homme, c'est ce bon garçon, dit la dame reconnaissante, en désignant Krassotkine.

— Quant à la poudre, Ilioucha, je t'en apporterai autant que tu voudras. Nous fabriquons maintenant la poudre nous-mêmes. Borovikov a appris la composition : prendre vingt-quatre parties de salpêtre, dix de soufre, six de charbon de bouleau ; piler le tout ensemble ; verser de l'eau ; en faire une pâte ; la faire passer à travers une peau d'âne ; voilà comme on obtient de la poudre.

— Smourov m'a déjà parlé de votre poudre, mais papa dit que ce n'est pas de la vraie », fit observer Ilioucha.

Kolia rougit.

« Comment, pas de la vraie ? Elle brûle. D'ailleurs, je ne sais pas...

— Ça ne fait rien, fit le capitaine, gêné. J'ai bien dit que la vraie poudre a une autre composition, mais on peut aussi en fabriquer comme ça.

— Vous savez ça mieux que moi. Nous avons mis le feu à notre poudre dans un pot à pommade en pierre, elle a très bien brûlé, il n'est resté qu'un peu de suie. Et ce n'était que de la pâte, tandis que si on fait passer à travers une peau... D'ailleurs, vous vous y connaissez mieux que moi... Sais-tu que le père de Boulkine l'a fouetté à cause de notre poudre ? demanda-t-il à Ilioucha.

— Je l'ai entendu dire, répondit Ilioucha, qui ne se lassait pas d'écouter Kolia.

— Nous avions préparé une bouteille de poudre, il la tenait sous le lit. Son père l'a vue. Elle peut faire explosion, a-t-il dit, et il l'a fouetté sur place. Il voulait se plaindre de moi au collège. Maintenant, défense de me fréquenter, à lui, à Smourov, à tous ; ma réputation est faite, je suis un « casse-cou », déclara-t-il avec un sourire méprisant. Ça a commencé depuis l'affaire du chemin de fer.

— Votre prouesse est venue jusqu'à nous, s'exclama le capitaine. Est-ce que vraiment vous n'aviez pas du tout peur quand le train a passé sur vous ? Ce devait être effrayant ? »

Le capitaine s'ingéniait à flatter Kolia.

« Pas particulièrement ! fit celui-ci d'un ton négligent. C'est surtout cette maudite oie qui a forgé ma réputation », reprit-il en se tournant vers Ilioucha.

Mais bien qu'il affectât un air dégagé, il n'était pas maître de lui et ne trouvait pas le ton juste.

« Ah ! j'ai aussi entendu parler de l'oie ! dit Ilioucha en riant ; on m'a raconté l'histoire, mais je ne l'ai pas bien comprise ; est-ce que vraiment tu es allé en justice ?

— Une étourderie, une bagatelle dont on a fait une

montagne, comme c'est l'usage chez nous, commença Kolia
avec désinvolture. Je cheminais sur la place lorsqu'on y
amena des oies. Je m'arrêtai pour les regarder. Un certain
Vichniakov, qui est maintenant garçon de courses chez les
Plotnikov, me regarde et me dit : « Qu'as-tu à contempler les
oies ? » Je l'examine : la figure ronde et niaise, une vingtaine
d'années. Vous savez que je ne repousse jamais le peuple.
J'aime à le fréquenter... Nous sommes restés en arrière du
peuple — c'est un axiome — vous riez, je crois, Karamazov ?

— Jamais de la vie, je suis tout oreilles », répondit Aliocha
de l'air le plus ingénu.

Le soupçonneux Kolia reprit courage aussitôt.

« Ma théorie, Karamazov, est claire et simple. Je crois au
peuple et suis toujours heureux de lui rendre justice, mais
sans le gâter, c'est le *sine qua*... Mais je parlais d'une oie... Je
réponds à ce nigaud : « Voilà, je me demande à quoi pense
cette oie. » Il me regarde tout à fait stupidement : « A quoi
qu'elle pense ? » « Tu vois, lui dis-je, ce chariot chargé
d'avoine. L'avoine s'échappe du sac, et l'oie tend le cou
jusque sous la roue pour picorer le grain, vois-tu ? — Je vois.
— Eh bien, fis-je, si l'on fait avancer un petit peu ce chariot,
la roue coupera-t-elle le cou de l'oie, oui ou non ? — Pour sûr
qu'elle le coupera », dit-il, et son visage s'épanouit dans un
large sourire. « Eh bien, mon gars, dis-je, allons-y. —
Allons-y », répète-t-il. Ce fut bientôt fait ; il se plaça près de
la bride sans avoir l'air, et moi de côté, pour diriger l'oie. A
ce moment le charretier regardait ailleurs, en train de causer,
et je n'eus pas à intervenir ; l'oie tendit elle-même le cou pour
picorer, sous le chariot, sous la roue. Je fis signe au gars, il
tira la bride, et crac, l'oie eut le cou tranché ! Par malheur, les
autres bonshommes nous aperçurent à ce moment, et se
mirent à brailler : « Tu l'as fait exprès ! — Mais non ! —
Mais si ! — Au juge de paix ! » On m'emmena aussi : « Toi
aussi tu étais là, tu étais de mèche avec lui, tout le marché te
connaît ! » En effet, je suis connu de tout le marché, ajouta
Kolia avec fierté. Nous allâmes tous chez le juge de paix, sans
oublier l'oie. Et voilà mon gars, pris de peur, qui se met à

chialer ; il pleurait comme une femme. Le charretier criait :
« De cette manière, on peut en tuer autant qu'on veut, des
oies. » Les témoins suivaient, naturellement. Le juge de paix
eut bientôt prononcé : un rouble d'indemnité au charretier,
l'oie revenant au gars, il ne fallait plus se permettre de
pareilles plaisanteries à l'avenir. Le gars ne cessait de
geindre : « Ce n'est pas moi, c'est lui qui m'a appris ! » Je
répondis avec un grand sang-froid que je ne lui avais rien
appris, mais seulement exprimé une idée générale : il ne
s'agissait que d'un projet. Le juge Niéfidov sourit et s'en
voulut aussitôt d'avoir souri : « Je vais faire mon rapport à
votre directeur, me dit-il, pour que dorénavant vous ne
mûrissiez plus de tels projets, au lieu d'étudier et d'apprendre vos leçons. » Il n'en fit rien, mais l'affaire s'ébruita et
parvint en effet aux oreilles de la direction ; on sait qu'elles
sont longues ! Le professeur Kolbasnikov était particulièrement monté, mais Dardanélov prit de nouveau ma défense.
Kolbasnikov est maintenant fâché contre nous tous, comme
un âne rouge. Tu as entendu dire, Ilioucha, qu'il s'est marié ;
il a pris mille roubles de dot aux Mikhaïlov, la fiancée est un
laideron de première classe. Les élèves de troisième ont
aussitôt composé une épigramme. Elle est drôle, je te
l'apporterai plus tard. Je ne dis rien de Dardanélov : c'est un
homme qui a de solides connaissances. Je respecte les gens
comme lui, et ce n'est pas parce qu'il m'a défendu... »

— Pourtant, tu lui as damé le pion au sujet de la fondation
de Troie ! » fit remarquer Smourov, tout fier de Krassotkine.
L'histoire de l'oie lui avait beaucoup plu.

« Cela se peut-il ? intervint servilement le capitaine. Il
s'agit de la fondation de Troie ? Nous en avons déjà entendu
parler. Ilioucha me l'avait raconté...

— Il sait tout, papa, c'est le plus instruit d'entre nous ! dit
Ilioucha. Il se donne des airs comme ça, mais il est toujours le
premier. »

Ilioucha contemplait Kolia avec un bonheur infini.

« C'est une bagatelle, je considère cette question comme
futile », répliqua Kolia avec une modestie fière.

Il avait réussi à prendre le ton voulu, bien qu'il fût un peu troublé ; il sentait qu'il avait raconté l'histoire de l'oie avec trop de chaleur ; et comme Aliocha s'était tu durant tout le récit, son amour-propre inquiet se demandait peu à peu : « Se tairait-il parce qu'il me méprise, pensant que je recherche ses éloges ? S'il se permet de croire cela, je... »

« Cette question est pour moi des plus futiles, trancha-t-il fièrement.

— Moi je sais qui a fondé Troie », fit tout à coup Kartachov, un gentil garçon de onze ans, qui se tenait près de la porte, l'air timide et silencieux.

Kolia le regarda avec surprise. En effet, la fondation de Troie était devenue dans toutes les classes un secret qu'on ne pouvait pénétrer qu'en lisant Smaragdov, et seul Kolia l'avait en sa possession. Un jour, le jeune Kartachov profita de ce que Kolia s'était détourné pour ouvrir furtivement un volume de cet auteur, qui se trouvait parmi ses livres, et il tomba droit sur le passage où il est question des fondateurs de Troie. Il y avait déjà longtemps de cela, mais il se gênait de révéler publiquement que lui aussi connaissait le secret, craignant d'être confondu par Kolia. Maintenant, il n'avait pu s'empêcher de parler, comme il le désirait depuis longtemps.

« Eh bien, qui est-ce ? » demanda Kolia en se tournant arrogamment de son côté.

Il vit à son air que Kartachov le savait vraiment, et se tint prêt à toutes les conséquences. Il y eut un froid.

« Troie a été fondée par Teucros, Dardanos, Ilios et Tros », récita le jeune garçon en rougissant comme une pivoine, au point qu'il faisait peine à voir.

Ses camarades le fixèrent une minute, puis leurs regards se reportèrent sur Kolia. Celui-ci continuait à toiser l'audacieux avec un sang-froid méprisant.

« Eh bien, comment s'y sont-ils pris ? daigna-t-il enfin proférer, et que signifie en général la fondation d'une ville ou d'un État ? Seraient-ils venus poser les briques, par hasard ? »

On rit. De rose, le téméraire devint pourpre. Il se tut, prêt à pleurer. Kolia le tint ainsi une bonne minute.

« Pour interpréter des événements historiques tels que la fondation d'une nationalité, il faut d'abord comprendre ce que cela signifie, déclara-t-il d'un ton doctoral. D'ailleurs, je n'attribue pas d'importance à tous ces contes de bonne femme ; en général, je n'estime guère l'histoire universelle, ajouta-t-il négligemment.

— L'histoire universelle ? demanda le capitaine effaré.

— Oui. C'est l'étude des sottises de l'humanité, et rien de plus. Je n'estime que les mathématiques et les sciences naturelles », dit d'un ton prétentieux Kolia en regardant Aliocha à la dérobée ; il ne redoutait que son opinion.

Mais Aliocha restait grave et silencieux. S'il avait parlé alors, les choses en fussent restées là, mais il se taisait et « son silence pouvait être dédaigneux », ce qui irrita tout à fait Kolia.

« Voici qu'on nous impose de nouveau l'étude des langues mortes, c'est de la folie pure… Vous ne paraissez toujours pas d'accord avec moi, Karamazov ?

— Non, fit Aliocha qui retint un sourire.

— Si vous voulez mon opinion, les langues mortes c'est une mesure de police, voilà leur unique raison d'être. » — Et peu à peu Kolia recommença à haleter. — « Si on les a inscrites au programme, c'est qu'elles sont ennuyeuses et qu'elles abêtissent. Que faire pour aggraver la torpeur et la sottise régnantes ? On a imaginé les langues mortes. Voilà mon opinion, et j'espère ne jamais en changer. » — Il rougit légèrement.

« C'est vrai, approuva d'un ton convaincu Smourov, qui avait écouté avec attention.

— Il est le premier en latin, fit remarquer un des écoliers.

— Oui, papa, il a beau parler comme ça, c'est le premier de la classe en latin », confirma Ilioucha.

Bien que l'éloge lui fût fort agréable, Kolia crut nécessaire de se défendre.

« Eh bien, quoi ? Je pioche le latin parce qu'il le faut, parce

que j'ai promis à ma mère d'achever mes études, et, à mon
avis, quand on a entrepris quelque chose, on doit le faire
comme il faut, mais dans mon for intérieur je méprise
profondément les études classiques et toute cette bassesse...
Vous n'êtes pas d'accord, Karamazov ?

— Que vient faire ici la bassesse ? demanda Aliocha en
souriant.

— Permettez, comme tous les classiques ont été traduits
dans toutes les langues, ce n'est pas pour les étudier qu'on a
besoin du latin ; c'est une mesure de police destinée à
émousser les facultés. N'est-ce pas de la bassesse ?

— Mais qui vous a enseigné tout cela ? s'exclama Aliocha,
enfin surpris.

— D'abord, je suis capable de le comprendre moi-même,
sans qu'on me l'enseigne ; ensuite, sachez que ce que je viens
de vous expliquer au sujet des traductions des classiques, le
professeur Kolbasnikov lui-même l'a dit devant toute la
troisième...

— Voici le docteur ! » dit Ninotchka qui avait tout le
temps gardé le silence.

En effet, une voiture qui appartenait à Mme Khokhlakov
venait de s'arrêter à la porte. Le capitaine, qui avait attendu
le médecin toute la matinée, se précipita à sa rencontre.
« Maman » se prépara, prit un air digne. Aliocha s'approcha
du lit, arrangea l'oreiller du petit malade. De son fauteuil,
Ninotchka l'observait avec inquiétude. Les écoliers prirent
rapidement congé ; quelques-uns promirent de revenir le
soir. Kolia appela Carillon, qui sauta à bas du lit.

« Je reste, je reste, dit-il précipitamment à Aliocha ;
j'attendrai dans le vestibule et je reviendrai avec Carillon
quand le docteur sera parti. »

Mais déjà le médecin entrait, un personnage important, en
pelisse de fourrure, avec de longs favoris, le menton rasé.
Après avoir franchi le seuil, il s'arrêta soudain, comme
déconcerté ; il croyait s'être trompé : « Où suis-je ? » murmura-t-il sans ôter sa pelisse et en gardant sa casquette
fourrée. Tout ce monde, la pauvreté de la chambre, le linge

suspendu à une ficelle, le déroutaient. Le capitaine s'inclina profondément.

« C'est bien ici, murmura-t-il obséquieux, c'est moi que vous cherchez...

— Snié-gui-riov ? prononça gravement le docteur. M. Sniéguiriov, c'est vous ?

— C'est moi !

— Ah ! »

Le docteur jeta un nouveau regard dégoûté sur la chambre et ôta sa pelisse. La plaque d'un ordre brillait sur sa poitrine. Le capitaine se chargea de la pelisse, le médecin retira sa casquette.

« Où est le patient ? » demanda-t-il sur un ton impérieux.

VI

DÉVELOPPEMENT PRÉCOCE

« Que va dire le docteur ? proféra rapidement Kolia ; quelle physionomie repoussante, n'est-ce pas ? Je ne puis souffrir la médecine !

— Ilioucha est condamné, j'en ai bien peur, répondit Aliocha tout triste.

— Les médecins sont des charlatans ! Je suis content d'avoir fait votre connaissance, Karamazov, il y a longtemps que j'en avais envie. Seulement, c'est dommage que nous nous rencontrions dans de si tristes circonstances... »

Kolia aurait bien voulu dire quelque chose de plus chaleureux, de plus expansif, mais il se sentait gêné. Aliocha s'en aperçut, sourit, lui tendit la main.

« J'ai appris depuis longtemps à respecter en vous un être rare, murmura de nouveau Kolia en s'embrouillant. On m'a dit que vous êtes un mystique, que vous avez vécu dans un monastère... Mais cela ne m'a pas arrêté. Le contact de la réalité vous guérira... C'est ce qui arrive aux natures comme la vôtre.

— Qu'appelez-vous mystique ? De quoi me guérirai-je ? demanda Aliocha un peu surpris.

— Eh bien, de Dieu et du reste.

— Comment, est-ce que vous ne croyez pas en Dieu ?

— Je n'ai rien contre Dieu. Certainement, Dieu n'est qu'une hypothèse... mais... je reconnais qu'il est nécessaire à l'ordre... à l'ordre du monde et ainsi de suite... et s'il n'existait pas, il faudrait l'inventer », ajouta Kolia, en se mettant à rougir.

Il s'imagina soudain qu'Aliocha pensait qu'il voulait étaler son savoir et se conduire en « grand ». « Or, je ne veux nullement étaler mon savoir devant lui », songea Kolia avec indignation. Et il fut tout à coup très contrarié.

« J'avoue que toutes ces discussions me répugnent, déclara-t-il ; on peut aimer l'humanité sans croire en Dieu, qu'en pensez-vous ? Voltaire ne croyait pas en Dieu, mais il aimait l'humanité. (Encore, encore ! songea-t-il à part lui.)

— Voltaire croyait en Dieu, mais faiblement, paraît-il, et il aimait l'humanité de la même façon », répondit Aliocha d'un ton tout naturel, comme s'il causait avec quelqu'un du même âge ou même plus âgé que lui.

Kolia fut frappé de ce manque d'assurance d'Aliocha dans son opinion sur Voltaire et de ce qu'il paraissait laisser résoudre cette question à lui, un jeune garçon.

« Est-ce que vous avez lu Voltaire ? s'enquit Aliocha.

— Non pas précisément... C'est-à-dire si, j'ai lu *Candide* dans une traduction russe... une vieille traduction, mal faite, ridicule... (Encore, encore !)

— Et vous avez compris ?

— Oh ! oui, tout... c'est-à-dire... pourquoi pensez-vous que je n'ai pas compris ? Bien sûr, il y a des passages salés... Je suis capable, assurément, de comprendre que c'est un roman philosophique, écrit pour démontrer une idée... » — Kolia s'embrouillait décidément. — « Je suis socialiste, Karamazov, socialiste incorrigible », déclara-t-il soudain de but en blanc.

Aliocha se mit à rire.

« Socialiste, mais quand avez-vous eu le temps de le devenir ? Vous n'avez que treize ans, je crois ?

Kolia fut vexé.

— D'abord, je n'ai pas treize ans, mais quatorze dans quinze jours, dit-il impétueusement ; ensuite, je ne comprends pas du tout ce que vient faire mon âge ici. Il s'agit de mes convictions et non de mon âge, n'est-ce pas ?

— Quand vous serez plus grand, vous verrez quelle influence l'âge a sur les idées. Il m'a semblé aussi que cela ne venait pas de vous », répondit Aliocha sans s'émouvoir ; mais Kolia, nerveux, l'interrompit.

« Permettez, vous êtes partisan de l'obéissance et du mysticisme. Convenez que le christianisme, par exemple, n'a servi qu'aux riches et aux grands pour maintenir la classe inférieure dans l'esclavage ?

— Ah ! je sais où vous avez lu cela ; on a dû vous endoctriner ! s'exclama Aliocha.

— Permettez, pourquoi aurais-je lu nécessairement cela ? Et personne ne m'a endoctriné. Je suis capable de juger moi-même... Et si vous le voulez, je ne suis pas adversaire du Christ. C'était une personnalité tout à fait humaine, et s'il avait vécu à notre époque, il se serait joint aux révolutionnaires. Peut-être aurait-il joué un rôle en vue... C'est même hors de doute.

— Mais, où avez-vous pêché tout cela ? Avec quel imbécile vous êtes-vous lié ? s'exclama Aliocha.

— On ne peut pas dissimuler la vérité. J'ai souvent l'occasion de causer avec M. Rakitine, mais... on prétend que le vieux Biélinski aussi a dit cela.

— Biélinski ? Je ne me souviens pas, il ne l'a écrit nulle part.

— S'il ne l'a pas écrit, il l'a dit, assure-t-on. Je l'ai entendu dire à un... d'ailleurs, qu'importe...

— Avez-vous lu Biélinski ?

— A vrai dire... non... je ne l'ai pas lu, sauf le passage sur Tatiana, vous savez, pourquoi elle ne part pas avec Oniéguine [1].

— Pourquoi elle ne part pas avec Oniéguine ? Est-ce que vous... comprenez déjà ça ?

— Permettez, je crois que vous me prenez pour le jeune Smourov ! s'exclama Kolia avec un sourire irrité. D'ailleurs, n'allez pas croire que je sois un grand révolutionnaire. Je suis souvent en désaccord avec M. Rakitine. Je ne suis pas partisan de l'émancipation des femmes. Je reconnais que la femme est une créature inférieure et doit obéir. *Les femmes tricotent*[1], a dit Napoléon — Kolia sourit — et, du moins en cela, je suis tout à fait de l'avis de ce pseudo-grand homme. J'estime également que c'est une lâcheté de s'expatrier en Amérique, pis que cela, une sottise. Pourquoi aller en Amérique, quand on peut travailler chez nous au bien de l'humanité ? Surtout maintenant. Il y a tout un champ d'activité féconde. C'est ce que j'ai répondu.

— Comment, répondu ? A qui ? Est-ce qu'on vous a déjà proposé d'aller en Amérique ?

— On m'y a poussé, je l'avoue, mais j'ai refusé. Ceci, bien entendu, entre nous, Karamazov, *motus*, vous entendez. Je n'en parle qu'à vous. Je n'ai aucune envie de tomber entre les pattes de la Troisième Section et de prendre des leçons au pont des Chaînes[2].

> *Tu te rappelleras le bâtiment*
> *Près du pont des Chaînes.*

» Vous souvenez-vous ? C'est magnifique ! Pourquoi riez-vous ? Ne pensez-vous pas que je vous ai raconté des blagues ? (Et s'il apprend que je ne possède que cet unique numéro de la *Cloche*[3] et que je n'ai rien lu d'autre ? songea Kolia en frissonnant.)

— Oh ! non, je ris pas et je ne pense nullement que vous m'avez menti, pour la bonne raison que c'est hélas ! la pure vérité ! Dites-moi, avez-vous lu l'*Oniéguine* de Pouchkine ? Vous parliez de Tatiana...

— Non, pas encore, mais je veux le lire. Je suis sans

préjugés, Karamazov. Je veux entendre l'une et l'autre partie. Pourquoi cette question ?

— Comme ça.

— Dites, Karamazov, vous devez me mépriser ? trancha Kolia, qui se dressa devant Aliocha comme pour se mettre en position. De grâce, parlez franchement.

— Vous mépriser ? s'écria Aliocha en le regardant avec stupéfaction. Pourquoi donc ? Je déplore seulement qu'une nature charmante comme la vôtre, à l'aurore de la vie, soit déjà pervertie par de telles absurdités.

— Ne vous inquiétez pas de ma nature, interrompit Kolia non sans fatuité, mais pour soupçonneux, je le suis. Sottement et grossièrement soupçonneux. Vous avez souri, tout à l'heure, et il m'a semblé...

— Oh ! c'était pour une tout autre raison. Voyez plutôt : j'ai lu récemment l'opinion d'un étranger, un Allemand établi en Russie, sur la jeunesse d'aujourd'hui : « Si vous montrez à un écolier russe, écrit-il, une carte du firmament dont il n'avait jusqu'alors aucune idée, il vous rendra le lendemain cette carte corrigée. » Des connaissances nulles et une présomption sans bornes, voilà ce que l'Allemand entendait reprocher à l'écolier russe.

— Mais c'est tout à fait vrai ! fit Kolia dans un éclat de rire, c'est la vérité même ! Bravo, l'Allemand ! Pourtant, cette tête carrée n'a pas envisagé le bon côté de la chose : qu'en pensez-vous ? La présomption, soit, ça vient de la jeunesse, ça se corrige, si vraiment ça doit être corrigé ; en revanche, il y a l'esprit d'indépendance dès les plus jeunes années, la hardiesse des idées et des convictions, au lieu de leur servilité rampante devant toute autorité. Néanmoins, l'Allemand a dit vrai ! Bravo l'Allemand ! Cependant, il faut serrer la vis aux Allemands. Bien qu'ils soient forts dans les sciences, il faut leur serrer la vis...

— Pourquoi cela ? s'enquit Aliocha, souriant.

— Admettons que j'ai crâné. Je suis parfois un enfant terrible, et quand quelque chose me plaît, je ne me retiens pas, je débite des niaiseries. A propos, nous sommes là à bavarder, et ce docteur n'en finit pas. D'ailleurs, il se peut qu'il examine la maman et Nina, l'infirme. Savez-vous que cette Nina m'a plu ?... Quand je sortais, elle m'a chuchoté d'un ton de reproche : « Pourquoi n'êtes-vous pas venu plus tôt ? » Je la crois très bonne, très pitoyable.

— Oui, oui, vous reviendrez, vous verrez quelle créature c'est. Il vous faut en connaître de semblables pour apprécier beaucoup de choses que vous apprendrez précisément dans leur compagnie, déclara Aliocha avec chaleur. C'est le meilleur moyen de vous transformer.

— Oh ! que je regrette, que je m'en veux de n'être pas venu plus tôt ! dit Kolia avec amertume.

— Oui, c'est bien dommage. Vous avez vu la joie du pauvre petit ! Si vous saviez comme il se consumait en vous attendant !

— Ne m'en parlez pas ! Vous avivez mes regrets. D'ailleurs, je l'ai bien mérité. Si je ne suis pas venu, c'est la faute de mon amour-propre, de mon égoïsme, de ce vil despotisme, dont je n'ai jamais pu me débarrasser, malgré tous mes efforts. Je le vois maintenant, par bien des côtés, je suis un misérable, Karamazov !

— Non, vous êtes une charmante nature, bien que faussée, et je comprends pourquoi vous pouviez avoir une si grande influence sur ce garçon au cœur noble et d'une sensibilité maladive ! répondit chaleureusement Aliocha.

— Et c'est vous qui me dites cela ! s'écria Kolia. Figurez-vous que depuis que je suis ici, j'ai pensé à plusieurs reprises que vous me méprisiez. Si vous saviez comme je tiens à votre opinion !

— Mais se peut-il vraiment que vous soyez si méfiant ? A cet âge ! Eh bien, figurez-vous que tout à l'heure, en vous regardant, tandis que vous péroriez, je pensais justement que vous deviez être très méfiant.

— Vraiment ! Quel coup d'œil vous avez ! Je parie que c'est lorsque je parlais de l'oie. Je me suis imaginé alors que vous me méprisiez profondément, parce que je faisais le malin ; je me suis mis à vous détester pour cette raison et à pérorer. Ensuite il m'a semblé (c'était déjà ici, lorsque j'ai dit : « Si Dieu n'existait pas, il faudrait l'inventer ») que je me suis trop dépêché d'étaler mon érudition, d'autant plus que j'ai lu cette phrase quelque part. Mais je vous jure que ce n'était pas par vanité, mais comme ça, j'ignore pourquoi, dans ma joie... Vraiment je crois que c'était dans ma joie... bien qu'il soit honteux d'ennuyer les gens parce qu'on est joyeux. Je le sais. En revanche, je suis persuadé maintenant que vous ne me méprisez pas et que j'ai rêvé tout ça. Oh ! Karamazov, je suis profondément malheureux. Je m'imagine parfois, Dieu sait pourquoi, que tout le monde se moque de moi, et je suis prêt alors à bouleverser l'ordre établi.

— Et vous tourmentez votre entourage, insinua Aliocha, toujours souriant.

— C'est vrai, surtout ma mère. Karamazov, dites, je dois vous paraître très ridicule ?

— Ne pensez pas à cela, n'y pensez pas du tout ! s'exclama Aliocha. Et qu'est-ce que le ridicule ? Sait-on combien de fois un homme est ou paraît ridicule ? De plus, actuellement, presque tous les gens capables craignent fort le ridicule, ce qui les rend malheureux. Je m'étonne seulement que vous souffriez à un tel point de ce mal que j'observe depuis longtemps, en particulier, chez beaucoup d'adolescents. C'est presque une folie. Le diable s'est incarné dans l'amour-propre pour s'emparer de la génération actuelle, oui, le diable, insista Aliocha sans sourire, comme le crut Kolia qui le fixait. Vous êtes comme tous les autres, conclut-il, c'est-à-dire comme beaucoup ; seulement il ne faut pas être comme tous les autres.

— Quand même tous sont ainsi ?

— Oui, quand même tous sont ainsi. Seul vous ne serez pas comme eux. En réalité, vous n'êtes pas comme tout le monde, vous n'avez pas rougi d'avouer un défaut et même un ridicule. Or, actuellement, qui en est capable ? Personne, on n'éprouve même plus le besoin de se condamner soi-même. Ne soyez pas comme tout le monde quand bien même vous resteriez seul.

— Très bien... Je ne me suis pas trompé sur votre compte.

Vous êtes capable de consoler. Oh, comme je me sentais attiré vers vous, Karamazov! Depuis longtemps j'aspire à vous rencontrer. Se peut-il que vous pensiez aussi à moi? Vous le disiez tout à l'heure?

— Oui, j'ai entendu parler de vous et je pensais aussi à vous... Et si c'est en partie l'amour-propre qui vous a incité à poser cette question, peu importe!

— Savez-vous, Karamazov, que notre explication ressemble à une déclaration d'amour, insinua Kolia d'une voix faible et comme honteuse. N'est-ce pas ridicule?

— Pas du tout, et même si c'était ridicule ça ne ferait rien, parce que c'est bien, affirma Aliocha avec un clair sourire.

— Convenez, Karamazov, que vous-même, maintenant, avez un peu honte aussi... Je le vois à vos yeux. »

Kolia sourit d'un air rusé, mais presque heureux.

« Qu'y a-t-il là de honteux?

— Pourquoi avez-vous rougi?

— Mais c'est vous qui m'avez fait rougir! dit en riant Aliocha, devenu tout rouge, en effet. Eh bien oui, j'ai un peu honte, Dieu sait pourquoi, je l'ignore... murmura-t-il presque gêné.

— Oh! comme je vous aime et vous apprécie en ce moment, précisément parce que, vous aussi, avez honte avec moi, parce que vous êtes comme moi! » s'exclama Kolia enthousiasmé.

Il avait les joues enflammées, ses yeux brillaient.

« Écoutez, Kolia, vous serez très malheureux dans la vie, dit tout à coup Aliocha.

— Je le sais, je le sais. Comme vous devinez tout! confirma aussitôt Kolia.

— Mais, dans l'ensemble, vous bénirez pourtant la vie.

— C'est ça. Hourra! Vous êtes un prophète! Nous nous entendrons, Karamazov. Savez-vous, ce qui m'enchante le plus, c'est que vous me traitiez tout à fait en égal. Or, nous ne sommes pas égaux, vous êtes supérieur! Mais nous nous entendrons. Je me disais depuis un mois : « Ou nous serons

tout de suite amis pour toujours, ou nous nous séparerons
ennemis jusqu'au tombeau ! »

— Et en parlant ainsi, vous m'aimiez déjà, bien sûr ! dit
Aliocha avec un rire joyeux.

— Je vous aimais énormément, je vous aimais et je rêvais
de vous ! Et comment pouvez-vous tout deviner ? Bah, voici
le docteur. Mon Dieu, il dit quelque chose, regardez quelle
figure il a ! »

VII

ILIOUCHA

Le médecin sortait de l'izba emmitouflé dans sa pelisse et
sa casquette sur la tête. Il avait l'air presque irrité et dégoûté ;
on eût dit qu'il craignait de se salir. Il parcourut des yeux le
vestibule, jeta un regard sévère à Kolia et à Aliocha ; celui-ci
fit signe au cocher, qui avança la voiture. Le capitaine sortit
précipitamment derrière le praticien et, courbant le dos,
s'excusant presque, l'arrêta pour un dernier mot. Le pauvre
homme avait l'air accablé, le regard plein d'effroi.

« Est-ce possible, Excellence, est-ce possible ?... commença-t-il sans achever, se bornant à joindre les mains dans
son désespoir, bien que son regard implorât encore le
médecin, comme si vraiment un mot de celui-ci pouvait
changer le sort du pauvre enfant.

— Que faire ! Je ne suis pas le bon Dieu, répondit le
docteur d'un ton négligent, bien que grave par habitude.

— Docteur... Excellence... et ce sera bientôt, bientôt ?

— At-ten-dez-vous à tout, répondit le médecin en martelant les mots et, baissant les yeux, il se préparait à franchir le
seuil pour monter en voiture, quand le capitaine effrayé
l'arrêta une seconde fois.

— Excellence, au nom du Christ ! Excellence !... est-ce
que vraiment il n'y a rien, rien qui puisse le sauver,
maintenant ?

— Cela ne dé-pend pas de moi, grommela le docteur impatient, et pourtant, hum ! — il s'arrêta tout à coup — si, par exemple, vous pouviez... en-voyer... votre patient... sans tarder davantage (le docteur prononça ces derniers mots presque avec colère, au point que le capitaine tressaillit) à Sy-ra-cu-se, alors... par suite des nouvelles conditions cli-ma-té-ri-ques fa-vo-ra-bles... il pourrait peut-être se produire...

— A Syracuse ! s'exclama le capitaine, comme s'il ne comprenait pas encore.

— Syracuse, c'est en Sicile », expliqua Kolia à haute voix.

Le docteur le regarda.

« En Sicile ! dit le capitaine, effaré. Mais votre Excellence a vu... » — Il joignit les mains en montrant son intérieur. — « Et la maman, et la famille ?

— Non, votre famille n'irait pas en Sicile, mais au Caucase, dès le printemps... et après que votre épouse aurait pris les eaux au Caucase, pour guérir ses rhumatismes..., il faudrait l'envoyer immédiatement à Paris, dans la clinique de l'a-lié-niste Le-pel-le-tier, pour qui je pourrais vous donner un mot... Et alors... il pourrait peut-être se produire...

— Docteur, docteur, vous voyez... »

Le capitaine étendit de nouveau les bras, en montrant, dans son désespoir, les poutres nues qui formaient le mur du vestibule.

« Mais ceci ne me regarde pas, déclara en souriant le praticien, je vous ai dit seulement ce que pouvait répondre la science à votre question sur les derniers moyens. Le reste... à mon vif regret...

— N'ayez crainte, « guérisseur », mon chien ne vous mordra pas », dit tout haut Kolia, remarquant que le médecin regardait avec quelque inquiétude Carillon qui se tenait sur le seuil.

Une note courroucée résonnait dans sa voix. Comme il le déclara ensuite, c'était *exprès* et « pour insulter » le docteur qu'il l'avait appelé « guérisseur ».

« Qu'est-ce à dire ? fit le docteur en fixant Kolia avec

surprise. Qui est-ce ? insista-t-il en s'adressant à Aliocha, comme pour lui demander compte.

— C'est le maître de Carillon, guérisseur ; ne vous inquiétez pas de ma personnalité.

— Carillon ? répéta le docteur qui n'avait pas compris.

— Adieu, guérisseur, nous nous reverrons à Syracuse.

— Mais qui est-ce, qui est-ce donc ? fit le docteur exaspéré.

— C'est un écolier, docteur, un polisson, ne faites pas attention, dit vivement Aliocha en fronçant les sourcils. Kolia, taisez-vous ! Ne faites pas attention, répéta-t-il avec quelque impatience.

— Il faut le fouetter, le fouetter, dit le docteur furieux et trépignant.

— Savez-vous, guérisseur, que Carillon pourrait bien vous mordre ! jeta d'une voix tremblante Kolia tout pâle et les yeux étincelants. Ici, Carillon !

— Kolia, si vous dites encore un mot, je romps avec vous pour toujours ! cria impérieusement Aliocha.

— Guérisseur, il n'y a qu'un être au monde qui puisse commander à Nicolas Krassotkine ; le voici (il désigna Aliocha) ; je me soumets, adieu. »

Il ouvrit la porte, rentra dans la chambre. Carillon s'élança à sa suite. Le docteur, demeuré une seconde comme pétrifié, regarda Aliocha, cracha, cria : « C'est intolérable ! » Le capitaine se précipita pour l'aider. Aliocha rentra à son tour. Kolia était déjà au chevet d'Ilioucha. Le malade le tenait par la main et appelait son père. Le capitaine revint bientôt.

« Papa, papa, viens ici... nous... » murmura Ilioucha surexcité, mais, n'ayant pas la force de continuer, il tendit en avant ses bras amaigris, les passa autour de Kolia et de son père qu'il réunit dans la même étreinte en se serrant contre eux.

Le capitaine fut secoué de sanglots silencieux ; Kolia était près de pleurer.

« Papa, papa, comme tu me fais de la peine, papa ! gémit Ilioucha.

— Ilioucha… mon chéri… le docteur a dit… tu guériras… nous serons heureux.

— Ah, papa, je sais bien ce que le nouveau docteur t'a dit à mon sujet… J'ai vu ! » s'exclama Ilioucha.

Il les serra de nouveau de toutes ses forces contre lui, en cachant sa figure sur l'épaule de son père.

« Papa, ne pleure pas… Quand je serai mort, prends un bon garçon, un autre ; choisis le meilleur d'entre eux, appelle-le Ilioucha et aime-le à ma place.

— Tais-toi, vieux, tu guériras ! cria Krassotkine, d'un ton bourru.

— Quant à moi, papa, ne m'oublie jamais, continua Ilioucha. Viens sur ma tombe… sais-tu, papa, enterre-moi près de notre grande pierre, là où nous allions nous promener, et va là-bas le soir, avec Krassotkine et Carillon… Et moi, je vous attendrai… Papa, papa ! »

Sa voix s'étrangla ; tous trois se tinrent enlacés sans parler. Nina pleurait doucement dans son fauteuil, et tout à coup, en les voyant tous pleurer, la maman fondit en larmes.

« Ilioucha ! Ilioucha ! » s'écria-t-elle.

Krassotkine se dégagea des bras d'Ilioucha.

« Adieu, vieux, ma mère m'attend pour déjeuner, dit-il rapidement. Quel dommage que je ne l'aie pas prévenue ! Elle sera très inquiète. Mais après déjeuner je reviendrai te voir, je resterai jusqu'à ce soir, j'en aurai long à te raconter. Et j'amènerai Carillon ; maintenant je l'emmène, parce que sans moi il se mettrait à hurler et te gênerait. Au revoir ! »

Il courut dans le vestibule. Il ne voulait pas pleurer mais ne put s'en empêcher. C'est dans cet état que le trouva Aliocha.

« Kolia, il vous faut tenir parole et venir, sinon il éprouvera un violent chagrin, dit-il avec insistance.

— Certainement ! Oh ! que je m'en veux de n'être pas venu plus tôt ! » murmura Kolia en pleurant sans nulle confusion.

A ce moment le capitaine surgit et referma aussitôt la porte derrière lui. Il avait l'air égaré, ses lèvres tremblaient. Il s'arrêta devant les deux jeunes gens, leva les bras en l'air.

de bon garçon, je n'en veux pas d'autre !
ton farouche, en grinçant des dents. *Si je*
em, que ma langue soit attachée… »

pas, la voix parut lui manquer, et il se laissa
tom___ant un banc de bois. La tête serrée dans ses
poings, il se mit à sangloter en gémissant, mais doucement,
pour que ses plaintes ne fussent pas entendues dans l'izba.
Kolia se précipita dans la rue.

« Adieu, Karamazov. Vous viendrez aussi ? demanda-t-il
d'un air brusque à Aliocha.

— Ce soir sans faute.

— Qu'a-t-il dit au sujet de Jérusalem ?… Qu'est-ce
encore ?

— C'est tiré de la Bible. *Si je t'oublie, Jérusalem* [1], c'est-à-
dire, si j'oublie ce que j'ai de plus précieux, si je le change,
alors que je sois frappé…

— Je comprends, ça suffit ! Venez aussi. Ici, Carillon ! »
cria-t-il rageusement à son chien, et il s'éloigna à grands pas.

LIVRE XI

IVAN FIODOROVITCH

I

CHEZ GROUCHEGNKA

Aliocha se rendait place de l'Église chez Grouchegnka, qui, le matin même, lui avait dépêché Fénia pour le prier instamment de venir. En questionnant cette fille, Aliocha apprit que sa maîtresse se trouvait depuis la veille dans une grande agitation. Durant les deux mois qui avaient suivi l'arrestation de son frère, il était souvent venu dans la màison Morozov, tant de son propre mouvement que de la part de Mitia. Trois jours après le drame, Grouchegnka était tombée gravement malade et avait gardé le lit près de cinq semaines, dont une entière sans connaissance. Elle avait beaucoup changé, maigri, jauni, bien qu'elle pût sortir depuis une quinzaine. Mais aux yeux d'Aliocha ses traits étaient devenus plus séduisants, et il aimait en l'abordant à rencontrer son regard. Ses yeux avaient pris une nuance résolue ; une décision calme, mais inflexible, se manifestait dans tout son être. Entre les sourcils s'était creusée une petite ride verticale qui donnait à son gracieux visage une expression concentrée, presque sévère au premier abord. Nulle trace de la frivolité de naguère. Aliocha s'étonnait que Grouchegnka eût conservé sa gaieté d'autrefois, malgré le malheur qui l'avait frappée — elle qui s'était fiancée à un homme pour le voir

arrêter presque aussitôt sous l'inculpation d'un crime
horrible —, malgré la maladie, malgré la menace d'une
condamnation presque certaine. Dans ses yeux jadis
fiers, une sorte de douceur brillait maintenant, mais ils
avaient parfois une lueur mauvaise, quand elle était
reprise d'une ancienne inquiétude, qui, loin de s'apaiser,
grandissait dans son cœur. C'était au sujet de Catherine
Ivanovna, dont elle parlait même dans le délire, durant
sa maladie. Aliocha comprenait qu'elle était jalouse, bien
que Catherine n'eût pas une seule fois visité Mitia dans
sa prison, comme elle aurait pu le faire. Tout cela
embarrassait Aliocha, car c'est à lui seul que Grouchegnka se confiait, demandait sans cesse conseil ; parfois il ne savait que lui dire.

Il arriva chez elle préoccupé. Elle était revenue de la
prison depuis une demi-heure, et rien qu'à la vivacité
avec laquelle elle se leva à son entrée, il conclut qu'elle
l'attendait avec impatience. Il y avait sur la table un
jeu de cartes, et sur le divan de cuir arrangé en lit
était à demi étendu Maximov, malade, affaibli, mais
souriant. Ce vieillard sans gîte, revenu deux mois auparavant de Mokroïé avec Grouchegnka, ne l'avait pas
quittée depuis lors. Après le trajet sous la pluie et dans
la boue, transi de froid et de peur, il s'était assis sur le
divan, la regardant en silence avec un sourire qui
implorait. Grouchegnka, accablée de chagrin et déjà en
proie à la fièvre, l'oublia presque au début, absorbée
par d'autres soucis ; tout à coup, elle le regarda fixement ; il eut un rire piteux, embarrassé. Elle appela
Fénia et lui fit servir à manger. Il garda toute la journée une quasi-immobilité. Lorsque à la nuit tombante,
Fénia ferma les volets, elle demanda à sa maîtresse :

« Alors, madame, ce monsieur va rester à coucher ?

— Oui, prépare-lui un lit sur le divan », répondit
Grouchegnka.

En le questionnant, elle apprit qu'il ne savait où
aller :

« M. Kalganov, mon bienfaiteur, m'a déclaré franchement qu'il ne me recevrait plus, et m'a donné cinq roubles.

— Eh bien, tant pis, reste ! » décida Grouchegnka dans son chagrin, en lui souriant avec compassion.

Le vieillard fut remué par ce sourire : ses lèvres tremblèrent d'émotion. C'est ainsi qu'il resta chez elle en qualité de parasite errant. Même durant la maladie de Grouchegnka, il ne quitta pas la maison. Fénia et la vieille cuisinière, sa grand-mère, ne le chassèrent pas, mais continuèrent de le nourrir et de lui faire son lit sur le divan. Par la suite, Grouchegnka s'habitua même à lui, et en revenant de voir Mitia (qu'elle visitait, à peine remise), elle se mettait à causer de bagatelles avec « Maximouchka », pour oublier son chagrin. Il se trouva que le vieux avait un certain talent de conteur, de sorte qu'il lui devint même nécessaire. A part Aliocha, qui ne restait d'ailleurs jamais longtemps, Grouchegnka ne recevait presque personne. Quant au vieux marchand Samsonov, il était alors gravement malade, « s'en allait », comme on disait en ville ; il mourut en effet huit jours après le jugement de Mitia. Trois semaines avant sa mort, sentant venir la fin, il appela auprès de lui ses fils avec leur famille et leur ordonna de ne plus le quitter. A partir de ce moment, il enjoignit expressément aux domestiques de ne pas recevoir Grouchegnka et, si elle se présentait, de dire qu' « il lui souhaitait de vivre longtemps heureuse et de l'oublier tout à fait ». Grouchegnka envoyait pourtant presque tous les jours demander de ses nouvelles.

« Te voilà enfin ! s'écria-t-elle en jetant les cartes et en accueillant Aliocha avec joie. Maximouchka m'effrayait en disant que tu ne viendrais plus. Ah ! que j'ai besoin de toi ! Assieds-toi. Veux-tu du café ?

— Avec plaisir, dit Aliocha en s'asseyant ; j'ai grand-faim.

— Fénia, Fénia, du café ! Il est prêt depuis longtemps... Apporte aussi des petits pâtés chauds ! Sais-tu, Aliocha, j'ai eu une histoire aujourd'hui au sujet de ces pâtés. Je lui en ai porté en prison et croirais-tu qu'il les a refusés. Il en a même piétiné un. « Je vais les laisser au gardien, lui ai-je dit ; si tu n'en veux pas c'est que ta méchanceté te nourrit ! » Là-dessus je suis partie. Nous nous sommes encore querellés. C'est chaque fois la même chose. »

Grouchegnka parlait avec agitation. Maximov eut un sourire timide et baissa les yeux.

« A quel propos aujourd'hui ? demanda Aliocha.

— Je ne m'y attendais pas du tout. Figure-toi qu'il est jaloux de mon « ancien ». « Pourquoi lui donnes-tu de l'argent ? m'a-t-il dit. Tu t'es donc mise à l'entretenir ? » Il est jaloux du matin au soir Une fois il l'était même de Kouzma, la semaine dernière

— Mais il connaissait « l'ancien » ?

— Comment donc, il savait tout dès le début ! Aujourd'hui il m'a injuriée. J'ai honte de répéter ses paroles. L'imbécile ! Rakitka est arrivé comme je sortais. C'est peut-être lui qui l'excite. Qu'en penses-tu ? ajouta-t-elle d'un air distrait.

— Il t'aime beaucoup, et il est fort énervé.

— Comment ne le serait-il pas quand on le juge demain. J'étais justement allée le réconforter, car j'ai peur, Aliocha, de songer à ce qui arrivera demain ! Tu dis qu'il est énervé ? Et moi donc ! Et il parle du Polonais ! Quel imbécile ! Mais je crois qu'il n'est pas jaloux de Maximouchka.

— Mon épouse était aussi fort jalouse, fit remarquer Maximov.

— De toi !... dit Grouchegnka en riant malgré elle. Qui pouvait bien la rendre jalouse ?

— Les femmes de chambre.

— Tais-toi, Maximouchka ; je ne suis pas d'humeur à rire, la colère me prend. Ne lorgne pas les pâtés, tu n'en auras pas, cela te ferait mal. Il faut aussi soigner celui-là ; ma maison est devenue un hospice, ajouta-t-elle en souriant.

— Je ne mérite pas vos bienfaits, je suis insignifiant, larmoya Maximov. Prodiguez plutôt vos bontés à ceux qui sont plus nécessaires que moi.

— Eh ! Maximouchka, chacun est nécessaire, comment savoir qui l'est plus ou moins ? Si seulement ce Polonais n'existait pas ! Aliocha, lui aussi a imaginé de tomber malade, aujourd'hui. J'ai été le voir également. Je vais lui envoyer les petits pâtés ; je ne l'ai pas encore fait, mais puisque Mitia m'en accuse, je les enverrai maintenant exprès ! Ah ! voici Fénia avec une lettre. C'est cela, ce sont les Polonais qui demandent encore de l'argent ! »

Pan Musalowicz lui envoyait, en effet, une lettre fort longue, fort ampoulée, où il la priait de lui prêter trois roubles. Elle était accompagnée d'un reçu avec l'engagement de payer dans les trois mois ; la signature de *pan* Wrublewski y figurait aussi. Grouchegnka avait déjà reçu de son « ancien » beaucoup de lettres pareilles avec des reconnaissances de dette. Cela datait de sa convalescence, quinze jours auparavant. Elle savait que les deux *panowie* étaient pourtant venus prendre de ses nouvelles durant sa maladie. La première lettre, écrite sur une feuille de grand format, cachetée avec un sceau de famille, était longue et fort alambiquée, de sorte que Grouchegnka n'en lut que la moitié et la jeta sans y avoir rien compris. Elle se moquait bien des lettres à ce moment. Cette première lettre fut suivie le lendemain d'une seconde, où *pan* Musalowicz demandait de lui prêter deux mille roubles à court terme. Grouchegnka la laissa également sans réponse. Vinrent ensuite une série de missives, tout aussi prétentieuses, où la somme demandée diminuait graduellement, tombant à cent roubles, à vingt-cinq, à dix roubles ; enfin Grouchegnka reçut une lettre où les *panowie* mendiaient un rouble seulement, avec un reçu signé des deux. Prise soudain de pitié, elle se rendit au crépuscule chez le *pan*. Elle trouva les deux Polonais dans une misère noire, affamés, sans feu, sans cigarettes, devant de l'argent à leur logeuse. Les deux cents roubles gagnés à Mitia avaient vite disparu. Grouchegnka fut pourtant surprise d'être accueillie prétentieusement par les *panowie*, avec une étiquette majestueuse et des propos emphatiques. Elle ne fit qu'en rire, donna dix roubles à son « ancien », et raconta en riant la chose à Mitia qui ne montra aucune jalousie. Mais depuis lors, les *panowie* se cramponnaient à Grouchegnka, la bombardaient tous les jours de demandes d'argent, et chaque fois elle envoyait quelque chose. Et voilà qu'aujourd'hui Mitia s'était montré férocement jaloux !

« Comme une sotte, j'ai passé chez lui en allant voir Mitia, parce que lui aussi était malade, mon ancien *pan*, reprit Grouchegnka avec volubilité. Je raconte cela à Mitia en riant : « Imagine-toi, lui dis-je, que mon Polonais s'est mis à me chanter les chansons d'autrefois en s'accompagnant de la guitare ; il pense m'attendrir... » Alors Mitia s'est mis à m'injurier... Aussi vais-je envoyer des petits pâtés aux *panowie*. Fénia, donne trois roubles à la fillette qu'ils ont envoyée et une dizaine de pâtés dans du papier. Toi, Aliocha, tu raconteras cela à Mitia.

— Jamais de la vie ! dit Aliocha en souriant.

— Eh ! tu penses qu'il se tourmente ; c'est exprès qu'il fait le jaloux ; au fond, il s'en moque, proféra Grouchegnka avec amertume.

— Comment, exprès ?

— Que tu es naïf, Aliocha ! Tu n'y comprends rien, malgré tout ton esprit. Ce qui m'offense, ce n'est pas sa jalousie ; le contraire m'eût offensée. Je suis comme ça. J'admets la jalousie, étant moi-même jalouse. Mais ce qui m'offense, c'est qu'il ne m'aime pas du tout et me jalouse maintenant *exprès*. Suis-je aveugle ? Il se met à me parler de Katia, comme quoi elle a fait venir de Moscou un médecin réputé et le premier avocat de Pétersbourg pour le défendre. Il l'aime donc, puisqu'il fait son éloge en ma présence. Se sentant coupable envers moi, il me querelle et prend les devants pour m'accuser et rejeter les torts sur moi : « Tu as connu le Polonais avant moi ; il m'est donc permis d'avoir maintenant des relations avec Katia. » Voilà ce qui en est ! Il veut rejeter toute la faute sur moi. C'est exprès qu'il me querelle, te dis-je ; seulement je... »

Grouchegnka n'acheva pas ; elle se couvrit les yeux de son mouchoir et fondit en larmes.

« Il n'aime pas Catherine Ivanovna, dit avec fermeté Aliocha.

— Je saurai bientôt s'il l'aime ou non » fit-elle d'une voix menaçante.

Son visage s'altéra. Aliocha fut peiné de lui voir prendre soudain un air sombre, irrité.

« Assez de sottises ! Ce n'est pas pour ça que je t'ai fait venir. Mon cher Aliocha, que se passera-t-il demain ? Voilà ce qui me torture. Je suis la seule. Je vois que les autres n'y pensent guère, personne ne s'y intéresse. Y penses-tu au moins, toi ? C'est demain le jugement ! Que se passera-t-il, mon Dieu ? Et dire que c'est le laquais qui a tué ! Est-il possible qu'on le condamne à sa place et que personne ne prenne sa défense ? On n'a pas inquiété Smerdiakov ?

— On l'a interrogé rigoureusement, et tous ont conclu qu'il n'était pas coupable. Depuis cette crise, il est gravement malade.

— Seigneur mon Dieu ! Tu devrais aller chez cet avocat et lui conter l'affaire en particulier. Il paraît qu'on l'a fait venir de Pétersbourg pour trois mille roubles.

— Oui, c'est nous qui avons fourni la somme, Ivan, Catherine Ivanovna et moi. Elle a fait venir, elle seule, le médecin, pour deux mille roubles. L'avocat Fétioukovitch aurait exigé davantage, si cette affaire n'avait eu du retentissement dans toute la Russie ; il a donc bien voulu s'en charger plutôt pour la gloire. Je l'ai vu hier.

— Eh bien, tu lui as parlé ?

— Il m'a écouté sans rien dire. Son opinion est déjà faite, m'a-t-il affirmé. Pourtant il a promis de prendre mes paroles en considération.

— Comment, en considération ! Ah ! les coquins ! Ils le perdront. Et le docteur, pourquoi l'a-t-elle fait venir ?

— Comme expert. On veut établir que Mitia est fou et qu'il a tué dans un accès de démence, répondit Aliocha avec un sourire triste, mais mon frère n'y consentira pas.

— Ce serait vrai, s'il avait tué ! Il était fou, alors, complètement fou, et c'est ma faute à moi, misérable ! Mais ce n'est pas lui. Et tout le monde prétend que c'est lui, l'assassin. Même Fénia a déposé de façon qu'il paraît coupable. Et dans la boutique, et ce fonctionnaire, et au cabaret où on l'avait entendu auparavant, tous l'accusent.

— Oui, les dépositions se sont multipliées, fit remarquer Aliocha d'un air morne.

— Et Grigori Vassilitch persiste à dire que la porte était ouverte, il prétend l'avoir vue, on ne l'en fera pas démordre ; je suis allée le voir, je lui ai parlé. Il m'a même injuriée.

— Oui, c'est peut-être la plus grave déposition contre mon frère, dit Aliocha.

— Quant à la folie de Mitia, elle ne l'a toujours pas quitté, commença Grouchegnka d'un air préoccupé, mystérieux. Sais-tu, Aliocha, il y a longtemps que je voulais te le dire : je vais le voir tous les jours et je suis très perplexe. Dis-moi, qu'en penses-tu : de quoi parle-t-il toujours, à présent ? Je n'y comprenais rien, je pensais que c'était quelque chose de profond, au-dessus de ma portée, à moi, sotte, mais voilà qu'il me parle d'un « petiot » : « Pourquoi est-il pauvre, le petiot ? C'est à cause de lui que je vais maintenant en Sibérie. Je n'ai pas tué, mais il faut que j'aille en Sibérie ! » De quoi s'agit-il, qu'est-ce que ce « petiot » ? Je n'y ai rien compris. Seulement je me suis mise à pleurer, tant il parlait bien ; nous pleurions tous les deux, il m'a embrassée et a fait sur moi le signe de la croix. Qu'est-ce que cela signifie, Aliocha, quel est ce « petiot » ?

— Rakitine a pris l'habitude de le visiter, répondit Aliocha en souriant. Mais non, cela ne vient pas de Rakitine. Je ne l'ai pas vu hier, j'irai aujourd'hui.

— Non, ce n'est pas Rakitka, c'est Ivan Fiodorovitch qui le tourmente, il va le voir... »

Grouchegnka s'interrompit brusquement. Aliocha la regarda, stupéfait.

« Comment ? Ivan va le voir ? Mitia m'a dit lui-même qu'il n'était jamais venu.

— Eh bien, eh bien ! Voilà comme je suis ! J'ai bavardé, s'écria Grouchegnka, rouge de confusion. Enfin, Aliocha, n'en parle pas ; puisque j'ai commencé, je vais te dire toute la vérité ; Ivan est allé deux fois le voir : la première, aussitôt

arrivé de Moscou ; la seconde il y a huit jours. Il a défendu à
Mitia d'en parler, il venait en cachette. »

Aliocha demeurait plongé dans ses réflexions. Cette nouvelle l'avait fort impressionné.

« Ivan ne m'a pas parlé de l'affaire de Mitia ; en général, il
a très peu causé avec moi ; quand j'allais le voir, il paraissait
toujours mécontent, de sorte que je ne vais plus chez lui
depuis trois semaines. Hum… s'il l'a vu, il y a huit jours… Il
s'est produit, en effet, un changement chez Mitia depuis une
semaine…

— Oui, dit vivement Grouchegnka ; ils ont un secret,
Mitia lui-même m'en a parlé, et un secret qui le tourmente.
Auparavant il était gai, il l'est encore maintenant, seulement,
vois-tu, quand il commence à remuer la tête, à marcher de
long en large, à se tirailler les cheveux à la tempe, je sais qu'il
est agité… j'en suis sûre !… Autrement, il était gai encore
aujourd'hui.

— Agité, dis-tu ?

— Oui, tantôt gai, tantôt agité. Vraiment, Aliocha, il me
surprend ; avec un tel sort en perspective, il lui arrive
d'éclater de rire pour des bagatelles ; on dirait un enfant.

— Est-il vrai qu'il t'ait défendu de me parler d'Ivan ?

— Oui, c'est toi surtout qu'il craint, Mitia. Car il y a là un
secret, lui-même me l'a dit… Aliocha, mon cher, tâche de
savoir quel est ce secret et viens me le dire, afin que je
connaisse enfin mon maudit sort ! C'est pour ça que je t'ai fait
venir aujourd'hui.

— Tu penses que cela te concerne ? Mais alors il ne t'en
aurait pas parlé !

— Je ne sais. Peut-être n'ose-t-il pas me le dire. Il me
prévient. Le fait est qu'il a un secret.

— Mais toi-même, qu'en penses-tu ?

— Je pense que tout est fini pour moi. Ils sont trois ligués
contre moi, Katia fait partie du complot, c'est d'elle que tout
vient. Mitia me prévient par allusion. Il songe à m'abandonner, voilà tout le secret. Ils ont imaginé cela tous les trois,
Mitia, Katia et Ivan Fiodorovitch. Il m'a dit, il y a huit jours,

qu'Ivan est amoureux de Katia ; voilà pourquoi il va si
souvent chez elle. Aliocha, est-ce vrai ou non ? Réponds-moi
en conscience.

— Je ne te mentirai pas. Ivan n'aime pas Catherine
Ivanovna.

— Eh bien, c'est ce que j'ai tout de suite pensé ! Il ment
effrontément. Et il fait maintenant le jaloux pour pouvoir
m'accuser ensuite. Mais c'est un imbécile, il ne sait pas
dissimuler, il est trop franc... Il me le paiera ! « Tu crois que
j'ai tué ! » Voilà ce qu'il ose me reprocher ! Que Dieu lui
pardonne ! Attends, cette Katia aura affaire à moi au
tribunal ! Je parlerai... Je dirai tout ! »

Elle se mit à pleurer.

« Voilà ce que je puis t'affirmer, Grouchegnka, dit Aliocha
en se levant : d'abord, il t'aime, il t'aime plus que tout au
monde, et toi seule, crois-moi, j'en suis sûr. Ensuite, je
t'avoue que je n'irai pas lui arracher son secret, mais s'il me le
dit, je le préviendrai que j'ai promis de t'en faire part. Dans
ce cas, je reviendrai te le dire aujourd'hui. Seulement... il me
semble que Catherine Ivanovna n'a rien à voir là-dedans, ce
secret doit sûrement se rapporter à autre chose. En attendant, adieu ! »

Aliocha lui serra la main. Grouchegnka pleurait toujours.
Il voyait bien qu'elle ne croyait guère à ses consolations ;
néanmoins, cette effusion l'avait soulagée. Cela lui faisait de
la peine de la laisser dans cet état, mais il était pressé, ayant
encore beaucoup à faire.

II

LE PIED MALADE

Il voulait d'abord aller chez Mme Khokhlakov, et avait hâte
d'en finir, pour ne pas arriver trop tard auprès de Mitia.
Depuis trois semaines, Mme Khokhlakov était souffrante ;
elle avait le pied enflé, et, bien qu'elle ne gardât pas le lit, elle

passait les journées à moitié étendue sur une couchette, dans son boudoir, en déshabillé galant, d'ailleurs convenable. Aliocha avait observé une fois, en souriant innocemment, que Mme Khokhlakov devenait coquette, malgré sa maladie : elle arborait des nœuds, des rubans, des chemisettes. Durant les deux derniers mois, le jeune Perkhotine s'était mis à fréquenter chez elle. Aliocha n'était pas venu depuis quatre jours et, sitôt entré, il se rendit chez Lise, qui lui avait fait dire la veille de venir immédiatement la voir « pour une affaire très importante », ce qui l'intéressait pour certaines raisons. Mais tandis que la femme de chambre allait l'annoncer, Mme Khokhlakov, informée de son arrivée, le demanda « rien que pour une minute ». Aliocha jugea qu'il valait mieux satisfaire d'abord la maman, sinon elle l'enverrait chercher à chaque instant. Elle était étendue sur la couchette, habillée comme pour une fête, et semblait fort agitée. Elle accueillit Aliocha avec des cris d'enthousiasme.

« Il y a un siècle que je ne vous ai vu ! Une semaine entière, miséricorde ! Ah ! vous êtes venu il y a quatre jours, mercredi passé. Vous allez chez Lise, je suis sûre que vous vouliez marcher sur la pointe des pieds, pour que je n'entende pas. Cher Alexéi Fiodorovitch, si vous saviez comme elle m'inquiète ! Ceci est le principal, mais nous en parlerons ensuite. Je vous confie entièrement ma Lise. Après la mort du *starets* Zosime — paix à son âme ! — (elle se signa) — après lui, je vous considère comme un ascète, bien que vous portiez fort gentiment votre nouveau costume. Où avez-vous trouvé ici un pareil tailleur ? Mais nous en reparlerons plus tard ; ça n'a pas d'importance. Pardonnez-moi de vous appeler parfois Aliocha, je suis une vieille femme, tout m'est permis, — elle sourit coquettement — mais cela aussi viendra après. Surtout, que je n'oublie pas le principal. Je vous en prie, si je divague, rappelez-le-moi. Depuis que Lise a repris sa promesse — sa promesse enfantine, Alexéi Fiodorovitch — de vous épouser, vous avez bien compris que ce n'était que le caprice d'une fillette malade, restée longtemps dans son fauteuil. Dieu soit loué, maintenant elle marche déjà. Ce

nouveau médecin que Katia a fait venir de Moscou pour
votre malheureux frère, que demain… Qu'arrivera-t-il
demain ? Je meurs rien que d'y penser ! Surtout de curiosité… Bref, ce médecin est venu hier et a vu Lise… Je lui ai
payé sa visite cinquante roubles. Mais il ne s'agit pas de ça.
Voyez-vous, je m'embrouille. Je me dépêche sans savoir
pourquoi. Je ne sais plus où j'en suis, tout est pour moi
comme un écheveau emmêlé. J'ai peur de vous mettre en
fuite en vous ennuyant, je n'ai vu que vous. Ah ! mon Dieu,
je n'y pensais pas ; d'abord, du café ! Julie, Glaphyre, du
café ! »

Aliocha s'empressa de remercier en disant qu'il venait de
prendre le café.

« Chez qui ?

— Chez Agraféna Alexandrovna.

— Chez cette femme ! Ah ! c'est elle la cause de tout ;
d'ailleurs, je ne sais pas, on la dit maintenant irréprochable,
c'est un peu tard. Il eût mieux valu que ce fût plus tôt, quand
il le fallait ; à quoi ça sert-il maintenant ? Taisez-vous, Alexéi
Fiodorovitch, car j'ai tant de choses à dire que je ne dirai, je
crois, rien du tout. Cet affreux procès… Je ne manquerai pas
d'y aller, je me prépare, on me portera dans un fauteuil, je
peux rester assise, et vous savez que je figure parmi les
témoins. Comment ferai-je pour parler ? Je ne sais pas ce que
je dirai. Il faut prêter serment, n'est-ce pas ?

— Oui, mais je ne pense pas que vous puissiez paraître.

— Je peux rester assise ; ah ! vous m'embrouillez ! Ce
procès, cet acte sauvage, ces gens qui vont en Sibérie, ces
autres qui se marient, et tout cela si vite, si vite, et finalement
tout le monde vieillit et regarde vers la tombe. Après tout,
tant pis, je suis fatiguée. Cette Katia, *cette charmante
personne* [1], a déçu mon espoir ; maintenant elle va accompagner un de vos frères en Sibérie, l'autre la suivra et s'établira
dans la ville voisine, et tous se feront souffrir mutuellement.
Cela me fait perdre la tête, surtout cette publicité ; on en a
parlé des milliers et des milliers de fois dans les journaux de
Pétersbourg et de Moscou. Ah ! oui, imaginez-vous qu'on me

mêle à cette histoire, on prétend que j'étais... disons une
« bonne amie » de votre frère, car je ne veux pas prononcer
un vilain mot !

— C'est impossible ! Où a-t-on écrit cela ?

— Je vais vous faire voir. Tenez, c'est dans un journal de
Pétersbourg, que j'ai reçu hier, *Sloukhi*, « les Bruits ». Ces
« Bruits » paraissent depuis quelques mois ; et comme j'aime
beaucoup les bruits, je m'y suis abonnée, et me voici bien
servie en fait de bruits. C'est ici, à cet endroit, tenez, lisez. »

Et elle tendit à Aliocha un journal qui se trouvait sous
l'oreiller.

Elle n'était pas affectée, mais comme abattue, et, en effet,
tout s'embrouillait peut-être dans sa tête. L'entrefilet était
caractéristique et devait assurément l'impressionner ; mais,
par bonheur, elle était alors incapable de se concentrer sur un
point et pouvait dans un instant oublier même le journal et
passer à autre chose. Quant au retentissement de cette triste
affaire dans la Russie entière, Aliocha le connaissait depuis
longtemps, et Dieu sait les nouvelles bizarres qu'il avait eu
l'occasion de lire depuis deux mois, parmi d'autres véridi-
ques, sur son frère, sur les Karamazov, et sur lui-même. On
disait même dans un journal qu'effrayé par le crime de son
frère, il s'était fait moine et reclus ; ailleurs, on démentait ce
bruit en affirmant, au contraire, qu'en compagnie du *starets*
Zosime, il avait fracturé la caisse du monastère et pris la
fuite. L'entrefilet paru dans le journal *Sloukhi* était intitulé :
« On nous écrit de Skotoprigonievsk [1] (hélas ! ainsi s'appelle
notre petite ville, je l'ai caché longtemps) à propos du procès
Karamazov. » Il était court et le nom de Mme Khokhlakov
n'y figurait pas. On racontait seulement que le criminel
qu'on s'apprêtait à juger avec une telle solennité, capitaine en
retraite, d'allures insolentes, fainéant et partisan du servage,
avait des intrigues amoureuses, influençait surtout « quelques dames à qui leur solitude pesait ». L'une d'elles, « une
veuve qui s'ennuyait » et affectait la jeunesse, bien que mère
d'une grande fille s'était amourachée de lui au point de lui
offrir, deux heures avant le crime, trois mille roubles pour

partir en sa compagnie aux mines d'or. Mais le scélérat avait mieux aimé tuer son père pour lui voler ces trois mille roubles, comptant sur l'impunité, que promener en Sibérie les charmes quadragénaires de la dame. Cette correspondance badine se terminait, comme il convient, par une noble indignation contre l'immoralité du parricide et du servage. Après avoir lu avec curiosité, Aliocha plia la feuille qu'il rendit à Mme Khokhlakov.

« Eh bien ! n'est-ce pas moi ? C'est moi, en effet, qui, une heure auparavant, lui ai conseillé les mines d'or, et tout à coup... « des charmes quadragénaires » ! Mais était-ce dans ce dessein ? Il l'a fait exprès. Que le Souverain Juge lui pardonne cette calomnie comme je la lui pardonne moi-même, mais c'est... savez-vous qui ? C'est votre ami Rakitine.

— Peut-être, fit Aliocha, bien que je n'aie rien entendu dire à ce sujet.

— C'est lui, sans aucun doute ! Car je l'ai chassé !... Vous connaissez donc cette histoire ?

— Je sais que vous l'avez prié de cesser ses visites à l'avenir, mais pour quelle raison au juste, je ne l'ai pas su... par vous tout au moins.

— Vous l'avez donc appris par lui ! Alors, il déblatère contre moi ?

— Oui ; il déblatère contre tout le monde, d'ailleurs. Mais lui non plus ne m'a pas dit pourquoi vous l'aviez congédié ! Du reste, je le rencontre fort rarement. Nous ne sommes pas amis.

— Eh bien, je vais tout vous raconter et, malgré tout, je me repens, parce qu'il y a un point sur lequel je suis peut-être coupable moi-même. Un point tout à fait insignifiant, d'ailleurs. Voyez, mon cher (Mme Khokhlakov prit un air enjoué, eut un sourire énigmatique), voyez-vous, je soupçonne... pardonnez-moi, je vous parle comme une mère... Oh ! non, non, au contraire, je m'adresse à vous comme à mon père... car la mère n'a rien à voir ici... Enfin, c'est égal, comme au *starets* Zosime en confession, et c'est tout à fait

juste : je vous ai appelé tout à l'heure ascète... Eh bien, voilà,
ce pauvre jeune homme, votre ami Rakitine (mon Dieu je ne
puis me fâcher contre lui), bref, cet étourdi, figurez-vous
qu'il s'avisa, je crois, de s'amouracher de moi. Je ne m'en
aperçus que par la suite, mais au début, c'est-à-dire il y a un
mois, il vint me voir plus souvent, presque tous les jours, car
nous nous connaissions auparavant. Je ne me doutais de
rien... et tout à coup, ce fut comme un trait de lumière. Vous
savez qu'il y a deux mois j'ai commencé à recevoir ce gentil et
modeste jeune homme, Piotr Ilitch Perkhotine, qui est
fonctionnaire ici. Vous l'avez rencontré plus d'une fois.
N'est-ce pas qu'il a du mérite, qu'il est toujours bien mis, et,
en général, j'aime la jeunesse, Aliocha, quand elle a de la
modestie, du talent, comme vous ; c'est presque un homme
d'État, il parle fort bien, je le recommanderai à qui de droit.
C'est un futur diplomate. Dans cette affreuse journée, il m'a
presque sauvée de la mort en venant me trouver la nuit.
Quant à votre ami Rakitine, il s'amène toujours avec ses gros
souliers qu'il traîne sur le tapis... Bref, il se mit à faire des
allusions ; une fois, en parlant, il me serra la main très fort.
C'est depuis ce moment que j'ai mal au pied. Il avait déjà
rencontré Piotr Ilitch chez moi, et le croiriez-vous, il le
dénigrait sans cesse, s'acharnait contre lui je ne sais pourquoi. Je me contentais de les observer tous les deux, pour
voir comment ils s'arrangeraient, tout en riant à part moi. Un
jour que je me trouvais seule, assise ou plutôt déjà étendue,
Mikhaïl Ivanovitch vint me voir et, imaginez-vous, m'apporta des vers fort courts, où il décrivait mon pied malade.
Attendez, comment est-ce ?...

> *Ce petit pied charmant*
> *Est un peu souffrant...*

ou quelque chose comme ça, je ne puis me rappeler ces vers,
je les ai là, je vous les montrerai plus tard ; ils sont ravissants,
et il n'y est pas question de mon pied seulement ; ils sont
moraux, avec une pointe délicieuse, que j'ai d'ailleurs

oubliée, bref dignes de figurer dans un album. Naturellement, je le remerciai, il parut flatté. Je n'avais pas fini que
Piotr Ilitch entra. Mikhaïl Ivanovitch devint sombre comme
la nuit. Je voyais bien que Piotr Ilitch le gênait, car il voulait
certainement dire quelque chose après les vers, je le pressentais, et l'autre entra juste à ce moment. Je montrai les vers à
Piotr Ilitch sans lui nommer l'auteur. Mais je suis bien
persuadée qu'il devina tout de suite, bien qu'il le nie jusqu'à
présent. Piotr Ilitch éclata de rire, se mit à critiquer : de
méchants vers, dit-il, écrits par un séminariste, et avec quelle
témérité ! C'est alors que votre ami, au lieu d'en rire, devint
furieux. Mon Dieu, je crus qu'ils allaient se battre : « C'est
moi, dit-il, l'auteur. Je les ai écrits par plaisanterie, car je
tiens pour ridicule de faire des vers... Seulement, les miens
sont bons. On veut élever une statue à Pouchkine pour avoir
chanté les pieds des femmes [1] ; mes vers à moi ont une teinte
morale ; vous-même n'êtes qu'un réactionnaire réfractaire à
l'humanité, au progrès, étranger au mouvement des idées, un
rond-de-cuir, un preneur de pots-de-vin ! » Alors je me mis à
crier, à les supplier. Piotr Ilitch, vous le savez, n'a pas froid
aux yeux ; il prit une attitude fort digne, le regarda ironiquement et lui fit des excuses : « Je ne savais pas, dit-il ; sinon je
me serais exprimé autrement, j'aurais loué vos vers... Les
poètes sont une engeance irritable. » Bref, des railleries
débitées du ton le plus sérieux. Lui-même m'a avoué ensuite
qu'il raillait, moi je m'y étais laissé prendre. Je songeais alors,
étendue comme maintenant : dois-je ou non chasser Mikhaïl
Ivanovitch pour son intempérance de langage envers mon
hôte ? Le croiriez-vous, j'étais là étendue, les yeux fermés,
sans parvenir à me décider ; je me tourmentais, mon cœur
battait : crierai-je ou ne crierai-je pas ? Une voix me disait :
« crie », et l'autre : « ne crie pas ! » A peine eus-je entendu
cette autre voix que je me mis à crier ; puis je m'évanouis.
Naturellement ce fut une scène bruyante. Tout à coup, je me
suis levée, et j'ai dit à Mikhaïl Ivanovitch : « Je regrette
beaucoup, mais je ne veux plus vous voir chez moi. » Voilà
comment je l'ai mis à la porte. Ah, Alexéi Fiodorovitch, je

sais bien que j'ai mal agi ; je mentais, je n'étais nullement fâchée contre lui, mais soudain, il me sembla que ce serait très bien, cette scène... Seulement, le croiriez-vous, cette scène était pourtant naturelle, car je pleurais vraiment, et j'ai même pleuré quelques jours après encore, enfin je finis par tout oublier, une fois, après déjeuner. Il avait cessé ses visites depuis quinze jours ; je me demandais : « Est-il possible qu'il ne revienne plus ? » C'était hier, et voilà que dans la soirée on m'apporte ces « Bruits ». Je lus et demeurai bouche bée : de qui était-ce ? De lui ! sitôt rentré, il avait griffonné ça pour l'envoyer au journal, qui l'a publié. Aliocha, je bavarde à tort et à travers, mais c'est plus fort que moi !

— Il faut que j'arrive à temps chez mon frère, balbutia Aliocha.

— Précisément, précisément ! Ça me rappelle tout ! Dites-moi, qu'est-ce que l'obsession ?

— Quelle obsession ? demanda Aliocha surpris.

— L'obsession judiciaire. Une obsession qui fait tout pardonner. Quoi que vous ayez commis, on vous pardonne.

— A propos de quoi dites-vous cela ?

— Voici pourquoi ; cette Katia... Ah ! C'est une charmante créature, mais j'ignore de qui elle est éprise. Elle est venue l'autre jour, et je n'ai rien pu savoir. D'autant plus qu'elle se borne maintenant à des généralités, elle ne me parle que de ma santé, elle affecte même un certain ton, et je me suis dit : « Soit, que le bon Dieu te bénisse !... » Ah ! A propos de cette obsession, ce docteur est arrivé. Vous le savez sûrement, c'est vous qui l'avez fait venir, c'est-à-dire, pas vous, mais Katia. Toujours Katia ! Eh bien, voici : un individu est normal, mais tout à coup il a une obsession ; il est lucide, se rend compte de ses actes, cependant il subit l'obsession. Eh bien, c'est ce qui est arrivé sûrement à Dmitri Fiodorovitch. C'est une découverte et un bienfait de la justice nouvelle. Ce docteur est venu, il m'a questionnée sur le fameux soir, enfin, sur les mines d'or : « Comment était alors l'accusé ? » En état d'obsession, bien sûr ; il s'écriait : « De l'argent, de l'argent, donnez-moi trois mille roubles », puis soudain il est allé assassiner. « Je ne veux pas, disait-il, je ne veux pas tuer » ; pourtant il l'a fait. Aussi on lui pardonnera à cause de cette résistance, bien qu'il ait tué.

— Mais il n'a pas tué, interrompit un peu brusquement Aliocha, dont l'agitation et l'impatience grandissaient.

— Je sais, c'est le vieux Grigori qui a tué.

— Comment, Grigori ?

— Mais oui, c'est Grigori. Il est resté évanoui après avoir été frappé par Dmitri Fiodorovitch, puis il s'est levé et, voyant la porte ouverte, il est allé tué Fiodor Pavlovitch.

— Mais pourquoi, pourquoi ?

— Sous l'empire d'une obsession. En revenant à lui, après avoir été frappé à la tête, l'obsession lui a fait commettre ce crime ; il prétend qu'il n'a pas tué, peut-être ne s'en souvient-il pas. Seulement, voyez-vous, mieux vaudrait que Dmitri Fiodorovitch eût tué. Oui, quoique je parle de Grigori, c'est sûrement Dmitri qui a fait le coup, et ça vaut mieux, beaucoup mieux. Ce n'est pas que j'approuve le meurtre d'un père par son fils ; les enfants, au contraire, doivent respecter les parents ; pourtant, mieux vaut que ce soit lui, car alors vous n'aurez pas à vous désoler, puisqu'il a tué inconsciemment, ou plutôt consciemment, mais sans savoir comment c'est arrivé. On doit l'acquitter ; ce sera humain, cela fera ressortir les bienfaits de la justice nouvelle. Je n'en savais rien, on dit que c'est déjà ancien ; dès que je l'appris hier, je fus si frappée que je voulais vous envoyer chercher. Si on l'acquitte, je l'inviterai aussitôt à dîner, je réunirai des connaissances et nous boirons à la santé des nouveaux juges. Je ne pense pas qu'il soit dangereux ; d'ailleurs il y aura du monde, on pourra toujours l'emmener s'il fait le méchant. Plus tard, il pourra être juge de paix ou quelque chose de ce genre, car les meilleurs juges sont ceux qui ont eu des malheurs. Surtout, qui n'a pas son obsession maintenant ? vous, moi, tout le monde, et combien d'exemples : un individu est en train de chanter une romance, tout à coup quelque chose lui déplaît, il prend un pistolet, vous tue le premier venu et on l'acquitte. Je l'ai lu récemment, tous les

docteurs l'ont confirmé. Ils confirment tout, maintenant.
Pensez donc, Lise a une obsession ! elle m'a fait pleurer hier
et avant-hier : aujourd'hui, j'ai deviné que c'était une simple
obsession. Oh ! Lise me fait beaucoup de peine ! Je crois
qu'elle a perdu l'esprit. Pourquoi vous a-t-elle fait venir ? Ou
bien êtes-vous venu de vous-même ?

— Elle m'a fait venir et je vais la trouver, déclara Aliocha
en se levant d'un air résolu.

— Ah ! cher Alexéi Fiodorovitch, voilà peut-être l'essentiel, s'écria en pleurant Mme Khokhlakov. Dieu m'est témoin
que je vous confie sincèrement Lise, et ça ne fait rien qu'elle
vous ait appelé à mon insu. Quant à votre frère Ivan, excusez-
moi, mais je ne puis lui confier si facilement ma fille, bien
que je le considère toujours comme le plus chevaleresque des
jeunes gens. Imaginez-vous qu'il est venu voir Lise et que je
n'en savais rien.

— Comment ? Quand cela ? dit Aliocha stupéfait. Il ne
s'était pas rassis.

— Je vais tout vous dire. C'est peut-être pour cela que je
vous ai fait appeler, je ne m'en souviens plus. Ivan Fiodorovitch est venu me voir deux fois depuis son retour de
Moscou : la première, pour me faire une visite en qualité de
connaissance ; la seconde, récemment. Katia se trouvait chez
moi, il entra en l'apprenant. Bien entendu, je ne prétendais
pas à de fréquentes visites de sa part, connaissant ses tracas,
vous comprenez, cette affaire et la mort terrible de votre papa [1] ;
mais j'apprends tout à coup qu'il est venu de nouveau, il y a
six jours, pas chez moi mais chez Lise, où il est resté cinq
minutes. Je l'ai appris trois jours après par Glaphyre ; ça m'a
frappée. J'appelle aussitôt Lise qui se met à rire : il pensait,
dit-elle, que vous dormiez, il est venu me demander de vos
nouvelles. C'est ça, bien sûr. Seulement Lise, Lise, mon
Dieu, quelle peine elle me fait ! Figurez-vous qu'une nuit,
c'était il y a quatre jours, après votre visite, elle a eu une crise
de nerfs, des cris, des gémissements... Pourquoi n'ai-je
jamais de crises de nerfs, moi ? Le lendemain, le surlendemain, nouvelle attaque, et, hier, cette obsession. Elle me crie

tout à coup : « Je déteste Ivan Fiodorovitch, j'exige que vous ne le receviez plus, que vous lui interdisiez la maison ! » Je demeurai stupéfaite et lui répliquai : « Pour quelle raison congédier un jeune homme si méritant, si instruit, et de plus si malheureux », car toutes ces histoires, c'est plutôt un malheur qu'autre chose, n'est-ce pas ? Elle éclata de rire à mes paroles, d'une façon blessante. Je fus contente, pensant l'avoir divertie et que les crises cesseraient ; d'ailleurs, je voulais moi-même congédier Ivan Fiodorovitch pour ses étranges visites sans mon consentement et lui demander des explications. Ce matin, voilà qu'à son réveil, Lise s'est fâchée contre Julie et même qu'elle l'a frappée au visage. C'est monstrueux, n'est-ce pas ? Moi qui dis *vous* à mes femmes de chambre. Une heure après, elle embrassait Julie et lui baisait les pieds. Elle me fit dire qu'elle ne viendrait pas, qu'elle ne voulait plus venir chez moi dorénavant, et lorsque je me traînai chez elle, elle me couvrit de baisers en pleurant, puis me poussa dehors sans dire un mot, de sorte que je n'ai rien pu savoir. Maintenant, cher Alexéi Fiodorovitch, je mets tout mon espoir en vous ; ma destinée est sans doute entre vos mains. Je vous prie d'aller voir Lise, d'élucider tout cela, comme vous seul savez le faire, et de venir me raconter, à moi, la mère ; car, vous comprenez, je mourrai vraiment, si tout cela continue, ou je me sauverai de la maison. Je n'en puis plus ; j'ai de la patience, mais je peux la perdre et alors… alors ce sera terrible. Ah ! mon Dieu, enfin, Piotr Ilitch ! s'écria Mme Khokhlakov, radieuse, en voyant entrer Piotr Ilitch Perkhotine. Vous êtes bien en retard ! Eh bien, asseyez-vous, parlez, que dit cet avocat ? Où allez-vous, Alexéi Fiodorovitch ?

— Chez Lise.

— Ah ! oui. N'oubliez pas, je vous en supplie, ce que je vous ai demandé. Il s'agit de ma destinée !

— Certainement non, si toutefois c'est possible… car je suis tellement en retard, murmura Aliocha en se retirant.

— Non, venez sans faute, et pas « si c'est possible », sinon je mourrai ! » cria derrière lui Mme Khokhlakov.

Aliocha avait déjà disparu.

III

UN DIABLOTIN

Il trouva Lise à moitié allongée dans le fauteuil où on la portait quand elle ne pouvait pas encore marcher. Elle ne se leva pas à son entrée, mais son regard perçant un peu enflammé le traversa. Aliocha fut frappé du changement qui s'était opéré en elle durant ces trois jours ; elle avait même maigri. Elle ne lui tendit pas la main. Il effleura ses doigts frêles, immobiles sur sa robe, et s'assit en face d'elle, sans mot dire.

« Je sais que vous êtes pressé d'aller à la prison, proféra brusquement Lise ; maman vous a retenu deux heures, elle vient de vous parler de Julie et de moi.

— Comment le savez-vous ?

— J'ai écouté. Qu'avez-vous à me regarder ? Si ça me plaît, j'écoute, il n'y a pas de mal à ça. Je ne demande pas pardon pour si peu.

— Il y a quelque chose qui vous affecte ?

— Au contraire, je me sens très bien. Tout à l'heure je songeais, pour la dixième fois, comme j'ai bien fait de reprendre ma parole et de ne pas devenir votre femme. Vous ne convenez pas comme mari ; si je vous épouse et que je vous charge de porter un billet à mon amoureux, vous feriez la commission, vous rapporteriez même la réponse. Et à quarante ans, vous porteriez encore des billets de ce genre. »

Elle se mit à rire.

« Il y a en vous quelque chose de méchant et, en même temps, d'ingénu, dit Aliocha en souriant.

— C'est par ingénuité que je n'ai pas honte devant vous. Non seulement je n'ai pas, mais je ne *veux* pas avoir honte. Aliocha, pourquoi est-ce que je ne vous respecte pas ? Je vous aime beaucoup, mais je ne vous respecte pas. Sinon, je ne vous parlerais pas sans honte, n'est-ce pas ?

— En effet.

— Croyez-vous que je n'aie pas honte devant vous ?

— Non, je ne le crois pas. »

Lise rit de nouveau nerveusement ; elle parlait vite.

« J'ai envoyé des bonbons à votre frère Dmitri, à la prison. Aliocha, si vous saviez comme vous êtes gentil ! Je vous aimerai beaucoup pour m'avoir permis si vite de ne pas vous aimer.

— Pourquoi m'avez-vous fait venir aujourd'hui, Lise ?

— Je voulais vous faire part d'un désir. Je veux que quelqu'un me fasse souffrir, qu'il m'épouse, puis me torture, me trompe et s'en aille. Je ne veux pas être heureuse.

— Vous êtes éprise du désordre ?

— Oui, je veux le désordre. Je veux mettre le feu à la maison. Je me représente très bien la chose : je m'en vais en cachette, tout à fait en cachette, mettre le feu ; on s'efforce de l'éteindre ; la maison brûle, je sais et je me tais. Ah ! que c'est bête ! quelle horreur ! »

Elle fit un geste de dégoût.

« Vous vivez richement, dit Aliocha à voix basse.

— Vaut-il donc mieux vivre pauvre ?

— Oui.

— C'est votre défunt moine qui vous racontait ça. Ce n'est pas vrai. Que je sois riche et tous les autres pauvres, je mangerai des bonbons, je boirai de la crème, et je n'en donnerai à personne ! Ah ! ne parlez pas, ne dites rien (elle fit un geste, bien qu'Aliocha n'eût pas ouvert la bouche), vous m'avez déjà dit tout ça auparavant, je le sais par cœur. C'est ennuyeux. Si je suis pauvre, je tuerai quelqu'un, peut-être même tuerai-je étant riche. Pourquoi me gêner ?... Savez-vous, je veux moissonner, moissonner les blés. Je serai votre femme, vous deviendrez un paysan, un vrai paysan ; nous aurons un poulain, voulez-vous ?... Vous connaissez Kalganov ?

— Oui.

— Il rêve en marchant. Il dit : « A quoi bon vivre ? mieux vaut rêver. » On peut rêver les choses les plus gaies ; mais la vie, c'est l'ennui. Il se mariera bientôt, il m'a fait, à moi aussi, une déclaration. Vous savez fouetter un sabot ?

— Oui.

— Eh bien, il est comme un sabot ; il faut le mettre en mouvement, le lancer et le fouetter. Si je l'épouse, je le lancerai toute ma vie. Vous n'avez pas honte de rester avec moi ?

— Non.

— Vous êtes très fâché que je ne parle pas des choses saintes. Je ne veux pas être sainte. Comment punit-on dans l'autre monde le plus grand péché ? Vous devez le savoir au juste.

— Dieu condamne, dit Aliocha en la regardant fixement.

— C'est ce que je veux. J'arriverais, on me condamnerait, je leur rirais au nez à tous. Je veux absolument mettre le feu à la maison, Aliocha, à notre maison ; vous ne me croyez pas ?

— Pourquoi donc ? Il y a des enfants qui, à douze ans, ont très envie de mettre le feu à quelque chose, et ils le font. C'est une sorte de maladie.

— Ce n'est pas vrai, ce n'est pas vrai, il y a bien des enfants comme ça, mais il s'agit de tout autre chose.

— Vous prenez le mal pour le bien ; c'est une crise passagère qui provient peut-être de votre ancienne maladie.

— Mais vous me méprisez ! Je ne veux pas faire le bien, tout simplement ; je veux faire le mal ; il n'y a là aucune maladie.

— Pourquoi faire le mal ?

— Pour qu'il ne reste rien nulle part. Ah ! comme ce serait bien ! Savez-vous, Aliocha, je pense parfois à faire beaucoup de mal, de vilaines choses, pendant longtemps, en cachette... Et tout à coup tous l'apprendront, m'entoureront, me montreront du doigt ; et moi je les regarderai. C'est très agréable. Pourquoi est-ce si agréable, Aliocha ?

— Comme ça. Le besoin d'écraser quelque chose de bon, ou, comme vous disiez, de mettre le feu. Cela arrive aussi.

— Je ne me contenterai pas de le dire, je le ferai.

— Je le crois.

— Ah ! comme je vous aime pour ces paroles : je le crois. En effet, vous ne mentez pas. Mais vous pensez peut-être que je vous dis tout cela exprès, pour vous taquiner ?

— Non, je ne le pense pas… bien que peut-être vous éprouviez ce besoin.

— Un peu, oui. Je ne mens jamais devant vous » proféra-t-elle avec une lueur dans les yeux.

Ce qui frappait surtout Aliocha, c'était son sérieux ; il n'y avait pas l'ombre de malice ni de badinage sur son visage, alors qu'autrefois la gaieté et l'enjouement ne la quittaient jamais dans ses minutes les plus sérieuses.

« Il y a des moments où l'homme aime le crime, proféra Aliocha d'un air pensif.

— Oui, oui, vous avez exprimé mon idée ; on l'aime, tous l'aiment, toujours, et non « par moments ». Savez-vous, il y a eu comme une convention générale de mensonge à cet égard, tous mentent depuis lors. Ils prétendent haïr le mal et tous l'aiment en eux-mêmes.

— Et vous continuez à lire de mauvais livres ?

— Oui. Maman les cache sous son oreiller, mais je les chipe.

— N'avez-vous pas conscience de vous détruire ?

— Je veux me détruire. Il y a ici un jeune garçon qui est resté couché entre les rails pendant le passage d'un train. Veinard ! Écoutez, on juge maintenant votre frère pour avoir tué son père, et tout le monde est content qu'il l'ait tué.

— On est content qu'il ait tué son père ?

— Oui, tous sont contents. Ils disent que c'est affreux, mais, au fond d'eux-mêmes, ils sont très contents. Moi la première.

— Dans vos paroles, il y a un peu de vérité, dit doucement Aliocha.

— Ah ! quelles idées vous avez, s'exclama Lise enthousiasmée. Et c'est un moine ! Vous ne pouvez croire combien je vous respecte, Aliocha, parce que vous ne mentez jamais.

Ah ! il faut que je vous raconte un songe ridicule : je vois parfois, en rêve, des diables ; c'est la nuit, je suis dans ma chambre avec une bougie ; soudain, des diables surgissent dans tous les coins, sous la table ; ils ouvrent la porte ; il y en a une foule qui veulent entrer pour me saisir. Et déjà ils avancent, ils m'appréhendent. Mais je me signe ; tous reculent, pris de peur. Ils ne s'en vont pas, ils attendent à la porte et dans les coins. Tout à coup, j'éprouve une envie folle de blasphémer, je commence, les voilà qui s'avancent en foule, tout joyeux ; ils m'empoignent de nouveau, de nouveau je me signe, tous reculent. C'est très gai, on en perd la respiration.

— Moi aussi, j'ai fait ce rêve, dit Aliocha.

— Est-ce possible ? cria Lise étonnée. Écoutez, Aliocha, ne riez pas, c'est très important : se peut-il que deux personnes fassent le même rêve ?

— Certainement.

— Aliocha, je vous dis que c'est très important, poursuivit Lise au comble de la surprise. Ce n'est pas le rêve qui importe, mais le fait que vous ayez pu avoir le même rêve que moi. Vous qui ne mentez jamais, ne mentez pas maintenant : est-ce vrai ? Vous ne riez pas ?

— C'est vrai. »

Lise, abasourdie, se tut un instant.

« Aliocha, venez me voir, venez plus souvent, proféra-t-elle d'un ton suppliant.

— Je viendrai toujours chez vous, toute ma vie, répondit-il avec fermeté.

— Je ne puis me confier qu'à vous, reprit Lise, rien qu'à vous dans le monde entier. Je me parle à moi-même ; et je vous parle encore plus volontiers qu'à moi-même. Je n'éprouve aucune honte devant vous, Aliocha, aucune. Pourquoi cela ? Aliocha, est-il vrai qu'à Pâques les Juifs volent les enfants et qu'ils les égorgent ?

— Je ne sais pas.

— J'ai un livre où il est question d'un procès ; on raconte qu'un Juif a d'abord coupé les doigts à un enfant de quatre

ans, puis qu'il l'a crucifié contre un mur avec des clous ; il
déclara au tribunal que l'enfant était mort rapidement, au
bout de quatre heures. C'est rapide, en effet ! Il ne cessait de
gémir, l'autre restait là à le contempler. C'est bien !

— Bien ?

— Oui. Je pense parfois que c'est moi qui l'ai crucifié. Il
est là suspendu et gémit, moi je m'assieds en face de lui et je
mange de la compote d'ananas. J'aime beaucoup cela ; et
vous ? »

Aliocha contemplait en silence Lise dont le visage jaune
pâle s'altéra soudain, tandis que ses yeux flamboyaient.

« Savez-vous qu'après avoir lu cette histoire, j'ai sangloté
toute la nuit. Je croyais entendre l'enfant crier et gémir (à
quatre ans, on comprend), et cette pensée de la compote ne
me quittait pas. Le matin, j'ai envoyé une lettre demandant à
quelqu'un de venir me voir sans faute. Il est venu, je lui ai
tout raconté, au sujet de l'enfant et de la compote, *tout*, et j'ai
dit : « C'est bien. » Il s'est mis à rire, il a trouvé qu'en effet
c'était bien. Puis il est parti au bout de cinq minutes. Est-ce
qu'il me méprisait ? Parlez, Aliocha, parlez : me méprisait-il,
oui ou non ? »

Elle se dressa sur sa couchette, les yeux étincelants.

« Dites-moi, proféra Aliocha avec agitation, vous avez
vous-même fait venir ce *quelqu'un* ?

— Oui.

— Vous lui avez envoyé une lettre ?

— Oui.

— Précisément pour lui demander cela, à propos de
l'enfant ?

— Non, pas du tout. Mais quand il est entré, je le lui ai
demandé. Il m'a répondu, il s'est mis à rire, et puis il est
parti.

— Il a agi en honnête homme, dit doucement Aliocha.

— Mais il m'a méprisée ? Il a ri.

— Non, car lui-même croit peut-être à la compote d'ananas. Il est aussi très malade maintenant, Lise.

— Oui, il y croit ! dit Lise, les yeux étincelants.

— Il ne méprise personne, poursuivit Aliocha. Seulement, il n'a confiance en personne. S'il n'a pas confiance, évidemment, il méprise.

— Par conséquent, moi aussi ?

— Vous aussi.

— C'est bien, dit Lise rageuse. Quand il est sorti en riant, j'ai senti que le mépris avait du bon. Avoir les doigts coupés comme cet enfant, c'est bien ; être méprisé, c'est bien également... »

Et elle eut, en regardant Aliocha, un mauvais rire.

« Savez-vous, Aliocha, je voudrais... Sauvez-moi ! » Elle se dressa, se pencha vers lui, l'étreignit. « Sauvez-moi ! gémit-elle. Ai-je dit à quelqu'un au monde ce que je viens de vous dire ? J'ai dit la vérité, la vérité ! Je me tuerai, car tout me dégoûte ! Je ne veux plus vivre ! Tout m'inspire du dégoût, tout ! Aliocha, pourquoi ne m'aimez-vous pas, pas du tout ?

— Mais si, je vous aime ! répondit Aliocha avec chaleur.

— Est-ce que vous me pleurerez ?

— Oui.

— Non parce que j'ai refusé d'être votre femme, mais en général ?

— Oui.

— Merci ! Je n'ai besoin que de vos larmes. Et que les autres me torturent, me foulent au pied, tous, tous, sans excepter *personne* ! Car je n'aime personne. Vous entendez, per-sonne ! Au contraire, je les hais ! Allez voir votre frère, Aliocha, il est temps ! »

Elle desserra son étreinte.

« Comment vous laisser dans cet état ? proféra Aliocha presque effrayé.

— Allez voir votre frère ; il se fait tard, on ne vous laissera plus entrer. Allez, voici votre chapeau ! Embrassez Mitia, allez, allez ! »

Elle poussa presque de force Aliocha vers la porte. Il la regardait avec une douloureuse perplexité, lorsqu'il sentit dans sa main droite un billet plié, cacheté. Il lut l'adresse :

« Ivan Fiodorovitch Karamazov. » Il jeta un coup d'œil rapide à Lise. Elle avait un visage presque menaçant.

« Ne manquez pas de le lui remettre, ordonna-t-elle avec exaltation, toute tremblante, aujourd'hui, tout de suite ! Sinon, je m'empoisonnerai ! C'est pour ça que je vous ai fait venir ! »

Et elle lui claqua la porte au nez. Aliocha mit la lettre dans sa poche et se dirigea vers l'escalier, sans entrer chez Mme Khokhlakov, qu'il avait même oubliée. Dès qu'il se fut éloigné, Lise entrouvrit la porte, mit son doigt dans la fente et le serra de toutes ses forces en fermant. Au bout de quelques secondes, ayant retiré sa main, elle alla lentement s'asseoir dans le fauteuil, examina avec attention son doigt noirci et le sang qui avait jailli sous l'ongle. Ses lèvres tremblaient et elle murmura rapidement :

« Vile, vile, vile, vile ! »

IV

L'HYMNE ET LE SECRET

Il était déjà tard (et les jours sont courts en novembre) quand Aliocha sonna à la porte de la prison. La nuit tombait. Mais il savait qu'on le laisserait entrer sans difficulté. Dans notre petite ville, il en va comme partout. Au début, sans doute, une fois l'instruction terminée, les entrevues de Mitia avec ses parents ou quelques autres personnes étaient entourées de certaines formalités nécessaires ; mais, par la suite, on fit exception pour certains visiteurs. Ce fut au point que, parfois, les entrevues avec le prisonnier avaient lieu presque en tête à tête. D'ailleurs, ces privilégiés étaient peu nombreux : Grouchegnka, Aliocha et Rakitine. L'*ispravnik* Mikhaïl Makarovitch était bien disposé pour la jeune femme. Le bonhomme regrettait d'avoir crié contre elle à Mokroïé. Ensuite, une fois au courant, il avait tout à fait changé d'opinion à son égard. Et, chose étrange, bien qu'il fût persuadé de la culpabilité de Mitia, depuis son arrestation il devenait plus indulgent pour lui : « C'était peut-être une bonne nature, mais l'ivresse et le désordre l'ont perdu ! » Une sorte de pitié avait succédé chez lui à l'horreur du début. Quant à Aliocha, l'*ispravnik* l'aimait beaucoup et le connaissait depuis longtemps. Rakitine, qui avait pris l'habitude de visiter fréquemment le prisonnier, était très lié avec « les demoiselles de l'*ispravnik* », comme il les appelait ; de plus, il donnait des leçons chez l'inspecteur de la prison, vieillard débonnaire, quoique militaire rigide. Aliocha connaissait bien, et depuis longtemps, cet inspecteur, qui aimait à causer avec lui de « la sagesse suprême ». Le vieillard respectait et même craignait Ivan Fiodorovitch, surtout ses raisonnements, bien que lui-même fût grand philosophe, à sa manière bien entendu ; mais il éprouvait pour Aliocha une sympathie invincible. Depuis un an, il étudiait les Évangiles apocryphes et faisait part à chaque instant de ses impressions à son jeune ami. Autrefois, il allait même le voir au monastère et discutait des heures entières avec lui et les religieux. Bref, si Aliocha arrivait en retard à la prison, il n'avait qu'à passer chez lui et l'affaire s'arrangeait. De plus, le personnel, jusqu'au dernier gardien, était accoutumé à lui. Le factionnaire ne faisait naturellement pas de difficultés, pourvu qu'on eût une autorisation. Quand on demandait Mitia, celui-ci descendait toujours au parloir. En entrant, Aliocha rencontra Rakitine qui prenait congé de son frère. Tous deux parlaient haut. Mitia, en le reconduisant, riait beaucoup, et l'autre paraissait bougonner. Rakitine, surtout les derniers temps, n'aimait pas à rencontrer Aliocha ; il ne lui parlait guère et le saluait même avec raideur. En le voyant entrer, il fronça les sourcils, détourna les yeux, parut fort occupé à boutonner son pardessus chaud au col de fourrure. Puis il se mit à chercher son parapluie.

« Pourvu que je n'oublie rien ! fit-il pour dire quelque chose.

— Surtout, n'oublie pas ce qui n'est pas à toi ! » dit Mitia en riant.

Rakitine prit feu aussitôt.

« Recommande cela à tes Karamazov, race d'exploiteurs, mais pas à Rakitine ! s'écria-t-il tremblant de colère.

— Qu'est-ce qui te prend ? Je plaisantais... Ils sont tous ainsi, dit-il à Aliocha en désignant Rakitine qui sortait rapidement : il riait, il était gai, et le voilà qui s'emporte ! Il ne t'a même pas salué. Êtes-vous brouillés ? Pourquoi viens-tu si tard ? Je t'ai attendu toute la journée avec impatience. Ça ne fait rien. Nous allons nous rattraper.

— Pourquoi vient-il si souvent te voir ? Tu t'es lié avec lui ?

— Pas précisément. C'est un salaud ! Il me prend pour un misérable. Surtout, il n'entend pas la plaisanterie. C'est une âme sèche, il me rappelle les murs de la prison, tels que je les vis en arrivant. Mais il n'est pas bête... Eh bien, Alexéi, je suis perdu maintenant ! »

Il s'assit sur un banc, indiqua une place auprès de lui à Aliocha.

« Oui, c'est demain le jugement. N'as-tu vraiment aucun espoir, frère ?

— De quoi parles-tu ? fit Mitia, le regard vague. Ah ! oui, du jugement. Bagatelle que cela. Parlons de l'essentiel. Oui, on me juge demain, mais ce n'est pas ce qui m'a fait dire que je suis perdu. Je ne crains pas pour ma tête, seulement ce qu'il y a dedans est perdu. Pourquoi me regardes-tu d'un air désapprobateur ?

— De quoi parles-tu, Mitia ?

— Des idées, des idées. L'éthique ! Qu'est-ce que l'éthique ?

— L'éthique ? dit Aliocha surpris.

— Oui, une science, laquelle ?

— Il y a, en effet, une science comme ça... Seulement... je ne puis pas t'expliquer, je l'avoue.

— Rakitine le sait, lui. Il est très savant, l'animal ! Il ne se fera pas moine. Il veut aller à Pétersbourg faire de la critique, mais à tendance morale. Eh bien, il peut se rendre utile, devenir quelqu'un. C'est un ambitieux ! Au diable l'éthique !

Je suis perdu, Alexéi, homme de Dieu! Je t'aime plus que tous. Mon cœur bat en pensant à toi. Qu'est-ce que c'est que Carl Bernard?

— Carl Bernard?

— Non, pas Carl, Claude Bernard. Un chimiste, n'est-ce pas?

— J'ai entendu dire que c'est un savant, je n'en sais pas davantage.

— Au diable! je n'en sais rien non plus. C'est probablement quelque misérable, ce sont tous des misérables. Mais Rakitine ira loin. Il se faufile partout, c'est un Bernard en son genre. Oh! ces Bernards, ils foisonnent.

— Mais qu'as-tu donc?

— Il veut écrire un article sur moi et débuter ainsi dans la littérature; voilà pourquoi il vient me voir, lui-même me l'a déclaré. Un article à thèse: « Il devait tuer, c'est une victime du milieu », etc. Il y aura, dit-il, une teinte de socialisme. Soit, je m'en moque! Il n'aime pas Ivan, il le déteste; tu ne lui es pas sympathique non plus. Je ne le chasse pas, il a de l'esprit, mais quel orgueil! Je lui disais tout à l'heure: « Les Karamazov ne sont pas des misérables, ce sont des philosophes, comme tous les vrais Russes; mais toi, malgré ton savoir, tu n'es pas un philosophe, tu n'es qu'un manant. » Il a ri méchamment. Et moi d'ajouter: *de opinionibus non est disputandum*. Moi aussi, je suis classique, conclut Mitia en éclatant de rire.

— Mais, pourquoi te crois-tu perdu?

— Pourquoi je suis perdu? Hum, au fond... si l'on prend l'ensemble, je regrette Dieu, voilà.

— Que veux-tu dire?

— Figure-toi qu'il y a dans la tête, c'est-à-dire dans le cerveau, des nerfs... Ces nerfs ont des fibres, et dès qu'elles vibrent... Tu vois, je regarde quelque chose, comme ça, et elles vibrent, ces fibres... et aussitôt qu'elles vibrent, il se forme une image, pas tout de suite, mais au bout d'un instant, d'une seconde, et il se forme un moment... non pas un moment, je radote... mais un objet ou une action; voilà

comment s'effectue la perception. La pensée vient ensuite…
parce que j'ai des fibres, et nullement parce que j'ai une âme
et que je suis créé à l'image de Dieu ; quelle sottise ! Mikhaïl
m'expliquait ça, hier encore, ça me brûlait. Quelle belle
chose que la science, Aliocha ! L'homme se transforme, je le
comprends… Pourtant, je regrette Dieu !

— C'est déjà bien, dit Aliocha.

— Que je regrette Dieu ? La chimie, frère, la chimie !
Mille excuses, votre Révérence, écartez-vous un peu, c'est la
chimie qui passe ! Il n'aime pas Dieu, Rakitine ; oh ! non, il
ne l'aime pas ! C'est leur point faible à tous, mais ils le
cachent, ils mentent. « Eh bien, exposeras-tu ces idées dans
tes articles ? » lui ai-je demandé. « Non, on ne me laissera pas
faire », reprit-il en riant. « Mais alors, que deviendra
l'homme, sans Dieu et sans immortalité ? Tout est permis,
par conséquent, tout est licite ? — Ne le savais-tu pas ? Tout
est permis à un homme d'esprit, il se tire toujours d'affaire.
Mais toi, tu as tué, tu t'es fait pincer, et maintenant tu
pourris sur la paille. » Voilà ce qu'il me dit, le salaud.
Autrefois, des cochons pareils, je les flanquais à la porte ; à
présent, je les écoute. D'ailleurs, il dit des choses sensées, et
il écrit bien. Il a commencé, il y a huit jours, à me lire un
article ; j'ai noté trois lignes, attends, les voici. »

Mitia tira vivement de sa poche un papier et lut : « Pour
résoudre cette question, il faut mettre sa personne en
opposition avec son activité. »

« Comprends-tu ça ?

— Non, je ne comprends pas », dit Aliocha.

Il regardait Mitia et l'écoutait avec curiosité.

« Moi non plus. Ce n'est pas clair, mais c'est spirituel.
« Tous, dit-il, écrivent comme ça maintenant ; ça tient au
milieu… » Il fait aussi des vers, le coquin. Il a chanté les
pieds de la Khokhlakov, ha ! ha !

— J'en ai entendu parler, dit Aliocha.

— Oui, mais connais-tu les vers ?

— Non.

— Je les ai, je vais te les lire. Tu ne sais pas, c'est toute une histoire. La canaille ! Il y a trois semaines, il a imaginé de me taquiner : « Tu t'es fait pincer comme un imbécile, pour trois mille roubles, moi je vais en récolter cent cinquante mille ; j'épouse une veuve et je vais acheter une maison à Pétersbourg. » Il me raconta qu'il faisait la cour à la Khokhlakov ; elle n'avait guère d'esprit dans sa jeunesse et à quarante ans il ne lui en restait plus du tout. « Oui, elle est fort sensible, me dit-il, c'est comme ça que je l'aurai. Je l'épouse, je l'emmène à Pétersbourg, je vais fonder un journal. » Et l'eau lui venait à la bouche, pas à cause de la Khokhlakov bien sûr, mais à cause des cent cinquante mille roubles. Il était sûr de lui, il venait me voir tous les jours. « Elle faiblit », me disait-il radieux. Et voilà qu'on l'a mis à la porte ; Perkhotine lui a donné un croc-en-jambe, bravo ! J'embrasserais volontiers cette dinde pour l'avoir congédié. C'est alors qu'il avait fait ces vers. « Pour la première fois, me dit-il, je m'abaisse à écrire des vers, pour séduire, donc pour une œuvre utile. En possession de la fortune d'une sotte, je puis me rendre utile à la société. » L'utilité publique sert d'excuse à toutes les bassesses de ces gens-là ! « Et pourtant, prétend-il, j'écris mieux que Pouchkine, car j'ai su exprimer, dans des vers badins, ma tristesse civique. » Je comprends ce qu'il dit de Pouchkine : pourquoi s'est-il borné à décrire des pieds, s'il avait vraiment du talent ?... Comme il était fier de ses vers, l'animal ! Ah ! l'amour-propre des poètes ! « *Pour le rétablissement du pied de l'objet aimé* », voilà le titre qu'il a imaginé, le folâtre !

> *Il cause du tourment*
> *Ce petit pied charmant.*
> *Les docteurs le font souffrir*
> *Sous prétexte de le guérir.*

> *Ce n'est pas les pieds que je plains,*
> *Pouchkine peut les chanter ;*
> *C'est la tête que je plains,*
> *La tête rebelle aux idées.*

> *Elle commençait à comprendre*
> *Quand le pied vint la gêner.*
> *Ah ! que ce pied guérisse vite,*
> *Alors la tête comprendra !*

C'est un salaud, mais ses vers ont de l'enjouement ! Et il y a
mêlé vraiment une tristesse « civique ». Il était furieux de se
voir congédié. Il grinçait des dents.

— Il s'est déjà vengé, dit Aliocha. Il a écrit un article sur
Mme Khokhlakov. »

Et Aliocha lui raconta ce qui avait paru dans le journal *les
Bruits*.

« C'est lui, confirma Mitia en fronçant les sourcils, c'est
bien lui ! Ces articles... je sais... combien d'infamies a-t-on
déjà écrites, sur Groucha, par exemple !... Et sur Katia,
aussi... Hum ! »

Il marcha à travers la chambre d'un air soucieux.

« Frère, je ne puis rester longtemps, dit Aliocha après un
silence. Demain est un jour terrible pour toi ! Le jugement de
Dieu va s'accomplir ; et je m'étonne qu'au lieu de choses
sérieuses tu parles de bagatelles...

— Non, ne t'étonne pas. Dois-je parler de ce chien puant ?
De l'assassin ? Assez causé de lui ! Qu'il ne soit plus question
de Smerdiakov, ce puant fils d'une puante ! Dieu le châtiera,
tu verras ! »

Il s'approcha d'Aliocha, l'embrassa avec émotion. Ses yeux
étincelaient.

« Rakitine ne comprendrait pas cela, mais toi, tu comprendras tout : c'est pourquoi je t'attendais avec impatience
Vois-tu, je voulais depuis longtemps te dire bien des choses,
dans ces murs dégradés, mais je taisais l'essentiel, le moment
ne me paraissant pas encore venu. J'ai attendu la dernière
heure pour m'épancher. Frère, j'ai senti naître en moi,
depuis mon arrestation, un nouvel être ; un homme nouveau
est ressuscité ! Il existait en moi, mais jamais il ne se serait
révélé sans le coup de foudre. Qu'est-ce que ça peut me faire

de piocher pendant vingt ans dans les mines, ça ne m'effraie pas, mais je crains autre chose, maintenant : que cet homme ressuscité se retire de moi ! On peut trouver aussi dans les mines, chez un forçat et un assassin, un cœur d'homme et s'entendre avec lui, car là-bas aussi on peut aimer, vivre et souffrir ! On peut ranimer le cœur engourdi d'un forçat, le soigner, ramener enfin du repaire à la lumière une âme grande, régénérée par la souffrance, ressusciter un héros ! Il y en a des centaines et nous sommes tous coupables envers eux. Pourquoi ai-je rêvé alors du « petiot », à un tel moment ! C'était une prophétie. J'irai pour le « petiot ». Car tous sont coupables envers tous. Tous sont des « petiots », il y a de grands et de petits enfants. J'irai pour eux, il faut que quelqu'un se dévoue pour tous. Je n'ai pas tué mon père, mais j'accepte l'expiation. C'est ici, dans ces murs dégradés, que j'ai eu conscience de tout cela. Il y en a beaucoup, des centaines sous terre, le marteau à la main. Oui, nous serons à la chaîne, privés de liberté, mais dans notre douleur nous ressusciterons à la joie, sans laquelle l'homme ne peut vivre ni Dieu exister, car c'est lui qui la donne, c'est là son grand privilège. Seigneur, que l'homme se consume en prière ! Comment vivrai-je sous terre sans Dieu ? Il ment, Rakitine ; si l'on chasse Dieu de la terre, nous le rencontrerons sous terre ! Un forçat ne peut se passer de Dieu, encore moins qu'un homme libre ! Et alors nous, les hommes souterrains, nous ferons monter des entrailles de la terre un hymne tragique au Dieu de la joie ! Vive Dieu et sa joie divine ! Je l'aime ! »

Mitia, en débitant cette tirade bizarre, suffoquait presque. Il était pâle, ses lèvres tremblaient, des larmes lui coulaient des yeux.

« Non, la vie est pleine, la vie déborde même sous terre ! Tu ne peux croire, Alexéi, comme je veux vivre maintenant, à quel point la soif de l'existence s'est emparée de moi, précisément dans ces murs dégradés ! Rakitine ne comprend pas cela, il ne songe qu'à bâtir une maison, à y mettre des locataires, mais je t'attendais. Qu'est-ce que la souffrance ? Je

ne la crains pas, fût-elle infinie, alors que jadis je la craignais.
Il se peut que je ne réponde rien à l'audience... Avec la force
que je sens en moi, je me crois en état de surmonter toutes les
souffrances, pourvu que je puisse me dire à chaque instant :
je suis ! Dans les tourments, crispé par la torture, je suis !
Attaché au pilori, j'existe encore, je vois le soleil, et si je ne le
vois pas, je sais qu'il luit. Et savoir cela, c'est déjà toute la
vie. Aliocha, mon chérubin, la philosophie me tue, que le
diable l'emporte ! Notre frère Ivan...

— Quoi, Ivan ? interrompit Aliocha, mais Mitia n'entendit pas.

— Vois-tu, autrefois, je n'avais pas tous ces doutes, je les
recelais en moi. C'est justement peut-être parce que des idées
inconnues bouillonnaient en moi que je me grisais, me
battais, m'emportais ; c'était pour les dompter, les écraser.
Ivan n'est pas comme Rakitine, il cache ses pensées ; c'est un
sphinx, il se tait toujours. Mais Dieu me tourmente, je ne
pense qu'à cela. Que faire, si Dieu n'existe pas, si Rakitine a
raison de prétendre que c'est une idée forgée par l'humanité ?
Dans ce cas, l'homme serait le roi de la terre, de l'univers.
Très bien ! Seulement, comment sera-t-il vertueux sans
Dieu ? Je me le demande. En effet, qui l'homme aimera-t-il ?
A qui chantera-t-il des hymnes de reconnaissance ? Rakitine
rit. Il dit qu'on peut aimer l'humanité sans Dieu. Ce
morveux peut l'affirmer, moi je ne puis le comprendre. La
vie est facile pour Rakitine : « Occupe-toi plutôt, me disait-il
aujourd'hui, de l'extension des droits civiques, ou d'empêcher la hausse de la viande ; de cette façon, tu serviras mieux
l'humanité et tu l'aimeras davantage que par toute la
philosophie. » A quoi je lui ai répondu : « Toi-même, ne
croyant pas en Dieu, tu hausserais le prix de la viande, le cas
échéant, et tu gagnerais un rouble sur un kopek ! » Il s'est
fâché. En effet, qu'est-ce que la vertu ? Réponds-moi, Alexéi.
Je ne me représente pas la vertu comme un Chinois, c'est
donc une chose relative ? L'est-elle, oui ou non ? Question
insidieuse ! Tu ne riras pas si je te dis qu'elle m'a empêché de
dormir durant deux nuits. Je m'étonne qu'on puisse vivre

sans y penser. Vanité ! Pour Ivan, il n'y a pas de Dieu. Il a
une idée. Une idée qui me dépasse. Mais il ne la dit pas. Il
doit être franc-maçon. Je l'ai questionné, pas de réponse.
J'aurais voulu boire de l'eau de sa source, il se tait. Une fois
seulement il a parlé.

— Qu'a-t-il dit ?

— Je lui demandais : « Alors, tout est permis ? » Il fronça
les sourcils : « Fiodor Pavlovitch, notre père, dit-il, était une
crapule, mais il raisonnait juste. » Voilà ses paroles. C'est
plus net que Rakitine.

— Oui, dit Aliocha avec amertume. Quand est-il venu ?

— Nous y reviendrons. Je ne t'ai presque pas parlé d'Ivan
jusqu'à présent. J'ai attendu jusqu'à la fin. Une fois la pièce
terminée et le jugement prononcé, je te raconterai tout. Il y a
une chose terrible, pour laquelle tu seras mon juge. Mais
maintenant, plus un mot là-dessus. Tu parles du jugement de
demain ; le croirais-tu, je ne sais rien.

— Tu as parlé à cet avocat ?

— Oui, mais à quoi bon ? Je lui ai tout raconté. Un suave
fripon de la capitale, un Bernard ! Il ne croit pas un mot de ce
que je lui dis. Il pense que je suis coupable, je le vois bien !
« Alors, pourquoi êtes-vous venu me défendre ? » lui ai-je
demandé. Je me fiche de ces gens-là ! Et les médecins
voudraient me faire passer pour fou. Je ne le permettrai pas !
Catherine Ivanovna veut remplir « son devoir » jusqu'au
bout. Avec raideur ! (Mitia eut un sourire amer.) Elle est
cruelle comme une chatte. Elle sait que j'ai dit à Mokroïe
qu'elle avait de « grandes colères » ! On le lui a répété. Oui,
les dépositions se sont multipliées à l'infini. Grigori maintient
ses dires ; il est honnête, mais sot. Il y a beaucoup de gens
honnêtes par bêtise. C'est une idée de Rakitine. Grigori m'est
hostile. Il vaudrait mieux avoir telle personne pour ennemi
que pour ami. Je dis cela à propos de Catherine Ivanovna.
J'ai bien peur qu'elle ne parle à l'audience du salut jusqu'à
terre qu'elle me fit lorsque je lui prêtai les quatre mille cinq
cents roubles ! Elle voudra s'acquitter jusqu'au dernier sou.
Je ne veux pas de ses sacrifices. J'en aurai honte à l'audience !

Va la trouver, Aliocha, demande-lui de n'en pas parler.
Serait-ce impossible ? Tant pis, je le supporterai ! Je ne la
plains pas. C'est elle qui le veut. Le voleur n'aura que ce qu'il
mérite. Je ferai un discours, Alexéi. (Il eut de nouveau un
sourire amer.) Seulement... seulement, il y a Groucha,
Seigneur ! Pourquoi souffre-t-elle tant, maintenant ? s'écria-
t-il avec des larmes. Cela me tue de penser à elle. Elle était là,
tantôt...

— Elle m'a tout raconté. Tu lui as fait beaucoup de peine
aujourd'hui.

— Je sais. Quel maudit caractère que le mien ! Je lui ai fait
une scène de jalousie. J'avais du regret quand elle est partie,
je l'ai embrassée. Je ne lui ai pas demandé pardon.

— Pourquoi ? »

Mitia se mit à rire gaiement.

« Que Dieu te préserve, mon cher, de jamais demander
pardon à la femme que tu aimes ! Surtout à la femme que tu
aimes, et quels que soient tes torts envers elle ! Car la femme,
frère, qui diable sait ce que c'est ? Moi, en tout cas, je les
connais, les femmes ! Essaie donc de reconnaître tes torts :
« C'est ma faute, pardon, excuse-moi », tu essuieras une
grêle de reproches ! Jamais un pardon franc, simple ; elle
commencera par t'humilier, t'avilir, elle te reprochera des
torts imaginaires, et alors seulement te pardonnera. La
meilleure d'entre elles ne te fera pas grâce des plus petites
choses. Telle est la férocité de toutes les femmes sans
exception, de ces anges sans lesquels nous ne pourrions
vivre ! Vois-tu, mon bien cher, je le dis franchement : tout
homme convenable doit être sous la pantoufle d'une femme.
C'est ma conviction, ou plutôt mon sentiment. L'homme
doit être généreux ; cela ne rabaisse pas, même un héros,
même César. Mais ne demande jamais pardon, à aucun prix.
Rappelle-toi cette maxime, elle vient de ton frère Mitia que
les femmes ont perdu. Non, je réparerai mes torts envers
Grouchegnka sans lui demander pardon. Je la vénère, Alexéi,
mais elle ne le remarque pas ; je ne l'aime jamais assez à son
idée. Elle me fait souffrir avec cet amour. Auparavant, je

souffrais de ses détours perfides, maintenant nous ne faisons plus qu'une âme et par elle je suis devenu un homme. Resterons-nous ensemble ? Sinon, je mourrai de jalousie... J'en rêve déjà chaque jour... Que t'a-t-elle dit de moi ? »

Aliocha lui répéta les propos de Grouchegnka. Mitia écouta attentivement et demeura satisfait.

« Alors, elle n'est pas fâchée que je sois jaloux. Voilà bien la femme ! « J'ai moi-même le cœur dur. » J'aime ces natures-là, bien que je ne supporte pas la jalousie ! Nous en viendrons aux mains, mais je l'aimerai toujours. Est-ce que les forçats peuvent se marier ? Je ne puis vivre sans elle... »

Mitia marcha dans la chambre, les sourcils froncés. On n'y voyait presque plus. Tout à coup, il parut soucieux.

« Alors, elle dit qu'il y a un secret ? Une conspiration à trois contre elle, avec « Katka » ? Eh bien, non, ce n'est pas cela. Grouchegnka s'est trompée comme une sotte. Aliocha, chéri, tant pis... Je vais te dévoiler notre secret. »

Mitia regarda de tous côtés, s'approcha d'Aliocha, se mit à lui parler à voix basse, bien qu'en réalité personne ne pût les entendre ; le vieux gardien sommeillait sur un banc, les soldats de service étaient trop éloignés.

« Je vais te révéler notre secret, dit-il à la hâte. Je l'aurais fait ensuite, car puis-je prendre une décision sans toi ? Tu es tout pour moi. Ivan nous est supérieur, mais tu vaux mieux que lui. Toi seul décideras. Peut-être même es-tu supérieur à Ivan. Vois-tu, c'est un cas de conscience, une affaire si importante que je ne puis la résoudre moi-même, sans ton conseil. Toutefois, c'est encore trop tôt pour se prononcer, il faut attendre le jugement ; tu décideras ensuite de mon sort. Maintenant, contente-toi de m'écouter, mais ne dis rien. Je t'exposerai seulement l'idée, en laissant de côté les détails. Mais pas de questions, ne bouge pas, c'est entendu ? Et tes yeux que j'oubliais ! J'y lirai ta décision, même si tu ne parles pas. Oh ! j'ai peur ! Écoute, Aliocha : Ivan me propose de *m'enfuir*. Je passe sur les détails ; tout est prévu, tout peut s'arranger. Tais-toi. En Amérique, avec Groucha, car je ne puis vivre sans elle... Et si on ne la laisse pas me suivre ? Est-ce que les forçats peuvent se marier ? Ivan dit que non. Que ferais-je sans Groucha, sous terre, avec mon marteau ? Il ne servirait qu'à me fracasser la tête ! Mais, d'un autre côté, la conscience ? Je me dérobe à la souffrance, je me détourne de la voie de purification qui s'offrait à moi. Ivan dit qu'en Amérique, avec de « la bonne volonté », on peut se rendre plus utile que dans les mines. Mais que devient alors notre hymne souterrain ? L'Amérique, c'est encore de la vanité ! Et il y a aussi, je pense, bien de la malhonnêteté à fuir en Amérique. J'échappe à l'expiation ! Voilà pourquoi je te dis, Aliocha, que toi seul peux comprendre cela ; pour les autres, tout ce que je t'ai dit de l'hymne, ce sont des bêtises, du délire. On me traitera de fou ou d'imbécile. Or, je ne suis ni l'un ni l'autre. Ivan aussi comprend l'hymne, pour sûr, mais il se tait ; il n'y croit pas. Ne parle pas, ne parle pas ; je vois à ton regard que tu as déjà décidé. Épargne-moi, je ne puis vivre sans Groucha ; attends jusqu'au jugement. »

Mitia acheva d'un air égaré. Il tenait Aliocha par les épaules, le fixait de son regard avide, enflammé.

« Les forçats peuvent-ils se marier ? » répéta-t-il pour la troisième fois d'une voix suppliante.

Aliocha, très ému, écoutait avec une profonde surprise.

« Dis-moi, demanda-t-il, est-ce qu'Ivan insiste beaucoup ? Qui a eu le premier cette idée ?

— C'est lui, il insiste ! Je ne le voyais pas, il est venu tout à coup, il y a huit jours, et a commencé par là. Il ne propose pas, il ordonne. Il ne doute pas de mon obéissance, bien que je lui aie ouvert mon cœur comme à toi et parlé de l'hymne. Il m'a exposé son plan, j'y reviendrai. Il le veut ardemment. Et surtout, il m'offre de l'argent : dix mille roubles pour fuir, vingt mille en Amérique ; il prétend qu'on peut très bien organiser la fuite avec dix mille roubles.

— Et il t'a recommandé de ne pas m'en parler ?

— A personne, et surtout pas à toi. Il a peur que tu ne sois comme ma conscience vivante. Ne lui dis pas que je t'ai mis au courant, je t'en prie !

— Tu as raison, il est impossible de décider avant la

sentence. Après le jugement, tu verras toi-même ; il y aura en toi un homme nouveau qui décidera.

— Un homme nouveau, ou un Bernard, qui décidera en Bernard ! Il me semble que je suis, moi aussi, un vil Bernard, dit Mitia avec un sourire amer.

— Est-il possible, frère, que tu n'espères pas te justifier demain ? »

Mitia haussa les épaules, secoua la tête négativement.

« Aliocha, dit-il soudain, il est temps que tu partes. Je viens d'entendre l'inspecteur dans la cour, il va venir ici, nous sommes en retard, c'est du désordre. Embrasse-moi vite, fais sur moi le signe de la croix pour le calvaire de demain... »

Ils s'étreignirent et s'embrassèrent.

« Ivan lui-même, qui me propose de fuir, croit que j'ai tué. »

Un triste sourire se dessina sur ses lèvres.

« Le lui as-tu demandé ?

— Non. Je voulais le lui demander, mais je n'en ai pas eu la force. D'ailleurs, je l'ai compris à son regard. Alors adieu ! »

Ils s'embrassèrent encore. Aliocha allait sortir quand Mitia le rappela.

« Tiens-toi devant moi, comme ça. »

Il prit de nouveau Aliocha par les épaules. Son visage devint fort pâle, ses lèvres se contractèrent, son regard sondait son frère.

« Aliocha, dis-moi toute la vérité, comme devant Dieu. Crois-tu que j'ai tué ? La vérité entière, ne mens pas ! »

Aliocha chancela, eut un serrement de cœur.

« Assez ! Que dis-tu ?... murmura-t-il comme égaré.

— Toute la vérité, ne mens pas !

— Je n'ai jamais cru un seul instant que tu sois un assassin », s'écria d'une voix tremblante Aliocha, qui leva la main comme pour prendre Dieu à témoin.

Une expression de bonheur se peignit sur le visage de Mitia.

« Merci, dit-il en soupirant, comme après un évanouissement. Tu m'as régénéré... Le crois-tu, jusqu'à présent je craignais de te le demander, à toi, à toi ! Va-t'en, maintenant, va-t'en ! Tu m'as donné des forces pour demain, que Dieu te bénisse ! Retire-toi, aime Ivan ! »

Aliocha sortit tout en larmes. Une pareille méfiance de la part de Mitia, même envers lui, révélait un désespoir qu'il n'eût jamais soupçonné si profond chez son malheureux frère. Une infinie compassion s'empara de lui. Il était navré. « Aime Ivan ! » Il se rappela soudain ces dernières paroles de Mitia. Il allait précisément chez Ivan, qu'il voulait voir depuis le matin. Ivan l'inquiétait autant que Mitia, et maintenant plus que jamais, après cette entrevue.

V

CE N'EST PAS TOI !

Pour aller chez son frère, il devait passer devant la maison où habitait Catherine Ivanovna. Les fenêtres étaient éclairées. Il s'arrêta, résolut d'entrer. Il n'avait pas vu Catherine depuis plus d'une semaine et pensa qu'Ivan était peut-être chez elle, surtout à la veille d'un tel jour. Dans l'escalier, faiblement éclairé par une lanterne chinoise, il croisa un homme en qui il reconnut son frère.

« Ah ! ce n'est que toi, dit sèchement Ivan Fiodorovitch. Adieu. Tu vas chez elle ?

— Oui.

— Je ne te le conseille pas. Elle est agitée, tu la troubleras encore davantage.

— Non, non, cria une voix en haut de l'escalier. Alexéi Fiodorovitch, vous venez de le voir ?

— Oui, je l'ai vu.

— Est-ce qu'il me fait dire quelque chose ? Entrez, Aliocha, et vous aussi, Ivan Fiodorovitch, remontez. Vous entendez ? »

La voix de Katia était si impérieuse qu'Ivan, après un instant d'hésitation, se décida à remonter avec Aliocha.

« Elle écoutait ! murmura-t-il à part soi, avec agitation, mais Aliocha l'entendit.

— Permettez-moi de garder mon pardessus, dit Ivan en entrant au salon, je ne resterai qu'une minute.

— Asseyez-vous, Alexéi Fiodorovitch », dit Catherine Ivanovna qui resta debout.

Elle n'avait guère changé, mais ses yeux sombres brillaient d'une lueur mauvaise. Aliocha se rappela plus tard qu'elle lui avait paru particulièrement belle à cet instant.

« Qu'est-ce qu'il me fait dire ?

— Ceci seulement, dit Aliocha en la regardant en face : que vous vous ménagiez et ne parliez pas à l'audience de ce qui (il hésita un peu)... s'est passé entre vous... lors de votre première rencontre.

— Ah ! mon salut jusqu'à terre pour le remercier de l'argent ! dit-elle avec un rire amer. Craint-il pour lui ou pour moi ? Qui veut-il que je ménage : lui ou moi ? Parlez, Alexéi Fiodorovitch. »

Aliocha la regardait avec attention, s'efforçant de la comprendre.

« Vous et lui.

— C'est cela, dit-elle méchamment, et elle rougit. Vous ne me connaissez pas encore, Alexéi Fiodorovitch. Moi non plus, je ne me connais pas. Peut-être me détesterez-vous, après l'interrogatoire de demain.

— Vous déposerez avec loyauté, dit Aliocha, c'est tout ce qu'il faut.

— La femme n'est pas toujours loyale. Il y a une heure, je craignais le contact de ce monstre, comme celui d'un reptile... Cependant il est toujours pour moi un être humain. Mais est-il un assassin ? Est-ce lui qui a tué ? » s'écria-t-elle en se tournant vers Ivan. — Aliocha comprit aussitôt qu'elle lui avait déjà posé cette question avant son arrivée, pour la centième fois peut-être, et qu'ils s'étaient querellés... — « Je suis allée voir Smerdiakov... C'est *toi* qui m'as persuadée qu'il est un parricide. Je t'ai cru ! »

Ivan eut un rire gêné. Aliocha tressaillit en entendant ce *toi*. Il ne soupçonnait pas de telles relations.

« Eh bien, en voilà assez, trancha Ivan. Je m'en vais. A demain. »

Il sortit, se dirigea vers l'escalier. Catherine Ivanovna saisit impérieusement les mains d'Aliocha.

« Suivez-le ! Rejoignez-le ! Ne le laissez pas seul un instant. Il est fou. Vous ne savez pas qu'il est devenu fou ? Il a la fièvre chaude, le médecin me l'a dit. Allez, courez… »

Aliocha se précipita à la suite d'Ivan Fiodorovitch qui n'avait pas encore fait cinquante pas.

« Que veux-tu ? dit-il en se retournant vers Aliocha. Elle t'a dit de me suivre, parce que je suis fou. Je sais cela par cœur, ajouta-t-il avec irritation.

— Elle se trompe, bien sûr, mais elle a raison de prétendre que tu es malade. Je t'examinais tout à l'heure, tu as le visage défait, Ivan. »

Ivan marchait toujours, Aliocha le suivait.

« Sais-tu, Alexéi Fiodorovitch, comment on devient fou ? demanda Ivan d'un ton calme où perçait la curiosité.

— Non, je l'ignore, je pense qu'il y a bien des genres de folie.

— Peut-on s'apercevoir soi-même qu'on devient fou ?

— Je pense qu'on ne peut pas s'observer en pareil cas » répondit Aliocha surpris.

Ivan se tut un instant.

« Si tu veux causer avec moi, changeons de conversation, dit-il tout à coup.

— De peur de l'oublier, voici une lettre pour toi », dit timidement Aliocha en lui tendant la lettre de Lise.

Ils approchaient d'un réverbère. Ivan reconnut l'écriture.

« Ah ! c'est de ce diablotin ! »

Il eut un rire méchant et, sans la décacheter, la déchira en morceaux qui s'éparpillèrent au vent.

« Ça n'a pas encore seize ans et ça s'offre déjà, dit-il d'un ton méprisant.

— Comment s'offre-t-elle ? s'exclama Aliocha.

— Parbleu, comme les femmes corrompues.

— Que dis-tu là, Ivan ? protesta Aliocha avec douleur. C'est une enfant, tu insultes une enfant ! Elle aussi est très malade, peut-être qu'elle aussi deviendra folle. Je devais te remettre sa lettre... Je voulais, au contraire, que tu m'expliques... pour la sauver.

— Je n'ai rien à t'expliquer. Si c'est une enfant, je ne suis pas sa nourrice. Tais-toi, Alexéi, n'insiste pas. Je ne pense même pas à elle. »

Il y eut un nouveau silence.

« Elle va prier la Vierge toute la nuit pour savoir ce qu'elle doit faire demain, reprit-il d'un ton méchant.

— Tu... tu parles de Catherine Ivanovna ?

— Oui. Paraîtra-t-elle pour sauver Mitia ou pour le perdre ? Elle priera pour être éclairée. Elle ne sait pas encore, vois-tu, n'ayant pas eu le temps de se préparer. Encore une qui me prend pour une nourrice ; elle veut que je la berce.

— Catherine Ivanovna t'aime, frère, fit tristement Aliocha.

— C'est possible. Mais, à moi, elle ne me plaît pas.

— Elle souffre. Pourquoi alors lui dire... parfois des paroles qui lui donnent de l'espoir ? poursuivit timidement Aliocha ; je sais que tu l'as fait, pardonne-moi de te parler ainsi.

— Je ne puis faire ce qu'il faudrait, rompre et lui parler à cœur ouvert ! dit Ivan avec emportement. Il faut attendre que l'assassin soit jugé. Si je romps avec elle maintenant, elle perdra demain, par vengeance, ce misérable, car elle le hait et elle en a conscience. Nous sommes en plein mensonge ! Tant qu'elle conserve de l'espoir, elle ne perdra pas ce monstre, sachant que je veux le sauver. Ah ! quand cette maudite sentence sera-t-elle prononcée ! »

Les mots d' « assassin » et de « monstre » avaient douloureusement impressionné Aliocha.

« Mais comment pourrait-elle perdre notre Mitia ? En quoi sa déposition est-elle à craindre ?

— Tu ne le sais pas encore. Elle a entre les mains une lettre de Mitia qui prouve péremptoirement sa culpabilité.

— C'est impossible ! s'écria Aliocha.

— Comment, impossible ! Je l'ai lue moi-même.

— Pareille lettre ne peut exister, répéta Aliocha avec fougue, car ce n'est pas Mitia l'assassin. Ce n'est pas lui qui a tué notre père

— Qui donc a tué, d'après vous ? » demanda-t-il froidement. (Il y avait de l'arrogance dans sa voix.)

— Tu le sais bien, dit Aliocha d'un ton pénétrant.

— Qui ? Cette fable sur cet idiot, cet épileptique de Smerdiakov ?

— Tu le sais bien... laissa échapper Aliocha à bout de forces. (Il haletait, tremblait.)

— Mais qui donc, qui ? cria Ivan rageur. (Il n'était plus maître de lui.)

— Je ne sais qu'une chose, dit Aliocha à voix basse : « ce n'est pas *toi* qui as tué notre père. »

— « Pas toi ! » Que veux-tu dire ?

— Ce n'est pas toi qui as tué, pas toi », répéta avec fermeté Aliocha.

Il y eut un silence.

« Mais je le sais bien que ce n'est pas moi, tu as le délire ? dit Ivan devenu pâle et dévisageant Aliocha avec un sourire grimaçant.

Ils se trouvaient de nouveau près d'un réverbère.

« Non, Ivan, tu t'es dit plusieurs fois que c'était toi l'assassin.

— Quand l'ai-je dit ?... J'étais à Moscou... Quand l'ai-je dit ? répéta Ivan troublé.

— Tu te l'es dit bien des fois, quand tu restais seul, durant ces deux terribles mois », répéta doucement Aliocha. — Il semblait parler malgré lui, obéir à un ordre impérieux. — « Tu t'es accusé, tu as reconnu que l'assassin n'était autre que toi. Mais tu te trompes, ce n'est pas toi, tu m'entends, ce n'est pas toi ! C'est Dieu qui m'envoie te le dire. »

Tous deux se turent durant une minute. Pâles, ils se

regardaient dans les yeux. Soudain, Ivan tressaillit, saisit Aliocha par l'épaule.

« Tu étais chez moi ! chuchota-t-il les dents serrées. Tu étais chez moi, la nuit, quand *il* est venu... Avoue-le... Tu l'as vu ?

— De qui parles-tu..., de Mitia ? demanda Aliocha qui ne comprenait pas.

— Pas de lui, au diable le monstre ! vociféra Ivan. Est-ce que tu sais qu'*il* vient me voir ? Comment l'as-tu appris ? parle !

— Qui, *lui* ? J'ignore de qui tu parles, dit Aliocha effrayé.

— Non, tu sais... sinon comment est-ce que tu... tu ne peux pas ne pas savoir... »

Mais il se retint. Il paraissait méditer. Un sourire étrange plissait ses lèvres.

« Frère, reprit Aliocha d'une voix tremblante, je t'ai dit cela parce que tu crois à ma parole, je le sais. Je te l'ai dit pour toute la vie : *ce n'est pas toi !* Tu entends, pour toute la vie. Et c'est Dieu qui m'a inspiré, dusses-tu me haïr désormais. »

Mais Ivan était redevenu maître de lui.

« Alexéi Fiodorovitch, dit-il avec un sourire froid, je n'aime ni les prophètes, ni les épileptiques, et encore moins les envoyés de Dieu, vous le savez bien. Dès à présent, je romps avec vous, et sans doute pour toujours. Je vous prie de me quitter à ce carrefour. Du reste, voici la rue qui mène chez vous. Surtout, gardez-vous de venir chez moi aujourd'hui, vous entendez ? »

Il se détourna, s'éloigna d'un pas ferme, sans se retourner.

« Frère, lui cria Aliocha, s'il t'arrive quelque chose aujourd'hui, pense à moi !... »

Ivan ne répondit pas. Aliocha demeura au carrefour, près du réverbère, jusqu'à ce que son frère eût disparu dans l'obscurité ; il reprit alors lentement le chemin de sa demeure. Ni lui ni Ivan n'avaient voulu habiter la maison solitaire de Fiodor Pavlovitch. Aliocha louait une chambre meublée chez des particuliers. Ivan occupait un appartement

spacieux et assez confortable dans l'aile d'une maison appar-
tenant à une dame aisée, veuve d'un fonctionnaire. Il n'avait
pour le servir qu'une vieille femme sourde, percluse de
rhumatismes, qui se couchait et se levait à six heures. Ivan
Fiodorovitch était devenu très peu exigeant durant ces deux
mois et aimait beaucoup rester seul. Il faisait lui-même sa
chambre et allait rarement dans les autres pièces. Arrivé à la
porte cochère et tenant déjà le cordon de la sonnette, il
s'arrêta. Il se sentait secoué d'un frisson de colère. Il lâcha le
cordon, cracha de dépit et se dirigea brusquement à l'autre
bout de la ville, vers une maisonnette affaissée, à une demi-
lieue de chez lui. C'est là qu'habitait Marie Kondratievna,
l'ancienne voisine de Fiodor Pavlovitch, qui venait chez lui
chercher de la soupe et à laquelle Smerdiakov chantait des
chansons en s'accompagnant de la guitare. Elle avait vendu sa
maison et vivait avec sa mère dans une sorte d'izba ;
Smerdiakov, malade et presque mourant, s'était installé chez
elles. C'est là que se rendait maintenant Ivan Fiodorovitch,
cédant à une impulsion soudaine, irrésistible.

VI

PREMIÈRE ENTREVUE AVEC SMERDIAKOV

C'était la troisième fois qu'Ivan Fiodorovitch allait causer
avec Smerdiakov, depuis son retour de Moscou. Il l'avait vu
après le drame, le premier jour de son arrivée, puis visité
deux semaines après. Mais depuis plus d'un mois, il n'était
pas retourné chez Smerdiakov et ne savait presque rien de
lui. Ivan Fiodorovitch était revenu de Moscou cinq jours
seulement après la mort de son père, enterré la veille. En
effet, Aliocha, ignorant l'adresse de son frère à Moscou, avait
recouru à Catherine Ivanovna, qui télégraphia à ses parentes,
dans l'idée qu'Ivan Fiodorovitch était allé les voir dès son
arrivée. Mais il ne les visita que quatre jours plus tard et,
après avoir lu la dépêche, revint en toute hâte dans notre

ville. Il causa d'abord avec Aliocha, fut surpris de le voir affirmer l'innocence de Mitia et désigner Smerdiakov comme l'assassin, contrairement à l'opinion générale. Après avoir vu l'*ispravnik*, le procureur, pris connaissance en détail de l'accusation et de l'interrogatoire, il s'étonna de plus en plus et attribua l'opinion d'Aliocha à son extrême affection fraternelle. A ce propos, expliquons une fois pour toutes les sentiments d'Ivan pour son frère Dmitri : il ne l'aimait décidément pas, la compassion que lui inspirait le malheureux se mêlait à beaucoup de mépris, voire de dégoût. Mitia tout entier lui était antipathique, même physiquement. Quant à l'amour qu'éprouvait Catherine Ivanovna pour ce triste sire, Ivan s'en indignait. Il avait vu Mitia le premier jour de son arrivée, et cette entrevue avait encore fortifié sa conviction. Son frère était alors en proie à une agitation maladive, il parlait beaucoup, mais, distrait et désorienté, il s'exprimait avec brusquerie, accusait Smerdiakov, s'embrouillait terriblement, insistait sur les trois mille roubles « volés » par le défunt. « Cet argent m'appartenait, affirmait-il ; si même je l'avais volé, c'eût été juste. » Il ne contestait presque pas les charges qui s'élevaient contre lui, et s'il discutait les faits en sa faveur, c'était d'une façon confuse, maladroite, comme s'il ne voulait même pas se justifier aux yeux d'Ivan ; au contraire, il se fâchait, dédaignait les accusations, s'échauffait, lançait des injures. Il se moquait du témoignage de Grigori relatif à la porte, assurait que c'était « le diable qui l'avait ouverte ». Mais il ne pouvait expliquer ce fait d'une façon plausible. Il avait même offensé Ivan, lors de cette première entrevue, en lui déclarant brusquement que ceux qui soutenaient que « tout était permis » n'avaient le droit ni de le soupçonner ni de l'interroger. En somme il s'était montré fort peu aimable pour Ivan. Celui-ci, après son entrevue avec Mitia, se rendit auprès de Smerdiakov.

Déjà, pendant le trajet en chemin de fer, il avait constamment pensé à Smerdiakov et à leur dernière conversation la veille de son départ. Bien des choses le troublaient, lui

semblaient suspectes. Mais dans sa déposition au juge
d'instruction Ivan avait provisoirement gardé le silence là-
dessus. Il attendait d'avoir vu Smerdiakov qui se trouvait
alors à l'hôpital. Aux questions qu'il leur posa, Herzenstube
et le docteur Varvinski, médecin de l'hôpital, répondirent
catégoriquement que l'épilepsie de Smerdiakov était certi-
fiée ; ils parurent même surpris qu'il leur demandât « s'il n'y
avait pas eu simulation le jour du drame ». Ils lui donnèrent à
entendre que c'était une crise extraordinaire, qui s'était
répétée durant plusieurs jours, mettant en danger la vie du
malade ; grâce aux mesures prises, on pouvait affirmer qu'il
en réchapperait, mais peut-être, ajouta le docteur Herzenstube, sa raison restera pour longtemps troublée, sinon pour
toujours. Ivan Fiodorovitch insistant pour savoir s'il avait
déjà perdu la raison, on lui répondit que sans être encore
complètement fou, il présentait certaines anomalies. Ivan
résolut de s'en rendre compte par lui-même. Il fut aussitôt
admis auprès de Smerdiakov qui se trouvait dans une
chambre à part, et couché. Un second lit était occupé par un
hydropique qui n'en avait plus que pour un jour ou deux et
ne pouvait gêner la conversation. Smerdiakov eut un sourire
méfiant et parut même intimidé à la vue d'Ivan Fiodorovitch ; du moins celui-ci en eut l'impression. Mais cela ne
dura qu'un instant et le reste du temps Smerdiakov l'étonna
presque par son calme. La gravité de son état frappa Ivan dès
le premier coup d'œil ; il était très faible, parlait lentement,
péniblement, avait beaucoup maigri et jauni. Durant les
vingt minutes que dura l'entrevue, il se plaignit sans cesse de
maux de tête et de courbatures dans tous les membres. Son
visage d'eunuque s'était rapetissé, les cheveux ébouriffés aux
tempes. Seule, une mèche mince se dressait en guise de
toupet. Mais l'œil gauche, clignotant et paraissant faire
allusion, rappelait l'ancien Smerdiakov. Ivan se rappela
aussitôt la fameuse phrase : « Il y a plaisir à causer avec un
homme d'esprit. » Il s'assit à ses pieds, sur un tabouret.
Smerdiakov se remua en geignant, mais garda le silence ; il
n'avait pas l'air très curieux.

« Peux-tu me parler ? Je ne te fatiguerai pas trop.

— Certainement, marmotta Smerdiakov d'une voix faible.
Y a-t-il longtemps que vous êtes arrivé ? ajouta-t-il avec
condescendance, comme pour encourager le visiteur gêné.

— Aujourd'hui seulement... Je suis venu pour éclaircir
votre gâchis. »

Smerdiakov soupira.

« Qu'as-tu à soupirer, tu savais donc ? lança Ivan.

— Comment ne l'aurais-je pas su ? dit Smerdiakov après
un silence. C'était clair à l'avance. Mais comment prévoir que
ça finirait ainsi ?

— Pas de détours ! Tu as prédit que tu aurais une crise
sitôt descendu à la cave ; tu as ouvertement désigné la cave.

— Vous l'avez dit dans votre déposition ? demanda Smerdiakov avec flegme.

— Pas encore, mais je le dirai certainement. Tu me dois
des explications, mon cher, et je ne permettrai pas, crois-le
bien, que tu te joues de moi !

— Pourquoi me jouerais-je de vous, alors que c'est en
vous seul que j'espère, comme en Dieu ! proféra Smerdiakov
sans s'émouvoir.

— D'abord, je sais qu'on ne peut prévoir une crise
d'épilepsie. Je me suis renseigné, inutile de ruser. Comment
donc as-tu fait pour me prédire le jour, l'heure et même le
lieu ? Comment pouvais-tu savoir d'avance que tu aurais une
crise précisément dans cette cave ?

— De toute façon je devais aller à la cave plusieurs fois par
jour, répondit avec lenteur Smerdiakov. C'est ainsi que je
suis tombé du grenier, il y a un an. Bien sûr, on ne peut
prédire le jour et l'heure d'une crise, mais on peut toujours
avoir un pressentiment.

— Oui, mais tu as prédit le jour et l'heure !

— En ce qui concerne ma maladie, monsieur, informez-
vous plutôt auprès des médecins si elle était naturelle ou
feinte ; je n'ai rien à vous dire de plus à ce sujet.

— Mais la cave ? Comment as-tu prévu la cave ?

— Elle vous tourmente, cette cave ! Quand j'y suis

descendu, j'avais peur, je me défiais, j'avais peur parce que, vous parti, il n'y avait plus personne pour me défendre. Je songeais : « Je vais avoir une attaque, tomberai-je ou non ? » Et cette appréhension a provoqué le spasme à la gorge... J'ai dégringolé. Tout cela, ainsi que notre conversation, la veille, à la porte cochère, où je vous faisais part de mes craintes, y compris la cave, je l'ai exposé en détail à M. le docteur Herzenstube et au juge d'instruction, Nicolas Parthénovitch ; ils l'ont consigné au procès-verbal. Le médecin de l'hôpital, M. Varvinski, a particulièrement expliqué que l'appréhension même avait provoqué la crise, et le fait a été noté. »

Smerdiakov, comme accablé de lassitude, respira avec peine.

« Alors, tu as déjà fait ces déclarations ? » demanda Ivan Fiodorovitch un peu déconcerté.

Il voulait l'effrayer en le menaçant de divulguer leur conversation, mais l'autre avait pris les devants.

« Qu'ai-je à craindre ? Ils doivent connaître toute la vérité, dit Smerdiakov avec assurance.

— Et tu as raconté aussi exactement notre conversation près de la porte cochère ?

— Non, pas exactement.

— As-tu dit aussi que tu sais simuler une crise, comme tu t'en vantais avec moi ?

— Non.

— Dis-moi maintenant pourquoi tu m'envoyais à Tchermachnia ?

— Je craignais de vous voir partir pour Moscou, Tchermachnia est plus près.

— Tu mens, c'est toi qui m'as engagé à partir : « Écartez-vous du péché », disais-tu.

— C'est uniquement par amitié, par dévouement, parce que je pressentais un malheur, et que je voulais vous ménager. Mais ma sécurité passait avant vous. Aussi vous ai-je dit : « Écartez-vous du péché », pour vous faire comprendre qu'il arriverait quelque chose et que vous deviez rester pour défendre votre père.

— Il fallait me parler franchement, imbécile !

— Comment pouvais-je faire ? La peur me dominait, et vous auriez pu vous fâcher. Je pouvais craindre, en effet, que Dmitri Fiodorovitch fît du scandale et emportât cet argent qu'il considérait comme sa propriété, mais qui aurait cru que cela finirait par un assassinat ? Je pensais qu'il se contenterait de dérober ces trois mille roubles cachés sous le matelas, dans une enveloppe, mais il a assassiné. Comment deviner, monsieur ?

— Alors, si tu dis toi-même que c'était impossible, comment pouvais-je deviner, moi, et rester ? Ce n'est pas clair.

— Vous pouviez deviner par le fait que je vous envoyais à Tchermachnia, au lieu de Moscou.

— Qu'est-ce que cela prouve ? »

Smerdiakov, qui paraissait très las, se tut de nouveau.

« Vous pouviez comprendre que si je vous conseillais d'aller à Tchermachnia, c'est que je désirais vous avoir à proximité, car Moscou est loin. Dmitri Fiodorovitch, vous sachant dans les environs, aurait hésité ! Vous pouviez, au besoin, accourir et me défendre, car je vous avais signalé que Grigori Vassiliévitch était malade et que je redoutais une crise. Or, en vous expliquant qu'on pouvait, au moyen de signaux, pénétrer chez le défunt, et que Dmitri Fiodorovitch les connaissait grâce à moi, je pensais que vous devineriez vous-même qu'il se livrerait sûrement à des violences et que, loin de partir pour Tchermachnia, vous resteriez. »

« Il parle sérieusement, songeait Ivan, bien qu'il ânonne ; pourquoi Herzenstube prétend-il qu'il a l'esprit dérangé ? »

« Tu ruses avec moi, canaille ! s'exclama-t-il.

— Franchement, je croyais à ce moment-là que vous aviez deviné, répliqua Smerdiakov de l'air le plus ingénu.

— Dans ce cas, je serais resté !

— Tiens ! Et moi qui pensais que vous partiez parce que vous aviez peur.

— Tu crois donc tous les autres aussi lâches que toi ?

— Faites excuse, je vous croyais fait comme moi.

— Certes, il fallait prévoir ; d'ailleurs, je prévoyais une vilenie de ta part... Mais tu mens, tu mens de nouveau s'écria-t-il, frappé par un souvenir. Tu te rappelles qu'au moment de partir tu m'as dit : « Il y a plaisir à causer avec un homme d'esprit. » Tu étais donc content que je parte, puisque tu me complimentais ? »

Smerdiakov soupira plusieurs fois et parut rougir.

« J'étais content, dit-il avec effort, mais uniquement parce que vous vous décidiez pour Tchermachnia au lieu de Moscou. C'est toujours plus près ; et mes paroles n'étaient pas un compliment, mais un reproche. Vous n'avez pas compris.

— Quel reproche ?

— Bien que pressentant un malheur, vous abandonniez votre père et refusiez de nous défendre, car on pouvait me soupçonner d'avoir dérobé ces trois mille roubles.

— Que le diable t'emporte ! Un instant ; as-tu parlé aux juges des signaux, de ces coups ?

— J'ai dit tout ce qui en était. »

Ivan Fiodorovitch s'étonna de nouveau.

« Si j'ai pensé alors à quelque chose, c'est à une infamie de ta part ; d'ailleurs, je m'y attendais. Dmitri pouvait tuer, mais je le croyais incapable de voler. Pourquoi m'as-tu dit que tu savais simuler des crises ?

— Par naïveté. Jamais je n'ai simulé l'épilepsie, c'est seulement pour me vanter, par bêtise. Je vous aimais beaucoup alors et causais en toute simplicité.

— Mon frère t'accuse, il dit que c'est toi qui as tué et volé

— Certes, que lui reste-t-il à dire ? rétorqua Smerdiakov avec un sourire amer. Mais qui le croira avec de telles charges ? Grigori Vassiliévitch a vu la porte ouverte, c'est concluant. Enfin, que Dieu lui pardonne ! Il essaie de se sauver et il a peur. »

Smerdiakov parut réfléchir, puis il ajouta :

« C'est toujours la même chose ; il veut rejeter ce crime sur moi, je l'ai déjà entendu dire, mais vous aurais-je prévenu que je sais simuler l'épilepsie, si je me préparais à tuer votre père ? En méditant ce crime, pouvais-je avoir la sottise de révéler d'avance une telle preuve, et au fils de la victime encore ? Est-ce vraisemblable ? En ce moment, personne n'entend notre conversation, sauf la Providence, mais si vous la communiquiez au procureur et à Nicolas Parthénovitch, cela servirait à ma défense, car un scélérat ne peut être aussi naïf. C'est le raisonnement que tout le monde se fera.

— Écoute, dit Ivan Fiodorovitch en se levant, frappé par ce dernier argument, je ne te soupçonne pas, il serait ridicule de t'accuser... Je te remercie même de m'avoir tranquillisé. Je m'en vais, je reviendrai. Adieu. Rétablis-toi. As-tu besoin de quelque chose ?

— Je vous remercie. Marthe Ignatièvna ne m'oublie pas, et, toujours bonne, me vient en aide quand il le faut. Des gens de bien viennent me voir tous les jours.

— Au revoir. Je ne dirai pas que tu sais simuler une crise, je te conseille aussi de n'en pas parler, dit Ivan sans savoir pourquoi.

— Je comprends. Si vous ne le dites pas, je ne répéterai pas non plus toute notre conversation près de la porte cochère... »

Ivan Fiodorovitch sortit. A peine avait-il fait dix pas dans le corridor qu'il s'avisa que la dernière phrase de Smerdiakov avait quelque chose de blessant. Il voulait déjà rebrousser chemin, mais il haussa les épaules et sortit de l'hôpital. Il se sentait tranquillisé par le fait que le coupable n'était pas Smerdiakov, comme on pouvait s'y attendre, mais son frère Mitia. Il ne voulait pas en chercher la raison, éprouvant de la répugnance à analyser ses sensations. Il avait hâte d'oublier Dans les jours qui suivirent, il se convainquit définitivement de la culpabilité de Mitia en étudiant plus à fond les charges qui pesaient sur lui. Des gens infimes, tels que Fénia et sa mère, avaient fait des dépositions troublantes. Inutile de parler de Perkhotine, du cabaret, de la boutique des Plotnikov, des témoins de Mokroïë. Les détails surtout étaient accablants. L'histoire des « coups » mystérieux avait frappé le juge et le procureur, presque autant que la déposition de

Grigori sur la porte ouverte. Marthe Ignatièvna, interrogée
par Ivan Fiodorovitch, lui déclara que Smerdiakov avait
passé la nuit derrière la cloison, « à trois pas de notre lit », et
que, bien qu'elle dormît profondément, elle s'était réveillée
souvent en l'entendant gémir : « Il gémissait tout le temps. »
En causant avec Herzenstube, Ivan Fiodorovitch lui fit part
de ses doutes au sujet de la folie de Smerdiakov, qu'il trouvait
seulement faible ; mais le vieillard eut un fin sourire. « Savez-
vous, répondit-il, à quoi il s'occupe maintenant ? Il apprend
par cœur des mots français écrits en lettres russes dans un
cahier, hé ! hé ! » Les doutes d'Ivan disparurent enfin. Il ne
pouvait déjà plus songer à Dmitri sans dégoût. Pourtant il y
avait une chose étrange : la persistance d'Aliocha à affirmer
que l'assassin n'était pas Dmitri, mais « très probablement »
Smerdiakov. Ivan avait toujours fait grand cas de l'opinion de
son frère, et cela le rendait perplexe. Autre bizarrerie,
remarquée par Ivan : Aliocha ne parlait jamais le premier de
Mitia, se bornant à répondre à ses questions. D'ailleurs, Ivan
avait bien autre chose en tête à ce moment ; depuis son retour
de Moscou, il était follement amoureux de Catherine Ivanovna.

Ce n'est pas ici le lieu de décrire cette nouvelle passion
d'Ivan Fiodorovitch, qui influa sur sa vie entière ; cela
formerait la matière d'un autre roman que j'écrirai peut-être
un jour. Je dois signaler, en tout cas, que lorsqu'il déclara à
Aliocha, en sortant de chez Catherine Ivanovna : « Elle ne
me plaît pas », ainsi que je l'ai raconté plus haut, il se mentait
à lui-même ; il l'aimait follement, tout en la haïssant parfois
au point d'être capable de la tuer. Cela tenait à bien des
causes ; bouleversée par le drame, elle s'était rejetée vers Ivan
Fiodorovitch comme vers un sauveur. Elle était offensée,
humiliée dans ses sentiments. Et voilà que reparaissait
l'homme qui l'aimait tant auparavant — elle le savait bien —
et dont elle avait toujours apprécié l'intelligence et le cœur.
Mais la rigide jeune fille ne s'était pas donnée tout entière,
malgré l'impétuosité, bien digne des Karamazov, de son
amoureux, et la fascination qu'il exerçait sur elle. En même

temps, elle se tourmentait sans cesse d'avoir trahi Mitia et, lors de ses fréquentes querelles avec Ivan, elle le lui déclarait franchement. C'est ce qu'en parlant à Aliocha il avait appelé « mensonge sur mensonge ». Il y avait, en effet, beaucoup de mensonge dans leurs relations, ce qui exaspérait Ivan Fiodorovitch... mais n'anticipons pas.

Bref, pour un temps, il oublia presque Smerdiakov. Pourtant, quinze jours après sa première visite, les mêmes idées bizarres recommencèrent à le tourmenter. Il se demandait souvent pourquoi, la dernière nuit. dans la maison de Fiodor Pavlovitch, avant son départ, il était sorti doucement sur l'escalier, comme un voleur, pour écouter ce que faisait son père au rez-de-chaussée. Par la suite il s'en était souvenu avec dégoût, avait senti une angoisse soudaine le lendemain matin en approchant de Moscou, et il s'était dit : « Je suis un misérable ! » Pourquoi cela ?

Un jour que, ruminant ces idées pénibles, il se disait qu'elles étaient bien capables de lui faire oublier Catherine Ivanovna, il fit la rencontre d'Aliocha. Il l'arrêta aussitôt et lui demanda :

« Te souviens-tu de cet après-midi où Dmitri fit irruption et battit notre père ? Je t'ai dit plus tard dans la cour que je me réservais « le droit de désirer »; dis-moi, as-tu pensé alors que je souhaitais la mort de notre père ?

— Oui, fit doucement Aliocha.

— D'ailleurs, ce n'était pas difficile à deviner. Mais n'as-tu pas pensé aussi que je désirais que « les reptiles se dévorent entre eux », c'est-à-dire que Dmitri tue notre père au plus vite... et que j'y prêterais même la main ? »

Aliocha pâlit, regarda en silence son frère dans les yeux.

« Parle ! s'écria Ivan. Je veux savoir ce que tu as pensé. Il me faut toute la vérité ! »

Il suffoquait et regardait d'avance Aliocha d'un air méchant.

« Pardonne-moi, j'ai pensé cela aussi, murmura celui-ci, sans ajouter de « circonstance atténuante ».

— Merci », dit sèchement Ivan qui poursuivit son chemin.

Dès lors, Aliocha remarqua que son frère l'évitait et lui
témoignait de l'aversion, si bien qu'il cessa ses visites.
Aussitôt après cette rencontre, Ivan était retourné voir
Smerdiakov.

VII

DEUXIÈME ENTREVUE AVEC SMERDIAKOV

Smerdiakov était sorti de l'hôpital. Il demeurait dans cette
maisonnette affaissée qui se composait de deux pièces réunies
par un vestibule. Marie Kondratievna et sa mère habitaient
l'une, l'autre était occupée par Smerdiakov. On ne savait pas
exactement à quel titre il s'était installé chez elles ; plus tard,
on supposa qu'il y vivait comme fiancé de Marie Kondratievna et ne payait pour le moment aucun loyer. La mère et la
fille l'estimaient beaucoup et le considéraient comme supérieur à elles. Après avoir frappé, Ivan, sur les indications de
Marie Kondratievna, entra directement à gauche dans la
pièce occupée par Smerdiakov. Un poêle de faïence dégageait
une chaleur intense. Les murs étaient ornés de papier bleu,
mais déchiré, sous lequel, dans les fentes, fourmillaient les
cafards, dont on entendait le bruissement continu. Le
mobilier était insignifiant : deux bancs contre les murs et
deux chaises près de la table toute simple, mais recouverte
d'une nappe à ramages roses. Sur les fenêtres, des géra-
niums ; dans un coin, des images saintes. Sur la table reposait
un petit samovar en cuivre, fortement cabossé, avec un
plateau et deux tasses ; mais il était éteint, Smerdiakov ayant
déjà pris le thé... Assis sur un banc, il écrivait dans un cahier.
A côté de lui se trouvaient une petite bouteille d'encre et une
bougie dans un chandelier de fonte. En regardant Smerdiakov, Ivan eut l'impression qu'il était complètement rétabli. Il
avait le visage plus frais, plus plein, les cheveux pommadés.

Vêtu d'une robe de chambre bariolée, doublée d'ouate et passablement usée, il portait des lunettes, et ce détail, qu'il ignorait, eut le don d'irriter Ivan Fiodòrovitch : « Une pareille créature, porter des lunettes ! » Smerdiakov releva lentement la tête, fixa le visiteur à travers ses lunettes ; il les ôta, puis se leva avec nonchalance, moins par respect que pour observer la stricte politesse. Ivan remarqua tout cela en un clin d'œil, et surtout le regard malveillant et même hautain de Smerdiakov. « Que viens-tu faire ici ? Nous nous sommes déjà entendus », semblait-il dire. Ivan Fiodorovitch se contenait à peine.

« Il fait chaud ici, dit-il encore debout, en déboutonnant son pardessus.

— Otez-le », suggéra Smerdiakov.

Ivan Fiodorovitch ôta son pardessus ; puis de ses mains tremblantes il prit une chaise, l'approcha de la table, s'assit. Smerdiakov avait déjà repris sa place.

« D'abord, sommes-nous seuls ? demanda sévèrement Ivan Fiodorovitch. Ne peut-on pas nous entendre ?

— Personne. Vous avez vu qu'il y a un vestibule.

— Écoute, alors : quand je t'ai quitté, à l'hôpital, tu m'as dit que si je ne parlais pas de ton habileté à simuler l'épilepsie, tu ne rapporterais pas au juge toute notre conversation près de la porte cochère ? Que signifie ce *toute* ? Qu'entendais-tu par là ? Était-ce une menace ? Existe-t-il une entente entre nous, ai-je peur de toi ? »

Ivan Fiodorovitch parlait avec colère, donnait clairement à entendre qu'il méprisait les détours, jouait cartes sur table. Smerdiakov eut un mauvais regard, son œil gauche se mit à cligner, comme pour dire, avec sa réserve habituelle : « Tu veux y aller carrément, soit ! »

« Je voulais dire alors que, prévoyant l'assassinat de votre propre père, vous l'avez laissé sans défense ; c'était une promesse de me taire pour empêcher des jugements défavorables sur vos sentiments ou même sur autre chose. »

Smerdiakov prononça ces paroles sans se hâter, paraissant maître de lui, mais d'un ton âpre, provocant. Il fixa Ivan Fiodorovitch d'un air insolent.

« Comment ? Quoi ? Es-tu dans ton bon sens ?

— J'ai tout mon bon sens.

— Étais-je alors au courant de l'assassinat ? s'écria Ivan en donnant un formidable coup de poing sur la table. Et que signifie « sur autre chose » ? Parle, misérable ! »

Smerdiakov se taisait, avec la même insolence dans le regard.

« Parle donc, infecte canaille, de cette autre chose !

— Eh bien ! Je voulais dire par là que vous-même, peut-être, désiriez vivement la mort de votre père. »

Ivan Fiodorovitch se leva, frappa de toutes ses forces Smerdiakov à l'épaule ; celui-ci chancela jusque vers le mur, les larmes inondèrent son visage.

« C'est honteux, monsieur, de frapper un homme sans défense ! »

Il se couvrit la figure de son malpropre mouchoir à carreaux bleus et se mit à sangloter.

« Assez ! Cesse donc ! dit impérieusement Ivan qui se rassit. Ne me pousse pas à bout ! »

Smerdiakov découvrit ses yeux. Sa figure ridée exprimait une vive rancune.

« Ainsi, misérable, tu croyais que de concert avec Dmitri je voulais tuer mon père !

— Je ne connaissais pas vos pensées, et c'est pour vous sonder que je vous ai arrêté au passage.

— Quoi ? Sonder quoi ?

— Vos intentions ; si vous désiriez que votre père fût promptement tué ! »

Ce qui exaspérait Ivan Fiodorovitch, c'était le ton impertinent dont Smerdiakov ne voulait pas se départir.

« C'est toi qui l'as tué ! » s'écria-t-il soudain.

Smerdiakov sourit, dédaigneux.

« Vous savez parfaitement que ce n'est pas moi, et j'aurais cru qu'un homme d'esprit n'insisterait pas là-dessus.

— Mais pourquoi as-tu nourri un tel soupçon à mon égard ?

— Par peur, comme vous le savez. J'étais dans un tel état que je me défiais de tout le monde. Je voulais aussi vous sonder, car, me disais-je, s'il est d'accord avec son frère, c'en est fait de moi.

— Tu ne parlais pas ainsi, il y a quinze jours.

— Je sous-entendais la même chose à l'hôpital, supposant que vous comprendriez à demi-mot, et que vous évitiez une explication directe.

— Voyez-vous ça ! Mais réponds donc, j'insiste : comment ai-je pu inspirer à ton âme vile cet ignoble soupçon ?

— Vous étiez incapable de tuer vous-même, mais vous souhaitiez qu'un autre le fît.

— Avec quel flegme il parle ! Mais pourquoi l'aurais-je voulu ?

— Comment, pourquoi ? Et l'héritage ? dit perfidement Smerdiakov. Après la mort de votre père, vous deviez recevoir quarante mille roubles chacun, si ce n'est davantage, mais si Fiodor Pavlovitch avait épousé cette dame, Agraféna Alexandrovna, elle aurait aussitôt transféré le capital à son nom, car elle n'est pas sotte, de sorte qu'il ne serait rien resté pour vous trois. Ça n'a tenu qu'à un fil ; elle n'avait qu'à dire un mot, il la menait à l'autel. »

Ivan Fiodorovitch avait peine à se contenir.

« C'est bien, dit-il enfin, tu vois, je ne t'ai ni battu ni tué, continue ; alors, d'après toi, j'avais chargé mon frère Dmitri de cette besogne, je comptais sur lui ?

— Certainement. En assassinant, il perdait tous ses droits, il était dégradé et déporté. Votre frère Alexéi Fiodorovitch et vous, héritiez de sa part, et ce n'est pas quarante mille roubles mais soixante mille qui vous revenaient à chacun. Sûrement vous comptiez sur Dmitri Fiodorovitch.

— Tu mets ma patience à l'épreuve ! Écoute, gredin, si j'avais compté à ce moment sur quelqu'un, c'eût été sur toi, non sur Dmitri, et, je le jure, je pressentais quelque infamie de ta part... je me rappelle mon impression !

— Moi aussi, j'ai cru un instant que vous comptiez sur moi, dit ironiquement Smerdiakov, de sorte que vous vous

démasquiez encore davantage, car si vous partiez malgré ce
pressentiment, cela revenait à dire : tu peux tuer mon père,
je ne m'y oppose pas.

— Misérable ! Tu avais compris cela.

— Pensez un peu ; vous alliez partir pour Moscou, vous
refusiez, malgré les prières de votre père, de vous rendre à
Tchermachnia. Et vous y consentez tout à coup sur un mot
de moi ! Qu'est-ce qui vous poussait à ce Tchermachnia ?
Pour partir ainsi sans raison, sur mon conseil, il fallait que
vous attendiez quelque chose de moi.

— Non, je jure que non, cria Ivan en grinçant des dents.

— Comment, non ? Vous auriez dû, au contraire, vous,
le fils de la maison, pour de telles paroles, me mener à la
police et me faire fouetter... tout au moins me rosser sur
place. Au lieu de vous fâcher, vous suivez consciencieusement mon conseil, vous partez, chose absurde, car vous
auriez dû rester pour défendre votre père... Que devais-je
conclure ? »

Ivan avait l'air sombre, les poings crispés sur ses genoux.

« Oui, je regrette de ne t'avoir pas rossé, dit-il avec un
sourire amer. Je ne pouvais te mener à la police, on ne
m'aurait pas cru sans preuves. Mais te rosser... ah ! je
regrette de n'y avoir pas songé ; bien que les voies de fait
soient interdites, je t'aurais mis le museau en marmelade. »

Smerdiakov le considérait presque avec volupté.

« Dans les cas ordinaires de la vie, proféra-t-il d'un ton
satisfait et doctoral, comme lorsqu'il discutait sur la foi avec
Grigori Vassiliévitch, les voies de fait sont réellement interdites par la loi, on a renoncé à ces brutalités, mais dans les
cas exceptionnels, chez nous comme dans le monde entier,
même dans la République Française, on continue à se
colleter comme au temps d'Adam et d'Ève, et il en sera
toujours ainsi. Pourtant vous, même dans un cas exceptionnel, vous n'avez pas osé.

— Ce sont des mots français que tu apprends là ?
demanda Ivan en désignant un cahier sur la table.

— Pourquoi pas ? Je complète mo. ..struction, dans

l'idée qu'un jour peut-être je visiterai, moi aussi, ces heureuses contrées de l'Europe.

— Écoute, monstre, dit Ivan qui tremblait de colère, je ne crains pas tes accusations, dépose contre moi tout ce que tu voudras. Si je ne t'ai pas assommé tout à l'heure, c'est uniquement parce que je te soupçonne de ce crime et que je veux te livrer à la justice. Je te démasquerai.

— A mon avis, vous feriez mieux de vous taire. Car que pouvez-vous dire contre un innocent, et qui vous croira ? Mais si vous m'accusez, je raconterai tout. Il faut bien que je me défende !

— Tu penses que j'ai peur de toi, maintenant ?

— Admettons que la justice ne croie pas à mes paroles ; en revanche le public y croira, et vous aurez honte.

— Cela veut dire qu' « il y a plaisir à causer avec un homme d'esprit », n'est-ce pas ? demanda Ivan en grinçant des dents.

— Vous l'avez dit. Faites preuve d'esprit. »

Ivan Fiodorovitch se leva, frémissant d'indignation, mit son pardessus et, sans plus répondre à Smerdiakov, sans même le regarder, se précipita hors de la maison. Le vent frais du soir le rafraîchit. Il faisait clair de lune. Les idées et les sensations tourbillonnaient en lui : « Aller maintenant dénoncer Smerdiakov ? Mais que dire : il est pourtant innocent. C'est lui qui m'accusera, au contraire. En effet, pourquoi suis-je parti alors à Tchermachnia ? Dans quel dessein ? Certainement, j'attendais quelque chose, il a raison... » Pour la centième fois, il se rappelait comment, la dernière nuit passée chez son père, il se tenait sur l'escalier, aux aguets, et cela lui causait une telle souffrance qu'il s'arrêta même, comme percé d'un coup de poignard. « Oui, j'attendais cela, alors, c'est vrai ! J'ai voulu l'assassinat ! L'ai-je voulu ? Il faut que je tue Smerdiakov !... Si je n'en ai pas le courage, ce n'est pas la peine de vivre !... »

Ivan alla tout droit chez Catherine Ivanovna, qui fut effrayée de son air hagard. Il lui répéta toute sa conversation avec Smerdiakov, jusqu'au moindre mot. Bien qu'elle s'efforçât de le calmer, il marchait de long en large en tenant des propos incohérents. Il s'assit enfin, s'accouda sur la table, la tête entre les mains, et fit une réflexion étrange :

« Si ce n'est pas Dmitri, mais Smerdiakov, je suis son complice, car c'est moi qui l'ai poussé au crime. L'y ai-je poussé ? Je ne le sais pas encore. Mais si c'est lui qui a tué et non pas Dmitri, je suis aussi un assassin. »

A ces mots, Catherine Ivanovna se leva en silence, alla à son bureau, prit dans une cassette un papier qu'elle posa devant Ivan. C'était la lettre dont celui-ci avait parlé ensuite à Aliocha comme d'une preuve formelle de la culpabilité de Dmitri. Mitia l'avait écrite en état d'ivresse, le soir de sa rencontre avec Aliocha, quand celui-ci retournait au monastère après la scène où Grouchegnka avait insulté sa rivale. Après l'avoir quitté, Mitia courut chez Grouchegnka, on ne sait s'il la vit, mais il acheva la soirée au cabaret « A la Capitale », où il s'enivra de la belle manière. Dans cet état, il demanda une plume, du papier et griffonna une lettre prolixe, incohérente, digne d'un ivrogne. On aurait dit un pochard qui, rentré chez lui, raconte avec animation à sa femme ou à son entourage qu'une canaille vient de l'insulter, lui, galant homme, qu'il en cuira à l'individu ; l'homme dégoise à n'en plus finir, ponctuant de coups de poing sur la table son récit incohérent, ému jusqu'aux larmes. Le papier à lettres qu'on lui avait donné au cabaret était une feuille grossière, malpropre, portant un compte au verso. La place manquant pour ce verbiage d'ivrogne, Mitia avait rempli les marges et écrit les dernières lignes en travers du texte. Voici ce que disait la lettre :

« Fatale Katia, demain je trouverai de l'argent et je te rendrai tes trois mille roubles, adieu, femme irascible, adieu aussi mon amour ! Finissons-en ! Demain, j'irai demander de l'argent à tout le monde ; si on me refuse, je te donne ma parole d'honneur que j'irai chez mon père, je lui casserai la tête et je prendrai l'argent sous son oreiller, pourvu qu'Ivan soit parti. J'irai au bagne, mais je te rendrai tes trois mille roubles ! Toi, adieu. Je te salue jusqu'à terre, je suis un misérable vis-à-vis de toi. Pardonne-moi. Plutôt non, ne me pardonne pas ; nous serons plus à l'aise, toi et moi ! Je préfère le bagne à ton amour, car j'en aime une autre, tu la connais trop depuis aujourd'hui, comment pourrais-tu pardonner ? Je tuerai celui qui m'a dépouillé ! Je vous quitterai tous pour aller en Orient, ne plus voir personne, *elle* non plus, car tu n'es pas seule à me faire souffrir. Adieu !

P.-S. — Je te maudis, et pourtant je t'adore ! Je sens mon cœur battre, il reste une corde qui vibre pour toi. Ah ! qu'il éclate plutôt ! Je me tuerai, mais je tuerai d'abord le monstre, je lui arracherai les trois mille roubles et je te les jetterai. Je serai un misérable à tes yeux, mais pas un voleur ! Attends les trois mille roubles. Ils sont chez le chien maudit, sous son matelas, ficelés d'une faveur rose. Ce n'est pas moi le voleur, je tuerai l'homme qui m'a volé. Katia, ne me méprise pas. Dmitri est un assassin, il n'est pas un voleur ! Il a tué son père et il s'est perdu pour n'avoir pas à supporter ta fierté. Et pour ne pas t'aimer.

« *PP.-S.* — Je baise tes pieds, adieu !

« *PP.-SS.* — Katia, prie Dieu pour qu'on me donne de l'argent. Alors je ne verserai pas le sang. Mais si l'on me refuse, je le verserai. Tue-moi !

« Ton esclave et ton ennemi,
« D. Karamazov. »

Après avoir lu ce « document », Ivan fut convaincu. C'était son frère qui avait tué et non Smerdiakov. Si ce n'était pas Smerdiakov, ce n'était donc pas lui, Ivan. Cette lettre constituait à ses yeux une preuve catégorique. Pour lui, il ne pouvait plus y avoir aucun doute sur la culpabilité de Mitia. Et comme il n'avait jamais soupçonné une complicité entre Mitia et Smerdiakov, car cela ne concordait pas avec les faits, il était complètement rassuré. Le lendemain, il ne se rappela qu'avec mépris Smerdiakov et ses railleries. Au bout de quelques jours, il s'étonna même d'avoir pu s'offenser si

cruellement de ses soupçons. Il résolut de l'oublier tout à fait.
Un mois se passa ainsi. Il apprit par hasard que Smerdiakov
était malade de corps et d'esprit. « Cet individu deviendra
fou », avait dit à son sujet le jeune médecin Varvinski. Vers la
fin du mois, Ivan lui-même commença à se sentir fort mal. Il
consultait déjà le médecin mandé de Moscou par Catherine
Ivanovna. Vers la même époque les rapports des deux jeunes
gens s'aigrirent à l'extrême. C'étaient comme deux ennemis
amoureux l'un de l'autre. Les retours de Catherine Ivanovna
vers Mitia, passagers mais violents, exaspéraient Ivan. Chose
étrange, jusqu'à la dernière scène en présence d'Aliocha à son
retour de la prison, lui, Ivan, n'avait jamais entendu, durant
tout le mois, Catherine Ivanovna douter de la culpabilité de
Mitia, malgré ses « retours » vers celui-ci, qui lui étaient si
odieux. Il était aussi remarquable que, sentant sa haine pour
Mitia grandir de jour en jour, Ivan comprenait en même
temps qu'il le haïssait non à cause des « retours » vers lui de
Catherine Ivanovna, mais *pour avoir tué leur père !* Il s'en
rendait parfaitement compte. Néanmoins, dix jours avant le
procès, il était allé voir Mitia et lui avait proposé un plan
d'évasion, évidemment conçu depuis longtemps. Cette
démarche était inspirée en partie par le dépit que lui causait
l'insinuation de Smerdiakov que lui, Ivan, avait intérêt à ce
que son frère fût accusé, car sa part d'héritage et celle
d'Aliocha monteraient de quarante à soixante mille roubles.
Il avait décidé d'en sacrifier trente mille pour faire évader
Mitia. En revenant de la prison, il était triste et troublé ; il eut
soudain l'impression qu'il ne désirait pas seulement cette
évasion pour effacer son dépit. « Serait-ce aussi parce que, au
fond de mon âme, je suis un assassin ? » s'était-il demandé. Il
était vaguement inquiet et ulcéré. Et surtout, durant ce mois,
sa fierté avait beaucoup souffert ; mais nous en reparlerons...

Lorsque Ivan Fiodorovitch, après sa conversation avec
Aliocha, et déjà à la porte de sa demeure, avait résolu d'aller
chez Smerdiakov, il obéissait à une indignation subite qui
l'avait saisi. Il se rappela tout à coup que Catherine Ivanovna
venait de s'écrier en présence d'Aliocha : « C'est toi, toi

seulement, qui m'as persuadée qu'il (c'est-à-dire Mitia) était l'assassin! » A ce souvenir, Ivan demeura stupéfait; il ne l'avait jamais assurée de la culpabilité de Mitia; au contraire, il s'était même soupçonné en sa présence, en revenant de chez Smerdiakov. En revanche, c'est *elle* qui lui avait alors exhibé ce document et démontré la culpabilité de son frère! Et maintenant elle s'écriait : « Je suis allée moi-même chez Smerdiakov! » Quand cela? Ivan n'en savait rien. Elle n'était donc pas bien convaincue. Et qu'avait pu lui dire Smerdiakov? Il eut un accès de fureur. Il ne comprenait pas comment, une demi-heure auparavant, il avait pu laisser passer ces paroles sans se récrier. Il lâcha le cordon de la sonnette et se rendit chez Smerdiakov. « Je le tuerai peut-être, cette fois! » songeait-il en chemin.

VIII

TROISIÈME ET DERNIÈRE ENTREVUE
AVEC SMERDIAKOV

Durant le trajet, un vent âpre s'éleva, le même que le matin, amenant une neige fine, épaisse et sèche. Elle tombait sans adhérer au sol, le vent la faisait tourbillonner et ce fut bientôt une vraie tourmente. Dans la partie de la ville où habitait Smerdiakov, il n'y a presque pas de réverbères. Ivan marchait dans l'obscurité en s'orientant d'instinct. Il avait mal à la tête, les tempes lui battaient, son pouls était précipité. Un peu avant d'arriver à la maisonnette de Marie Kondratievna, il rencontra un homme pris de boisson, au caftan rapiécé, qui marchait en zigzag en invectivant, s'interrompant parfois pour entonner une chanson d'une voix rauque :

Pour Piter [1] est parti Vanka,
Je ne l'attendrai pas.

Mais il s'arrêtait toujours au second vers et recommençait ses imprécations. Depuis un bon moment, Ivan Fiodorovitch éprouvait inconsciemment une véritable haine contre cet individu ; tout à coup il s'en rendit compte. Aussitôt, il eut une envie irrésistible de l'assommer. Juste à ce moment, ils se trouvèrent côte à côte, et l'homme, en titubant, heurta violemment Ivan. Celui-ci repoussa avec rage l'ivrogne, qui s'abattit sur la terre gelée, exhala un gémissement et se tut. Il gisait sur le dos, sans connaissance. « Il va geler ! » pensa Ivan qui poursuivit son chemin.

Dans le vestibule, Marie Kondratievna, qui était venue ouvrir, une bougie à la main, lui dit à voix basse que Pavel Fiodorovitch (c'est-à-dire Smerdiakov) était très souffrant et paraissait détraqué ; il avait même refusé de prendre le thé.

« Alors, il fait du tapage ? s'informa Ivan.

— Au contraire, il est tout à fait calme, mais ne le retenez pas trop longtemps... », demanda Marie Kondratievna.

Ivan entra dans la chambre.

Elle était toujours aussi surchauffée, mais on y remarquait quelques changements : un des bancs avait fait place à un grand canapé en faux acajou, recouvert de cuir, arrangé comme lit avec des oreillers assez propres. Smerdiakov était assis, toujours vêtu de sa vieille robe de chambre. On avait mis la table devant le canapé, de sorte qu'il restait fort peu de place. Il y avait sur la table un gros livre à couverture jaune. Smerdiakov accueillit Ivan d'un long regard silencieux et ne parut nullement surpris de sa visite. Il avait beaucoup changé physiquement, le visage fort amaigri et jaune, les yeux caves, les paupières inférieures bleuies.

« Tu es vraiment malade ? dit Ivan Fiodorovitch. Je ne te retiendrai pas longtemps, je garde même mon pardessus. Où peut-on s'asseoir ? »

Il approcha une chaise de la table et prit place.

« Pourquoi ne parles-tu pas ? Je n'ai qu'une question à te poser, mais je te jure que je ne partirai pas sans réponse : Catherine Ivanovna est venue te voir ? »

Smerdiakov ne répondit que par un geste d'apathie et se détourna.

« Qu'as-tu ?

— Rien.

— Quoi, rien ?

— Eh bien, oui, elle est venue ; qu'est-ce que ça peut vous faire ? Laissez-moi tranquille.

— Non. Parle : quand est-elle venue ?

— Mais, j'en ai perdu le souvenir. »

Smerdiakov sourit avec dédain. Tout à coup il se tourna vers Ivan, le regard chargé de haine, comme un mois auparavant.

« Je crois que vous êtes aussi malade. Comme vous avez les joues creuses, l'air défait !

— Laisse ma santé et réponds à ma question.

— Pourquoi vos yeux sont-ils si jaunes ? Vous devez vous tourmenter. »

Il ricana.

« Écoute, je t'ai dit que je ne partirais pas sans réponse, s'écria Ivan exaspéré.

— Pourquoi cette insistance ? Pourquoi me torturez-vous ? dit Smerdiakov d'un ton douloureux.

— Eh, ce n'est pas toi qui m'intéresses. Réponds, et je m'en vais.

— Je n'ai rien à vous répondre.

— Je t'assure que je te forcerai à parler.

— Pourquoi vous inquiétez-vous ? demanda Smerdiakov en le fixant avec plus de dégoût que de mépris. Parce que c'est demain le jugement ? Mais vous ne risquez rien ; rassurez-vous donc une bonne fois ! Rentrez tranquillement chez vous, dormez en paix, vous n'avez rien à craindre.

— Je ne te comprends pas... pourquoi craindrais-je demain ? » dit Ivan surpris, et qui tout à coup se sentit glacé d'effroi.

Smerdiakov le toisa.

« Vous ne com-pre-nez pas ? fit-il d'un ton de reproche.

Pourquoi diantre un homme d'esprit éprouve-t-il le besoin de jouer pareille comédie ! »

Ivan le regardait sans parler. Le ton inattendu, arrogant, dont lui parlait son ancien domestique, sortait de l'ordinaire.

« Je vous dis que vous n'avez rien à craindre. Je ne déposerai pas contre vous, il n'y a pas de preuves. Voyez comme vos mains tremblent. Pourquoi ça ? Retournez chez vous, *ce n'est pas vous l'assassin !* »

Ivan tressaillit, il se souvint d'Aliocha.

« Je sais que ce n'est pas moi…, murmura-t-il.

— Vous le sa-vez ? »

Ivan se leva, le saisit par l'épaule.

« Parle, vipère ! Dis tout ! »

Smerdiakov ne parut nullement effrayé. Il regarda seulement Ivan avec une haine folle.

« Alors, c'est vous qui avez tué, si c'est comme ça », murmura-t-il avec rage.

Ivan se laissa retomber sur sa chaise, paraissant méditer. Enfin il sourit méchamment.

« C'est toujours la même histoire, comme l'autre fois ?

— Oui, vous compreniez très bien la dernière fois, et vous comprenez encore maintenant.

— Je comprends seulement que tu es fou.

— Vraiment ! Nous sommes ici en tête à tête, à quoi bon nous duper, nous jouer mutuellement la comédie ? Voudriez-vous encore tout rejeter sur moi seul, à ma face ? Vous avez tué, c'est vous le principal assassin, je n'ai été que votre auxiliaire, votre fidèle instrument [1], vous avez suggéré, j'ai accompli.

— Accompli ? C'est toi qui as tué ? »

Il eut comme une commotion au cerveau, un frisson glacial le parcourut. A son tour, Smerdiakov le considérait avec étonnement, l'effroi d'Ivan le frappait enfin par sa sincérité.

« Ne saviez-vous donc rien ? » dit-il avec méfiance.

Ivan le regardait toujours, sa langue était comme paralysée.

Pour Piter est parti Vanka,
Je ne l'attendrai pas,

crut-il soudain entendre

« Sais-tu que j'ai peur que tu ne sois un fantôme ? mumura-t-il.

— Il n'y a point de fantôme ici, sauf nous deux, et encore un troisième. Sans doute il est là maintenant.

— Qui ? Quel troisième ? proféra Ivan avec effroi, en regardant autour de lui comme s'il cherchait quelqu'un.

— C'est Dieu, la Providence, qui est ici, près de nous, mais inutile de le chercher, vous ne le trouverez pas.

— Tu as menti, ce n'est pas toi qui as tué ! rugit Ivan. Tu es fou, ou tu m'exaspères à plaisir, comme l'autre fois ! »

Smerdiakov, nullement effrayé, l'observait attentivement. Il ne pouvait surmonter sa méfiance, il croyait qu'Ivan « savait tout » et simulait l'ignorance pour rejeter tous les torts sur lui seul.

« Attendez », dit-il enfin d'une voix faible, et, retirant sa jambe gauche de dessous la table, il se mit à retrousser son pantalon.

Smerdiakov portait des bas blancs et des pantoufles. Sans hâte, il ôta sa jarretelle et mit la main dans son bas. Ivan Fiodorovitch, qui le regardait, tressaillit soudain de frayeur.

« Dément ! » hurla-t-il.

Il se leva d'un bond, recula vivement en se cognant le dos au mur où il demeura comme cloué sur place, les yeux fixés sur Smerdiakov avec une terreur folle. Celui-ci, imperturbable, continuait à fouiller dans son bas, s'efforçait de saisir quelque chose. Il y parvint enfin et Ivan le vit retirer une liasse de papiers qu'il déposa sur la table.

« Voilà ! dit-il à voix basse.

— Quoi ?

— Veuillez regarder. »

Ivan s'approcha de la table, prit la liasse et commença à la défaire, mais tout à coup il retira ses doigts comme au contact d'un reptile répugnant, redoutable.

« Vos doigts tremblent convulsivement », remarqua Smerdiakov, et lui-même, sans se presser, déplia le papier.

Sous l'enveloppe, il y avait trois paquets de billets de cent roubles.

« Tout y est, les trois mille au complet, inutile de compter ; prenez », dit-il en désignant les billets.

Ivan s'affaissa sur sa chaise. Il était blanc comme un linge.

« Tu m'as fait peur... avec ce bas..., murmura-t-il avec un étrange sourire.

— Alors, vraiment, vous ne saviez pas encore ?

— Non, je ne savais pas, je croyais que c'était Dmitri. Ah ! frère, frère ! » Il se prit la tête à deux mains. « Écoute : tu as tué seul, sans mon frère ?

— Seulement avec vous, avec vous seul. Dmitri Fiodorovitch est innocent.

— C'est bien... c'est bien... Nous parlerons de moi ensuite. Mais pourquoi tremblé-je de la sorte... Je ne puis articuler les mots.

— Vous étiez hardi, alors ; « tout est permis », disiez-vous ; et maintenant vous avez la frousse ! murmura Smerdiakov stupéfait. Voulez-vous de la limonade ? Je vais en demander, ça rafraîchit. Mais il faudrait d'abord couvrir ceci. »

Il désignait la liasse. Il fit un mouvement vers la porte pour appeler Marie Kondratievna, lui dire d'apporter de la limonade ; en cherchant avec quoi cacher l'argent, il sortit d'abord son mouchoir, mais comme celui-ci était fort malpropre, il prit sur la table le gros livre jaune qu'Ivan avait remarqué en entrant, et couvrit les billets avec ce bouquin intitulé : *Sermons de notre saint Père Isaac le Syrien*.

« Je ne veux pas de limonade, dit Ivan. Assieds-toi et parle : comment as-tu fait ? Dis tout...

— Vous devriez ôter votre pardessus, sinon vous serez tout en sueur. »

Ivan Fiodorovitch ôta son pardessus qu'il jeta sur le banc sans se lever.

« Parle, je t'en prie, parle ! »

Il paraissait calme. Il était sûr que Smerdiakov dirait *tout* maintenant.

« Comment les choses se sont passées ? Smerdiakov soupira. De la manière la plus naturelle, d'après vos propres paroles...

— Nous reviendrons sur mes paroles, interrompit Ivan, mais sans se fâcher cette fois, comme s'il était tout à fait maître de lui. Raconte seulement, en détail et dans l'ordre, comment tu as fait le coup. Surtout n'oublie pas les détails, je t'en prie.

— Vous êtes parti, je suis tombé dans la cave...

— Était-ce une vraie crise ou bien simulais-tu ?

— Je simulais, bien entendu. Je suis descendu tranquillement jusqu'en bas, je me suis étendu... après quoi j'ai commencé à hurler. Et je me suis débattu pendant qu'on me transportait.

— Un instant. Et plus tard, à l'hôpital, tu simulais encore ?

— Pas du tout. Le lendemain matin, encore à la maison, j'ai été pris d'une véritable crise, la plus forte que j'aie eue depuis des années. Je suis resté deux jours sans connaissance.

— Bien, bien. Continue.

— On m'a mis sur une couchette, derrière la cloison ; je m'y attendais, car, quand j'étais malade, Marthe Ignatièvna m'installait toujours pour la nuit dans leur pavillon ; elle a toujours été bonne pour moi, depuis ma naissance. Pendant la nuit, je geignais de temps à autre, mais doucement ; j'attendais toujours Dmitri Fiodorovitch.

— Tu attendais qu'il vienne te trouver ?

— Mais non, j'attendais sa venue à la maison, j'étais sûr qu'il viendrait cette nuit même, car, privé de mes renseignements, il devait fatalement s'introduire par escalade et entreprendre quelque chose.

— Et s'il n'était pas venu ?

— Alors, rien ne serait arrivé. Sans lui, je n'aurais pas agi.

— Bien, bien... Parle sans te presser, surtout n'omets rien.

— Je comptais qu'il tuerait Fiodor Pavlovitch... à coup sûr, car je l'avais bien préparé pour ça... les derniers jours... et surtout, il connaissait les signaux. Méfiant et emporté comme il l'était, il ne pouvait manquer de pénétrer dans la maison. Je m'y attendais.

— Un instant. S'il avait tué, il aurait aussi pris l'argent ; tu devais faire ce raisonnement. Que serait-il resté pour toi ? Je ne le vois pas.

— Mais il n'aurait jamais trouvé l'argent. Je lui ai dit qu'il était sous le matelas, je mentais. Auparavant il était dans une cassette. Ensuite, comme Fiodor Pavlovitch ne se fiait qu'à moi au monde, je lui suggérai de cacher l'argent derrière les icônes, car personne n'aurait l'idée de le chercher là, surtout dans un moment de presse. Mon conseil avait plu à Fiodor Pavlovitch. Garder l'argent sous le matelas, dans une cassette fermée à clef, eût été tout bonnement ridicule. Mais tout le monde a cru à cette cachette : raisonnement stupide ! Donc, si Dmitri Fiodorovitch avait assassiné, il se serait enfui à la moindre alerte, comme tous les assassins, ou bien on l'aurait surpris et arrêté. Je pouvais ainsi le lendemain, ou la nuit même, aller dérober l'argent ; on aurait tout mis sur son compte.

— Mais s'il avait seulement frappé, sans tuer ?

— Dans ce cas, je n'aurais certainement pas osé prendre l'argent, mais je comptais qu'il frapperait Fiodor Pavlovitch jusqu'à lui faire perdre connaissance ; alors je m'approprierais le magot, je lui aurais expliqué ensuite que c'était Dmitri Fiodorovitch qui avait volé.

— Attends... je n'y suis plus. C'est donc Dmitri qui a tué ? Tu as seulement volé ?

— Non, ce n'est pas lui. Certes, je pourrais encore vous dire, maintenant, que c'est lui... mais je ne veux pas mentir, car... car même si, comme je le vois, vous n'avez rien compris jusqu'à présent et ne simulez pas pour rejeter tous les torts sur moi, vous êtes pourtant coupable de tout ; en effet, vous étiez prévenu de l'assassinat, vous m'avez chargé de l'exécution et vous êtes parti. Aussi, je veux vous démontrer ce soir que le principal, l'unique assassin, c'est vous, et non pas moi, bien que j'aie tué. Légalement, vous êtes l'assassin.

— Comment cela ? Pourquoi suis-je l'assassin ? ne put se défendre de demander Ivan Fiodorovitch, oubliant sa décision de remettre à la fin de l'entretien ce qui le concernait personnellement. C'est toujours à propos de Tchermachnia ? Halte ! Dis-moi pourquoi il te fallait mon consentement, puisque tu avais pris mon départ pour un consentement ? Comment m'expliqueras-tu cela ?

— Assuré de votre consentement, je savais qu'à votre retour vous ne feriez pas d'histoire pour la perte de ces trois mille roubles, si par hasard la justice me soupçonnait au lieu de Dmitri Fiodorovitch ou de complicité avec lui ; au contraire, vous auriez pris ma défense... Ayant hérité, grâce à moi, vous pouviez ensuite me récompenser pour toute la vie, car si votre père avait épousé Agraféna Alexandrovna, vous n'auriez rien eu.

— Ah ! tu avais donc l'intention de me tourmenter toute la vie ! dit Ivan, les dents serrées. Et si je n'étais pas parti, si je t'avais dénoncé ?

— Que pouviez-vous dire ? Que je vous avais conseillé de partir pour Tchermachnia ? La belle affaire ! D'ailleurs, si vous étiez resté, rien ne serait arrivé ; j'aurais compris que vous ne vouliez pas et me serais tenu tranquille. Mais votre départ m'assurait que vous ne me dénonceriez pas, que vous fermeriez les yeux sur ces trois mille roubles. Vous n'auriez pas pu me poursuivre ensuite, car j'aurais tout raconté à la justice, non le vol ou l'assassinat, cela je ne l'aurais pas dit, mais que vous m'y aviez poussé et que je n'avais pas consenti. De cette façon vous ne pouviez pas me confondre, faute de preuves, et moi j'aurais révélé avec quelle ardeur vous désiriez la mort de votre père, et tout le monde l'aurait cru, je vous en donne ma parole.

— Je désirais à ce point la mort de mon père ?

— Certainement, et votre silence m'autorisait à agir. »

Smerdiakov était très affaibli et parlait avec lassitude, mais une force intérieure le galvanisait, il avait quelque dessein caché, Ivan le pressentait.

« Continue ton récit.

— Continuons ! J'étais donc couché, quand j'entendis votre père crier. Grigori était sorti un peu auparavant ; tout à coup il se mit à hurler, puis tout redevint silencieux. J'attendis, immobile ; mon cœur battait, je ne pouvais plus y tenir. Je me lève, je sors ; à gauche, la fenêtre de Fiodor Pavlovitch était ouverte, je m'avançai pour écouter s'il donnait signe de vie, je l'entendis s'agiter, soupirer. « Vivant », me dis-je. Je m'approche de la fenêtre, je lui crie : « C'est moi. — Il est venu, il s'est enfui (il voulait parler de Dmitri Fiodorovitch), il a tué Grigori, me répond-il. — Où ? — Là-bas, dans le coin. — Attendez, dis-je. » Je me mis à sa recherche et trébuchai près du mur contre Grigori, évanoui, ensanglanté. « C'est donc vrai que Dmitri Fiodorovitch est venu », pensai-je, et je résolus d'en finir. Même si Grigori vivait encore, il ne verrait rien, ayant perdu connaissance. Le seul risque était que Marthe Ignatièvna se réveillât. Je le sentis à ce moment, mais une frénésie s'était emparée de moi, à en perdre la respiration. Je revins à la fenêtre : « Agraféna Alexandrovna est là, elle veut entrer. » Il tressaillit. « Où, là, où ? » Il soupira sans y croire encore. « Mais là, ouvrez donc ! » Il me regardait par la fenêtre, indécis, craignant d'ouvrir. « Il a peur de moi, pensai-je ; c'est drôle. » Tout à coup, j'imaginai de faire sur la croisée le signal de l'arrivée de Grouchegnka, devant lui, sous ses yeux ; il ne croyait plus aux paroles, mais, dès que j'eus frappé, il courut ouvrir la porte. Je voulais entrer, il me barra le passage. « Où est-elle, où est-elle ? » Il me regardait en palpitant. « Eh ! pensai-je, s'il a une telle peur de moi, ça va mal ! » Mes jambes se dérobaient, je tremblais qu'il ne me laissât pas entrer, ou qu'il appelât, ou que Marthe Ignatièvna survînt. Je ne me souviens pas, je devais être très pâle. Je chuchotai : « Elle est là-bas, sous la fenêtre, comment ne l'avez-vous pas vue ? — Amène-la, amène-la ! — Elle a peur, les cris l'ont effrayée, elle s'est cachée dans un massif ; appelez-la vous-même du cabinet. » Il y courut, posa la bougie sur la fenêtre : « Grouchegnka, Grouchegnka ! tu es ici ? » criait-il. Il ne voulait ni se pencher ni s'écarter de moi, à cause de la peur que je lui inspirais. « La voici, lui dis-je, la voici dans le massif, elle vous sourit, voyez-vous ? » Il me crut soudain et se mit à trembler, tant il était fou de cette femme ; il se pencha entièrement. Je saisis alors le presse-papiers en fonte, sur sa table, vous vous souvenez, il pèse bien trois livres, et je lui assenai de toutes mes forces un coup sur la tête, avec le coin. Il ne poussa pas un cri, s'affaissa. Je le frappai encore deux fois et sentis qu'il avait le crâne fracassé. Il tomba à la renverse, tout couvert de sang. Je m'examinai : pas une éclaboussure ; j'essuyai le presse-papiers, le remis à sa place, puis je pris l'enveloppe derrière les icônes, j'en retirai l'argent et je la jetai à terre, ainsi que la faveur rose. J'allai au jardin tout tremblant, droit à ce pommier creux, vous le connaissez, je l'avais remarqué et j'y avais mis en réserve du papier et un chiffon ; j'enveloppai la somme et je la fourrai au fond du creux. Elle y est restée quinze jours, jusqu'à ma sortie de l'hôpital. Je retournai me coucher, songeant avec effroi : « Si Grigori est tué, ça peut aller fort mal ; s'il revient à lui, ce sera très bien, car il attestera que Dmitri Fiodorovitch est venu, qu'il a, par conséquent, tué et volé. » Dans mon impatience, je me mis à geindre pour réveiller Marthe Ignatièvna. Elle se leva enfin, vint auprès de moi, puis, remarquant l'absence de Grigori, elle alla au jardin où je l'entendis crier. J'étais déjà rassuré. »

Smerdiakov s'arrêta. Ivan l'avait écouté dans un silence de mort, sans bouger, sans le quitter des yeux. Smerdiakov lui jetait parfois un coup d'œil, mais regardait surtout de côté. Son récit achevé, il parut ému, respirant avec peine, le visage couvert de sueur. On ne pouvait deviner s'il éprouvait des remords.

« Un instant, reprit Ivan en réfléchissant. Et la porte ? S'il n'a ouvert qu'à toi, comment Grigori a-t-il pu la voir ouverte auparavant ? Car il l'a bien vue le premier ? »

Ivan posait ces questions du ton le plus calme, de sorte que si quelqu'un les eût observés en ce moment du seuil, il en aurait conclu qu'ils s'entretenaient paisiblement d'un sujet quelconque.

« Quant à cette porte que Grigori prétend avoir vue ouverte, ce n'est qu'un effet de son imagination, dit Smerdiakov avec un sourire. Car c'est un homme très entêté ; il aura cru voir, et vous ne l'en ferez pas démordre. C'est un bonheur pour nous qu'il ait eu la berlue ; cette déposition achève de confondre Dmitri Fiodorovitch.

— Écoute, dit Ivan paraissant de nouveau s'embrouiller, écoute... J'avais encore beaucoup de choses à te demander, mais je les ai oubliées... Ah ! oui, dis-moi seulement pourquoi tu as décacheté et jeté l'enveloppe à terre ? Pourquoi ne pas avoir emporté le tout ?... D'après ton récit, il m'a semblé que tu l'avais fait à dessein, mais je ne puis en comprendre la raison...

— Je n'ai pas agi sans motifs. Un homme au courant comme moi, par exemple, qui a peut-être mis l'argent dans l'enveloppe, qui a vu son maître la cacheter et écrire la suscription, pourquoi un tel homme, s'il a commis le crime, ouvrirait-il aussitôt l'enveloppe, puisqu'il est sûr du contenu ? Au contraire, il la mettrait simplement dans sa poche et s'esquiverait. Dmitri Fiodorovitch aurait agi autrement : ne connaissant l'enveloppe que par ouï-dire, il se serait empressé de la décacheter, pour se rendre compte, puis de la jeter à terre, sans réfléchir qu'elle constituerait une pièce accusatrice, car c'est un voleur novice, qui n'a jamais opéré ouvertement, et de plus un gentilhomme. Il ne serait pas venu précisément voler, mais reprendre son bien, comme il l'avait au préalable déclaré devant tout le monde, en se vantant d'aller chez Fiodor Pavlovitch se faire justice lui-même. Lors de ma déposition, j'ai suggéré cette idée au procureur, mais sous forme d'allusion, et de telle sorte qu'il a cru l'avoir trouvée lui-même ; il était enchanté...

« — Tu as vraiment réfléchi à tout cela sur place et à ce moment ? » s'écria Ivan Fiodorovitch stupéfait.

Il considérait de nouveau Smerdiakov avec effroi.

« De grâce, peut-on songer à tout dans une telle hâte. Tout cela était combiné d'avance.

— Eh bien.... eh bien ! c'est que le diable lui-même t'a prêté son concours ! Tu n'es pas bête, tu es beaucoup plus intelligent que je ne pensais... »

Il se leva pour faire quelques pas dans la chambre, mais comme on pouvait à peine passer entre la table et le mur il fit demi-tour et se rassit. C'est sans doute ce qui l'exaspéra : il se remit à vociférer.

« Écoute, misérable, vile créature ! Tu ne comprends donc pas que si je ne t'ai pas tué encore, c'est parce que je te garde pour répondre demain devant la justice ? Dieu le voit (il leva la main), peut-être fus-je coupable, peut-être ai-je désiré secrètement... la mort de mon père, mais je te le jure, je ne t'ai pas poussé du tout, non, non ! N'importe, je me dénoncerai moi-même demain ; je l'ai décidé ! Je dirai tout. Mais nous comparaîtrons ensemble ! Et quoi que tu puisses dire ou témoigner à mon sujet, je l'accepte et ne te crains pas ; je confirmerai tout moi-même ! Mais toi aussi, il faudra que tu avoues ! Il le faut, il le faut, nous irons ensemble ! Cela sera ! »

Ivan s'exprimait avec énergie et solennité : rien qu'à son regard on voyait qu'il tiendrait parole.

« Vous êtes malade, je vois, bien malade, vous avez les yeux tout jaunes, dit Smerdiakov, mais sans ironie et même avec compassion.

— Nous irons ensemble ! répéta Ivan. Et si tu ne viens pas, j'avouerai tout seul. »

Smerdiakov parut réfléchir.

« Non, vous n'irez pas, dit-il d'un ton catégorique.

— Tu ne me comprends pas !

— Vous aurez trop honte de tout avouer ; d'ailleurs ça ne servirait à rien, car je nierai vous avoir jamais tenu ces propos ; je dirai que vous êtes malade (on le voit bien) ou que vous vous sacrifiez par pitié pour votre frère, et m'accusez parce que je n'ai jamais compté à vos yeux. Et qui vous croira, quelle preuve avez-vous ?

— Écoute, tu m'as montré cet argent pour me convaincre. »

Smerdiakov retira le volume, découvrit la liasse.

« Prenez cet argent, dit-il en soupirant.

— Certes, je le prends ! Mais pourquoi me le donnes-tu puisque tu as tué pour l'avoir ? »

Et Ivan le considéra avec stupéfaction.

« Je n'en ai plus besoin, dit Smerdiakov d'une voix tremblante. Je pensais d'abord, avec cet argent, m'établir à Moscou, ou même à l'étranger ; c'était mon rêve, puisque « tout est permis ». C'est vous qui m'avez en effet appris et souvent expliqué cela : si Dieu n'existe pas, il n'y a pas de vertu, et elle est inutile. Voilà le raisonnement que je me suis fait.

— Tu en es arrivé là tout seul ? dit Ivan avec un sourire gêné.

— Sous votre influence.

— Alors tu crois en Dieu, maintenant, puisque tu rends l'argent ?

— Non, je n'y crois pas, murmura Smerdiakov.

— Pourquoi rends-tu l'argent, alors ?

— Laissez donc ! trancha Smerdiakov avec un geste de lassitude. Vous-même répétiez sans cesse que tout est permis, pourquoi êtes-vous si inquiet maintenant ? Vous voulez même vous dénoncer. Mais il n'y a pas de danger ! Vous n'irez pas ! dit-il catégoriquement.

— Tu verras bien !

— C'est impossible. Vous êtes trop intelligent. Vous aimez l'argent, je le sais, les honneurs aussi car vous êtes très orgueilleux, vous raffolez du beau sexe, vous aimez par-dessus tout vivre indépendant et à votre aise. Vous ne voudrez pas gâter toute votre vie en vous chargeant d'une pareille honte. De tous les enfants de Fiodor Pavlovitch vous êtes celui qui lui ressemble le plus ; vous avez la même âme.

— Tu n'es vraiment pas bête, dit Ivan avec stupeur, et le sang lui monta au visage. Je te croyais sot.

— C'est par orgueil que vous le croyiez. Prenez donc l'argent. »

Ivan prit la liasse de billets et la fourra dans sa poche, telle quelle.

« Je les montrerai demain au tribunal, dit-il.

— Personne ne vous croira ; ce n'est pas l'argent qui vous manque à présent, vous aurez pris ces trois mille roubles dans votre cassette. »

Ivan se leva.

« Je te répète que si je ne t'ai pas tué, c'est uniquement parce que j'ai besoin de toi demain ; ne l'oublie pas !

— Eh bien, tuez-moi, tuez-moi maintenant, dit Smerdiakov d'un air étrange. Vous ne l'osez même pas, ajouta-t-il avec un sourire amer, vous n'osez plus rien, vous si hardi autrefois !

— A demain !... »

Ivan marcha vers la porte.

« Attendez... Montrez-les-moi encore une fois. »

Ivan sortit les billets, les lui montra ; Smerdiakov les considéra une dizaine de secondes.

« Eh bien allez !... Ivan Fiodorovitch ! cria-t-il soudain.

— Que veux-tu ? »

Ivan qui partait se retourna.

« Adieu.

— A demain ! »

Ivan sortit. La tourmente continuait. Il marcha d'abord d'un pas assuré, mais se mit bientôt à chanceler. « Ce n'est que physique », songea-t-il en souriant. Une sorte d'allégresse le gagnait. Il se sentait une fermeté inébranlable ; les hésitations douloureuses de ces derniers temps avaient disparu. Sa décision était prise et « déjà irrévocable », se disait-il avec bonheur. A ce moment il trébucha, faillit choir. En s'arrêtant, il distingua à ses pieds l'ivrogne qu'il avait renversé, gisant toujours à la même place, inerte. La neige lui recouvrait presque le visage. Ivan le releva, le chargea sur ses

épaules. Ayant aperçu de la lumière dans une maison, il alla
frapper aux volets et promit trois roubles au propriétaire s'il
l'aidait à transporter le bonhomme au commissariat. Je ne
raconterai pas en détail comment Ivan Fiodorovitch réussit
dans cette entreprise et fit examiner le croquant par un
médecin en payant généreusement les frais. Disons seulement que cela demanda presque une heure. Mais Ivan
demeura satisfait. Ses idées s'éparpillaient : « Si je n'avais
pas pris une résolution si ferme pour demain, pensa-t-il
soudain avec délice, je ne serais pas resté une heure à
m'occuper de cet ivrogne, j'aurais passé à côté sans m'inquiéter de lui... Mais comment ai-je la force de m'observer ? Et
eux qui ont décidé que je deviens fou ! » En arrivant devant
sa porte, il s'arrêta pour se demander : « Ne ferais-je pas
mieux d'aller dès maintenant chez le procureur et de tout lui
raconter ?... Non, demain, tout à la fois ! » Chose étrange,
presque toute sa joie disparut à l'instant. Lorsqu'il entra dans
sa chambre, une sensation glaciale l'étreignit comme le
souvenir ou plutôt l'évocation de je ne sais quoi de pénible ou
de répugnant, qui se trouvait en ce moment dans cette
chambre et qui s'y était déjà trouvé. Il se laissa tomber sur le
divan. La vieille domestique lui apporta le samovar, il fit du
thé, mais n'y toucha pas ; il la renvoya jusqu'au lendemain. Il
avait le vertige, se sentait las, mal à l'aise. Il s'assoupissait,
mais se mit à marcher pour chasser le sommeil. Il lui semblait
qu'il avait le délire. Après s'être rassis, il se mit à regarder de
temps en temps autour de lui, comme pour examiner quelque
chose. Enfin, son regard se fixa sur un point. Il sourit, mais
le rouge de la colère lui monta au visage. Longtemps il
demeura immobile, la tête dans ses mains, lorgnant toujours
le même point, sur le divan placé contre le mur d'en face.
Visiblement, quelque chose à cet endroit l'irritait, l'inquiétait.

IX

LE DIABLE
HALLUCINATION D'IVAN FIODOROVITCH

Je ne suis pas médecin, et pourtant je sens que le moment est venu de fournir quelques explications sur la maladie d'Ivan Fiodorovitch. Disons tout de suite qu'il était à la veille d'un accès de fièvre chaude, la maladie ayant fini par triompher de son organisme affaibli. Sans connaître la médecine, je risque cette hypothèse qu'il avait peut-être réussi, par un effort de volonté, à conjurer la crise, espérant, bien entendu, y échapper. Il se savait souffrant, mais ne voulait pas s'abandonner à la maladie dans ces jours décisifs où il devait se montrer, parler hardiment, « se justifier à ses propres yeux ». Il était allé voir le médecin mandé de Moscou par Catherine Ivanovna. Celui-ci, après l'avoir écouté et examiné, conclut à un dérangement cérébral et ne fut nullement surpris d'un aveu qu'Ivan lui fit pourtant avec répugnance : « Les hallucinations sont très possibles dans votre état, mais il faudrait les contrôler... D'ailleurs vous devez vous soigner sérieusement, sinon cela s'aggraverait. » Mais Ivan Fiodorovitch négligea ce sage conseil : « J'ai encore la force de marcher ; quand je tomberai, me soignera qui voudra ! »

Il avait presque conscience de son délire et fixait obstinément un certain objet, sur le divan, en face de lui. Là apparut tout à coup un individu, entré Dieu sait comment, car il n'y était pas à l'arrivée d'Ivan Fiodorovitch après sa visite à Smerdiakov. C'était un monsieur, ou plutôt une sorte de gentleman russe, *qui frisait la cinquantaine*[1], grisonnant un peu, les cheveux longs et épais, la barbe en pointe. Il portait un veston marron de chez le bon faiseur, mais déjà élimé, datant de trois ans environ et complètement démodé. Le linge, son long foulard, tout rappelait le gentleman chic ; mais le linge, à le regarder de près, était douteux, et le foulard fort usé. Son pantalon à carreaux lui allait bien, mais il était trop clair et trop juste, comme on n'en porte plus maintenant ; de même son chapeau, qui était en feutre blanc malgré la saison. Bref, l'air comme il faut et en même temps gêné. Le gentleman devait être un de ces anciens propriétaires fonciers qui florissaient au temps du servage ; il avait vécu dans le monde, mais peu à peu, appauvri après les dissipations de la jeunesse et la récente abolition du servage, il était devenu une sorte de parasite de bonne compagnie, reçu chez ses anciennes connaissances à cause de son caractère accommodant et à titre d'homme comme il faut, qu'on peut admettre à sa table en toute occasion, à une place modeste toutefois. Ces parasites, au caractère facile, sachant conter, faire une partie de cartes, détestant les commissions dont on les charge, sont ordinairement veufs ou vieux garçons ; parfois ils ont des enfants, toujours élevés au loin, chez quelque tante dont le gentleman ne parle presque jamais en bonne compagnie, comme s'il rougissait d'une telle parenté. Il finit par se déshabituer de ses enfants, qui lui écrivent de loin en loin, pour sa fête ou à Noël, des lettres de félicitations auxquelles il répond parfois. La physionomie de cet hôte inattendu était plutôt affable que débonnaire, prête aux amabilités suivant les circonstances. Il n'avait pas de montre, mais portait un lorgnon en écaille, fixé à un ruban noir. Le médius de sa main droite s'ornait d'une bague en or massif avec une opale bon marché. Ivan Fiodorovitch gardait le silence, résolu à ne pas entamer la conversation. Le visiteur attendait, comme un parasite qui, venant à l'heure du thé tenir compagnie au maître de la maison, le trouve absorbé dans ses réflexions, et garde le silence, prêt toutefois à un aimable entretien, pourvu que le maître l'engage. Tout à coup son visage devint soucieux.

« Écoute, dit-il à Ivan Fiodorovitch, excuse-moi, je veux seulement te faire souvenir que tu es allé chez Smerdiakov afin de te renseigner au sujet de Catherine Ivanovna, et que tu es parti sans rien savoir ; tu as sûrement oublié...

— Ah oui ! dit Ivan préoccupé, j'ai oublié... N'importe,

d'ailleurs, remettons tout à demain. A propos, dit-il avec irritation au visiteur, c'est moi qui ai dû me rappeler cela tout à l'heure, car je me sentais angoissé à ce sujet. Suffit-il que tu aies surgi pour que je croie que cette suggestion me vient de toi ?

— Eh bien, ne le crois pas, dit le gentleman en souriant d'un air affable. La foi ne s'impose pas. D'ailleurs, dans ce domaine, les preuves même matérielles sont inefficaces. Thomas a cru, parce qu'il voulait croire, et non pour avoir vu le Christ ressuscité. Ainsi, les spirites... je les aime beaucoup... Imagine-toi qu'ils croient servir la foi, parce que le diable leur montre ses cornes de temps en temps. « C'est une preuve matérielle de l'existence de l'autre monde. » L'autre monde démontré matériellement ! En voilà une idée ! Enfin, cela prouverait l'existence du diable, mais non celle de Dieu. Je veux me mettre d'une société idéaliste, pour leur faire de l'opposition.

— Écoute, dit Ivan Fiodorovitch en se levant, je crois que j'ai le délire, raconte ce que tu veux, peu m'importe ! Tu ne m'exaspéreras pas comme alors. Seulement, j'ai honte... Je veux marcher dans la chambre... Parfois je cesse de te voir, de t'entendre, mais je devine toujours ce que tu veux dire, car *c'est moi qui parle, et non pas toi* ! Mais je ne sais pas si je dormais la dernière fois, ou si je t'ai vu en réalité. Je vais m'appliquer sur la tête une serviette mouillée ; peut-être te dissiperas-tu. »

Ivan alla prendre une serviette et fit comme il disait ; après quoi, il se mit à marcher de long en large.

« Ça me fait plaisir que nous nous tutoyions, dit le visiteur.

— Imbécile, crois-tu que je vais te dire *vous* ? Je me sens en train... si seulement je n'avais pas mal à la tête... mais pas tant de philosophie que la dernière fois. Si tu ne peux pas déguerpir, invente au moins quelque chose de gai. Dis-moi des cancans, car tu n'es qu'un parasite. Quel cauchemar tenace ! Mais je ne te crains pas. Je viendrai à bout de toi. On ne m'internera pas !

— *C'est charmant* [1], « parasite ». C'est mon rôle, en effet.

Que suis-je sur terre, sinon un parasite ? A propos, je suis
surpris de t'entendre ; ma foi, tu commences à me prendre
pour un être réel et non pour le produit de ta seule
imagination, comme tu le soutenais l'autre fois.

— Je ne t'ai jamais pris un seul instant pour une réalité,
s'écria Ivan avec rage. Tu es un mensonge, un fantôme de
mon esprit malade. Mais je ne sais comment me débarrasser de toi, je vois qu'il faudra souffrir quelque temps. Tu
es une hallucination, l'incarnation de moi-même, d'une
partie seulement de moi... de mes pensées et de mes
sentiments, mais des plus vils et des plus sots. A cet égard,
tu pourrais même m'intéresser, si j'avais du temps à te
consacrer.

— Je vais te confondre : tantôt, près du réverbère,
quand tu es tombé sur Aliocha en lui criant : « Tu l'as
appris de *lui !* comment sais-tu qu'il vient me voir ? » c'est
de moi que tu parlais. Donc, tu as cru un instant que
j'existais réellement, dit le gentleman avec un sourire miel-
leux.

— Oui, c'était une faiblesse... mais je ne pouvais croire
en toi. Peut-être la dernière fois t'ai-je vu seulement en
songe, et non en réalité ?

— Et pourquoi as-tu été si dur avec Aliocha ? Il est
charmant, j'ai des torts envers lui, à cause du *starets*
Zosime.

— Comment oses-tu parler d'Aliocha, canaille ! dit Ivan
en riant.

— Tu m'injuries en riant, bon signe. D'ailleurs, tu es
bien plus aimable avec moi que la dernière fois, et je
comprends pourquoi : cette noble résolution...

— Ne me parle pas de ça, cria Ivan furieux.

— Je comprends, je comprends, *c'est noble, c'est charmant*[1], tu vas, demain, défendre ton frère, tu te sacrifies ;
c'est chevaleresque...

— Tais-toi, sinon gare aux coups de pied !

— En un sens, ça me fera plaisir, car mon but sera
atteint : si tu agis ainsi, c'est que tu crois à ma réalité ; on

expressio...

— En t'injur...
sous un autre museau. ...
tu ne peux rien dire de nouvea...

— Si nos pensées se rencontrent, cel...
gracieusement le gentleman.

— Seulement, tu choisis mes pensées les plus sottes. ...
bête et banal. Tu es stupide. Je ne puis te supporter !... Que
faire, que faire ! murmura Ivan entre ses dents.

— Mon ami, je veux pourtant rester un gentleman et être
traité comme tel, dit le visiteur avec un certain amour-
propre, d'ailleurs conciliant, débonnaire... Je suis pauvre,
mais... je ne dirai pas très honnête ; cependant... on admet
généralement comme un axiome que je suis un ange déchu.
Ma foi, je ne puis me représenter comment j'ai pu, jadis, être
un ange. Si je l'ai jamais été, il y a si longtemps que ce n'est
pas un péché de l'oublier. Maintenant, je tiens uniquement à
ma réputation d'homme comme il faut et je vis au hasard,
m'efforçant d'être agréable. J'aime sincèrement les hommes ;
on m'a beaucoup calomnié. Quand je me transporte sur la
terre, chez vous, ma vie prend une apparence de réalité, et
c'est ce qui me plaît le mieux. Car le fantastique me
tourmente comme toi-même, aussi j'aime le réalisme terrestre. Chez vous, tout est défini, il y a des formules, de la
géométrie ; chez nous, ce n'est qu'équations indéterminées !
Ici, je me promène, je rêve (j'aime à rêver). Je deviens
superstitieux. Ne ris pas, je t'en prie ; la superstition me
plaît. J'adopte toutes vos habitudes ; j'aime aller aux bains
publics, imagine-toi, être à l'étuve avec les marchands et les
popes. Mon rêve, c'est de m'incarner, mais définitivement,
dans quelque marchande obèse, et de partager toutes ses
croyances. Mon idéal, c'est d'aller à l'église et d'y faire brûler
un cierge, de grand cœur, ma parole. Alors mes souffrances
prendront fin. J'aime aussi vos remèdes : au printemps, il y

ne donne pas de plaisanteries poli, même avec moi, je m'injurie! Toi, c'est moi-même, mais il vaut mieux être un fantôme. Trêve de ... nil humani... et Quelles

Le diable

795

les ... outes
puto.

— Comment ... nil humani... Ce n'est pas ... (diable).

— Je suis ... de te plaire enfin.

— Cela ne ... pas de mal, ... Ivan, cela ne m'est jamais venu à l'esprit. ...

— *C'est du nouv..., n'est-ce pas*[1] ? Cette fois-ci je vais agir loyalement et t'expliquer la chose. Écoute. Dans les rêves, surtout durant les cauchemars qui proviennent d'un dérangement d'estomac ou d'autre chose, l'homme a parfois des visions si belles, des scènes de la vie réelle si compliquées, il traverse une telle succession d'événements aux péripéties inattendues, depuis les manifestations les plus hautes jusqu'aux moindres bagatelles, que, je te le jure, Léon Tolstoï lui-même ne parviendrait pas à les imaginer. Cependant, ces rêves viennent non à des écrivains, mais à des gens ordinaires : fonctionnaires, feuilletonistes, popes... Un ministre m'a même avoué que ses meilleures idées lui venaient en dormant. Il en est de même maintenant ; je dis des choses originales, qui ne te sont jamais venues à l'esprit, comme dans les cauchemars ; cependant, je ne suis que ton hallucination.

— Tu radotes ! Comment, tu veux me persuader que tu existes, et tu prétends toi-même être un songe !

— Mon ami, j'ai choisi aujourd'hui une méthode particulière que je t'expliquerai ensuite. Attends un peu, où en étais-je ? Ah oui ! J'ai pris froid, mais pas chez vous, là-bas...

— Où, là-bas ? Dis donc, resteras-tu encore longtemps ? » s'écria Ivan presque désespéré. Il s'arrêta, s'assit sur le divan, se prit de nouveau la tête entre les mains. Il arracha la serviette mouillée et la jeta avec dépit.

« Tu as les nerfs malades, insinua le gentleman d'un air dégagé mais amical ; tu m'en veux d'avoir pris froid, cependant cela m'est arrivé de la façon la plus naturelle. Je courais à une soirée diplomatique, chez une grande dame de Pétersbourg qui jouait les ministres, en habit, cravate blanche, ganté ; pourtant j'étais encore Dieu sait où, et pour arriver sur la terre il fallait franchir l'espace. Certes, ce n'est qu'un instant, mais la lumière du soleil met huit minutes et j'étais en habit et gilet découvert. Les esprits ne gèlent pas, mais puisque je m'étais incarné... Bref, j'ai agi à la légère, je me suis aventuré. Dans l'espace, dans l'éther, dans l'eau, il fait un froid, on ne peut même pas appeler cela du froid : cent cinquante degrés au-dessous de zéro. On connaît la plaisanterie des jeunes villageoises : quand il gèle à trente degrés, elles proposent à quelque niais de lécher une hache ; la langue gèle instantanément, le niais s'arrache la peau ; et pourtant ce n'est que trente degrés ! A cent cinquante degrés, il suffirait, je pense, de toucher une hache avec le doigt pour que celui-ci disparaisse... si seulement il y avait une hache dans l'espace...

— Mais, est-ce possible ? » interrompit distraitement Ivan Fiodorovitch. Il luttait de toutes ses forces pour résister au délire et ne pas sombrer dans la folie.

« Une hache ? répéta le visiteur avec surprise.

— Mais oui, que deviendrait-elle, là-bas ? s'écria Ivan avec une obstination rageuse.

— Une hache dans l'espace ? *Quelle idée*[1] ! Si elle se trouve très loin de la terre, je pense qu'elle se mettra à tourner autour sans savoir pourquoi, à la manière d'un satellite. Les astronomes calculeront son lever et son coucher, Gatsouk[2] la mettra dans son almanach, voilà tout.

— Tu es bête, horriblement bête ! Fais des mensonges plus spirituels, ou je ne t'écoute plus. Tu veux me vaincre par le réalisme de tes procédés, me persuader de ton existence. Je n'y crois pas !

— Mais je ne mens pas, tout cela est vrai. Malheureusement, la vérité n'est presque jamais spirituelle. Je vois que tu attends de moi quelque chose de grand, de beau peut-être. C'est regrettable, car je ne donne que ce que je peux...

— Ne fais donc pas le philosophe, espèce d'âne !

— Comment puis-je philosopher, quand j'ai tout le côté droit paralysé, qui me fait geindre. J'ai consulté la Faculté ; ils savent diagnostiquer à merveille, vous expliquent la maladie, mais sont incapables de guérir. Il y avait là un étudiant enthousiaste : « Si vous mourez, m'a-t-il dit, vous connaîtrez exactement la nature de votre mal ! » Ils ont la manie de vous adresser à des spécialistes : « Nous nous bornons à diagnostiquer, allez voir un tel, il vous guérira. » On ne trouve plus du tout de médecins à l'ancienne mode qui traitaient toutes les maladies ; maintenant il n'y a plus que des spécialistes, qui font de la publicité. Pour une maladie du nez, on vous envoie à Paris, chez un grand spécialiste. Il vous examine le nez. « Je ne puis, dit-il, guérir que la narine droite, car je ne traite pas les narines gauches, ce n'est pas ma spécialité. Allez à Vienne, il y a un spécialiste pour les narines gauches. » Que faire ? J'ai recouru aux remèdes de bonnes femmes ; un médecin allemand me conseilla de me frotter après le bain avec du miel et du sel : j'allai aux bains pour le plaisir et me barbouillai en pure perte. En désespoir de cause, j'ai écrit au comte Mattei, à Milan ; il m'a envoyé un livre et des globules. Que Dieu lui pardonne ! Imagine-toi que l'extrait de malt de Hoff m'a guéri. Je l'avais acheté par hasard, j'en ai pris un flacon et demi, et tout a disparu radicalement. J'étais résolu à publier une attestation, la reconnaissance parlait en moi, mais ce fut une autre histoire : aucun journal ne voulut l'insérer ! « C'est trop réactionnaire, me dit-on, personne n'y croira, *le diable n'existe point*[1]. Publiez cela anonymement. » Mais qu'est-ce qu'une attestation anonyme ? J'ai plaisanté avec les employés : « C'est en Dieu, disais-je, qu'il est réactionnaire de croire à notre époque ; mais moi je suis le diable. — Bien sûr, tout le monde y croit, pourtant c'est impossible, cela pourrait nuire à notre programme. A moins que vous ne donniez à la chose un tour humoristique ? » Mais alors, pensai-je, ce ne sera pas spirituel. Et mon attestation ne parut point. Cela m'est arrivé sur le cœur. Les sentiments les meilleurs, tels que la reconnaissance, me sont formellement interdits par ma position sociale.

— Tu retombes dans la philosophie ? dit Ivan, les dents serrées.

— Que Dieu m'en préserve ! Mais on ne peut s'empêcher de se plaindre parfois. Je suis calomnié. Tu me traites à tout moment d'imbécile. On voit bien que tu es un jeune homme. Mon ami, il n'y a pas que l'esprit. J'ai reçu de la nature un cœur bon et gai, « j'ai aussi composé des vaudevilles[2] ». Tu me prends, je crois, pour un vieux Khlestakov, mais ma destinée est bien plus sérieuse. Par une sorte de décret inexplicable, j'ai pour mission de « nier » ; pourtant je suis foncièrement bon et inapte à la négation. « Non, il faut que tu nies ! Sans négation, pas de critique, et que deviendraient les revues, sans la critique ? Il ne resterait plus qu'un hosanna. Mais pour la vie cela ne suffit pas, il faut que cet hosanna passe par le creuset du doute, etc. » D'ailleurs, je ne me mêle pas de tout ça, ce n'est pas moi qui ai inventé la critique, je n'en suis pas responsable. J'ai servi de bouc émissaire, on m'a obligé à faire de la critique, et la vie commença. Mais moi, qui comprends le sel de la comédie, j'aspire au néant. « Non, il faut que tu vives, me réplique-t-on, car sans toi rien n'existerait. Si tout était raisonnable sur la terre, il ne s'y passerait rien. Sans toi, pas d'événements ;

or, il faut des événements. » Je remplis donc ma mission,
bien à contrecœur, pour susciter des événements, et je réalise
l'irrationnel, par ordre. Les gens prennent cette comédie au
sérieux, malgré tout leur esprit. C'est pour eux une tragédie.
Ils souffrent, évidemment... En revanche, ils vivent, d'une
vie réelle et non imaginaire, car la souffrance, c'est la vie.
Sans la souffrance, quel plaisir offrirait-elle ? Tout ressemble-
rait à un *Te Deum* interminable ; c'est saint, mais bien
ennuyeux. Et moi ? Je souffre, et pourtant je ne vis pas. Je
suis l'*x* d'une équation inconnue. Je suis le spectre de la vie,
qui a perdu la notion des choses et oublie jusqu'à son nom.
Tu ris... non, tu ne ris pas, tu te fâches encore, comme
toujours. Il te faudrait toujours de l'esprit ; or, je te le répète,
je donnerais toute cette vie sidérale, tous les grades, tous les
honneurs, pour m'incarner dans l'âme d'une marchande
obèse et faire brûler des cierges à l'église.

— Toi non plus, tu ne crois pas en Dieu, dit Ivan avec un
sourire haineux.

— Comment dire, si tu parles sérieusement...

— Dieu existe-t-il oui ou non ? insista Ivan avec colère.

— Ah ! c'est donc sérieux ? Mon cher, Dieu m'est témoin
que je n'en sais rien, je ne puis mieux dire.

— Non, tu n'existes pas, tu es *moi-même* et rien de plus !
Tu n'es qu'une chimère !

— Si tu veux, j'ai la même philosophie que toi, c'est vrai.
Je pense, donc je suis[1], voilà ce qui est sûr ; quant au reste,
quant à tous ces mondes, Dieu et Satan lui-même, tout cela
ne m'est pas prouvé. Ont-ils une existence propre, ou est-ce
seulement une émanation de moi, le développement successif
de mon *moi*, qui existe temporellement et personnellement ?... Je m'arrête, car j'ai l'impression que tu vas me
battre.

— Tu ferais mieux de me raconter une anecdote !

— En voici une, précisément dans le cadre de notre sujet,
c'est-à-dire plutôt une légende qu'une anecdote. Tu me
reproches mon incrédulité. Mais, mon cher, il n'y a pas que
moi comme ça ; chez nous, tous sont maintenant troublés à

cause de vos sciences. Tant qu'il y avait les atomes, les cinq
sens, les quatre éléments, cela allait encore. Les atomes
étaient déjà connus dans l'antiquité. Mais vous avez découvert « la molécule chimique », « le protoplasme », et le diable
sait encore quoi ! En apprenant cela, les nôtres ont baissé la
queue. Ce fut le gâchis ; la superstition, les cancans sévirent,
nous en avons autant que vous, même un peu plus, enfin la
délation ; il y a aussi, chez nous, une section où l'on reçoit
certains « renseignements [1] ». Eh bien, cette légende de notre
Moyen Age, du nôtre, non pas du vôtre, ne trouve aucune
créance, sauf auprès des grosses marchandes, les nôtres, pas
les vôtres. Tout ce qui existe chez vous existe aussi chez
nous ; je te révèle ce mystère par amitié, bien que ce soit
défendu. Cette légende parle donc du paradis. Il y avait sur la
terre un certain philosophe qui niait tout, les lois, la
conscience, la foi ; surtout la vie future. Il mourut en pensant
entrer dans les ténèbres du néant, et le voilà en présence de la
vie future. Il s'étonne, il s'indigne : « Cela, dit-il, est
contraire à mes convictions. » Et il fut condamné pour cela...
Excuse-moi, je te rapporte cette légende comme on me l'a
contée... Donc, il fut condamné à parcourir dans les ténèbres
un quatrillion de kilomètres (car nous comptons aussi en
kilomètres, maintenant), et quand il aura achevé son quatrillion, les portes du paradis s'ouvriront devant lui et tout lui
sera pardonné...

— Quels tourments y a-t-il dans l'autre monde, outre le
quatrillion ? demanda Ivan avec une étrange animation.

— Quels tourments ? Ah ! ne m'en parle pas ! Autrefois, il
y en avait pour tous les goûts ; à présent, on a de plus en plus
recours au système des tortures morales, aux « remords de
conscience » et autres fariboles. C'est à votre « adoucissement des mœurs » que nous le devons. Et qui en profite ?
Seulement ceux qui n'ont pas de conscience, car ils se
moquent des remords ! En revanche, les gens convenables,
qui ont conservé le sentiment de l'honneur, souffrent... Voilà
bien les réformes opérées sur un terrain mal préparé, et
copiées d'institutions étrangères ; elles sont déplorables ! Le

feu d'autrefois valait mieux... Le condamné au quatrillion regarde donc autour de lui, puis se couche en travers de la route : « Je ne marche pas, par principe je refuse ! » Prends l'âme d'un athée russe éclairé et mêle-la à celle du prophète Jonas, qui bouda trois jours et trois nuits dans le ventre d'une baleine, tu obtiendras notre penseur récalcitrant.

— Sur quoi s'est-il étendu ?

— Il y avait sûrement de quoi s'étendre. Tu ne ris pas ?

— Bravo, s'écria Ivan avec la même animation ; il écoutait maintenant avec une curiosité inattendue. Eh bien, il est toujours couché ?

— Mais non, au bout de mille ans, il se leva et marcha.

— Quel âne ! — Ivan eut un rire nerveux et se mit à réfléchir. — N'est-ce pas la même chose de rester couché éternellement ou de marcher un quatrillion de verstes ? Mais cela fait un billion d'années ?

— Et même bien davantage. S'il y avait ici un crayon et du papier, on pourrait calculer. Il est arrivé depuis longtemps et c'est là que commence l'anecdote.

— Comment ! Mais où a-t-il pris un billion d'années ?

— Tu penses toujours à notre terre actuelle ! La terre s'est reproduite peut-être un million de fois ; elle s'est gelée, fendue, désagrégée, puis décomposée dans ses éléments, et de nouveau les eaux la recouvrirent. Ensuite, ce fut de nouveau une comète, puis un soleil d'où sortit le globe. Ce cycle se répète peut-être une infinité de fois, sous la même forme, jusqu'au moindre détail. C'est mortellement ennuyeux...

— Eh bien ! qu'arriva-t-il lorsqu'il eut achevé ?

— Dès qu'il fut entré au paradis, deux secondes, montre en main, ne s'étaient pas écoulées (bien que sa montre, à mon avis, ait dû se décomposer en ses éléments durant le voyage) et il s'écriait déjà que, pour ces deux secondes, on pouvait faire non seulement un quatrillion de kilomètres, mais un quatrillion de quatrillions, à la quatrillionième puissance ! Bref, il chanta hosanna, il exagéra même, au point que des penseurs plus dignes refusèrent de lui tendre la main les premiers temps ; il était devenu trop brusquement conservateur. C'est le tempérament russe. Je te le répète, c'est une légende. Voilà les idées qui ont cours chez nous sur ces matières.

— Je te tiens ! s'écria Ivan avec une joie presque enfantine, comme si la mémoire lui revenait : c'est moi-même qui ai inventé cette anecdote du quatrillion d'années ! J'avais alors dix-sept ans, j'étais au collège... Je l'ai racontée à un de mes camarades, Korovkine, à Moscou... Cette anecdote est très caractéristique, je l'avais oubliée, mais je me la suis rappelée inconsciemment ; ce n'est pas toi qui l'as dite ! C'est ainsi qu'une foule de choses vous reviennent quand on va au supplice... ou quand on rêve. Eh bien ! tu n'es qu'un rêve !

— La violence avec laquelle tu me nies m'assure que malgré tout tu crois en moi, dit le gentleman gaiement.

— Pas du tout ! Je n'y crois pas pour un centième !

— Mais bien pour un millième. Les doses homéopathiques sont peut-être les plus fortes. Avoue que tu crois en moi, au moins pour un dix-millième...

— Non ! cria Ivan irrité. D'ailleurs, je voudrais bien croire en toi !

— Hé ! hé ! voilà un aveu ! Mais je suis bon, je vais t'aider. C'est moi qui te tiens ! Je t'ai conté à dessein cette anecdote pour te détromper définitivement à mon égard.

— Tu mens. Le but de ton apparition est de me convaincre de ton existence.

— Précisément. Mais les hésitations, l'inquiétude, le conflit de la foi et du doute constituent parfois une telle souffrance pour un homme scrupuleux comme toi, que mieux vaut se pendre. Sachant que tu crois un peu en moi, je t'ai raconté cette anecdote pour te livrer définitivement au doute. Je te mène entre la foi et l'incrédulité alternativement, non sans but. C'est une nouvelle méthode. Je te connais : quand tu cesseras tout à fait de croire en moi, tu te mettras à m'assurer que je ne suis pas un rêve, que j'existe vraiment ; alors mon but sera atteint. Or, mon but est noble. Je déposerai en toi un minuscule germe de foi qui donnera naissance à un chêne, un si grand chêne qu'il sera ton refuge et que tu voudras te faire anachorète, car c'est ton vif désir en secret ; tu te nourriras de sauterelles, tu feras ton salut dans le désert.

— Alors, misérable, c'est pour mon salut que tu travailles ?

— Il faut bien faire une fois une bonne œuvre. Tu te fâches, à ce que je vois !

— Bouffon ! As-tu jamais tenté ceux qui se nourrissent de sauterelles, prient dix-sept ans au désert et sont couverts de mousse ?

— Mon cher, je n'ai fait que cela. On oublie le monde entier pour une pareille âme, car c'est un joyau de prix, une étoile qui vaut parfois toute une constellation ; nous avons aussi notre arithmétique ! La victoire est précieuse ! Or, certains solitaires, ma foi, te valent au point de vue intellectuel, bien que tu ne le croies pas ; ils peuvent contempler simultanément de tels abîmes de foi et de doute qu'en vérité il s'en faut d'un cheveu qu'ils succombent.

— Eh bien ! tu te retirais le nez long ?

— Mon ami, remarqua sentencieusement le visiteur, mieux vaut avoir le nez long que pas de nez du tout, comme le disait encore récemment un marquis malade (il devait être soigné par un spécialiste) en se confessant à un Père Jésuite. J'y assistais, c'était charmant. « Rendez-moi mon nez ! » disait-il en se frappant la poitrine. « Mon fils, insinuait le Père, tout est réglé par les décrets insondables de la Providence ; un mal apparent amène parfois un bien caché. Si un sort cruel vous a privé de votre nez, vous y gagnez en ce que personne désormais n'osera vous dire que vous l'avez trop long. — Mon Père, ce n'est pas une consolation ! s'écriait-il désespéré, je serais au contraire enchanté d'avoir chaque jour le nez long, pourvu qu'il soit à sa place ! — Mon fils, dit le Père en soupirant, on ne peut demander tous les biens à la fois, et c'est déjà murmurer contre la Providence, qui, même ainsi, ne vous a pas oublié ; car si vous criez comme tout à l'heure, que vous seriez heureux toute votre vie d'avoir le nez

long, votre ...
perdu votre ...

— Fi ! c ...

— Mor ...
la casuisti ...
vrai. Ce ...
chez lui ...
la nui ...
Quan ...
plus ...
une ...
une bio ...
beauté, un cor...
s'agenouille, murmure ...
« Comment, ma fille, vous vou...
Maria, qu'entends-je, c'est déjà un autre. Je...
durera-t-il ; n'avez-vous pas honte ? — *Ah ! mon Père,*
la pécheresse éplorée, *ça lui a fait tant de plaisir et à moi si peu
de peine*[1] ! » Considère cette réponse ! C'est le cri de la nature
elle-même, cela vaut mieux que l'innocence ! Je lui ai donné
l'absolution et je me retournais pour m'en aller, quand
j'entendis le Père lui fixer un rendez-vous pour le soir. Si
résistant qu'ait été le vieillard, il avait succombé aussitôt à la
tentation. La nature, la vérité ont pris leur revanche !
Pourquoi fais-tu la grimace ? te voilà encore fâché ? Je ne sais
plus que faire pour t'être agréable...

— Laisse-moi, tu m'obsèdes comme un cauchemar, gémit
Ivan vaincu par sa vision ; tu m'ennuies et tu me tourmentes.
Je donnerais beaucoup pour te chasser !

— Encore un coup, modère tes exigences, n'exige pas de
moi « le grand et le beau », et tu verras comme nous serons
bons amis, dit le gentleman d'un ton suggestif. En vérité, tu
m'en veux de n'être pas apparu dans une lueur rouge,
« parmi le tonnerre et les éclairs », les ailes roussies, mais de
m'être présenté dans une tenue aussi modeste. Tu es froissé
dans tes sentiments esthétiques d'abord, ensuite dans ton
orgueil : un si grand homme recevoir la visite d'un diable

...ette fibre romantique raillée par
... une homme ! Tout à l'heure, au
...z toi, j'ai pensé, pour plaisanter,
... 'un conseiller d'État en retraite, décoré
... et du Soleil, mais je n'ai pas osé, car tu
... Comment ! mettre sur ma poitrine les
...n et du Soleil, au lieu de l'Étoile polaire ou de
...nsistes sur ma bêtise. Mon Dieu, je ne prétends
...n intelligence. Méphistophélès, en apparaissant à
...irme qu'il veut le mal, et ne fait que le bien. Libre à
...i c'est le contraire. Je suis peut-être le seul être au
...de qui aime la vérité et veuille sincèrement le bien.
...ais là quand le Verbe crucifié monta au ciel, emportant
...âme du bon larron ; j'ai entendu les acclamations joyeuses
des chérubins chantant hosanna ! et les hymnes des séraphins, qui faisaient trembler l'univers. Eh bien, je le jure par
ce qu'il y a de plus sacré, j'aurais voulu me joindre aux
chœurs et crier aussi hosanna ! Les paroles allaient sortir de
ma poitrine... Tu sais que je suis fort sensible et impressionnable au point de vue esthétique. Mais le bon sens — la plus
malheureuse de mes facultés — m'a retenu dans les justes
limites, et j'ai laissé passer l'heure propice ! Car, pensais-je
alors, qu'adviendrait-il si je chantais hosanna ! Tout s'étein-
drait dans le monde, il ne se passerait plus rien. Voilà
comment les devoirs de ma charge et ma position sociale
m'ont obligé à repousser une impulsion généreuse et à rester
dans l'infamie. D'autres s'arrogent tout l'honneur du bien :
on ne me laisse que l'infamie. Mais je n'envie pas l'honneur
de vivre aux dépens d'autrui, je ne suis pas ambitieux.
Pourquoi, parmi toutes les créatures, suis-je seul voué aux
malédictions des honnêtes gens et même aux coups de botte,
car, en m'incarnant, je dois subir parfois des conséquences de
ce genre ? Il y a là un mystère, mais à aucun prix on ne veut
me le révéler, de peur que je n'entonne hosanna ! et
qu'aussitôt les imperfections nécessaires disparaissant, la
raison ne règne dans le monde entier : ce serait naturellement
la fin de tout, même des journaux et des revues, car qui

s'abonnerait alors ? Je sais bien que finalement je me réconcilierai, je ferai moi aussi mon quatrillion et je connaîtrai le secret. Mais, en attendant, je boude et je remplis à contrecœur ma mission : perdre des milliers d'hommes pour en sauver un seul. Combien, par exemple, a-t-il fallu perdre d'âmes et salir de réputations pour obtenir un seul juste, Job, dont on s'est servi autrefois pour m'attraper si méchamment. Non, tant que le secret ne sera pas révélé, il existe pour moi deux vérités : celle de là-bas, la leur, que j'ignore totalement, et l'autre, la mienne. Reste à voir quelle est la plus pure... Tu dors ?

— Je pense bien, gémit Ivan ; tout ce qu'il y a de bête en moi, tout ce que j'ai depuis longtemps digéré et éliminé comme une ordure, tu me l'apportes comme une nouveauté !

— Alors, je n'ai pas réussi ! Moi qui pensais te charmer par mon éloquence ; cet hosanna dans le ciel, vraiment, ce n'était pas mal ? Puis ce ton sarcastique à la Heine, n'est-ce pas ?

— Non, je n'ai jamais eu cet esprit de laquais ! Comment mon âme a-t-elle pu produire un faquin de ton espèce ?

— Mon ami, je connais un charmant jeune homme russe, amateur de littérature et d'art. Il est l'auteur d'un poème qui promet, intitulé : « le Grand Inquisiteur »... C'est uniquement lui que j'avais en vue.

— Je te défends de parler du « Grand Inquisiteur », s'écria Ivan, rouge de honte.

— Et le cataclysme géologique, te rappelles-tu ? Voilà un poème !

— Tais-toi ou je te tue !

— Me tuer ? Non, il faut que je m'explique d'abord. Je suis venu pour m'offrir ce plaisir. Oh ! que j'aime les rêves de mes jeunes amis, fougueux, assoiffés de vie ! « Là vivent des gens nouveaux, disais-tu au printemps dernier, quand tu te préparais à venir ici, ils veulent tout détruire et retourner à l'anthropophagie. Les sots, ils ne m'ont pas consulté. A mon avis, il ne faut rien détruire, si ce n'est l'idée de Dieu dans l'esprit de l'homme : voilà par où il faut commencer. O les aveugles, ils ne comprennent rien ! Une fois que l'humanité entière professera l'athéisme (et je crois que cette époque, à l'instar des époques géologiques, arrivera à son heure), alors, d'elle-même, sans anthropophagie, l'ancienne conception du monde disparaîtra, et surtout l'ancienne morale. Les hommes s'uniront pour retirer de la vie toutes les jouissances possibles, mais dans ce monde seulement. L'esprit humain s'élèvera jusqu'à un orgueil titanique, et ce sera l'humanité déifiée. Triomphant sans cesse et sans limites de la nature par la science et l'énergie, l'homme par cela même éprouvera constamment une joie si intense qu'elle remplacera pour lui les espérances des joies célestes. Chacun saura qu'il est mortel, sans espoir de résurrection, et se résignera à la mort avec une fierté tranquille, comme un dieu. Par fierté, il s'abstiendra de murmurer contre la brièveté de la vie et il aimera ses frères d'un amour désintéressé. L'amour ne procurera que des jouissances brèves, mais le sentiment même de sa brièveté en renforcera l'intensité autant que jadis elle se disséminait dans les espérances d'un amour éternel, outre-tombe... » Et ainsi de suite. C'est charmant ! »

Ivan se bouchait les oreilles, regardait à terre, tremblait de tout le corps. La voix poursuivit :

« La question consiste en ceci, songeait mon jeune penseur : est-il possible que cette époque vienne jamais ? Dans l'affirmative, tout est décidé, l'humanité s'organisera définitivement. Mais comme, vu la bêtise invétérée de l'espèce humaine, cela ne sera peut-être pas encore réalisé dans mille ans, il est permis à tout individu conscient de la vérité de régler sa vie comme il lui plaît, selon les principes nouveaux. Dans ce sens, *tout lui est permis*. Plus encore : même si cette époque ne doit jamais arriver, comme Dieu et l'immortalité n'existent pas, il est permis à l'homme nouveau de devenir un homme-dieu, fût-il seul au monde à vivre ainsi. Il pourrait désormais, d'un cœur léger, s'affranchir des règles de la morale traditionnelle, auxquelles l'homme était assujetti comme un esclave. Pour Dieu, il n'existe pas de loi. Partout où Dieu se trouve, il est à sa place ! Partout où je me trouverai, ce sera la première place... *Tout est permis,* un point, c'est tout !... » Tout ça est très gentil ; seulement si l'on veut tricher, à quoi bon la sanction de la vérité ? Mais notre Russe contemporain est ainsi fait ; il ne se décidera pas à tricher sans cette sanction, tant il aime la vérité... »

Entraîné par son éloquence, le visiteur élevait de plus en plus la voix et considérait avec ironie le maître de la maison ; mais il ne put achever. Ivan saisit tout à coup un verre sur la table et le lança sur l'orateur.

« *Ah ! mais, c'est bête enfin* [1] ! s'exclama l'autre en se levant vivement et en essuyant les gouttes de thé sur ses habits ; il s'est souvenu de l'encrier de Luther ! Il veut voir en moi un songe et lance des verres à un fantôme ! C'est digne d'une femme ! Je me doutais bien que tu faisais semblant de te boucher les oreilles, et que tu écoutais... »

A ce moment, on frappa à la fenêtre avec insistance. Ivan Fiodorovitch se leva.

« Tu entends, ouvre donc, s'écria le visiteur, c'est ton frère Aliocha qui vient t'annoncer une nouvelle des plus inattendues, je t'assure !

— Tais-toi, imposteur, je savais avant toi que c'est Aliocha, je le pressentais, et certes il ne vient pas pour rien, il apporte évidemment une « nouvelle » ! s'écria Ivan avec exaltation.

— Ouvre donc, ouvre-lui. Il fait une tourmente de neige, et c'est ton frère. *Monsieur sait-il le temps qu'il fait ? C'est à ne pas mettre un chien dehors* [2]... »

On continuait de frapper. Ivan voulait courir à la fenêtre, mais se sentit comme paralysé. Il s'efforçait de briser les liens qui le retenaient, mais en vain. On frappait de plus en plus fort. Enfin les liens se rompirent et Ivan Fiodorovitch se releva. Les deux bougies achevaient de se consumer, le verre qu'il avait lancé à son hôte était sur la table. Sur le divan, personne. Les coups à la fenêtre persistaient, mais bien moins forts qu'il ne lui avait semblé, et même fort discrets.

« Ce n'est pas un rêve ! Non, je jure que ce n'était pas un rêve, tout ça vient d'arriver. »

Ivan courut à la fenêtre et ouvrit le vasistas.

« Aliocha, je t'avais défendu de venir, cria-t-il, rageur, à son frère. En deux mots, que veux-tu ? En deux mots, tu m'entends ?

— Smerdiakov s'est pendu il y a une heure, dit Aliocha.

— Monte le perron, je vais t'ouvrir », dit Ivan, qui alla ouvrir la porte.

X

« C'EST LUI QUI L'A DIT ! »

Aliocha apprit à Ivan qu'une heure auparavant Marie Kondratievna était venue chez lui pour l'informer que Smerdiakov venait de se suicider. « J'entre dans sa chambre pour emporter le samovar, il était pendu à un clou. » Comme Aliocha lui demandait si elle avait fait sa déclaration à qui de droit, elle répondit qu'elle était venue tout droit chez lui, en courant. Elle tremblait comme une feuille. L'ayant accompagnée chez elle, Aliocha y avait trouvé Smerdiakov encore pendu. Sur la table, un papier avec ces mots : « Je mets fin à mes jours volontairement ; qu'on n'accuse personne de ma mort. » Aliocha, laissant ce billet sur la table, se rendit chez l'*ispravnik*, « et de là chez toi », conclut-il en regardant fixement Ivan, dont l'expression l'intriguait.

« Frère, dit-il soudain, tu dois être très malade ! Tu me regardes sans avoir l'air de comprendre ce que je te dis.

— C'est bien d'être venu, dit Ivan d'un air préoccupé et sans prendre garde à l'exclamation d'Aliocha. Je savais qu'il s'était pendu.

— Par qui le savais-tu ?

— Je ne sais pas par qui, mais je le savais. Le savais-je ? Oui, *il* me l'a dit, *il* vient de me le dire. »

Ivan se tenait au milieu de la chambre, l'air toujours absorbé, regardant à terre.

« Qui *lui* ? demanda Aliocha avec un coup d'œil involontaire autour de lui.

— Il s'est esquivé. »

Ivan releva la tête et sourit doucement.

« Il a eu peur de toi, la colombe. Tu es un « pur chérubin ». Dmitri t'appelle ainsi : chérubin... Le cri formidable des séraphins ! Qu'est-ce qu'un séraphin ? Peut-être toute une constellation, et cette constellation n'est peut-être qu'une molécule chimique... Il existe la constellation du Lion et du Soleil, sais-tu ?

— Frère, assieds-toi, dit Aliocha effrayé, assieds-toi sur le divan, je t'en supplie. Tu as le délire, appuie-toi sur le coussin, comme ça. Veux-tu une serviette mouillée sur la tête ? Ça te soulagerait.

— Donne la serviette qui est sur la chaise, je l'ai jetée tout à l'heure.

— Non, elle n'y est pas. Ne t'inquiète pas, la voici », dit Aliocha en trouvant dans un coin, près du lavabo, une serviette propre, encore pliée.

Ivan l'examina d'un regard étrange. La mémoire parut lui revenir.

« Attends, dit-il en se levant, il y a une heure je me suis appliqué sur la tête cette même serviette mouillée, puis je l'ai jetée là... ; comment peut-elle être sèche ? Il n'y en avait pas d'autre.

— Tu t'es appliqué cette serviette sur la tête ?

— Mais oui, et j'ai marché à travers la chambre, il y a une heure... Pourquoi les bougies sont-elles consumées ? Quelle heure est-il ?

— Bientôt minuit.

— Non, non, non ! s'écria Ivan, ce n'était pas un rêve ! Il était ici, sur ce divan. Quand tu as frappé à la fenêtre, je lui ai lancé un verre... celui-ci... Attends un peu, ce n'est pas la première fois... mais ce ne sont pas des rêves, c'est réel : je marche, je parle, je vois... tout en dormant. Mais il était ici, sur ce divan... Il est très bête, Aliocha, très bête. »

Ivan se mit à rire et à marcher dans la chambre.

« Qui est bête ? De qui parles-tu, frère ? demanda anxieusement Aliocha.

— Du diable ! Il vient me voir. Il est venu deux ou trois fois. Il me taquine, prétendant que je lui en veux de n'être que le diable, au lieu de Satan aux ailes roussies, entouré de tonnerres et d'éclairs. Ce n'est qu'un imposteur, un méchant diable de basse classe. Il va aux bains. En le déshabillant, on lui trouverait certainement une queue fauve, longue d'une aune, lisse comme celle d'un chien danois... Aliocha, tu es transi, tu as reçu la neige, veux-tu du thé ? Il est froid, je vais faire préparer le samovar... *C'est à ne pas mettre un chien dehors* [1]... »

Aliocha courut au lavabo, mouilla la serviette, persuada Ivan de se rasseoir et la lui appliqua sur la tête. Il s'assit à côté de lui.

« Qu'est-ce que tu me disais tantôt de Lise ? reprit Ivan. (Il devenait fort loquace.) Lise me plaît. Je t'ai mal parlé d'elle. C'est faux, elle me plaît. J'ai peur demain, pour Katia surtout, pour l'avenir. Elle m'abandonnera demain et me foulera aux pieds. Elle croit que je perds Mitia par jalousie, à cause d'elle, oui, elle croit cela ! Mais non ! Demain, ce sera la croix et non la potence. Non, je ne me pendrai pas. Sais-tu que je ne pourrai jamais me tuer, Aliocha ! Est-ce par lâcheté ? Je ne suis pas un lâche. C'est par amour de la vie ! Comment savais-je que Smerdiakov s'était pendu ? Oui, c'est *lui* qui me l'a dit...

— Et tu es persuadé que quelqu'un est venu ici ?

— Sur ce divan, dans le coin. Tu l'auras chassé. Oui, c'est toi qui l'as mis en fuite, il a disparu à ton arrivée. J'aime ton visage, Aliocha. Le savais-tu ? Mais *lui*, c'est moi, Aliocha, moi-même. Tout ce qu'il y a en moi de bas, de vil, de méprisable ! Oui, je suis un « romantique », il l'a remarqué... pourtant c'est une calomnie. Il est affreusement bête, mais c'est par là qu'il réussit. Il est rusé, bestialement rusé, il sait très bien me pousser à bout. Il me narguait en disant que je crois en lui ; c'est ainsi qu'il m'a forcé à l'écouter. Il m'a mystifié comme un gamin. D'ailleurs, il m'a dit sur mon compte bien des vérités, des choses que je ne me serais jamais dites. Sais-tu, Aliocha, sais-tu, ajouta Ivan sur un ton confidentiel, je voudrais bien que ce fût réellement *lui*, et non pas moi !

— Il t'a fatigué, dit Aliocha en regardant son frère avec compassion.

— Il m'a agacé, et fort adroitement : « La conscience, qu'est-ce que cela ? C'est moi qui l'ai inventée. Pourquoi a-t-on des remords ? Par habitude. L'habitude qu'a l'humanité depuis sept mille ans. Défaisons-nous de l'habitude et nous serons des dieux. » C'est lui qui l'a dit !

— Mais pas toi, pas toi ? s'écria malgré lui Aliocha avec un lumineux regard. Eh bien, laisse-le, oublie-le donc ! Qu'il emporte avec lui tout ce que tu maudis maintenant et qu'il ne revienne plus.

— Il est méchant, il s'est moqué de moi. C'est un insolent, Aliocha, dit Ivan, frémissant au souvenir de l'offense. Il m'a calomnié à maint égard, il m'a calomnié en face. « Oh ! tu vas accomplir une noble action, tu déclareras que c'est toi l'assassin responsable, que le valet a tué ton père à ton instigation... »

— Frère, contiens-toi ; ce n'est pas toi qui as tué. Ce n'est pas vrai !

— C'est lui qui le dit, et il le sait : « Tu vas accomplir une action vertueuse, et pourtant tu ne crois pas à la vertu, voilà ce qui t'irrite et te tourmente. » Voilà ce qu'il m'a dit, et il s'y connaît...

— C'est toi qui le dis, ce n'est pas lui ! Tu parles dans le délire.

— Non, il sait ce qu'il dit : « C'est par orgueil que tu vas dire : C'est moi qui ai tué, pourquoi êtes-vous saisis d'effroi, vous mentez ! Je méprise votre opinion, je me moque de votre effroi. » Il disait encore : « Sais-tu, tu veux qu'on t'admire ; c'est un criminel, un assassin, dira-t-on, mais quels nobles sentiments ! Pour sauver son frère, il s'est accusé ! » Mais c'est faux, Aliocha, s'écria Ivan, les yeux étincelants. Je ne veux pas de l'admiration des rustres. Je te jure qu'il a menti. C'est pour ça que je lui ai lancé un verre qui s'est brisé sur son museau !

— Frère, calme-toi, cesse…

— Non, c'est un savant tortionnaire, et cruel, poursuivit Ivan qui n'avait pas entendu. Je savais bien pourquoi il venait. « Soit, disait-il, tu voulais aller par orgueil, mais en gardant l'espoir que Smerdiakov serait démasqué et envoyé au bagne, qu'on acquitterait Mitia, et qu'on te condamnerait *moralement* seulement (tu entends, il a ri à cet endroit !), tandis que d'autres t'admireraient. Mais Smerdiakov est mort, qui te croira maintenant en justice, toi seul ? Pourtant tu y vas, tu as décidé d'y aller. Dans quel dessein, après cela ? » C'est bizarre, Aliocha, je ne puis supporter de pareilles questions. Qui a l'audace de me les poser ?

— Frère, interrompit Aliocha, glacé de peur mais espérant toujours ramener Ivan à la raison, comment a-t-il pu te parler de la mort de Smerdiakov avant mon arrivée, alors que personne ne la connaissait et n'avait eu le temps de l'apprendre ?

— Il m'en a parlé, dit Ivan d'un ton tranchant. Il n'a même parlé que de cela, si tu veux. « Si encore tu croyais à la vertu : on ne me croira pas, n'importe, j'agis par principe. Mais tu n'es qu'un pourceau, comme Fiodor Pavlovitch, tu n'as que faire de la vertu. Pourquoi te traîner là-bas, si ton sacrifice est inutile ? Tu n'en sais rien et tu donnerais beaucoup pour le savoir ! Soi-disant, tu t'es décidé ? Tu passeras la nuit à peser le pour et le contre ! Pourtant, tu iras, tu le sais bien, tu sais que, quelle que soit ta résolution, la décision ne dépend pas de toi. Tu iras, parce que tu n'oseras pas faire autrement. Et pourquoi n'oseras-tu pas ? Devine toi-même, c'est une énigme ! » Là-dessus il est parti, quand tu arrivais. Il m'a traité de lâche, Aliocha. *Le mot de l'énigme*[1], c'est que je suis un lâche ! Smerdiakov en a dit autant. Il faut le tuer. Katia me méprise, je le vois depuis un mois ; Lise commence à me mépriser « Tu iras pour qu'on t'admire », c'est un abominable mensonge ! Et toi aussi, tu me méprises, Aliocha. Je te déteste de nouveau ! Et je hais aussi le monstre, qu'il pourrisse au bagne! Il a chanté un hymne! J'irai demain leur cracher au visage à tous. »

Ivan se leva avec fureur, arracha la serviette, se remit à marcher dans la chambre. Aliocha se rappela ses récentes paroles : « Il me semble dormir éveillé... Je vais, je parle, je vois, et pourtant je dors. » C'est bien cela, il n'osait le quitter pour aller chercher un médecin, n'ayant personne à qui le confier. Peu à peu Ivan se mit à déraisonner tout à fait. Il parlait toujours, mais ses propos étaient incohérents; il articulait mal les mots. Tout à coup, il chancela, mais Aliocha put le soutenir; il le déshabilla tant bien que mal et le mit au lit. Le malade tomba dans un profond sommeil, la respiration régulière. Aliocha le veilla encore deux heures, puis il prit un oreiller et s'allongea sur le divan, sans se dévêtir. Avant de s'endormir, il pria pour ses frères. Il commençait à comprendre la maladie d'Ivan. « Les tourments d'une résolution fière, une conscience exaltée! » Dieu, auquel Ivan ne croyait pas, et Sa vérité, avaient subjugué ce cœur encore rebelle. « Oui, songeait Aliocha, puisque Smerdiakov est mort, personne ne croira Ivan; néanmoins, il ira déposer. Dieu vaincra, se dit Aliocha avec un doux sourire. Ou Ivan se relèvera à la lumière de la vérité, ou bien... il succombera dans la haine, en se vengeant de lui-même et des autres pour avoir servi une cause à laquelle il ne croyait pas », ajouta-t-il avec amertume. Et il pria de nouveau pour Ivan.

LIVRE XII

UNE ERREUR JUDICIAIRE

I

LE JOUR FATAL

Le lendemain des événements que nous avons narrés, à dix heures du matin, la séance du tribunal s'ouvrit et le procès de Dmitri Karamazov commença.

Je dois déclarer au préalable qu'il m'est impossible de relater tous les faits dans leur ordre détaillé. Un tel exposé demanderait, je crois, un gros volume. Aussi, qu'on ne m'en veuille pas de me borner à ce qui m'a paru le plus frappant. J'ai pu prendre l'accessoire pour l'essentiel et omettre des traits caractéristiques... D'ailleurs, inutile de m'excuser... Je fais de mon mieux et les lecteurs le verront bien.

Avant de pénétrer dans la salle, mentionnons ce qui causait la surprise générale. Tout le monde connaissait l'intérêt soulevé par ce procès impatiemment attendu, les discussions et les suppositions qu'il provoquait depuis deux mois. On savait aussi que cette affaire avait du retentissement dans toute la Russie, mais on ne pensait pas qu'elle pût susciter une pareille émotion ailleurs que chez nous. Il vint du monde, non seulement du chef-lieu, mais d'autres villes et même de Moscou et de Pétersbourg, des juristes, des notabilités, ainsi que des dames. Toutes les cartes furent enlevées en moins de rien. Pour les visiteurs de marque, on avait réservé des places derrière la table où siégeait le tribunal ; on y installa des fauteuils, ce qui ne s'était jamais vu. Les dames, fort nombreuses, formaient au moins la moitié du public. Il y avait tellement de juristes qu'on ne savait où les mettre, toutes les cartes étant distribuées depuis longtemps. On édifia à la hâte au fond de la salle, derrière l'estrade, une séparation à l'intérieur de laquelle ils prirent place, s'estimant heureux de pouvoir même rester debout, car on avait enlevé toutes les chaises pour gagner de l'espace, et la foule rassemblée assista au procès debout, en masse compacte. Certaines dames, surtout les nouvelles venues, se montrèrent aux galeries excessivement parées, mais la plupart ne songeaient pas à la toilette. On lisait sur leur visage une avide curiosité. Une des particularités de ce public, digne d'être signalée et qui se manifesta au cours des débats, c'était la sympathie qu'éprouvait pour Mitia l'énorme majorité des dames, sans doute parce qu'il avait la réputation de captiver les cœurs féminins : elles désiraient le voir acquitter. On escomptait la présence des deux rivales. Catherine Ivanovna surtout excitait l'intérêt général ; on racontait des choses étonnantes sur elle, sur la passion dont elle brûlait encore pour Mitia, malgré son crime. On rappelait sa fierté (elle n'avait fait de visites presque à personne), ses « relations aristocratiques ». On disait qu'elle avait l'intention de demander au gouvernement l'autorisation d'accompagner le criminel au bagne et de l'épouser dans les mines, sous terre. L'apparition de Grouchegnka n'éveillait pas moins d'intérêt, on attendait avec curiosité la rencontre à l'audience des deux rivales, l'aristocratique jeune fille et l' « hétaïre ». D'ailleurs, nos dames connaissaient mieux Grouchegnka, qui « avait perdu Fiodor Pavlovitch et son malheureux fils », et la plupart s'étonnaient qu' « une femme aussi ordinaire, pas même jolie », ait pu rendre à ce point amoureux le père et le fils. Je sais pertinemment que dans notre ville de sérieuses querelles de famille éclatèrent à cause de Mitia. Beaucoup de dames se disputaient avec leurs maris, par suite de désaccord sur cette triste affaire, et on comprend que ceux-ci arrivaient à l'audience, non seulement mal disposés envers l'accusé, mais aigris contre lui. En général, à l'inverse des dames, l'élément masculin était hostile au prévenu. On voyait des visages sévères, renfrognés, d'autres courroucés, et cela en majorité. Il est vrai que Mitia avait insulté bien des gens durant son séjour parmi nous. Assurément, certains spectateurs étaient presque gais et fort indifférents au sort de Mitia, tout en s'intéressant à l'issue de l'affaire ; la plupart désiraient le châtiment du coupable, sauf peut-être les juristes, qui n'envisageaient le procès que du point de vue juridique, en négligeant le côté moral. L'arrivée de Fétioukovitch, réputé pour son talent, agitait tout le monde ; ce n'était pas la première fois qu'il venait en province plaider des procès criminels retentissants, dont on gardait ensuite longtemps le souvenir. Il circulait des anecdotes sur notre procureur et le président du tribunal. On racontait que le procureur tremblait de se rencontrer avec Fétioukovitch, avec qui il avait eu des démêlés à Pétersbourg, au début de sa carrière ; notre susceptible Hippolyte Kirillovitch, qui s'estimait lésé parce qu'on n'appréciait pas convenablement son mérite, avait repris courage avec l'affaire Karamazov et rêvait même de relever sa réputation ternie ; mais Fétioukovitch lui faisait peur. Ces assertions n'étaient pas tout à fait justes. Notre procureur n'était pas de ces caractères qui se laissent aller devant le danger, mais, au contraire, de ceux dont l'amour-propre grandit, s'exalte, précisément en proportion du danger. En général, notre procureur était trop ardent, trop impressionnable. Il mettait parfois toute son âme dans une affaire, comme si de sa décision dépendaient son sort et sa fortune. Dans le monde judiciaire, on souriait de ce travers, qui avait valu à notre procureur une certaine notoriété, plus grande qu'on n'aurait pu le croire d'après sa situation modeste dans la magistrature. On riait surtout de sa passion pour la psychologie. A mon avis, tous se trompaient ; notre procureur était, je crois, d'un caractère bien plus sérieux que beaucoup ne le pensaient. Mais cet homme maladif n'avait pas su se poser au début de sa carrière, ni par la suite.

Quant au président du tribunal, c'était un homme instruit, humain, ouvert aux idées les plus modernes. Il avait passablement d'amour-propre, mais toute son ambition se bornait à être tenu pour progressiste. Il possédait d'ailleurs des relations et de la fortune. On constata ensuite qu'il s'intéressait assez vivement à l'affaire Karamazov, mais dans un sens purement général : en tant que phénomène classé, envisagé comme la résultante de notre régime social, comme une caractéristique de la mentalité russe, etc. Quant au caractère particulier de l'affaire, à la personnalité de ses acteurs, à commencer par l'accusé, cela ne présentait pour lui qu'un intérêt vague, abstrait, comme il convenait d'ailleurs, peut-être.

Longtemps avant l'heure, la salle était comble. C'est la plus belle de la ville, vaste, haute, sonore. A droite du tribunal, qui siégeait sur une estrade, on avait installé une table et deux rangs de fauteuils pour le jury. A gauche se trouvait la place de l'accusé et de son défenseur. Au milieu de la salle, près des juges, les pièces à conviction figuraient sur une table : la robe de soie blanche de Fiodor Pavlovitch, ensanglantée ; le pilon de cuivre, instrument présumé du crime ; la chemise et la redingote de Mitia, toute tachée vers la poche où il avait fourré son mouchoir ; ledit mouchoir, où le sang formait une croûte ; le pistolet chargé chez Perkhotine pour le suicide de Mitia et enlevé furtivement par Tryphon Borissytch, à Mokroïé ; l'enveloppe des trois mille roubles destinés à Grouchegnka, la faveur rose qui la ficelait, d'autres objets encore que j'ai oubliés. Plus loin, au fond de la salle, se tenait le public, mais devant la balustrade on avait disposé des fauteuils pour les témoins qui resteraient dans la salle après leur déposition. A dix heures, le tribunal composé du président, d'un assesseur et d'un juge de paix honoraire, fit son entrée. Le procureur arriva au même instant. Le président était robuste et ragot, le visage congestionné, une cinquantaine d'années, les cheveux grisonnants coupés court, et décoré. Le procureur parut à tout le monde étrangement pâle, le teint presque verdâtre, maigri pour ainsi dire subitement, car je l'avais vu l'avant-veille dans son état normal. Le président commença par demander à l'huissier si tous les jurés étaient présents... Mais il m'est impossible de continuer ainsi, certaines choses m'ayant échappé et surtout parce que, comme je l'ai déjà dit, le temps et la place me manqueraient pour un compte rendu intégral. Je sais seulement que la défense et l'accusation ne récusèrent qu'un petit nombre de jurés. Le jury se composait de quatre fonctionnaires, deux négociants, six petits-bourgeois et paysans de notre ville. Longtemps avant le procès, je me souviens qu'en société on se demandait, surtout les dames : « Est-il possible qu'une affaire à la psychologie aussi compliquée soit soumise à la décision de fonctionnaires et de croquants, qu'est-ce qu'ils y comprendront ? » Effectivement, les quatre fonctionnaires faisant partie du jury étaient de petites gens, déjà grisonnants, sauf un, peu connus dans notre société, ayant végété avec de chétifs appointements ; ils devaient avoir de vieilles femmes, impossibles à exhiber, et une ribambelle d'enfants, qui couraient peut-être nu-pieds ; les cartes charmaient leurs loisirs et ils n'avaient, bien entendu, jamais rien lu. Les deux hommes de négoce avaient l'air posé, mais étrangement taciturnes et immobiles ; l'un d'eux était rasé et habillé à l'européenne, l'autre, à la barbe grise, portait au cou une médaille. Rien à dire des petits-bourgeois et paysans de Skotoprigonievsk. Les premiers ressemblent fort aux seconds et labourent comme eux. Deux d'entre eux portaient aussi le costume européen, ce qui les faisait paraître plus malpropres et plus laids peut-être que les autres. Si bien qu'on se demandait involontairement, comme je fis en les regardant : « Qu'est-ce que ces gens peuvent bien comprendre à une affaire de ce genre ? » Néanmoins, leurs visages, rigides et renfrognés, avaient une expression imposante.

Enfin, le président appela la cause et ordonna d'introduire l'accusé. Un profond silence régna, on aurait entendu voler une mouche. Mitia me produisit une impression des plus défavorables. Il se présenta en dandy, habillé de neuf, des gants glacés, du linge fin. J'ai su depuis qu'il s'était commandé pour cette journée une redingote à Moscou, chez son ancien tailleur, qui avait conservé sa mesure. Il s'avança à grands pas, raide, regardant droit devant lui, et s'assit d'un air impassible. En même temps parut son défenseur, le célèbre Fétioukovitch ; un murmure discret parcourut la salle. C'était un homme grand et sec, aux jambes grêles, aux doigts exsangues et effilés, les cheveux courts, le visage glabre, et dont les lèvres minces se plissaient parfois d'un sourire sarcastique. Il paraissait quarante ans. Le visage eût été sympathique sans les yeux, dénués d'expression et très rapprochés du nez qu'il avait long et mince ; bref, une physionomie d'oiseau. Il était en habit et en cravate blanche. Je me rappelle fort bien l'interrogatoire d'identité ; Mitia répondit d'une voix si forte qu'elle surprit le président. Puis on donna lecture de la liste des témoins et experts. Quatre d'entre eux faisaient défaut : Mioussov, retourné à Paris, mais dont la déposition figurait au dossier ; Mme Khokhlakov et le propriétaire foncier Maximov, pour cause de maladie ; Smerdiakov, décédé subitement, comme l'attestait un rapport de police. La nouvelle de sa mort fit sensation ; beaucoup de personnes ignoraient encore son suicide. Ce qui frappa surtout fut une sortie de Mitia à ce propos :

« A chien, mort de chien ! » s'écria-t-il.

Son défenseur s'élança vers lui, le président le menaça de prendre des mesures sévères en cas de nouvelle algarade. Mitia répéta plusieurs fois à l'avocat, à mi-voix et sans regret apparent :

« Je ne le ferai plus ! Ça m'a échappé. Je ne le ferai plus ! »

Cet épisode ne témoignait pas en sa faveur aux yeux des jurés et du public. Il donnait un échantillon de son caractère. Ce fut sous cette impression que le greffier lut l'acte d'accusation. Il était concis, se bornant à l'exposé des principaux motifs d'inculpation ; néanmoins, je fus vivement impressionné. Le greffier lisait d'une voix nette et sonore. Toute la tragédie apparaissait en relief, éclairée d'une lumière implacable. Après quoi, le président demanda à Mitia :

« Accusé, vous reconnaissez-vous coupable ? »

Mitia se leva.

« Je me reconnais coupable d'ivresse, de débauche et de paresse, dit-il avec exaltation. Je voulais me corriger définitivement à l'heure même où le sort m'a frappé. Mais je suis innocent de la mort du vieillard, mon père et mon ennemi. Je ne l'ai pas volé non plus, non, j'en suis incapable. Dmitri Karamazov peut être un vaurien, mais un voleur, non pas ! »

Il se rassit frémissant. Le président l'invita à répondre uniquement aux questions. Ensuite, les témoins furent appelés pour prêter serment. Les frères de l'accusé furent dispensés de cette formalité. Après les exhortations du prêtre et du président, on fit sortir les témoins pour les rappeler à tour de rôle.

II

DES TÉMOINS DANGEREUX

J'ignore si les témoins à charge et à décharge avaient été groupés par le président, et si on se proposait de les appeler dans un ordre voulu. C'est probable. En tout cas, on commença par les témoins de l'accusation. Encore un coup, je n'ai pas l'intention de reproduire *in extenso* les débats. D'ailleurs, ce serait en partie superflu, car le réquisitoire et la plaidoirie résumèrent clairement la marche et le sens de l'affaire, ainsi que les dépositions des témoins. J'ai noté intégralement par endroits ces deux remarquables discours que je citerai en leur temps, de même qu'un épisode inattendu du procès, qui a indubitablement influé sur son issue fatale. Dès le début, la solidité de l'accusation et la faiblesse de la défense s'affirmèrent aux yeux de tous : on vit les faits se grouper, s'accumuler, et l'horreur du crime s'étaler peu à peu au grand jour. On se rendait compte que la cause était entendue, le doute impossible, que les débats n'auraient lieu que pour la forme, la culpabilité de l'accusé étant archidémontrée. Je pense même qu'elle ne faisait aucun doute pour toutes les dames qui attendaient avec une telle impatience l'acquittement de l'intéressant prévenu. Plus encore, il me semble qu'elles se fussent affligées d'une culpabilité moins évidente, car cela eût diminué l'effet du dénouement. Chose étrange, toutes les dames crurent à l'acquittement presque jusqu'à la dernière minute. « Il est coupable, mais on l'acquittera par humanité, au nom des idées nouvelles », etc. Voilà pourquoi elles étaient accourues avec tant d'empressement. Les hommes s'intéressaient surtout à la lutte du procureur et du fameux Fétioukovitch. Tous se demandaient ce que celui-ci, avec tout son talent, pourrait faire d'une cause perdue d'avance. Aussi l'observait-on avec une attention soutenue. Mais Fétioukovitch demeura jusqu'au bout une énigme. Les gens expérimentés pressentaient qu'il avait un système, qu'il poursuivait un but, mais il était presque impossible de deviner lequel. Son assurance sautait pourtant aux yeux. En outre, on remarqua avec satisfaction que, durant son court séjour parmi nous, il s'était remarquablement mis au courant de l'affaire et qu'il « l'avait étudiée dans tous ses détails ». On admira ensuite son habileté à discréditer tous les témoins de l'accusation, à les dérouter autant que possible, et surtout à ternir leur réputation morale, et, par conséquent, leurs dépositions. D'ailleurs, on supposait qu'il agissait ainsi beaucoup par jeu, pour ainsi dire, par coquetterie juridique, afin de mettre en œuvre tous ses procédés d'avocat, car on pensait bien que ces « dénigrements » ne lui procureraient aucun avantage définitif, et lui-même, probablement, le comprenait mieux que personne ; il devait tenir en réserve une idée, une arme cachée, qu'il démasquerait au moment voulu. Pour l'instant, conscient de sa force, il paraissait folâtrer.

Ainsi, lorsqu'on interrogea Grigori Vassiliévitch, l'ancien valet de chambre de Fiodor Pavlovitch, qui affirmait avoir vu la porte de la maison ouverte, le défenseur s'attacha à lui, quand ce fut son tour de lui poser des questions. Grigori Vassiliévitch parut à la barre sans être le moins du monde troublé par la majesté du tribunal ou la présence d'un nombreux public. Il déposa avec la même assurance que s'il s'était entretenu en tête à tête avec sa femme, mais avec plus de déférence. Impossible de le dérouter. Le procureur l'interrogea longtemps sur les particularités de la famille Karamazov. Grigori en fit un tableau suggestif. On voyait que le témoin était ingénu et impartial. Malgré tout son respect pour son ancien maître, il déclara que celui-ci avait été injuste envers Mitia et « n'élevait pas les enfants comme il faut. Sans moi, il eût été rongé par les poux », dit-il en parlant de la petite enfance de Mitia. « De même, le père n'aurait pas dû faire tort au fils pour le bien qui lui venait de sa mère. » Le procureur lui ayant demandé ce qui lui permettait d'affirmer que Fiodor Pavlovitch avait fait tort à son fils lors du règlement de compte, Grigori, à l'étonnement général, n'apporta aucun argument décisif, mais persista à dire que ce règlement n'était « pas juste », et que Mitia « aurait dû recevoir encore quelques milliers de roubles ». A ce propos, le procureur interrogea avec une insistance particulière tous les témoins présumés au courant, y compris les frères de l'accusé, mais aucun d'eux ne le renseigna d'une façon précise, chacun affirmant la chose sans pouvoir en fournir une preuve tant soit peu exacte. Le récit de la scène, à table, où Dmitri Fiodorovitch fit irruption et battit son père, en menaçant de revenir le tuer, produisit une impression sinistre, d'autant plus que le vieux domestique narrait avec calme et concision, dans un langage original, ce qui faisait beaucoup d'effet. Il déclara que l'offense de Mitia, qui l'avait alors frappé au visage et renversé, était depuis longtemps pardonnée. Quant à Smerdiakov — il se signa — c'était un garçon doué, mais déprimé par la maladie et surtout impie, ayant subi l'influence de Fiodor Pavlovitch et de son fils aîné. Il attesta avec chaleur son honnêteté, racontant l'épisode de l'argent trouvé et rendu par Smerdiakov à son maître, ce qui lui valut, avec une pièce d'or, la confiance de celui-ci. Il soutint opiniâtrement la version de la porte ouverte sur le jardin. D'ailleurs, on lui posa tant de questions que je ne puis me les rappeler toutes. Enfin, ce fut le tour du défenseur, qui

s'informa d'abord de l'enveloppe où « soi-disant » Fiodor
Pavlovitch avait caché trois mille roubles « pour une certaine
personne ». « L'avez-vous vue, vous qui approchiez depuis si
longtemps votre maître ? » Grigori répondit que non et qu'il
ne connaissait l'existence de cet argent que « depuis que tout
le monde en parlait ». Cette question relative à l'enveloppe,
Fétioukovitch la posa chaque fois qu'il put aux témoins, avec
autant d'insistance que le procureur en avait mis à se
renseigner sur le partage du bien ; tous répondirent qu'ils
n'avaient pas vu l'enveloppe, quoique beaucoup en eussent
entendu parler. La persistance du défenseur fut remarquée
dès le début.

« Maintenant, pourrais-je vous demander, reprit Fétioukovitch, de quoi se composait ce baume ou plutôt cette
infusion dont vous vous êtes frotté les reins, avant de vous
coucher, le soir du crime, comme il ressort de l'instruction ? »

Grigori le regarda d'un air hébété et, après un silence,
murmura :

« Il y avait de la sauge.

— Seulement de la sauge ? Rien de plus ?

— Et du plantain.

— Et du poivre, peut-être ?

— Il y avait aussi du poivre.

— Et tout ça avec de la *vodka* ?

— Avec de l'alcool. »

Un léger rire parcourut l'assistance.

« Voyez-vous, même de l'alcool. Après vous être frotté le
dos, vous avez bu le reste de la bouteille, avec une pieuse
prière connue de votre épouse seule, n'est-ce pas ?

— Oui.

— En avez-vous pris beaucoup ? Un ou deux petits
verres ?

— Le contenu d'un verre.

— Autant que ça. Un verre et demi, peut-être ? »

Grigori garda le silence. Il semblait comprendre.

« Un verre et demi d'alcool pur, ce n'est pas mal, qu'en

pensez-vous ? Avec ça on peut voir ouvertes les portes du paradis ! »

Grigori se taisait toujours. Un nouveau rire fusa. Le président s'agita.

« Pourriez-vous dire, insista Fétioukovitch, si vous reposiez quand vous avez vu la porte du jardin ouverte ?

— J'étais sur mes jambes.

— Cela ne veut pas dire que vous ne reposiez pas. (Nouveau rire.) Auriez-vous pu répondre à ce moment-là, si quelqu'un vous avait demandé, par exemple, en quelle année nous sommes ?

— Je ne sais pas.

— Eh bien ! En quelle année sommes-nous, depuis la naissance de Jésus-Christ, le savez-vous ? »

Grigori, l'air dérouté, regardait fixement son bourreau. Son ignorance de l'année actuelle paraissait étrange.

« Peut-être savez-vous combien vous avez de doigts aux mains ?

— J'ai l'habitude d'obéir, proféra soudain Grigori ; s'il plaît aux autorités de se moquer de moi, je dois le supporter. »

Fétioukovitch resta un peu déconcerté. Le président intervint et lui rappela qu'il devait poser des questions plus en rapport avec l'affaire. L'avocat répondit avec déférence qu'il n'avait plus rien à demander. Assurément, la déposition d'un homme « ayant vu les portes du paradis », et ignorant en quelle année il vivait, pouvait inspirer des doutes, de sorte que le but du défenseur se trouva atteint. Un incident marqua la fin de l'interrogatoire. Le président lui ayant demandé s'il avait des observations à présenter, Mitia s'écria :

« Sauf pour la porte, le témoin a dit la vérité. Je le remercie de m'avoir enlevé la vermine et pardonné mes coups ; ce vieillard fut toute sa vie honnête et fidèle à mon père comme trente-six caniches.

— Accusé, choisissez vos expressions, dit sévèrement le président.

« — Je ne suis pas un caniche, grommela Grigori.

— Eh bien, c'est moi qui suis un caniche ! cria Mitia. Si c'est une offense, je la prends à mon compte, j'ai été brutal et violent avec lui ! Avec Ésope aussi.

— Quel Ésope ? releva sévèrement le président.

— Mais Pierrot... mon père, Fiodor Pavlovitch. »

Le président exhorta de nouveau Mitia à choisir ses termes avec plus de prudence.

« Vous vous nuisez ainsi dans l'esprit de vos juges. »

Le défenseur procéda tout aussi adroitement avec Rakitine, un des témoins les plus importants, un de ceux auxquels le procureur tenait le plus. Il savait une masse de choses, avait tout vu, causé avec une foule de gens, et connaissait à fond la biographie de Fiodor Pavlovitch et des Karamazov. A vrai dire, il n'avait entendu parler de l'enveloppe aux trois mille roubles que par Mitia. En revanche, il décrivit en détail les prouesses de Mitia au cabaret « A la Capitale », ses paroles et ses actes compromettants, raconta l'histoire du capitaine Sniéguiriov, dit « torchon de tille ». Quant à ce que le père pouvait redevoir au fils lors du règlement de compte, Rakitine lui-même n'en savait rien et s'en tira par des généralités méprisantes : « Impossible de comprendre lequel avait tort et de s'y reconnaître dans le gâchis des Karamazov. » Il représenta ce crime tragique comme le produit des mœurs arriérées du servage et du désordre où était plongée la Russie, privée des institutions nécessaires. Bref, on le laissa discourir. C'est depuis ce procès que M. Rakitine se révéla et attira l'attention. Le procureur savait que le témoin préparait pour une revue un article relatif au crime et en cita, comme on le verra plus loin, quelques passages dans son réquisitoire. Le tableau peint par le témoin parut sinistre et renforça « l'accusation ». En général, l'exposé de Rakitine plut au public par l'indépendance et la noblesse de la pensée ; on entendit même quelques applaudissements lorsqu'il parla du servage et de la Russie en proie à la désorganisation. Mais Rakitine, qui était jeune, commit une bévue dont le défenseur sut aussitôt profiter. Interrogé au sujet de Grouchegnka et entraîné par son succès et la hauteur morale où il avait plané, il s'exprima avec quelque dédain sur Agraféna Alexandrovna, « entretenue par le marchand Samsonov ». Il eût donné beaucoup ensuite pour retirer cette parole, car ce fut là que Fétioukovitch l'attrapa. Et cela parce que Rakitine ne s'attendait pas à ce que celui-ci pût s'initier en si peu de temps à des détails aussi intimes.

« Permettez-moi une question, commença le défenseur avec un sourire aimable et presque déférent. Vous êtes bien M. Rakitine, l'auteur d'une brochure éditée par l'autorité diocésaine, *Vie du bienheureux Père Zosime*, pleine de pensées religieuses, profondes, avec une dédicace fort édifiante à Sa Grandeur, et que j'ai lue récemment avec tant de plaisir ?

— Elle n'était pas destinée à paraître... on l'a publiée sans me prévenir, murmura Rakitine qui paraissait déconcerté.

— C'est très bien. Un penseur comme vous peut et même doit s'intéresser aux phénomènes sociaux. Votre brochure, grâce à la protection de Sa Grandeur, s'est répandue et a rendu service... Mais voici ce que je serais curieux de savoir : vous venez de déclarer que vous connaissiez intimement Mme Sviétlov ? (*Nota bene*. Tel était le nom de famille de Grouchegnka. Je l'ignorais jusqu'alors.)

— Je ne puis répondre de toutes mes connaissances... Je suis un jeune homme... D'ailleurs, qui le pourrait ? dit Rakitine en rougissant.

— Je comprends, je comprends parfaitement ! dit Fétioukovitch, feignant la confusion et comme empressé à s'excuser. Vous pouviez, comme n'importe qui, vous intéresser à une femme jeune et jolie, qui recevait chez elle la fleur de la jeunesse locale, mais... je voulais seulement me renseigner ; nous savons qu'il y a deux mois, Mme Sviétlov désirait vivement faire la connaissance du cadet des Karamazov, Alexéi Fiodorovitch. Elle vous avait promis vingt-cinq roubles si vous le lui ameniez dans son habit religieux. La visite eut lieu le soir même du drame qui a provoqué le procès actuel. Avez-vous reçu alors de Mme Sviétlov vingt-cinq roubles de récompense, voilà ce que je voudrais que vous me disiez ?

— C'était une plaisanterie… Je ne vois pas en quoi ça peut vous intéresser. J'ai pris cet argent par plaisanterie, pour le rendre ensuite.

— Par conséquent, vous l'avez accepté. Mais vous ne l'avez pas encore rendu… ou peut-être que si ?

— C'est une bagatelle…, murmura Rakitine ; je ne puis répondre à de telles questions… Certes, je le rendrai. »

Le président intervint, mais le défenseur déclara qu'il n'avait plus rien à demander à M. Rakitine. Celui-ci se retira un peu penaud. Le prestige du personnage fut ainsi ébranlé, et Fétioukovitch, en l'accompagnant du regard, semblait dire au public : « Voici ce que valent vos accusateurs ! » Mitia, outré du ton sur lequel Rakitine avait parlé de Grouchegnka, cria de sa place : « Bernard ! » Quand le président lui demanda s'il avait quelque chose à dire, il s'écria :

« Il venait me voir en prison pour me soutirer de l'argent, ce misérable, cet athée ; il a mystifié Sa Grandeur ! »

Mitia fut naturellement rappelé à l'ordre, mais M. Rakitine était achevé. Pour une tout autre cause, le témoignage du capitaine Snéguiriov n'eut pas non plus de succès. Il apparut dépenaillé, en costume malpropre et, malgré les mesures de précaution et l'examen préalable, se trouva en état d'ivresse. Il refusa de répondre au sujet de l'insulte que lui avait faite Mitia.

« Que Dieu lui pardonne ! Ilioucha l'a défendu. Dieu me dédommagera là-haut.

— Qui vous a défendu de parler ?

— Ilioucha, mon petit garçon : « Papa, papa, comme il t'a humilié ! » Il disait cela près de la pierre. Maintenant, il se meurt. »

Le capitaine se mit tout à coup à sangloter et se laissa tomber aux pieds du président. On l'emmena aussitôt, parmi les rires de l'assistance. L'effet escompté par le procureur fut manqué.

Le défenseur continua à user de tous les moyens, étonnant de plus en plus par sa connaissance de l'affaire, jusque dans ses moindres détails. Ainsi, la déposition de Tryphon Borissytch avait produit une vive impression, naturellement des plus défavorables à l'accusé. D'après lui, Mitia, lors de son premier séjour à Mokroïé, avait dû dépenser au moins trois mille roubles, « à peu de chose près. Combien d'argent a été gaspillé, rien que pour les tziganes ! Quant à nos pouilleux, ce n'est pas des cinquante kopeks, mais des vingt-cinq roubles au moins qu'il leur distribuait. Et combien lui en a-t-on volé ! Les voleurs ne s'en sont pas vantés, comment les reconnaître, parmi de telles prodigalités ! Nos gens sont des brigands, dénués de conscience. Et les filles qui n'avaient pas le sou, elles sont riches maintenant ». Bref, il rappelait chaque dépense et portait tout en compte. Cela ruinait l'hypothèse de quinze cents roubles dépensés, le reste ayant été mis de côté dans le sachet. « J'ai vu moi-même les trois mille roubles entre ses mains, vu de mes propres yeux, et nous nous y connaissons, nous autres ! » Sans essayer d'infirmer son témoignage, le défenseur rappela que le voiturier Timothée et un autre paysan, Akim, avaient trouvé dans le vestibule, lors du premier voyage à Mokroïé, un mois avant l'arrestation, cent roubles perdus par Mitia en état d'ébriété, et les avaient remis à Tryphon Borissytch, qui leur donna un rouble à chacun. « Eh bien ! avez-vous rendu alors cet argent à M. Karamazov, oui ou non ? » Tryphon Borissytch, malgré ses détours, avoua la chose, après qu'on eut interrogé les deux paysans, et affirma avoir restitué la somme à Dmitri Fiodorovitch, « en toute honnêteté, mais étant ivre alors, celui-ci ne pouvait guère s'en souvenir ». Or, comme il avait nié la trouvaille auparavant, sa restitution à Mitia ivre inspirait naturellement des doutes. De la sorte, un des témoins à charge les plus dangereux restait suspect et atteint dans sa réputation.

Il en alla de même avec les Polonais. Ils entrèrent d'un air désinvolte, en attestant qu'ils avaient « servi la couronne » et que « *pan* Mitia leur avait offert trois mille roubles pour

acheter leur honneur » *Pan* Musalowicz émaillait ses phrases
de mots polonais, et voyant que cela le relevait aux yeux du
président et du procureur, il s'enhardit et se mit à parler dans
cette langue. Mais Fétioukovitch les prit aussi dans ses filets ;
malgré ses hésitations, Tryphon Borissytch, rappelé à la
barre, reconnut que *pan* Wrublewski avait substitué un jeu
de cartes au sien, et que *pan* Musalowicz trichait en tenant la
banque. Ceci fut confirmé par Kalganov lors de sa déposition, et les *panowie* se retirèrent un peu honteux, parmi les
rires de l'assistance.

Les choses se passèrent de la même façon avec presque
tous les témoins les plus importants. Fétioukovitch réussit à
déconsidérer chacun d'eux et à les prendre en faute. Les
amateurs et les juristes l'admiraient, tout en se demandant à
quoi cela pouvait servir, car, je le répète, l'accusation
apparaissait de plus en plus irréfutable. Mais on voyait, à
l'assurance du « grand mage », qu'il était tranquille, et on
attendait patiemment : ce n'était pas un homme à venir de
Pétersbourg pour rien et à s'en retourner sans résultat.

III

L'EXPERTISE MÉDICALE
ET UNE LIVRE DE NOISETTES

L'expertise médicale non plus ne fut guère favorable à
l'accusé. D'ailleurs, Fétioukovitch lui-même ne comptait pas
trop là-dessus, comme on le vit bien. Elle eut lieu, au fond,
uniquement sur l'insistance de Catherine Ivanovna, qui avait
fait venir un fameux médecin de Moscou ; la défense,
assurément, ne pouvait rien y perdre. Il s'y mêla toutefois un
élément comique par suite d'un certain désaccord entre les
médecins. Les experts étaient le fameux spécialiste en
question, le Dr Herzenstube, de notre ville, et le jeune
médecin Varvinski. Les deux derniers figuraient aussi en
qualité de témoins cités par le procureur. Le premier appelé

fut le Dr Herzenstube, un septuagénaire grisonnant et chauve, de taille moyenne, de constitution robuste. C'était un praticien consciencieux et fort estimé, un excellent homme, une sorte de frère morave. Depuis très longtemps établi chez nous, ses manières accusaient une grande dignité. Philanthrope, il soignait gratuitement les pauvres et les paysans, visitait les taudis et les chaumines et laissait de l'argent pour les médicaments. En revanche, il était têtu comme un mulet : impossible de le faire démordre d'une idée. A propos, presque tout le monde en ville savait que le fameux spécialiste, arrivé depuis peu, s'était déjà permis des remarques fort désobligeantes sur les capacités du Dr Herzenstube. Bien que le médecin de Moscou ne prît pas moins de vingt-cinq roubles par visite, il y eut des gens qui profitèrent de son séjour pour le consulter. C'étaient naturellement des clients d'Herzenstube, et le fameux médecin critiqua partout son traitement de la façon la plus acerbe. Il finit par demander dès l'abord aux malades en entrant : « Dites-moi, qui vous a tripoté, Herzenstube ? Hé ! hé ! » Celui-ci, bien entendu, l'apprit. Donc, les trois médecins parurent comme experts. Le Dr Herzenstube déclara que « l'accusé était visiblement anormal au point de vue mental ». Après avoir exposé ses considérations, que j'omets ici, il ajouta que cette anomalie ressortait non seulement de la conduite antérieure de l'accusé, mais encore de son attitude présente, et quand on le pria de s'expliquer, le vieux docteur déclara avec ingénuité que l'accusé, en entrant, « n'avait pas un air en rapport avec les circonstances ; il marchait comme un soldat, regardant droit devant lui, alors qu'il aurait dû tourner les yeux à gauche, où se tenaient les dames, car il était grand amateur du beau sexe et devait se préoccuper de ce qu'elles diraient de lui », conclut le vieillard dans sa langue originale. Il s'exprimait volontiers et longuement en russe, mais chacune de ses phrases avait une tournure allemande, ce qui ne le troublait guère, car il s'était imaginé toute sa vie parler un russe excellent, « meilleur même que celui des Russes », et il aimait beaucoup citer les proverbes, affirmant

chaque fois que les proverbes russes sont les plus expressifs
de tous. Dans la conversation, par distraction peut-être, il
oubliait parfois les mots les plus ordinaires, qu'il connaissait
parfaitement, mais qui lui échappaient tout à coup. Il en
allait de même lorsqu'il parlait allemand ; on le voyait alors
agiter la main devant son visage comme pour rattraper
l'expression perdue, et personne n'aurait pu le contraindre à
poursuivre avant qu'il l'eût retrouvée. Le vieillard était très
aimé de nos dames ; elles savaient que, demeuré célibataire,
pieux et de mœurs pures, il considérait les femmes comme
des créatures idéales et supérieures. Aussi sa remarque inattendue parut-elle des plus bizarres et divertit fort l'assistance.

Le spécialiste de Moscou déclara catégoriquement à son
tour qu'il tenait l'état mental de l'accusé pour anormal, « et
même au suprême degré ». Il discourut savamment sur
« l'obsession » et « la manie » et conclut que, d'après toutes
les données recueillies, l'accusé, plusieurs jours déjà avant
son arrestation, se trouvait en proie à une obsession maladive
incontestable ; s'il avait commis un crime, c'était presque
involontairement, sans avoir la force de résister à l'impulsion
qui l'entraînait. Mais, outre « l'obsession », le docteur avait
constaté de « la manie », ce qui constituait, d'après lui, un
premier pas vers la démence complète. (*N. B.* Je rapporte ses
dires en langage courant, le docteur s'exprimait dans une
langue savante et spéciale.) « Tous ses actes sont au rebours
du bon sens et de la logique, poursuivit-il. Sans parler de ce
que je n'ai pas vu, c'est-à-dire du crime et de tout ce drame ;
avant-hier, en causant avec moi, il avait un regard fixe et
inexplicable. Il riait brusquement et sans motif, en proie à
une véritable irritation permanente et incompréhensible. Il
proférait des paroles bizarres : « Bernard, l'éthique et autres
choses qu'il ne faut pas. » Le docteur voyait surtout une
preuve de manie dans le fait que l'accusé ne pouvait parler
sans exaspération des trois mille roubles dont il s'estimait
frustré, alors qu'il restait relativement calme au souvenir des
autres offenses et échecs subis. « Enfin, il paraît que, déjà
auparavant, il entrait en fureur au sujet de ces trois mille

roubles, et cependant on assure qu'il n'est ni intéressé ni cupide. Quant à l'opinion de mon savant confrère, conclut avec ironie l'homme de l'art, à savoir que l'accusé aurait dû en entrant regarder les dames, c'est une assertion plaisante, mais radicalement erronée ; je conviens qu'en pénétrant dans la salle où se décide son sort, l'inculpé n'aurait pas dû avoir un regard aussi fixe, et que cela pourrait en effet déceler un trouble mental ; mais j'affirme en même temps qu'il aurait dû regarder non à gauche, vers les dames, mais à droite, cherchant des yeux son défenseur, celui en qui il espère et dont son sort dépend. » Le spécialiste avait formulé son opinion sur un ton impérieux.

Le désaccord entre les deux experts parut particulièrement comique après la conclusion inattendue du Dr Varvinski, qui leur succéda. D'après lui, l'accusé, maintenant comme alors, était tout à fait normal, si avant son arrestation il avait fait preuve d'une surexcitation extraordinaire, elle pouvait provenir des causes les plus évidentes : jalousie, colère, ivresse continuelle, etc. En tout cas cette nervosité n'avait rien à voir avec « l'obsession » dont on venait de parler. Quant à savoir où devait regarder l'accusé en entrant dans la salle, « à mon humble avis, il devait regarder droit devant lui, comme il l'avait fait en réalité, les yeux fixés sur les juges dont dépendait désormais son sort, de sorte que par là même il avait démontré son état parfaitement normal », conclut le jeune médecin avec quelque animation.

« Bravo, guérisseur ! cria Mitia, c'est bien ça ! »

On le fit taire, mais cette opinion eut une influence décisive sur le tribunal et le public, car tout le monde la partagea, comme on le vit par la suite.

Le Dr Herzenstube, entendu comme témoin, servit inopinément les intérêts de Mitia. En qualité de vieil habitant, connaissant depuis longtemps la famille Karamazov, il fournit d'abord quelques renseignements dont « l'accusation » fit son profit mais ajouta :

« Cependant, le pauvre jeune homme méritait un meilleur sort, car il avait bon cœur dans son enfance et par la suite, je

le sais. Un proverbe russe dit : « Si l'on a de l'esprit, c'est
bien, mais si un homme d'esprit vient vous voir, c'est encore
mieux, car cela fait deux esprits au lieu d'un... »

— On pense mieux à deux que tout seul, souffla avec
impatience le procureur, qui savait que le vieillard, entiché
de sa lourde faconde germanique, parlait toujours avec une
lente prolixité, se souciant peu de faire attendre les gens.

— Eh oui ! c'est ce que je dis, reprit-il avec ténacité : deux
esprits valent mieux qu'un. Mais il est resté seul et a laissé le
sien... Où l'a-t-il laissé ? Voilà un mot que j'ai oublié,
poursuivit-il en agitant la main devant les yeux, ah oui !
spazieren.

— Se promener ?

— Eh oui ! c'est ce que je dis. Son esprit a donc vagabondé
et s'est perdu. Et pourtant, c'était un jeune homme reconnaissant et sensible ; je me le rappelle bien tout petit,
abandonné chez son père, dans l'arrière-cour, quand il
courait nu-pieds, avec un seul bouton à sa culotte. »

La voix de l'honnête vieillard se teinta d'émotion. Fétioukovitch tressaillit comme s'il pressentait quelque chose.

« Oui, j'étais moi-même encore jeune alors... J'avais
quarante-cinq ans et je venais d'arriver ici. J'eus pitié de
l'enfant et me dis : « Pourquoi ne pas lui acheter une livre...
de quoi ? » j'ai oublié comment ça s'appelle... une livre de ce
que les enfants aiment beaucoup, comment est-ce donc ?... et
le docteur agita de nouveau les mains — ça croît sur un arbre,
ça se récolte.

— Des pommes ?

— Oh non ! ça se vend à la livre, et les pommes à la
douzaine... Il y en a beaucoup, c'est tout petit, on les met
dans la bouche et crac !...

— Des noisettes ?

— Eh oui ! des noisettes, c'est ce que je dis, confirma le
docteur imperturbable, comme s'il n'avait pas cherché le
mot, et j'apportai à l'enfant une livre de noisettes ; jamais il
n'en avait reçu, je levai le doigt en disant : « Mon garçon !
Gott der Vater. » Il se mit à rire et répéta : « *Gott der Vater*. —

Gott der Sohn. » Il rit de nouveau et gazouilla : « *Gott der Sohn. — Gott der heilige Geist*[1] ». Le surlendemain, comme je passais, il me cria de lui-même : « Monsieur, *Gott der Vater, Gott der Sohn.* » Il avait oublié *Gott der heilige Geist,* mais je le lui rappelai et il me fit de nouveau pitié. On l'emmena et je ne le vis plus. Vingt-trois ans après, je me trouvais un matin dans mon cabinet, la tête déjà blanche, quand un jeune homme florissant que j'étais incapable de reconnaître entra soudain, leva le doigt et dit en riant : « *Gott der Vater, Gott der Sohn und Gott der heilige Geist !* Je viens d'arriver et je tiens à vous remercier pour la livre de noisettes, car personne à part vous ne m'en a jamais acheté. » Je me rappelai alors mon heureuse jeunesse et le pauvre enfant nu-pieds ; je fus retourné et lui dis : « Tu es un jeune homme reconnaissant, puisque tu n'as pas oublié cette livre de noisettes que je t'ai apportée dans ton enfance. » Je le serrai dans mes bras et je le bénis en pleurant. Il riait... car le Russe rit souvent quand il faudrait pleurer. Mais il pleurait aussi, je l'ai vu. Et maintenant, hélas !...

— Et maintenant, je pleure, Allemand, et maintenant je pleure, homme de Dieu ! » cria tout à coup Mitia.

Quoi qu'il en soit, cette historiette produisit une impression favorable. Mais le principal effet en faveur de Mitia fut produit par la déposition de Catherine Ivanovna, dont je vais parler. En général, quand ce fut le tour des témoins à *décharge*[2], le sort parut sourire à Mitia, inopinément pour la défense elle-même. Mais avant Catherine Ivanovna, on interrogea Aliocha, qui se rappela soudain un fait paraissant réfuter positivement un des points les plus graves de l'accusation.

IV

LA CHANCE SOURIT À MITIA

Cela se passa à l'improviste. Aliocha, qui n'avait pas prêté serment, fut dès le début l'objet d'une vive sympathie, tant d'un côté que de l'autre. On voyait que sa bonne renommée le précédait. Il se montra modeste et réservé, mais son affection pour son malheureux frère perçait dans sa déposition. Il le caractérisa comme un être sans doute violent et entraîné par ses passions, mais noble, fier, généreux, capable de se sacrifier si on le lui demandait. Il reconnut d'ailleurs que, vers la fin, la passion de Mitia pour Grouchegnka et sa rivalité avec son père l'avaient mis dans une position intolérable. Mais il repoussa avec indignation l'hypothèse que son frère avait pu tuer pour voler, tout en convenant que ces trois mille roubles étaient devenus une obsession dans l'esprit de Mitia, qu'il les considérait comme une partie de son héritage frauduleusement détournée par son père et ne pouvait en parler sans se mettre en fureur. Quant à la rivalité des deux « personnes », comme disait le procureur, il s'exprima évasivement et refusa même de répondre à une ou deux questions.

« Votre frère vous a-t-il dit qu'il avait l'intention de tuer son père ? demanda le procureur. Vous pouvez ne pas répondre si cela vous convient.

— Directement, il ne me l'a pas dit.

— Indirectement, alors ?

— Il m'a parlé une fois de sa haine pour son père. Il craignait… d'être capable de le tuer dans un moment d'exaspération.

— Et vous l'avez cru ?

— Je n'ose l'affirmer. J'ai toujours pensé qu'un sentiment élevé le sauverait au moment fatal, comme c'est arrivé en effet, car ce n'est pas *lui* qui a tué mon père », dit Aliocha d'une voix forte qui résonna.

Le procureur tressaillit comme un cheval de bataille au son de la trompette.

« Soyez sûr que je ne mets pas en doute la sincérité de votre conviction, et la crois indépendante de votre amour fraternel pour ce malheureux. L'instruction nous a déjà révélé votre opinion originale sur le tragique épisode qui s'est déroulé dans votre famille. Mais je ne vous cache pas qu'elle est isolée et contredite par les autres dépositions. Aussi j'estime nécessaire d'insister pour connaître les données qui vous ont convaincu définitivement de l'innocence de votre frère et de la culpabilité d'une autre personne que vous avez désignée à l'instruction.

— J'ai seulement répondu aux questions, dit Aliocha avec calme ; je n'ai pas formulé d'accusation contre Smerdiakov.

— Pourtant, vous l'avez désigné ?

— D'après les paroles de mon frère Dmitri. Je savais que, lors de son arrestation, il avait accusé Smerdiakov. Je suis persuadé de l'innocence de mon frère. Et si ce n'est pas lui qui a tué, alors...

— C'est Smerdiakov ? Pourquoi précisément lui ? Et pourquoi êtes-vous si convaincu de l'innocence de votre frère ?

— Je ne peux pas douter de lui. Je sais qu'il ne ment pas. J'ai vu, d'après son visage, qu'il me disait la vérité.

— Seulement d'après son visage ? Ce sont là toutes vos preuves ?

— Je n'en ai pas d'autres.

— Et vous n'avez pas d'autres preuves de la culpabilité de Smerdiakov que les paroles de votre frère et l'expression de son visage ?

— Non. »

Le procureur n'insista pas. Les réponses d'Aliocha déçurent profondément le public. On avait parlé de Smerdiakov ; le bruit courait qu'Aliocha rassemblait des preuves décisives en faveur de son frère et contre le valet. Or, il n'apportait rien, sinon une conviction morale bien naturelle chez le frère de l'accusé. À son tour Fétioukovitch demanda à Aliocha à quel moment l'accusé lui avait parlé de sa haine pour son père et de ses velléités de meurtre, et si c'était, par exemple, lors de leur dernière entrevue avant le drame. Aliocha tressaillit comme si un souvenir lui revenait.

« Je me rappelle maintenant une circonstance que j'avais complètement oubliée ; ce n'était pas clair alors, mais maintenant... »

Et Aliocha raconta avec animation que, lorsqu'il vit son frère pour la dernière fois, le soir, sous un arbre, en rentrant au monastère, Mitia, en se frappant la poitrine, lui avait répété à plusieurs reprises qu'il possédait le moyen de relever son honneur, que ce moyen était là, sur sa poitrine...

« Je crus alors, poursuivit Aliocha, qu'en se frappant la poitrine, il parlait de son cœur, des forces qu'il pourrait y puiser pour échapper à une honte affreuse qui le menaçait et qu'il n'osait même pas m'avouer. A vrai dire, je pensai d'abord qu'il parlait de notre père, qu'il frémissait de honte à l'idée de se livrer sur lui à quelque violence ; cependant il semblait désigner quelque chose sur sa poitrine, et l'idée me vint que le cœur se trouve plus bas, tandis qu'il se frappait bien plus haut, ici, au-dessous du cou. Mon idée me parut absurde, mais il désignait peut-être précisément le sachet où étaient cousus les quinze cents roubles !...

— Précisément, cria soudain Mitia. C'est ça, Aliocha, c'est sur lui que je frappais. »

Fétioukovitch le supplia de se calmer, puis revint à Aliocha. Celui-ci, entraîné par son souvenir, émit chaleureusement l'hypothèse que cette honte provenait sans doute de ce que, ayant sur lui ces quinze cents roubles qu'il aurait pu restituer à Catherine Ivanovna comme la moitié de sa dette, Mitia avait pourtant décidé d'en faire un autre usage et de partir avec Grouchegnka, si elle y consentait...

« C'est cela, c'est bien cela, s'écria-t-il très animé, mon frère m'a dit à ce moment qu'il pourrait effacer la moitié de sa honte (il a dit plusieurs fois : *la moitié !*), mais que, par malheur, la faiblesse de son caractère l'en empêchait... Il savait par avance qu'il en était incapable !

— Et vous vous rappelez nettement qu'il se frappait à cet endroit de la poitrine ? demanda Fétioukovitch.

— Très nettement, car je me demandais alors : « pourquoi se frappe-t-il si haut, le cœur est plus bas ? » Mon idée me parut absurde... Voilà pourquoi ce souvenir m'est revenu. Comment ai-je pu l'oublier jusqu'à présent ! Son geste désignait bien ce sachet, ces quinze cents roubles qu'il ne voulait pas rendre ! Et lors de son arrestation, à Mokroïe, n'a-t-il pas crié, à ce que l'on m'a dit, que l'action la plus honteuse de sa vie c'était que, tout en ayant la faculté de rendre à Catherine Ivanovna la moitié de sa dette (précisément la moitié), il avait préféré garder l'argent et passer pour un voleur à ses yeux. Et comme cette dette le tourmentait ! » conclut Aliocha.

Bien entendu, le procureur intervint. Il pria Aliocha de décrire à nouveau la scène et insista pour savoir si l'accusé, en se frappant la poitrine, semblait désigner quelque chose. Peut-être se frappait-il au hasard avec le poing ?

« Non, pas avec le poing ! s'exclama Aliocha. Il désignait avec les doigts une place, ici, très haut... Comment ai-je pu l'oublier jusqu'ici ! »

Le président demanda à Mitia ce qu'il pouvait dire au sujet de cette déposition. Mitia confirma qu'il avait désigné les quinze cents roubles qu'il portait sur sa poitrine, au-dessous du cou, et que c'était une honte, « une honte que je ne conteste pas, l'acte le plus vil de ma vie ! J'aurais pu les rendre, et je ne l'ai pas fait. J'ai préféré passer pour un voleur à ses yeux, et, le pire, c'est que je savais à l'avance que j'agirais ainsi ! Tu as raison, Aliocha, merci. »

Ainsi prit fin la déclaration d'Aliocha, caractérisée par un fait nouveau, si minime fût-il, un commencement de preuve démontrant l'existence du sachet aux quinze cents roubles et la véracité de l'accusé, lorsqu'il déclarait, à Mokroïe, que cet argent lui appartenait. Aliocha était radieux, il s'assit tout rouge à la place qu'on lui indiqua, répétant à part lui : « Comment ai-je pu oublier cela ! Comment ne me le suis-je rappelé que maintenant ? »

Catherine Ivanovna fut ensuite entendue. Son entrée fit sensation. Les dames prirent leur lorgnette, les hommes se trémoussaient, quelques-uns se levèrent pour mieux voir. On affirma, par la suite, que Mitia était devenu blanc « comme un linge » lorsqu'elle parut. Tout en noir, elle s'avança à la barre d'une démarche modeste, presque timide. Son visage ne trahissait aucune émotion, mais la résolution brillait dans ses yeux sombres. Elle était fort belle à ce moment. Elle parla d'une voix douce, mais nette, avec un grand calme, ou tout au moins s'y efforçant. Le président l'interrogea avec beaucoup d'égards, comme s'il craignait de toucher « certaines cordes ». Dès les premiers mots, Catherine Ivanovna déclara qu'elle avait été la fiancée de l'accusé « jusqu'au moment où il m'abandonna lui-même... » Quand on l'interrogea au sujet des trois mille roubles confiés à Mitia pour être envoyés par la poste à ses parents, elle répondit avec fermeté : « Je ne lui avais pas donné cette somme pour l'expédier aussitôt ; je savais qu'il était très gêné... à ce moment... Je lui remis ces trois mille roubles à condition de les envoyer à Moscou, s'il voulait, dans le délai d'un mois. Il a eu tort de se tourmenter à propos de cette dette... »

Je ne rapporte pas les questions et les réponses intégralement, me bornant à l'essentiel de sa déposition.

« J'étais sûre qu'il ferait parvenir cette somme aussitôt qu'il l'aurait reçue de son père, poursuivit-elle. J'ai toujours eu confiance en sa loyauté... sa parfaite loyauté... dans les affaires d'argent. Il comptait recevoir trois mille roubles de son père et m'en a parlé à plusieurs reprises. Je savais qu'ils étaient en conflit et j'ai toujours cru que son père l'avait lésé. Je ne me souviens pas qu'il ait proféré des menaces contre son père, du moins en ma présence. S'il était venu me trouver, je l'aurais aussitôt rassuré au sujet de ces malheureux trois mille roubles, mais il n'est pas revenu... et moi-même... je me trouvais dans une situation... qui ne me permettait pas de le faire venir... D'ailleurs, je n'avais nullement le droit de me montrer exigeante pour cette dette, ajouta-t-elle d'un ton résolu, j'ai reçu moi-même de lui, un jour, une somme supérieure, et je l'ai acceptée sans savoir quand je serais en état de m'acquitter. »

Sa voix avait quelque chose de provocant. A ce moment, ce fut au tour de Fétioukovitch de l'interroger.

« Ce n'était pas ici, mais au début de vos relations ? » demanda avec ménagement le défenseur, qui pressentait quelque chose en faveur de son client. (Par parenthèse, bien qu'appelé de Pétersbourg en partie par Catherine Ivanovna elle-même, il ignorait tout de l'épisode des cinq mille roubles donnés par Mitia et du « salut jusqu'à terre ». Elle le lui avait dissimulé ! Silence étrange. On peut supposer que, jusqu'au dernier moment, elle hésita à en parler, attendant quelque inspiration.)

Non, jamais je n'oublierai ce moment ! Elle raconta *tout*, tout cet épisode, communiqué par Mitia à Aliocha, et « le salut jusqu'à terre », les causes, le rôle de son père, sa visite chez Mitia, et ne fit aucune allusion à la proposition de Mitia « de lui envoyer Catherine Ivanovna pour chercher l'argent ». Elle garda là-dessus un silence magnanime et ne rougit pas de révéler que c'était elle qui avait couru, de son propre élan, chez le jeune officier, espérant on ne sait quoi... pour en obtenir de l'argent. C'était émouvant. Je frissonnais en l'écoutant, l'assistance était tout oreilles. Il y avait là quelque chose d'inouï ; jamais on n'aurait attendu, même d'une jeune fille aussi fière et impérieuse, une telle franchise et une pareille immolation. Et pour qui, pour quoi ? Pour sauver celui qui l'avait trahie et offensée, pour contribuer, si peu que ce fût, à le tirer d'affaire, en produisant une bonne impression ! En effet, l'image de l'officier, donnant ses cinq mille roubles, tout ce qui lui restait, et s'inclinant respectueusement devant une innocente jeune fille, apparaissait des plus sympathiques, mais... mon cœur se serra ! Je sentis la possibilité d'une calomnie par la suite (et c'est ce qui arriva). Avec une ironie méchante, on répéta en ville que le récit n'était peut-être pas tout à fait exact sur un point, à savoir celui où l'officier laissait partir la jeune fille « soi-disant rien qu'avec un respectueux salut ». On fit allusion à une

« lacune ». « Si même les choses se sont vraiment passées ainsi, disaient les plus respectables de nos dames, on peut encore faire des réserves sur la conduite de la jeune fille, s'agît-il de sauver son père. » Catherine Ivanovna, avec sa pénétration maladive, n'avait donc point pressenti de tels propos ? Certes si, et elle s'était pourtant décidée à tout dire ! Naturellement, ces doutes insultants sur la véracité du récit ne se manifestèrent que plus tard, au premier moment tout le monde fut ému. Quant aux membres du tribunal, ils écoutaient dans un silence respectueux. Le procureur ne se permit aucune question sur ce sujet. Fétioukovitch fit à Catherine un profond salut. Oh ! il triomphait presque. Que le même homme ait pu, dans un élan de générosité, donner ses cinq derniers mille roubles, et ensuite tuer son père pour lui en voler trois mille, cela ne tenait guère debout. Fétioukovitch pouvait tout au moins écarter l'accusation de vol. « L'affaire » s'éclairait d'un jour nouveau. La sympathie tournait en faveur de Mitia. Une ou deux fois, durant la déposition de Catherine Ivanovna, il voulut se lever, mais retomba sur son banc, en se couvrant le visage de ses mains. Quand elle eut fini, il s'écria en lui tendant les bras :

« Katia, pourquoi as-tu causé ma perte ? »

Il éclata en sanglots, mais se remit vite et cria encore :

« Maintenant, je suis condamné ! »

Puis il se raidit à sa place les dents serrées, les bras croisés sur sa poitrine. Catherine Ivanovna demeura dans la salle ; elle était pâle, les yeux baissés. Ses voisins racontèrent qu'elle tremblait, comme en proie à la fièvre. Ce fut le tour de Grouchegnka.

Je vais aborder la catastrophe qui causa peut-être, en effet, la perte de Mitia. Car je suis persuadé, et tous les juristes le dirent ensuite, que, sans cet épisode, le criminel eût obtenu au moins les circonstances atténuantes. Mais il en sera question tout à l'heure. Parlons d'abord de Grouchegnka.

Elle parut aussi tout en noir, les épaules couvertes de son magnifique châle. Elle s'avança vers la barre de sa démarche silencieuse, en se dandinant légèrement, comme font parfois les femmes corpulentes, les yeux fixés sur le président. A mon avis, elle était très bien, et nullement pâle, comme les dames le prétendirent ensuite. On assura aussi qu'elle avait l'air absorbé, méchant. Je crois seulement qu'elle était irritée et sentait lourdement peser sur elle les regards méprisants, curieux de notre public, friand de scandale. C'était une de ces natures fières, incapables de supporter le mépris qui, dès qu'elles le soupçonnent chez les autres, les enflamme de colère et les pousse à la résistance. Il y avait aussi, assurément, de la timidité et la pudeur de cette timidité, ce qui explique l'inégalité de son langage, tantôt courroucé, tantôt dédaigneux et grossier, dans lequel on sentait soudain une note sincère quand elle s'accusait elle-même. Parfois, elle parlait sans se soucier des suites : « Tant pis pour ce qui arrivera, je le dirai pourtant... » A propos de ses relations avec Fiodor Pavlovitch, elle observa d'un ton tranchant : « Bagatelle que tout cela ! Est-ce ma faute s'il s'est attaché à moi ? » Un instant après, elle ajouta : « Tout ça est ma faute, je me moquais du vieillard et de son fils, et je les ai poussés à bout tous les deux. Je suis la cause de ce drame. » On en vint à parler de Samsonov : « Ça ne regarde personne, répliqua-t-elle avec violence, il était mon bienfaiteur, c'est lui qui m'a recueillie nu-pieds, quand les miens m'ont jetée hors de chez eux. » Le président lui rappela qu'elle devait répondre directement aux questions, sans entrer dans des détails superflus. Grouchegnka rougit, ses yeux étincelèrent. Elle n'avait pas vu l'enveloppe aux trois mille roubles et en connaissait seulement l'existence par le « scélérat ». « Mais tout ça, c'est des bêtises, à aucun prix je ne serais allée chez Fiodor Pavlovitch... »

« Qui traitez-vous de « scélérat » ? demanda le procureur.

— Le laquais Smerdiakov, qui a tué son maître et s'est pendu hier. »

On s'empressa de lui demander sur quoi elle basait une accusation si catégorique, mais elle non plus ne savait rien.

« C'est Dmitri Fiodorovitch qui me l'a dit, vous pouvez le croire. Cette personne l'a perdu, elle seule est cause de tout », ajouta Grouchegnka toute tremblante, d'un ton où perçait la haine.

On voulut savoir à qui elle faisait allusion.

« Mais cette demoiselle, cette Catherine Ivanovna. Elle m'avait fait venir chez elle, offert du chocolat, dans l'intention de me séduire. Elle est sans vergogne, ma parole... »

Le président l'interrompit, en la priant de modérer ses expressions. Mais enflammée par la jalousie, elle était prête à tout braver...

« Lors de l'arrestation, à Mokroïé, rappela le procureur, vous êtes accourue de la pièce voisine en criant : « Je suis coupable de tout, nous irons ensemble au bagne ! » Vous aussi le croyiez donc parricide, à ce moment ?

— Je ne me rappelle pas mes sentiments d'alors, répondit Grouchegnka, tout le monde l'accusait, j'ai senti que c'était moi la coupable, et qu'il avait tué à cause de moi. Mais dès qu'il a proclamé son innocence, je l'ai cru et le croirai toujours ; il n'est pas homme à mentir. »

Fétioukovitch, qui l'interrogea ensuite, s'informa de Rakitine et des vingt-cinq roubles « en récompense de ce qu'il vous avait amené Alexéi Fiodorovitch Karamazov ».

« Rien d'étonnant à ce qu'il ait pris cet argent, sourit dédaigneusement Grouchegnka ; il venait toujours quémander, recevant de moi jusqu'à trente roubles par mois, et le plus souvent pour s'amuser ; il avait de quoi boire et manger sans cela.

— Pour quelle raison étiez-vous si généreuse envers M. Rakitine ? reprit Fétioukovitch, bien que le président s'agitât.

— C'est mon cousin. Ma mère et la sienne étaient sœurs. Mais il me suppliait de n'en parler à personne, tant je lui faisais honte. »

Ce fait nouveau fut une révélation pour tout le monde ; personne ne s'en doutait en ville et même au monastère. Rakitine, dit-on, était rouge de honte. Grouchegnka lui en voulait, sachant qu'il avait déposé contre Mitia. L'éloquence de M. Rakitine, ses nobles tirades contre le servage et le désarroi civique de la Russie furent ainsi ruinées dans l'opinion. Fétioukovitch était satisfait, le ciel lui venait en aide. D'ailleurs, on ne retint pas longtemps Grouchegnka, qui ne pouvait rien communiquer de particulier. Elle laissa au public une impression des plus défavorables. Des centaines de regards méprisants la fixèrent, lorsque après sa déposition elle alla s'asseoir assez loin de Catherine Ivanovna. Tandis qu'on l'interrogeait, Mitia avait gardé le silence, comme pétrifié, les yeux baissés.

Ivan Fiodorovitch se présenta comme témoin.

V

BRUSQUE CATASTROPHE

Il avait été appelé avant Aliocha. Mais l'huissier informa le président qu'une indisposition subite empêchait le témoin de comparaître et qu'aussitôt remis il viendrait déposer. On n'y fit d'ailleurs pas attention, et son arrivée passa presque inaperçue ; les principaux témoins, surtout les deux rivales, étaient déjà entendues, la curiosité commençait à se lasser. On n'attendait rien de nouveau des dernières dépositions. Le temps passait. Ivan s'avança avec une lenteur étrange, sans regarder personne, la tête baissée, l'air absorbé. Il était mis correctement, mais son visage, marqué par la maladie, avait une teinte terreuse et rappelait celui d'un mourant. Il leva les yeux, parcourut la salle d'un regard trouble. Aliocha se dressa, poussa une exclamation, mais on n'y prit pas garde.

Le président rappela au témoin qu'il n'avait pas prêté serment et pouvait garder le silence, mais devait déposer selon sa conscience, etc. Ivan écoutait, les yeux vagues. Tout à coup, un sourire se dessina sur son visage, et lorsque le président, qui le regardait avec étonnement, eut fini, il éclata de rire.

« Et puis, quoi encore ? » demanda-t-il à haute voix.

Silence absolu dans la salle. Le président s'inquiéta.

« Vous… êtes encore indisposé, peut-être ? demanda-t-il en cherchant du regard l'huissier.

— Ne vous inquiétez pas, Excellence, je me sens suffisamment bien et puis vous raconter quelque chose de curieux, répondit Ivan d'un ton calme et déférent.

— Vous avez une communication particulière à faire ? » continua le président avec une certaine méfiance.

Ivan Fiodorovitch baissa la tête et attendit durant quelques secondes avant de répondre.

« Non…, je n'ai rien à dire de particulier. »

Interrogé, il fit à contrecœur des réponses laconiques, pourtant assez raisonnables, avec une répulsion croissante. Il allégua son ignorance sur bien des choses et ne savait rien des comptes de son père avec Dmitri Fiodorovitch. « Je ne m'occupais pas de cela », déclara-t-il. Il avait entendu les menaces de l'accusé contre son père et connaissait l'existence de l'enveloppe par Smerdiakov.

« Toujours la même chose ! interrompit-il soudain d'un air las ; je ne puis rien dire au tribunal.

— Je vois que vous êtes encore souffrant, et je comprends vos sentiments… », commença le président.

Il allait demander au procureur et à l'avocat s'ils avaient des questions à poser, lorsque Ivan dit d'une voix exténuée :

« Permettez-moi de me retirer, Excellence, je ne me sens pas bien. »

Après quoi, sans attendre l'autorisation, il se retourna et marcha vers la sortie. Mais après quelques pas il s'arrêta, parut réfléchir, sourit et revint à sa place :

« Je ressemble, Excellence, à cette jeune paysanne, vous savez : « Si je veux j'irai, si je ne veux pas, je n'irai pas ! » On la suit pour l'habiller et la conduire à l'autel, et elle répète ces paroles… Cela se trouve dans une scène populaire…

— Qu'entendez-vous par là ? dit sévèrement le président.

— Voilà, dit Ivan en exhibant une liasse de billets de banque, voilà l'argent… le même qui était dans cette enveloppe (il désignait les pièces à conviction), et pour lequel on a tué mon père. Où faut-il le déposer ? Monsieur l'huissier, veuillez le remettre à qui de droit. »

L'huissier prit la liasse et la remit au président.

« Comment cet argent se trouve-t-il en votre possession.. si c'est bien le même ? demanda le président surpris.

— Je l'ai reçu de Smerdiakov, de l'assassin, hier... J'ai été chez lui avant qu'il se pendît. C'est lui qui a tué mon père, ce n'est pas mon frère. Il a tué et je l'y ai incité... Qui ne désire pas la mort de son père ?

— Avez-vous votre raison ? ne put s'empêcher de dire le président.

— Mais oui, j'ai ma raison... Une raison vile comme la vôtre, comme celle de tous ces... museaux ! — Il se tourna vers le public. — Ils ont tué leurs pères et simulent la terreur, dit-il avec mépris en grinçant des dents. Ils font des grimaces entre eux. Les menteurs ! Tous désirent la mort de leurs pères. Un reptile dévore l'autre... S'il n'y avait pas de parricide, ils se fâcheraient et s'en iraient furieux. C'est un spectacle ! *Panem et circenses !* D'ailleurs, je suis joli, moi aussi ! Avez-vous de l'eau, donnez-moi à boire, au nom du ciel ! »

Il se prit la tête. L'huissier s'approcha de lui aussitôt. Aliocha se dressa en criant : « Il est malade, ne le croyez pas, il a la fièvre chaude ! » Catherine Ivanovna s'était levée précipitamment et, immobile d'effroi, considérait Ivan Fiodorovitch. Mitia, avec un sourire qui grimaçait, écoutait avidement son frère.

« Rassurez-vous, je ne suis pas fou, je suis seulement un assassin ! reprit Ivan. On ne peut exiger d'un assassin qu'il soit éloquent », ajouta-t-il en souriant.

Le procureur, visiblement agité, se pencha vers le président. Les juges chuchotaient. Fétioukovitch dressa l'oreille. La salle attendait, anxieuse. Le président parut se ressaisir.

« Témoin, vous tenez un langage incompréhensible et qu'on ne peut tolérer ici. Calmez-vous et parlez... si vous avez vraiment quelque chose à dire. Par quoi pouvez-vous confirmer un tel aveu... s'il ne résulte pas du délire ?

— Le fait est que je n'ai pas de témoins. Ce chien de Smerdiakov ne vous enverra pas de l'autre monde sa déposition... dans une enveloppe. Vous voudriez toujours des enveloppes, c'est assez d'une. Je n'ai pas de témoins... Sauf un, peut-être. »

Il sourit d'un air pensif.

« Qui est votre témoin ?

— Il a une queue, Excellence, ce n'est pas conforme à la règle ! *Le diable n'existe point* [1] ! Ne faites pas attention, c'est un diablotin sans importance, ajouta-t-il confidentiellement en cessant de rire ; il doit être quelque part ici, sous la table des pièces à conviction : où serait-il, sinon là ? Écoutez-moi ; je lui ai dit : « Je ne veux pas me taire », et il me parle de cataclysme géologique... et autres bêtises ! Mettez le monstre en liberté... il a chanté son hymne, car il a le cœur léger ! Comme une canaille ivre qui braille : *Pour Piter est parti Vanka*. Moi, pour deux secondes de joie, je donnerais un quatrillion de quatrillions. Vous ne me connaissez pas ! Oh ! que tout est bête parmi vous ! Eh bien ! Prenez-moi à sa place ! Je ne suis pas venu pour rien... Pourquoi tout ce qui existe est-il si bête ? »

Et il se remit à inspecter lentement la salle d'un air rêveur. L'émoi était général. Aliocha courait vers lui, mais l'huissier avait déjà saisi Ivan Fiodorovitch par le bras.

« Qu'est-ce encore ? » s'écria-t-il en fixant l'huissier.

Tout à coup il le saisit par les épaules et le renversa. Les gardes accoururent, on l'appréhenda, il se mit à hurler comme un forcené. Tandis qu'on l'emportait il criait des paroles incohérentes.

Ce fut un beau tumulte. Je ne me rappelle pas tout dans l'ordre, l'émotion m'empêchait de bien observer. Je sais seulement qu'une fois le calme rétabli l'huissier fut réprimandé, bien qu'il expliquât aux autorités que le témoin avait tout le temps paru dans son état normal, que le médecin l'avait examiné lors de sa légère indisposition, une heure auparavant ; jusqu'au moment de comparaître, il s'exprimait sensément, de sorte qu'on ne pouvait rien prévoir ; il insistait

lui-même pour être entendu. Mais avant que l'émotion fût
apaisée, une nouvelle scène se produisit ; Catherine Ivanovna
eut une crise de nerfs. Elle gémissait et sanglotait bruyamm-
ment sans vouloir s'en aller, elle se débattait, suppliant qu'on
la laissât dans la salle. Tout à coup, elle cria au président :

« J'ai encore quelque chose à dire, tout de suite... tout de
suite !... Voici un papier, une lettre... prenez, lisez vite !
C'est la lettre du monstre que voici ! dit-elle en désignant
Mitia. C'est lui qui a tué son père, vous allez voir, il m'écrit
comment il le tuera ! L'autre est malade, il a la fièvre chaude
depuis trois jours ! »

L'huissier prit le papier et le remit au président, Catherine
Ivanovna retomba sur sa chaise, cacha son visage, se mit à
sangloter sans bruit, étouffant ses moindres gémissements,
de peur qu'on ne la fît sortir. Le papier en question était la
lettre écrite par Mitia au cabaret « A la Capitale », qu'Ivan
considérait comme une preuve catégorique. Hélas ! ce fut
l'effet qu'elle produisit ; sans cette lettre, Mitia n'aurait peut-
être pas été condamné, du moins pas si rigoureusement !
Encore un coup, il était difficile de suivre les détails. Même à
présent, tout cela m'apparaît dans un brouhaha. Le président
fit sans doute part de ce nouveau document aux parties et au
jury. Comme il demandait à Catherine Ivanovna si elle était
remise, elle répondit vivement :

« Je suis prête ! Je suis tout à fait en état de vous
répondre. »

Elle craignait encore qu'on ne l'écoutât point. On la pria
d'expliquer en détail dans quelles circonstances elle avait
reçu cette lettre.

« Je l'ai reçue la veille du crime, elle venait du cabaret,
écrite sur une facture, regardez, cria-t-elle, haletante. Il me
haïssait alors, ayant eu la bassesse de suivre cette créature...
et aussi parce qu'il me devait ces trois mille roubles. Sa
vilenie et cette dette lui faisaient honte. Voici ce qui s'est
passé, je vous supplie de m'écouter ; trois semaines avant de
tuer son père, il vint chez moi un matin. Je savais qu'il avait
besoin d'argent et pourquoi, précisément pour séduire cette

créature et l'emmener avec lui. Je connaissais sa trahison, son intention de m'abandonner, et je lui remis moi-même cet argent, sous prétexte de l'envoyer à ma sœur à Moscou. En même temps, je le regardai en face et lui dis qu'il pouvait l'envoyer quand il voudrait, « même dans un mois ». Comment n'a-t-il pas compris que cela signifiait : il te faut de l'argent pour me trahir, en voici, c'est moi qui te le donne ; prends si tu en as le courage ! Je voulais le confondre. Eh bien, il a pris cet argent, il l'a emporté et gaspillé en une nuit avec cette créature. Pourtant, il avait compris que je savais tout, je vous assure, et que je le lui donnais uniquement pour l'éprouver, pour voir s'il aurait l'infamie de l'accepter. Nos regards se croisaient, il a tout compris et il est parti avec mon argent !

— C'est vrai, Katia, s'écria Mitia, j'avais compris ton intention, pourtant j'ai accepté ton argent. Méprisez tous un misérable, je l'ai mérité !

— Accusé, dit le président, encore un mot et je vous fais sortir de la salle.

— Cet argent l'a tracassé, reprit Katia avec précipitation, il voulait me le rendre, mais il lui en fallait pour cette créature. Voilà pourquoi il a tué son père, mais il ne m'a rien rendu, il est parti avec elle dans ce village où on l'a arrêté. C'est là qu'il a de nouveau fait la fête, avec l'argent volé. Un jour avant le crime, il m'a écrit cette lettre étant ivre — je l'ai deviné aussitôt — sous l'empire de la colère, et persuadé que je ne la montrerais à personne, même s'il assassinait. Sinon, il ne l'aurait pas écrite. Il savait que je ne voulais pas le perdre par vengeance ! Mais lisez, lisez avec attention, je vous en prie, vous verrez qu'il décrit tout à l'avance ; comment il tuera son père, où est caché l'argent. Notez surtout cette phrase : « Je tuerai dès qu'Ivan sera parti. » Par conséquent, il a prémédité son crime », insinua perfidement Catherine Ivanovna. — On voyait qu'elle avait étudié chaque détail de cette lettre fatale. — A jeun, il ne m'aurait pas écrit, mais voyez, cette lettre constitue un programme ! »

Dans son exaltation, elle faisait fi des conséquences

possibles, bien qu'elle les eût envisagées peut-être un mois auparavant, quand elle se demandait, tremblante de colère : « Faut-il lire ceci au tribunal ? » Maintenant, elle avait brûlé ses vaisseaux. C'est alors que le greffier donna lecture de la lettre, qui produisit une impression accablante. On demanda à Mitia s'il la reconnaissait.

« Oui, oui ! et je ne l'aurais pas écrite si je n'avais pas bu !... Nous nous haïssons pour bien des causes, Katia, mais je te jure que malgré ma haine, je t'aimais et que tu ne m'aimais pas ! »

Il retomba sur son banc en se tordant les mains.

Le procureur et l'avocat demandèrent à tour de rôle à Catherine Ivanovna pour quels motifs elle avait d'abord dissimulé ce document et déposé dans un tout autre esprit.

« Oui, j'ai menti tout à l'heure, contre mon honneur et ma conscience, mais je voulais le sauver, précisément parce qu'il me haïssait et me méprisait. Oh ! il me méprisait, il m'a toujours méprisée, dès l'instant où je l'ai salué jusqu'à terre à cause de cet argent. Je l'ai senti aussitôt, mais je fus longtemps sans le croire. Que de fois j'ai lu dans ses yeux : « Tu es pourtant venue toi-même chez moi. » Oh ! il n'avait rien compris, il n'a pas deviné pourquoi j'étais venue, il ne peut soupçonner que la bassesse ! Il juge tous les autres d'après lui, dit avec fureur Katia au comble de l'exaltation. Il voulait m'épouser seulement pour mon héritage, rien que pour cela, je m'en suis toujours doutée. C'est un fauve ! Il était sûr que toute ma vie je tremblerais de honte devant lui, et qu'il pourrait me mépriser et avoir le dessus, voilà pourquoi il voulait m'épouser ! C'est la vérité ! J'ai essayé de le vaincre par un amour infini, je voulais même oublier sa trahison, mais il n'a rien compris, rien, rien ! Peut-il comprendre quelque chose ? C'est un monstre ! Je n'ai reçu cette lettre que le lendemain soir, on me l'a apportée du cabaret, et le matin encore j'étais décidée à lui pardonner tout, même sa trahison ! »

Le procureur et le président la calmèrent de leur mieux. Je suis sûr qu'eux-mêmes avaient peut-être honte de profiter de son exaltation pour recueillir de tels aveux. On les entendit lui dire : « Nous comprenons votre peine, nous sommes capables de compatir », etc., pourtant, ils arrachaient cette déposition à une femme affolée, en proie à une crise de nerfs. Enfin, avec une lucidité extraordinaire, comme il arrive fréquemment en pareil cas, elle décrivit comment s'était détraquée, dans ces deux mois, la raison d'Ivan Fiodorovitch, obsédé par l'idée de sauver « le monstre et l'assassin », son frère.

« Il se tourmentait, s'exclama-t-elle, il voulait atténuer la faute, en m'avouant que lui-même n'aimait pas son père et avait peut-être désiré sa mort. Oh ! C'est une conscience d'élite, voilà la cause de ses souffrances ! Il n'avait pas de secrets pour moi, il venait me voir tous les jours comme sa seule amie. J'ai l'honneur d'être sa seule amie ! dit-elle d'un ton de défi, les yeux brillants. Il est allé deux fois chez Smerdiakov. Un jour, il vint me dire : « Si ce n'est pas mon frère qui a tué, si c'est Smerdiakov (car on a répandu cette légende), peut-être suis-je aussi coupable, car Smerdiakov savait que je n'aimais pas mon père et pensait peut-être que je désirais sa mort ? » C'est alors que je lui ai montré cette lettre ; il fut définitivement convaincu de la culpabilité de son frère, il était atterré ; il ne pouvait supporter l'idée que son propre frère fût un parricide ! Depuis une semaine, ça le rend malade. Ces derniers jours, il avait le délire, j'ai constaté que sa raison se troublait. On l'a entendu divaguer dans les rues. Le médecin que j'ai fait venir de Moscou l'a examiné avant-hier et m'a dit que la fièvre chaude allait se déclarer, et tout cela à cause du monstre ! Hier, il a appris la mort de Smerdiakov ; ça lui a porté le dernier coup. Tout cela à cause de ce monstre, et afin de le sauver ! »

Assurément, on ne peut parler ainsi et faire de tels aveux qu'une fois dans la vie, à ses derniers moments, par exemple, en montant sur l'échafaud. Mais cela convenait précisément au caractère de Katia. C'était bien la même jeune fille impétueuse qui avait couru chez un jeune libertin pour sauver son père ; la même qui, tout à l'heure, fière et chaste, avait publiquement sacrifié sa pudeur virginale en racontant « la noble action de Mitia », dans le seul dessein d'adoucir le sort qui l'attendait. Et maintenant elle se sacrifiait tout de même, mais pour un autre, ayant peut-être, à cet instant seulement, senti pour la première fois combien cet autre lui était cher. Elle se sacrifiait pour lui dans son effroi, s'imaginant soudain qu'il se perdait par sa déposition, qu'il avait tué au lieu de son frère, elle se sacrifiait afin de le sauver, lui et sa réputation. Une question angoissante se posait : avait-elle calomnié Mitia au sujet de leurs anciennes relations ? Non, elle ne mentait pas sciemment, en criant que Mitia la méprisait pour ce salut jusqu'à terre ! Elle le croyait, elle était profondément convaincue, depuis ce salut peut-être, que le naïf Mitia, qui l'adorait encore à ce moment, se moquait d'elle et la méprisait. Et seulement par fierté, elle s'était prise pour lui d'un amour outré, par fierté blessée, et cet amour ressemblait à une vengeance. Peut-être cet amour outré serait-il devenu un amour véritable, peut-être Katia ne demandait-elle pas mieux, mais Mitia l'avait offensée jusqu'au fond de l'âme par sa trahison, et cette âme ne pardonnait pas. L'heure de la vengeance avait sonné brusquement, et toute la rancune douloureuse accumulée dans le cœur de la femme offensée s'était exhalée d'un seul coup. En livrant Mitia, elle se livrait elle-même. Dès qu'elle eut achevé, ses nerfs la trahirent, la honte l'envahit. Elle eut une nouvelle crise de nerfs, il fallut l'emporter. A ce moment, Grouchegnka s'élança en criant vers Mitia, si rapidement qu'on n'eut pas le temps de la retenir.

« Mitia, cette vipère t'a perdu ! Vous l'avez vue à l'œuvre ! » ajouta-t-elle frémissante, en s'adressant aux juges.

Sur un signe du président, on la saisit et on l'emmena. Elle se débattait en tendant les bras à Mitia. Celui-ci poussa un cri, voulut s'élancer vers elle. On le maîtrisa sans peine.

Je pense que les spectatrices demeurèrent satisfaites, le spectacle en valait la peine. Le médecin de Moscou, que le président avait envoyé chercher pour soigner Ivan, vint faire son rapport. Il déclara que le malade traversait une crise des plus dangereuses, qu'on devrait l'emmener immédiatement. L'avant-veille, le patient était venu le consulter, mais avait refusé de se soigner, malgré la gravité de son état. « Il m'avoua qu'il avait des hallucinations, qu'il rencontrait des morts dans la rue, que Satan lui rendait visite tous les soirs », conclut le fameux spécialiste.

La lettre de Catherine Ivanovna fut ajoutée aux pièces à conviction. La cour, en ayant délibéré, décida de poursuivre les débats et de mentionner au procès-verbal les dépositions inattendues de Catherine Ivanovna et d'Ivan Fiodorovitch.

Les dépositions des derniers témoins ne firent que confirmer les précédentes, mais avec certains détails caractéristiques. D'ailleurs, le réquisitoire, auquel nous arrivons, les résume toutes. Les derniers incidents avaient surexcité les esprits ; on attendait avec une impatience fiévreuse les discours et le verdict. Les révélations de Catherine Ivanovna avaient atterré Fétioukovitch. En revanche, le procureur triomphait. Il y eut une suspension d'audience qui dura environ une heure. A huit heures précises, je crois, le procureur commença son réquisitoire.

VI

LE RÉQUISITOIRE. CARACTÉRISTIQUE

Hippolyte Kirillovitch prit la parole avec un tremblement nerveux, le front et les tempes baignés d'une sueur froide, le corps parcouru de frissons, comme il le raconta ensuite. Il regardait ce discours comme son *chef-d'œuvre* [1], son chant du cygne, et mourut poitrinaire neuf mois plus tard, justifiant ainsi cette comparaison. Il y mit tout son cœur et toute l'intelligence dont il était capable, dévoilant un sens civique inattendu et de l'intérêt pour les questions « brûlantes ». Il séduisit surtout par la sincérité ; il croyait réellement à la culpabilité de l'accusé et ne requérait pas seulement par ordre, en vertu de ses fonctions, mais animé du désir de

« sauver la société ». Même les dames, pourtant hostiles à Hippolyte Kirillovitch, convinrent de la vive impression qu'il avait produite. Il commença d'une voix saccadée, qui s'affermit bientôt et résonna dans la salle entière, jusqu'à la fin. Mais à peine avait-il achevé son réquisitoire qu'il faillit s'évanouir.

« Messieurs les jurés, cette affaire a eu du retentissement dans toute la Russie. Au fond, avons-nous lieu d'être surpris, de nous épouvanter ? Ne sommes-nous pas habitués à toutes ces choses ? Ces affaires sinistres ne nous émeuvent presque plus, hélas ! C'est notre apathie, messieurs, qui doit faire horreur, et non le forfait de tel ou tel individu. D'où vient que nous réagissons si faiblement devant des phénomènes qui nous présagent un sombre avenir ? Faut-il attribuer cette indifférence au cynisme, à l'épuisement précoce de la raison et de l'imagination de notre société, si jeune encore, mais déjà débile ; au bouleversement de nos principes moraux ou à l'absence totale de ces principes ? Je laisse en suspens ces questions, qui n'en sont pas moins angoissantes et sollicitent l'attention de chaque citoyen. Notre presse, aux débuts si timides encore, a pourtant rendu quelques services à la société, car, sans elle, nous ne connaîtrions pas la licence effrénée et la démoralisation qu'elle révèle sans cesse à tous, et non aux seuls visiteurs des audiences devenues publiques sous le présent règne. Et que lisons-nous dans les journaux ? Oh ! des atrocités devant lesquelles l'affaire actuelle elle-même pâlit et paraît presque banale. La plupart de nos causes criminelles attestent une sorte de perversité générale, entrée dans nos mœurs et difficile à combattre en tant que fléau social. Ici, c'est un jeune et brillant officier de la haute classe qui assassine sans remords un modeste fonctionnaire, dont il était l'obligé, et sa servante, afin de reprendre une reconnaissance de dette. Et il vole en même temps l'argent : « Cela servira à mes plaisirs. » Son crime accompli, il s'en va, après avoir mis un oreiller sous la tête des victimes. Ailleurs, un jeune héros, décoré pour sa bravoure, égorge comme un brigand, sur la grande route, la mère de son chef, et, pour persuader ses complices, leur assure que « cette femme l'aime comme un fils, qu'elle se fie à lui et, par conséquent, ne prendra pas de précautions ». Ce sont des monstres, mais je n'ose dire qu'il s'agisse de cas isolés. Un autre, sans aller jusqu'au crime, pense de même et est tout aussi infâme dans son for intérieur. En tête à tête avec sa conscience, il se demande peut-être : « L'honneur n'est-il pas un préjugé ? » On m'objectera que je calomnie notre société, que je déraisonne, que j'exagère. Soit, je ne demanderais pas mieux que de me tromper. Ne me croyez pas, considérez-moi comme un malade, mais rappelez-vous mes paroles ; même si je ne dis que la vingtième partie de la vérité, c'est à faire frémir ! Regardez combien il y a de suicides parmi les jeunes gens ! Et ils se tuent sans se demander, comme Hamlet, ce qu'il y aura *ensuite* ; la question de l'immortalité de l'âme, de la vie future n'existe pas pour eux. Voyez notre corruption, nos débauchés. Fiodor Pavlovitch, la malheureuse victime de cette affaire, paraît un enfant innocent à côté d'eux. Or, nous l'avons tous connu, il vivait parmi nous... Oui, la psychologie du crime en Russie sera peut-être étudiée un jour par des esprits éminents, tant chez nous qu'en Europe, car le sujet en vaut la peine. Mais cette étude aura lieu après coup, à loisir, quand l'incohérence tragique de l'heure actuelle, n'étant plus qu'un souvenir, pourra être analysée plus impartialement que je ne suis capable de le faire. Pour le moment, nous nous effrayons ou nous feignons de nous effrayer, tout en savourant ce spectacle, ces sensations fortes qui secouent notre cynique oisiveté ; ou bien nous nous cachons, comme des enfants, la tête sous l'oreiller à la vue de ces fantômes qui passent, pour les oublier ensuite dans la joie et dans les plaisirs. Mais un jour ou l'autre il faudra réfléchir, faire notre examen de conscience, nous rendre compte de notre état social. A la fin d'un de ses chefs-d'œuvre, un grand écrivain de la période précédente, comparant la Russie à une fougueuse *troïka*, qui galope vers un but inconnu, s'écrie : « Ah ! *troïka*, rapide comme l'oiseau, qui donc t'a inventée ? » Et, dans un élan d'enthousiasme, il ajoute que devant cette *troïka* emportée, tous les peuples s'écartent respectueusement[1]. Soit, messieurs, je le veux bien, mais, à mon humble avis, le génial artiste a cédé à un accès d'idéalisme naïf, à moins que peut-être il n'ait craint la censure de l'époque. Car, en n'attelant que ses héros à sa *troïka*, les Sabakévitch, les Nozdriov, les Tchitchikov, quel que soit le voiturier, Dieu sait où nous mèneraient de pareils coursiers ! Et ce sont là les coursiers d'autrefois ; nous avons mieux encore... »

Ici, le discours d'Hippolyte Kirillovitch fut interrompu par des applaudissements. Le libéralisme du symbole de la *troïka* russe plut. A vrai dire, les applaudissements furent clairsemés, de sorte que le président ne jugea même pas nécessaire de menacer le public de « faire évacuer » la salle. Pourtant, Hippolyte Kirillovitch fut réconforté : on ne l'avait jamais applaudi ! On avait refusé de l'écouter durant tant d'années, et tout à coup il pouvait se faire entendre de toute la Russie !

« Qu'est-ce donc que cette famille Karamazov, qui a acquis soudain une si triste célébrité ? J'exagère peut-être, mais il me semble qu'elle résume certains traits fondamentaux de notre société contemporaine, à l'état microscopique, « comme une goutte d'eau résume le soleil ». Voyez ce vieillard débauché, ce « père de famille » qui a fini si tristement. Gentilhomme de naissance mais ayant débuté dans la vie comme chétif parasite, un mariage imprévu lui procure un petit capital ; d'abord vulgaire fripon et bouffon obséquieux, c'est avant tout un usurier. Avec le temps, à mesure qu'il s'enrichit, il prend de l'assurance. L'humilité et la flagornerie disparaissent, il ne reste qu'un cynique méchant et railleur, un débauché. Nul sens moral, une soif de vivre inextinguible. A part les plaisirs sensuels, rien n'existe, voilà ce qu'il enseigne à ses enfants. En tant que père, il ne reconnaît aucune obligation morale, il s'en moque, laisse ses jeunes enfants aux mains des domestiques et se réjouit quand on les emmène. Il les oublie même totalement. Toute sa morale se résume dans ce mot : *après moi, le déluge*[2] ! C'est le contraire d'un citoyen, il se détache

complètement de la société : « Périsse le monde, pourvu que
je me trouve bien, moi seul. » Et il se trouve bien, il est tout à
fait content, il veut mener cette vie encore vingt ou trente
ans. Il frustre son fils, et avec son argent, l'héritage de sa
mère qu'il refuse de lui remettre, il cherche à lui souffler sa
maîtresse. Non, je ne veux pas abandonner la défense de
l'accusé à l'éminent avocat venu de Pétersbourg. Moi aussi je
dirai la vérité, moi aussi je comprends l'indignation accumulée dans le cœur de ce fils. Mais assez sur ce malheureux
vieillard : il a reçu sa rétribution. Rappelons-nous, pourtant,
que c'était un père, et un père moderne. Est-ce calomnier la
société que de dire qu'il y en a beaucoup comme lui ? Hélas !
la plupart d'entre eux ne s'expriment pas avec autant de
cynisme, car ils sont mieux élevés, plus instruits, mais au
fond ils ont la même philosophie. Admettons que je sois
pessimiste. Il est entendu que vous me pardonnerez. Ne me
croyez pas, mais laissez-moi m'expliquer, vous vous rappellerez certaines de mes paroles.

» Voyons les fils de cet homme. L'un est devant nous, au
banc des accusés ; je serai bref sur les autres. L'aîné de ceux-
ci est un jeune homme moderne, fort instruit et fort
intelligent, qui ne croit à rien pourtant et a déjà renié bien des
choses, comme son père. Nous l'avons tous entendu, il était
reçu amicalement dans notre société. Il ne cachait pas ses
opinions, bien au contraire, ce qui m'enhardit à parler
maintenant de lui avec quelque franchise, tout en ne
l'envisageant qu'en tant que membre de la famille Karamazov. Hier, tout au bout de la ville, s'est suicidé un malheureux idiot, impliqué étroitement dans cette affaire, ancien
domestique et peut-être fils naturel de Fiodor Pavlovitch,
Smerdiakov. Il m'a raconté en larmoyant, à l'instruction, que
ce jeune Karamazov, Ivan Fiodorovitch, l'avait épouvanté
par son nihilisme moral : « D'après lui, tout est permis, et
rien dorénavant ne doit être défendu, voilà ce qu'il m'enseignait. » Cette doctrine a dû achever de déranger l'esprit de
l'idiot, bien qu'assurément sa maladie et le terrible drame
survenu dans la maison lui aient aussi troublé le cerveau.

Mais cet idiot est l'auteur d'une remarque qui eût fait honneur à un observateur plus intelligent, voilà pourquoi j'ai parlé de lui. « S'il y a, m'a-t-il dit, un des fils de Fiodor Pavlovitch qui lui ressemble davantage par le caractère, c'est Ivan Fiodorovitch ! » Sur cette remarque, j'interromps ma caractéristique, estimant qu'il serait indélicat de continuer. Oh ! je ne veux pas tirer des conclusions et pronostiquer uniquement la ruine à cette jeune destinée. Nous avons vu aujourd'hui que la vérité est encore puissante dans son jeune cœur, que les sentiments familiaux ne sont pas encore étouffés en lui par l'irréligion et le cynisme des idées, inspirés davantage par l'hérédité que par la véritable souffrance morale.

» Le plus jeune, encore adolescent, est pieux et modeste ; à l'inverse de la doctrine sombre et dissolvante de son frère, il se rapproche des « principes populistes », ou de ce qu'on appelle ainsi dans certains milieux intellectuels. Il s'est attaché à notre monastère, a même failli prendre l'habit. Il incarne, me semble-t-il, inconsciemment, le fatal désespoir qui pousse une foule de gens, dans notre malheureuse société — par crainte du cynisme corrupteur et parce qu'ils attribuent faussement tous nos maux à la culture occidentale — à retourner, comme ils disent, « au sol natal », à se jeter, pour ainsi parler, dans les bras de la terre natale, comme des enfants effrayés par les fantômes se réfugient sur le sein tari de leur mère pour s'endormir tranquillement et échapper aux visions qui les épouvantent. Quant à moi, je forme les meilleurs vœux pour cet adolescent si bien doué, je souhaite que ses nobles sentiments et ses aspirations vers les principes populistes ne dégénèrent pas par la suite, comme il arrive fréquemment, en un sombre mysticisme au point de vue moral, en un stupide chauvinisme au point de vue civique, deux idéals qui menacent la nation de maux encore plus graves, peut-être, que cette perversion précoce, provenant d'une fausse compréhension de la culture occidentale dont souffre son frère. »

Le chauvinisme et le mysticisme recueillirent quelques

applaudissements. Sans doute, Hippolyte Kirillovitch s'était laissé entraîner, et toutes ces divagations ne cadraient guère avec l'affaire, mais ce poitrinaire aigri avait trop envie de se faire entendre, au moins une fois dans sa vie. On raconta ensuite qu'en faisant d'Ivan Fiodorovitch un portrait tiré au noir, il avait obéi à un sentiment peu délicat : battu une ou deux fois par celui-ci dans des discussions en public, il voulait maintenant se venger. J'ignore si cette assertion était justifiée. D'ailleurs, tout cela n'était qu'une simple entrée en matière.

« Le troisième fils de cette famille moderne est sur le banc des accusés. Sa vie et ses exploits se déroulent devant nous ; l'heure est venue où tout s'étale au grand jour. A l'inverse de ses frères, dont l'un est un « occidentaliste » et l'autre un « populiste », il représente la Russie à l'état naturel, mais Dieu merci, pas dans son intégrité ! Et pourtant la voici, notre Russie, on la sent, on l'entend en lui, la chère petite mère. Il y a en nous un étonnant alliage de bien et de mal ; nous aimons Schiller et la civilisation, mais nous faisons du tapage dans les cabarets et nous traînons par la barbe nos compagnons d'ivresse. Il nous arrive d'être excellents, mais seulement lorsque tout va bien pour nous. Nous nous enflammons pour les plus nobles idéaux, à condition de les atteindre sans peine et que cela ne nous coûte rien. Nous n'aimons pas à payer, mais nous aimons beaucoup à recevoir. Faites-nous la vie heureuse, donnez-nous les coudées franches et vous verrez comme nous serons gentils. Nous ne sommes pas avides, certes, mais donnez-nous le plus d'argent possible, et vous verrez avec quel mépris pour le vil métal nous le dissiperons en une nuit d'orgie. Et si l'on nous refuse l'argent, nous montrerons comment nous savons nous en procurer au besoin. Mais procédons par ordre. Nous voyons d'abord le pauvre enfant abandonné « nu-pieds dans l'arrière-cour », selon l'expression de notre respectable concitoyen, d'origine étrangère, hélas ! Encore un coup, je n'abandonne à personne la défense du prévenu. Je suis à la fois son accusateur et son avocat. Nous sommes humains, que diantre, et apprécions comme il sied l'influence des premières impressions d'enfance sur le caractère. Mais l'enfant devient un jeune homme, le voici officier ; ses violences et une provocation en duel le font exiler dans une ville frontière. Naturellement, il fait la fête, mène la vie à grandes guides. Il a surtout besoin d'argent, et après de longues discussions transige avec son père pour six mille roubles. Il existe, remarquez-le bien, une lettre de lui où il renonce presque au reste et termine, pour cette somme, le différend au sujet de l'héritage. C'est alors qu'il fait la connaissance d'une jeune fille cultivée, et d'un très noble caractère. Je n'entrerai pas dans les détails, vous venez de les entendre : il s'agit d'honneur et d'abnégation, je me tais. L'image du jeune homme frivole et corrompu, mais s'inclinant devant la véritable noblesse, devant une idée supérieure, nous est apparue des plus sympathiques. Mais ensuite, dans cette même salle, on nous a montré le revers de la médaille. Je n'ose pas me lancer dans des conjectures et je m'abstiens d'analyser les causes. Ces causes n'en existent pas moins. Cette même personne, avec les larmes d'une indignation longtemps refoulée, nous déclare qu'il l'a méprisée pour son élan imprudent, impétueux, peut-être, mais noble et généreux. Devenu son fiancé, il a eu pour elle un sourire railleur qu'elle aurait peut-être supporté d'un autre, mais *pas de lui*. Sachant qu'il l'a trahie (car il pensait pouvoir tout se permettre à l'avenir, même la trahison), sachant cela, elle lui remet trois mille roubles en lui donnant à entendre clairement qu'elle devine ses intentions. « Eh bien ! les prendras-tu, oui ou non, en auras-tu le courage ? » lui dit son regard pénétrant. Il la regarde, comprend parfaitement sa pensée (lui-même l'a avoué devant vous), puis il s'approprie ces trois mille roubles et les dépense en deux jours avec son nouvel amour. Que croire ? La première légende, le noble sacrifice de ses dernières ressources et l'hommage à la vertu, ou le revers de la médaille, la bassesse de cette conduite ? Dans les cas ordinaires, il convient de chercher la vérité entre les extrêmes ; ce n'est pas le cas ici. Très probablement, il s'est montré aussi noble la première fois que vil la seconde. Pourquoi ? Parce que nous sommes une « nature large », un Karamazov — voilà où je veux en venir — capable de réunir tous les contrastes et de contempler à la fois deux abîmes, celui d'en haut, l'abîme des sublimes idéals, et celui d'en bas, l'abîme de la plus ignoble dégradation. Rappelez-vous la brillante idée formulée tout à l'heure par M. Rakitine, le jeune observateur, qui a étudié de près toute la famille Karamazov : « La conscience de la dégradation est aussi indispensable à ces natures effrénées que la conscience de la noblesse morale. » Rien n'est plus vrai ; ce mélange contre nature leur est constamment nécessaire. Deux abîmes, messieurs, deux abîmes simultanément, sinon nous ne sommes pas satisfaits, il manque quelque chose à notre existence. Nous sommes larges, larges, comme notre mère la Russie, nous nous accommodons de tout. A propos, messieurs les jurés, nous venons de parler de ces trois mille roubles et je me permets d'anticiper un peu. Imaginez-vous qu'avec ce caractère, ayant reçu cet argent au prix d'une telle honte, de la dernière humiliation, imaginez-vous que le jour même il ait pu soi-disant en distraire la moitié, la coudre dans un sachet et avoir ensuite la constance de la porter tout un mois sur la poitrine, malgré la gêne et les tentations ! Ni lors de ses orgies dans les cabarets, ni lorsqu'il lui fallut quitter la ville pour se procurer chez Dieu sait qui l'argent nécessaire, afin de soustraire sa bien-aimée aux séductions de son père, de son rival, il n'ose toucher à cette réserve. Ne fût-ce que pour ne pas laisser son amie exposée aux intrigues du vieillard dont il était si jaloux, il aurait dû défaire son sachet et monter la garde autour d'elle, attendant le moment où elle lui dirait : « Je suis à toi », pour l'emmener loin de ce fatal milieu. Mais non, il n'a pas recours à son talisman, et sous quel prétexte ? Le premier prétexte, nous l'avons dit, était qu'il lui fallait de l'argent, au cas où son amie voudrait partir avec lui. Mais ce premier prétexte, d'après les propres paroles de l'accusé, a fait place à un autre. « Tant, dit-il, que je porte cet argent sur moi, je suis un misérable, mais non un voleur », car je puis toujours aller trouver ma fiancée, et en lui présentant la moitié de la somme que je me suis frauduleusement appropriée, lui dire : « Tu vois, j'ai dissipé la moitié de ton argent et prouvé que je suis un homme faible et sans conscience et, si tu veux, un misérable (j'emploie les termes de l'accusé), mais non un voleur, car alors je ne t'aurais pas rapporté cette moitié, je me la serais appropriée comme la première. » Singulière explication ! Ce forcené sans caractère, qui n'a pu résister à la tentation d'accepter trois mille roubles dans des conditions aussi honteuses, fait preuve soudain d'une fermeté stoïque et porte mille roubles à son cou sans oser y toucher ! Cela cadre-t-il avec le caractère que nous avons analysé ? Non, et je me permets de vous raconter comment le vrai Dmitri Karamazov aurait procédé s'il s'était vraiment décidé à coudre son argent dans un sachet. A la première tentation, ne fût-ce que pour faire plaisir à sa dulcinée, avec laquelle il avait déjà dépensé la moitié de l'argent, il aurait décousu le sachet et prélevé, mettons cent roubles pour la première fois, car à quoi bon rapporter nécessairement la moitié ? quatorze cents roubles suffisent : « Je suis un misérable et non un voleur, car je rendrai quatorze cents roubles ; un voleur eût tout gardé. » Quelque temps après, il aurait retiré un second billet, puis un troisième, et ainsi de suite jusqu'à l'avant-dernier, à la fin du mois : « Je suis un misérable, mais non un voleur. J'ai dépensé vingt-neuf billets, je restituerai le trentième, un voleur n'agirait pas ainsi. » Mais cet avant-dernier billet disparu à son tour, il aurait regardé le dernier en se disant : « Ce n'est plus la peine, dépensons celui-là comme les autres ! » Voilà comment aurait procédé le véritable Dmitri Karamazov, tel que nous le connaissons ! Quant à la légende du sachet, elle est en contradiction absolue avec la réalité. On peut tout supposer, excepté cela. Mais nous y reviendrons. »

Après avoir exposé dans l'ordre tout ce que l'instruction connaissait des discussions d'intérêts et des rapports du père et du fils, en concluant de nouveau qu'il était tout à fait impossible d'établir, au sujet de la division de l'héritage, lequel avait fait tort à l'autre, Hippolyte Kirillovitch, à propos de ces trois mille roubles devenus une idée fixe dans l'esprit de Mitia, rappela l'expertise médicale.

VII

APERÇU HISTORIQUE

« L'expertise médicale a voulu nous prouver que l'accusé n'a pas toute sa raison, que c'est un maniaque. Je soutiens qu'il a sa raison, mais que c'est un malheur pour lui : car s'il ne l'avait pas, il aurait peut-être fait preuve de plus d'intelligence. Je le reconnaîtrais volontiers pour maniaque, mais sur un point seulement, signalé par l'expertise, sa manière de voir au sujet de ces trois mille roubles dont son père l'aurait frustré. Néanmoins son exaspération à ce propos peut s'expliquer beaucoup plus simplement que par une propension à la folie. Je partage entièrement l'opinion du jeune praticien, selon lequel l'accusé jouit et jouissait de toutes ses facultés, n'était qu'exaspéré et aigri. J'estime que ces trois mille roubles ne faisaient pas l'objet de sa constante exaltation, qu'une autre cause excitait sa colère ; cette cause, c'est la jalousie ! »

Ici, Hippolyte Kirillovitch s'étendit sur la fatale passion de l'accusé pour Grouchegnka. Il commença au moment où l'accusé s'était rendu chez « la jeune personne » pour « la battre », suivant son expression ; mais au lieu de cela, il resta à ses pieds, ce fut le début de cet amour. En même temps, cette personne est remarquée par le père de l'accusé : coïncidence fatale et surprenante, car ces deux cœurs s'enflammèrent à la fois d'une passion effrénée, en vrais Karamazov, bien qu'ils connussent auparavant la jeune femme. Nous possédons l'aveu de celle-ci : « Je me jouais, dit-elle, de l'un et de l'autre. » Oui, cette intention lui vint tout à coup à l'esprit, et finalement les deux hommes furent ensorcelés par elle. Le vieillard, qui adorait l'argent, prépara trois mille roubles, seulement pour qu'elle vînt chez lui, et bientôt il en arriva à s'estimer heureux si elle consentait à l'épouser. Nous avons des témoignages formels à cet égard. Quant à l'accusé, nous connaissons la tragédie qu'il a vécue. Mais tel était le « jeu » de la jeune personne. Cette sirène n'a donné aucun espoir au malheureux, si ce n'est au dernier moment, alors que, à genoux devant elle, il lui tendait les bras. « Envoyez-moi au bagne avec lui, c'est moi qui l'ai poussé, je suis la coupable ! » criait-elle avec un sincère repentir lors de l'arrestation. M. Rakitine, le jeune homme de talent, que j'ai déjà cité et qui a entrepris de décrire cette affaire, définit en quelques phrases concises le caractère de l'héroïne : « Un désenchantement précoce, la trahison et l'abandon du fiancé qui l'avait séduite, puis la pauvreté, la malédiction d'une honnête famille, enfin la protection d'un riche vieillard, que d'ailleurs elle regarde encore comme son bienfaiteur. Dans ce jeune cœur, peut-être enclin au bien, la colère s'est amassée, elle est devenue calculatrice, elle aime à thésauriser ; elle se raille de la société et lui garde rancune. » Cela explique qu'elle ait pu se jouer de l'un et de l'autre par méchanceté pure. Durant ce mois où l'accusé aime sans espoir, dégradé par sa trahison et sa malhonnêteté, il est en outre affolé, exaspéré par une jalousie incessante envers son père. Et pour comble, le vieillard insensé s'efforce de séduire l'objet de sa passion au moyen de ces trois mille roubles que son fils lui réclame comme l'héritage de sa mère. Oui, je conviens que la pilule était amère ! Il y avait de quoi devenir maniaque. Et ce n'était pas l'argent qui importait, mais le cynisme répugnant qui conspirait contre son bonheur, avec cet argent même ! »

Ensuite Hippolyte Kirillovitch aborda la genèse du crime dans l'esprit de l'accusé, en s'appuyant sur les faits.

« D'abord, nous nous bornons à brailler dans les cabarets durant tout ce mois. Nous exprimons volontiers tout ce qui nous passe par la tête, même les idées les plus subversives ; nous sommes expansif, mais, on ne sait pourquoi, nous exigeons que nos auditeurs nous témoignent une entière

sympathie, prennent part à nos peines, fassent chorus, ne
nous gênent en rien. Sinon gare à eux ! (Suivait l'anecdote du
capitaine Sniéguiriov.) Ceux qui ont vu et entendu l'accusé
durant ce mois eurent finalement l'impression qu'il ne s'en
tiendrait pas à de simples menaces contre son père, et que,
dans son exaspération, il était capable de les réaliser. (Ici le
procureur décrivit la réunion de famille au monastère, les
conversations avec Aliocha et la scène scandaleuse chez
Fiodor Pavlovitch, chez qui l'accusé avait fait irruption après
dîner.) Je ne suis pas sûr, poursuivit Hippolyte Kirillovitch,
qu'avant cette scène l'accusé eût déjà résolu de supprimer son
père. Mais cette idée lui était déjà venue : les faits, les
témoins et son propre aveu le prouvent. J'avoue, messieurs
les jurés, que jusqu'à ce jour j'hésitais à croire à la préméditation complète. J'étais persuadé qu'il avait envisagé à plusieurs reprises ce moment fatal, mais sans préciser la date et
les circonstances de l'exécution. Mon hésitation a cessé en
présence de ce document accablant, communiqué aujour-
d'hui au tribunal par Mlle Verkhovtsev. Vous avez entendu,
messieurs, son exclamation : « C'est le plan, le programme
de l'assassinat ! » Voilà comment elle a défini cette malheureuse lettre d'ivrogne. En effet, cette lettre établit la préméditation. Elle a été écrite deux jours avant le crime, et nous
savons qu'à ce moment, avant la réalisation de son affreux
projet, l'accusé jurait que s'il ne trouvait pas à emprunter le
lendemain, il tuerait son père pour prendre l'argent sous son
oreiller, « dans une enveloppe, ficelée d'une faveur rose, dès
qu'Ivan serait parti ». Vous entendez : « dès qu'Ivan serait
parti » ; par conséquent, tout est combiné, et tout s'est passé
comme il l'avait écrit. La préméditation ne fait aucun doute,
le crime avait le vol pour mobile, c'est écrit et signé. L'accusé
ne renie pas sa signature. On dira : c'est la lettre d'un
ivrogne. Cela n'atténue rien, au contraire : il a écrit, étant
ivre, ce qu'il avait combiné à l'état lucide. Sinon, il se serait
abstenu d'écrire. « Mais, objectera-t-on peut-être, pourquoi
a-t-il crié son projet dans les cabarets ? celui qui *prémédite* un
tel acte se tait et garde son secret. » C'est vrai, mais alors il

n'avait que des velléités, son intention mûrissait. Par la suite, il s'est montré plus réservé à cet égard. Le soir où il écrivit cette lettre, après s'être enivré au cabaret « A la Capitale », il resta silencieux par exception, se tint à l'écart sans jouer au billard, se bornant à houspiller un commis de magasin, mais inconsciemment, cédant à une habitude invétérée. Certes, une fois résolu à agir, l'accusé devait appréhender de s'être trop vanté en public de ses intentions, et que cela pût servir de preuve contre lui, quand il exécuterait son plan. Mais que faire ? Il ne pouvait rattraper ses paroles et espérait s'en tirer encore cette fois. Nous nous fiions à notre étoile, messieurs ! Il faut reconnaître qu'il a fait de grands efforts avant d'en arriver là, et pour éviter un dénouement sanglant : « Je demanderai de l'argent à tout le monde, écrit-il dans sa langue originale, et si l'on m'en refuse, le sang coulera. » De nouveau, nous le voyons agir à l'état lucide comme il l'avait écrit étant ivre ! »

Ici Hippolyte Kirillovitch décrivit en détail les tentatives de Mitia pour se procurer de l'argent, pour éviter le crime. Il relata ses démarches auprès de Samsonov, sa visite à Liagavi.

« Éreinté, mystifié, affamé, ayant vendu sa montre pour les frais du voyage (tout en portant quinze cents roubles sur lui, soi-disant), tourmenté par la jalousie au sujet de sa bien-aimée qu'il a laissée en ville, soupçonnant qu'en son absence elle peut aller trouver Fiodor Pavlovitch, il revient enfin. Dieu soit loué ! Elle n'y a pas été. Lui-même l'accompagne chez son protecteur Samsonov. (Chose étrange, nous ne sommes pas jaloux de Samsonov, et c'est là un détail caractéristique !) Il court à son poste d'observation « sur les derrières » et, là, il apprend que Smerdiakov a eu une crise, que l'autre domestique est malade ; le champ est libre, les « signaux » sont dans ses mains, quelle tentation ! Néanmoins, il résiste ; il se rend chez une personne respectée de tous, Mme Khokhlakov. Cette dame, qui compatit depuis longtemps à son sort, lui donne le plus sage des conseils : renoncer à faire la fête, à cet amour scandaleux, à ces flâneries dans les cabarets, où se gaspille sa jeune énergie, et partir pour les mines d'or, en Sibérie : « Là-bas est le dérivatif aux forces qui bouillonnent en vous, à votre caractère romanesque, avide d'aventures. »

Après avoir décrit l'issue de l'entretien et le moment où l'accusé apprit tout à coup que Grouchegnka n'était pas restée chez Samsonov, ainsi que la fureur du malheureux jaloux, à l'idée qu'elle le trompait et se trouvait maintenant chez Fiodor Pavlovitch, Hippolyte Kirillovitch conclut, en faisant remarquer la fatalité de cet incident :

« Si la domestique avait eu le temps de lui dire que sa dulcinée était à Mokroïe avec son premier amant, rien ne serait arrivé. Mais elle était bouleversée, elle jura ses grands dieux, et si l'accusé ne la tua pas sur place, c'est parce qu'il s'élança à la poursuite de l'infidèle. Mais notez ceci : tout en étant hors de lui, il s'empare d'un pilon de cuivre. Pourquoi précisément un pilon ? Pourquoi pas une autre arme ? Mais si nous nous préparons à cette scène envisagée depuis un mois, que quelque chose ressemblant à une arme se présente, nous nous en emparons aussitôt. Depuis un mois, nous nous disions qu'un objet de ce genre peut servir d'arme. Aussi n'avons-nous pas hésité. Par conséquent, l'accusé savait ce qu'il faisait en se saisissant de ce fatal pilon. Le voici dans le jardin de son père, le champ est libre, pas de témoins, une obscurité profonde et la jalousie. Le soupçon qu'elle est ici, dans les bras de son rival et se moque peut-être de lui à cet instant, s'empare de son esprit. Et non seulement le soupçon, il s'agit bien de cela, la fourberie saute aux yeux : elle est ici, dans cette chambre où il y a de la lumière, elle est chez lui, derrière le paravent, et le malheureux se glisse vers la fenêtre, regarde avec déférence, se résigne et s'en va sagement pour ne pas faire un malheur, pour éviter l'irréparable ; et on veut nous faire croire cela, à nous qui connaissons le caractère de l'accusé, qui comprenons son état d'esprit révélé par les faits, surtout alors qu'il était au courant des signaux permettant de pénétrer aussitôt dans la maison ! »

A ce propos, Hippolyte Kirillovitch abandonna provisoirement l'accusation et jugea nécessaire de s'étendre sur Smerdiakov, afin de liquider l'épisode des soupçons dirigés contre lui et d'en finir une fois pour toutes avec cette idée. Il ne négligea aucun détail et tout le monde comprit que, malgré le dédain qu'il témoignait pour cette hypothèse, il la considérait pourtant comme très importante.

VIII

DISSERTATION SUR SMERDIAKOV

« D'abord, d'où vient la possibilité d'un pareil soupçon ? Le premier qui a dénoncé Smerdiakov est l'accusé lui-même, lors de son arrestation ; pourtant, jusqu'à ce jour, il n'a pas présenté le moindre fait à l'appui de cette inculpation, ni même une allusion tant soit peu vraisemblable à un fait quelconque. Ensuite, trois personnes seulement confirment ses dires : ses deux frères et Mme Sviétlov. Mais l'aîné a formulé ce soupçon seulement aujourd'hui, au cours d'un accès de démence et de fièvre chaude ; auparavant, durant ces deux mois, il était persuadé de la culpabilité de son frère et n'a même pas cherché à combattre cette idée. D'ailleurs, nous y reviendrons. Le cadet déclare n'avoir aucune preuve confirmant son idée de la culpabilité de Smerdiakov et s'appuie uniquement sur les paroles de l'accusé et « l'expression de son visage » ; il a proféré deux fois tout à l'heure cet argument extraordinaire. Mme Sviétlov s'est exprimée d'une façon peut-être encore plus étrange : « Vous pouvez croire l'accusé, il n'est pas homme à mentir. » Voilà toutes les charges alléguées contre Smerdiakov par ces trois personnes qui ne sont que trop intéressées au sort du prévenu. Et pourtant l'accusation contre Smerdiakov a circulé et persiste : peut-on vraiment y ajouter foi ? »

Ici, Hippolyte Kirillovitch jugea nécessaire d'esquisser le caractère de Smerdiakov, « qui a mis fin à ses jours dans une crise de folie ». Il le représenta comme un être faible, à l'instruction rudimentaire, dérouté par des idées philosophiques au-dessus de sa portée, effrayé de certaines doctrines modernes sur le devoir et l'obligation morale, que lui inculquaient — en pratique — par sa vie insouciante, son maître Fiodor Pavlovitch, peut-être son père, et — en théorie — par des entretiens philosophiques bizarres, le fils aîné du défunt, Ivan Fiodorovitch, qui goûtait ce divertissement, sans aucun doute par ennui ou par besoin de raillerie.

« Il m'a décrit lui-même son état d'esprit, les derniers jours qu'il passa dans la maison de son maître, expliqua Hippolyte Kirillovitch ; mais d'autres personnes attestent la chose : l'accusé, son frère et même le domestique Grigori, c'est-à-dire tous ceux qui devaient le connaître de près. En outre, atteint d'épilepsie, Smerdiakov était « peureux comme une poule ». « Il tombait à mes pieds et les baisait », nous a déclaré l'accusé, alors qu'il ne comprenait pas encore le préjudice que pouvait lui causer cette déclaration ; « c'est une poule épileptique », disait-il de lui dans sa langue pittoresque. Et voilà que l'accusé (lui-même l'atteste) en fait son homme de confiance et l'intimide au point qu'il consent enfin à lui servir d'espion et de rapporteur. Dans ce rôle de mouchard, il trahit son maître, révèle à l'accusé l'existence de l'enveloppe aux billets et les signaux grâce auxquels on peut arriver jusqu'à lui ; d'ailleurs, pouvait-il faire autrement ! « Il me tuera, je m'en rendais bien compte », disait-il en tremblant pendant l'instruction, bien que son bourreau fût déjà arrêté et hors d'état de le molester. « Il me soupçonnait à chaque instant et moi, glacé de terreur, je m'empressais, pour apaiser sa colère, de lui communiquer tous les secrets, afin de prouver ma bonne foi et d'avoir la vie sauve. » Telles sont ses paroles, je les ai notées. « Quand il criait après moi, il m'arrivait de me jeter à ses pieds. » Très honnête de nature, jouissant de la confiance de son maître, qui avait constaté cette honnêteté lorsque son domestique lui rendit l'argent qu'il avait perdu, le malheureux Smerdiakov a dû éprouver un profond repentir de sa trahison envers celui qu'il aimait comme son bienfaiteur. Suivant les observations de psychiatres éminents, les épileptiques gravement atteints ont la manie de

s'accuser eux-mêmes. La conscience de leur culpabilité les
tourmente, ils éprouvent des remords, souvent sans motif,
exagèrent leurs fautes, se forgent même des crimes imaginaires. Il leur arrive parfois de devenir criminels sous
l'influence de la peur, de l'intimidation. En outre, vu les
circonstances, Smerdiakov pressentait un malheur. Lorsque
le fils aîné de Fiodor Pavlovitch, Ivan Fiodorovitch, partit
pour Moscou, le jour même du drame, il le supplia de rester,
mais sans oser, avec sa lâcheté habituelle, lui faire part de ses
craintes d'une façon catégorique. Il se borna à des allusions
qui ne furent pas comprises. Il faut noter que, pour
Smerdiakov, Ivan Fiodorovitch représentait comme une
défense, une garantie que rien de fâcheux n'arriverait tant
qu'il serait là. Rappelez-vous l'expression de Dmitri Karamazov dans sa lettre d'ivrogne : « Je tuerai le vieux, pourvu
qu'Ivan parte. » Par conséquent, la présence d'Ivan Fiodorovitch paraissait à tous garantir l'ordre et le calme dans la
maison. Il part, et Smerdiakov, une heure après environ, a
une crise d'ailleurs fort compréhensible. Il faut mentionner
ici que, en proie à la peur et à une sorte de désespoir,
Smerdiakov, les derniers jours, sentait particulièrement la
possibilité d'une crise prochaine, qui se produisait toujours
aux heures d'anxiété et de vive émotion. On ne peut pas
évidemment deviner le jour et l'heure de ces attaques, mais
tout épileptique peut en ressentir les symptômes. Ainsi parle
la médecine. Un peu après le départ d'Ivan Fiodorovitch,
Smerdiakov, qui se sent abandonné et sans défense, va à la
cave pour les besoins du ménage et songe en descendant
l'escalier : « Aurai-je ou non une attaque ? si elle allait me
prendre maintenant ? » Précisément, cet état d'esprit, cette
appréhension, ces questions provoquent le spasme à la gorge,
précurseur de la crise ; il dégringole sans connaissance au
fond de la cave. On s'ingénie à suspecter cet accident tout
naturel, à y voir une indication, une allusion révélant la
simulation *volontaire* de la maladie ! Mais, dans ce cas, on se
demande aussitôt : « Pourquoi ? dans quel dessein ? » Je
laisse de côté la médecine ; la science ment, dit-on, la science

se trompe, les médecins n'ont pas su distinguer la vérité de la simulation ; soit, admettons, mais répondez à cette question : quelle raison avait-il de simuler ? Était-ce pour se faire remarquer à l'avance dans la maison où il préméditait un assassinat ? Voyez-vous, messieurs les jurés, il y avait cinq personnes chez Fiodor Pavlovitch, la nuit du crime : d'abord, le maître de la maison, mais il ne s'est pas tué lui-même, c'est clair ; deuxièmement, son domestique Grigori, mais il a failli être tué ; troisièmement, la femme de Grigori, Marthe Ignatièvna, mais ce serait une honte de la soupçonner. Il reste, par conséquent, deux personnes en cause : l'accusé et Smerdiakov. Mais comme l'accusé affirme que ce n'est pas lui l'assassin, ce doit être Smerdiakov ; il n'y a pas d'autre alternative, car on ne peut soupçonner personne d'autre. Voilà l'explication de cette accusation « subtile » et extraordinaire contre le malheureux idiot qui s'est suicidé hier ! C'est qu'on n'avait personne sous la main ! S'il avait existé le moindre soupçon contre quelqu'un d'autre, un sixième personnage, je suis sûr que l'accusé lui-même aurait eu honte de charger alors Smerdiakov et eût chargé ce dernier, car il est parfaitement absurde d'accuser Smerdiakov de cet assassinat.

» Messieurs, laissons la psychologie, laissons la médecine, laissons même la logique, consultons les faits, rien que les faits et voyons ce qu'ils nous disent. Smerdiakov a tué, mais comment ? Seul ou de complicité avec l'accusé ? Examinons d'abord le premier cas, c'est-à-dire l'assassinat commis seul. Évidemment, si Smerdiakov a tué, c'est pour quelque chose, dans un intérêt quelconque. Mais n'ayant aucun des motifs qui poussaient l'accusé, c'est-à-dire la haine, la jalousie, etc., Smerdiakov n'a tué que pour voler, pour s'approprier ces trois mille roubles que son maître avait serrés devant lui dans une enveloppe. Et voilà que, résolu au meurtre, il communique au préalable à une autre personne, qui se trouve être la plus intéressée, précisément l'accusé, tout ce qui concerne l'argent et les signaux, la place où se trouve l'enveloppe, sa suscription, avec quoi elle est ficelée, et surtout il lui communique ces « signaux » au moyen desquels on peut entrer chez son maître. Eh bien, c'est pour se trahir qu'il agit ainsi ? Ou afin de se donner un rival qui a peut-être envie, lui aussi, de venir s'emparer de l'enveloppe ? Oui, dira-t-on, mais il a parlé sous l'empire de la peur. Comment cela ? L'homme qui n'a pas hésité à concevoir un acte aussi hardi, aussi féroce, et à l'exécuter ensuite, communique de pareils renseignements, qu'il est seul à connaître au monde et que personne n'aurait jamais devinés s'il avait gardé le silence. Non, si peureux qu'il fût, après avoir conçu un tel acte, cet homme n'aurait parlé à personne de l'enveloppe et des signaux, car c'eût été se trahir d'avance. Il aurait inventé quelque chose à dessein et menti, si l'on avait absolument exigé de lui des renseignements, mais gardé le silence là-dessus. Au contraire, je le répète, s'il n'avait dit mot au sujet de l'argent et qu'il se le fût approprié après le crime, personne au monde n'aurait jamais pu l'accuser d'assassinat avec le vol pour mobile, car personne, excepté lui, n'avait vu cet argent, personne n'en connaissait l'existence dans la maison ; si même on l'avait accusé, on aurait attribué un autre motif au crime. Mais comme tout le monde l'avait vu aimé de son maître, honoré de sa confiance, les soupçons ne seraient point tombés sur lui, mais bien au contraire sur un homme qui, lui, aurait eu des motifs de se venger, qui, loin de les dissimuler, s'en serait vanté publiquement ; bref, on aurait soupçonné le fils de la victime, Dmitri Fiodorovitch. Il eût été avantageux pour Smerdiakov, assassin et voleur, qu'on accusât ce fils, n'est-ce pas ? Eh bien, c'est à lui, c'est à Dmitri Fiodorovitch que Smerdiakov, ayant prémédité son crime, parle à l'avance de l'argent, de l'enveloppe, des signaux ; quelle logique, quelle clarté !!!

» Arrive le jour du crime prémédité par Smerdiakov, et il dégringole dans la cave, après avoir *simulé* une attaque d'épilepsie ; pourquoi ? Sans doute pour que le domestique Grigori, qui avait l'intention de se soigner, y renonce peut-être en voyant la maison sans surveillance, et monte la garde. Probablement aussi afin que le maître lui-même, se voyant abandonné et redoutant la venue de son fils, ce qu'il ne cachait pas, redouble de méfiance et de précautions. Surtout enfin pour qu'on le transporte immédiatement, lui Smerdiakov, épuisé par sa crise, de la cuisine où il couchait seul et avait son entrée particulière, à l'autre bout du pavillon, dans la chambre de Grigori et de sa femme, derrière une séparation, comme on faisait toujours quand il avait une attaque, selon les instructions du maître et de la compatissante Marthe Ignatièvna. Là, caché derrière la cloison et pour mieux paraître malade, il commence sans doute à geindre, c'est-à-dire à les réveiller toute la nuit (leur déposition en fait foi), et tout cela afin de se lever plus aisément et de tuer ensuite son maître !

» Mais, dira-t-on, peut-être a-t-il simulé une crise précisément pour détourner les soupçons, et parlé à l'accusé de l'argent et des signaux pour le tenter et le pousser au crime ? Et lorsque l'accusé, après avoir tué, s'est retiré en emportant l'argent et a peut-être fait du bruit et réveillé des témoins, alors, voyez-vous, Smerdiakov se lève et va aussi... eh bien ? que va-t-il faire ? il va assassiner une seconde fois son maître et voler l'argent déjà dérobé. Messieurs, vous voulez rire ? J'ai honte de faire de pareilles suppositions ; pourtant figurez-vous que c'est précisément ce qu'affirme l'accusé : lorsque j'étais déjà parti, dit-il, après avoir abattu Grigori et jeté l'alarme, Smerdiakov s'est levé pour assassiner et voler. Je laisse de côté l'impossibilité pour Smerdiakov de calculer et de prévoir les événements, la venue du fils exaspéré qui se contente de regarder respectueusement par la fenêtre et, connaissant les signaux, se retire et lui abandonne sa proie ! Messieurs, je pose la question sérieusement : A quel moment Smerdiakov a-t-il commis son crime ? Indiquez ce moment, sinon l'accusation tombe.

» Mais peut-être la crise était-elle réelle. Le malade, ayant recouvré ses sens, a entendu un cri, est sorti, et alors ? Il a regardé et s'est dit : si j'allais tuer le maître ? Mais comment a-t-il appris ce qui s'était passé, gisant jusqu'alors sans connaissance ? D'ailleurs, messieurs, la fantaisie même a des limites.

» Soit, diront les gens subtils, mais si les deux étaient de connivence, s'ils avaient assassiné ensemble et s'étaient partagé l'argent ?

» Oui, il y a, en effet, un soupçon grave et, tout d'abord, de fortes présomptions à l'appui ; l'un d'eux assassine et se charge de tout, tandis que l'autre complice reste couché en simulant une crise, précisément pour éveiller au préalable le soupçon chez tous, pour alarmer le maître et Grigori. On se demande pour quels motifs les deux complices auraient pu imaginer un plan aussi absurde. Mais peut-être n'y avait-il qu'une complicité passive de la part de Smerdiakov ; peut-être qu'épouvanté, il a consenti seulement à ne pas s'opposer au meurtre et, pressentant qu'on l'accuserait d'avoir laissé tuer son maître sans le défendre, il aura obtenu de Dmitri Karamazov la permission de rester couché durant ce temps, comme s'il avait une crise : « Libre à toi d'assassiner, ça ne me regarde pas. » Dans ce cas, comme cette crise aurait mis la maison en émoi, Dmitri Karamazov ne pouvait consentir à une telle convention. Mais j'admets qu'il y ait consenti ; il n'en résulterait pas moins que Dmitri Karamazov est l'assassin direct, l'instigateur, et Smerdiakov, à peine un complice passif : il a seulement laissé faire, par crainte et contre sa volonté ; cette distinction n'aurait pas échappé à la justice. Or, que voyons-nous ? Lors de son arrestation, l'inculpé rejette tous les torts sur Smerdiakov et l'accuse *seul*. Il ne l'accuse pas de complicité ; lui seul a assassiné et volé, c'est l'œuvre de ses mains ! A-t-on jamais vu des complices se charger dès le premier moment ? Et remarquez le risque que court Karamazov : il est le principal assassin, l'autre s'est borné à laisser faire, couché derrière la cloison, et il s'en prend à lui. Mais ce comparse pouvait se fâcher et, par instinct de conservation, s'empresser de dire toute la vérité : nous avons tous deux participé au crime, pourtant, je n'ai pas tué, j'ai seulement laissé faire, par crainte. Car Smerdiakov pouvait comprendre que la justice discernerait aussitôt son degré de culpabilité, et compter sur un châtiment bien moins rigoureux que le principal assassin, qui voulait tout rejeter

sur lui. Mais alors, il aurait forcément avoué. Pourtant, il
n'en est rien. Smerdiakov n'a pas soufflé mot de sa complicité, bien que l'assassin l'ait accusé formellement et désigné
tout le temps comme l'unique auteur du crime. Ce n'est pas
tout ; Smerdiakov a révélé à l'instruction qu'il avait *lui-même*
parlé à l'accusé de l'enveloppe avec l'argent et des signaux, et
que sans lui, celui-ci n'aurait rien su. S'il avait été vraiment
complice et coupable, aurait-il si volontiers communiqué la
chose ? Au contraire, il se serait dédit, il aurait certainement
dénaturé et atténué les faits. Mais il n'a pas agi ainsi. Seul un
innocent, qui ne craint pas d'être accusé de complicité, peut
se conduire de la sorte. Eh bien, dans un accès de mélancolie
morbide consécutive à l'épilepsie et à tout ce drame, il s'est
pendu hier, après avoir écrit ce billet : « Je mets volontairement fin à mes jours ; qu'on n'accuse personne de ma mort. »
Que lui coûtait-il d'ajouter : « c'est moi l'assassin, et non
Karamazov ? » Mais il n'en a rien fait ; sa conscience n'est pas
allée jusque-là.

  » Tout à l'heure, on a apporté de l'argent au tribunal, trois
mille roubles, « les billets qui se trouvaient dans l'enveloppe
figurant parmi les pièces à conviction ; je les ai reçus hier de
Smerdiakov ». Mais vous n'avez pas oublié, messieurs les
jurés, cette triste scène. Je n'en retracerai pas les détails,
pourtant je me permettrai deux ou trois remarques choisies à
dessein parmi les plus insignifiantes, parce qu'elles ne
viendront pas à l'esprit de chacun et qu'on les oubliera.
D'abord, c'est par remords qu'hier Smerdiakov a restitué
l'argent et s'est pendu. (Autrement il ne l'aurait pas rendu.)
Et ce n'est qu'hier soir évidemment qu'il a avoué pour la
première fois son crime à Ivan Karamazov, comme ce dernier
l'a déclaré, sinon pourquoi aurait-il gardé le silence jusqu'à
présent ? Ainsi il a avoué ; pourquoi, je le répète, n'a-t-il pas
dit toute la vérité dans son billet funèbre, sachant que le
lendemain on allait juger un innocent ? L'argent seul ne
constitue pas une preuve. J'ai appris tout à fait par hasard, il
y a huit jours, ainsi que deux personnes ici présentes, qu'Ivan
Fiodorovitch Karamazov avait fait changer, au chef-lieu,

deux obligations à 5 % de cinq mille roubles chacune, soit dix mille au total. Ceci pour montrer qu'on peut toujours se procurer de l'argent pour une date fixe et que les trois mille roubles présentés ne sont pas nécessairement les mêmes qui se trouvaient dans le tiroir ou l'enveloppe. Enfin, Ivan Karamazov, ayant recueilli hier les aveux du véritable assassin, est resté chez lui. Pourquoi n'a-t-il pas fait aussitôt sa déclaration ? Pourquoi avoir attendu jusqu'au lendemain ? J'estime qu'on peut en deviner la raison ; malade depuis une semaine, ayant avoué au médecin et à ses proches qu'il avait des hallucinations et rencontrait des gens décédés, menacé par la fièvre chaude qui s'est déclarée aujourd'hui, en apprenant soudain le décès de Smerdiakov, il s'est tenu ce raisonnement : « Cet homme est mort, on peut l'accuser, je sauverai mon frère. J'ai de l'argent, je présenterai une liasse de billets en disant que Smerdiakov me les a remis avant de mourir. » C'est malhonnête, direz-vous, de mentir, même pour sauver son frère, même en ne chargeant qu'un mort ? Soit, mais s'il a menti inconsciemment, s'il s'est imaginé que c'était arrivé, l'esprit définitivement dérangé par la nouvelle de la mort subite du valet ? Vous avez assisté à cette scène tout à l'heure, vous avez vu dans quel état se trouvait cet homme. Il se tenait debout et parlait, mais où était sa raison ? La déposition du malade a été suivie d'un document, une lettre de l'accusé à Mlle Verkhovtsev, écrite deux jours avant le crime dont elle contient le programme détaillé. A quoi bon chercher ce programme et ses auteurs ? Tout s'est passé exactement d'après lui, et personne n'a aidé l'auteur. Oui, messieurs les jurés, tout s'est passé comme il l'avait écrit ! Et nous ne nous sommes pas enfui avec une crainte respectueuse de la fenêtre paternelle, surtout en étant persuadé que notre bien-aimée se trouvait chez lui. Non, c'est absurde et invraisemblable. Il est entré, et il est allé jusqu'au bout. Il a dû tuer dans un accès de fureur, en voyant son rival détesté, peut-être d'un seul coup de pilon, mais ensuite, après s'être convaincu par un examen détaillé qu'elle n'était pas là, il n'a pas oublié de mettre la main sous l'oreiller et de s'emparer de l'enveloppe avec l'argent, qui figure maintenant, déchirée, parmi les pièces à conviction. J'en parle pour vous signaler une circonstance caractéristique. Un assassin expérimenté, venu exclusivement pour voler, aurait-il laissé l'enveloppe sur le plancher, telle qu'on l'a trouvée auprès du cadavre ? Smerdiakov, par exemple, eût emporté le tout, sans se donner la peine de la décacheter près de sa victime, sachant bien qu'elle contenait de l'argent, puisqu'il l'avait vu mettre et cacheter ; or, l'enveloppe disparue, on ne pouvait savoir s'il y avait eu vol. Je vous le demande, messieurs les jurés, Smerdiakov aurait-il agi ainsi et laissé l'enveloppe à terre ? Non, c'est ainsi que devait procéder un assassin furieux, incapable de réfléchir, n'ayant jamais rien dérobé, et qui, même maintenant, s'approprie l'argent non comme un vulgaire malfaiteur, mais comme quelqu'un qui reprend son bien à celui qui l'a volé, car telles étaient précisément, à propos de ces trois mille roubles, les idées de Dmitri Karamazov, idées qui tournaient chez lui à la manie. En possession de l'enveloppe qu'il n'avait jamais vue auparavant, il la déchire pour s'assurer qu'elle contient de l'argent, puis il la jette et se sauve avec les billets dans sa poche, sans se douter qu'il laisse ainsi derrière lui, sur le plancher, une preuve accablante. Car c'est Karamazov et non Smerdiakov, il n'a pas réfléchi, d'ailleurs il n'avait pas le temps. Il s'enfuit, il entend le cri du domestique qui le rejoint ; celui-ci le saisit, l'arrête, et tombe assommé d'un coup de pilon. L'accusé saute à bas de la palissade, par pitié, affirme-t-il, par compassion, pour voir s'il ne pourrait pas lui venir en aide. Mais était-ce le moment de s'attendrir ? Non ; il est redescendu précisément pour s'assurer si l'unique témoin de son crime vivait encore. Tout autre sentiment, tout autre motif eussent été insolites ! Remarquez qu'il s'empresse autour de Grigori, lui essuie la tête avec son mouchoir, puis, le croyant mort, comme égaré, couvert de sang, il court de nouveau à la maison de sa bien-aimée ; comment n'a-t-il pas songé que dans cet état on l'accuserait aussitôt ? Mais l'accusé lui-même nous assure qu'il n'y a pas pris garde ; on peut l'admettre, c'est très possible, cela arrive toujours aux criminels dans de pareils moments. D'un côté, calcul infernal, absence de raisonnement de l'autre. Mais à cette minute il se demandait seulement où *elle* était. Dans sa hâte de le savoir, il court chez elle et apprend une nouvelle imprévue, accablante pour lui : elle est partie pour Mokroïé rejoindre son ancien amant, « l'incontesté ».

IX

PSYCHOLOGIE A LA VAPEUR.
LA TROÏKA EMPORTÉE. PÉRORAISON

Hippolyte Kirillovitch avait évidemment choisi la méthode d'exposition rigoureusement historique, affectionnée par tous les orateurs nerveux qui cherchent à dessein des cadres strictement délimités, afin de modérer leur fougue. Parvenu à ce point de son discours, il s'étendit sur le premier amant, « l'incontesté », et formula à ce sujet quelques idées intéressantes. Karamazov, férocement jaloux de tous, s'efface soudain et disparaît devant « l'ancien » et « l'incontesté ». Et c'est d'autant plus étrange qu'auparavant il n'avait presque pas fait attention au nouveau danger qui le menaçait dans la personne de ce rival inattendu. C'est qu'il se le représentait comme lointain, et un homme comme Karamazov ne vit jamais que dans le moment présent. Sans doute même le considérait-il comme une fiction. Mais ayant aussitôt compris, avec son cœur malade, que la dissimulation de cette femme et son récent mensonge provenaient peut-être du fait que ce nouveau rival, loin d'être un caprice et une fiction, représentait tout pour elle, tout son espoir dans la vie, ayant compris cela, il s'est résigné.

« Eh bien, messieurs les jurés, je ne puis passer sous silence ce trait inopiné chez l'accusé, à qui sont subitement apparus la soif de la vérité, le besoin impérieux de respecter cette femme, de reconnaître les droits de son cœur, et cela au moment où, pour elle, il venait de teindre ses mains dans le sang de son père ! Il est vrai que le sang versé criait déjà vengeance, car ayant perdu son âme, brisé sa vie terrestre, il devait malgré lui se demander à ce moment : « Que suis-je, que puis-je être *maintenant* pour elle, pour cette créature chérie plus que tout au monde, en comparaison de ce premier amant « incontesté », de celui qui, repentant, revient à cette femme séduite jadis par lui, avec un nouvel amour, avec des propositions loyales, et la promesse d'une vie régénérée et désormais heureuse ? » Mais lui, le malheureux, que peut-il lui offrir *maintenant* ? Karamazov comprit tout cela et que son crime lui barrait la route, qu'il n'était qu'un criminel voué au châtiment, indigne de vivre ! Cette idée l'accabla, l'anéantit. Aussitôt, il s'arrêta à un plan insensé qui, étant donné son caractère, devait lui paraître la seule issue à sa terrible situation : le suicide. Il court dégager ses pistolets, chez M. Perkhotine, et, chemin faisant, sort de sa poche l'argent pour lequel il vient de souiller ses mains du sang de son père. Oh ! maintenant plus que jamais il a besoin d'argent ; Karamazov va mourir, Karamazov se tue, on s'en souviendra ! Ce n'est pas pour rien que nous sommes poète, ce n'est pas pour rien que nous avons brûlé notre vie comme une chandelle par les deux bouts. La rejoindre, et, là-bas, une fête à tout casser, une fête comme on n'en a jamais vu, pour qu'on se le rappelle et qu'on en parle longtemps. Au milieu des cris sauvages, des folles chansons et des danses des tziganes, nous lèverons notre verre pour féliciter de son nouveau bonheur la dame de nos pensées, puis là, devant elle, à ses pieds, nous nous brûlerons la cervelle, pour racheter nos fautes. Elle se souviendra de Mitia Karamazov, elle verra comme il l'aimait, elle plaindra Mitia ! Nous sommes ici en pleine exaltation romanesque, nous retrouvons la fougue sauvage et la sensualité des Karamazov, mais il y a quelque chose d'autre, messieurs les jurés, qui crie dans l'âme, frappe l'esprit sans cesse et empoisonne le cœur jusqu'à la mort ; ce *quelque chose,* c'est la conscience, messieurs les jurés, c'est son jugement, c'est le remords.

Mais le pistolet concilie tout, c'est l'unique issue ; quant à l'au-delà, j'ignore si Karamazov a pensé alors à ce qu'il *y aurait là-bas*, et s'il en est capable, comme Hamlet. Non, messieurs les jurés, ailleurs, on a Hamlet, nous n'avons encore que des Karamazov ! »

Ici Hippolyte Kirillovitch fit un tableau détaillé des faits et gestes de Mitia, décrivit les scènes chez Perkhotine, dans la boutique, avec les voituriers. Il cita une foule de propos confirmés par des témoins, et le tableau s'imposait à la conviction des auditeurs ; l'ensemble des faits était particulièrement frappant. La culpabilité de cet être désorienté, insoucieux de sa sécurité, sautait aux yeux. « A quoi bon la prudence ? poursuivit Hippolyte Kirillovitch ; deux ou trois fois il a failli avouer et fait des allusions (suivaient les dépositions des témoins). Il a même crié au voiturier sur la route : « Sais-tu que tu mènes un assassin ? » Mais il ne pouvait tout dire ; il lui fallait d'abord arriver au village de Mokroïé et là achever son poème. Or, qu'est-ce qui attendait le malheureux ? Le fait est qu'à Mokroïé, il s'aperçoit bientôt que son rival « incontesté » n'est pas irrésistible et que ses félicitations arrivent mal à propos. Mais vous connaissez déjà les faits, messieurs les jurés. Le triomphe de Karamazov sur son rival fut complet ; alors commence pour lui une crise terrible, la plus terrible de toutes celles qu'il a traversées. On peut croire, messieurs les jurés, que la nature outragée exerce un châtiment plus rigoureux que celui de la justice humaine ! En outre, les peines que celle-ci inflige apportent un adoucissement à l'expiation de la nature, elles sont même parfois nécessaires à l'âme du criminel pour la sauver du désespoir, car je ne puis me figurer l'horreur et la souffrance de Karamazov en apprenant qu'elle l'aimait, qu'elle repoussait pour lui l'ancien amant, le conviait, lui, Mitia, à une vie régénérée, lui promettait le bonheur, et cela quand tout était fini pour lui, quand rien n'était plus possible ! A propos, voici, en passant, une remarque fort importante pour expliquer la véritable situation de l'accusé à ce moment : cette femme, objet de son amour, est demeurée pour lui jusqu'au bout, jusqu'à l'arrestation, une créature inaccessible, bien que passionnément désirée. Mais pourquoi ne s'est-il pas suicidé alors, pourquoi a-t-il renoncé à ce dessein et oublié jusqu'à son pistolet ? Cette soif passionnée d'amour et l'espoir de l'étancher aussitôt l'ont retenu. Dans l'ivresse de la fête, il s'est comme rivé à sa bien-aimée, qui fait bombance avec lui, plus séduisante que jamais : il ne la quitte pas, et, plein d'admiration, s'efface devant elle. Cette ardeur a même pu étouffer pour un instant la crainte de l'arrestation et le remords. Oh ! pour un instant seulement ! Je me représente l'état d'âme du criminel comme assujetti à trois éléments qui le dominaient tout à fait. D'abord, l'ivresse, les fumées de l'alcool, le brouhaha de la danse et les chants, et *elle,* le teint coloré par les libations, chantant et dansant, qui lui souriait, ivre aussi. Ensuite, la pensée réconfortante que le dénouement fatal est encore éloigné, qu'on ne viendra l'arrêter que le lendemain matin. Quelques heures de répit, c'est beaucoup, on peut imaginer bien des choses durant ce temps. Je suppose qu'il aura éprouvé une sensation analogue à celle du criminel qu'on mène à la potence ; il faut encore parcourir une longue rue, au pas, devant des milliers de spectateurs ; puis on tourne dans une autre rue, au bout de laquelle seulement se trouve la place fatale. Au début du trajet, le condamné, sur la charrette ignominieuse, doit se figurer qu'il a encore longtemps à vivre. Mais les maisons se succèdent, la charrette avance, peu importe, il y a encore loin jusqu'au tournant de la seconde rue. Il regarde bravement à droite et à gauche ces milliers de curieux indifférents qui le dévisagent, et il lui semble toujours être un homme comme eux. Et voici qu'on tourne dans la seconde rue, mais tant pis, il reste un bon bout de chemin. Tout en voyant défiler les maisons, le condamné se dit qu'il y en a encore beaucoup. Et ainsi de suite jusqu'à la place de l'exécution. Voilà, j'imagine, ce qu'a éprouvé Karamazov. « Ils n'ont pas encore découvert le crime, pense-t-il ; on peut chercher quelque chose, j'aurai le temps de combiner un plan de défense, de me préparer à la résistance ; mais pour le moment vive la joie ! Elle est si

ravissante ! » Il est troublé et inquiet, pourtant il réussit à
prélever la moitié des trois mille roubles pris sous l'oreiller de
son père. Étant déjà venu à Mokroïé pour y faire la fête, il
connaît cette vieille maison de bois, avec ses recoins et ses
galeries. Je suppose qu'une partie de l'argent y a été
dissimulée alors, peu de temps avant l'arrestation, dans une
fente ou fissure, sous une lame de parquet, dans un coin.
Sous le toit. Pourquoi ? dira-t-on. Une catastrophe est
imminente, sans doute nous n'avons pas encore songé à
l'affronter, le temps fait défaut, les tempes nous battent, *elle*
nous attire comme un aimant, mais on a toujours besoin
d'argent. Partout on est quelqu'un avec de l'argent. Une telle
prévoyance, en un pareil moment, vous semblera peut-être
étrange. Mais lui-même affirme avoir, un mois auparavant,
dans un moment aussi critique, mis de côté et cousu dans un
sachet la moitié de trois mille roubles ; et, bien que ce soit
assurément une invention, comme nous allons le prouver,
cette idée est familière à Karamazov, il l'a méditée. De plus,
lorsqu'il affirmait ensuite au juge d'instruction avoir distrait
quinze cents roubles dans un sachet (lequel n'a jamais existé),
il l'a peut-être imaginé sur-le-champ, précisément parce que,
deux heures auparavant, il avait distrait et caché la moitié de
la somme, quelque part, à Mokroïé, à tout hasard, jusqu'au
matin, pour ne pas la garder sur lui, d'après une inspiration
subite. Souvenez-vous, messieurs les jurés, que Karamazov
peut contempler à la fois deux abîmes. Nos recherches dans
cette maison ont été vaines ; peut-être l'argent y est-il encore,
peut-être a-t-il disparu le lendemain et se trouve-t-il maintenant en possession de l'accusé. En tout cas, on l'a arrêté à
côté de sa maîtresse, à genoux devant elle ; elle était couchée,
il lui tendait les bras, oubliant tout le reste, au point qu'il
n'entendit pas approcher ceux qui venaient l'arrêter. Il n'eut
pas le temps de préparer une réponse et fut pris au dépourvu.

» Et maintenant le voilà devant ses juges, devant ceux qui
vont décider de son sort. Messieurs les jurés, il y a, dans
l'exercice de nos fonctions, des moments où nous-mêmes
nous avons presque peur de l'humanité ! C'est lorsqu'on

contemple la terreur bestiale du criminel qui se voit perdu,
mais veut lutter encore. C'est lorsque l'instinct de la conservation s'éveille en lui tout à coup, qu'il fixe sur vous un
regard pénétrant, plein d'anxiété et de souffrance, qu'il
scrute votre visage, vos pensées, se demande de quel côté
viendra l'attaque, imagine, en un instant, dans son esprit
troublé, mille plans, mais craint de parler, craint de se trahir !
Ces moments humiliants pour l'âme humaine, ce calvaire,
cette avidité bestiale de salut sont affreux, ils font frissonner
parfois le juge lui-même et excitent sa compassion. Et nous
avons assisté à ce spectacle. D'abord ahuri, il laissa échapper
dans son effroi quelques mots des plus compromettants :
« Le sang ! J'ai mérité mon sort ! » Mais aussitôt, il se retient.
Il ne sait encore que dire, que répondre, et ne peut opposer
qu'une vaine dénégation : « Je suis innocent de la mort de
mon père ! » Voilà le premier retranchement, derrière lequel
on essaiera de construire d'autres travaux de défense. Sans
attendre nos questions, il tâche d'expliquer ses premières
exclamations compromettantes en disant qu'il s'estime coupable seulement de la mort du vieux domestique Grigori :
« Je suis coupable de ce sang, mais qui a tué mon père,
messieurs, qui a pu le tuer, *si ce n'est pas moi* ? » Entendez-
vous, il nous le demande, à nous qui sommes venus lui poser
cette question ! Comprenez-vous ce mot anticipé : « si ce
n'est pas moi », cette finasserie, cette naïveté, cette impatience bien digne d'un Karamazov ? Ce n'est pas moi qui ai
tué, n'en croyez rien. « J'ai voulu tuer, messieurs,
s'empresse-t-il d'avouer, mais je suis innocent, ce n'est pas
moi ! » Il convient qu'il a voulu tuer : « Voyez comme je suis
sincère, aussi hâtez-vous de croire à mon innocence. » Oh !
dans ces cas-là, le criminel se montre parfois d'une étourderie, d'une crédulité incroyables. Comme par hasard,
l'instruction lui pose la question la plus naïve : « Ne serait-ce
pas Smerdiakov l'assassin ? » Il arriva ce que nous attendions ; il se fâcha d'avoir été devancé, pris à l'improviste,
sans qu'on lui laisse le temps de choisir le moment le plus
favorable pour mettre en avant Smerdiakov. Son naturel

l'emporte aussitôt à l'extrême, il nous affirme énergiquement que Smerdiakov est incapable d'assassiner. Mais ne le croyez pas, ce n'est qu'une ruse, il ne renonce nullement à charger Smerdiakov : au contraire, il le mettra encore en cause, puisqu'il n'a personne d'autre, mais plus tard, car pour l'instant l'affaire est gâtée. Ce ne sera peut-être que demain, ou même dans plusieurs jours : « Vous voyez, j'étais le premier à nier que ce fût Smerdiakov, vous vous en souvenez, mais maintenant, j'en suis convaincu, ce ne peut être que lui ! » Pour l'instant, il nous oppose des dénégations véhémentes, l'impatience et la colère lui suggèrent l'explication la plus invraisemblable ; il a regardé son père par la fenêtre et s'est éloigné respectueusement. Il ignorait encore la portée de la déposition de Grigori. Nous procédons à l'examen détaillé de ses vêtements. Cette opération l'exaspère, mais il reprend courage : on n'a retrouvé que quinze cents roubles sur trois mille. C'est alors, dans ces minutes d'irritation contenue, que l'idée du sachet lui vient pour la première fois à l'esprit. Assurément, lui-même sent toute l'invraisemblance de ce conte et se donne du mal pour le rendre plus plausible, pour inventer un roman conforme à la vérité. En pareil cas, l'instruction ne doit pas donner au criminel le temps de se reconnaître mais procéder par attaque brusquée, afin qu'il révèle ses pensées intimes dans leur ingénuité et leur contradiction. On ne peut obliger un criminel à parler qu'en lui communiquant à l'improviste, comme par hasard, un fait nouveau, une circonstance d'une extrême importance, demeurée jusqu'alors pour lui imprévue et inaperçue. Nous tenions tout prêt un fait semblable ; c'est le témoignage du domestique Grigori, au sujet de la porte ouverte par où est sorti l'accusé. Il l'avait tout à fait oubliée et ne supposait pas que Grigori pût la remarquer. L'effet fut colossal. Karamazov se dresse en criant : « C'est Smerdiakov qui a tué, c'est lui ! » livrant ainsi sa pensée intime sous la forme la plus invraisemblable, car Smerdiakov ne pouvait assassiner qu'après que Karamazov avait terrassé Grigori et s'était enfui. En apprenant que Grigori avait vu la porte ouverte avant de tomber, et entendu, lorsqu'il se leva, Smerdiakov geindre derrière la séparation, il demeura atterré. Mon collaborateur, l'honorable et spirituel Nicolas Parthénovitch, me raconta ensuite qu'à ce moment il s'était senti ému jusqu'aux larmes. Alors, pour se tirer d'affaire, l'accusé se hâte de nous conter l'histoire de ce fameux sachet. Messieurs les jurés, je vous ai déjà expliqué pourquoi je tiens cette histoire pour une absurdité, bien plus, pour l'invention la plus extravagante qu'on puisse imaginer dans le cas qui nous occupe. Même en pariant à qui ferait le conte le plus invraisemblable, on n'aurait rien trouvé d'aussi stupide. Ici, on peut confondre le narrateur triomphant avec les détails, ces détails dont la réalité est toujours si riche et que ces infortunés conteurs involontaires dédaignent toujours, parce qu'ils les croient inutiles et insignifiants. Il s'agit bien de cela, leur esprit médite un plan grandiose, et on ose leur objecter des bagatelles ! Or, c'est là le défaut de la cuirasse. On demande à l'accusé : « Où avez-vous pris l'étoffe pour votre sachet, qui vous l'a cousu ? — Je l'ai cousu moi-même. — Mais d'où vient la toile ? » L'accusé s'offense déjà, il considère ceci comme un détail presque blessant pour lui, et le croiriez-vous, il est de bonne foi ! Ils sont tous pareils. « Je l'ai taillée dans ma chemise. — C'est parfait. Ainsi, nous trouverons demain dans votre linge cette chemise avec un morceau déchiré. » Vous pensez bien, messieurs les jurés, que si nous avions trouvé cette chemise (et comment ne pas la trouver dans sa malle ou sa commode, s'il a dit vrai), cela constituerait déjà un fait tangible en faveur de l'exactitude de ses déclarations ! Mais il ne s'en rend pas compte. « Je ne me souviens pas, il se peut que je l'aie taillée dans un bonnet de ma logeuse. — Quel bonnet ? — Je l'ai pris chez elle, il traînait, une vieillerie en calicot. — Et vous en êtes bien sûr ? — Non, pas bien sûr... » Et de nouveau il se fâche : pourtant, comment ne pas se rappeler pareil détail ? Il est précisément de ceux dont on se souvient même aux moments les plus terribles, même lorsqu'on vous mène au supplice. Le condamné oubliera tout, mais un toit vert aperçu en route ou un choucas sur une croix lui reviendront à la mémoire. En cousant son amulette, il se cachait des gens de la maison, il devrait se rappeler cette peur humiliante d'être surpris, l'aiguille à la main, et comment, à la première alerte, il courut derrière la séparation (il y en a une dans sa chambre)... Mais, messieurs les jurés, pourquoi vous communiquer tous ces détails ? s'exclama Hippolyte Kirillovitch. C'est parce que l'accusé maintient obstinément jusqu'à aujourd'hui cette version absurde ! Durant ces deux mois, depuis cette nuit fatale, il n'a rien expliqué ni ajouté un fait probant à ses précédentes déclarations fantastiques. Ce sont là des bagatelles, dit-il, et vous devez croire à ma parole d'honneur ! Oh ! nous serions heureux de croire, nous le désirons ardemment, fût-ce même sur l'honneur ! Sommes-nous des chacals, altérés de sang humain ? Indiquez-nous un seul fait en faveur de l'accusé, et nous nous réjouirons, mais un fait tangible, réel, et non les déductions de son frère, fondées sur l'expression de son visage, ou l'hypothèse qu'en se frappant la poitrine dans l'obscurité il devait nécessairement désigner le sachet. Nous nous réjouirons de ce fait nouveau, nous serons les premiers à abandonner l'accusation. Maintenant, la justice réclame, et nous accusons, sans rien retrancher à nos conclusions. »

Puis, Hippolyte Kirillovitch en vint à la péroraison. Il avait la fièvre ; d'une voix vibrante il évoqua le sang versé, le père tué par son fils « dans la vile intention de le voler ». Il insista sur la concordance tragique et flagrante des faits.

« Et quoi que puisse vous dire le défenseur célèbre de l'accusé, malgré l'éloquence pathétique qui fera appel à votre sensibilité, n'oubliez pas que vous êtes dans le sanctuaire de la justice. Souvenez-vous que vous êtes les défenseurs du droit, le rempart de notre sainte Russie, des principes, de la famille, de tout ce qui lui est sacré. Oui, vous représentez la Russie en ce moment, et ce n'est pas seulement dans cette enceinte que retentira votre verdict ; toute la Russie vous écoute, vous ses soutiens et ses juges, et sera réconfortée ou consternée par la sentence que vous allez rendre. Ne trompez pas son attente, notre fatale *troïka* court à toute bride, peut-être à l'abîme. Depuis longtemps, beaucoup de Russes lèvent les bras, voudraient arrêter cette course insensée. Et si les autres peuples s'écartent encore de la *troïka* emportée, ce n'est peut-être pas par respect, comme s'imaginait le poète ; c'est peut-être par horreur, par dégoût, notez-le bien. Encore est-ce heureux qu'ils s'écartent ; ils pourraient bien dresser un mur solide devant ce fantôme et mettre eux-mêmes un frein au déchaînement de notre licence, pour se préserver, eux et la civilisation. Ces voix d'alarme commencent à retentir en Europe, nous les avons déjà entendues. Gardez-vous de les tenter, d'alimenter leur haine croissante par un verdict qui absoudrait le parricide ! »

Bref, Hippolyte Kirillovitch, qui s'était emballé, termina d'une façon pathétique et produisit un grand effet. Il se hâta de sortir et faillit s'évanouir dans la pièce voisine. Le public n'applaudit pas, mais les gens sérieux étaient satisfaits. Les dames le furent moins ; pourtant son éloquence leur plut aussi, d'autant plus qu'elles n'en redoutaient pas les conséquences et comptaient beaucoup sur Fétioukovitch : « Il va enfin prendre la parole et, pour sûr, triompher ! » Mitia attirait les regards ; durant le réquisitoire, il était resté silencieux, les dents serrées, les yeux baissés. De temps à autre, il relevait la tête et prêtait l'oreille, surtout lorsqu'il fut question de Grouchegnka. Quand le procureur cita l'opinion de Rakitine sur elle, Mitia eut un sourire dédaigneux et proféra assez distinctement : « Bernards ! » Lorsque Hippolyte Kirillovitch raconta comment il l'avait harcelé lors de l'interrogatoire à Mokroïé, Mitia leva la tête, écouta avec une intense curiosité. A un moment donné, il parut vouloir se lever, crier quelque chose, mais se contint et se contenta de hausser dédaigneusement les épaules. Les exploits du procureur à Mokroïé défrayèrent par la suite les conversations, et l'on se moqua d'Hippolyte Kirillovitch : « Il n'a pu s'empêcher de se mettre en valeur. » L'audience fut suspendue pour un quart d'heure, vingt minutes. J'ai noté certains propos tenus parmi le public :

« Un discours sérieux ! déclara, en fronçant les sourcils, un monsieur dans un groupe.

— Un peu trop de psychologie, dit une autre voix.

— Mais tout cela est rigourèusement vrai.

— Oui, il est passé maître.

— Il a dressé le bilan.

— Nous aussi, nous avons eu notre compte, ajouta une troisième voix ; au début, vous vous rappelez, quand il a dit que nous ressemblions tous à Fiodor Pavlovitch.

— Et à la fin aussi. Mais il en a menti.

— Il s'est un peu emballé !

— C'est injuste.

— Mais non, c'est adroit. Il a attendu longtemps son heure, il a parlé enfin, hé ! hé !

— Que va dire le défenseur ? »

Dans un autre groupe :

« Il a eu tort de s'attaquer à l'avocat : « faisant appel à la sensibilité », vous souvenez-vous ?

— Oui, il a fait une gaffe.

— Il est allé trop loin.

— Un nerveux, n'est-ce pas !...

— Nous sommes là, à rire, mais comment se sent l'accusé ?

— Oui, comment se sent Mitia ?

— Que va dire le défenseur ? »

Dans un troisième groupe :

« Qui est cette dame obèse, avec une lorgnette, assise tout au bout ?

— C'est la femme divorcée d'un général, je la connais.

— C'est pour ça qu'elle a une lorgnette.

— Un vieux trumeau.

— Mais non, elle a du chien.

— Deux places plus loin il y a une petite blonde, celle-ci est mieux.

— On a adroitement procédé à Mokroïé, hé !

— Assurément. Il est revenu là-dessus. Comme s'il n'en avait pas assez parlé en société !

— Il n'a pas pu se retenir. L'amour-propre, n'est-ce pas ?

— Un méconnu, hé ! hé !

— Et susceptible. Beaucoup de rhétorique, de grandes phrases.

— Oui, et remarquez qu'il veut faire peur. Vous vous rappelez la *troïka ?* « Ailleurs on a Hamlet, et nous n'avons encore que des Karamazov ! » Ce n'est pas mal

— C'est une avance aux libéraux. Il a peur.

— Il a peur aussi de l'avocat.

— Oui, que va dire M. Fétioukovitch ?

— Quoi qu'on dise, il n'aura pas raison de nos moujiks

— Vous croyez ? »

Dans un quatrième groupe :

« La tirade sur la *troïka* était bien envoyée.

— Et il a eu raison de dire que les peuples n'attendraient pas.

— Comment ça ?

— La semaine dernière, un membre du Parlement anglais a interpellé le ministère, au sujet des nihilistes. « Ne serait-il pas temps, a-t-il demandé, de nous occuper de cette nation barbare, pour nous instruire ? » C'est à lui qu'Hippolyte a fait allusion, je le sais. Il en a parlé la semaine dernière.

— Ils n'ont pas le bras assez long.

— Pourquoi pas assez long ?

— Nous n'avons qu'à fermer Cronstadt et à ne pas leur donner de blé. Où le prendront-ils ?

— Il y en a maintenant en Amérique.

— Jamais de la vie. »

Mais la sonnette se fit entendre, chacun se précipita à sa place. Fétioukovitch prit la parole.

X

LA PLAIDOIRIE
UNE ARME À DEUX TRANCHANTS

Tout se tut aux premiers mots du célèbre avocat, la salle
entière avait les yeux sur lui. Il débuta avec une simplicité
persuasive, mais sans la moindre suffisance. Aucune prétention à l'éloquence et au pathétique. On eût dit un homme
causant dans l'intimité d'un cercle sympathique. Il avait une
belle voix, forte, agréable, où résonnaient des notes sincères,
ingénues. Mais chacun sentit aussitôt que l'orateur pouvait
s'élever au véritable pathétique, « et frapper les cœurs avec
une force inconnue ». Il s'exprimait peut-être moins correctement qu'Hippolyte Kirillovitch mais sans longues phrases
et avec plus de précision. Une chose déplut aux dames : il se
courbait, surtout au début, non pas pour saluer, mais comme
pour s'élancer vers son auditoire, son long dos semblait
pourvu d'une charnière en son milieu, et capable de former
presque un angle droit. Au début, il parla comme à bâtons
rompus, sans système, choisissant les faits au hasard, pour en
former finalement un tout complet. On aurait pu diviser son
discours en deux parties, la première constituant une critique, une réfutation de l'accusation parfois mordante et
sarcastique. Mais dans la seconde, il changea de ton et de
procédés, s'éleva soudain jusqu'au pathétique ! La salle
semblait s'y attendre et frémit d'enthousiasme. Il aborda
directement l'affaire, en déclarant que, bien que son activité
se déroulât à Pétersbourg, il se rendait souvent en province
pour y défendre des accusés dont l'innocence lui paraissait
certaine ou probable. « C'est ce qui m'est arrivé cette fois-ci,
expliqua-t-il. Rien qu'en lisant les journaux, j'avais dès le
début remarqué une circonstance frappante en faveur de
l'accusé. Un fait assez fréquent dans la pratique judiciaire,
mais qu'on n'a jamais, je crois, observé à un tel degré, avec
des particularités aussi caractéristiques, avait éveillé mon

attention. Je ne devrais le mentionner que dans ma péroraison, mais je formulerai ma pensée dès le début, ayant la faiblesse d'aborder le sujet directement, sans masquer les effets ni ménager les impressions ; c'est peut-être imprudent de ma part, mais en tout cas sincère. Voici donc comment se formule cette pensée : une concordance accablante contre l'accusé, de charges dont aucune ne soutient la critique, si on l'examine isolément. Les bruits et les journaux m'avaient confirmé toujours davantage dans cette idée, lorsque je reçus tout à coup des parents de l'accusé la proposition de le défendre. J'acceptai avec empressement et achevai de me convaincre sur place. C'est afin de détruire cette funeste concordance des charges, de démontrer l'inanité de chacune d'elles considérée isolément que j'ai accepté de plaider cette cause. »

Après cet exorde le défenseur poursuivit :

« Messieurs les jurés, je suis ici un homme nouveau, accessible à toutes les impressions, dénué de parti pris. L'accusé, de caractère violent, aux passions effrénées, ne m'a pas offensé auparavant, comme de nombreuses personnes dans cette ville, ce qui explique bien des préventions contre lui. Certes, je conviens que l'opinion publique est indignée, à juste titre. L'inculpé est violent, incorrigible ; néanmoins il était reçu partout ; on lui faisait même fête dans la famille de mon éminent contradicteur. (*Nota bene*. Il y eut ici, dans le public, quelques rires, d'ailleurs vite réprimés. Chacun savait que le procureur n'admettait Mitia chez lui que pour complaire à sa femme, personne des plus respectables mais fantasque et aimant parfois tenir tête à son mari, surtout dans les détails ; du reste, Mitia y allait plutôt rarement.) Néanmoins, j'ose admettre, poursuivit le défenseur, que même un esprit aussi indépendant et un caractère aussi juste que mon contradicteur a pu concevoir contre mon client une certaine prévention erronée. Oh ! c'est bien naturel, le malheureux ne l'a que trop mérité. Le sens moral et surtout, le sens esthétique sont parfois inexorables. Certes, l'éloquent réquisitoire nous a présenté une rigoureuse analyse du

caractère et des actes de l'accusé, du point de vue strictement
critique ; il témoigne d'une profondeur psychologique, quant
à l'essence de l'affaire, qui n'aurait pu être atteinte si mon
honorable contradicteur avait nourri un parti pris quelconque contre la personnalité du prévenu. Mais il y a des choses
plus funestes, en pareil cas, qu'un parti pris d'hostilité. C'est,
par exemple, lorsque nous sommes obsédés par un besoin de
création artistique, d'invention romanesque, surtout avec les
riches dons psychologiques qui sont notre apanage. Encore à
Pétersbourg, on m'avait prévenu, et d'ailleurs je le savais
moi-même, que j'aurais ici comme adversaire un psychologue
profond et subtil depuis longtemps connu comme tel dans le
monde judiciaire. Mais la psychologie, messieurs, tout en
étant une science remarquable, ressemble à une arme à deux
tranchants. En voici un exemple pris au hasard dans le
réquisitoire. L'accusé, la nuit, dans le jardin, en s'enfuyant,
escalade la palissade, terrasse d'un coup de pilon le domestique Grigori qui l'a empoigné par la jambe. Aussitôt après, il
saute à terre, s'empresse cinq minutes auprès de sa victime
pour savoir s'il l'a tuée ou non. L'accusateur ne veut pour
rien au monde croire à la sincérité de l'accusé affirmant avoir
agi dans un sentiment de pitié. « Une telle sensibilité est-elle
possible dans un pareil moment ? Ce n'est pas naturel, il a
voulu précisément s'assurer si l'unique témoin de son crime
vivait encore, prouvant ainsi qu'il l'avait commis, car il ne
pouvait sauter dans le jardin pour une autre raison. » Voilà
de la psychologie ; appliquons-la à notre tour à l'affaire, mais
par l'autre bout, et ce sera tout aussi vraisemblable. L'assassin saute à terre par prudence pour s'assurer si le témoin vit
encore, pourtant il vient de laisser dans le cabinet de son
père, d'après le témoignage de l'accusateur lui-même, une
preuve accablante, l'enveloppe déchirée dont la suscription
indiquait qu'elle contenait trois mille roubles. « S'il avait
emporté l'enveloppe, personne au monde n'aurait su l'existence de cet argent, et par conséquent le vol commis par
l'accusé. » Ce sont les propres termes de l'accusation.
Admettons la chose ; voilà bien la subtilité de la psychologie,

qui nous attribue dans telles circonstances la férocité et la
vigilance de l'aigle, et l'instant d'après la timidité et l'aveuglement de la taupe ! Mais si nous poussons la cruauté et le
calcul jusqu'à redescendre, uniquement pour voir si le
témoin de notre crime vit encore, pourquoi nous empresser
cinq minutes auprès de cette nouvelle victime, au risque
d'attirer de nouveaux témoins ? Pourquoi étancher avec notre
mouchoir le sang qui coule de la blessure, pour que ce
mouchoir serve ensuite de pièce à conviction ? Dans ce cas,
n'eût-il pas mieux valu achever à coups de pilon ce témoin
gênant ? En même temps, mon client laisse sur place un autre
témoin, le pilon dont il s'est emparé chez deux femmes qui
peuvent toujours le reconnaître, attester qu'il l'a pris chez
elles. Et il ne l'a pas laissé tomber dans l'allée, oublié par
distraction, dans son affolement ; non, nous avons rejeté
notre arme, retrouvée à quinze pas de la place où fut terrassé
Grigori. Pourquoi agir ainsi ? demandera-t-on. C'est le
remords d'avoir tué le vieux domestique, c'est lui qui nous a
fait rejeter avec une malédiction l'instrument fatal ; il n'y a
pas d'autre explication. Si mon client pouvait éprouver du
regret de ce meurtre, c'est certainement parce qu'il était
innocent de celui de son père. Loin de s'approcher de la
victime par compassion, un parricide n'aurait songé qu'à
sauver sa peau ; au lieu de s'empresser autour de lui, il aurait
achevé de lui fracasser le crâne. La pitié et les bons
sentiments supposent au préalable une conscience pure.

» Voilà, messieurs les jurés, une autre sorte de psychologie. C'est à dessein que je recours moi-même à cette science
pour démontrer clairement qu'on peut en tirer n'importe
quoi. Tout dépend de celui qui opère. Laissez-moi vous
parler des excès de la psychologie, messieurs les jurés, et de
l'abus qu'on en fait. »

Ici on entendit de nouveau dans le public des rires
approbateurs. Mais je ne reproduirai pas en entier la
plaidoirie, me bornant à en citer les passages essentiels.

XI

NI ARGENT, NI VOL

Il y eut un passage de la plaidorie qui surprit tout le monde, ce fut la négation formelle de l'existence de ces trois mille roubles fatals, et, par conséquent, de la possibilité d'un vol.

« Messieurs les jurés, ce qui frappe dans cette affaire tout esprit non prévenu, c'est une particularité des plus caractéristiques : l'accusation de vol, et en même temps l'impossibilité complète d'indiquer matériellement ce qui a été volé. On prétend que trois mille roubles ont disparu, mais personne ne sait s'ils ont existé réellement. Jugez-en. D'abord, comment avons-nous appris l'existence de ces trois mille roubles, et qui les a vus ? Le seul domestique Smerdiakov, qui a déclaré qu'ils se trouvaient dans une enveloppe avec suscription. Il en a parlé avant le drame à l'accusé et à son frère, Ivan Fiodorovitch ; Mme Sviétlov en fut aussi informée. Mais ces trois personnes n'ont pas vu l'argent et une question se pose ; si vraiment il a existé et que Smerdiakov l'ait vu, quand l'a-t-il vu pour la dernière fois ? Et si son maître avait retiré cet argent du lit pour le remettre dans la cassette sans le lui dire ? Notez que, d'après Smerdiakov, il était caché sous le matelas ; l'accusé a dû l'en arracher ; or, le lit était intact, le procès-verbal en fait foi. Comment cela se fait-il, et surtout, pourquoi les draps fins mis exprès ce soir-là n'ont-ils pas été tachés par les mains sanglantes de l'accusé ? Mais, dira-t-on, et l'enveloppe sur le plancher ? Il vaut la peine d'en parler. Tout à l'heure, j'ai été un peu surpris d'entendre l'éminent accusateur lui-même dire à ce sujet, lorsqu'il signalait l'absurdité de l'hypothèse que Smerdiakov fût l'assassin : « Sans cette enveloppe, si elle n'était pas restée à terre comme une preuve et que le voleur l'eût emportée, personne au monde n'aurait connu son existence et son contenu et, par conséquent, le vol commis par l'accusé. » Ainsi, et de l'aveu même de l'accusation, c'est uniquement ce chiffon de papier déchiré, muni d'une suscription, qui a servi à inculper l'accusé de vol ; « sinon, personne n'aurait su qu'il y avait eu vol, et, peut-être, que l'argent existait ». Or, le seul fait que ce chiffon traînait sur le plancher suffit-il à prouver qu'il contenait de l'argent et qu'on l'a volé ? « Mais, objecte-t-on, Smerdiakov l'a vu dans l'enveloppe. » Quand l'a-t-il vu pour la dernière fois ? Voilà ce que je demande. J'ai causé avec Smerdiakov, il m'a dit l'avoir vu deux jours avant le drame ! Mais pourquoi ne pas supposer, par exemple, que le vieux Fiodor Pavlovitch, enfermé chez lui dans l'attente fiévreuse de sa bien-aimée, aurait, par désœuvrement, sorti et déca-cheté l'enveloppe ? « Elle ne me croira peut-être pas ; mais, quand je lui montrerai une liasse de trente billets, ça fera plus d'effet, l'eau lui viendra à la bouche. » Et il déchire l'enveloppe, en retire l'argent et la jette à terre, sans craindre naturellement de se compromettre. Messieurs les jurés, cette hypothèse n'en vaut-elle pas une autre ? Qu'y a-t-il là d'impossible ? Mais dans ce cas l'accusation de vol tombe d'elle-même ; pas d'argent, pas de vol. On prétend que l'enveloppe trouvée à terre prouve l'existence de l'argent ; ne puis-je pas soutenir le contraire et dire qu'elle traînait vide sur le plancher précisément parce que cet argent en avait été retiré au préalable par le maître lui-même ? « Mais dans ce cas, où est passé l'argent, on ne l'a pas retrouvé lors de la perquisition ? » D'abord on en a retrouvé une partie dans sa cassette, puis il a pu le retirer le matin ou même la veille, en disposer, l'envoyer, changer enfin complètement d'idée, sans juger nécessaire d'en faire part à Smerdiakov. Or, si cette hypothèse est tant soit peu vraisemblable, comment peut-on inculper si catégoriquement l'accusé d'assassinat suivi de vol, et affirmer qu'il y a eu vol ? Nous entrons ainsi dans le domaine du roman. Pour soutenir qu'une chose a été dérobée, il faut désigner cette chose ou tout au moins prouver irréfutablement qu'elle a existé. Or, personne ne l'a même vue. Récemment, à Pétersbourg, un jeune marchand ambu-lant de dix-huit ans entra en plein jour dans la boutique d'un

changeur qu'il tua à coups de hache avec une audace
extraordinaire, emportant quinze cents roubles. Il fut arrêté
cinq heures après ; on retrouva sur lui la somme entière
moins quinze roubles déjà dépensés. En outre, le commis de
la victime, qui s'était absenté, indiqua à la police non
seulement le montant du vol, mais la valeur et le nombre des
billets et des pièces d'or dont se composait la somme. Le tout
fut retrouvé en possession de l'assassin, qui fit d'ailleurs des
aveux complets. Voilà, messieurs les jurés, ce que j'appelle
une preuve ! L'argent est là, on peut le toucher, impossible
de nier son existence. En est-il de même dans l'affaire qui
nous occupe ? Pourtant le sort d'un homme est en jeu. « Soit,
dira-t-on ; mais il a fait la fête cette même nuit, et prodigué
l'argent ; on a trouvé sur lui quinze cents roubles ; d'où
viennent-ils ? » Mais, précisément, le fait qu'on n'a retrouvé
que quinze cents roubles, la moitié de la somme, prouve que
cet argent ne provenait peut-être nullement de l'enveloppe.
En calculant rigoureusement le temps, l'instruction a établi
que l'accusé, après avoir vu les servantes, s'est rendu tout
droit chez M. Perkhotine, puis n'est pas resté seul un
instant ; il n'a donc pas pu cacher en ville la moitié des trois
mille roubles. L'accusation suppose que l'argent est caché
quelque part au village de Mokroïé ; pourquoi pas dans les
caves du château d'*Udolphe* [1] ? N'est-ce pas une supposition
fantasque et romanesque ? Et remarquez-le, messieurs les
jurés, il suffit d'écarter cette hypothèse pour que l'accusation
de vol s'écroule, car que sont devenus ces quinze cents
roubles ? Par quel prodige ont-ils pu disparaître, s'il est
démontré que l'accusé n'est allé nulle part ? Et c'est avec de
semblables romans que nous sommes prêts à briser une vie
humaine ? « Cependant, dira-t-on, il n'a pas su expliquer la
provenance de l'argent trouvé sur lui ; d'ailleurs, chacun sait
qu'il n'en avait pas auparavant. » Mais qui le savait ?
L'accusé a expliqué clairement d'où venait l'argent, et selon
moi, messieurs les jurés, cette explication est des plus
vraisemblables et concorde tout à fait avec le caractère de
l'accusé. L'accusation tient à son propre roman : un homme

de volonté faible, qui a accepté trois mille roubles de sa fiancée dans des conditions humiliantes, n'a pu, dit-on, en prélever la moitié et la garder dans un sachet ; au contraire, dans l'affirmative, il l'aurait décousu tous les deux jours pour y prendre cent roubles, et il ne serait rien resté au bout d'un mois. Vous vous en souvenez, tout ceci a été déclaré d'un ton qui ne souffrait pas d'objection. Mais si les choses s'étaient passées autrement, et que vous ayez créé un autre personnage ? C'est bien ce qui est arrivé. On objectera peut-être : « Des témoins attestent qu'il a dissipé en une fois, au village de Mokroïé, les trois mille roubles prêtés par M\ue Verkhovtsev ; par conséquent, il n'a pu en prélever la moitié. » Mais qui sont ces témoins ? On a déjà vu le crédit qu'on peut leur donner. De plus, un gâteau dans la main d'autrui paraît toujours plus grand qu'il n'est en réalité. Aucun de ces témoins n'a compté les billets, ils les ont tous évalués à vue d'œil. Le témoin Maximov a bien déclaré que l'accusé avait vingt mille roubles. Vous voyez, messieurs les jurés, comme la psychologie est à double fin ; permettez-moi d'appliquer ici la contrepartie, nous verrons ce qui en résultera.

» Un mois avant le drame, trois mille roubles ont été confiés à l'accusé par M\ue Verkhovtsev, pour les envoyer par la poste, mais on peut se demander si c'est dans des conditions aussi humiliantes qu'on l'a proclamé tout à l'heure. La première déposition de M\ue Verkhovtsev à ce sujet était bien différente ; la seconde respirait la colère, la vengeance, une haine longtemps dissimulée. Mais le seul fait que le témoin n'a pas dit la vérité lors de sa première version nous donne le droit de conclure qu'il en a été de même dans la seconde. L'accusation a respecté ce roman, j'imiterai sa réserve. Toutefois, je me permettrai d'observer que si une personne aussi honorable que M\ue Verkhovtsev se permet à l'audience de retourner tout à coup sa déposition, dans l'intention évidente de perdre l'accusé, il est évident aussi que ses déclarations sont entachées de partialité. Nous dénierait-on le droit de conclure qu'une femme avide de vengeance a pu exagérer bien des choses ? Notamment les conditions humiliantes dans lesquelles l'argent fut offert. Au contraire, cette offre dut être faite d'une manière acceptable, surtout pour un homme aussi léger que notre client, qui comptait d'ailleurs recevoir bientôt de son père les trois mille roubles dus pour le règlement de comptes. C'était aléatoire, mais sa légèreté même le persuadait qu'il allait obtenir satisfaction et pourrait par conséquent s'acquitter de sa dette envers Mlle Verkhovtsev. Mais l'accusation repousse la version du sachet : « Pareils sentiments sont incompatibles avec son caractère. » Cependant, vous avez parlé vous-même des deux abîmes que Karamazov peut contempler à la fois. En effet, sa nature à double face est capable de s'arrêter au milieu de la dissipation la plus effrénée, s'il subit une autre influence. Cette autre influence, c'est l'amour, ce nouvel amour qui s'est enflammé en lui comme la poudre, et pour lequel il faut de l'argent, plus encore que pour faire la fête avec cette même bien-aimée. Qu'elle lui dise : « Je suis à toi, je ne veux pas de Fiodor Pavlovitch », il la saisira, il l'emmènera au loin, à condition d'en avoir les moyens. Ceci passe avant la fête. Karamazov ne peut-il s'en rendre compte ? Voilà ce qui le tourmentait ; quoi d'invraisemblable à ce qu'il ait réservé cet argent, à tout hasard ? Mais le temps passe ; Fiodor Pavlovitch ne donne pas à l'accusé les trois mille roubles ; au contraire, le bruit court qu'il les destine précisément à séduire sa bien-aimée. « Si Fiodor Pavlovitch ne me donne rien, songe-t-il, je passerai pour un voleur aux yeux de Catherine Ivanovna. » Ainsi naît l'idée d'aller déposer devant Catherine Ivanovna ces quinze cents roubles qu'il continue à porter sur lui, dans le sachet, en disant : « Je suis un misérable, mais non un voleur. » Voilà donc une double raison de conserver cet argent comme la prunelle de ses yeux, au lieu de découdre le sachet et d'en prélever un billet après l'autre. Pourquoi refuser à l'accusé le sentiment de l'honneur ? Il existe en lui ce sentiment, mal compris peut-être, souvent erroné, soit, mais réel, poussé jusqu'à la passion, il l'a prouvé. Mais la situation se complique, les tortures de la jalousie atteignent leur paroxysme, et ces deux questions,

toujours les mêmes, obsèdent de plus en plus le cerveau
enfiévré de mon client : « Si je rembourse Catherine Ivanovna, avec quoi emmènerais-je Grouchegnka ? » S'il s'est
enivré durant tout ce mois, s'il a fait des folies et du tapage
dans les cabarets, c'est peut-être précisément parce qu'il était
rempli d'amertume et qu'il n'avait pas la force de supporter
cet état de choses. Ces deux questions devinrent finalement si
irritantes qu'elles le réduisirent au désespoir. Il avait envoyé
son frère cadet demander une dernière fois ces trois mille
roubles à son père, mais, sans attendre la réponse, il fit
irruption chez le vieillard et le battit devant témoins. Après
cela, il n'avait plus rien à espérer. Le soir même, il se frappe
la poitrine, précisément à la place de ce sachet, et jure à son
frère qu'il a un moyen d'effacer sa honte, mais qu'il la
gardera, car il se sent incapable de recourir à ce moyen, étant
trop faible de caractère. Pourquoi l'accusation refuse-t-elle de
croire à la déposition d'Alexéi Karamazov, si sincère, si
spontanée, si plausible ? Pourquoi, au contraire, imposer la
version de l'argent caché dans une fissure, dans les caves du
château d'Udolphe ? Le soir même de la conversation avec
son frère, l'accusé écrit cette fatale lettre, base principale de
l'inculpation de vol : « Je demanderai de l'argent à tout le
monde, et si l'on refuse de m'en donner, je tuerai mon père et
j'en prendrai sous le matelas, dans l'enveloppe ficelée d'une
faveur rose, dès qu'Ivan sera parti. » Sur ce, l'accusation de
s'exclamer : « Voilà le programme complet de l'assassinat ;
tout s'est passé comme il l'avait écrit ! » Mais d'abord, c'est
une lettre d'ivrogne, écrite sous l'empire d'une extrême
irritation ; ensuite, il ne parle de l'enveloppe que d'après
Smerdiakov, sans l'avoir vue lui-même ; troisièmement, bien
que la lettre existe, comment prouver que les faits y
correspondent ? L'accusé a-t-il trouvé l'enveloppe sous
l'oreiller, contenait-elle même de l'argent ? D'ailleurs, est-ce
après l'argent que courait l'accusé ? Non, il n'a pas couru
comme un fou pour voler, mais seulement pour savoir où
était cette femme qui lui a fait perdre la tête ; il n'a pas agi
d'après un plan prémédité, mais à l'improviste, dans un accès

de jalousie furieuse ! « Oui, mais après le meurtre, il s'est emparé de l'argent. » Finalement, a-t-il tué, oui ou non ? Je repousse avec indignation l'accusation de vol ; elle n'est possible que si l'on indique exactement l'objet du vol, c'est un axiome ! Mais est-il démontré qu'il a tué, même sans voler ? Ne serait-ce pas aussi un roman ? »

XII

IL N'Y A PAS EU ASSASSINAT

« N'oubliez pas, messieurs les jurés, qu'il s'agit de la vie d'un homme ; la prudence s'impose. Jusqu'à présent, l'accusation hésitait à admettre la préméditation ; il a fallu pour la convaincre cette fatale lettre d'ivrogne, présentée aujourd'hui au tribunal. « Tout s'est passé comme il l'avait écrit. » Mais, je le répète, l'accusé n'a couru chez son père que pour chercher son amie, pour savoir où elle était. C'est un fait irrécusable. S'il l'avait trouvée chez elle, loin d'exécuter ses menaces, il ne serait allé nulle part. Il est venu par hasard, à l'improviste, peut-être sans se rappeler sa lettre. « Mais il s'est emparé d'un pilon », lequel, vous vous souvenez, a donné lieu à des considérations psychologiques. Pourtant, il me vient à l'esprit une idée bien simple : si ce pilon, au lieu de se trouver à sa portée, avait été rangé dans l'armoire, l'accusé, ne le voyant pas, serait parti sans arme, les mains vides, et n'aurait peut-être tué personne. Comment peut-on conclure de cet incident à la préméditation ? Oui, mais il a proféré dans les cabarets des menaces de mort contre son père, et deux jours auparavant, le soir où fut écrite cette lettre d'ivrogne, il était calme et se querella seulement avec un commis, « cédant à une habitude invétérée. » A cela, je répondrai que s'il avait médité un tel crime d'après un plan arrêté, il aurait sûrement évité cette querelle et ne serait peut-être pas venu au cabaret, car, en pareil cas, l'âme recherche le calme et l'isolement, s'efforce de se soustraire à l'attention :

« Oubliez-moi si vous pouvez » et cela, non par calcul seulement, mais par instinct. Messieurs les jurés, la psychologie est une arme à deux tranchants, et nous savons aussi nous en servir. Quant à ces menaces vociférées durant un mois dans les tavernes, on entend bien des enfants, bien des ivrognes en proférer de semblables au cours de querelles, sans que les choses aillent plus loin. Et cette lettre fatale, n'est-elle pas aussi le produit de l'ivresse et de la colère, le cri du pochard qui menace « de faire un malheur » ? Pourquoi pas ? Pourquoi cette lettre est-elle fatale, au lieu d'être ridicule ? Parce qu'on a trouvé le père de l'accusé assassiné, parce qu'un témoin a vu dans le jardin l'accusé qui s'enfuyait, et a lui-même été abattu par lui ; par conséquent tout s'est passé comme il l'avait écrit ; voilà pourquoi cette lettre n'est pas ridicule, mais fatale. Dieu soit loué, nous voici arrivés au point critique. « Puisqu'il était dans le jardin, donc il a tué. » Toute l'accusation tient dans ces deux mots, *puisque* et *donc*. Et si ce *donc* n'était pas fondé, malgré les apparences ? Oh ! je conviens que la concordance des faits, les coïncidences, sont assez éloquentes. Pourtant, considérez tous ces faits isolément, sans vous laisser impressionner par leur ensemble ; pourquoi, par exemple, l'accusation refuse-t-elle absolument de croire à la véracité de mon client, quant il déclare s'être éloigné de la fenêtre de son père ? Rappelez-vous les sarcasmes à l'adresse de la déférence et des sentiments « pieux » qu'aurait soudain éprouvés l'assassin. Et s'il y avait eu vraiment ici quelque chose de semblable, un sentiment de piété, sinon de déférence ? « Sans doute, ma mère priait alors pour moi », a déclaré l'inculpé à l'instruction, et il s'est enfui dès qu'il eut constaté que Mme Sviétlov n'était pas chez son père. « Mais il ne pouvait pas le constater par la fenêtre », nous objecte l'accusation. Pourquoi pas ? La fenêtre s'est ouverte aux signaux faits par mon client. Fiodor Pavlovitch a pu prononcer une parole, laisser échapper un cri, révélant l'absence de Mme Sviétlov. Pourquoi s'en tenir absolument à une hypothèse issue de notre imagination ? En réalité, il y a mille possibilités capables d'échapper à l'obser-

vation du romancier le plus subtil. « Oui, mais Grigori a vu la
porte ouverte ; par conséquent, l'accusé est entré sûrement
dans la maison ; il a donc tué. » Quant à cette porte,
messieurs les jurés... Voyez-vous, nous n'avons là-dessus que
le seul témoignage d'un individu qui se trouvait d'ailleurs
dans un tel état que... Mais soit, la porte était ouverte,
admettons que les dénégations de l'accusé soient un mensonge, dicté par un sentiment de défense bien naturel ;
admettons qu'il ait pénétré dans la maison ; alors pourquoi
veut-on qu'il ait tué, s'il est entré ? Il a pu faire irruption,
parcourir les chambres, il a pu bousculer son père, le frapper
même, mais après avoir constaté l'absence de Mme Sviétlov, il
s'est enfui, heureux de ne pas l'avoir trouvée et de s'être
épargné un crime. Voilà justement pourquoi, un moment
après, il est redescendu vers Grigori, victime de sa fureur ;
c'est parce qu'il était susceptible d'éprouver un sentiment de
pitié et de compassion, qu'il avait échappé à la tentation,
parce qu'il ressentait la joie d'un cœur pur. Avec une
éloquence saisissante, l'accusation nous dépeint l'état d'esprit
de l'inculpé au village de Mokroïé, quand l'amour lui apparut
de nouveau, l'appelant à une vie nouvelle, alors qu'il ne lui
était plus possible d'aimer, ayant derrière lui le cadavre
sanglant de son père, et en perspective le châtiment.
Pourtant, le ministère public a admis l'amour, en l'expliquant à sa manière : « L'ébriété, le répit dont bénéficiait le
criminel, etc. » Mais n'avez-vous pas créé un nouveau
personnage, monsieur le procureur, je vous le demande à
nouveau ? Mon client est-il grossier et sans cœur au point
d'avoir pu, en un pareil moment, songer à l'amour et aux
subterfuges de sa défense, en ayant vraiment sur la conscience le sang de son père ? Non, mille fois non ! Sitôt après
avoir découvert qu'elle l'aime, l'appelle, lui promet le
bonheur, je suis persuadé qu'il aurait éprouvé un besoin
impérieux de se suicider et qu'il se fût ôté la vie, s'il avait eu
derrière lui le cadavre de son père. Oh ! non, certes, il
n'aurait pas oublié où se trouvaient ses pistolets ! Je connais
l'accusé ; la brutale insensibilité qu'on lui attribue est incom-

patible avec son caractère. Il se serait tué, c'est sûr ; il ne l'a pas fait précisément parce que « sa mère priait pour lui », et qu'il n'avait pas versé le sang de son père. Durant cette nuit passée à Mokroïé, il s'est tourmenté uniquement à cause du vieillard abattu par lui, suppliant Dieu de le ranimer pour qu'il pût échapper à la mort, et lui-même au châtiment. Pourquoi ne pas admettre cette version ? Quelle preuve décisive avons-nous que l'accusé ment ? Mais on va de nouveau nous opposer le cadavre de son père ; il s'est enfui sans tuer, alors qui est l'assassin ?

» Encore un coup, voici toute la logique de l'accusation : qui a tué, sinon lui ? Il n'y a personne à mettre à sa place. Messieurs les jurés, c'est bien cela ? Est-il bien vrai qu'on ne trouve personne d'autre ? L'accusation a énuméré tous ceux qui étaient ou sont venus dans la maison cette nuit-là. On a trouvé cinq personnes. Trois d'entre elles, j'en conviens, sont entièrement hors de cause : la victime, le vieux Grigori et sa femme. Restent donc Karamazov et Smerdiakov. M. le procureur s'écrie pathétiquement que l'accusé ne désigne Smerdiakov qu'en désespoir de cause, que s'il y avait un sixième personnage, ou même son ombre, mon client, saisi de honte, s'empresserait de le dénoncer. Mais, messieurs les jurés, pourquoi ne pas faire le raisonnement inverse ? Il y a deux individus en présence : l'accusé et Smerdiakov ; ne puis-je pas dire qu'on n'accuse mon client qu'en désespoir de cause ? Et cela uniquement parce qu'on a de parti pris exclu d'avance Smerdiakov de tout soupçon. A vrai dire, Smerdiakov n'est désigné que par l'accusé, ses deux frères et Mme Sviétlov. Mais il y a d'autres témoignages : c'est l'émotion confuse suscitée dans la société par un certain soupçon ; on perçoit une vague rumeur, on sent une sorte d'attente. Enfin, le rapprochement des faits, caractéristique même dans son imprécision, en est une nouvelle preuve. D'abord cette crise d'épilepsie survenue précisément le jour du drame, crise que l'accusation a dû défendre et justifier de son mieux. Puis ce brusque suicide de Smerdiakov la veille du jugement. Ensuite, la déposition non moins inopinée, à l'audience, du frère de l'accusé, qui avait cru jusqu'alors à sa culpabilité et apporte tout à coup de l'argent en déclarant que Smerdiakov est l'assassin. Oh ! je suis persuadé, comme le parquet, qu'Ivan Fiodorovitch est atteint de fièvre chaude, que sa déposition a pu être une tentative désespérée, conçue dans le délire, pour sauver son frère en chargeant le défunt. Néanmoins, le nom de Smerdiakov a été prononcé, on a de nouveau l'impression d'une énigme. On dirait, messieurs les jurés, qu'il y a ici quelque chose d'inexprimé, d'inachevé. Peut-être la lumière se fera-t-elle. Mais n'anticipons pas. La Cour a décidé tout à l'heure de poursuivre les débats. Je pourrais, en attendant, présenter quelques observations au sujet de la caractéristique de Smerdiakov, tracée avec un talent si subtil par l'accusation. Tout en l'admirant, je ne puis souscrire à ses traits essentiels. J'ai vu Smerdiakov, je lui ai parlé, il m'a produit une impression tout autre. Il était faible de santé, certes, mais non de caractère ; ce n'est pas du tout l'être faible que s'imagine l'accusation. Surtout je n'ai pas trouvé en lui de timidité, cette timidité qu'on nous a décrite d'une façon si caractéristique. Nulle ingénuité, une extrême méfiance dissimulée sous les dehors de la naïveté, un esprit capable de beaucoup méditer. Oh ! c'est par candeur que l'accusation l'a jugé faible d'esprit. Il m'a produit une impression précise ; je suis parti persuadé d'avoir affaire à un être foncièrement méchant, démesurément ambitieux, vindicatif et envieux. J'ai recueilli certains renseignements ; il détestait son origine, il en avait honte et rappelait en grinçant des dents qu'il était issu d'une « puante ». Il se montrait irrespectueux envers le domestique Grigori et sa femme, qui avaient pris soin de lui dans son enfance. Maudissant la Russie, il s'en moquait, rêvait de partir pour la France, de devenir Français. Il a souvent déclaré, bien avant le crime, qu'il regrettait de ne pouvoir le faire faute de ressources. Je crois qu'il n'aimait que lui et s'estimait singulièrement haut... Un costume convenable, une chemise propre, des bottes bien cirées, constituaient pour lui toute la culture. Se croyant (il y a des faits à l'appui) le fils naturel de Fiodor

Pavlovitch, il a pu prendre en haine sa situation par rapport aux enfants légitimes de son maître ; à eux tous les droits, tout l'héritage, tandis qu'il n'est qu'un cuisinier. Il m'a raconté qu'il avait mis l'argent dans l'enveloppe avec Fiodor Pavlovitch. La destination de cette somme — grâce à laquelle il aurait pu faire son chemin — lui était évidemment odieuse. De plus, il a vu trois mille roubles en billets neufs (je le lui ai demandé à dessin). Ne montrez jamais à un être envieux et rempli d'amour-propre une grosse somme à la fois ; or, il voyait pour la première fois une telle somme dans la même main. Cette liasse a pu laisser dans son imagination une impression morbide, sans autres conséquences au début. Mon éminent contradicteur a exposé avec une subtilité remarquable toutes les hypothèses pour et contre la possibilité d'inculper Smerdiakov d'assassinat, en insistant sur cette question : quel intérêt avait-il à simuler une crise ? Oui, mais il n'a pas nécessairement simulé, la crise a pu survenir tout naturellement et passer de même, le malade revenir à lui. Sans se rétablir, il aura repris connaissance, comme cela arrive chez les épileptiques. A quel moment Smerdiakov a-t-il commis son crime ? demande l'accusation. Il est très facile de l'indiquer. Il a pu revenir à lui et se lever après avoir dormi profondément (car les crises sont toujours suivies d'un profond sommeil), juste au moment où le vieux Grigori ayant empoigné par la jambe, sur la palissade, l'accusé, qui s'enfuyait, s'écria : « Parricide ! » Ce cri inaccoutumé, dans le silence et les ténèbres, a pu réveiller Smerdiakov, dont le sommeil était peut-être déjà plus léger. Il se lève et va presque inconsciemment voir ce qui en est. Encore en proie à l'hébétude, son imagination sommeille, mais le voici dans le jardin, il s'approche des fenêtres éclairées, apprend la terrible nouvelle de la bouche de son maître, évidemment heureux de sa présence. Celui-ci, effrayé, lui raconte tout en détail, son imagination s'enflamme. Et dans son cerveau troublé, une idée prend corps, idée terrible, mais séduisante et d'une logique irréfutable : assassiner, s'emparer des trois mille roubles et tout rejeter ensuite sur le fils du maître. Qui soupçonnera-t-on maintenant, qui peut-on accuser, sinon lui ? Les preuves existent, il était sur les lieux. La cupidité a pu le gagner, en même temps que la conscience de l'impunité. Oh ! la tentation survient parfois en rafale, surtout chez des assassins qui ne se doutaient pas, une minute auparavant, qu'ils voulaient tuer ! Ainsi, Smerdiakov a pu entrer chez son maître et exécuter son plan ; avec quelle arme ? Mais avec la première pierre qu'il aura ramassée dans le jardin. Pourquoi, dans quel dessein ? Mais trois mille roubles, c'est une fortune. Oh ! je ne me contredis pas : l'argent a pu exister. Peut-être même Smerdiakov seul savait où le trouver chez son maître. « Eh bien, et l'enveloppe qui traînait, déchirée, à terre ? » Tout à l'heure, en écoutant l'accusation insinuer subtilement à ce sujet que seul un voleur novice, tel que précisément Karamazov, pouvait agir ainsi, tandis que Smerdiakov n'aurait jamais laissé une telle preuve contre lui, tout à l'heure, messieurs les jurés, j'ai reconnu soudain une argumentation des plus familières. Figurez-vous que cette hypothèse sur la façon dont Karamazov avait dû procéder avec l'enveloppe, je l'avais déjà entendue deux jours auparavant de Smerdiakov lui-même, et cela à ma grande surprise ; il me paraissait, en effet, jouer la naïveté et m'imposer d'avance cette idée pour que j'en tire la même conclusion, comme s'il me la soufflait. N'a-t-il pas agi de même à l'instruction et imposé cette hypothèse à l'éminent représentant du ministère public ? Et la femme de Grigori, dira-t-on ? Elle a entendu toute la nuit le malade gémir. Soit, mais c'est là un argument bien fragile. Un jour une dame de ma connaissance se plaignit amèrement d'avoir été réveillée toute la nuit par un roquet ; pourtant, la pauvre bête, comme on l'apprit, n'avait aboyé que deux ou trois fois. Et c'est naturel ; une personne qui dort entend gémir, elle se réveille en maugréant pour se rendormir aussitôt. Deux heures après, nouveau gémissement, nouveau réveil suivi de sommeil, et encore deux heures plus tard, trois fois en tout. Le matin, le dormeur se lève en se plaignant d'avoir été réveillé toute la nuit par des gémissements continuels. Il doit nécessairement en avoir l'impression ; les intervalles de deux heures durant lesquels il a dormi lui échappent, seules les minutes de veille lui reviennent à l'esprit, il s'imagine qu'on l'a réveillé toute la nuit. Mais pourquoi, s'exclame l'accusation, Smerdiakov n'a-t-il pas avoué dans le billet écrit avant de mourir ? « Sa conscience n'est pas allée jusque-là. » Permettez ; la conscience, c'est déjà le repentir, peut-être le suicidé n'éprouvait-il pas de repentir, mais seulement du désespoir. Ce sont deux choses tout à fait différentes. Le désespoir peut être méchant et irréconciliable, et le suicidé, au moment d'en finir, pouvait détester plus que jamais ceux dont il avait été jaloux toute sa vie. Messieurs les jurés, prenez garde de commettre une erreur judiciaire ! Qu'y a-t-il d'invraisemblable dans tout ce que je vous ai exposé ? Trouvez une erreur dans ma thèse, trouvez-y une impossibilité, une absurdité ! Mais si mes conjectures sont tant soit peu vraisemblables, soyez prudents. Je le jure par ce qu'il y a de plus sacré, je crois absolument à la version du crime que je viens de vous présenter. Ce qui me trouble surtout et me met hors de moi, c'est la pensée que, parmi la masse de faits accumulés par l'accusation contre le prévenu, il n'y en a pas un seul tant soit peu exact et irrécusable. Oui, certes, l'ensemble est terrible ; ce sang qui dégoutte des mains, dont le linge est imprégné, cette nuit obscure où retentit le cri de « parricide ! », celui qui l'a poussé tombant, la tête fracassée, puis cette masse de paroles, de dépositions, de gestes, de cris, oh ! tout cela peut fausser une conviction, mais non pas la vôtre, messieurs les jurés ! Souvenez-vous qu'il vous a été donné un pouvoir illimité de lier et de délier. Mais plus ce pouvoir est grand, plus l'usage en est redoutable ! Je maintiens absolument tout ce que je viens de dire ; mais soit, je conviens pour un instant avec l'accusation que mon malheureux client a souillé ses mains du sang de son père. Ce n'est qu'une supposition, encore un coup, je ne doute pas une minute de son innocence ; pourtant, écoutez-moi, même dans cette hypothèse, j'ai encore quelque chose à vous dire, car je pressens dans vos cœurs un violent combat... Pardonnez-moi cette allusion, messieurs les jurés, je veux être véridique et sincère jusqu'au bout. Soyons tous sincères ! »

A ce moment, le défenseur fut interrompu par d'assez vifs applaudissements. En effet, il prononça les dernières paroles d'une voix si émue que tout le monde sentit que peut-être il avait vraiment quelque chose à dire, et quelque chose de capital. Le président menaça de « faire évacuer » la salle, si « pareille manifestation » se reproduisait. Il se tut, et Fétiou-kovitch reprit sa plaidoirie d'une voix pénétrée, tout à fait changée.

XIII

UN SOPHISTE [1]

« Ce n'est pas seulement l'ensemble des faits qui accable mon client, messieurs les jurés, non, ce qui l'accable, en réalité, c'est le seul fait qu'on a trouvé son père assassiné. S'il s'agissait d'un simple meurtre, étant donné le doute qui plane sur cette affaire, sur chacun des faits considérés isolément, vous écarteriez l'accusation, vous hésiteriez tout au moins à condamner un homme uniquement à cause d'une prévention, hélas ! trop justifiée ! Mais nous sommes en présence d'un parricide. Cela en impose au point de fortifier la fragilité même des chefs d'accusation, dans l'esprit le moins prévenu. Comment acquitter un tel accusé ? S'il était coupable et qu'il échappe au châtiment ? voilà le sentiment instinctif de chacun. Oui, c'est une chose terrible de verser le sang de son père, le sang de celui qui vous a engendré, aimé, le sang de celui qui a prodigué sa vie pour vous, qui s'est affligé de vos maladies enfantines, qui a souffert pour que vous soyez heureux, et n'a vécu que de vos joies et de vos succès ! Oh ! le meurtre d'un tel père, on ne peut même pas l'imaginer ! Messieurs les jurés, qu'est-ce qu'un père véritable, quelle majesté, quelle idée grandiose recèle ce nom ? Nous venons d'indiquer en partie ce qu'il doit être. Dans cette affaire si

douloureuse, le défunt, Fiodor Pavlovitch Karamazov
n'avait rien d'un père, tel que notre cœur vient de le définir
Car hélas, certains pères sont de vraies calamités. Examinons
les choses de plus près : nous ne devons reculer devant rien,
messieurs les jurés, vu la gravité de la décision à prendre.
Nous devons surtout ne pas avoir peur maintenant, ni écarter
certaines idées, tels que des enfants ou des femmes crain-
tives, suivant l'heureuse expression de l'éminent représentant du ministère public. Au cours de son ardent réquisitoire,
mon honorable adversaire s'est exclamé à plusieurs reprises :
« Non, je n'abandonnerai à personne la défense de l'inculpé,
je suis à la fois son accusateur et son avocat. » Pourtant, il a
oublié de mentionner que si ce redoutable accusé a gardé
vingt-trois ans une profonde reconnaissance pour une livre de
noisettes, la seule gâterie qu'il ait jamais eue dans la maison
paternelle, inversement un tel homme devait se rappeler,
durant ces vingt-trois ans, qu'il courait chez son père « nu-
pieds, dans l'arrière-cour, la culotte retenue par un seul
bouton », suivant l'expression d'un homme de cœur, le
Dr Herzenstube. Oh ! messieurs les jurés, à quoi bon regarder de près cette « calamité », répéter ce que tout le monde
connaît ! Qu'est-ce que mon client a trouvé en arrivant chez
son père ? Et pourquoi le représenter comme un être sans
cœur, un égoïste, un monstre ? Il est impétueux, il est
sauvage, violent, voilà pourquoi on le juge maintenant. Mais
qui est responsable de sa destinée, à qui la faute si, avec des
penchants vertueux, un cœur sensible et reconnaissant, il a
reçu une éducation aussi monstrueuse ? A-t-on développé sa
raison, est-il instruit, quelqu'un lui a-t-il témoigné un peu
d'affection dans son enfance ? Mon client a grandi à la grâce
de Dieu, c'est-à-dire comme une bête sauvage. Peut-être
brûlait-il de revoir son père, après cette longue séparation,
peut-être en se rappelant son enfance comme à travers un
songe, a-t-il écarté à maintes reprises le fantôme odieux du
passé, désirant de toute son âme absoudre et étreindre son
père ! Et alors ? On l'accueille avec des railleries cyniques, de
la méfiance, des chicanes au sujet de son héritage ; il n'entend

que des propos et des maximes qui soulèvent le cœur,
finalement il voit son père essayer de lui ravir son amie, avec
son propre argent ; oh ! messieurs les jurés, c'est répugnant,
c'est atroce ! Et ce vieillard se plaint à tout le monde de
l'irrévérence et de la violence de son fils, le noircit dans la
société, lui cause du tort, le calomnie, achète ses reconnaissances de dette pour le faire mettre en prison ! Messieurs les
jurés, les gens en apparence durs, violents, impétueux, tels
que mon client, sont bien souvent des cœurs tendres,
seulement ils ne le montrent pas. Ne riez pas de mon idée !
M. le procureur s'est moqué impitoyablement de mon client,
en signalant son amour pour Schiller et « le sublime ». Je ne
m'en serais pas moqué à sa place. Oui, ces cœurs — oh !
laissez-moi les défendre, ils sont rarement et si mal compris
—, ces cœurs sont souvent assoiffés de tendresse, de beauté,
de justice, précisément parce que, sans qu'ils s'en doutent
eux-mêmes, ces sentiments contrastent avec leur propre
violence, avec leur propre dureté. Si indomptables qu'ils
paraissent, ils sont capables d'aimer jusqu'à la souffrance,
d'aimer une femme d'un amour idéal et élevé. Encore un
coup, ne riez pas, c'est ce qui arrive le plus souvent aux
natures de cette sorte ; seulement, elles ne peuvent pas
dissimuler leur impétuosité parfois grossière, voilà ce qui
frappe, voilà ce qu'on remarque, alors que l'intérieur
demeure ignoré. En réalité, leurs passions s'apaisent rapidement, et quand ils rencontrent une personne aux sentiments
élevés, ces êtres qui semblent grossiers et violents cherchent
la régénération, la possibilité de s'amender, de devenir
nobles, honnêtes, « sublimes », si décrié que soit ce mot. J'ai
dit tout à l'heure que je respecterais le roman de mon client
avec Mlle Verkhovtsev. Néanmoins, on peut parler à mots
couverts ; nous avons entendu, non pas une déposition, mais
le cri d'une femme exaltée qui se venge, et ce n'est pas à elle à
lui reprocher sa trahison, car c'est elle qui a trahi ! Si elle
avait eu le temps de rentrer en elle-même, elle n'aurait pas
fait un pareil témoignage. Oh ! ne la croyez pas, non, mon
client n'est pas un « monstre », comme elle l'a appelé. Le

Crucifié qui aimait les hommes a dit avant les angoisses de la Passion : « Je suis le Bon Pasteur, qui donne sa vie pour ses brebis ; aucune d'elles ne périra [1]. » Ne perdons pas, nous, une âme humaine ! Je demandais : qu'est-ce qu'un père ? C'est un nom noble et précieux, me suis-je écrié. Mais il faut user loyalement du terme, messieurs les jurés, et je me permets d'appeler les choses par leur nom. Un père tel que la victime, le vieux Karamazov, est indigne de s'appeler ainsi. L'amour filial non justifié est absurde. On ne peut susciter l'amour avec rien, il n'y a que Dieu qui tire quelque chose du néant. « Pères, ne contristez point vos enfants [2] », écrit l'apôtre d'un cœur brûlant d'amour. Ce n'est pas pour mon client que je cite ces saintes paroles, je les rappelle pour tous les pères. Qui m'a confié le pouvoir de les instruire ? Personne. Mais comme homme, comme citoyen, je m'adresse à eux : *vivos voco* [3] ! Nous ne restons pas long-temps sur terre, nos actions et nos paroles sont souvent mauvaises. Aussi mettons tous à profit les moments que nous passons ensemble pour nous adresser mutuellement une bonne parole. C'est ce que je fais ; je profite de l'occasion qui m'est offerte. Ce n'est pas pour rien que cette tribune nous a été accordée par une volonté souveraine, toute la Russie nous entend. Je ne parle pas seulement pour les pères qui sont ici, je crie à tous : « Pères, ne contristez point vos enfants ! » Pratiquons d'abord nous-mêmes le précepte du Christ, et alors seulement nous pourrons exiger quelque chose de nos enfants. Sinon, nous ne sommes pas des pères, mais des ennemis pour eux ; ils ne sont pas nos enfants, mais nos ennemis, et cela par notre faute ! « On se servira envers vous de la même mesure dont vous vous serez servis [4] », ce n'est pas moi qui le dis, c'est l'Évangile qui le prescrit ; mesurez de la même mesure qui vous est appliquée. Comment accuser nos enfants s'ils nous rendent la pareille ? Dernièrement, en Finlande, une servante fut soupçonnée d'avoir accouché clandestinement. On l'épia et l'on trouva au grenier, dissimu-lée derrière des briques, sa malle qui contenait le cadavre d'un nouveau-né tué par elle. On y découvrit également les squelettes de deux autres bébés, qu'elle avoua avoir tués à leur naissance. Messieurs les jurés, est-ce là une mère ? Elle a bien mis au monde ses enfants, mais qui de nous oserait lui appliquer le saint nom de mère ? Soyons hardis, messieurs les jurés, soyons même téméraires, nous devons l'être en ce moment et ne pas craindre certains mots, certaines idées, comme les marchandes de Moscou, qui craignent le « métal » et le « soufre »[1]. Prouvons, au contraire, que le progrès des dernières années a influé aussi sur notre développement et disons franchement : il ne suffit pas d'engendrer pour être père, il faut encore mériter ce titre. Sans doute, le mot père a une autre signification, d'après laquelle un père, fût-il un monstre, un ennemi juré de ses enfants, restera toujours leur père, par le seul fait qu'il les a engendrés. Mais c'est une signification mystique, pour ainsi dire, qui échappe à l'intelligence, qu'on peut admettre seulement comme article de foi, ainsi que bien des choses incompréhensibles auxquelles la religion ordonne de croire. Mais dans ce cas, cela doit rester hors du domaine de la vie réelle. Dans ce domaine, qui a, non seulement ses droits, mais impose de grands devoirs, si nous voulons être humains, chrétiens enfin, nous sommes tenus d'appliquer seulement des idées justifiées par la raison et l'expérience, passées au creuset de l'analyse, bref, d'agir sensément et non avec extravagance, comme en rêve ou dans le délire, pour ne pas nuire à notre semblable, pour ne pas causer sa perte. Nous ferons alors œuvre de chrétiens et non seulement de mystiques, une œuvre raisonnable, vraiment philanthropique... »

A ce moment, de vifs applaudissements partirent de différents points de la salle, mais Fétioukovitch fit un geste, comme pour supplier de ne pas l'interrompre. Tout se calma aussitôt. L'orateur poursuivit :

« Pensez-vous, messieurs les jurés, que de telles questions puissent échapper à nos enfants, lorsqu'ils commencent à réfléchir ? Non, certes, et nous n'exigerons pas d'eux une abstention impossible ! La vue d'un père indigne, surtout comparé à ceux des autres enfants, ses condisciples, inspire malgré lui à un jeune homme des questions douloureuses. On lui répond banalement : « C'est lui qui t'a engendré, tu es son sang, tu dois donc l'aimer. » De plus en plus surpris le jeune homme se demande malgré lui : « Est-ce qu'il m'aimait, lorsqu'il m'a engendré ? Il ne me connaissait pas, il ignorait même mon sexe, à cette minute de passion, où il était peut-être échauffé par le vin, et il ne m'a transmis qu'un penchant à la boisson ; voilà tous ses bienfaits... Pourquoi dois-je l'aimer ; pour le seul fait de m'avoir engendré, lui qui ne m'a jamais aimé [1] ? » Oh ! ces questions vous semblent peut-être grossières, cruelles, mais n'exigez pas d'un jeune esprit une abstention impossible : « Chassez le naturel par la porte, il rentre par la fenêtre », mais surtout, ne craignons pas le « métal » et le « soufre », et résolvons la question comme le prescrivent la raison et l'humanité, et non les idées mystiques. Comment la résoudre ? Eh bien, que le fils vienne demander sérieusement à son père : « Père, dis-moi pourquoi je dois t'aimer, prouve-moi que c'est un devoir » ; si ce père est capable de lui répondre et de le lui prouver, voilà une véritable famille, normale, qui ne repose pas uniquement sur un préjugé mystique, mais sur des bases rationnelles, rigoureusement humaines. Au contraire, si le père n'apporte aucune preuve, c'en est fait de cette famille ; le père n'en est plus un pour son fils, celui-ci reçoit la liberté et le droit de le considérer comme un étranger et même un ennemi. Notre tribune, messieurs les jurés, doit être l'école de la vérité et des idées saines ! »

De vifs applaudissements interrompirent l'orateur. Assurément, ils n'étaient pas unanimes, mais la moitié de la salle applaudissait, y compris des pères et des mères. Des cris aigus partaient des tribunes occupées par les dames. On gesticulait avec les mouchoirs. Le président se mit à agiter la sonnette de toutes ses forces. Il était visiblement agacé par ce tumulte, mais n'osa « faire évacuer » la salle, comme il en avait déjà menacé ; même des dignitaires, des vieillards décorés installés derrière le tribunal applaudissaient l'orateur, de sorte que, le calme rétabli, il se contenta de réitérer sa menace. Fétioukovitch, triomphant et ému, poursuivit son discours.

« Messieurs les jurés, vous vous rappelez cette nuit terrible, dont on a tant parlé aujourd'hui, où le fils s'introduisit par escalade chez son père et se trouva face à face avec l'ennemi qui lui avait donné le jour. J'insiste vivement là-dessus, ce n'est pas l'argent qui l'attirait ; l'accusation de vol est une absurdité, comme je l'ai déjà exposé ! Et ce n'est pas pour tuer qu'il força la porte ; s'il avait prémédité son crime, il se serait muni à l'avance d'une arme, mais il a pris le pilon instinctivement, sans savoir pourquoi. Admettons qu'il ait trompé son père avec les signaux et pénétré dans la maison, j'ai déjà dit que je ne crois pas un instant à cette légende, mais soit, supposons-le une minute ! Messieurs les jurés, je vous le jure par ce qu'il y a de plus sacré, si Karamazov avait eu pour rival un étranger au lieu de son père, après avoir constaté l'absence de cette femme, il se serait retiré précipitamment, sans lui faire de mal, tout au plus l'aurait-il frappé, bousculé, la seule chose qui lui importait étant de retrouver son amie. Mais il vit son père, son persécuteur dès l'enfance, son ennemi devenu un monstrueux rival ; cela suffit pour qu'une haine irrésistible s'emparât de lui, abolissant sa raison. Tous ses griefs lui revinrent à la fois. Ce fut un accès de démence, mais aussi un mouvement de la nature, qui vengeait inconsciemment la transgression de ses lois éternelles. Néanmoins, même alors, l'assassin n'a pas tué, je l'affirme, je le proclame ; il a seulement brandi le pilon dans un geste d'indignation et de dégoût, sans intention de tuer, sans savoir qu'il tuait. S'il n'avait pas eu ce fatal pilon dans les mains, il aurait seulement battu son père, peut-être, mais il ne l'eût pas assassiné. En s'enfuyant, il ignorait si le vieillard abattu par lui était mort. Pareil crime n'en est pas un, ce n'est pas un parricide. Non, le meurtre d'un tel père ne peut être assimilé que par préjugé à un parricide ! Mais ce crime a-t-il vraiment été commis, je vous le demande encore une fois ? Messieurs les jurés, nous allons le condamner et il se dira : « Ces gens n'ont rien fait pour moi, pour m'élever, m'instruire, m

rendre meilleur, faire de moi un homme. Ils m'ont refusé
toute assistance et maintenant ils m'envoient au bagne. Me
voilà quitte, je ne leur dois rien, ni à personne. Ils sont
méchants, cruels, je le serai aussi. » Voilà ce qu'il dira,
messieurs les jurés ! je le jure ; en le déclarant coupable, vous
ne ferez que le mettre à l'aise, que soulager sa conscience et
loin d'éprouver des remords, il maudira le sang versé par lui.
En même temps, vous rendez son relèvement impossible, car
il demeurera méchant et aveugle jusqu'à la fin de ses jours.
Voulez-vous lui infliger le châtiment le plus terrible qu'on
puisse imaginer, tout en régénérant son âme à jamais ? Si oui,
accablez-le de votre clémence ! Vous le verrez tressaillir.
« Suis-je digne d'une telle faveur, d'un tel amour ? » se dira-
t-il. Il y a de la noblesse, messieurs les jurés, dans cette
nature sauvage. Il s'inclinera devant votre mansuétude, il a
soif d'un grand acte d'amour, il s'enflammera, il ressuscitera
définitivement. Certaines âmes sont assez mesquines pour
accuser le monde entier. Mais comblez cette âme de miséricorde, témoignez-lui de l'amour, et elle maudira ses œuvres,
car les germes du bien abondent en elle. Son âme s'épanouira
en voyant la mansuétude divine, la bonté et la justice
humaines. Il sera saisi de repentir, l'immensité de la dette
contractée l'accablera. Il ne dira pas alors : « Je suis quitte »,
mais : « Je suis coupable devant tous et le plus indigne de
tous. » Avec des larmes d'attendrissement il s'écriera : « Les
hommes valent mieux que moi, car ils ont voulu me sauver,
ų lieu de me perdre. » Oh ! il vous est si facile d'user de
émence, car dans l'absence de preuves décisives, il vous
ait trop pénible de rendre un verdict de culpabilité. Mieux
acquitter dix coupables que condamner un innocent.
dez-vous la grande voix du siècle passé de notre histoire
e ? Est-ce à moi, chétif, de vous rappeler que la
russe n'a pas uniquement pour but de châtier, mais
relever un être perdu ? Que les autres peuples
la lettre de la loi, et nous l'esprit et l'essence, pour
tion des déchus. Et s'il en est ainsi, alors, en
ie ! Ne vous effrayez pas avec vos *troïkas* empor-

tées dont les autres peuples s'écartent avec dégoût ! Ce n'est pas une *troïka* emportée, c'est un char majestueux, qui marche solennellement, tranquillement vers le but. Le sort de mon client est entre vos mains, ainsi que les destinées du droit russe. Vous le sauverez, vous le défendrez en vous montrant à la hauteur de votre mission. »

XIV

LES MOUJIKS ONT TENU FERME

Ainsi conclut Fétioukovitch, et l'enthousiasme de ses auditeurs ne connut plus de bornes. Il ne fallait pas songer à le réprimer ; les femmes pleuraient, ainsi que beaucoup d'hommes, deux dignitaires versèrent même des larmes. Le président se résigna et attendit avant d'agiter sa sonnette. « Attenter à un pareil enthousiasme eût été une profanation ! » s'écrièrent nos dames par la suite. L'orateur lui-même était sincèrement ému. Ce fut à ce moment que notre Hippolyte Kirillovitch se leva pour répliquer. On lui jeta des regards haineux : « Comment, il ose encore répliquer ? » murmuraient les dames. Mais les murmures de toutes les dames du monde, avec son épouse à leur tête, n'auraient pas arrêté le procureur. Il était pâle et tremblait d'émotion ; ses premières phrases furent même incompréhensibles, il haletait, articulait mal, s'embrouillait. D'ailleurs, il se ressaisit bientôt. Je ne citerai que quelques phrases de ce second discours.

« … On nous reproche d'avoir inventé des romans. Mais le défenseur a-t-il fait autre chose ? Il ne manquait que des vers à sa plaidoirie. Fiodor Pavlovitch, dans l'attente de sa bien-aimée, déchire l'enveloppe et la jette à terre. On cite même ses paroles à cette occasion ; n'est-ce pas un poème ? Et où est la preuve qu'il a sorti l'argent, qui a entendu ce qu'il disait ? L'imbécile Smerdiakov transformé en une sorte de héros romantique qui se venge de la société à cause de sa naissance illégitime, n'est-ce pas encore un poème à la Byron ? Et le fils qui, ayant fait irruption chez son père, le tue sans le tuer, ce n'est même plus un roman, ni un poème, c'est un sphinx proposant des énigmes que lui-même, assurément, ne peut résoudre. S'il a tué, c'est pour de bon ; comment admettre qu'il ait tué sans être un assassin ? Ensuite, on déclare que notre tribune est celle de la vérité et des idées saines, et on y profère cet axiome que le meurtre d'un père n'est qualifié de parricide que par préjugé. Mais si le parricide est un préjugé et si tout enfant peut demander à son père : « Père, pourquoi dois-je t'aimer ? », que deviendront les bases de la société, que deviendra la famille ? Le parricide, voyez-vous, c'est le « soufre » de la marchande moscovite. Les plus nobles traditions de la justice russe sont dénaturées uniquement pour obtenir l'absolution de ce qui ne peut être absous. Comblez-le de clémence, s'exclame le défenseur, le criminel n'en demande pas davantage, on verra demain le résultat ! D'ailleurs, n'est-ce pas par une modestie exagérée qu'il demande seulement l'acquittement de l'accusé ? Pourquoi ne pas demander la fondation d'une bourse qui immortaliserait l'exploit du parricide aux yeux de la postérité et de la jeune génération ? On corrige l'Évangile et la religion : tout ça c'est du mysticisme, nous seuls possédons le vrai christianisme, déjà vérifié par l'analyse de la raison et des idées saines. On évoque devant nous une fausse image du Christ ! « On se servira envers vous de la même mesure dont vous vous serez servis », s'exclame le défenseur, en concluant aussitôt que le Christ a ordonné de mesurer de la même mesure qui nous est appliquée. Voilà ce qu'on proclame à la tribune de vérité ! Nous ne lisons l'Évangile qu'à la veille de nos discours, pour briller par la connaissance d'une œuvre assez originale, au moyen de laquelle on peut produire un certain effet dans la mesure où c'est nécessaire. Or, le Christ a précisément défendu d'agir ainsi, car c'est ce que fait le monde méchant, et nous, loin de rendre le mal pour le mal, nous devons tendre la joue, et pardonner à ceux qui nous ont offensés. Voilà ce que nous a enseigné notre Dieu, et non pas que c'est un préjugé de défendre aux enfants de tuer leur père. Et ce n'est pas nous qui corrigerons à cette tribune l'Évangile de notre Dieu, que le défenseur daigne seulement appeler « le Crucifié qui aimait les hommes », en opposition avec toute la Russie orthodoxe qui l'invoque en proclamant : « Tu es notre Dieu !... »

Ici, le président intervint et pria l'orateur de ne pas exagérer, de demeurer dans les justes limites, etc., comme font d'habitude les présidents en pareil cas. La salle était houleuse. Le public s'agitait, proférait des exclamations indignées. Fétioukovitch ne répliqua même pas, il vint seulement, les mains sur le cœur, prononcer d'un ton offensé quelques paroles pleines de dignité. Il effleura de nouveau avec ironie les « romans » et la « psychologie » et trouva moyen de décocher ce trait « Jupiter, tu as tort, puisque tu te fâches », ce qui fit rire le public, car Hippolyte Kirillovitch ne ressemblait nullement à Jupiter. Quant à la prétendue accusation de permettre à la jeunesse le parricide, Fétioukovitch déclara avec une grande dignité qu'il n'y répondrait pas. Au sujet de la « fausse image du Christ » et du fait qu'il n'avait pas daigné l'appeler Dieu, mais seulement « le Crucifié qui aimait les hommes », ce qui est « contraire à l'orthodoxie et ne pouvait se dire à la tribune de vérité », Fétioukovitch parla d' « insinuation » et donna à entendre qu'en venant ici il croyait au moins cette tribune à l'abri d'accusations « dangereuses pour sa personnalité comme citoyen et fidèle sujet... ». Mais à ces mots le président l'arrêta à son tour, et Fétioukovitch, en s'inclinant, termina sa réplique, accompagné par le murmure approbateur de toute la salle. Hippolyte Kirillovitch, de l'avis de nos dames, était « confondu pour toujours ».

La parole fut ensuite donnée à l'accusé. Mitia se leva, mais ne dit pas grand-chose. Il était à bout de forces, physiques et morales. L'air dégagé et robuste avec lequel il était entré le matin avait presque disparu. Il paraissait avoir traversé dans cette journée une crise décisive qui lui avait appris et fait comprendre quelque chose de très important, qu'il ne saisissait pas auparavant. Sa voix s'était affaiblie, il ne criait plus. On sentait dans ses paroles la résignation et l'accablement de la défaite.

« Que puis-je dire, messieurs les jurés ! On va me juger, je sens la main de Dieu sur moi. C'en est fait du dévoyé ! Mais comme si je me confessais à Dieu, à vous aussi je dis : « Je n'ai pas versé le sang de mon père ! » Je le répète une dernière fois, ce n'est pas moi qui ai tué ! J'étais déréglé, mais j'aimais le bien. Constamment, j'aspirais à m'amender, et j'ai vécu comme une bête fauve. Merci au procureur, il a dit sur moi bien des choses que j'ignorais, mais il est faux que j'aie tué mon père, le procureur s'est trompé ! Merci également à mon défenseur, j'ai pleuré en l'écoutant, mais il est faux que j'aie tué mon père, il n'aurait pas dû le supposer ! Ne croyez pas les médecins, j'ai toute ma raison, seulement je me sens accablé. Si vous m'épargnez et que vous me laissiez aller, je prierai pour vous. Je deviendrai meilleur, j'en donne ma parole, je la donne devant Dieu. Si vous me condamnez, je briserai moi-même mon épée et j'en baiserai les tronçons. Mais épargnez-moi, ne me privez pas de mon Dieu, je me connais : je récriminerais ! Je suis acccablé, messieurs... épargnez-moi ! »

Il tomba presque à sa place, sa voix se brisa, la dernière phrase fut à peine articulée. La Cour rédigea ensuite les questions à poser et demanda leurs conclusions aux parties. Mais j'omets les détails. Enfin, les jurés se retirèrent pour délibérer. Le président était exténué, aussi ne leur adressa-t-il qu'une brève allocution : « Soyez impartiaux, ne vous laissez pas influencer par l'éloquence de la défense, pourtant pesez votre décision ; rappelez-vous la haute mission dont vous êtes revêtus », etc. Les jurés s'éloignèrent, l'audience fut suspendue. On put faire un tour, échanger ses impressions, se restaurer au buffet. Il était fort tard, environ une heure du matin, mais personne ne s'en alla. Les nerfs tendus empêchaient de songer au repos. Tout le monde attendait avec anxiété le verdict, sauf les dames, qui, dans leur impatience fiévreuse, étaient rassurées : « L'acquittement est inévitable. » Toutes se préparaient à la minute émouvante de l'enthousiasme général. J'avoue que, parmi les hommes, beaucoup étaient sûrs de l'acquittement. Les uns se réjouissaient, d'autres fronçaient les sourcils, certains baissaient simplement le nez ; ils ne voulaient pas d'acquittement ! Fétioukovitch lui-même était certain du succès. On l'entourait, on le félicitait avec complaisance.

« Il y a, disait-il dans un groupe, comme on le rapporta par la suite, il y a des fils invisibles qui relient le défenseur aux jurés. Ils se forment et se pressent déjà au cours de la plaidoirie. Je les ai sentis, ils existent. Nous aurons gain de cause, soyez tranquilles.

— Que vont dire maintenant nos croquants ? proféra un gros monsieur grêlé, à l'air renfrogné, propriétaire aux environs, en s'approchant d'un groupe.

— Il n'y a pas que des croquants ; il y a quatre fonctionnaires.

— Ah oui ! les fonctionnaires, dit un membre du *zemstvo*.

— Connaissez-vous Nazarev, Prochor Ivanovitch, ce marchand qui a une médaille ? il fait partie du jury.

— Eh bien ?

— C'est une des lumières de la corporation.

— Il garde toujours le silence.

— Tant mieux. Ce n'est pas au Pétersbourgeois à lui faire la leçon ; lui-même en remontrerait à tout Pétersbourg. Douze enfants, pensez !

— Est-il possible qu'on ne l'acquitte pas ? criait dans un autre groupe un de nos jeunes fonctionnaires.

— Il sera sûrement acquitté, fit une voix décidée.

— Ce serait une honte de ne pas l'acquitter, s'exclama le fonctionnaire ; admettons qu'il ait tué, mais un père comme le sien ! Et, enfin, il était dans une telle exaltation... Il a pu vraiment n'assener qu'un coup de pilon, et l'autre s'est affaissé. Mais on a eu tort de mêler le domestique à tout ça ; ce n'est qu'un épisode burlesque. A la place du défenseur, j'aurais dit carrément : il a tué, mais il n'est pas coupable, nom d'un chien !

— C'est ce qu'il a fait. seulement, il n'a pas dit nom d'un chien !

— Mais si, Mikhaïl Sémionytch, il l'a presque dit, reprit une troisième voix.

— Permettez, messieurs ; on a acquitté durant le carême une actrice qui avait coupé la gorge à la femme de son amant.

— Oui, mais elle n'est pas allée jusqu'au bout.

— C'est égal, elle avait commencé.

— Et ce qu'il a dit des enfants, n'est-ce pas admirable ?

— Admirable.

— Et le couplet sur le mysticisme, hein ?

— Laissez donc le mysticisme, s'écria un autre, songez plutôt à ce qui attend dès demain Hippolyte, son épouse lui en fera voir de dures à cause de Mitia.

— Elle est ici ?

— Si elle y était, ce serait déjà fait. Elle garde la maison, elle a une rage de dents, hé ! hé !

— Hé ! Hé ! »

Dans un troisième groupe :

« Mitia pourrait bien être acquitté.

— Ce sera du propre, demain il saccagera « la Capitale » et ne dessoûlera pas de dix jours.

— Eh oui, c'est un vrai diable !

— A propos de diable, on n'a pas pu se passer de lui ; sa place était tout indiquée ici.

— Messieurs, l'éloquence est une belle chose. Mais on ne peut fracasser la tête d'un père impunément. Sinon, où irions-nous ?

— Le char, le char, vous vous souvenez ?

— Oui, il a fait d'un chariot un char.

— Demain, le char redeviendra chariot, « dans la mesure où il est nécessaire ».

— Les gens sont devenus malins. La vérité existe-t-elle encore en Russie, messieurs, oui ou non ? »

Mais la sonnette retentit. Les jurés avaient délibéré une heure exactement. Un profond silence régna, quand le public eut repris place. Je me rappelle l'entrée du jury dans la salle.

Enfin, je ne citerai pas les questions par ordre, je les ai oubliées. Je me souviens seulement de la réponse à la première question, la principale : « L'accusé a-t-il tué pour voler avec préméditation ? » (j'ai oublié le texte exact). Le président du jury, ce fonctionnaire qui était le plus jeune de tous, laissa tomber d'une voix nette, au milieu d'un silence de mort :

« Oui ! »

Puis ce fut la même réponse sur tous les points, sans la moindre circonstance atténuante !

Personne ne s'y attendait, tous comptaient au moins sur l'indulgence du jury. Le silence continuait, comme si l'auditoire eût été pétrifié, les partisans de la condamnation comme ceux de l'acquittement. Mais ce ne fut que les premières minutes, auxquelles succéda un affreux désarroi. Parmi le public masculin, beaucoup étaient enchantés, certains même se frottaient les mains. Les mécontents avaient l'air accablés, haussaient les épaules, chuchotaient comme s'ils ne se rendaient pas encore compte. Mais nos dames, Seigneur, je crus qu'elles allaient faire une émeute ! D'abord, elles n'en crurent pas leurs oreilles. Soudain de bruyantes exclamations retentirent : « Qu'est-ce que cela, qu'est-ce encore ? » Elles quittaient leurs places. Assurément, elles s'imaginaient qu'on pouvait, à l'instant, changer tout ça et recommencer. A ce moment, Mitia se leva tout à coup et s'écria d'une voix déchirante, les bras tendus en avant :

« Je le jure devant Dieu et dans l'attente du Jugement dernier, je n'ai pas versé le sang de mon père ! Katia, je te pardonne ! Frères, amis, épargnez l'autre ! »

Il n'acheva pas et sanglota bruyamment, d'une voix qui ne semblait pas la sienne, comme changée, inattendue, venant Dieu sait d'où. Aux tribunes, dans un coin reculé, retentit un cri aigu : c'était Grouchegnka. Elle avait supplié qu'on la laissât rentrer et était revenue dans la salle avant les plaidoyers. On emmena Mitia. Le prononcé du jugement fut remis au lendemain. On se leva dans un brouhaha, mais je n'écoutais déjà plus. Je me rappelle seulement quelques exclamations sur le perron à la sortie ·

« Il ne s'en tirera pas à moins de vingt ans de mine.

— Au bas mot.

— Oui, nos croquants ont tenu ferme.

— Et réglé son compte à notre Mitia ! »

Épilogue

I

PROJETS D'ÉVASION

Cinq jours après le jugement de Mitia, vers huit heures du matin, Aliocha vint trouver Catherine Ivanovna, pour s'entendre définitivement au sujet d'une affaire importante ; il était en outre chargé d'une commission. Elle se tenait dans le même salon où elle avait reçu Grouchegnka ; dans la pièce voisine, Ivan Fiodorovitch, en proie à la fièvre, gisait sans connaissance. Aussitôt après la scène du tribunal, Catherine Ivanovna l'avait fait transporter chez elle, sans se soucier des commentaires inévitables et du blâme de la société. L'une des deux parentes qui vivaient avec elle était partie sur-le-champ pour Moscou, l'autre était restée. Mais fussent-elles parties toutes deux cela n'eût pas changé la décision de Catherine Ivanovna, résolue à soigner elle-même le malade et à le veiller jour et nuit. Il était traité par les docteurs Varvinski et Herzenstube ; le spécialiste de Moscou était reparti en refusant de se prononcer sur l'issue de la maladie. Malgré leurs affirmations rassurantes, les médecins ne pouvaient encore donner un ferme espoir. Aliocha visitait son frère deux fois par jour. Mais cette fois, il s'agissait d'une affaire particulièrement embarrassante, qu'il ne savait trop comment aborder ; et il se hâtait, appelé ailleurs par un devoir non moins important. Ils s'entretenaient depuis un quart d'heure. Catherine Ivanovna était pâle, exténuée, en proie à une agitation maladive ; elle pressentait le but de la visite d'Aliocha.

« Ne vous inquiétez pas de sa décision, disait-elle avec fermeté à Aliocha. D'une façon ou d'une autre, il en viendra à cette solution : il faut qu'il s'évade. Ce malheureux, ce héros de la conscience et de l'honneur — pas lui, pas Dmitri Fiodorovitch, mais celui qui est malade ici et s'est sacrifié pour son frère, ajouta Katia, les yeux étincelants, m'a depuis longtemps déjà communiqué tout le plan d'évasion. Il avait même fait des démarches ; je vous en ai déjà parlé... Voyez-vous, ce sera probablement à la troisième étape, lorsqu'on emmènera le convoi des déportés en Sibérie. Oh ! c'est encore loin. Ivan Fiodorovitch est allé voir le chef de la troisième étape. Mais on ne sait pas encore qui commandera le convoi ; d'ailleurs cela n'est jamais connu à l'avance. Demain, peut-être, je vous montrerai le plan détaillé que m'a laissé Ivan Fiodorovitch la veille du jugement, à tout hasard... Vous vous rappelez, nous nous querellions lorsque vous êtes venu ; il descendait l'escalier, en vous voyant je l'obligeai à remonter, vous vous souvenez ? Savez-vous à quel propos nous nous querellions ?

— Non, je ne sais pas.

— Évidemment, il vous l'a caché ; c'était précisément à propos de ce plan d'évasion. Il m'en avait déjà expliqué l'essentiel trois jours auparavant ; ce fut l'origine de nos querelles durant ces trois jours. Voici pourquoi : lorsqu'il me déclara que s'il était condamné Dmitri Fiodorovitch s'enfuirait à l'étranger avec cette créature, je me fâchai tout à coup ; je ne vous dirai pas pour quelle raison, je l'ignore moi-même. Oh ! sans doute c'est à cause d'elle et parce qu'elle accompagnerait Dmitri dans sa fuite ! s'écria Catherine Ivanovna, les lèvres tremblantes de colère. Mon irritation contre cette créature fit croire à Ivan Fiodorovitch que j'étais jalouse d'elle et, par conséquent, encore éprise de Dmitri. Voilà la cause de notre première querelle. Je ne voulus ni m'expliquer ni m'excuser ; il m'était pénible qu'un tel homme pût me soupçonner d'aimer comme autrefois ce... Et cela, alors que depuis longtemps je lui avais déclaré en toute franchise que je n'aimais pas Dmitri, que je n'aimais que lui seul ! C'est par simple animosité envers cette créature que je me suis fâchée contre lui ! Trois jours plus tard, justement le soir où vous êtes venu, il m'apporta une enveloppe cachetée que je devais ouvrir au cas où il arriverait quelque chose. Oh ! il pressentait sa maladie ! Il m'expliqua que cette enveloppe contenait le plan détaillé de l'évasion, et que s'il mourait ou tombait dangereusement malade, je devrais sauver Mitia à moi seule. Il me laissa aussi de l'argent, presque dix mille roubles, la somme à laquelle le procureur, ayant appris qu'il l'avait envoyée changer, a fait allusion dans son discours. Je fus stupéfaite de voir que, malgré sa jalousie, et persuadé que j'aimais Dmitri, Ivan Fiodorovitch n'avait pas renoncé à sauver son frère et qu'il se fiait à moi pour cela ! Oh ! c'était un sacrifice sublime ! Vous ne pouvez comprendre la grandeur d'une telle abnégation, Alexéi Fiodorovitch ! J'allais me jeter à ses pieds, mais lorsque je songeai tout à coup qu'il attribuerait ce geste uniquement à ma joie de savoir Mitia sauvé (et il l'aurait certes cru !), la possibilité d'une telle injustice de sa part m'irrita si fort qu'au lieu de lui baiser les pieds je lui fis une nouvelle scène ! Que je suis malheureuse ! Quel affreux caractère que le mien ! Vous verrez : Je ferai si bien qu'il me quittera pour une autre plus facile à vivre, comme Dmitri ; mais alors... non, je ne le supporterai pas, je me tuerai ! Au moment où vous êtes arrivé, ce soir-là, et où j'ai ordonné à Ivan de remonter, le regard haineux et méprisant qu'il me lança en entrant me mit dans une affreuse colère ; alors, vous vous le rappelez sans doute, je vous criai tout à coup que c'était *lui*, *lui seul*, qui m'avait assuré que Dmitri était l'assassin ! Je le calomniais pour le blesser une fois de plus ; il ne m'a jamais assuré pareille chose, au contraire, c'est moi qui le lui affirmais ! C'est ma violence qui est cause de tout. Cette abominable scène devant le tribunal, c'est moi qui l'ai provoquée ! Il voulait me prouver la noblesse de ses sentiments, me démontrer que, malgré mon amour pour son frère, il ne le perdrait pas par vengeance, par jalousie. Alors il a fait la déposition que vous connaissez… Je suis cause de tout cela, c'est ma faute à moi seule ! »

Jamais encore Katia n'avait fait de tels aveux à Aliocha ; il comprit qu'elle était parvenue à ce degré de souffrance intolérable où le cœur le plus orgueilleux abdique toute fierté et s'avoue vaincu par la douleur. Aliocha connaissait une autre cause au chagrin de la jeune fille, bien qu'elle la lui dissimulât depuis la condamnation de Mitia : elle souffrait de sa « trahison » à l'audience, et il pressentait que sa conscience la poussait à s'accuser précisément devant lui, Aliocha, dans une crise de larmes, en se frappant le front contre terre. Il redoutait cet instant et voulait lui en épargner la souffrance. Mais sa commission n'en devenait que plus difficile à faire. Il se remit à parler de Mitia.

« Ne craignez rien pour lui, reprit obstinément Katia ; sa décision est passagère, soyez sûr qu'il consentira à s'évader. D'ailleurs, ce n'est pas pour tout de suite, il aura tout le temps de s'y décider. A ce moment-là, Ivan Fiodorovitch sera guéri et s'occupera de tout, de sorte que je n'aurai pas à m'en mêler. Ne vous inquiétez pas, Dmitri consentira à s'évader : il ne peut renoncer à cette créature ; et comme elle ne serait pas admise au bagne, force lui est de s'enfuir. Il vous craint, il redoute votre blâme, vous devez donc lui *permettre* magnanimement de s'évader, puisque votre sanction est si nécessaire », ajouta Katia avec ironie.

Elle se tut un instant, sourit, continua :

« Il parle d'hymnes, de croix à porter, d'un certain devoir. Je m'en souviens, Ivan Fiodorovitch m'a rapporté tout cela… Si vous saviez comme il en parlait ! s'écria soudain Katia avec un élan irrésistible, si vous saviez combien il aimait ce malheureux au moment où il me racontait cela, et combien, peut-être, il le haïssait en même temps ! Et moi je l'écoutais, je le regardais pleurer avec un sourire hautain ! Oh ! la vile créature que je suis ! C'est moi qui l'ai rendu fou ! Mais l'autre, le condamné, est-il prêt à souffrir, conclut Katia avec irritation, en est-il capable ? Les êtres comme lui ignorent la souffrance ! »

Une sorte de haine et de dégoût perçait à travers ces paroles. Cependant, elle l'avait trahi. « Eh bien ! c'est peut-être parce qu'elle se sent coupable envers lui qu'elle le hait par moments », songea Aliocha. Il aurait voulu que ce ne fût que « par moments ». Il avait senti un défi dans les dernières paroles de Katia, mais il ne le releva point.

« Je vous ai prié de venir aujourd'hui pour que vous me promettiez de le convaincre. Mais peut-être, d'après vous aussi, serait-ce déloyal et vil de s'évader, ou comment dire... pas chrétien ? ajouta Katia avec une provocation encore plus marquée.

— Non, ce n'est rien. Je lui dirai tout... murmura Aliocha... Il vous prie de venir le voir aujourd'hui », reprit-il brusquement, en la regardant dans les yeux.

Elle tressaillit et eut un léger mouvement de recul.

« Moi... est-ce possible ? fit-elle en pâlissant.

— C'est possible et c'est un devoir ! déclara Aliocha d'un ton ferme. Vous lui êtes plus nécessaire que jamais. Je ne vous aurais pas tourmentée prématurément à ce sujet sans nécessité. Il est malade, il est comme fou, il vous demande constamment. Ce n'est pas pour une réconciliation qu'il veut vous voir ; montrez-vous seulement sur le seuil de sa chambre. Il a bien changé depuis cette fatale journée et comprend toute l'étendue de ses torts envers vous. Ce n'est pas votre pardon qu'il veut : « On ne peut pas me pardonner », dit-il lui-même. Il veut seulement vous voir sur le seuil...

— Vous me prenez à l'improviste..., murmura Katia ; je pressentais ces jours-ci que vous viendriez dans ce dessein... Je savais bien qu'il me demanderait !... C'est impossible !

— Impossible, soit, mais faites-le. Souvenez-vous que, pour la première fois, il est consterné de vous avoir fait de tels affronts, jamais encore il n'avait compris ses torts aussi profondément ! Il dit : « Si elle refuse de venir, je serai toujours malheureux. » Vous entendez : un condamné à

vingt ans de travaux forcés songe encore au bonheur, cela ne
fait-il pas pitié ? Songez que vous allez voir une victime
innocente, dit Aliocha avec un air de défi. Ses mains sont
nettes de sang. Au nom de toutes les souffrances qui
l'attendent, allez le voir maintenant ! Venez, conduisez-le
dans les ténèbres, montrez-vous seulement sur le seuil...
Vous devez, vous *devez* le faire, conclut Aliocha en insistant
avec énergie sur le mot « devez ».

— Je dois... mais je ne peux pas..., gémit Katia ; il me
regardera... Non, je ne peux pas.

— Vos regards doivent se rencontrer. Comment pourrez-
vous vivre désormais, si vous refusez maintenant ?

— Plutôt souffrir toute ma vie.

— Vous devez venir, *il le faut*, insista de nouveau Aliocha,
inflexible.

— Mais pourquoi aujourd'hui, pourquoi tout de suite ?...
Je ne puis pas abandonner le malade...

— Vous le pouvez, pour un moment, ce ne sera pas long.
Si vous ne venez pas, Dmitri aura le délire cette nuit. Je ne
vous mens pas, ayez pitié !

— Ayez pitié de moi ! dit avec amertume Katia, et elle
fondit en larmes.

— Alors vous viendrez ! proféra fermement Aliocha en la
voyant pleurer. Je vais lui dire que vous venez tout de suite.

— Non, pour rien au monde, ne lui en parlez pas ! s'écria
Katia avec effroi. J'irai, mais ne le lui dites pas à l'avance, car
peut-être n'entrerai-je pas... Je ne sais pas encore. »

Sa voix se brisa. Elle respirait avec peine. Aliocha se leva
pour partir.

« Et si je rencontrais quelqu'un ? dit-elle tout à coup, en
pâlissant de nouveau.

— C'est pourquoi il faut venir tout de suite ; il n'y aura
personne, soyez tranquille. Nous vous attendrons », conclut-
il avec fermeté ; et il sortit.

II

POUR UN INSTANT
LE MENSONGE DEVINT VÉRITÉ

Il se hâta vers l'hôpital où était maintenant Mitia. Le surlendemain du jugement, ayant contracté une fièvre nerveuse, on l'avait transporté à l'hôpital, dans la division des détenus. Mais le Dr Varvinski, à la demande d'Aliocha, de Mme Khokhlalov, de Lise et d'autres, fit placer Mitia dans une chambre à part, celle qu'occupait naguère Smerdiakov. A vrai dire, au fond du corridor se tenait un factionnaire, et la fenêtre était grillée ; Varvinski pouvait dont être rassuré sur les suites de cette complaisance un peu illégale. Bon et compatissant, il comprenait combien c'était dur pour Mitia d'entrer sans transition dans la société des malfaiteurs, et qu'il lui fallait d'abord s'y habituer. Les visites étaient autorisées en sous-main par le médecin, le surveillant et même l'*ispravnik*, mais seuls Aliocha et Grouchegnka venaient voir Mitia. A deux reprises, Rakitine avait tenté de s'introduire, mais Mitia pria instamment Varvinski de ne pas le laisser entrer.

Aliocha trouva son frère assis sur sa couchette, en robe de chambre, la tête entourée d'une serviette mouillée d'eau et de vinaigre ; il avait un peu de fièvre. Il jeta sur Aliocha un regard vague où perçait une sorte d'effroi.

En général, depuis sa condamnation, il était devenu pensif. Parfois, il restait une demi-heure sans rien dire, paraissant se livrer à une méditation douloureuse, oubliant son interlocuteur. S'il sortait de sa rêverie, c'était toujours à l'improviste et pour parler d'autre chose que ce dont il fallait. Parfois, il regardait son frère avec compassion et semblait moins à l'aise avec lui qu'avec Grouchegnka. A vrai dire, il ne parlait guère à celle-ci, mais dès qu'elle entrait, son visage s'illuminait. Aliocha s'assit en silence à côté de lui. Dmitri l'attendait avec impatience, pourtant il n'osait l'interroger. Il estimait impossible que Katia consentît à venir, tout en sentant que si elle ne venait pas, sa douleur serait intolérable. Aliocha comprenait ses sentiments.

« Il paraît que Tryphon Borissytch a presque démoli son auberge, dit fiévreusement Mitia. Il soulève les feuilles des parquets, arrache des planches ; il a démonté toute sa galerie, morceau par morceau, dans l'espoir de trouver un trésor, les quinze cents roubles qu'à en croire le procureur j'aurais cachés là-bas. Sitôt de retour, on dit qu'il s'est mis à l'œuvre. C'est bien fait pour le coquin. Je l'ai appris hier d'un gardien qui est de là-bas.

— Écoute, dit Aliocha, elle viendra, je ne sais quand, peut-être aujourd'hui, ou dans quelques jours, je l'ignore Mais elle viendra, c'est sûr. »

Mitia tressaillit, il aurait voulu parler, mais garda le silence. Cette nouvelle le bouleversait. On voyait qu'il était anxieux de connaître les détails de la conversation, tout en redoutant de les demander ; un mot cruel ou dédaigneux de Katia eût été pour lui, en ce moment, un coup de poignard.

« Elle m'a dit, entre autres, de tranquilliser ta conscience au sujet de l'évasion. Si Ivan n'est pas guéri à ce moment, c'est elle qui s'en occupera.

— Tu m'en as déjà parlé, fit observer Mitia.

— Et toi, tu l'as déjà répété à Grouchegnka.

— Oui, avoua Mitia, avec un regard timide à son frère. Elle ne viendra que ce soir. Quand je lui ai dit que Katia agissait, elle s'est tue d'abord, les lèvres contractées ; puis elle a murmuré : « Soit ! » Elle a compris que c'était grave. Je n'ai pas osé la questionner. Maintenant elle paraît comprendre que ce n'est pas moi, mais Ivan que Katia aime.

— Vraiment ?

— Peut-être que non. En tout cas, elle ne viendra pas ce matin ; je l'ai chargée d'une commission... Écoute, Ivan est notre esprit supérieur, c'est à lui de vivre, pas à nous. Il guérira.

— Figure-toi que Katia, malgré ses alarmes, ne doute presque pas de sa guérison.

— Alors, c'est qu'elle est persuadée qu'il mourra. C'est la frayeur qui lui inspire cette conviction.

— Ivan est de constitution robuste. Moi aussi, j'ai bon espoir, dit Aliocha non sans appréhension.

— Oui, il guérira. Mais elle a la conviction qu'il mourra. Elle doit beaucoup souffrir. »

Il y eut un silence. Une grave préoccupation tourmentait Mitia.

« Aliocha, j'aime passionnément Grouchegnka, dit-il tout à coup d'une voix tremblante, où il y avait des larmes.

— On ne la laissera pas avec toi, *là-bas*.

— Je voulais te dire encore, poursuivit Mitia d'une voix vibrante, si l'on me bat en route ou *là-bas*, je ne le supporterai pas, je tuerai et l'on me fusillera. Et c'est pour vingt ans ! Ici, les gardiens me tutoient déjà. Toute cette nuit j'ai réfléchi, eh bien, je ne suis pas prêt ! C'est au-dessus de mes forces ! Moi qui voulais chanter un hymne, je ne puis supporter le tutoiement des gardiens. J'aurais tout enduré pour l'amour de Grouchegnka, tout... sauf les coups... Mais on ne la laissera pas entrer *là-bas*. »

Aliocha sourit doucement.

« Écoute, frère, une fois pour toutes, voici mon opinion à cet égard. Tu sais que je ne mens pas. Tu n'es pas prêt pour une pareille croix, elle n'est pas faite pour toi. Bien plus, tu n'as pas besoin d'une épreuve aussi douloureuse. Si tu avais tué ton père, je regretterais de te voir repousser l'expiation. Mais tu es innocent et cette croix est trop lourde pour toi. Puisque tu voulais te régénérer par la souffrance, garde toujours présent, partout où tu vivras, cet idéal de la régénération ; cela suffira. Le fait de t'être dérobé à cette terrible épreuve servira seulement à te faire sentir un devoir plus grand encore, et ce sentiment continuel contribuera peut-être davantage à ta régénération que si tu étais allé *là-bas*. Car tu ne supporterais pas les souffrances du bagne, tu récriminerais, peut-être finirais-tu par dire : « Je suis quitte. » L'avocat a dit vrai en ce sens. Tous n'endurent pas de lourds fardeaux ; il y a des êtres qui succombent... Voilà

mon opinion, puisque tu désires tant la connaître. Si ton
évasion devait coûter cher à d'autres officiers et soldats, « je
ne te permettrais pas » (Aliocha sourit) de t'évader. Mais on
assure (le chef d'étape lui-même l'a dit à Ivan) qu'en s'y
prenant bien il n'y aura pas de sanctions sévères, et qu'ils s'en
tireront à bon compte. Certes, il est malhonnête de corrompre les consciences, même dans ce cas, mais ici je m'abstien-
drai de juger, car si, par exemple, Ivan et Katia m'avaient
confié un rôle dans cette affaire, je n'aurais pas hésité à
employer la corruption : je dois te dire toute la vérité. Aussi,
n'est-ce pas à moi à juger ta manière d'agir. Mais sache que je
ne te condamnerai jamais. D'ailleurs, c'est étrange, comment
pourrais-je être ton juge en cette affaire ? Eh bien, je crois
avoir tout examiné.

— En revanche, c'est moi qui me condamnerai ! s'écria
Mitia. Je m'évaderai, c'était déjà décidé : est-ce que Mitia
Karamazov peut ne pas fuir ? Mais je me condamnerai et je
passerai ma vie à expier cette faute. C'est bien ainsi que
parlent les Jésuites ? Comme nous le faisons maintenant, hé ?

— En effet, dit gaiement Aliocha.

— Je t'aime, parce que tu dis toujours la vérité entière,
sans rien cacher ! dit Mitia radieux. Donc, j'ai pris Aliocha en
flagrant délit de jésuitisme ! Tu mériterais qu'on t'embrassât
pour ça, vraiment ! Eh bien, écoute le reste, je vais achever de
m'épancher. Voici ce que j'ai imaginé et résolu. Si je parviens
à m'évader, avec de l'argent et un passeport, et que j'arrive
en Amérique, je serai réconforté par cette idée que ce n'est
pas pour vivre heureux que je le fais, mais pour subir un
bagne qui vaut peut-être celui-ci ! Je t'assure, Alexéi, que
cela se vaut ! Au diable cette Amérique ! je la hais déjà.
Grouchegnka m'accompagnera, soit, mais regarde-la : a-t-
elle l'air d'une Américaine ? Elle est russe, russe jusqu'à la
moelle des os, elle aura le mal du pays, et sans cesse je la
verrai souffrir à cause de moi, chargée d'une croix qu'elle n'a
pas méritée. Et moi, supporterai-je les goujats de là-bas,
quand bien même tous vaudraient mieux que moi ? Je la
déteste déjà, cette Amérique ! Eh bien, qu'ils soient là-bas

des techniciens hors ligne ou tout ce qu'on voudra, que le diable les emporte, ce ne sont pas là mes gens ! J'aime la Russie, Alexéi, j'aime le Dieu russe, tout vaurien que je suis ! Oui, je crèverai là-bas ! » s'écria-t-il, les yeux tout à coup étincelants. Sa voix tremblait.

« Eh bien, voici ce que j'ai décidé, Alexéi, écoute ! poursuivit-il une fois calmé. Sitôt arrivés là-bas, avec Grouchegnka, nous nous mettrons à labourer, à travailler dans la solitude, parmi les ours, bien loin. Là-bas aussi il y a des coins perdus. On dit qu'il y a encore des Peaux-Rouges ; eh bien ! c'est dans cette région que nous irons, chez les derniers Mohicans. Nous étudierons immédiatement la grammaire, Grouchegnka et moi. Au bout de trois ans, nous saurons l'anglais à fond. Alors, adieu l'Amérique ! Nous reviendrons en Russie, citoyens américains. N'aie crainte, nous ne retournerons pas dans cette petite ville, nous nous cacherons quelque part, au Nord ou au Sud. Je serai changé, elle aussi ; je me ferai faire en Amérique une barbe postiche, je me crèverai un œil, sinon je porterai une longue barbe grise (le mal du pays me fera vite vieillir), peut-être qu'on ne me reconnaîtra pas. Si je suis reconnu, qu'on me déporte, tant pis, c'était ma destinée ! En Russie aussi, nous labourerons dans un coin perdu, et toujours je me ferai passer pour américain. En revanche, nous mourrons sur la terre natale. Voilà mon plan, il est irrévocable. L'approuves-tu ?

— Oui » dit Aliocha pour ne pas le contredire.

Mitia se tut un instant et proféra tout à coup :

« Comme on m'a arrangé à l'audience ! Quel parti pris !

— Même sans cela, tu aurais été condamné, dit Aliocha en soupirant.

— Oui, on en a assez de moi, ici ! Que Dieu leur pardonne, mais c'est dur ! » gémit Mitia.

Un nouveau silence suivit.

« Aliocha, exécute-moi tout de suite ! Viendra-t-elle ou non maintenant, parle ! Qu'a-t-elle dit ?

— Elle a promis de venir, mais je ne sais pas si ce sera aujourd'hui. Cela lui est pénible ! »

Aliocha regarda timidement son frère.

« Je pense bien ! Je pense bien ! Aliocha, j'en deviendrai fou. Grouchegnka ne cesse de me regarder. Elle comprend. Dieu, apaise-moi, qu'est-ce que je demande ? Voilà bien l'impétuosité des Karamazov ! Non, je ne suis pas capable de souffrir ! Je ne suis qu'un misérable !

— La voilà ! » s'écria Aliocha.

A ce moment, Katia parut sur le seuil. Elle s'arrêta un instant et regarda Mitia d'un air égaré. Celui-ci se leva vivement, pâle d'effroi, mais aussitôt un sourire timide, suppliant, se dessina sur ses lèvres, et tout à coup, d'un mouvement irrésistible, il tendit les bras à Katia, qui s'élança. Elle lui saisit les mains, le fit asseoir sur le lit, s'assit elle-même, sans lâcher ses mains qu'elle serrait convulsivement. A plusieurs reprises, tous deux voulurent parler, mais se retinrent, se regardant en silence, avec un sourire étrange, comme rivés l'un à l'autre ; deux minutes se passèrent ainsi.

« As-tu pardonné ? » murmura enfin Mitia, et aussitôt, se tournant radieux vers Aliocha, il lui cria : « Tu entends ce que je demande, tu entends !

— Je t'aime parce que ton cœur est généreux, dit Katia. Tu n'as pas besoin de mon pardon, pas plus que je n'ai besoin du tien. Que tu me pardonnes ou non, le souvenir de chacun de nous restera comme une plaie dans l'âme de l'autre ; cela doit être... »

La respiration lui manqua...

« Pourquoi suis-je venue ? poursuivit-elle fébrilement pour embrasser tes pieds, te serrer les mains jusqu'à la douleur, tu te rappelles, comme à Moscou, pour te dire encore que tu es mon dieu, ma joie, te dire que je t'aime follement », gémit-elle dans un sanglot.

Elle appliqua ses lèvres avides sur la main de Mitia. Ses larmes ruisselaient. Aliocha restait silencieux et déconcerté il ne s'attendait pas à cette scène.

« L'amour s'est évanoui, Mitia, reprit-elle, mais le passé m'est douloureusement cher. Sache-le pour toujours. Maintenant, pour un instant, supposons vrai ce qui aurait pu être, murmura-t-elle avec un sourire crispé, en le fixant de nouveau avec joie. A présent, nous aimons chacun de notre côté ; pourtant je t'aimerai toujours, et toi de même, le savais-tu ? Tu entends, aime-moi, aime-moi toute ta vie ! soupira-t-elle d'une voix tremblante qui menaçait presque.

— Oui, je t'aimerai et... sais-tu, Katia, dit Mitia en s'arrêtant à chaque mot, sais-tu qu'il y a cinq jours, ce soir-là, je t'aimais... Quand tu es tombée évanouie et qu'on t'a emportée... Toute ma vie ! Il en sera ainsi. toujours. »

C'est ainsi qu'ils se tenaient des propos presque absurdes et exaltés, mensongers peut-être, mais ils étaient sincères et avaient en eux une confiance absolue.

« Katia, s'écria tout à coup Mitia, crois-tu que j'aie tué ? Je sais que maintenant tu ne le crois pas, mais alors. quand tu déposais... le croyais-tu vraiment ?

— Je ne l'ai jamais cru, même alors ! Je te détestais et je me suis persuadée, pour un instant... En déposant, j'en étais convaincue... mais tout de suite après, j'ai cessé de le croire. Sache-le. J'oubliais que je suis venue ici pour faire amende honorable ! dit-elle avec une expression toute nou-velle, qui ne rappelait en rien les tendres propos de tout à l'heure.

— Tu as de la peine, femme, dit soudain Mitia.

— Laisse-moi, murmura-t-elle ; je reviendrai, maintenant je n'en peux plus. »

Elle s'était levée, mais soudain jeta un cri et recula.

Grouchegnka venait d'entrer brusquement, quoique sans bruit. Personne ne l'attendait. Katia s'élança vers la porte, mais s'arrêta devant Grouchegnka, devint d'une pâleur de cire, murmura dans un souffle :

« Pardonnez-moi ! »

L'autre la regarda en face et, au bout d'un instant, lui dit d'une voix fielleuse, chargée de haine :

« Nous sommes toutes deux méchantes ! Comment nous pardonner l'une l'autre ? Mais sauve-le, toute ma vie je prierai pour toi.

— Et tu refuses de lui pardonner ! cria Mitia d'un ton de vif reproche.

— Sois tranquille, je le sauverai, s'empressa de dire Katia, qui sortit vivement.

— Tu as pu lui refuser ton pardon quand elle-même te le demandait ? s'écria de nouveau Mitia avec amertume.

— Ne lui fais pas de reproches, Mitia, tu n'en as pas le droit ! intervint avec vivacité Aliocha.

— C'est son orgueil et non son cœur qui parlait, dit avec dégoût Grouchegnka. Qu'elle te délivre, je lui pardonnerai tout... »

Elle se tut, comme si elle refoulait quelque chose et ne pouvait pas encore se remettre. Elle était venue tout à fait par hasard, ne se doutant de rien et sans s'attendre à cette rencontre.

« Aliocha, cours après elle ! Dis-lui... je ne sais quoi... ne la laisse pas partir ainsi !

— Je reviendrai avant ce soir ! » cria Aliocha, qui courut pour rattraper Katia.

Il la rejoignit hors de l'enceinte de l'hôpital. Elle se hâtait et lui dit rapidement :

« Non, il m'est impossible de m'humilier devant cette femme. J'ai voulu boire le calice jusqu'à la lie, c'est pourquoi je lui ai demandé pardon. Elle a refusé... Je l'aime pour ça, dit Katia d'une voix altérée, et ses yeux brillaient d'une haine farouche.

— Mon frère ne s'y attendait pas, balbutia Aliocha. Il était persuadé qu'elle ne viendrait pas...

— Sans doute. Laissons cela, trancha-t-elle. Écoutez : je ne peux pas vous accompagner à l'enterrement. Je leur ai envoyé des fleurs pour le cercueil. Ils doivent avoir encore de l'argent. S'il en faut, dites-leur qu'à l'avenir je ne les abandonnerai jamais. Et maintenant, laissez-moi, laissez-moi, je vous en prie. Vous êtes déjà en retard, on sonne la dernière messe. Laissez-moi, de grâce ! »

III

ENTERREMENT D'ILIOUCHA.
ALLOCUTION PRÈS DE LA PIERRE

Il était en retard, en effet. On l'attendait et on avait même déjà décidé de porter sans lui à l'église le gentil cercueil orné de fleurs. C'était celui d'Ilioucha. Le pauvre enfant était mort deux jours après le prononcé du jugement. Dès la porte cochère, Aliocha fut accueilli par les cris des jeunes garçons, camarades d'Ilioucha. Ils étaient venus douze, avec leurs sacs d'écoliers au dos. « Papa pleurera, soyez avec lui », leur avait dit Ilioucha en mourant, et les enfants s'en souvenaient. A leur tête était Kolia Krassotkine.

« Comme je suis content que vous soyez venu, Karamazov ! s'écria-t-il en tendant la main à Aliocha. Ici, c'est un spectacle affreux. Vraiment cela fait peine à voir. Sniéguiriov n'est pas ivre, nous sommes sûrs qu'il n'a pas bu aujourd'hui, et cependant il a l'air ivre... Je suis toujours ferme, mais c'est affreux Karamazov, si cela ne vous retient pas, je vous poserai seulement une question, avant d'entrer. »

Aliocha s'arrêta.

« Qu'y a-t-il, Kolia ?

— Votre frère est-il innocent ou coupable ? Est-ce lui qui a tué son père, ou le valet ? Je croirai ce que vous direz. Je n'ai pas dormi durant quatre nuits à cause de cette idée.

— C'est Smerdiakov qui a tué, mon frère est innocent, répondit Aliocha.

— C'est aussi mon opinion ! s'écria le jeune Smourov.

— Ainsi, il succombe comme une victime innocente pour la vérité ? s'exclama Kolia. Tout en succombant, il est heureux ! Je suis prêt à l'envier !

— Comment pouvez-vous dire cela, et pourquoi ? fit Aliocha surpris.

— Oh ! si je pouvais un jour me sacrifier à la vérité ! proféra Kolia avec enthousiasme.

— Mais pas dans une telle affaire, pas avec un tel opprobre, dans des circonstances aussi horribles !

— Assurément... je voudrais mourir pour l'humanité tout entière, et quant à la honte, peu importe · périssent nos noms. Je respecte votre frère !

— Moi aussi ! » s'écria tout a fait inopinément le même garçon qui avait prétendu naguère connaître les fondateurs de Troie. Et tout comme alors, il devint rouge comme une pivoine.

Aliocha entra. Dans le cercueil bleu, orné d'une ruche blanche, Ilioucha était couché, les mains jointes, les yeux fermés. Les traits de son visage amaigri avaient à peine changé, et chose étrange, le cadavre ne sentait presque pas. L'expression était sérieuse et comme pensive. Les mains surtout étaient belles, comme taillées dans du marbre. On y avait mis des fleurs. Le cercueil entier, au-dedans et au-dehors, était orné de fleurs envoyées de grand matin par Lise Khokhlakov. Mais il en était venu d'autres de la part de Catherine Ivanovna, et lorsque Aliocha ouvrit la porte, le capitaine, une gerbe dans ses mains tremblantes, était en train de la répandre sur son cher enfant. Il regarda à peine le nouveau venu ; d'ailleurs, il ne faisait attention à personne, pas même à sa femme, la « maman » démente et éplorée, qui s'efforçait de se soulever sur ses jambes malades, pour voir de plus près son enfant mort. Quant à Nina, les enfants l'avaient transportée, avec son fauteuil, tout près du cercueil. Elle y appuyait la tête et devait pleurer doucement. Sniéguiriov avait l'air animé, mais comme perplexe et en même temps farouche. Il y avait de la folie dans ses gestes, dans les paroles qui lui échappaient. « Mon petit, mon cher petit ! » s'écriait-il à chaque instant, en regardant Ilioucha.

« Papa, donne-moi aussi des fleurs, prends dans sa main cette fleur blanche et donne-la-moi ! » demanda en sanglotant la maman folle.

Soit que la petite rose blanche qui était dans les mains d'Ilioucha lui plût beaucoup, ou qu'elle voulût la garder en souvenir de lui, elle s'agitait, les bras tendus vers la fleur

« Je ne donnerai rien à personne ! répondit durement Sniéguiriov. Ce sont ses fleurs et pas les tiennes. Tout est à lui, rien à toi !

— Papa, donnez une fleur à maman ! dit Nina en découvrant son visage humide de larmes.

— Je ne donnerai rien, surtout pas à elle ! Elle ne l'aimait pas. Elle lui a enlevé son petit canon », dit le capitaine avec un sanglot, en se rappelant comment Ilioucha avait alors cédé le canon à sa mère.

La pauvre folle se mit à pleurer, en se cachant le visage dans ses mains. Les écoliers, voyant enfin que le père ne lâchait pas le cercueil, et qu'il était temps de le porter à l'église, l'entourèrent étroitement, se mirent à le soulever.

« Je ne veux pas l'enterrer dans l'enceinte ! clama soudain Sniéguiriov, je l'enterrerai près de la pierre, de notre pierre ! C'est la volonté d'Ilioucha. Je ne le laisserai pas porter ! »

Depuis trois jours, il parlait de l'enterrer près de la pierre ; mais Aliocha et Krassotkine intervinrent, ainsi que la logeuse, sa sœur, tous les enfants.

« Quelle idée de l'enterrer près d'une pierre impure, comme un réprouvé ! dit sévèrement la vieille femme. Dans l'enceinte, la terre est bénie. Il sera mentionné dans les prières. On entend les chants de l'église, le diacre a une voix si sonore que tout lui parviendra chaque fois, comme si on chantait sur sa tombe. »

Le capitaine eut un geste de lassitude, comme pour dire : « Faites ce que vous voudrez ! » Les enfants soulevèrent le cercueil, mais en passant près de la mère, ils s'arrêtèrent un instant pour qu'elle pût dire adieu à Ilioucha. En voyant soudain de près ce cher visage, qu'elle n'avait contemplé durant trois jours qu'à une certaine distance, elle se mit à dodeliner de sa tête grise.

« Maman, bénis-le, embrasse-le », lui cria Nina.

Mais celle-ci continuait à remuer la tête, comme une automate, et, sans rien dire, le visage crispé de douleur, elle se frappa la poitrine du poing. On porta le cercueil plus loin. Nina déposa un dernier baiser sur les lèvres de son frère.

Aliocha, en sortant, pria la logeuse de veiller sur les deux femmes ; elle ne le laissa pas achever.

« Nous connaissons notre devoir ; je resterai près d'elles, nous aussi sommes chrétiens. »

La vieille pleurait en parlant.

L'église était à peu de distance, trois cents pas au plus. Il faisait un temps clair et doux, avec un peu de gelée. Les cloches sonnaient encore. Sniéguiriov, affairé et désorienté, suivait le cercueil dans son vieux pardessus trop mince pour la saison, tenant à la main son feutre aux larges bords. En proie à une inexplicable inquiétude, tantôt il voulait soutenir la tête du cercueil, ce qui ne faisait que gêner les porteurs, tantôt il s'efforçait de marcher à côté. Une fleur était tombée sur la neige, il se précipita pour la ramasser, comme si cela avait une énorme importance.

« Le pain, on a oublié le pain ! » s'écria-t-il tout à coup avec effroi.

Mais les enfants lui rappelèrent aussitôt qu'il venait de prendre un morceau de pain et l'avait mis dans sa poche. Il le sortit et se calma en le voyant.

« C'est Ilioucha qui le veut, expliqua-t-il à Aliocha ; une nuit que j'étais à son chevet, il me dit tout à coup : « Père, quand on m'enterrera, émiette du pain sur ma tombe, pour attirer les moineaux ; je les entendrai et cela me fera plaisir de ne pas être seul. »

— C'est très bien, dit Aliocha ; il faudra en porter souvent.

— Tous les jours, tous les jours ! » murmura le capitaine comme ranimé.

On arriva enfin à l'église et le cercueil fut placé au milieu. Les enfants l'entourèrent et eurent, durant la cérémonie, une attitude exemplaire. L'église était ancienne et plutôt pauvre, beaucoup d'icônes n'avaient pas de cadres, mais dans de telles églises on se sent plus à l'aise pour prier. Pendant la messe, Sniéguiriov sembla se calmer un peu, bien que la même préoccupation inconsciente reparût par moments chez lui ; tantôt il s'approchait du cercueil pour arranger le poêle, le *vient-chik* [1], tantôt, quand un cierge tombait du chandelier, il s'élançait pour le replacer et n'en finissait pas. Puis il se tranquillisa et se tint à la tête, l'air soucieux et comme perplexe. Après l'épître, il chuchota à Aliocha qu'on ne l'avait pas lue *comme il faut*, sans expliquer sa pensée. Il se mit à chanter l'hymne chérubique [2], puis se prosterna, le front contre les dalles, avant qu'il fût achevé, et resta assez longtemps dans cette position. Enfin, on donna l'absoute, on distribua les cierges. Le père affolé allait de nouveau s'agiter, mais l'onction et la majesté du chant funèbre le bouleversèrent. Il parut se pelotonner et se mit à sangloter à de brefs intervalles, d'abord en étouffant sa voix, puis bruyamment vers la fin. Au moment des adieux, lorsqu'on allait fermer le cercueil [3], il l'étreignit comme pour s'y opposer et commença à couvrir de baisers les lèvres de son fils. On l'exhorta et il avait déjà descendu le degré, lorsque tout à coup il étendit vivement le bras et prit quelques fleurs du cercueil. Il les contempla et une nouvelle idée parut l'absorber, de sorte qu'il oublia, pour un instant, l'essentiel. Peu à peu, il tomba dans la rêverie et ne fit aucune résistance lorsqu'on emporta le cercueil.

La tombe, située tout près de l'église, dans l'enceinte, coûtait cher ; Catherine Ivanovna avait payé. Après le rite d'usage, les fossoyeurs descendirent le cercueil. Sniéguiriov, ses fleurs à la main, se penchait tellement au-dessus de la fosse béante, que les enfants effrayés se cramponnèrent à son pardessus et le tirèrent en arrière. Mais il ne paraissait pas bien comprendre ce qui se passait. Lorsqu'on combla la fosse, il se mit à désigner, d'un air préoccupé, la terre qui s'amoncelait, et commença même à parler, mais personne n'y comprit rien ; d'ailleurs, il se tut bientôt. On lui rappela alors qu'il fallait émietter le pain ; il se trémoussa, le sortit de sa poche, l'éparpilla en petits morceaux sur la tombe : « Accourez, petits oiseaux, accourez, gentils moineaux ! » murmurait-il avec sollicitude. Un des enfants lui fit remarquer que ses fleurs le gênaient et qu'il devrait les confier à quelqu'un. Mais il refusa, parut même craindre qu'on les lui ôtât, et après s'être assuré d'un regard que tout était accompli et le pain émietté, il s'en alla chez lui d'un pas d'abord tranquille, puis de plus en plus rapide. Les enfants et Aliocha le suivaient de près.

« Des fleurs pour maman, des fleurs pour maman ! On a offensé maman ! » s'exclama-t-il soudain.

Quelqu'un lui cria de mettre son chapeau, qu'il faisait froid. Comme irrité par ces paroles, il le jeta sur la neige en disant :

« Je ne veux pas de chapeau, je n'en veux pas ! »

Le jeune Smourov le releva et s'en chargea. Tous les enfants pleuraient, surtout Kolia et le garçon qui avait découvert Troie. Malgré ses larmes, Smourov trouva moyen de ramasser un fragment de brique qui rougissait sur la neige, pour viser au vol une bande de moineaux. Il les manqua naturellement et continua de courir, tout en pleurant. A mi-chemin, Sniéguiriov s'arrêta soudain, comme frappé de quelque chose, puis, se retournant du côté de l'église, prit sa course vers la tombe délaissée. Mais les enfants le rattrapèrent en un clin d'œil, se cramponnant à lui de tous côtés. A bout de forces, comme terrassé, il roula sur la neige, se débattit en sanglotant, se mit à crier : « Ilioucha, mon cher petit ! » Aliocha et Kolia le relevèrent, le supplièrent de se montrer raisonnable.

« Capitaine, en voilà assez ; un homme courageux doit tout supporter, balbutia Kolia.

— Vous abîmez les fleurs, dit Aliocha ; la « maman » les attend, elle pleure parce que vous lui avez refusé les fleurs d'Ilioucha. Le lit d'Ilioucha est encore là.

— Oui, oui, allons voir maman, dit soudain Sniéguiriov ; on va emporter le lit ! » ajouta-t-il comme s'il craignait vraiment qu'on l'emportât.

Il se releva et courut à la maison, mais on n'en était pas loin et tout le monde arriva en même temps. Sniéguiriov ouvrit vivement la porte, cria à sa femme, envers laquelle il s'était montré si dur :

« Chère maman, voici des fleurs qu'Ilioucha t'envoie ; tu as mal aux pieds ! »

Il lui tendit ses fleurs, gelées et abîmées quand il s'était roulé dans la neige. A ce moment, il aperçut dans un coin, devant le lit, les souliers d'Ilioucha que la logeuse venait de ranger, de vieux souliers devenus roux, racornis, rapiécés. En les voyant, il leva les bras, s'élança, se jeta à genoux, saisit un des souliers, qu'il couvrit de baisers en criant :

« Ilioucha, mon cher petit, où sont tes pieds ?

— Où l'as-tu emporté ? Où l'as-tu emporté ? » s'écria la folle d'une voix déchirante.

Nina aussi se mit à sangloter. Kolia sortit vivement, suivi par les enfants. Aliocha en fit autant :

« Laissons-les pleurer, dit-il à Kolia ; impossible de les consoler. Nous reviendrons dans un moment.

— Oui, il n'y a rien à faire, c'est affreux, approuva Kolia. Savez-vous, Karamazov, dit-il en baissant la voix pour n'être pas entendu : j'ai beaucoup de chagrin, et pour le ressusciter je donnerais tout au monde !

— Moi aussi, dit Aliocha.

— Qu'en pensez-vous, Karamazov, faut-il venir ce soir ? Il va s'enivrer.

— C'est bien possible. Nous ne viendrons que tous les deux, ça suffit, passer une heure avec eux, avec la maman et Nina. Si nous venions tous à la fois, cela leur rappellerait tout, conseilla Aliocha.

— La logeuse est en train de mettre le couvert, est-ce pour la commémoration[1] ? le pope viendra ; faut-il y retourner maintenant, Karamazov ?

— Certainement.

— Comme c'est étrange, Karamazov ; une telle douleur et des crêpes ; comme tout est bizarre dans notre religion !

— Il y aura du saumon, dit tout à coup le garçon qui avait découvert Troie.

— Je vous prie sérieusement, Kartachov, de ne plus nous importuner avec vos bêtises, surtout lorsqu'on ne vous parle pas et qu'on désire même ignorer votre existence », fit Kolia avec irritation.

Le jeune garçon rougit, mais n'osa rien répondre. Cependant tous suivaient lentement le sentier et Smourov s'écria soudain :

« Voilà la pierre d'Ilioucha, sous laquelle on voulait l'enterrer. »

Tous s'arrêtèrent en silence à côté de la pierre. Aliocha regardait, et la scène que lui avait naguère racontée Sniéguiriov, comment Ilioucha, en pleurant et en étreignant son père, s'écriait : « Papa, papa, comme il t'a humilié ! », cette scène lui revint tout d'un coup à la mémoire. Il fut saisi d'émotion. Il regarda d'un air sérieux tous ces gentils visages d'écoliers, et leur dit :

« Mes amis, je voudrais vous dire un mot, ici même. »

Les enfants l'entourèrent et fixèrent sur lui des regards d'attente.

« Mes amis, nous allons nous séparer. Je resterai encore quelque temps avec mes deux frères, dont l'un va être déporté et l'autre se meurt. Mais je quitterai bientôt la ville, peut-être pour très longtemps. Nous allons donc nous séparer. Convenons ici, devant la pierre d'Ilioucha, de ne jamais l'oublier et de nous souvenir les uns des autres. Et, quoi qu'il nous arrive plus tard dans la vie, quand même nous resterions vingt ans sans nous voir, nous nous rappellerons comment nous avons enterré le pauvre enfant, auquel on jetait des pierres près de la passerelle et qui fut ensuite aimé de tous. C'était un gentil garçon, bon et brave, qui avait le sentiment de l'honneur et se révolta courageusement contre l'affront subi par son père. Aussi nous souviendrons-nous de lui toute notre vie. Et même si nous nous adonnons à des affaires de la plus haute importance et que nous soyons parvenus aux honneurs ou tombés dans l'infortune, même alors n'oublions jamais combien il nous fut doux, ici, de communier une fois dans un bon sentiment, qui nous a rendus, tandis que nous aimions le pauvre enfant, meilleurs peut-être que nous ne sommes en réalité. Mes colombes, laissez-moi vous appeler ainsi, car vous ressemblez tous à ces charmants oiseaux — tandis que je regarde vos gentils visages, mes chers enfants, peut-être ne comprendrez-vous pas ce que je vais vous dire, car je ne suis pas toujours clair, mais vous vous le rappellerez et, plus tard, vous me donnerez raison. Sachez qu'il n'y a rien de plus noble, de plus fort, de plus sain et de plus utile dans la vie qu'un bon souvenir, surtout quand il provient du jeune âge, de la maison paternelle. On vous parle beaucoup de votre éducation ; or un souvenir saint, conservé depuis l'enfance, est peut-être la meilleure des éducations : si l'on fait provision de tels souvenirs pour la vie, on est sauvé définitivement. Et même si nous ne gardons au cœur qu'un bon souvenir, cela peut servir un jour à nous sauver. Peut-être deviendrons-nous même méchants par la suite, incapables de nous abstenir d'une mauvaise action ; nous rirons des larmes de nos semblables, de ceux qui disent, comme Kolia tout à l'heure : « Je veux souffrir pour tous » ; peut-être les raille-rons-nous méchamment. Mais si méchants que nous deve-nions, ce dont Dieu nous préserve, lorsque nous nous rappellerons comment nous avons enterré Ilioucha, comment nous l'avons aimé dans ses derniers jours, et les propos tenus amicalement autour de cette pierre, le plus dur et le plus moqueur d'entre nous n'osera railler, dans son for intérieur, les bons sentiments qu'il éprouve maintenant ! Bien plus, peut-être que précisément ce souvenir seul l'empêchera de mal agir ; il fera un retour sur lui-même et dira : « Oui, j'étais alors bon, hardi, honnête. » Qu'il rie même à part lui, peu importe, on se moque souvent de ce qui est bien et beau ; c'est seulement par étourderie ; mais je vous assure qu'aussitôt après avoir ri, il se dira dans son cœur : « J'ai eu tort, car on ne doit pas rire de ces choses ! »

— Il en sera certainement ainsi, Karamazov, je vous comprends ! » s'exclama Kolia, les yeux brillants.

Les enfants s'agitèrent et voulurent aussi crier quelque chose, mais ils se continrent et fixèrent sur l'orateur des regards émus.

« Je dis cela pour le cas où nous deviendrions méchants,

poursuivit Aliocha ; mais pourquoi le devenir, n'est-ce pas, mes amis ? Nous serons avant tout bons, puis honnêtes, enfin nous ne nous oublierons jamais les uns les autres. J'insiste là-dessus. Je vous donne ma parole, mes amis, de n'oublier aucun de vous ; chacun des visages qui me regardent maintenant, je me le rappellerai, fût-ce dans trente ans. Tout à l'heure, Kolia a dit à Kartachov que nous voulions « ignorer son existence ». Puis-je oublier que Kartachov existe, qu'il ne rougit plus comme lorsqu'il découvrit Troie, mais me regarde gaiement de ses gentils yeux. Mes chers amis, soyons tous généreux et hardis comme Ilioucha, intelligents, hardis et généreux comme Kolia (qui deviendra bien plus intelligent en grandissant), soyons modestes, mais gentils comme Kartachov. Mais pourquoi ne parler que de ces deux-là ! Vous m'êtes tous chers désormais, vous avez tous une place dans mon cœur et j'en réclame une dans le vôtre ! Eh bien ! qui nous a réunis dans ce bon sentiment, dont nous voulons garder à jamais le souvenir, sinon Ilioucha, ce bon, ce gentil garçon, qui nous sera toujours cher ! Nous ne l'oublierons pas : bon et éternel souvenir à lui dans nos cœurs, maintenant et à jamais !

— C'est cela, c'est cela, éternel souvenir ! crièrent tous les enfants de leurs voix sonores, l'air ému.

— Nous nous rappellerons son visage, son costume, ses pauvres petits souliers, son cercueil, son malheureux père, dont il a pris la défense, lui seul contre toute la classe.

— Nous nous le rappellerons ! Il était brave, il était bon !

— Ah ! comme je l'aimais ! s'exclama Kolia.

— Mes enfants, mes chers amis, ne craignez pas la vie ! Elle est si belle lorsqu'on pratique le bien et le vrai !

— Oui, oui ! répétèrent les enfants enthousiasmés.

— Karamazov, nous vous aimons ! s'écria l'un d'eux, Kartachov, sans doute.

Nous vous aimons, nous vous aimons ! reprirent-ils en chœur. Beaucoup avaient les larmes aux yeux

— Hourra pour Karamazov ! proclama Kolia.

— Et éternel souvenir au pauvre garçon ! ajouta de nouveau Aliocha avec émotion.

— Éternel souvenir !

— Karamazov ! s'écria Kolia, est-ce vrai ce que dit la religion, que nous ressusciterons d'entre les morts, que nous nous reverrons les uns les autres, et tous et Ilioucha ?

— Certes, nous ressusciterons, nous nous reverrons, nous nous raconterons joyeusement tout ce qui s'est passé, répondit Aliocha, moitié rieur, moitié enthousiaste.

— Oh ! comme ce sera bon ! fit Kolia.

— Et maintenant, assez discouru, allons au repas funèbre. Ne vous troublez pas de ce que nous mangerons des crêpes C'est une vieille tradition qui a son bon côté, dit Aliocha en souriant. Eh bien ! allons maintenant, la main dans la main.

— Et toujours ainsi, toute la vie, la main dans la main ! Hourra pour Karamazov ! » reprit Kolia avec enthousiasme ; et tous les enfants répétèrent son acclamation

LE COURONNEMENT DE L'ŒUVRE

Dostoïevski n'a pas cessé d'être malade : les attaques d'épilepsie, fréquentes, et maintenant, avec l'âge, l'emphysème. Cependant la période dans laquelle il entre en 1871, après son retour de l'étranger le 8 juillet — encore neuf années et demie de vie — est relativement heureuse et, en tout cas, extraordinairement féconde.

Heureuse dans l'ordre extérieur : la gloire, grandissante, jusqu'à l'élection à l'Académie fin 1877 et l'apothéose du *Discours sur Pouchkine* en juin 1880. Par un privilège inouï dans son pays, Dostoïevski sera « le génial écrivain de la terre russe » à la fois pour les autorités, malgré ses hardiesses d'enfant terrible et son indépendance, et pour la jeunesse libérale, malgré *les Possédés* et le *Journal d'un écrivain*. Avec la gloire, l'aisance : la petite maison de Staraïa Roussa, les honoraires de trois cents roubles la feuille, les rééditions, bref, toujours le fâcheux système des avances à rembourser, mais enfin la possibilité d'écrire sans avoir le couteau sur la gorge. Surtout, les agréments d'une vie de famille : Anna Grigorievna est une femme modèle dans ses trois rôles d'épouse, de trésorière et de secrétaire. Dostoïevski l'aime et aime ses enfants ; ses lettres, toutes les fois qu'il doit s'absenter, sont débordantes de sollicitude et d'affection. La seule catastrophe de ces années sera la mort du petit Alexis, en 1878, dans des convulsions épileptiformes.

Moralement sereine sera cette période car Dostoïevski,

par un effort de volonté, s'est guéri de sa passion du jeu. Sa conscience n'est plus tourmentée. Et puis il a accumulé, pendant quatre ans de séjour à l'étranger, un trésor d'émotions esthétiques, d'observations psychologiques et sociales, de réflexions sur la marche du monde qui ont enrichi sa pensée et fixé, au moins pratiquement, ses positions politiques et religieuses. C'est d'un point de vue assez arrêté qu'il va continuer à suivre les événements, grands ou petits, mais à ses yeux révélateurs, de l' « actualité » russe ou étrangère, pour les interpréter dans sa collaboration littéraire et politique au *Citoyen* du prince Mechtcherski en 1873-1874, et plus tard dans son propre *Journal d'un écrivain* de 1876, 1877, août 1880, janvier 1881.

L'inquiétude de l'âme subsiste. Mais elle a reculé sur des plans très élevés ou très profonds. Elle ne trouble plus la vie quotidienne, mais va au contraire inspirer et animer les œuvres maîtresses du romancier-philosophe. Cette période verra naître en effet *les Possédés* (1871-1872 dans *le Messager russe*), *l'Adolescent* (1875 dans *les Annales de la Patrie*), *les Frères Karamazov* (1879-1880 dans *le Messager russe*).

Ces trois romans mettent en action des idées qui vivent, et ne sont pas réduites en système : la multiplicité des personnages permet de les présenter sous des aspects divers, de les définir par leur opposition, de les nuancer et retoucher sans cesse et d'éviter de placer le lecteur devant des solutions brutales, et donc fausses. D'où la joie des commentateurs Dostoïevski a fini conservateur. — Non, il a eu un regain de sympathie pour les révolutionnaires. — Dostoïevski est tombé dans l'ultra-nationalisme. — Non, il est fasciné par « l'Europe ». — Dostoïevski s'est converti à la stricte orthodoxie. — Non, il demeure travaillé par le doute. La critique soviétique, pour conserver Dostoïevski à la littérature russe, se plaît à relever chez lui, à partir de *l'Adolescent*, un retour aux idées de sa jeunesse.

En réalité, Dostoïevski est arrivé pour son compte à des solutions, mais elles sont complexes, et sa nature — son rôle aussi de romancier — est de présenter la discussion des problèmes plutôt que leur solution. Ces problèmes, ils sont toujours les mêmes.

Au sommet est le problème métaphysique comment se concilie avec Dieu, bon et tout-puissant, l'existence du mal ? Dostoïevski écrit à sa femme en 1875 que le livre de Job le rend malade : « Je lis, et puis j'abandonne le livre, et je me mets à marcher dans la pièce, une heure peut-être, en pleurant presque... Ce livre, Ania, c'est singulier, mais il est un des premiers qui m'aient frappé, quand j'étais presque encore un nouveau-né... » C'est surtout le mal moral, la volonté du mal chez l'homme, qui l'a tourmenté. Aussi a-t-il compris mieux que personne la force de l'athéisme occidental moderne, qui ne nie plus seulement Dieu, mais aussi la création, la raison d'être du monde et de la vie. Ses carnets de notes prouvent que ce problème est au centre de ses derniers romans : ils sont la réalisation par fragments de son grand projet de 1868-1869, *l'Athéisme* ou *la Vie d'un grand pécheur*. Aussi, quand les critiques libéraux des *Frères Karamazov* traiteront sa foi en Dieu de « rétrograde », s'indignera-t-il : « Non ! ce n'est pas en enfant que je crois au Christ et que je le confesse, et c'est durement, par le creuset du doute, qu'a passé mon hosanna ! »

A l'opposé est le problème de la personne humaine : l'homme est un mystère. Il a sa nature normale : « Les hommes, même les scélérats, sont, dans la plupart des cas, beaucoup plus naïfs et plus simples que nous ne nous le figurons d'après leurs actes. Et nous-mêmes également... » Seulement cette nature peut s'ouvrir à des forces irrésistibles venant du dessous ou d'en haut. Le mal se colle à l'homme et le dévore, comme « un insecte », une ignoble « araignée », une « tarentule » à la piqûre mortelle. Et ce mal est multiforme : sensualité, égoïsme, avarice, appétit de domination, besoin de faire souffrir les autres, et soi-même aussi, ne fût-ce que pour « jouer un rôle inattendu ». Mais à ce « sous-sol » malsain correspondent de célestes appels au dévouement, au repentir, à l'amour, avec rêves inspirés, clair-

voyance, extase. « L'homme est large, terriblement large. »
Il est à la dimension de l'univers. Son âme est le champ où
« le diable avec Dieu se livrent combat ». Voilà la conviction
à laquelle Dostoïevski est arrivé après son expérience du
bagne et de la vie.

Alors se pose le problème des rapports de ces hommes
entre eux et avec Dieu. Que vaut la société ? Elle est basée sur
la justice. Or la justice des hommes, Dostoïevski l'a éprou-
vée, et a observé ses effets autour de lui. Il a étudié son
mécanisme, assisté à des procès, causé avec des juges. Il s'est
interrogé sur elle avec angoisse, et il a conclu qu'elle est sans
prise sur l'homme. Elle retranche le coupable de la société, le
désespère, et ne le guérit pas : elle est un mécanisme
inhumain. Seul compte le for intérieur, et du for intérieur
l'Église seule tient compte. Ah ! si l'État pouvait être
chrétien, se fondre dans l'Église, si la société, aujourd'hui
presque païenne, pouvait se changer en l'Église, unique,
universelle et dominante !

En Occident l'Église, depuis des siècles, et de nos jours son
antagoniste le socialisme enlèvent pareillement sa liberté à
l'homme, pour faire son bonheur. L'Église romaine a eu ses
grands inquisiteurs ; le socialisme athée lui aussi nie la
conscience. Dostoïevski, après la Commune et le Kultur-
kampf, après l'effrayante affaire Netchaev qui lui a déjà
inspiré *les Possédés*, a la sensation que le grand duel est
engagé, dans le monde comme dans les âmes des individus,
entre Dieu et Satan. Satan, c'est le socialisme, mais c'est
aussi le matérialisme des États bourgeois et capitalistes. Les
vrais champions de Dieu pourraient être des hommes
« croyant en Dieu et chrétiens, mais en même temps
socialistes ».

La Russie est peut-être destinée à apporter une solution,
parce que son peuple est encore croyant et son Église n'a pas
cédé à la tentation du pouvoir. Mais il faut que sa jeune
génération renie les erreurs de ses pères — socialisme athée
ou capitalisme, intellectualisme ou immoralisme, occidentalisme — et se convertisse. Il faut qu'elle retrouve d'abord, et

ensuite fasse fructifier, les trésors de foi et de vertu cachés dans le peuple.

Telles sont les conceptions que Dostoïevski voudrait exprimer, après s'être libéré de *l'Adolescent* à la fin de 1875.

Le cadre se constituera assez facilement : une famille où le père figurera cette petite noblesse orgueilleuse de sa fausse culture occidentale, déracinée et sceptique, livrée sans frein ni loi à ses passions, ruinée et tentée de s'adapter au moderne capitalisme, et où plusieurs fils représenteront les diverses directions vers lesquelles la jeunesse peut s'orienter Telle est la famille Karamazov.

Ces fils portent en eux les tares héréditaires, mais jointes à des possibilités nouvelles. L'un est réservé et instruit, avec un fond moral (il est révolté par l'existence du mal), mais son rationalisme est une puissance de destruction et de mort : « Si Dieu n'existe pas, tout est permis. » — « Je n'ai jamais pu comprendre comment on peut aimer son prochain. » Ce sera Ivan. Il perdra la raison. L'autre est débordant de vie, bavard, vicieux, mais magnanime et sans prétentions intellectuelles : son âme reste ouverte à de bons sentiments, à la purification par la souffrance, mais il n'en sera pas moins vaincu. Le troisième a l'esprit simple lui aussi, mais de plus le cœur pur : c'est lui qui s'engage dans la voie droite en servant le peuple et en adhérant à son Église. Il est la vie et l'avenir. Ce sera Aliocha (Alexis), qui, novice dans un ermitage, ira ensuite sauver le monde.

La tare dont nul n'est exempt, c'est la sensualité. Il s'y ajoute, chez tous sauf Aliocha, la soif de l'argent. Ces deux vices entraînent, entre père et fils, conflit d'intérêts et rivalité passionnelle. De là le drame : le meurtre du père, et dès lors le roman existe. Il ne s'agit que d'exposer la préparation psychologique de l'assassinat et de laisser ensuite planer le doute assez longtemps sur la question : qui a tué ? Un roman policier, donc ? Dostoïevski n'a-t-il pas déjà donné *Crime et Châtiment* ? La trame est bien en effet, encore une fois, celle d'un roman policier. Il est bien construit. L'assassin vrai ne sera pas celui que tout semblait indiquer, mais un personnage d'abord habilement présenté comme sans importance · en réalité, un quatrième fils, illégitime celui-là, l'être qui porte à son plus haut point le mal contenu dans le père et figure jusque dans son nom la totale puanteur, Smerdiakov.

Autour de ce schéma Dostoïevski bâtit une œuvre dans laquelle il entrevoit le couronnement de sa carrière. Elle lui est chère, parce qu' « il y a mis beaucoup de lui-même ». Non seulement elle doit incarner ses idées, mais il la nourrit, à mesure qu'il la réalise, de toute son expérience.

Il lui revient des souvenirs de ses lectures, anciennes ou récentes : *les Brigands,* de Schiller — le parricide et la rivalité entre frères ; *Spiridion,* de George Sand — la mort d'un vieux moine, et son disciple, Alexis, désemparé ; *le Chevalier avare* de Pouchkine. Il pense à certaine doctrine singulière : pour ce Fedorov dont on lui a parlé tout dernièrement, « la cause commune » de l'humanité doit être de ressusciter, réellement et sur cette terre, les ancêtres, et cela dépend de nous, de notre volonté et de notre technique. Quel contraste avec l'état de choses contemporain, où « le nom de père est le plus odieux ! » Et cet abîme entre la réalité et l'idéal le confirme dans son projet de faire du parricide le thème de son roman.

Quant au cas de l'erreur judiciaire, il en a un exemple inoubliable. Il avait vu au bagne, et décrit dans ses *Souvenirs de la Maison des morts,* un ancien noble condamné à vingt ans de travaux forcés, malgré ses protestations, pour avoir tué son père. Toutes les présomptions étaient contre lui, violentes discussions auparavant, dettes à rembourser, détestables antécédents. Et pourtant le chapitre des *Souvenirs* venait à peine de paraître qu'on avait appris son innocence. Cet Ilinski de la réalité authentique, le Dmitri des *Frères Karamazov :* quel exemple éloquent de la relativité de la justice humaine !

Dostoïevski se laisse inspirer aussi par les sentiments du moment. Lorsqu'il avait eu le grand chagrin de perdre le petit Alexis, il avait entrepris avec son nouvel ami le philosophe Vladimir Soloviev un voyage à l'ermitage

d'Optina, réputé pour sa succession de directeurs de conscience, ces *starets* chez qui se rencontraient la croyance et la
tradition spirituelle de l'Église avec le bon sens, la sainteté et
la clairvoyance du peuple russe, et qui avaient déjà ramené à
l'orthodoxie nombre d'intellectuels. Évidemment, c'est
auprès d'un *starets* semblable à celui de maintenant, le père
Ambroise, qu'Aliocha Karamazov a été novice. Et cette
femme qui vient auprès du *starets* chercher des consolations,
après la mort d'un enfant de trois ans, elle exprime le
désespoir d'Anna Grigorievna et de Dostoïevski pleurant leur
petit Alexis : l'âge est le même, et sans doute aussi les
plaintes.

Le lieu principal du roman sera donc Optina : l'ermitage,
la cellule du *starets* et ses visiteurs, les moines et le novice.
Ainsi sera illustré le contraste entre la décomposition des
familles déracinées par l'occidentalisme et l'organique solidité d'une société qui serait fondée sur une vraie religion.
Dostoïevski avait eu le sentiment d'une pareille société en
lisant les *Voyages* en Terre sainte et au mont Athos du moine
Parthène. Ces deux gros volumes avaient déjà révélé le
monde extraordinaire de la Sainte montagne et des ermitages
de Roumanie et de Russie à beaucoup d'écrivains : on
trouvait là mille détails pittoresques et vrais, en particulier
l'obéissance au *starets* même après sa mort. De là émaneront,
pour la forme surtout, les souvenirs et les discours du starets
Zosime. Le slavon naïf et prolixe de Parthène avait le charme
du vieux langage appliqué à des choses modernes et quoti-
diennes. Pour le fond, ils devront beaucoup à cet évêque du
XVIIIe siècle, Tykhon de Zadonsk, en qui le romancier voyait
le type même de la spiritualité russe.

Dostoïevski, en général, n'invente pas. Il définit ainsi sa
méthode : « Prenez un fait quelconque de la vie réelle, même
sans rien de remarquable à première vue, et, si seulement
vous avez de la force et de l'œil, vous y trouverez une
profondeur que Shakespeare n'a pas. »

Dans ce roman plus encore que dans les précédents, il
voulait rester dans la vérité : les idées, les personnages, le

cadre, les ressorts de l'action étaient vrais, il fallait encore que fussent réels les moindres détails. Et il s'informait auprès de canonistes, de magistrats, de médecins, de tous ceux qui pouvaient l'éclairer : un jeune noble, comme Aliocha, pouvait-il légalement être admis comme novice dans un monastère ? l'uniforme des progymnases était-il bien, à l'époque, comme il l'avait décrit ? l'enterrement de Zosime est-il conforme au rituel spécial des obsèques monacales ? l'hallucination d'Ivan, avant la fièvre chaude, est-elle possible ? n'y a-t-il pas d'erreur dans les procédures judiciaires ? Jusqu'au moment de mettre sous presse, Dostoïevski interrogera. L'anecdote du pan Podwysocki, la chanson « nouvelle » et la vieille chanson du chapitre suivant, il les a entendues. Quant aux exemples d'enfants-martyrs et autres victimes innocentes de la cruauté humaine, ce sont toujours des souvenirs personnels ou des faits empruntés à la chronique judiciaire : le courrier de cabinet frappant le cocher, qui frappe ses chevaux, c'est une impression d'enfance, en 1837, dans un voyage de Moscou à Saint-Pétersbourg ; le monsieur cultivé et la dame fouettant leur fillette de sept ans, et ensuite acquittés, c'est le procès Kroneberg, dont il a été rendu compte dans les journaux ; l'autre enfant, à qui sa mère a fait manger ses excréments, c'est encore un procès instruit à Kharkov en mars 1879. Tout le discours d'Ivan à Aliocha est farci de pareils faits réels, et il en ressort un réquisitoire terrible contre l'ordre voulu par Dieu.

Dostoïevski, pour la première fois à un tel point, se préoccupe de l'art. Si l'effet n'est pas atteint, écrit-il, « ce sera ma faute, comme artiste ».

Il soigne la composition : après la confusion des *Possédés* et la complexité de *l'Adolescent,* le dessin des *Frères Karamazov* semble d'une remarquable clarté. La division en parties, livres et chapitres répond aux étapes de l'action.

La préhistoire des Karamazov ; leur rencontre chez le *starets,* où sont mis en scène les caractères, indiquées les grandes lignes de l'intrigue, et prévues les fatales consé-

quences ; nous respirons l'atmosphère du crime, nous soup-
çonnons, à ses actes de violence, l'assassin probable et nous
rencontrons celui qui sera l'assassin véritable, mais rien ne
nous le fait soupçonner encore ; voilà la première partie.

La seconde partie exerce un effet classique de retardement.
Elle contient le thème idéologique : le plaidoyer pour
l'athéisme, avec la légende du *Grand Inquisiteur*, et la réponse
de Zosime. « Dans mon idée, c'est ici le point culminant du
roman, écrit Dostoïevski à son éditeur. Ce chapitre doit être
fignolé avec une minutie particulière... Son but est de
représenter l'extrême impiété... la synthèse de l'anarchisme
russe contemporain : la négation non pas de Dieu, mais du
sens de sa Création. Le thème de mon héros est, selon moi,
irrésistible : l'absurdité des souffrances des enfants, et il en
déduit l'absurdité de toute l'Histoire... » Quant à la réponse,
il y a travaillé « avec crainte, tremblement et piété, car c'est
un devoir civique impérieux de confondre l'anarchisme ». Il
ne s'agit pas de réfuter point par point les accusations, mais
de présenter le christianisme en action, dans la mort et les
enseignements du *starets* : « Si j'ai réussi, j'aurai obligé à
reconnaître que le chrétien pur, idéal, n'est pas une abstrac-
tion, mais bien une chose réelle, possible, évidente, et que le
christianisme est le seul refuge de la terre russe contre tous
ses maux. C'est pour cela qu'est écrit tout le roman... »

Dans la troisième partie, le crime s'accomplit, et Dmitri
est accusé : il reste confondu, impuissant à se défendre
devant la conjonction « de l'antique routine et des modernes
abstractions ». Ici, Dostoïevski a voulu, sur le conseil d'un
procureur, signaler les défauts de « l'instruction » criminelle.

La quatrième résout la question : qui a tué ? — Smerdiakov matériellement, et Ivan par désir. Mais Dmitri est
condamné.

Enfin dans un court épilogue Aliocha confesse sa foi dans
la vie, « si belle lorsqu'on pratique le bien et le vrai », et dans
la résurrection : là aussi, déclare Dostoïevski, « est contenu
en partie le sens du roman ».

Dans ce plan s'insèrent les intrigues amoureuses avec les

personnages féminins, et aussi le thème accessoire, mais important, des *Garçons* où s'exprime toute la tendresse de l'auteur pour l'enfance. C'est à ce thème qu'étaient consacrés les premiers brouillons du roman.

Dans l'écriture même, Dostoïevski a tendu cette fois à la perfection. Souvent il le répète dans ses lettres : « Je veux que ce soit une œuvre achevée… Il me faut réviser et épurer encore une fois… Vous ne trouverez rien à supprimer ou à corriger, en tant que rédacteur en chef, pas un mot, je vous le garantis. » Et en effet il explique et défend ici une expression crue : elle est la seule exacte, là un mot qui pourrait inquiéter la censure : il convient au caractère du personnage. Ce travail lui donne la fièvre. Tantôt il compose dans l'inspiration : « Trois feuilles d'imprimerie d'un trait » ; « Six feuilles dans le mois, littéralement ! » Tantôt il achève un chapitre et le met au rebut, pour recommencer : « Je travaille nerveusement, dans le tourment et l'inquiétude. Je suis malade même physiquement… Cette vie de bagnard est au-dessus de mes forces. » Aussi éprouve-t-il, en terminant, un sentiment de bien-être : « J'ai bien l'intention de vivre et d'écrire encore vingt ans ! » C'était le 8 novembre 1880, et il mourra le 28 janvier 1881.

Dans *les Frères Karamazov* il a donné le résumé de sa carrière et de sa pensée. On y retrouve l'opposition père et fils de *l'Adolescent*, le duel de l'athéisme et de la sainteté des *Possédés*, le schéma de *l'Idiot*, avec le crime à la base et l'entrevue dramatique des deux rivales. Ivan, négateur de la loi morale, est un nouveau Raskolnikov. Smerdiakov est le valet du *Bourg de Stépantchikovo*. Le problème posé par le Grand Inquisiteur était en germe dans *l'Hôtesse*, une œuvre de jeunesse. Enfin et surtout, Aliocha est la reprise du prince Mychkine : il s'appelait *l'Idiot* dans les brouillons.

Il semble même que Dostoïevski ait voulu exprimer dans les trois frères les trois aspects de sa personnalité ou les trois étapes de sa vie : Dmitri le schillérien rappelle sa période romantique, terminée aussi par le bagne ; Ivan, les années où il était près de remplacer la foi chrétienne par le socialisme athée ; Aliocha, son aboutissement, le retour au peuple russe et à l'orthodoxie.

Les Frères Karamazov, sous quelque angle qu'on les considère, sont un microcosme aux richesses inépuisables, le chef-d'œuvre après lequel l'auteur pouvait se reposer.

Pierre Pascal.

Les Frères Karamazov parurent pour la première fois dans la revue *le Messager russe* en 1879 (jusqu'au IXe livre de la IIIe partie) et en 1880.
Une édition séparée du roman en 1880 fut enlevée en quelques jours

Dossier

VIE DE DOSTOÏEVSKI

1821. A Moscou, le 30 octobre, naissance de Fédor Mikhaïlovitch Dostoïevski. Son père, Mikhaïl Andréiévitch Dostoïevski, médecin militaire, avait épousé en 1819 la fille d'un négociant, Maria Fédorovna Netchaiev. Un premier fils, Michel, le frère préféré de Fédor, était né en 1820. En 1821, le docteur Dostoïevski ayant été nommé médecin traitant à l'hôpital Marie, l'hôpital des pauvres de Moscou, la famille fut logée dans un pavillon de l'hôpital, où naquit Fédor.

1831. Le docteur Dostoïevski acquiert deux villages, Darovoié et Tchermachnia. Sa femme, déjà atteinte de tuberculose, y vivra la plupart du temps jusqu'à sa mort en 1837.

1833-1834. Fédor et son frère Michel sont demi-pensionnaires a la pension du Français Souchard, puis internes à la pension Tchermak.

1837. Le docteur Dostoïevski conduit ses deux fils à Saint-Pétersbourg dans la pension de Kostomarov, qui doit les préparer à l'examen d'entrée de l'École supérieure des Ingénieurs militaires. Fédor est reçu en janvier 1838. Michel ajourné.

1839. En juin, à Darovoié, assassinat du docteur Dostoïevski, par des serfs qu'il avait maltraités.

1842. En août, Fédor passe avec succès l'examen de sortie de l'École supérieure des Ingénieurs militaires, est nommé sous-lieutenant, et entre comme dessinateur à la direction du Génie, à Saint-Pétersbourg.

1843. Dostoïevski traduit *Eugénie Grandet,* en témoignage d'admiration pour Balzac, qui venait de séjourner à Saint-Pétersbourg.

1844. Il quitte l'armée et commence à écrire *les Pauvres Gens.* Criblé de dettes, il mène une vie difficile et est déjà sujet à des attaques d'épilepsie.

1846. *Les Pauvres Gens*, puis *le Double*, paraissent dans le *Recueil pétersbourgeois*. En décembre, il écrit *Nietotchka Niezvanova*.

1847-1848. La famille s'installe à Saint-Pétersbourg. Il publie *les Nuits blanches, le Mari jaloux, la Femme d'un autre*.

1849. Dès 1846, Dostoïevski entre en contact avec Pétrachevski, fonctionnaire au ministère des Affaires étrangères, et son groupe de jeunes gens libéraux, enthousiastes de Fourier, Saint-Simon, Proudhon, George Sand. Le 23 avril 1849, la police arrêta trente-six membres du groupe, dont Dostoïevski, qui furent tous incarcérés dans la forteresse Pierre et Paul. Le 22 décembre, après un simulacre d'exécution, la peine capitale fut commuée en une peine de travaux forcés en Sibérie, dix ans, réduits plus tard à cinq pour Dostoïevski.

Du 25 décembre 1849 au 15 février 1854. Travaux forcés à la forteresse d'Omsk, puis en 1854, incorporation de Dostoïevski comme soldat au 7ᵉ bataillon de ligne d'un régiment sibérien à Sémipalatinsk. Dostoïevski fait la connaissance de Marie Dmitrievna Issaieva, femme d'un instituteur et en devient passionnément amoureux. Il se remet à écrire et commence en 1855 les *Souvenirs de la Maison des Morts*.

1856. Il est nommé sous-lieutenant. Marie Dmitrievna étant devenue veuve, il la demande en mariage et, après d'orageuses fiançailles, il l'épouse le 6 février 1857.

1859. Après de longues démarches pour quitter l'armée et rentrer en Russie, il obtient finalement cette autorisation le 2 juillet et, quatre mois plus tard, celle de s'installer à Saint-Pétersbourg.

1861. *Humiliés et Offensés* commence à paraître dans le premier numéro de la revue *Vremia (le Temps)* que Dostoïevski vient de fonder avec son frère Michel. Mauvaise santé de Dostoïevski.

1862. Les *Souvenirs de la Maison des Morts* paraissent dans *le Monde russe* et ont un grand retentissement. Premier voyage à l'étranger : Berlin, Dresde, Paris, Londres, Genève, Lucerne, Turin, Florence, Venise, Vienne. Retour en Russie au bout de deux mois. Il fait la connaissance de Pauline Souslova, jeune étudiante aux idées très avancées.

1863. Interdiction de la revue *Vremia* à la suite d'un article sur l'insurrection polonaise. Second voyage à l'étranger. Dostoïevski est devenu l'amant de Pauline et la rejoint à Paris. Ils partent ensemble en Italie mais alors elle n'est plus sa maîtresse, car elle en aime un autre. Dostoïevski joue à la roulette et perd. Genève, Turin, Rome. Il rentre seul et sans argent à Saint-Pétersbourg fin octobre.

1864. Mort de Marie Dmitrievna. A son chevet, Dostoïevski a écrit *le Sous-sol*. Mort de Michel laissant une veuve, quatre enfants et des dettes que Dostoïevski prend à sa charge.

1865. Dostoïevski signe un contrat avec l'éditeur Stellovski, qui le livre pieds et poings liés à celui-ci ; il paie quelques dettes et part pour l'étranger. Il perd au jeu l'argent qui lui reste. Détresse. Il commence *Crime et Châtiment* qui paraît chapitre par chapitre dans *le Messager russe* au début de 1866.

1866. Succès considérable de *Crime et Châtiment*. Préparation du *Joueur* qui doit être remis à Stellovski le 1er novembre. Il le dicte en vingt-six jours à une jeune sténographe, Anna Grigorievna Snitkine, envoyée par un ami. Il l'aime, le lui dit, et elle accepte de devenir sa femme.

1867. Mariage de Dostoïevski et d'Anna Grigorievna. Départ pour l'étranger. Casinos, roulettes, gains, pertes.

1868. A Genève, naissance et mort d'une première fille. Dostoïevski rédige *l'Idiot* qui paraît dans *le Messager russe*. Hiver en Italie.

1869. A Dresde, naissance d'une fille. Première idée des *Possédés*. Il écrit *l'Éternel Mari*, terminé en décembre.

1870. *L'Éternel Mari* paraît dans la revue *l'Aurore*.

1871. Retour en Russie grâce à une avance du *Messager russe* sur *les Possédés*. Naissance d'un fils, Féodor.

1872. Fin de la publication des *Possédés* dans *Le Messager russe*.

1873. Dostoïevski devient son propre éditeur, secondé par sa femme, et publie en volume *les Possédés*.

1874. Publication en volume de *l'Idiot*. Dostoïevski peut louer une petite villa à Staraia Roussa et se met à écrire *l'Adolescent*.

1875. Publication de *l'Adolescent*. Naissance d'un second fils, Alexis.

1876. Dostoïevski publie une revue, le *Journal d'un Écrivain*, dont il est l'unique collaborateur et pour laquelle il écrit des articles de critique, de politique et, de temps à autre, des nouvelles : *la Douce, le Songe d'un Homme ridicule, Bobok*.

1877. Le *Journal d'un Écrivain* a trois mille abonnés et quatre mille acheteurs au numéro.

1878. Mort du petit Alexis après une violente crise d'épilepsie. Dostoïevski est élu membre correspondant de l'Académie impériale des sciences. Il interrompt la publication du *Journal d'un Écrivain* pour se consacrer aux *Frères Karamazov*. Il se rend au monastère d'Optina, où il s'entretient avec le starets Ambroise qui deviendra le starets Zosime des *Karamazov*.

1879. Un fragment important du romant paraît dans *le Messager russe*.

1880. Inauguration du monument Pouchkine à Moscou. Dostoïevski est invité à y prendre la parole et prononce un discours qui lui donne l'occasion d'exprimer en public ses idées sur le rôle de la Russie dans le monde. Le discours soulève un enthousiasme délirant.

8 novembre 1880, Dostoïevski termine *les Frères Karamazov*. Retour à Saint-Pétersbourg en octobre.

27 janvier 1881. A la suite de deux hémorragies, Dostoïevski meurt, après avoir lu dans un Évangile ouvert au hasard ces mots « Ne me retiens pas » (Matt. III, 14).

31 janvier 1881. Enterrement de Dostoïevski, suivi par trente mille personnes.

NOTES

Page 39.

1. Jean et Alexis.

Page 41.

1. Diminutif de *Dmitri* (Démétrius).

Page 42.

1. LUC, II, 29.

Page 43.

1. Grégoire.
2. Pierre.

Page 52.

1. Diminutif d'*Alexéi*.
2. Mot à mot : *l'Ancien*. Le sens de ce mot sera expliqué plus loin (ch. v) par l'auteur.

Page 59.

1. En français dans le texte russe. Ces vers sont tirés d'une parodie du VIe chant de l'*Énéide* par les frères Perrault (1643).

Page 61.

1 JEAN, XX, 28.

Page 62.

1. MATTHIEU, XIX, 21.

Page 63.

1. Célèbre monastère, situé dans la province de Kalouga.

Page 73.

1. En français dans le texte russe.

Page 74.

1. On verra plus loin (p. 142) de quel personnage il s'agit.

Page 78.

1. Schisme provoqué dans l'église russe, au milieu du XVIIe s., par les réformes du patriarche Nicon.

Page 80.

1. Commissaire de police de district.
2. Compositeur et chef d'orchestre célèbre, d'origine tchèque.

Page 81.

1. Métropolite de Moscou (1737-1812).
2. Femme de lettres célèbre, amie de Catherine II, présidente de l'Académie des Sciences (1743-1810).
3. Le célèbre prince de Tauride, favori de Catherine II (1739-1790).

Page 85.

1. Du grec Μηναῖον (mensuel), livre liturgique contenant les offices des fêtes fixes qui tombent pendant l'un des douze mois de l'année.

Page 90.

1. Diminutif très familier d'*Anastassia* (Anastasie).
2. Diminutif caressant de *Nikita* (Nicétas).

Page 92.

1. MATTHIEU, II, 18.
2. La légende de saint Alexis, « l'homme de Dieu », est encore aussi populaire en Russie qu'elle l'était en France au Moyen Age.

Page 93.

1. Fille de Prochore. En s'adressant aux personnes de condition inférieure, on omet parfois le prénom et on les désigne par le simple patronymique.

Page 95.

1. LUC, XV, 7. Le texte exact de l'Évangile est : « ... que pour quatre-vingt-dix-neuf justes qui n'ont pas besoin de pénitence ».

Page 98.

1. Petite ville située à l'extrême nord de la province de Tobolsk (Sibérie Occidentale).

Page 120.

1. Ce sont là les personnages principaux des *Brigands* de Schiller (1781). Dès l'âge de dix ans Dostoïevski s'enthousiasma pour cette pièce que son frère Michel devait traduire en 1857. Les thèmes schillériens sont fort nombreux dans *les Frères Karamazov* ; j'aurai occasion d'en signaler quelques-uns. La question a été étudiée par M. Tchijevski dans la *Zeitschrift für slavische Philologie*, 1929, VI : *Schiller und Brüder Karamazov*. Cet article, très intéressant, n'épuise peut-être pas le sujet : l'influence de Schiller, notamment du Schiller de la première période, se fait sentir non seulement dans les idées mais dans le style de notre auteur.

Page 124.

1. Luc, vii, 47.

Page 130.

1. Diminutif de *Mikhaïl* (Michel).

Page 131.

1. Diminutif très familier d'*Agraféna* (Agrippine).

Page 134.

1. Diminutif très familier de *Iékatérina* (Catherine).

Page 138.

1. C'est la coutume en Russie de servir trois sortes de pain : noir, bis et blanc.

Page 139.

1. Boisson fermentée à base de malt et de pain noir.
2. Eau-de-vie.
3. Sorte de bouillie à la fécule de pommes de terre.

Page 143.

1. En français dans le texte.
2. La secte des *Khrysty* (christs), ou par dérision *Khlysty* (flagellants), est apparue en Russie au xviie siècle ; ces sectaires, qui se donnent le nom d'*hommes de Dieu*, ont eu leurs prophètes en qui ils voient des incarnations divines. Leurs rites secrets, marqués par des accès frénétiques assez analogues à ceux des derviches tourneurs, ont provoqué le surnom donné à la secte.

Page 145.

1. Fameux magasins de comestibles.

Page 152.

1. Célèbre chanson populaire.

Page 154.

1. Père du VIᵉ siècle.
2. Voir la note 2 de la page 143.

Page 155.

1. Élie.

Page 159.

1. Paul.

Page 164.

1. NÉKRASSOV : *Quand des ténèbres de l'erreur...*, strophe VI.

Page 165.

1. Conte populaire russe qui a inspiré à Pouchkine son fameux *Conte du pêcheur et du poisson* (1833).
2. Aliocha est un *ange*, un *chérubin* ; Dmitri un *insecte*, un *ver de terre* ; nulle part plus que dans cette *confession d'un cœur ardent* le style de Schiller n'a déteint sur celui de Dostoïevski.

Page 166.

1. Vers initial d'une poésie célèbre de Gœthe, *Das Gœtliche* (*le Divin*) :

Edel sei der Mensch.

2. *A la joie.* En réalité seules les deux dernières strophes, que Dostoïevski cite dans la traduction de Tioutchev, correspondent respectivement aux strophes 3 et 4 de l'ode de Schiller. Les quatre premières strophes sont empruntées à la traduction par Joukovski d'une autre poésie de Schiller : *Das eleusische Fest* (*la Fête d'Éleusis*), strophes 2, 3 et 7. Quant aux deux premiers vers : *Tel Silène vermeil...*, ils proviennent d'une adaptation par un certain Likhatchef d'une troisième poésie de Schiller : *Die Götter Griechenlands* (*Les Dieux de la Grèce*) ; il n'est d'ailleurs pas question de Silène dans l'original. Les traductions poétiques de Tioutchev de Joukovski diffèrent parfois assez sensiblement, elles aussi, du texte allemand ; c'est, bien entendu, la version russe que je traduis.

Page 170.

1. Attelage de trois chevaux de front.

Page 186.

1. Thomas.

Page 191.

1. Premier recueil des nouvelles de Gogol (1831).
2. Auteur de manuels d'histoire (1871).

Page 192.

1. Membre d'une secte religieuse d'eunuques.

Page 193.

1. Un des meilleurs représentants de la peinture religieuse russe
(1837-1887).

Page 197

1. Paraphrase de Luc, XII, 23.

Page 200.

1. MATTHIEU, VII, 2 ; MARC, IV, 24.

Page 201

1. En français dans le texte

Page 203.

1. En français dans le texte.

Page 204.

1. Célèbre roman de Lermontov (1839).
2. Non, mais Pétchorine ; Arbénine est le héros du *Bal masqué*,
drame du même auteur (1835).

Page 245.

1. Prononciation des gens du Nord. Dans la Russie centrale, l'*o*
non accentué équivaut à un son très voisin de *a*. A Moscou même,
l'oreille perçoit nettement un *a* : par exemple, *Moskva* y est
prononcé *Maskva*.

Page 246.

1. De carême, où le jeûne est également très sévère.

Page 262.

1. En français dans le texte

Page 276.

1. De votre « merci », Dame, point n'ait souci (Schiller, *le Gant*,
st. VIII).

Page 283.

1. Barbe.

Page 285.

1. Je dois passer huit lignes intraduisibles en français. Pour dépeindre son humble condition, le capitaine se livre à une plaisanterie fondée sur une particularité de la langue russe (adjonction d'un *s* à la fin des mots, formule révérencieuse employée par les gens de peu).

Page 286.

1. Diminutif caressant d'*Ilia* (Élie).

Page 287.

1. Lermontov, *Le Démon*.

Page 304.

1. Jeu de mot sur *sosna* : pin, et *so sna* : en rêve.
2. En français dans le texte.

Page 314.

1. *Trop d'esprit nuit*, de Griboïedov (1824).

Page 317.

1. Sens du mot *Smerdiachtchaïa*.
2. Je passe sept lignes intraduisibles dans lesquelles Smerdiakov s'irrite contre une particularité de prononciation.

Page 325.

1. En français dans le texte.

Page 330.

1. Voltaire, *Épître à l'auteur des Trois Impostures*. En français dans le texte.

Page 332.

1. Dostoïevski a sans doute confondu le mot *Ioann* (Jean) avec le mot *Ioulian* (Julien), car il s'agit évidemment de la légende de saint Julien l'Hospitalier. Son attention avait sans doute été attirée sur ce sujet par le célèbre conte de Flaubert que Tourguéniev venait de traduire (1878).

...s sur la température, II (1859).

Page 340.

1. Deux grandes revues historiques.
2. Alexandre II qui abolit le servage en 1861.

Page 343.

1. Écho de Schiller, *Résignation*, st. 3.

Page 345.

1. Dostoïevski confond les *clercs de la basoche* avec les *confrères de la Passion*. Il n'a probablement connu les origines du théâtre français que par le roman célèbre de Victor Hugo (1831).
2. En français dans le texte.
3. Les premières représentations de ce genre furent organisées à Moscou sur l'ordre du tsar Alexis Mikhaïlovitch par le pasteur luthérien Grégory qui forma une troupe parmi les jeunes fonctionnaires. Après avoir débuté, en 1672, par l'*Acte d'Artaxerxès* (Esther), Grégory donna ensuite : *Tobie, Joseph, Adam et Ève, Judith*.
4. Ce poème, tiré des évangiles apocryphes, a eu une forte influence sur la composition des cantiques religieux populaires, très abondants en Russie.

Page 346.

1. Matthieu, xxiv, 36.
2. Schiller, *Sehnsucht*, st. 4, citée dans la traduction plutôt libre de Joukovski.
3. Jean, *Apocalypse*, vii, 10, 11

Page 347.

1. Tioutchev : *Oh, ces misérables villages...*, st. 3.
2. Poléjaïev, *Coriolan*, ch. I, st. 4
3. Matthieu, xxiv, 27.

Page 348.

1. Marc, v, 41 et Matthieu, ix, 25.
2. *Ce cardinal grand inquisiteur* vient tout droit de Schiller, *Don Carlos*, V, 10. L'influence du *Visionnaire*, nouvelle un peu oubliée du même auteur, signalée par M. Tchijevski, me paraît moins probante.

Page 356.

1. Paraphrase de Matthieu, iv, 5, 6, et de Luc, iv, 9-11

Page 357.

1. Jean, *Apocalypse*, vii, 4-8.

Page 362.

1. Paraphrase de JEAN, *Apocalypse,* XVII, XVIII.

Page 367.

1. Probablement dans le *Faust* de Goethe, seconde partie, v. 7277 et suivants.

Page 382.

1. *Liagavi* veut dire : chien couchant.

Page 383.

1. Voiture de voyage dont la caisse est posée sur de longues poutres flexibles.

Page 390.

1. JEAN, XII, 24, 25.

Page 404.

1. L'insurrection de décembre 1825.

Page 443.

1. Du grec ἱεροσχήμοναχος, prêtre régulier portant le grand habit (τό μέγα σχῆμα), signe distinctif du religieux profès du second degré.

Page 454.

1. Lors de la levée du corps d'un simple moine de la cellule à l'église, et après le service funèbre, de l'église au cimetière, on chante le verset : *Quelle vie bienheureuse.* Si le défunt était un religieux profès du second degré, on chante l'hymne : *Aide et protecteur.* (*Note de Dostoïevski.*)

Page 466.

1. Diminutif de *Fédossia* (Théodosie).
2. Côme.

Page 481.

1. JEAN, II, 1-10.

Page 505.

1. Dans une courte note retrouvée parmi ses papiers.

Page 511.

1 Titre d'une nouvelle de Tourguéniev (1864)

Page 513.

1. Nous dirions en français : « une mère moderne ». Je maintiens l'expression russe du jeu de mots. Le grand écrivain satirique Saltykov-Chtchédrine (1826-1889) dirigea pendant quelque temps, de concert avec Nékrassov, *le Contemporain*, revue libérale, qui eut maille à partir avec la censure.

Page 533.

1. *Hamlet*, V, I.

Page 545.

1. Vocatif de *pan*, monsieur, en polonais.

Page 546.

1. Si ma reine y consent.

Page 549.

1. Monsieur n'a pas vu de Polonaises.
2. Ce monsieur est un misérable.

Page 550.

1. Tu peux en être sûr.

Page 551.

1. *Les Ames mortes*, 1ʳᵉ partie, ch. IV, Tchitchikov est le héros du célèbre « poème » de Gogol (1842).
2. Quelle heure est-il, Monsieur ?

Page 552.

1. Je ne m'y oppose pas, je n'ai rien dit.
2. Batiouchkov, *Madrigal à une nouvelle Sapho* (1809).

Page 553.

1. En français dans le texte.
2. Messieurs.
3. Cela m'est très agréable, Monsieur ; buvons.
4. Illustrissime.

Page 554.

1. Voilà qui va bien.
2. Peut-on ne pas aimer son pays ?

Page 555.

1. Il est tard, Monsieur.
2. Tu dis vrai. C'est ta froideur qui me rend triste. Je suis prêt
3. Cela vaut mieux.

Page 556.

1. A vos places, Messieurs.
2. Peut-être cent roubles, peut-être deux cents.
3. Sur l'honneur.
4. En bonne compagnie, on ne parle pas sur ce ton.

Page 557.

1. Tu plaisantes ?
2. Que faites-vous, de quel droit ?

Page 558.

1. Que désires-tu ?
2. Qu'y a-t-il pour le service de Monsieur ?
3. Trois mille, Monsieur ?

Page 559.

1. C'est tout ce que tu veux ?
2. Je suis extrêmement offensé.

Page 560.

1. J'ai été étonné.
2. Entêtée.

Page 562.

1. Si tu veux me suivre, viens, sinon adieu.

Page 574.

1. Commissaire de police de district.
2. Maurice.

Page 584.

1. Grade de la hiérarchie civile correspondant à celui de lieutenant-colonel dans la hiérarchie militaire (septième classe).
2. Les grandes réformes sociales, administratives, judiciaires du
règne d'Alexandre II.
3. Conseil de district, qui entretenait des hôpitaux, écoles, etc.

Page 590.

1. Témoins instrumentaires pris parmi les gens du village.

Page 602.

1. Paraphrase du *Silentium*, poésie de Tioutchev (1833).

Page 603.

1. En français dans le texte.

Page 614.

1. En français dans le texte.

Page 638.

1. Monsieur le colonel.

Page 651.

1. Douzième classe de la hiérarchie.
2. Diminutif de Nikolaï (Nicolas).

Page 657.

1. *Nastia,* diminutif d'Anastasie ; *Kostia,* de C

Page 665.

1. Pelisse en peau de mouton, le poil en dedans.

Page 678.

1. Écho de l'esthétique schillérienne. Cf. notamm
die aestetische Erziehung des Menschen, lettre XV.

Page 688.

1. Roman libertin de Fromaget (1742), dont une tra
K. Rembovski parut en effet à Moscou en 1785.

Page 698.

1. Les études du grand critique Biélinski (1811-1848) su
kine et, en particulier, sur *Eugène Oniéguine* sont réputées.
est l'héröne de ce célèbre poème.

Page 699.

1. En français dans le texte.
2. La *Troisième section,* police secrète politique, avait son ?
près du pont des Chaînes (*Tsiépnoï Most*).
3. La célèbre revue éditée par Herzen à Londres et introdu
clandestinement en Russie.

Page 708.

1. Psaume CXXXVII, 5, 6.

Page 720.

1. En français dans le texte.

Page 721.

1. La signification approximative de ce mot est : *Marché aux
bestiaux.*

4.

'est surtout dans le premier chapitre d'*Eugène Oniéguine*
que Pouchkine a un peu trop chanté les jolis pieds féminins.

27.

En français dans le texte

775.

Appellation familière de Pétersbourg

778.

Il y a dans le texte : *votre fidèle Litcharda*, expression courante
pruntée au conte populaire de *Bova fils de roi*, dernier avatar de
e chanson de geste *Bueves d'Hanstone* (XIIIe siècle), qui gagna la
ssie par des intermédiaires italien et serbe et y devint très
pulaire dès le XVIIe siècle. Litcharda est une déformation de
chard, nom du fidèle serviteur de la reine Blonde.

age 791.

1. En français dans le texte.

age 793.

1. En français dans le texte.

Page 794.

1. En français dans le texte.

Page 796.

1. En français dans le texte.

Page 798.

1. En français dans le texte.
2. Alexandre Gatsouk (1832-1891), éditeur de journaux, revues,
almanachs.

Page 799.

1. En français dans le texte.
2. Paroles de Klestakov, dans *le Réviseur* de Gogol, III, 6 (1836).

Page 800.

1 En français dans le texte.

Page 801

1. Allusion à la fameuse « Troisième Section » (police secrète).

Page 805.

1. En français dans le texte.

Page 809.

1. En français dans le texte.
2. En français dans le texte.

Page 812.

1. En français dans le texte.

Page 814.

1. En français dans le texte.

Page 837.

1. En allemand : Dieu le Père, Dieu le Fils, Dieu le Saint-Esprit
2. En français dans le texte.

Page 850.

1. En français dans le texte.

Page 856.

1. En français dans le texte.

Page 859.

1. Gogol, *les Ames mortes*, Ire partie, XI.
2. En français dans le texte.

Page 899.

1. *Les Mystères d'Udolphe,* roman de Mrs. Ann Radcliffe (1794), eurent, ainsi que les autres « romans terrifiants » de cet auteur, un succès considérable qui se maintint longtemps dans toute l'Europe.

Page 911.

1. Le mot à mot est plus énergique : *un adultère de la pensée.* Tout comme le Karmazinov des *Possédés*, Fétioukovitch est une caricature des faux idéalistes qui ont mal digéré Schiller.

Page 914.

1. JEAN, X, II.
2. PAUL, *Éphés.*, VI, 4. Le texte exact est : « N'irritez point. »
3. Réminiscence de Schiller (Épigraphe de *la Cloche*).
4. MATTHIEU, VII, 2 ; MARC, IV, 24.

Page 915.

1. Cette crainte superstitieuse a été notamment signalée par Ostrovski dans sa comédie : *les Jours néfastes,* II, 2 (1863).

Page 916.

1. Encore un emprunt probable à Schiller : *les Brigands,* I, 1, monologue de Franz, *in fine.*

Page 947.

1. Bande de satin ou de papier sur laquelle sont représentés Jésus-Christ, la Vierge et saint Jean Chrysostome, dont on entoure le front des morts.

2. Paraphrase de l'*Alleluia*.

3. Le cercueil n'est définitivement fermé qu'à l'église, tout à la fin du service funèbre.

Page 949.

1. La coutume de « commémorer les morts » dans un repas funèbre est, en Russie, une survivance des premiers temps du christianisme (agapes funéraires).

Table des matières

DU MÊME AUTEUR

Dans la même collection

L'ÉTERNEL MARI. *Préface de Roger Grenier. Traduction de Boris de Schlœzer.*

L'IDIOT. *Préface d'Alain Besançon. Traduction d'Albert Mousset.*

LE JOUEUR. *Préface de Dominique Fernandez. Traduction de Sylvie Luneau.*

LES DÉMONS (LES POSSÉDÉS). *Préface de Marthe Robert. Traduction de Boris de Schlœzer.*

CRIME ET CHÂTIMENT suivi du JOURNAL DE RAS-KOLNIKOV. *Préface de Georges Nivat. Traduction de D. Ergaz.*

SOUVENIRS DE LA MAISON DES MORTS. *Préface de Claude Roy. Traduction d'Henri Mongault et Louise Desormonts.*

LE DOUBLE. *Préface d'André Green. Traduction de Gustave Aucouturier.*

LES NUITS BLANCHES suivi de LE SOUS-SOL. *Préface de Robert André. Traduction de Pierre Pascal et Boris de Schlœzer.*

L'ADOLESCENT. *Préface de Georges Nivat. Traduction de Pierre Pascal.*

HUMILIÉS ET OFFENSÉS. *Édition et traduction nouvelle de Françoise Flamant.*

LES PAUVRES GENS. *Préface de Richard Millet. Traduction de Sylvie Luneau.*

Impression Bussière
à Saint-Amand (Cher),
le 20 février 2006.
Dépôt légal : février 2006.
1ᵉʳ dépôt légal dans la collection : mai 1994.
Numéro d'imprimeur : 060706/1.
ISBN 2-07-038962-6./Imprimé en France.

142304